新制多益850超命中攻略

搶分密技

+3回擬真試題

作者 • Kim, Byunggi／
Lee, Kwan-woo
譯者 • 關亭薇／黃詩韻／林育珊／蘇裕承

新制多益 850 超命中攻略：搶分密技 +3 回擬真試題
(寂天雲隨身聽 APP 版) / Kim, Byunggi, Lee, Kwan-woo 著；關亭薇等譯. -- 初版. -- [臺北市]：寂天文化，2022.02
面； 公分
ISBN 978-626-300-101-5 (16K 平裝)

1. 多益測驗

805.1895 111000866

新制多益 850 超命中攻略：
搶分密技＋ 3 回擬真試題
（雙書附解析）

作者 Kim, Byunggi / Lee, Kwan-woo
譯者 關亭薇／黃詩韻／林育珊／蘇裕承
編輯 賴祖兒
主編 丁宥暄
校對 黃詩韻／申文怡
內文排版 謝青秀／林書玉
封面設計 林書玉
製程管理 洪巧玲
出版者 寂天文化事業股份有限公司
電話 +886-(0)2-2365-9739
傳真 +886-(0)2-2365-9835
網址 www.icosmos.com.tw
讀者服務 onlineservice@icosmos.com.tw
出版日期 2022 年 2 月 初版二刷

郵撥帳號 1998620-0 寂天文化事業股份有限公司
劃撥金額 600 元（含）以上者，郵資免費。
訂購金額 600 元以下者，請外加郵資 65 元。
〔若有破損，請寄回更換，謝謝。〕

作者序

每年撰寫多益仿真模擬試題時，我總是不斷要求自己盡可能編寫出貼近實際測驗的考題，一直以來都處於備戰狀態籌備書稿。值得慶幸的是，無論是曾參考筆者過往著作準備考試的人，或是在現場聽過我授課的學生，每個人的多益成績都有大幅進步。這股力量成為我強大的後盾，進而催生出這本新書。為了幫助考生輕鬆奪得高分，我反覆苦思本書的編排與設計，最後終於順利完成本書。

雖然這已經不是筆者第一次出書，但跟以往編撰那些以模擬試題為主的題庫相比，這次筆者在撰寫的心態上有稍微改變。面對各位考生，我的身上似乎背負了更重大的責任，我不斷督促自己要寫出一本為目標 850 分的學習者量身打造的書籍。雖然多益測驗的歷史相當悠久，至今已有數不清的參考書推陳出新，也有一部分早已默默消失於市面。但這些書始終遵守著兩大不變的原則：鎖定多益的「**重點題型**」和「**測驗模式**」。不管是聽力測驗，還是閱讀測驗，如果考生無法掌握考題的趨勢，導致準備方向錯誤，只會白白浪費大把的時間和金錢。

本書結合了筆者過去十多年來累積的豐富授課經驗，並囊括目標考取八百分以上的學生總是感到困難和經常答錯的部分，編寫出最貼近實際測驗的內容。

在**聽力測驗篇**，貼心為考生標示出一定要注意的**答題陷阱**；而**閱讀測驗篇**中，則彙整了**重點文法和詞彙**，並詳盡分析**各大題的考試方向**。各位完成仿真試題後，請務必對照詳解，複習答錯的題目，從中檢視自己的不足之處。如此一來，你將逐漸掌握住各大題型的重點，同時有效降低答題錯誤率。不管你準備多益是為了就業、升遷或是畢業門檻，這本書將讓你明白「高分速成」絕不是遙不可及的夢想。

面對考試時，時時都要抱持一顆謙遜的心。從現在起，別再把多益當成一門「考試科目」，而是看作一種實際運用於商務環境中的能力。只要稍微轉變一下你的想法，就能感受到學習英文的樂趣，並在不知不覺中考到你的目標分數。

現在請你馬上翻開本書，讓自己取得凌駕於多益之上的能力吧！我真心祝福各位考生都能成功達成自己的理想目標。

Kim, Byunggi

Lee, Kwan-woo

1 精選多益 850 分必考出題類型，直指命題核心，迅速熟悉出題邏輯！

STEP 1

掌握重點考題類型 / 核心概念

分析出題趨勢，完全掌握解題重點。

囊括 850 分每個 Part 最常考的出題類型，Part 5&6、Part 7 更精密分析出題頻率與題數，依頻率高至低編排，讓你優先學會必考出題類型，迅速熟悉問題模式與答題節奏。

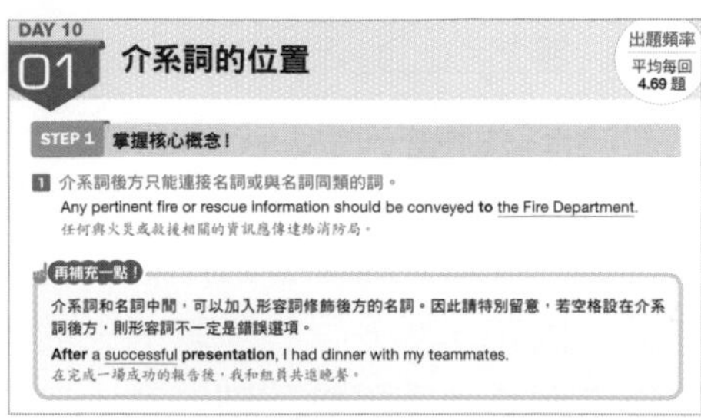

DAY 10

01 介系詞的位置

出題頻率 平均每回 4.69 題

STEP 1 掌握核心概念！

1 介系詞後方只能連接名詞或與名詞同類的詞。

Any pertinent fire or rescue information should be conveyed **to** the Fire Department.

任何與火災或救援相關的資訊應傳達給消防局。

再補充一點！

介系詞和名詞中間，可以加入形容詞修飾後方的名詞。因此請特別留意，若空格設在介系詞後方，則形容詞不一定是錯誤選項。

After a successful **presentation**, I had dinner with my teammates.

在完成一場成功的報告後，我和組員共進晚餐。

STEP 2

一起來解題

實戰應用解題步驟，
精熟各考題類型作答技巧。

參考例題，了解核心概念如何應用於考題中。例題皆附解析說明，確切掌握解題方式和需要留意的陷阱。

STEP 2 一起來解題！

When Ms. Joiner fell ------- the other runners, no one thought she would catch up and win the race. 當喬音兒女士落後其他跑者時，沒有人想到她居然會後來居上，還贏得了比賽。

(A) behind 在……之後　(B) among 在……之間
(C) ahead of 在……之前　(D) near 在……附近

字彙 fall behind 落後　catch up 趕上　win the race 贏得比賽　ahead of 在……之前

解說 本題為文法題，空格位在動詞 fell 和受詞 the other runners 之間，應填入介系詞。選項中，只有介系詞 (A) 能和空格前方的動詞 fell 連接，變成 fall behind（落後），故為正確答案。

(A) behind：介系詞、副詞　(B) among：介系詞
(C) ahead of：介系詞片語　(D) near：介系詞、形容詞、副詞

答案 (A)

STEP 3

實戰測驗

再次演練解題技巧，增進答題能力。

請當成實際考試，認真練習各單元實戰考題。作答完畢後，將能完整吸收 STEP 1 中列出的核心概念，和 STEP 2 中說明的解題技巧。

STEP 3 實戰測驗！

1. Since her retirement in May, Nina Lopez has fully committed herself ------- caring for her birds.
(A) for　(B) to
(C) from　(D) on

2. After graduation, our students will be in a strong position when competing ------- high-tech jobs.
(A) except　(B) into
(C) along　(D) for

3. One of the special gates is located ------- the dolphin-watching platform at the Lacuna Aquatic Center in Porterville.
(A) down　(B) to
(C) near　(D) except

4. When manufacturing electronic components for automobiles, the cleanliness of the factory is ------- the utmost importance.
(A) in　(B) of
(C) upon　(D) by

◆解答 p. 47　119

2 850 高分常考高頻字彙與文法要點，一次背齊必備重點，迅速提升應考實力

為目標 850 分精選必備高頻單字文法，以表格或清單羅列，重點一目瞭然，效率掌握關鍵重點。

STEP 3 常考高頻字彙！

下方為測驗中常考的**高頻率名詞**。請務必熟記以下所有單字。

- □ **charity** 慈善；慈善機構
- □ **choice of salad** 沙拉選項
- □ **circumstance** (= situation) 情勢（情況）
- □ **co-worker** (= colleague) 同事
- □ **commencement** 開始
- □ **communal area** 公共區域
- □ **commute to** 通勤去……
- □ **completion** 完成
- □ **component** 要素；零件
- □ **diverse furnishings** 多種擺設；多樣化家具
- □ **diversity** 多樣化
- □ **down payment** 頭期款
- □ **draft** 草稿
- □ **due date** 截止日期
- □ **durability** 耐久性
- □ **duty to do** 做……的職責
- □ **early cancellation** 提前取消
- □ **educational facility** 教育場所

3 考題分類 ＋ 難易度標示 ＋ 解題步驟 ＝ 超詳盡解說！

清楚標示考題類型和難易度，列出各大題必備基礎概念。同時附上詳細解題說明，教導如何排除錯誤選項、選出正確答案，一網打盡所有題目類型。

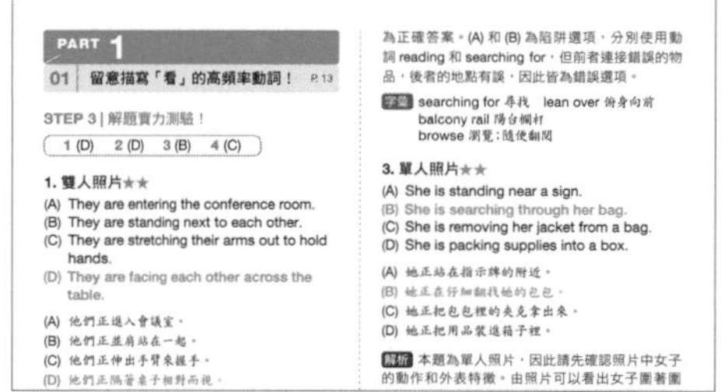

PART 1

01 留意描寫「看」的高頻率動詞！ P.13

STEP 3 | 解題實力測驗！

1 (D)　2 (D)　3 (B)　4 (C)

1. 雙人照片★★

(A) They are entering the conference room.
(B) They are standing next to each other.
(C) They are stretching their arms out to hold hands.
(D) They are facing each other across the table.

(A) 他們正進入會議室。
(B) 他們正並肩站在一起。
(C) 他們正伸出手臂來握手。
(D) 他們正隔著桌子相對而視。

為正確答案。(A) 和 (B) 為陷阱選項，分別使用動詞 reading 和 searching for，但前者連接錯誤的物品，後者的地點有誤，因此皆為錯誤選項。

字彙 searching for 尋找　lean over 俯身向前
balcony rail 陽台欄杆
browse 瀏覽；隨便翻閱

3. 單人照片★★

(A) She is standing near a sign.
(B) She is searching through her bag.
(C) She is removing her jacket from a bag.
(D) She is packing supplies into a box.

(A) 她正站在指示牌的附近。
(B) 她正在仔細翻找她的包包。
(C) 她正把包包裡的夾克拿出來。
(D) 她正把用品裝進箱子裡。

解析 本題為單人照片，因此請先確認照片中女子的動作和外表特徵。由照片可以看出女子圍著圍

4 三回模擬試題，真實反映新制多益出題趨勢！

比照新制多益出題方向編寫，符合實際多益測驗的題型、難易度以及文章長度，並附完整錄音內容與詳解。透過三回仿真模擬試題，快速提升解題實力，掌握命題方向。

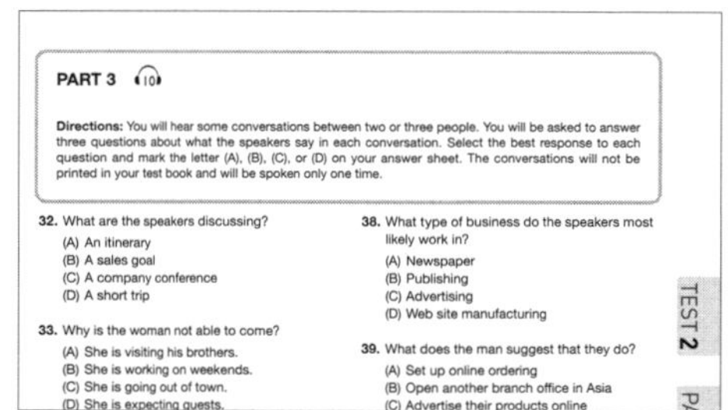

PART 3 10

Directions: You will hear some conversations between two or three people. You will be asked to answer three questions about what the speakers say in each conversation. Select the best response to each question and mark the letter (A), (B), (C), or (D) on your answer sheet. The conversations will not be printed in your test book and will be spoken only one time.

32. What are the speakers discussing?
(A) An itinerary
(B) A sales goal
(C) A company conference
(D) A short trip

33. Why is the woman not able to come?
(A) She is visiting his brothers.
(B) She is working on weekends.
(C) She is going out of town.
(D) She is expecting guests.

38. What type of business do the speakers most likely work in?
(A) Newspaper
(B) Publishing
(C) Advertising
(D) Web site manufacturing

39. What does the man suggest that they do?
(A) Set up online ordering
(B) Open another branch office in Asia
(C) Advertise their products online

TEST 2

目錄

PART 5&6

學習計畫表

下方為本書的學習計畫表。請按學習進度優先熟悉各題型的核心概念，再練習模擬試題。透過實戰演練，檢視自我的學習吸收狀況。原則上排定為四週、共計 28 天內完成本書，但學習者仍可依照自己的程度和學習狀況進行調整。若無法於四週之內達成計畫，建議可以參考下方表格，擬定一份專屬於你的學習計畫。

第一週	
DAY 1	PART 1 01–04
DAY 2	PART 1 05–08
DAY 3	PART 2 01–04
DAY 4	PART 2 05–08
DAY 5	PART 2 09–11
DAY 6	PART 3 01–03
DAY 7	PART 3 04–05

第二週	
DAY 8	PART 4 01–03
DAY 9	PART 4 04–05
DAY 10	PART 5&6 文法 & 詞類變化 01–06
DAY 11	PART 5&6 文法 & 詞類變化 07–12
DAY 12	PART 5&6 文法 & 詞類變化 13–18
DAY 13	PART 5&6 文法 & 詞類變化 19–24
DAY 14	PART 5&6 文法 & 詞類變化 25–30

第三週	
DAY 15	PART 5&6 文法 & 詞類變化 31–36
DAY 16	PART 5&6 詞彙 01–04
DAY 17	PART 5&6 詞彙 05–08
DAY 18	PART 5&6 詞彙 09–12
DAY 19	PART 5&6 詞彙 13–16
DAY 20	PART 5&6 詞彙 17–20
DAY 21	PART 5&6 詞彙 21–24

第四週	
DAY 22	PART 7 考題類型 01–04
DAY 23	PART 7 考題類型 05–07
DAY 24	PART 7 文章分類 01–03
DAY 25	PART 7 文章分類 04–06
DAY 26	PART 7 文章分類 07–09
DAY 27	PART 7 文章分類 10
DAY 28	PART 7 文章分類 11

Listening Comprehension

聽力測驗解題技巧

1 善用每大題開頭播放題型說明（Directions）的時間。

- PART 3 和 PART 4 開頭播放題型說明時，請提前瀏覽該 PART 的題目，確認答題關鍵字。

2 作答 PART 3 和 PART 4 時，請提前閱讀下個題組的題目。

- 請於播放第一個題組的第一道題時，將該題組的三道題一次作答完畢。
- 在播放該題組的第二和第三道題時，請提前閱讀下個題組的三道題。
- PART 4 的解題方式與 PART 3 相同。

3 請按以下指示劃記答案卡：

- PART 1 和 PART 2：聽的當下馬上劃卡。
- PART 3 和 PART 4：以單篇對話或獨白為單位，在播放第一道題的當下，畫好該題組三道題的答案。

Part 1

PART 1 搶分密技

如欲考取 850 分的成績，要儘可能答對 PART 1 所有題目，最多僅能容許一題失誤發生。為了成功拿下本大題的分數，請認真熟記 PART 1 的**常考出題類型**和**必考文法**，並多加留意本書列出的**答題陷阱**，做好萬全準備。

目標答對題數 5–6 題

每回平均出題比例

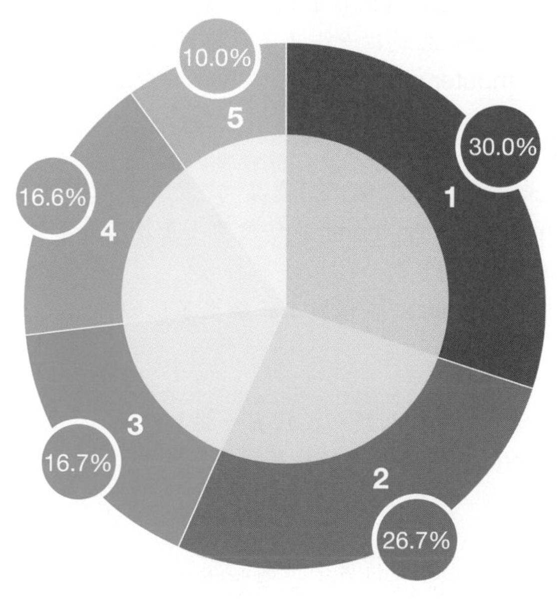

❶ 單人照片
❷ 多人照片
❸ 雙人照片
❹ 物品照
❺ 風景照

PART 1
DAY 1

01 留意描寫「看」的高頻率動詞

出題重點

PART 1 會**針對人物的某種行為進行描述**，最常出現的就是描寫「**看**」這個動作。當人物處於不同的情境時，適用不同的觀看方式，有簡單的描述，也有難度較高的描述，因此請務必熟記以下用法。

STEP 1 掌握重點考題類型！ 01

1 表示觀看特定對象

- The man is **looking at** a painting on the wall. 這位男士正在看牆上的一幅畫。
- The man is **viewing** some documents. 這位男士正在檢視一些文件。

2 表示為病患看診

- The man is **seeing** a patient. 這位男士正在替病人看病。

3 表示仔細審視或長時間觀看特定對象

- The woman is **studying** the menu. 這位女士正在研究菜單。
- Some people are **watching** a presentation. 一些人正在觀看一場簡報。

4 表示一直盯著特定方向或對象

- He is **facing** a display. 他正面對著一件展覽品。
- The man is **staring at** the computer screen. 這位男士正盯著電腦螢幕。
- The woman is **concentrating on** a monitor. 這位女士正專注盯著螢幕。
- Some people are **focusing on** a computer monitor. 一些人正專注看著電腦螢幕。

5 表示仔細觀看檢查

- He is **examining** items on the rack. 他正在檢查架上的商品。
- The man is **checking** some information on the monitor. 這位男士正在查看螢幕上的資料。
- He is **reviewing** some documents. 他正在審閱一些文件。
- The man is **searching through** his backpack. 這位男士正翻遍了他的背包。

6 表示以欣賞的角度觀看

- People are **appreciating** some works of art. 人們正在欣賞一些藝術品。
- Some people are **gazing at** the scenery. 一些人正凝視著風景。

7 表示藉由工具觀看

- The man is **looking through** a microscope. 這位男士正透過顯微鏡看東西。

8 表示大致瀏覽或稍微看一下

- She is **glancing at** the computer screen. 她瞄了一下電腦螢幕。
- She is **browsing** some books in a store. 她正在隨意瀏覽店裡的書。

STEP 2 一起來解題！

02

(A) (B) (C) (D)

解題技巧

▶ 本題為單人照片，請先仔細觀察照片中人物的動作和外表特徵。

▶ 當照片呈現一個人正在凝視著某樣東西時，答案通常會是與「看」相關的描述，因此答案極有可能使用 examine、inspect 或 look at 表示「看著」某商品或產品。

(A) The woman is focusing on her laptop screen. **(X)** 這位女士正專注看著她的筆電螢幕。

▶ 故意描寫女子專心看著某樣東西，為陷阱選項。照片中未出現筆記型電腦，故不是答案。

(B) The woman is shopping for clothing. **(X)** 這位女士正在買衣服。 注意！

▶ 雖然女子確實在購物，但是她購買的商品並非衣服，因此不是答案。陷阱選項經常以人物的正確動作，搭配照片中沒有出現的東西，請特別注意這一點。

(C) The woman is examining items on the shelves. **(O)** 這位女士正在檢視架上的商品。

▶ 正確描寫女子看著架上的商品，為正確答案。

(D) The woman is reaching for a can on the rack. **(X)** 這位女士正在伸手拿架上的罐頭。

▶ 女子沒有伸手拿商品，因此並非答案。

答案 (C)

STEP 3 實戰測驗！

03

1.

(A) (B) (C) (D)

2.

(A) (B) (C) (D)

3.

(A) (B) (C) (D)

4.

(A) (B) (C) (D)

◆ 解答 p. 2
（請見解析本）

PART 1
DAY 1

02 注意發音相似的陷阱選項

出題重點

PART 1 中會使用**發音相似**、**意思卻完全不同**的動詞或名詞作為陷阱選項，考前請好好熟悉相關字詞，才能輕鬆聽出它們的差別。如果不小心碰上聽不懂的單字時，請務必透過**單字上下文**、**受詞**或**介系詞片語**，判斷整句話的意思。

STEP 1 掌握重點考題類型！ 04

1 發音相似的單字（1）

- **alone** 單獨地—**lawn** 草坪—**loan** 貸款
- **close** 關—**cross** 越過—**clothes** 衣服
- **ladder** 梯子—**leather** 皮革—**letter** 信件
- **sit** 坐—**set** 放；置—**seat** 座位

2 發音相似的單字（2）

- address 地址—dress 洋裝
- ascend 上升—send 寄送
- assign 分派—sign 簽名
- bend 彎曲—vend 販賣
- best 最好的—vest 背心
- bought 買（過去式）—boat 船
- bowl 碗—ball 球
- cloud 雲—crowd 群眾
- coffee 咖啡—copy 副本
- collect 收集—correct 正確的
- curb 抑制—curve 彎曲
- dinner 晚餐—diner 用餐者
- dock 碼頭—duck 鴨子
- fair 公平的—pair 雙；對
- fast 快的—past 過去的
- file 檔案—pile（一）堆；（一）疊
- full 滿的—pull 拉
- globe 地球—glove 手套
- grass 草—glass 玻璃
- higher 更高的—hire 僱用
- lake 湖泊—rake 耙子
- lamp 檯燈—ramp （人造）斜坡、坡道
- land 土地—lend 借出
- lane 巷弄—rain 雨
- launch 發起—lunch 午餐
- lead 領導—read 閱讀
- learn 學習—run 跑
- light 燈—right 對的
- load 裝載—road 道路
- lock 鎖—rock 岩石
- low 低的—row（一）列
- often 時常—open 打開
- pass 通過—path 小徑
- price 價格—prize 獎品
- remove 移除—move 搬動
- review 複習—view 觀看
- sew 縫補—saw 看（過去式）；鋸
- ship 船—sip 啜飲
- slip 滑動—sleep 睡覺
- stare 凝視—stair 樓梯
- wait 等候—weight 重量
- work 工作—walk 走路
- write 寫—right 對的

STEP 2 一起來解題！

05

(A) (B) (C) (D)

解題技巧

▶ 照片中出現一個人和咖啡機，因此請先確認照片中男子的動作和外表特徵。此外，答案也可能會描寫人物身旁物品的位置和狀態，務必也請特別觀察這部分。

▶ 答案極有可能提及男子的❶**動作**：操作咖啡機；❷**穿著特徵**：身穿圍裙、戴著眼鏡。

(A) The man is putting on an apron. **(X)** 這位男士正在穿上圍裙 **注意！**

▶ 男子已經穿上圍裙，故不能使用 putting on，要改成 wearing 才正確。

陷阱分析： 請特別注意，be putting on 指的是穿上去的動作；be wearing 指的是穿著的狀態。

(B) The man is making some copies. **(X)** 這位男士正在影印。 **注意！**

▶ 男子並沒有在影印東西，因此不是答案。

陷阱分析： copies 和 coffee 的發音相似，此選項為陷阱選項。coffee 不能使用複數形，由這一點可以確實區分出 copies 和 coffee。

(C) The man is brewing coffee with a machine. **(O)** 這位男士正在用機器煮咖啡。

▶ 表示男子正在煮咖啡，描寫正確的動作，故為正確答案。

(D) The man is standing in front of the cash register. **(X)** 這位男士正站在收銀機前。

▶ 照片中並未出現收銀機，故為錯誤選項。

答案 (C)

STEP 3 實戰測驗！

06

1.

(A) (B) (C) (D)

2.

(A) (B) (C) (D)

3.

(A) (B) (C) (D)

4.

(A) (B) (C) (D)

◆解答 p. 3

PART 1
DAY 1

03 分辨部分人士和全體的動作

出題重點

照片中的人物超過兩人時，歸類為多人照片，而這類考題答案通常會是人物們共同的動作或外表特徵。但是，僅描述部分人士的動作或外表特徵的選項也可能會是答案，因此請分別觀察**部分人士和全體的動作**，並留意**外表特徵**。值得注意的是，某些選項會故意將全體的動作寫成單人或部分人士的動作，作為答題陷阱，請特別小心。

STEP 1 掌握重點考題類型！ 07

1 分析多人照片

照片中的人物超過兩人時，請迅速把握圖片中的主要重點。

(1) 一名女子正在報告。
(2) 一名女子正在白板上寫東西。
(3) 兩名男子坐在桌子旁。
(4) 一名女子左手拿著某樣物品。
(5) 一名男子的手上拿著資料。

2 分辨部分人士和全體的動作（答案範例）

❶ **The men** are watching a presentation. (O)
男士們正在觀看一場簡報。

❷ **The woman** is writing something on the whiteboard. (O)
這位女士正在白板上寫東西。

3 分辨部分人士和全體的動作（錯誤描述）

即便選項正確描寫出照片中的人物動作或狀態，只要**人數與照片不一致**，便為**錯誤選項**。換句話說，無論是將部分人士的動作或狀態寫成全體的，還是將全體的動作或狀態寫成部分人士的，皆為**陷阱選項**。

❶ **All the people** are watching a presentation. (X) 所有的人都在觀看一場簡報。
▶ 由女子負責簡報，男子觀看簡報。

❷ **They** are watching a presentation. (X) 他們正在觀看一場簡報。
▶ 只有兩名男子在觀看簡報，女子並沒有。

❸ **The woman** is sitting at the table. (X) 這位女士正坐在桌子旁。
▶ 女子站著簡報，男子才是坐在桌子旁。

STEP 2 一起來解題！

08

(A) (B) (C) (D)

解題技巧

▶ 照片中的人物超過兩人，為多人照片，請先觀察月台上人物的共同動作和外表特徵。

▶ 答案可能是針對月台上走動的人們進行描述，或是針對坐著的人們進行描述。

▶ 請特別注意，若說成所有人都站著或坐著，則為答題陷阱。

(A) The train is pulling into the station. (X) 火車正在進站中。

▶ 看不出火車正在進站中，因此不是答案。

(B) There are a couple of lights being fixed. (X) 有幾盞燈正在修理中。

▶ 使用現在進行被動式，表示有人正在做某項動作。照片中並未出現修理燈的人，因此不是答案。

(C) All of the people are sitting on benches. (X) 所有的人都坐在長椅上。 注意！

▶ 並非所有人都坐在長椅上，因此不是答案。此選項故意將部分人士的動作寫成全體的動作。

(D) Some people are walking down the platform. (O) 一些人正走在月台上。

▶ 表示有些人正在月台上走動，描述部分人士的共同動作，故為正確答案。

答案 (D)

STEP 3 實戰測驗！

09

1.

(A) (B) (C) (D)

2.

(A) (B) (C) (D)

3.

(A) (B) (C) (D)

4.

(A) (B) (C) (D)

◆ 解答 p. 4

PART 1
DAY 1

04 觀察人物周邊事物的位置和狀態

出題重點

PART 1 人物照片的答案通常會針對人物的動作或外表特徵進行描述，因此考生容易疏於觀察人物周邊的事物。而某些題目會利用這種心態，故意描寫**周邊事物的位置或狀態**，並作為答案，還請特別注意。

STEP 1 掌握重點考題類型！  10

1 人物照片的陷阱（1）

〈常見的答案範例〉

A woman is looking at the clothes.
一位女士正在看衣服。

A woman is examining some merchandise.
一位女士正在檢視一些商品。

She is looking at some goods on display.
她正看著展示中的商品。

▶ 答案針對主要人物進行描述。

〈特殊的答案範例〉

Merchandise is hanging from a rack. 商品正懸掛在架上。

Some clothes are being displayed in a store. 一些衣服正在店裡展示。

There is **a bag** on her shoulder. 她的肩上揹著一個包包。

▶ 雖然照片屬於人物照片，但答案卻是針對其他事物進行描述。

2 人物照片的陷阱（2）

〈常見的答案範例〉

Some people are standing around the store.
一些人正站在商店附近。

Some people are shopping at an outdoor market.
一些人正在露天市場購物。

Some people are wearing backpacks.
一些人揹著後背包。

〈特殊的答案範例〉

Some tall buildings are located behind an outdoor market.
一些高聳的建築物位於露天市場後方。

Some buildings are lined up along the street. 幾棟大樓沿街並列而立。

Goods have been displayed at a store. 商品已陳列在商店中。

▶ 人物照片有將近八成的答案都是採上方常見的答案範例描述方式，針對人物的動作和外表特徵進行描述，但仍有兩成的機率是針對人物周邊事物的位置和狀態進行描述。

STEP 2 一起來解題！ 11

(A) (B) (C) (D)

解題技巧

- 本題為單人照片，請先仔細觀察照片中人物的動作和外表特徵。
- 答案極有可能會針對騎腳踏車的動作、頭戴安全帽、穿著短袖上衣和褲子進行描述。
- 答案也有可能針對人物周邊事物的位置和狀態進行描述，像是路旁停著一排汽車、道路兩邊有行道樹等。

(A) There is heavy traffic on this road. **(X)** 這條路正在塞車。

▶ 並未出現塞車的狀況。

(B) A tree is being planted near the road. **(X)** 路邊正在種植一棵樹。✔注意！

陷阱分析：現在進行被動式「be + being + p.p.」表示有人正在做過去分詞的動作，照片中並未出現這樣的人，因此要刪除此選項。

(C) Some people are cycling down the street. **(X)** 一些人正一路騎著腳踏車。

▶ 只有一個人騎著腳踏車，因此不是答案。此選項為典型的答題陷阱，故意把單一個人的動作寫成很多人的動作。

(D) Some cars are parked on one side of the road. **(O)** 一些車停在馬路的一側。

▶ 正確描述汽車停在道路某一側，故為正確答案。

陷阱分析：雖然本題屬於人物照片，但選項故意針對人物周邊的汽車進行描寫，亦為正確答案。

答案 (D)

STEP 3 實戰測驗！ 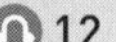 12

1.

(A) (B) (C) (D)

2.

(A) (B) (C) (D)

3.

(A) (B) (C)  (D)

4.

(A) (B) (C) (D)

◆ 解答 p. 5

熟記對事物或風景的描述方式

出題重點

在 PART 1 中，唯有完全掌握事物的正確位置和狀態，才能免於掉入答題陷阱。事物的狀態比位置更難掌握，所以請熟記各種與**狀態**有關的描述方式。這類描述方式難度遠勝人物動作的描述，因此如欲拿下 PART 1 所有分數，請務必牢記以下用法。

STEP 1 掌握重點考題類型！ 13

1 表示堆積狀態

- Some shelves **have been stocked with** merchandise. 一些貨架上擺滿了商品。
- Many boxes **have been stored on** the shelf. 很多盒子已被存放在貨架上。
- Clothes **have been piled on** overhead shelves. 衣服疊放在上頭的架子上。
- Some leaves **are piled up on** the steps. 一些樹葉被堆在台階上。
- Chairs **are stacked on top of** one another. 椅子堆疊在一起。

2 表示懸掛狀態

- There are some guitars **hanging on** the wall. 有幾把吉他掛在牆上。
- A variety of clothes **are hanging on** a rack. 各式各樣的衣服掛在架子上。
- Coats **have been hung over** the empty chairs. 外套被掛在空椅上。
- Some lamps **are hanging from** the ceiling. 幾盞燈從天花板上垂掛下來。
- A framed picture **is hanging above** a doorway. 一幅錶框的畫掛在門口上方。

3 表示黏貼狀態

- Memos **have been posted on** the bulletin board. 備忘錄已張貼在布告欄上。
- Light fixtures **have been attached to** the wall. 牆上已裝了照明設備。

4 表示關閉狀態

- Some blinds **have been closed over** the windows. 窗戶上的百葉窗已被拉上。
- The blinds **have been opened.** 百葉窗被拉開了。
- Curtains **are drawn over** the windows. 窗戶上的窗簾被拉上了。

5 表示延伸出去的狀態

- The road **runs past** the buildings. 這條路會經過大樓。
- The hillside **extends up from** the beach. 山坡自海濱向上延展開來。

6 表示反射狀態

- The scenery **is reflected on** the surface of the water. 景色倒映在水面上。
- The woman **is checking her reflection** in the mirror. 這位女士正在端看鏡中自己的影像。

7 表示俯視狀態

- Some buildings **are overlooking** the water. 一些建築物俯瞰著水面。

8 表示排列狀態

- The seats **are arranged in a semicircle.** 座位被排成半圓形。
- The chairs **are arranged in a semicircle** on the grass. 草地上的椅子被排成半圓形。
- Benches **line** a garden path. 長椅沿著花園小徑排列成列。
- Bookshelves **have been lined up in rows.** 書架成行排列。
- Airplanes **are lined up in a row** at the airport. 飛機在機場排成一列。
- Some cars **are parked on either side of the street.** 街道兩旁各停了幾輛車。
- Some cars **are parked on both sides of the street.** 街道兩旁都停了幾輛車。
- Some cars **are parked next to one another.** 車子一輛挨著一輛停放。
- Some bicycles **are parked side by side.** 一些腳踏車並排停著。
- Motorcycles **are parked on one side of the street.** 摩托車停在這條街的一側。
- **There are** lamps **on both sides of a desk.** 桌子兩側皆有檯燈。

再補充一點！

在人物照片中，「排列」狀態的描述也適用於形容人，因此請一併熟記以下與人相關的「排列」方式。

1. Some people **are lining up** to take a taxi. 一些人正在排隊搭計程車。
2. Some people **are sitting in a row.** 一些人成排坐著。
3. Some people **are sitting across from one another.** 一些人面對面坐著。
4. Two men **are standing across from each other.** 兩個男人面對面站著。
5. A group of people **are standing in a circle.** 一群人圍成一圈站著。

STEP 2 一起來解題！

 14

(A) (B) (C) (D)

解題技巧

▶ 本題為室內照，因此請仔細觀察重點事物的位置和狀態。請注意，切勿忽略照片中某些事物的特定排列方式。

▶ 若選項中出現**針對事物排列方式的描述，通常就是答案**。因此在本照片中，若有選項描述座位和天花板上的燈呈現半圓形的排列方式，極有可能就是答案。

(A) The chairs have been arranged in a semicircle. **(O)** 椅子排成半圓形。

▶ 描寫椅子呈現半圓形的排列方式，故為正確答案。

(B) Most of the people are shielded from the sunlight. **(X)** 大多數的人都在躲避日曬。

▶ 照片中不僅沒有任何人，更沒有出現 sunlight，因此不是答案。

(C) Light fixtures are being installed in the ceiling. **(X)** 燈具正被裝設到天花板上。✔注意！

▶ 照片中沒有出現裝設電燈的人，因此為錯誤選項。

陷阱分析：若照片中並未看見有人做動作，即可直接刪除現在進行被動式「be + being + p.p.」的選項。

(D) Shutters have been pulled down over the building's entrance. (X)
大樓出入口的捲門已被拉下。
▶ 從照片看不到建築物的外觀和大門，因此不是答案。

答案 (A)

STEP 3 實戰測驗！

15

1.

(A) (B) (C) (D)

2.

(A) (B) (C) (D)

3.

(A) (B) (C) (D)

4.

(A) (B) (C) (D)

◆ 解答 p. 6

PART 1
DAY 2
06

學會分辨現在（完成）被動和現在進行被動

出題重點

若出現以**現在進行被動**來描述**事情被完成的狀態**，或表示**動作正在進行中**，很可能是陷阱選項，請特別留意。正確判斷事物狀態和其相關動作是屬於正在進行，或是已完成的狀態格外重要。

STEP 1 掌握重點考題類型！ 16

1 現在被動、現在完成被動和現在進行被動的概念

時態	變化	適用情境
現在被動	be + p.p.	描寫因某種動作導致事物靜止的狀態
現在完成被動	have/has been + p.p.	
現在進行被動	be + being + p.p.	使用被動語態描寫正在進行的動作

Cars **have been parked** on both sides of the street.
= Cars **are parked** on both sides of the street.
車子停放在街道的兩側。

▶ 照片中顯示的是車輛停在道路兩側的狀態，所以可以使用現在被動式或現在完成被動式來描述同樣的情境。

Some fallen leaves **are being raked**. 落葉正被耙攏。

▶ 這句話可以解釋成一名男子正在用耙子把落葉聚集在一起。
現在進行被動式將人物正在做的動作以**被動語態**描寫，因此照片中一定要出現**人物**，做著過去分詞所指的動作，現在進行被動式的描述才會是答案。照片中看到一名男子使用耙子聚集落葉的動作，故能使用現在進行被動式來描寫。

2 10% 的現在進行被動式描述可能是正解

若照片中並未出現任何人物，使用現在進行被動式描述的選項有高達 90% 的機率為錯誤選項，但是仍有 10% 例外情況。因此當你看到照片中沒有出現任何人物時，千萬不能直接刪去現在進行被動式的選項。

〈表示商品陳列或展示中的狀態〉

A variety of clothes **are being displayed** in the store. (O)

A variety of clothes **are displayed** in the store. (O)

A variety of clothes **have been displayed** in the store. (O)
商店裡陳列著各式各樣的衣服。

▶ 動詞 display 並非指人陳列物品的動作，而是用來表示物品被陳列完畢的狀態。故 be displayed 和 be being displayed 都是描寫陳列著的狀態。此時，選項使用「be + being + p.p.」即屬於 10% 的例外情況。

STEP 2 一起來解題！

17

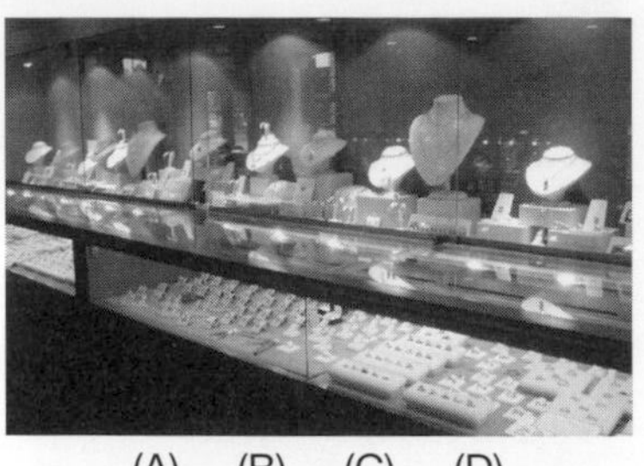

(A) (B) (C) (D)

解題技巧

▶ 本張照片的重點為物品，請仔細觀察照片中珠寶的狀態和位置。

▶ 若選項針對珠寶陳列於櫥窗的狀態、珠寶正在被展示，或是燈光照亮著珠寶進行描述，極可能為正確答案。尤其當照片屬於商品陳列照時，答案通常會針對**商品的陳列狀態**進行描述。

(A) Some people are looking in the shop windows. **(X)** 一些人正往商店櫥窗裡看。

▶ 照片中並未出現人物，因此看到主詞 Some people，便可確認此選項不是答案。

(B) Some lights are being switched on. **(X)** 一些燈正被打開。✔注意！

▶ 照片中沒有人做開燈這個動作，同時燈光為已經開著的狀態，代表因先前動作導致目前狀態，因此並不適合使用現在進行被動式來描述。

陷阱分析：由於屬於開著燈的狀態，應使用「Some lights are switched on.」或「Some lights have been switched on.」為較適當的答案。

(C) Price tags have been placed on each item. **(X)** 所有商品都貼著價格標籤。

▶ 透過照片無法確認產品上是否有貼上價格標籤，因此為錯誤選項。

(D) Various types of jewelry are being displayed. **(O)** 各種珠寶正被展示中。✔注意！

▶ 正確描述各類珠寶陳列的狀態，故為正確答案。在沒有人物出現的照片中，選項使用 be being displayed 屬於「be + being + p.p.」描述中 10% 的例外答案。

答案 (D)

STEP 3 實戰測驗！

18

1.

(A) (B) (C) (D)

2.

(A) (B) (C) (D)

3.

(A) (B) (C) (D)

4.

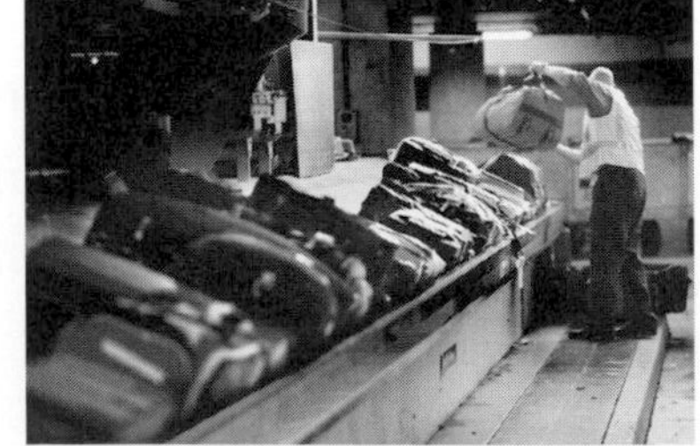

(A) (B) (C) (D)

◆ 解答 p. 7

熟記高難度單字和用法①

出題重點

雖然 PART 1 難度並不算高，但是自從新制多益實施後，考題經常會出現**難度較高的單字和用法**。為了完美拿下 PART 1 所有分數，預先熟悉新制 PART 1 中的高難度單字和用法相當重要。

STEP 1 掌握重點考題類型！ 19

1 精選 30 個重點單字：高難度名詞和動詞用法（1）

- Furniture has been packed in **crates.** 家具被裝在條板箱中。
- A woman is packing a shipping **carton**. 一位女士正在打包貨運紙箱。
- The server is cleaning the table with a **cloth**. 服務生正用抹布清理桌子
- The table is covered with a **tablecloth**. 桌子上鋪著桌巾。
- Some customers are sitting on **stools.** 一些客人正坐在凳子上。
- The waitress is fastening her **apron**. 女服務生正在繫圍裙。
- A man is changing a **light bulb** overhead. 一位男士正在更換頭頂上的燈泡。
- A man is standing next to a **pillar.** 一位男士正站在柱子旁。
- Some people are using a **ramp** to board a boat. 一些人正走坡道上船。
- One of the men is leaning against a **fireplace.** 其中一位男士正倚靠在壁爐旁。

- A woman is wearing a **protective smock.** 一位女士穿著防護衣。
- A woman is **sipping a beverage**. 一位女士正在啜飲飲料。
- A man is **adjusting his necktie**. 一位男士正在調整領帶。
- A man is **adjusting the height** of the music stand. 一個男士正在調整樂譜架的高度。
- Some men are **adjusting an awning**. 一些男士正在調整遮篷。
- A woman is **lacing up her shoe**. 一位女士正在綁鞋帶。
- One man is **bending over a water fountain**. 一位男士正俯身於飲水機上方。
- A man is **hammering a nail** into a wall. 一位男士正把釘子鎚進牆壁。
- The man is **driving a nail** into the wall. 這位男士正把釘子釘入牆壁。
- One of the workers is **plugging in** some equipment. 其中一位工人正把設備的插頭插上。

- The worker is wearing a **tool belt**. 工人配戴著工具腰帶。
- A woman is **wrapping up** some merchandise. 一位女士正在包裝商品。
- A woman is **stirring** a drink. 一位女士正在攪拌飲料。
- They are **collaborating on a project**. 他們正在合作進行一項計畫。
- People are gathered on the **brick patio**. 人們在磚砌的露臺上集合。
- One woman is **wheeling a shopping cart.** 一位女士正推著購物推車。
- Some women are **rolling their suitcases** down a path.
  幾位女士正沿著小路拖著她們的行李箱。
- A group is **paddling a boat** near a pier. 一群人正在碼頭附近划船。
- A man is **grasping a handrail**. 一位男士正抓著扶手。
- Some construction workers are **smoothing the road surface.** 幾名營建工人正在抹平路面。

2 重點照片：高難度名詞和動詞（1）

以下詳細列出名詞和動詞的意思，並附上相關照片，請一併熟悉適合搭配的動作或狀態。

1) crate 條板箱

2) pillar/column 柱子／圓柱

3) brick patio 磚砌露臺

4) fireplace 壁爐

5) heavy machinery (machine) 重型機械

6) wheeling (rolling) a bag 拖行李

7) smoothing the road surface 整平路面

8) handrail 扶手

9) tool belt 工具腰帶

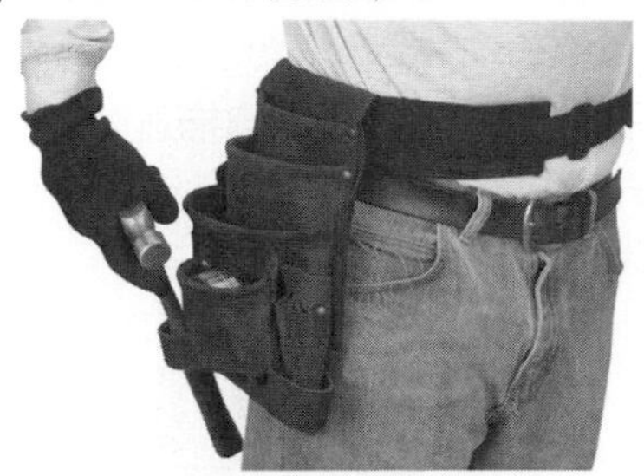

10) workstation/partition 工作區／隔板

11) water fountain 飲水機

12) protective smock 防護衣

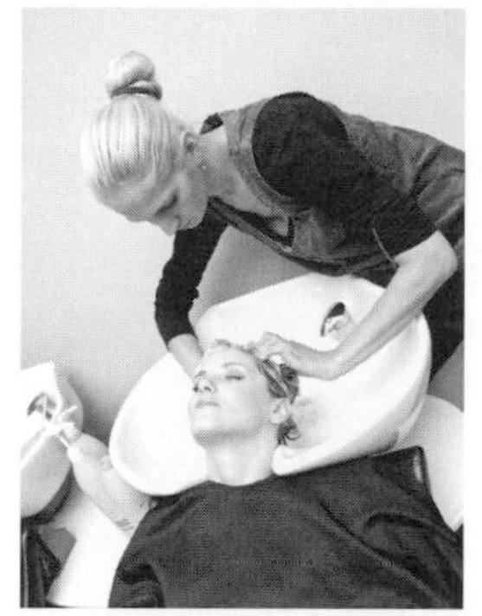

13) geometric design 幾何設計

14) stone archway 石拱門

15) carton 紙板箱

16) stool 凳子

STEP 2 一起來解題！ 20

(A) (B) (C) (D)

解題技巧

- 本題為雙人照片，因此請先確認兩人在動作、服裝、身上配件等外表特徵是否有相同之處。
- 請注意當選項**針對使用工具的動作進行描述**時，有**高達 100% 機率為答案**。因此若選項描寫男女搭船划槳的動作，通常會是答案。

(A) A couple is paddling a boat on the river. **(O)** 一對情侶正在河上划船

▶ 描寫兩人共同的動作：在船上划槳，故為正確答案。另外，paddle 作為名詞使用時，意思為「船槳」；而當動詞使用時，意思則為「划槳」。請順便熟記 row 也可以用來表示「划槳」的動作。

(B) Some people are sunbathing on the deck. **(X)** 一些人正在甲板上曬日光浴。

▶ 無法從照片中確認有人在甲板上曬日光浴，因此不是答案。

(C) Several boats are tied to a dock. **(X)** 幾艘船栓在碼頭上。

▶ 沒有任何船隻停靠在碼頭，且敘述中的船隻數量也有誤。另外，照片中並未出現碼頭，因此並非答案。

(D) A lot of trees are planted along the sidewalk. **(X)** 很多樹沿著人行道種植。**注意！**

▶ 應為水邊，而非人行道，因此為錯誤的描述。

陷阱分析：在 PART 1 中，選項經常會使用正確的人物、事物和動詞，搭配與照片不符的地點或位置描述，作為答題陷阱，請特別留意。

答案 (A)

STEP 3 實戰測驗！ 21

1.

(A) (B) (C) (D)

2.

(A) (B) (C) (D)

3.

(A) (B) (C) (D)

4.

(A) (B) (C) (D)

◆ 解答 p. 8

08 熟記高難度單字和用法 ②

出題重點

雖然 PART 1 難度並不算高，但是自從實施新制多益後，考題經常會出現**難度較高的單字和用法**。因此為了完美拿下 PART 1 所有分數，預先熟悉新制 PART 1 中的高難度單字和用法相當重要。

STEP 1 掌握重點考題類型！ 22

1 精選 30 個重點單字：高難度名詞和動詞用法（2）

- She is opening the **lid** of a large **pot**. 她正打開大鍋的蓋子。
- A **film crew** is recording something indoors. 電影劇組正在屋內錄影。
- Some skis **are propped up against** the wall. 幾個滑雪板斜靠在牆邊。
- One of the women is using a **scale**. 其中一位女士正在使用磅秤。
- A hair dresser is **squeezing** a plastic bottle. 美髮師正在擠一罐塑膠瓶。
- A **cyclist** is passing by a car. 腳踏車騎士正騎過一台車。
- A **crew member** is **tossing an anchor** into the water. 一位船員正將錨拋進水裡。
- Packages **have been secured** by some ropes. 包裹已經用繩子綁緊。
- Some bicycles **are chained to a post**. 一些腳踏車用鏈子拴在柱子上。
- Some flags **are fastened to the poles**. 一些旗子被綁在旗桿上。

- There are clouds **overshadowing** a building. 烏雲形成的陰影遮暗了大樓。
- A tree is **casting a shadow**. 一棵樹形成了陰影。
- A car is parked by a **curb**. 一台車停在人行道路邊。
- **Market stalls** are covered by a roof. 市場攤位上方有屋頂遮蓋。
- **Patio umbrellas** have been closed. 露台上的傘已被收起。
- A path **leads down to** the water's edge. 小徑一路通到水邊。
- Some boats **are positioned at the river's edge**. 一些船被置於河邊。
- **Earth is being shoveled** into bags. 泥土被鏟進袋子裡。
- The **road is being resurfaced**. 馬路正在重鋪路面中。
- The **pavement** is decorated with **geometric design**. 人行道裝飾著幾何設計圖形。

- There is a **stone archway** on the **paved path**. 鋪設過的小路上有一道石拱門。
- The carpet has a **circular pattern**. 地毯上有環狀圖形。
- Water is flowing from an outdoor **faucet**. 水從室外的水龍頭流出來。
- Shutters **have been pulled down** over a shop entrance. 商店大門的捲門已經拉下。
- **A piece of art** has been hung in the lobby. 大廳裡掛著一件藝術品。
- **Armchairs have been grouped** around the desk. 扶手椅被聚攏在桌旁。
- Some of the buildings **face** the lawn. 部分大樓面對著草坪。
- Two **workstations are separated by a partition**. 兩個辦公空間由隔板隔開。
- An **awning has been stretched** across the store entrance. 遮雨蓬橫跨了整個商店入口。
- The **footbridge extends** across the water. 人行天橋橫跨了水面。

2 重點照片：高難度名詞和動詞（2）

以下詳細列出名詞和動詞的意思，並附上相關照片，請一併熟悉適合搭配的動作或狀態。

1) pot / lid 鍋子／蓋子

2) be secured (chained) to a post
被拴（鏈）在柱子上

3) film crew 電影劇組

4) shadowing / casting a shadow 形成陰影

5) curb （人行道）路緣、路邊

6) patio umbrella 露臺陽傘

7) circular patterns （環狀圓形）圖案

8) awning 遮（雨／陽）蓬

STEP 2 一起來解題！

23

(A) (B) (C) (D)

▶ 本題為風景照，因此請仔細觀察照片中構成風景的主要事物，包含船隻與樹木的狀態和位置。

▶ 若選項針對位在**水邊的船隻**、**沿著水邊延伸的樹木**，或是**天空中的雲朵**進行描述，極有可能為正確答案。

(A) A wooden structure is situated near a lake. **(X)** 一座木造建築位於湖畔。

▶ 故意使用與水邊樹木相關的詞彙，而照片中並未出現木造建築物，故不是答案。

(B) The sailboat is positioned at the river's edge. **(O)** 帆船被擱置於河邊。

▶ 正確描寫出一艘船隻停靠在河邊的狀態，故為正確答案。

(C) A sailor is tossing an anchor into the water. **(X)** 一位船員正將錨拋進水裡。

▶ 照片中並未出現任何人物，故聽到敘述中出現 sailor 船員，當下即可得知此選項並非答案。

(D) Some boats are secured to a pier. **(X)** 一些船被繫在碼頭上。 **注意！**

▶ 雖然正確描寫出船隻停靠的狀態，但是照片中只有一艘船，且停靠的地方並非碼頭，因此為錯誤描述。pier（碼頭）屬於不常見的單字，請務必熟記其意思。

陷阱分析：選項經常會將單一的動作或狀態，擴大描寫成全體的動作或狀態，藉此作為陷阱選項，請特別留意這一點。

答案 (B)

STEP 3 實戰測驗！

24

1.

(A) (B) (C) (D)

2.

(A) (B) (C) (D)

3.

(A) (B) (C) (D)

4.

(A) (B) (C) (D)

◆ 解答 p. 9

Part 2

PART 2 搶分密技

PART 2 在試題本上不會提供任何題目和選項資訊，完全得仰賴考生的聽力選出正確答案，因此在聽力測驗中，屬於難度較高的大題。其中 **Wh- 問句**算是較為簡單的題型，但在實施新制多益後，難度則有漸漸增加的趨勢，多偏向以**間接回答**或**婉轉答覆**作為答案。唯一令人感到欣慰的是，新制多益的 PART 2 題數減少為 25 題，稍微減輕了考試壓力，但為了達標 850 分，最少仍需答對 18 題以上。

目標答對題數 **18** 題

每回平均出題比例

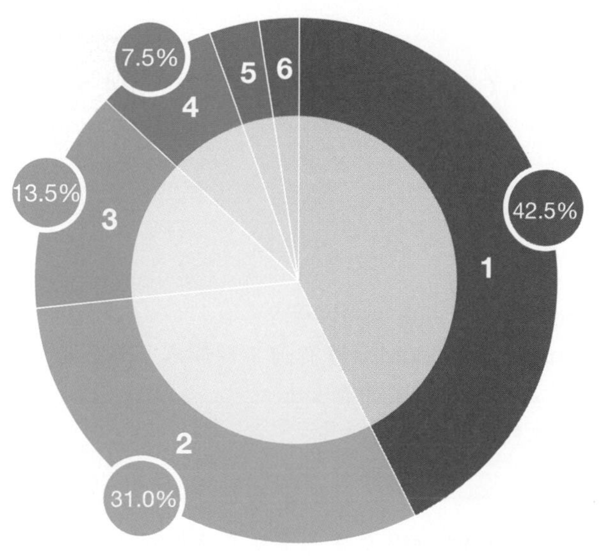

❶ Wh- 問句
❷ 一般問句
❸ 直述句
❹ 附加問句
❺ 間接問句
❻ 祈使句

PART 2
DAY 3

留意間接回答和委婉答覆

出題重點

針對各式各樣的問句，答案除了有直接明確的回答之外，也可能以**間接回答**或**委婉答覆**呈現。這類回答方式出現機率極高，25 題中超過 10 題皆會採非直接回答的方式，因此請務必認真熟悉這類考題。

STEP 1 熟悉常見的回答方式！ 25

1 表示不太清楚

When is Ms. Cane **going to leave** for Seattle? 凱恩女士何時前往西雅圖？

- I don't know. / I'm not sure. / I have no idea. 我不知道。／我不確定。／我不知道。
- I wish I knew. 我要是知道就好了。

2 表示尚未決定

Where do you **plan to get away** on vacation? 你打算去哪裡度假？

- That hasn't been decided yet. 還沒有決定。
- I can't decide now. 我現在還無法決定。

3 表示未被告知或沒聽說過此事

Has the personnel manager **hired** someone to take Mr. Parker's place?
人事經理已經聘人來接替派克先生的位子了嗎？

- He hasn't informed me yet. 他還沒通知我。
- I haven't been told about it yet. / I haven't heard yet. 我還沒被通知。／我還沒有聽說。

4 表示尚待確認或稍晚回覆

What time are we supposed to **meet** Mr. Gunnar? 我們該幾點去見迦納先生？

- Let me check / I'll find out. 讓我確認一下。／我查一下。
- I'll let you know later. 我晚點告訴你。
- It's too early to tell. 目前時間太早，還很難說。

5 請對方詢問第三者

Who will **be promoted** to sales director? 誰會升為業務主管？

- Why don't you ask the personnel manager about that? 你何不問問人事部經理？
- You should talk to Ms. Anderson. 你應該跟去問安德森女士。
- Perhaps Ms. Chang could tell you. 也許張女士能告訴你。

6 反問提問的人

Have you **reviewed** the quarterly sales **report** yet? 你看過季度業績報表了嗎？

- When do you need it by? 你什麼時候要？
- I haven't. Have you? 還沒，你看了嗎？

7 以 **Actually**（事實上）／**Probably**（可能）／**Maybe**（也許）／**Perhaps**（或許）回覆

Would you rather **take a credit card**? 你收信用卡嗎？

- **Actually**, that would be a lot better for me. 事實上，那對我來說會好很多。
- I can **probably** do that for you. 我或許可以這樣為你服務。

STEP 2 一起來解題！ 26

(A) (B) (C)

How many clients do you **meet** per week on average?	你一週平均與幾位客戶見面？
(A) Let's take five.	休息五分鐘吧。
(B) Let me check.	讓我確認一下。
(C) Please meet me at 2 o'clock.	請於兩點和我碰面。

字彙 client 客戶 on average 平均

❶ 解題技巧

▶ 解題關鍵為 How many clients，由此可確認題目要問的是客戶的數量。

▶ 答案可能會直接表明**客戶的數量**，但要注意的是也有可能不會提及確切數字，而是採**間接回答**方式。

❷ 刪除錯誤選項＆選出正確答案

(A) Let's take five. 休息五分鐘吧。

▶ 建議休息五分鐘，此回答與問句無關，請刪去此選項。

(B) Let me check. 讓我確認一下。

▶ 表示還要確認一下，代表回答者也不清楚客戶的數量，屬於間接回答。PART 2 答案中經常出現「不知道」或「讓我確認一下」，請特別留意這一點。

(C) Please meet me at 2 o'clock. 請於兩點和我碰面。

▶ 此處的 2 o'clock 表示具體時間點，應搭配 When 開頭的問句較為適當，故也不是答案。

答案 (B)

STEP 3 實戰測驗！ 27

1. (A) (B) (C)

2. (A) (B) (C)

3. (A) (B) (C)

4. (A) (B) (C)

5. (A) (B) (C)

6. (A) (B) (C)

7. (A) (B) (C)

8. (A) (B) (C)

9. (A) (B) (C)

10. (A) (B) (C)

◆ 解答 p. 10

PART 2
DAY 3

02 留意 When 問句的高難度回答方式

出題重點

When 問句的答案，通常不會直接以**副詞**或是**介系詞搭配時間點**來回答。面對 When 問句類型時，如果不熟悉難度較高的時間表達方式，則容易選錯答案。因此如欲在 PART 2 取得高分，就要熟悉此問句類型。

STEP 1 熟悉常見的回答方式！ 28

1 以高難度的回答方式表示未來特定時間

When is **the merger** with Bella Pharmaceutical happening?
什麼時候要和貝拉製藥公司進行合併？

❶ Sometime + 時間名詞

- **Sometime** next week. 下週某個時候。

▶ 回答「下週某個時候」表示大略的未來時間點。後方搭配不同的時間名詞，則代表不同時間點。舉例來說，若回答 Sometime last week，表示「上週某個時候」。

❷ Not until / Not before / No later than / Not for another + 時間名詞

- **Not until** Tuesday. 星期二。
- **Not before** Tuesday. 星期二以後。
- **No later than** Tuesday. 星期二以前。
- **Not for another** week. 一週之後。

▶ Not until Tuesday 表示星期二這個**時間點**，也可以使用 On Tuesday 或 Next Tuesday 來表示；Not before Tuesday 表示可能在星期二這個**時間點**，或**在這之後的時間**（如星期三）；Not later than Tuesday 表示可能在星期二這個**時間點**，或**在這之前的時間**（如星期一）。

▶ Not for another week 的意思為「**一週之後**」，也可以使用較簡單的方式表示，像是 In a week 或 A week from now。

2 When / (Right) after / As soon as / Once + 副詞子句

When will the new personnel policy **take effect**? 新的人事規定何時生效？

- **When** the president signs it. 等總裁簽署時。
- **Right after** the president signs it. 就在總裁簽署後。
- **As soon as** the president signs it. 只要總裁一簽署。
- **Once** the president signs it. 一旦總裁簽署後。

▶ 若以「When / (Right) after / As soon as / Once + 副詞子句」的句型回答，通常是表示大略的未來時間點，可以將此句型視為使用副詞子句的間接回答。

▶ When 問句類型中，除了簡單直白的回答方式之外，還會出現上述這類難度較高的回答方式。PART 2 需要聆聽問句和答句，作答時間相當緊迫，倘若碰到這類高難度的回答方式，必須花更多時間思考答案，無法迅速解題，進而使得總答對題數減少。

STEP 2 一起來解題！ 29

(A) (B) (C)

When do you think **the president will sign** the merger contract?
你認為總裁何時會簽署合併契約？

(A) Yes, I'll contact him tomorrow. 是的，我明天會聯絡他。
(B) Not until Wednesday. 星期三。
(C) At the bottom of the first page. 在第一頁頁底。

字彙 **president** 總裁；董事長 **merger** 合併 **contract** 合約 **contact** 聯絡 **at the bottom of** 在……底部

❶ 解題技巧

- ▶ 請由「When . . . the president will sign . . .」快速掌握題目要問的是總裁預計簽約的時間點。
- ▶ 若為簡單直白的回答方式，會使用「at / on / in / by + 時間點」來回答具體的時間點。
- ▶ 若使用難度較高的回答方式，則會回答「Sometime + 時間名詞」或「Not until / Not before / No later than / Not for another + 時間名詞」的句型。
- ▶ 難度最高的回答方式為「When / (Right) after / As soon as / Once + 副詞子句」。

❷ 刪除錯誤選項 & 選出正確答案

(A) Yes, I'll contact him tomorrow. 是的，我明天會聯絡他。
▶ Wh- 問句不能使用 Yes 回答，且選項中故意使用 contact，僅與問句中 contract 的發音相似，屬於陷阱選項。

(B) Not until Wednesday. 星期三。
▶ 表示具體的時間點為星期三，故為正確答案。

(C) At the bottom of the first page. 在第一頁頁底。 注意！
▶ 回答第一頁頁底，屬於位置，應搭配以 Where 開頭的問句較為適當，故非答案。

陷阱分析：有時在 When 問句選項中會出現與地點或位置相關的回答；在 Where 問句選項中則會出現與時間相關的回答，兩者皆屬於陷阱選項，請務必分清楚 When 和 Where 的差異。

答案 (B)

STEP 3 實戰測驗！ 30

1. (A) (B) (C)
2. (A) (B) (C)
3. (A) (B) (C)
4. (A) (B) (C)
5. (A) (B) (C)
6. (A) (B) (C)
7. (A) (B) (C)
8. (A) (B) (C)
9. (A) (B) (C)
10. (A) (B) (C)

◆ 解答 p. 12

03 熟悉 Where 問句的回答中提及人名

出題重點

新制多益中，PART 2 經常會以**間接回答**或**委婉答覆**作為答案。其中雖然 Where 問句所詢問的是地點或位置，但是多半不會直接以介系詞加地點或位置回答，反而會出現**提及人名**的回答方式。因此，建議預先熟悉各類型的間接回答方式，碰到 Where 問句時才不會選錯答案。

STEP 1 熟悉常見的回答方式！ 31

1 表示來自於某人

Where do you usually **purchase** office supplies? 你通常在哪裡買辦公用品？

- I usually get them from Mr. Parker. 我通常是跟派克先生買的。
- I usually get them from a wholesale dealer. 我通常是跟一個批發商買的。

▶ 若問句詢問東西販售的地點時，回答可能是**特定人士**或**批發商**，不一定為某個店舖或商家名稱。尤其請務必熟記以下詢問出處的問句，可能會搭配的高難度回答方式：

- Where . . . purchase . . . ?
- Where . . . buy . . . ?
- Where . . . get . . . ?
- Where . . . learn . . . ?
- Where . . . find . . . ?

2 表示在某人所在的地點或位置

Where is the **list of guests** for the celebration? 參加慶典的來賓名單在哪裡？

- Ms. Glennane has it. 在格蘭納女士那。
- Ms. Glennane borrowed it yesterday. 格蘭納女士昨天借走了。
- Ms. Glennane might know where it is. 格蘭納女士可能知道在哪裡。
- You should check with Ms. Glennane. 你應該問一下格蘭納女士。

▶ 回答方式為告知東西的所有人，或是告知對方知道地點或位置的人，並非直接表明具體的地點或位置。若未在考前熟悉這些回答方式，可能會將它們視為搭配 Who 問句的回答，因而刪去正確選項，錯失得分的機會。

3 表示沒有對方詢問的東西

Where is our new **laser printer**? 我們新的雷射印表機在哪裡？

- Actually, we didn't order one. 事實上，我們並沒有訂購。
- It hasn't arrived yet. 還沒送到。

▶ 有時也會回答沒有對方要找的東西，或是東西尚未送達，請特別留意這兩種回答方式。

STEP 2 一起來解題！ 32

(A) (B) (C)

Where did you **get these documents** on chemical testing? 你從哪裡拿到這些化學測試的資料？

(A) Before lunch. 在午餐前。

(B) The test cost almost $700. 這項測試花了將近 700 美元。

(C) From Mr. Butler, our head researcher. 從我們的首席研究員布德勒先生那。

字彙 **chemical testing** 化學測試 **cost** 花費（金錢）

❶ 解題技巧

▶ 由 Where did you get these documents 可以快速確認本題為以 Where 開頭的問句，詢問可以取得資料的地方。

▶ 若採簡單直白的回答方式，會使用「at / on / in / by + 地點或位置」來回答具體的地點或位置。

▶ 若使用難度較高的回答方式，則會回答經由某人取得，或是現在擁有資料的人。

❷ 刪除錯誤選項＆選出正確答案

(A) Before lunch. 在午餐前。 ✔注意！

▶ 有時在 When 問句選項中會出現與地點或位置相關的回答；在 Where 問句選項中則會出現與時間相關的回答，聆聽時可能會因為不小心搞混 When 和 Where 而選錯答案，請特別留意這一點。

(B) The test cost almost $700. 這項測試花了將近 700 美元。

▶ 故意重複使用問句中的 test，屬於陷阱選項。且 700 美元應搭配以 How much 開頭的問句較為適當，因此不是答案。

(C) From Mr. Butler, our head researcher. 從我們的首席研究員布德勒先生那。 ✔注意！

▶ 本題為 Where 問句，詢問取得化學測試相關資料的地方。此選項表示是從首席研究員布德勒先生那裡取得的，為最適當的回答。

答案 (C)

STEP 3 實戰測驗！ 33

1. (A) (B) (C)

2. (A) (B) (C)

3. (A) (B) (C)

4. (A) (B) (C)

5. (A) (B) (C)

6. (A) (B) (C)

7. (A) (B) (C)

8. (A) (B) (C)

9. (A) (B) (C)

10. (A) (B) (C)

◆ 解答 p. 15

熟悉 Who 問句的回答中未出現人名、職業或職稱

出題重點

千萬不要以為 Who 問句只能搭配**人名**、**職業**或**職稱**的回答。實施新制多益後，PART 2 大幅增加**間接回答**和**委婉答覆**的方式。因此準備 Who 問句的類型時，除了學會直接回答人名、職業或職稱的方式，也要一併熟悉各類型的間接回答方式。

STEP 1 熟悉常見的回答方式！ 34

1 回答地點或位置

若以 Who 開頭的問句，詢問誰持有合約書修訂本時，可以不回答確切的人名或職稱，而是告知對方合約書修訂本具體的放置地點或位置。值得注意的是，這代表問句為 Who 問句時，選項可能不會出現人名，而是說明地點或位置。

Who has the copy of the revised contract? 合約書修訂本的副本在誰那裡？
- I think it's in the file cabinet. 我想是在檔案櫃裡。
- I left it on your desk. 我把它放在你桌上了。
- You can get it from the Sales Department. 你可以從業務部那裡取得。

▶ 如果未在考前熟悉這些回答方式，聽到選項中出現地點或位置時，可能會將他們視為搭配 Where 問句的回答，因而誤刪正確選項，錯失得分的機會。

2 使用各種不同的代名詞回答

如果不清楚該人士的姓名或職稱，則會使用 man、women、someone、anyone 等代名詞來回答。

Who will **attend** the seminar this afternoon? 誰會參加今天下午的研討會？
- **A man** in the Marketing Department. 行銷部的一位男士。
- **The man** standing over there. 站在那裡的那位男士。
- **Someone** in the Accounting Department. 會計部的某個人。
- **Anyone** who's interested in it. 任何有興趣的人。

3 使用人稱代名詞回答

1) Who 所指的對象**距離提問者和回答者不遠**，位在當場可以確認的範圍。

2) Who 所指的對象**不在提問者和回答者所在的位置**。

▶ 若屬於上述這兩種情況，Who 問句的回答可以使用人稱代名詞 he、she、they，或是表示性別的名詞 man 和 woman。

Who has been **newly hired** for the accounting manager position? 新聘的會計部經理是誰？
- **He**'s the one wearing the black suit over there. 是那邊那個穿著黑色西裝的男士。
- **The man** wearing the black suit over there. 那邊那個穿著黑色西裝的男士。
- **The woman** talking to the vice president. 正在跟副總裁說話的那位女士。
- **She**'s not here now. 她現在不在這裡。

▶ 上方的回答方式皆屬於高難度的 Who 問句類型。如果未在考前熟悉這些回答方式，在考試中實際碰到人稱代名詞的選項，就可能誤刪正確答案，錯失得分機會。因此當聽到以**人稱代名詞**回答的選項時，請務必稍加思考，不要輕易刪去。

再補充一點！

若回答人稱代名詞 I 或 me，當下就能確認所指對象，因此也可以作為答案。

Who's in charge of ordering our office supplies? 誰負責訂購我們的辦公用品？

- I am. What do you need? **(O)** 是我。你需要什麼？

4 使用人稱代名詞的錯誤回答

如同前一點所述，人稱代名詞指的是**特定對象**，因此若非近距離可以確認的對象，或是無法明確得知特定對象是誰的情況，則不能使用人稱代名詞 he 或 she 來回答。

Who's in charge of ordering our office supplies? 誰負責訂購我們的辦公用品？

- He usually handles that. **(X)** 他常處理這個。
- She usually takes care of that. **(X)** 她常處理這個。

STEP 2 一起來解題！ 35

(A) (B) (C)

Who is the **new head accountant** at our company?	誰是我們公司新的會計主管？
(A) She is the one in the black suit over there.	就是那邊那個穿著黑色套裝的女士。
(B) Yes, I'd like to open a savings account.	是的，我想開一個儲蓄帳戶。
(C) Ms. Wilson will retire soon.	威爾森女士快退休了。

字彙 **head accountant** 會計主管 **in the black suit** 穿黑色套裝 **savings account** 儲蓄帳戶

❶ 解題技巧

▶ 由「Who is . . . new head accountant」可以迅速得知本題為以 Who 開頭的問句，詢問誰是新任的會計主管。

▶ 若採簡單直白的回答方式，會直接回答會計主管的名字。

▶ 若使用難度較高的回答方式，則會回答現場所在的某名男子或女子，也可能回答那個人不在現場。

❷ 刪除錯誤選項＆選出正確答案

(A) She is the one in the black suit over there. 就是那邊那個穿著黑色套裝的女士。

▶ 所指對象位在提問者和回答者當場可以確認的範圍，指出會計主管為穿著黑色套裝的女子，為最適當的回答。

(B) Yes, I'd like to open a savings account. 是的，我想開一個儲蓄帳戶。

▶ Wh- 問句不能以 Yes 回答，且當中故意使用 account，與問句中 accounting 的發音相似，屬於陷阱選項，因此不是答案。

(C) Ms. Wilson will retire soon. 威爾森女士快退休了。 **注意!**

▶ 雖然此處出現人名 Wilson，但後方表示她將退休，因此不是答案。

陷阱分析：高難度的 Who 問句題型，經常將人名或職稱放入選項中，使得考生經常發生誤選的情況。

答案 (A)

STEP 3 實戰測驗！

36

1. (A) (B) (C)

2. (A) (B) (C)

3. (A) (B) (C)

4. (A) (B) (C)

5. (A) (B) (C)

6. (A) (B) (C)

7. (A) (B) (C)

8. (A) (B) (C)

9. (A) (B) (C)

10. (A) (B) (C)

◆ 解答 p. 17

05 熟悉各類 Why 問句常見的回答方式

出題重點

針對 Why 問句，答案選項通常不會採取固定模式回答原因。因此 **Why 問句**經常被視為 Wh- 問句類型中**難度最高**的題型。若要將 Why 問句考題一網打盡，考前不僅要熟記常見的回答方式，還要一併掌握**經常出現的問句**與**相關理由**，確實學會各種表達原因的方式。

STEP 1 熟悉常見的回答方式！ 37

1 商家或政府機關未開門的原因 ⇨ 表示因為國定假日、施工或活動準備

常見題目為詢問餐廳或特定機關未開門的原因，答案通常會提到因為國定假日、施工或活動準備等原因。

Why is the **post office closed** today? 今天郵局為什麼沒有營業？
- It's a national holiday. 今天是國定假日。
- It is being painted. 正在油漆中。
- They are renovating the office building. 他們正在整修辦公大樓。
- They are doing renovations. 他們正在整修中。

Why is the **cafeteria closed** today? 今天自助餐廳為什麼沒有營業？
- There will be a personal party tonight. 今晚有個私人派對。
- To get ready for a company banquet. 要為一場公司宴會做準備。

2 會議、發表會、活動延遲或改期的原因 ⇨ 表示因為參加者身體不適、臨時無法參加、有其他安排或是場地問題

常見題目為詢問會議、發表會、活動延遲或改期的原因，答案通常會提到因為參加者身體不適、臨時無法參加、有其他安排或是場地問題等原因。

Why was the **board meeting postponed**? 董事會議為什麼延後了？
- Because Mr. Anderson called in sick. 因為安德森先生請病假。
- Ms. Kellogg couldn't come on that day. 凱洛格女士那天無法到場。
- There were no rooms available. 沒有場地可用。
- So the sales director could meet with some important clients.
  這樣業務主管才可以和一些重要客戶會面。

3 會議、發表會、活動遲到的原因 ⇨ 表示因為有其他安排、身體不適或交通阻塞

常見題目為詢問參加者會議、發表會、活動遲到的原因，答案通常會提到有其他安排、身體不適或交通阻塞等原因。

Why were you **late** for the **staff meeting** this morning?
今天早上的員工會議，你為什麼遲到了？
- I had a dental appointment. 我和牙醫有約。
- I was sick this morning. 我今天早上不舒服。
- I was caught in traffic. 我碰到塞車了。
- The subway was delayed. 地鐵延誤了。

4 無法參加會議、發表會、活動的原因
⇨ 表示因為業務繁忙、過度疲勞、有其他安排或搞錯時間

常見題目為詢問參加者無法參加研討會（workshop）、培訓（training session）、會議（meeting, conference）、公司戶外活動（company picnic, outing）的原因，答案通常會提到**業務繁忙**、**過度疲勞**、**有其他安排**或**搞錯時間**等原因。

Why didn't you **come** to the **staff meeting** yesterday?
你為什麼沒有參加昨天的員工會議？
- I was kind of busy. 我有點忙。
- I was working late and was very tired. 我加班，非常疲累。
- I had a lot of work to do. 我有很多工作要做。
- I thought it had been canceled. 我以為取消了。
- I thought it was going to be this Friday. 我以為是這個星期五。
- I had other plans yesterday. 我昨天有其他事。

再補充一點！

與舊制多益相比，新制多益測驗中，經常出現「I thought it had been canceled.」或「I thought it would be this Friday.」這一類的回答方式。

5 提早上下班的原因 ⇨ 表示想避開交通阻塞或私人原因

以 To V 不定詞回答的方式，僅限用來回答 **Why 問句**。因此，如果此類回答方式出現在其他問句的選項當中，請無條件刪去它。

Why did you **come to work** early this morning? 你今天早上為什麼這麼早來上班？
- **To avoid** heavy traffic. 為了避開塞車。
- **To shorten** my lengthy commute. 為了縮短冗長的通勤時間。
- **In order to avoid** rush-hour traffic. 為了避開尖峰時刻的交通。

Why do you want to **leave early** today? 你今天為什麼要提早下班？
- I have to see my daughter's piano recital. 我要去參加女兒的鋼琴獨奏會。
- I have a dental appointment at 4. 我四點和牙醫有約。

6 交通工具延遲運行的原因 ⇨ 表示因為天候不佳或器械相關問題

這類 Why 問句通常會使用 **Because of / Due to** 的句型來回答，請特別熟記。

Why has the express **train** been **delayed**? 特快車為什麼延誤了？
- **Because of** a mechanical problem. 因為機械故障。
- **Due to** technical problems. 因為技術問題。
- **Due to** the inclement weather. 因為惡劣的天氣。
- **Due to** the severe weather. 因為惡劣的天氣。

7 道路封閉、交通停擺、人潮擁擠的原因 ⇨ 表示因為有活動或維修工程

若題目詢問特定地點為何出現眾多人潮，或是道路封閉的原因，答案通常會提到因為**有演唱會**、**節慶活動**、**遊行**或是**維修工程**等原因。

Why will some local **streets** be **blocked** tomorrow? 為什麼明天本地部分街道要封閉？
- There will be regular road maintenance. 要進行定期的道路維修。
- There will be a parade. 有一場遊行。

Why was the city **park** so **crowded** yesterday? 昨天市立公園為什麼擠滿人群？
- There was a free concert. 有一場免費的音樂會。
- There was a music festival. 有一場音樂慶典。

8 回答機器無法使用的原因

常見的題目為詢問設施或裝置無法使用或故障的原因。此時，可以在答句中加入 **need to do** 或 **have to do**，提出解決的方式。

Why isn't the **printer working** now? 印表機為什麼不能用了？
- You **have to** check to see if it is unplugged. 你必須檢查是不是沒有插上插頭。
- We **need to** plug it in. 我們需要插上插頭。

9 延後施工、企畫案時間的原因 ⇨ 表示因為工程問題、天候不佳、費用過高或付款問題

Why is the remodeling **construction behind schedule**? 改建工程的進度為什麼落後？
- We had some problems during the process. 過程中有一些問題。
- Because of the inclement weather. 因為惡劣的天氣。
- We had some problems with heavy construction expenses. 我們遇到了工程費過高的問題。
- We need the mayor's approval. 我們需要市長的批准。

10 搬家、調職的原因 ⇨ 表示因為距離考量、升遷、離職、通勤時間或空間大小問題

Why will Ms. Wilson be **transferred** to the Los Angeles branch?
威爾森女士為什麼要轉調到洛杉磯分部？
- To be closer to her family. 為了和家人距離更近。
- Most of her relatives live there. 她大部分的親戚都住在那裡。
- Because she is being promoted to branch manager. 因為她被升為分部經理了。
- In order to get to work faster. 為了上班近一點。
- To shorten her lengthy commute. 為了縮短冗長的通勤時間。
- We need more space. 我們需要更多的空間。
- So that we can meet our clients more easily. 這樣我們跟客戶會面就更容易了。

STEP 2 一起來解題！ 38

(A) (B) (C)

Why will Ms. Larson be **transferred** to our Boston branch next month?
為什麼拉森女士下個月要轉調到波士頓分公司？

(A) Yes, I used to work in Boston. 是的，我以前在波士頓工作。
(B) To shorten her commute from home to work. 為了縮短她從家裡到公司的通勤時間。
(C) I'll go to San Francisco. 我要去舊金山。

字彙 transfer 轉調　commute 通勤　from A to B 從 A 到 B

❶ 解題技巧

▶ 由「Why will . . . be transferred」可以迅速掌握本題為以 Why 開頭的問句，詢問調派的原因。

▶ 請事先預想答案可能與增進和家人間的相處、升遷、業務性質、離職、通勤時間或空間大小問題有關。

❷ 刪除錯誤選項 & 選出正確答案

(A) Yes, I used to work in Boston. 是的，我以前在波士頓工作。
▶ Wh- 問句不適合使用 Yes 回答，且重複使用地名 Boston，屬於陷阱選項。

(B) To shorten her commute from home to work. 為了縮短她從家裡到公司的通勤時間。
▶ 以 To V 不定詞回答的方式，僅限用來回答 Why 問句。此選項說明調派原因是為了縮短通勤時間，為最適當的答案。

(C) I'll go to San Francisco. 我要去舊金山。✔注意！
▶ 前往舊金山應搭配以 Where 開頭的問句較為適當，因此不是答案。

陷阱分析：Why 問句的選項中，有時會故意利用「To V 不定詞必定為答案」的定律，出現「to + 目的地」的回答方式，請特別留意。

答案 (B)

STEP 3 實戰測驗！ 39

1. (A) (B) (C)　　**6.** (A) (B) (C)

2. (A) (B) (C)　　**7.** (A) (B) (C)

3. (A) (B) (C)　　**8.** (A) (B) (C)

4. (A) (B) (C)　　**9.** (A) (B) (C)

5. (A) (B) (C)　　**10.** (A) (B) (C)

◆ 解答 p. 19

PART 2
DAY 4

06 熟悉各類 What 問句常見的回答方式

出題重點

What 問句類型有各種**提問方式**和**回答方式**，內容所涵蓋的範圍相當廣。因此 What 問句也和 Why 問句一樣，被視為**難度最高**的類型。如欲掌握 What 問句類型，不僅要熟悉常見的問句形式，還要一併學習搭配問句的回答方式和內容。

STEP 1 熟悉常見的回答方式！ 40

1 What + 名詞 . . . ?

當問句形式為「What + 名詞 . . . ?」時，表示詢問的重點為**名詞的確切資訊**，因此請從選項中選出與該名詞相關的資訊作為答案。

What time do you usually go to work on weekdays? 你平日通常幾點上班？
- At 7:30. 7 點 30 分。
- Between seven and eight. 七點到八點之間。

What floor is the marketing seminar on? 行銷研討會在哪一層樓舉行？
- The second. 二樓。
- Please go to the conference room on the third floor. 請到三樓的會議室。

What color would you like for the new design? 這個新設計，你想要什麼顏色？
- Red would be great. 紅色不錯。

What kind of decorations do you want on the dining table? 你希望餐桌上有什麼樣的擺設？
- Just some flowers. 只要一些花就好。
- I'd like to place an arrangement of flowers on it. 我想放上一盆插花。

What kind of running shoes would you like? 你想要哪種運動鞋？
- Something comfortable for hiking or climbing. 適合健行或爬山的。
- Soft and comfortable sneakers. 柔軟舒適的運動鞋。

▶ 回答中通常會直接說出確切資訊名稱，但是在某些高難度考題中，則會使用代名詞 something 加上自己想要的方式來回答，請務必熟記這類回答方式。

2 What + be 動詞 + 名詞（金額或費用）. . . ?

疑問詞 What 的後方通常會搭配 cost（成本）、charge（費用、手續費、票價）、estimate（估價）、fee（服務費、手續費）、fare（車費）、price（價格）、hourly rate（時薪）、admission（入場費）等名詞一起使用。

What is the airfare from Toronto to Vancouver? 從多倫多到溫哥華的機票要多少錢？
- About 320 dollars. 大約 320 美元。
- 300 dollars plus tax. 300 美元，再加上稅金。

What's the price of your new laptop computer? 你的新筆記型電腦多少錢？
- Approximately 880 Canadian dollars. 大約 880 加幣。
- Why don't you check the price tag? 你何不查看一下價格標籤？
- The same as the old one. 和舊的那台一樣。
- Actually, it's my birthday present. 事實上，這是我的生日禮物。

3 What should we discuss . . . ? / What are we going to discuss . . . ?

一般會針對**討論事宜**、**提案**或**主題**直接回答，但有時也會出現表示自己不太清楚，或是請對方詢問他人的回覆。

What should we discuss at the board meeting? 我們要在董事會議上討論什麼？
- The quarterly advertising budget. 季度廣告預算。
- Current market trends. 目前的市場趨勢。
- I have no idea at all. 我毫無頭緒。
- Why don't you ask Mr. Parker? 你何不問問派克先生？

4 What would you like for + 食物 . . . ? / What should we serve . . . ?

一般來說，回答會直接說出**食物名稱**，或是舉出**可供選擇的食物種類**。但是，在某些高難度考題中，則會轉向**要求對方推薦**。

What should we serve at the reception? 我們在接待會上要供應什麼食物？
- Sliced roast beef and provolone cheese. 烤牛肉薄片和波羅普洛乾酪。
- I heard roast beef fillet will be served. 我聽說會有烤牛柳。
- We still haven't decided yet. 我們還沒決定。

What would you like for lunch? 你午餐想吃什麼？
- Spaghetti would be good. 義大利麵好了。
- What do you recommend? 你推薦什麼？

5 What do/did you think of + 名詞 . . . ? / What's your opinion of + 名詞 . . . ?

面對這類提問，為明確表達出自身的看法，回答中經常會搭配 impressive / interesting / informative / reasonable / great / good / fantastic / brilliant / unique 等形容詞一起使用。

What did you think of the **musical performance**? 你覺得這場音樂表演如何？
- It was very impressive. 令人印象非常深刻。
- It was really fantastic. 真的很棒。

What's your opinion of her previous **work experience** overseas?
你對她之前在海外的工作經驗有什麼看法？
- It's much better than expected. 比預期的好很多。
- I think it's very impressive. 我覺得很令人欽佩。

What did the sales director say about the new **sales strategy**?
業務主管對新銷售策略有什麼看法？
- I haven't heard yet. 我還沒聽說。
- She said that it was brilliant. 她說很棒。
- She wanted a little change. 她想來點變化。

6 What's the fastest way to (get to) + 地點 . . . ?
What is the best way to + 動詞 . . . ?

詢問最快抵達特定地點的交通方式或路線，以及最佳聯絡方式，兩者皆為常見問句類型。前者通常會直接說出**特定路線**、**道路名**或**交通方式**；後者則會回答**公司電話**、**手機號碼**或**電子郵件**等聯絡方式。

What's the fastest way to get to the **international airport**?
到國際機場最快的方式是什麼？
- Just drive down Main Street. 順著緬因街開就行了。
- Take the airport shuttle. 搭機場接駁車。

What is the best way to contact Ms. Witherspoon?
與薇絲朋女士聯絡最好的方式是什麼？
- Probably by mobile phone. 可能是打行動電話。
- Try her office number. 試試打她的公司電話。

7 What should I/we do if (with) . . . ? / What did you do with . . . ?

若題目針對特定事物的處理方式進行提問時，答案通常會直接回答**具體的處理方式**。但是，在某些高難度考題中，則可能回答**尚未處理完成**。

What should I do if I'm late for the meeting tomorrow? 如果我明天會議遲到了，該怎麼辦？
- Please call to let me know. 請打電話告訴我。
- You should come to Room 403 directly. 你應該直接來 403 室。

What did you do with your original sales receipts? 你怎麼處理原始售貨收據？
- I submitted them to the head of Accounting. 我把它們交給會計主管了。
- I still have them. 我還留著。

STEP 2 一起來解題！ 41

(A) (B) (C)

What is being **served** at the celebration tonight? 今晚慶祝活動上會供應什麼食物？

(A) Yes, let's celebrate it tonight. 是的，我們今晚來慶祝吧。
(B) The food was really delicious. 食物真的很美味。
(C) We have three choices of French dishes. 我們有三種法國菜可選。

字彙 **celebration** 慶典；慶祝活動 **delicious** 美味的

❶ 解題技巧

▶ 由 What is being served 可以迅速掌握本題為以 What 開頭的問句，詢問供應什麼食物。

▶ 若採簡單直白的回答方式，會直接回答**食物名稱**。

▶ 若使用難度較高的回答方式，則會回答**尚未決定**，或是**要求對方推薦一些食物**，請特別留意這類的回答方式。

❷ 刪除錯誤選項&選出正確答案

(A) Yes, let's celebrate it tonight. 是的，我們今晚來慶祝吧。

▶ Wh- 問句不適合使用 Yes 來回答。且當中使用了 celebrate，與問句中 celebration 的發音相似，屬於陷阱選項，並非答案。

(B) The food was really delicious. 食物真的很美味。

▶ 回答食物很美味與問句毫無關聯。且當中使用了 food，僅與問句中的 serve 有所關聯，屬於陷阱選項，並非答案。

(C) We have three choices of French dishes. 我們有三種法國菜可選。 **注意！**

▶ 題目問的是今晚慶祝活動上將提供什麼食物。此選項介紹有三種法國菜可供選擇，故為正確答案。

答案 (C)

STEP 3 實戰測驗！

42

1. (A) (B) (C)

2. (A) (B) (C)

3. (A) (B) (C)

4. (A) (B) (C)

5. (A) (B) (C)

6. (A) (B) (C)

7. (A) (B) (C)

8. (A) (B) (C)

9. (A) (B) (C)

10. (A) (B) (C)

◆ 解答 p. 22

07 熟悉各類 Which 問句常見的回答方式

出題重點

根據近期的考試趨勢，What 問句的考題減少了許多，反而是 **Which 問句**的出題頻率逐年增加。雖然在 Wh- 問句類型中，Which 問句的考題相對簡單，但是仍會出現高難度的回答方式。

STEP 1 熟悉常見的回答方式！ 43

1 回答中提到代名詞 one

Which application form should I fill out to apply for a small business loan?
我該填寫哪種申請表以申請小型企業貸款？

- The one that's in the brown box. 棕色盒子裡的那種。
- Here's the one. 這裡這種。

▶ 題目為 Which 問句時，解題重點在於掌握 Which 後方連接的名詞。回答可以使用代名詞 one 代替該名詞，此類回答方式屬於最基本簡單的答案。

2 使用 Either 或 Neither 來回答

Which logo would be good for our company? 哪一個商標適合我們公司？

- **Either** would be fine with me. 我覺得兩個都可以。
- **Neither.** We need a more creative one. 兩個都不好。我們需要更有創意的。

▶ 題目為 Which 問句時，可以使用 either 或 neither 來回答，表示兩者都可以，或是兩者都不要。

3 使用 Every 或 All 來回答

Which branch offices need additional employees? 哪一間分公司需要更多員工？

- Almost **all** of them. 幾乎全部都要。
- **Some** branches in California. 加州的幾間分公司。
- **Every** branch except the one in San Francisco. 除了舊金山那間，其他全部都要。

▶ 要注意的是，不僅可以用代名詞 one、either 或 neither 來回答 Which 問句，還可以用 all、almost、every、some 來回答，表示全部或一部分的概念。

4 直接告知確切資訊

Which conference room is our next marketing seminar in?
我們下次的行銷研討會在哪一間會議室舉行？

- Room 304. 304 室。
- I think it's Room 101. 我想是 101 室。

Which highway will have less traffic during rush hour?
哪一條公路在尖峰時間比較不塞車？

- I'd recommend Highway 680. 我建議 680 號公路。
- You should take Highway 280. 你應該走 280 號公路。

Which menu item is the most popular one at this restaurant?
這間餐廳菜單上最受歡迎的是哪一道菜？

- I'd recommend the cheesesteak. 我推薦牛肉起士三明治。

STEP 2 一起來解題！

44

(A) (B) (C)

Which sales plan did the sales director **choose**?	業務主管選了哪一個銷售計畫？
(A) I think it's a very good plan.	我認為是非常棒的計畫。
(B) Our sales are declining in the global market.	我們在全球市場的銷售額正在往下降。
(C) Neither. We need a new one.	都沒選。我們需要新的計畫。

字彙 **sales director** 業務主管 **decline** 下降；下滑

❶ 解題技巧

▶ 由「Which sales plan . . . choose」可以得知本題為以 Which 開頭的問句，詢問選擇了哪種銷售計畫。

▶ 請事先預想到回答中可能會出現代名詞 one。

▶ 若使用難度較高的回答方式，則會使用 **either**、**neither** 或是 **every**、**all**、**some** 來回答，請特別留意這類的回答方式。

❷ 刪除錯誤選項＆選出正確答案

(A) I think it's a very good plan. 我認為是非常棒的計畫。

▶ 表示為非常棒的計畫，並未告知選擇了哪種銷售計畫。且重複使用問句中的 plan，屬於陷阱選項。

(B) Our sales are declining in the global market. 我們在全球市場的銷售額正在往下降。

▶ 表示全球市場的業績正在下降，同樣沒有回答到問題。且重複使用問句中的 sales，也屬於陷阱選項。

(C) Neither. We need a new one. 都沒選。我們需要新的計畫。 ✔注意！

▶ 表示沒有選擇任何一個計畫，並在後方補充需要新的銷售計畫，為最適當的答案。若問句形式為「Which + 名詞」時，可以用 either 或 neither 來回答。

答案 (C)

STEP 3 實戰測驗！

45

1. (A) (B) (C)

2. (A) (B) (C)

3. (A) (B) (C)

4. (A) (B) (C)

5. (A) (B) (C)

6. (A) (B) (C)

7. (A) (B) (C)

8. (A) (B) (C)

9. (A) (B) (C)

10. (A) (B) (C)

◆ 解答 p. 24

08 熟悉各類 How 問句常見的回答方式

出題重點

How 問句類型也有各式各樣的提問方式和回答方式，內容涵蓋的範圍更是相當廣。本章節整理了 How 問句極為常見的問答方式，考前請務必熟悉所有的內容。

STEP 1 熟悉常見的回答方式！ 46

1 How + be 動詞 + 名詞 . . . ?

回答中經常會出現 nice / fantastic / positive / bad / wonderful / great / informative / interesting 等形容詞，表達實際的狀態或感受。

How was your **trip** to New Mexico during your vacation?
你在休假期間去新墨西哥的旅程如何？

- The weather was nice. 天氣很好。
- It was really fantastic. 真的很棒。

2 How do/does/did/can/could/will/would + 主詞 + 原形動詞 . . . ?

回答應為與動詞相對應的具體方式或手段，請務必從相關回答中選出正確答案。

How can I get my password? 我要如何取得密碼？

- Just call Jason in Technical Support. 打電話給技術支援部的傑森就行了。
- From our IT division. 找資訊科技部。

3 How did you find / learn about + 名詞 . . . ? ⇨ 資訊來源、相關方法或途徑

此類句型所問的是確切的資訊來源，因此回答應為取得的方式或途徑，請務必從相關回答中選出正確答案。

How did you learn about our **company**? 你是如何得知本公司的？

- Through the Internet. 透過網路。
- From one of my acquaintances. 從我認識的人那。

4 How do(can) I(we) get to + 地點 . . . ? ⇨ 回答交通方式

此類句型所問的是抵達特定地點的方法，回答中通常會提到交通方式。

How can I get to the **international airport**? 我要怎麼去國際機場？

- There is a shuttle bus running every 10 minutes. 每十分鐘就有一班接駁車。
- You should take a taxi. 你應該搭計程車。

5 How do/did/would you like + 名詞 . . . ? ⇨ 回答個人喜好

回答中經常會出現 excellent / informative / great / impressive / good / interesting / stylish / unique 等形容詞，表達對該名詞的喜好程度。

How did you like the **seminar** yesterday? 你覺得昨天的研討會如何？

- Mr. Morris was an excellent speaker. 莫里斯先生是個很棒的講者。
- I think it was very informative. 我覺得非常具知識性。

How would you like your **coffee**? 你要怎樣的咖啡？
- With cream and sugar. 加奶精跟糖。
- Make mine black. 黑咖啡就好。

STEP 2 一起來解題！ 47

(A) (B) (C)

How did you learn about our **job opening**? 你是如何得知本公司職缺的？

(A) The opening ceremony will be held at 7. 開幕典禮將於七點舉行。

(B) Through your job advertisement. 透過貴公司的求才廣告。

(C) I was hired on a full-time basis. 我被聘任為全職員工。

字彙 job opening 職缺 be held 舉行；舉辦 job advertisement 求才廣告
hire 僱用；聘僱 on a full-time basis 全職制

❶ 解題技巧

▶ 本題為以 How 開頭的問句，詢問對方如何得知公司在徵人。

❷ 刪除錯誤選項＆選出正確答案

(A) The opening ceremony will be held at 7. 開幕典禮將於七點舉行。

▶ 表示舉行開幕典禮的時間為傍晚七點，應搭配以 When 開頭的問句較為適當。且當中重複使用問句中的 opening，屬於陷阱選項。

(B) Through your job advertisement. 透過貴公司的求才廣告。

▶ 回答透過求才廣告得知，明確說出資訊的來源，故為適當的答案。

(C) I was hired on a full-time basis. 我被聘任為全職員工。

▶ 被聘任為全職員工與如何獲取徵人資訊毫無關係，且當中使用了 hired 和 full-time，與問句中的 job opening 有所關聯，屬於陷阱選項。

答案 (B)

STEP 3 實戰測驗！ 48

1. (A) (B) (C)

2. (A) (B) (C)

3. (A) (B) (C)

4. (A) (B) (C)

5. (A) (B) (C)

6. (A) (B) (C)

7. (A) (B) (C)

8. (A) (B) (C)

9. (A) (B) (C)

10. (A) (B) (C)

◆ 解答 p. 26

09 熟悉「How +形容詞／副詞」問句常見的回答方式

出題重點

「How + 形容詞／副詞」問句也有各類的提問方式和回答方式，內容涵蓋的範圍更是相當廣。本章節整理了**「How + 形容詞／副詞」問句**極為常見的問答方式，考前請務必熟悉所有的內容。

STEP 1 熟悉常見的回答方式！ 49

1 How many + 複數可數名詞 . . . ? ／ How much + 不可數名詞 . . . ? ⇨ 回答數量

回答中通常會直接說出明確數量，但值得留意的是，若為難度較高的回答方式，則會使用 everyone / many / much / more / less / any / some / another / several / (a) few / (a) little / nothing / half / twice / times / the same 這類的單字，間接表達數量的概念。

How many employees will be attending the accounting seminar?
有多少員工要參加會計研討會？
- Seven of our staff members. 七名人員。
- Probably thirty. 可能有 30 個。
- **Everyone** except Ms. Adama. 所有人，除了阿達瑪女士外。
- Almost **all of them**. 幾乎全部。

How much time do you need to finish the paperwork? 你需要多少時間來完成這份文件？
- I think I need at least another week. 我想我至少需要再一個禮拜的時間。
- I'll get it done this afternoon. 我今天下午可以做好。

2 How often . . . ? ⇨ 回答頻率

簡單直白的回答方式為說出明確的頻率數字，但值得留意的是，若為難度較高的回答方式，則會避免提到數字，採**間接回答**的方式。因此請務必學會「every + 時間名詞」，以及 Whenever it's necessary 的用法。

How often does your company take inventory? 貴公司多久盤點一次？
- Once a month. 一個月一次。
- Every six months. 每六個月。
- **Almost every** quarter. 幾乎每季。
- **Whenever it's necessary**. 有必要時。

3 How long have you + p.p. . . . ? ／ How long will you + 動詞 . . . ? ⇨ 回答為期多久

面對這類提問，答案通常會直接說出明確的時間，但也有可能採間接回答的方式。
因此，請務必學會以 After / Since / As soon as 引導子句的用法。

How long have you worked at our company? 你在本公司服務多久了？
- More than 20 years. 超過 20 年。
- **Since** I graduated from college. 自從我大學畢業起。
- **As soon as** I graduated from college. 自從我大學一畢業。

How long will you stay in Brussels? 你會在布魯塞爾待多久？
- About a week. 大約一個禮拜。

- **No later than** this weekend. 不會超過這個週末。
- **Until** the international conference ends. 直到國際會議結束。

STEP 2 一起來解題！ 50

(A) (B) (C)

How many liters of wine would you like me to buy for the party?	你要我為派對買幾公升的紅酒？
(A) Twenty would be fine.	20 就可以了。
(B) I think this wine is really amazing.	我覺得這紅酒真的很棒。
(C) It'll be held in the hotel's dining hall.	將於飯店的宴會廳舉行。

❶ 解題技巧

▶ 由 How many liters of wine 可以得知本題為以 How many 開頭的問句，詢問對方需要多少公升紅酒。

▶ 請事先預想到回答中可能會出現明確的公升數。

▶ 若使用難度較高的回答方式，則會故意不提及數字，採間接回答的方式。像是 Exactly the same as last year.（與去年的量相同），因此請務必留意這類回答方式。

❷ 刪除錯誤選項＆選出正確答案

(A) Twenty would be fine. 20 就可以了。

▶ 明確說出自己需要的紅酒量，故為正確答案。

(B) I think this wine is really amazing. 我覺得這紅酒真的很棒。

▶ 表示紅酒相當棒，答非所問，且當中重複使用問句中的 wine，屬於陷阱選項。

(C) It'll be held in the hotel's dining hall. 將於飯店的宴會廳舉行。 ✔注意！

▶ 告知地點為飯店宴會廳，應搭配以 Where 開頭的問句較為適當，故並非答案。

答案 (A)

STEP 3 實戰測驗！ 51

1. (A) (B) (C)

2. (A) (B) (C)

3. (A) (B) (C)

4. (A) (B) (C)

5. (A) (B) (C)

6. (A) (B) (C)

7. (A) (B) (C)

8. (A) (B) (C)

9. (A) (B) (C)

10. (A) (B) (C)

◆ 解答 p. 28

10 熟悉一般問句肯定和否定的回答方式

出題重點

一般問句屬於問句考題類型中的一大類，大量出現在考題當中，因此為 PART 2 能否取得高分的關鍵。若要在考前高效準備一般問句類型，請務必好好熟悉**一般問句常見的提問內容**，以及**肯定和否定的回答方式**。

STEP 1 熟悉常見的回答方式！ 52

1 表示同意、肯定或答應對方的要求

一般問句中，經常出現詢問是否願意**收到特定資訊**、**手冊**或**資料**，以及詢問是否願意**給予協助**這兩種要求。請確實熟悉基本的回答方式，包含**同意**、**肯定**或**答應對方**。

Would you like to receive our new product brochure? 你想收到我們的新產品手冊嗎？

- Yes, I'd love to. / Yes, I'd be glad to. / Yes, I'd be happy to.
  好的，我想。／好的，我很樂意。／好的，我很樂意。

Could you help me move this photocopier? 你可以幫我搬這台影印機嗎？

- Yes, I'd be delighted to. 好的，我很樂意。
- Sure, no problem. 當然，沒問題。

2 表示同意、肯定或答應對方的提議

一般問句中，經常出現提議或建議討論與**案子**、**計畫**、**發表會**或**活動**相關的事宜，以及詢問能否協助撰寫或提供**指定的業務**、**報告書**或**資料**。

Why don't we discuss our marketing presentation over lunch?
我們何不在午餐時討論行銷簡報呢？

- That's a good idea! / That sounds like a good idea. / What a great idea!
  那是個好主意！／那聽起來是個不錯的主意。／多棒的主意啊！
- That would be good. / That would be great. / That would be nice.
  那應該不錯。／那應該很棒。／那就太好了。

Could you give me a list of the manufacturing equipment that needs to be repaired?
你可以給我需要修理的生產設備清單嗎？

- Yes, I can do that. 好的，我來處理。
- Yes, if you insist. 好的，如果你堅持要的話。

3 表示否定、拒絕對方的要求或提議

回答中，經常會出現**先感謝，再拒絕對方的要求或提議**，表示已經吃飽了，或是有其他安排無法參加等。

Would you like some more dessert? 你還要再來點甜點嗎？
- No, thanks. 不，謝了。
- Thanks, but I'm already full. 謝謝，但我已經飽了。

Would you like to join us for lunch today? 你今天要跟我們一起吃午餐嗎？
- I'm sorry. I have other plans. / Sorry, but I have another plan.
  很抱歉，我有其他計畫了。／抱歉，可是我有別的計畫了。

▶ 一般問句中，可能會詢問想吃什麼、是否還需要飲料或甜點。此外常見的問句包括詢問是否要一起用餐、建議一起參加派對或活動等。

Should we take a short break before starting the meeting?
在會議開始前，我們應該稍作休息嗎？
- Not really. 不見得。
- Not necessarily. 不需要。
- I don't think it's necessary. 我認為不需要。
- No, we don't have to. 不，我們不需要。

▶ 委婉拒絕對方要求或建議的回答方式。

4 回答是否願意提供指定的目錄、名冊或資料

常見的問句有詢問是否願意**提供指定的目錄**、**名冊**或**資料**，以及是否**已完成指定的報告書或資料**。

Did you complete the marketing report yesterday? 你昨天做好行銷報告了嗎？
- Yes, I already left it on your desk. 是的，我已經放在你桌上了。
- Sure, you can have it this afternoon. 當然，你今天下午就可以拿到了。

5 肯定或否定對方向自己確認的事情

針對對方向自己確認的事情，回答方式通常為表示**認同**，或是**不同意**對方所說的內容，並**補充說明正確的事實**。

Isn't the foreign client supposed to come to headquarters today?
外國客戶今天不是要來總部嗎？
- Yes, she's on her way. 是的，她已經在路上了。
- Yes, she's with the vice president now. 是的，她現在和副總裁在一起。
- No, next Monday. 不，是下週一。
- Haven't you heard that her visit was canceled? 你沒聽說參訪取消了嗎？

6 表示有條件的同意、肯定或答應，或是表示否定意見

針對對方的提議，回答可以用「Yes, if . . .」或「Yes, but . . .」，表示**有條件同意、肯定**或**答應**；也可以用「Not that I'm aware of . . .」或「Not that I know of . . .」**否定對方說法**。

Could you change the terms of the new contract? 你可以更改新合約的條款嗎？
- Yes, if I get my supervisor's permission. 可以，如果我得到主管許可的話。
- Yes, but I need to get the board's approval. 可以，但我需要得到董事會的許可。

Are we going to hire new employees next month? 我們下個月會聘用新員工嗎？
- Not that I'm aware of. / Not that I know of. 就我所知，並沒有。／就我所知沒有。

7 以反問方式表達肯定或否定

選項中若出現**反問用法**，幾乎就是答案。經常出現的反問方式有向對方要求更多資訊，或向提問者提出新的資訊或建議。

Do you want to share a taxi to the convention center?
你要一起搭計程車去會議中心嗎？
- Okay. When do you leave? 好，你什麼時候要走？
- Where should we meet? 我們要在哪裡會合？
- Why don't you take the subway with me? 你何不跟我一起搭地鐵呢？
- Haven't you heard that Mr. Baker will give us a ride there?
  你沒聽說貝克先生要載我們去嗎？

Could you give me a ride to work tomorrow morning?
你明天早上可以載我去上班嗎？
- Sure, why not? 當然可以，為什麼不？
- Yes, where should I pick you up? 好，我要去哪裡接你？
- Didn't I tell you I sold my car? 我沒跟你說我把車賣了嗎？

8 針對 Would you mind . . . ? / Do you mind . . . ? 回答同意與否的方式

Would you mind if I turned down the heating unit? 你介意我把暖氣轉小嗎？
- Sure, no problem. 當然，沒問題。
- No, go ahead. / No, go right ahead. 不，轉吧。／不，就轉吧。
- Not at all. / Of course not. / Certainly not. 一點也不。／當然不。／當然不。

▶ 一般問句中加入 mind，表示「介意」的意思。這代表如果以 No 回答問句「Would you mind . . . ?」或「Do you mind . . . ?」時，表示不介意，等同於同意的概念。

Do you mind printing something on your laptop computer? 你介意用你的筆電印東西嗎？
- Yes, I'm afraid I mind. / Yes, I mind. 是的，我恐怕在意。／是的，我在意。
- Sorry, but I do. 抱歉，我在意。

▶ 請務必記住，若以 Yes 回答問句「Would you mind . . . ?」或「Do you mind . . . ?」的話，表示不同意，以 No 回答則表示同意。

STEP 2 一起來解題！ 53

(A) (B) (C)

Why don't we print the sales report in color? 我們何不彩色列印銷售報告呢？

(A) We're newspaper reporters. 我們是報社記者。
(B) It's 20 pages long. 有 20 頁長。
(C) Sure, if you insist. 當然，如果你堅持要的話。

字彙 **print** 列印 **sales report** 銷售報告 **reporter** 記者

❶ 解題技巧

▶ 由 Why don't we print 可以得知本題為一般問句，建議對方印出來。

▶ 一般來說，答案可能為同意或不同意彩色列印銷售報告。但若題目屬於表示建議的一般問句，答案會以表示同意居多。

❷ 刪除錯誤選項 & 選出正確答案

(A) We're newspaper reporters. 我們是報社記者。

▶ 表明身分為報社記者，應搭配以 Who 開頭的問句較為適當，因此不是答案。且當中使用了 reporters，與問句中 report 的發音相似，屬於陷阱選項。

(B) It's 20 pages long. 有 20 頁長。

▶ 回答有 20 頁，應搭配以 How many 開頭的問句較為適當，因此也不是答案。且 20 pages long 與問句中的 report 有所關聯，同樣屬於陷阱選項。

(C) Sure, if you insist. 當然，如果你堅持要的話。

▶ 回答如果對方堅持，就照對方的意思做，等於同意對方的建議，故為正確答案。

答案 (C)

STEP 3 實戰測驗！ 54

1. (A) (B) (C)
2. (A) (B) (C)
3. (A) (B) (C)
4. (A) (B) (C)
5. (A) (B) (C)
6. (A) (B) (C)
7. (A) (B) (C)
8. (A) (B) (C)
9. (A) (B) (C)
10. (A) (B) (C)

◆ 解答 p. 31

11 熟悉直述句與附加問句的回答方式

出題重點

直述句和**附加問句**的出題比率相當高，但是與其他問句類型相比，這類考題的回答比較沒有固定模式。因此，在作答時可能無法立即選出答案。即便如此，從歷屆出現過的直述句和附加問句考題中，仍能找出不斷重複出現的內容和回答方式。請務必熟悉這些句子，並掌握難度較高的回答方式。

STEP 1 熟悉常見的回答方式！ 55

1 打算預約或取消／更改行程 ⇨ 表示同意並請對方提供詳細資訊或配合行動

考題中，經常會以直述句表達**預約**、**取消**或是**更改行程**的需求。若回答表示接受預約或同意更改時間時，通常還會要求對方提供更多詳細資訊。

I'd like to **make a flight reservation** to China. 我想訂到中國的機票。
- I can help you with that over here. 我可以在這裡幫你處理。
- No problem. I'll take care of that. 沒問題。我來處理。
- For how many people? 多少人呢？
- May I see your identification card? 我可以看一下您的身分證嗎？
- Sure. May I have your name, please? 當然，請問您的大名？

2 提出客訴或問題所在 ⇨ 表示同意並說明原因或解決方式

回答通常會先同意對方所說的**客訴內容**或**問題**，再提出解決方式，或是說明原因。

I've just heard that **no flights are available** today. 我剛聽說今天已經沒有班機可搭了。
- Yes, there was a very heavy snowfall in the morning. 是的，早上下了一場大雪。
- Then we can go tomorrow. 那我們可以明天再去。
- In that case, we'll go another time. 這樣的話，我們再找其他時間去。

It's really **cold in the office, isn't it**? 辦公室真的很冷，不是嗎？
- Yes, I'll turn on the heating unit. 是的，我來打開暖氣。
- Yes, the heating system is being repaired. 是的，暖氣系統正在維修中。
- Do you want me to close the windows? 你要我關上窗戶嗎？

3 確認或表達某項資訊或事實
⇨ 表示肯定，並提供或要求額外資訊；表示否定，並修正錯誤之處

回答經常會先針對題目句所指的**特定資訊**或**事實**表示肯定，再提供或要求額外資訊；若表示否定時，則會先修正錯誤之處，再提供正確資訊。

The **shopping mall closes at 9 o'clock** on weekdays. 購物中心平日九點就打烊了。
- How about on the weekend? 那週末呢？
- No, its business hours recently changed. 不，營業時間最近變更了。

4 提出要求、建議或意見 ⇨ 表示同意或不同意，再補充說明

若題目句為提出**要求**、**建議**或是**意見**的句子時，回答通常會先表示同意與否，再於後方補充說明。

You **wouldn't mind** if I **turned the database server off**, would you?
你應該不會介意我把資料庫伺服器關掉，對吧？

- Not at all. 一點也不。
- Yes, I mind. I need to use it soon. 是的，我會。我很快就要用到了。

I think the **best restaurant** for Spanish food is **Andalusian** downtown.
我認為最棒的西班牙料理餐廳是市中心的安達魯遜。

- Yes, it offers exceptional food at affordable prices.
  是的，它以合理的價格提供非常棒的料理。
- But I like the new restaurant on Main Street better. 但是我比較喜歡緬因街的新餐廳。

5 表達各種不同的情感（稱讚、驚訝、擔憂）⇨ 表示認同並補充說明

針對各種不同的**情感表現**，回答通常會先表示認同對方感受，再補充說明自身想法。

The board is **very impressed with the performance** in the third quarter.
董事會對第三季的績效有非常深刻的印象。

- Me, too. 我也是。
- I feel the same way. 我有同感。
- Yes, it's much more than expected. 是的，比預期好很多。
- Our sales representatives worked very hard. 我們的業務代表人員非常努力。

We are **very excited to have set a sales record** in the second half of the year, aren't we?
我們對於在後半年創下銷售紀錄都感到非常興奮，不是嗎？

- Yes, I couldn't be any happier. 是的，我非常高興。
- Yes, I think we deserve a huge bonus. 是的，我想我們應該得到一大筆獎金。
- Yes, the company will give us a huge bonus. 是的，公司會給我們一大筆獎金。
- Yes, we have the biggest market share now. 是的，我們現在擁有最大的市占率了。

STEP 2 一起來解題！ 56

(A) (B) (C)

I hear that **the city government plans to construct a new park.**	我聽說市政府打算蓋一座新公園。
(A) Thanks for your suggestion.	感謝你的建議。
(B) Yes, I heard this parking lot is free.	是的，我聽說這個停車場是免費的。
(C) Do you know when it will be completed?	你知道何時會完工嗎？

字彙 construct 建造 suggestion 建議；提議 parking lot 停車場

❶ 解題技巧

- ▶ 由 the city government plans to construct a new park 可以得知本題為直述句，表達市政府計劃蓋一座新公園。
- ▶ 本題直述句在表達資訊或陳述事實，因此請事先預想到回答可能會表示認同，並要求提供額外資訊；或是持相反看法，並修正錯誤之處。

❷ 刪除錯誤選項＆選出正確答案

(A) Thanks for your suggestion. 感謝你的建議。

▶ 本題直述句意在告知對方政府新的建設計畫，並非向對方提議。故不該回答感謝你的建議，請刪去此選項。

(B) Yes, I heard this parking lot is free. 是的，我聽說這個停車場是免費的。

▶ 表示停車場是免費的，與新的建設計畫毫無相關。且當中使用了 parking，與題目句中 park 的發音相似，屬於陷阱選項，不能作為答案。

(C) Do you know when it will be completed? 你知道何時會完工嗎？

▶ 聽完政府有新的建設計畫後，反問對方何時會完工，等同於向對方要求額外資訊，故為正確答案。

答案 (C)

STEP 3 實戰測驗！ 57

1.	(A)	(B)	(C)	**6.**	(A)	(B)	(C)
2.	(A)	(B)	(C)	**7.**	(A)	(B)	(C)
3.	(A)	(B)	(C)	**8.**	(A)	(B)	(C)
4.	(A)	(B)	(C)	**9.**	(A)	(B)	(C)
5.	(A)	(B)	(C)	**10.**	(A)	(B)	(C)

◆ 解答 p. 33

Part 3

PART 3 搶分密技

若想在 PART 3 中取得高分，務必要在**音檔播出前**，事先掌握**題目關鍵字**和**提問針對的對象**。在聆聽對話內容時，善用此解題技巧，才便於從中找出相關答題線索。另外，與題目相關的內容，通常會按照對話先後順序逐一提出。

實施新制多益測驗後，本大題增加了 9 題，占總分的比例也相對提升。對話中新增了**三人對話**和**圖表資訊類型**，要求考生兼具聽力與看圖判讀的能力。同時，考題中增加**詢問說話者意圖**的類型。針對新增類型，請務必做好萬全準備。

目標答對題數 30 題

每回平均出題比例

❶ 相關細節
❷ 建議或請求
❸ 往後的行動
❹ 疑難問題
❺ 掌握圖表資訊
❻ 掌握說話者的意圖
❼ 地點
❽ 主旨或目的
❾ 說話者的真實身分
❿ 原因

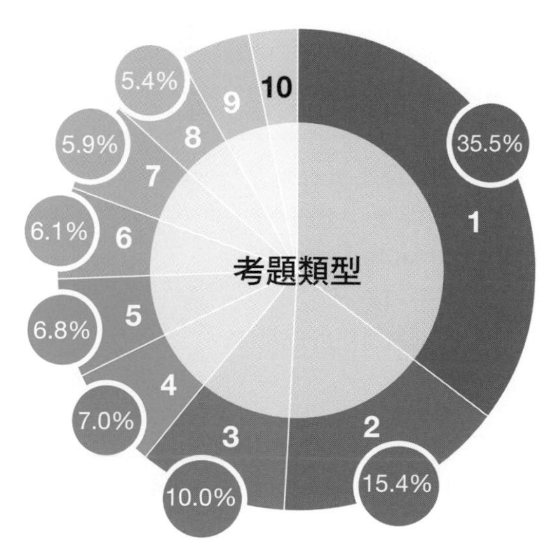

❶ 公司相關業務
❷ 商品和服務
❸ 設施和辦公器材
❹ 出差或旅行
❺ 約定或行程
❻ 節目
❼ 公共場合

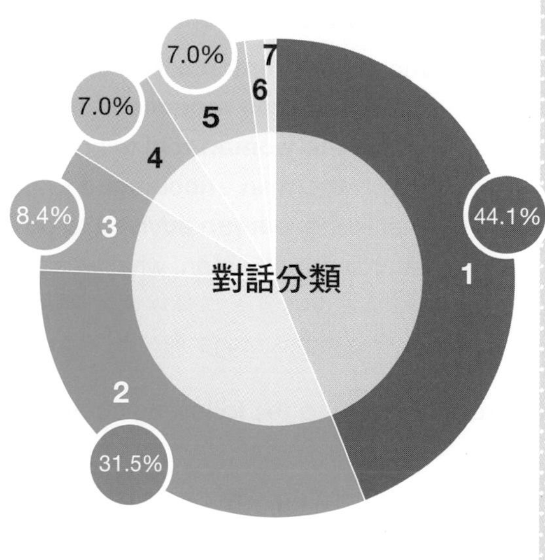

PART 3
DAY 6

01 特定性別的相關問題，請一併注意不同性別者說的話

出題重點

一般來說，PART 3 考題中，若出現詢問**特定性別**的相關問題，答題線索通常會出現在該性別者所說的話當中。但是，有些時候會有例外狀況發生，反而是由**與題目指定性別相反的人**提及答題線索，因此也請一併注意不同性別者所說的話。

STEP 1 掌握特定性別相關問題的重點類型！ 58

1 例外的特定性別相關問題：特色

若對話中的人物關係為**服務提供者**和**服務接收者**，例如：醫生和病患、藥劑師和顧客、負責修理產品的人和委託修理產品的人、收到預約的人或聯絡處的員工和負責預約的人、特定商品的販售者和購買者之間的對話，此時，考題中的特定性別相關問題，通常得由**另一性別者**所說的話中找出答案。

2 例外的特定性別相關問題：常見題目

1 詢問是否收到（get / receive）服務或商品
確認送貨（deliver / ship）或抵達（arrive）時間

- When will **the woman** probably **get** her purchase?
  這位女士大概何時可以收到她購買的東西？

2 詢問服務或商品價格
取得服務或商品的相關條件或前提（give / need / provide / do）

- What document does **the man need** to buy? 這位男士需要買什麼證件？

3 請求、指示、建議、勸說對方的行為（ask / request / require / instruct / tell / suggest / advise / recommend / encourage）

- What is **the woman asked** to do? 這位女士被要求做什麼？
- What is **the man required** to do? 這位男士被要求做什麼？
- What is **the woman told** to do? 這位女士被告知要做什麼？
- What is **the man encouraged** to do? 這位男士被鼓勵去做什麼？
- What is **the woman advised** to do? 這位女士被建議要做什麼？
- According to the man, what was **the woman instructed** to do?
  根據這位男士所言，這位女士被指示要做什麼？

▶ 前述這些提問內容的答題線索，通常會出現在相反性別者所說的話當中。

Exercise 1 refers to the following conversation.

W: Good morning. My name is Lauren Hunter, and I have a 10:30 appointment with Ms. Gonzalez in Personnel for a job interview.

M: I'm afraid that Ms. Gonzalez is running a bit late today. She's in a meeting which is in another office building now. I'm not expecting her to return until almost 10:45. Are you here for the sales position?

W: Well, I'm actually here for the accounting position.

M: Okay. [1] **I will take you to the guest lounge to wait.** It's so much more comfortable, and it will let you relax and collect your thoughts for the interview. I'll let you know when Ms. Gonzalez is ready for you.

字彙 **appointment** 約會；會面 **accounting position** 會計職務 **take A to B** 帶A到B

女：早安，我叫羅倫．杭特，我和人事部的岡薩雷斯女士約了10:30面試。

男：岡薩雷斯女士今天恐怕會晚一點點到。她現在正在另一棟辦公大樓開會。我想她要到10:45左右才會回來。妳是來應徵業務職務的嗎？

女：喔，事實上，我是來應徵會計職務的。

男：好的，我帶妳到訪客休息室等候。那裡舒服很多，可以讓妳放鬆一下，整理面試的思緒。等岡薩雷斯女士準備好要見妳時，我會通知妳的。

1. What is the woman asked to do? 這位女士被要求做什麼？

(A) Fill out a registration form 填寫報名表

(B) Come back again tomorrow 明天再來

(C) Arrange an interview 安排面試

(D) Wait in a seating area 在休息區等候

▶ 本題詢問的是女子被要求的事項，因此可以預想到答題線索不在女子身上，而會出現在男子所說的話當中，意即本題屬於例外的特定性別相關問題。雖然題目中提到 the woman，詢問對象的性別為女子，但是重點卻要擺在男子所說的話中，才能找出答題線索。

男子在後半段對話中說道：「I will take you to the guest lounge to wait.」，表示要帶女子到訪客休息室等待，因此答案為 (D)。

▶ 由於題目的答題線索，通常會出現在該性別者所說的話中，因此聆聽時可能會不自覺把焦點放在該性別者所說的話，漏聽另一性別者提到的重點，因而錯失得分機會。為了避免失分，考前請務必熟悉上頁所有常見題目，完全掌握例外的特定性別相關問題。

答案 (D)

STEP 2 一起來解題！ ★表本單元出題重點 59

❶ 音檔播出前，請先確認題目內容。

1. Why is the woman calling the man? 這位女士為什麼打電話給這位男士？
2. What is the woman concerned about? 這位女士擔心的是什麼？
3. ★ **When will the woman probably get her purchase?** 這位女士大概何時可以收到她購買的東西？

❷ 請一邊聆聽對話，一邊掌握答題線索。

Questions 1-3 refer to the following conversation.

W: Hello. This is Lisa Green. [1] **I'm calling to find out when my laptop will be ready.**

M: We have finished assembling the motherboard. Now all we have to do is put the LCD screen in. We are expecting the screen to be delivered any minute now. You can pick it up anytime tomorrow afternoon.

W: Tomorrow? [2] **I was expecting it today. I am going away early tomorrow morning for two weeks, and I really need to take it with me.**

M: [3] **We will put a rush job on it and get it to you at 8 P.M.**

字彙 **assemble** 組裝 **(at) any minute now** 隨時 **put a rush job** 趕工

女：你好。我是麗莎．格林。我打這通電話是想問看看我的筆電何時會好。

男：我們已經組裝好主機板。現在我們要做的就只剩裝上液晶螢幕。我們估計螢幕隨時會送達。妳明天下午隨時都可以來領取。

女：明天？我以為是今天。我明天一大早就要出門兩個禮拜了，我真的需要帶著它。

男：我們會趕工，晚上八點弄好給妳。

❸ 聽完對話後，請看完所有選項，並選出換句話說的用法。

1. Why is the woman calling the man? 這位女士為什麼打電話給這位男士？

(A) To inquire about business hours 詢問營業時間

(B) To order a new computer 訂購新電腦

(C) To confirm a shipping address 確認送貨地址

(D) To find out if her computer is ready 了解她的電腦是否好了

▶ 本題詢問女子打電話的目的，因此請仔細聆聽前半段對話，答題線索將出現在女子向對方問候之後。對話開頭女子說道：「This is Lisa Green.」，自我介紹完後接著說道：「I'm calling to find out when my laptop will be ready.」，表示打電話來是想要知道自己的筆電何時會裝好。由此句話，可知答案為 (D)。

答案 (D)

2. What is the woman concerned about? 這位女士擔心的是什麼？

(A) Being charged for a repair 被索取修理費

(B) Being late for a meeting 會議會遲到

(C) Where she will pick up her computer 她要在哪裡領取電腦

(D) Whether she can take the computer on her trip 她旅行時是否可以帶著電腦

▶ 本題詢問女子所擔憂的事情，因此請仔細聆聽女子所說的話，當中將會提到她的擔憂為何。後半段對話中，女子說道：「I was expecting it today. I am going away early tomorrow morning for two weeks, and I really need to take it with me.」，表示她以為今天可以組裝完畢，並表明自己明天要遠行，遠行以前一定要拿到，因此答案為 (D)。

答案 (D)

★ 3. When will the woman probably get her purchase?
這位女士大概何時可以收到她購買的東西？

(A) This afternoon 今天下午
(B) Tonight 今晚
(C) Tomorrow 明天
(D) In a week 一週後

▶ 本題詢問女子何時能收到購買的產品。值得留意的是，雖然本題提到女子，但女子為收到產品的一方，因此答題線索較可能出現在另一性別者，即送出產品的男子所說的話中。對話最後，男子向女子說：「We will put a rush job on it and get it to you at 8 P.M.」，表示會加快作業速度，讓女子可以在八點以前收到筆電。(B) 將 8 P.M. 改寫成同義詞 Tonight，故為正確答案。

答案 (B)

STEP 3 實戰測驗！ 60

1. What does the man want?
(A) A new employee card
(B) A temporary parking permit
(C) A rental vehicle
(D) A map of the area

2. What does the man need to buy a document?
(A) An employee card
(B) A driving license
(C) A permission form
(D) Proof of auto insurance

3. What does the woman recommend the man do?
(A) Take public transportation
(B) Secure parking on the street
(C) Use a nearby parking lot
(D) Call the rental car agency

4. What does the woman need?
(A) A new apartment
(B) A dental appointment
(C) A parking sticker
(D) An extension on her lease

5. What type of lease does the woman have?
(A) Three months
(B) Six months
(C) One year
(D) Two years

6. What can the woman do over the phone?
(A) Get a status update
(B) Extend her lease
(C) Pay her bill
(D) Renew her sticker

◆ 解答 p. 36

注意說話者語氣轉換之處

出題重點

說話者突然**轉換語氣**或**補充說明**之處，即使與題目所問內容無關，其後方卻經常出現關鍵答題線索。因此請務必熟悉相關用法，作答時儘可能善用相關技巧找出答題線索。

STEP 1 掌握特定性別相關問題的重點類型！ 61

1 說話者用於轉換語氣的用詞

經常用於轉換語氣的用詞有 but / unfortunately / nevertheless / by the way / in fact / besides / in addition / also / actually 等。

2 說話者轉換語氣後方為重點

在對話中，若出現上述用於轉換語氣的用詞，表示轉折或補充說明時，後方經常出現解題關鍵線索，因此請務必仔細聆聽這些用詞後方的內容。

Exercise 2 refers to the following conversation.

M: Hey, Jennifer. I'm talking with a customer on the phone now. He ordered a hundred yellow T-shirts to be delivered to his office on Thursday. But he wants red T-shirts instead now. What can I do?

W: George, if he wants to change his order, just do what he wants. [2] **But I've already sold all of the red T-shirts we've got, so we don't have any red T-shirts in stock.** I seriously doubt that we can get more red T-shirts in from the factory before Thursday. That's the real problem.

字彙 **in stock** 有庫存

男：嗨，珍妮佛。我正在跟客戶通電話。他訂了 100 件黃色的 T 恤，星期四要寄到他辦公室。但他現在想要改成紅色 T 恤。我該怎麼處理？

女：喬治，如果他要更改訂單，就讓他改吧。但是我已經賣掉我們所有的紅色 T 恤，所以我們沒有庫存了。我很懷疑能否在週四前從工廠那進更多的紅色 T 恤。那才是真正的問題。

2. What problem does the woman mention? 這位女士提到了什麼問題？

(A) An invoice is missing. 帳單不見了。

(B) An item has been discontinued. 商品已經斷貨了。

(C) An order was already shipped. 訂的貨已經出貨了。

(D) An order is temporarily out of stock. 訂的貨暫時缺貨。

▶ 女子在對話中提到 But 表示語氣轉換，之後提到已賣完所有的紅色 T 恤，沒有庫存。由「we don't have any red T-shirts in stock.」這句話，可以得知線索為「not . . . in stock」，而 (D) 改寫為 out of stock，故為正確答案。

答案 (D)

Exercise 3 refers to the following conversation.

M: Hi. I work in this building and have a rental car for the week. Could I buy a temporary parking permit from this office?

W: Sorry, but we don't offer temporary permits. [3] **However, if you have your employee card with you, I can issue you a new permit for 15 dollars.**

字彙 **rental car** 租賃車 **temporary** 臨時的 **parking permit** 停車許可證

男：妳好。我在這棟大樓上班，我這禮拜租了一台車。我可以在這裡買臨時停車許可證嗎？

女：抱歉，我們並未提供臨時許可證。但如果你有員工識別證的話，我可以發給你一張新的許可證，費用是 15 美元。

3. What does the man need in order to buy a permit?
這位男士需要什麼才能買到許可證？

(A) Proof of auto insurance 汽車保險的證明

(B) A permission form 同意書

(C) A current license 現行執照

(D) Proof of employment 在職證明

▶ 本題要留意的是，雖然題目問的是男子購買停車許可證時，需要提供哪些資料，但答題線索卻會出現在另一名對話者，也就是女子所說的話當中。負責停車許可證相關業務的女子向男子說道：「However, if you have your employee card with you, I can issue you a new permit for 15 dollars.」，由此句話可以得知男子需要提供 employee card（員工識別證），才能購買停車許可證。而此答案改寫成 Proof of employment，表示在職證明文件。

答案 (D)

STEP 2 一起來解題！ ★表本單元出題重點 62

❶ 音檔播出前，請先確認題目內容。

4. Why is the man going to Santa Fe? 這位男士為什麼要去聖塔菲？

5. What is the problem? 有什麼問題？

★ **6. What will take place on Tuesday?** 星期二會發生什麼事？

❷ **請一邊聆聽對話，一邊掌握答題線索。**

Questions 4-6 refer to the following conversation.

W: Mr. Taylor, I think now is a good time to schedule the interviews for the Web designer position.

M: I think so, Ms. Monroe. I'm in the office until Thursday of next week. After that, [4] **I will leave for an international trade conference in Santa Fe.** [5] **Would Wednesday work for the interviews? That way, I can get the interviews done before I go on my business trip.**

W: Well, [5] **that's not going to work for me.** [6] **Actually, I'm flying to New York for business on Wednesday, so I think we should do the interviews on Tuesday before both of our business trips.**

M: That would be fine with me. You know, we desperately need to fill that position as quickly as possible.

字彙 **international trade conference** 國際貿易會議 **desperately** 急迫地
as quickly as possible 儘快

女：泰勒先生，我想現在是安排網頁設計師職缺面試的好時機。

男：孟洛女士，我也這麼想。我會在公司待到下週四。在那之後，我會去聖塔菲參加一場國際貿易會議。面試可以排星期三嗎？那樣的話，我就可以在出差前完成面試了。

女：嗯，那個時間我沒辦法。事實上，我週三就要飛到紐約出差了，所以我想應該在我們兩個出差前，在星期二完成面試。

男：我可以。妳知道的，我們非常需要有人儘快補上這個職缺。

❸ **聽完對話後，請看完所有選項，並選出換句話說的用法。**

4. Why is the man going to Santa Fe? 這位男士為什麼要去聖塔菲？

(A) To lead a series of lectures 要帶領一系列的講座

(B) To sign a new contract 要簽署新合約

(C) To attend a conference 要參加會議

(D) To present a new line of products 要介紹新系列產品

▶ 本題為題組中一題，詢問男子前往 Santa Fe 的原因。請仔細聆聽前半段男子所說的話中，提及 Santa Fe 的部分，並從中找出答題線索。男子說道：「I will leave for an international trade conference in Santa Fe.」，表示自己要前往 Santa Fe 參加國貿會議，因此答案為 (C)。

答案 (C)

5. What is the problem? 有什麼問題？

(A) Some interviewees can't come in today. 有些面試者今天無法到場。

(B) They have scheduling conflicts. 他們有行程安排上的衝突。

(C) Their flights have been canceled. 他們的班機被取消了。

(D) Sales figures have decreased sharply. 銷售數字急遽下降。

▶ 後半段對話中，直接提到問題所在。男子說道：「Would Wednesday work for the interviews? That way, I can get the interviews done before I go on my business trip.」，表示如果在週三進行面試，就能趕在出差前完成。接著女子回答：「that's not going to work for me.」，提到自己有其他安排無法配合。(B) 表示兩人的行程安排上有衝突，故為正確答案。

答案 (B)

★ **6. What will take place on Tuesday?** 星期二會發生什麼事？

(A) They will send new designs to the client. 他們會把新的設計寄給客戶。

(B) A new official Web site will be launched. 新的官方網站將啟用。

(C) They will meet some job candidates. 他們將與求職者見面。

(D) The company will carry out a reorganization. 公司將進行重組。

▶ 本題為題組最後一題，詢問週二將發生什麼事情。請仔細聆聽後半段對話中，提及時間點 Tuesday 的部分，並從中找出答題線索。女子向男子說道：「Actually, I'm flying to New York for business on Wednesday, so I think we should do the interviews on Tuesday before both of our business trips.」，先使用 Actually 表示語氣轉換，接著提到自己之後要去紐約出差，因此建議週二面試。綜合上述，答案為 (C)。

答案 (C)

STEP 3 實戰測驗！ 63

1. What is the topic of the conversation?

(A) Canceling a subscription

(B) Payment methods

(C) A service upgrade

(D) A request for a donation

2. What most likely is Net Cinema?

(A) An online magazine

(B) An online movie provider

(C) A discount film ticket agency

(D) A movie theater

3. What is a benefit of the premium service member?

(A) An exemption from the annual fee

(B) A discount on monthly payments

(C) Discount coupons for movies

(D) Promotional gifts

4. Why does the man need to go to the Personnel Department?

(A) To copy his personnel record

(B) To hand in a document

(C) To get a job interview

(D) To pick up a parking permit

5. Why is the man's car parked on the street?

(A) He needs to change a tire.

(B) He has a very unique situation.

(C) He has to report a car accident.

(D) He doesn't have a parking permit.

6. What will the woman probably give to the man?

(A) A business card

(B) A temporary permit

(C) A recent issue of the magazine

(D) A parking violation ticket

◆ 解答 p. 38

03 留意題目句時態，找出答題線索

出題重點

前半段對話中，通常會直接提到已發生的問題或狀況，以及與過去有關的資訊；後半段對話中，則會出現往後的行動或計畫、特定時間將發生的事情等與未來有關的資訊。因此，透過**題目句的時態**，將能事先掌握答題線索在對話中的位置。

STEP 1 按照題目句時態，掌握答題線索的位置！ 64

1 題目句時態為過去式

若題目句的時態為**過去式**，答題線索通常會出現在**前半段對話**。因此，若看到題目句時態為過去式，請務必在聆聽前半段對話時，掌握住答題線索。

Exercise 4 refer to the following conversation.

W: Hello. [4]**I bought two tickets for the ballet last week.** I just received word that a couple of friends will be in town this weekend, so I was wondering if it would be possible to get tickets for them for the same night.

M: Let me see. No, I'm sorry, but it looks like Saturday is sold out. We do have several seats available for the 5 P.M. Friday performance though. If you'd like, I can buy back your Saturday tickets, and then you can purchase four for Friday.

W: That might work. Thank you. I'll have to call them today to see if the time is acceptable. I'll try to call back to confirm this evening.

字彙 **be sold out** 賣完；售罄 **confirm** 確認

女：你好。我上週買了兩張芭蕾舞表演的票。我剛接到通知說，幾位朋友本週末將進城，所以我在想是不是有可能幫他們買到同一晚的票。

男：我看一下。不，很抱歉，看來週六的票都賣完了。不過週五下午五點那場，我們還有幾個位置。如果您要的話，我可以回購您週六的票，那樣您就可以買四張星期五的票了。

女：那可以。感謝你。我今天會打電話給他們看看時間是否可行。今天晚上我會再回電確認。

4. What **did** the woman do **last week**? 這位女士上週做了什麼？
   (A) She reserved a hotel room. 她預約了飯店房間。
   (B) She purchased some tickets. 她買了一些票。
   (C) She saw a theatrical performance. 她看了場戲劇表演。
   (D) She met a couple of former colleagues. 她遇到了幾個以前的同事。

▶ 題目句的助動詞 did 為過去式助動詞，由此可知答題線索會出現在前半段對話。因此請從前半段對話中，女子提到 last week 此時間點的部分掌握答題線索。前半段對話中，女子說道：「I bought two tickets for the ballet last week.」，表示自己上週買了芭蕾舞表演的門票。(B) 將對話中的 bought 改寫為同義詞 purchased，故為正確答案。

答案 (B)

2 題目句時態為未來式

若題目句的時態為**未來式**，答題線索大多會出現在**後半段對話**。因此若看到題目句時態為未來式，請從後半段對話中掌握答題線索，才是快速解題的方式。

▶ 若能按照上述方式，掌握答題線索的所在位置，就能更容易聽出題目的解題關鍵字（Keyword）。一旦能聽到解題關鍵字，便更容易選出答案。

解題關鍵字（Keyword）分類

詢問相關細節的考題中，經常會出現特定的**解題關鍵字（Keyword）**，這個關鍵字也是對話中的**答題線索**。因此請事先掌握題目中的特定關鍵字，並仔細聆聽對話中出現該關鍵字的部分。

1) 人名、地名、身分、地點、公司名稱等專有名詞
2) 以數字呈現的資訊（數字、時間、期間）
3) 動詞、名詞、形容詞
4) If 子句

Exercise 5 refers to the following conversation.

M: Kelly, did you speak to someone from Technical Support about my computer? I'm giving a big presentation tomorrow, and all of my work is on that computer!

W: Yes, Hans. I spoke to someone. He said he'd send someone over tomorrow afternoon.

M: That's not going to work. [5]**I am going to Boston tonight for my presentation**. Would you please call the Tech Support people and see if they can send someone as soon as possible?

字彙 **send over** 派送 **presentation** 發表；報告

男：凱莉，妳有跟技術支援部的人提到我的電腦嗎？我明天有一個重要的發表會，我所有的東西都在那台電腦裡！

女：有啊，漢斯。我跟裡面的人提過了。他說他明天下午會派人過來。

男：那不行。我今天晚上就要為發表會去波士頓了。妳可以打電話給技術支援部的人，看看他們是否可以儘快派人來嗎？

5. Why is the man going to Boston? 這位男士為什麼要去波士頓？
(A) To attend a conference 去參加會議
(B) To make a speech 去發表演說
(C) To repair the computer 去修理電腦
(D) To call the Tech support people 去打電話給技術支援部人員

▶ 題目句時態為未來式，因此解題線索極有可能出現在後半段對話。

▶ 題目句的主詞為 the man，關鍵字為 Boston。因此請務必仔細聆聽後半段男子所說的話中，出現地名 Boston 的部分。

▶ 男子提到因為發表會關係，今晚將前往波士頓。(B) 將答題線索 presentation 換句話說寫成 make a speech，故為正確答案。

答案 (B)

STEP 2 一起來解題！ ★表本單元出題重點 65

❶ 音檔播出前，請先確認題目內容。

★ **7. What did the woman do yesterday?** 這位女士昨天做了什麼？

8. What does the man suggest the woman do? 這位男士建議女士做什麼？

★ **9. What will the woman probably do next?** 這位女士接下來可能會做什麼？

❷ 請一邊聆聽對話，一邊掌握答題線索。

Questions 7-9 refer to the following conversation.

M: Oh, hey, Ms. Hopewell. [7] **You checked how many employees are signed up for the accounting workshop yesterday, right?**

W: Um . . . [7] **about 40 so far**. I think we will have a lot more participants than last year. Should we prepare some food for them?

M: [8] **Yeah, let's just order some doughnuts instead of buying sandwiches.** Ah . . . eight boxes should do it.

W: That sounds great. [9] **I'll find the phone number for a nearby doughnut shop and order them as soon as possible.**

字彙 **sign up for** 報名參加　**participant** 參加者；與會者　**as soon as possible** 儘快

男：嘿，霍普韋爾女士。妳確認過昨天有多少員工報名參加會計研討會，對吧？
女：嗯……到目前為止，大約 40 名。我想參加者應該會比去年多很多。我們該為他們準備餐點嗎？
男：好，我們就訂一些甜甜圈，不要買三明治了。啊……八盒應該就可以了。
女：聽起來不錯。我來找附近甜甜圈店的電話號碼，並儘快訂購。

❸ 聽完對話後，請看完所有選項，並選出換句話說的用法。

★ 7. What did the woman do yesterday? 這位女士昨天做了什麼？

(A) She had lunch with the accounting manager. 她和會計經理一起吃午餐。

(B) She opened a new doughnut store. 她開了一家新的甜甜圈店。

(C) She completed some reports. 她完成了一些報告。

(D) She counted the number of attendees. 她算了與會者的人數。

▶ 本題為題組中第一題，詢問昨天女子做了什麼。題目句時態為過去式，因此請仔細聆聽前半段對話，並注意女子在 yesterday 此時間點做過什麼事。前半段對話中，男子向女子說道：「You checked how many employees are signed up for the accounting workshop yesterday, right?」，詢問女子昨天是否確認過參加會計研討會的人數。女子回答他：「about 40 so far.」，明確說出人數。(D) 將對話中的 checked 改寫為同義詞 counted，故為正確答案。

答案 (D)

8. What does the man suggest the woman do? 這位男士建議女士做什麼？

(A) Get more sandwiches 買更多三明治

(B) Organize a corporate event 籌備公司活動

(C) Order some refreshments 訂購一些茶點

(D) Attend a workshop 參加研討會

▶ 本題詢問的是男子向女子建議的事情，因此請仔細聆聽男子向女子建議了什麼，聆聽重點為動詞。男子對女子說道：「Yeah, let's just order some doughnuts instead of buying sandwiches.」，建議訂一些甜甜圈，不要買三明治。(C) 將對話中的 doughnuts 改寫成相似字詞 refreshments，故為正確答案。

答案 (C)

★ 9. What will the woman probably do next? 這位女士接下來可能會做什麼？

(A) Go to a store 去一家商店

(B) Make a list of attendees 列出與會者名單

(C) Make a phone call 打電話

(D) Give a presentation to employees 對員工發表簡報

▶ 本題為題組中最後一題，詢問女子下一步會做什麼事。題目句時態為未來式，由此可知答題線索會出現在後半段對話。對話最後，女子說道：「I'll find the phone number for a nearby doughnut shop and order them as soon as possible.」，表示會打電話給甜甜圈店訂餐。(C) 將「find the phone number for a nearby doughnut shop and order . . .」換句話說，改寫成 make a phone call，故為正確答案。

答案 (C)

STEP 3 實戰測驗！

66

1. What did the woman finish doing?
   (A) Repairing some equipment
   (B) Setting up an audiovisual system
   (C) Installing some new software
   (D) Cleaning up the conference room

2. What does the man say he needs?
   (A) An instruction manual
   (B) Access to the company intranet
   (C) A new machine
   (D) A list of invited guests

3. What does the woman offer to do for the man?
   (A) Give him a manual
   (B) Arrange an interview
   (C) Provide a code
   (D) Show him the location of a room

4. Why was the Banshee branch closed?
   (A) The customer service was poor.
   (B) It was moving to larger premises.
   (C) It recently had some financial problems.
   (D) The bank wanted to lower labor costs.

5. What will be an additional result of the closing?
   (A) Employees' wages will be increased.
   (B) Employees will transfer to another branch.
   (C) The bank's earnings will decline.
   (D) Customers will have access to better services.

6. What will happen next week?
   (A) A building will be renovated.
   (B) A new business will open.
   (C) New workers will be trained.
   (D) The board of directors will have a meeting.

◆ 解答 p. 40

新 掌握意圖題的答題線索就在指定句前後方

出題重點

新制多益測驗中，增加了**掌握說話者意圖**的類型。此類型考的是某指定句子在 PART 3 對話中代表的真正意思，每回測驗平均出現 2–3 題。此類型難度相當高，考前請務必深入學習。

STEP 1 搞定掌握說話者意圖的類型！ 67

1 典型的掌握意圖類型

- Why does Ms. Whitley say, "I guess I was right"?
  懷特利女士為什麼說：「我想我是對的」？
- What does the man mean by saying, "I can't agree with you more"?
  這位男士說：「我不能再同意你更多了」時，是什麼意思？
- What does the man mean when he says, "Look at all these cars"?
  當這位男士說：「看看這所有的車」時，是什麼意思？
- What does the woman imply when she says, "I was just about to go to the cashier"?
  當這位女士說：「我正要去收銀台」時，是在暗示什麼？

▶ 請特別注意，這類考題特點是僅從字面意思，無法掌握說話者真正欲傳達之意。

2 考題類型

1 單純描述現象的話語

若指定句為對話過程中描述現象的話語，幾乎無法單憑字面意思，推測出說話者意圖。

ex Look at all these cars!

以上方句子為例，若題目詢問說話者說出本句話的意圖，光憑這句話無法掌握說話者真正想表達的意思。這句話可能是對交通壅塞表示驚訝，也可能是因為看到帥氣的車款，或是看到管理不周亂成一團的車輛。因此，這類考題的難度偏高，如欲掌握說話者說出本句話的意圖，就必須聆聽本句話**前後方的內容，來掌握上下文意**。

2 表示特定想法的話語

當題目詢問指定句表示什麼**意圖**時，通常得從**前後文**來掌握句子在對話中真正代表的涵意。但是若指定句屬於表示**特定想法**的話語，則能由**句子本身**確認出說話者的意圖或意思。

ex That sounds like a great idea!

以上方句子為例，雖然無法得知說話者認同對方什麼想法，但是能推測出本句話想表達的是同意對方所說的話。因此聆聽對話時，便能特別留意當中提到的**建議**、**請求**或**勸說**的內容。相較於第一種指定句，此類指定句的答題線索較為明顯，因此算是難度較低的考題。

3 常見的重點類型

請務必熟悉新制多益中，出題頻率較高的重點類型，掌握說話者想表達的特定意思。

1 聽到令人驚訝或愉快的消息後表示開心

- It's unbelievable. / It's incredible. / I can't believe it.
  令人難以相信。／令人難以置信。／我真不敢相信。

2 已預料到結果

- I'm not surprised. 我不驚訝。

3 聽到消息後表示安心或驚嘆

- I'm relieved. 我鬆了一口氣。
- That's great / good / wonderful / awesome. 那很棒／很好／好極了／太棒了。
- Couldn't be better. 太好了。

4 聽到消息後表示失望或遺憾

- That's too bad. 那太糟了。
- This isn't the first time this has happened. 這不是第一次發生了。

5 碰上難以回答的狀況

- I really can't say. 我真的不敢說。
- I don't know. 我不知道。
- It's up in the air. 還沒有決定。

6 同意對方意見

- Tell me about it. 可不是嘛。／就是說啊。
- You've got a point there. 你說的有道理。
- You can say that again. 你說的沒錯。

7 無法同意對方意見

- What are you talking about? 你在講什麼？

8 表達關心

- These sandals look great. 這涼鞋看起來不錯

9 表示打算聯絡對方

- I've been meaning to tell you. 我一直要跟你說。

10 表示尚有充分時間

- I finished my project early. 我提早完成專案了。
- I don't have a meeting today until 3. 我今天要到三點才要開會。

11 表示沒有多餘時間

- I've got my hands full. 我忙得不可開交。
- I have a meeting soon. 我等等要開會了。

12 建議嘗試其他方式或給予鼓勵

- I think we can do better. 我認為我們可以表現得更好。

13 表達感謝之意

- I could not have done it without your help. 若沒有你的協助，我便無法完成。

14 提出解決方案

- Here is the thing. 事情是這樣的。
- Let me tell you something. 這麼跟你說吧。

STEP 2 一起來解題！ ★表本單元出題重點 68

❶ 音檔播出前，請先確認題目內容。

★ **10. What does the man mean by saying, "I can't agree with you more"?**

這位男士說：「我不能再同意你更多了」，是什麼意思？

❷ 聆聽對話時，請務必注意指定句所在的位置，並掌握前後文意。

Question 10 refers to the following conversation.

W: Mr. Goodroad, you took a regular physical exam during your last checkup. Um . . . I have the results for you here. They show that you are in excellent physical condition and that your body fat is well below average.

M: That's good. I have been exercising regularly to get in shape for the last two months. You know what? I've been trying to walk short distances rather than using my car.

W: [10] Regular exercise and healthy foods can help your heart do its job well and improve your physical health.

M: I can't agree with you more. [10] I think . . . exercising regularly is a key factor in any weight-loss program.

字彙 below average 低於平均值 get in shape 保持健康
weight-loss program 減重計畫

女：谷洛先生，您在上次體驗時做了一個例行性的健康檢查。我現在要告訴您檢查的結果。結果顯示您的健康狀況良好，而且您的體脂肪在平均值以下。

男：那很好。過去兩個月以來，我一直規律地運動以保持健康。妳知道嗎？我一直試著不開車，改走一小段路。

女：規律的運動跟健康的飲食可以讓您的心臟正常運作，並改善您的身體健康。

男：妳說的沒錯。我認為……規律運動在任何減重計畫中都是一個關鍵的要素。

- ▶ 請先確認題組中哪一題為詢問說話者意圖的考題，同時一併確認指定句內容。聆聽對話時，則要特別注意指定句所在之處。
- ▶ 詢問說話者意圖的考題通常會出現在題組中第二或第三題。若出現在第二題時，指定句多半會在對話中段，也就是出現在第二段對話至第四段對話中。
- ▶ 若出現在第三題時，指定句多半會在後半段對話，也就是出現在對話結束前兩段對話中。

❸ 請看過所有選項，並選出換句話說的用法。

★ 10. (A) He doesn't want to agree with the woman anymore.
他不想再認同那位女士的意見了。

(B) He's not sure if he is able to accept the woman's proposal.
他不確定自己是否能夠接受這位女士的提議。

(C) He has no particular interest in the woman's suggestion.
他對這位女士的建議不是特別有興趣。

(D) He is expressing his approval of the woman's opinion.
他對這位女士的意見表示認可。

▶ 後半段對話中，女子說道：「Regular exercise and healthy foods can help your heart do its job well and improve your physical health.」，表示規律運動和健康飲食有助於提升心臟的動力和身體健康。

▶ 男子說道：「I can't agree with you more.」，又說：「I think . . . exercising regularly is a key factor in any weight-loss program.」，表示規律運動為減重計畫中的一個關鍵要素。

▶ 由此可知，男子說出：「I can't agree with you more.」，表示同意女子提出規律運動有助於身體健康的話，因此答案為 (D)。

答案 (D)

STEP 3 實戰測驗！ 69

1. What is the problem for the speakers?
   (A) A picture is missing.
   (B) Sales have dropped significantly.
   (C) Some images are not clear.
   (D) A photocopier is broken.

2. What does the man mean when he says, "Danny, isn't this your area of expertise?"
   (A) He thinks Danny is too busy right now.
   (B) He wants Danny to answer a question.
   (C) He knows Danny is not a professional.
   (D) He prefers that Danny organize a workshop.

3. What does Harry say he wants?
   (A) A photo studio
   (B) A meeting schedule
   (C) A list of older pictures
   (D) A new sales strategy

4. What department does the man probably work in?
   (A) Accounting
   (B) Technical Support
   (C) Sales
   (D) Human Resources

5. Why does the woman say, "Most sales reports have a summary at the beginning"?
   (A) To commend the man for some work
   (B) To suggest an addition to a report
   (C) To ask for a deadline extension
   (D) To explain new business concepts

6. According to the woman, what is going to take place on Friday?
   (A) A management meeting
   (B) A sales workshop
   (C) A company outing
   (D) A new product demonstration

◆ 解答 p. 42

05 新 看到圖表題請迅速掌握圖表資訊

出題重點

圖表題指的是以對話搭配**表格**、**行程表**、**路線圖**、**收據**等各種圖表資訊，因此聆聽對話時，必須同時掌握圖表資訊，才能解出答案。圖表題為實施新制多益測驗後新增加的類型。每回測驗中平均出現 2–3 題，屬於難度極高的類型。

STEP 1 搞定圖表題的重點類型！ 70

1 常見圖表題分類

1 地點和位置

- Look at the graphic. **Which block** is the company located in?
  看一下圖表，這家公司位於哪個街區？
- Look at the graphic. **Which parking** area will be closed?
  看一下圖表，哪一個停車場會關閉？

2 時間和行程

- Look at the graphic. **When** will the shipping company deliver the goods?
  看一下圖表，貨運公司何時會送貨？
- Look at the graphic. **Which day** will the man attend the event?
  看一下圖表，這位男士哪一天要參加活動？

3 對象

- Look at the graphic. **To whom** does the man send the e-mail?
  看一下圖表，這位男士寄電子郵件給誰？
- Look at the graphic. **Who** would the woman like to invite to the party?
  看一下圖表，這位女士想邀請誰去參加派對？

4 安排和分配

- Look at the graphic. **Which room** has been assigned to the man?
  看一下圖表，這位男士被分配到哪個房間？
- Look at the graphic. **What seat** was the man assigned?
  看一下圖表，這位男士被分配到哪個座位？

5 選擇和指定

- Look at the graphic. **Which location** did the speaker choose?
  看一下圖表，說話的人選了哪個位置？
- Look at the graphic. **Which product** will the man choose?
  看一下圖表，這位男士會選擇哪一項產品？

6 建議和要求

- Look at the graphic. **Which bus** does the woman suggest the man take?
  看一下圖表，這位女士建議男士搭哪一班公車？
- Look at the graphic. **What option** does the man recommend choosing?
  看一下圖表，這位男士建議做何選擇？

7 **費用和付款**

- Look at the graphic. **How much** will the woman likely pay?
  看一下圖表，這位女士可能要付多少錢？

8 **程序和過程**

- Look at the graphic. **What stage of the repairs** will begin tomorrow?
  看一下圖表，明天要開始進行哪個階段的修補？
- Look at the graphic. **Which floor** will the speaker go to next?
  看一下圖表，說話的人接下來要去哪一層樓？

9 **折扣**

- Look at the graphic. **Which discount** does the woman want?
  看一下圖表，這位女士想要哪一項優惠？
- Look at the graphic. **How much of a discount** will the man get?
  看一下圖表，這位男士可以獲得多少折扣？

2 圖表題之 850 奪分關鍵

1 **看完圖表、題目和選項後，從中選出解題關鍵資訊。**

Catalogue	
Model	**Price**
Mahogany Wood	$180
Black Birch Wood	$240
Modern Type Steel	$180
Classic Type Steel	$360

6. Look at the graphic. What did Ms. Preston most likely order?
(A) Mahogany Wood
(B) Black Birch Wood
(C) Modern Type Steel
(D) Classic Type Steel

▶ 確認上方表格為目錄，且與家具有關。請先掌握目錄中列出的家具款式和價格。

2 **請特別留意，對話中可能不會明確說出答題線索。**

Exercise 6 refers to the following conversation and catalogue.

W: Jim, Ms. Preston changed her order this afternoon. [6] **She called one of our customer service representatives and said she wants to get a wooden frame instead of a steel one. But there's no price difference between the two items.**

M: I've got it. Um . . . what was her original order? **Classic type steel?** Actually, I don't seem to recall.

W: Hold on. I have her order form with me. Well . . . here it is. [6] **The model was modern type steel.**

M: Oh, thanks a lot. I've got to call the Production Department to change her order and then print a new invoice.

女：吉姆，普雷斯頓女士今天下午更改她的訂單了。她打電話給我們的客服代表說，她想要一個木框，而不是鋼的。不過這兩項商品並沒有價差。

男：我知道了。那她原本訂的是什麼？經典鋼款？事實上，我想不起來了。

女：等等，我這裡有她的訂購單。嗯……在這。型號是摩登鋼款。

男：噢，太感謝了。我得打電話給生產部去更改她的訂單，然後再印一張新的發貨單。

▶ 請透過選項內容，掌握表格和對話內容間的關係。本題題目選項即為表格中列出的家具款式，代表對話中不會直接說出家具款式作為答題線索。本篇對話的架構如下：

訂單由鋼製框架改成木製框架 ⇨ 鋼製框架和木製的價格一樣 ⇨ 原本訂購的鋼製框架為 modern type steel

▶ 由對話內容可以得知原本訂購的鋼製框架為 modern type steel，確認價格後便能選出答案為 (A) Mahogany Wood，因為兩者價格一樣。對話中並未提到 Mahogany Wood，必須綜合表格、選項和對話三者的內容，才能推測出答案。

3 別被對話中的錯誤資訊誤導。

▶ 對話中男子說道：「**Classic type steel?**」，此款式名稱便為答題陷阱。千萬不能因為聽到款式名稱，就心急選擇它作為答案。

目錄	
款式	價格
桃花心木	180 元
山樺木	240 元
摩登鋼款	180 元
經典鋼款	360 元

6. 看一下圖表，普雷斯頓女士最有可能訂購的是什麼？
(A) 桃花心木
(B) 山樺木
(C) 摩登鋼款
(D) 經典鋼款

答案 (A)

STEP 2 一起來解題！ ★表本單元出題重點 71

❶ 音檔播出前，請先確認圖表資訊、題目和選項的內容。

Sponsor Contribution Levels
Level C—$20,000
Level B—$50,000
Level A—$80,000
Level A+—$100,000

★ **11. Look at the graphic. What level of sponsor is HGS?**
(A) Level A+
(B) Level A
(C) Level B
(D) Level C

❷ 請從圖表中選出關鍵資訊。

▶ 本題屬於圖表題，詢問 HGS 屬於哪一等級的贊助商。表格中列出各等級和贊助金額，表示對話中可能會提及其中一項資訊。由於本題的選項分別列出四個等級，由此可以推測出對話中應該會提到贊助金額。因此請由金額對應至表格中的等級，判斷 HGS 屬於哪一等級的贊助商。

❸ **請一邊聆聽對話，一邊掌握答題線索。**

Question 11 refers to the following conversation and chart.

M: Hey, Ms. Baker. This is Wesley Kim. How's the pamphlet for the international electronics technology fair going?

W: Um . . . everything is okay except one of our official sponsors, HGS Technologies. Actually, its advertisement was supposed to be put on the first page of the pamphlet. But nobody there has informed me yet how much the company is contributing to the fair. So I don't know how large the advertisement should be on the page, and I can't even start working on the advertisement.

M: Ms. Baker, the committee chairman received a sponsor application form from HGS around noon. [11] **HGS has promised to contribute $100,000.**

W: Oh, wonderful. You're very helpful. I think I can finish the design of the advertisement before leaving for the rest of the day.

M: Ms. Baker, there's one more thing. Some professional decorators will pay a visit to the venue this afternoon. Please find out what decoration materials they need for the fair.

字彙 **pamphlet** 手冊 **electronics** 電子 **technology fair** 科技博覽會；科技展
official sponsor 正式贊助商 **inform A of B** 通知 A 有關 B 事
contribute to 貢獻；捐贈 **advertisement** 廣告 **application form** 申請表
leave for the rest of the day 今天下班前；今天離開前
professional decorator 專業裝潢師 **pay a visit to** 造訪
decoration materials 整修建材；布置材料

男：嘿，貝克女士。我是威斯里．金姆。國際電子科技博覽會的手冊進行得如何了？

女：嗯……除了我們的正式贊助商 HGS 科技公司外，一切都很順利。事實上，該公司的廣告應該要放在手冊的第一頁，但還沒有人告訴我這家公司捐了多少錢給博覽會。所以我不知道廣告頁面要放多大的，我甚至無法開始進行廣告的部分。

男：貝克女士，委員會主席大約在中午時收到了 HGS 的贊助申請表。HGS 答應捐贈十萬元。

女：太好了。你幫了一個大忙。我想我可以在下班前完成廣告設計。

男：貝克女士，還有一件事。一些專業裝潢師今天下午會去看一下場地。請了解一下他們所需的博覽會裝修材料為何。

❹ **請再次看過選項和圖表，並選出適當的答案。**

贊助商捐款級別
C 級——20,000 元
B 級——50,000 元
A 級——80,000 元
A+ 級——100,000 元

11. 看一下圖表，HGS 的贊助是哪一級的？

(A) A+ 級
(B) A 級
(C) B 級
(D) C 級

▶ 後半段對話中，女子表示由於不知道 HGS 的贊助金額，因此無法決定廣告頁面大小。對此男子回答：「HGS has promised to contribute $100,000.」，表示 HGS 公司願意贊助十萬元。對照表格後，可以確認贊助十萬元的等級為 A+，因此答案為 (A)。

答案 (A)

STEP 3 實戰測驗！

72

		⬆ Front		
14A	14B		14C	14D
15A	15B		15C	15D

Help and Support Desk	Extension
Registration	110
Lost and Found	603
Accommodations	625
Supplies	909

1. What is the purpose of the conversation?
(A) To reserve some tickets
(B) To negotiate the terms of a contract
(C) To change a seating chart
(D) To resolve a problem

2. Look at the graphic. What seat was the man probably assigned?
(A) 14B
(B) 14C
(C) 15C
(D) 15D

3. What does the woman say she will do?
(A) Cancel her ticket
(B) Inform a staff member of a change
(C) Sit in the waiting area
(D) Check to see if another seat is available

4. Who most likely is the man?
(A) An art show exhibitor
(B) A company founder
(C) A visitor
(D) An event organizer

5. Look at the graphic. Which extension will the woman probably dial?
(A) Extension 110
(B) Extension 603
(C) Extension 625
(D) Extension 909

6. According to the woman, why will it take an hour for some staff members to switch mannequins?
(A) They are working on other tasks.
(B) They are having a meal.
(C) They are attending a training session.
(D) They are repairing some mannequins.

◆ 解答 p. 45

Part 4

PART 4 搶分密技

PART 4 和 PART 3 的考題類型大同小異，差別僅在於聽力原文的性質，因此只要**將 PART 3 考題的重點延伸學習**，就能順利解決 PART 4。PART 3 是由兩人或三人進行對話，而 PART 4 僅會出現一名說話者，因此更能集中精神聆聽，也更容易掌握原文內容。綜合前述理由，如欲取得 850 分的高分，聽力部分關鍵就在於積極拿下 PART 4 所有分數，儘可能達成滿分的目標。

目標答對題數 **27** 題

每回平均出題比例

1. 相關細節
2. 建議或請求
3. 掌握說話者的意圖
4. 掌握圖表資訊
5. 地點
6. 主旨或目的
7. 往後的行動
8. 說話者或聽者的
9. 說話者或聽者的真實身分
10. 原因

1. 公告和導覽
2. 公司相關業務
3. 節目
4. 人物介紹
5. 商品和服務
6. 廣告
7. 觀光或參觀
8. 約定或行程

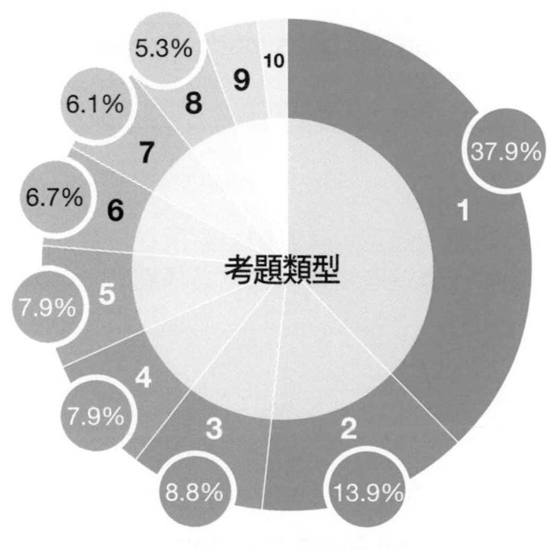

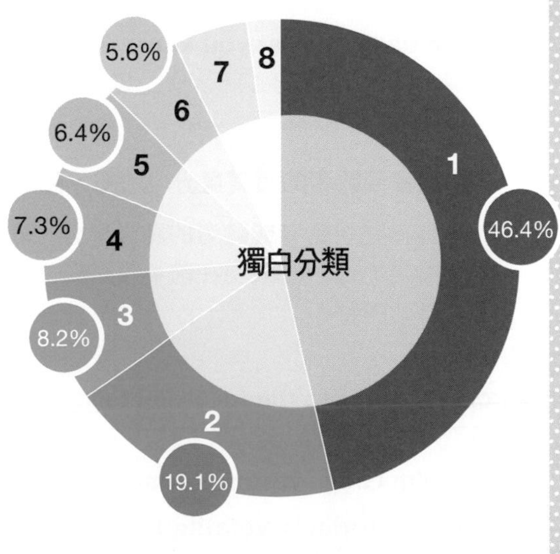

PART 4
DAY 8

01 掌握各類考題答題線索的位置

出題重點

PART 4 中，每種考題類型的答題線索，都有其各自固定出現的位置。因此只要能事先掌握考題的類型為何，就能推測出答題線索將出現在獨白的哪一個段落。

STEP 1 搞定各類考題答題線索的所在位置！ 73

1 答題線索位於前半段獨白中

1 主旨

主旨題的答題線索通常會搭配 inform / notify / announce / remind / tell / talk 等動詞一起出現，或是搭配「let you know that / Thank you for . . .」等句型。

- I'd like to **inform** you of the newly revised safety regulations.
  我想要告訴您新修訂的安全規定。
- We're very pleased to **announce** that the company will be releasing a new laptop computer next week. 本公司很高興宣布將於下週推出新款的筆記型電腦。
- Today, I'm here to **talk about** the new marketing trends this year.
  今天，我要談談今年的新行銷趨勢。
- **Thank you for** attending this accounting workshop today.
  感謝您出席今天這場會計研討會。

再補充一點！

若為詢問電話的主旨或目的，通常會以「I'm calling to . . . / I'm calling to let you know that . . .」句型開頭來表達。

ex **I'm calling to let you know that** your flight reservation has been made successfully.
我打這通電話是要通知您，您的班機預約已成功完成了。

2 說話者或聽者的真實身分、地點、疑難問題

若為詢問**說話者或聽者的真實身分、地點或疑難問題**的類型，其答題線索所在位置與主旨題相同，通常會出現在**前半段獨白**。因此若考題中出現這些類型，請務必仔細聆聽前半段獨白的內容。

Exercise 1 refers to the following talk.

Hello. I'm Greg Preston. [1] **Thank you for coming to my talk on investing your money wisely in today's volatile financial market.** Today, I will teach you some dos and don'ts regarding investing your money.

字彙 invest 投資 volatile 多變的；反覆無常的 regarding 關於……

大家好，我是格雷格．普雷斯頓。感謝各位前來參加本人的講座，此次主題是關於如何在現今多變的金融市場中聰明投資。今天，我將教各位在投資時的一些準則與規範。

1. What is the main topic of the talk? 這段談話的主題是什麼？
   (A) Planning for retirement 退休規畫
   (B) Investing money efficiently 有效投資
   (C) Improving employee productivity 改善員工產值
   (D) Financing a new business 投資新事業

▶ 本題詢問的是獨白主旨，因此請從前半段獨白，也就是說話者說完問候語和自我介紹後的兩個句子中，掌握答題關鍵。說話者自我介紹後說道：「Thank you for coming to my talk on investing your money wisely in today's volatile financial market.」，表示今天演講主題是，在不穩定的金融市場中，聰明投資的方法。由此可知獨白內容與如何聰明投資有關，因此答案為 (B)。

答案 (B)

2 答題線索位於後半段獨白

若考題詢問的是要求、建議、勸說、往後行動（next/later），答題線索通常會出現在**後半段獨白**。

▶ 獨白中通常會以下列句型來表達要求、建議或往後行動：

1 **S + will + V . . . / S + be going to + V . . . / S + be + V-ing . . .** 某人將……
2 **S + plan to + V . . . / S + be planning on + V-ing . . . / to + V . . .** 某人打算……
3 **S + can + V . . . / S + should + V . . .** 某人能夠……／某人應該……
4 **Let's + V . . . / Let me + V . . .** 讓我們……／讓我……
5 **Why don't we + V . . . ? / Why don't I + V . . . ?** 我們何不……？/ 為什麼不……？
6 **Would you like me to + V . . . ?** 你要我……嗎？

Exercise 2 refers to the following report.

Hello! This is the Los Angeles live freeway traffic report! Construction on I-580 is expected to begin on July 1, and it will take about six months to complete. Although construction will be scheduled mainly for the evening hours, city officials say that some downtown roads are expected to be closed during the day for safety concerns. [2] **Commuters are therefore advised to follow detour signs or to travel on alternative routes.**

字彙 city official 市府官員 commuter 通勤者 alternative 替代的

大家好！這裡是洛杉磯高速公路交通現況報導。580 號州際公路的施工預定於 7 月 1 日開始，將耗時六個月左右完工。儘管工程主要安排於夜間時段進行，但市府官員表示，為安全考量，市中心部分路段預計將於日間時段封閉。因此，建議通勤者遵守繞道標示，或行駛替代道路。

2. What does the report advise listeners to do? 這則報導建議聽眾做什麼？

(A) Avoid heavy traffic 避開塞車

(B) Use public transportation 利用大眾運輸交通工具

(C) Make a detour 改道而行

(D) Go to work earlier than usual 比平常更早去上班

▶ 本題詢問報導中建議聽者做什麼事，由此可知答題線索會出現在後半段獨白。最後一段獨白說道：「Commuters are therefore advised to follow detour signs or to travel on alternative routes.」，由此可知說話者建議聽者改道而行，因此答案為 (C)。

答案 (C)

再補充一點！

若題目詢問的是相關細節，答題線索可能出現在前半段、中間獨白，也可能出現在後半段獨白。因此請訓練自己從題目中確認關鍵字，在聆聽獨白的同時，找出提及關鍵字的句子。

1) 專有名詞，包含人名、地名、地點或公司名稱
2) 以數字呈現的資訊（數字、時間、期間）
3) 動詞
4) If 子句
5) 形容詞或副詞（考題中不太常以形容詞或副詞作為答題關鍵字，僅供參考）

STEP 2 一起來解題！ ★表本單元出題重點 74

❶ 音檔播出前，請先確認題目和選項的內容。

★ **1. Who most likely is the speaker?** 說話的人最有可能是誰？

2. What does the speaker say about the Twin Tower? 說話者提到雙子塔的什麼事？

★ **3. What will the listeners probably do next?** 聽者接下來可能會做什麼？

❷ 請一邊聆聽獨白，一邊掌握答題線索。

Questions 1-3 refer to the following announcement.

Ladies and gentlemen, [1] **the bus tour will leave from and return to Union Square.** On today's tour, we will be driving through many of the historic and [2] **popular tour sites in the city, such as Fisherman's Wharf as well as the famous Twin Tower.** The entire bus tour will last approximately 4 hours. [3] **Please help yourself to some free cold drinks and snacks at the front of the bus for all of our passengers before we begin the tour.**

字彙 **historic** 歷史性的；有歷史意義的 **approximately** 大約
help oneself to 自行取用……

各位先生女士，巴士導覽將自聯合廣場啟程並返回此處。在今天的導覽中，我們將經過本市許多頗具歷史性又熱門的觀光景點，像是漁人碼頭和著名的雙子塔。整個巴士導覽將歷時四小時左右。在導覽開始前，請各位自行至巴士前方取用為所有乘客準備的免費冷飲與點心。

❸ 請看完所有選項，並選出適當的答案。

★1. Who most likely is the speaker? 說話的人最有可能是誰？

(A) An engineer 工程師

(B) A store owner 商店老闆

(C) A tour guide 導遊

(D) A bus driver 公車司機

▶ 本題為題組中第一題，詢問說話者真實身分。因此前半段獨白中，應該會提及說話者的身分，或是能推測出身分的相關單字。前半段獨白中，說話者說道：「the bus tour will leave from and return to Union Square.」，說明巴士的旅遊行程。由此可以推測出說話者應為觀光導遊，因此答案為 (C)。

答案 (C)

2. What does the speaker say about the Twin Tower? 說話者提到雙子塔的什麼事？

(A) It is a newly constructed building. 是新蓋的大樓。

(B) It is a famous square in the city. 是本市中著名的廣場。

(C) It is a broadcasting facility. 是廣播設施。

(D) It is a popular tourist attraction. 是熱門的觀光景點。

▶ 本題針對 Twin Tower 詢問相關細節，因此請仔細聆聽獨白中提到 Twin Tower 的片段。說話者提到：「popular tour sites in the city, such as Fisherman's Wharf as well as the famous Twin Tower」，指出 Twin Tower 是知名觀光景點，因此答案為 (D)。此外，本題選項將獨白中的 tour site 改寫成同義詞 tourist attraction。

答案 (D)

★3. What will the listeners probably do next? 聽者接下來可能會做什麼？

(A) Start work on a new project 開始進行新計畫

(B) Get some cold beverages 拿一些冷飲

(C) Check in for a flight 辦理班機報到手續

(D) Buy some souvenirs 買一些紀念品

▶ 本題為題組最後一題，詢問聽者聽完解說後，將做什麼行動。因此請從後半段獨白中，掌握聽者可能做的行動。說話者於獨白最後說道：「Please help yourself to some free cold drinks and snacks at the front of the bus for all of our passengers before we begin the tour.」，表示為乘客準備了冷飲和點心，建議聽者取用，因此答案為 (B)。

答案 (B)

STEP 3 實戰測驗！

75

1. Why is the man going to be late?
(A) His car wouldn't start.
(B) His bus is delayed.
(C) He lost his car keys.
(D) He is stuck in traffic.

2. When does the man expect to arrive?
(A) At 9 A.M.
(B) At 9:30 A.M.
(C) At 10 A.M.
(D) At 10:30 A.M.

3. What does the speaker ask the listener to do?
(A) Cancel a dental appointment
(B) Call a lawyer immediately
(C) Start a meeting without him
(D) Give him a ride to work

4. What is the announcement mainly about?
(A) A job opportunity
(B) Winning a new client
(C) A software update
(D) Acquiring a business

5. What most likely is the speaker's occupation?
(A) Attorney
(B) Accountant
(C) Computer programmer
(D) Paralegal

6. What does the speaker ask the listeners to do?
(A) File a legal action
(B) Attend a demonstration
(C) Make a voluntary donation
(D) Meet with some important clients

◆ 解答 p. 47

02 預先熟悉固定的回答模式 ①

出題重點

PART 4 經常重複使用相同主題或內容的獨白，進而產生許多制式化的題目和固定的回答模式。希望考生能提前熟悉 PART 4 這些題目和回答方式，才得以在聽力測驗中取得高分。

STEP 1 搞定制式化的題目和固定的回答模式！ 76

1 若獨白針對某件事進行通知，題目一定會詢問變更事項。

針對某件事進行通知，其目的通常為**通知有所變動的事項**。因此題組中總會出現詢問變更事項為何的題目。另外，選項中經常會同時出現變更前和變更後的內容敘述，誘導考生選錯答案，因此請務必好好確認變更事項為何。

Exercise 3 refers to the following announcement.

Attention, passengers. This is an official announcement from Shinku Airlines. [3] **Flight 403 to Berlin, Germany, scheduled to take off at 11 A.M. has been delayed for two hours** due to deteriorating weather conditions.

字彙 **take off** 起飛 **delay** 延遲；延誤 **deteriorate** 惡化

各位乘客請注意。這是真紅航空的正式公告。由於惡劣的天候狀況，原本預計於上午 11 點出發前往德國柏林的 403 號班機已經延後兩個小時起飛。

3. When will Flight 403 depart? 403 號班機將於何時起飛？

(A) 10 A.M. 上午 10 點
(B) 11 A.M. 上午 11 點
(C) 1 P.M. 下午 1 點
(D) 2 P.M. 下午 2 點

▶ 前半段通知中說道：「Flight 403 to Berlin, Germany, scheduled to take off at 11 A.M. has been delayed for two hours」，提到飛機原定起飛時間為上午 11 點，但將被延至兩小時後起飛。由此可以推測出飛機改成下午 1 點起飛，因此答案為 (C)。

陷阱分析：請特別留意，通知中說的是延誤兩小時，並非指起飛時間為 2 點。

答案 (C)

2 電話留言題組中最後一題，若詢問說話者的要求事項，答案通常是請對方回電。

無法和對方直接通話，才會留言給對方。因此題組中最後一題，若詢問電話留言者的要求事項，答案幾乎都是**要求對方回電**。

Exercise 4 refers to the following telephone message.

Hello, Ms. Brown. This is Chuck Finley. I'm calling to reschedule the meeting for Thursday at 2 o'clock. I'm really sorry for the inconvenience that this will undoubtedly cause you. [4] **Please get back to me** to confirm or to suggest another time. Thank you. Have a nice one.

字彙 **rearrange** 重新安排 **inconvenience** 不便 **undoubtedly** 無疑地 **get back to** 回電給……

布朗女士，您好。我是恰克・芬莉。我打這通電話是想將會議改到星期四2點。我真的很抱歉，這無疑會造成您的不便。請回電給我進行確認或提議其他時間。感謝您。祝您有個愉快的一天。

4. What does the speaker ask Ms. Brown to do? 說話的人要求布朗女士做什麼？

(A) Contact another branch 聯絡其他分公司

(B) Return a phone call 回電

(C) Suggest a new business proposal 提出新的商業企畫案

(D) Arrive on time 準時抵達

▶ 本題詢問說話者要求聽者 Brown 女士的事項，因此請仔細聆聽後半段留言中，使用了什麼動詞。電話留言最後，說話者說道：「Please get back to me」，請對方回電給自己，因此答案為 (B)。

答案 (B)

再補充一點！

請對方回電的常見說法

- Please get back to me . . .
- Please call me back . . .
- Please contact me . . .
- You can reach me . . .
- Please return my call . . .

3 交通工具延誤或被取消的原因，答案通常是天候不佳、機械故障或是技術上的問題。

飛機、火車、公車等交通工具，通常會因為**天候不佳、交通工具本體出了問題**，或是**有技術上的問題**，延後起飛或發車時間，或是導致航班或班次被取消。事實上，除了前述原因之外，似乎沒有其他原因可以導致交通工具延誤或被取消。

Exercise 5 refers to the following announcement.

Attention, all passengers! At this time, [5] **the strong snowstorm and reduced visibility are causing the delay of both outgoing and incoming flights.** This will continue to affect all of our flights this evening. Southwest Flight 874 has already returned to Denver after being warned of the snowstorm with zero visibility.

字彙 snowstorm 暴風雪　reduce 降低　visibility 能見度　outgoing 出發的

各位乘客，請注意！目前強烈的暴風雪和能見度下降，造成了起降班機的延誤。這樣的狀況將繼續影響今晚所有的班機。西南航空的 874 號班機，在接到能見度為零的暴風雪警示後，已返回丹佛。

5. Why has the flight been delayed? 班機為什麼延誤？

(A) Inclement weather 惡劣的天氣

(B) Lost luggage 遺失的行李

(C) Some double bookings 重複訂位

(D) Icy runways 跑道結冰

▶ 本題詢問飛機延遲起飛的原因。前半段獨白中，通常會直接提到發生什麼問題，導致飛機延遲起飛。前半段獨白中說道：「the strong snowstorm and reduced visibility are causing the delay of both outgoing and incoming flights」，表示因為強勁風雪和視線不良等因素，將延遲班機起飛和降落時間，因此答案為 (A)。

答案 (A)

再補充一點！

針對交通工具出發時間延遲或取消的常見說法：

1) the mechanical problem 機械故障
2) the technical problem 技術問題
3) the bad weather / the inclement weather / the severe weather 惡劣天氣／天候不佳
4) the maintenance work 維修工程

STEP 2 一起來解題！ ★表本單元出題重點 77

❶ 音檔播出前，請先確認題目和選項的內容。

★ **4. What is the new departure time of the bus?** 巴士的新發車時間是何時？

5. What does the speaker say about buying tickets? 說話的人提到有關購票的什麼事？

6. According to the speaker, what requires an extra fee? 根據說話者表示，什麼狀況需要額外付費？

❷ 請一邊聆聽獨白，一邊掌握答題線索。

Questions 4-6 refer to the following announcement.

Attention, passengers! [4] **The bus to Boston scheduled to leave at 12:30 P.M. has been delayed for about an hour due to an unexpected engine problem. So the bus will depart at exactly 1:30 P.M.** [5] **If you don't already have a ticket,**

please get one now. Tickets are no longer sold on the bus. Because of the large festival in Boston this weekend, there are many more travelers than usual. You are only allowed one piece of luggage. [6] **If you have more than one piece of luggage, you will be charged $25.00 to carry it on board**, or you can leave it in one of our overnight lockers. Again, the bus will depart in an hour at exactly 1:30 P.M.

字彙 **depart** 出發 **luggage** 行李

各位乘客，請注意！由於引擎突然出現故障問題，預定於中午 12:30 開往波士頓的巴士已延後約一小時發車。因此巴士將於下午 1:30 整發車。如果您尚未購票，請現在購買。車票不再於車上販售。由於本週末波士頓將有一場大型慶典，遊客將比平時多更多。各位只能攜帶一件行李。如果您的行李超過一件，需支付 25 元的行李費才能攜帶上車，或者您也可以將其留置於我們的隔夜置物櫃。再次重申，巴士將於一個小時後，下午 1:30 整發車。

❸ 請看完所有選項，並選出適當的答案。

★ **4.** What is the new departure time of the bus? 巴士的新發車時間是何時？

(A) **11:30 P.M.** 晚上 11:30

(B) **12:30 P.M.** 中午 12:30

(C) **1:30 P.M.** 下午 1:30

(D) **2:30 P.M.** 下午 2:30

▶ 本題詢問巴士新的發車時間。通知類題組中的第一或第二題，通常會詢問變更事項。本題為題組中第一題，因此請仔細聆聽前半段獨白，確認變更過後的巴士發車時間。前半段獨白中說道：「The bus to Boston scheduled to leave at 12:30 P.M. has been delayed for about an hour due to an unexpected engine problem.」，指出巴士發車時間原為 12 點 30 分，現在預計延後一小時發車。接著說道：「So the bus will depart at exactly 1:30 P.M.」，再次強調公車將於下午 1 點 30 分發車，因此答案為 (C)。

答案 (C)

5. What does the speaker say about buying tickets? 說話的人提到有關購票的什麼事？

(A) They must be paid for in cash. 必須付現。

(B) They are valid only for one-way travel. 只限單程有效。

(C) They cannot be returned. 無法退票。

(D) They must be purchased before departure. 必須於發車前購買。

▶ 本題詢問說話者針對購買車票說了些什麼，解題關鍵字為 tickets，因此請仔細聆聽說話者提到 tickets 的片段。說話者說道：「If you don't already have a ticket, please get one now. Tickets are no longer sold on the bus.」，告知尚未買票的人應現在購票，並指出巴士上不會販售車票。由此可知要在搭巴士前買好車票，因此答案為 (D)。

答案 (D)

6. According to the speaker, what requires an extra fee?
根據說話者表示，什麼狀況需要額外付費？

(A) Reserved seating 預約座位

(B) Additional suitcases 額外的行李

(C) Ticket exchange 換票

(D) Meal service 餐點服務

▶ 本題為題組中最後一題，詢問需要加價的情況，解題關鍵字為 extra fee，因此請仔細聆聽後半段獨白中，說話者提到 extra fee 或是直接說出金額的片段。獨白最後說道：「If you have more than one piece of luggage, you will be charged $25.00 to carry it on board.」，表示如果搭車時的行李數量超過限額，必須額外支付 25 元，因此答案為 (B)。

答案 (B)

STEP 3 實戰測驗！ 78

1. What type of business is the speaker calling?

(A) A hardware store

(B) A home improvement store

(C) An interior company

(D) A furniture factory

2. What problem is mentioned?

(A) Some window ledges are leaking.

(B) Some windows are completely broken.

(C) There are meetings every morning.

(D) The crowds are smaller on weekdays.

3. What is the listener asked to do?

(A) Attend a meeting

(B) Return a phone call after lunch

(C) Bring some umbrellas

(D) Buy some building materials

4. What is the announcement mainly about?

(A) A coupon for free parking

(B) A corporate recycling program

(C) A new staff meeting policy

(D) An appointment schedule

5. Why are the employees requesting a change?

(A) To make more efficient use of time

(B) To make changes to a travel plan

(C) To strengthen their competitiveness

(D) To provide more vacation days

6. When will the change take place?

(A) It is undecided.

(B) Immediately

(C) Next week

(D) Next month

◆ 解答 p. 49

PART 4
DAY 8

03 預先熟悉固定的回答模式 ②

出題重點

PART 4 經常重複使用相同主題或內容的獨白，進而產生許多制式化題目和固定回答模式。希望考生能提前熟悉 PART 4 這些題目和回答方式，才能在聽力測驗中取得高分。

STEP 1 熟悉制式化的題目和固定的回答模式！ 79

1 前半段廣告中，會提到宣傳的商品或是公司名稱。

若獨白的內容為宣傳自家的產品或服務時，可以從前半段廣告中，得知**商品名稱、公司名稱**等答題線索。另外，無論是針對哪一項產品的廣告，題目經常會詢問**產品優點、購買方式**，以及**購買後的附加價值**等。

Exercises 6-7 refer to the following advertisement.

[6] **Are you in the market for a beautiful downtown apartment?** Well, look no further. [6,7] **The brand-new Sunhill Apartments** development offers everything you could want, with easy access to public transportation, downtown shopping, theaters, and restaurants. [7] **The spacious one- and two-bedroom apartments offer lots of amenities,** large walk-in closets, and top-of-the-line kitchen appliances. Why don't you stop by and take a look at our model apartments during our grand opening celebration on Saturday, November 23? You'll be amazed at how convenient city living can be.

字彙 **brand-new** 全新的 **development** 發展；開發案 **spacious** 寬敞的 **amenities** 便利設施 **walk-in closet** 大型衣帽間 **top-of-the-line** 頂級的 **appliance** 設備；用具

您想買市中心的漂亮公寓嗎？那麼不用再找了。全新的日山公寓開發案提供您想要的一切，輕鬆擁有公共交通運輸工具、市區購物、電影院和餐廳。寬敞的一房跟兩房公寓提供了許多便利設施、大型衣帽間和頂級的廚房器具。您何不在 11 月 23 日週六我們舉行盛大開幕慶祝活動時，過來看看樣品屋呢？您將會驚豔於都市生活究竟能有多麼便利。

6. What is being advertised? 這在廣告什麼？

(A) A hotel 飯店　　(B) A restaurant 餐廳
(C) A shopping mall 購物商場　　(D) An apartment 公寓

▶ 看完題目後，可以得知本題詢問的是廣告內容。前半段獨白中，説話者説道：「Are you in the market for a beautiful downtown apartment?」，詢問是否在尋找位在市中心的漂亮公寓。接著説道：「The brand-new Sunhill Apartment」，提及廣告的內容為公寓，因此答案為 (D)。

答案 (D)

7. According to the speaker, what is special about Sunhill?
根據說話者表示，日山有什麼特別的地方？

(A) It shows films of many different genres. 展示了許多不同類型的電影。

(B) It is equipped with a variety of amenities. 配有各種便利的設施。

(C) It offers special menus and activities. 提供特別的菜單和活動。

(D) It has many offices and conference rooms. 有很多辦公室和會議室。

▶ 本題詢問的是 Sunhill 的特色，因此請仔細聆聽當中提及專有名詞 Sunhill 的片段。說話者提及 Sunhill 後說道：「The spacious one- and two-bedroom apartments offer lots of amenities」，表示公寓設有許多便利設施，因此答案為 (B)。

答案 (B)

2 交通堵塞的原因有道路施工、交通事故或是市區活動等，解決方式通常為建議改道而行。

若獨白為路況廣播，題目通常會詢問交通堵塞的原因和解決方式。請特別熟記，當中大多會提到因為**道路施工**、**發生交通事故**或是**市區舉行活動**，導致交通堵塞。另外，解決方式則會要求**改道而行**。

3 告知聽者新聞、天氣預報或路況報導結束後，將聆聽一段廣告，才會播出下一段廣播。

若獨白為新聞、天氣預報或路況報導，題目通常會詢問該段廣播結束後，聽者將會聽到什麼。說話者一般會告知聽者聆聽一段廣告後，才會播出下一段節目，因此請務必記得聽者會先**聽完廣告**，才會輪到其他廣播節目播出。

Exercises 8-10 refer to the following traffic report.

And now for the latest Radio SFMR traffic report. This is Hans Lim. [8] **Traffic is moving smoothly this morning except for two areas where road maintenance work is causing some delays.** Drivers traveling southbound on the Embarcadero Freeway should expect a slow commute between Lombard Street and Pine Street. [8] **The heavy congestion there is mainly due to the two-day road maintenance work in four of the eight lanes of the freeway.** [9] **So if you want to go downtown, please be advised that you need to use I-580 and the San Mateo Bridge.** This is Hans Lim for Radio SFMR, San Francisco's most trusted source for news and traffic information. [10] **Stay tuned for our regular weather report coming up right after the commercial break.**

字彙 **road maintenance work** 道路維修工程　**stay tuned for** 繼續收聽……
commercial break 廣告；廣告插播

您現在收聽的是 SFMR 電台最新的路況報導。我是漢斯 ‧ 林姆。今天早上的交通很順暢，除了兩個地區因道路維修工程造成部分延誤外。濱海高速公路的南向駕駛人，可能會在倫巴底街與潘恩街間碰到移動緩慢的狀況。那裡的交通嚴重阻塞主要是由於公路上的八線道，其中有四線道正在進行為期兩天的道路維修工程所致。所以如果您想到市中心，建議請走 580 號州際公路和聖馬刁橋。這裡是 SFMR 電台，舊金山最可靠的新聞與交通資訊來源，我是漢斯 ‧ 林姆。廣告後請繼續收聽本電台的定時氣象報告。

8. **What has caused traffic delays?** 造成交通延誤的是什麼？

(A) Flooding 淹水

(B) Some broken-down cars 一些故障車輛

(C) Road maintenance work 道路維修工程

(D) Poor weather conditions 惡劣的氣候狀況

▶ 前半段獨白中，通常會提到交通堵塞的原因。說話者說道：「Traffic is moving smoothly this morning except for two areas where road maintenance work is causing some delays.」，提到交通堵塞的現象。接著說話者說道：「The heavy congestion there is mainly due to the two-day road maintenance work in four of the eight lanes of the freeway.」，表示因為高速公路的維修工程，導致交通壅塞，因此答案為 (C)。

答案 (C)

9. **What are the listeners advised to do?** 聽眾被建議做什麼？

(A) Use public transportation 使用公共交通運輸工具

(B) Submit updated documents 提交更新後的文件

(C) Take an alternative route 改走替代道路

(D) Wear heavy clothes 穿厚重的衣服

▶ 本題詢問的是說話者建議聽者的事項。說話者說道：「So if you want to go downtown, please be advised that you need to use I-580 and the San Mateo Bridge.」，表示如欲前往市中心，建議改走 580 號州際公路高速公路和 San Mateo 大橋，因此答案為 (C)。請再次複習，路況報導廣播中，通常會建議聽者改走其他路線前往目的地。

答案 (C)

10. **What will the listeners probably hear next?** 聽眾接下來可能會聽到什麼？

(A) A commercial 廣告

(B) A local news update 本地最新消息

(C) A weather report 氣象報告

(D) Jazz music 爵士樂

▶ 本題為題組中最後一題，詢問聽者接下來會聽到什麼內容。因此請仔細聆聽此段路況報導的最後一句話。說話者在廣播結束前說道：「Stay tuned for our regular weather report coming up right after the commercial break.」，請聽眾於廣告後，繼續收聽天氣預報，因此答案為 (A)。在此請特別留意，千萬不要將答案誤選成氣象報告。

答案 (A)

4 人物介紹的關鍵通常是獲獎經驗、出書經歷、商品開發經歷或是特殊業績。

若獨白為人物介紹，題目通常會詢問該人物的相關經歷。答案則會出現獲獎經驗、出書經歷、商品開發經歷或是特殊業績等相關內容。

Exercise 11 refers to the following introduction.

Ladies and gentlemen, I'm Wesley Kim, the marketing director. I want to welcome everyone tonight to our very special banquet honoring Mr. Jesse Porter. As most of you know, [11] **Mr. Porter won the Edison Award, one of the most prestigious awards, for his innovative work in electrical engineering last June.** Although he will be retiring next month, I'm sure he'll be keeping busy with his many hobbies, like photography and fishing. Hey, Jesse, would you please come up to the stage?

字彙 **banquet** 宴會 **prestigious** 有聲望的 **innovative** 創新的 **retire** 退休

各位先生女士，我是行銷主管威斯里．金。歡迎大家今晚來參加我們為傑西．波特先生舉行的特別宴會。如多數人所知，波特先生去年六月因其在電機工程領域創新的表現而榮獲最富聲望的獎項——愛迪生獎。雖然他即將於下個月退休，我相信他會讓自己保持忙碌，繼續從事像是攝影和釣魚等嗜好。嗨，傑西，可以請您移駕到台上來嗎？

11. What is mentioned about Mr. Porter? 談話中提到有關波特先生的什麼事？

(A) He invented a new machine. 他發明了一台新機器。

(B) He won a prize. 他得獎了。

(C) He will hold a photo exhibition. 他將舉辦攝影展。

(D) He will be transferred to another branch. 他要轉調到其他分公司。

▶ 本題詢問的是獨白中介紹的人物，因此請仔細聆聽在該人物姓名後方提及的相關資訊。前半段獨白中，說話者說道：「Mr. Porter won the Edison Award, one of the most prestigious awards, for his innovative work in electrical engineering last June.」，表示Porter 先生由於電機工程方面的成就，在去年六月時獲頒愛迪生獎，因此答案為 (B)。請再次複習，人物相關經歷的答案通常會是獲獎經驗、出書經歷、商品開發經歷或是特殊業績。

答案 (B)

STEP 2 一起來解題！ ★表本單元出題重點 80

❶ 音檔播出前，請先確認題目和選項的內容。

★ **7. What is being advertised?** 這是在廣告什麼？

8. What is being provided to potential buyers? 提供給潛在買家什麼？

9. When does the special offer begin? 特別優惠何時開始？

❷ 請一邊聆聽獨白，一邊掌握答題線索。

Questions 7-9 refer to the following advertisement.

[7] **Are you looking for new electric home appliances for your home? You can save 30% on major and small home appliances** such as flat-screen TVs, DVD players, home theater systems, refrigerators, washing machines, dishwashers, and dryers! [8] **The Top Choice in-home service professionals also offer next-day free installation service for all the home appliances you purchase.** If

you don't know much about the home appliances we sell, don't worry about it at all! Our friendly and knowledgeable electrical sales staff members are always available to help you find any product that fits your needs. [9]**The sale starts on Tuesday and ends on Sunday.** Don't miss our unbelievable deals. Top Choice is located at 1001 Mission Boulevard in San Francisco at the intersection of Mission Boulevard and Main Street.

字彙 **home appliances** 家電用品 **dishwasher** 洗碗機 **free installation** 免費安裝
be located at 位於…… **intersection** 交會處；十字路口

你在為住家尋找新的家電用品嗎？你可以在各種大小型家電用品，像是平板電視、DVD 播放器、家庭劇院系統、冰箱、洗衣機、洗碗機和烘乾機上省下 30% 的費用。「最佳選擇」的到府服務專家，也為您所購買的家電用品提供免費的隔日安裝服務。如果您不了解我們所販售的家電用品，一點也不用擔心！我們親切又博學的電器銷售同仁，隨時都可以協助您找到符合您需求的各種產品。特價活動於週二開始、週日結束。千萬不要錯過這令人難以置信的買賣機會。「最佳選擇」位於舊金山密遜大道 1001 號，就在密遜大道和緬因街的交會處。

❸ 請看完所有選項，並選出適當的答案。

★ 7. What is being advertised? 這是在廣告什麼？

(A) Express shipping 快遞

(B) Frozen chicken dishes 冷凍雞肉料理

(C) Kitchen appliances 廚房用具

(D) Consumer electronics 消費性電子產品

▶ 本題為題組中第一題，詢問此獨白廣告的內容。因此請仔細聆聽前半段獨白，掌握產品名稱或公司名稱等相關資訊。說話者說道：「Are you looking for new electric home appliances for your home?」，詢問聽者是否在尋找新的家電產品。由本句問句可以得知本文的廣告內容為家電產品。

▶ 另外，後方說道：「You can save 30% on major and small home appliances.」，聽到此句話後，更能確認本文是為家電產品做宣傳。(D) 將獨白中的 home appliances 換句話說，改寫成 consumer electronics，故為正確答案。

答案 (D)

8. What is being provided to potential buyers? 提供給潛在買家什麼？

(A) A gift certificate 禮券

(B) A coupon 折價券

(C) Free home delivery 免費送貨到府

(D) Free installation 免費安裝

▶ 本題詢問提供什麼給潛在買家，因此請仔細聆聽動詞 provide / offer / give 後方出現的內容為何。說話者在獨白中間說道：「The Top Choice in-home service professionals also offer next-day free installation service for all the home appliances you purchase.」，表示會為購買家電產品的顧客，提供隔日免費到府安裝的服務，因此答案為 (D)。

答案 (D)

9. When does the special offer begin? 特別優惠何時開始？

(A) On Monday 星期一

(B) On Tuesday 星期二

(C) On Thursday 星期四

(D) On Sunday 星期日

▶ 本題為題組中最後一題，詢問開始進行特別優惠的時間點，因此請仔細聆聽後半段獨白，注意與優惠活動的時間點為星期幾。說話者在獨白最後說道：「The sale starts on Tuesday and ends on Sunday.」，表示優惠活動從週二進行至週日，因此答案為 (B)。

答案 (B)

STEP 3 實戰測驗！

81

1. Where most likely is the speaker?

(A) At an awards ceremony

(B) At a financial institution

(C) At a library

(D) At a film festival

2. What did Ms. Thompson recently do?

(A) She published a new book.

(B) She graduated from business school.

(C) She took a business trip.

(D) She made a speech at a conference.

3. According to the speaker, what will be available on the Web site?

(A) A recording of the lecture

(B) A schedule of upcoming seminars

(C) Revised accounting standards

(D) A list of library books

4. What is the purpose of the talk?

(A) To present an award

(B) To report on engineering feats

(C) To introduce a speaker

(D) To make an appeal for international aid

5. Who is the audience of the talk?

(A) Mr. Green's colleagues

(B) Graduating students

(C) Engineers and architects

(D) Potential clients

6. What is mentioned about Mr. Green?

(A) He has a doctorate in engineering.

(B) He designs bridges for free.

(C) He grew up in an impoverished area.

(D) He has received multiple accolades.

◆ 解答 p. 51

新 掌握意圖題的答題線索就在指定句前後方

出題重點

新制多益測驗中，增加了掌握說話者意圖的類型。此類型考的是某指定句子在 PART 4 獨白中真正代表的意圖或概念。此類型在 PART 3 和 PART 4 出題頻率相同，每回測驗平均出現 2–3 題，屬於難度相當高的類型。

STEP 1 搞定各類考題答題線索的所在位置！ 82

1 典型的掌握意圖類型

- Why does the speaker say, "Here is the thing"?
  說話的人為什麼說：「事情是這樣的」？
- What does the speaker mean by saying, "This is a very popular apartment"?
  說話的人說：「這是很受歡迎的公寓」，是什麼意思？
- What does the speaker mean when he says, "But look at these numbers"?
  說話的人說：「但是看看這些數字」，是什麼意思？
- What does the speaker imply when he says, "Space is limited"?
  說話的人說：「座位有限」，是在暗示什麼？

▶ 請特別注意，若單憑字面意思，並無法掌握說話者說出該句話真正欲傳達的意思。

2 考題類型

1 單純描述現象的話語

若指定句為對話中描述現象的話語，幾乎無法單憑字面意思，推測出說話者意圖。

ex **Look at all these numbers!** 看看這些數字！

以上方句子為例，若題目詢問說話者說出本句話的意圖，光憑這句話無法掌握說話者真正想表達的意思。這句話可能想表達數值過高或過低，也可能是想表達數字有誤。因此這類考題的難度偏高，如欲掌握說話者說出本句話的意圖，就必須聆聽本句話前後方的內容，來掌握上下文意。

2 表示特定想法的話語

當題目詢問指定句表示什麼意圖時，通常都得從前後文來掌握句子在對話中真正代表的涵意。但是若指定句屬於表示特定想法的話語，則能由句子本身確認出說話者的意圖或意思。

ex **I could not have done it without your help.** 沒有你的幫忙，我便無法完成。

以上方句子為例，由字面意思可以掌握想表達的是如果沒有對方的幫忙，就無法完成那件事，帶有感恩或稱讚對方的意涵。因此聆聽對話時，便能特別留意獨白當中提到幫忙的內容。相較於第一種指定句，此類指定句的答題線索較為明顯，算是難度較低的考題。

3 常見的重點類型

請務必熟悉新制多益中，出題頻率較高的重點考題類型，掌握說話者想表達的特定意思。

1 認同對方的想法

- I know what you're thinking. 我知道你的意思。

2 生氣或感到不耐煩

- Can you believe it? 你能相信嗎？

3 拒絕對方的提議

- We've already had a lot of volunteers sign up for this event.
  我們已經有很多志工報名這場活動了

4 催促對方儘快決定

- The grand opening is in two months. 距離盛大開幕只剩兩個月了。
- Space is limited. 座位有限。

5 表達自己的失望

- It isn't what I was expecting. 這不是我所預期的。

6 請對方耐心等待

- This might take some time. 這可能需要花點時間。

7 向對方推薦店家

- Walter's Ice Cream is delicious. 沃爾特冰淇淋店很好吃。

8 暗示很快就能找到

- You can't miss it. 你不會錯過它的。

9 擔憂出現競爭對手

- There are plans to build a new hotel across the street. 有計畫要在對街蓋一家新飯店。

10 暗示工作難度高

- Who wants to do that? 誰想要做啊？

11 提出事實或解決方案

- Let me tell you something. 我跟你說。／讓我來告訴你實情吧。

12 表達感謝之意或稱讚對方

- Couldn't be better. 太好了。／再好不過了。
- Few people are capable of such innovative designs. 沒有什麼人能做出這麼創新的設計。

13 提出適當的理由和辯解

- I've been given a lot of new projects this week. 我這禮拜已經被指派很多新專案了。

14 對事情延誤表示擔憂

- It's been a week. 已經一個禮拜了。

15 強調工作內容非常簡單

- You can't do anything wrong here. 你絕不會做錯的。

16 表達應徵人數眾多

- We've already received 150 applications. 我們已經收到 150 份求職申請了。

17 向對方暗示自己隨時都能幫忙

- I'll be at my desk all morning. 我整個早上都會在辦公室。

18 抱怨數量問題

- The user's manual is currently about 20 pages long. 這份使用者手冊目前有 20 頁長。

STEP 2 一起來解題！ ★表本單元出題重點 83

❶ 音檔播出前，請先確認題目和選項的內容。

★ **10. What does the speaker imply when he says, "Space is limited"?** 說話的人說：「座位有限」，是什麼意思？

❷ 聆聽獨白時，請務必注意指定句所在的位置，並掌握前後文意。

Question 10 refers to the following instructions.

Good morning, everyone. I'm Harry, and I'll be your instructor for today's beginning oil painting class. It will be easy to get your clothes dirty here, so you should wear a gown. There are some in the back of the studio. [10] **This introductory class runs for six weeks, and you will be able to move on to an intermediate class after you finish this one. Unfortunately, space is limited, so let me know as soon as possible if you want to sign up for the intermediate class.** Any questions? Okay, then let's get started.

字彙 instructor 講師；老師 introductory class 入門課程；基礎課程
intermediate class 中級課程 limited 有限的

大家早。我是哈利，是今天油畫入門課的老師。在這裡很容易會把衣服弄髒，所以各位應該罩上一件袍子。畫室後面還有幾件。這堂入門課程將持續六週，在這堂課結束後，各位可以繼續升上中級課程。但遺憾的是，座位有限，所以如果您想報名中級課程，請儘快告訴我。還有問題嗎？好，那我們就開始上課吧。

▶ 說話者在獨白中間說道：「This introductory class runs for six weeks, and you will be able to move on to an intermediate class after you finish this one.」，提到基礎課程為期六週，完成入門課程後，就能進階至中級課程。

▶ 接著便說出：「Unfortunately, space is limited.」，後方又說：「so let me know as soon as possible if you want to sign up for the intermediate class.」，表示教室空間大小有限（即座位有限），因此如果想要報名中級課程，需儘早告知。

❸ **請看過所有選項，並選出換句話說的用法。**

★ 10. What does the speaker imply when he says, "Space is limited"?
說話的人說：「座位有限」，是什麼意思？

(A) A conference room is very small. 會議室很小。
(B) A decision needs to be made soon. 需要很快做出決定。
(C) A class will be canceled. 課程將被取消。
(D) A problem should be solved. 有個問題要解決。

▶ 綜合前方兩點，「Unfortunately, space is limited.」這句話表示空間大小有限，希望聽眾儘快告知是否報名課程。由此可知，這句話是在暗示聽眾要快點做決定，因此答案為 (B)。

答案 (B)

STEP 3 實戰測驗！ 84

1. What is the announcement about?
(A) Discounted prices
(B) Reduced costs
(C) Faster service
(D) New technology

2. Why does the speaker say, "Here's the thing"?
(A) To suggest a solution
(B) To answer a question
(C) To discuss service options
(D) To introduce a new product

3. According to the speaker, how long will the T-shirts take to print?
(A) One day
(B) Two days
(C) Three days
(D) One week

4. What type of business does the speaker work for?
(A) A hospital
(B) A real estate agency
(C) A fitness club
(D) A cable TV company

5. According to the speaker, what is the business known for?
(A) Innovative products
(B) Qualified doctors
(C) Reasonable prices
(D) Various equipment

6. What does the speaker mean when she says, "You won't be disappointed at all"?
(A) The new products are high in quality.
(B) People are satisfied with good returns.
(C) Customers will enjoy healthy lives.
(D) Some problems won't happen again.

◆ 解答 p. 53

新 看到圖表題請迅速掌握圖表中的資訊

出題重點

圖表題指的是以獨白搭配表格、行程表、路線圖、收據等各種圖表資訊。聆聽獨白時，必須同時掌握圖表資訊，才能解出答案。圖表題為實施新制多益測驗後新增加的類型。此類型在 PART 3 和 PART 4 出題頻率相同，每回測驗中平均出現 2–3 題，屬於難度極高的類型。

STEP 1 搞定圖表題的重點類型！ 85

1 常見圖表題分類

1 地點和位置

- Look at the graphic. **Which store** will be closed?
  看一下圖表，哪家店將不會營業？
- Look at the graphic. **Which parking area** will be opened?
  看一下圖表，哪個停車場將要開放？
- Look at the graphic. **Which room** will the man go to?
  看一下圖表，這位男士會去哪個房間？
- Look at the graphic. **What entrance** is available in an emergency?
  看一下圖表，緊急狀況時可使用哪個出入口？
- Look at the graphic. **In which area** will the exhibit be held?
  看一下圖表，展覽將於哪個區域舉行？

2 時間和行程

- Look at the graphic. **What time** does the man want to meet her?
  看一下圖表，這位男士想要幾點去見她？
- Look at the graphic. **What time** will the train depart?
  看一下圖表，火車將於幾點發車？
- Look at the graphic. **When** is the seminar taking place?
  看一下圖表，研討會將於何時舉行？
- Look at the graphic. **What date** has the performance been postponed?
  看一下圖表，表演延到哪一天？
- Look at the graphic. **When** will the discount be held?
  看一下圖表，何時將有優惠折扣？
- Look at the graphic. **When** will the trade fair be opened?
  看一下圖表，展售會將於何時開幕？

3 變更事項

- Look at the graphic. **What order** has changed on the form?
  看一下圖表，表單上的哪筆訂單有異動？

4 費用

- Look at the graphic. **Which expense** has not been confirmed yet?
  看一下圖表，哪一項支出還沒有被確認？
- Look at the graphic. **How much** will the speaker have to pay for the late fee?
  看一下圖表，說話的人需要支付多少滯納金？

5 **對象**

- Look at the graphic. **Which company** is the target of the acquisition?
  看一下圖表，哪間公司是收購的目標？
- Look at the graphic. **What products** will be discounted this week?
  看一下圖表，本週哪些產品將會有優惠？
- Look at the graphic. **Which building** is affected by road construction?
  看一下圖表，哪一棟大樓會受到道路施工的影響？

6 **要求**

- Look at the graphic. **What** does the speaker ask the audience to **pay attention to**?
  看一下圖表，說話的人要聽眾注意什麼？

2 圖表題之 850 奪分關鍵

1 **看完圖表、題目和選項後，從中選出解題關鍵資訊。**

Seminar Schedule		
Title of Seminar	**Time**	**Location**
New Trends in Marketing	9:00 - 9:40	Warren Hall
Customer Service Techniques	9:50 - 10:30	Grand Conference Room
Efficient Sales Strategies	10:40 - 11:20	Andromeda Hall
Innovative Product Designs	11:30 - 12:10	Design Center Lab

12. Look at the graphic. What seminar will be held in the grand conference room?
(A) New Trends in Marketing
(B) Customer Service Techniques
(C) Efficient Sales Strategies
(D) Innovative Product Designs

▶ 請由**題目選項**，掌握圖表資訊和獨白內容的關聯性。獨白中通常不會直接提及選項內容，意即上方選項中雖然列出了研討會題目，但是獨白中並不會提到題目作為答題線索。

2 **請仔細聆聽選項中未出現的資訊。**

Exercise 12 refers to the following announcement and schedule.

Good morning, everyone. As your vice president, I'd like to welcome you to our seminars this morning. As most of you know, we invite some professionals every quarter and let them exchange their ideas with you. But [12]**the seminar Customer Service Techniques has been canceled because Professor Milton is under the weather today. So the one starting in Andromeda Hall at 10:40 has been moved to the grand conference room at 9:50.** All right, that's all I've got. Please enjoy the seminars, and if you have any questions, please feel free to contact Ms. Hwang at the information desk near the main entrance. Thank you.

字彙 **venue** 場地 **under the weather** 身體不適 **main entrance** 大門；正門

大家早。身為副總裁，我要歡迎大家參加今天早上的研討會。如多數人所知，我們每一季都會邀請一些專業人士，讓他們與各位交流他們的想法。不過，「顧客服務技巧」那場研討會因米爾頓教授今天身體不適而取消了。因此，原本 10:40 在安朵美達廳的那場將於 9:50 移至大會議室舉行。好的，這就是我要告訴大家的。請盡情享受研討會，如果有任何問題，歡迎隨時與大門旁服務台的黃女士聯絡。感謝各位。

▶ 說話者在獨白中間說道：「the seminar Customer Service Techniques has been canceled because Professor Milton is under the weather today.」，表示由於米爾頓教授身體不適，因此取消「顧客服務技巧」的研討會。接著說道：「So the one starting in Andromeda Hall at 10:40 has been moved to the grand conference room at 9:50.」，說明原定 10 點 40 分於安朵美達廳舉行的研討會，改到 9 點 50 分並移至大會議室舉行。

▶ 綜合前述內容，9 點 50 分大會議室內原本要進行的是米爾頓教授的研討會，因故取消後，原定 10 點 40 分於安朵美達廳的研討會提前於大會議室舉行。

3 千萬不要被獨白中的答題陷阱誤導

▶ 獨白中若直接提到選項的內容，通常都是答題陷阱。因此本篇獨白中間提到研討會題目 Customer Service Techniques 和舉行地點 Andromeda，兩者皆為誘導考生誤答的答題陷阱。

研討會時程表		
研討會名稱	時間	地點
行銷的新潮流	9:00-9:40	華倫廳
顧客服務技巧	9:50-10:30	大會議室
有效的銷售策略	10:40-11:20	安朵美達廳
創新產品設計	11:30-12:10	設計中心實驗室

12. 看一下圖表，哪一場研討會將於大會議室舉行？
(A) 行銷的新潮流
(B) 顧客服務技巧
(C) 有效的銷售策略
(D) 創新產品設計

答案 (C)

STEP 2 一起來解題！ ★表本單元出題重點 86

❶ 音檔播出前，請先確認圖表資訊、題目和選項的內容。

★

Food	Fat Per Serving	Daily Intake Recommendation
Milk	4g	6 servings
Bread	10g	4 servings
Ice Cream	13g	3 servings
Doughnut	23g	2 servings

11. Look at the graphic. Which food does the speaker enjoy eating?
(A) Milk
(B) Bread
(C) Ice Cream
(D) Doughnut

❷ 請一邊聆聽獨白，一邊掌握答題線索。

Question 11 refers to the following excerpt from a meeting and chart.

Good afternoon, everyone. As you know, we are going to implement a new office health policy for employees next week. Yesterday, our desks in the office were moved, and are now closer to the windows, so you guys can walk more than usual to keep yourself in shape. Next week, a revised chart that shows the amount of fat in some foods people usually enjoy eating will be posted on our intranet. Not all fat in the human body is bad. But a large intake of fats can have negative effects. [11] **Personally, I've recently reduced my fat intake and followed the guidelines by eating no more than four servings per day.** Now the black cloud over my health has gone completely. What we've found is that the health of employees is something that businesses should treasure because that health allows employees to be more productive and to come to work and not be absent.

字彙 **implement** 實施　**than usual** 比平常　**keep oneself in shape** 保持某人的健康　**amount** 量　**post** 張貼；公布　**intranet** 內部網路　**fat** 脂肪　**intake** 攝取　**negative effect** 不良影響；負面影響　**guideline** 指導方針　**serving** 份　**treasure** 珍視；珍惜　**productive** 有生產力的　**absent** 缺席的

大家午安。如各位所知，我們下週將實施一項新的辦公室健康規定。昨天辦公室的桌子已經有移動過了，現在比較靠窗邊，這樣大家就可以比平常更常起來走動，讓自己保持健康。下週將公布一份修訂後的圖表在內部網站上，那份圖表列出了人們平常愛吃的一些食物中脂肪含量。不是所有人體內的脂肪都是不好的，但大量地攝取脂肪會產生不良影響。就我個人來說，我最近減少了脂肪攝取量，並遵照指示，每天只吃不超過四份的量。現在籠罩在我健康上的烏雲已經完全散去了。我們發現員工的健康是企業應該珍視的，因為健康才能讓員工更有生產力，能到班而不缺席。

▶ 本題為圖表題，詢問說話者喜愛吃的食物。表格中除了列出食物名稱以外，還提供脂肪含量和每日建議攝取量兩項資訊。獨白中不太可能直接告知喜愛的食物名稱，而是提到食物的脂肪含量或每日攝取量。只要聽到其中一項資訊，便能推測出說話者喜愛吃什麼食物。

❸ 請再次看過選項和圖表，並選出適當的答案。

★

食物	每份所含脂肪	每日建議攝取量
牛奶	4 克	6 份
麵包	10 克	4 份
冰淇淋	13 克	3 份
甜甜圈	23 克	2 份

11. 看一下圖表，說話的人喜歡吃哪一種食物？

(A) 牛奶　(B) 麵包

(C) 冰淇淋　(D) 甜甜圈

▶ 在後半段獨白中，說話者說道：「Personally, I've recently reduced my fat intake and followed the guidelines by eating no more than four servings per day.」，提到自己最近減少了脂肪攝取量，並且遵照指示，每天不會吃超過四份的量。確認表格內容後，會發現麵包的每日建議攝取量為四份，因此答案為 (B)。

答案 (B)

STEP 3 實戰測驗！ 87

Cruise Destination	Departure Date (L.A.)
Alaska	January 10
Mediterranean Sea	April 5
Guam	June 3
Bahamas	June 25

1. Who most likely is the speaker?
(A) A pilot
(B) A travel agent
(C) A customer
(D) A cruise ship employee

2. What activity is the speaker interested in?
(A) Kayaking
(B) Scuba diving
(C) Dogsledding
(D) Fishing

3. Look at the graphic. When is the departure date for Guam?
(A) January 10
(B) April 5
(C) June 3
(D) June 25

Venue	Guest Capacity	Cost
Emerald Convention Garden	85 people	$3,500
Victoria Convention Garden	110 people	$5,000
Galaxy Convention Garden	140 people	$7,600
Universe Convention Garden	170 people	$8,600

4. What kind of event is going to be held next month?
(A) A charity campaign
(B) A fundraising event
(C) A local festival
(D) A corporate event

5. What is implied about the Universe Convention Garden?
(A) It is very popular with many companies.
(B) It has enough space for 200 guests.
(C) It has an elegant and quiet environment.
(D) It is decorated with wildflowers.

6. Look at the graphic. Which venue would be the best for the event?
(A) Emerald Convention Garden
(B) Victoria Convention Garden
(C) Galaxy Convention Garden
(D) Universe Convention Garden

◆ 解答 p. 55

Reading Comprehension

閱讀測驗解題技巧

1 閱讀測驗的重點在於分配作答時間。

- PART 5 和 PART 6 共有 46 道試題，請務必於 20 分鐘內作答完畢。
- PART 5 的建議作答時間為 12 分鐘；PART 6 的建議作答時間為 8 分鐘。
- PART 6 遇到「插入符合前後文意的句子」類型時，每題的作答時間以1分鐘為限，只要猶豫答案超過1分鐘，就請果斷放棄這一題，跳至下一題作答。

2 調整 PART 7 的作答順序。

- 請先從第 176 題開始作答，解決雙篇閱讀和多篇閱讀題。分配給閱讀測驗的作答時間為 55 分鐘，請儘量於 25 分鐘內完成雙篇閱讀和多篇閱讀的所有試題。25 分鐘一到，請跳回第 147 題，作答單篇閱讀題。
- 若完成單篇閱讀的所有試題後，距離考試結束尚有剩餘時間，再回去完成剛剛的雙篇閱讀和多篇閱讀題。

3 請按下方指示劃記答案卡。

- PART 5：以頁數為單位，完成一頁的試題後，再劃記於答案卡上。
- PART 6 和 PART 7：以單篇文章為單位，完成一篇文章的試題後，再一口氣將答案劃記於答案卡上。

註：① 在多益測驗中，規定不能劃記在題本上，因此考生請注意不能在題本上做任何記號或標示任何答案。
② 考生可先在答案卡上的圓圈中做小記號，待完成一部分答案後，再將其劃記填滿。（若有更改答案之情形也務必將記號擦拭乾淨。）

Part 5&6

文法 & 詞類變化篇

PART 5 & 6 搶分密技

PART 5 & 6 考題類型主要分成文法、詞彙和詞類變化題，唯獨 PART 6 新增「**插入符合前後文意句子**」類型。這兩大題的文法題和詞類變化題要儘可能全數答對，才能增加取得 850 分的機會。

由於閱讀部分作答時間有限，作答關鍵為**適當分配各大題的解題時間**，尤其是當中的新增類型「插入符合前後文意句子」，雖然僅有 4 題，但是仍需花費不少時間作答。為妥善利用時間，建議先完成其他試題後，再回頭作答該題型。

另外，後方 PART 7 需要花費相當多時間作答，因此平常練習時，請務必訓練自己在 20 分鐘內完成 PART 5 & 6 的試題。

目標答對題數 **40** 題

每回平均出題比例

❶ 文法
❷ 詞彙
❸ 詞類變化

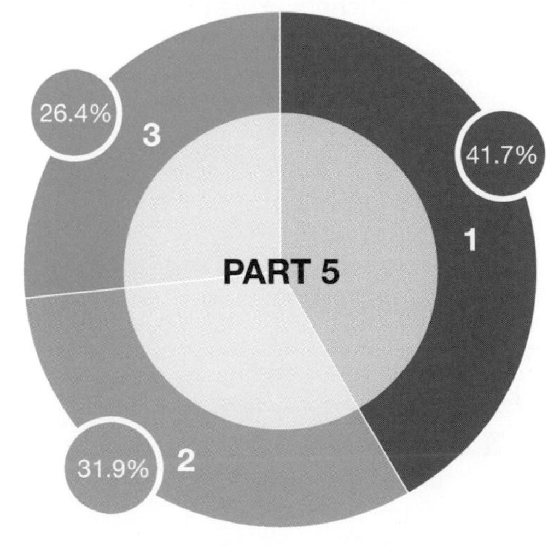

❶ 文法
❷ 詞彙
❸ 插入句子
❹ 詞類變化

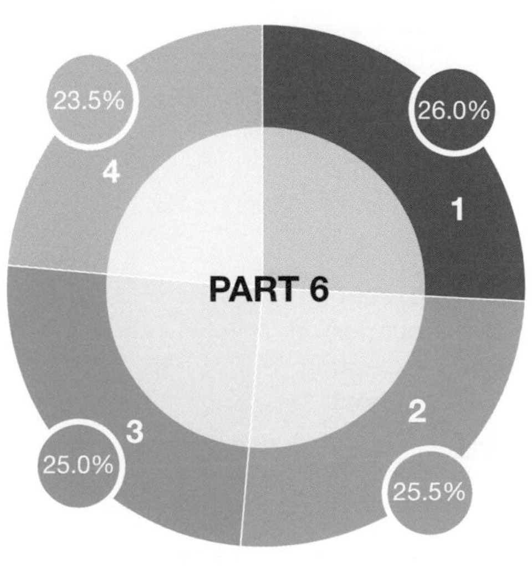

PART 5&6
DAY 10

01 介系詞的位置

出題頻率
平均每回
4.69 題

STEP 1 掌握核心概念！

1 介系詞後方只能連接名詞或與名詞同類的詞。

Any pertinent fire or rescue information should be conveyed **to** the Fire Department.
任何與火災或救援相關的資訊應傳達給消防局。

再補充一點！

介系詞和名詞中間，可以加入形容詞修飾後方的名詞。因此請特別留意，若空格設在介系詞後方，則形容詞不一定是錯誤選項。

After a successful **presentation**, I had dinner with my teammates.
在完成一場成功的報告後，我和組員共進晚餐。

2 before、after、until、since 既可以當介系詞，也可以當連接詞來使用。

- It will be finished **before** the opening date of the entire bridge.（介系詞＋名詞片語）
  | 介系詞 | 工程將在整座橋的開放日期前完工。
- The application must be signed **before** it is submitted.（連接詞＋主詞＋動詞……）
  | 連接詞 | 申請表必須在送交前簽好名。

3 常見的介系詞和介系詞片語

1 介系詞

用法	介系詞
表示時間	in / at 在／在……時 during 在……期間 for （持續）……多久 before 在……之前 after / following 在……之後 past 晚於；過 by / until 在……前／直到…… on (+ V-ing) 在……時 since 自從
表示排除	except (for) 除了…… but (for) 除了…… excepting 除了……外 without 沒有……
表示讓步	despite 儘管……
表示範圍	within 在……（範圍）內

用法	介系詞
表示條件	without 沒有…… given 假如…… considering 考慮到……
表示方向	to 到…… from 從…… past 過；通過…… along 沿著…… through 穿過…… across 穿過……
表示附加	besides 除了……還有
表示位置	near 在……附近 behind 在……後面 above 在……之上 under 在……之下
其他	for 為了……

2 介系詞片語

用法	介系詞
表示原因	because of / owing to / due to / on account of 因為／由於／基於……原因
表示感謝	thanks to 因為……／由於……／多虧……
表示排除	aside from / apart from 除了……
表示讓步	in spite of 儘管……
表示條件	in case of / in the event of 假使……／假如發生了……
表示附加	in addition to 除了……之外（還有）
表示位置	ahead of / in front of 在……之前
其他	regardless of / instead of 不論……／而不是……

STEP 2 一起來解題！

When Ms. Joiner fell ------- the other runners, no one thought she would catch up and win the race. 當喬音兒女士落後其他跑者時，沒有人想到她居然會後來居上，還贏得了比賽。

(A) behind 在……之後
(B) among 在……之間
(C) ahead of 在……之前
(D) near 在……附近

字彙 fall behind 落後 catch up 趕上 win the race 贏得比賽 ahead of 在……之前

解說 本題為文法題，空格位在動詞fell和受詞the other runners之間，應填入介系詞。選項中，只有介系詞 (A) 能和空格前方的動詞 fell 連接，變成 fall behind（落後），故為正確答案。

(A) behind：介系詞、副詞
(B) among：介系詞
(C) ahead of：介系詞片語
(D) near：介系詞、形容詞、副詞

答案 (A)

STEP 3 實戰測驗！

1. Since her retirement in May, Nina Lopez has fully committed herself ------- caring for her birds.
(A) for (B) to
(C) from (D) on

2. After graduation, our students will be in a strong position when competing ------- high-tech jobs.
(A) except (B) into
(C) along (D) for

3. One of the special gates is located ------- the dolphin-watching platform at the Lacuna Aquatic Center in Porterville.
(A) down (B) to
(C) near (D) except

4. When manufacturing electronic components for automobiles, the cleanliness of the factory is ------- the utmost importance.
(A) in (B) of
(C) upon (D) by

◆解答 p. 58

PART 5&6
DAY 10

02 名詞的位置

STEP 1 掌握核心概念！

1 名詞在句子中可以扮演主詞、補語、及物動詞的受詞，或介系詞的受詞等角色。

1. 當作主詞

A **butler** opened the door and escorted the clients to Ms. Benatar's office.
一名男管家打開了門，陪同客戶到班納塔女士的辦公室。

2. 當作補語

I think Mr. Euronymous is the most qualified **person** to be our chairman.
我認為優若米納斯先生是最有資格擔任主席的人選。

3. 當作及物動詞的受詞

Ms. Osbourne will be attending **law school** in the coming year.
奧斯朋女士來年將去上法學院。

4. 當作介系詞的受詞

Mr. Downy was very pleased with the **artistry** of all of the floral creations.
唐尼先生對所有花藝的藝術效果感到很滿意。

2 用來修飾名詞的詞要放在名詞前方

1. 冠詞＋形容詞＋名詞

Stone is **a** durable **material** that withstands the wear of a kitchen.
石頭是一種耐用的材質，經得起廚房的使用耗損。

2. 現在分詞／過去分詞＋名詞

Mr. Aznavour was fascinated by an interesting **story** Michelle told him.
阿茲納弗先生被蜜雪兒跟他說的有趣故事迷住了。

3. 所有格＋名詞

Mistral's CEO, Mr. Legrand, will reveal the company's **restructuring plans** this Friday.
密斯托公司的執行長羅格朗先生，將於本週五說明公司的重組計畫。

4. 冠詞＋名詞＋介系詞

Anxiety is **a** **feeling** of stress you get when faced with a challenge.
焦慮是當你面對挑戰時所感受到的一種壓力。

5. 介系詞＋（冠詞）＋名詞

Strong majorities are willing to support many **of** the **policies**.
絕大多數的人願意支持多項政策。

6. 介系詞＋名詞＋介系詞

In **view** of this new evidence, we would like to reconsider our decision.
由於這項新證據，我們想重新考慮我們的決定。

3 若分詞後方連接修飾語，分詞則要放在名詞後方

Employees interested **in joining the book club** should call Mr. Jeon.
有興趣參加讀書會的員工應該打電話給全先生。

Students participating **in the event** must attend the practice sessions.
參加這項比賽項目的學生必須參加練習賽。

STEP 2 一起來解題！

In ------- with last year, our net profit will turn out to be considerably higher than experts forecast. 與去年相比，我們的淨利將比專家預測的要高很多。

(A) comparable 可比較的　(B) comparably 可比較地
(C) comparison 比較　(D) comparing 比較

字彙 turn out to be 結果是……　considerably 相當地　forecast 預測　comparable 可比較的　comparably 可比較地　comparison 比較

解說 本題為詞類變化題，選項列出一個單字的各類詞性。空格位在兩個介系詞中間。介系詞後方只能連接名詞或與名詞同類的詞，因此請先刪去 (A) 和 (B)。由於空格後方也連接介系詞，而兩個介系詞之間只能填入名詞，因此答案為 (C)，填入後變成 in comparison with（與……相比）。

(A) comparable：形容詞　(B) comparably：副詞
(C) comparison：名詞　(D) comparing：現在分詞、動名詞

答案 (C)

STEP 3 實戰測驗！

1. One possible ------- is that the new system will streamline the manufacturing process and increase productivity.

(A) conclusive　(B) conclude
(C) conclusion　(D) concluding

2. After reviewing Mr. Davidson's list of impressive -------, the director contacted him to schedule an interview.

(A) qualifications　(B) qualified
(C) qualifying　(D) qualifies

3. As soon as Mr. Lim signs off on the stadium plans, construction of the new ------- will begin.

(A) build　(B) building
(C) to build　(D) builder

4. Please note that payment for this shipment is due within 21 days of ------- of this invoice.

(A) receiving　(B) receive
(C) receipt　(D) receiver

◆ 解答 p. 58

03 副詞的位置

STEP 1 掌握核心概念！

1 副詞可以放在動詞的前面或後面。

Local market conditions **strongly** influence pricing. 當地市場的狀況會強烈地影響價格。

▶ 副詞 strongly 放在動詞 influence 前方，修飾動詞。

2 副詞要放在助動詞和一般動詞之間；若將副詞放入進行式、完成式或被動句型中，則要放在 **be** 動詞和分詞之間，或是放在 **have** 和分詞之間。

1. **助動詞＋副詞＋動詞**

   A flexible person **can** easily adapt to different situations.
   靈活的人能輕易地適應各種不同的環境。

2. **be 動詞＋副詞＋現在分詞**

   The company **is** currently receiving applications from many schools.
   公司目前收到許多學校寄來的求職申請。

3. **have ＋副詞＋過去分詞**

   We **have** already decided to introduce the core solution platform.
   我們已經決定要引進核心解決方案平台。

4. **be 動詞＋副詞＋過去分詞**

   The game **was** originally scheduled to start at approximately 4:30 P.M.
   比賽原定於下午 4:30 左右開始。

3 若使用副詞修飾形容詞、副詞、片語或子句，要將副詞放在被修飾詞的前方。

1. **副詞＋形容詞**

   The match between the two national teams was really exciting.
   這兩個國家隊的比賽真的很刺激。

2. **副詞＋副詞**

   The furniture is much too heavy for me to carry.
   這家具對我來說太重了，我搬不動。

3. **副詞＋片語**

   The items we ordered are expected to arrive early in the morning.
   我們訂購的商品預計今天一大早就會送到。

4. **副詞＋子句**

   Increasingly, much attention is being paid to the well-being of life.
   逐漸地，人們愈來愈重視生活的幸福。

4 副詞可以放在完整句子的後方，用來修飾動詞。

Clara **wants** a restaurant that serves good food but has a bit of ambience **as well**.
克萊拉想要找一間提供很棒的餐點、又有點氣氛的餐廳。

STEP 2 一起來解題！

Direct Staffing is ------- recognized as a leading provider of qualified temporary accounting experts for companies throughout the country.
「指引派遣公司」被普遍公認為龍頭派遣公司，為全國各公司派遣臨時合格會計師。

(A) wider 更寬的　　(B) widely 廣泛地
(C) widened 變寬的　　(D) widening 正在變寬

字彙 **be recognized as** 被認為；被視為　**leading** 主要的　**qualified** 合格的　**temporary** 臨時的

解說 本題為詞類變化題，選項列出一個單字的各類詞性。本句屬於被動句型，空格位在 be 動詞和過去分詞之間，應填入副詞。選項中 (A) wider 為比較級，但句中並未出現比較級的相關用詞；(B) 為副詞，最適合放在 be 動詞和過去分詞之間；由於詞性關係，(C) 和 (D) 皆不適合填入空格當中。

(A) wider：wide 的比較級　　(B) widely：副詞
(C) widened：widen 的過去式、過去分詞　　(D) widening：名詞、現在分詞

答案 (B)

STEP 3 實戰測驗！

1. When we cannot attend a seminar hosted by our powerful external partners, it is very important to refuse the official invitation -------.

(A) respect　　(B) respecting
(C) respectful　　(D) respectfully

2. It is important to distribute a meeting agenda ------- in advance to allow time for the attendees to do the necessary planning.

(A) well　　(B) good
(C) best　　(D) soon

3. The train station can ------- be reached by subway, bus, or car in about an hour.

(A) easy　　(B) easily
(C) ease　　(D) easiness

4. The selection at John Sykes is primarily quality costume jewelry, but we ------- feature traditional pieces.

(A) therefore　　(B) or
(C) so　　(D) also

◆ 解答 p. 59

PART 5&6
DAY 10

04 動詞的時態（簡單式）

STEP 1 掌握核心概念！

1 現在式動詞

現在式用來表示過去到現在，往後也可能會持續下去的**動作**、**狀態的反覆**、**習慣**或**事實**等。

1. 第三人稱單數動詞（現在）

第三人稱單數動詞用於第三者或事物上，動詞後方要加上 **s** 或 **es**。

- When the contract is approved, the administration office **makes** a copy of all documents for distribution. 合約經核准後，由秘書室影印所有文件分發。

2. 第一、第二人稱複數動詞（現在）

第三人稱以外的其他人稱都使用複數動詞，動詞形態為原形動詞。

- We **need** to focus on the upcoming national election.（**第一人稱複數**）
  我們需要專注在即將到來的全國大選上。

2 原形動詞

1. 助動詞後方連接動詞時

助動詞用來輔助動詞，其後方要連接**原形動詞**。

- We're selling discounted tickets for our concert which can **be** used only in April.
  我們正在販售僅供四月使用的音樂會優惠票。

2. 用於祈使句

祈使句省略主詞，直接連接動詞，句中的動詞要使用**原形動詞**。

- For those wishing to smoke, please **use** the designated area outside the building.
  想抽菸的人，請使用大樓外的指定區域。

3 過去式動詞

過去式用來表示**過去的動作或狀態**。

- They first **met** at the banquet for Korean War veterans last year.
  他們第一次碰面是在去年為韓戰老兵所舉辦的宴會中。

4 未來式動詞

未來式用來表示對未來事實的預測，通常會使用「**will + 原形動詞**」的句型。

- The CEO said the new mileage system **will affect** our budget.
  執行長說，新的行駛里程數系統將會影響我們的預算。
- According to the report, the company's Web site **will be redesigned** due to the heavy traffic. 據報導，由於流量過大，公司網站將重新設計。

▶ 被動式則會使用「will be + p.p.（過去分詞）」的句型。

再補充一點！

現在進行式「be + V-ing」的句型中，若出現表示未來的副詞或副詞片語，代表句子以現在式表示未來。

We **are having** a meeting with the German buyers at the dinner next Tuesday.
我們將在下週二的晚宴上和德國買家會面。

STEP 2 一起來解題！

The market analysis report contains some errors that Mr. Hopkins ------- before the board meeting scheduled to take place tomorrow.
市場分析報告裡有一些錯誤，霍金斯先生會在明天要舉辦的董事會會議前修正這些錯誤。

(A) correct 改正　　(B) to correct 改正
(C) has been corrected 已經被改正　　(D) will correct 將改正

字彙 **market analysis report** 市場分析報告　**board meeting** 董事會會議
be scheduled to V 預定要做……　**take place** 舉辦

解説 本題為詞類變化題，選項列出一個單字的各類時態。空格位在 that 子句裡的主詞和副詞片語之間，所以空格應填入動詞。由於空格為動詞的位置，因此請先刪去 (B)。主詞為第三人稱單數，所以 (A) 也不是答案。根據題意，句中有 before 引導的副詞子句，以及 tomorrow 表示未來，因此 that 子句的時態應使用未來式。綜合前述內容，(D) 為未來式，最為適當。

(A) correct：現在式（第一、第二人稱；複數動詞）　(B) to correct：不定詞 to V
(C) has been corrected：現在完成被動式　(D) will correct：未來式

答案 (D)

STEP 3 實戰測驗！

1. Applicants who passed the final interview for the floor manager position ------- by the human resources director later next week.
(A) have been contacted
(B) was contacted
(C) will be contacted
(D) will contact

2. If Isabella Airlines ------- outsourcing some reservations jobs overseas, 1,000 new jobs will be created in California this year.
(A) had started　　(B) starting
(C) will start　　(D) starts

3. The board of Sigma Borealis formally ------- the employment plan at its meeting last week.
(A) approves　　(B) will approve
(C) has approved　　(D) approved

4. Before Ms. Simpson's call could ------- to the shipping manager, it was accidentally disconnected.
(A) transferring　　(B) be transferred
(C) transfers　　(D) being transferred

◆ 解答 p. 60

05 人稱代名詞

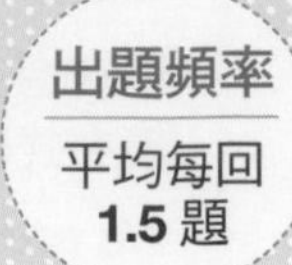

STEP 1 掌握核心概念！

1 人稱代名詞的種類

人稱代名詞分成以下三種不同的格，在句子中各自扮演不同的角色。

	人稱	主格	受格	所有格	所有格代名詞
單數	第一人稱	I 我	me 我	my 我的	mine 我的（事物）
	第二人稱	you 你	you 你	your 你的	yours 你的（事物）
	第三人稱	he 他	him 他	his 他的	his 他的（事物）
		she 她	her 她	her 她的	hers 她的（事物）
		it 它	it 它	its 它的	X
複數	第一人稱	we 我們	us 我們	our 我們的	ours 我們的（事物）
	第二人稱	you 你們	you 你們	your 你們的	yours 你們的（事物）
	第三人稱	they 他們	them 他們	their 他們的	theirs 他們的（事物）

2 人稱代名詞所有格和受格的位置

1. 人稱代名詞所有格的位置

❶人稱代名詞所有格＋名詞

As soon as I was asked to be reseated, I got **my order** in fewer than 60 seconds.
我剛換完座位坐下，點的餐點不到一分鐘就來了。

❷人稱代名詞所有格＋名詞所有格＋名詞

Explain how you could fulfill **your** clients' **requests** without the tools you needed.
說明你要如何在不用所需工具的情況下，滿足客戶的需求。

❸人稱代名詞所有格＋形容詞＋（複合）名詞

His numerous **campaign ads** were fresh and innovative.
他的許多活動廣告都很新奇又創新。

再補充一點！

of one's own 的意思為「屬於自己的；親自……」：

The Shine Group is involved in the manufacture, sale, and distribution **of its own** items.
閃耀集團包辦了自家產品的製造、販售和分銷。

2. 人稱代名詞受格的位置

若人稱代名詞受格並非指主詞，而是表示第三者時，要放在及物動詞或介系詞的後方。

- The tour guides will give **us** unrivalled insight into places of interest and bird habitats.
  導遊將提供我們對於名勝古蹟與鳥類棲息地的獨到見解。

STEP 2 一起來解題！

------ new business has been extremely adversely affected by the new government regulations and the recent decline in the stock market.
他的新事業嚴重受到政府新法規與最近股市下滑的不利影響。

(A) He 他　　(B) Him 他
(C) His 他的　　(D) Himself 他自己

字彙 extremely 極度地　be adversely affected by 受到……不利影響
regulation 規定　decline 下跌　stock market 股票市場

解說 本題為文法題，選項列出人稱代名詞不同的格。名詞 business 為主詞，該主詞前方的空格適合填入所有格。(A) 人稱代名詞主格 He 的後方不能連接名詞；(B) Him 為人稱代名詞受格，不能放在主詞的位置；(D) 反身代名詞 Himself 可以放在動詞後方，當作受詞，但是不能當作主詞來使用，且後方也不能連接名詞。綜合前述內容，空格中填入所有格 (C) His 最為適當。

(A) He：主格　　(B) Him：受格
(C) His：所有格　　(D) Himself：反身代名詞

答案 (C)

STEP 3 實戰測驗！

1. Once our orientation and training sessions are complete, the new architects will be asked to develop a unique structure for commercial use all on -------.

(A) they　　(B) themselves
(C) their own　　(D) them

2. Marty headed to Chicago for a marketing job, which brought ------- enough money to return to Florida.

(A) himself　　(B) his
(C) he　　(D) him

3. Linda tried hard not to consider the man sitting next to -------.

(A) hers　　(B) herself
(C) her　　(D) she

4. All the researchers were disappointed since ------- had anticipated more support from the government.

(A) them　　(B) their
(C) they　　(D) themselves

◆ 解答 p. 61

PART 5&6
DAY 10

06 連接副詞

STEP 1 掌握核心概念！

1 連接副詞的位置

連接副詞稱作「副詞」，但它的功用是**連接兩個句子**，放入句中的位置如下：

1. S + V + . . . 連接副詞 , S + V + . . .

The whole report is well written. **Moreover**, it's fairly accurate.
這整份報告寫得很好。此外，也頗為精確。

2. S + V + . . . ; 連接副詞 , S + V + . . .

Mr. Sanchez prepared well for the project; **however**, he couldn't get the desired outcome. 桑切斯先生為計畫做足了準備；然而，他卻沒有得到預期的結果。

3. 前半段句子 , 連接副詞 , 後半段句子

Even though it's been a hard year for our company, there are, **however**, some good news for us. 雖然今年對本公司來說是艱困的一年，但是，對我們來說還是有些好消息。

4. S + 連接副詞 + V + . . .

Some customers have not answered for several occasions, and we **therefore** removed their names from the list.
有一些顧客已經好幾次都沒有回覆，因此我們把他們的名字從名單上刪除了。

2 連接副詞的種類

用法	意思	種類
表示增加	此外；而且	moreover | furthermore | additionally (= in addition) | besides above all | also
表示讓步	然而；反而	however | even so | nevertheless | instead
表示對等	同樣地	similarly | likewise
表示因果	因此；結果	therefore | consequently | subsequently | thus | hence as a result | accordingly | thereby
表示條件	要不然	otherwise
表示對照	相反地	contrarily | in contrast | conversely | on the contrary
表示轉折	順道一提	by the way
表示順序	然後；之後	then | thereafter
表示說明	事實上；確實	in fact | indeed

STEP 2 一起來解題！

His wife is the main breadwinner, so Mr. Romney has ------- decided to stay at home to care for the children.
羅尼先生的太太是主要負擔家計的人，因此他決定待在家裡照顧小孩。

(A) however 然而　　(B) therefore 因此
(C) moreover 此外　　(D) on the contrary 相反地

字彙 **breadwinner** 負擔家計的人　**therefore** 因此　**however** 然而　**moreover** 此外
on the contrary 相反地

解說 本題為文法題，選項列出各種不同的連接副詞。只要掌握本句話的前後關係，就能選出答案。根據題意，前後為因果關係，因此選擇表示因果的連接副詞 (B) 最為適當。

(A) however：連接副詞（讓步）　　(B) therefore：連接副詞（因果）
(C) moreover：連接副詞（增加）　　(D) on the contrary：連接副詞（對照）

答案 (B)

STEP 3 實戰測驗！

1. Our company won the customer satisfaction award and has ------- gained a bigger share of the market.
(A) additionally　(B) then
(C) conversely　(D) subsequently

2. Final payment for our services will be billed to the company credit card unless ------- noted.
(A) otherwise　(B) therefore
(C) moreover　(D) contrarily

3. We believe Mr. Vassili is the most qualified for the position, but all the records suggest -------.
(A) moreover　(B) otherwise
(C) in fact　(D) thus

4. Our employees must take 20 hours of safety training, ------- fulfilling national requirements.
(A) whereas　(B) so that
(C) thereby　(D) which

◆ 解答 p. 62

PART 5&6
DAY 11
07

形容詞的位置

出題頻率
平均每回
1.31 題

STEP 1 掌握核心概念！

1 形容詞修飾的範圍

在句子中，形容詞用來修飾**名詞**。

Just two decades ago, **facial** recognition software in phones was merely a concept from science fiction.
僅僅 20 年前，手機的臉部辨識軟體還只是科幻小說中的一個概念而已。

2 形容詞的位置

形容詞總是放在名詞的**前方**，用來修飾名詞，請參考下方形容詞的位置。

1. 冠詞＋形容詞＋名詞

The entire staff is satisfied with **the new** printer. 全體員工都很滿意新的印表機。

2. 形容詞＋形容詞＋名詞

There are **many rare species** that live on the small island near the city.
有很多稀有物種住在這城市附近的小島上。

3. 最高級＋形容詞＋名詞

She was one of **the most reliable** players on the national volleyball team.
她是排球國家代表隊中最可靠的球員之一。

4. 所有格＋形容詞＋名詞

Ms. Cho visited a local cocktail bar to do some research for **her upcoming** novel.
曹女士為了她接下來的小說到當地的酒吧做了一些調查。

5. 副詞＋形容詞＋名詞

The release of Turbine's new album is a **very important** project for the company.
托拜新專輯的發行是公司一項非常重要的計畫。

6. 名詞＋形容詞

若形容詞以 **-able** 或 **-ible** 結尾，該形容詞會放在名詞的**後方**來修飾名詞。

There are not many office buildings **available** in the city.
這城市裡沒有很多辦公大樓可用。

再補充一點！

以 -ly 結尾的詞並非全部都是副詞。考題中，偶爾會出現以 -ly 結尾的形容詞，請務必好好熟記。

- costly 昂貴的
- friendly 友善的
- homely 家常的
- lively 活潑的
- lonely 寂寞的
- lovely 可愛的
- manly 有男子氣概的
- motherly 慈母般的
- orderly 整齊的
- timely 及時的
- womanly 婦女的
- yearly 每年的

STEP 2 一起來解題！

Success in the consumer electronics industry depends on having the technological capability to introduce new products to the market in a ------- manner.
消費性電子產業的成功，取決於是否具備及時向市場推出新產品的技術能力。

(A) time 時間　　(B) timer 計時器
(C) timely 及時的　　(D) timing 時機

字彙 **consumer electronics industry** 消費性電子產業　**depend on** 取決於
technological capability 技術能力
introduce new products to the market 向市場推出新產品
in a timely manner 及時地　**timing** 時機

解說 本題為詞類變化題，選項列出一個單字的各類詞性。空格位在冠詞和名詞之間，應填入名詞或形容詞；惟空格中若要填入名詞，則須和manner組合成複合名詞，但(A)、(B)、(D)都不能和 manner 組合成一個名詞。因此選擇形容詞 (C) 最為適當。在此補充，以 -ly 結尾的詞並非都是副詞，因此請勿將 timely 誤以為是副詞，這一點請務必留意。

(A) time：名詞　　(B) timer：名詞
(C) timely：形容詞　　(D) timing：名詞

答案 (C)

STEP 3 實戰測驗！

1. Brian Perry has earned the ------- trust of his professors due to his good grades and behavior.
(A) completed　　(B) completing
(C) completion　　(D) complete

2. Before applying for a new insurance agent license, be sure to follow the ------- instructions.
(A) attached　　(B) attachable
(C) attaches　　(D) attaching

3. The upcoming renovation includes building an ------- display center for Benazir Motors.
(A) additional　　(B) additionally
(C) adds　　(D) addition

4. Our editor in chief ensures that all of our articles are written in ------- language that is easy to understand.
(A) plainly　　(B) plainness
(C) plains　　(D) plain

◆ 解答 p. 62

PART 5&6
DAY 11

08 過去分詞修飾名詞

STEP 1 掌握核心概念！

1 名詞與過去分詞之間的關係

名詞被動接受分詞的行動時，要使用過去分詞。

- Keep in mind that payment for **unused** vacation time is not a guarantee.
  請記住，我們不保證補貼未休完的年假。

▶ vacation time 承受未被使用的這個行為，因此要用過去分詞 unused。

2 過去分詞的位置

1. 過去分詞＋名詞

過去分詞扮演形容詞的角色，通常會放在名詞前方修飾名詞。

- Keep containers tightly closed in a dry and **well-ventilated** place.
  將容器關緊，並置於乾燥並通風良好之處。

2. 名詞＋過去分詞＋修飾語

若過去分詞後方出現修飾語，此過去分詞通常會和後方修飾語一起修飾前方的名詞。

- Everyone **interested in joining the project** should visit our Web site.
  有意參加專案者應上網瀏覽我們的網站。

再補充一點！

當過去分詞放在名詞後方作修飾時，名詞和過去分詞之間，通常會省略「主格關係代名詞＋ be 動詞」。

The songs **(that are) composed** by Mr. Dirkschneider will not be played due to copyright infringement. 由於版權侵權的關係，德克斯奈德先生所創作的歌曲將不會被播放。

3 考題中常見的過去分詞用法

- accomplished politician 善於社交的政治家
- associated charge 相關費用
- attached document 附件；附加檔案
- complicated problem 複雜的問題
- confirmed reservation 確認的預約
- detailed information 詳細資料
- discounted price 優惠價格
- enclosed brochure 附上的手冊
- experienced lawyer 有經驗的律師
- expected issues 預期的問題
- finished product 完成的產品；製成品
- imported good 進口貨物
- interested party 當事人；利害關係人
- involved task 棘手的任務
- learned professor 博學的教授
- limited resource 有限的資源
- merged company 合併後的公司
- motivated candidate 積極的候選人
- purchased item 購買的商品
- preferred means 更好的方法
- proposed site 推薦的地點；推薦的網站
- qualified applicant 符合資格的應徵者

- registered mail 掛號信
- revised budget 修正過的預算
- unprivileged class 普通階級
- used car 二手車
- vested interest 既得利益
- written notification 書面通知

STEP 2 一起來解題！

The information ------- in this job description is an accurate reflection of the tasks currently undertaken by the job holders.
在這個職務說明裡所給的資訊，精確反映了從業人員目前所承辦的工作內容。

(A) had given 已經給了
(B) giving 給
(C) was given 被給
(D) given 給

字彙 job description 職務說明　accurate reflection 精確反映
tasks (that are) currently undertaken by 目前由……承辦的工作
job holder 從業人員；工作人員

解說 本題為詞類變化題，選項列出一個單字的各類詞性。空格位在主詞和副詞片語之間，且副詞片語後方連接 be 動詞，所以空格中不能填入動詞，要填入形容詞或動狀詞（動名詞、分詞、不定詞），用來修飾名詞。因此請先刪去 (A) 和 (C)。再來請確認分詞和名詞之間的關係，兩者屬於被動關係，並非資訊主動提供，而是資訊被提供，因此選擇過去分詞 (D) 較為適當。

(A) had given：過去完成式
(B) giving：現在分詞、動名詞
(C) was given：過去被動式（第一、第三人稱單數）
(D) given：過去分詞

答案 (D)

STEP 3 實戰測驗！

1. Although our ------- resources may have slowed down the process, our researchers were able to develop the device.

(A) limit　(B) limits
(C) limited　(D) limiting

2. Our staff is friendly and ready to help when the waiting area is too ------- with clients.

(A) crowds　(B) crowded
(C) crowding　(D) crowd

3. An ------- employee directory is a good place to encourage employees to contribute content to the intranet.

(A) updated　(B) update
(C) updates　(D) updating

4. The table below summarizes ------- key changes that may be of particular interest to employers.

(A) proposed　(B) proposal
(C) to propose　(D) proposes

◆ 解答 p. 63

09 S + V + O 句型中動詞的被動語態

出題頻率
平均每回
0.69 題

STEP 1 掌握核心概念！

1 掌握主詞和動詞的關係

若考的是 S + V + O 句型中動詞的**被動語態**，最先要確認的就是**主詞和動詞間的關係**。也就是說，若主詞主動做出動詞的行為，要使用**主動語態**；若主詞被動承受動詞的行為，則要使用**被動語態**。

- They should **establish** a committee to research the subject.
  | **主動語態** | 他們應該成立一個委員會來研究這個問題。
- A committee should **be established** to research the subject.
  | **被動語態** | 委員會應該被成立來研究這個問題。

2 S + V + O 句型被動語態動詞的特色

S + V + O 句型中的動詞，若由主動語態改成被動語態，會變成「**be 動詞 + p.p.（過去分詞）**」的形態。由於受詞轉變成主詞的角色，因此被動語態後方僅會留下**副詞片語**、**介系詞片語**等修飾語。綜合前述內容，如果空格要填入動詞，但空格後方卻未出現受詞時，就能確認題目句為被動語態。

1. S + V + O 句型中動詞的主動語態：主詞＋動詞＋受詞＋修飾語

The police officer **shaved** **his head** to support his fellow officer diagnosed with cancer.
這位警官剃了自己的頭髮來支持被診斷出罹癌的同事。

▶ shave 屬於本句型的動詞（及物動詞），後方連接受詞 his head。

2. S + V + O 句型中動詞的被動語態：主詞＋ be 動詞＋ p.p.（過去分詞）＋修飾語

A new air route **was inaugurated** between the two countries.
兩國之間開啟了一條新航線。

▶ inaugurate 屬於本句型的動詞（及物動詞），被動語態為 was inaugurated，後方未連接受詞。

3 被動語態搭配的時態

1. 未來式的被動語態

未來被動式的句型結構為「will be + p.p.（過去分詞）」。

- A buffet breakfast **will be served** tomorrow at the Woodland Café from 8 A.M.
  明天早上八點開始將在林地咖啡廳供應自助式早餐。

2. 現在完成式的被動語態

現在完成被動式的句型結構為「have/has + been + p.p.（過去分詞）」。

- The app made by Mr. Turner **has been praised** for its user-friendly interface.
  透納先生製作的這款應用程式因其容易使用的介面而受到讚揚。

3. **助動詞轉換成被動語態**

助動詞被動語態的句型結構為「助動詞 + be + p.p.（過去分詞）」。

- Fundamental changes **can be made** to our distribution system over the next two months. 在接下來的兩個月裡，我們的分銷系統將有重大變革。

STEP 2 一起來解題！

The document that contains the information about the next project ------- to the other branches.

內含下一個專案的檔案資料已經發送到其他分公司。

(A) sent 寄送　(B) was sending 正在寄送

(C) was sent 被寄送　(D) be sent 被寄送

字彙 contain the information 包含資料　be sent to 被送到……

解說 本題為詞類變化題，選項列出一個單字的各種時態變化。空格位在主詞和修飾語之間，前面的 that 子句用來修飾主詞（The document），所以空格內應填入動詞。也就是說，本題考的是「send A to B」（把 A 寄送給 B）的句型用法。由於主詞為物品，句型結構應改成被動語態 be sent to，加上主詞為第三人稱單數，因此答案為 (C)。

(A) sent：過去式、過去分詞
(B) was sending：過去進行式（第一人稱、第三人稱單數）
(C) was sent：過去被動式（第一人稱、第三人稱單數）
(D) be sent：原形被動語態

答案 (C)

STEP 3 實戰測驗！

1. The brightness of the image ------- to show the details of the structure.

(A) has been enhanced
(B) has enhanced
(C) enhanced
(D) is enhancing

2. Survey participants will automatically be ------- into a fantastic prize drawing for a two-night stay at the Siha Hotel.

(A) enter　(B) entering
(C) entered　(D) entrance

3. The delivery of the parts for the XHE-7000 ------- on Monday, but because of the weather, it will arrive tomorrow.

(A) expects
(B) was expected
(C) expected
(D) has been expecting

4. Although it is not -------, we suggest that customers take the survey so we can improve our service.

(A) require　(B) requires
(C) required　(D) requiring

◆ 解答 p. 64

10 表時間的從屬連接詞

出題頻率
平均每回
0.69 題

STEP 1 掌握核心概念！

1 表時間的從屬連接詞種類

若題目考的是表時間的從屬連接詞，通常要先確認文意後，才能順利選出答案。因此請務必預先熟記以下從屬連接詞的意思。

1. **before** 在……之前／**after** 在……之後

Please look over your application **before** you sign the contract below.
在簽署以下合約前，請先檢查您的申請表。

Six months **after** the family moved out, the house was still empty.
在那家人搬出去六個月後，房子仍然空著。

2. **as soon as / once / the moment / the instant** 一……就……

Once the initial proposal is accepted, it will be processed by our staff within 2 weeks.
一旦最初的提案被受理，我們的工作人員將於兩週內處理。

3. **since** 自從……／因為……

Ever **since** the fire crew left the building last month, it has remained unoccupied.
| **自從……** | 自從消防員上個月離開這棟大樓後，大樓一直都是空的。

Since you are a member of our Web site, we need your ID in order to look into this matter.
| **因為……** | 由於您是我們網站的會員，我們需要您的帳號來調查這件事。

4. **while** 在……期間／**as long as** 只要……

We will continue our special discounts **while** supplies last.
我們將持續提供特別優惠，直到售完為止。

Ms. Cho said she can come **as long as** she can leave at 5.
曹女士說，只要她可以在五點離開，她就會過來。

5. **when** 當……時／**as** 當……時；隨著……；以……方式

Mr. Lee chaired the committee **when / as** it was first started in 2017.
該委員會於 2017 年首次成立時，就由李先生擔任主席。

6. **until / by the time** 直到……；在……之前

Keep the container tightly sealed **until** it is ready for use. 將容器密封好，直到可以使用為止。

By the time he joined our firm as a producer, Mr. Kwon had worked at KTBC for many years. 在他加入我們公司擔任製作人前，權先生已經在 KTBC 工作多年了。

2 以時間副詞子句表示未來

表示時間的副詞子句中，會以**現在式**代替**未來式**，或以**現在完成式**代替**未來完成式**。也就是說，如果你看到表示時間的副詞子句中，出現現在式或現在完成式時，此句想要表達的是未來式或未來完成式的概念。

- The two companies will renegotiate their contract **before** it expires. （現在式）
  這兩家公司將於合約到期前重新協商。
- Mr. Xavier will be promoted to section director **when** he has finished the project. （現在完成式）
  等澤維爾先生完成這個專案，他就會被提拔為主任。

STEP 2 一起來解題！

Our services and support will not stop ------- the entire project has been completed.
本公司的服務與支援將於整個專案完成後才會終止。

(A) by 到……時 (B) until 直到
(C) within 在……範圍內 (D) because 因為

字彙 **support** 支援 **entire project** 整個專案

解說 本題為文法題，選項列出介系詞和連接詞兩大類。空格後方連接由主詞和動詞組合而成的子句，空格應填入連接詞，因此請先刪去介系詞 (A) 和 (C)。另外，根據題意，前後兩個子句適合以表示「時間」的連接詞連接，空格不適合填入表示「原因」的連接詞，因此答案為 (B)。空格後方的子句以現在完成式表示未來完成式，含有未來的概念，請務必熟記這一點。

(A) by：介系詞 (B) until：介系詞、連接詞
(C) within：介系詞 (D) because：連接詞

答案 (B)

STEP 3 實戰測驗！

1. ------- the weather improves, it is hoped that the housing market will see an improvement in home sales.
(A) As (B) With
(C) Whether (D) That

2. Swedish princess cakes are available at nearby bakeries ------- supplies last.
(A) while (B) by
(C) until (D) during

3. Hotel accommodation prices for children and juniors are valid ------- they are accompanied by an adult in the same room.
(A) with (B) rather than
(C) only when (D) so that

4. ------- his dedication to the company, Steve should have risen way above his current position of sales manager.
(A) Because (B) Nevertheless
(C) Given (D) Otherwise

◆ 解答 p. 65

PART 5&6
DAY 11

11 不定詞 to V

STEP 1 掌握核心概念！

1 不定詞 to V 的名詞用法

To V 不定詞可以把動詞當作名詞的概念來使用，在句中扮演**主詞**、**補語**或**受詞**的角色。

1. 主詞

To study TOEIC is good for your future. 研讀多益對你的未來有益。

2. 補語

The mission of our hospital is **to advance** professional care management.
我們醫院的任務就是要提升專業照護管理。

3. 受詞

If you want **to be** in the parade, please make sure to contact us by the end of the day.
如果你想參加遊行，請務必在今天下班前與我們聯絡。

2 以不定詞 to V 作為受詞補語

S + V + O + C 句型中，動詞和受詞後方要連接不定詞 to V，扮演**受詞補語**的角色，用來表示受詞的行動。

- want + 受詞 + to V 想要他人做……
- encourage + 受詞 + to V 鼓勵他人做……
- cause + 受詞 + to V 導致他人做……
- convince + 受詞 + to V 說服他人做……
- forbid + 受詞 + to V 禁止他人做……
- allow (permit) + 受詞 + to V 允許他人做……
- expect + 受詞 + to V 期待他人做……
- persuade + 受詞 + to V 說服他人做……
- ask + 受詞 + to V 要求他人做……
- enable + 受詞 + to V 使他人能夠……
- help + 受詞 + to V 幫忙他人做……
- force (oblige, compel) + 受詞 + to V 強迫他人做……

3 不定詞 to V 的形容詞用法及副詞用法

不定詞 to V 除了**名詞**用法以外，還有**形容詞**用法和**副詞**用法。形容詞用法為將不定詞 to V 用來修飾名詞，或是當作補語使用；而副詞用法則表示「讓……可以」或「為了……」的意思。

1. 不定詞 to V 的形容詞用法

There is no water **to drink** in the refrigerator.
| **修飾名詞** | 冰箱裡沒有水可以喝。

We are **to meet** with our clients at the main office this Friday.
| **主格補語** | 我們這週五要在總部與客戶會面。

2. 不定詞 to V 的副詞用法

Ms. Brandon was happy **to win** the contest.
| **讓某人……** | 布蘭登女士很高興贏得了比賽。

Mr. Crowley is planning to go abroad **to study** more.
| **為了……** | 克勞力先生打算出國進修。

4 be 動詞＋形容詞＋不定詞 to V

有些不定詞 to V 會與 be 動詞和形容詞組合，表達特定的意思。這些組合偶爾會出現在考題當中。

- be anxious/eager/impatient to V
  著急的／急切的／不耐煩的要……
- be willing to V 樂意去做……
- be apt/liable to V 易於……
- be amazed/surprised/astonished to V
  很驚訝／訝異去做……
- be pleased/glad/happy to V
  很高興／開心去做……
- be set/scheduled/due to V
  安排好／預定／約定好要做……
- be ready to V 準備好去做……
- be likely to V 可能去做……
- be reluctant/unwilling to V
  不情願去；不願意去做……
- be motivated to V
  有目的地去做……

STEP 2 一起來解題！

The government is willing to ------- with the neighboring country about the price of wood. 政府願意和鄰國協商木頭的價格。

(A) negotiating 協商　(B) negotiation 協商
(C) negotiate 協商　(D) negotiated 協商

字彙 **be willing to V** 願意做……　**neighboring country** 鄰國　**negotiation** 協商（名詞）　**negotiate** 協商（動詞）

解說 本題為詞類變化題，選項列出一個單字的各種變化。空格前方為 be willing to，後方為介系詞片語，因此空格要填入原形動詞，放在 to 不定詞的後方。

(A) negotiating：現在分詞、動名詞　(B) negotiation：名詞
(C) negotiate：動詞（第一、第二人稱；複數）　(D) negotiated：過去式、過去分詞

答案 (C)

STEP 3 實戰測驗！

1. The document requires the attendees to ------- their signature on every page, or else it is not valid.
(A) initiate　(B) initial
(C) initialing　(D) initials

2. Low-cost Wi-Fi devices need to be installed in the villages ------- large numbers of users.
(A) accommodated
(B) to be accommodated
(C) accommodates
(D) to accommodate

3. Once we have made our observations, we can use the information that we have gathered ------- the situation.
(A) to be analyzed　(B) to analyze
(C) analysis　(D) analyzed

4. ------- ensure that its service centers are as accessible as possible, the company has started a 24-hour call service.
(A) In order to　(B) While
(C) Concerning　(D) In place of

◆ 解答 p. 66

12 動詞的時態（進行式）

STEP 1 掌握核心概念！

1 進行式的種類

進行式表示在過去、現在或未來正在做某個動作，分類如下：

1. 現在進行式：be 動詞（am、are、is）+ V-ing

現在進行式表示現在正在做某個動作，有時會搭配表示現在的副詞或副詞片語一起使用。

- Our project team **is working** under the supervision of Adrian Nour.
  我們的專案小組在阿德里安·諾爾的監督下做事。

2. 過去進行式：be 動詞（was、were）+ V-ing

過去進行式表示過去正在做某個動作，有時會搭配表示過去的副詞或副詞片語一起使用。

- When Jane came home last night, her son **was watching** TV.
  當珍昨天晚上回家時，她的兒子正在看電視。

3. 未來進行式：will be + V-ing

未來進行式表示假設未來正在做某個動作，有時會搭配表示未來的副詞或副詞片語一起使用。

- At six o'clock, I **will be meeting** with management about my raise.
  六點時，我要跟管理部門會面討論加薪事宜。

2 不能使用進行式的動詞

以下動詞皆不能使用進行式。因此如果選項中出現這些動詞的進行式，絕對不會是答案。

ex **consist (of)** 由……組成 / **exist** 存在 / **have** 有 / **include** 包含 / **know** 知道 / **resemble** 與……相像 / **belong** 屬於

1. 狀態動詞：用來表示某種狀態的動詞

This book **includes** many photos. **(O)**
這本書內含許多圖片。

This book **is including** many photos. **(X)**
這本書正內含許多圖片。

2. 感官動詞：用來表示人的某種感覺的動詞

ex **love** 愛 / **disappoint** 使失望 / **satisfy** 使滿意

The drop in sales by the team **disappoints** the CEO. **(O)**
這個團隊業績下滑讓執行長很失望。

The drop in sales by the team **is disappointing** the CEO. **(X)**
這個團隊業績下滑正讓執行長失望。

STEP 2 一起來解題！

As we all know, the eagerly awaited opening day ------- our way in fewer than 2 weeks.
正如我們所知，眾所期盼的開幕日在兩週內即將到來。

(A) to come 來　　(B) come 來
(C) is coming 正來　　(D) came 來

字彙 **eagerly awaited** 期待已久的　**in fewer than 2 weeks** 在兩週內

解說 本題為詞類變化題，選項列出一個單字的各種時態變化。空格要填入整句話的動詞，而 (A) 並非完整的動詞形態，因此請優先刪除。另外，因為主詞為第三人稱單數（day），所以 (B) 並不適當。根據題意，in fewer than 2 weeks 代表未來發生的事，因此答案為現在進行式 (C)，可以用來表示未來的時間。請務必熟記，以現在進行式代替未來式的用法。

(A) to come：不定詞 to V　　(B) come：動詞（第一、第二人稱；複數）
(C) is coming：現在進行式　　(D) came：過去式

答案 (C)

STEP 3 實戰測驗！

1. The number of tax accountants hired by the National Tax Service on a yearly basis ------- continuously increasing.

(A) be　　(B) being
(C) is　　(D) are

2. Last month, video surveillance devices manufacturer GigaTech announced that it ------- its entire U.S. operations.

(A) was reorganized　　(B) reorganizes
(C) was reorganizing　　(D) to reorganize

3. According to a report, black market cigarettes ------- for just 4 dollars a pack.

(A) is selling　　(B) to sell
(C) sells　　(D) are being sold

4. Make sure to mention specifically how your qualifications match the job you ------- for.

(A) applies　　(B) are applied
(C) are applying　　(D) has been applying

◆ 解答 p. 67

13 動詞的時態（完成式）

STEP 1 掌握核心概念！

1 完成式的種類

依照起始和完成時間點的不同，分成以下三種完成式。

1. 現在完成式：have / has + p.p.（過去分詞）

從過去某個時間點開始的動作或狀態持續影響到現在時，會以**現在完成式**表示。現在完成式通常會搭配「since + 過去的時間點」、「in the last (past) + 一段時間」、「for (over) the + 一段時間」一起使用。

- Since the 1990s, these enterprises **have encountered** increasing market competition.
  自 1990 年代以來，這些企業便面臨著日益激烈的市場競爭。
- Nearly 400 homes **have been** purchased in the past few years, and condos are filling up in the area.
  在過去幾年，已經有將近四百戶住家被購入，該地區的公寓大樓也愈來愈多。
- Mr. Atkins **has been** working for the company for three years.
  阿特金斯先生已經在公司服務三年了。

2. 過去完成式：had + p.p.（過去分詞）

過去某個特定時間點以前發生的事，持續影響到過去某個特定時間點時，會以**過去完成式**表示。過去完成式一定會搭配**過去式動詞**一起使用。

- I realized that it **had** not **been** easy to make that choice then.
  我知道當下要做那個決定並不容易。

3. 未來完成式：will have + p.p.（過去分詞）

假設某個動作或行為持續到未來某個特定時間點結束時，會以**未來完成式**表示。未來完成式通常會搭配 by the time 或 by this time 一起使用。

- By this time next week, Koo's Kitchen **will have been** running for 10 years.
  到下個禮拜的此時，古家小廚就營業滿十年了。

2 在表示時間或條件的副詞子句中代替未來完成式

在表示時間或條件的副詞子句中，會使用**現在完成式**代替未來完成式。

- If you **haven't provided** the required documents, your application will be negatively affected. 如果您仍未提供必要的文件，您的申請將受到不利的影響。

▶ 在表示時間或條件的副詞子句中，會以現在完成式代替未來完成式，因此本句使用 haven't provided，而非 won't have provided。

STEP 2 一起來解題！

For the first in ten years, Egawati Lake ------ enough to allow visitors to access the ice caves.
十年來第一次，梅嘉拉蒂湖結冰到可以讓遊客進入冰洞中。

(A) froze 冰凍　　(B) has frozen 已經冰凍
(C) to froze 冰凍　　(D) to be frozen 被冰凍

字彙 for the first time in ten years 十年來第一次　freeze 冷凍
allow sb. to V 允許某人去做　access 進入　ice cave 冰洞

解説 本題為詞類變化題，選項列出一個單字的各種詞類變化。空格位在主詞和副詞片語之間，應填入動詞。選項中除了 (A) 和 (B) 之外，(C) 和 (D) 無法扮演動詞的角色，因此請先刪去這兩個選項。

主詞前方出現副詞片語，表示十年的時間，由此可知本句描述的是十年前到現在的狀況，因此選擇現在完成式 (B) 最為適當。

(A) froze：過去式　　(B) has frozen：現在完成式（第三人稱單數）
(C) to froze to：不定詞 to V　　(D) to be frozen to：不定詞 to V 被動語態

答案 (B)

STEP 3 實戰測驗！

1. Average prices for apartments in Seoul ------- by 1.6 percent since last November.
(A) have reduced
(B) have been reduced
(C) are reducing
(D) were reduced

2. The Hutchinson Law Firm ------- office supplies from a store in Edgar Park every week.
(A) have ordered　　(B) to order
(C) orders　　(D) ordering

3. Kate ------- to go to the Piccolo restaurant even before David arranged a VIP visit for her.
(A) will want　　(B) had wanted
(C) wants　　(D) has wanted

4. Mr. Feldman, our chairman, will ------- for 11 years by the time he steps down.
(A) serve　　(B) be serving
(C) to serve　　(D) have served

◆ 解答 p. 68

PART 5&6
DAY 12

14 符合題意的代名（形容）詞①

STEP 1 掌握核心概念！

1 one / ones

one 指沒有限定的單數可數名詞；**ones** 指沒有限定的複數可數名詞。

• The car was too expensive. So I asked them to show the cheaper **one**.
這台車太貴了，所以我請他們給我看看比較便宜的。

▶ one 的前方一定要提到 one 所代表的名詞。

2 another

another 為 an- 開頭，具備可數名詞的特性，可以作為形容詞和代名詞使用。

1. 作為形容詞使用，意思為「（沒有特定的）另一的」

• I apologize for sending you **another** e-mail.
很抱歉又寄了一封電子郵件給您。

2. 作為代名詞使用，意思為「（沒有特定的）另一個」

• Our service allows you to transfer funds from one account to **another**.
我們的服務可以讓您把一個帳戶的資金轉到另一個。

3 some

1. some 作為形容詞使用

some 作為形容詞使用時，可以用來修飾後方的複數名詞或不可數名詞。

• If you have **some** information (ideas), I would be grateful to hear from you.
如果您有一些資訊（想法），我會很感謝您的提供。

2. some 作為代名詞使用

some 可以單獨作為代名詞使用。

• If you would like to see **some** of the job opportunities, then visit our Web site.
如果您想查看一些就業機會，請上我們的網站。

4 any

1. any 作為形容詞和代名詞使用

any 作為形容詞和代名詞使用時，若放入疑問句或條件句中，意思等同於 some。

• We are currently short of copy paper, so if your office has **any**, please call Ms. Laszlo.
我們目前缺少影印紙，如果您辦公室有的話，請打電話給拉斯洛女士。

2. any 用於否定句中

any 用於否定句中時，表達全部否定的概念，意思為「一個也沒有」。

• If you don't have **any** of the above problems, you don't need to have a kidney function test. 如果您沒有上述的問題，就不必做腎功能檢查。

5 other(s) / the other(s)

1. other(s)

other 只能當作形容詞使用，指除了前方已提過的東西之外。其後方可以搭配複數可數名詞或不可數名詞；others 則等同於「other ＋複數可數名詞／不可數名詞」。

- One of the tourists rested at the hotel, and **other** tourists (= others) walked on the beach. 其中一位遊客在飯店休息，而其他的遊客則在沙灘上散步。

2. the other(s)

the other 表示指定的兩個名詞中，特定的另一個；the others 表示特定的複數名詞。

- There are two computers in the office. **One** is mine, and **the other** is my friend. 辦公室有兩台電腦。一台是我的，另一台是我朋友的。

STEP 2 一起來解題！

The members of the city council decided to print ------- edition of the city map.
市議會的成員決定要發行另一版本的市區地圖。

(A) other 其他的
(B) each other 彼此
(C) another 另一的；另一個
(D) the others 其他

字彙 **city council** 市議會 **another edition** 另一版本 **city map** 市區地圖

解說 本題為文法題，選項列出形容詞和代名詞兩大類。空格後方為單數可數名詞（edition），因此答案為以 an- 開頭的 (C)。(A) 的前方沒有冠詞，因此後方要連接複數名詞或不可數名詞；(B) 改成 each other's 後，後方才能連接名詞。

(A) other：形容詞
(B) each other：代名詞
(C) another：形容詞、代名詞
(D) the others：代名詞

答案 (C)

STEP 3 實戰測驗！

1. I was impressed by all of the applicants, ------- one of whom would make fine directors.

(A) those
(B) none
(C) all
(D) any

2. Our Web site brings you ------- of the most interesting facts online chosen by the site audience.

(A) some
(B) much
(C) every
(D) little

3. If the copier is defective, we will replace it with ------- or provide a refund.

(A) another
(B) some other
(C) other
(D) one another

4. The remodeling of our office will be finished this week, but it will not be operational for ------- week.

(A) some
(B) another
(C) each other
(D) other

◆ 解答 p. 68

PART 5&6
DAY 12

15 符合題意的代名（形容）詞②

STEP 1 掌握核心概念！

1 most

1. most 當作形容詞、副詞使用

most 當作形容詞使用時，用來修飾複數名詞和不可數名詞，表示「多數的」；而 most 當作副詞使用時，會以 (the) most 來修飾形容詞或動詞，表示「最……」。

- **Most** members of the city council think that Michael Cho is **the most** suitable candidate for mayor. 市議會大多數的議員都認為麥可·周是市長的最佳人選。

▶ 前方的 most 為形容詞，用來修飾名詞；後方的 most 為副詞，用來修飾形容詞。

2. most 當作代名詞使用

most 可以單獨當作代名詞來使用，作為主詞、受詞或補語。此時，後方可以連接可數名詞，也可以連接不可數名詞。

- **Most** of our current problems are due to a sudden change in our management.
我們目前大多數的問題都是起因於管理部門的驟然變動。

2 all

1. all 當作形容詞使用

all 當作形容詞使用時，用法為「all (the) ＋複數名詞／不可數名詞」。

- **All (the)** team members have permission to attend the seminar in Helsinki.
所有的組員都拿到了赫爾辛基研討會的與會許可。

▶ 此句的 All 為形容詞，用來修飾名詞。

2. all 當作代名詞使用

all 當作代名詞使用時，用法為「all of the ＋複數名詞／不可數名詞」或是「all of ＋代名詞」。

- They agreed to work extended hours to serve **all** of our customers.
他們同意加班來服務所有的顧客。

3 each

1. each 當作形容詞使用

each 當作形容詞使用時，用來修飾單數名詞，意思為「每；各自的」。

- **Each** team will compete in the tournament, and scores will be recorded at the end of each round.
每個隊伍都將在比賽中對戰，並於每一輪結束時記錄分數。

2. each 當作代名詞使用

each 當作代名詞使用時，後方要連接「of ＋複數名詞」，意思為「……中各自」。

- Thirty minutes are allowed for **each** of the classes with five minutes in between classes.
每節課上課三十分鐘，節與節之間有五分鐘的休息時間。

再補充一點！

each other（彼此）的意思與 one another 相同，因此常被視為副詞片語，但其實它是複數代名詞，用來當作及物動詞或介系詞的受詞。

Both parties met and greeted **each other**, but they never talked about the contract.
雙方會面並相互問候，但他們沒有談到合約的事宜。

STEP 2 一起來解題！

It is my pleasure to prepare ------- of the family meals at home.
我很高興可以在家準備大部分的家庭餐點。

(A) much 很多 (B) most 大多數
(C) almost 幾乎 (D) them 它們

字彙 **It is my pleasure to V** 我很高興做…… **family meals** 家庭餐點

解說 本題為文法題，選項列出各種形容詞、代名詞和副詞。空格後方連接 of 開頭的介系詞片語，而 (C) 為副詞，(D) 後方不能連接修飾語，因此請優先刪去這兩個選項。(A) 的用法為「much of the ＋不可數名詞」，因此並不適當。(B) 可以連接複數名詞或不可數名詞，也可以當作代名詞使用，作為主詞、受詞或補語，因此最適合填入空格當中。

(A) much：形容詞、副詞 (B) most：形容詞、代名詞、副詞
(C) almost：副詞 (D) them：人稱代名詞

答案 (B)

STEP 3 實戰測驗！

1. The selling price must be indicated in an easily identifiable manner for ------- products.

(A) most of (B) much
(C) all (D) every

2. ------- businesses in the region expect that the economy will be better when the new government takes control.

(A) Every (B) Almost
(C) Most (D) All of

3. ------- application form should include all the necessary information requested by the company.

(A) Each (B) Several
(C) Much (D) Most

4. We are pleased to announce that ------- of our employees are eligible for membership at the fitness center nearby.

(A) each (B) every
(C) all (D) none

◆ 解答 p. 69

16 表條件的從屬連接詞

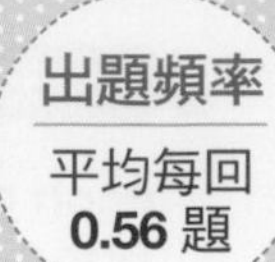

STEP 1 掌握核心概念！

1 表條件的從屬連接詞種類

1. if / assuming (that) 假如……；假設……

- Greater cost savings could have been made **if** the request had been received earlier.
如果早點收到要求的話，就可以節省更多成本了。
- **Assuming (that)** the applicants meet our standards, they need to send us the original artwork. 假設應徵者符合我們的標準，他們需要把藝術品的原件寄給我們。
  ▶ assuming (that) 當中的 that 可以省略。

2. as long as / provided (that) / on condition that / only if 只要……；假如……；如果……

- **As long as** our partner company makes the promised payments, we will not go bankrupt. 只要合作公司支付所答應的款項，我們就不會破產。
- **Provided (that)** your plants are actually growing, they will eventually need fertilizer.
如果你的植物確實有在生長，才會需要肥料。
  ▶ provided (that) 當中的 that 可以省略。
- **On condition that** you have an employment contract, your employer must follow the terms of the agreement. 只要你有勞動契約，你的雇主就必須遵守協議的條款。
- We can complete our research by the deadline **only if** we continue to work together.
只有我們繼續合作，我們才可以在截止日期前完成研究。

3. in case (that) 以防……／ **in the event (that)** 如果……

- Be sure to bring an umbrella **in case** it rains tomorrow.
一定要記得帶把傘，以防明天下雨。
- **In the event (that)** you are not satisfied with our printer, you may return it within 7 days of purchase. 如果您不滿意我們的印表機，可以在購買的七天內退貨。
  ▶ in case (that) 和 in the event (that) 當中的 that 可以省略。

4. unless 除非……

- **Unless** the student justifies his actions, he will be severely reprimanded.
除非那學生能解釋自己的行為，否則他將受到嚴厲的懲戒。

2 在表示條件的副詞子句中代替未來式和未來完成式

在表示條件的副詞子句中，會使用現在式和現在完成式來代替未來式和未來完成式。

- **If** notification of cancelation **is received** after the 5-day cut-off date, you will forfeit your deposit. 如果在五天的截止日期後才收到取消通知，您的保證金將會被沒收。
- **If** you **have completed** our survey, please mail it back to us.
如果您已經完成了問卷調查，請郵寄回來給我們。

STEP 2 一起來解題！

The number of photos that can be stored on one CD depends on the file size, but you can store hundreds, ------- thousands, of pictures on one CD.
一張 CD 可儲存的照片數量是依據檔案的大小而定，但在一張 CD 裡，你就算存不到上千張，也能存到上百張照片。

(A) even so 即使如此
(B) most of all 首先
(C) if not 若非；如果沒有
(D) further 更進一步；而且

字彙 **the number of** ……的數量 **file size** 檔案的大小
hundreds of 上百的 **if not thousands** 如果沒有上千的
even so (= nevertheless) 即使如此；然而 **most of all** 首先；最重要的

解說 本題為文法題，選項列出副詞（片語）和連接詞兩大類。If 副詞子句可以用來表示「條件（如果……）」或「讓步（就算……）」，因此答案為 (C)，此處的 if 表示「讓步」。空格後方的 thousands 為補語，其前方省略了 they are。If 為從屬連接詞，後方可以省略「主詞＋ be 動詞」，但其他選項都不能任意省略。

(A) even so：副詞片語
(B) most of all：副詞片語
(C) if not：連接詞
(D) further：副詞、形容詞

答案 (C)

STEP 3 實戰測驗！

1. ------- you need any help with the presentation or further assistance, please do not hesitate to contact the marketing team.
(A) So as to
(B) Although
(C) Should
(D) In case

2. No specific treatment is required ------- there are significant errors or problems.
(A) if
(B) except
(C) only
(D) unless

3. Wig accessories can be returned ------- they are in their original plastic packaging.
(A) because
(B) only if
(C) but also
(D) until

4. The new marketing manager always makes notes of great ideas his team members come up with during the meeting ------- he forget them.
(A) in order to
(B) in case
(C) even after
(D) so that

◆ 解答 p. 70

17 以形容詞作為主詞補語

STEP 1 掌握核心概念！

1 be 動詞＋主詞補語（形容詞）

若 be 動詞後方連接形容詞，此形容詞扮演主詞補語的角色，用來補充說明主詞。

- Ms. Moon is cautiously **optimistic** that immigration reform will pass this year.
  穆女士對於今年將會通過移民改革一事抱持著謹慎樂觀的態度。

再補充一點！

副詞不能當作主詞補語使用。

Tony has been **independent (O) / independently (X)** from his parents since 2012.
湯尼從 2012 年起就脫離父母獨立了。

2 「be 動詞＋形容詞」的慣用語

1. be ＋形容詞＋介系詞

- be absent from 自……缺席
- be capable of 能夠
- be consistent with 與……一致
- be eligible for 符合……資格
- be full of 充滿
- be independent of (from) 從……獨立
- be suitable for 適合……
- be aware of 充分了解；知道
- be conscious of 意識到
- be curious about 對……好奇
- be famous for 以……聞名
- be ignorant of 不知道
- be responsible for 為……負責
- be sure of 確信；對……有把握

2. be ＋過去分詞＋介系詞

- be astonished at 對……吃驚
- be composed of 由……組成
- be covered with 被……覆蓋
- be equipped with 配備有……
- be made of 由……製成
- be opposed to 反對
- be satisfied with 對……感到滿意
- be surprised at 對……感到驚訝
- be based on 根據
- be concerned with 關於
- be disappointed in (at) 對……失望
- be filled with 充滿
- be noted for 因……著名
- be pleased with 對……感到高興
- be scheduled for 訂定於
- be tired of 對……感到厭煩

3. be ＋形容詞＋不定詞 to V

- be able to V 能夠做……
- be anxious to V 渴望去做……
- be available to V 可被……利用；可得到
- be due (scheduled / set) to V
  預計（預定／準備好）做……
- be shocked to V 因……而震驚
- be afraid to V 害怕去……
- be apt (liable) to V 易於……
- be certain to V 一定會……
- be prepared to V
  準備好去……
- be upset to V 對……感到不悅

STEP 2 一起來解題！

The blog was ------- in providing me with the information I needed to make my final decision.
這個部落格提供我所需的資料，對我做最後決定有很大的幫助。

(A) instrument 器具　　(B) instrumental 有幫助的
(C) instructor 教練　　(D) instruct 指導

字彙 provide A with B 將 B 提供給 A　make one's final decision 做最終決定
instrument 器具　instrumental 有幫助的

解説 本題為詞類變化題，選項列出一個單字的各類詞性。空格位在 be 動詞和介系詞片語之間，應填入名詞或形容詞，因此請優先刪去動詞 (D)。主詞為 The blog，而 (A) instrument（器具）是名詞；(C) instructor（教練）為人物名詞，兩者都不能當作主詞的同位語，因此不適合填入空格當中。(B) instrumental（有幫助的）為形容詞，故為正確答案。

「be instrumental in」意思為「在……方面起作用／有幫助」。

(A) instrument：名詞　　(B) instrumental：形容詞
(C) instructor：名詞　　(D) instruct：動詞

答案 (B)

STEP 3 實戰測驗！

1. The information contained in this document is strictly ------- and is intended for the addressee only.
(A) confiding　　(B) confided
(C) confidential　　(D) confidentially

2. The personnel at the Baden Hotel were professional and very ------- to their guests' needs.
(A) attentively　　(B) more attentive
(C) attentiveness　　(D) attentive

3. The Tourism Department requires all the updated information to be easily ------- to the public.
(A) access　　(B) accessing
(C) accessed　　(D) accessible

4. Mr. Piazzolla was ------- as a kid, but his success as a musician was from practice rather than talent.
(A) excepting　　(B) exceptional
(C) except　　(D) exception

◆ 解答 p. 71

18 反身代名詞

STEP 1 掌握核心概念！

1 反身代名詞的種類

反身代名詞根據**人稱**和**格**的不同，會產生下表中的不同變化。

	人稱	主格	受格	所有格	反身代名詞
單數	第一人稱	I 我	me 我	my 我的	myself 我自己
	第二人稱	you 你	you 你	your 你的	yourself 你自己
	第三人稱	he 他	him 他	his 他的	himself 他自己
		she 她	her 她	her 她的	herself 她自己
		it 它	it 它	its 它的	itself 它自己
複數	第一人稱	we 我們	us 我們	our 我們的	ourselves 我們自己
	第二人稱	you 你們	you 你們	your 你們的	yourselves 你們自己
	第三人稱	they 他們	them 他們	their 他們的	themselves 他們自己

2 反身代名詞的用法

1. 基本用法（主詞＝受詞）

受詞和主詞相同時，會使用反身代名詞。

- When you meet with your clients, make sure to present **yourself** in a polite manner.
  當你和客戶見面時，務必有禮貌地介紹自己。
  ▶ 主要子句的主詞為 you（因祈使句而被省略），to present 的受詞也是 you，因此要使用反身代名詞 yourself。

2. 強調用法（完整的句子＋反身代名詞）

一個結構完整的句子中，若想要特別強調主詞所做的行為時，會使用反身代名詞。

- Ms. Wang prefers to manage her schedule **herself** instead of having her secretary do it.
  王女士比較喜歡自己安排自己的行程，而不是讓她的秘書來做。
  ▶ 就算這句話沒有加上 herself，只有「主詞＋動詞＋受詞＋介系詞片語」仍屬於一個結構完整的句子。因此，此處的 herself 只是用來修飾動詞 prefer，表示強調的概念。

STEP 2 一起來解題！

Student groups must reserve audiovisual equipment by ------- through the Information Service Department.
學生團體必須自行透過資訊服務處來預約視聽器材。

(A) them 他們　　(B) themselves 他們自己
(C) theirs 他們的　　(D) they 他們

字彙 reserve 預約　audiovisual equipment 視聽器材　by oneself 親自
Information Service Department 資訊服務處

解說 本題為文法題，選項列出人稱代名詞不同的格。空格要填入介系詞 by 的受詞，(D) 為主格，因此請優先刪去此選項。(A) 用來表示不同於主詞（Student groups）的第三者，但是句中並未提及第三者，因此不適合填入；(C) 為「所有格＋名詞」的概念，一般用來指物品，因此也不適當；(B) 為反身代名詞，當主詞和受詞相同時，受詞位置便會使用反身代名詞，因此 (B) 適合填入空格當中。

by oneself 的意思為「獨自；親自」，屬於慣用語。如果能熟記此慣用語，便能輕鬆選出答案。

(A) them：受格　　(B) themselves：反身代名詞
(C) theirs：所有格代名詞　　(D) they：主格

答案 (B)

STEP 3 實戰測驗！

1. Some companies tend to view ------- as leaders in developing new products.
(A) they　(B) them
(C) theirs　(D) themselves

2. As of next week, Ms. Sato will need to prepare for her business trips ------- as the company will no longer provide related services.
(A) she　(B) her
(C) herself　(D) hers

3. Through the success of the project this time, Mr. Vinicius has proved ------- worthy of a pay raise.
(A) his　(B) himself
(C) he　(D) him

4. Upgrading your company's computers makes ------- operate more efficiently.
(A) they　(B) their
(C) them　(D) themselves

◆ 解答 p. 72

19 複合名詞

出題頻率
平均每回
0.38 題

STEP 1 掌握核心概念！

1 複合名詞的複數形

「**名詞＋名詞**」的組合型態即為**複合名詞**。在複合名詞後方的名詞加上 -(e)s 後，即變為複數形。因此我們可以由**後方名詞的形態**，判斷該複合名詞為可數或是不可數、單數或是複數。

- The opening of the department store downtown will be postponed due to **construction delays**. 市中心的百貨公司因為工程延誤而延後開幕。

2 只能使用複數形態的「名詞＋名詞」

有些名詞只能使用複數形態，因此若後方名詞為單數名詞，則視為單數形；若後方名詞為複數名詞，則視為複數形。

- Many financial experts say that **savings accounts** are much safer than stocks.
  很多財金專家說儲蓄帳戶比股票安全很多。

▶ savings 為複數名詞，因為加在其後方的 accounts 為複數名詞，結合後的複合名詞便視為複數形，所以後方的 be 動詞要用 are。

3 常見的複合名詞

- account information 帳戶資料
- address verification 地址驗證
- baggage allowance 行李限重
- computer training 電腦教育訓練
- consumer access 顧客通道
- convenience goods 日用品
- customs official 海關官員
- delivery company 貨運公司
- earning growth 盈利增長
- exchange rate 匯率
- food preference 偏食；飲食喜好
- hiring preference 優先僱用
- identification card 身分證
- job fair 就業博覽會
- job opening 職缺
- keynote address 主題演講
- maintenance staff 維修人員
- media coverage 媒體報導
- office supplies 辦公用品
- production cost 生產成本
- production plant 製造廠
- public relations 公共關係
- research facility 研究設施
- account number 帳號
- awards ceremony 頒獎典禮
- building modification 建築變更
- confirmation call 確認電話
- contingency plan 應變計畫
- cooking competition 烹飪比賽
- dedication ceremony 揭幕儀式；剪綵儀式
- delivery schedule 交貨時間表
- employee productivity 員工生產力
- expiration date 到期日
- heating equipment 加熱設備；暖氣設備
- hotel reservation 飯店訂房
- job description 職務說明
- job offer 工作機會
- job opportunity 工作機會
- keynote speaker 主講人
- maternity leave 產假
- monitoring system 監控系統
- performance evaluation 績效評估
- production facility 生產設施
- production schedule 生產進度表
- quality requirement 品質要求
- retail sales 零售（額）

- retirement ceremony 退休儀式
- safety awareness 安全意識
- safety guideline 安全準則
- safety precaution 安全預防措施
- safety regulation 安全規定
- sales promotion 促銷活動
- training session 教育訓練講座
- return policy 退貨規定
- safety directive 安全指示
- safety inspection 安全檢查
- safety procedure 安全規程；安全程序
- safety standard 安全標準
- savings plan 儲蓄計畫
- transportation system 運輸系統

STEP 2 一起來解題！

Hit by the surging costs of raw materials, the economic outlooks for the food -------, steel, and textile industries are gloomy.
受到原物料成本飆漲的衝擊，食品加工業、鋼鐵業以及紡織業的經濟前景頗為悲觀。

(A) proceed 進行　　(B) process 過程
(C) processing 加工　　(D) procedure 步驟

字彙 **surging** 猛增的　**raw materials** 原物料　**economic outlook** 經濟前景
food processing 食品加工　**steel** 鋼鐵　**textile** 紡織　**gloomy** 黯淡的；悲觀的

解說 本題為詞類變化題，選項列出一個單字的各種詞類變化。空格為名詞的位置。
(A) proceed 當作名詞使用時，意思為「收入」，但必須使用複數名詞（proceeds）。
(B) process 當作名詞使用時，和 (D) procedure 的意思相同，表示「過程；程序」。
但是 food 後方無論加上 process 還是 procedure 都不太適當。(C) processing 的意思為「加工」，和 food 組合後，意思為「食品加工」，故為正確答案。

答案 (C)

STEP 3 實戰測驗！

1. Yolaw Manicures has the highest customer ------- rating here on the review site.
(A) satisfactory　　(B) satisfying
(C) satisfaction　　(D) satisfactorily

2. It is against city ------- to park a vehicle within five meters of a fire hydrant.
(A) regulatory　　(B) regular
(C) regularly　　(D) regulations

3. The new incentive system can help increase employee ------- and create hardworking employees.
(A) productive　　(B) productivity
(C) produce　　(D) producing

4. All of the workers are eligible to use some company ------- for private events.
(A) facilitate　　(B) facilitating
(C) facilitated　　(D) facilities

◆ 解答 p. 72

PART 5&6
DAY 13

20 表目的的從屬連接詞&副詞片語

STEP 1 掌握核心概念！

1 表目的的從屬連接詞的種類

以下為兩大具代表性的表目的的從屬連接詞。so that 中的 that 可以省略，但 in order that 中，則不能省略 that 使用。

1. so that 以便……

You should stir it constantly **so (that)** it does not burn.
你應該不停地攪拌，這樣才不會燒焦。

2. in order that 目的在於……；以便……

We will hire more customer service staff members **in order that** customer requests can be handled more efficiently. 我們將聘僱更多的客服人員，以便更有效率地處理客戶的要求。

再補充一點！

so . . . that . . . 如此……以致於……

This project is **so** important **that** you need to send me the file immediately.
這項計畫非常重要，你需要立刻把檔案寄給我。
▶ 上句中，當 so 和 that 分開使用時，意思與 so that 完全不同。

2 表目的的副詞片語的種類

以下為兩大具代表性的表目的的副詞片語，片語中若省略 so as 或 in order，僅保留不定詞 to V 的話，本身的意思也是「為了……」。

1. so as to 為了……

You must present your employee identification card **so as to** receive a discount.
你必須出示員工識別證，才能享有折扣。

2. in order to 為了……

Marvin Taylor had to maintain focus **in order to** reach his full potential as a basketball player. 馬文・泰勒必須保持全神貫注，才能充分發揮他身為籃球員的潛能。

3 表目的的副詞片語的否定用法

只要在表目的的副詞片語中加上 not，便為否定用法，意思為「為了不……；以免……」。

Please turn off your mobile phones **so as not to** disturb others.
請關閉您的行動電話，以免打擾他人。

STEP 2 一起來解題！

Escudero Motors installed new software ------- its employees could manage their schedules effectively.
埃斯庫德羅汽車公司安裝了新的軟體，好讓員工們能有效地管理自己的時程。

(A) in order that 為了 (B) if 假如
(C) which 哪一個 (D) because of 因為

字彙 install 安裝 in order that 為了 manage one's schedule 管理時程 effectively 有效地

解說 本題為文法題，選項列出各種不同詞性的單字。空格前後分別連接一個子句，所以空格要填入連接詞。(D) 為介系詞，因此請優先刪去此選項；(C) 的後方要連接不完整的句子，因此請一併刪去此選項；(B) 意思為「如果……；要是……」，不符合主要子句的內容。根據題意，(A) 為表示目的的從屬連接詞，最為適當，意思為「為了……」。

(A) in order that：表目的從屬連接詞 (B) if：副詞子句、名詞子句連接詞
(C) which：關係代名詞、疑問代名詞 (D) because of：介系詞片語

答案 (A)

STEP 3 實戰測驗！

1. This information is collected ------- we can maintain communication with the merchants and affiliates that form our network.
(A) as to (B) what
(C) afterward (D) so that

2. An art auction and wine tasting will be held tomorrow ------- funds for the Kearney College Choir.
(A) is raised (B) raised
(C) are raising (D) to raise

3. This Web site was designed ------- users can easily access and share information relevant to the city of Wharton.
(A) despite (B) therefore
(C) in order that (D) rather than

4. ------- ensure passengers' comfort and safety onboard, everyone should follow the security regulations.
(A) In order to (B) By way of
(C) Owing to (D) Because

◆ 解答 p. 73

21 分詞構句

出題頻率
平均每回
0.31 題

STEP 1 掌握核心概念！

1 分詞構句的種類

1. 主動分詞用法

從屬子句「連接詞＋主詞＋動詞」中的主詞**主動進行**某種動作時，先省略連接詞和主詞，並在動詞後方加上 -ing，變成**現在分詞**，即為**主動語態**。

- The government should minimize inflation risks (while) **increasing** (= while it increases) the wage rate. 政府應該將通貨膨脹的風險降到最低，同時提高工資率。

  ▶ 簡化成分詞構句後，有時也會選擇保留連接詞，表示加強語氣。

2. 被動分詞用法

從屬子句「連接詞＋主詞＋動詞」中的主詞**被動承受**某種動作時，先省略連接詞和主詞，再將動詞改成「be 動詞＋過去分詞」的形態。當中 be 動詞的原形為 be，加上 -ing 變成 being 後，再接**過去分詞**，即為**被動語態**。但是 being 通常會被省略，只保留後方的過去分詞。

- **Allowed** (= When they are allowed) to follow their personal interests, students learn the most effectively. 當學生被允許追尋自己的興趣，就會是最有效的學習。

再補充一點！

對等連接詞 and 後方簡化成分詞構句時，請一定要省略 and（其他從屬連接詞則可以自由選擇省略與否）。

Our staff members are investigating your problem, **and** they think it could be solved soon. 我們的工作人員正在調查您的問題，他們認為很快就可以解決。

⇨ Our staff members are investigating your problem, **and thinking** it could be solved soon. **(X)**

⇨ Our staff members are investigating your problem, **thinking** it could be solved soon. **(O)**

2 獨立分詞構句

從屬子句和主要子句的主詞不同時，要保留從屬子句的主詞，此種分詞構句稱為「獨立分詞構句」。

- After the task had ended, the employees left the company.

⇨ **(After) the task having ended**, the employees left the company.
任務結束後，員工離開了公司。

▶ 從屬子句和主要子句的主詞不一致，所以要先省略從屬子句的連接詞，並保留從屬子句的主詞 the task。值得留意的是，從屬子句和主要子句的時態不同，因此要使用完成式分詞構句「having ＋ p.p.」。

• As there was no food to eat, Amy went to the supermarket.

⇨ **(As) there being no food to eat**, Amy went to the supermarket.
因為沒有吃的，艾咪就去了超市。

▶「there + be 動詞」開頭的句子，簡化成分詞構句時，要保留 there。

STEP 2 一起來解題！

Once -------, the two airlines hope to double the number of flight routes available to their customers.
這兩家航空公司一旦合併，將有望把載客的航線數量增加一倍。

(A) merged 合併　(B) have merged 已經合併
(C) is merged 被合併　(D) to be merged 要被合併

字彙 **merge** 合併　**airline** 航空公司　**flight route** 飛行航線

解說 本題為詞類變化題，選項列出一個單字的各種詞類變化。逗點前方的從屬子句原本應為「Once the two airlines are merged」，簡化成分詞構句後，其主詞 two airlines 和主要子句的主詞相同，因此可以先行省略。之後再將 be 動詞 are 改成 being 變成 being merged。因分詞構句中可以省略掉 being，最後僅留下 Once merged，因此答案為 (A)。

(A) merged：過去式、過去分詞
(B) have merged：現在完成式（第一、第二人稱；複數）
(C) is merged：現在被動式
(D) to be merged：不定詞被動語態

答案 (A)

搶分密技 PART 5&6 DAY 13 21 分詞構句

STEP 3 實戰測驗！

1. The crop failure was an unexpected outcome, ------- it impossible to complete the contract.
(A) will make　(B) to make
(C) has made　(D) making

2. If you are forced to sign the agreement, you can rescind your signature, ------- it invalid.
(A) rendered　(B) rendering
(C) have rendered　(D) to be rendered

3. The new program may reduce the risk of common injuries while ------- performance.
(A) improves　(B) improving
(C) to improve　(D) improved

4. Students should wear safety glasses at all times before ------- the chemical lab.
(A) enters　(B) enter
(C) entering　(D) to enter

◆ 解答 p. 74

22 表讓步的從屬連接詞

STEP 1 掌握核心概念！

1 表讓步的從屬連接詞

表讓步的從屬連接詞分成以下幾類，意思有「儘管……；即使……」。

1. though / although / even though 雖然……（以事實為基礎）

- **Although** the company's primary objective remains unchanged, its approach to achieving it may change.
  雖然公司的主要目標維持不變，但達成的方法可能會改變。

2. even if 即使……（根據假設）

- All traffic accidents must be reported to the police **even if** it is a national holiday.
  即使是國定假日，所有的交通意外事件都必須通報警方。

3. while 然而……

- Panthos Computers has recovered from its economic hardship **while** its rival companies are still dragging their feet.
  潘瑟斯電腦已經從經濟困頓中復甦了，然而它的競爭對手卻仍停滯不前。

4. whether A or B 不論 A 還是 B **/ whether A or not** 不論是不是 A

- **Whether** you are in charge of project A **or** project B, you must take a definite responsibility for it. 不論你負責的是 A 專案還是 B 專案，你都必須為其負起完全的責任。
- **Whether** you are picking up a guitar for the first time **or not**, we can help you improve your technique. 不管你是不是第一次學吉他，我們都可以幫你改進你的技巧。

2 表讓步的介系詞

以下為常見的表讓步介系詞，意思為「儘管……」。

1. despite 儘管……

- The company tries to meet the growing demand for its furniture **despite** a shortage of raw materials. 儘管原物料短缺，該公司仍努力滿足對其家具日益增長的需求。

2. in spite of 儘管……

- Our department manager Yoshino praised his team for completing the project on time **in spite of** the short deadline.
  我們的部門經理吉野稱讚旗下團隊，儘管期限很短，卻還是按時完成了這個專案。

STEP 2 一起來解題！

------- the new restaurant will be smaller than the previous one, the reduction in size will allow for more onsite parking.
雖然新餐廳會比之前的小，但規模的縮減將提供更大的現場停車空間。

(A) Moreover 此外　(B) Although 雖然
(C) Despite 儘管　(D) Whatever 不管

字彙 **previous one** 上一個　**reduction in size** 規模縮減　**allow for** 提供；留出
onsite parking 現場停車

解說 本題為文法題，選項列出各種不同詞性的單字。空格後方連接兩個子句，故空格要填入從屬連接詞，引導副詞子句，因此請考慮 (B) 和 (D) 兩個選項。雖然 (D) 具備連接詞的功能，但是只能放在形容詞的位置，用來修飾名詞；或是放在名詞的位置，當作主詞、補語或受詞，上方句子顯然不符合這兩項條件。而 (B) 為表示讓步的從屬連接詞，意思為「雖然……；儘管……」，最為適當。

(A) Moreover：連接副詞　(B) Although：從屬連接詞
(C) Despite：介系詞　(D) Whatever：複合關係代名詞

答案 (B)

STEP 3 實戰測驗！

1. ------- not required, a life jacket should be worn at all times when the vessel is underway.
(A) When　(B) Though
(C) Despite　(D) Nevertheless

2. ------- its head office is in New York, Fotolia has a large number of European users.
(A) Although　(B) Otherwise
(C) Until now　(D) Therefore

3. ------- the inherent problems associated with small-scale businesses, female entrepreneurs are increasingly starting to own small companies.
(A) Despite　(B) Although
(C) Not only　(D) If so

4. ------- you realize it or not, you have been ordering merchandise from Sellers & Port for ten years now.
(A) Whether　(B) While
(C) After　(D) Although

◆ 解答 p. 75

23 關係代名詞非限定用法

STEP 1 掌握核心概念！

1 關係代名詞非限定用法

關係代名詞前方加上**逗點（,）**時，此處的關係代名詞扮演「連接詞＋代名詞」的角色。

- The upcoming election**, which** will have an effect on all of our lives, is scheduled for July 17. 影響眾人生活的選舉將至，預定在 7 月 17 日舉行。

2 非限定用法中的格

1. 主格關係代名詞

關係代名詞扮演後方句子**主詞**的角色時，稱作「主格關係代名詞」。

- All of the attendees will have personal insurance**, which** covers theft and loss of personal property. 所有的與會者都將獲得個人保險，其中包含竊盜與個人財物損失。
  ▶ which 放在逗點（,）後方和動詞的前方，扮演「連接詞＋主詞」的角色。

2. 受格關係代名詞

關係代名詞扮演後方句子**受詞**的角色時，稱作「受格關係代名詞」。

- Asia-Pacific revenue declined by 10 percent**, which** the company attributed to weak sales in China. 亞太地區的營收減少了 10%，公司將之歸因於在中國的業績不佳。
  ▶ which 放在逗點（,）後方和主詞的前方，扮演「連接詞＋受詞」的角色。

3 其它用法

1. most of ＋受格關係代名詞

關係代名詞 who 放在逗點（,）後方，扮演主詞的角色時，有時會結合代名詞 most of 一起使用。此時，most of 後方要連接 who 的受格 whom，因此會變成 most of whom。

- Our school has many foreign students**, most of whom** are Koreans.
  我們學校有很多外國學生，其中大多數是韓國人。
  ▶ 本句中，whom 指的是主要子句中的 many foreign students。

2. 逗點（,）＋ ~~that / what~~ . . .

非限定用法中，不能使用 that 或 what 當作關係代名詞。

- Markita Zelkova**, that** (X) / **who** (O) was sitting next to her husband, was a little worried during the ceremony. 在典禮中坐在丈夫身旁的瑪爾基塔‧札卡娃顯得有點憂心。
- There are investments such as mutual funds**, what** (X) / **which** (O) can decrease in value over the short term. 有些投資，像是共同基金，在短期內可能會貶值。

3. 非限定用法不能省略關係代名詞。

非限定用法中，不可以任意省略關係代名詞。

- We were surprised by the remodeled lobby in this hotel**, which** we stayed at several times in the past. (O)
  我們對這家飯店重新改建的大廳感到很驚訝，我們以前在這住過好幾次了。
  ▶ 雖然句中的 which 為受格關係代名詞，但是放在逗點（,）後方，屬於非限定用法，因此不能將其省略。

STEP 2 一起來解題！

Lana Winters, ------- latest album has been the top-selling album in twenty-three countries, has received many awards for her songwriting and singing.
萊娜．溫特斯的最新專輯在 23 國暢銷熱賣，其詞曲創作及演唱獲獎無數。

(A) whatever 不管什麼　　(B) whom ……的人
(C) what 所……的事物（人）　　(D) whose ……人的

字彙 **top-selling album** 暢銷專輯　**award** 獎項　**songwriting** 作詞作曲

解說 本題為文法題，選項列出各種不同的關係代名詞。空格後方連接一個結構完整的句子，而連接詞 whatever、whom 和 what 都只能連接不完整的子句，因此請直接刪去這三個選項。而 (D) whose 可以連接結構完整的子句，故為正確答案。

(A) whatever：複合關係代名詞　　(B) whom：受格關係代名詞
(C) what：關係代名詞、疑問代名詞　　(D) whose：所有格關係代名詞

答案 **(D)**

STEP 3 實戰測驗！

1. We analyze the soil for water-soluble nutrients, ------- is standard practice for our laboratory.
(A) that　(B) whom
(C) which　(D) what

2. Arlington High School has more than 40 teachers, most of ------- are women.
(A) those　(B) who
(C) whom　(D) them

3. The new Web site gives more details in English, ------- has attracted quite a lot of foreign players.
(A) which　(B) who
(C) those　(D) whoever

4. There is one criticism about Kirk Hatfield, ------- is his inability to express his emotions.
(A) it　(B) which
(C) where　(D) that

◆ 解答 p. 76

24 以動名詞作為受詞

出題頻率
平均每回
0.31 題

STEP 1 掌握核心概念！

1 以動名詞作為介系詞或及物動詞的受詞

1. 介系詞＋動名詞

動名詞具有**名詞**的特性，像名詞一樣，可以放在介系詞後方，作為受詞使用。

- Mr. Hazard did not attach much importance to the experience of **winning** the Champions League final match. 阿扎爾先生並不覺得贏得冠軍聯盟決賽的經驗有多重要。

2. 及物動詞＋動名詞

動詞後方需要連接受詞，便稱為**及物動詞**。及物動詞的後方可以連接名詞，也可以連接動名詞。動詞名詞化之後成為**動名詞**，因此動名詞可以扮演受詞的角色。

- Mr. Wilde tries to avoid **going** shopping on weekends. 王爾德先生試著避開在週末購物。

再補充一點！

include、enjoy、avoid、finish、consider、keep、quit、mind、recommend、discontinue 等動詞後方，只能連接動名詞作為受詞。

- I enjoyed **spending** the best years of my early adulthood as a full-time teacher.
  我十分享受在青壯年期那段黃金年代當全職教師的時光。

2 「介系詞＋動名詞」的慣用用法

1. be 動詞＋過去分詞＋介系詞＋動名詞

❶ 習慣……
- be accustomed to + V-ing 習慣……
- be used to + V-ing 習慣……
- be acclimated to + V-ing 習慣……
- be domesticated to + V-ing 被馴服於……

❷ 對……感興趣
- be concerned about + V-ing 擔心……
- be interested in + V-ing 對……感興趣

❸ 致志於……
- be dedicated to + V-ing 專心致志於……
- be devoted to + V-ing 致力於……
- be committed to + V-ing 致力於……

❹ 沉迷於……
- be addicted to + V-ing 對……上癮

❺ 反對……
- be opposed to + V-ing 反對……

2. 一般動詞＋ to ＋動名詞

❶ 期待……
- look forward to + V-ing 期待……

❷ 反對……
- object to + V-ing 反對……

❸ 承認……
- confess to + V-ing 承認……

STEP 2 一起來解題！

1. Health Advocate Korea is committed to ------- exceptional service to its hospital clients. 韓國健康促進會致力為醫院病人提供優質的服務。

(A) providing 提供　(B) provides 提供
(C) to provide 提供　(D) provisions 糧食

字彙 **be committed to V-ing** 致力於……　**provide service** 提供服務
exceptional 優秀的；卓越的　**provisions** 糧食

解說 本題為詞類變化題，選項列出一個單字的各種詞類變化。空格所在之處的用法為「be committed to＋名詞／V-ing」，因此請優先刪去(B)和(C)。空格後方還有另外一個受詞，而動名詞可以用來連接受詞，因此選擇 (A) 最為適當。

(A) providing：現在分詞、動名詞　(B) provides：動詞（第三人稱單數）
(C) to provide：不定詞 to V　(D) provisions：名詞

答案 (A)

2. The evaluation of local development will include ------- regional consumption and expenditure patterns.
地方發展的評估將地區的消費與支出模式納入調查。

(A) to review 審查　(B) reviewed 審查
(C) reviewing 審查　(D) review 審查

字彙 **evaluation** 評估　**include V-ing** 包括
consumption and expenditure patterns 消費與支出模式

解說 本題為詞類變化題，選項列出一個單字的各種詞類變化。空格位在動詞和名詞片語之間，空格不僅要作為動詞（include）的受詞，其後方還要連接另一個受詞（regional consumption and expenditure patterns），因此要填入動狀詞（動名詞、分詞、不定詞）。而動詞 include 後方不能連接不定詞 to V，而是要連接動名詞作為受詞，因此 (C) 最為適當。

(A) to review：不定詞 to V　(B) reviewed：過去式、過去分詞
(C) reviewing：現在分詞、動名詞　(D) review：動詞（第一、第二人稱；複數）

答案 (C)

STEP 3 實戰測驗！

1. All of the managers at our company are responsible for ------- the new accounting program in their work areas.

(A) implementation　(B) implementing
(C) implements　(D) implemented

2. After making a film of Jane Goldwin's play Destruction, Mr. Thilemann started to consider ------- a movie from Phil Young's novel Nomad.

(A) to make　(B) made
(C) makes　(D) making

◆ 解答 p. 77

PART 5&6
DAY 14

25 比較級

出題頻率
平均每回
0.25 題

STEP 1 掌握核心概念！

1 比較級的結構

1. 比較級＋ than

The relationship between the two rivals was **more beneficial** than harmful.
這兩個對手間的關係是利大於弊。

▶ 句中形容詞的比較級要放在 than 的前方。若形容詞有三個或更多音節，字尾不用加上 -er，而是在形容詞前方加上 more。

2. 修飾比較級的副詞＋比較級＋名詞＋動詞

It is illegal to edit music, and soon **even** **stronger** measures **will be introduced**.
剪輯音樂是非法的，而且很快就會採取更嚴厲的措施了。

▶ 句中以比較級修飾名詞。看到表示強調的副詞（much、far、even、still），可以推測出後方連接的詞為比較級。考題中，有時會以此類句型出題，要求選出強調比較級的副詞。

2 以副詞強調比較級

有些副詞經常被用來**強調比較級**，包括 much、far、even、still、significantly、a lot、considerably 等，意思為「非常；更加」。

- The self-assessment is **significantly** more positive than an average judgement by someone else. 自我評估明顯地比由某個人做出的一般評估要更確實。

▶ 比較級 more 的前方加上強調比較級的副詞 significantly，強調的是比較級的程度。

3 其他的比較級用法

1. more than ＋名詞 超過⋯⋯／ **less than ＋名詞** 少於⋯⋯

- **More than** 100 people participated in the seminar.
超過一百個人參加這個研討會。

2. other than 除了⋯⋯外

- All members of the staff **other than** the interns should be present at the workshop.
除了實習生外，所有員工都應該出席工作坊。

3. rather than 而不是⋯⋯

- The Darjing Food Company has attributed its recent popularity with consumers to changes in its recipes **rather than** its new packaging.
大進食品公司將近期消費者的青睞歸功於製作方法的改變，而不是新包裝。

▶ rather than 前後放上同樣的詞性進行比較。

再補充一點！

The + 比較級 . . . , the + 比較級 . . . 越……越……

The more you eat, the more fat you will get.
你吃得越多，就攝取到更多脂肪。

▶ 原則上，比較級前方不能加上 the，但是此用法為例外，因此請務必熟記。

STEP 2 一起來解題！

Jeffrey's accounting system is ------- than other systems of its kind on the market.
傑佛瑞的記帳系統比市面上其他同類的系統更有效。

(A) more effectively 更有效地 (B) most effective 最有效的
(C) more effective 更有效的 (D) effective 有效的

字彙 **accounting system** 記帳系統 **effective** 有效的 **of one's kind** 同類中的
on the market 市面上

解說 本題為文法題，選項列出形容詞 effective 和副詞 effectively 的比較級與最高級。空格位於 be 動詞後方，應填入補語。加上空格後方為比較級介系詞 than，因此空格要填入形容詞。選項中，只有 (A) 和 (C) 屬於比較級，因此請先刪去 (B) 和 (D)。而 be 動詞後方要連接補語，不能填入副詞，因此答案為 (C)。

答案 (C)

STEP 3 實戰測驗！

1. Usually, buying products in bulk is ------- more economical than buying packaged products.

(A) much (B) as
(C) ever (D) such

2. The cost of integrating the new plant with the existing one proved to be greater ------- expected.

(A) than (B) or
(C) if (D) though

3. The new assembly line is ------- than earlier manufacturing methods for several reasons.

(A) most efficiently (B) as efficiently
(C) more efficient (D) so efficient

4. When you cook in dishes, it is better to use digital ------- glass thermometers.

(A) once (B) whatever
(C) rather than (D) according to

◆ 解答 p. 77

PART 5&6
DAY 14

26 相關連接詞

STEP 1 掌握核心概念！

1 相關連接詞的種類

相關連接詞的考題有固定的出題內容，因此只要事先熟記相關用法，就能輕鬆找出答題線索。以下為常見的相關連接詞，請務必好好熟記。

1. both A and B A 與 B 兩者皆是

- Listen carefully to **both** the positive **and** negative aspects being described.
  仔細聆聽正在陳述的正反兩方觀點。
  ▶ 要表達「A 和 B 兩者皆是」的概念時，會使用 both 搭配「A and B」。「both A and B」等同於「at once A and B」。

2. not only A but also B 不僅 A 而且 B

- The bag designed by Ms. Zhivago is **not only** simple to make **but also** attractive.
  齊瓦哥女士所設計的包包不僅製作容易，也很受人喜愛。
  ▶ 要表達「不僅 A，還有 B 也是」的概念時，會使用 not only 搭配「A but (also) B」。

3. A as well as B A 連同 B；A 和 B；除了 A 外，還有 B

- We are able to provide an outstanding decorating service for large **as well as** small parties. 我們能為大小型派對提供出色的場地布置服務。

4. either A or B 不是 A 就是 B

- If you have a mast on your boat, it will eventually need **either** repairing **or** at least painting. 如果你的船上有桅杆，那最後不是需要修理，至少也要油漆。
  ▶ 要表達「兩種之一」的概念時，會使用 either 搭配「A or B」。

5. neither A nor B 既不是 A 也不是 B

- **Neither** Mark **nor** James will be able to attend the business meeting.
  馬克和詹姆斯都無法參加商務會議。
  ▶ 要表達「不是 A，也不是 B」的概念時，會使用 neither 搭配「A nor B」。

6. not A but B 不是 A 而是 B

- Last night, I **didn't** study TOEIC, **but** listened to the radio.
  我昨晚沒有讀多益，而是聽了收音機。
  ▶ 要表達「不是 A，而是 B」的概念時，會使用 not 和 but 對等連接。

7. A and B alike A 和 B 都……

- These games are enjoyed equally by adults **and** children **alike**.
  大人和小孩都同樣喜歡這些遊戲。

2 相關連接詞的單複數一致性

使用相關連接詞連接時，請務必留意主詞和動詞的單複數是否一致。

1. 動詞的單複數要與 B 一致

- either A or B 非 A 即 B
- neither A nor B 非 A 也非 B
- not only A but also B 不僅 A 還有 B
- not A but B 不是 A 而是 B

2. 通常會使用複數動詞的相關連結詞

- both A and B A 與 B 兩者皆

STEP 2 一起來解題！

Julian not only has to train any new hires ------- also has to keep training his current staff.
朱利安不僅得訓練新聘人員，也要繼續訓練現任員工。

(A) even though 即使　　(B) most 大多數
(C) but （不僅……）而且　　(D) or 或者

字彙 not only A but also B 不僅 A 而且 B　new hires 新雇員　keep training 繼續訓練　current staff 現任員工

解說 本題為文法題，選項列出各種不同詞性的單字。請特別留意空格前方出現 not only，後方連接 also。因此，只要知道「not only . . . but also . . .」的用法，就能輕鬆選出答案為 (C)。

(A) even though：從屬連接詞　　(B) most：形容詞、代名詞、副詞
(C) but：對等連接詞、介系詞　　(D) or：相關連接詞（搭配 either）、對等連接詞

答案 (C)

STEP 3 實戰測驗！

1. At our next meeting, neither the president ------- the vice president will be attending.
(A) but　　(B) nor
(C) while　　(D) or

2. Ms. Fonda needs to purchase ------- a new printer and a new fax machine.
(A) either　　(B) whether
(C) both　　(D) never

3. Marketing employees need to submit monthly reports ------- by fax or e-mail.
(A) neither　　(B) both
(C) either　　(D) nor

4. The Olive Buffet accepts ------- personal checks nor credit cards, so customers must pay in cash.
(A) either　　(B) neither
(C) both　　(D) not only

◆ 解答 p. 78

27 名詞子句連接詞

出題頻率
平均每回
0.19 題

STEP 1 掌握核心概念！

1 名詞子句連接詞的種類

1. that

由 **that 所引導的名詞子句**在句中扮演**主詞**、**受詞**或**補語**的角色。that 當作名詞子句連接詞使用時，連接於後方的子句為結構完整的句子。另外，that 還可以當作指示代名詞或關係代名詞使用，因此請務必由句型結構來判斷它的詞性。

- The handbook states **that** the lights must be checked before driving the vehicle.
  手冊中說明，在駕駛車輛前必須先檢查車燈。

再補充一點！

what 包含先行詞在內，可以當作名詞子句連接詞。和 that 的差異在於，what 後方要連接結構不完整的句子。因此，如果要分辨該填入 that 還是 what 時，請由連接句子的結構完整性來判斷。

What is important is that you should quit smoking. 重要的是，你應該戒菸。
▶ What 當作名詞子句連接詞時，包含先行詞在內，因此後方連接結構不完整的句子 is important。

2. if, whether

由 if 或 whether 引導的名詞子句，在句中同樣是扮演主詞、受詞或補語的角色。

- Many students still do not know **whether** they can use their cell phone as a calculator when they take the exam.
  很多學生仍然不知道，他們在考試時能否把手機拿來當計算機使用。
  ▶ 由 whether 引導名詞子句扮演動詞 know 的受詞。

再補充一點！

whether 若用於副詞子句當中，用法為 whether A or B 或 whether . . . or not。

Whether his performance is good or bad, the company will offer him incentives this year.
不管他的績效好壞，公司今年還是會給他獎金。

2 疑問詞＋不定詞 to V

疑問詞後方加上不定詞 to V，可以當成「**名詞片語**」來使用。

1. what ＋不定詞 to V（＝疑問詞＋主詞＋ should ＋原形動詞）

無論使用「what ＋不定詞 to V」或是「whom ＋不定詞 to V」，不定詞後方都不能加上受詞，因為 what 和 whom 本身就可以當成不定詞的受詞來使用。

- The true secret of success is knowing exactly **what to do** every day.
  成功的真正祕訣就是，確切地知道每天該做什麼。
  ▶ what to do 後方直接連接副詞片語（every day）。

2. how ＋不定詞 to V（＝疑問詞＋主詞＋ should ＋原形動詞）

how、when、where 等疑問詞後方加上不定詞 to V 時，不定詞後方不能缺少組成句子的基本元素。其中的例外是，why 後方不能連接不定詞。

- Step-by-step videos will show **how to solve** various math problems.
  逐步說明的影片將演示如何解決各種數學問題。
  ▶ how to solve 後方要接受詞（math problems）。

STEP 2 一起來解題！

The company announced ------- it was restructuring its business operations in response to the downturn in the economy.
該公司宣布，為因應經濟衰退，已進行企業經營模式的改組。

(A) if 假如	(B) so 所以
(C) that 那個	(D) and 而且

字彙 **restructure** 改組 **operation** 營運 **in response to** 對……的反應／回應
downturn in the economy 經濟衰退

解說 本題為文法題，選項列出名詞子句連接詞和對等連接詞。空格後方為名詞子句，用來當作及物動詞 announce 的受詞，空格要填入名詞子句連接詞，因此請從 (A) 和 (C) 當中選出答案。announce 指的是發表確定的內容，而 (A) if 則用來表達不明確的狀況，並不適當，因此答案為 (C)。

(A) if：名詞子句連接詞、副詞子句連接詞	(B) so：對等連接詞、副詞
(C) that：名詞子句連接詞、關係代名詞、指示代名詞	(D) and：對等連接詞

答案 (C)

STEP 3 實戰測驗！

1. The board of directors needs to decide ------- to expand its manufacturing facility in Brazil.
(A) such (B) whether
(C) while (D) or

2. According to a report released today, it was revealed ------- Jackson Petroleum is facing financial difficulties.
(A) what (B) if
(C) that (D) nevertheless

3. Sociologists claim ------- many tensions arise from overcrowding in urban areas.
(A) that (B) what
(C) how (D) who

4. The following information will help you decide ------- you should submit a résumé.
(A) what (B) so
(C) if (D) while

◆ 解答 p. 79

28 關係代名詞修飾先行詞

出題頻率
平均每回
0.19 題

STEP 1 掌握核心概念！

1 關係代名詞修飾先行詞

關係代名詞不僅可以用來連接兩個句子，還可以扮演形容詞的角色，放在先行詞後方，修飾先行詞。

- Tom is the man **who** is in charge of this project.
  湯姆是負責這個專案的人。

▶ 關係代名詞 who 引導後方的子句，形成形容詞子句，放在先行詞 the man 後方，修飾先行詞。

2 關係代名詞的種類

關係代名詞的格	用法	種類	關係代名詞	可否和 that 替換
主格	當作主詞	先行詞為人	who	O
		先行詞為物品或動物	which	O
所有格	當作所有格	先行詞為人	whose	X
		先行詞為物品或動物	whose / of which	X
受格	當作受詞	先行詞為人	whom	O（但不能搭配介系詞使用）
		先行詞為物品或動物	which	O

▶ 無論先行詞是人、物品或動物，都可以使用關係代名詞 that。

- Guests **who** (O) **/ that** (O) wish to use the monorail can request a pass at their hotel.
  欲搭乘單軌電車的賓客可在住宿的飯店索取乘車證。

▶ 先行詞為人時，可以用 who 當作主格關係代名詞，也可以替換成 that。

- Our Web site is a portal **which** (O) **/ that** (O) provides numerous Internet services for its users. 我們的網站是提供使用者多種網路服務的入口。

▶ 先行詞為物品時，可以用 which 當作主格或受格關係代名詞，也可以替換成 that。

- Clients **whose** (O) **/ that** (X) shipments are delayed more than two days are qualified for a discounted ticket. 貨品延誤兩天以上的顧客可以拿到一張優惠券。

▶ whose 為表示所有格的關係代名詞，無論先行詞為人、物品或動物都適用。但是，whose 不能替換成 that。

- Please give the name of the person to **whom** (O) **/ to that** (X) the item should be sent.
  請提供貨品收件人的姓名。

▶ 先行詞為人時，可以用 whom 當作受格關係代名詞，但是若搭配介系詞一起使用，whom 不能替換成 that。因為 that 當作關係代名詞使用時，前方不能加上逗點（,）或是介系詞。

- Please give the name of the person **whom** (O) **/ that** (O) the item should be sent to.
  請提供貨品收件人的姓名。

▶ 若介系詞放在後方，則能將 that 單獨放在關係代名詞的位置。

STEP 2 一起來解題！

Jack Doyle is a gifted carpenter ------- sells his wares at the Royal Albert Art Gallery in Copenhagen.

傑克．道爾是個有才華的木匠，他在哥本哈根的艾伯特皇家美術館販售自己製作的商品。

(A) who ……的人　　(B) whom ……的人

(C) when 當……時　　(D) which ……的物

字彙 **gifted carpenter** 有才華的木匠　**wares** 商品；貨物

解說 本題為文法題，選項列出各種不同的關係詞。空格前方的先行詞為人，後方連接動詞，且空格要扮演主詞的角色，因此應填入主格關係代名詞代替人物先行詞。而 (B) 為受格關係代名詞；(C) 可以當作關係副詞，或是疑問副詞；(D) 為關係代名詞，但是只能代替物品先行詞，這三個選項皆不適合填入空格當中，因此答案為 (A)。

(A) who：主格關係代名詞　　(B) whom：受格關係代名詞

(C) when：關係副詞、疑問副詞　　(D) which：關係代名詞

答案 (A)

STEP 3 實戰測驗！

1. *The Shangri-La*, a program ------- will begin at 11 A.M., includes one of the most diverse fashion events ever held in this venue.

(A) whom　　(B) what

(C) that　　(D) these

2. The carpenter ------- sells small wooden products and furniture is struggling to grow his business.

(A) who　　(B) whoever

(C) whose　　(D) this

3. The new office computer course holds 100 employees, all of ------- will learn computer skills, including advanced knowledge of word processing and database management.

(A) who　　(B) whom

(C) which　　(D) that

4. Joshua Art Design, ------- specializes in modern interior design techniques, is located in Seoul, the capital of South Korea.

(A) which　　(B) who

(C) when　　(D) what

◆ 解答 p. 80

29 表原因的從屬連接詞

STEP 1 掌握核心概念！

1 表原因的從屬連接詞種類

1. because / now that 因為；由於（強調原因）

- I attempt to have them dictate as much as possible because dictation is great training.
  結果　原因／理由
  我試著讓他們儘量聽寫，因為聽寫是很棒的訓練。

  ▶ 表原因的從屬連接詞引導的副詞子句，用來表示原因或理由；主要子句則用來表示結果。

2. as / since 因為；由於（強調結果）

- We had to hurry to the airport **as** the seminar lasted longer than expected.
  由於研討會的時間超過預期，我們不得不匆忙趕到機場。
- The sales director will be absent tomorrow **since** she has to participate in her daughter's graduation. 業務主管明天將缺席，因為她得去參加她女兒的畢業典禮。

  ▶ since 當作表時間的從屬連接詞時，意思為「自從……」；as 當作表時間的從屬連接詞時，意思為「當……時」，因此請務必透過前後文，判斷他們的意思。

3. so 所以

- The movie had already started when we arrived, **so** we had to wait until the next showing. 當我們抵達時，電影已經開演了，所以我們必須等到下一場。

2 表原因的介系詞種類

請熟記以下常見的表原因的介系詞，並學會分辨介系詞和連接詞的差異。

1. because of / on account of / owing to / due to 因為；由於

- The city has proved attractive to businesses **because of** its low property taxes and lack of traffic congestion. 事實證明，這城市因其低廉的房地產稅及順暢的交通，對企業很有吸引力。
- New safety measures will be taken **on account of** the recent accidents with the machinery. 因為近來機械產生的意外事故，將採取新的安全措施。

2. from / of 因

- Janet was rushed to the hospital but died **from** her injuries.
  珍娜被緊急送到醫院，但仍因傷重不治。
- Mr. Logan nearly died **of** embarrassment. 羅根先生快要尷尬死了。

3. with 因

- Our manager has been at home **with** a bad cold for the past week.
  上週經理因為重感冒，一直待在家裡。

4. **thanks to** 因為；由於

- **Thanks to** an upgrade to our system, we're now able to provide you with an easy-to-read billing statement. 由於系統升級，現在我們能提供您易讀的帳單。

STEP 2 一起來解題！

------- the weather conditions have become favorable, planes will be able to fly from Sweden to Norway.
既然天氣狀況已經好轉，飛機能夠從瑞典飛往挪威了。

(A) So 所以　　(B) Now that 既然
(C) Due to 由於　　(D) Whatever 不管什麼樣的

字彙 **weather conditions** 天氣狀況　**favorable** 順利的；合適的　**allow sb. to V** 允許……去　**now that** 既然　**whatever** 不管什麼樣的

解說 本題為文法題，選項列出各種不同詞性的單字。空格後方連接兩個子句，故要填入連接詞，因此請優先刪去 (C)。另外，(A) 不能放在句首，所以也請一併刪去此選項。雖然 (D) 具備連接詞的特性，但是只能放在名詞的位置，當作主詞、受詞或補語；或者是放在形容詞的位置，用來修飾名詞，但是空格並不符合前述兩種情況。根據題意，要選擇表示原因的從屬連接詞，因此答案為 (B)。

(A) So：連接詞、副詞　　(B) Now that：表原因的從屬連接詞
(C) Due to：介系詞片語　　(D) Whatever：複合關係代名詞

答案 (B)

STEP 3 實戰測驗！

1. Best Computer's manufacturing plant noticed a sharp increase in productivity last week ------- the assembly line workers began operating the new machinery.

(A) in spite of　　(B) even if
(C) since　　(D) beside

2. We couldn't send the requested file ------- the user's mailbox was full.

(A) owing to　　(B) because
(C) although　　(D) moreover

3. The findings should be interpreted cautiously ------- the sample size is small.

(A) even　　(B) virtually
(C) as though　　(D) since

4. ------- the large demand for palm oil, palm oil plantations are rapidly replacing the rainforest habitats of critically endangered animals.

(A) As far as　　(B) Although
(C) Due to　　(D) As

◆ 解答 p. 81

30 原級

出題頻率
平均每回
0.13 題

STEP 1 掌握核心概念！

1 原級的概念

原級的意思為「如……一樣」，用來表示兩個對象的**比較結果相同**。

- Applicants are advised to be **as** specific **as** possible when answering the questions.
  應徵者被建議在回答問題時要儘可能地明確。

2 原級的用法

1. as + 形容詞 + as

Jimi Blackmore is **as** famous **as** Richie Hendrix worldwide as a guitarist.
吉米・布萊克摩爾和李奇・亨德里斯一樣以吉他手的身分聞名世界。

▶「as . . . as」之間為形容詞原級 famous。若將形容詞前後的 as 拿掉，便能看出 famous 為前方動詞 is 的補語。

2. as + 副詞 + as

I stroked the pet **as** smoothly **as** possible. 我儘量輕柔地撫摸著寵物。

▶ 拿掉「as . . . as」的用法後，句子變成 I stoked the pet smoothly，句末要使用副詞才正確。只要先拿掉「as . . . as」，觀察句子的結構，便能確認「as . . . as」之間要放形容詞還是副詞。

3. as + 形容詞 + 名詞 + as

The reservoirs are running dry, but the residents are still using **as** much water **as** they were when the reservoirs were full.
水庫就快乾了，但居民仍然像水庫滿水位時一樣大量用水。

▶「as . . . as」之間為 much water，用法為「形容詞＋名詞」。若將前後的 as 拿掉，便能看出 much water 為前方動詞 are using 的受詞。

3 原級的否定用法

在第一個 as 前方加上 not，即為**原級的否定用法**，意思為「和……不一樣」。

- As a professional boxer, Yaciel Silva is **not as** great **as** he used to be.
  身為一位職業拳擊手，亞賽爾・席爾瓦不如以往優秀。

▶ 第一個 as 前方加上 not 表示否定。此類用法的第一個 as 可以換成 so 使用。

STEP 2 一起來解題！

Manchester officials are advising supporters to arrive as ------- as possible for the game against Everton.
對上艾佛頓的球賽，曼徹斯特官員建議球迷儘早到場。

(A) earlier 較早的　　(B) earliness 早熟
(C) earliest 最早的　　(D) early 早地

字彙 official 官員；公務員　advise sb. to V 建議某人做……　as early as possible 儘早

解說 本題為詞類變化題，選項列出一個單字的各種詞類變化。as . . . as 的用法為「as + 形容詞或副詞 + as」以及「as + 形容詞 + 名詞 + as」。此句話適用「as + 形容詞或副詞 + as」的用法，因此答案為 (D)。此處的 early 為副詞原級，而 as . . . as 後方連接 possible，表示「儘可能……」，屬於慣用語，請特別熟記。

(A) earlier：比較級　　(B) earliness：名詞
(C) earliest：最高級　　(D) early：副詞

答案 (D)

STEP 3 實戰測驗！

1. A benefit concert for the children of the city may not create ------- interest as previously thought.

(A) more　　(B) as much
(C) so many　　(D) too many

2. For some of the products, developers have given ------- attention to originality as to space efficiency in the new designs.

(A) as many　　(B) as much
(C) more　　(D) the most

3. Our goal is to make every guest's stay as ------- as possible.

(A) memory　　(B) memorizing
(C) memorable　　(D) memorably

4. The Blue Whale Language Center provides new members with courses for as ------- as $100 for a month.

(A) little　　(B) more
(C) large　　(D) short

◆ 解答 p. 81

31 最高級

STEP 1 掌握核心概念！

1 最高級的概念

有**三個以上**的比較對象時，會使用最高級，意思為「最……」。

- Brian Downy has become one of **the most reliable** golfers on the team.
  布萊恩·道尼已經成為隊上最值得信賴的高爾夫球手之一。

2 最高級的特色

1. the + 最高級

最高級會以 -est 結尾，或加上 most，同時前方還會加上定冠詞 the。

- Ekova Castle is one of **the most visited** tourist attractions in the area.
  伊克瓦城堡是本地最多人造訪的觀光景點之一。
- Mary Birkin is **the greatest** singer I have seen in my life.
  瑪莉·柏金是我這輩子看過最棒的歌手。

2. 比較範圍

以下為多益測驗中常考的用法，請務必熟記。如果句中出現類似用法，答案通常就是最高級。

❶ in/of/among + 比較範圍……之中

The restaurant Evora Garden is surrounded by some of **the most beautiful** scenery in the world. 埃武拉花園餐廳周圍環繞著世界上最美麗的景色。

▶ 句尾 in the world 表示「範圍」，搭配最高級 the most beautiful 一起使用。

Kane Kim is **the most popular** among all of the students in the class.
凱恩·金是班上所有學生中最受歡迎的。

▶ among all of the students 表示「範圍」，搭配最高級 the most popular 一起使用。

❷ that + 主詞 + have/has + p.p.

Barbara is **the most reliable** employee that we have ever had.
芭芭拉是我們聘用過最可靠的員工。

▶ we have ever had 表示「範圍」，搭配最高級 the most reliable 一起使用。

❸ over (in) the past (last) + 時間名詞

The project team had **the highest** sales figures over the past two quarters.
在過去兩季裡，這個專案小組的銷售額是最高的。

▶ over the past two quarters 表示「範圍」，搭配最高級 the highest 一起使用。

❹ possible 可能（……程度）

In 2017, we fulfilled our environmental goals to **the greatest** extent possible.
2017 年我們最大限度地實現了環保目標。

▶ possible 表示「範圍」，搭配最高級 the greatest 一起使用。

再補充一點！

即使句子中出現 of，如果它的意思不是表示「……之中」，或是句中並未出現可以比較的對象時，則不能使用最高級。

The **fast (O)** / **fastest (X)** delivery system of the company has been evaluated as successful. 公司快速的配送系統已被評價是成功的。

STEP 2 一起來解題！

According to a government report, the prices of imported rice increased the ------- in the second half of last year.
根據政府的一項報告顯示，進口米的價格在去年的下半年上漲幅度最劇烈。

(A) most dramatic 最劇烈的 (B) more dramatically 較劇烈地
(C) most dramatically 最劇烈地 (D) more dramatic 較劇烈的

字彙 **according to** 根據 **imported rice** 進口稻米 **increase dramatically** 劇烈地上漲
the second half of last year 去年下半年

解說 本題為詞類變化題，選項列出一個單字的比較級和最高級用法。空格前方有動詞 increase，後方不會連接形容詞補語，因此請優先刪去 (A) 和 (D)。根據題意，此處應表示「去年下半年最為急遽上升」，因此填入副詞最高級 (C) 最為適當。

答案 (C)

搶分密技 PART 5&6 DAY 15 31 最高級

STEP 3 實戰測驗！

1. Every type of meat is cooked differently to bring out its specific flavor in the ------- brilliant possible way.
(A) much (B) many
(C) more (D) most

2. Among the employees in the personnel office, Ms. Robert is the ------- about the company's new benefits packages.
(A) informed (B) information
(C) more informed (D) most informed

3. Mr. Stanley Ward continually works the ------- of all of the employees working at the Washington Coat Factory.
(A) hardly (B) harder
(C) hardest (D) hard

4. The Soha Valley region boasts the most ------- landscape in the area.
(A) deep (B) new
(C) dramatic (D) wide

◆ 解答 p. 82

32 對等連接詞

出題頻率
平均每回
0.13 題

STEP 1 掌握核心概念！

1 對等連接詞的概念

對等連接詞用來表示單字和單字、片語和片語、子句和子句之間屬於對等關係。用來連接子句時，其用法為「主要子句 , 對等連接詞 + 主要子句」。

- This beautiful square from ancient Rome lies in silence, **and** only the ruins of its former grandeur remain.
  這個古羅馬時期的美麗廣場沉默地靜置著，只遺留下它往日榮光的遺跡。

▶ 對等連接詞 and 的前後方要連接結構相同的子句。

2 對等連接詞的種類

1. and 而且

I had a terrible case of food poisoning in November, **and** it lasted longer than usual.
我在 11 月發生了食物中毒的慘事，而且持續的比平時還久。

▶ 對等連接詞 and 的意思為「而且」，表示前後句為同等關係。

2. but 但是

Dinosaurs used to be the largest reptiles, **but** now they are extinct.
恐龍曾經是最大型的爬蟲類動物，但現在已經絕種了。

▶ 對等連接詞 but 的意思為「但是」，表示前後句為對比關係。

3. so 所以

The farm is a couple of miles from here, **so** it must cover a large amount of land.
農場離這裡有好幾英里遠，所以一定涵蓋了大片的土地。

▶ 對等連接詞 so 的意思為「所以」，表示前後句為因果關係。

4. or 或是

They decided to come by train **or** express bus to attend the seminar.
他們決定搭火車或快捷巴士來參加研討會。

▶ 介系詞 by 表示交通方式，or 放在 train 和 express bus 之間，一次表示兩種交通方式。

3 對等連接詞的特色

1. 以對等連接詞連接的兩方，其結構和詞性都要相同。

The movie I saw yesterday was solemn **and** magnificent.
| 形容詞＋ and ＋形容詞 | 我昨天看的那部電影既肅穆又莊嚴。

2. and so（所以）, and yet（即便如此）, and then（然後）為「and + 副詞」，強調更為明確的意思。

I hate instant food **and yet** always eat it once a day.
我討厭速食，卻還總是每天吃一次。

4 對等連接詞的主動詞單複數一致性

1. 若以 and 連接兩個主詞，後方要使用複數動詞。

Mr. Kevin **and** his friend **are** going to attend my birthday party.
凱文先生和他的朋友將出席我的生日派對。

2. 若以 or 連接兩個主詞，動詞單複數要視後方主詞而定。

Cars **or** a bus **is** going to be provided for the trip.
這趟旅程將提供汽車或巴士。

STEP 2 一起來解題！

Attached is an updated employee directory, which includes pictures ------- brief bios.
附件是更新後的員工名冊，其中包含了照片與簡歷。

(A) since 自從　　(B) before 在……之前
(C) and 而且　　(D) as 像……一樣

字彙 attached is 附件是……　employee directory 員工名冊　brief bio 簡歷

解說 本題為文法題，選項列出各種不同的連接詞。空格用來連接 includes 後面的兩個受詞 pictures 和 brief bios，因此空格應填入連接詞。空格填入對等連接詞 (C) 最為適當，用來連接兩個名詞。(D) 當作介系詞使用時，才能放在名詞前方，用來表示「像……一樣」，此處若以 as 填入空格後，表示「像簡歷一般的照片」，語意不通順。

(A) since：從屬連接詞、副詞、介系詞　(B) before：從屬連接詞、副詞、介系詞
(C) and：對等連接詞　(D) as：從屬連接詞、介系詞

答案 (C)

STEP 3 實戰測驗！

1. The game is scheduled to start at approximately 4:30 P.M. today, ------- no one has appeared on the soccer field yet.

(A) where　(B) until
(C) and　(D) but

2. Mr. Leman's class schedule is very tight, ------- he can't find time to mentor students.

(A) since　(B) because
(C) similarly　(D) so

3. A picnic lunch and tickets to the concert in the park are included in the holiday package, ------- the cost of souvenirs is not.

(A) either　(B) but
(C) then　(D) or

4. The New Delhi Cafeteria offers various traditional Indian dishes ------- desserts for special occasions such as anniversary celebrations and business banquets.

(A) and　(B) so
(C) for　(D) nor

◆ 解答 p. 83

33 可數名詞

STEP 1 掌握核心概念！

1 可數名詞的特色

1. 單數可數名詞前方，通常會加上不定冠詞 a/an（但仍有少部分例外情況）。

如同字面上的意思，可數名詞表示可以數的名詞。a、an、another、each、every 等詞的後方要連接單數可數名詞，此類考題經常出現在多益測驗中。

- Okubo Systems achieved a 30% **increase** in revenue compared to the first two quarters of last year. 與去年的前兩季相比，大久保系統的收入增加了 30%。

  ▶ 本句話中，不定冠詞 a 的後方連接單數可數名詞 increase。

2. 複數可數名詞前方可以加上定冠詞 the。

可數名詞表示可以數的名詞，因此也有複數形態，其前方可以加上定冠詞 the。

- **Employees** presenting the **alternatives** will be awarded a reward.
  提出替代方案的員工將獲得獎勵。

2 常見的可數名詞

- account 帳戶
- amount 數量
- architect 建築師
- assistant 助理
- candidate 候選人
- complaint 抱怨
- discount 折扣
- extension 延長
- goods 商品
- lender 貸方；出借人
- manners 禮貌
- measures 措施
- profit 利潤
- recommendation 推薦
- relation 關聯；關係
- reservation 預約
- salary 薪資
- standard 標準
- suggestion 建議
- advertisement 廣告
- applicant 申請者
- assumption 假定
- charge 價錢；費用
- collection 收藏品
- compliment 稱讚
- delivery 遞送
- entry 進入；入口
- fee 費用
- increase 增加
- market 市場
- office 辦公室
- process 程序；步驟
- purpose 目的
- reference 出處；推薦信
- reputation 名聲
- resource 資源
- sale 銷售
- selection 選擇
- statement 陳述
- ticket 票券
- alternative 選擇
- approach 方法
- assertion 主張
- attendance 出席
- circumstance 情勢
- company 公司
- customs 海關
- detail 細節
- estimate 估計
- fund 資金
- intention 意圖
- manager 經理
- mechanic 技工
- permit 許可
- precaution 預防措施
- profession 職業
- receipt 收據
- refund 退款
- request 要求
- savings 存款
- source 來源
- success 成功
- workplace 工作場所

3 數量形容詞＋可數名詞

可數名詞前方可以加上數量形容詞，請熟記以下兩種用法。

1. 後方連接單數可數名詞的數量形容詞

- one 一個
- each 各個
- every 每個；全部的

Each **reporter** began to ask questions to the spokesman.
所有記者開始向發言人提問。

2. 後方連接複數可數名詞的數量形容詞

- few 很少數的
- a few 一些
- fewer 較少的
- many 許多的
- both 兩者皆
- several 幾個的
- various 各種的

Many **applicants** participated in the job fair. 許多求職者參加了就業博覽會。

STEP 2 一起來解題！

As a large multinational company, Morgan Life offers many exciting ------- in all of its operating divisions around the world.
作為一間大型跨國公司，摩根人壽在遍佈全球的分公司，提供了許多精彩刺激的挑戰。

(A) challenged 挑戰 (B) challenger 挑戰者
(C) challenges 挑戰 (D) challenge 挑戰

字彙 **large multinational company** 大型跨國公司 **operating division** 營運部門

解說 本題為詞類變化題，選項列出一個單字的各種詞類變化。空格同時受到 many 和 exciting 的修飾，故此處應填入名詞。many 為形容詞，用來修飾複數可數名詞，而 challenge 的複數形為 (C)，故為正確答案。

(A) challenged：過去式、過去分詞
(B) challenger：名詞
(C) challenges：動詞（第三人稱單數）、複數名詞
(D) challenge：動詞（第一、第二人稱；複數）、單數名詞

答案 (C)

STEP 3 實戰測驗！

1. ------- are always looking for ideas to attract customers and to encourage them to buy more.
(A) Retailers (B) Retailing
(C) Retails (D) Retailed

2. Applications are requested for two research ------- to work under the supervision of Professor Sophie Zelman.
(A) assisting (B) assists
(C) assistants (D) assistance

3. The ------ should be commended for their excellent negotiation skills and readiness to compromise.
(A) delegator (B) delegates
(C) delegated (D) delegate

4. School heads have demanded an ------- of the deadline for the registration of candidates for this year's national examinations.
(A) extension (B) extend
(C) extended (D) extending

◆ 解答 p. 84

34 不可數名詞

STEP 1 掌握核心概念！

1 不可數名詞的特色

1. 不可數名詞前方不能加上不定冠詞 a / an。

The new supercomputer in the laboratory has enormous **potential**.
實驗室的新型超級電腦擁有巨大的潛力。

▶ 名詞 potential 為不可數名詞，因此形容詞（enormous）前方不會加上冠詞。

2. 不可數名詞沒有複數形。

Lamarck Building Services, Inc. handles only the finest construction **equipment (O) / equipments (X)** available. 拉馬克建築機械設備公司只經銷現有最佳的營建器具。

3. 不可數名詞前方可以加上定冠詞 the。

A TV program has been made to recognize the **excellence** of the country's education system. 為了表揚這個國家教育體系的優點，而製作了一部電視節目。

2 常見的不可數名詞

- access 取得；進入的權利
- accounting 會計（學）
- advertising 廣告
- advice 建議
- approval 核准
- assistance 協助
- authorization 授權
- baggage 行李
- change 零錢
- clothing 衣物
- compliance 遵守
- consent 同意
- custom 習俗
- employment 雇用；就業
- equipment 設備
- evidence 證據
- funding 資金；資助
- furniture 家具
- information 資訊
- lending 放貸
- luggage 行李
- machinery 機械
- mail 郵件
- marketing 行銷
- manner 方法
- merchandise 商品
- news 新聞
- orientation 新進人員訓練
- permission 許可
- planning 規畫
- potential 潛能
- processing 加工
- productivity 生產力
- progress 進步；進展
- recognition 識別
- reference 參考
- research 研究
- reliance 信賴
- renewal 更新
- retail 零售
- satisfaction 滿意
- saving 存款
- seating 座位；座席
- stationery 文具
- success 成功
- ticketing 售票系統；票務
- transportation 交通運輸

3 數量形容詞＋不可數名詞

- little 很少
- a little 一些
- less 較少的
- much 許多的

The chef uses much **oil** to make the food. 主廚用了很多油來料理食物。

STEP 2 一起來解題！

Due to careful ------- and consistent communication, the construction project went smoothly.
由於仔細的規畫與不斷的溝通，這個營建計畫進行得很順利。

(A) planning 制定計畫 (B) planned 有計畫的
(C) plan 規劃 (D) planner 計畫者

字彙 due to 由於 careful planning 仔細的規劃 consistent communication 不斷的溝通 construction project 營建計畫 go smoothly 順利地進行

解說 本題為詞類變化題，選項列出一個單字的各種詞類變化。空格受到形容詞 careful 的修飾，要填入名詞，因此請優先刪去 (B)。由於 careful 前方沒有冠詞，空格只能填入複數名詞或是不可數名詞，因此答案為不可數名詞 (A)。(C) 和 (D) 為可數名詞的單數形，前方要有冠詞。

(A) planning：名詞 (B) planned：過去式、過去分詞
(C) plan：動詞、名詞 (D) planner：名詞

答案 (A)

STEP 3 實戰測驗！

1. Mr. Anderson and his team offer legal ------- on copyrights and consumer rights.
(A) adviser (B) advice
(C) advisable (D) advise

2. Thanks to careful ------- and consistent advertising on television, Melissa & Douglas has finally become the leader in the global toy market.
(A) planner (B) plan
(C) planning (D) planned

3. Our commitment to customer ------- allows us to be responsive and flexible with project scheduling.
(A) satisfactorily (B) satisfactory
(C) satisfying (D) satisfaction

4. Many illegal immigrants are selling fake leather bags and other ------- on the streets.
(A) merchant (B) merchandises
(C) merchandise (D) merchandised

◆ 解答 p. 85

35 S + V + O + C 和 S + V + O + O 句型中動詞的被動語態

出題頻率
平均每回
0.06 題

STEP 1 掌握核心概念！

1 S + V + O + C 句型中動詞的被動語態

S + V + O + C 句型的結構為「**主詞＋動詞＋受詞＋受詞補語**」。如果當中的受詞變成主詞時，後方要連接「be 動詞＋ p.p. ＋受詞補語」。名詞、形容詞、不定詞、現在分詞都可以用來當作受詞補語。

- All the people who contributed to this book **are invited** to attend the party.
所有對這本書有貢獻的人都受邀參加派對。

2 S + V + O + O 句型中動詞的被動語態

1. S + V + O + O 句型的基本結構

本句型的結構為「**主詞＋動詞＋間接受詞＋直接受詞**」。

- When Mr. Rota took over as CEO, Mr. Rosso, the former CEO, **sent** him **a message**.
當羅塔先生接掌執行長一職時，前任執行長羅素先生傳給他一則訊息。
  ▶ sent 為授與動詞，後方連接間接受詞 him 和直接受詞 a message。

2. S + V + O + O 句型中動詞的時態變化

本句型中，**間接受詞**變成主詞時，後方要連接「be 動詞＋ p.p. ＋直接受詞」；**直接受詞**變成主詞時，後方則要連接「be 動詞＋ p.p. ＋ to ＋間接受詞」。

- When Mr. Rota took over as CEO, he **was sent** a message by Mr. Rosso, the former CEO.
當羅塔先生接掌執行長一職時，他收到了前任執行長羅素先生傳給他的一則訊息。
  ▶ Mr. Rosso sent him a message. 屬於 S + V + O + O 句型。上方句子為間接受詞 him 移至前方當作主詞後，句子結構上所產生的變化。

- When Mr. Rota took over as CEO, a message **was sent** to him by Mr. Rosso, the former CEO. 當羅塔先生接掌執行長一職時，前任執行長羅素先生傳給他一則訊息。
  ▶ Mr. Rosso sent him a message. 屬於 S + V + O + O 句型。上方句子為直接受詞 a message 移至前方當作主詞後，句子結構上所產生的變化。

再補充一點！

1. sell、bring、get、make、buy 等動詞改寫成被動語態時，只能把直接受詞當作主詞使用。
I sold him my watch. 我把自己的手錶賣給他。
⇨ My watch was sold to him by me. 我自己的手錶被我賣給他了。(O)

2. envy、save、answer、call 等動詞改寫成被動語態時，只能把間接受詞當作主詞使用。
He envied her her frankness. 他忌妒她的坦率。
⇨ She was envied her frankness by him. 她因為自己的坦率受到他的忌妒。(O)

3. S + V + O + O 句型中動詞的種類

如欲將 S + V + O + O 句型改成 S + V + O 句型，give、bring、hand、sell、send、pay 等動詞後方要加上「to ＋間接受詞」；buy、make、get、order 等動詞後方則要加上「for ＋間接受詞」。

- I **gave** him the information about the band. 我給他那個樂團的資料。
  ⇨ I **gave** the information to him about the band. 我把那個樂團的資料給他。
- I **bought** her the pretty doll. 我買給她那個漂亮的洋娃娃。
  ⇨ I **bought** the pretty doll for her. 我買那個漂亮的洋娃娃給她。

STEP 2 一起來解題！

1. Mr. Johnson has vacationed in Helsinki every year since he ------- mayor in 2010.
自從強生先生在 2010 年當選為市長後，他每年都到赫爾辛基度假。

(A) elected 選舉　　(B) has elected 已經選舉
(C) electing 選舉　　(D) was elected 被選為

字彙 **vacation** 度假　**since he was elected mayor** 自從他當選為市長後

解說 選項中的動詞為 elect，可以使用 S + V + O 或 S + V + O + C 句型。(A) 和 (C) 為主動語態，套用前者句型的話，不符合題意，因此應該要套用後者句型。S + V + O + C 句型動詞的被動用法為「be 動詞＋ p.p. ＋受詞補語」，因此答案為 (D)。

(A) elected：過去式、過去分詞　　(B) has elected：現在完成式
(C) electing：現在分詞、動名詞　　(D) was elected：過去被動式

答案 (D)

2. Sharon Juber ------- the proofreading job last week but has not yet responded.
雪倫．裘伯上個禮拜獲得了那份校對的工作，但她還沒回覆。

(A) offering 提供　　(B) was offered 被提供
(C) was offering 正提供　　(D) has been offered 已經被提供

字彙 **proofreading job** 校對工作　**have not yet responded** 還沒有回覆

解說 選項中的動詞為 offer，套用 S + V + O 句型的用法應為「offer A to B」，不符合題目句結構，因此應套用 S + V + O + O 句型。由於空格後方只有一個受詞，要套用此句型動詞的被動用法「be 動詞＋ p.p. ＋直接受詞」，因此答案為 (B)。

(A) offering：現在分詞、動名詞　　(B) was offered：過去被動式
(C) was offering：過去進行式　　(D) has been offered：現在完成被動式

答案 (B)

STEP 3 實戰測驗！

1. Clients' personal information will ------- confidential unless explicit permission is given.
(A) keep　　(B) be kept
(C) keeping　　(D) have kept

2. Dr. Wang received her academic training from Gillette University, where she ------- a degree in accounting.
(A) awarded　　(B) has awarded
(C) was awarded　　(D) awarding

◆ 解答 p. 86

36 新 插入符合前後文意的句子

出題頻率
平均每回
4題

出題重點

PART 6 中新增了「插入符合前後文意的句子」類型，每回測驗中會出現 4 題。考前請訓練自己學會從空格前後句當中找出答題線索，並拼湊出正確答案。

STEP 1 務必先掌握空格前後句文意！

句子插入題的答題關鍵在於空格前後句的文意，因此第一步驟務必先**確認前後句文意**。

Question 1 refers to the following memo.

This past month, I have noticed an unacceptable number of online applications that have not been processed. Online applications should be treated the same as paper applications and should be sorted immediately. Applicants should be reminded to bring proper documentation with them if offered an interview. **We have made this our policy to open recruiting to a wider range of applicants, including those who may live out of state. 1. -------. I expect the pending applications to be sorted by the end of this month.**

過去這一個月，我注意到未被處理的線上求職信數量已經到了令人難以接受的程度。線上求職信應該如同書面求職信般，馬上分類處理。若要給予面試機會，也要提醒應徵者攜帶適當的文件。公司政策已開放招聘更大範圍的應徵者，包括住在其他州的人。1. _______。我希望這些待決的求職信能夠在這個月底前分類處理掉。

字彙 **unacceptable** 無法接受的　**online application** 線上求職　**immediately** 立刻；馬上
documentation 證明文件　**pending** 待決的

▶ 前句話表示公司針對開放職缺給更多不同的求職者，制定了政策；後句話表示希望這個月以前將尚未處理的求職信分類完畢。由前後句文意，可以推測出空格可能會提到政策的具體內容，或是提到關於尚未處理的求職信。

Question 2 refers to the following e-mail.

Please welcome Cindy Davila to our team. **She will be training us on the new graphics and 3D modeling software. 2. -------. Ms. Davila has worked in graphic design for fifteen years and has focused on software for the past twelve years.** She was the head of the Online Marketing Department at Subracorp for two years and then began her own training firm. A schedule

歡迎辛蒂·達維拉加入本團隊。她將負責培訓大家新的平面與 3D 建模軟體。2. _______。達維拉女士已經從事平面設計達 15 年之久，在過去的 12 年中一直專心鑽研軟體部分。她曾在速霸陸企業數位行銷部門當了兩年的主管，而後開創了自

of training meetings and optional seminars will be e-mailed this week and posted in the lounge. Welcome to the team, Cindy.	己的培訓公司。本週，培訓會議與自由參加的研討會時間表將以電子郵件寄出，並公告於休息室中。歡迎妳加入本團隊，辛蒂。

字彙 train 訓練；培訓 optional 可選擇的；非強制性的 post 張貼

▶ 前句話介紹新員工將負責的工作內容；後句話簡單陳述新員工的過往經歷。由前後句文意，我們可以推測出空格可能會繼續介紹新員工的工作內容，或是介紹新員工的經歷。

STEP 2 一起來解題！

線索 1 若選項中出現指示代名詞或是特定名詞，重複提及前句話中的名詞時，請馬上確認該句話是否適合連接於前句話後方。

Question 1

(A) Please submit an application to ensure you are considered for the vacancy.
請送交求職信，以確定成為職缺預備人選。
▶ 前方提到針對求職者制定政策，後方卻突然談到「求職信」，前後語意不通順。

(B) Many interviewees said it was inconvenient to apply online.
很多來面試的人都說線上應徵很不方便。
▶ 與針對求職者制定政策無關，不符合前後文意。

(C) In addition, **this policy** will reduce the amount of paperwork for hiring employees.
此外，這項政策將減少聘僱員工的書面工作量。
▶ 本句話重複提及前句話中的特定名詞「政策」，最適合與前句話連接。且 In addition 為答題線索，由此連接前後句，且符合文意。

(D) Some of the applicants are scheduled to be interviewed this week.
有些應徵者被安排在這禮拜面試。
▶ 和 (B) 的情況一樣，屬於與前文無關的內容。

線索 2 若選項中出現與前句話相關的單字或是特定副詞時，請馬上確認該句話是否適合連接於前句話後方。

Question 2

(A) Her company is making progress on the computer software.
她的公司在電腦軟體方面上取得進展。
▶ 若要將此句話插入空格中，前句話就要提及「她的公司」才行，因此空格中不適合填入本句話。值得注意的是，後句話介紹完經歷後，才提到她曾經創立過公司。

(B) She will **also** be holding seminars on the latest developments in technology.
她也將舉辦科技最新發展的研討會。

▶ also 的意思為「也」，請特別留意這個單字代表針對前句話中，介紹新員工的工作內容部分加以說明，符合前後文意。另外，空格後兩句話寫道：「A schedule of training meetings and optional seminars will be e-mailed this week and posted in the lounge.」，當中也提到選項中的 seminar，由此單字可以更加肯定此選項為正確答案。

(C) Please carefully read the attachment for your promotion requirements.
請仔細閱讀附件檔案，以了解升遷要求。

▶ 此處提到升職的資格事宜，與前文無關，並不適合填入空格當中。

(D) We haven't held a training session in about 6 months.
我們大約有六個月沒有舉辦訓練講習了。

▶ 此句話與新員工的工作內容和經歷皆無關係。

STEP 3 將選項套入空格並選出答案！

Question 1

前句話	制定政策，開放職缺給更多不同的申請者
空　格	提出此政策的優點
後句話	希望儘快將未處理的求職信分類

▶ (C) 的內容承先啟後，填入後最符合前後文意。

答案 (C)

Question 2

前句話	介紹新員工的工作內容
空　格	進一步介紹新員工額外負責的工作內容
後句話	簡單陳述新員工的過往經歷

▶ (B) 的內容承先啟後，填入後最符合前後文意。

答案 (B)

STEP 4 實戰測驗！

Question 1 refers to the following advertisement.

Effective November 27, there will be a new rental policy in place. Customers may still reserve vehicles online, and ZoomTrip will continue to pay for all gas, maintenance, and insurance. 1. -------. Any trips over three hours will keep the same rate; trips between thirty minutes and three hours will cost $20 an hour; trips under thirty minutes will cost a flat rate of $15. All monthly and annual subscription fees will remain the same. We hope these changes will increase the availability of our entire fleet. Thank you for your understanding.

(A) District regulations prohibit unauthorized parking.
(B) Guests should make advance reservations to stay at our facilities.
(C) However, there will be a new pricing policy.
(D) Please complete this form and return it to us.

Question 2 refers to the following e-mail.

Congratulations on your daughter's acceptance to Memorial High. I know it is one of the most elite schools in the city, so you must be very proud. I received your e-mail requesting information about college admission counseling, but, unfortunately, we do not offer that service at this time. 2.-------. It has an incredibly high success rate, and many of our tutoring clients have been very happy with its services. Most students at Memorial work with Michael Bapat. He actually helped my son get accepted to Princeton. He can be reached at 245-8734.

(A) I would like to recommend Success Track to you.
(B) You must know the immunization requirements for the upcoming school year.
(C) The college may ask you for your social security number.
(D) The curriculum at Memorial High is available on its Web site.

Question 3 refers to the following letter.

The last quarter of the year showed an unprecedented rate of client retention. The increase started soon after you assumed the role of manager of client relations. We have had a vast amount of positive feedback from both long-standing and new clients. 3. -------. Thank you very much for the excellent job you have been doing. I have enclosed a modest bonus check along with an invitation to the company retreat. I hope to see you there.

(A) I highly recommend Mr. Lee to all potential clients who are in need of support.
(B) Your responsibilities include achieving sales goals and managing clients.
(C) Prospective employees will be sent to you for an interview.
(D) In fact, we were able to add a "Testimonials" page to our Web site.

◆ 解答 p. 87

Part 5&6

詞彙篇

PART 5 & 6 搶分密技

PART 5 & 6 當中，詞彙題的出題比例分別是 32% 和 25%。有時候只要由題目句型的結構，便能判斷出答案。但是這種解題方式僅適用於極少部分的詞彙題。因此平常儘可能多背誦一些單字，才是最有效的準備方式。除了記下本書列出的單字外，也請善用其他多益單字書，**養成背單字的習慣**，不僅要熟記單字，最好也**一併記下單字的相關用法**。

目標答對題數 **40** 題

每回平均出題比例

❶ 分詞及形容詞
❷ 名詞
❸ 動詞
❹ 副詞

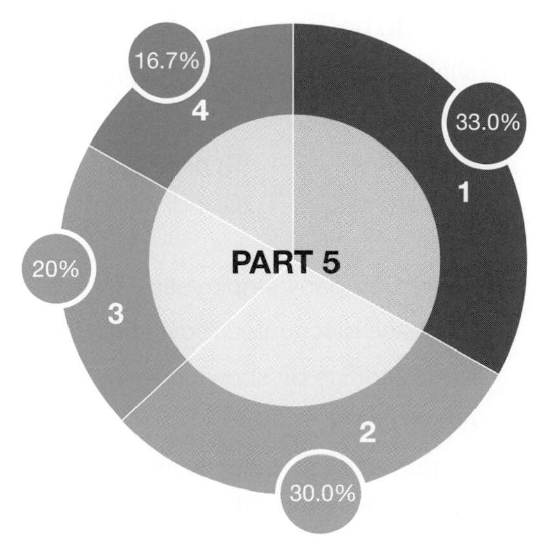

❶ 名詞
❷ 動詞
❸ 分詞及形容詞
❹ 副詞

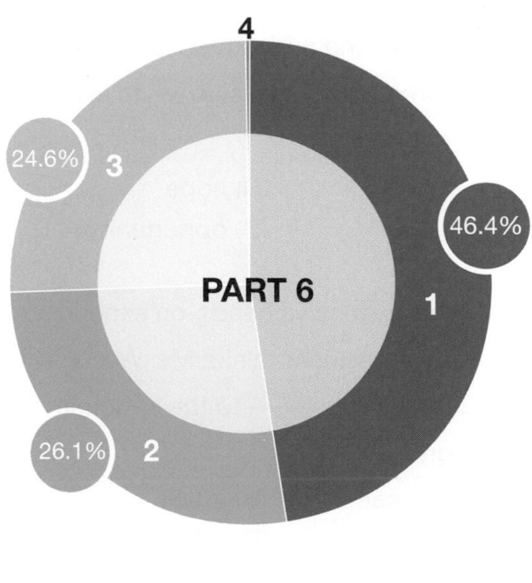

01 名詞 ①

STEP 1 一起來解題！

Any employees who are knowledgeable in electrical engineering are needed at the Mexico ------- right now. 墨西哥分部現正需要對電機工程有豐富知識的人員。

(A) inhabitant 居民　　(B) panel 專題小組
(C) process 過程　　(D) branch 分公司

字彙 electrical engineering 電機工程

❶ **試著將題目句翻成中文。**
墨西哥 ------ 現正需要對電機工程有豐富知識的人員。

❷ **確認選項的意思。**
(A) inhabitant 居民　　(B) panel 專題小組
(C) process 過程　　(D) branch 分公司

❸ **將選項一一套入空格中，並選出最適當的答案。**
空格前方的 at the Mexico 為表示地點的副詞片語，因此空格要填入適合搭配 at the Mexico 一起使用的名詞。(D) 表示「分公司、分部」，最適合填入空格中。

答案 (D)

STEP 2 實戰測驗！

1. Yesterday, Mr. Stanton spoke at the board meeting and expressed his support for the WHO's ------- to eliminate world hunger.
(A) initiative　　(B) hope
(C) option　　(D) opportunity

2. With her extensive hands-on experience, the vice president thinks Ms. Wilson will be a welcome ------- to the in-house design team.
(A) nominee　　(B) article
(C) realty　　(D) addition

3. The personnel director is grooming Mr. Keller to become a team leader because she sees great ------- for management in him.
(A) mark　　(B) proposal
(C) potential　　(D) indication

4. Nanta Company employees can purchase discounted movie tickets at the box office by showing ------- of employment.
(A) purpose　　(B) reference
(C) achievement　　(D) proof

◆ 解答 p.88

STEP 3 常考高頻字彙！

下方為測驗中常考的**高頻率名詞**。請務必熟記以下所有單字。

- ▢ a last resort 最後手段
- ▢ abbreviation 縮寫
- ▢ access to 取得……的管道
- ▢ accolade 榮譽
- ▢ accommodation 住宿
- ▢ account manager 專案經理；客戶經理
- ▢ account specialist 專案專員；客戶專員
- ▢ account 帳戶；客戶
- ▢ accountant 會計師
- ▢ accounting 會計（學）
- ▢ acting manager 代理經理
- ▢ activities for ……的活動
- ▢ adaptability 適應性
- ▢ administration 管理；行政
- ▢ administrative assistant 行政助理
- ▢ adventure 冒險
- ▢ agent 代理商
- ▢ alteration 改變
- ▢ alumni list 校友名單
- ▢ ambiance (= atmosphere) 氣氛
- ▢ amendment 修正
- ▢ amount (which is) due 應付金額
- ▢ anniversary 週年紀念（日）
- ▢ application process 申請流程
- ▢ application 申請
- ▢ appointment for ……的約會
- ▢ appropriateness 適當（性）
- ▢ approval 核准
- ▢ architect 建築師
- ▢ archive 檔案；文件
- ▢ areas of expertise 專業領域
- ▢ article 文章；物品
- ▢ aspect 方面
- ▢ assignment 任務；分配
- ▢ assistance (= help) 協助
- ▢ associate 同事；生意夥伴
- ▢ attached document 附件檔案
- ▢ attendance 出席
- ▢ attention to 對……的注意
- ▢ attraction 吸引力
- ▢ auction 拍賣
- ▢ authorization 授權
- ▢ availability 可得性；可利用性
- ▢ aviation 航空
- ▢ behavior 行為
- ▢ belongings 所有物；行李
- ▢ bid 出價；投標
- ▢ bidding fee 招標費；投標費
- ▢ bill 帳單
- ▢ blueprint 藍圖
- ▢ bookkeeper 簿記員
- ▢ brochure 手冊
- ▢ budget 預算
- ▢ bulk order 大宗訂購
- ▢ cancellation 取消
- ▢ capacity 容量
- ▢ cash rebate 現金回饋
- ▢ category 類別
- ▢ certificate (= official document) 證書（官方文件）
- ▢ certified dealership 合格經銷商

02 名詞 ②

STEP 1 一起來解題！

Located near Seoul City Hall, Vuva, a Turkish restaurant, offers a ------- of starters, main courses, and desserts.
霧媧，一家位於首爾市政廳附近的土耳其餐廳，提供各式各樣的前菜、主餐和甜點。

(A) shape 形狀　　(B) variety 種類
(C) flavor 口味　　(D) crowd 一群

字彙 located near 位在……附近　a variety of 各式各樣的　starter 前菜
main course 主菜　flavor 口味

❶ **試著將題目句翻成中文。**
霧媧，一家位於首爾市政廳附近的土耳其餐廳，提供 ------- 的前菜、主餐和甜點。

❷ **確認選項的意思。**
(A) shape 形狀　　(B) variety 種類
(C) flavor 口味　　(D) crowd 一群

❸ **將選項一一套入空格中，並選出最適當的答案。**
of 的後方逐一列出餐廳內提供的菜色，空格內應填入適合描述菜色的單字。(B) 放在 a 和 of 之間組成 a variety of，意思為「各式各樣的」，因此最為適當。

答案 (B)

STEP 2 實戰測驗！

1. One film may not completely change the perception of Kensington overnight, but on Friday it was a source of -------- for the community.
(A) courtesy　　(B) politeness
(C) icon　　(D) pride

2. By using BOC Logistics, the Cameron Cooperative has improved the ------- of its organic products, ranging from milk to soy products and yogurt.
(A) portion　　(B) distribution
(C) assortment　　(D) interruption

3. For your information, a weekly report of all your employees will be sent to you with a ------- of their performances.
(A) creation　　(B) function
(C) total　　(D) summary

4. Randall Executive Solutions is looking to expand its current ------- in the Canberra and surrounding areas.
(A) bonus　　(B) estimate
(C) neighborhood　　(D) presence

◆ 解答 p. 88

STEP 3 常考高頻字彙！

下方為測驗中常考的**高頻率名詞**。請務必熟記以下所有單字。

- ▢ charity 慈善；慈善機構
- ▢ choice of salad 沙拉選項
- ▢ circumstance (= situation) 情勢（情況）
- ▢ co-worker (= colleague) 同事
- ▢ commencement 開始
- ▢ communal area 公共區域
- ▢ commute to 通勤去……
- ▢ completion 完成
- ▢ component 要素；零件
- ▢ confusion 困惑
- ▢ congratulations on 恭賀……
- ▢ consideration 考量；考慮
- ▢ contribution 貢獻
- ▢ cooperation 合作
- ▢ coordinator 協調員；統籌人
- ▢ curator （美術館等）館長；策展人
- ▢ customer satisfaction 客戶滿意（度）
- ▢ customer service 客戶服務
- ▢ customization 客製化
- ▢ dealership 經銷商
- ▢ degree 程度
- ▢ departure 離開
- ▢ deposit 存款；押金
- ▢ desire to do 渴望做……
- ▢ destination 目的地
- ▢ details about 關於……的細節
- ▢ detour 繞道
- ▢ dilemma 進退兩難
- ▢ dimension 尺寸；面積
- ▢ dining establishment 餐飲公司
- ▢ distress 痛苦；悲痛
- ▢ diverse furnishings 多種擺設；多樣化家具
- ▢ diversity 多樣化
- ▢ down payment 頭期款
- ▢ draft 草稿
- ▢ due date 截止日期
- ▢ durability 耐久性
- ▢ duty to do 做……的職責
- ▢ early cancellation 提前取消
- ▢ educational facility 教育場所
- ▢ electrical cord 電線
- ▢ element 元素；要素
- ▢ emergency 緊急狀況
- ▢ employee evaluation process 員工評估過程
- ▢ employment 僱用；受僱；就業
- ▢ enclosed contract 隨函附上的合約
- ▢ endeavor to do 努力去……
- ▢ endeavor 努力
- ▢ enrollment 註冊；登記
- ▢ enthusiasm towards 對……充滿熱忱
- ▢ entrant 新成員；參賽者
- ▢ entrée 主菜
- ▢ entry 進入；入口
- ▢ entry fee 入場費
- ▢ entry-level position 初級職位
- ▢ envelope 信封
- ▢ environmental factor 環境因素
- ▢ equipment 設備
- ▢ excellence 優秀
- ▢ exclusivity 排他性；獨家經銷權

PART 5&6
DAY 16

03 名詞③

STEP 1 一起來解題！

Your health and safety are the most important factors, and we keep strict -------- of cleanliness.
您的健康與安全是最重要的要素，因此我們對清潔採取嚴格的標準。

(A) qualifications 資格
(B) groupings 群體
(C) expenses 費用
(D) standards 標準

字彙 **health and safety** 健康與安全 **factor** 要素 **keep strict standards** 採取嚴格的標準 **cleanliness** 清潔

❶ **試著將題目句翻成中文。**
您的健康與安全是最重要的要素，因此我們對清潔採取嚴格的 -------。

❷ **確認選項的意思。**
(A) qualifications 資格
(B) groupings 群體
(C) expenses 費用
(D) standards 標準

❸ **將選項一一套入空格中，並選出最適當的答案。**
空格為 keep 的受詞，同時受到形容詞 strict（嚴格的）的修飾，因此空格應填入名詞。根據題意，(D) 表示「基準；標準」，最適合填入空格中。(B) 和 (C) 的意思皆不符合題意。(A) 表示的是「（人所具備的）資格條件」，後方要加上 for 或 to do 才行。

答案 (D)

STEP 2 實戰測驗！

1. We protect our servers with the latest security ------- and firewalls for external attacks.
(A) measures (B) interests
(C) allowances (D) opportunities

2. To provide the best support and service to our customers, we offer a three-year ------- on all of our products listed below.
(A) termination (B) demand
(C) subscription (D) warranty

3. The company president recently changed its ------- regarding vacation and sick time for part-time employees.
(A) destination (B) route
(C) policy (D) accommodation

4. The next two days of this travel ------- will be focused on Mindanao's wildlife by taking a short trip to Kota Kinabatangan.
(A) itinerary (B) supply
(C) anniversary (D) bureau

◆ 解答 p. 89

STEP 3 常考高頻字彙！

下方為測驗中常考的**高頻率名詞**。請務必熟記以下所有單字。

- ▢ **excuse for** ……的藉口／理由
- ▢ **exhibit** 展覽（品）
- ▢ **expansion project** 擴建計畫
- ▢ **expectations for** 對……的期望
- ▢ **experiment on/with** 對……進行實驗
- ▢ **expert (= authority)** 專家（權威人士）
- ▢ **expertise** 專長
- ▢ **expiration date** 到期日
- ▢ **extension** 延長；分機
- ▢ **fabric (= cloth)** 織品（布料）
- ▢ **facelift** 整容（面部拉皮手術）；（建物）翻新
- ▢ **facilities** 設施；場所
- ▢ **factor** 因素；要素
- ▢ **faculty** 技能；（大學等的）全體教職員
- ▢ **failure to do** 無法……
- ▢ **fare options** 票價選擇
- ▢ **fatalities** 死者；死亡人數
- ▢ **favor** 幫忙（善意行為）**(= kind act)**；擁護…… **(= support)**
- ▢ **feedback** 回饋
- ▢ **final approval** 最終核准
- ▢ **finance resources** 財源
- ▢ **findings** 調查結果
- ▢ **fiscal consideration** 財政考量
- ▢ **flawlessness** 完美無瑕
- ▢ **flexibility** 靈活性；彈性
- ▢ **flier** 飛行員；廣告傳單
- ▢ **flood of** 一大批；大量
- ▢ **flooring** 室內地板
- ▢ **follow-up visit** 追蹤複查；回診
- ▢ **fondness** 喜愛
- ▢ **food vendor** 食物攤販
- ▢ **formal petition** 正式申請；正式請願書
- ▢ **founder** 創辦人
- ▢ **fridge (= refrigerator)** 冰箱
- ▢ **full refund** 全額退費
- ▢ **funding** 基金
- ▢ **garage** 車庫；修車廠
- ▢ **garment** 服裝
- ▢ **general public** 公眾；大眾
- ▢ **generic fund** 通用基金
- ▢ **gift certificate** 禮券
- ▢ **guardian** 監護人
- ▢ **guideline (= policy)** 指導方針；準則
- ▢ **health benefits** 健康福利
- ▢ **health professional** 保健專業人員
- ▢ **horticulture** 園藝（學）
- ▢ **hours of availability** 方便的時間；開放時間
- ▢ **identification card** 身分證
- ▢ **inability to do** 無法……
- ▢ **incident** 事件
- ▢ **inclement weather** 惡劣天氣
- ▢ **inconvenience** 不便
- ▢ **ingenuity** 獨創性；巧妙
- ▢ **initiative** 倡議；新措施
- ▢ **inquiry** 詢問
- ▢ **inspection** 檢測
- ▢ **institute** 學會；機構
- ▢ **instructions (= directions)** 指示
- ▢ **integrity** 正直
- ▢ **intelligence** 智慧

04 名詞④

STEP 1 一起來解題！

Mr. Clark will manage the ------- for new students and provide assistance to them as they adjust to their new school.
克拉克先生將負責新生訓練事宜，並在他們適應新學校時提供協助。

(A) trip 旅程
(B) statement 說明
(C) test 測試
(D) orientation （新生）情況介紹

字彙 manage the orientation 負責辦理迎新會 provide assistance 提供協助 adjust to 適應

❶ **試著將題目句翻成中文。**
克拉克先生將負責新生的 -------，並在他們適應新學校時提供協助。

❷ **確認選項的意思。**
(A) trip 旅程
(B) statement 說明
(C) test 測試
(D) orientation （新生）情況介紹

❸ **將選項一一套入空格中，並選出最適當的答案。**
前半段表達的是辦理新生的「某件事」。根據題意，選項中最適合搭配新生的單字為 (D)。
若填入 (A)、(B)、(C)，語意皆不通順。

答案 (D)

STEP 2 實戰測驗！

1. Upon ------- of the safety program, the participant will be an advanced-level respiratory therapist.
(A) completion (B) recreation
(C) suggestion (D) admission

2. ADB Systems has been selected for a global research ------- to develop the world's first integrated environmental-monitoring system.
(A) study (B) layout
(C) scheme (D) project

3. We are pleased that you have shown ------- in the Santa Barbara Sailing Team.
(A) advantage (B) idea
(C) profit (D) interest

4. The government remains committed to the ------- of southern Portuguese traditional music.
(A) convenience (B) installation
(C) preservation (D) emission

◆ 解答 p. 90

STEP 3 常考高頻字彙！

下方為測驗中常考的**高頻率名詞**。請務必熟記以下所有單字。

- ▢ **intended recipient** 預定收件人
- ▢ **interest in** 對……有興趣
- ▢ **intermission** 中場休息
- ▢ **intruder** 入侵者
- ▢ **invoice** 帳單；出貨明細
- ▢ **issue** 議題
- ▢ **itinerary (= schedule)** 旅程表（行程表）
- ▢ **job application** 工作申請；求職
- ▢ **job dissatisfaction** 工作不滿
- ▢ **job opening** 職缺
- ▢ **landmark** 地標
- ▢ **lapse** 失誤；間隔時間
- ▢ **late fee** 滯納金
- ▢ **lighting** 照明
- ▢ **line of products** 產品系列；產品線
- ▢ **liquidation sale** 清倉拍賣
- ▢ **locale** 發生地點；場景
- ▢ **logic** 邏輯
- ▢ **logistics** 物流
- ▢ **maintenance fee** 維修費；管理費
- ▢ **maintenance** 維護
- ▢ **make-up session** 美容講習
- ▢ **management** 管理
- ▢ **mandatory meeting** 強制出席的會議
- ▢ **manufacturing process** 生產流程
- ▢ **manuscript** 手稿；原稿
- ▢ **marketing strategies** 行銷策略
- ▢ **mastery of** 精通……
- ▢ **maternity leave** 產假
- ▢ **mechanic** 技工
- ▢ **medical research** 醫學研究
- ▢ **meeting minutes** 會議紀錄
- ▢ **membership directory** 會員名冊
- ▢ **method** 方法
- ▢ **mission statement**
  使命宣言；（公司的）宗旨
- ▢ **monthly balance due**
  每月尚欠餘額；每月待繳金額
- ▢ **monthly duties** 每月稅金
- ▢ **monthly statement** 月結單
- ▢ **moving expenses** 搬遷費用
- ▢ **musical performance** 音樂表演
- ▢ **natural disaster** 自然災害
- ▢ **neighborhood** 鄰近地區；街坊
- ▢ **non-profit organization** 非營利組織
- ▢ **norm (= standard)** 規範（標準）
- ▢ **notification** 通知；告示
- ▢ **nullification** 無效
- ▢ **nurture** 培育；後天教養
- ▢ **nutrition** 營養
- ▢ **office supplies** 辦公用品
- ▢ **opportunities for** ……的機會
- ▢ **other such items** 其他這類物品
- ▢ **oversight** 失察；監督
- ▢ **paid vacation** 有薪假
- ▢ **partial refund** 部分退款
- ▢ **participation in** 參與……
- ▢ **patron** 主顧；老顧客
- ▢ **payment** 款項
- ▢ **peer** 同儕
- ▢ **personal acquaintance** 私交；熟人
- ▢ **personalized order** 客製化訂單

05 名詞⑤

STEP 1 一起來解題！

Good interpersonal and writing skills and ------- to detail are important characteristics for a person seeking the position.
良好的人際關係、寫作技巧與對細節的關注，是應徵這個職位的人非常重要的特質。

(A) attention 注意 (B) necessity 需要
(C) alternative 選擇 (D) assumption 假定

字彙 interpersonal and writing skills 人際關係與寫作技巧
important characteristics 重要特質

❶ **試著將題目句翻成中文。**
良好的人際關係、寫作技巧與 ------- 細節，是應徵這個職位的人非常重要的特質。

❷ **確認選項的意思。**
(A) attention 注意 (B) necessity 需要
(C) alternative 選擇 (D) assumption 假定

❸ **將選項一一套入空格中，並選出最適當的答案。**
空格前方沒有冠詞，故空格要填入複數名詞或是不可數名詞。(C) 為可數名詞，因此請優先刪去該選項。若空格中填入 (B) 或 (D)，分別表示「細節上的需要」和「對細節的推測」，語意上都不太通順，所以填入 (A) 最為適當。「attention to detail」（對細節的關注）經常出現在徵人廣告中，請務必熟記此用法。

答案 (A)

STEP 2 實戰測驗！

1. Heavy snow caused the cancelation of classes at many schools in Michigan as well as at all of the ------- of the Jackson District Library.
(A) partitions (B) procedures
(C) branches (D) apartments

2. My client's good ------- as a chef was established through years of hard work and a strong work ethic.
(A) renewal (B) resuscitation
(C) reputation (D) rehearsal

3. Below is a detailed ------- of the roles and responsibilities for the person holding the position of senior marketing officer.
(A) description (B) information
(C) concentration (D) error

4. Studies show that a ------- of customers prefer to pay for their purchases with their credit cards.
(A) point (B) review
(C) protest (D) majority

◆ 解答 p. 91

STEP 3 常考高頻字彙！

下方為測驗中常考的**高頻率名詞**。請務必熟記以下所有單字。

- ▢ **personnel** 人員；人事部
- ▢ **physician (= doctor)** 內科醫生（醫生）
- ▢ **planning** 規畫
- ▢ **policy** 政策；規定
- ▢ **population** 人口
- ▢ **portion** 部分
- ▢ **practice** 實行；執行
- ▢ **preference** 偏好
- ▢ **presence** 出席
- ▢ **presentation** 報告；簡報
- ▢ **preview** 預習；試映
- ▢ **price comparison** 比價
- ▢ **pricing information** 價格行情
- ▢ **priority** 優先事項
- ▢ **probability** 可能性
- ▢ **procedure** 程序
- ▢ **proceeds** 收益
- ▢ **process** 過程
- ▢ **product warranty** 產品保固
- ▢ **profession (= job)** 職業
- ▢ **pronouncement** 宣言；聲明
- ▢ **property** 房地產
- ▢ **publication** 發行；出版
- ▢ **pursuit** 追求
- ▢ **qualification** 資格；合格證書
- ▢ **quantity** 數量
- ▢ **quarantine** 隔離
- ▢ **random drawing** 隨機抽籤
- ▢ **real estate agent** 不動產仲介
- ▢ **realtor** 房地產經紀人
- ▢ **reams of paper** 大量的紙
- ▢ **receipt of** 收到……；……的收據
- ▢ **reception** 接待
- ▢ **receptionist** 接待員
- ▢ **recipient** 接受者；收件人
- ▢ **reference** 參考；推薦信
- ▢ **refund** 退款
- ▢ **regret** 懊悔
- ▢ **regulation** 規定；管理
- ▢ **reimbursement** 補償；報銷
- ▢ **relationship with** 與……的關係
- ▢ **relative** 親戚
- ▢ **remainder of** ……的剩餘物
- ▢ **reminder** 提醒物
- ▢ **renegotiation** 重新談判
- ▢ **renewal period** 更新期限；續期
- ▢ **renovation** 整修
- ▢ **repetition** 重複
- ▢ **replacement for** ……的代替物
- ▢ **replication** 複製
- ▢ **representative** 代表人員
- ▢ **reputation** 名聲
- ▢ **required information** 所需資料
- ▢ **requirement** 條件；需求
- ▢ **reserved table** 訂位（桌）
- ▢ **resident** 居民
- ▢ **residence** 住所
- ▢ **residential building** 住宅大樓
- ▢ **resignation** 辭職
- ▢ **respite** 暫緩

06 名詞⑥

STEP 1 一起來解題！

Although extra careful ------- is required in the shipping of our products, the manufacturing process itself is less labor intensive.
雖然我們的產品在運送中需要特別小心處理，但生產過程本身並不需要那麼大量的人力。

(A) handling 處理 (B) designation 指定
(C) urge 激勵 (D) appearance 出現

字彙 extra careful 額外小心 shipping 運送 manufacturing process 生產過程
labor intensive 勞力密集的

❶ **試著將題目句翻成中文。**
雖然我們的產品在運送中需要特別小心 -------，但生產過程本身並不需要那麼大量的人力。

❷ **確認選項的意思。**
(A) handling 處理 (B) designation 指定
(C) urge 激勵 (D) appearance 出現

❸ **將選項一一套入空格中，並選出最適當的答案。**
空格要填入主詞，表示配送產品所需的條件。(B)、(C)、(D) 皆不符合題意。填入 (A) 表示「格外小心處理」，因此最為適當。

答案 (A)

STEP 2 實戰測驗！

1. Our staff just completed a ------- of paper for a company that makes envelopes in the Adelaide Industrial Park.
(A) store (B) transportation
(C) discharge (D) delivery

2. After a written ------- has been provided to the customer, the service dealer may not charge more for work done.
(A) sentence (B) suggestion
(C) estimate (D) thought

3. When turning in ------- for public transportation, please include the origin and destination.
(A) receipts (B) instructions
(C) processes (D) trips

4. The company's selection committee has narrowed down its list of potential ------- for the position of regional manager.
(A) applications (B) candidates
(C) research (D) attendees

◆ 解答 p. 91

STEP 3 常考高頻字彙！

下方為測驗中常考的**高頻率名詞**。請務必熟記以下所有單字。

- ▢ **restriction (= limit)** 限制
- ▢ **restructuring** 改組；重組
- ▢ **résumé** 簡歷；履歷
- ▢ **retail value** 零售價值
- ▢ **retirement** 退休
- ▢ **retrieval** 取回；修正
- ▢ **revocation** 廢止；撤銷
- ▢ **road resurfacing** 路面重鋪
- ▢ **robustness** 強健
- ▢ **sales performance** 銷售業績
- ▢ **salvage** 營救；搶救
- ▢ **security deposit** 保證金
- ▢ **selection** 挑選
- ▢ **serene place** 寧靜之處
- ▢ **session** 講座；講習
- ▢ **setup fee** 設定費；安裝費
- ▢ **severe drought** 嚴重乾旱
- ▢ **sewing** 縫紉
- ▢ **skepticism (= doubt)** 懷疑的態度
- ▢ **solicitor** 推銷員；律師
- ▢ **solution to** ……的解決方案
- ▢ **spokesperson** 發言人
- ▢ **staple** 主要產品；訂書針
- ▢ **stapler** 訂書機
- ▢ **statistics** 統計（資料）
- ▢ **stipulation** 條款
- ▢ **strategy** 策略
- ▢ **submission** 屈服；提交（物）
- ▢ **subscriber** 訂閱者
- ▢ **subscription** 訂閱
- ▢ **tardiness (= lateness)** 延遲
- ▢ **tenant** 住戶；房客
- ▢ **tenure** 佔有（權）
- ▢ **terms (= conditions)** 條款
- ▢ **territory** 領土
- ▢ **testimonial** 證明書；推薦書
- ▢ **texture** 質地
- ▢ **fine print** 小號字體印刷品
- ▢ **therapy unit** 治療室
- ▢ **trajectory** 彈道；軌跡
- ▢ **transit authority** 運輸管理局
- ▢ **transportation** 交通運輸
- ▢ **triumph** 勝利
- ▢ **unauthorized people** 未經授權人士
- ▢ **understanding** 理解；諒解
- ▢ **uniqueness** 獨特性
- ▢ **upholstery** 家具裝飾用品（業）
- ▢ **upstart** 暴發戶
- ▢ **utmost concern** 最大的關切
- ▢ **validity** 有效性
- ▢ **valued customer** 重要客戶
- ▢ **variety** 種類
- ▢ **venue (= site)** 場所
- ▢ **voucher for** ……的票券
- ▢ **wage (= salary)** 工資（薪水）
- ▢ **warranty** 保證；保固
- ▢ **willingness to V** 願意做……
- ▢ **work ethic** 工作倫理
- ▢ **work limitations** 工作限制
- ▢ **writing staff** 撰稿人

07 動詞 ①

STEP 1 一起來解題！

Data King recently launched a new data center in downtown Sunderland in order to ------- more clients.
「數據王」最近為了容納更多客戶，在桑德蘭市中心開設了一個新的數據中心。

(A) accommodate 容納　(B) televise 在電視上播放
(C) perform 表演　(D) enhance 提高

字彙 recently launch 最近推出　in order to V 為了……

❶ **試著將題目句翻成中文。**
「數據王」最近為了 ------- 更多客戶，在桑德蘭市中心開設了一個新的數據中心。

❷ **確認選項的意思。**
(A) accommodate 容納　(B) televise 在電視上播放
(C) perform 表演　(D) enhance 提高

❸ **將選項一一套入空格中，並選出最適當的答案。**
in order to 後方表示開設新的數據中心的目的，且該動詞要能搭配受詞「客戶」，因此答案為 (A)，意思為「容納」。

答案 (A)

STEP 2 實戰測驗！

1. Most of the government funds were spent ------- for the International Horticultural Expo in August.
(A) appealing　(B) participating
(C) expecting　(D) preparing

2. Bain Management Systems, a global management consulting firm, ------- new personnel policies on hiring last month.
(A) performed　(B) implemented
(C) achieved　(D) convinced

3. The new mayor ------- to enlarge the beltway to accommodate increasing freight shipments and to reduce travel delays.
(A) insisted　(B) suggested
(C) supported　(D) proposed

4. Peony Flowers & Co. is proud to ------- customers the most diverse selection of flowers in the country.
(A) mention　(B) combine
(C) offer　(D) retrieve

◆ 解答 p. 92

STEP 3 常考高頻字彙！

下方為測驗中常考的**高頻率動詞**。請務必熟記以下所有單字。

- ▢ **abstain from** 避免……；戒掉……
- ▢ **access** 取得；使用；進入的權利
- ▢ **accommodate** 容納；為……提供住宿
- ▢ **accomplish** 完成；實現
- ▢ **achieve** 達成
- ▢ **acknowledge** 承認；確認收到
- ▢ **address (= handle)** 處理
- ▢ **admit that** 坦承……
- ▢ **advance to** 達到……；發展到……
- ▢ **affect (= influence)** 影響
- ▢ **afford (= give)** 給予；提供
- ▢ **agree to/with/on** 同意……
- ▢ **alert (= warn)** 提醒……；警告……
- ▢ **alleviate (= reduce)** 減輕（減少）
- ▢ **allot** 分配
- ▢ **allow** 允許
- ▢ **allow for** 考慮到……
- ▢ **alternate (= switch)** 交替（轉移）
- ▢ **amend the contract** 修改合約
- ▢ **analyze data** 分析資料
- ▢ **anger** 憤怒
- ▢ **apologize for** 為……道歉
- ▢ **appeal** 吸引
- ▢ **apply for** 申請
- ▢ **apply to** 應用
- ▢ **appoint** 任命；指派
- ▢ **appreciate** 感激；欣賞
- ▢ **approach** 靠近；方法
- ▢ **approve** 核准
- ▢ **arrange** 安排
- ▢ **ask sb. to do** 要求……去做
- ▢ **assemble** 召集；聚集
- ▢ **assess (= evaluate, appraise)** 評估（估價）
- ▢ **assign** 分派
- ▢ **assume** 假定
- ▢ **assure sb. that** 向……保證
- ▢ **attach A to B** 將 A 附加到 B 上
- ▢ **avoid V-ing** 避免做……
- ▢ **award (= give)** 授予
- ▢ **be absent** 缺席
- ▢ **be against** 反對
- ▢ **be as follows** 如下
- ▢ **be aware of** 了解；知道
- ▢ **be bothered by** 受……困擾
- ▢ **be called into question** ……受到質疑
- ▢ **be centered on** 以……為中心
- ▢ **be charged to** 記在……帳上
- ▢ **be cleared to V** 被准予……
- ▢ **be closed to the public** 不對外公開
- ▢ **be comfortable with** 對……感到舒服
- ▢ **be committed to** 承諾……；致力於……
- ▢ **be complete with** 連帶……；兼有……
- ▢ **be comprised of** 由……組成
- ▢ **be concerned about** 擔憂
- ▢ **be confused** 困惑
- ▢ **be defined as** 定義為……
- ▢ **be delayed** 延誤

08 動詞 ②

STEP 1 一起來解題！

As soon as Mr. Kondo ------- from the flu, he returned to work.
康多先生流感一康復，就回去工作崗位了。

(A) rehabilitated 復職　(B) retrieved 重新取得
(C) relieved 緩解　(D) recovered 恢復；康復

字彙 as soon as 一……就……　recover from the flu 自流行性感冒康復
return to work 回去上班

❶ **試著將題目句翻成中文。**
康多先生流感一 -------，就回去工作崗位了。

❷ **確認選項的意思。**
(A) rehabilitated 復職　(B) retrieved 重新取得
(C) relieved 緩解　(D) recovered 恢復；康復

❸ **將選項一一套入空格中，並選出最適當的答案。**
若將選項的過去式動詞填入空格當中，句子為主動語態，但是當中只有 (D) 的後方可以連接介系詞 from。其他選項皆為及物動詞，使用主動語態時，後方要連接受詞才行。

答案 (D)

STEP 2 實戰測驗！

1. The concert was great, but we had to hurry to the train station because it ------- longer than we had expected.
(A) lasted　(B) done
(C) extended　(D) made

2. Teruvia, Inc. is ------- for sales agents who have at least two years of experience, preferably in Northern Africa.
(A) looking　(B) demanding
(C) anticipating　(D) accessing

3. The event will ------- famous authors like Victor Grovinsky speaking about their philosophies.
(A) say　(B) demand
(C) feature　(D) deliver

4. If you wish to contact us outside office hours, please do so via e-mail, and we will ------- to all questions as soon as possible.
(A) verify　(B) review
(C) respond　(D) attract

◆ 解答 p. 93

STEP 3 常考高頻字彙！

下方為測驗中常考的**高頻率動詞**。請務必熟記以下所有單字。

- ☐ **be delighted by** 因……高興
- ☐ **be delighted to V** 樂意去……
- ☐ **be disposed to V** 打算去……
- ☐ **be eager to V** 渴望去……
- ☐ **be eligible for** 有資格獲得……
- ☐ **be eligible to V** 有資格去……
- ☐ **be enrolled in** 註冊；入學
- ☐ **be equipped with** 配備有……
- ☐ **be excited to V** 興奮的去……
- ☐ **be exempt(ed) from** 免除……
- ☐ **be geared to/for** 適合……
- ☐ **be grateful that** 感激……
- ☐ **be impressed with** 對……印象深刻
- ☐ **be in charge of** 負責……
- ☐ **be in contact with** 與……聯絡
- ☐ **be in high demand** 大量需求
- ☐ **be in working order** 能正常運作的
- ☐ **be issued for** 為……發行
- ☐ **be locked in** 被……困住／鎖住
- ☐ **be mailed out to** 被寄給……
- ☐ **be named after** 以……的名字命名
- ☐ **be named + 名詞** 被命名為……
- ☐ **be of any help** 有幫助
- ☐ **be of service to** 對……有用；為……效勞
- ☐ **be of good quality** 優質的
- ☐ **be off of work** 下班
- ☐ **be overwhelmed by** 被……所震懾
- ☐ **be permitted to V** 被允許做……
- ☐ **be pleased with** 對……感到高興
- ☐ **be pleased to V** 高興的去……
- ☐ **be posted** 被張貼出
- ☐ **be prepared to V** 做好準備要……
- ☐ **be presented to** 呈現給……（人）
- ☐ **be prohibited from** 被禁止……
- ☐ **be related to** 與……有關
- ☐ **be replaced with** 以……代替
- ☐ **be required to V** 被要求去……
- ☐ **be returned to** 被退還……
- ☐ **be satisfied with** 對……感到滿意
- ☐ **be scheduled for** 預定於……
- ☐ **be scheduled to V** 預定去……
- ☐ **be selected for** 被挑選為……
- ☐ **be settled** 定居
- ☐ **be shared with** 和……分享
- ☐ **be shocked at** 對……感到震驚／被……困住
- ☐ **be stuck with** 無法擺脫……
- ☐ **be subject(ed) to + 名詞 / 動名詞** 遭受……
- ☐ **be supposed to V** 被認為應該去……
- ☐ **be through** 完成
- ☐ **be unavailable** 得不到的；無法使用的
- ☐ **be warned that** 被警告……
- ☐ **be willing to V** 願意去……
- ☐ **be/have yet to V** 至今尚未……
- ☐ **begin/start with** 以……開始
- ☐ **benefit from** 從……受益；得益於……
- ☐ **bring A to B** 帶A給B
- ☐ **bring sth. with you** 隨身帶著某物
- ☐ **bring in** 獲利；請來
- ☐ **bring sth. to one's attention** 使某人注意某事物

09 動詞 ③

STEP 1 一起來解題！

Nemesis, Inc. will hold a special event on December 13 to ------- the next version of its vacuum cleaner, called Goliath.
涅墨西斯公司將會在 12 月 13 日舉辦一個特別的活動，以發表他們新一代的吸塵器「葛利亞」上市。

(A) concur 同意　　(B) preserve 保存
(C) involve 牽涉　　(D) announce 宣告

字彙 hold a special event 舉辦一場特別的活動　vacuum cleaner 吸塵器
called 被稱為；叫作　concur (= agree) 同意

❶ **試著將題目句翻成中文。**
涅墨西斯公司將會在 12 月 13 日舉辦一個特別的活動，以 ------- 他們新一代的吸塵器「葛利亞」上市。

❷ **確認選項的意思。**
(A) concur 同意　　(B) preserve 保存
(C) involve 牽涉　　(D) announce 宣告

❸ **將選項一一套入空格中，並選出最適當的答案。**
句中提到要舉行吸塵器新上市的特別活動，因此空格後方應表達「發表新產品」才符合題意。
(A) 和 agree 的意思相同，後方要連接 with 或 that。而 (B) 和 (C) 皆不適合填入空格當中。

答案 (D)

STEP 2 實戰測驗！

1. The Internet is increasingly ------- traditional media as the main source of entertainment, communication, and education for many people.
(A) proceeding　(B) returning
(C) paying　(D) replacing

2. The waiting areas in the Milton Hotel are uniquely ------- to keep your pet as safe as possible.
(A) reminded　(B) progressed
(C) designed　(D) rested

3. All employees must ------- this form and return it to the supervisor of the equal opportunity office.
(A) appear　(B) sign
(C) speak　(D) remind

4. The present contract must be ------- to ensure that it protects the rights of the service users.
(A) advised　(B) notified
(C) reviewed　(D) told

◆ 解答 p. 93

STEP 3 常考高頻字彙！

下方為測驗中常考的**高頻率動詞**。請務必熟記以下所有單字。

- ▢ **browse** 瀏覽
- ▢ **call around** 打遍電話
- ▢ **capture** 捕捉
- ▢ **cater to** 迎合
- ▢ **celebrate (= mark)** 慶祝；紀念
- ▢ **challenge** 挑戰（困難）
- ▢ **chant** 吟誦
- ▢ **charge** 收費
- ▢ **check for** 查核
- ▢ **choose to V (= decide to V)** 決定去……
- ▢ **cite** 引用
- ▢ **claim** 聲稱
- ▢ **clarify (= explain)** 釐清（解釋）
- ▢ **collaborate with (= cooperate with)** 和……合作
- ▢ **combine A with B** 將 A 與 B 結合
- ▢ **come across** 偶遇
- ▢ **come by** 獲得
- ▢ **come up with** 想出
- ▢ **come down to** 談論到；歸結為
- ▢ **comment (= remark)** 評論
- ▢ **commit a crime** 犯罪
- ▢ **communicate with** 和……溝通
- ▢ **compensate A for B** 因 B 補償 A
- ▢ **comply with (= follow)** 遵守
- ▢ **compromise** 妥協
- ▢ **conduct (= do, perform)** 進行；執行
- ▢ **confirm that** 確認……
- ▢ **confiscate** 沒收
- ▢ **consist of** 由……組成
- ▢ **consult (= get information from)** （向……）徵求意見；商議
- ▢ **contract with** 與……訂定契約
- ▢ **coordinate (= organize)** 協調；籌劃
- ▢ **count on (= rely on)** 依賴
- ▢ **cross out** 刪去
- ▢ **customize** 客製化
- ▢ **cut down (on) (= reduce)** 減少
- ▢ **decorate** 裝飾
- ▢ **deliver A to B** 將 A 運送給 B
- ▢ **demonstrate** 示範
- ▢ **depart** 出發
- ▢ **describe** 描述
- ▢ **deserve** 應得
- ▢ **despair** 絕望
- ▢ **detail** 細節
- ▢ **determine** 決定
- ▢ **dictate** 命令；口述
- ▢ **direct A to B** 給 A 指路去 B
- ▢ **discard** 拋棄
- ▢ **disclose** 透露
- ▢ **displace** 替代
- ▢ **do not hesitate to V** 不要猶豫去……
- ▢ **do research** 做研究
- ▢ **downsize** 精簡；裁減（員工）人數
- ▢ **edit** 編輯
- ▢ **elect** 選舉
- ▢ **enable sb. to V** 使某人能夠……
- ▢ **enclose** 附上
- ▢ **encounter** 遭遇
- ▢ **encourage sb. to V** 鼓勵某人去……
- ▢ **end up V-ing** 結果……

10 動詞 ④

STEP 1 一起來解題！

Our system allows employees to ------- their working hours online with real-time data entry options.
我們的系統讓員工能夠透過即時的數據輸入選項，線上記錄他們的工作時間。

(A) turn 轉動　(B) participate 參加
(C) practice 練習　(D) record 記錄

字彙 allow sb. to V 允許……去……　working hours 工作時間　real-time 即時的
data entry option 數據輸入選項

❶ **試著將題目句翻成中文。**
我們的系統讓員工能夠透過即時的數據輸入選項，線上 ------- 他們的工作時間。

❷ **確認選項的意思。**
(A) turn 轉動　(B) participate (in) 參加
(C) practice 練習　(D) record 記錄

❸ **將選項一一套入空格中，並選出最適當的答案。**
空格連接的受詞為工作時間，因此空格要填入及物動詞。(B) participate 為不及物動詞，後方要連接介系詞 in，組合在一起的意思為「參加……」，因此不適合填入空格中。(A) 和 (C) 皆不符合題意。根據題意，表達「記錄工作時間」最為通順，因此答案為 (D)。

答案 (D)

STEP 2 實戰測驗！

1. Jason was ------- in 1994 and exceeded his annual sales quota each year until last year.
(A) notified　(B) hired
(C) advised　(D) programmed

2. All students are ------- to wear the swan ballet uniforms that are ordered by the school.
(A) claimed　(B) appealed
(C) required　(D) relieved

3. Automatic backup services will ------- as soon as the vaccine upgrade is completed.
(A) gather　(B) resume
(C) fix　(D) supply

4. Employees who develop cutting-edge software are required to sign a nondisclosure agreement to ------- the company's assets.
(A) regard　(B) protect
(C) astonish　(D) prevent

◆ 解答 p. 94

STEP 3 常考高頻字彙！

下方為測驗中常考的**高頻率動詞**。請務必熟記以下所有單字。

- ▢ enhance (= improve) 提升；改善
- ▢ enjoy V-ing 喜歡做……
- ▢ enroll in 報名參加；登記
- ▢ ensure that (= promise) 保證（承諾）
- ▢ equipped with 配備有……
- ▢ estimate 估計
- ▢ evaluate 評估
- ▢ exceed (= surpass) 超過
- ▢ exist 存在
- ▢ expand 擴大
- ▢ expect sb. to V 期待某人去……
- ▢ expire (= end) 期滿；到期
- ▢ explicitly state that 明確地陳述……
- ▢ explore 探索
- ▢ express interest in 表達對……的興趣
- ▢ extend the services 延長服務
- ▢ fall below 降到……之下
- ▢ fall in line with 遵守……；同意……
- ▢ fall on + 日期 正逢……
- ▢ fall within 在……之內；屬於……範疇
- ▢ fasten A to B 將 A 綁在 B 上
- ▢ feature 以……為特色
- ▢ feel inclined to V 想要做……
- ▢ fill out 填寫
- ▢ fill up 裝滿
- ▢ finish off 完成；吃（喝）光
- ▢ fit for 適合……
- ▢ flip over 翻轉
- ▢ follow through 堅持到底
- ▢ forfeit 喪失
- ▢ forward the questions 提出問題
- ▢ fulfill (= satisfy) 實現；滿足
- ▢ gain entrance to 進入……
- ▢ gather 聚集
- ▢ get a hold of 獲得
- ▢ give a ride to 讓人搭便車；載某人一程
- ▢ go over 查看
- ▢ go through 經歷
- ▢ graduate from 自……畢業
- ▢ grant 給予 (= give)；允許 (= allow)
- ▢ guarantee (= promise) 保證（承諾）
- ▢ handle 處理
- ▢ have difficulty V-ing 做……有困難
- ▢ have impact on 對……有影響
- ▢ have no control over 控制不住……
- ▢ have nothing to do with 與……無關
- ▢ highlight 強調
- ▢ host 主持
- ▢ identify 識別
- ▢ ignore (= disregard) 忽略；不理會
- ▢ impact 影響
- ▢ impart 傳授；告知
- ▢ indicate 指稱
- ▢ indulge in 沉迷於……
- ▢ infiltrate 潛入；滲入
- ▢ inform A of B 將 B 告訴 A
- ▢ inquire about 詢問關於……
- ▢ insist on 堅持
- ▢ integrate 結合
- ▢ intend to V 打算去……

11 動詞 ⑤

STEP 1 一起來解題！

The 3-year warranty for my Ortega Satellite laptop will ------- on August 17.
我的「歐特加衛星」筆電三年的保固將在 8 月 17 日到期。

(A) rotate 旋轉　　(B) expire 到期
(C) need 需要　　(D) prove 證明

字彙 3-year warranty 三年保固

❶ **試著將題目句翻成中文。**
我的「歐特加衛星」筆電三年的保固將在 8 月 17 日 -------。

❷ **確認選項的意思。**
(A) rotate 旋轉　　(B) expire 到期
(C) need 需要　　(D) prove 證明

❸ **將選項一一套入空格中，並選出最適當的答案。**
空格後方沒有受詞，而是連接表時間的介系詞片語，因此空格中要填入不及物動詞。(C) 和 (D) 為及物動詞，因此不適合填入空格中。根據題意，填入選項後表達「保固到期」最為適當，因此答案為 (B)。

答案 (B)

STEP 2 實戰測驗！

1. The Eureka Group is ------- bids from qualified vendors to furnish fitness equipment for its branches worldwide.
(A) electing　　(B) accepting
(C) struggling　　(D) expiring

2. Our marketing director, Robin Campbell, made instructions for ------- optimal use of the product.
(A) caring　　(B) intending
(C) ensuring　　(D) resolving

3. Right after the renovations, the owner of the restaurant decided to ------- to its original name, Maple Cabin.
(A) recover　　(B) revert
(C) refrain　　(D) request

4. Deanna will ------- a tour of the manufacturing facility and give explanations of many features of the products.
(A) examine　　(B) appear
(C) visit　　(D) conduct

◆ 解答 p. 95

STEP 3 常考高頻字彙！

下方為測驗中常考的**高頻率動詞**。請務必熟記以下所有單字。

- ▢ **invite sb. to V** 邀請某人去……
- ▢ **justify** 證明……是正當的
- ▢ **keep in mind** 牢記
- ▢ **load A into B** 將 A 裝入 B
- ▢ **loan** 借出；借貸
- ▢ **look back** 回顧
- ▢ **look forward to V-ing** 期待……
- ▢ **look into** 調查
- ▢ **look over** 檢查
- ▢ **make a decision** 做決定
- ▢ **make a presentation** 做簡報；做報告
- ▢ **make a special request** 提出特殊要求
- ▢ **make an exception** 把……作為例外；破例
- ▢ **make arrangements** 安排
- ▢ **make changes** 改變
- ▢ **make contributions to** 為……做出貢獻
- ▢ **make inquiries to** 對……進行調查
- ▢ **make progress** 有進展
- ▢ **make reservations** 預約
- ▢ **make sense (= seem right)** 合理
- ▢ **make suggestions** 提出建議
- ▢ **make the final decision** 做出決議
- ▢ **make up** 編造；補足
- ▢ **maneuver** 操控；調動
- ▢ **mark one's calendars** 登記在行事曆上
- ▢ **match A with B** 把 A 和 B 配對
- ▢ **maximize** 最大化
- ▢ **meet the demands** 符合需求
- ▢ **meet with** 遇見；符合
- ▢ **melt away** 消失；融化
- ▢ **mind V-ing** 介意做……
- ▢ **miss the opportunity** 錯失機會
- ▢ **move forward with** 推進……
- ▢ **nail down** 確定；弄清
- ▢ **navigate to** 航向
- ▢ **necessitate** 使成為必要；需要
- ▢ **notice that** 注意到……
- ▢ **observe** 觀察
- ▢ **obstruct** 阻擋
- ▢ **obtain A from B** 從 B 獲得 A
- ▢ **occur** 發生
- ▢ **organize** 組織
- ▢ **overlook the ocean** 俯瞰大海
- ▢ **owe A B** 欠某人(A)某物(B)
- ▢ **participate in** 參與
- ▢ **pass on to** 繼續下去；傳下去
- ▢ **pause** 暫停
- ▢ **pay extra** 額外付費
- ▢ **pertain to** 有關；附屬
- ▢ **place an order** 下訂單
- ▢ **post a sign** 貼標示
- ▢ **predict that** 預測
- ▢ **prepare A for B** 為 B 準備 A
- ▢ **prevent sb. from V-ing** 預防某人發生……
- ▢ **provide A with B** 提供 B 給 A
- ▢ **qualify for** 具備……的資格
- ▢ **qualify sb. to V** 使某人有資格做……
- ▢ **reach out to** 與……溝通；向……伸出援手
- ▢ **reassure A about B** 消除 A 對 B 的疑慮；使 A 對於 B 感到安心
- ▢ **recommend that** 建議……

PART 5&6
DAY 18

12 動詞 ⑥

STEP 1 一起來解題！

If you know the event code of the seminar or Webcast you would like to attend, please ------- it here.
如果您知道所要參加的研討會或網路直播的活動代碼，請在此輸入。

(A) generate 產生　(B) enter 輸入
(C) propose 提議　(D) place 放置

字彙 would like to V 想要……

❶ **試著將題目句翻成中文。**
如果您知道所要參加的研討會或網路直播的活動代碼，請在此 -------。

❷ **確認選項的意思。**
(A) generate 產生　(B) enter 輸入
(C) propose 提議　(D) place 放置

❸ **將選項一一套入空格中，並選出最適當的答案。**
空格後方連接 it，指的是前方的 event code。根據題意，表達「輸入活動代碼」最為適當，因此答案為 (B)。

答案 (B)

STEP 2 實戰測驗！

1. You should inform the Payroll Department that you will be ------- to the Johnstown branch.
(A) transferring　(B) determining
(C) sending　(D) placing

2. Even though a large number of customers have cut their purchases in half, our profits have ------- the same.
(A) publicized　(B) decided
(C) remained　(D) resulted

3. We highly recommend ------- the most of the Highland Spa near your office on Downing Street.
(A) having　(B) bathing
(C) making　(D) attracting

4. All our properties are thoroughly ------- by our experienced staff to ensure they meet the high expectations of our customers.
(A) decided　(B) made
(C) inspected　(D) claimed

◆ 解答 p. 96

STEP 3 常考高頻字彙！

下方為測驗中常考的**高頻率動詞**。請務必熟記以下所有單字。

- ▢ **recount** 講述；重新計算
- ▢ **refer A to B (= send A to B)** 將A提交給B（把A送交給B）
- ▢ **reflect** 反映
- ▢ **regret to V** 遺憾去……
- ▢ **reinitiate** 重新開始
- ▢ **relinquish** 交出；放棄
- ▢ **relocate to** 搬遷至……
- ▢ **remedy** 治療；補救
- ▢ **remind A of B** 提醒某人(A)有關某事(B)
- ▢ **render (= make)** 使成為
- ▢ **renew the lease** 續約
- ▢ **renovate** 整修
- ▢ **replace A with B** 以B代替A
- ▢ **reply to (= answer)** 回覆
- ▢ **report A to B** 將A報告給B
- ▢ **report to** 向……報告；向……負責
- ▢ **reschedule** 重新安排
- ▢ **resolve (= solve)** 解決
- ▢ **respond to (= answer)** 回覆
- ▢ **rest assured (= don't worry)** 放心
- ▢ **result in** 導致
- ▢ **retain (= maintain)** 保持
- ▢ **rethink** 重新考慮
- ▢ **rotate the duties** 職務輪換
- ▢ **safeguard** 保護；防衛
- ▢ **secure** 繫牢；關緊
- ▢ **see a decrease in** 發現……衰退；看到……減少
- ▢ **see if** 看看是否……
- ▢ **seek A from B** 向B尋求A
- ▢ **seek after (out)** 尋求；找出
- ▢ **serve as** 當作……用
- ▢ **serve its purpose** 達成目的
- ▢ **set up an interview** 安排面試
- ▢ **settle on** 決定
- ▢ **settle the bills** 付帳
- ▢ **share A with B** 和B共享A
- ▢ **sign up for** 報名參加
- ▢ **simplify** 簡化
- ▢ **soak up** 吸收
- ▢ **solicit (= request)** 請求；要求
- ▢ **specialize in** 專精於……
- ▢ **spend + 時間 + V-ing** 花(時間)做……
- ▢ **stack boxes** 疊箱子
- ▢ **stand out** 突出
- ▢ **step down from** 辭職；退休；下台
- ▢ **step up** 加快；增強
- ▢ **stock (= store)** 貯存
- ▢ **strive to V (= try hard to do)** 努力去……
- ▢ **struggle to V (= try hard to do)** 努力去……；盡力去……
- ▢ **submit A to B** 將A提交給B
- ▢ **subscribe to** 訂閱
- ▢ **substitute** 代替
- ▢ **suit the needs** 符合需求
- ▢ **sweep** 清除；清掃
- ▢ **take A to B** 把A帶到B
- ▢ **take advantage of** 利用
- ▢ **take an inventory** 盤點庫存
- ▢ **take effect** 生效
- ▢ **take measures** 採取措施
- ▢ **take place (= happen)** 發生

13 形容詞 ①

STEP 1 一起來解題！

Sakah Bookstore is always ------- to receive requests from loyal customers.
莎卡書店總是樂於收到忠實顧客的要求。

(A) keen 渴望的　　(B) exclusive 獨有的
(C) admirable 令人敬佩的　　(D) substantial 可觀的

字彙 be keen to V (= be eager to V) 渴望去……
requests from loyal customers 忠實顧客的要求

❶ **試著將題目句翻成中文。**
莎卡書店總是 ------- 收到忠實顧客的要求。

❷ **確認選項的意思。**
(A) keen 渴望的　　(B) exclusive 獨有的
(C) admirable 令人敬佩的　　(D) substantial 可觀的

❸ **將選項一一套入空格中，並選出最適當的答案。**
根據題意，(B)、(C)、(D) 皆不適當。以「be keen to do」連接，表達「渴望收到忠實顧客要求的事項」較為適當，因此答案為 (A)。

答案 (A)

STEP 2 實戰測驗！

1. Municipally funded home-help services help people who are no longer ------- to cope with their everyday lives.
(A) capable　(B) apparent
(C) potential　(D) able

2. Since state universities are so ------- compared to private colleges, they are the most popular choice for graduating high school seniors.
(A) affordable　(B) high
(C) legal　(D) cheap

3. Farmers Insurance takes steps to ensure that personal information provided by its clients is kept ------- at all times.
(A) imperative　(B) confident
(C) secure　(D) notable

4. Allicin and Capsaicin are ------- to any diet, and they may help prevent cancer and heart disease.
(A) partial　(B) potential
(C) influential　(D) essential

◆ 解答 p. 97

STEP 3 常考高頻字彙！

下方為測驗中常考的**高頻率形容詞**。請務必熟記以下所有單字。

- ▢ **a few (= some)** 一些
- ▢ **a minimum of** 最少的；至少
- ▢ **a record amount of** 破紀錄的
- ▢ **a selection of** 精選的
- ▢ **a series of** 一系列的
- ▢ **a total of** 總計
- ▢ **a variety of** 各式各樣的
- ▢ **a wide range (variety, array) of** 各種的
- ▢ **abbreviated** 小型的
- ▢ **abducted** 被綁架的
- ▢ **abundant** 大量的
- ▢ **abused** 被濫用的；受虐的
- ▢ **acceptable** 可接受的
- ▢ **accessible** 可取得的
- ▢ **accurate** 精確的
- ▢ **accustomed** 習慣的 **(= familiar)**；普通的 **(= usual)**
- ▢ **acquainted with** 了解；與……相識
- ▢ **acute** 劇烈的
- ▢ **additional charge** 額外收費
- ▢ **adequate packaging** 適當包裝
- ▢ **adjacent to** 鄰近……
- ▢ **admirable person** 值得讚賞的人；令人欽佩的人
- ▢ **advanced** 先進的；進階的
- ▢ **adventurous** 大膽的
- ▢ **affordable (= inexpensive)** 負擔得起的（不貴的）
- ▢ **aforementioned** 上述的；前面提到的
- ▢ **alert (= watchful)** 警覺的（＝戒備的）
- ▢ **alike (= similar)** 相似的
- ▢ **all-comprehensive** 全面的
- ▢ **allowable** 允許的
- ▢ **amenable to** 順從
- ▢ **amicable** 友好的
- ▢ **an active search** 主動搜索
- ▢ **an instructional video** 教學影片
- ▢ **annual conference** 年會
- ▢ **applicable** 可應用的
- ▢ **appropriate for** 適合於……
- ▢ **approximate** 大約的
- ▢ **arising** 上升的
- ▢ **artistic** 藝術的
- ▢ **attractive** 吸引人的
- ▢ **authentic (= real)** 真正的
- ▢ **automated** 自動化的
- ▢ **available to** 可被……得到的
- ▢ **aware of** 清楚了解；知道
- ▢ **based on** 以……為根據
- ▢ **beneficial** 有益的
- ▢ **bold marketing strategies** 大膽的行銷策略
- ▢ **capable of** 能夠……；有……能力
- ▢ **carefully screened** 仔細篩選過的
- ▢ **cluttered (= messy)** 雜亂的
- ▢ **comparable (= similar)** 比得上的（＝相似的）
- ▢ **compatible** 相容的
- ▢ **complacent (= satisfied)** 滿足的（＝滿意的）
- ▢ **complimentary (= free)** 附贈的（＝免費的）
- ▢ **comprehensive** 廣泛的；全面的
- ▢ **conditional** 附有條件的
- ▢ **confident** 有信心的
- ▢ **confidential (= secret)** 機密的（＝祕密的）
- ▢ **confirmed** 確定的

14 形容詞 ②

STEP 1 一起來解題！

Our Web site can file a report if you find someone who makes ------- use of your images.
如果您發現有人不當使用您的圖像的話，我們的網站可以報案。

(A) willing 願意去……
(B) improper 不適當的
(C) depleted 消耗的
(D) reserved 保留的

字彙 file a report 報案；提出報告 improper 不適當的

❶ **試著將題目句翻成中文。**
如果您發現有人 ------- 使用您的圖像的話，我們的網站可以報案。

❷ **確認選項的意思。**
(A) willing (to do) 願意去……
(B) improper 不適當的
(C) depleted 消耗的
(D) reserved 保留的

❸ **將選項一一套入空格中，並選出最適當的答案。**
主要子句的內容為「可以報案」，if 子句則為主要子句的條件。根據題意，本題要選出適當的形容詞修飾 use。if 子句應表達「發現有人不當使用您的圖片」較為適當，因此答案為形容詞 (B)，意思為「不適當的」。

答案 (B)

STEP 2 實戰測驗！

1. Mr. Lynch said that he will be rescheduling the managers' meeting for a ------- time after they return from their vacations.
(A) more (B) next
(C) recent (D) later

2. As one of the most influential broadcasting systems, JSBC works hard to produce programs that are both ------- and entertaining.
(A) indicative (B) informative
(C) appealed (D) remarked

3. Both consumers and manufacturers are ------- to create, sell, and buy products that take the environment into consideration.
(A) supreme (B) necessary
(C) unwilling (D) eager

4. Mr. Rogan said the online learning environment was especially ------- for adult learners like him.
(A) premium (B) useful
(C) capable (D) joint

◆ 解答 p. 97

STEP 3 常考高頻字彙！

下方為測驗中常考的**高頻率形容詞**。請務必熟記以下所有單字。

- ▢ **consequential (= important)** 重要的
- ▢ **considerable** 可觀的
- ▢ **considerate of** 體諒的；體貼的
- ▢ **constructive** 建設性的
- ▢ **contingent on** 視情況而定的；取決於……
- ▢ **contradictory** 矛盾的
- ▢ **contrasting** 截然不同的
- ▢ **correlated** 相關的
- ▢ **costly** 昂貴的
- ▢ **countable** 可數的
- ▢ **culminating** 終極的
- ▢ **curable** 可治療的
- ▢ **cutting-edge (= state-of-the-art)** 尖端的；最新的
- ▢ **damaged** 受損的
- ▢ **damp** 潮濕的
- ▢ **decided** 明確的；堅決的
- ▢ **dedicated** 專注的；獻身的
- ▢ **defective (= faulty)** 有缺陷的
- ▢ **deliberate** 慎重的；故意的
- ▢ **delicate** 敏感的 **(= sensitive)**；脆弱的 **(= weak)**
- ▢ **delicious** 美味的
- ▢ **delightful** 愉快的
- ▢ **delinquent** 拖欠的；犯法的
- ▢ **demanding (= difficult)** 費力的（＝困難的）
- ▢ **dependable (= reliable)** 可靠的
- ▢ **dependent on** 依靠……的；取決於……的
- ▢ **designated parking area** 指定停車區
- ▢ **desirable** 令人嚮往的
- ▢ **desired (= wanted)** 想要的
- ▢ **detailed** 詳細的
- ▢ **detectable** 可察覺的
- ▢ **determined** 下定決心的
- ▢ **devastating (= destructive)** 毀滅性的（＝破壞的）
- ▢ **dexterous (= proficient)** 敏捷的（＝熟練的）
- ▢ **differing** 不同的
- ▢ **dignified** 尊貴的
- ▢ **discredited** 沒有信用的
- ▢ **disinclined to V** 不願……
- ▢ **disinterested (= fair)** 公正的（＝公平的）
- ▢ **dissatisfied** 不滿的
- ▢ **distinct** 有區別的
- ▢ **distinctive** 特殊的；有特色的
- ▢ **distrustful** 不信任的
- ▢ **diverse** 多樣的；多元的
- ▢ **durable** 經久耐用的
- ▢ **dutiful** 盡職的
- ▢ **eager to V** 渴望去做……
- ▢ **earnest** 認真的
- ▢ **economic progress** 經濟發展
- ▢ **edible** 可食用的
- ▢ **effective** 有效的
- ▢ **elegant** 優雅的
- ▢ **eligible** 有資格的
- ▢ **elite** 菁英的
- ▢ **elusive** 難以捉摸的；難懂的
- ▢ **encouraging trend** 令人鼓舞的趨勢
- ▢ **energetic** 充滿活力的
- ▢ **enjoyable** 愉快的
- ▢ **enormous** 龐大的
- ▢ **enthusiastic** 熱情的

15 形容詞 ③

STEP 1 一起來解題！

Most of the seminar participants complained that the presentation of this analysis was too ------- and unclear.
研討會與會者大多都抱怨過這份分析報告太過簡短與不清。

(A) shortened 縮短的　　(B) brief 簡短的
(C) impending 即將到來的　　(D) petite 嬌小的

字彙 seminar participants 研討會與會者　complain that 抱怨……　presentation 報告　analysis 分析

❶ **試著將題目句翻成中文。**
研討會與會者大多都抱怨過這份分析報告太過 ------- 與不清。

❷ **確認選項的意思。**
(A) shortened 縮短的　　(B) brief 簡短的
(C) impending 即將到來的　　(D) petite 嬌小的

❸ **將選項一一套入空格中，並選出最適當的答案。**
空格前方的 too 和 so、very 一樣，用來修飾形容詞原級或副詞原級。(A) 為過去分詞，因此請先刪去此選項；如果 (A) 改寫成形容詞原級 short，便能填入空格中。根據題意，表達「（內容）太短」較為適當，因此答案為 (B)。

答案 (B)

STEP 2 實戰測驗！

1. Our marketing director is ------- that the current project will be finished on time.
(A) confident　(B) apparent
(C) noticeable　(D) smart

2. In order to investigate various issues related to e-mail, it is ------- that complete copies of the messages be available.
(A) ready　(B) rare
(C) vital　(D) prone

3. A well-designed logo should be simple in order to be -------, instantly recognizable, and unique.
(A) victorious　(B) tolerant
(C) sophisticated　(D) memorable

4. I have just received my medical report from the hospital, and it was given to me in a ------- envelope.
(A) potential　(B) sealed
(C) multiple　(D) trained

◆ 解答 p. 98

STEP 3 常考高頻字彙！

下方為測驗中常考的**高頻率形容詞**。請務必熟記以下所有單字。

- ▢ **enviable** 令人羨慕的
- ▢ **environmentally-friendly** 環保的
- ▢ **erectable** 直立的
- ▢ **essential part** 基本部分
- ▢ **established** 已建立的
- ▢ **eventual** 最後的
- ▢ **excessive (= too much)** 過度的（＝過分的）
- ▢ **exempt from** 免除
- ▢ **existent (= existing)** 存在的（＝現存的）
- ▢ **exotic** 異國的
- ▢ **expedient** 權宜之計的
- ▢ **experimental stage** 實驗階段
- ▢ **extended** 延長的
- ▢ **extensive (= wide)** 廣泛的
- ▢ **famished** 非常飢餓的
- ▢ **faulty** 有缺點的
- ▢ **favorable** 有利的；贊同的
- ▢ **federal** 聯邦的
- ▢ **few** 極少的
- ▢ **fewer** 較少的
- ▢ **final agreement** 最終協議
- ▢ **finished** 完成的
- ▢ **fiscal year** 會計年度
- ▢ **fixed** 固定的
- ▢ **following** 下述的；接下來的
- ▢ **for the sixth consecutive month** 連續第六個月
- ▢ **foremost** 最先的；最重要的
- ▢ **foreseeable** 可預見的
- ▢ **former** 前者；以前的
- ▢ **fortified** 加強的
- ▢ **fragile** 易碎的
- ▢ **frenetic** 狂熱的
- ▢ **frequent inspection** 頻繁的檢查
- ▢ **furious** 狂怒的
- ▢ **furnished** 配備家具的
- ▢ **further** 進一步
- ▢ **gourmet** 菜餚精美的
- ▢ **grateful** 感謝的
- ▢ **guided tour** 導覽
- ▢ **habitual** 習慣的
- ▢ **handcrafted** 手工製作的
- ▢ **hesitant** 遲疑的
- ▢ **highly qualified for** 十分符合……的資格
- ▢ **highly recommended** 極力推薦的
- ▢ **historical** 歷史的
- ▢ **hopeful** 有希望的
- ▢ **horizontal** 水平的
- ▢ **ideal (= perfect)** 理想的（＝完美的）
- ▢ **illegible** 無法辨認的；難讀的
- ▢ **immediate supervisor** 直屬長官
- ▢ **immovable** 固定的
- ▢ **immune** 免疫的
- ▢ **impaired** 受損的
- ▢ **impolite (= discourteous)** 不禮貌的
- ▢ **impressive** 令人印象深刻的
- ▢ **improper** 不適當的
- ▢ **improvisational** 即興的
- ▢ **injured** 受傷的
- ▢ **intricate (= complex)** 錯綜複雜的
- ▢ **in demand** 有需要的

16 形容詞④

STEP 1 一起來解題！

Web clients can make online cancelations and modifications to their bookings, which will result in ------- calls to the reservations staff.
網路客戶可以線上取消及修改預訂，這將會讓訂位人員接到較少電話。

(A) smaller 較小的　　(B) fewer 較少的
(C) every 每一　　(D) less 較少的

字彙 **Web clients** 網路客戶端　**make online cancelations and modifications** 線上取消及修改　**booking** 預訂；預約　**result in** 導致　**reservations staff** 訂位人員

❶ **試著將題目句翻成中文。**
網路客戶可以線上取消及修改預訂，這將會讓訂位人員接到 ------- 電話。

❷ **確認選項的意思。**
(A) smaller 較小的　　(B) fewer 較少的
(C) every 每一　　(D) less 較少的

❸ **將選項一一套入空格中，並選出最適當的答案。**
空格後方連接 calls，為複數形。(C) 後方要連接單數可數名詞、(D) 後方要連接不可數名詞，因此都不能作為答案。另外，若將 (A) 填入空格中，要改成 smaller number of calls 才正確。本句表達的是「接到較少的電話」，因此答案為 (B)，意思為「（數字）減少」。

答案 (B)

STEP 2 實戰測驗！

1. Before they are shipped, all ------- products made by Betoko Electronics are tested by using statistical sampling methods.
(A) total　　(B) reversed
(C) outgoing　　(D) lenient

2. The newly developed program was especially ------- for comparing different methods of data classification.
(A) premium　　(B) able
(C) cooperative　　(D) useful

3. All discussions of a ------- nature should take place in a secure environment.
(A) previous　　(B) solitary
(C) limited　　(D) confidential

4. We are looking for a computer programmer who has at least five years of ------- experience.
(A) far　　(B) accurate
(C) forward　　(D) previous

◆ 解答 p. 99

STEP 3 常考高頻字彙！

下方為測驗中常考的**高頻率形容詞**。請務必熟記以下所有單字。

- ▢ **in a timely manner** 及時
- ▢ **in the foreseeable future** 在可預見的未來
- ▢ **incumbent mayor** 現任市長
- ▢ **independent** 獨立的
- ▢ **indicative of** 表明
- ▢ **industrious (= working hard)** 勤奮的
- ▢ **ineligible** 無資格的；不合格的
- ▢ **inexperienced** 沒有經驗的
- ▢ **informative** 提供資訊的；增長見聞的
- ▢ **informed** 有見識的
- ▢ **initial** 最初的
- ▢ **innovative design** 創新設計
- ▢ **inordinate** 過度的
- ▢ **insecure** 不安全的；不穩定的
- ▢ **insignificant** 無足輕重的
- ▢ **inspiring** 激勵人心的
- ▢ **insubordinate** 不服從的
- ▢ **integral to** 對……是不可或缺的
- ▢ **intense (= strong)** 強烈的
- ▢ **interactive** 相互作用的
- ▢ **interested in** 對……有興趣的
- ▢ **intermittent** 間歇的；斷斷續續的
- ▢ **international** 國際的
- ▢ **intuitive** 直覺的
- ▢ **invaluable** 無價的
- ▢ **invasive** 侵入的
- ▢ **inventive** 發明的
- ▢ **involved in** 涉及
- ▢ **knowledgeable** 博學的
- ▢ **lasting** 持久的；永恆的
- ▢ **lax** 散漫的
- ▢ **leading (= top)** 最重要的；領導的
- ▢ **lesser** 較小的；較少的
- ▢ **liable (to V)** 可能去……；
(for) 對……法律負責
- ▢ **loath to V** 不願意去……
- ▢ **loyal (= faithful)** 忠實的
- ▢ **lucrative** 有利可圖的
- ▢ **manageable** 可處理的；能應付的
- ▢ **mandatory** 強制的
- ▢ **massive** 大量的
- ▢ **materialistic** 物質主義的
- ▢ **mature** 成熟的
- ▢ **memorable** 難忘的
- ▢ **mingled (= mixed)** 混合的
- ▢ **misdirected** 誤導的
- ▢ **moderately-priced** 價格適中
- ▢ **multiple (= many)** 多重的；許多的
- ▢ **negative** 負面的；陰性的
- ▢ **newly-renovated** 剛整修的
- ▢ **noteworthy achievement** 引人注目的成就
- ▢ **numerous (= many)** 許多的
- ▢ **obese** 肥胖的
- ▢ **observable** 顯著的
- ▢ **ongoing (= continuing)** 持續的；持續存在的
- ▢ **operational** 運作上的；經營上的
- ▢ **optimistic about** 對……樂觀的
- ▢ **outdated** 過時的
- ▢ **outgoing** 往外去的；外向的
- ▢ **outspoken** 直言不諱的
- ▢ **outstanding balance** 未付餘額

PART 5&6
DAY 20

17 形容詞 ⑤

STEP 1 一起來解題！

Employees with more than twenty years of service are ------- for a pension after their retirement.
服務超過 20 年的員工可在退休後領取退休金。

(A) eligible 有資格的　　(B) beneficial 有益的
(C) entitled 有權的；有資格的　　(D) useful 有用的

字彙 **twenty years of service** 服務 20 年　**be eligible for** 有……的資格　**pension** 退休金
retirement 退休

❶ **試著將題目句翻成中文。**
服務超過 20 年的員工 ------- 在退休後領取退休金。

❷ **確認選項的意思。**
(A) eligible 有資格的　　(B) beneficial 有益的
(C) entitled 有權的；有資格的　　(D) useful 有用的

❸ **將選項一一套入空格中，並選出最適當的答案。**
根據題意，服務超過 20 年以上的員工，才有領取退休金的「資格」。選項中，(A) 和 (C) 都可以表示「具有……的資格」；(A) 要連接介系詞 for，(C) 則要連接介系詞 to，因此答案為 (A)。

答案 (A)

STEP 2 實戰測驗！

1. The Web site TopRestaurant.com provides ------- information about your restaurant's online reputation.
(A) possible　　(B) loyal
(C) detailed　　(D) final

2. Sudden illnesses, changes in temperature, and misplaced items can all create ------- travel expenses.
(A) unaware　　(B) unexpected
(C) reported　　(D) stationary

3. Researchers at the Hayden Institute are ------- that their center will receive less support from the city this year.
(A) grateful　　(B) disappointed
(C) eradicated　　(D) complex

4. Regular maintenance service will eliminate the need for ------- repairs and improve the life of your air conditioning system.
(A) expensive　　(B) faithful
(C) preceding　　(D) reversible

◆ 解答 p. 100

STEP 3 常考高頻字彙！

下方為測驗中常考的**高頻率形容詞**。請務必熟記以下所有單字。

- ▢ **overall** 總的
- ▢ **overdue (= late)** 過期的；遲的
- ▢ **overhead** 上頭的；頭頂上的
- ▢ **paired with** 與……配對
- ▢ **partial** 部分的
- ▢ **perishable food** 易腐食物
- ▢ **permanent** 永久的
- ▢ **permissible (= allowed)** 許可的
- ▢ **perspective** 觀點
- ▢ **pertinent** 相關的
- ▢ **plentiful** 充足的
- ▢ **plenty of (= a lot of, lots of)** 許多的
- ▢ **potent (= powerful)** 強而有力的
- ▢ **potential** 潛在的
- ▢ **preceding** 在前的；前面的
- ▢ **predetermined** 預先確定的
- ▢ **predictable** 可預測的
- ▢ **predicted** 預測的
- ▢ **presentable** 體面的
- ▢ **prestigious** 有聲望的
- ▢ **prevalent** 盛行的
- ▢ **previous** 先前的
- ▢ **priceless** 無價的
- ▢ **primitive** 原始的
- ▢ **prior** 在前的；優先的；事先的
- ▢ **prolonged (= long)** 延長的
- ▢ **proper (= correct)** 適當的；正規的
- ▢ **prospective (= future)** 前景
- ▢ **protective equipment** 防護設備
- ▢ **purposeful** 有明確目的的
- ▢ **qualified** 合格的
- ▢ **quarterly** 每季的
- ▢ **quite a few** 相當多的
- ▢ **ready** 準備好的
- ▢ **realistic** 現實的
- ▢ **redeemable certificate** 兌換券
- ▢ **redundant (= extra)** 多餘的
- ▢ **refined** 精練的
- ▢ **reflective** 反映的
- ▢ **refundable** 可退款的
- ▢ **relevant** 相關的
- ▢ **reliable product** 可靠產品
- ▢ **reluctant (= unwilling)** 不願意的
- ▢ **remaining** 剩餘的
- ▢ **reserved space** 預留空間
- ▢ **resistant** 防……的
- ▢ **respectable** 值得尊敬的
- ▢ **respective** 分別的
- ▢ **responsible for** 為……負責
- ▢ **responsive to** 對……有反應的；響應
- ▢ **revised** 修訂過的
- ▢ **rigorous** 嚴格的
- ▢ **satirical** 諷刺的
- ▢ **saturated** 飽和的
- ▢ **scarce** 稀有的
- ▢ **seasonable (= timely)** 應時的；當令的（適時的）
- ▢ **serious** 嚴肅的；認真的
- ▢ **severe** 劇烈的
- ▢ **sincere** 衷心的

18 形容詞 ⑥

STEP 1 一起來解題！

The region has proved ------- to companies wishing to gain access to more profitable markets.
事實證明，這個區域對想要進入更有利市場的公司具有吸引力。

(A) grateful 感激的　　(B) attractive 有吸引力的
(C) attentive 體貼的　　(D) violent 劇烈的

字彙 prove attractive 展現吸引力　gain access to 取得……的管道
profitable market 可獲利的市場

❶ **試著將題目句翻成中文。**
事實證明，這個區域對想要進入更有利市場的公司具有 -------。

❷ **確認選項的意思。**
(A) grateful 感激的　　(B) attractive 有吸引力的
(C) attentive 體貼的　　(D) violent 劇烈的

❸ **將選項一一套入空格中，並選出最適當的答案。**
句末有個單字為 profitable（有利潤的），描述市場特徵。根據題意，這樣的市場特徵對公司來說「具有吸引力」，因此填入 (B) 最為適當。

答案 (B)

STEP 2 實戰測驗！

1. These data will provide a large amount of information that is ------- to the employee evaluation process.
(A) functional　(B) interested
(C) helpful　(D) able

2. Aside from being fairly affordable, the X-24 comes with options additionally found on more ------- headset models.
(A) shaky　(B) wide
(C) expensive　(D) taken

3. As seating is -------, we want you to let us know if you're unable to attend so we can give the opportunity to someone on the waiting list.
(A) late　(B) well-timed
(C) limited　(D) guided

4. G&T Menswear in Denver provides really nice suits at ------- prices.
(A) reasonable　(B) willing
(C) comparative　(D) valuable

◆ 解答 p. 101

STEP 3 常考高頻字彙！

下方為測驗中常考的**高頻率形容詞**。請務必熟記以下所有單字。

- ☐ **skilled workers** 熟練的員工；能工巧匠
- ☐ **slight** 輕微的
- ☐ **solid** 堅固的
- ☐ **spacious (= wide)** 寬敞的 (= 寬廣的)
- ☐ **specific** 明確的
- ☐ **speculative** 推測的
- ☐ **state-of-the-art** 最先進的
- ☐ **stationary** 不動的
- ☐ **steep** 陡峭的
- ☐ **strategic** 戰略的；策略的
- ☐ **stretched** 延伸的
- ☐ **struggling (= trying hard)** 奮鬥的；努力的
- ☐ **subjective** 主觀的
- ☐ **subsequent** 隨後的
- ☐ **substantial (= large)** 大量的
- ☐ **successive** 連續的
- ☐ **suitable for** 適合……
- ☐ **superior** 較好的；高級的
- ☐ **surrounding area** 周邊地區
- ☐ **susceptible (= weak)** 易受影響的；易受傷害的 (= 衰弱的)
- ☐ **suspended** 暫停的
- ☐ **suspicious (= doubtful)** 懷疑的
- ☐ **sustaining** 持續的
- ☐ **talented** 有才華的
- ☐ **tasteful** 有品味的
- ☐ **tentative agreement** 臨時協議
- ☐ **thorough inspection** 徹底檢測；全面檢查
- ☐ **thoughtful** 體貼的
- ☐ **timely** 及時的
- ☐ **transparent** 透明的；顯而易見的
- ☐ **typical** 典型的
- ☐ **ultimate** 最終的
- ☐ **unavailable** 得不到的；無法使用的
- ☐ **undeliverable** 無法投遞的
- ☐ **undeniable** 無可否認的
- ☐ **underdeveloped** 發展不完全的；不發達的
- ☐ **understanding** 了解的；體諒的
- ☐ **unexpected** 出乎意料的
- ☐ **unintentional** 非故意的
- ☐ **unique** 獨特的
- ☐ **unknown** 未知的
- ☐ **unlicensed** 無許可證的；未經授權許可的
- ☐ **unlimited** 無限的
- ☐ **unoccupied building** 閒置大樓
- ☐ **unparalleled** 空前未有的；無比的
- ☐ **unpleasant** 令人不快的
- ☐ **unsafe** 不安全的
- ☐ **unstable market** 不穩定的市場
- ☐ **unwavering (= firm)** 堅定的
- ☐ **vacant (= empty)** 空的
- ☐ **valid passport** 有效護照
- ☐ **valuable** 貴重的
- ☐ **vast** 廣大的
- ☐ **vigorous** 精力充沛的
- ☐ **vulnerable to** 易受……的傷害
- ☐ **wealthy (= rich)** 富有的
- ☐ **wholesome** 有益身體的
- ☐ **wounded** 受傷的
- ☐ **yet another** 另一個

19 副詞 ①

STEP 1 一起來解題！

We ------- arrange for one of our local engineers to visit you within two hours of your call or at any other time that suits you.
我們通常會在您來電的兩小時內，或任何其他您方便的時間，安排當地的工程師前往府上。

(A) originally 起初　　(B) nearly 幾乎
(C) considerably 相當　　(D) usually 通常

字彙 arrange 計劃 (= plan)；籌劃 (= prepare)
at any other time that suits you 任何方便的時間

❶ **試著將題目句翻成中文。**
我們 ------- 會在您來電的兩小時內，或任何其他您方便的時間，安排當地的工程師前往府上。

❷ **確認選項的意思。**
(A) originally 起初　　(B) nearly 幾乎
(C) considerably 相當　　(D) usually 通常

❸ **將選項一一套入空格中，並選出最適當的答案。**
空格後方的動詞為現在簡單式，表達日常經常發生的事情，因此動詞前方應該加上頻率副詞，表達「日常的情況」。本句表達的是提供服務的狀況，空格中填入副詞「通常、慣性地」較為適當，因此答案為 (D)。

答案 (D)

STEP 2 實戰測驗！

1. Sales at Zenata are down ------- 8 percent largely due to competing computer models on the market.
(A) fairly　　(B) next
(C) completely　　(D) nearly

2. The programming team has been creating a program that will ------- detect any typos in a document.
(A) automatically　　(B) extremely
(C) unusually　　(D) hugely

3. Mr. Ranieri demonstrates professionalism in his work as he ------- checks regulations and procedures.
(A) exactly　　(B) supremely
(C) evenly　　(D) regularly

4. After fifteen years of volunteer service at the Norwood Nursing Home, Ms. Weaver has ------- received the regional service award.
(A) rapidly　　(B) finally
(C) lastly　　(D) particularly

◆ 解答 p. 101

STEP 3 常考高頻字彙！

下方為測驗中常考的**高頻率副詞**。請務必熟記以下所有單字。

- ☐ (or) alternatively 要不；或者
- ☐ abruptly 突然地
- ☐ absolutely (= completely) 完全地
- ☐ accidentally 意外地
- ☐ accordingly (= according to that) 因此
- ☐ accurately 準確地
- ☐ actually 實際上
- ☐ acutely 劇烈地
- ☐ adamantly (= firmly) 堅決地
- ☐ additionally 此外
- ☐ adequately 充分地
- ☐ admiringly 讚賞地
- ☐ adversely 不利地
- ☐ afterward (= after that) 之後；後來
- ☐ ago 在……以前
- ☐ agreeably (= pleasantly) 令人愉快地
- ☐ ahead of 在……之前
- ☐ allegedly 據說
- ☐ almost 幾乎
- ☐ already 已經
- ☐ also 也
- ☐ amply 充分地；廣大地
- ☐ and then (= and next) 然後
- ☐ annually 每年
- ☐ apparently (= it seems that) 顯然的；似乎
- ☐ appropriately 適當地
- ☐ approximately 大約
- ☐ arbitrarily 武斷地
- ☐ ardently (= passionately) 熱心地
- ☐ aside 在旁邊
- ☐ assertively 斷然地
- ☐ assuredly 確實地
- ☐ as (a) part of 作為……的一部分
- ☐ as a whole 整體上
- ☐ as well 也
- ☐ at a time 每次；一次
- ☐ at least 至少
- ☐ at the same time (= simultaneously) 同時
- ☐ at times (= sometimes) 有時
- ☐ automatically 自動地
- ☐ awhile back 不久前；前陣子
- ☐ barely (= hardly) 幾乎不
- ☐ basically 基本上
- ☐ besides 此外
- ☐ bimonthly 兩月一次；一月兩次
- ☐ bitterly 嚴厲地；強烈地
- ☐ briefly 簡短地
- ☐ broadly 寬廣地
- ☐ busily 忙碌地
- ☐ by all means 務必；一定
- ☐ by far 目前為止
- ☐ by oneself 獨自
- ☐ carefully 謹慎地
- ☐ carelessly 粗心大意地
- ☐ certainly 必定
- ☐ closely 緊密地
- ☐ commonly 通常地
- ☐ compactly 緊湊地
- ☐ comparably (= similarly) 同等地
- ☐ concisely 簡潔地

PART 5&6
DAY 20

20 副詞 ②

STEP 1 一起來解題！

The government ------- announced that it would grant generous tax breaks for foreign companies doing business here.
政府近期宣布，將對到此處做生意的外國公司提供慷慨的稅收優惠。

(A) completely 完全地
(B) soon 不久
(C) recently 最近
(D) exclusively 專有地

字彙 grant 給予 generous 慷慨的 tax breaks 所得稅寬減額

❶ **試著將題目句翻成中文。**
政府 ------- 宣布，將對到此處做生意的外國公司提供慷慨的稅收優惠。

❷ **確認選項的意思。**
(A) completely 完全地
(B) soon 不久
(C) recently 最近
(D) exclusively 專有地

❸ **將選項一一套入空格中，並選出最適當的答案。**
本題要選出可以搭配過去式動詞 announced 一起使用的副詞。(B) 該副詞通常會搭配未來式動詞一起使用，因此不能作為答案；(A) 和 (D) 皆不符合題意。(C) 可以搭配過去式或現在完成式動詞一起使用，填入空格後表示「**最近宣布了……**」，故為正確答案。

答案 (C)

STEP 2 實戰測驗！

1. ------- 67 percent of the women interviewed regarded fishing as an opportunity to spend time with friends and family.
(A) Nearly (B) Rightly
(C) Mostly (D) Confidently

2. Well-cooked and ------- priced Turkish food attracts many people to Sezen Aksu Restaurant in Edinburgh.
(A) thoroughly (B) reasonably
(C) thankfully (D) virtually

3. Final payment for our services will be billed to the company credit card unless ------- noted.
(A) instead (B) rather
(C) otherwise (D) also

4. The entry barriers to television are a lot lower than those of large-budget feature films, which are ------- risky.
(A) inherently (B) much
(C) innocently (D) rigidly

◆ 解答 p. 102

STEP 3 常考高頻字彙！

下方為測驗中常考的**高頻率副詞**。請務必熟記以下所有單字。

- ▢ **confidently** 自信地
- ▢ **consecutively (= successively)** 連續地
- ▢ **consequently** 因此
- ▢ **considerably (= much)** 相當多地
- ▢ **consistently** 一貫地；一致地
- ▢ **constructively** 建設性地
- ▢ **continually** 一再地
- ▢ **continuously** 連續不斷地
- ▢ **conveniently** 便利地
- ▢ **conversely** 不利地
- ▢ **cooperatively** 合作地
- ▢ **cordially** 誠摯地
- ▢ **currently** 目前
- ▢ **customarily (= usually)** 通常；習慣上
- ▢ **decisively** 果斷地
- ▢ **deductively** 推論地
- ▢ **deeply (= very)** 強烈地；深刻地
- ▢ **definitely (= certainly)** 肯定地；絕對地
- ▢ **definitively (= finally)** 最後地
- ▢ **densely** 濃密地
- ▢ **directly** 直接地 **(= straight)**；馬上 **(= soon)**
- ▢ **disappointingly** 令人失望地
- ▢ **diversely** 不同地
- ▢ **doggedly** 固執地
- ▢ **doubly** 加倍地
- ▢ **dramatically (= radically)** 劇烈地（徹底地）
- ▢ **durably** 持久地
- ▢ **eagerly** 渴望地
- ▢ **efficiently** 有效地
- ▢ **either** 也（用於否定句中）
- ▢ **either way** 無論哪種方式
- ▢ **else** 其他；否則
- ▢ **emotionally** 情感上的
- ▢ **enormously** 非常
- ▢ **enthusiastically (= ardently)** 熱心地
- ▢ **equally** 同樣地
- ▢ **especially** 尤其是
- ▢ **eventually** 最終
- ▢ **evidently** 顯然
- ▢ **exactly** 確切地
- ▢ **exceedingly (= very)** 非常地；極其
- ▢ **exceptionally (= very)** 非常地；異常地
- ▢ **exclusively (= only)** 獨有地
- ▢ **expensively** 昂貴地
- ▢ **explicitly** 明確地
- ▢ **exponentially** 成倍地
- ▢ **expressively** 表現地
- ▢ **extensively (= widely)** 廣泛地
- ▢ **extraordinarily** 特別地
- ▢ **extremely (= very)** 極度地
- ▢ **factually** 確實地
- ▢ **fairly** 相當地
- ▢ **feverishly** 狂熱地
- ▢ **finally** 終於；最後
- ▢ **financially** 財務上
- ▢ **finely** 精細地
- ▢ **first of all** 首先
- ▢ **flexibly** 靈活地；彈性地
- ▢ **fluently** 流暢地
- ▢ **formally (= officially)** 正式地

21 副詞 ③

STEP 1 一起來解題！

The city of Lupen has ------- taken measures to reduce greenhouse gases in the waste management sector.
魯本市已採取了措施，要減少廢棄物處理區的溫室氣體排放量。

(A) briefly 簡短地 (B) once 曾經
(C) soon 不久 (D) already 已經

字彙 take measures 採取措施 reduce 減少 greenhouse gas 溫室氣體
waste management sector 廢棄物處理區

❶ **試著將題目句翻成中文。**
魯本市 ------- 採取了措施，要減少廢棄物處理區的溫室氣體排放量。

❷ **確認選項的意思。**
(A) briefly 簡短地 (B) once 曾經
(C) soon 不久 (D) already 已經

❸ **將選項一一套入空格中，並選出最適當的答案。**
本題要選出適合填入 have 和 p.p. 之間的副詞，用來強調「採取措施」。根據題意，表達「早已採取措施」較為適當，因此答案為 (D)。(A) 不符合題意；(B) 的意思為 in the past 或 one time，使用前者的意思時，會搭配過去式一起使用；使用後者的意思時，則沒有特別限制，但是意思並不符合題意。(C) 會搭配未來式一起使用，因此不適合填入空格中。

答案 (D)

STEP 2 實戰測驗！

1. The Robotica Electronics orientation will begin ------- at 8:30, so please sign in upon arrival.
(A) lately (B) particularly
(C) occasionally (D) promptly

2. ------- after taking over as head chef, Mr. Zlatan began to attract the interest of diners with his special meals.
(A) Early (B) Virtually
(C) Soon (D) Almost

3. Steve McKnight is ------- the chairman of the National Ability Center.
(A) previously (B) supremely
(C) currently (D) once

4. From an early age, Freddy has ------- lived near Abigail Street, and he currently owns the Zen Building in Brentwood Park.
(A) ever (B) temporarily
(C) always (D) rapidly

◆ 解答 p. 103

STEP 3 常考高頻字彙！

下方為測驗中常考的**高頻率副詞**。請務必熟記以下所有單字。

- ▢ **formerly** 以前
- ▢ **fortunately** 幸運地
- ▢ **forward/backward** 往前／往後
- ▢ **frankly** 坦率地
- ▢ **frantically** 狂熱地
- ▢ **free of charge** 免費
- ▢ **frequently** 頻繁地
- ▢ **freshly** 新近；剛剛
- ▢ **fully (= completely)** 完全地
- ▢ **fundamentally (= basically)** 基本地
- ▢ **furthermore (= moreover)** 再者
- ▢ **gradually** 逐漸地
- ▢ **gravely** 嚴重地；嚴肅地
- ▢ **greatly** 非常；極大地
- ▢ **habitually** 習慣地
- ▢ **hardly** 幾乎不
- ▢ **hastily** 匆忙地
- ▢ **hence (= therefore)** 因此
- ▢ **highly** 高度地；非常
- ▢ **honestly** 誠實地
- ▢ **hopefully** 但願
- ▢ **however** 然而
- ▢ **hugely** 非常
- ▢ **ideally** 理想地
- ▢ **illegally** 非法地
- ▢ **immediately** 立刻；馬上
- ▢ **immensely** 廣大地
- ▢ **imminently** 迫切地
- ▢ **improperly** 不適當地
- ▢ **in addition** 此外
- ▢ **in advance (= beforehand)** 預先；事先
- ▢ **in contrast** 相比之下；相反
- ▢ **in detail** 詳細地
- ▢ **in exchange for** 作為（……的）交換
- ▢ **in fact** 事實上
- ▢ **in general** 一般而言；通常
- ▢ **in other words** 換句話說
- ▢ **in person** 親自
- ▢ **in progress** 進行中
- ▢ **in recent years** 最近幾年內
- ▢ **in that vein** 在那種情況下
- ▢ **in time** 及時
- ▢ **in writing** 以書面形式
- ▢ **incidentally (= by chance)** 偶然地
- ▢ **increasingly** 漸增地；逐漸地
- ▢ **incredibly (= very)** 很；非常
- ▢ **indefinitely** 無限期地
- ▢ **indifferently** 漠不關心地
- ▢ **indiscriminately** 無差別地
- ▢ **individually** 個別地
- ▢ **inexplicably** 無法解釋地；難以理解地
- ▢ **infinitely** 無限地
- ▢ **inflexibly** 執拗地；不屈地
- ▢ **informally** 非正式地
- ▢ **inherently (= naturally)** 天性地
- ▢ **initially (= originally)** 最初地
- ▢ **innately (= naturally)** 天生地；天賦地
- ▢ **innocently** 無罪地；天真地
- ▢ **insistently** 堅持地
- ▢ **instead (= instead of that)** 作為替代

22 副詞 ④

STEP 1 一起來解題！

Several firefighters were assigned to the fire last night and have been working ------- on the southeast side of Mt. Silver.
昨晚有幾名消防員被派至火災現場，他們主要是在白銀山的東南邊進行滅火工作。

(A) primarily 主要地　(B) numerously 多數地
(C) originally 原先　(D) dimly 暗淡地

字彙 **firefighter** 消防員　**be assigned to** 被分派到……
primarily (= mainly, chiefly) 主要　**work on** 從事；致力於
the southeast side of ……的東南邊

❶ **試著將題目句翻成中文。**
昨晚有幾名消防員被派至火災現場，他們 ------- 是在白銀山的東南邊進行滅火工作。

❷ **確認選項的意思。**
(A) primarily 主要地　(B) numerously 多數地
(C) originally 原先　(D) dimly 暗淡地

❸ **將選項一一套入空格中，並選出最適當的答案。**
根據題意，滅火工作集中於山的東南邊，因此應填入 (A) 最為適當，表示「主要」。
其他的選項皆不符合題意。

答案 (A)

STEP 2 實戰測驗！

1. Our skilled serviceman will repair your computer and will let you know about some troubleshooting methods -------.
(A) yet　(B) afterward
(C) earlier　(D) forward

2. Your purchase will appear in your account as soon as it has been ------- completed.
(A) usually　(B) properly
(C) secretly　(D) respectively

3. We have to eat healthy foods more often during the day because they burn up fast and are ------- stored as fat.
(A) rarely　(B) abruptly
(C) exceedingly　(D) mildly

4. We and the designers had to work ------- hard to persuade the board of directors to approve the budget.
(A) better　(B) much
(C) quite　(D) enough

◆ 解答 p. 104

STEP 3 常考高頻字彙！

下方為測驗中常考的**高頻率副詞**。請務必熟記以下所有單字。

- ▢ **instinctively** 直覺地；本能地
- ▢ **intensively** 密集地；強烈地
- ▢ **intentionally** 有意地；故意地
- ▢ **intently (= carefully)** 專注地
- ▢ **intrinsically** 本質上
- ▢ **intuitively** 直覺地
- ▢ **invariably (= always)** 總是；不變地
- ▢ **irregularly** 不規則地；不固定地
- ▢ **just enough** 正好；剛剛好
- ▢ **justly (= rightly)** 公正地
- ▢ **largely** 主要地
- ▢ **lastingly** 持久地
- ▢ **lately** 最近
- ▢ **later** 稍後
- ▢ **liberally** 大方地；自由地
- ▢ **literally** 確實地；字面上地
- ▢ **loosely** 鬆散地
- ▢ **loyally (= faithfully)** 忠誠地
- ▢ **magnificently** 壯觀地
- ▢ **marginally (= a bit)** 些微地
- ▢ **markedly** 顯著地
- ▢ **massively (= very)** 極度地
- ▢ **meagerly (= insufficiently)** 貧乏地；不足地
- ▢ **meanwhile** 同時；其間
- ▢ **mechanically** 機械地
- ▢ **merely (= simply)** 僅僅；只不過
- ▢ **mildly** 輕微地 **(= slightly)**；溫和地 **(= gently)**
- ▢ **minimally** 最小地
- ▢ **mistakenly** 錯誤地；被誤解地
- ▢ **modestly** 適度地；謙虛地
- ▢ **moreover** 此外
- ▢ **mostly** 通常；大多
- ▢ **movingly** 感人地
- ▢ **mutually (= together)** 互相（一起）
- ▢ **narrowly** 狹窄地；勉強地
- ▢ **necessarily** 必要地
- ▢ **needlessly** 不必要地
- ▢ **nervously** 緊張地
- ▢ **nevertheless** 然而
- ▢ **newly** 新近地
- ▢ **no more than (= only)** 不超過；僅僅
- ▢ **notably (= particularly)** 尤其是
- ▢ **nonetheless** 但是
- ▢ **normally** 通常地；正常地
- ▢ **noticeably** 明顯地
- ▢ **not quite** 不完全地
- ▢ **nothing but (= only)** 僅僅；只不過
- ▢ **observably** 顯著地
- ▢ **obviously** 顯然地
- ▢ **occasionally** 偶爾
- ▢ **oddly (= strangely)** 古怪地
- ▢ **officially** 正式地；官方地
- ▢ **on the spot** 當場；立即
- ▢ **openly** 公開地
- ▢ **originally (= initially)** 起初；原先
- ▢ **otherwise** 要不然；否則
- ▢ **overly** 過度地
- ▢ **overtly** 公然地；明顯地
- ▢ **particularly** 特別；尤其
- ▢ **partially** 部分地

PART 5&6
DAY 21

23 副詞 ⑤

STEP 1 一起來解題！

Under the company's restricting plan, the number of affected employees was much larger than ------- expected.
在公司的重組計畫之下，受影響的員工人數比之前預期的更多。

(A) absolutely 絕對地；完全地 (B) freshly 新近地
(C) previously 之前 (D) completely 完全地

字彙 restructuring plan 重組計畫 the number of ……的數量
affected employees 受影響的員工
than (it was) previously expected 比先前預期還……

❶ **試著將題目句翻成中文。**
在公司的重組計畫之下，受影響的員工人數比 ------- 預期的更多。

❷ **確認選項的意思。**
(A) absolutely 絕對地；完全地 (B) freshly 新近地
(C) previously 之前 (D) completely 完全地

❸ **將選項一一套入空格中，並選出最適當的答案。**
根據題意，應表達「比之前預想的還多」較為適當，因此答案為 (C)，意思為「之前」。than (it was) previously expected 意思為「比之前預期更……」，經常出現在考題中，建議直接記下此用法。(A) 和 (D) 的意思相近，為同義詞，兩者皆不適合填入空格中；(B) 也不符合題意。

答案 (C)

STEP 2 實戰測驗！

1. There are many people that flatter themselves by saying that they are able to speak several languages -------.
(A) customarily (B) fluently
(C) excessively (D) kindly

2. Mr. Guido has been to Seoul -------, but this will be his first time to attend an international conference.
(A) once (B) there
(C) ago (D) most

3. The air conditioning in the office gave us a break from the ------- high temperatures.
(A) completely (B) roughly
(C) unbearably (D) apparently

4. Clinical trials are ------- conducted by professionals at healthcare institutions or universities.
(A) exceptionally (B) formerly
(C) normally (D) nearly

◆ 解答 p. 104

STEP 3 常考高頻字彙！

下方為測驗中常考的**高頻率副詞**。請務必熟記以下所有單字。

- ▢ **periodically** 定期地
- ▢ **personally** 親自
- ▢ **pessimistically** 悲觀地
- ▢ **physically** 身體上；生理地
- ▢ **politely** 禮貌地
- ▢ **possibly** 可能地
- ▢ **practically** 實際上
- ▢ **precisely** 精確地
- ▢ **preferably (= if possible)** 寧可；最好
- ▢ **presently** 目前
- ▢ **presumably** 大概
- ▢ **pretty (= very)** 非常
- ▢ **preventively** 預防性地
- ▢ **previously** 先前
- ▢ **principally** 主要地
- ▢ **probably** 可能
- ▢ **professionally** 專業地
- ▢ **prominently** 重要地；顯著地
- ▢ **promptly** 立即地
- ▢ **properly (= correctly)** 適當地；正確地
- ▢ **proportionately** 成比例地；相稱地
- ▢ **prudently** 審慎地
- ▢ **quite well** 相當好
- ▢ **quite** 非常 **(= very)**；完全 **(= completely)**
- ▢ **radically** 根本地
- ▢ **randomly** 隨機地
- ▢ **rarely (= hardly)** 難得地；很少地
- ▢ **rather** 相當地；而是
- ▢ **readily** 樂意地 **(= willingly)**；容易地 **(= easily)**；很快地 **(= quickly)**
- ▢ **recently** 最近
- ▢ **recklessly** 魯莽地
- ▢ **regrettably** 遺憾地
- ▢ **regularly** 規律地；定期地
- ▢ **relationally** 關係上；相關地
- ▢ **relatively** 相對地；相當地
- ▢ **relentlessly** 無情地
- ▢ **remarkably (= very)** 非常地；顯著地
- ▢ **remotely (= distantly)** 遙遠地
- ▢ **repeatedly** 一再地；反覆地
- ▢ **repetitiously** 重複地
- ▢ **reportedly** 據報導；據說
- ▢ **resolutely** 堅決地
- ▢ **respectfully** 尊敬地
- ▢ **restfully** 平安地
- ▢ **routinely** 例行地
- ▢ **scarcely (= hardly)** 幾乎不
- ▢ **securely** 安全地
- ▢ **serenely** 安詳地；寧靜地
- ▢ **seldom (= hardly)** 很少；不常
- ▢ **separately** 分別地
- ▢ **severely** 劇烈地
- ▢ **shortly (= soon)** 不久
- ▢ **significantly (= much)** 相當數量地；相當大程度上地
- ▢ **simultaneously (= at the same time)** 同時地
- ▢ **since (= since then)** 自從
- ▢ **singly (= individually)** 單個地；個別地
- ▢ **singularly** 格外地；非常
- ▢ **skillfully** 精巧地
- ▢ **slightly (= a bit)** 些微地
- ▢ **solidly** 堅固地

24 副詞 ⑥

STEP 1 一起來解題！

Cans are usually stored in the warehouse and delivered ------- to retail stores after being cleaned.
罐頭通常被保存在倉庫裡，並在清潔後直接送到零售店。

(A) possibly 可能地 (B) finally 最終地
(C) previously 先前 (D) directly 直接地

字彙 **warehouse** 倉庫 **retail store** 零售店

❶ **試著將題目句翻成中文。**
罐頭通常被保存在倉庫裡，並在清潔後 ------- 送到零售店。

❷ **確認選項的意思。**
(A) possibly 可能地 (B) finally 最終地
(C) previously 先前 (D) directly 直接地

❸ **將選項一一套入空格中，並選出最適當的答案。**
本句話表達的是先將罐頭保存於倉庫中，之後再配送至零售店。因此空格中填入 (D)「直接；立即」最為適當，表示前後為連續動作。(B) 的意思為「（經歷長時間後）終於；（依照順序）最後」，並不適當；(C) 則要搭配過去式一起使用。

答案 (D)

STEP 2 實戰測驗！

1. Repairs on the downtown Munich water main that ruptured yesterday are ------- complete.
(A) formerly (B) highly
(C) usually (D) nearly

2. Lancaster Borealis, Inc. released its first government-approved device and ------- generated almost $3 million in revenues.
(A) haphazardly (B) orderly
(C) improperly (D) subsequently

3. Our Web site is ------- under construction, but we have some new and exciting pages up and running.
(A) excessively (B) soon
(C) hugely (D) presently

4. At the restaurant Bromwich, a short entertainment program is set to begin ------- after dinner.
(A) promptly (B) strongly
(C) especially (D) warmly

◆ 解答 p. 105

STEP 3 常考高頻字彙！

下方為測驗中常考的**高頻率副詞**。請務必熟記以下所有單字。

- ☐ **solely** 單獨地
- ☐ **somehow** 不知怎麼地
- ☐ **soundly** 牢固地；徹底地
- ☐ **subtly** 微妙地
- ☐ **sparingly** 節儉地
- ☐ **sparsely** 稀少地
- ☐ **specifically** 明確地
- ☐ **spontaneously** 自發地；不由自主地
- ☐ **steadily** 穩固地
- ☐ **still** 仍然
- ☐ **straightforwardly** 坦率地；直白地
- ☐ **strictly** 嚴厲地
- ☐ **strikingly** 明顯地
- ☐ **stubbornly** 倔強地
- ☐ **subconsciously** 潛意識地
- ☐ **subjectively** 主觀地
- ☐ **substantially (= considerably)** 相當多地
- ☐ **succinctly** 簡要地
- ☐ **supposedly** 據稱
- ☐ **swiftly** 迅速地
- ☐ **tactically** 有策略地
- ☐ **temperately** 節制地
- ☐ **temporarily** 暫時地
- ☐ **tensely** 緊繃地
- ☐ **thereafter (= after that)** 之後；此後
- ☐ **thereby V-ing** 從而……
- ☐ **therefore** 因此
- ☐ **thoroughly (= carefully)** 徹底地；認真仔細地
- ☐ **thus** 因此
- ☐ **tightly** 緊緊地
- ☐ **timelessly** 永久地
- ☐ **to date** 到目前為止；迄今
- ☐ **totally (= completely)** 完全地
- ☐ **tremendously** 極度；非常
- ☐ **ultimately** 最終；最重要地
- ☐ **unanimously** 一致地
- ☐ **unbearably (= very)** 無法忍受地
- ☐ **uncertainly** 遲疑地；不確定地
- ☐ **under construction** 施工中
- ☐ **undoubtedly (= certainly)** 毫無疑問地
- ☐ **unfairly** 不公平地
- ☐ **unfortunately** 不幸地
- ☐ **uniformly** 均勻地；一致地
- ☐ **unknowingly** 不知不覺地；不知情地
- ☐ **unpredictably** 不可預測地
- ☐ **unusually (= very)** 非常；不尋常地
- ☐ **urgently** 緊急地
- ☐ **usually** 通常
- ☐ **utterly (= completely)** 完全地
- ☐ **vaguely** 模糊地
- ☐ **valuably** 寶貴地
- ☐ **verbally** 口頭上
- ☐ **vigilantly** 警惕地
- ☐ **virtually (= almost)** 差不多；幾乎
- ☐ **voluntarily** 志願地
- ☐ **watchfully** 警覺地
- ☐ **widely** 廣泛地
- ☐ **willingly** 樂意地
- ☐ **wrongly** 錯誤地
- ☐ **yet** 尚未

Part 7

考題類型篇

PART 7 搶分密技

實施新制多益測驗後，PART 7 的題數從 48 題增加為 54 題，使得考生的壓力有增無減。作答本大題時，**善用解題技巧**是相當重要的一環，但是真正的關鍵在於如何**適當分配答題順序**。請儘可能先完成**一半以上的雙篇閱讀和多篇閱讀測驗題**後，再回到單篇閱讀測驗中作答。因為在本大題中，雙篇和多篇閱讀的比重將近 50%，如果花費過多時間在單篇閱讀測驗題，將無法顧及雙篇和多篇閱讀測驗題，最後不僅來不及作答，還可能因此亂了陣腳，無法好好完成所有考題。

因此，請依照「**雙篇閱讀⇨多篇閱讀⇨單篇閱讀**」的順序作答，避免前述情形發生。另外，目標 850 分以上的考生，千萬不要強迫自己一定要在時間內完成所有試題。如果時間上真的來不及作答，請果斷跳過新制測驗中新增的推論類型，勇敢放棄作答也是一種答題策略。

目標答對題數 **45** 題

每回平均出題比例

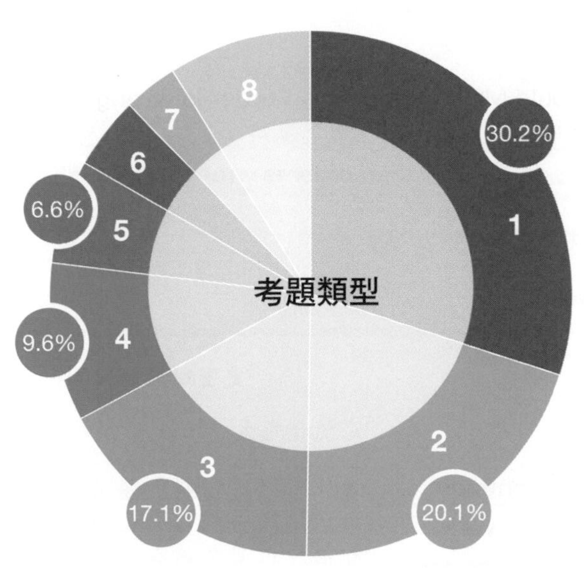

❶ 掌握相關細節
❷ 推論題
❸ 是非題
❹ 主旨或目的
❺ 掌握同義詞
❻ 掌握意圖
❼ 推測空格句
❽ 其他

01 掌握相關細節

出題頻率
平均每回
16.33 題

出題重點

掌握相關細節類型的題目句通常是 **Wh- 問句**，也就是詢問「何時、何地、何人、何事、如何、為何」，當中出題頻率最高的是以 **What** 開頭的問句。由於考題涵蓋的內容相當多元，因此本類型為 PART 7 中最常出現的考題。此類型會詢問指定的內容，因此請從文章中出現題目關鍵字或相關句子的段落，找出答題線索。

STEP 1 掌握重點題目類型！

以下為經常用來詢問相關細節的題目句：

- What is NOT a part of . . . ? 什麼不屬於……的一部分？
- What does the company offer . . . ? 公司提供了什麼？
- According to . . . , what should . . . do? 根據……，……應該做什麼？
- When will . . . officially be informed of . . . ? ……何時會被正式告知……？
- Where is . . . probably located? ……可能位於何處？
- Who will be discussing . . . ? 誰將要討論……？
- How is . . . different from . . . ? ……和……有什麼不同？

STEP 2 一起來解題！

1 請找出題目關鍵字。

1. According to the letter, what should Mr. Kramp do **if an order is wrong**?
根據信件所述，如果訂單有問題的話，克蘭普先生該怎麼辦？

▶ 本題的關鍵字為「what should . . . do」後方的 **if an order is wrong**（訂單有問題）。

2 請一邊閱讀文章，一邊找出與關鍵字有關的內容。

Exercise 1 refers to the following letter.

Smith's Wholesale	史密斯批發公司
Dear Mr. Kramp,	克蘭普先生，您好：
Enclosed, you will find the negotiated contract between Smith's Wholesale and Amtram. We appreciate the chance to earn your business and to provide for your nonperishable and perishable food needs. Amtram is among the premier cafeteria management systems, and we are excited about this partnership.	隨信附上史密斯批發公司與安翠公司議定的合約。本公司非常感謝能有機會與貴公司合作，並為貴公司提供所需的防腐與易腐食物。安翠公司是自助餐飲管理系統業中規模最大的公司之一，本公司對於此次的合作深感興奮。

To thank you for your continued patronage, we would like to offer you a promotion. Should you choose to buy from our distribution center a second time, we will extend to you an additional 5% off your next purchase in thanks for your continued patronage.

為了感謝您一直以來的惠顧，本公司欲提供您一項促銷方案。如果您決定再次於本公司的配送中心消費，我們將額外提供您下一次購物的九五折優惠，以感謝您的再次惠顧。

❶ **Should anything be wrong with your order, please contact me directly.** I will personally handle your business needs from this point forward.

❶您的訂單若有任何問題，請直接與我聯繫。從現在開始，我將親自處理貴公司的業務需求。

Sincerely,

❷ **Samantha Hess**

❷莎曼珊・赫斯 敬上

字彙
wholesale 批發
negotiated contract 協商後的合約
earn one's business 與……交易
perishable food 易腐食品
partnership 合作關係
distribution center 配送中心
personally handle 親自處理
Should anything be wrong with . . . 若……有任何問題
the premier cafeteria management systems 最大的餐飲管理系統
Enclosed, you will find . . . 隨信附上……
appreciate the chance to V 感謝……的機會
nonperishable food 防腐食品
continued patronage 持續惠顧
offer you a promotion 提供你一項促銷活動
in thanks for . . . 為了感謝……
Should you choose to buy . . . 若您決定購買……

解題策略

請找出提及題目關鍵字 order 和 wrong 的句子。

❶ 句中同時提到題目關鍵字 order 和 wrong，表達若訂單有問題，請對方直接聯絡自己。

❷ 解題關鍵在句子❶當中，me 所指的人為寄件人，而寄件人的名字出現在本文文末。

3 請選出提到文中答題線索或換句話說的選項。

(A) Contact Smith's Wholesale Customer Service 與史密斯批發公司的客服聯絡
(B) Send an e-mail to the director of sales 寄電子郵件給業務主管
(C) Get in touch with Ms. Hess 與赫斯女士聯絡
(D) Return the shipment for a refund 退貨要求退款

▶ 本題詢問的是訂購上出錯時應變的方式。由句子❷ 可以得知，要聯絡赫斯女士，因此答案為 (C)。

答案 (C)

STEP 3 實戰測驗！

Question 1 refers to the following advertisement.

New You Gym

With over 200 locations all across the United States, New You Gym offers premier convenience for improving yourself and for creating the new you. Membership grants you access to any one of our nationwide locations as well as online tutorials on exercise, nutrition, and motivation.

At New You Gym, your transformation is our ultimate goal. We want to join you on your journey and to help facilitate it. With a combination of aerobic machines, free weights, weight machines, classes, and personal training sessions, we can make the new you a reality!

Our Newest Locations:

Memphis, Tennessee: 100 Park Avenue

Seattle, Washington: 393 Grove Lane

Richmond, Virginia: 229 Blue Ridge Road

New Member Incentive: Join by the end of August and receive 6 personal training AND nutrition sessions at no cost to you!

Mention this ad to receive the promotion.

1. What does the gym offer new members?

(A) A 5-day trial period

(B) Free services

(C) A discount on group classes

(D) A packet of free guest passes

Question 2 refers to the following e-mail.

TO:	Winchester Chamber of Commerce
FROM:	Small Business Owners' Association
DATE:	May 3
SUBJECT:	Support Small Businesses Day

As you may be aware, May 30 is National Support Small Businesses Day. We are hoping you will join us in encouraging Winchester citizens to show their support of small businesses on this day by refusing to shop at chain stores and by focusing their business transactions on locally owned stores.

Support Small Businesses Day was started 5 years ago as a movement in a small town in Nebraska, and since then, it has taken flight. Last year, small business sales on May 30 totaled over $3 million nationwide. It is our hope that this number will increase by at least 20% this year but we can only do this with your help.

Several towns across the United States are waiving city sales taxes on purchases made on May 30 as an incentive. We hope you will join in this trend. Should you decide to do so, we will provide all advertising and marketing materials to make this known to the public. Please contact me at 939-555-2525 or jmatthews@sboa.org so we can discuss this and other ways to promote small businesses on May 30 and throughout the year.

Sincerely,

James Matthews
Winchester Chapter President
Small Business Owners' Association
355 White Post Lane
Winchester, VA 22601

2. According to the e-mail, what is NOT encouraged on May 30?

(A) Avoiding making purchases at franchises

(B) Shopping at locally owned businesses

(C) Making purchases at department stores

(D) Showing support to small businesses

◆ 解答 p. 106

02 推論題

出題頻率
平均每回
10.83 題

出題重點

推論題的答題線索，通常不會直接寫在文章中，要由文中**部分內容或資訊**來推論出答案，因此堪稱是 PART 7 中最困難的考題類型，同時也是出題比重極高的類型。題目句句末通常會出現關鍵人事物，只要鎖定此對象，便能從文中找出答題線索。但值得留意的是，有時會出現高難度考題，會以**換句話說**的方式改寫答案內容。

STEP 1 掌握重點題目類型！

以下為常見的推論題題目句：

- What is suggested/implied about (from) . . . ? 關於……，有什麼建議／暗示？
- What can be inferred from . . . ? 從……可推論出什麼？
- Who is (most) likely the . . . ? 誰（最）有可能是……？
- What is probably the . . . ? ……可能是什麼？

STEP 2 一起來解題！

1 請找出題目關鍵字。

2. Where is the Daffodil Resort probably **located**? 達佛迪度假中心可能位於何處？

▶ 請特別留意，本題的題目關鍵字並非度假村名稱，而是度假村所在位置。因此，關鍵字為 probably 後方的 located，請從文中找出與位置相關的內容。

2 請一邊閱讀文章，一邊找出與位置有關的內容。

Exercise 2 refers to the following advertisement.

The Daffodil Resort

Whether you are away on business or on a much-needed respite from your daily life, the Daffodil Resort is the perfect home away from home for your visit in New Orleans. ❶ **Our location just outside the hustle and bustle of the city affords you the desired quick commute to your city while providing you with a serene place to return to when your daily adventures are through.**

達佛迪度假村

不論您是要到外地出差，或是迫切需要從日常生活中喘口氣、休息一下，達佛迪度假中心是您遠離住家、到訪紐奧良時最舒適的住所。❶本度假村就位在喧鬧熙嚷的城市旁，在您歷經日常的挑戰後，提供您一個寧靜歸處的同時，也讓您得以快速地往返兩地。

That is not to say you will not have any adventures at the Daffodil Resort, however. Our facility is equipped with adventures of the more refined type. You can relax in luxury by our pool in your personal cabana with waiter service; you can melt away the stress of the day with a massage from one of our trained professionals; you can indulge in food prepared by world-famous chef Pierre Garson; you can treat yourself to our full-service spa. The list goes on and on!

但這並不表示您在達佛迪度假中心沒有任何探險的機會。本度假村附有更加精緻的體驗行程。您可以在有侍者服務的私人包廂游泳池畔盡情放鬆休憩；您可以在我們訓練有素的專業按摩師的按摩中，來緩解您一天的疲累；您可以讓自己沉醉在世界著名廚師皮爾·賈森所準備的美食中；您可以用我們全方位服務的水療來款待自己。這樣的例子不勝枚舉！

In observation of the World Home and Garden Expo hosted in New Orleans the week of May 3–7, we are discounting our prices by up to 30% for all reservations made by April 15 for this time period. Reservation packages will include your choice of one luxury service from our spa free of charge.

有鑑於紐奧良世界住宅與花園博覽會即將於 5 月 3 日至 7 日舉行，在這期間住宿的顧客，將可獲得七折起的優惠折扣。預約套組將可免費挑選一項水療奢華服務。

Make your reservation today by visiting our Web site at www.daffodilresort.com or by calling us at 252-553-6647.

今天就上我們的網站 www.daffodilresort.com 或撥打電話 252-553-6647 來預約吧。

字彙
be away on business 到外地出差
hustle and bustle of the city 喧鬧熙攘的城市
desired 想要的 (= wanted)
provide A with B 將 B 提供給 A
daily adventures 日常歷險
facility 場所；設施
refined type 精緻的類型
cabana 小屋；海邊或泳池邊小室
trained professional 訓練有素的專家
treat A to B 用 B 款待 A
by up to 30% 高達 30%
free of charge 免費
respite 暫離休息
afford 提供
quick commute to 快速往返
serene place 寧靜的地方
be through 結束；完成
be equipped with 裝配有……
relax in luxury 奢華地休憩
melt away 消失
indulge in 沉浸於
observation 觀察；實行
make a reservation 預約

解題策略

本題的關鍵字為度假村所在之處，因此請快速瀏覽本文，找出提及相關內容的部分。

❶文中出現 location，與題目關鍵字 located 同義，因此請優先確認該句話的內容。該句話提到度假村位在寧靜的地方，同時可以快速回到城市中。因此請以此內容為根據，對照選項內容，並選出答案。

3 請選出提到文中答題線索或換句話說的選項。

(A) In the center of New Orleans 在紐奧良市中心

(B) In the New Orleans French Quarter 在紐奧良的法國區

(C) Near a mountain range 靠近山脈

(D) Within a convenient distance of the city 在方便到達市區的距離內

▶ 第一段中寫道：「Our location just outside the hustle and bustle of the city affords you the desired quick commute to your city while providing you with a serene place to return to when your daily adventures are through.」，當中提到可以快速回到城市中，表示距離城市很近，因此答案為 (D)。

答案 (D)

STEP 3 實戰測驗！

Question 3 refers to the following memo.

To: Balton Group General Contractors

From: Matt Tompkins, Director of Safety

Date: January 22

We have had a sudden rise in site injuries over the past month, so I have revised some of our safety standards to address some key issues that have come to light. It is essential that you both familiarize yourself and educate your employees with these changes to insure the safety of everyone on our construction sites. By the end of next month, every site will have a surprise safety inspection, so immediate compliance is required. The Balton Group has always prided itself on excellence in workmanship as well as in taking care of our employees. Through these measures, we hope to ensure both of these principles.

Revisions:

Standard 3.5b: All individuals must wear safety helmets and glasses when within construction areas no matter what their function or purpose.

Standard 3.5c: No civilians are permitted within construction areas unless first cleared by the general contractor.

Standard 3.6a: Lunch breaks will be observed outside construction areas.

3. What is suggested about the Balton Group?
   (A) It recently opened a new office.
   (B) It plans to change its construction materials.
   (C) It manufactures safety equipment.
   (D) It has a high customer satisfaction rate.

Question 4 refers to the following news article.

Cuisine of Madrid

PARIS, May 5 – On Thursday, world-renowned Spanish chef Pedro Abano will delight Parisians with flavors from his home city: Madrid, Spain. Pedro, classically trained at the Chef's Institute of Spain, first made his name as an executive chef at Fuego in London 20 years ago. Since then, he has successfully opened ten different restaurants around the world, including in Great Britain, America, Spain, and Italy.

On May 8, Abano's eleventh restaurant, Pedro's, will open at the corner of Rue du Renard and Rue du Temple. "I am delighted to bring the flavors of my home to the streets of Paris," Abano said. "My mother, were she still with us, would be so delighted to know I've included her 'secret' recipe for flan on the menu. I'm sure it will be a big hit with Parisians!"

4. According to the article, why would Mr. Abano's mother be delighted?
   (A) He has been very successful.
   (B) He named his business after her.
   (C) Paris was her favorite city.
   (D) She made a contribution to the menu.

◆ 解答 p. 107

03 是非題

出題頻率
平均每回
9.25 題

出題重點

是非題的題目句中，關鍵字所涵蓋的範圍相當廣，通常要理解整篇文章的文意，才能順利解題，因此和「推論題」同屬 PART 7 中難度最高的類型。此類型主要分成「**選出正確選項**」，以及「**選出不正確選項**」兩大類，前者的出題頻率為每回平均 7.58 題；後者的出題頻率為每回平均 1.67 題，選出正確選項類型的出題頻率高於選出不正確選項的類型。

STEP 1 掌握重點題目類型！

以下為常見的是非題題目句：

- What is stated/mentioned/indicated about . . . ? 文中陳述／提及／指出了什麼？
- What is true about/of . . . ? 有關……，下列何者為真？
- What is NOT stated/mentioned/indicated about . . . ? 有關……，未陳述／提及／指出什麼？
- What is NOT true about/of . . . ? 有關……，下列何者為非？

STEP 2 一起來解題！

1 請找出題目關鍵字。

3. What is true of **the average Louisville home**? 關於路易維爾的普通住宅，下列何者正確？

▶ 本題的題目關鍵字為「What is true of . . . 」後方的 **the average Louisville home**（**Louisville** 的住宅）。

2 請看過選項，並確認答題關鍵字。

(A) It has been rising in value. 價值提高了。
(B) It has a history of more than two hundred years. 有超過 200 年的歷史。
(C) It sells for more than $300,000. 售價超過 30 萬元。
(D) It has a large backyard. 有一個大後院。

▶ 關鍵字為 Louisville 的住宅，因此閱讀文章時，請鎖定房價漲跌、歷史、買賣價格、附加設施等內容。

3 請一邊閱讀文章，一邊確認文中是否出現選項中的內容或提及相關資訊。

Exercise 3 refers to the following article.

The 10 Best Cities in the U.S.	美國十大最棒的城市
Louisville, CO	科羅拉多州 路易維爾
❶ History	❶ 歷史
Louisville, founded in 1887, was originally a mining town and was named after Colorado landowner	建於 1887 年的路易維爾，原本是一座採礦小鎮，是以科羅拉

Louis Nawatny. After the mines closed in the early 1900s, residents stayed on to develop the town we know today.

多州的地主路易斯・納瓦尼的名字來命名。1900 年代初期礦區關閉後，居民繼續留在那裡，將該城發展成我們現今所知道的模樣。

❷ Tourist Information

Nearby, you will find the Louisville Historical Museum, the Colorado Governor's Mansion, Louisville City Hall, and Harper Lake. Only 7 miles from Boulder, 18 miles from Denver, and just an hour from the Rocky Mountains, a stay in Louisville is sure to be full of fun and adventure!

❷觀光資訊

在附近，你會看到路易維爾歷史博物館、州長官邸、路易維爾市政廳以及哈波湖。距離波德只有 7 英里、離丹佛 18 英里，離洛磯山脈也只有一小時的路程，住在路易維爾絕對充滿樂趣與歷險！

❸ Real Estate

The average 3-bedroom, 2-bathroom single-family home sells for $290,000, which is up 13% from 5 years ago.

❸房地產

一般三房兩衛的單戶住宅售價為 290,000 元，比起五年前上漲了 13%。

Income

The median income is $65,000, and the unemployment rate is at 3% while the national averages are $52,000 and 8.5%, respectively.

收入

中等薪資收入是 65,000 元，失業率是 3%，而全國平均薪資與失業率分別是 52,000 元以及 8.5%。

Schools

Louisville public schools spend an average of $32,500 per student annually, which ranks among the top 50 school districts in the United States.

學校

路易維爾公立學校每年花在每位學生身上的平均經費是 32,500 元，排行在全美前 50 名學區間。

字彙

found 創建
be named after 以……命名
governor's mansion 州長官邸
fun and adventure 樂趣及冒險
single-family home 單戶住宅
unemployment rate 失業率
per student 每位學生
school district 學區
mining town 礦鎮
landowner 地主
be full of 充滿
real estate 房地產
median income 中等薪資收入
public school 公立學校
annually 每年

解題策略

是非題的答題線索通常不會集中在某一個段落，因此請快速瀏覽文章，並依照各選項中的關鍵字，確認內容正確與否。

❶ 歷史部分提到 Louisville 建於 1887 年，距今並未超過 200 年以上，由此可知 (B) 的內容有誤。

❷ 觀光資訊中並未提到與 (D) 有關的內容。

❸ 與五年前相比，房價上升了 13%，因此 (A) 的敘述正確；當中還提到以 29 萬美元售出，因此 (C) 的內容有誤。

4 請從文中找出選項的內容，並選出正確答案。

▶ 閱讀完 Real Estate 這個段落後，當中提到房價與五年前相比，上升了 13%，因此答案為 (A)。由❶和❸可以確認 (B) 和 (C) 皆為錯誤敘述；而文中並未提到有關 (D) 的內容，因此請直接刪去該選項。

答案 (A)

STEP 3 實戰測驗！

Question 5 refers to the following press release.

PUBLIC ANNOUNCEMENT

Ashcroft Enterprises' Director of International Operations, Reginald Davis, will be stepping down from his role, which he has held for the past 30 years, to spend more time with his family during a private time of need. "The reasons for my sudden departure have nothing to do with Ashcroft Enterprises. I look at my co-workers as members of my family and will miss them dearly. However, family matters necessitate that I take a step away from my consuming duties as Director of International Operations. While it is an amicable farewell, it is also a heartbreaking one," commented Mr. Davis.

The resignation, effective at the end of the month, is leaving the business in a hurry to find a suitable replacement for the long-time director. Those rumored to be under consideration are former state senate president Rob Ball and the founder of Pharm Technologies, Susan Doyle.

5. What is true about Mr. Ball?

(A) He wrote the announcement.

(B) He has applied for a job opening.

(C) He has experience in politics.

(D) He is retiring for personal reasons.

Question 6 refers to the following letter.

The Yellow Daffodil

Landscape Architects

552 Main Street – Winchester, VA 22601

Dear Ms. Matthews:

We are excited to have you join our team of inventive and industrious landscape architects here at the Yellow Daffodil. Your professors at the Colorado Springs School of Horticulture had nothing but positive things to say about your intelligence, your work ethic, and your ingenuity.

We plan for you to head up a new department with our company. We are expanding from typical landscape design to include goldfish and koi fish pond designs. We feel your expertise with water plants will prove very useful in the future success of this department. We have carefully selected 3 other team members to join you.

Attached, you will find your employment contract. Please review the contract and return it, signed, within 5 business days in order to completely secure your position. If you have any questions, you can refer them to our head of Human Resources, Barbara Fischer, at 334-2334.

Sincerely,

Roger Walker

---

6. What is NOT true about the department in which Ms. Matthews will be working?

(A) It has been newly formed.

(B) It will be comprised of 4 employees.

(C) The salary will be commission based.

(D) Matthews was asked to reply to the employment contract.

◆ 解答 p. 108

04 主旨或目的

出題頻率
平均每回
5.17 題

出題重點

詢問主旨或目的類型，考的是文中**最基本、核心的概念**。此類型經常會出現在電子郵件、公告或是新聞報導等篇章中，且大多會出現在閱讀測驗的**第一題**。而答題線索通常會出現在**前半段文章**中，少數情況會出現在其他段落中，請特別留意。

STEP 1 掌握重點題目類型！

以下為經常用來詢問主旨或目的的題目句：

- What is the purpose of . . . ? ……的目的是什麼？
- What is one of the purposes of . . . ? ……的目的之一是什麼？
- What is . . . (mainly) about? ……（主要）是關於什麼？
- Why was . . . sent to . . . ? ……為什麼會寄給……？
- What does . . . (mainly) discuss? ……（主要）是在討論什麼？

STEP 2 一起來解題！

1 請找出題目關鍵字。

4. **Why** was **the e-mail sent** to Mr. Brady? 為什麼要寄給布蘭迪先生這封電子郵件？

▶ 表面上看起來像是以 Why 開頭詢問相關細節的題型，但實際上詢問的是寄送電子郵件的目的。

2 請閱讀前半段文章，確認本文的意圖或目的。

Exercise 4 refers to the following e-mail.

Dear Mr. Brady,	親愛的布蘭迪先生：
I received your e-mail regarding your shopping experience on our online site, www.coast2coast.com. I am sorry you experienced the difficulties you mentioned and hope to help you with them.	茲收到有關您在本公司線上網站 www.coast2coast.com 購物經驗的電子郵件。我們對於您在信中提及碰到的問題感到非常抱歉，希望可以協助您處理。
❶ **In your e-mail, you describe difficulty entering your credit card information. Below are a few steps you can take to solve the problem.** I have checked our financial processing system, and it is fully functional. No	❶在您的電子郵件中，您描述了輸入信用卡資料時碰到的困難。以下是幾個可以解決的步驟。我已經檢查過本公司的金融作業系統，

glitches or other issues have been reported or discovered in the past week. This leads me to believe one of the following measures will solve the problem:

運作十分正常。過去的一週以來都沒有呈報或發現故障跟其他問題。這讓我相信以下其中一個方式將可解決您的問題：

1. Ensure the name you enter on our site exactly matches the name on your credit card.
2. Ensure the billing address you enter matches the billing address your credit card company has on file for your account.
3. Do not forget to enter the 3 digit code found in the signature bar on the back of your credit card in the CVC box on our site.

1. 確定您在網站上輸入的姓名與信用卡上的姓名完全相同。
2. 確定您輸入的帳單寄送地址與您在信用卡公司帳戶內所登記的地址相同。
3. 別忘了在本網站的驗證碼欄位上，輸入信用卡背面簽名欄的三位數數字碼。

If one of these measures does not solve your payment issue, please contact me directly at 888-535-2552 ext. 5535, and I will solve this issue with you.

如果以上方法都無法解決您的付款問題，請直接撥打 888-535-2552，分機 5535，與我聯繫，我將為您處理這個問題。

Thank you,

謝謝您。

Maria Vasquez
Customer Service
Coast 2 Coast Online Shop

瑪莉亞・瓦斯奎茲
顧客服務部
岸到岸網路商店

字彙
- **regarding** 關於 (= about)
- **financial processing system** 金融作業系統
- **glitch** 小故障
- **lead sb. to V** 致使某人去……
- **ensure** 確定 (= make sure)
- **account** 帳戶
- **signature bar** 簽名欄位
- **take steps** 採取步驟
- **functional** 正常運作的
- **measure** 方法；措施
- **exactly match** 完全相同
- **billing address** 帳單寄送地址
- **3 digit code** 三位數數字碼
- **payment** 付款

解題策略

主旨等同於**來信的目的**，因此重點在於掌握寄件人的想法。前半段文章中，通常會出現有關主旨的答題線索，因此請先快速瀏覽**前半段的內容**。

❶ 由文中這段話，可以得知寄件人是在針對顧客的問題提出解決方式。

3 請選出將文中答題線索換句話說的選項。

(A) He requested a discount. 他要求折扣。
(B) He wants to cancel an order. 他想要取消訂單。
(C) He applied to work for Coast 2 Coast. 他應徵了岸到岸公司的工作。
(D) He tries to present solutions to a customer. 他嘗試向顧客說明解決方案。

▶ 第二段第一句寫道：「In your e-mail, you describe difficulty entering your credit card information. Below are a few steps you can take to solve the problem.」，寄件人提到布蘭迪先生的問題在輸入信用卡資訊上，接著表示會告知他解決方法。由此可以得知，寄件人寄信的目的，因此答案為 (D)。

答案 (D)

STEP 3 實戰測驗！

Question 7 refers to the following e-mail.

From:	Paul Hoover <PHoover@himechanics.com>
To:	All employees <list@himechanics.com>
Date:	August 14
Subject:	Personal and Sick Days

This e-mail serves to inform you of some new policies surrounding scheduling personal days and requesting sick days. These changes will take effect as of September 1 and will apply to all Hi Mechanics employees.

Personal time off lasting more than 2 consecutive days will require the approval of your supervisor. These extended vacations will be approved on a first-come, first-served basis. In addition, sick time extending more than 2 consecutive days must be supported by a doctor's note. Your note can be submitted electronically via our intranet site or in person to your supervisor upon your return to work.

This is a general explanation of the changes in our policy. For full details and our reasoning, please visit the Human Resources Web site at www.himechanics.com/HR/LeavePolicies.

All questions and concerns should be directed to the Human Resources Department at extension 309.

7. What is the purpose of the e-mail?

(A) To inform customers of some new policies

(B) To request feedback on some new policies

(C) To give details regarding some new procedures

(D) To conduct a survey regarding the use of personal days

Question 8 refers to the following letter.

ArrowTech, Inc.

May 5

Dominic Martinez, Operating Manager, Phillips and Zenger Enterprises
33356 Old Dominion Dr. Arlington, VA 22660

Dear Mr. Martinez:

As of May 21, Arrowtech, Inc. will have completed our move to our new headquarters at 333 Park Drive, La Jolla, CA 90045. Our new phone and fax numbers will be 310-444-8989 and 310-444-9090, respectively. All other information for our company—e-mail, Web site, etc.—will remain the same.

Our Product Trial Department will remain at our former headquarters at 887 Research Drive, La Jolla, CA 90044.

Attached to this letter, you will find a brochure highlighting some of our newest products. Should you find any of these items of interest, please do not hesitate to contact me. I have enjoyed being your sales representative these past 5 years and do not anticipate this change in location to result in any disruption of the excellent service we will continue to provide.

Sincerely,

Mitchell Swan
Sales Representative
ArrowTech, Inc.

---

8. What is one of the purposes of the letter?

(A) To notify customers of a change in leadership

(B) To advertise special prices on old inventory

(C) To schedule a time to speak about an account

(D) To notify a customer of a change in contact information

◆ 解答 p. 110

掌握同義詞

出題頻率
平均每回
3.58 題

出題重點

每回測驗中，掌握同義詞的考題平均出現 3-4 題，屬於出題比重極高的考題。就算不知道單字的意思，也能由前後文意，選出正確答案。但是有些單字的意思不止一個，選項中可能會同時列出該單字的兩種意思。因此背誦單字時，建議**記下單字所有的意思**。

STEP 1 掌握重點題目類型！

以下為經常用來詢問同義詞的題目句：
In the memo, the word "-------" in paragraph 2, line 3, is closest in meaning to
在備忘錄中，第二段、第三行的「　」與下列哪個字的意思最接近？

STEP 2 一起來解題！

1 請找出題目關鍵字。

5. In the testimonial, the word "**untangled**" in paragraph 2, line 8, is closest in meaning to
在見證函中，第二段、第八行的「untangled」與下列哪個字的意思最接近？

▶ 本題詢問的是與 **untangled 意思相近的單字**。

2 請確認關鍵字所在的句子，並由前後文推敲關鍵字的意思。

Exercise 5 refers to the following testimonial.

Life-Changing Therapy
By Meredith Thomas

改變一生的療法
梅蕾迪斯．湯馬仕 撰

Physical therapy at Fast Rehabilitation changed my life. Or perhaps I should say it helped me to keep my life. I will be forever indebted to the doctors and technicians at this fabulous facility.

「快速復原診所」的物理治療改變了我的一生。或者我該說它幫助我活了下來。我會永遠感激這間優質診所的醫生與技術人員。

In 2017, shortly after I turned 50 years old, I was diagnosed with stage III breast cancer. A couple of months after my surgery, I realized that I was unable to straighten my left arm. I started physical therapy at Fast Rehabilitation for a condition called cording. **❶ The hospital explained that, due to the surgery, the fascia in my arm was like a bowl of spaghetti and would need to be untangled.** They used a technique

在 2017 年，就在我剛滿 50 歲沒多久，我被診斷出罹患乳癌第三期。手術後的幾個月，我發現我的左手臂無法伸直。我開始在快速復原診所進行一種針對腋網症候群的物理治療。❶醫院解釋說，因為手術的關係，手臂的腱膜就像是一碗義大利麵，需要解開糾結處。他

that uses a molded plastic tool to comb out the fascia. I was skeptical, but after just one treatment, I had significant relief from my anxiety.	們的方法是使用一個模塑的塑膠工具來梳理腱膜。一開始我感到存疑，但是在做完一個療程之後，我的焦慮明顯減輕許多。
Again, MANY thanks to Fast Rehabilitation for helping me to reach my goal and for getting me back to the activities I love.	再次十分感謝快速復原診所，幫助我達成目標，讓我重返我喜愛的活動中。

字彙
physical therapy 物理治療
be indebted to 感激
turn 50 years old 滿 50 歲
stage III breast cancer 乳癌第三期
straighten 伸直
comb out 梳理
cording (Axillary Web Syndrome) 繩索組織（腋網症候群）
rehabilitation 復原
fabulous facility 極好的場所
be diagnosed with 被診斷出……（疾病）
surgery 手術
fascia 腱膜；筋膜
skeptical 感到懷疑 (= doubtful)

解題策略

只要明確知道單字的意思，便能輕鬆解決同義詞考題。但是，若不確定單字的意思時，請務必由**前後文**推敲出意思。也就是說，先找出單字所在的句子，再確認前後句子的內容，選出最符合文意的同義詞。

❶ 單字所在的句子提到像義大利麵一樣捲在一起，需要被解開（untangle）。如果不知道 untangled 的意思，請由「像義大利麵一樣捲在一起」，推測出「需要恢復成正常狀態」，確認選項後，選出正確答案。

3 請選出與關鍵字意思最為接近的選項。

(A) untied 沒有打結的；解開的
(B) unrelated 無關的
(C) uninhibited 不受約束的
(D) understood 了解的

▶ tangle 的意思為「糾結、纏繞」，untangle 為反義詞，意思為「解開（纏繞在一起的東西）」。過去分詞 untangled 則表示把纏繞在一起的東西解開後的狀態，而 (A) 的意思為「沒有打結的；解開的」，故為正確答案。

答案 (A)

STEP 3 實戰測驗！

Question 9 refers to the following advertisement.

Crystal Clean Care

If you would like to ensure that the interior of your business is a clean and welcome environment for your staff and clients alike, consider using Crystal Clean Care. We serve our clients under the cover of night so as not to disturb the efficiency of your workday.

Our service professionals all undergo a criminal background check to ensure the safety of your property and undergo a thorough training program, where they are taught the art of cleaning so that we can offer our customers a 100% satisfaction guarantee. Choose from our nightly, weekly, and monthly service packages, depending on your cleaning needs.

Call 800-355-3255 to schedule a no-pressure visit from one of our cleaning specialists, who can talk about your needs and give you a complimentary service estimate. Mention this ad and receive your first cleaning service, free, with a signed contract.

9. In the advertisement, the word "thorough" in paragraph 2, line 2, is closest in meaning to

(A) simplistic

(B) quick

(C) complete

(D) naive

Question 10 refers to the following letter.

The Kline Company

Dear Ms. Farr,

We regret to inform you that, while we found your résumé quite impressive, we will not be able to offer you the Assistant Director of Marketing position you applied for.

However, we have another open position you may be qualified for. We would like you to come in and interview for the Senior Manager of Special Projects position. With your project management experience, we feel your skills line up nicely with this job. We have included the position details with this letter for you to review.

If you are interested, please contact Sheri Lindy in Human Resources at 888-777-8877, ext. 557. We hope to hear from you soon.

Sincerely,

Sarah Grant,
Director of Marketing

10. In the letter, the word "qualified" in paragraph 2, line 1, is closest in meaning to

(A) willing

(B) available

(C) competent

(D) precious

◆ 解答 p. 111

新 掌握意圖

出題頻率
平均每回
1.92 題

出題重點

此考題類型要掌握文中指定句的意圖，新制多益改制後，此類型多集中在「**文字簡訊**」或「**線上聊天**」文中，每回測驗中會出現 2 題。指定句通常是**針對前句話的答覆**，因此平常請多練習口語用法，培養對生活對話的語感。

STEP 1 掌握重點題目類型！

以下為常見的掌握意圖題目句：
At 5:47 P.M., what does . . . most likely mean when she writes, "-------"?
下午 5 點 47 分時，當她寫道「　」時，最有可能是什麼意思？

STEP 2 一起來解題！

1 請找出題目關鍵字。

6. At 7:13 P.M., what does Mr. Woodward most likely mean when he writes, "**Sweet**"?
晚上 7 點 13 分，伍德沃德先生寫道「太好了」，最有可能是什麼意思？

▶ 本題詢問的是文中「**Sweet**」此特定用法的意思。

2 請由前後文確認題目關鍵字在文中代表的意思。

Exercise 6 refers to the following text message chain.

Michelle Iser (7:09 P.M.) Hey, I got the job at Bites to Go. ❶ **Come and visit me, and I'll fix you up with a free sandwich.**	蜜雪兒・艾薩爾 （晚上 7:09） 嗨，我在「外帶簡餐店」找到工作了。❶來找我，我可以請你吃一份免費的三明治。
Peter Woodward (7:13 P.M.) Sweet! ❷ **I've been collecting stamps from Bites to Go, and I have two more to collect before I can get a free combo meal.**	彼得・伍德沃德 （晚上 7:13） 太好了！❷我一直在收集外帶簡餐的點數，再兩點就可以得到一份免費套餐了。
Michelle Iser (7:15 P.M.) I can only provide one free sandwich for you, but I will give you an extra stamp, so you can claim a combo meal whenever you want.	蜜雪兒・艾薩爾 （晚上 7:15） 我只能給你一個免費的三明治，不過我可以多給你一個點數，這樣你隨時都可以索取免費套餐。

字彙 **fix A up with B** 向 A 提供 B；為 A 安排 B　**extra claim** 額外索取 | **collect stamps** 收集點數

解題策略

雖然「掌握意圖題」和「掌握同義詞題」屬於不同類型，但是兩者的解題方式其實大同小異，所以只要確實**掌握指定句前後文的意思**，便能推敲出該指定句所代表的意圖。

❶ Michelle Iser 表示如果去找她，她會提供免費的三明治。

❷ Peter Woodward 表示自己正在搜集 Bites To Go 的點數，還需要兩點才能兌換免費套餐，由此可知他說「Sweet!」是表達自己對對方的提議感到感謝和開心。

3 請由文中的答題線索，推測出「Sweet!」的意思。

(A) He is happy he can get a free snack. 他因可以獲得免費點心而感到開心。
(B) He wants a sandwich that tastes sweet. 他想要一份吃起來甜甜的三明治。
(C) He will buy some sweets for Ms. Iser. 他會買一些甜點給艾薩爾女士。
(D) He wants to make a combo meal himself. 他想要自己做一份套餐。

▶ 蜜雪兒表示會提供免費三明治，而彼得說「Sweet!」則表達感謝和開心之意，因此答案為 (A)。

答案 (A)

STEP 3 實戰測驗！

Question 11 refers to the following text message chain.

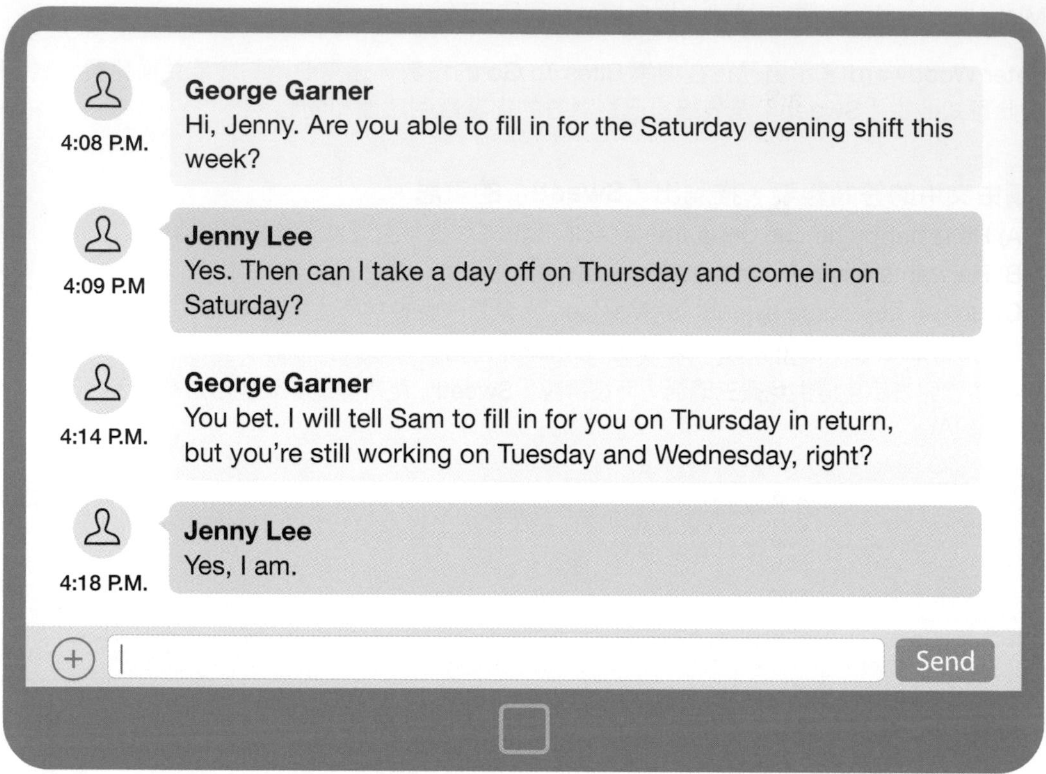

11. At 4:14 P.M., what does Mr. Garner most likely mean when he writes, "You bet"?

(A) He made a bet with his colleagues about the schedule change.

(B) He will allow Ms. Lee to switch her shift on Thursday.

(C) He wants to work on Tuesday and Wednesday.

(D) He is going to throw a surprise party for the workers.

Question 12 refers to the following text message chain.

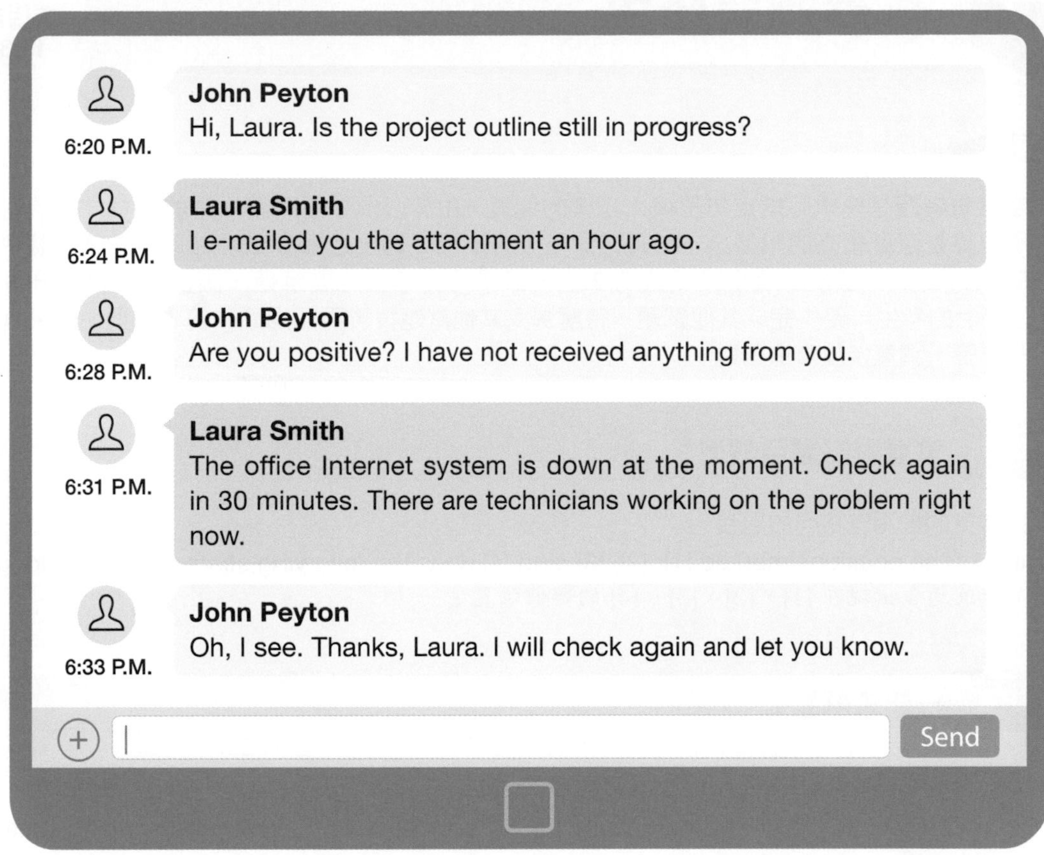

12. At 6:28 P.M., what does Mr. Peyton mean when he writes, "Are you positive?"

(A) He thinks the project outline was well done.

(B) He doubts he sent Ms. Smith an e-mail.

(C) He is unsure if he got Ms. Smith's e-mail.

(D) He wants Ms. Smith to think positively about the matter.

◆ 解答 p. 112

07 新 推測空格句

出題頻率
平均每回
1.83 題

出題重點

推測空格句考題是要求將指定句子填入正確的位置。由於必須了解整篇文章的文意才能順利解題，所以算是難度極高的類型之一。每回測驗中會出現 2 題，且僅會出現在單篇閱讀測驗中。PART 7 總共有 54 題，此題型雖然只有 2 題，卻得花費不少時間解題，因此建議目標分數為 850 分以上的考生，優先完成其他試題，待解決完其他試題後，再回過頭作答本題型。如果真的來不及作答，請直接放棄這兩題。

STEP 1 掌握重點題目類型！

以下為常見的推測空格句的題目句：
In which of the positions marked [1], [2], [3], and [4] does the following sentence best belong?
下列句子最適合出現在 [1]、[2]、[3]、[4] 的哪個位置？

STEP 2 一起來解題！

1 請閱讀題目中列出的句子，並確認句子的意思。

7. In which of the positions marked [1], [2], [3], and [4] does the following sentence best belong?
下列句子最適合出現在 [1]、[2]、[3]、[4] 的哪個位置？
"The Breckenridge **Resort** has **won 4 awards** this year alone."
「布雷肯里奇度假勝地光今年就榮獲四個獎項。」

▶ 指定句的核心關鍵字為 Resort、won、4 awards。

2 請先看過 [1]、[2]、[3]、[4] 前後方的句子，再從中找出上方關鍵字。

Exercise 7 refers to the following advertisement.

Breckenridge, Colorado—Nestled in the Rocky Mountains in Colorado, this ski town offers something for everyone. [1] Whether you ski, snowboard, or simply love enjoying fine dining accompanied with hot chocolate or shopping, a winter week spent in Breckenridge can't be beat.

科羅拉多州布雷肯里奇——坐落在科羅拉多州洛磯山脈懷抱的這座滑雪小鎮——布雷肯里奇，有適合每個人的活動。[1] 不論你要滑雪、玩滑雪板，或只想享受美味餐點，搭配著一杯熱可可或購物行程，冬天在布雷肯里奇度過一週絕對是無懈可擊的選擇。

[2] ❶ **Best Resort Restaurant, Best Resort Customer Service, Best Resort Accommodations, and Best Resort Amenities are those.** Not only does Breckenridge make a great winter destination, but tourists will find fun year round. [3] Ski slopes turn into high-speed slides during every season; art and music festivals dot its streets year round; and hiking and exploring the Rocky Mountains is a year-round activity. [4] Book your trip to Breckenridge today! (Book online at www.breckenridgeresort.com.)

[2] ❶「最佳度假餐廳獎」、「最佳度假顧客服務獎」、「最佳度假飯店住宿獎」以及「最佳度假飯店便利設施獎」就在這。布雷肯里奇不只是個很棒的冬天度假地點，遊客一整年都可以在這裡玩得很開心。[3] 在每一季中，滑雪的坡道都會轉換成高速滑道，整年度街道上到處都有藝術與音樂活動，健走與探索洛磯山脈更是終年的活動。[4] 今天就預約布雷肯里奇的旅程吧！（線上預約網址：www.breckenridgeresort.com）

字彙
- **nestled in** 坐落在
- **can't be beat** 無懈可擊；無可挑剔的
- **turn into** 變成
- **dot its streets** 佈滿街道
- **offer something for everyone** 有適合每個人的活動
- **accompanied with** 搭配；帶有
- **year round** 整年度
- **high-speed slide** 高速滑道
- **book online** 線上預約
- **make a great winter destination** 成為很棒的冬天度假地點

解題策略

「推測空格句考題」的解題方式和「掌握意圖題」、「掌握同義詞題」相同，請從**指定句前後的內容**，找出答題線索。也就是說，確認完指定句的意思後，再將指定句逐一套入空格句中，選出連接後最為通順的空格。但是，有時候光憑空格前後的兩句話，仍無法確認連接後是否正確，此時請一併確認空格前兩句話和後兩句話的內容。

❶ 指定句表達的重點為「今年獲得四個獎項」，而 [2] 的後方列出獎項名稱，因此本句話最適合填入 [2] 當中。[1]、[3]、4] 前後句皆未出現題目關鍵字。

3 請選出最適當的選項。

(A) [1]
(B) [2]
(C) [3]
(D) [4]

▶ 由上方解題過程，可以得知答案為 [2]。

答案 (B)

Question 13 refers to the following article.

Stapleton Community News **April 7**

Robert Mancini, for whom Mancini Park at the crossroads of Main Street and Cherry Blossom Lane was named, passed away last Friday after a long battle with cancer of the liver. [1] Mr. Mancini is survived by his wife Mildred, 3 children, and 7 grandchildren. A memorial service is planned for April 8 at 11 A.M. at Bell's Funeral Home. All are invited to attend. [2]

Mr. Mancini moved to Stapleton in 1936 as a young boy with his family. His father, Michael Mancini, owned 35 acres of land and was a cattle farmer. [3] When Robert returned from earning his bachelor's in business management from Iowa State University, he had great plans for our small community. He started Mancini's General Store in 1942, was elected town mayor in 1948, and succeeded in improving our streets, schools, public parks, and economy during his 20-year stint in this role.

[4] We at Stapleton Community News would like to thank Mr. Mancini and his family for all they have done and continue to do to make Stapleton great! Robert, you will be missed!

13. In which of the positions marked [1], [2], [3], and [4] does the following sentence best belong?
"Without Robert Mancini, Stapleton would not be the remarkable community it is today."

(A) [1]
(B) [2]
(C) [3]
(D) [4]

Question 14 refers to the following invitation.

Virginia Estates Annual Foxhunt and Breakfast

You are cordially invited to the Virginia Estates Annual Foxhunt and Breakfast. [1] Once again, Virginia Estates will be sponsoring a foxhunt on July 1 at 7:00 A.M. The hounds will be released at exactly 7:30 A.M., and the chase will begin! [2]

Upon completion of the ride, riders and their guests are invited back to the main house for a scrumptious breakfast complete with eggs Benedict, Florentine hash browns, fresh sausage and bacon, made-to-order waffles, French toast, fresh fruit, lobster tails, and shrimp cocktail as well as an assortment of cheeses, salads, muffins, buns, and rolls. [3]

Please present this ticket at the main house to meet with the groom individually assigned to you. [4] Please advise the groom of your riding experience and comfort level before your horse is selected. We hope to see you there!

14. In which of the positions marked [1], [2], [3], and [4] does the following sentence best belong?
"From there, you will be escorted to the stables, where a suitable horse will be selected for you."

(A) [1]
(B) [2]
(C) [3]
(D) [4]

◆ 解答 p. 113

Part 7

文章分類篇

PART 7 搶分密技

實施新制多益測驗後，PART 7 的題數從 48 題增加為 54 題，使得考生的壓力有增無減。作答本大題時，**善用解題技巧**是相當重要的一環，但是真正的關鍵在於如何**適當分配答題順序**。請儘可能先完成**一半以上的雙篇閱讀和多篇閱讀測驗題**後，再回到單篇閱讀測驗中作答。因為在本大題中，雙篇和多篇閱讀的比重將近 50%，如果花費過多時間在單篇閱讀測驗題，將無法顧及雙篇和多篇閱讀測驗題，最後不僅來不及作答，還可能因此亂了陣腳，無法好好完成所有考題。

因此，請依照「**雙篇閱讀⇨多篇閱讀⇨單篇閱讀**」的順序作答，避免前述情形發生。另外，目標 850 分以上的考生，千萬不要強迫自己一定要在時間內完成所有試題。如果時間上真的來不及作答，請果斷跳過新制測驗中新增的推論類型，勇敢放棄作答也是一種答題策略。

目標答對題數 **45** 題

每回平均出題比例

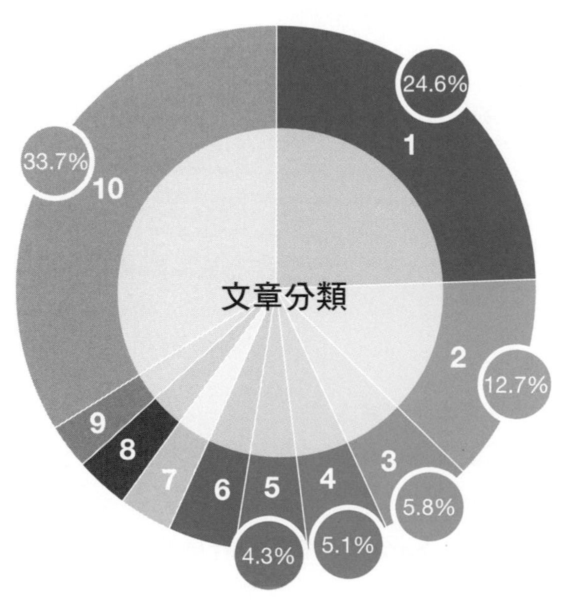

❶ 電子郵件
❷ 專題報導文章
❸ 公告／通知
❹ 文字訊息
❺ 線上聊天
❻ 廣告
❼ 資訊
❽ 信件
❾ 備忘錄／內部公文
❿ 其他

01 電子郵件（E-mail）

出題頻率
平均每回
5.67 題

出題重點

商貿往來中，最常使用**電子郵件（E-mail）**作為雙方溝通的方式。此類文章出題的比例相當高，算是 PART 7 中最常見的文章類型。電子郵件的內容相當多元，難以一一列舉，其中較常見的主題為介紹公司或產品的文章。碰到此類電子郵件時，解題重點在於**先查看寄件人和收件人**，以及**主旨的內容**，並確認**寄送電子郵件的目的**，以便掌握全文的脈絡。

STEP 1 掌握重點題目類型和例句！

1. **主旨及目的**
   What is the purpose of the e-mail? 這封電子郵件的目的是什麼？
2. **特定人物**
   Who most likely is . . . ? ……最有可能是……？
3. **地點**
   Where does . . . work . . . ? ……在哪裡工作……？
4. **針對收件人的推論**
   What is suggested about . . . ? 關於……，文中提到了什麼事？
5. **原因及理由**
   Why was . . . delayed . . . ? ……為什麼延遲……了？
6. **針對特定對象的事實**
   What is true about . . . ? 關於……，下列何者正確？

STEP 2 一起來解題！

1 請掌握題目類型，並確認出題重點。

1. Why was the message sent? 為什麼寄出這封訊息？
   ▶ 雖然本題的疑問詞為 Why，但是實際上詢問的是寄送電子郵件的目的。
2. What happened to Sara's cell phone? 莎拉的手機怎麼了？
   ▶ 本題為掌握相關細節的考題，出題重點為 **Sara 的手機發生什麼事**。

2 請查看文章，迅速掌握各段落的核心內容。

Exercises 1-2 refer to the following e-mail.

收件人和寄件人	**TO:** Jennifer Green [jgreen@mail.com] **FROM:** Sara Holliday [sholliday@mail.com]
簡單的問候語	Hey, girl,
告知無法如期赴約的原因	Sorry I missed you at the coffee shop today. [2]**I dropped my cell phone this morning, and it shattered into a hundred pieces.** I don't have your number saved anywhere, so I didn't know how to get a hold of you. I couldn't come at 2 P.M. like we had planned because Tommy got sick with a stomach bug, so I had to stay home with him and nurse him back to health. He's still feeling pretty rotten, so we'll probably be stuck at home the next few days.
提出解決問題的方式	Until I get a new cell phone, you will only be able to reach me via e-mail, so let me know what's going on!
感謝語和寄件人	Thanks, Sara

1 段落

＊ 文章中譯在解析本 P. 114

字彙
shatter into a hundred pieces 摔得支離破碎
get sick with 因……感到不適
nurse 看護；照料
feel pretty rotten 感覺十分糟糕；很難受
reach me via e-mail 以電子郵件和我聯繫
get a hold of 聯繫
a stomach bug 胃病；腸胃炎
back to health 恢復健康
be stuck at home 困在家裡

3 請根據每題的出題重點，選出包含文中答題線索，或是換句話說的選項。

1. **出題重點：寄送電子郵件的目的**

(A) Sara had to cancel an outing with Jennifer. 莎拉必須取消和珍妮佛的外出約會。
(B) Sara needed to apologize for her absence. 莎拉必須為她的缺席致歉。
(C) Jennifer wanted advice about her sick son. 珍妮佛想要獲得有關她生病兒子的建議。
(D) Jennifer lost Sara's phone number. 珍妮佛把莎拉的電話號碼弄丟了。

解說 本題詢問主旨，第一段中提到手機摔壞、照顧 Tommy 等原因，導致沒辦法如期赴約，與 (B) 的內容一致。

答案 (B)

2. **出題重點：Sara 的手機發生什麼事** 關鍵字 Sara's cell phone

(A) She left it at work. 她把它忘在辦公室了。
(B) The battery died. 電池沒電了。
(C) She broke it. 她把它摔壞了。
(D) She canceled her service. 她取消了服務。

解說 第一句後方寫道：「I dropped my cell phone this morning, and it shattered into a hundred pieces.」，表示手機摔成碎片，與 (C) 的內容一致。

答案 (C)

STEP 3 實戰測驗！

Questions 1-2 refer to the following e-mail.

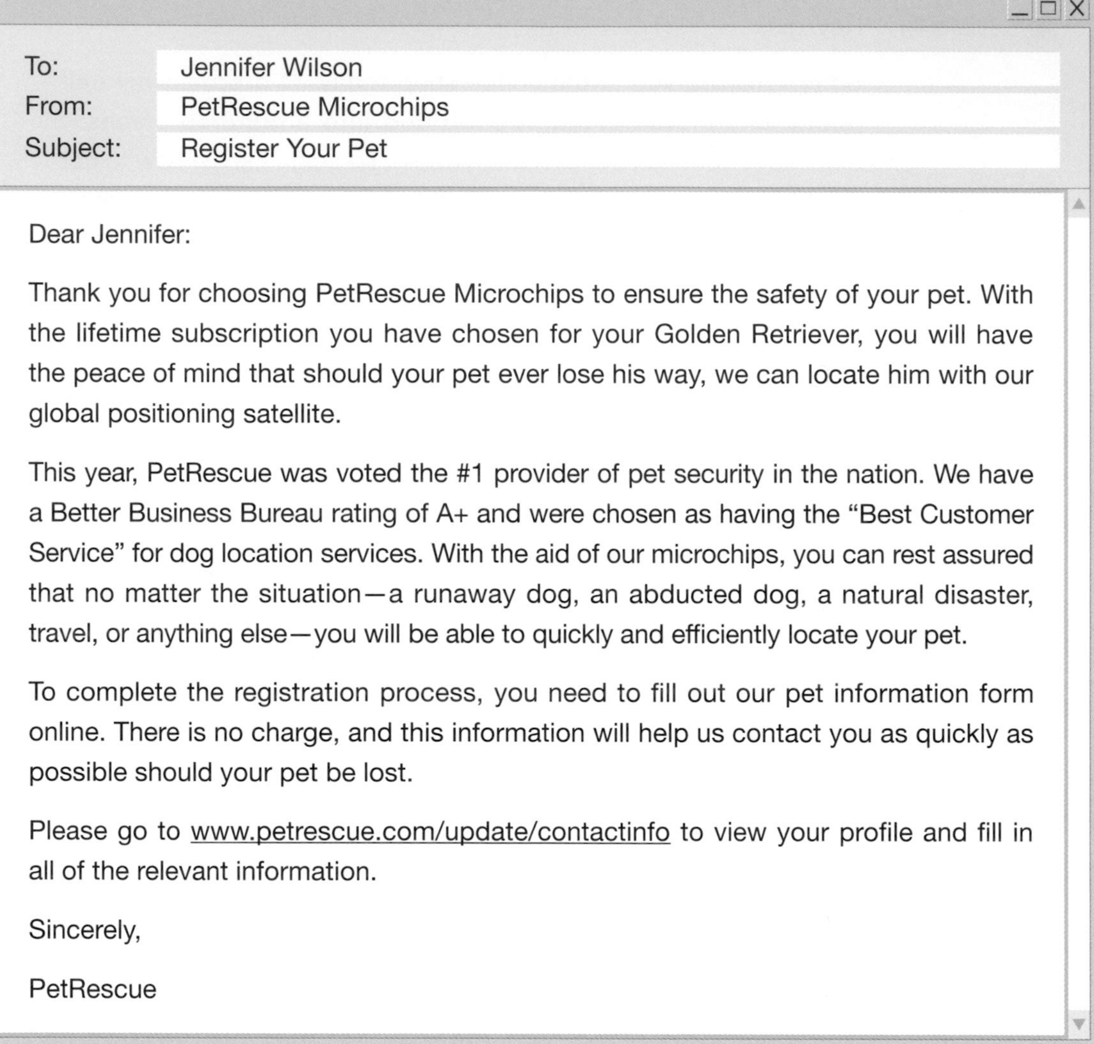

To: Jennifer Wilson
From: PetRescue Microchips
Subject: Register Your Pet

Dear Jennifer:

Thank you for choosing PetRescue Microchips to ensure the safety of your pet. With the lifetime subscription you have chosen for your Golden Retriever, you will have the peace of mind that should your pet ever lose his way, we can locate him with our global positioning satellite.

This year, PetRescue was voted the #1 provider of pet security in the nation. We have a Better Business Bureau rating of A+ and were chosen as having the "Best Customer Service" for dog location services. With the aid of our microchips, you can rest assured that no matter the situation—a runaway dog, an abducted dog, a natural disaster, travel, or anything else—you will be able to quickly and efficiently locate your pet.

To complete the registration process, you need to fill out our pet information form online. There is no charge, and this information will help us contact you as quickly as possible should your pet be lost.

Please go to www.petrescue.com/update/contactinfo to view your profile and fill in all of the relevant information.

Sincerely,

PetRescue

1. What information does the e-mail communicate?

(A) Jennifer needs to complete some additional reports.

(B) Jennifer's pet identification service is about to expire.

(C) Golden Retrievers are not often stolen or lost.

(D) Jennifer's lost pet has been located by the satellite.

2. What service does PetRescue provide?

(A) Saving abused and malnourished animals

(B) Using global positioning satellites to locate wild animals

(C) Utilizing technology to safeguard animals

(D) Keeping health records for family pets

◆ 解答 p. 114

Questions 3-4 refer to the following e-mail.

To:	ebowers@mail.com
From:	sales@onlineauction.com
Date:	July 3
Subject:	Your Purchase

Dear Mr. Bowers,

Congratulations! Your bid of $732 has won the item:

Authentic *Star Wars IV* movie poster—framed

To complete your purchase, you must submit payment within 24 hours. Failure to pay by 11:32 A.M. on July 4 will result in the item going to the next highest bidder. You can complete your payment by going to www.payhere.com and entering invoice #22341. Purchase details are as follows:

Authentic *Star Wars IV* movie poster—framed	$732.00
Online Auction Bidding Fee (3% of bid)	$21.96
Shipping and Handling	$25.00
Total Due:	$778.96

Thank you for shopping at OnlineAuction.com, the world's best online auction site!

3. What is mentioned about the item?

(A) It is already stored behind glass.

(B) It is manufactured by OnlineAuction.com.

(C) It is a recreation of an original item.

(D) It was once displayed in a museum.

4. What will happen if Mr. Bowers does not pay within 24 hours?

(A) He will be charged a late payment fee.

(B) He will no longer be allowed to shop at the store.

(C) He must re-submit a bid for the item.

(D) He will forfeit his purchase of the item.

◆ 解答 p. 114

專題報導文章（Article）

出題頻率
平均每回
2.92 題

出題重點

專題報導文章（Article）和**電子郵件（E-mail）**皆屬於常見的文章類型，出題的比例也相當高。報導文章的內容包含人物、文化、社會、環境等各式各樣的主題，因此文中會出現一些不太常見的單字，算是難度較高的文章類型。雙篇閱讀測驗中，經常會搭配**電子郵件（E-mail）**一同出題；多篇閱讀測驗中，則會搭配**廣告（Advertisement）**或**資訊（Information）**一起出題。

STEP 1 掌握重點題目類型和例句！

1. **文章的主旨及目的**
   What is the purpose of the article? 這篇文章的目的是什麼？
2. **特定人物**
   Who is . . . ? ……是誰？
3. **地點**
   How many . . . are currently in . . . ? 現在有多少……在……？
4. **推論和事實關係**
   What is suggested about . . . ? 關於……，文中提到了什麼事？
5. **事件的原因及理由**
   Why is . . . undergoing . . . ? 為什麼……正在經歷……？

STEP 2 一起來解題！

1 請掌握題目類型，並確認出題重點。

1. What is the purpose of the article? 這篇文章的目的是什麼？
   ▶ 本題為主旨題，出題重點為文章的目的。
2. What is mentioned as a purpose of Safe Ride Home?
   下列何者為「安全乘車回家計畫」的目的？
   ▶ 本題為是非題，出題重點為 Safe Ride Home 的目的。
3. What is indicated about Chapman? 關於查普曼，文中暗示了什麼事？
   ▶ 本題為是非題，出題重點為針對 Chapman 提及的內容。

2 請查看文章，迅速掌握各段落的核心內容。

Exercises 1-3 refer to the following article.

獲頒獎項	Charleston, SC (March 20) — Aaron Chapman, a retired naval officer, will receive the American Bravery and Service Award for his 35 years' service in the armed forces. This award is presented to one retired member of each branch of the armed forces each year: the Army, the Navy, the Marines, and the Air Force.
軍人時期的功績	During his time in the military, Chapman served in 3 active wars and in over 10 different countries. His active duty file is full of accolades and accounts of his bravery. [3] **He has received the Purple Heart—an award for acts of bravery in combat—3 times during his career and is said to have saved hundreds of lives through his acts of valor and ingenuity.**
投入慈善活動和該計畫	Not only was Chapman a dutiful soldier, but he is a valuable United States citizen as well. During his time off duty, Chapman mainly volunteered at charitable organizations wherever he was stationed at the time. [2] **In his forties, Chapman organized the Safe Ride Home Program, which was a free program that would give rides to anyone who had consumed too many alcoholic beverages to drive safely home—even those under the legal drinking age.**
介紹其他同樣獲頒獎項者	The other American Bravery Award recipients this year are Christine Brown of the Marines and Arthur Davies of the Air Force.

1 全文

＊ 文章中譯在解析本 P. 116

字彙
- **retired naval officer** 退休海軍官員
- **armed forces** 軍隊
- **Army** 陸軍
- **Marines** 海軍陸戰隊（隊員）
- **active war** 進行中的戰爭
- **be full of** 充滿
- **accounts of his bravery** 英勇事蹟的紀錄
- **ingenuity** 足智多謀
- **in his forties** 在他 40 幾歲時
- **consume too many alcoholic beverages** 喝太多含酒精飲料
- **American Bravery and Service Award** 美國英勇服務獎
- **recipient** 接受者；領受者
- **be presented V** 被頒發給
- **Navy** 海軍
- **Air Force** 空軍
- **active duty file** 現役的檔案
- **accolade** 推崇；讚揚
- **acts of valor** 英勇事蹟
- **dutiful soldier** 忠於職守的士兵
- **give rides to** 載……一程
- **under the legal drinking age** 未達法定飲酒年齡

3 請根據每題的出題重點，選出包含文中答題線索，或是換句話說的選項。

1. **出題重點：報導的目的**

(A) To explain the many dangers of drunk driving 說明酒駕的危險
(B) To describe the attributes of a medal recipient 描述得獎者的貢獻
(C) To invite the public to a celebratory event 邀請大眾參加慶祝活動
(D) To profile a new business in the Charleston area 簡介查爾斯頓地區的新商家

解說 文章各段的重點如下：

第一段——Aaron Chapman 獲頒獎項。

第二段——他軍人時期的種種事蹟。

第三段——身為美國國民的活躍表現。

由此可知本文探討的是獲獎者的獨特性，因此選擇 (B) 最為適當。雖然本文前半段就提到 Aaron Chapman 獲頒獎項一事，但是整篇文章還有介紹獲獎者的經歷和目前從事的活動，因此必須由整篇文章的內容確認主旨。

答案 (B)

2. **出題重點：Safe Ride Home 的目的** 關鍵字 Safe Ride Home

(A) Reporting drunk drivers to the police 向警方舉報酒駕駕駛人
(B) Providing a safe place for minors to drink 提供未成年者一個安全飲酒的環境
(C) Organizing a race to raise money for charity 籌辦慈善募款路跑活動
(D) Providing transportation for the inebriated 提供喝醉的人交通工具

解說 第三段寫道：「In his forties, Chapman organized the Safe Ride Home Program, which was a free program that would give rides to anyone who had consumed too many alcoholic beverages to drive safely home – even those under the legal drinking age.」，當中針對 Safe Ride Home 進行說明，選項中 (D) 的內容最為符合。

(D) 為換句話說的選項，改寫文中的「a free program that would give rides to anyone who had consumed too many alcoholic beverages to drive safely home」。

答案 (D)

3. **出題重點：針對 Chapman 提及的內容** 關鍵字 Chapman

(A) His son was killed by a drunk driver. 酒駕司機撞死了他的兒子。
(B) He was a general in the Navy. 他曾是海軍上將。
(C) He has received several other awards. 他曾獲頒其他獎項。
(D) He now owns his own business. 他現在有自己的公司。

解說 第二段寫道：「He has received the Purple Heart – an award for acts of bravery in combat – 3 times during his career and is said to have saved hundreds of lives through his acts of valor and ingenuity.」，表示他曾三度獲頒紫心勳章獎項，(C) 的內容最為符合。(C) 為換句話說的選項，改寫文中的「He has received the Purple Heart 3 times」。

答案 (C)

STEP 3 實戰測驗！

Questions 1-3 refer to the following article.

Construction Scheduled for Baytown Public Library

October 15—Card-carrying members of the Baytown Public Library will soon be able to find a new favorite book, search the Internet, and learn about the Dewey Decimal System in the halls of the newly renovated Baytown Public Library. The library has been closed to the public for the past 3 months so the massive renovation could be completed, but construction manager Jeff Bridges announced at a press conference Monday morning that the doors are set to open once again on October 23.

The building project was funded by donations from Baytown's citizens, library funds, and city taxes. "It has been made clear to us that the Baytown Public Library is important to the citizens of our fine city. We were overwhelmed by the flood of donations of funds as well as labor and supplies, that flooded our office once the renovation plans were announced," commented library manager Cindy Woods.

The block in front of the library along Main Street will be closed on October 23 due to the grand reopening celebrations. Musical performances by local bands, book signings by local authors, and food galore will be available to all those in attendance. Visit the library's Web site at www.bpl.org for more information.

1. For whom is the article primarily intended?
(A) Local authors
(B) Travel agents
(C) Traffic controllers
(D) Library patrons

2. What is indicated about the grand reopening?
(A) It will be a private event for library sponsors.
(B) It has been delayed another month.
(C) It will affect normal traffic patterns.
(D) It will take place at the city park.

3. Which is stated about the renovation project?
(A) It took approximately 3 months.
(B) It was funded solely by donations.
(C) Cindy Woods is the construction manager.
(D) It exceeded its allotted budget.

◆ 解答 p. 116

Questions 4-5 refer to the following article.

A green movement has been sweeping Cade County for the past few months, and we are happy to report some surprising results. The Brick-It movement, where a local environmentalist group called Earth Friendly Practices (EFP) has been leaving bricks on the doorstep of residents' homes, asking them to put it in their traditional toilet tanks to displace the water, thereby using less water per flush, was first viewed with skepticism. "What did I think when I found a brick wrapped with paper instructions on my doorstep? I thought I was being warned that the next time, the brick would go through my front door!" laughed resident Kathy Stevens.

But after news reports discussing this goodwill endeavor flooded the airways, residents apparently started using the bricks as intended. "In the 3 months since EFP started distributing bricks, we have seen a 30% decrease in our county's overall water usage. That is the most incredible reduction I've seen in my 20 years working at the city water facility!" commented Cade County Water Facility Manager Walter Reed.

4. What is the main idea of this article?

(A) A community found a creative way to save water.

(B) Some families use more water than others.

(C) There are organizations aiming to increase brick sales.

(D) Working at the county water facility is a long-term job.

5. What is most likely found on the wrapping paper?

(A) A discount coupon for toilet paper

(B) A letter warning residents about water pollution

(C) Information on how the brick can be used

(D) Contact information for the Earth Friendly Group

◆ 解答 p. 116

公告／通知（Notice）

出題頻率
平均每回
1.33 題

出題重點

每回多益閱讀測驗的單篇閱讀測驗中，平均會出現一篇**公告／通知（Notice）**，考題通常會詢問公告／通知的**主旨**或**目的**。而在雙篇或多篇閱讀測驗中，則會搭配**表格（Form）**、**電子郵件（E-mail）**或**網頁（Web page）**一起出題，文章內容通常會是特定區域或公司內的公告、通知、演講、活動等。

STEP 1 掌握重點題目類型和例句！

1. **公告／通知的主旨及目的**
   What is the purpose of the notice? 這篇公告／通知的目的是什麼？
2. **地點**
   Where will . . . be held? ……將會在哪裡舉辦？
3. **建議及要求事項**
   What is the . . . of the notice asked to do? 公告／通知的……被要求做什麼？
4. **確認事實**
   What is true about . . . ? 關於……，下列何者為真？

STEP 2 一起來解題！

1 請掌握題目類型，並確認出題重點。

1. What is the purpose of the notice? 這篇公告／通知的目的是什麼？
   ▶ 本題為主旨題，出題重點為**公告或通知的目的**。
2. What is the condition under which the customer's account is covered?
   顧客的帳戶受到保護的條件是什麼？
   ▶ 本題為掌握細節的考題，出題重點為**帳戶受到保護的條件**。

2 請查看文章，迅速掌握各段落的核心內容。

Exercises 1-2 refer to the following notice.

寄件主旨	BLUE BELL CASINO and RESORTS
發送通知的緣由	Email Alert You have selected to receive electronic communications from Blue Bell Casino and Resorts.
特定商品／服務名稱	[1] **Bell Link Online Betting**
特定商品／服務說明	Blue Bell Casino and Resorts is dedicated to acting in our customers' best interests. We understand that security is one of your top concerns. [1] **That is why we have created SafeSure, our online protection program. Sign on to Bell Link Online Betting and be assured of your safety.** [2] **BBC&R guarantees that you will be completely protected in the unlikely event that money is taken from your account while using our Bell Link Online Betting Web site provided that you do not disclose your password.** At Blue Bell, we will continue to provide our customers with services they need to find financial security.
使用費用	There are no charges for this service although there may be costs associated with online gaming, such as usage charges from Internet service providers and telephone companies, which are the responsibility of the customer.
感謝語	Thank you for using Blue Bell Casino and Resorts.

＊ 文章中譯在解析本 P. 118

字彙

- select to V 選擇做……
- be dedicated to V-ing 專心致力於……
- security 保全；安全
- online protection program 線上保護計畫
- be assured 得到保證的；確信的
- in the unlikely event that ……的可能性不大
- provided (that) 只要；倘若；以……為條件
- financial security 財務安全
- act in our customers' best interests 以顧客最大利益為出發點
- electronic communications 電子通訊
- usage charges 使用費；手續費
- top concerns 最關心的事；最大的顧慮
- sign on to 登入……
- guarantee 保證
- account 帳戶
- disclose 透露
- charges for 收費
- Internet service provider 網路服務供應商

3 請根據每題的出題重點，選出包含文中答題線索，或是換句話說的選項。

1. **出題重點：通知的目的**

(A) To publicize a new service 宣傳一項新的服務
(B) To attract new customers 吸引新客戶
(C) To inform club members about policy changes 通知俱樂部會員條款變動
(D) To apologize to club members for the lack of security 因安全性不足向俱樂部會員道歉

解說 上方寫到服務名稱為 Bell Link Online Betting，下方則介紹網站提供的保安服務，因此答案為 (A)。

第一句寫道：「You have selected to receive electronic communications from Blue Bell Casino and Resorts.」，由此話可以得知通知的收件人為原本的顧客，因此 (B) 的敘述有誤。而且本文介紹的是公司新的保安服務，與 (C) 條款變動無關；(D) 的敘述也不正確。

答案 (A)

2. **出題重點：帳戶受到保護的條件** (關鍵字) customer's account is covered

(A) When the minimum balance is maintained 當維持最低餘額時
(B) When the customer subscribes to the service 當顧客訂購服務時
(C) When the password is concealed 當密碼被隱藏時
(D) When the customer makes a purchase 當顧客購買時

解說 文中寫道：「BBC&R guarantees that you will be completely protected in the unlikely event that money is taken from your account while using our Bell Link Online Betting Web site provided that you do not disclose your password.」，表示使用 Bell Link Online Betting 網站時，只要不洩漏密碼，帳戶將受到保護，因此答案為 (C)。

(C) 為換句話說的選項，將文中的 provided that you do not disclose your password 改寫成 When the password is concealed。

答案 (C)

STEP 3 實戰測驗！

Questions 1-2 refer to the following notice.

Personal Use of Social Networks

First of all, please know that the management of this company is 100% committed to the ongoing professional development of our employees and that we understand Internet use can be geared toward this function. It is not our desire to monitor your Internet usage and to evaluate the appropriateness of each minute you spend online.

The Bottom Line

We understand the need and benefits of participating in social networking. What we request is that you use your break time to conduct your personal networking. Employees found using social networking outside these limits will be sent to Human Resources to have their status reviewed.

1. What is the topic of this notice?

(A) Inappropriate use of company resources

(B) Violations of current federal laws

(C) The mandatory halt of all personal Internet use

(D) The mandatory use of social networking to increase business

2. What does the management intend to do about wasted time?

(A) Require employees to work during breaks

(B) Report such instances so that employees are reprimanded

(C) Begin to monitor all employees' Internet use

(D) Block all social networks from use

◆ 解答 p. 118

Questions 3-4 refer to the following notice.

Norfolk Ferry

The Norfolk City Ferry will be observing new hours to handle increased passage during the summer months due to the tourism in our city:

Monday through Thursday:

– Ferries will depart every 30 minutes from 6 A.M. to 6 P.M.

– Ferries will depart every 60 minutes from 6 P.M. to 10 P.M.

Friday:

– Ferries will depart every 30 minutes from 6 A.M. to 11 P.M.

Saturday:

– Ferries will depart every 60 minutes from 6 A.M. to 10 A.M. and from 8 P.M. to 11 P.M.

– Ferries will depart every 30 minutes from 10 A.M. to 8 P.M.

Sunday:

– Ferries will depart every 60 minutes from 6 A.M. to 10 A.M. and from 5 P.M. to 10 P.M.

– Ferries will depart every 30 minutes from 10 A.M. to 5 P.M.

This schedule is effective from June 1 through September 1.

3. What is the reason for the decision regarding the ferry hours?

(A) Heavy usage

(B) Budget cuts

(C) New regulatory requirements

(D) Weather

4. On what day does the ferry run past 10 P.M.?

(A) Monday

(B) Friday

(C) Thursday

(D) Sunday

◆ 解答 p. 118

新 文字簡訊 (Text Message Chain)

出題頻率
平均每回 1.17 題

出題重點

每回多益閱讀測驗中，平均會出現一篇文字訊息對話（Text Message Chain）。這類文章和線上聊天一樣，以口語用法為主，當中會出現許多較為簡潔的用法，因此要練習掌握各句前後的脈絡和字裡行間代表的意涵。另外，考題通常會出現**相關細節題**或**推論題**，較少詢問主旨或目的。

STEP 1 掌握重點題目類型和例句！

1. **行業類別**
   What type of business does . . . do? ……從事哪一行？
2. **掌握意圖**
   At 11:20 A.M., what does . . . most likely mean when she writes, "It makes sense"?
   上午 11:20 時，當……寫道：「有道理」，最可能是什麼意思？
3. **討論事項**
   What are . . . discussing? ……正在討論什麼？
   What problem does . . . mention? ……提到了什麼問題？
4. **原因**
   Why did . . . write to . . . ? ……為什麼要寫給……？

STEP 2 一起來解題！

1 請掌握題目類型，並確認出題重點。

1. What are Ms. Garcia and Mr. Boil expected to bring to the lecture tomorrow?
   賈西亞女士和波伊先生打算明天要帶什麼到課堂上？
   ▶ 本題為掌握相關細節的考題，出題重點為帶去課堂上的東西。
2. At 6:13 P.M., what does Ms. Garcia mean when she writes, "No way!"?
   晚上 6:13 時，賈西亞女士寫了：「不會吧！」，是什麼意思？
   ▶ 本題要掌握指定句的意圖，出題重點為「No way」代表的意涵。

2 請查看文章，迅速掌握各段落的核心內容。

Exercises 1-2 refer to the following text message chain.

訊息的主旨和意圖	Darnell Garcia (6:02 P.M.)	Hi, Conor. Where is our lecture taking place tomorrow?
告知相關資訊和額外資訊	Conor Boil (6:04 P.M.)	It's in Room 201 in the main building. [1] **Make sure you bring a printed copy of your assignment with you.** In addition, can I borrow your textbook this weekend?
解決問題和提出額外疑問	Darnell Garcia (6:10 P.M.)	Ah, I almost forgot. Thanks again for the reminder, and yes, I will lend you my textbook. When is our presentation due by the way?
相關資訊	Conor Boil (6:11 P.M.)	[2] **I'm not too sure, but sometime next week I think.**
說出指定句和下一步計畫	Darnell Garcia (6:13 P.M.)	[2] **No way!** I'd better get started on it then.

＊ 文章中譯在解析本 P. 119

字彙 take place 發生
assignment 作業
presentation 簡報；報告
had better + 原形動詞 最好……
printed copy 紙本
reminder 提醒
due 預期發生的 (= expected)

3 請根據每題的出題重點，選出包含文中答題線索，或是換句話說的選項。

1. **出題重點：帶去課堂上的東西** 關鍵字 bring to the lecture

(A) A copy of their presentation 一份他們的報告
(B) A printed document 紙本文件
(C) A textbook 教科書
(D) A digital assignment 作業的數位檔

解說 傍晚 6 點 02 分時，Darnell Garcia 詢問明天上課的地點。傍晚 6 點 04 分時，Conor Boil 回答在本館 201 教室，接著還說：「Make sure you bring a printed copy of your assignment with you.」，此為告知額外資訊。選項將當中的 a printed copy of your assignment 改寫成 a printed document，因此答案為 (B)。

答案 (B)

2. **出題重點：「No way」代表的意涵**

(A) She does not know where the lecture room is. 她不知道上課的教室在哪裡。
(B) She is going away next week. 她下禮拜要外出。
(C) She did not expect the presentation to be due so early.
她沒有預料到報告的期限這麼早到。
(D) She did not finish her assignment. 她沒有完成作業。

解說 6 點 10 分時，Darnell Garcia 詢問上台報告的時間。6 點 11 分時，Conor Boil 回答：「I'm not too sure, but sometime next week I think.」，表示似乎是下週某一天。「No way」通常用來表示「拒絕」或「否認」，而由前文內容可以看出，此處 Darnell Garcia 所說的「No way」指的是對於那麼快就要報告感到驚訝，因此答案為 (C)。

答案 (C)

STEP 3 實戰測驗！

Questions 1-2 refer to the following text message chain.

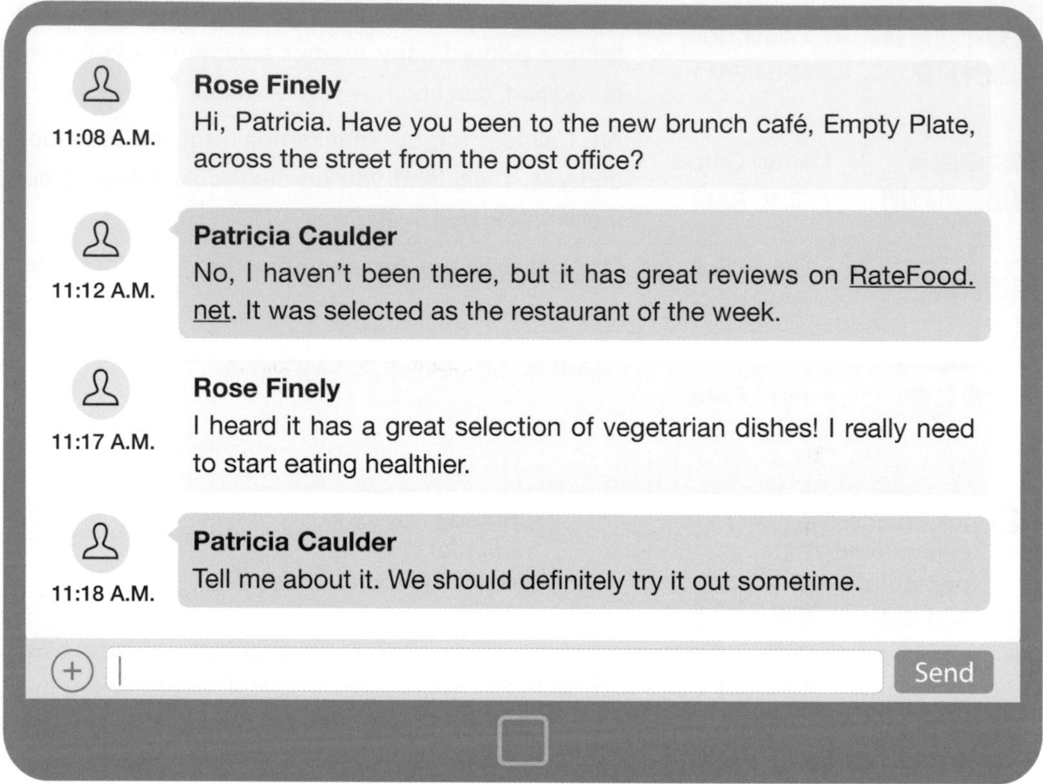

1. What is indicated about Ms. Caulder?

(A) She works at the post office.

(B) She usually prepares her own brunch.

(C) She is a great cook.

(D) She enjoys reading blogs.

2. At 11:18 A.M., what does Ms. Caulder mean when she writes, "Tell me about it"?

(A) She wants to know more about the vegetarian dishes.

(B) She agrees with Ms. Finely that she should watch her diet.

(C) She wants to schedule brunch with Ms. Finely.

(D) She can tell that Ms. Finely likes to eat out.

◆ 解答 p. 120

Questions 3-4 refer to the following text message chain.

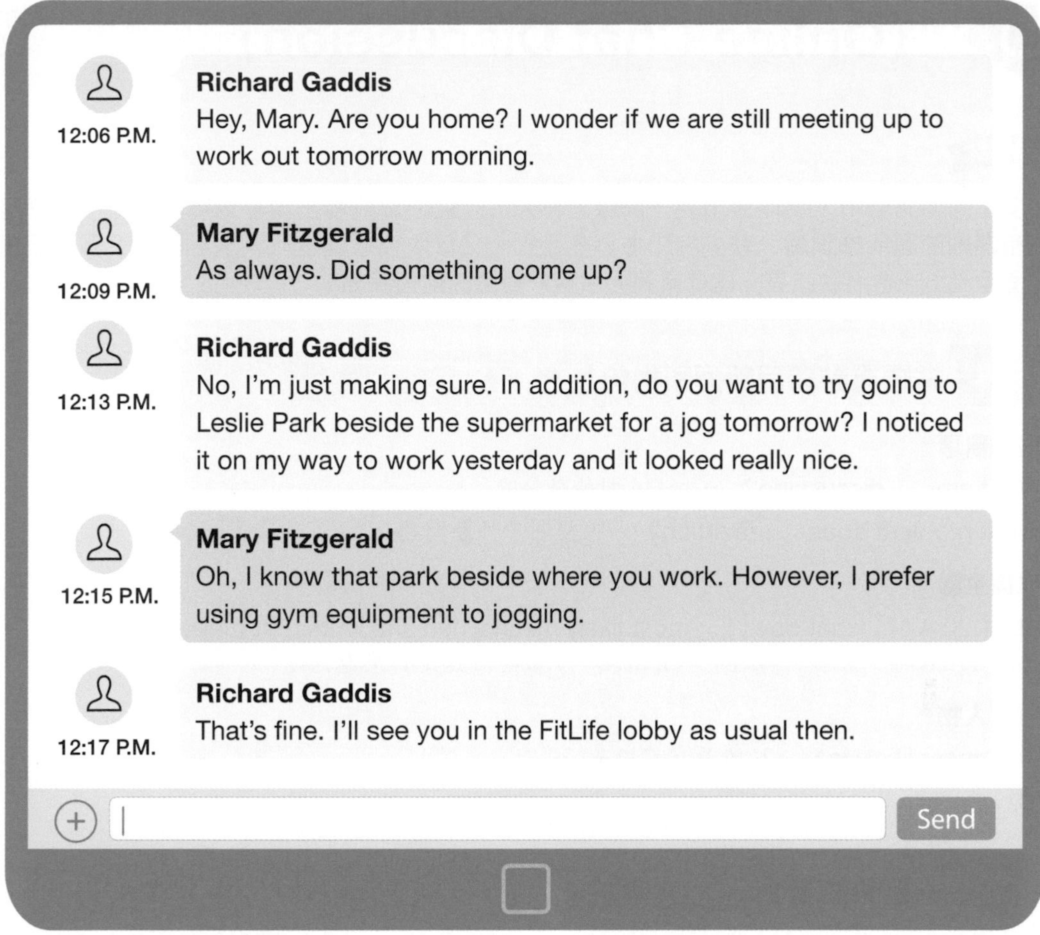

Richard Gaddis 12:06 P.M.
Hey, Mary. Are you home? I wonder if we are still meeting up to work out tomorrow morning.

Mary Fitzgerald 12:09 P.M.
As always. Did something come up?

Richard Gaddis 12:13 P.M.
No, I'm just making sure. In addition, do you want to try going to Leslie Park beside the supermarket for a jog tomorrow? I noticed it on my way to work yesterday and it looked really nice.

Mary Fitzgerald 12:15 P.M.
Oh, I know that park beside where you work. However, I prefer using gym equipment to jogging.

Richard Gaddis 12:17 P.M.
That's fine. I'll see you in the FitLife lobby as usual then.

3. Why did Ms. Fitzgerald reject Mr. Gaddis's suggestion?

(A) Her workplace is far away.
(B) She likes exercising indoors.
(C) She needs to drive.
(D) She is meeting another friend.

4. At 12:09 P.M., what does Ms. Fitzgerald mean when she writes, "As always"?

(A) She is mostly spending time at home.
(B) She will meet with Mr. Gaddis as she regularly does.
(C) She has recently started exercising.
(D) She is planning a company project.

◆ 解答 p. 120

新 線上聊天 (Online Chat Discussion)

出題頻率
平均每回 1 題

出題重點

每回多益閱讀測驗中，平均會出現一篇線上聊天，而且通常只會出現在單篇閱讀當中。考題會出現**相關細節題**或**推論題**，較少詢問主旨或目的。文章內容通常是三人以上的線上聊天記錄，當中會輪流出現數名說話者，因此請務必掌握好**對話的前後脈絡**。

STEP 1 掌握重點題目類型和例句！

1. **討論事項**

   What are . . . discussing? ……正在討論什麼？

   What problem does . . . mention? ……提到了什麼問題？

2. **掌握意圖**

   At 11:20 A.M., what does . . . most likely mean when she writes, "It makes sense"?
   上午 11:20 時，當……寫道：「有道理」，最有可能是什麼意思？

3. **特定人物**

   Who most likely is . . . ? 誰最有可能是……？

STEP 2 一起來解題！

1 請掌握題目類型，並確認出題重點。

1. What is the purpose of the discussion? 這個討論的目的是什麼？
   ▶ 本題為主旨題，出題重點為**討論的目的**。

2. Why does Sally suggest a beach trip? 莎莉為什麼提議海灘度假之旅？
   ▶ 本題為掌握相關細節的考題，出題重點為**建議海灘旅遊的原因**。

3. Which gift did the writers select? 發訊者們選了什麼禮物？
   ▶ 本題為掌握相關細節的考題，出題重點為**選擇的禮物類型**。

4. At 7:19 PM, what does Brian most likely mean when he writes, "It's a deal then"?
   晚上 7 點 19 分時，布萊恩寫了：「那就這麼說定了哦」，最有可能是什麼意思？
   ▶ 本題要掌握指定句的意圖，出題重點為**「It's a deal then」代表的意涵**。

2 請查看文章，迅速掌握各段落的核心內容。

Exercises 1-4 refer to the following online chat discussion.

提出對話的話題	Brian Gatto [7:01 P.M.]	Hi. Regina's birthday is coming up. [1] **Instead of giving individual gifts, I thought we could buy one gift together. It should be an item she really wants.**
表示同意和提出解決方式	James Olivier [7:04 P.M.]	I think this is a great idea! Based on what she's said lately, I think Regina needs a washer to do her laundry.
表達其他意見	Sally Jenson [7:07 P.M.]	A washer is okay, but it is a boring gift. [2] **How about a trip to a beach resort? Regina loves going to the beach!**
提出新的解決方式	Elizabeth Zachary [7:08 P.M.]	I think we should buy an entertainment system. She watches movies a lot.
表示同意特定發訊者的意見	Kyra Olson [7:11 P.M.]	I like Sally's idea. A beach trip would be unforgettable. She can always buy a washer and an entertainment system later.
表示同意特定發訊者的意見	James Olivier [7:15 P.M.]	Laundry is boring. The beach is a little more exciting.
提出討論的結果和下一步動作	Brian Gatto [7:19 P.M.]	[4] **It's a deal then.** [3] **We're getting her a trip to the beach.** I will look into pricing and get back with all of you. Have a good day!

＊ 文章中譯在解析本 P. 121

字彙 instead of V-ing 與其……
based on 根據
laundry 洗衣服
look into pricing 調查價格
give individual gifts 各自送禮物
washer 洗衣機
get A B 為 A 弄到 B

3 **請根據每題的出題重點，選出包含文中答題線索，或是換句話說的選項。**

1. **出題重點：討論的目的**

(A) To ask about a popular vacation destination 詢問一個受歡迎的度假地點
(B) To get ideas for a birthday gift 獲得生日禮物的意見
(C) To plan an alumni reunion 規劃同學會
(D) To organize a video chat group 規劃群組視訊聊天

解說 本題詢問的是意圖和目的，因此請鎖定前半段的對話內容。晚上 7 點 01 分的訊息寫道：「Instead of giving individual gifts, I thought we could buy one gift together. It should be an item she really wants.」，由此內容可以得知他們在針對生日禮物集思廣益，因此答案為 (B)。

答案 (B)

2. **出題重點：建議海灘度假之旅的原因** (關鍵字) beach trip

(A) The beach offers exciting bird-watching opportunities.
海灘提供了令人興奮的賞鳥機會。

(B) The beach is an ideal place to meet new friends. 海灘是認識新朋友的理想地點。

(C) The beach is cheaper than watching a movie. 海灘比看電影便宜。

(D) The beach is Regina's favorite place. 海灘是雷吉娜最喜歡的地方。

解説 題目中的關鍵字為 beach trip，因此請找出關鍵字所在的句子。晚上 7 點 07 分的訊息寫道：「How about a trip to a beach resort? Regina loves going to the beach!」，由此話可以確認答案為 (D)。選項將「Regina loves going to the beach.」改寫成「The beach is Regina's favorite place.」。

答案 (D)

3. **出題重點：選擇的禮物類型** (關鍵字) Which gift

(A) A washer 洗衣機

(B) A cruise 郵輪之旅

(C) An AV system 影音系統

(D) A beach trip 海灘度假之旅

解説 按照訊息時間，可以確認討論的順序為「主題→解決方式→其他意見→新的解決方式→同意其他意見→全體同意」。也就是說討論禮物的過程經歷為「洗衣機→海灘度假→遊戲機→海灘度假→海灘度假」，最後可以輕鬆選出答案為 (D)。但是，最終決定的禮物勢必會出現在最後一則訊息當中，因此也可以從最後一則訊息：「We're getting her a trip to the beach.」確認答案。

答案 (D)

4. **出題重點：「It's a deal then.」代表的意涵**

(A) He needs to contact an appliance shop. 他需要與電器行聯絡。

(B) He suggests they meet again to discuss it further. 他建議大家再見面進一步討論此事。

(C) He doubts Regina will be satisfied with the gift. 他懷疑雷吉娜會滿意那份禮物。

(D) He thinks they have reached a conclusion. 他認為他們已經有結論了。

解説 指定句「It's a deal then.」表示達成協議。此句話前方提到針對各種禮物的提案，多數人選擇海灘度假，此句話表示結論的概念，因此答案為 (D)。

答案 (D)

STEP 3 實戰測驗！

Questions 1-4 refer to the following online chat discussion.

Madeline Carroll 7:01 P.M.
Hello, ladies! I am planning my wedding. You will all be bridesmaids. I am trying to decide on the color of your dresses. The colors for the wedding are purple, orange, gray, and white.

Marissa Modery 7:04 P.M.
So exciting! I think we should not wear the color white because, as the bride, you should be the only person wearing white. We are left with purple, orange, and gray. I can wear any of those three colors. Someone else pick!

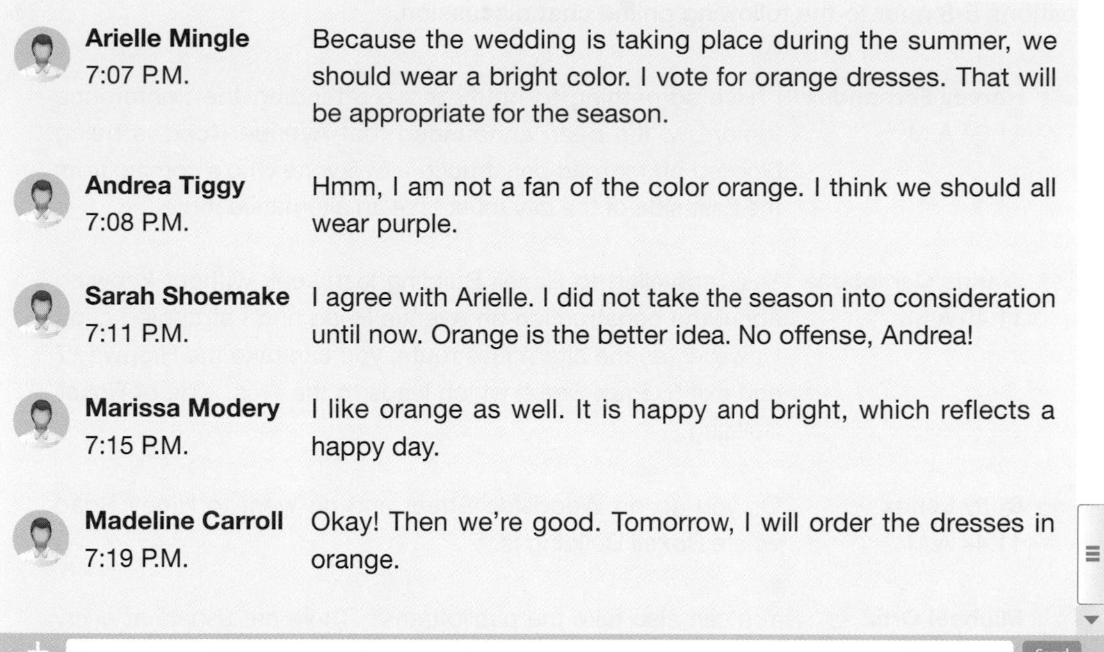

Arielle Mingle 7:07 P.M. Because the wedding is taking place during the summer, we should wear a bright color. I vote for orange dresses. That will be appropriate for the season.

Andrea Tiggy 7:08 P.M. Hmm, I am not a fan of the color orange. I think we should all wear purple.

Sarah Shoemake 7:11 P.M. I agree with Arielle. I did not take the season into consideration until now. Orange is the better idea. No offense, Andrea!

Marissa Modery 7:15 P.M. I like orange as well. It is happy and bright, which reflects a happy day.

Madeline Carroll 7:19 P.M. Okay! Then we're good. Tomorrow, I will order the dresses in orange.

Send

1. Why did Madeline contact her friends?

(A) To ask for wedding venue suggestions
(B) To inquire about the colors of the bridesmaids' dresses
(C) To invite her friends to see a movie
(D) To plan her honeymoon

2. Why does Arielle suggest orange for the dresses?

(A) It matches the season.
(B) It is her favorite color.
(C) It matches her shoe style.
(D) It is the groom's favorite color.

3. What is implied about the writers?

(A) They work at the same company.
(B) Marissa is already married.
(C) Madeline will wear a dress in a different color.
(D) Madeline's wedding might be postponed until the fall.

4. At 7:19 P.M., what does Madeline most likely mean when she writes, "We're good"?

(A) She will ask the groom instead.
(B) The bridesmaids need to discuss an issue at a later time.
(C) The color of the dress is still to be determined.
(D) The decision has finally been made.

◆ 解答 p. 121

Questions 5-8 refer to the following online chat discussion.

Harvey Fernandez 11:34 A.M.	I have something to notify those attending the conference tomorrow. It's been announced that Avenue Road is being blocked off for road construction. Everyone who's coming from the East side of the city must take an alternative route.
Wanda Campbelle 11:40 A.M.	Yes! I travelled to Roxell Building last week without knowing about the construction on Avenue Road and I struggled a lot. However, as the alternative route, you can take the Highway 7 and exit to Park Street which leads to the West side of Roxell Building.
Dolly Lenox 11:44 A.M.	Or, you go on Woodside Street and go west to Hiney Road where Roxell Building is.
Michael Ortiz 11:51 A.M.	You can also take the public transit. There are ushers at every station who will direct you to shuttle buses that go around Avenue Road which is probably the most convenient route.
Harvey Fernandez 11:53 A.M.	Not necessarily. It's convenient, but time consuming. I prefer taking Dolly's route because Woodside Street has lighter traffic.
Wanda Campbelle 11:57 A.M.	Alright. I will try taking that route for tomorrow's conference.

Send

5. Why is Avenue Road inaccessible?
(A) There is high traffic congestion.
(B) There is a construction.
(C) Public transits stopped operating in the area.
(D) Alternate routes are preferred by drivers.

6. What is indicated about Ms. Campbelle?
(A) She was unware of the road block on Avenue Road.
(B) She is not attending the conference.
(C) She lives in the East side of the city.
(D) She has a bad sense of direction.

7. Where is the conference located?
(A) Avenue Road
(B) Park Street
(C) Hiney Road
(D) Woodside Street

8. At 11:53 A.M., what does Mr. Fernandez most likely mean when he writes, "Not necessarily."?
(A) He agrees with Mr. Ortiz.
(B) He wants to take Mr. Campbelle's suggested route.
(C) He wants everyone to attend the conference.
(D) He thinks it takes longer to take the bus.

◆ 解答 p. 121

06 廣告（Advertisement）

出題頻率
平均每回
1 題

出題重點

每回多益閱讀測驗中，與**廣告（Advertisement）**有關的考題通常只會出現一題，出題頻率偏低，而且此類考題可能會出現在單篇、雙篇或多篇閱讀測驗中。文章內容主要是針對各種產品、服務、加入會員或活動進行說明。

STEP 1 掌握重點題目類型和例句！

1. **廣告對象**
   What is being advertised? 廣告的內容是什麼？
2. **推論**
   What is suggested about . . . ? 關於……，可以得知何事？
3. **廣告中沒有的資訊**
   What information about . . . is NOT given in the advertisement?
   廣告中未提供以下哪項資訊？
4. **特定情形的原因**
   Why is . . . V-ing? 為什麼……正在……？

STEP 2 一起來解題！

1 請掌握題目類型，並確認出題重點。

1. What is the purpose of the advertisement? 這則廣告的目的是什麼？
   ▶ 本題為目的題，出題重點為廣告的目的。當題目考的是主旨或目的時，通常會在前半段文章中提及重點，因此請特別留意**前半段的內容**。但是如果在前半段文章中，無法看出文章的主旨或目的時，請務必繼續看下去，看到文章的中間段落。
2. What is NOT stated about GSC's product? 關於 GSC 的產品，並未提及下列何事？
   ▶ 本題為是非題，出題重點為針對 GSC 產品未提及的內容。
3. The word "revenue" in paragraph 2, line 3, is closest in meaning to
   第二段、第三行的「revenue」與下列哪個字的意思最接近？
   ▶ 本題為掌握同義詞的考題，出題重點為選出近似 revenue 的意思。

2 請查看文章，迅速掌握各段落的核心內容。

Exercises 1-3 refer to the following advertisement.

廣告產品或服務的名稱	[1] **Global Storage Containers (GSC)** We are coming to Philadelphia!
介紹購買產品的優惠	• Are you looking to expand your self-storage business with more units on site? • Do you have extra land to turn into a [3]**revenue** stream for your self-storage facility? • Are you looking to add portable storage to an existing self-storage business?
廣告產品的優點	The self-storage industry grosses more than $25 billion in annual revenues. The industry has been the fastest-growing segment of the commercial real estate industry over the last 30 years and has been considered by Wall Street analysts to be "recession resistant."
有別於其他產品的特色	[1, 2] **Global Storage Containers (GSC), the leader in foldable, portable, quick-assembly storage containers, will be attending the Storage Association Conference on April 22-24 in Philadelphia, PA.** We would be happy to meet in person to review our products and to answer any questions you may have. You will find us at booths 402 & 403. We welcome the opportunity to show you what makes GSC the best choice for self-storage & portable storage operators.
取得更多資訊的聯絡方式	In the meantime, if you have any questions, feel free to contact me directly. Ryan Ball - Owner Global Storage Containers Work: (885) 263-8877 Mobile: (885) 210-8555

＊ 文章中譯在解析本 P. 123

字彙

look to V 指望做……
self-storage business 自儲業（個人小型倉儲業）
extra land 額外的地
revenue stream 收入來源
existing 現行的
annual revenues 年度收入
the fastest-growing segment 快速成長的部分
recession resistant 抵抗經濟衰退
quick-assembly 快速組裝的
in the meantime 在此同時
welcome the opportunity to V 歡迎……的機會
what makes GSC the best choice GSC 成為最佳選擇的原因
commercial real estate industry 商辦用房地產業

expand 擴大
on site 現場；原地
turn into 變成
facility 場所
gross 總收入為；稅前收入為
foldable 可摺疊的
be considered to be 被視為
portable 可移動式的
meet in person 親自碰面

3 請根據每題的出題重點，選出包含文中答題線索，或是換句話說的選項。

1. **出題重點：廣告的目的**

(A) To advertise a new magazine 宣傳新雜誌
(B) To promote a storage association membership 促銷倉儲協會會員
(C) To announce GSC's presence at a coming event 宣布 GSC 將出席即將到來的活動
(D) To promote GSC as a new business 宣傳 GSC 這個新企業

解說 最上方的標題提到公司名稱為 GSC，第三段文章中提到 GSC 將參加在費城舉辦的活動。由此可以得知，此篇廣告是為了告知 GSC 將出席活動的消息，因此答案為 (C)。雖然本題詢問的是廣告的目的，答案卻出現在文章中間，因此屬於難度偏高的考題。

答案 (C)

2. **出題重點：針對 GSC 產品未提及的內容** 關鍵字 GSC's product

(A) It is foldable. 可以摺疊。
(B) It is easy to put together. 容易組裝。
(C) It is durable. 耐用的。
(D) It is portable. 可移動的。

解說 本題詢問的是文中並未提及 GSC 產品的內容，因此要反其道而行，先找出當中提及 GSC 產品的特色。第三段第一句寫道：「Global Storage Containers (GSC), the leader in foldable, portable, quick-assembly storage containers, will be attending the Storage Association Conference on April 22-24 in Philadelphia, PA.」，指出 GSC 產品的三大特色分別是 foldable、portable 和 quick-assembly，當中並未提及 (C) 的內容，故為正確答案。

答案 (C)

3. **出題重點：選出近似 revenue 的意思**

(A) negligence 疏忽
(B) cost 費用
(C) stores 商店
(D) sales 銷售額

解說 首先請先回想一下 revenue 原本的意思，revenue 可以用來表示政府或企業賺得的 income（收入）。選項中，sales 的意思為「銷售額」，可以和 revenue 替換使用，因此答案為 (D)。

答案 (D)

STEP 3 實戰測驗！

Questions 1-3 refer to the following advertisement.

Caryn's Fashions

We are hiring for the following positions:

Store Manager (12:00 P.M. to 8:00 P.M.)
Must have at least a bachelor's degree and 4 years' retail experience. Must be able to demonstrate strong communication, problem-solving, and inventory-management skills.

Retail Specialist, all shifts
Must have a high school diploma, at least 1-year sales' experience (preferably in retail), and strong interpersonal and customer service skills.

Inventory Assistant (8:00 P.M. to 4:00 A.M.)
Must pass a criminal background check and have experience in processing inventory.

Accountant
Must have a bachelor's degree in accounting, finance, or business management. Must have a minimum of 3 years' experience as an accountant or bookkeeper for a small to medium-sized business.

Please send a cover letter and résumé to:
Caryn's Fashions
Attn: Evelyn Rogers
9939 Sheridan Street, Greenville, NC 99395

1. Which position would best be described as working the night shift?
(A) Evening shift manager
(B) Retail specialist
(C) Inventory assistant
(D) Accountant

2. What is NOT a requirement for the store manager position?
(A) Related job experience
(B) A college education
(C) Availability in the morning
(D) Good interpersonal skills

3. Who most likely is Evelyn Rogers?
(A) The hiring manager
(B) The current warehouse assistant
(C) A prospective employee
(D) A disgruntled employee

◆ 解答 p. 124

Questions 4-5 refer to the following advertisement.

Blade-O-Matic Food Processor

$99.99

What is Included

- Blades included: all-purpose blade, dough hook, slicing disk, shredding insert
- 5-foot electrical cord
- 2 storage containers

Product Description

Slice, shred, and chop your way to culinary perfection—or just simplify the steps in preparing your family's favorite vegetable stew. The Blade-O-Matic Food Processor belongs in every home, slicing fruits and vegetables, kneading bread dough, and chopping all things edible in its 8-cup work bowl that is heat and cold resistant as well as dishwasher safe and shatterproof.

4. What is NOT a part of the Blade-O-Matic?

(A) A utensil for preparing baked goods
(B) A power supply cable
(C) A portable cooler to keep goods cool
(D) A couple of storage containers

5. What is true of the work bowl?

(A) It can store up to 6 cups.
(B) It is freezer safe.
(C) It melts easily.
(D) It can only be washed by hand.

◆ 解答 p. 124

07 資訊（Information）

出題頻率
平均每回
0.75 題

出題重點

資訊（Information）類文章通常會出現在單篇閱讀中，出題頻率為平均每兩回一題；出現在雙篇和多篇閱讀測驗的機率較低，一整年的測驗中僅會出現一次左右。文章內容多為介紹公司或產品、員工、徵人計畫、要求填寫表格等。

STEP 1 掌握重點題目類型和例句！

1. **資訊的目的**
   What is the purpose of the information? 這則資訊的目的是什麼？
2. **推論和事實關係**
   What is suggested about . . . ? 關於……，文中提到了什麼事？
3. **特定人物**
   Who most likely is . . . ? 誰最有可能是……？
4. **地點**
   Where is . . . posted? ……張貼於何處？

STEP 2 一起來解題！

1 請掌握題目類型，並確認出題重點。

1. What is the topic of the information?
   這則資訊的主題是什麼？
   ▶ 本題為主旨題，出題重點為**資訊的主題**。
2. What is indicated about enrollment?
   關於報名，文中提到了什麼事？
   ▶ 本題為是非題，出題重點為**報名的事項**。

2 請查看文章，迅速掌握各段落的核心內容。

Exercises 1-2 refer to the following information.

課程性質、時間和報名方法	**[1] Recently praised in the Wintertown Gazette for his newest line of handcrafted plates, bowls, and serving vessels, artist Claude Virnette will be teaching an "Introduction to Pottery" class at our community recreation center on Tuesday evenings, 7-8 p.m., all summer long (June 1-August 29). [2] Registration of 4, 6, 9, or all 12 classes are available. Community Center cardholders can register online at www.wintertown.com/reccenter/register. All others can register in person at the Center's welcome desk (334 Grandview Avenue).**
課程指定資料、介紹課程主題	A list of suggested class materials will be provided upon registration. Specific class topics can also be requested for those who decide not to enroll for the entire duration of the class offering. Topics will vary from a basic introduction to pottery, to life forms, to plates and bowls, and even the art of glazing.
告知展覽日程和資訊來源	On September 9, the Community Center will hold an art exhibit, displaying the works created by Virnette and his students during the summer experience. Please see our website (www.wintertown.com/reccenter/events) for more information closer to the event.

＊ 文章中譯在解析本 P. 125

字彙
- **recently praised** 最近被讚揚的
- **plate** 盤子
- **serving vessels** 裝食物的容器
- **cardholder** （會員卡的）持卡人
- **the entire duration** 整個期間
- **vary from A to B** 從 A 到 B 各不相同
- **the art of glazing** 上釉藝術
- **handcrafted** 手工製作的
- **bowl** 碗
- **registration** 註冊
- **suggested class materials** 建議的課程資料
- **pottery** 陶器；陶藝
- **life forms** 生物；生命的型態

3 請根據每題的出題重點，選出包含文中答題線索，或是換句話說的選項。

1. **出題重點：資訊的主題**

(A) A professional networking event 專業網絡活動
(B) A retail sales event 零售促銷活動
(C) A lecture series on art history 藝術史系列講座
(D) An enrichment opportunity 進修機會

解說 雖然題目用了 topic 這個單字，但是實際上考的是本文的主旨，因此請仔細閱讀前半段文章的內容。第一句話寫道：「Recently praised in the Wintertown Gazette for his newest line of handcrafted plates, bowls, and serving vessels, artist Claude Virnette will be teaching an "Introduction to Pottery" class at our community recreation center on Tuesday evenings, 7-8 p.m., all summer long (June 1–August 29).」，告知某知名藝術家將於夏季開課的消息。站在想聽課的人的立場，屬於一種自我成長的機會，因此答案為 (D)。

答案 (D)

2. **出題重點：報名的事項** (關鍵字) enrollment

(A) It has several options available. 有幾個選項可選。
(B) It is only open to Community Center members. 只開放給社區活動中心的會員。
(C) It can only be completed in person. 只能由本人來完成。
(D) It is limited due to space restrictions. 因為空間限制而限量。

解說 本題的關鍵字為 enrollment，值得留意的是，前半段提到 registration，與關鍵字的意思相同。文中寫道：「Registration of 4, 6, 9, or all 12 classes are available. Community Center cardholders can register online at www.wintertown.com/reccenter/register. All others can register in person at the Center's welcome desk (334 Grandview Avenue).」，說明可供報名的堂數，以及中心會員和非會員的報名方式，因此答案為 (A)。

答案 (A)

STEP 3 實戰測驗！

Questions 1-2 refer to the following information.

Work: A Farce

Date: May 12, 8:00 P.M.

Venue: Albany Little Theater, 18B Walker Street

Run time: 2 hours, including 15-minute intermission

Starring: Dennis Hunt, Matt Curt, Forest Weaver, Angie Beatty

Directed by: Travis Victor

Local Sponsors: Albany City Council, Payless Cleaners, Move Today

Three cheers for the Albany Little Theater and its latest production, *Work: A Farce*. This lively little two-act play is presented with all the charm and enthusiasm of the version I saw two years ago off Broadway. Dennis Hunt's silly boss kept me laughing even more than that of the larger production. This cast clearly has a certain chemistry rarely seen in such a young crew. The costumes, staging, and lighting are also well above the level of our usual local fare. Be sure to go out and catch this gem, and don't be surprised if you see hints of your own dysfunctional workplace at the show.

Reviewed by Martina Herbert

1. What does the review indicate about Dennis Hunt?

(A) He is an excellent director.
(B) He gives a very good performance.
(C) He does not interact well with the other actors.
(D) He should return to his day job.

2. What does the reviewer suggest?

(A) Readers should support this small local production.
(B) Readers should try to see the off-Broadway version of *Work: A Farce*.
(C) Local productions are usually more entertaining.
(D) The young actors are too inexperienced to succeed.

◆ 解答 p. 126

Questions 3-4 refer to the following information.

WORK WANTED

BUILDER AVAILABLE

Need a skilled craftsman to help with projects around your house? Ready for an interior upgrade or a new garden patio? You need a builder who listens and does things the right way the first time. No job is too small. No project is too large. I am available for anything from repair work to maintenance to design and construction. Tiling, plumbing, kitchen remodeling, and total renovations are my particular specialties.

Free quotes, trade certified. Workmanship guaranteed. Long list of referrals available. No unsatisfied customers.

Mention this ad to receive discounts on all decorative tiles.

Phone J.B. Crump
Please contact me directly at (788) 555-8921
or leave a message at (788) 555-2341.

3. Under what conditions can a person receive a price reduction?

(A) By contacting the builder directly
(B) By making a contract for a large project
(C) By making a contract for a small job
(D) By referring to the advertisement when ordering

4. Which statement is true about the builder?

(A) He employs numerous craftsmen.
(B) He has education and experience in his trade.
(C) He specializes in outdoor construction.
(D) He is trying to break into the industry.

◆ 解答 p. 126

08 信件（Letter）

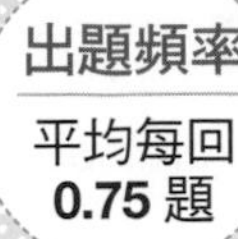

出題重點

雖然**信件（Letter）**和電子郵件（E-mail）的內文形式沒有太大的差異，但是信件（Letter）的出題頻率卻遠遠比不上電子郵件（E-mail）。每兩回單篇閱讀測驗中，約出現一題；每四回雙篇或多篇閱讀測驗中，約出現一題。文章內容主要為申請確認、訂閱邀請、活動說明、更正報導要求、工作內容介紹等。

STEP 1 掌握重點題目類型和例句！

1. **信件的目的**
   Why was the letter written? 為什麼要寫這封信？
   What is the purpose of the letter? 這封信的目的是什麼？

2. **日期**
   When will . . . start advertising . . . ? ……何時會開始宣傳……？

3. **提及或未提及的內容**
   What part of . . . is (NOT) mentioned? 文中（未）提到……的哪個部分？

STEP 2 一起來解題！

1 請掌握題目類型，並確認出題重點。

1. What does the letter mainly discuss?
   這封信最主要是要討論什麼？
   ▶ 本題為主旨題，出題重點為**信件的主旨**。

2. According to the letter, how can a person avoid a fine?
   根據這封信，要如何避免罰款？
   ▶ 本題為掌握相關細節的考題，出題重點為**避免罰款的方法**。

3. Which source of information is NOT listed as a resource?
   下列哪個資訊來源未被列入？
   ▶ 本題為掌握相關細節的考題，出題重點為**未列出的資訊**。

2 請查看文章，迅速掌握各段落的核心內容。

Exercises 1-3 refer to the following letter.

標題	**MVD AZ**
日期	March 19
收件人資訊	Frank William Hubbard 53 Montview Lane Tucson, AZ 70012
核發新駕照的說明	Here is your new driver's license. You must carry it at all times while driving. Please check to ensure that the details are correct.
駕照的檢查事項和說明各類狀況的聯絡資訊	Your driver's license is attached. Please check your license now. • Make sure all your personal details are correct. If anything is wrong, call the Arizona Motor Vehicle Division Driver's Licensing Call Center at 1-800-822-4224 and state what needs to be changed. If the mistake is ours, we will arrange a replacement license at no cost to you. • [3(C)] **Check the back of the license for any special conditions that may apply to you.** • Whenever you change your address, you must notify the Arizona Motor Vehicle Division at 1-800-822-4224 or visit our online transaction center at [3(A)] **http://transact.mvd.govt.az**. • [2] **Carry your license with you whenever you drive. You could be fined $550 if the Arizona State Police stop you and you cannot produce your license. For repeated offenses, you could be ordered to appear in court and be fined up to $6,000.**
	[3(B)] **Please see the next page for information about the classes on your license.**
感謝語	Travel safely,
寄件人	MVD AZ

1 全文

＊ 文章中譯在解析本 P. 127

字彙

driver's license 駕照
replacement license 補發執照；更換執照
special conditions 特別條件；特殊狀況
online transaction center 線上事務中心
repeated offense 累犯
appear in court 出庭應訴
be attached 附加
at no cost to you 免費給你
apply to 適用於……
be fined $550 罰款 550 元
be ordered to V 受命去……
classes on the license 執照的種類

3 請根據每題的出題重點，選出包含文中答題線索，或是換句話說的選項。

1. **出題重點：信件的主旨**

(A) How to obtain a new driver's license 如何獲得新的駕照
(B) Why a driver must have a license 為什麼駕駛必須要有執照
(C) What a driver should do with a new license 駕駛拿到新駕照後該怎麼做
(D) Who is allowed to have a driver's license 誰可以擁有駕照

解說 第二段中要求收信人確認新核發駕照上的資料，如發現資料有誤，務必去電更正。還要確認駕照背後的條件是否適用於本人身上，包含變更住址的聯絡方式、提醒開車時務必要攜帶駕照等。綜合前述內容，第二段逐一列出收件人收到新駕照的注意事項，因此主旨選擇 (C) 最為適當。請特別留意，如果看完前半段的文章，仍無法掌握主旨時，請務必連文章中後段部分一併看完。

答案 (C)

2. **出題重點：避免罰款的方法** 關鍵字 avoid a fine

(A) Ensure that the appropriate forms are filled out correctly 確定正確填寫適當表格
(B) Always have documentation available in the vehicle 隨時將證件放在車上
(C) Obey all posted traffic signs and regulations 遵守所有公告的交通號誌與規定
(D) Be prompt when ordered to appear in court 接到出庭命令時應立即行動

解說 本題的關鍵字為 fine，請找出文中的相關內容。後半段文章中寫道：「Carry your license with you whenever you drive. You could be fined $550 if the Arizona State Police stop you and you cannot produce your license.」，提到開車時務必要攜帶護照，如被警察查到未帶駕照，將處以罰款。選項將文中的 Carry your license with you whenever you drive. 改寫成 Always have documentation available in the vehicle，因此答案為 (B)。

答案 (B)

3. **出題重點：未列出的資訊**

(A) The Motor Vehicle Division Web site 監理站網站
(B) The back of the letter 信件背面
(C) The back of the license 駕照背面
(D) The Arizona State Police Web site 亞利桑那州警網站

解說 未列出的資訊指的就是沒有出現在文章中的內容，因此請反其道而行，確認文中出現的內容，選出正確答案。請仔細閱讀文章中間駕照的檢查事項和各類狀況的聯絡資訊。由第三個星號（*）最後「http://transact.mvd.govt.az」可以確認 (A) 的內容無誤；由最後一句話「Please see the next page for information about the classes on your license.」得知下一頁將說明駕照種類，符合 (B) 的敘述；第二個星號句子「Check the back of the license for any special conditions that may apply to you.」則能對應至 (C) 的敘述。文中並未提到亞利桑那州警察網站，因此答案為 (D)。

答案 (D)

STEP 3 實戰測驗！

Questions 1-2 refer to the following letter.

Dear Ms. Simpson,

I wanted to write to you to let you know about a very positive experience I had working with several of your store employees last Saturday, February 13.

It was my daughter's birthday, and we had planned to go to Trampoline City to celebrate it. We had invited 20 of her friends to join us. The morning of the event, I arrived at Trampoline City to decorate our reserved tables for the party only to find that the store had closed due to a water-main break. Needless to say, I had to scramble to plan a whole different party.

After contacting all my daughter's friends and telling them to come to our house instead, I ran over to Bullseye SuperCenter. I first went to the bakery to order a cake. Once the baker—her name was Sara—heard about my dilemma, she not only helped me by making a custom-cake on the spot, but she also had one of your food specialists come over to help me pick out a variety of party platters that would be appropriate for 20 6-year-olds and their parents. The food specialist (Matt) called over a manager to help me with the rest of the party planning. Chris helped me find your decorations, paper plates, and other such items and even helped me assemble party favor bags.

My most sincere thanks go to Sara, Matt, and Chris for all their help.

Sincerely,

Roberta Thomas

---

1. Why did Ms. Thomas go to Bullseye Supercenter on February 13?

(A) To buy new furniture

(B) To organize a dinner

(C) To purchase party supplies

(D) To meet various store personnel

2. Who did Ms. Thomas NOT meet at Bullseye Supercenter?

(A) Simpson

(B) Sarah

(C) Matt

(D) Chris

◆ 解答 p. 127

Questions 3-4 refer to the following letter.

Tile World

October 2

Dear Ms. Gonzales,

We are writing to inform you, our valued customer, about some exciting changes to Tile World, your expert tile supplier. Beginning in March, we will be expanding our inventory to include wood flooring and carpeting. We are making this change to better serve you, our customer, as we will be able to supply all your flooring needs, not just tile. We are confident you will find our products to be of the quality you have come accustomed to expect from Tile World. Along with this change, our name will change to Tile World, Etc.

Our records show that you customarily shop at our Featherbed Lane location in Salem, MA. This location is not large enough to house our new wide array of inventory, so it will be closing on the 28th of February. The new location at 3363 Cherry Lane will open on March 1. As a valued customer, we would like to invite you to a preview of this new location on February 28. Those in attendance at the preview will receive special sales and discounts as well as free installation on all flooring purchased on that day.

We hope to see you on February 28!

Sincerely,

Roger Thomas

Franchise Owner, Tile World

Salem, MA

3. What is the purpose of the letter?

(A) To address a customer's complaint

(B) To request more details regarding a recent purchase

(C) To announce that Tile World is going out of business

(D) To notify a customer of an upcoming change

4. What will NOT occur on February 28?

(A) The Featherbed Lane location will close.

(B) The Cherry Lane location will open.

(C) Discounts will be given to select customers.

(D) Ms. Gonzales will receive her ordered items.

◆ 解答 p. 127

備忘錄／內部公文（Memo）

出題重點

備忘錄或內部公文（Memo）的出題頻率極低，出現在雙篇和多篇閱讀測驗的機率略高於單篇閱讀測驗。備忘錄文章中最常出現**詢問目的**的考題，而文章內容主要為更動活動地點、公司規定、報名說明等。

STEP 1 掌握重點題目類型和例句！

1. **備忘錄的目的**
   What is the purpose of the memo? 這則備忘錄的目的是什麼？

2. **職業**
   What most likely is sb.'s occupation? ……的職業最有可能是什麼？

STEP 2 一起來解題！

1 請掌握題目類型，並確認出題重點。

1. What is true about the Lubbock Factory?
   有關拉巴克工廠，下列何者為真？

▶ 本題為掌握相關細節的考題，出題重點為**針對 Lubbock 工廠的正確敘述**。

2. What must factory floor workers do on May 11?
   廠房工人必須在 5 月 11 日做什麼？

▶ 本題為掌握相關細節的考題，出題重點為**工人必須於 5 月 11 日做的事情**。

3. Why will the factory floor workers receive a monthly memo?
   廠房工人為什麼每個月都會收到內部通知？

▶ 本題為掌握相關細節的考題，出題重點為**工人每月收到內部通知的原因**。

2 請查看文章，迅速掌握各段落的核心內容。

Exercises 1-3 refer to the following memo.

寄件人 收件人 主旨 日期	**From:** Jackie L. Smith, Facilities Supervisor **To:** All Lubbock Factory Workers **Subject:** Security System **Date:** April 16
介紹新的保全系統和設置原因	[2]**On May 11, a new security system will be installed at the factory floor entry door (Door 3B).** This measure has been taken to increase the safety of the plant and its inhabitants. As you know, we have had several incidents over the past year where unauthorized people have gained entrance to our facility. This is unsafe both for the intruder as well as our employees, so we are doing our best to remedy the situation.
設置出入密碼和強調密碼需保密	Upon completion of the installation, a code will be required to enter the factory floor from the employee parking lot at Door 3B. [3]**The code will be shared with employees via a company memo and will change on a monthly basis.** Please keep the code information secure.
通知特定施工日須改用其他出入口以及告知注意事項	[2]**Since factory access through Door 3B will be unavailable during the entire day of May 11, any factory floor workers reporting to work on that day must enter through the main entrance.** You will still be expected to clock in on time, so please plan accordingly for the additional walking time through the building. (We estimate 15 minutes.) [1(B)/(C)]**Doors around the building will be undergoing the same change in procedure throughout the months of May and June.**

＊ 文章中譯在解析本 P. 129

字彙

security system 保全系統
increase the safety 提高安全
incident 事件
gain entrance to 能夠進入至
intruder 闖入者
change on a monthly basis 每月更改
report to work 報到上班
clock in on time 準時打卡
in procedure 在操作上
keep the code information secure 妥善保管密碼資訊
undergo the same change 經歷同樣的改變

factory floor entry door 廠房出入大門
plant and its inhabitants 工廠與廠房人員
unauthorized people 未經授權的人；無關人員
facility 場所
remedy the situation 補救情況
code 密碼
the main entrance 大門口；正門
plan accordingly 做出相應規畫
upon completion of the installation 在安裝完成後立即
This measure has been taken 這項措施已被採取

3 請根據每題的出題重點，選出包含文中答題線索，或是換句話說的選項。

1. **出題重點：針對 Lubbock 工廠的正確敘述** (關鍵字) Lubbock Factory
   (A) The security office is open every day of the week. 警衛室每天都辦公。
   (B) The building is equipped with only one entrance. 大樓只有一個出入口。
   (C) Changes will be made over the next 2 months. 接下來兩個月期間將有所變動。
   (D) The employee parking lot will be renovated. 員工停車場將進行整修。

   解說 本題詢問的是有關 Lubbock 工廠的正確敘述，請瀏覽全文以確認內容。文中並未提及 (A) 和 (D) 的內容。最後一句話寫道：「Doors around the building will be undergoing the same change in procedure throughout the months of May and June.」，由此內容可以得知 (C) 為正確的敘述。

   答案 (C)

2. **出題重點：工人必須於 5 月 11 日做的事情** (關鍵字) May 11
   (A) They should report to their team supervisor. 他們應該向組長報告。
   (B) They must arrive no more than 15 minutes late. 他們遲到不得超過 15 分鐘。
   (C) They will enter through a different door than usual. 他們將從與平常不同的門進入。
   (D) They should submit applications for schedule changes. 他們應繳交變更工時的申請書。

   解說 本題的關鍵字為 May 11，因此請找出提及此日期的內容。

   第一句話寫道：「On May 11, a new security system will be installed at the factory floor entry door (Door 3B).」，以及最後一段中寫道：「Since factory access through Door 3B will be unavailable during the entire day of May 11, any factory floor workers reporting to work on that day must enter through the main entrance.」，提及有關 5 月 11 日的注意事項，重點概要就是 5 月 11 日 3B 出入口要設置保全系統，因此請所有工人改走正門。選項中，只有 (C) 的敘述相符。

   答案 (C)

3. **出題重點：工人每月收到內部通知的原因** (關鍵字) monthly memo
   (A) To inform them of the monthly safety tip 通知他們每月的安全建議
   (B) To reveal the employee of the month winner 宣布當月最佳員工得獎者
   (C) To convey words of wisdom from the company president 傳達公司總裁的智慧語錄
   (D) To announce information needed for building entry 宣布進入大樓所需的資訊

   解說 本題的關鍵字為 monthly memo，因此請找出提及此關鍵字的內容。文章中間寫道：「The code will be shared with employees via a company memo and will change on a monthly basis.」，表示會由公司內部通知告知員工出入密碼，並每月變更一次，因此答案為 (D)。

   答案 (D)

STEP 3 實戰測驗！

Questions 1-3 refer to the following memorandum.

To: All supervisors

From: Human Resources

Subject: New Hires

Date: April 3

As a part of our expansion project, 2 new teams of 8 employees each have been hired. These employees will start the training process beginning next week on April 7. As a part of this process, we expect each of you to make a presentation on an assigned topic (found below). Please prepare a handout that is related to your presentation.

Marsha: Company policies regarding tardiness, vacations, and sick leave (Monday, 8 A.M.)

Edward: Company policies regarding Internet and equipment usage (Tuesday, 8 A.M.)

Michael: The history of OzzyTech (Wednesday, 11 A.M.)

Catherine: The employee evaluation process (Wednesday, 2 P.M.)

If you have any questions about the topic you've been assigned, please contact Cynthia Rowan at extension 354.

1. To whom is the memo most likely intended?

(A) The CEO's secretaries

(B) New employees

(C) Department managers

(D) Retiring directors

2. What will be discussed in the afternoon?

(A) The hiring process

(B) A review of the company's guidelines

(C) Basic information about the company

(D) Employee assessment procedures

3. What is mentioned in the memo?

(A) The procedures for training new staff members

(B) The contact information for various departments

(C) The assignments given to certain employees

(D) The company's policies regarding relocation

◆ 解答 p. 129

Questions 4-5 refer to the following memo.

DATE: August 3

TO: All Sales Staff

FROM: Management

RE: Sales Competition Results

Dear Sales Staff,

Thank you for so working so diligently during the last month while we ran our Beat the Heat July Sales Competition. We were impressed with your enthusiasm toward the goals you were given and were even more impressed to see over half of you exceed your assigned goals! Considering such impressive results, you are all winners!

CATEGORY	WINNER
Highest Number of Sales	Graciella Martinez (321 sales!)
Highest Value of Sales	Andrew Crank ($3.2 million total!)
Highest Customer Satisfaction Rating	Richard Anderson (A perfect average of 5 stars!)

Each winner will receive a gift basket full of gourmet snacks, an extra day of paid vacation, and a $50 gift certificate to Carucci's.

Thanks again for everyone's hard work. It is thanks to you that we are experiencing our most successful year in sales to date!

Sincerely,

The Management Team

4. What was a category in the competition?

(A) The number of people contacted

(B) The transaction with the highest price

(C) The person voted as the favorite co-worker

(D) The longest-working employee

5. What is NOT a part of the prize for the winners?

(A) An assortment of treats

(B) A restaurant voucher

(C) Electronic equipment

(D) Extended time off

◆ 解答 p. 129

10 雙篇閱讀（Double Passages）

出題頻率
平均每回
2 題

出題重點

實施新制多益測驗後，雙篇閱讀文章數量減少，變成兩組文章共 10 道題。每組文章會搭配 5 道題，其中又以**電子郵件（E-mail）**的出題頻率最高，高達 50%，為最常出現的文章類型。

電子郵件經常會搭配**報導**、**廣告傳單**、**網頁**、**信件**等類型的文章一起出現。雙篇閱讀的文章類型，除了電子郵件之外，也會出現信件（letter）、專題報導（article）、公告（notice）、廣告（advertisement）、資訊（information）等文章。偶爾還會出現一些較為少見的文章類型，包括商品評論（product review）、發貨單 / 帳單（invoice）、圖表（chart）、登機證（boarding pass）、抵用券（voucher）與問卷調查（survey）等，因此平時請多多熟悉各類文章類型，對文章的理解將有極大的幫助。

STEP 1 搞定重點考題類型和解題方式！

1 各類題目的出題頻率：

雙篇閱讀有兩組文章，每組文章搭配 5 道題。以下按照出題頻率的高低依序列出題目類型。

❶ 第一道題：主旨和目的	55.6%	掌握事實關係（是非題）	16.7%
❷ 第二道題：掌握事實關係（是非題）	27.8%	掌握同義詞	25.0%
❸ 第三道題：推論題	25.0%	掌握事實關係（是非題）	19.4%
❹ 第四道題：Wh- 問句（What）	27.8%	推論題	27.8%
❺ 第五道題：Wh- 問句（What）	41.7%	推論題	22.2%

2 雙篇閱讀中，至少會出現一題整合題型。

一組文章搭配 5 道題，其中一定會出現一題或一題以上的整合題型，必須**整合兩篇文章的內容**，才能順利選出答案，因此請務必於考前做好萬全準備。作答時間分配方面，由於整合題型需要同時掌握兩篇文章的內容才能作答，因此**建議先暫時略過此題型**，優先完成其他只要閱讀一篇文章便能作答的考題。

3 請先解決相對容易作答的考題。

建議目標為 850 分的人換個角度思考，若要考到 850 分，等同於最多可以被扣掉 150 分。PART 7 解題的關鍵在於**答題時間的分配**，因此請優先完成較容易作答的考題，包含**主旨題**和**掌握同義詞**的考題，之後再完成剩餘的考題。最重要的是請務必將整合題擺到最後作答，如果時間上真的來不及時，便勇敢選擇放棄。

STEP 2 一起來解題！

1 請掌握題目類型，並確認出題重點。

1. What is the purpose of the first e-mail? 第一封電子郵件的目的是什麼？

▶ 本題為主旨題，出題重點為電子郵件的寄送目的。

2. In the second e-mail, the word "discourteous" in paragraph 2, line 1, is closest in meaning to?
在第二封電子郵件中，第二段、第一行的「discourteous」與下列哪個字的意思最接近？

▶ 本題為掌握同義詞的考題，出題重點為選出近似「**discourteous**」的意思。

3. How does April meet the requests from Ms. Allen? 艾珀如何滿足艾倫女士的要求？

▶ 本題為掌握相關細節的考題，出題重點為 **April** 達成 **Allen** 要求的方式。

4. What is suggested about Ms. Allen? 關於艾倫女士，文中提到了什麼事？

▶ 本題為推論題，出題重點為有關 **Allen** 的事項。

5. What did NOT happen during Morgan's session? 在摩根拍照的時段，沒有發生什麼事？

▶ 本題為掌握相關細節的考題，出題重點為 **Morgan** 拍照期間未發生的事情。

2 請查看文章，迅速掌握各段落的核心內容。

Exercises 1-5 refer to the following e-mails.

收件人 寄件人 主旨	**To:** PhotoExpress **From:** Morgan Allen **Subject:** My Experience
問候語 來信目的	Dear Sir or Madam: [1] **I am writing to inform you of an unpleasant experience I had at your store.**
指出問題	[5(C)] **We scheduled my son's photo appointment on a Sunday afternoon.** We arrived 10 minutes early and saw that there was a session in progress, so we sat down. [5(D)] **The photographer welcomed us and said she'd be right with us.** [5(B)] **We did not begin our session until 1 hour 15 minutes after our scheduled time.**
指出問題的 嚴重性	When we finally started our session, she did not help us pose, did not frame the pictures well, and was overall uninvolved in the process. [5(A)] **While we went through the pictures to pick which ones we wanted printed, she was texting on her phone.**
要求提供補償	[4] **I am seriously considering taking my 4x per year services to another studio due to this negative experience.** I would appreciate a response in which you address the following issues: [3] **1. Compensating me for the 1 hour 25 minutes I waited for my appointment.** 2. Ensuring me your employee will receive extra training.

結語 寄件人	Thank you for your thoughtful and timely response. Sincerely, Morgan Allen

字彙

- inform A of B 將 B 告知 A
- in progress 進行中
- frame the pictures well 將照片好好裱框
- text on one's phone 用手機傳簡訊
- appreciate a response 感謝回覆
- receive extra training 受到額外的訓練
- session 時段
- scheduled time 預訂的時間
- be uninvolved in 對……漠不關心
- consider V-ing 考慮
- compensate sb. for . . . 為了……賠償某人
- thoughtful and timely 細心且及時的

收件人 寄件人 主旨	**To:** Morgan Allen **From:** April Royce **Subject:** Re: My Experience
問候語和表示會改善問題	Dear Ms. Allen: Thank you for sharing the details about your experience at PhotoExpress. We work very hard to make sure our customers receive quality portraits and excellent service. It is very important to know that certain areas need to be improved.
表達以服務客戶為優先	There is no excuse for impolite or [2]**discourteous** conduct by any of our representatives. Customer service is a priority at PhotoExpress, and this type of behavior will not be tolerated.
提出具體的補償方式	We understand the time and effort it takes for you to visit our studio as well as your expectations for prompt service once you have arrived. [3]**In compensation for your wait, we would like to offer you a free photo package from this sitting or a future sitting.** Please advise us which you would prefer. If you choose the complimentary sheets from this sitting, please let us know which pose you would like. Your package will consist of one 8x10 picture, two 5x7 pictures, and eight wallets.
道歉和結語	We certainly appreciate your business and apologize for any unpleasantness this may have caused. Thank you,
寄件人資料	April Royce PhotoExpress – Customer Service Chattanooga, TN

＊ 文章中譯在解析本 P. 131

字彙

sharing the details 分享細節
there is no excuse for 責無旁貸
representative 代表人員；業務
priority 優先；優先考慮的事
prompt service 立即服務
in compensation for 作為……的補償
sitting （照相）期間
scheduled my son's photo appointment 預約我兒子拍照
address the following issues 針對以下問題提出說明
quality portraits 優質肖像
discourteous 不客氣的；失禮的
customer service 顧客服務
tolerate 忍受
free photo package 免費照片套組
complimentary 免費贈送的
wallet 證件套
apologize for 為……道歉
due to this negative experience 因為負面的經驗

3 請根據每題的出題重點，選出包含文中答題線索，或是換句話說的選項。

1. **出題重點：電子郵件的寄送目的**

(A) To reserve a future visit 預約下次拍照
(B) To complain about the service 抱怨服務
(C) To praise an employee 稱讚員工
(D) To offer a business deal 提供一筆生意

解說 本題詢問第一封電子郵件的寄送目的，因此請仔細閱讀前半段郵件內文。第一句話寫道：「I am writing to inform you of an unpleasant experience I had at your store.」，表示來信告知對方自己在店內遭遇不愉快的經驗，與 (B) 的敘述相符。

答案 (B)

2. **出題重點：選出近似「discourteous」的意思**

(A) unfortunate 不幸的
(B) confused 困惑的
(C) insolent 無禮的
(D) entangled 糾結的

解說 文中 discourteous 代表的意思為「失禮的、不禮貌的」，選項中 (C) 的意思最為接近。

答案 (C)

3. **出題重點：April 達成 Allen 要求的方式** (關鍵字) requests from Ms. Allen

(A) Giving an excuse 給個理由
(B) Providing a new service 提供新的服務
(C) Recommending other studios 推薦其他工作室
(D) Reinstructing her employee 重新訓練她的員工

解說 本題詢問 April 如何達成 Allen 的要求，因此必須同時掌握 Allen 要求的內容和 April 的答覆。然而前者內容出現在第一篇文章，後者內容出現在第二篇文章，因此必須整合兩篇文章的內容才能作答。

首先，第一篇文章中，Allen 的要求為：「1. Compensating me for the 1 hour 25 minutes I waited for my appointment. 2. Ensuring me your employee will receive extra training.」，表示自己多等了 1 小時 25 分，要求對方補償，同時要求對方加強員工訓練。

而第二篇文章中，April 對此回覆：「In compensation for your wait, we would like to offer you a free photo package from this sitting or a future sitting.」，表示會提供免費照片套組作為補償，與 (B) 的敘述相符。根據第二篇文章的內容，無從得知對方是否有做到 (D)。

答案 (B)

4. **出題重點：有關 Allen 的事項** (關鍵字) Ms. Allen

(A) She may go to another studio next time. 她下次可能會去另一間工作室。
(B) She has complained about the service several times. 她已經抱怨服務許多次了。
(C) She has experience working at a photo studio. 她曾在攝影工作室工作過。
(D) She visited the studio during her vacation. 她在休假期間造訪工作室。

解說 本題詢問有關 Allen 的事項，因此請鎖定第一篇文章的內容。當中第四段寫道：「I am seriously considering taking my 4x per year services to another studio due to this negative experience.」，表示自己每年都會拍攝相片，經歷這次不好的經驗，未來她打算換一家店拍攝，因此答案為 (A)。根據文章內容，無法推測其他選項是否正確。

答案 (A)

5. **出題重點：Morgan 拍攝期間未發生的事情** (關鍵字) Morgan's session

(A) The photographer was distracted. 攝影師分心了。
(B) The photographer began on time. 攝影師準時開始。
(C) Her child was photographed. 她的小孩拍了照片。
(D) She was welcomed upon arrival. 她一抵達就受到接待。

解說 題目中的 Morgan 指的就是 Allen，請勿誤會為 Allen 和 April 之外的第三人。本題詢問的是 Allen 拍攝期間的狀況，因此請鎖定第一篇文章的內容。

(A) 可以對應至第三段：「While we went through the pictures to pick which ones we wanted printed, she was texting on her phone.」的內容；(C) 可以對應至第二段：「We scheduled my son's photo appointment on a Sunday afternoon.」的內容；(D) 可以對應至第二段：「The photographer welcomed us and said she'd be right with us.」的內容。

而由第一段中的「We did not begin our session until 1 hour 15 minutes after our scheduled time.」可以確認 (B) 的敘述有誤，故為正確答案。

答案 (B)

STEP 3 實戰測驗！

Questions 1-5 refer to the following article and e-mail.

Mental Health Tip: Working on Teams

There are few professions where one works solely on his or her own. Most often, some form of teamwork is encountered each day in any given profession. In order for a team to be effective, several factors must exist:

- Cooperation
- Active listening
- Constructive or non-judgmental feedback
- Equal sharing of ideas, resources, and workloads
- Valuing the interests and achievements of team members

Working on a team can be a great experience but can lead to frustration at times. Here are some tips to help you function more effectively on a team.

- Acknowledge each person's contributions
- Have clear goals and roles
- Develop norms under which you will operate

To: Mark Smith
From: Sharon Jann
Subject: Team Unity

Dear Mark,

I have just read this month's mental health tip in our company newsletter. This month's tip was centered on working on teams, which I thought was a very timely subject as I have had some issues with my team lately. First, let me describe to you my recent experience working with Team C.

We have not been functioning very well as a unit. For the past 3 weeks, each meeting we hold is pointless; we bicker, no one is heard, and no progress is made. The only work that has been accomplished – coming up with 3 marketing strategies for a soda company – I completed myself when I worked from home last weekend. It's not fair that I had to give up my personal time to complete all the work we were to finish as a team.

Do you think someone in Human Resources could do a full-day workshop with our team so that we might be able to work more effectively together?

Thank you for your consideration of this matter.

Sandra Jann

Marketing

Team C

1. According to the article, what kind of job is hard to find?

(A) A well-paying position

(B) A solely self-reliant position

(C) A position offering vacation time

(D) A leadership position

2. What is a factor that contributes to team success?

(A) Having only one speaker

(B) Criticism and honesty

(C) Monetary incentives

(D) Working well together

3. What is NOT a complaint Sandra has concerning her team?

(A) She was instructed to complete a project.

(B) She completed a project alone.

(C) She had to work overtime.

(D) She didn't draw any attention for her opinion.

4. What suggestion in the article could Team C benefit from?

(A) Spend time together outside work.

(B) Have clear goals and roles.

(C) Develop norms under which you will operate.

(D) Acknowledge each person's contributions.

5. What action does Sandra want to be taken?

(A) A reprimand for her team

(B) Training for her team

(C) Compensation for extra work

(D) A promotion for her initiative

◆ 解答 p. 132

Questions 6-10 refer to the following Web page and memo.

https://www.floridavacay.com/rentinfo173

Beach Home for Rent

Beach Front Property in Ft. Meyers, Florida
3363 Cyprus Lane.

Book your next getaway at your new home away from home! This 6-bedroom, 7-bath beach house is perfect for your next family reunion or simply a group vacation. Equipped with a state-of-the-art kitchen, a hot tub on the deck overlooking the ocean, and plenty of sports equipment (kayaks, boogie boards, flotation devices) to ensure your trip is a memorable one. Take our online virtual tour or schedule one in person by contacting Ft. Meyers Rentals at 336-553-5554.

While You Were Out of the Office

For: Ava Matthews
Date: March 10
Time: 2:20 AM ☐ / PM ☑
Caller: Sarah Stanfield
Phone: 544-554-7878 (cell)

Sarah saw the advertisement for the rental property on Cyprus Lane. She lives out of state so cannot take a tour herself, but she has a friend who lives locally who wants to take a tour for her. Call Sarah to discuss details.

Message taken by: Sam Smith

6. What is stated about the property?

(A) It was recently renovated.
(B) It has limited availability.
(C) It is located near the water.
(D) It is for sale.

7. What is NOT suggested about the property?

(A) It is relatively large.
(B) It is a three-story building.
(C) It comes with many amenities.
(D) It is available for rent.

8. What is indicated about Ms. Stanfield?

(A) She has 4 children.
(B) She is surprising her friend.
(C) She is planning a vacation.
(D) She is a real estate agent.

9. Who most likely is Sam Smith?

(A) He works for Ft. Meyers Rentals.
(B) He lives outside the Ft. Meyers area.
(C) He has booked a vacation at 3363 Cyprus Lane.
(D) He owns 3363 Cyprus Lane.

10. What request does Ms. Stanfield make?

(A) She wants to receive a rental discount.
(B) She wants to book a rental for June.
(C) She wants to get photos of a property.
(D) She wants to let a friend see a property.

◆ 解答 p. 132

Questions 11-15 refer to the following receipt and survey.

Nelson Brothers' Autoshop

8840 Highway 45 Dallas, TX 55746

884-5887

WE SELL CERTIFIED USED CARS!

WE CUSTOM-ORDER NEW CARS!

WE PROVIDE FULL-SERVICE AUTO REPAIR!

Customer Information

Name: Charles Pike   Phone: 885-6687

Address: 668 Weems Lane Dallas, TX 55744

Vehicle Information

Make: Cheetah   Model: 250iii

License Plate: TLR-334

Item	Cost
Rear Bumper	$310.00
Paint	$650.00
(4hrs) Labor	$300.00
Subtotal	$1,260.00
Tax	$89.00
Total	$1,349.00
Amount paid by insurance	$849.00
Balance due	**$500.00**

Technician's notes:

Paint costs include a customization fee for paint color match, as we did not have the exact color in our stocks.

Thank you for choosing Nelson Brothers' Autoshop's complete-service auto repair shop! Please let us know about your experience with our repair experts.

How did you hear about Nelson Brothers'?

☐ TV Commercial

☐ Billboard

☐ Friend or family member: ____________

☑ Print Ad (magazine, newspaper, etc.): *CarToyShoppeMonthly*

Were you satisfied with the . . .			**Did the technician . . .**		
quality of the work?	☑ Yes	☐ No	treat you with respect?	☑ Yes	☐ No
value for your money?	☐ Yes	☑ No	go over the work to be done?	☐ Yes	☑ No
lounge cleanliness?	☑ Yes	☐ No	offer a complimentary inspection?	☑ Yes	☐ No

Any additional comments about your experience would be appreciated:

Thank you so much for making a welcoming, clean waiting area for your customers to sit in. I really enjoyed the gourmet coffee and snacks and my little boy enjoyed the children's area complete with toys and an animated movie. The only thing I really think should be improved upon is training your technicians to better explain all the work that should be done and why . . . I was basically presented the invoice and asked to sign it. I also think it's silly I had to pay extra due to your inability to have a fully stocked supply.

11. What is NOT available at Nelson Brothers'?

(A) Car maintenance services
(B) Safe driving lessons
(C) Endorsed Vehicles
(D) Personalized cars

12. How much did Mr. Pike pay for the repair?

(A) $310
(B) $89
(C) $849
(D) $500

13. How did Mr. Pike hear of Nelson Brothers'?

(A) His sister had her car repaired there.
(B) He bought his car at the dealership.
(C) He saw it in an automobile magazine.
(D) He heard about it while watching TV.

14. Based on Mr. Pike's survey comments, what could be improved upon?

(A) The toys available to children in the waiting room
(B) The information detailed on the repair invoice
(C) The time it takes to complete the repairs
(D) The way the employees interact with customers

15. What invoice item does Mr. Pike reference in his comments?

(A) The cost of labor
(B) The price he paid for paint
(C) The cost of shipping parts
(D) His contact information

◆ 解答 p. 132

11 新 多篇閱讀（Triple Passages）

出題頻率
平均每回
3 題

出題重點

多篇閱讀為實施新制多益後全新增加的題型，也是測驗中難度最高、最令考生感到頭痛的題型。多篇閱讀和雙篇閱讀一樣，每組文章會搭配 5 道題，當中最常出現的文章類型也是**電子郵件（e-mail）**，同時會搭配專題報導（article）、公告（notice）、廣告（advertisement）、網頁（Web page）等類型的文章一起出現。近期的測驗中，偶爾會出現一些較為少見的文章類型，包括租賃合約（rental agreement）、停車證（parking permit）、引文（quote）、信用卡明細（credit card statement）等，因此平時請務必一併熟悉這類文章類型。

STEP 1 搞定重點題目類型和解題方式！

1 各類題目的出題頻率

多篇閱讀有三組文章，每組文章搭配 5 道題。以下按照出題頻率的高低依序列出題目類型。

❶ 第一道題：推論題	33.3%	掌握事實關係（是非題）	22.2%
❷ 第二道題：掌握事實關係（是非題）	22.2%	掌握同義詞	19.4%
❸ 第三道題：推論題	27.8%	Wh- 問句（What）	22.2%
❹ 第四道題：Wh- 問句（What）	25.0%	推論題	2.2%
❺ 第五道題：Wh- 問句（What）	27.8%	推論題	25.0%

2 多篇閱讀與單篇和雙篇閱讀的解題方式雷同。

雖然同時會出現三篇文章，但是並不會考需要整合三篇文章內容的考題，僅會針對其中一篇、或是其中兩篇文章內容出題。因此不需要過於擔心，只要**依照單篇閱讀和雙篇閱讀的解題方式作答即可**。

3 請將雙篇文章整合題留到最後再作答。

若要整合雙篇文章內容，通常得花費許多的時間作答，如果把過多時間花在此類考題上，反而無暇顧及其他考題。因此建議**先完成針對單篇文章內容詢問的考題後**，再來解決整合式題型。還有一點要記得，如果時間上真的來不及，請**果斷放棄作答整合題型**。

STEP 2 一起來解題！

1 請掌握題目類型，並確認出題重點。

1. Which topic is NOT covered on the meeting agenda? 會議議程中未涵蓋什麼主題？
▶ 本題為掌握相關細節的考題，出題重點為**不包含在會議議程中的主題**。

2. Who is presenting a case report? 病例個案報告是由誰簡報的？
▶ 本題為掌握相關細節的考題，出題重點為**病例個案報告的發表者**。

3. What can be inferred about Dr. Dixon? 關於迪克森醫生，我們可以推論出什麼？
▶ 本題為推論題，出題重點為**針對 Dixon 醫生的推論**。

4. What will happen after 2:30? 2 點 30 分後將發生什麼事？
▶ 本題為掌握相關細節的考題，出題重點為 **2 點 30 分之後發生的事情**。

5. Who most likely deals with what Lisa is interested in?
莉莎有興趣的主題可能是由誰發表的？

▶ 本題為推論題，出題重點為 Lisa 感興趣主題的發表人。

2 請查看文章，迅速掌握各段落的核心內容。

Exercises 1-5 refer to the following timetable, memo, and e-mail.

標題	**Team Meeting** **Agenda for April**
會議議程時間	**1:00** Welcome and follow up from last meeting – Lisa Evans **1:10** [2] **Featured Case Report – Linda Foster, physician** **1:30 – 2:10** Team reports **1:30** [1(A)] **Moderating pain in cancer patients** – Richard Summers **1:40** [1(C)] **Bereavement counseling** – Carol Van Vorris **1:50** [1(D), 5] **Watching for elder abuse – Jeff Walker** **2:00** Hospice regulations – Ava Kim **2:10** Quality of life – Doris Kennedy **2:20** Group discussion and wrap up – Lisa Evans [4] **2:30 End**

字彙
- agenda 議程
- case report 個案報告
- moderate 使緩和
- bereavement 喪親
- quality of life 生活品質
- follow up 在……之後採取進一步行動
- physician 醫師
- cancer patients 癌症病患
- hospice regulations 安寧照護條例
- wrap up 結束；總結

收件人 寄件人	**To:** Hospice Team **From:** Eliza Wright, RN
介紹小組會議性質和 Dixon 博士	I want to remind you about the team meeting on Wednesday in Room 3C. This is a mandatory meeting for all of the members of the team, including doctors, nurses, and interns, as well as all hospice workers. [3] **In addition, we are pleased to have geriatric specialist Dr. Wayne Dixon with us as a guest observer. We look forward to hearing from him at a later date should he decide to join the team.**
介紹小組會議性質和 Dixon 博士	I want to remind you about the team meeting on Wednesday in Room 3C. This is a mandatory meeting for all of the members of the team, including doctors, nurses, and interns, as well as all hospice workers. [3] **In addition, we are pleased to have geriatric specialist Dr. Wayne Dixon with us as a guest observer. We look forward to hearing from him at a later date should he decide to join the team.**

字彙 remind A about B 提醒 A 關於 B 事
geriatric specialist 老年疾病的專科醫生
home care visits 居家照護訪視
deal with 處理
mandatory 強制的
look forward to V-ing 期待……
additional 額外的
during regular hours 在正常時間

寄件人 收件人 主旨	**From:** Lisa73@arielhospital.com **To:** Wright@arielhospital.com **Subject:** A request
告知無法參加會議和詢問會議後能否取得資料	Hi, Ms. Wright, I do not think I will be able to participate in the team meeting and regular meetings this time because of my vacation. By the way, when I look at the timetable, I see that there is a topic that I am very interested in. [5] **As I am in the senior ward, I am particularly interested in the mistreatment of seniors.** Moreover, my team will announce bereavement counseling. Will I be able to receive the presentation material for that day by e-mail after I get back from leave?
結語 寄件人資料	Thank you, Lisa Ekdahl Senior ward

＊ 文章中譯在解析本 P. 136

字彙 participate in 參與
timetable 時刻表
mistreatment 虐待
presentation material 簡報資料
regular meetings 定期會議
senior ward 老年病房
bereavement counseling 喪親輔導
leave 請假

3 請根據每題的出題重點，選出包含文中答題線索，或是換句話說的選項。

1. **出題重點：不包含在會議議程中的主題** (關鍵字) meeting agenda

(A) Alleviating patients' discomfort 減輕病患的不適
(B) Regulating the dosage of pain medication 控制止痛藥物的劑量
(C) Speaking to family members about grief 與家屬談論傷痛
(D) Protecting the elderly from mistreatment 保護長者免受虐待

解說 本題的內容出現在第一篇文章中。(A) 對應至 Moderating pain in cancer patients；(C) 對應至 Bereavement counseling；(D) 對應至 Watching for elder abuse。文中找不到有關 (B) 的敘述，故正確答案為 (B)。

答案 (B)

2. 出題重點：病例個案報告的發表者 關鍵字 present a case report

(A) A doctor 醫生
(B) A nurse 護士
(C) A pharmacist 藥劑師
(D) An intern 實習生

解說 第一篇文章中寫道：「Featured Case Report – Linda Foster, physician」，當中提到發表者為 physician，因此答案為 (A)。

答案 (A)

3. 出題重點：針對 Dixon 博士的推論 關鍵字 Dr. Dixon

(A) He is just beginning to learn about hospice work. 他才剛開始學習安寧照護的工作。
(B) He is usually free on Wednesday afternoons. 他禮拜三下午通常有空。
(C) He has been in the meeting before. 他先前參加過會議。
(D) He has been invited to become a member of the team. 他已經受邀成為團隊的一員。

解說 本題內容出現在第二篇文章中，關鍵字為 Dr. Dixon，因此請從中找出相關內容。第二篇文章第一段寫道：「In addition, we are pleased to have geriatric specialist Dr. Wayne Dixon with us as a guest observer. We look forward to hearing from him at a later date should he decide to join the team.」，表示邀請老年疾病專家 Dixon 醫師作為嘉賓觀摩，他將決定是否加入小組，因此答案為 (D)。

答案 (D)

4. 出題重點：2 點 30 分之後發生的事情 關鍵字 after 2:30

(A) Discussion 討論
(B) Scheduling 安排
(C) A party 派對
(D) Final wrap up 最後總結

解說 本題需要整合第一和第二篇文章的內容，才能選出答案。關鍵字為 after 2:30，因此請從中找出相關內容。第一篇文章最後寫道：「2:30 End」，由此可以得知會議結束的時間。而第二篇文章最後寫道：「Finally, it is Ava's birthday, so if you can stay a bit late, we will get together afterward for cake at the nurses' desk.」，表示那天為 Ava 的生日，會議結束後要為她慶生，因此答案為 (C)。

答案 (C)

5. 出題重點：Lisa 感興趣主題的發表人 關鍵字 what Lisa is interested in

(A) Richard Summers 理查・桑莫斯
(B) Carol Van Vorris 凱羅爾・范・沃里斯
(C) Jeff Walker 傑夫・沃克
(D) Doris Kennedy 多莉絲・甘迺迪

解說 本題需要整合第一和第三篇文章的內容，才能選出答案。關鍵字為 what Lisa is interested in，因此請留意第三篇文章 Lisa 寄送的電子郵件內容。第三篇文章中寫道：「As I am in the senior ward, I am particularly interested in the mistreatment of seniors.」，顯示出 Lisa 對於老人受虐議題感興趣。回到第一篇文章，當中寫道：「Watching for elder abuse – Jeff Walker，elder abuse」指的就是老人受虐，因此答案為 (C)。

答案 (C)

STEP 3 實戰測驗！

Questions 1-5 refer to the following e-mails and table.

From: Miriam Chase
To: Tim Gold
Subject: Your book
Date: July 17

Dear Tim Gold,

I read your book *How to Sleep Well* with interest. You have hit on a fascinating topic, and I think I can sell this to a publisher. Your book is well researched, written in a lively manner, and includes good case studies. However, before offering you a contract, I am going to ask you to undertake some revisions. In keeping with your title, please consider adding specific exercises for readers; you have a few, but I think you can do much better. I like the chapter on types of beds but think you need more than one page on how to choose a mattress. Illustrations might be helpful here. Finally, a book on this topic can't be longer than 60,000 words, so you need to trim about 15%. I look forward to hearing from you after you have given this some thought.

Sincerely,

Miriam Chase

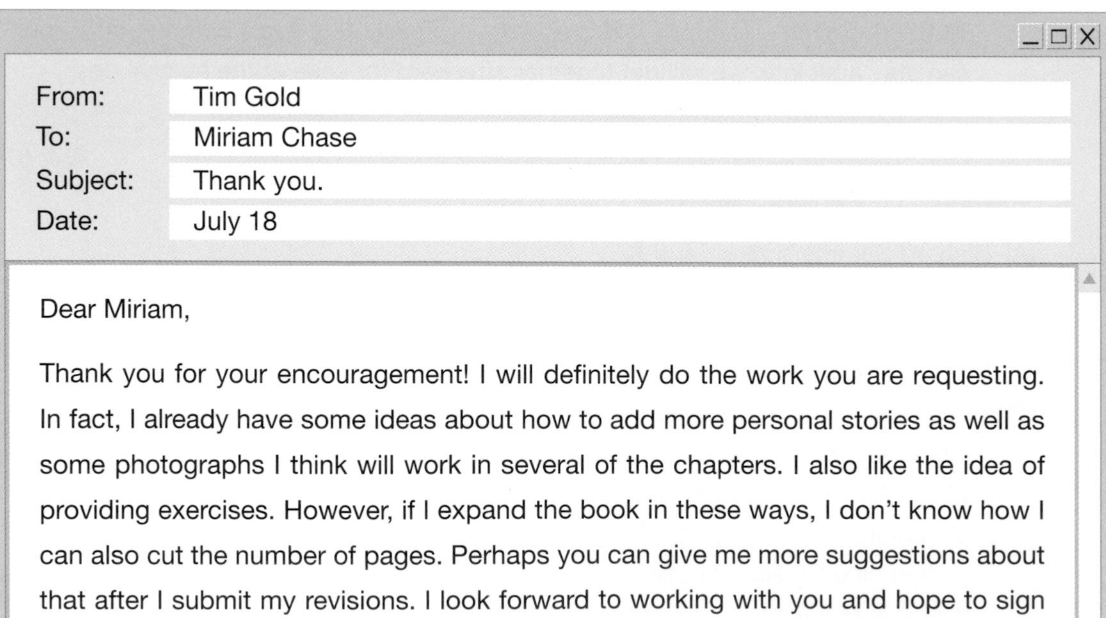

From: Tim Gold
To: Miriam Chase
Subject: Thank you.
Date: July 18

Dear Miriam,

Thank you for your encouragement! I will definitely do the work you are requesting. In fact, I already have some ideas about how to add more personal stories as well as some photographs I think will work in several of the chapters. I also like the idea of providing exercises. However, if I expand the book in these ways, I don't know how I can also cut the number of pages. Perhaps you can give me more suggestions about that after I submit my revisions. I look forward to working with you and hope to sign a contract before the year is over.

Sincerely,

Tim

Publishing Company	Mother Corporation or Owner	Main Type	Founded
Bearson	Bearson (corp.)	Business Magazines	1964
Ted Rosenberg	Ted Rosenberg (corp.)	Academic Textbooks	1986
Wilson Rohas	Wilson Company Ltd.	Novel / Fiction	1975
Yann Orbison	Yann Orbison	Travel / Sightseeing	1983
People House	Karl Reichmann	Health / Medical Books	1967

1. What does Tim Gold plan to change in his book that Miriam Chase does NOT suggest?

(A) He will add photographs.
(B) He will include more anecdotes.
(C) He will choose a new title.
(D) He will add citations.

2. What does Miriam Chase want to see enhanced in *How to Sleep Well*?

(A) The scientific hypothesis
(B) The writing style and grammar
(C) The practical relevance
(D) The potential medical applications

3. In the second e-mail, the word "encouragement" in sentence 1 is closest in meaning to

(A) increment
(B) atonement
(C) support
(D) rejoicing

4. Who most likely is Miriam Chase?

(A) A sales representative
(B) A book reviewer
(C) A literary agent
(D) A lawyer

5. Which publishing company will Ms. Chase most likely contact?

(A) Bearson
(B) Ted Rosenberg
(C) Yann Orbison
(D) People House

◆ 解答 p. 137

Questions 6-10 refer to the following memo, e-mail, and list.

To: Wildwood team

Before we can assist your team in reducing the amount of stress experienced in your workplace, we need all of you to respond to a number of questions. At your earliest convenience, please e-mail a one-sentence answer to each of the following:

A. What is your predominant feeling when you leave the workplace each day?
B. How would you characterize your interactions with other staff members at the Wildwood Institute?
C. What is the most challenging aspect of your job?
D. What is the most satisfying aspect of your job?
E. How would you characterize your health in the last year?

We will compile all the responses we receive by March 30, and use the information to design a workshop to be held in your office in the first week of May. Your participation in all phases of the process is essential for a successful outcome for the entire team.

Thanks!

Malcolm West
Director, Whole Life Associates

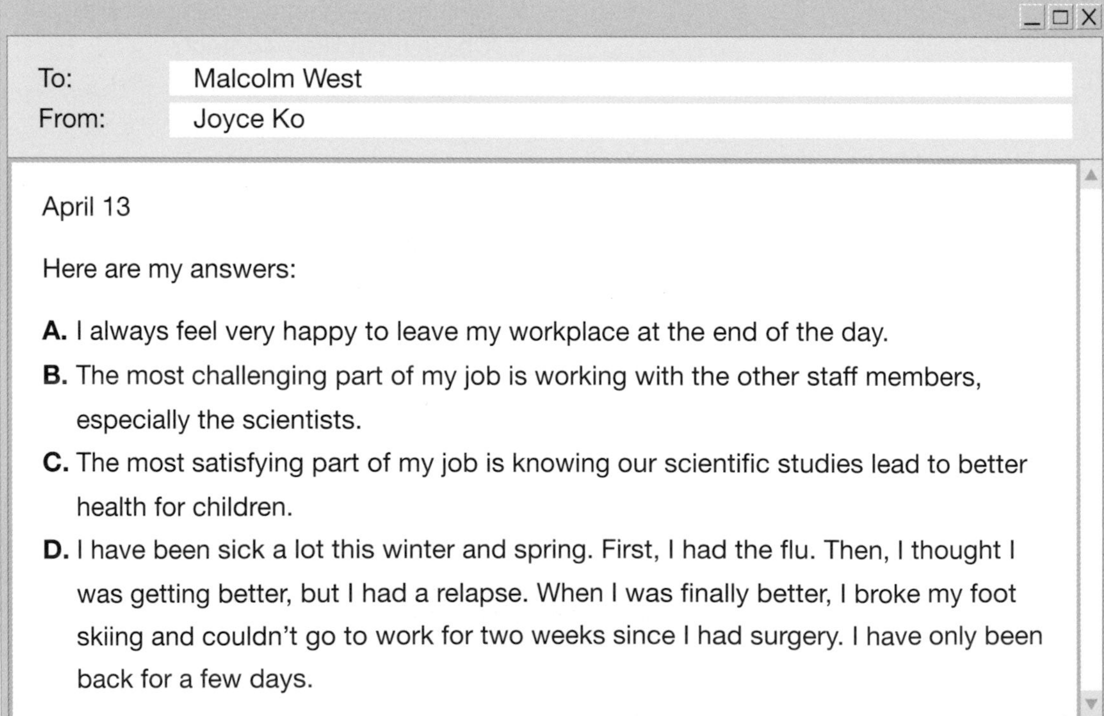

To: Malcolm West
From: Joyce Ko

April 13

Here are my answers:

A. I always feel very happy to leave my workplace at the end of the day.
B. The most challenging part of my job is working with the other staff members, especially the scientists.
C. The most satisfying part of my job is knowing our scientific studies lead to better health for children.
D. I have been sick a lot this winter and spring. First, I had the flu. Then, I thought I was getting better, but I had a relapse. When I was finally better, I broke my foot skiing and couldn't go to work for two weeks since I had surgery. I have only been back for a few days.

Four Common Workplace Stressors and Solutions

1. Time Pressure – Make sure you are realistic about the deadlines you set for yourself. It's important to set deadlines because people need that certainty as to when something needs to be done.
2. Relations with Colleagues or Associates – There are several characteristics that make up good, healthy working relationships: trust, mutual respect, welcoming diversity, and open communication. Keep these things in mind all the time.
3. Worrying about Unexpected Events – Aim for the best-case scenario, and plan to deal with less-ideal outcomes. Discuss with your team how to achieve positive goals and how to deal with disasters.
4. Lack of Control – Always consult with your team openly and ask for solutions they may have. Your team members are the people that often have the best solution to the problems.

6. What is the main purpose of Joyce Ko's e-mail?
(A) To respond to a survey
(B) To provide a job description
(C) To file a complaint
(D) To report an incident

7. What kind of work is the Wildwood Institute engaged in?
(A) It educates young people.
(B) It conducts medical research.
(C) It provides emergency staff.
(D) It runs medical tests.

8. What can be inferred about Joyce Ko's e-mail?
(A) It gave the same information provided by every other team member.
(B) It was run through a spell-check program before she sent it.
(C) It was sent too late to be used by the consultants.
(D) It did not accurately reflect her experience.

9. Which of the following questions in the memo did Joyce Ko ignore?
(A) #1
(B) #2
(C) #3
(D) #4

10. According to the list, which best corresponds to Joyce Ko's current situation?
(A) Time Pressure
(B) Relations with Colleagues or Associates
(C) Worrying about Unexpected Events
(D) Lack of Control

◆ 解答 p. 137

Questions 11-15 refer to the following brochure, letter, and Web page.

The New York Art Museum Presents . . .

The Master Artist

The Mind of Michelangelo and the Works He Created

Art collection on loan from:

The Chicago Fine Arts Center

Displays will include:

Exact replicas of *David, Pietà, and Bearded Slave*

Doni Tondo

The Conversion of Saul

Personal journals

October 2–November 15

Special thanks to the employees of the Art of Moving Company, who completed the difficult task of transporting and installing each piece of art in this priceless exhibit.

October 10

Dear Mr. Lewis,

Thank you so much for all you and your team of professional movers did to make the transfer of *The Master Artist* exhibit from Chicago to New York go as smoothly as possible. I think all of us involved were very nervous the entire week the move took place, but the knowledge, demeanor, and professionalism of you and your staff helped put us at ease as much as possible. I am still baffled at how not a single item was damaged in any way whatsoever as well as how the move and installment were completed a full day ahead of schedule! You certainly are the very best at what you do. Our next project will include the artifacts from Egypt and Greece. I wonder if you can directly handle overseas items.

Thank you again for all of your hard work. I have enclosed a bonus check with this letter, and I hope you will distribute its contents among all of those involved.

Sincerely,

Sandra Rhymes
Master Curator
New York Art Museum

https://artofmoving.com/about-us/

Art of Moving Company

The Art of Moving Company is a company which specializes in moving fine art within the U.S. Our professional and experienced fine art team will provide you a high-end level of service which includes, but is not limited to, customized packing, relocation, assembling, and installation. We have been in business since 2005. Our experienced movers will make your move a stress-free, easy, and enjoyable experience. We are dedicated to every need and demand of our clients. We offer competitive hourly rates for our professional services.

11. Where is The Master Artist exhibit usually housed?
(A) Italy
(B) France
(C) New York
(D) Chicago

12. By whom is Mr. Lewis employed?
(A) The Chicago Fine Arts Center
(B) The New York Art Museum
(C) The Art of Moving Company
(D) The art curator's office

13. For what does Ms. Rhymes NOT commend Mr. Lewis?
(A) His competitive pricing
(B) His speedy completion of work
(C) The efficiency of his staff
(D) The condition of the shipment

14. What does Ms. Rhymes include with her letter?
(A) A letter of recommendation
(B) A contract for future shipments
(C) Her business card
(D) An additional payment

15. Why might the New York Art Museum NOT consider the Art of Moving Company for its next project?
(A) The curator of the museum will change soon.
(B) The next project will be held later than expected.
(C) Both of them cannot agree on the shipping prices.
(D) The moving company does not provide services outside the U.S.

◆ 解答 p. 137

Actual Tests

- 精編三回仿真模擬試題，貼近多益測驗出題趨勢和難易度。
- 請當成正式考試，在 120 分鐘內完成 1 至 200 題。

Actual Test 1

開始作答 ___ 點 ___ 分

完成作答 ___ 點 ___ 分

• 建議一次寫完整份試題，避免分次作答。
• 答題時，請比照實際考試，將答案畫在答案卡上。

目標答對題數 ___ /200

實際答對題數 ___ /200

• 將答對題數乘以 5 即可概算出分數。

LISTENING TEST

In the Listening test, you will be asked to demonstrate how well you understand spoken English. The entire Listening test will last approximately 45 minutes. There are four parts, and directions are given for each part. You must mark your answers on the separate answer sheet. Do not write your answers in the test book.

PART 1 88

Directions: For each question in this part, you will hear four statements about a picture in your test book. When you hear the statements, you must select the one statement that best describes what you see in the picture. Then find the number of the question on your answer sheet and mark your answer. The statements will not be printed in your test book and will be spoken only one time.

Statement (B), "They are sitting at a table," is the best description of the picture. So you should select answer (B) and mark it on your answer sheet.

1.

2.

3.

4.

5.

6.

PART 2 (89)

Directions: You will hear a question or statement and three responses spoken in English. They will not be printed in your test book and will be spoken only one time. Select the best response to the question or statement and mark the letter (A), (B), or (C) on your answer sheet.

7. Mark your answer on your answer sheet.

8. Mark your answer on your answer sheet.

9. Mark your answer on your answer sheet.

10. Mark your answer on your answer sheet.

11. Mark your answer on your answer sheet.

12. Mark your answer on your answer sheet.

13. Mark your answer on your answer sheet.

14. Mark your answer on your answer sheet.

15. Mark your answer on your answer sheet.

16. Mark your answer on your answer sheet.

17. Mark your answer on your answer sheet.

18. Mark your answer on your answer sheet.

19. Mark your answer on your answer sheet.

20. Mark your answer on your answer sheet.

21. Mark your answer on your answer sheet.

22. Mark your answer on your answer sheet.

23. Mark your answer on your answer sheet.

24. Mark your answer on your answer sheet.

25. Mark your answer on your answer sheet.

26. Mark your answer on your answer sheet.

27. Mark your answer on your answer sheet.

28. Mark your answer on your answer sheet.

29. Mark your answer on your answer sheet.

30. Mark your answer on your answer sheet.

31. Mark your answer on your answer sheet.

PART 3 (90)

Directions: You will hear some conversations between two or three people. You will be asked to answer these questions about what the speakers say in each conversation. Select the best response to each question and mark the letter (A), (B), (C), or (D) on your answer sheet. The conversations will not be printed in your test book and will be spoken only one time.

32. Why is the man at the university?
(A) To explore the facilities
(B) To apply for an admission
(C) To study academic areas
(D) To try out the cafeteria

33. What does the woman say will happen in an hour?
(A) A special lecture will begin.
(B) Free lunch will be offered.
(C) A meeting will take place.
(D) A tour will begin.

34. What does the man ask the woman to do?
(A) Return at a later time
(B) Suggest a new menu item
(C) Recommend a restaurant
(D) Have a meal together

---

35. What is the topic of the conversation?
(A) A music festival
(B) Weekend plans
(C) Fruits in season
(D) A demanding work

36. What does the woman want to do during the weekend?
(A) Play musical instruments
(B) Do some paperwork
(C) Attend an event
(D) Watch a musical

37. What information does the man provide?
(A) Office locations
(B) A festival schedule
(C) A venue for performances
(D) Weekend weather

38. What will the mass e-mail be about?
(A) A new product
(B) A large order
(C) A discount offer
(D) An inventory list

39. What does the woman say about the list?
(A) It was destroyed last summer.
(B) It has grown a lot.
(C) It hasn't been completed yet.
(D) It is not different from the old one.

40. What will the man probably do next?
(A) Contact his co-worker
(B) Email potential customers
(C) Review more reports
(D) Place an order

---

41. Who most likely is the man?
(A) A receptionist
(B) A baker
(C) An event planner
(D) A delivery person

42. What celebration is the woman planning?
(A) Her birthday
(B) Her colleague's promotion
(C) An employee's departure
(D) The company's 25th anniversary

43. What should the woman do if she wants to get her order delivered?
(A) Order online
(B) Purchase over $300
(C) Contact the store manager
(D) Pay an additional cost

▶▶▶ GO ON TO THE NEXT PAGE

44. What are the speakers mainly discussing?

(A) A new play
(B) A lack of funds
(C) A new magazine
(D) A recent business trip

45. What does the man mean when he says, "I'm surprised, too"?

(A) He is surprised at the woman's behavior.
(B) He is scared after watching a scary scene.
(C) He thinks there is a small audience.
(D) He believes some data is incorrect.

46. What will the speakers most likely do next?

(A) They will stop by the shopping mall.
(B) They will make a reservation for a business dinner.
(C) They will write some reviews of a new play.
(D) They will deposit some cash into their bank accounts.

---

47. Why does the man contact the museum?

(A) To buy tickets for an exhibition
(B) To inquire about employment opportunities
(C) To ask about its opening hours
(D) To sign up for a membership

48. What will the museum have in May?

(A) Special exhibitions for children
(B) Discounted memberships
(C) A series of speeches
(D) Special events

49. What does the woman suggest the man do?

(A) Buy tickets early
(B) Stand in line
(C) Arrive before 5 P.M.
(D) Donate money to the museum

50. Where does this conversation probably take place?

(A) At a supermarket
(B) At a department store
(C) At a repair shop
(D) At a laundromat

51. What is the woman concerned about?

(A) Missing her flight
(B) Being late for a meeting
(C) Misplacing a ticket
(D) Returning some merchandise

52. What will the man probably do next?

(A) Make a telephone call
(B) Give a serviced item
(C) Issue a refund
(D) Repair a watch

---

53. What are the speakers mainly discussing?

(A) A client survey
(B) A technology presentation
(C) A new research institute
(D) A failure to attend a meeting

54. What does the woman mean when she says, "please fill us in"?

(A) She wants to get a full refund.
(B) She needs to have a meal.
(C) She wants some information about the meeting.
(D) She would like to learn about technological theories.

55. What will Mr. Preston probably do during lunch?

(A) He will give a presentation.
(B) He will review some technological data.
(C) He will tell the woman some details.
(D) He will repair some broken machines.

56. What type of business do the women most likely work for?

(A) A car rental agency
(B) A construction company
(C) An information technology company
(D) An investment firm

57. What does the man say about the new project?

(A) The city is having financial difficulties.
(B) The total construction cost tripled in a year.
(C) Some of the buildings have serious structural problems.
(D) A decision was made by just one partner.

58. Why did Kamon Construction change its original plans?

(A) It wanted to raise property values.
(B) There was an economic slowdown.
(C) Property sales were lower than expected.
(D) Construction was delayed due to inclement weather.

---

59. What are the speakers discussing?

(A) The budget for constructing an office
(B) A proposal for opening a store
(C) The agenda for a meeting
(D) The cost of electrical wiring

60. What is the woman's problem?

(A) A delivery is late.
(B) The projected date is wrong.
(C) An estimate is incomplete.
(D) She will be absent for the meeting.

61. What will the man most likely do next?

(A) Contact some companies
(B) Reschedule an appointment
(C) Order replacement parts
(D) Call an office furniture store

62. What kind of business do the speakers most likely work for?

(A) A pharmaceutical company
(B) An electronics store
(C) A catering company
(D) A computer software company

63. Why does the woman say, "This isn't the first time this has happened"?

(A) She knows how to solve a problem.
(B) She is frustrated with the manager's inventory management.
(C) She is upset with the poor customer service.
(D) She wants the man to be careful when handling some equipment.

64. What will the woman probably do next?

(A) Purchase some new equipment
(B) Go to a store
(C) Speak with the shop manager
(D) Have a meal with the man

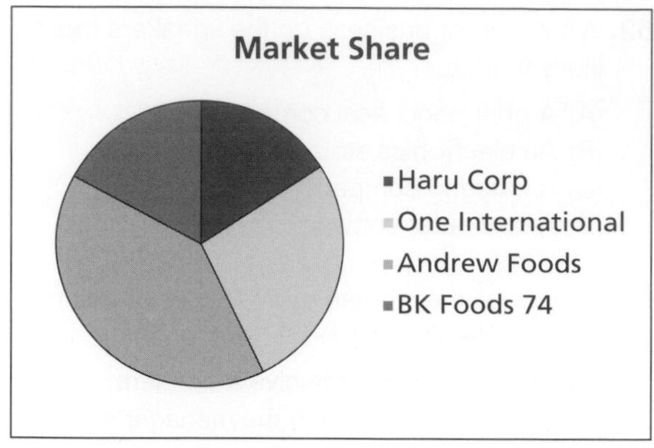

Indoor Dining Hall List		
Venues	Capacity	Cost
Ocean Convention Hall	90 people	$5,000
Galaxy Dining Hall	130 people	$6,200
Andromeda Dining Garden	170 people	$7,600
Homestead Party Garden	200 people	$12,500

65. What are the speakers talking about?
(A) A budget proposal
(B) A market trend
(C) A new advertising campaign
(D) A business acquisition

66. Look at the graphic. Where do the speakers probably work?
(A) One International
(B) BK Foods 74
(C) Haru Corporation
(D) Andrew Foods

67. Why does the man say he is not convinced?
(A) He is not familiar with marketing theories.
(B) His company is in financial trouble.
(C) Some information is not correct.
(D) A company's profits have declined.

68. What kind of event is going to be held next month?
(A) An accounting seminar
(B) A local job fair
(C) A commemoration ceremony
(D) A corporate event

69. What is implied about Homestead Party Garden?
(A) It is very popular with many companies.
(B) It has enough space for 250 guests.
(C) It has an elegant and quiet environment.
(D) It is decorated with wildflowers.

70. Look at the graphic. Which venue will the woman most likely recommend to the man?
(A) Ocean Convention Hall
(B) Galaxy Dining Hall
(C) Andromeda Dining Garden
(D) Homestead Party Garden

PART 4 (91)

Directions: You will hear some short talks given by a single speaker. You will be asked to answer three questions about what the speaker says in each short talk. Select the best response to each question and mark the letter (A), (B), (C), or (D) on your answer sheet. The talks will not be printed in your test book and will be spoken only one time.

71. What is being advertised?
(A) Softwares
(B) Electronics
(C) Home theater systems
(D) Office equipment

72. What service is being offered to the customers?
(A) Free repairs
(B) Same day delivery
(C) An additional discount
(D) Free extended warranties

73. When does the sale begin?
(A) On Friday
(B) On Saturday
(C) On Sunday
(D) On Monday

74. Where does the speaker work?
(A) At a dental office
(B) At an Internet service provider
(C) At a cleaning company
(D) At an office supply store

75. Why does the speaker ask Mr. Ryder to log onto a Web site?
(A) To give driving directions
(B) To offer some useful information
(C) To introduce various services
(D) To make an appointment

76. What does the speaker imply when she says, "You can't miss it"?
(A) The listener won't have difficulty finding something.
(B) She is criticizing the listener for his mistake.
(C) The offer from a dentist is very attractive.
(D) The listener must take a flight today.

77. Where most likely is this announcement being made?
(A) At a radio station
(B) At an art gallery opening
(C) In a concert hall
(D) In a television studio

78. What has caused the delay?
(A) Technical difficulties
(B) Facility closure
(C) Unfavorable weather
(D) Road repairs

79. What are the listeners asked to do?
(A) Enjoy the opera
(B) Proceed to their assigned spots
(C) Go to the control room
(D) Turn off all the lights

80. What is the main purpose of the speech?
(A) To say farewell to employees
(B) To introduce some new technology
(C) To present an award
(D) To announce the opening of a new branch

81. According to the speaker, what did Ms. Ha recently do?
(A) Developed a new product
(B) Designed a new energy policy
(C) Donated to local charity groups
(D) Created stylish car designs

82. Why does the speaker say, "Isn't she amazing"?
(A) She is dressed up.
(B) She made a great accomplishment.
(C) She came up with creative designs.
(D) She made an impressive speech.

▶▶▶ GO ON TO THE NEXT PAGE

83. What is the purpose of the call?

(A) To provide information about an order
(B) To advertise a year-end sale
(C) To ask about a sweat shirt and sweat pants set
(D) To request payment for a purchase

84. What item does Mr. Ashford want to purchase?

(A) A black T-shirt
(B) A sweat suit
(C) Exercise equipment
(D) Sports shoes

85. What is mentioned about store items?

(A) They were already sent out.
(B) They will be on sale.
(C) They have larger sizes.
(D) They are very sturdy.

---

86. Who most likely is the speaker?

(A) A government official
(B) A safety inspector
(C) A chemical engineer
(D) A plant manager

87. What is this talk about?

(A) Preventing illegal pollution
(B) Ordering new factory equipment
(C) Preparing for an inspection
(D) Producing environmentally friendly products

88. What does the speaker want to receive?

(A) An increase in annual sales
(B) An improvement of productivity
(C) A high rating for business
(D) A good review for his performance

89. Who is the intended audience for the speech?

(A) Accountants
(B) Chefs
(C) Travel agents
(D) Government officials

90. What accomplishment of Ms. Martin's is mentioned?

(A) She developed delicious pastries.
(B) She helped to increase in sales.
(C) She arrested some economic criminals.
(D) She saved the government funds.

91. What is Ms. Martin planning to do?

(A) Start her own accounting firm
(B) Design profitable tour packages
(C) Learn to speak Danish
(D) Become a baker

Lucky Seven Supermarket 30% Discount This Weekend	
Sale Items	**Store Location**
Dairy Products	Oakland
Baked Goods	Fremont
Beverages & Fruits	Hayward
Fresh Produce	Cupertino

92. How long has Lucky Seven Supermarket been in business?

(A) One year
(B) Ten years
(C) Twelve years
(D) Twenty years

93. Look at the graphic. At which store location is the announcement being made?

(A) Oakland
(B) Fremont
(C) Hayward
(D) Cupertino

94. According to the speaker, why should the listeners visit a Web site?

(A) To write customer reviews
(B) To get more information about a membership program
(C) To apply for job openings
(D) To download some discount coupons

TRAINING SESSIONS	DATE
Communication Skills	July 17
Time Management	August 15
How to Write A Report	September 9
E-mail Policies	October 26

95. What does the speaker say she is pleased about?

(A) The quality of some new products
(B) The improvement in customer satisfaction
(C) The variety of service options
(D) The willingness of the attendees

96. Look at the graphic. Which training session has been canceled?

(A) Communication Skills
(B) Time Management
(C) How to Write A Report
(D) E-mail Policies

97. According to the speaker, what will happen after the morning session?

(A) Lunch will be served.
(B) A coffee break will be held.
(C) A monetary reward will be given.
(D) A staff meeting will be held.

Monday	Tuesday	Wednesday	Thursday

98. Who most likely is the speaker?

(A) A weather forecaster
(B) A caterer
(C) An event organizer
(D) A radio show host

99. Look at the graphic. What day was the corporate event originally scheduled to be held?

(A) Monday
(B) Tuesday
(C) Wednesday
(D) Thursday

100. What is the listener asked to do?

(A) Contact a service provider
(B) Prepare for a company outing
(C) Order some refreshments
(D) Search for reliable vendors

This is the end of the Listening test. Turn to Part 5 in your test book.

READING TEST

In the Reading test, you will read a variety of texts and answer several different types of reading comprehension questions. The entire Reading test will last 75 minutes. There are three parts, and directions are given for each part. You are encouraged to answer as many questions as possible within the time allowed. You must mark your answers on the separate answer sheet. Do not write your answers in your test book.

PART 5

Directions: A word or phrase is missing in each of the sentences below. Four answer choices are given below each sentence. Select the best answer to complete the sentence. Then mark the letter (A), (B), (C), or (D) on your answer sheet.

101. DTS's ------- of the election attracted more viewers than the rival network because the channel made it entertaining.

(A) covering
(B) covered
(C) coverage
(D) cover

102. Over ------- 20-year career, Mr. James Miller, known for moderate yet masculine designs, has created one of the premier fashion designer brands.

(A) he
(B) his
(C) him
(D) himself

103. Even though there will be a lot of ------- customers, it is best not to aggravate them.

(A) arguable
(B) argumentative
(C) argument
(D) argued

104. Ms. Cusack was ------- that Mr. Rondo would be available in five hours, but she had to wait an extra hour to meet him.

(A) confessed
(B) recommended
(C) suggested
(D) told

105. Any designers who know how to use up-to-date graphics software ------- for the upcoming project.

(A) are recruiting
(B) have recruited
(C) will be recruited
(D) will recruit

106. The café Bong runs a membership program, and members are ------- to a 15% discount.

(A) close
(B) subject
(C) apt
(D) entitled

107. Carbon emissions have been ------- by 25% since factories started using the new filter from Greenco.

(A) reduced
(B) reducing
(C) reduce
(D) reduces

108. ------- adolescent and adult patients, research could explain the states of their psychological health.

(A) By comparing
(B) To compare
(C) For comparison
(D) Of comparing

▶▶▶ GO ON TO THE NEXT PAGE

109. The company has recovered ------- a huge setback, but it still has a lot of things to do to improve its sales.

(A) for
(B) except
(C) from
(D) despite

110. Even though the public ------- to see the new merchandise from the Xeno Corporation before Christmas, it will not be available until March.

(A) expects
(B) have been expecting
(C) expecting
(D) to expect

111. Ever since the day when the server went down, the design team has always made a ------- of its work.

(A) sign
(B) brand
(C) room
(D) copy

112. The government is willing to ------- with the neighboring country about the price of wood.

(A) negotiate
(B) negotiation
(C) negotiating
(D) negotiated

113. Since the restaurant didn't update its new -------, its mail is delivered to its old location.

(A) situation
(B) province
(C) vicinity
(D) address

114. The catering company will be sending ------- samples of the cuisine, so please make sure to come back before 3.

(A) some
(B) every
(C) little
(D) few

115. To create a graph on this document, ------- click on the icon that looks like a graph.

(A) simple
(B) simpler
(C) simply
(D) simplicity

116. Since the two companies merged, sales have been increasing ------- a rapid rate.

(A) by
(B) at
(C) for
(D) to

117. Peony Flowers & Co. is proud to ------- customers the most diverse selection of flowers in the country.

(A) mention
(B) combine
(C) offer
(D) retrieve

118. To know what their clients ------- want, employees are asked to talk with many clients until they get the answers.

(A) exact
(B) exactly
(C) exactness
(D) exacting

119. The EWS research team has found ------- evidence that they may have discovered a cure for baldness.

(A) substantial
(B) substantially
(C) substantiate
(D) substantiating

120. The company contact book features everyone's name ------- to make finding each person's number easy.

(A) symmetrically
(B) alphabetically
(C) backwardly
(D) numerically

121. This coming Tuesday, Toscanya Cleaning Services ------- the community for 10 years.

(A) will be serving
(B) had served
(C) has served
(D) will have served

122. Customer service representatives are ------- for recording complaints from customers and their personal contact information in the database.

(A) responsibility
(B) responsibilities
(C) responsible
(D) responsibly

123. ------- a lack of skill, the applicant showed passion like no others, which moved the judges.

(A) Even though
(B) In spite of
(C) However
(D) So long as

124. The concert was great, but we had to hurry to the train station because it ------- longer than we had expected.

(A) lasted
(B) done
(C) extended
(D) made

125. Application processing fees are not refundable, so make sure you are ------- to become a member before you apply.

(A) elective
(B) eligible
(C) effective
(D) eternal

126. When ------- your payment, please include your account number with it.

(A) mail
(B) mailed
(C) mails
(D) mailing

127. For ------- on our e-mail list, we are giving out complimentary hand sanitizer and hand lotion.

(A) anyone
(B) none
(C) whom
(D) few

128. ------- you want to know more about modern art, Susan Harry will tell you all you want to know.

(A) For
(B) Even as
(C) Though
(D) If

129. Since this year's fall is exceptionally cold, the sweaters made ------- the upcoming winter are available now.

(A) for
(B) out
(C) of
(D) in

130. Any unauthorized or suspicious activities should be reported ------- to the appropriate department.

(A) presumably
(B) lastingly
(C) promptly
(D) spontaneously

PART 6

Directions: Read the texts that follow. A word, phrase, or sentence is missing in parts of each text. Four answer choices for each question are given below the text. Select the best answer to complete the text. Then mark the letter (A), (B), (C), or (D) on your answer sheet.

Questions 131-134 refer to the following e-mail.

Dear Mr. Plumb,

Thank you for thinking of us for your high-quality fabric needs. I have seen your designs in some local hotels and am very ------- **131.** with your work. However, our parent company has an in-house custom upholstery service in Atlanta. The company has a policy of not providing materials or services to competing businesses in order to support all of its stores. I ------- **132.** that I will not be able to provide you with the fabric you need. -------. **133.** He most likely won't have what you requested in stock, but he is able to order materials quickly. I think you will be very pleased ------- **134.** his services.

Thank you.

Saul Bettel

131. (A) impressed
(B) impressive
(C) impressing
(D) impression

132. (A) choose
(B) regret
(C) apologize
(D) exempt

133. (A) Our fabric is especially famous for commercial uses.
(B) All of our fabrics match designer clothing well.
(C) My colleague Roy Barton has a fabric supply store on the coast.
(D) Mr. Alderwood will be absent from our meeting tomorrow.

134. (A) with
(B) at
(C) to
(D) of

Questions 135-138 refer to the following advertisement.

Reinvent your kitchen and transform your diet!

------- (135.) by a chef, a housewife, and a lifestyle coach, simplydelicious.com contains everything you need to add variety and nutrition to your daily diet. Full of ideas, recipes, tips, and how-to videos, this revolutionary site promises to turn your kitchen ------- (136.) a place for creativity and exploration. ------- (137.). From the comfort of your home, you can learn how best to shop at your neighborhood store, find ways to reorganize your kitchen to maximize space and to encourage healthy decisions, explore international cuisines, refine your skills, and ------- (138.) try new cooking techniques! Can't wait to change your life? Simplydelicious.com is ready for you!

135. (A) Creating
(B) Created
(C) Creation
(D) Creates

136. (A) into
(B) with
(C) over
(D) beneath

137. (A) Moisture can cause damage to a kitchen.
(B) Your health will naturally be improved.
(C) Dietary recommendations should be flexible.
(D) This information will not be available next time.

138. (A) very
(B) however
(C) even
(D) too

Questions 139-142 refer to the following e-mail.

From: Bob Morgan <Morgan@pecangrove.net>
To: Jenny Rodriguez <jero1984@unitel.com>
Date: February 20
Subject: Request

Dear Ms. Rodriguez,

I am writing to ask you ------- (**139.**) a design proposal for the lighting of our new model use in Pecan Grove. The proposal should consist of complete lighting for all 15 rooms. ------- (**140.**). The list details the room dimensions, styles, and natural lighting and includes an example of an acceptable fixture. If you do not have a similar fixture, please include a ------- (**141.**) for a substitute. Should you choose to submit a proposal, please deliver a hard copy to our downtown office at 42 Main Street by February 27. Thank you for your time, and we hope to see your ------- (**142.**) soon.

Sincerely,

Bob Morgan, Pecan Grove Homes

139. (A) to submit
(B) submit
(C) to be submitted
(D) submitting

140. (A) I have included a list of desired accent pieces for each of the rooms.
(B) Our spacious rooms are perfect for holding large meetings.
(C) Items that are unclaimed after 30 days are nonrefundable.
(D) I will reveal my company's relocation plans this Thursday.

141. (A) replacement
(B) price
(C) suggestion
(D) rehearsal

142. (A) propose
(B) proposal
(C) proposed
(D) proposing

Questions 143-146 refer to the following letter.

October 12

Dear Mr. Cossack,

In your article published in the *Denver Times* last week, you stated that the contracts for the construction and maintenance of the new Denver Bobcats stadium ------- **143.** to Johnson Construction and Sanchez & Sons, respectively. This is not true. -------. **144.** All contracts for the city undergo a thorough review and bidding process. Both of the aforementioned companies ------- **145.** bids which are currently under review. The contract decisions should be announced ------- **146.** the end of the month.

Sincerely,

Raul Boeing, Mayor's Office

143. (A) has awarded
(B) will award
(C) have been awarded
(D) are awarding

144. (A) Job applications have already been reviewed.
(B) Construction schedules were confirmed last year.
(C) Our city has many low-income households.
(D) No decisions have been made.

145. (A) is submitted
(B) to submit
(C) have submitted
(D) had been submitted

146. (A) until
(B) during
(C) beyond
(D) by

PART 7

Directions: In this part you will read a selection of texts, such as magazine and newspaper articles, e-mails, and instant messages. Each text or set of texts is followed by several questions. Select the best answer for each question and mark the letter (A), (B), (C), or (D) on your answer sheet.

Questions 147-148 refer to the following receipt.

Camelot Dry Cleaners
4464 Willow Lane
336-677-9905

CLAIM TICKET

We appreciate your business.

Order Number: A4599
Ready for Pickup: May 3

Customer: Rogers, M.
Customer Phone: 336-222-3336

Items: 3
Item 1: Jacket/Coat – Wool
Price: $20

Item 2: Skirt
Price: $4

Item 3: Sweater - Wool
Price: $7
Total: $31

Items not claimed within 30 days of ready date will be discarded.

147. How many garments are being dry-cleaned?

(A) 3
(B) 4
(C) 20
(D) 31

148. What is indicated about the store's policy?

(A) The pickup timeframe
(B) Refunds and exchanges
(C) Its shipping rates
(D) Its business hours

Questions 149-150 refer to the following e-mail.

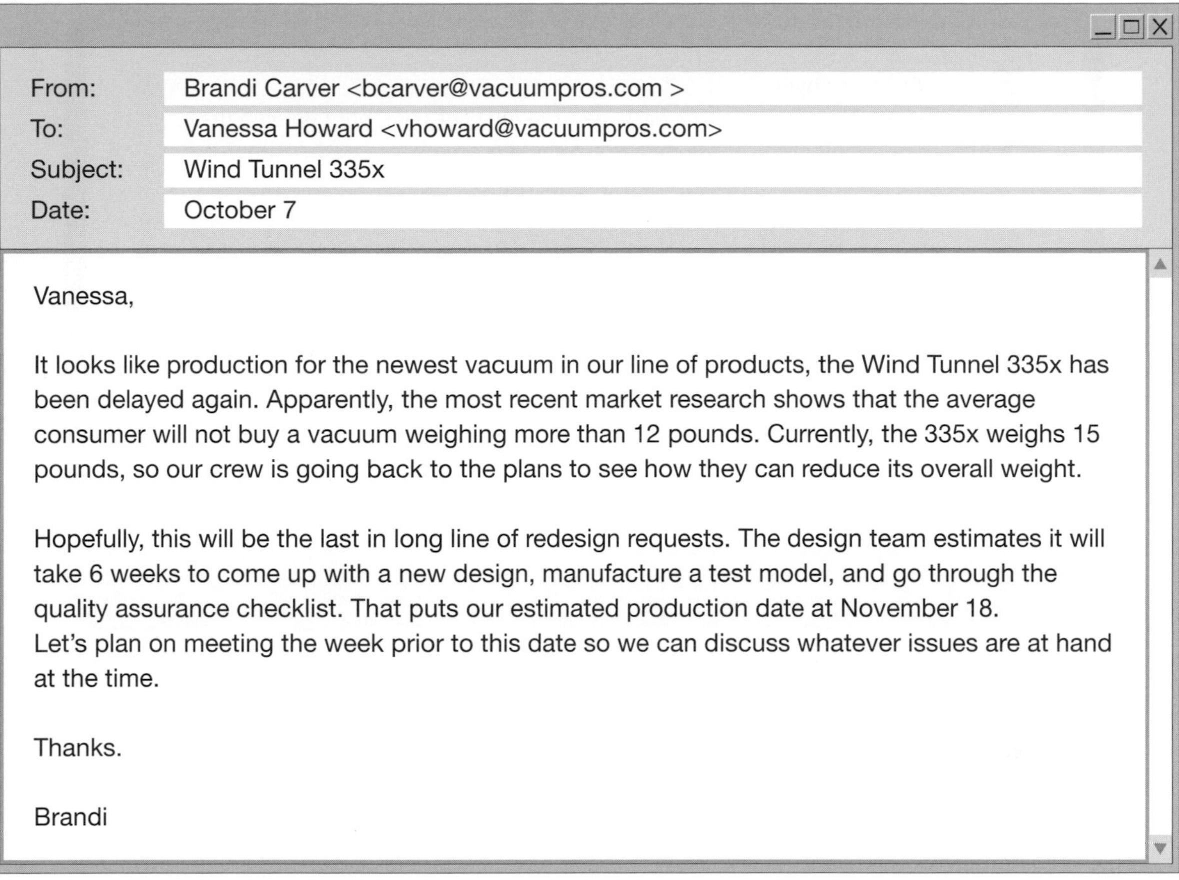

From: Brandi Carver <bcarver@vacuumpros.com >
To: Vanessa Howard <vhoward@vacuumpros.com>
Subject: Wind Tunnel 335x
Date: October 7

Vanessa,

It looks like production for the newest vacuum in our line of products, the Wind Tunnel 335x has been delayed again. Apparently, the most recent market research shows that the average consumer will not buy a vacuum weighing more than 12 pounds. Currently, the 335x weighs 15 pounds, so our crew is going back to the plans to see how they can reduce its overall weight.

Hopefully, this will be the last in long line of redesign requests. The design team estimates it will take 6 weeks to come up with a new design, manufacture a test model, and go through the quality assurance checklist. That puts our estimated production date at November 18.
Let's plan on meeting the week prior to this date so we can discuss whatever issues are at hand at the time.

Thanks.

Brandi

149. What is the main purpose of the e-mail?

(A) To mention the postponement of production
(B) To make a data request
(C) To inquire about product details
(D) To file a report on employee performance

150. What is indicated about the Wind Tunnel 335x?

(A) It does not function properly.
(B) It does not have desirable accessories.
(C) It does not meet industry expectations.
(D) It has been well-received by consumers.

Questions 151-152 refer to the following text message chain.

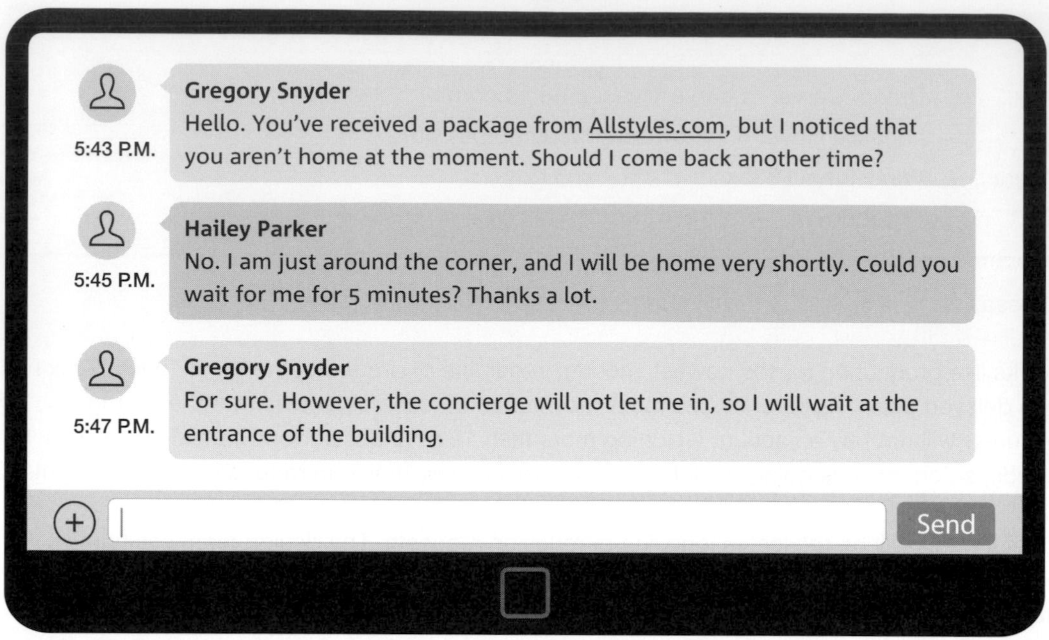
Gregory Snyder
5:43 P.M.
Hello. You've received a package from Allstyles.com, but I noticed that you aren't home at the moment. Should I come back another time?

Hailey Parker
5:45 P.M.
No. I am just around the corner, and I will be home very shortly. Could you wait for me for 5 minutes? Thanks a lot.

Gregory Snyder
5:47 P.M.
For sure. However, the concierge will not let me in, so I will wait at the entrance of the building.

151. Who is Mr. Snyder?

(A) A mailman
(B) A maintenance staff member
(C) A custodian
(D) A customer

152. At 5:47 P.M., what does Mr. Snyder most likely mean when he writes, "For sure"?

(A) He will come back in 5 minutes.
(B) He will leave the package with the concierge.
(C) He will wait for Ms. Parker for a few minutes.
(D) He will leave and return another time.

Questions 153-154 refer to the following notice.

New Metro Offerings

The Washington, D.C. area Metro Line is pleased to announce the opening of its new line servicing areas from Vienna to Bethesda. This new line — the Red Line — will open June 3. The Red Line will run from 5 A.M. to 12:30 A.M. from Monday through Saturday, and from 8 A.M. to 10 P.M. on Sunday.

The Red Line has been under construction for the past 28 months. The project was approved by Virginia, Washington, D.C., and Maryland transit authorities and funded through a combination of the three areas' transportation budgets.

Information regarding the funding, construction, and grand opening of the Red Line can be found on the metro's Web site at www.dcmetro.com/redline. For information regarding metro rates, schedules, and stops, please visit the Web site www.dcmetro.com/information. Fare options included prepaid tickets as well as commuter discounts are available.

All questions and concerns should be submitted through the online form found on the metro Web site.

153. What does the notice announce?

(A) A schedule change
(B) Additions to transit locations
(C) Future construction projects
(D) Changes to fares

154. What is NOT indicated about the metro?

(A) Passengers have the ability to purchase tickets in advance.
(B) There are reduced fares for certain passengers.
(C) Information can be found online.
(D) Its rates change during rush hour.

Questions 155-157 refer to the following article.

BARRINGTON, IL, September 30 – On September 27, the Barrington School Board approved new regulations relating to food vending machines in the city's middle and high schools. — [1] — The new regulations will limit the number of unhealthy foods permitted to be sold in comparison to healthier options in school vending machines.

— [2] — New vending machines that can keep fruit, vegetables, and other healthy items must be installed in each school that currently has vending machines selling chips, candy, and other less-healthy options. — [3] — In addition, while vending machine proceeds used to go into a generic fund that can be used at the discretion of the school leadership, all vending machine proceeds will now go toward providing lunches, paying for sports fees, and buying school supplies for underprivileged children. — [4] — All schools are expected to comply with these new regulations by January 1.

155. What is stated about the new regulations?

(A) They only apply to high schools.
(B) They take effect in 30 days.
(C) They benefit poor students.
(D) They are an attempt to encourage exercise.

156. In which of the positions marked [1], [2], [3], and [4] does the following sentence best belong?

"As the number of obese children has increased, the practice of selling snack foods at schools has been called into question."

(A) [1]
(B) [2]
(C) [3]
(D) [4]

157. What is implied in the article?

(A) Not all families can afford to buy paper and pencils for their children.
(B) The Barrington School Board has been embezzling money.
(C) The Barrington School Board will eventually ban all vending machines.
(D) Vending machines have been offering too many healthy options.

Questions 158-161 refer to the following online chat discussion.

Billy Ore 2:09 P.M. Did you guys hear about the remake of *Locked*? It will be released next month, and the main character, Adam McBride, is being played by Nicholas Noland! This is so exciting because the first one was out of this world!

Susan Lee 2:10 P.M. How did Nicholas Noland get cast for the lead role? Doesn't he specialize in action movies? In addition, I have never regarded him as a good actor. I wonder if he's a good fit for this movie.

Deborah Gomez 2:13 P.M. Although he mainly does action movies, he has gotten better at acting in general over the years. My brother is a fan of Nicholas Noland, so I promised to take him to see it once it comes out.

Jean Wilson 2:14 P.M. Many people say that it is very sad in the way that it portrays the one-sided love of the male character. I am very curious.

Ruth Minton 2:16 P.M. I'm excited for Nicholas Noland, but I'm not too thrilled about the idea of a remake. *Locked* is such a legendary film that I wonder if they can beat the original.

Billy Ore 2:18 P.M. I agree. But with a better screenplay and sound effects, it can still elevate the quality of the entire film. Let's all go to watch *Locked* on the day of its release!

Send

158. What most likely is the genre of *Locked*?

(A) Romance
(B) Science fiction
(C) Thriller
(D) Horror

159. What is indicated about Ms. Lee?

(A) She cannot watch *Locked* with the others.
(B) She is not a fan of Nicholas Noland.
(C) She is not excited about the new movie.
(D) Her brother is a fan of Nicholas Noland.

160. Who has probably NOT watched the original version of *Locked*?

(A) Billy Ore
(B) Jean Wilson
(C) Susan Lee
(D) Ruth Minton

161. At 2:18 P.M., what does Mr. Ore most likely mean when he writes, "I agree"?

(A) He thinks Nicholas Noland is great.
(B) He is unsure if the remake of the movie will be successful.
(C) He wants to see *Locked* with Ms. Minton.
(D) He prefers action movies over thrillers.

Questions 162-164 refer to the following advertisement.

ToddMed, Inc.

We are pleased to announce the grand opening of ToddMed, Inc., an exclusive medical service for you and your family's needs. No longer will you need to travel long distances to the local hospital or clinic for checkups or emergency needs. ToddMed will go to you and provide efficient, excellent personal care at your home or business. ToddMed has all the newest technology and has more access to the cutting edge of health sciences than area hospitals and clinics. Should you or a family member require diagnostic services, these can be provided in the comfort of your home without the need for crowds, waiting times, or loud rooms.

As always, ToddMed guarantees the privacy of all of its clients and practices a high level of discretion in all of its services. Call today for an appointment or visit us at www.toddmed.com.

162. What type of professionals does ToddMed employ?

(A) Lawyers
(B) Doctors
(C) Engineers
(D) Athletes

163. What is NOT mentioned about ToddMed?

(A) Its reputation
(B) Its convenience
(C) Its technical expertise
(D) Its available services

164. What does ToddMed guarantee?

(A) Hard work
(B) Low prices
(C) Punctuality
(D) Confidentiality

Questions 165-167 refer to the following article.

Property for Sale

Avalon Condominiums has some units available for sale. Three new condominiums, including the penthouse unit, have recently become available.

Avalon is conveniently located on the corner of Park Avenue and 131st Street and is across from the downtown helipad and two 24-hour secure garages. Avalon features a concierge service for package acceptance and delivery, car service, door service, protection services and escorts 24/7/365, and more. Just down the block from Avalon Condominiums, tenants will find Legacy Square, which contains luxury shopping, two five-star restaurants, a large bodega, and several other shops. Avalon also offers a fully equipped fitness center with state-of-the-art machines and weights. For your relaxation and entertainment, Avalon Condominiums contains a rooftop Olympic-size pool in the complex and a 12-person hot tub for year-round enjoyment. Our party room features three large screen HDTVs, a wet bar, and a fully equipped kitchen for hassle-free entertaining! Avalon Condominiums was built in the 1950s, but all of the units have been renovated to include his-and-her bathroom sinks and a two-sink kitchen complete with an island bar. There also are hookups for a complete stereo system, HDTV, and cable Internet connections in each unit.

For more information on purchasing, financing, or showings, please contact Fantasy Real Estate at 1-800-363-4856 or visit www.fantasyreal.com. Showings are given by appointment only.

165. What amenity is NOT offered at Avalon Condominiums?

(A) A garage
(B) A swimming pool
(C) An outdoor hot tub
(D) A physical fitness center

166. What service is close to Avalon Condominiums?

(A) A beauty salon
(B) A gasoline station
(C) A helicopter airport
(D) A luxury car dealership

167. Which statement is true about the complimentary services at Avalon Condominiums?

(A) Avalon announces any guest's arrival.
(B) Avalon holds free parties periodically.
(C) Avalon provides ticket services.
(D) Avalon provides security guards.

Questions 168-171 refer to the following e-mail.

From: etangel@rel.com
To: ggerald@dcfu.com
Date: June 7
Subject: Cost Estimate
Attachment: Gerald

Dear Ms. Gerald,

— [1] — It was a pleasure to meet with you yesterday and to review your plans for enlarging your restaurant business. As discussed, our financial team has calculated an estimate, which I have attached to this e-mail.

As you'll see, your plans to enlarge the floor space around the east side patio and to incorporate a stone oven into the kitchen have been figured into our estimates. — [2] — The costs have been categorized into labor and materials. — [3] — However, you may want to consider that we can cut costs significantly by expanding the floor space on the north side patio, which would also cut down your ongoing servicing costs.

— [4] — Please feel free to contact me with any questions you may have. I look forward to working with you.

Sincerely,

Emily Tangel

168. Who most likely is Ms. Tangel?

(A) A restaurant owner
(B) A financial advisor
(C) A building contractor
(D) A hotel manager

169. What was discussed at yesterday's meeting?

(A) Possible structural alterations
(B) Repairs for weather damage
(C) Locations for a new restaurant
(D) Plans for a marketing campaign

170. What is attached in the e-mail?

(A) Detailed floor plans
(B) Restaurant suppliers
(C) Receipts for kitchenware
(D) Prices for labor

171. In which of the positions marked [1], [2], [3], and [4] does the following sentence best belong?

"Should you decide to select us for the contract, we can start within twelve days."

(A) [1]
(B) [2]
(C) [3]
(D) [4]

Questions 172-175 refer to the following Web page.

Our boxes have been remodeled and updated! Due to the recent renovations at Legend Field, our VIP box seats have been updated to meet your needs and to provide you with every luxury imaginable to enhance your game-viewing experience. Legend Field is delighted to offer our VIP box seat ticketholders two HD plasma large-screen TVs with access to over 300 channels and movies, games, and sporting events for your viewing pleasure.

Live TV and other television shows and movies can be paused with the touch of button, so you won't miss a second of the Raiders' action-packed games. Each box contains a mini-kitchen for all your entertaining needs and is restocked before every game with fresh fruits, cheeses, breads, chips, dips, and other snacks to keep all of your guests full and satisfied. As always, a keg of your favorite brew is provided free of charge, and a variety of wines and top-shelf liquors are available as well. They have all been outfitted with the newest Lazymen massaging recliners with arm-side coolers and surround-sound speakers in the headrest. The sliding glass windows have been replaced with glare-resistant material to ensure you can see the blades of grass on the field with no trouble. We hope you continue your support of Legend Field and the LD Raiders for years to come! Go Raiders!

172. Who is the intended audience for this Web page?

(A) Sports fans
(B) Insurance salesmen
(C) Video game enthusiasts
(D) Fair patrons

173. What is mainly being advertised?

(A) An item used to store small objects
(B) A piece of furniture for people's homes
(C) Events for friends, families, and coworkers to attend
(D) Remodeled pre-purchased spaces for events

174. What items are NOT complimentary with the box?

(A) Food and drinks
(B) Audio and video entertainment
(C) Personal waiters
(D) Comfortable chairs

175. The word "outfitted" in paragraph 2, line 6, is closest in meaning to

(A) clothed
(B) equipped
(C) overwhelmed
(D) satisfied

Questions 176-180 refer to the following article and e-mail.

Dalton Hills (April 13) — The Dalton Hills' Community Area Initiative (CAI) will host a volunteer day at Sherrington Park this weekend. Acacia, Inc. will be funding the event scheduled for Saturday, April 17, from 9:00 A.M. to 2:00 P.M., or on Sunday in the event of rain. All individuals, families, and service associations are welcome to join us as we plant saplings and bushes on the eastern side of Lake Bolton.

"Erosion has had a significant impact on that particular area," said Deanne Borne, CAI's landscape planner on this project. "We aim to prevent any more soil erosion and to provide a habitat for local wildlife." Borne believes that by planting nearly 200 native trees and shrubs, including maples, oaks, and pines, their goal can be achieved.

Local businesses will also sponsor and support the initiative. Harley's Café will be providing refreshments while shovels and landscaping equipment will be supplied by Bunning's Hardware. Ms. Borne and other skilled landscapers will be on hand to supervise volunteers. Though experience is not necessary, volunteers under eighteen years of age must have an adult accompany them.

Volunteers are advised to dress warmly and to wear boots and gloves as cool weather has been forecast.

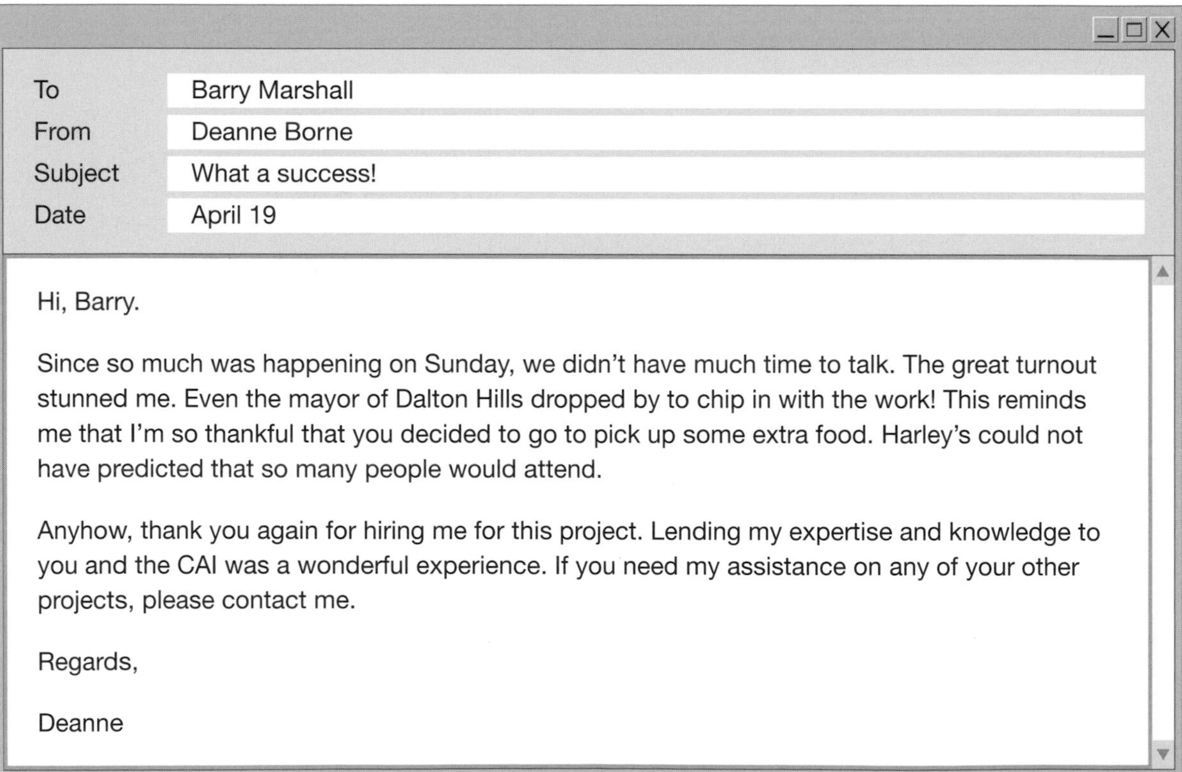

To	Barry Marshall
From	Deanne Borne
Subject	What a success!
Date	April 19

Hi, Barry.

Since so much was happening on Sunday, we didn't have much time to talk. The great turnout stunned me. Even the mayor of Dalton Hills dropped by to chip in with the work! This reminds me that I'm so thankful that you decided to go to pick up some extra food. Harley's could not have predicted that so many people would attend.

Anyhow, thank you again for hiring me for this project. Lending my expertise and knowledge to you and the CAI was a wonderful experience. If you need my assistance on any of your other projects, please contact me.

Regards,

Deanne

176. Why did Sherrington Park require volunteers?

(A) To direct nature walks
(B) To guide tourists
(C) To plant trees
(D) To trim grassy areas

177. In the article, the word "initiative" in paragraph 3, line 1, is closest in meaning to

(A) importance
(B) majority
(C) plan
(D) initials

178. What is indicated about the advertised event?

(A) Only a few people participated.
(B) Dalton Hills City Council sponsored it.
(C) It rained on April 17.
(D) It required volunteer registration.

179. What unexpected problem occurred during the event?

(A) There were insufficient refreshments.
(B) The weather conditions were cold.
(C) The experts failed to supervise properly.
(D) Some landscaping equipment broke.

180. Who most likely is Mr. Marshall?

(A) The mayor of Dalton Hills
(B) The owner of Harley's Café
(C) The manager of Acacia, Inc.
(D) The director of the Community Area Initiative

Questions 181-185 refer to the following coupon and letter.

Hamptons Opera is back for its 15th year!

For this monumental occasion, Hamptons Opera is featuring world-renowned mezzo-soprano Lina Ono! Lina will be headlining our three selections this year as well as be appearing in the Theater on the Beach's modern selections. We are offering special packages to our subscribers for two performances among those below.

- October 1 – 31: *La Traviata*
- January 1 – 30: *La Boheme*
- March 1 – 31: *The Marriage of Figaro*

Tickets are available at the box office at 5986 Mayne Street, Hamptons, by calling 526-758-9635 or 1-888-96OPERA or by visiting www.hamptonsopera.com. For more information on the Theater on the Beach's schedule, please visit www.beachtheater.com or call (526) 758-9638.

Dear Subscriber,

Thank you for choosing to support the artistic community, Hamptons Opera, and the Theater on the Beach. We have enclosed a coupon for the two performances of your choice at Hamptons Opera.

As a celebration of our 15th anniversary, we are also offering add-ons to your opera evening at a discounted rate. These offers are available only to our subscribers, and your membership card must be shown at the time of redemption.

On the night of the performance, you will receive 15% off your stay in a luxury suite at the Omni as well as a meal for $15 a person at the Blue or the Figaro.

In addition, as a subscriber, children under 15 may view the performance for 50% off the original price of the ticket. Studies have shown that children exposed to classical and cultural pieces will retain that love throughout their lives. Now is the time to share your passion with your children!

For our more modern fans, the Theater on the Beach is featuring three productions by director Benjamin Britten, *A Midsummer's Night Dream*, *The Turn of the Screw*, and *Death in Venice*. These performances are offered to our subscribers at a 30% discount; subscribers will also receive a choice of either front-row or box seats.

If there is anything that we can do to make your experience at Hamptons Opera more enjoyable, please do not hesitate to contact us.

Sincerely,

Dean Parkson
Hamptons Opera President
dparkson@hamptonsopera.com
(526) 758-9630

181. How is the Theater on the Beach most likely related to Hampton's Opera?

(A) It is an affiliate.
(B) It is a competitor.
(C) It is a sponsor
(D) There is no relation between the two.

182. What is NOT mentioned as a subscriber benefit?

(A) A dinner discount
(B) An accommodations discount
(C) A transportation discount
(D) An additional ticket discount

183. What combination can the letter recipients NOT use for their coupons?

(A) *La Traviata* and *La Boheme*
(B) *The Marriage of Figaro* and *La Boheme*
(C) *The Marriage of Figaro* and *La Traviata*
(D) *La Boheme* and *The Turn of the Screw*

184. What is Lina Ono's profession?

(A) Actress
(B) Singer
(C) Conductor
(D) Composer

185. Which statement is true about Hampton's Opera?

(A) It is celebrating over a decade of performances.
(B) It is opening a new store.
(C) It is offering free shows for seniors.
(D) It is welcoming a new conductor.

Questions 186-190 refer to the following communication, employee record, and e-mail.

August 25

Team,

We all work very hard, and I encourage all of you to take time off to get rejuvenated. However, the next 3 months are going to be very critical to the success of our new project, and in this regard, to ensure the smooth progress of our project, please note the following changes to vacation request notices:

* For vacations of fewer than 2 days, notice of 1 week
* For vacations between 3-5 days, notice of 2 weeks
* For vacations between 5-10 days, notice of 4 weeks
* For vacations greater than 10 days, notice of 6 weeks

Thus, it is critical to plan our time off ahead of time, especially for any of us who are planning to take more than 2 weeks off at a time (including myself for an overseas trip). The planning of time off will enable us to plan properly and thus avoid the need to reject vacation requests.

I completely understand that all of us have exceptions and extraordinary circumstances in which we may not be able to follow the guidelines. In those cases, however, I still expect proper communication in a timely manner.

Thank you very much.

Danny Gotto
Senior Manager, Processes & Systems
Wilson Heavy Equipment, Inc.

Time off Record: Process & Systems Team

	September				October				November			
	W1	W2	W3	W4	W1	W2	W3	W4	W1	W2	W3	W4
Sunny Carpenter								1				
Leslie Hill									5	5	5	3
Gilbert Innes						4					3	
Yvonne Mak				3								
Ajit Sharmar		5	5	5								

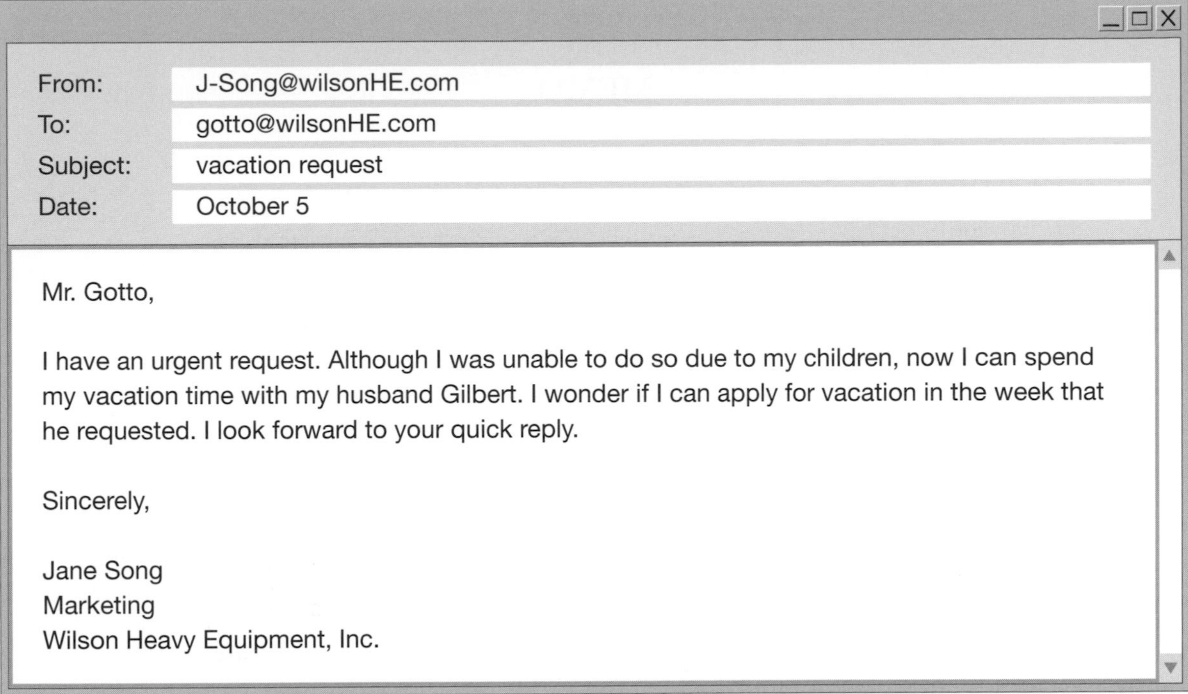

From: J-Song@wilsonHE.com
To: gotto@wilsonHE.com
Subject: vacation request
Date: October 5

Mr. Gotto,

I have an urgent request. Although I was unable to do so due to my children, now I can spend my vacation time with my husband Gilbert. I wonder if I can apply for vacation in the week that he requested. I look forward to your quick reply.

Sincerely,

Jane Song
Marketing
Wilson Heavy Equipment, Inc.

186. What is the communication mainly about?

(A) The value of time off
(B) Advanced vacation planning
(C) Job satisfaction
(D) Extended vacations

187. What is correct regarding Danny Gotto's communication?

(A) His guidelines are only applicable for domestic travel.
(B) The company encourages telecommuting at least once a week.
(C) All time-off requests for the next three months should be submitted immediately.
(D) Management may reject an employee's request for time off.

188. In the communication, the phrase "in this regard" in paragraph 1, line 2, is closest in meaning to

(A) in turn
(B) in between
(C) in accordance with
(D) in this way

189. Who most likely has an emergency situation?

(A) Leslie Hill
(B) Gilbert Innes
(C) Yvonne Mak
(D) Ajit Sharmar

190. When will Ms. Song use her vacation?

(A) In the first week of September
(B) In the fourth week of September
(C) In the second week of October
(D) In the first week of November

Questions 191-195 refer to the following memo, e-mail, and schedule.

MEMO

To: All Fitness First Gym Members
From: Paul Davis, Manager
Regarding: A Break Period
Date: December 7

Since the founding of Fitness First, it has been a tradition to suspend business from December 25 until January 2. This, as is known to staff, trainers, and members, has been a long-established custom at Fitness First. However, the fact that this period is perceived as a severe inconvenience has been brought to the attention of Fitness First management.

In order to meet the needs of our members, it has been decided that operations will continue throughout the period. However, please keep in mind that our services will be limited during this period as we will be operating on a part-time staff basis. On January 3, operations with all seventeen employees will return to normal.

If you have any questions related to this schedule change or any other issue, please visit my office or e-mail me at pdavis@ffirst.com.

Again, we thank you for your continued support.

From:	vicky@facmail.net
To:	pdavis@ffirst.com
Subject:	Yoga Classes
Date:	December 17

Dear Mr. Davis,

As a long-term member of Fitness First for over seven years, I was pleasantly surprised to read your memo on December 7. This change speaks volumes to Fitness First's commitment to meeting the needs of club members, especially since it has been a long-standing tradition.

In view of this change, I'm curious about how the GX classes will be affected between December 25 and January 2. I have time early in the evening on Wednesdays and Fridays during that period.

Thanks.

Vicky Sanders

All Fitness First Gym Workout Schedule (from Dec. 25 until Jan. 2)

	Dec. 25 (Sun)	Dec. 26 (Mon)	Dec. 27 (Tue)	Dec. 28 (Wed)	Dec. 29 (Thu)	Dec. 30 (Fri)	Dec. 31 (Sat)	Jan. 1 (Sun)	Jan. 2 (Mon)
13:00-14:00	Taebo (Maruchi)	Spinning (Smirnoff)		Spinning (Smirnoff)		Spinning (Smirnoff)			Spinning (Smirnoff)
15:00-16:00			Cardio Dance (Jessy)		Cardio Dance (Jassy)		Taebo (Maruchi)		
19:00-20:00	Taebo (Maruchi)	Yoga (Yoda)		Yoga (Yoda)		Yoga (Yoda)	Cardio Dance (Jessy)		Yoga (Yoda)
21:00-22:00			Cardio Dance (Jessy)		Taebo (Maruchi)				

191. What is the purpose of the memo?

(A) To describe a new fitness program
(B) To advertise new trainers
(C) To apologize for a delay
(D) To announce a schedule change

192. What is NOT mentioned about Fitness First?

(A) It has been operating for more than 5 years.
(B) It will operate with a limited staff for over a week.
(C) It has GX classes for members.
(D) It has purchased new equipment.

193. What is suggested about the break period?

(A) It is not a first-time event.
(B) It customarily lasted for two weeks.
(C) It allowed for facility maintenance.
(D) It was authorized by the local government.

194. In the e-mail, the word "especially" in paragraph 1, line 3, is closest in meaning to

(A) mutually
(B) exceptionally
(C) particularly
(D) intentionally

195. Which class is Ms. Sanders most likely attending?

(A) Cardio Dance
(B) Yoga
(C) Taebo
(D) Spinning

Questions 196-200 refer to the following information, e-mail, and Web page.

Pearlton Area Weekend Forecast

Friday

Day: Rain. High near 41°F. South, southwest wind between 15 and 17 mph. Chance of precipitation is 80%.

Night: Rain. Low around 37°F. South wind 5 to 15 mph and then coming from the west. Chance of precipitation is 100%.

Saturday

Day: Rain. Snow level at 3,400 feet. High near 35°F. West, southwest wind between 9 and 16 mph. Chance of precipitation is 90%.

Night: 50% chance of snow. Mostly cloudy with a low around 28°F.

Hi, everyone!

Are you ready for our long weekend at Mt. Pearlton? Are your skis out of the closet and ready to load on your car? I hope you are looking forward to this first outing of the season as much as I am!

I have attached the weather forecast for that area to give you some idea of what we might expect. It looks like there will be a lot of rain on Friday when we are driving up to the mountain. We can't complain about that because the roads will definitely be open. As you know, the mountain lodge we will stay at is 5,000 feet above sea level. So I think everything will be fine on the roads as long as we get there early enough on Friday afternoon.

By the way, I'm planning to bring a snowboard and snowshoes just for fun after we finish practicing on the slopes. Is anyone else interested?

See you soon!

Annie Dill

---

www.PearltonTourinfo.com

Your Mountain Lodges

- Viva Olympos: The area's most luxurious resort draws guests seeking five-star service and ambience whatever the season. It is famous for the whiskey bar Sogul specializing in single malt scotch.

- Pearlton Borealis: Located near the Pearlton Ski Resort, there are a seating area, a dining area, and a kitchen equipped with an oven. It also provides state-of-the-art rolling ski slopes for beginners and children.

- Apex Vistas: Famous for its flower garden. Guests can relax at the indoor/outdoor swimming pool or get a range of massages from one of the masseurs.

- Youn's Lodge: It is famous for Chef Youn and its staff. While eating delicious Korean food, guests can enjoy magnificent views from the terrace. Lots of filming related to food is done here.

196. What is the purpose of the e-mail?

(A) To provide an update
(B) To report some broken equipment
(C) To ask colleagues for a favor
(D) To cancel a planned event

197. What is suggested about Annie?

(A) She talked with a weather forecaster.
(B) She lives near the ski resort.
(C) She will make a presentation before the trip.
(D) She is helping to organize the trip.

198. What is mentioned about the mountain lodge?

(A) It is too far away to drive to on Friday.
(B) It is higher than the hotel where the team is staying.
(C) It is above the snow level on Saturday.
(D) It is in an area known to have high winds.

199. When is rain the most likely to fall?

(A) Friday during the day
(B) Friday night
(C) Saturday during the day
(D) Saturday night

200. Where will the team most likely stay?

(A) Viva Olympos
(B) Pearlton Borealis
(C) Apex Vistas
(D) Youn's Lodge

Stop! This is the end of the test. If you finish before time is called, you may go back to Parts 5, 6, and 7 and check your work.

Actual Test 2

開始作答 ___ 點 ___ 分

完成作答 ___ 點 ___ 分

- 建議一次寫完整份試題，避免分次作答。
- 答題時，請比照實際考試，將答案畫在答案卡上。

目標答對題數 ___ /200

實際答對題數 ___ /200

- 將答對題數乘以 5 即可概算出分數。

LISTENING TEST

In the Listening test, you will be asked to demonstrate how well you understand spoken English. The entire Listening test will last approximately 45 minutes. There are four parts, and directions are given for each part. You must mark your answers on the separate answer sheet. Do not write your answers in the test book.

PART 1 92

Directions: For each question in this part, you will hear four statements about a picture in your test book. When you hear the statements, you must select the one statement that best describes what you see in the picture. Then find the number of the question on your answer sheet and mark your answer. The statements will not be printed in your test book and will be spoken only one time.

Statement (B), "They are sitting at a table," is the best description of the picture. So you should select answer (B) and mark it on your answer sheet.

1.

2.

3.

4.

5.

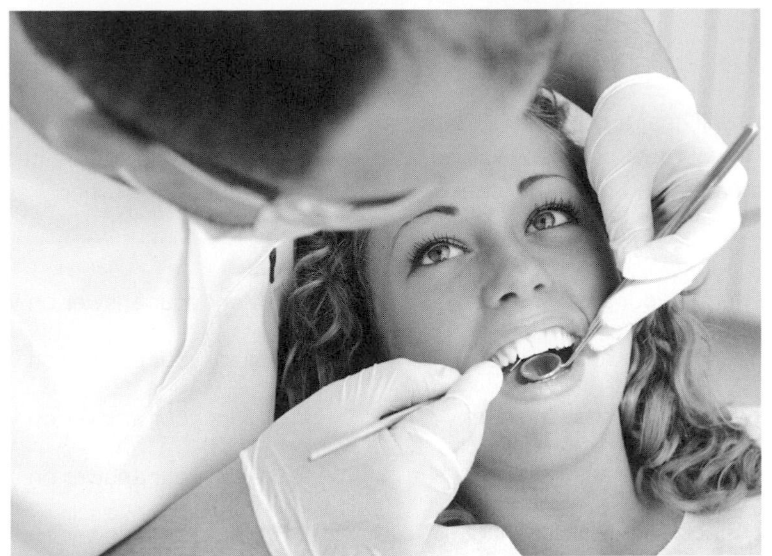

6.

PART 2 (93)

Directions: You will hear a question or statement and three responses spoken in English. They will not be printed in your test book and will be spoken only one time. Select the best response to the question or statement and mark the letter (A), (B), or (C) on your answer sheet.

7. Mark your answer on your answer sheet.

8. Mark your answer on your answer sheet.

9. Mark your answer on your answer sheet.

10. Mark your answer on your answer sheet.

11. Mark your answer on your answer sheet.

12. Mark your answer on your answer sheet.

13. Mark your answer on your answer sheet.

14. Mark your answer on your answer sheet.

15. Mark your answer on your answer sheet.

16. Mark your answer on your answer sheet.

17. Mark your answer on your answer sheet.

18. Mark your answer on your answer sheet.

19. Mark your answer on your answer sheet.

20. Mark your answer on your answer sheet.

21. Mark your answer on your answer sheet.

22. Mark your answer on your answer sheet.

23. Mark your answer on your answer sheet.

24. Mark your answer on your answer sheet.

25. Mark your answer on your answer sheet.

26. Mark your answer on your answer sheet.

27. Mark your answer on your answer sheet.

28. Mark your answer on your answer sheet.

29. Mark your answer on your answer sheet.

30. Mark your answer on your answer sheet.

31. Mark your answer on your answer sheet.

PART 3 (94)

Directions: You will hear some conversations between two or three people. You will be asked to answer these questions about what the speakers say in each conversation. Select the best response to each question and mark the letter (A), (B), (C), or (D) on your answer sheet. The conversations will not be printed in your test book and will be spoken only one time.

32. What are the speakers discussing?
(A) An itinerary
(B) A sales goal
(C) A company conference
(D) A short trip

33. Why is the woman not able to come?
(A) She is visiting his brothers.
(B) She is working on weekends.
(C) She is going out of town.
(D) She is expecting guests.

34. What does the woman tell the man?
(A) There is no more room available.
(B) The beach is wonderful.
(C) She will go there next summer.
(D) The company will experience excellent sales growth.

---

35. What kind of company do the speakers most likely work at?
(A) An event company
(B) A landscaping company
(C) A camping company
(D) A property development company

36. Why can't the woman work on Friday?
(A) She will leave for camping.
(B) She has to spend time with her family.
(C) She has an interview for her new job.
(D) She has a dental appointment.

37. What does the woman mention about Mr. Winston?
(A) He will arrive late on Friday.
(B) He cannot work overtime.
(C) He needs to leave the office earlier.
(D) He has to work the night shift.

38. What type of business do the speakers most likely work in?
(A) Newspaper
(B) Publishing
(C) Advertising
(D) Web site manufacturing

39. What does the man suggest that they do?
(A) Set up online ordering
(B) Open another branch office in Asia
(C) Advertise their products online
(D) Hire more Web designers

40. What will happen next week?
(A) A new book exhibition will be held.
(B) A presentation will take place.
(C) A contract for the publication will be made.
(D) A new shipping company will be hired.

---

41. What kind of company is the man most likely applying to?
(A) A financial institution
(B) A business consulting firm
(C) A real estate agency
(D) An engineering firm

42. How did the man know the position would be open?
(A) From a colleague
(B) From a press release
(C) From an online job advertisement
(D) From the current head researcher

43. What will the company provide for the man?
(A) Traffic information
(B) Personnel records
(C) An interview schedule
(D) Incidental expenses

44. Where do the speakers most likely work?
(A) At a hospital
(B) At a manufacturing plant
(C) At a catering company
(D) At a department store

45. What does the man imply when he says, "Please give us some help"?
(A) He doesn't have time to buy dishes.
(B) He needs some help to achieve his goal.
(C) He thinks more staff members should be hired.
(D) He believes the driving directions are incorrect.

46. What will the woman most likely do next?
(A) Repair a delivery truck
(B) Provide detailed information
(C) Use a corporate credit card
(D) Send an employee to a store

---

47. What is the woman going to do tomorrow?
(A) Contact a client
(B) Schedule a board meeting
(C) Do her research
(D) Give a presentation

48. What is the woman's problem?
(A) She got a flat tire on her way to work.
(B) She has been given less time.
(C) She lost her presentation materials.
(D) She stopped taking her medicine.

49. What will the woman probably do next?
(A) Practice a speech
(B) Approve a new medicine project
(C) Prepare a contract
(D) Meet the vice president in person

50. What are the speakers talking about?
(A) Entertaining visitors
(B) Traveling to Seattle
(C) Going on a business trip
(D) Buying some tickets

51. Where does the woman want to go?
(A) To the airport
(B) To the municipal garden
(C) To the Statue of Liberty
(D) To the Mexican Embassy

52. What is the man going to do next week?
(A) Go to Seattle
(B) Cancel a visit
(C) Travel to a foreign country
(D) Purchase a tour package

---

53. What is the woman preparing for?
(A) A training session
(B) A job interview
(C) A safety inspection
(D) A new product demonstration

54. Why does the man say, "No problem"?
(A) He wants to take some time off.
(B) He approves of the woman's proposal.
(C) He is offering to help the woman.
(D) He has no problem with his colleagues.

55. What will the man most likely do next?
(A) Cancel a meeting
(B) Check some equipment
(C) Call the security office
(D) Discuss a new presentation

56. Who most likely is the woman?

(A) A real estate agent
(B) A personnel director
(C) A hotel manager
(D) A college professor

57. What does Mr. Gibson say he did two years ago?

(A) He sold many properties.
(B) He was promoted to hotel manager.
(C) He obtained a master's degree.
(D) He received a prestigious award.

58. What does Mr. Gibson want to do next year?

(A) Submit a job application
(B) Register for a course for employees
(C) Rent some hotel rooms
(D) Enhance his personal development

---

59. What are the speakers talking about?

(A) Repairing a damaged equipment
(B) Operating a machine
(C) Calling a technician
(D) Organizing a demonstration

60. According to the man, what is the advantage of the equipment?

(A) It doesn't make any noise.
(B) It is very easy to operate.
(C) It is very energy-efficient.
(D) It is ergonomically designed.

61. How did the man learn to use the equipment?

(A) He used the same type of machine.
(B) He learned it from his co-worker.
(C) He went to a product demonstration before.
(D) He watched a video instruction manual.

62. What event are the speakers discussing?

(A) An awards ceremony
(B) A local job fair
(C) A company lunch
(D) A grand opening

63. What does the man imply when he says, "The weather's been so nice"?

(A) He would like more vacation time.
(B) He wants to plan an outdoor event.
(C) He wants to take advantage of a beautiful day.
(D) He expects the weather will change tonight.

64. What does the woman offer to do?

(A) Reschedule a company outing
(B) Install a new audio-visual system
(C) Contact a colleague
(D) Purchase new office chairs

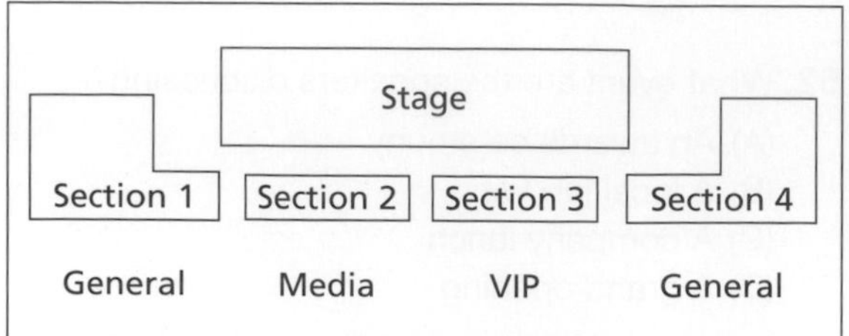

65. Look at the graphic. Where was Mr. Porter's original seat?

(A) Section 1
(B) Section 2
(C) Section 3
(D) Section 4

66. According to the woman, what did the section head do for the client?

(A) Provided some office furniture
(B) Changed the show time
(C) Gave him a better seat
(D) Picked him up at the local airport

67. Why should the man go back to his car?

(A) To pick up another client
(B) To get his ticket for the event
(C) To get some important documents
(D) To park his car in another garage

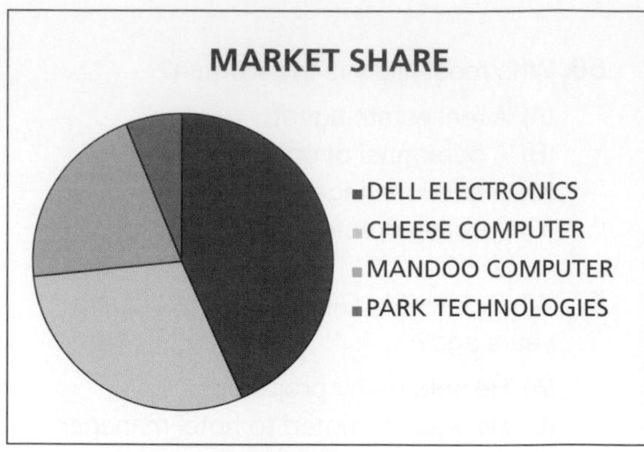

68. What are the speakers talking about?

(A) A budget problem
(B) A market change
(C) An accounting mistake
(D) A company acquisition

69. Look at the graphic. Where do the speakers most likely work?

(A) Dell Electronics
(B) Cheese Computer
(C) Mandoo Computer
(D) Park Technologies

70. Why does the man say he is not convinced?

(A) Many employees have been laid off.
(B) Sales at some competitors are increasing sharply.
(C) Some foreign investments have been canceled.
(D) A company's profits are not as good as expected.

PART 4 95

Directions: You will hear some short talks given by a single speaker. You will be asked to answer three questions about what the speaker says in each short talk. Select the best response to each question and mark the letter (A), (B), (C), or (D) on your answer sheet. The talks will not be printed in your test book and will be spoken only one time.

71. What did Mr. Johnson apply for?
(A) A work visa
(B) An identification card
(C) A passport
(D) Permanent residency

72. What does the speaker say about Mr. Johnson's application?
(A) It will be returned.
(B) It will be processed.
(C) It arrived late.
(D) It is not complete.

73. How can Mr. Johnson check the status of his application?
(A) By sending an email
(B) By calling Ms. Morgan
(C) By accessing a Web site
(D) By visiting the immigration office

74. What does the speaker say will take place tomorrow?
(A) An orientation
(B) A building inspection
(C) An evacuation drill
(D) A factory tour

75. What does the speaker imply when she says, "I know you might be a little annoyed by this inspection"?
(A) The inspection is being unexpectedly conducted.
(B) Some drills are not functioning properly.
(C) An shocking accident has happened.
(D) Strict standards have been imposed in assessing employees.

76. According to the speaker, what will employees do this afternoon?
(A) Conduct a practice evacuation
(B) Learn their evacuation routes
(C) Go on a factory tour
(D) Discuss work assignments

77. Where would the message be heard?

(A) On the radio
(B) On the telephone
(C) At a meeting
(D) At a restaurant

78. Why is the establishment going to be closed today?

(A) A renovation will be made.
(B) Weather conditions will be poor.
(C) A national holiday has been scheduled.
(D) A private banquet has been reserved.

79. What does the speaker say will happen tomorrow?

(A) The weather will be clear up.
(B) A new menu will be released.
(C) A celebration party will begin.
(D) There will be a delayed opening.

---

80. Why is the speaker calling?

(A) To call in sick
(B) To report a mistake
(C) To ask for some detailed information
(D) To explain an employee transition plan

81. What does the speaker mean when he says, "But he had a car accident this morning"?

(A) He can't train Ms. Winston.
(B) He won't be able to attend an event.
(C) He has covered all his medical costs.
(D) He has recently worked a lot of late nights.

82. What will the speaker do tomorrow?

(A) Meet with an employee
(B) Leave the company
(C) Get a report done
(D) Review a proposal

83. What is the topic of the message?

(A) A grocery store opening
(B) An imposition of a fine
(C) A sanitary inspection
(D) A newly released kitchen appliance

84. What does the speaker mention?

(A) A cooler is broken.
(B) The basement is leaking.
(C) The pool needs repairing.
(D) The food is too cold.

85. What does the speaker say about Ms. Watson?

(A) She is his supervisor.
(B) She will be fined 1,000 dollars.
(C) She will return next week.
(D) She expects to meet with the restaurant owner.

---

86. What is the subject of Mr. White's book?

(A) Living healthy
(B) Making a film
(C) Preventing a disease
(D) How to be a famous entertainer

87. According to the speaker, what does Mr. White offer on his Web site?

(A) Movie clips
(B) Diverse exercise methods
(C) DVDs for sale
(D) Recent success stories

88. What will probably happen next?

(A) The radio program will end.
(B) A guest will speak.
(C) There will be a commercial break.
(D) Interview will take place.

89. Who is the speaker?
(A) A business consultant
(B) A chef
(C) A farmer
(D) A restaurateur

90. What is the main topic of the talk?
(A) Money management
(B) Adaptability
(C) Local food
(D) Business relationships

91. What will the listeners do next?
(A) Practice cooking
(B) Make a presentation
(C) Watch a video
(D) Visit a farm

---

92. Why does the speaker say, "Few people are capable of such an innovative design"?
(A) He wants to cancel a project.
(B) He is commending some employees.
(C) He is proud of his achievement.
(D) He suggests recruiting design experts.

93. According to the speaker, what will the company do in September?
(A) Acquire another company
(B) Participate in an event
(C) Modify existing designs
(D) Announce an award winner

94. What does the speaker suggest the listeners do?
(A) Come up with new designs
(B) Submit request forms
(C) Test-drive a new car
(D) Organize a corporate event

Aurora Auto Repair Shop	
Service	**Charge**
Engine Oil Change	$40
Side-View / Rear-View Mirror Replacement	$50
Front / Rear Tire Change	$90
Front / Rear Bumper Repair	$170

95. What is the purpose of the call?
(A) To place an order
(B) To give directions
(C) To make an appointment
(D) To report the completion of a job

96. What did the speaker find while working?
(A) A mirror was broken.
(B) A tire was flat.
(C) A bill was not fully paid.
(D) Some replacement parts were out of stock.

97. Look at the graphic. How much will Mr. Washington save?
(A) $40
(B) $50
(C) $90
(D) $170

▶▶▶ GO ON TO THE NEXT PAGE

Feedback Survey	
Cleanliness	★★★★ 4 stars
Location	★★★★ 4 stars
Staff friendliness	★★★★★ 5 stars
Cost	★★★ 3 stars

98. Who most likely is Ms. Lena Park?

(A) A hotel manager
(B) A fitness instructor
(C) A marketing expert
(D) An entrepreneur

99. What does the speaker say she is giving the listener?

(A) A gift certificate
(B) A fitness magazine
(C) A product warranty
(D) A discount coupon

100. Look at the graphic. Which category does the speaker ask for additional information about?

(A) Cleanliness
(B) Location
(C) Staff friendliness
(D) Cost

This is the end of the Listening test. Turn to Part 5 in your test book.

READING TEST

In the Reading test, you will read a variety of texts and answer several different types of reading comprehension questions. The entire Reading test will last 75 minutes. There are three parts, and directions are given for each part. You are encouraged to answer as many questions as possible within the time allowed. You must mark your answers on the separate answer sheet. Do not write your answers in your test book.

PART 5

Directions: A word or phrase is missing in each of the sentences below. Four answer choices are given below each sentence. Select the best answer to complete the sentence. Then mark the letter (A), (B), (C), or (D) on your answer sheet.

101. Our company's ------- will soon arrive in Denmark to present our newest project.

(A) delegate
(B) delegating
(C) delegation
(D) delegated

102. According to a recent report, the sales rate for cell phones ------- widely by region.

(A) to vary
(B) have varied
(C) varying
(D) varies

103. Fortunately, ------- of our factories are able to manufacture industry level steel.

(A) every
(B) all
(C) same
(D) whole

104. The representative from OFN ------- the reporters about the newest release in the conference hall.

(A) briefed
(B) explained
(C) assured
(D) announced

105. If you do not feel comfortable attempting the auto repairs -------, don't try to do them.

(A) you
(B) yours
(C) your
(D) yourself

106. After a long time of consideration, Human Resources decided that most of the ------- were not suited for the job.

(A) selections
(B) tasks
(C) budgets
(D) candidates

107. Our company assures all of our clients a fast -------, usually in two working days.

(A) delivering
(B) delivery
(C) delivered
(D) deliverable

108. ------- the article has been published, modifications are impossible to make, so please make sure you edit your work before you submit it.

(A) Under
(B) When
(C) With
(D) What

109. For ------- information on the company's customer service policy, please talk to one of our representatives.

(A) more
(B) a lot
(C) almost
(D) hard

110. The heavy snowstorm made it impossible ------- many employees to get to work on time.

(A) with
(B) to
(C) from
(D) for

111. Since all of our employees can ------- speak Mandarin Chinese, we won't need any interpreters for our trip to China.

(A) doubly
(B) undauntedly
(C) overly
(D) fluently

112. The La Quinta Resort ------- shipments a week before the conference begins.

(A) accept
(B) has accepted
(C) will accept
(D) accepting

113. Castalia is looking for an ------- qualified intern for its Washington office.

(A) exceptionally
(B) excepting
(C) exceptional
(D) except

114. Dr. Brooke will continue working on several key projects until the end of May, ------- which time she will retire.

(A) until
(B) with
(C) at
(D) beyond

115. New machinery was ------- at the convention, but Croza Industries decided to save its product until the very last day.

(A) displayed
(B) revised
(C) worked
(D) constructed

116. Any construction ------- a building permit is illegal.

(A) otherwise
(B) whereas
(C) more than
(D) without

117. The news that Coach Vanmuyen ------- by the local football team didn't surprise anyone.

(A) fired
(B) had fired
(C) had been fired
(D) will have been fired

118. The new communications policy allows airports and train stations to provide ------- wireless Internet connections.

(A) unlimited
(B) uncontrolled
(C) unused
(D) unwarranted

119. The volunteers said that the assistance for the tornado victims had ------- their expectations.

(A) exceeded
(B) anticipated
(C) overdrawn
(D) meant

120. We need your ------- number, or else we cannot access your order.

(A) account
(B) accounting
(C) accounted
(D) accountable

121. There has been an ------- drastic change in the world of fashion today with the release of Viktor Koychenov's new designs.

(A) except
(B) exception
(C) excepting
(D) exceptionally

122. The company is focusing on the development of micro technology at the ------- of its retail stores.

(A) expense
(B) fee
(C) toll
(D) price

123. Under this new law, any company that manufactures or sells liquor is prohibited ------- advertising on television.

(A) for
(B) of
(C) from
(D) concerning

124. Everyone was ------- to find out the lab could not produce any successful results.

(A) shock
(B) shocked
(C) shocking
(D) to shock

125. Any ------- ideas or proposals will be considered to become the company's next projects.

(A) acceptability
(B) accept
(C) acceptable
(D) acceptance

126. The new cell phone model Ms. Stanton wants to order is ------- out of stock due to an unusually large response.

(A) exceptionally
(B) significantly
(C) shortly
(D) temporarily

127. The Juvet Theater boasted about its newly renovated structure and ------- space.

(A) expanding
(B) expanse
(C) expansion
(D) expanded

128. The engineers on the research team have been ------- getting into disagreements.

(A) frequently
(B) frequented
(C) frequency
(D) frequent

129. Once you are promoted to a senior position, classified data will be ------- to you.

(A) familiar
(B) accessible
(C) kinder
(D) crucial

130. Although ------- on the team knew that they would not succeed, they decided to proceed with the project regardless.

(A) everyone
(B) whoever
(C) whomever
(D) whosever

PART 6

Directions: Read the texts that follow. A word, phrase, or sentence is missing in parts of each text. Four answer choices for each question are given below the text. Select the best answer to complete the text. Then mark the letter (A), (B), (C), or (D) on your answer sheet.

Questions 131-134 refer to the following e-mail.

April 26

Dear Mr. Yoon,

I will be returning to the office on Monday after visiting our eastern branches. Generally, the branches are ------- **131.** well. However, I do have some concerns. The most prominent is ------- **132.** our staff seems to have trouble communicating with the new international community. I would like to propose a Spanish language in-house course and bonuses for employees who become ------- **133.** in Spanish. ------- **134.**. Could you start writing up a proposal? I'll look over it when I get back in town.

Michelle Hardy

Manager, Union Trade

131. (A) hiring
(B) functioning
(C) advertising
(D) offering

132. (A) that
(B) though
(C) as to
(D) similarly

133. (A) technical
(B) available
(C) premium
(D) proficient

134. (A) This year, we will open a branch office in Windsor.
(B) This will allow us to maintain our reputation for excellent customer service in the region.
(C) I am in charge of all communication between the executives and our team members.
(D) I am planning to interview applicants who are fluent in a second language.

Questions 135-138 refer to the following e-mail.

From: Monique Alvarez <malvarez@junofoundation.com>
To: Makoto Yoshida <myoshida@junofoundation.com>
Date: December 8
Subject: A request

Dear Mr. Makoto,

When you have some time, could you update the Partners page on our Web site? We ------- **135.** large donations from several local groups at the banquet this weekend. -------. **136.** -------, **137.** I noticed an error in the current listings that I'd like you to correct. Capstone Industries was listed as a Gold partner but has ------- **138.** donated at the Silver level. When you add the new partners, could you check the donor levels of all the organizations? Thank you and see you at lunch.

Monique

135. (A) will receive
(B) are received
(C) received
(D) receives

136. (A) Following is the current list of our foreign branches.
(B) Our Web site is poorly designed in terms of access speed.
(C) We should list them as supporters.
(D) We are planning to eliminate our donor levels.

137. (A) In addition
(B) Because
(C) Therefore
(D) As a result

138. (A) partially
(B) sharply
(C) only
(D) briefly

Questions 139-142 refer to the following letter.

March 21

Dear Ms. Songson,

Thank you for choosing the automatic payment option for your mortgage. ------- (139.) on April 17, a monthly payment of $1,932.00 will be deducted from your account ending in 8714. To cancel or modify this service, please fill out the online form. The form can be found on the "Forms" tab on your online account. -------. (140.) Until they are implemented, we will continue to withdraw your payment -------. (141.) If you have any questions, please call us at 1-800-347-4978 ------- (142.) have your account number ready.

Sincerely,

Josiah Ferndale, Account Representative

139. (A) Begin
(B) Began
(C) Beginning
(D) To begin

140. (A) Any changes will take four to six weeks to take effect.
(B) When mailing your payment, allow two weeks for processing.
(C) We provide numerous Internet services for our users.
(D) Customers don't evaluate our prices in isolation.

141. (A) immediately
(B) carefully
(C) automatically
(D) merely

142. (A) before
(B) and
(C) yet
(D) so

Questions 143-146 refer to the following notice.

From: General Management
To: All employees
Date: October 16
Subject: International expansion

Slamhouse Marketing, a successful new marketing firm, announced it will be expanding ------- **143.** next year. The company plans to open branches in Europe, Latin America, and Asia by the end of the year, a representative reported this morning. To support the new branches, Slamhouse is starting a massive hiring campaign. The company hopes to staff each new office with 80% local ------- **144.** and 20% employees relocated from its original office. ------- **145.**. Candidates are required to have ------- **146.** three years of experience in the field, to speak English and the local language fluently, and to provide an extensive creative portfolio. Slamhouse expects to be very selective in the hiring process.

143. (A) locally
(B) internationally
(C) nationally
(D) partly

144. (A) recruited
(B) recruits
(C) recruiters
(D) to recruit

145. (A) Our new marketing program will be used as a valuable tool.
(B) The company will begin hiring next month.
(C) All current employees will be guaranteed promotions.
(D) Our headquarters will relocate to Asia next year.

146. (A) too much
(B) fairly
(C) no later than
(D) at least

PART 7

Directions: In this part you will read a selection of texts, such as magazine and newspaper articles, e-mails, and instant messages. Each text or set of texts is followed by several questions. Select the best answer for each question and mark the letter (A), (B), (C), or (D) on your answer sheet.

Questions 147-148 refer to the following e-mail.

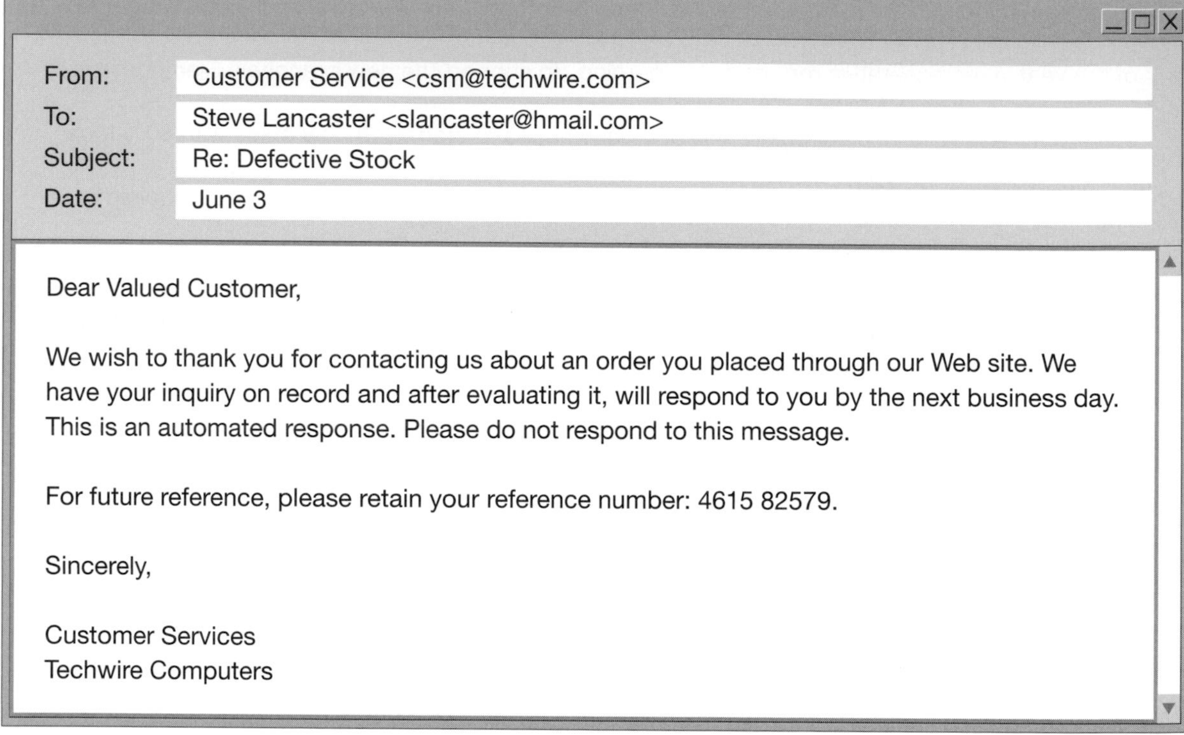

From: Customer Service <csm@techwire.com>
To: Steve Lancaster <slancaster@hmail.com>
Subject: Re: Defective Stock
Date: June 3

Dear Valued Customer,

We wish to thank you for contacting us about an order you placed through our Web site. We have your inquiry on record and after evaluating it, will respond to you by the next business day. This is an automated response. Please do not respond to this message.

For future reference, please retain your reference number: 4615 82579.

Sincerely,

Customer Services
Techwire Computers

147. Why was the e-mail sent?

(A) To explain a refund procedure
(B) To inform a person of a delivery date
(C) To promote an online service
(D) To acknowledge a sent message

148. What is Mr. Lancaster requested to do?

(A) Record a code number
(B) Reply to an e-mail
(C) Order supplementary products
(D) Contact a customer service hotline

Questions 149-150 refer to the following memo.

MEMO

To: Weekend staff
From: Human Resources
Date: June 22
Subject: Plans for the 4th of July

This year, the Independence Day, July 4th falls on a Saturday. We have already received a record number of time-off requests for this day. Usually, the limit is 20% of the planned staffing for the day, but we have already received requests from 42% of the planned staffing for that particular day and 35% of the planned staffing for the following day.

We understand the desire to spend this national holiday with your friends and family and have received approval to make an exception: All departments will be closed on Saturday, July 4. If you are scheduled to work on this day, you will be asked to make up the 8 hours over the course of the following week. Please make plans accordingly with your department manager. You can work an extra 2 hours for 4 days or 4 hours for 2 days. Only the first 20% who asked to take Sunday off will have their requests granted, per our usual policy.

Thank you for your assistance with and understanding of this matter, and have a happy Independence Day!

149. What information is given in the memo?

(A) A temporary change to an office policy
(B) Party details for an upcoming holiday
(C) Procedures for requesting time off
(D) A permanent change to certain staff schedules

150. On which day did 35% of the planned staff request time off?

(A) June 22
(B) July 4
(C) July 5
(D) July 6

Questions 151-152 refer to the following text message chain.

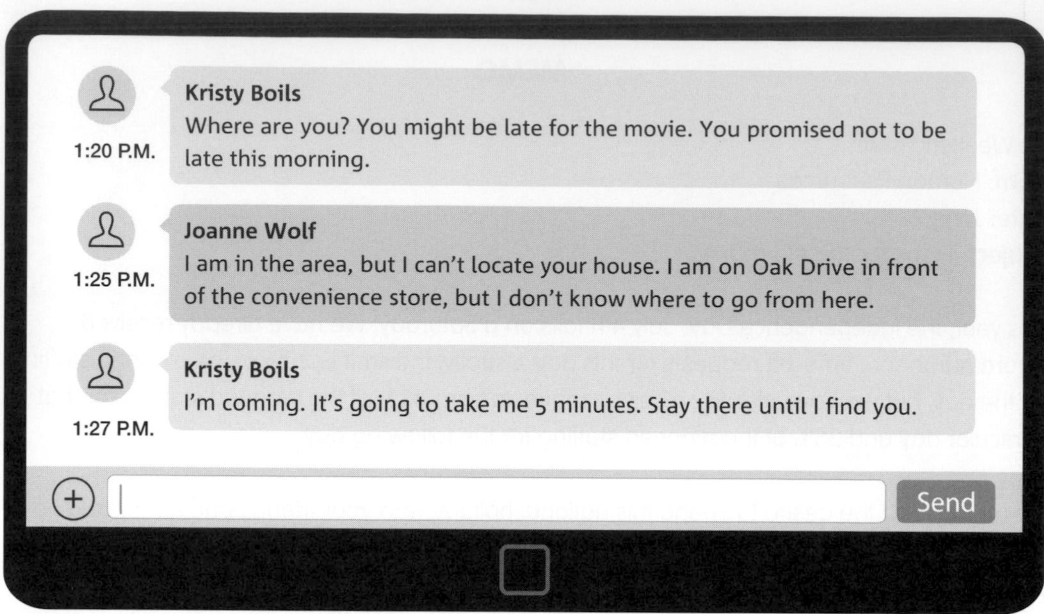

151. What is indicated about Ms. Wolf?

(A) She will not make it to the movie.
(B) She has never been to Ms. Boils's house before.
(C) She does not know where she is.
(D) She will be at Ms. Boils's house in 5 minutes.

152. At 1:27 P.M., what does Ms. Boils most likely mean when she writes, "I'm coming"?

(A) She is going to the movies by herself.
(B) She is heading home.
(C) She is going to the convenience store on Oak Drive.
(D) She is not going to the movies anymore.

Questions 153-155 refer to the following article.

Mui Ne - The new popular travel Web site, TravelYourWay, has angered the local coastal town of Mui Ne. On the Web site, Mui Ne is not given its own section; instead, it is grouped with the city Phan Thiet, over 20 kilometers down a highway. As a result, hotels and attractions in Mui Ne are listed as being at least 20 kilometers from the city center. — [1] —

The town council and business committee have written a formal petition asking for a change to the Web site. "When first-time visitors are looking for accommodations, they will not stay in a place they think is far outside town," business leader Thi Hoang commented. — [2] — "When repeat visitors are doing research, they are going to search for Mui Ne, not Phan Thiet. If they don't find it, they may choose another destination."

— [3] — Mui Ne has long been a popular destination for Russian tourists and is now attracting more Vietnamese and Western visitors. The town is especially worried as the busiest season of the year starts in two months, and visitors are most likely already looking for information. "It is vital that this error be corrected immediately," the petition states.

Missing one high season may force some of the small businesses in the area to close. TravelYourWay did not respond to requests for comments. — [4] — The site debuted three months ago and is already one of the leading travel Web site.

153. What has upset business owners in Mui Ne?

(A) Their hotels received poor reviews.
(B) They were excluded from the national business bureau.
(C) Tourism to the area has decreased dramatically.
(D) Their destinations did not receive accurate coverage on a Web site.

154. What is NOT listed as a concern of Mui Ne business owners?

(A) The high season is approaching.
(B) Tourists won't be able to find Mui Ne in a search.
(C) Many businesses are not listed at all.
(D) Some businesses may not survive the loss of one season's income.

155. In which of the positions marked [1], [2], [3], and [4] does the following sentence best belong?

"Tourism makes up 60% of Mui Ne's economy but only 15% of Phan Thiet's."

(A) [1]
(B) [2]
(C) [3]
(D) [4]

Questions 156-157 refer to the following coupon.

Coupon Print Date: August 1

Luigi's Italian Restaurant

3-Course Lunch Special - $7.95 (regularly $12.95)
Start off with your choice of salad or one of our daily soup options. Then, choose between chicken fettuccine alfredo, lasagna, or chicken parmesan for your main course. Finish off the dining experience with our famous tiramisu!

Dinner Special - Chef Luigi's Tasting Menu $44.95 (regularly $64.95)
If you can't decide what to order, this is the option for you! Enjoy a taste of over 20 items on Chef Luigi's menu. The menu changes nightly, so ask your server for details!

Coupon expires on September 1.

Please present an original copy of the coupon to your server at the time of ordering. Only one coupon or discount permitted per table, per day.

156. What is indicated about the coupon?

(A) It is valid only at the Seattle location.
(B) All discounts require a minimum purchase.
(C) It is valid for one month.
(D) It can only be used for parties of 2.

157. What is NOT true about the lunch special?

(A) Appetizers are not included.
(B) It includes 3 menu items.
(C) The customer is permitted selection choices.
(D) It is currently available at a reduced price.

Questions 158-160 refer to the following letter.

Casey's Fine Furnishings

Morgan Anderson
3342 Elm Street, Charlottesville, VA 99243

September 3

Dear Ms. Anderson,

Thank you for visiting our showroom this past weekend. I enjoyed working with you and your husband to help you find furniture suitable for your new home. According to my notes, you expressed interest in the following items:

– the Kline Series Leather Sectional sofa - $3,200 (I know you were concerned about the dimensions, so I have attached them to this letter for your reference.)
– the Savoy Series Walnut Entertainment Cabinet - $5,600 (These dimensions are also attached.)
– the Howard Collection Walnut Coffee Table with hidden storage - $550

As I mentioned, we are currently running a promotion that, should you purchase these items, you would qualify for. For those customers spending a minimum of $9,000, we will provide 9 months of 0% interest financing.

Please let me know if there is any further information I can provide to help you in your purchase decision-making. All of my contact information can be found on the attached business card.

Sincerely,

Mike Evans
Sales Representative, Casey's Fine Furnishings

158. What is the purpose of this letter?

(A) To ask for contact information
(B) To provide an invoice
(C) To give furniture advice
(D) To follow up with a customer

159. What is NOT attached to the letter?

(A) Mr. Evan's phone number
(B) Television storage unit sizes
(C) Measurements of a couch
(D) Product brochures

160. What is NOT indicated about Ms. Anderson?

(A) She is currently married.
(B) She is a sales representative.
(C) She recently bought a house.
(D) She is pricing new furniture.

Questions 161-164 refer to the following online chat discussion.

Sandra Kinney 4:03 P.M.	Okay, guys. We need to upload the project by 6:00 P.M. What's there left to do?
William Mitchell 4:06 P.M.	We just need to make an index of all the sources we used for the project.
Keith Issacs 4:20 P.M.	Can somebody gather all the sources and put them together? I spent nearly two hours formatting the project.
Harvey Moritez 4:22 P.M.	I'll do it. Send me all your sources, and I will arrange them alphabetically.
Keith Issacs 4:25 P.M.	Awesome. I just sent them to you. In addition, how do you want me to make the title page?
Sandra Kinney 4:26 P.M.	I couldn't care less. You've made pretty good ones in the past, so I trust you.

Send

161. What does Ms. Kinney ask the group to do?

(A) Upload the project
(B) Send her additional content for the project
(C) Finalize the project before submitting it online
(D) Write the plan for the next project

162. Why can Mr. Issacs NOT work on the index?

(A) He already contributed a lot to the project.
(B) He doesn't have enough time to complete it.
(C) He doesn't know how to alphabetically order it.
(D) He has a meeting to attend at 6:00 P.M.

163. What did Mr. Issacs send to Mr. Moritez?

(A) The final version of the project
(B) The index of the project
(C) The title page of the project
(D) The sources for the project

164. At 4:26 P.M., what does Ms. Kinney most likely mean when she writes, "I couldn't care less"?

(A) She wants to put specific details on the title page.
(B) She does not care about the project.
(C) She wants Mr. Issacs to do whatever he wants.
(D) She thinks it would be better to put less on the title page.

Questions 165-168 refer to the following article.

Work Under Way on Bike Paths

Kingston (April 16) – The district of Kingston is expanding and updating 7 of its 15 bike paths. These enhancements have so far cost the district $2 million, which is equal to the amount that the Kingston Public Works Department (KPWD) spends yearly on maintaining and securing all the facilities under its administration. An additional $1 million is expected to be spent before the restoration work is completed next month and will bring the total cost to about $3 million.

However, the investment will not burden the city budget as the restoration project is funded by the KPWD. In recent years, the city's bike paths have increasingly attracted more local, national, and international bike enthusiasts. This, as a result, has led to a steady growth in income resulting from bike path donations, program and bike rental fees, sales at surrounding gift shops, and other sources. In fact, last year's profits totaled $1.5 million. Consequently, the KPWD is now one of only a few departments in the country that can claim to be financially autonomous.

The current project is the result of an in-depth study carried out early last year by the KPWD and aimed at the quality and conditions of the city's bike paths. As a part of the study, a survey was conducted with 1,500 local bike enthusiasts. The respondents were asked to evaluate the adequacy of the facilities and to suggest changes. The responses, along with a project proposal, were then presented to the city council. After careful deliberation, the council approved the implementation of the KPWD restoration project.

165. How much does it cost the KPWD to maintain the facilities under its administration each year?

(A) $2 million
(B) $1 million
(C) $3 million
(D) $1.5 million

166. What is expected to happen in May?

(A) Surveys will be conducted.
(B) A new bike path will open.
(C) Restorations will be completed.
(D) New city council members will be selected.

167. How is the KPWD different from other similar agencies?

(A) It offers many different types of activities.
(B) It operates the longest bike path network in the country.
(C) It supports itself from profits generated.
(D) It is staffed mainly by volunteers.

168. Who most likely provided suggestions before the current project began?

(A) Kingston residents
(B) City council officials
(C) Financial specialists
(D) City planners

Questions 169-171 refer to the following e-mail.

To: Bernice Frank
From: Jake Renner
Subject: Upcoming Inspection
Date: February 10

Dear Mr. Frank,

As part of your business license application, one of our inspectors must conduct a thorough inspection of your facility, including conducting interviews with a selection of your employees. — [1] —

Your inspector will be Robert Magnum. You can call him at 223-4524 or e-mail him to schedule your inspection. — [2] — He will go over the inspection process with you as well as any specific requirements he may have regarding how many and which employees he will interview.

Once Mr. Magnum has taken you through this process, you can expect to hear back from the review panel within 13 business days. — [3] — If you would like to appeal any of Mr. Magnum's findings, you can request one by contacting Sally Waters in my office at 223-4545. — [4] —

All the best,

Jake Renner
Chairperson, Business Licensing Department

169. Why is Mr. Renner writing to Mr. Frank?

(A) They are business partners.
(B) They are planning a trip together.
(C) Mr. Frank has filed a complaint.
(D) Mr. Frank needs to know the details of a process.

170. Who should Mr. Frank contact to schedule a visit?

(A) Jake Renner
(B) Robert Magnum
(C) The review panel
(D) Sally Waters

171. In which of the positions marked [1], [2], [3], and [4] does the following sentence best belong?

"These events must take place before your application can be submitted to the review panel for approval."

(A) [1]
(B) [2]
(C) [3]
(D) [4]

Questions 172-175 refer to the following notice.

CORE Health Club's membership renewal period is quickly approaching. Please keep in mind the following dates.

April 1 - May 1	Membership renewal period
May 15	Grand Opening of our massage therapy unit
May 15 - 31	Complimentary massage therapy services to all CORE members
June 1	CORE Physical Therapy Unit opens to the general public

More information regarding the massage therapy unit and the services it will provide can be found on our Web site or at the front desk. Appointments for complimentary services can be scheduled starting on April 1 once your membership has been renewed. Your membership may be renewed at any time by re-signing your contract at our front desk. If you choose not to renew your membership, please ensure all your belongings have been removed from your locker by May 1. Those items left behind will be disposed. If you have any questions or concerns, please call us at 336-2225.

172. For whom is this notice most likely intended?

(A) Current members
(B) Prospective members
(C) CORE staff
(D) Physical therapists

173. When can a member start to receive complimentary services?

(A) April 1
(B) May 1
(C) May 15
(D) June 1

174. How should membership be renewed?

(A) In person
(B) On the phone
(C) Through the Web site
(D) By credit card

175. What will happen to personal belongings left by those members who do not renew?

(A) They will be mailed to the owner.
(B) They will be thrown away.
(C) A cleaning fee will be charged.
(D) They will be sold.

Questions 176-180 refer to the following memo and e-mail.

To: All Department Heads
From: Norma Rogers, Training Liaison
Subject: Missed Online Training

Dear Department Managers,

Did you miss the online training on February 28? Don't despair! You can view the archived online training sessions at any time before March 17. After the date, you need to personally meet or e-mail our assistant manager.

Our archives enable you to watch and listen to the presentation, to read the participant questions and discussion, and to access the accompanying resource materials. Our archive technology allows you to navigate to specific parts of the presentation and pause the presentation. This is an excellent way to view the presentation alone or with a group.

Archives are available one day after the live online meeting. You must register via the continued training Web site to receive notification about and instructions for the archive. Use code VLDWB2.

I look forward to seeing you soon!

Norma Rogers
Training Liaison
Harmett Industries
Phone: (303) 424-8173, Fax: (303) 424-0466, norma@harmett.com

To: Mari Vanders <mvan@harmett.com>
From: Amanda Crank <acrank@harmett.com>
Date: March 18
Subject: Missed Opportunity

Dear Mari,

I have been away on maternity leave. I have been going through hundreds of e-mails now that I have returned and came across the e-mail regarding the online training that occurred February 28. According to the e-mail, I just missed the opportunity to make up the online training. Is there any way I can gain access to that training, especially in consideration of my unique circumstances?

In addition, could you please let me know if there are any other required training sessions I may have missed during my absence?

Thank you for your help with these matters!

Sincerely,

Amanda Crank

176. What is the main idea of this memo?

(A) Certain employees are underqualified.
(B) Certain employees didn't get an educational experience.
(C) Certain employees are conducting business improperly.
(D) Certain employees are under review.

177. What is true about the referenced webinar?

(A) It can be found in a network folder.
(B) Copies will be sent via internal office mail.
(C) A makeup presentation will be in the conference room.
(D) It can be accessed in an online database.

178. In the e-mail, the word "circumstances" in paragraph 1, line 5, is closest in meaning to

(A) expectations
(B) qualifications
(C) situations
(D) activities

179. What is suggested about Ms. Vanders?

(A) She was away on maternity leave.
(B) She reports directly to Ms. Crank.
(C) She is the creator of the archives.
(D) She is an assistant manager at the company.

180. What information does Ms. Crank request?

(A) Additional education sessions
(B) Point of contact for the situation
(C) Her payment information for February
(D) Policies regarding maternity leave

Questions 181-185 refer to the following Web page and e-mail.

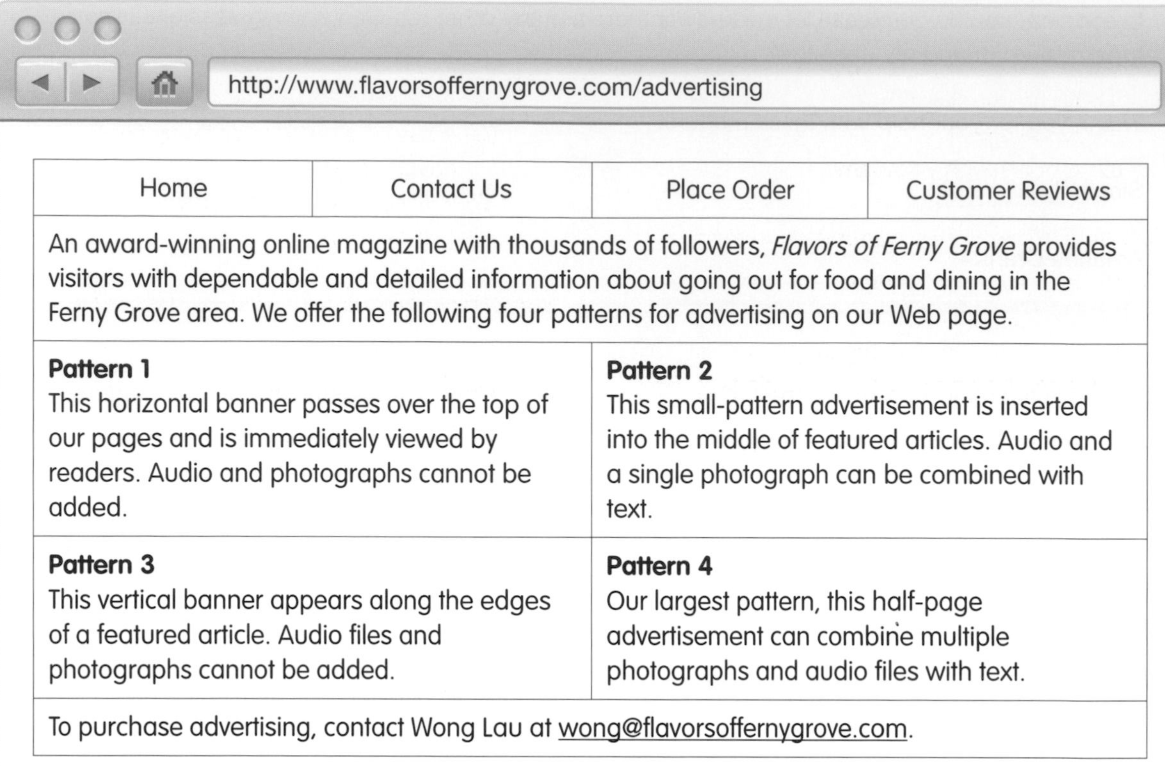

http://www.flavorsoffernygrove.com/advertising

Home	Contact Us	Place Order	Customer Reviews

An award-winning online magazine with thousands of followers, *Flavors of Ferny Grove* provides visitors with dependable and detailed information about going out for food and dining in the Ferny Grove area. We offer the following four patterns for advertising on our Web page.

Pattern 1 This horizontal banner passes over the top of our pages and is immediately viewed by readers. Audio and photographs cannot be added.	**Pattern 2** This small-pattern advertisement is inserted into the middle of featured articles. Audio and a single photograph can be combined with text.
Pattern 3 This vertical banner appears along the edges of a featured article. Audio files and photographs cannot be added.	**Pattern 4** Our largest pattern, this half-page advertisement can combine multiple photographs and audio files with text.

To purchase advertising, contact Wong Lau at wong@flavorsoffernygrove.com.

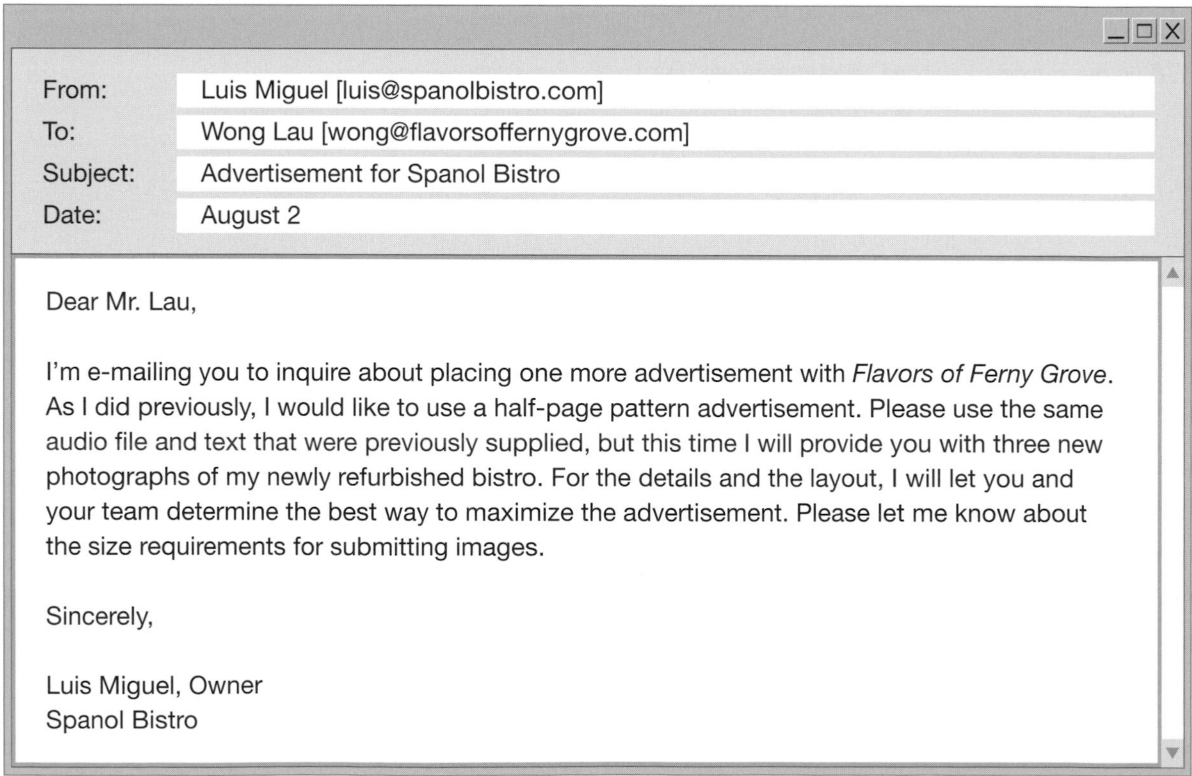

From: Luis Miguel [luis@spanolbistro.com]
To: Wong Lau [wong@flavorsoffernygrove.com]
Subject: Advertisement for Spanol Bistro
Date: August 2

Dear Mr. Lau,

I'm e-mailing you to inquire about placing one more advertisement with *Flavors of Ferny Grove*. As I did previously, I would like to use a half-page pattern advertisement. Please use the same audio file and text that were previously supplied, but this time I will provide you with three new photographs of my newly refurbished bistro. For the details and the layout, I will let you and your team determine the best way to maximize the advertisement. Please let me know about the size requirements for submitting images.

Sincerely,

Luis Miguel, Owner
Spanol Bistro

181. Where does Mr. Lau work?

(A) A restaurant food supplier
(B) An advertising firm
(C) A restaurant
(D) A publishing company

182. What is mentioned about pattern 1?

(A) It is reasonably priced.
(B) It is very noticeable.
(C) It can include the largest picture.
(D) It can be combined with audio files.

183. In which pattern is Mr. Miguel most likely interested?

(A) Pattern 1
(B) Pattern 2
(C) Pattern 3
(D) Pattern 4

184. What is suggested about Spanol Bistro?

(A) It is being redesigned by a famous stylist.
(B) It recently won an award.
(C) It has used *Flavors of Ferny Grove* for advertising before.
(D) It will offer discounts after renovations are completed.

185. What is asked about the photographs?

(A) How big they should be
(B) Who to send them to
(C) How many can be used
(D) How much it costs to enlarge them

Questions 186-190 refer to the following article, form, and Web page.

Metalwork Automation Association (MAA)

Conference Schedule Details

The Metalwork Automation Association (MAA) has scheduled its annual conference in Winnipeg from October 16 to October 18. As it was last year, it will be hosted by the Suncorp Conference Center in Winnipeg's business quarter. Raphael Sivean, the MAA president, says that due to the convenient location and attached amenities, it is the best venue for this year's conference. Sivean continued, "The exceptionally knowledgeable and highly trained staff add to the high-tech conference center."

The conference will be focusing on "Automated Micro Technique Applications to Technological Prototypes." Vladimir Markov, the CEO of MetEng Today, Inc., will give the keynote address on October 16. Over the course of the three-day event, twenty presentations will be given.

To register for the conference, visit the MAA Web site (www.maa.com/conference). Costs for the conference are as follows: $200 for MAA members and $250 for nonmembers. For discount information, students are advised to contact their institutions. The MAA retains financial agreements with several universities, art schools, and industrial institutions. It is also possible to make hotel reservations on our Web site. Five nearby hotels with varying price ranges and star ratings are available. A free shuttle service operating between the participating hotels and the conference center will be provided by the MAA.

Tanner Technologies
Expense Reimbursement Form

Employee Name: *Hank McCoy*
Payroll ID #: *35686*
Manager/Supervisor Name: *Jean Grey*
Purpose: *Metalwork Automation Association Conference*

Itemized Expenses:
Conference Fee: *$250.00*
Airfare (Round-Trip: Texas/Winnipeg): *$475.50*
Hotel (Orion Hotel – October 15, 16, and 17): *$356.78*
TOTAL: *$1,082.28*

Attach receipts for all expenses. Allow two to three weeks for processing and reimbursement.

Employee Signature: *H. McCoy*
Manager/Supervisor Signature: *J. Grey*
Submitted for Payment: *October 22*

Welcome to MAA

Founded in 1957, the Metalwork Automation Association (MAA) is a leading organization with more than 3,000 members nationwide. MAA certifies industry professionals, provides education and training, publishes books and technical articles, and hosts conferences and exhibitions for metalwork automation professionals. MAA's 16 branches connect members with technology, expert advice, and world-class technical programming.

---

186. What is stated about the Suncorp Conference Center?

(A) It is adjacent to the train station.
(B) It employs qualified personnel.
(C) It offers customized services.
(D) It has recently undergone a restoration.

187. What is suggested about Mr. McCoy?

(A) He assisted with the opening address at the MAA conference.
(B) He was reimbursed for his expenses on October 22.
(C) He took the train to the MAA conference.
(D) He is not a member of the MAA.

188. According to the article, what can be found on the MAA Web site?

(A) The shuttle bus route
(B) A directory of hotels
(C) The layout of the conference venue
(D) A list of presenters

189. What does the article suggest about student discounts?

(A) They are given to students working with the MAA.
(B) They are given to recent graduates.
(C) They are offered to students at preselected schools.
(D) They are no longer granted.

190. What is NOT indicated about the MAA?

(A) It holds the conference every year.
(B) It has many international locations.
(C) It has been in operation for several decades.
(D) It issues official documents to the professionals.

▶▶▶ GO ON TO THE NEXT PAGE

Questions 191-195 refer to the following letters and survey.

Yellow Staff Insurance

Dear Sir/Madam,

I have been a Yellow Staff Insurance customer for approximately five years. As I am self-employed, I pay my insurance monthly and have never been late with any of my payments. However, when I went to pick up my prescription today, I was told that the drug had been removed from the policy and that my co-pay had tripled to $120 for a one-month supply! In order to make another $80 a month, I need to eat out with my family less often. My pharmacist said to contact you to ask about the change. Why was I not notified of the change in this drug's policy status? Please respond to me as soon as possible. If I do not hear from you soon, I will transfer to a different insurance company.

Sincerely,

Joshua Worker

Dear Mr. Worker,

Thank you for contacting Yellow Staff about your prescription concern. I regret that you are unhappy with the service you have received from Yellow Staff. We have removed Voltrex from our policy. Due to a law that was recently passed, a surcharge has been added to all non-medically required drugs, commonly called "quality of life" drugs. We have added this surcharge by removing it from the policy, so the extra expense is transferred to our customers in an effort to keep our rates low for our entire customer base.

According to your medical records, during the entire time, you have been our customer, you have had a prescription for Voltrex. Voltrex does not prevent life-threatening symptoms and has not been linked to any cures or permanent treatments. If you or your doctor does not concur with our assessment, you may file an appeal with our Appeals Department. It can be reached at www.yellowstaff.com/appeals or at 1-800-APPEALS.

Sincerely,

Lisa Story
Insurance Claims Representative
Yellow Staff Insurance

During the past 6 months,
have you done any of the following to pay for your medications?

*Spent less on entertainment - 41%
*Spent less on groceries - 32%
*Used your credit card more often - 24%
*Spent less on your family - 22%
*Delayed paying other bills - 15%

191. What is suggested about Yellow Staff?

(A) It has gone bankrupt.
(B) It changed its policies without notifying its customers.
(C) It is a large insurance company.
(D) It refuses to give Mr. Worker insurance coverage.

192. What does Yellow Staff cite as the reason for the change?

(A) A new law caused a rise in the price of the drug.
(B) Other people are not taking the drug.
(C) There is a drug shortage.
(D) The insurance company doesn't have enough money.

193. How long has Mr. Worker likely been taking Voltrex?

(A) Around 5 years
(B) Around 1 year
(C) Around 10 years
(D) Around 6 months

194. What can Mr. Worker do if he is still unhappy with Yellow Staff's response?

(A) Request a partial refund
(B) Call his friends and tell them to cancel their insurance
(C) Ask another department at Yellow Staff to review the decision
(D) Call the local government

195. According to the survey, to which of the following does Mr. Worker most likely belong?

(A) 41%
(B) 24%
(C) 22%
(D) 15%

Questions 196-200 refer to the following letter, e-mail, and leaflet.

December 3

Mr. Terry Heath
Newgate Apartments
338 Kipling Ave. Wheat Ridge, CO 80033

Dear Mr. Heath,

I just started renting one of your elite 3-bedroom apartments last month. I chose your apartment complex over others because of the extensive security measures you provide your residents. However, over the past month, I have been less than satisfied with the level of security I have observed. On several occasions, the doorman has been absent when I have entered the building. How can you ensure only residents and their guests enter the building if the doorman is not present? In addition, I have twice had solicitors knock on my door, when your security measures explicitly state that no solicitors or door-to-door salespeople will be granted entrance into the building. I have 2 young daughters, and their safety is my utmost concern. I alerted Ms. Johnson after the first solicitor knocked on my door. She assured me it would not happen again, but as I wrote, it has. I would appreciate a response from you regarding my concerns and how they will be addressed.

You can reach me at 336-5553 or mkelly@coldmail.com.

Sincerely,

Mark Kelly, Apartment 515

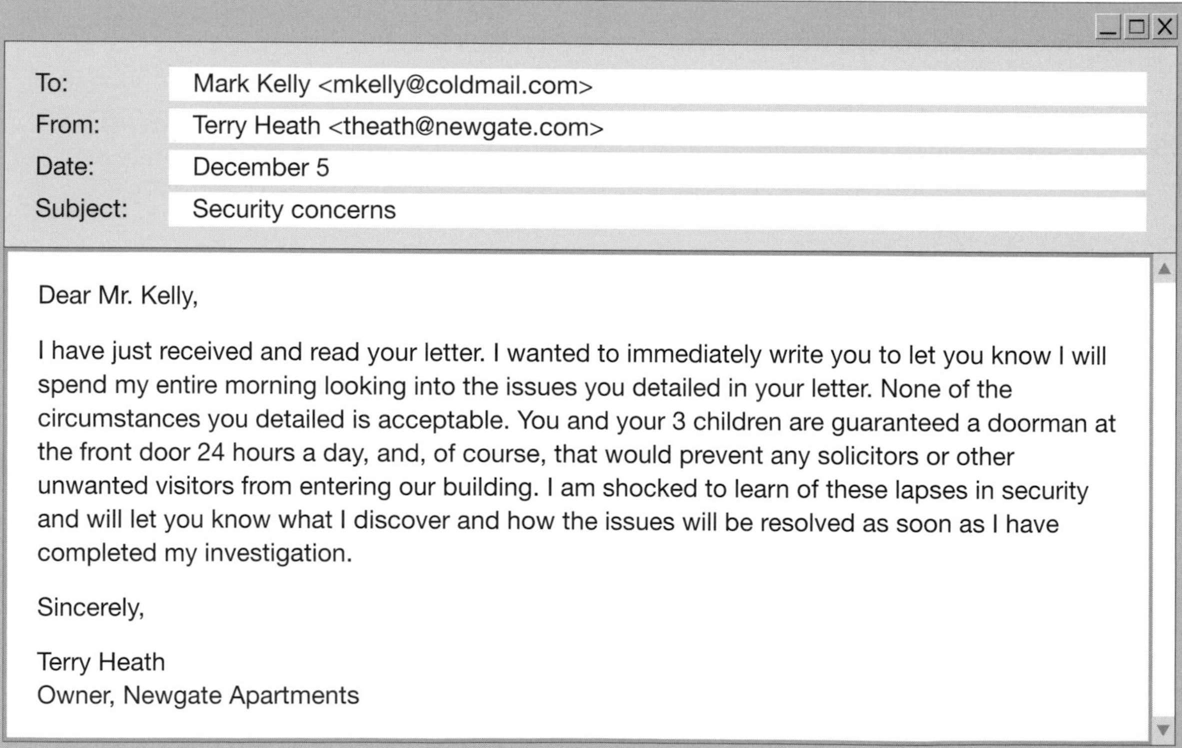

To: Mark Kelly <mkelly@coldmail.com>
From: Terry Heath <theath@newgate.com>
Date: December 5
Subject: Security concerns

Dear Mr. Kelly,

I have just received and read your letter. I wanted to immediately write you to let you know I will spend my entire morning looking into the issues you detailed in your letter. None of the circumstances you detailed is acceptable. You and your 3 children are guaranteed a doorman at the front door 24 hours a day, and, of course, that would prevent any solicitors or other unwanted visitors from entering our building. I am shocked to learn of these lapses in security and will let you know what I discover and how the issues will be resolved as soon as I have completed my investigation.

Sincerely,

Terry Heath
Owner, Newgate Apartments

Apartment Available for Rent

- **The Damian** – You'll not only have the best of city living every day but also the experience of living life with the inspired features and amenities that make you feel at home. 1 bedroom ($1,190) / 2 bedrooms ($2,910). Pets allowed. Reserved/unreserved parking.

- **The Brugio** – Enjoy spacious homes with designer quartz countertops, stainless steel appliances, elegant under-mount sinks, luxury wood-style flooring, and private balconies. 1 bedroom ($1,359) / 2 bedrooms ($1,710). Pets allowed. Reserved parking only.

- **Lombardo Park** – Enjoy award-winning amenities, including 24/7 concierge and maintenance services, a state-of-the-art fitness facility, a private park, and a gourmet market. 1 bedroom ($1,460) / 2 bedrooms ($1,785) / 3 bedrooms ($2,341)

- **Maximus Meridius** – Come home to a spacious, hotel-like lobby with a library, a business center, and a conference room with plenty of space for meeting and working. 1 bedroom ($1,945) / 2 bedrooms ($2,295) / 3 bedrooms ($3,275)

196. For how long has Mr. Kelly lived at his current residence?

(A) One week
(B) One month
(C) One year
(D) Two years

197. Why did Mr. Kelly contact Mr. Heath?

(A) To terminate his contract
(B) To report a problem
(C) To apply for a lease
(D) To request maintenance

198. Who most likely is Ms. Johnson?

(A) A tenant in the building
(B) The apartment manager
(C) A solicitor
(D) A police officer

199. What does Mr. Heath get wrong in his e-mail to Mr. Kelly?

(A) The number of solicitors Mr. Kelly has encountered
(B) The fact that a doorman was not always present
(C) The number of children Mr. Kelly has
(D) The length of Mr. Kelly's residency

200. Which apartment will Mr. Kelly probably choose if his family moves?

(A) The Damian
(B) The Brugio
(C) Lombardo Park
(D) Maximus Meridius

Stop! This is the end of the test. If you finish before time is called, you may go back to Parts 5, 6, and 7 and check your work.

Actual Test 3

開始作答 ___ 點 ___ 分

完成作答 ___ 點 ___ 分

- 建議一次寫完整份試題，避免分次作答。
- 答題時，請比照實際考試，將答案畫在答案卡上。

目標答對題數 ___ /200

實際答對題數 ___ /200

- 將答對題數乘以 5 即可概算出分數。

LISTENING TEST

In the Listening test, you will be asked to demonstrate how well you understand spoken English. The entire Listening test will last approximately 45 minutes. There are four parts, and directions are given for each part. You must mark your answers on the separate answer sheet. Do not write your answers in the test book.

PART 1 96

Directions: For each question in this part, you will hear four statements about a picture in your test book. When you hear the statements, you must select the one statement that best describes what you see in the picture. Then find the number of the question on your answer sheet and mark your answer. The statements will not be printed in your test book and will be spoken only one time.

Statement (B), "They are sitting at a table," is the best description of the picture. So you should select answer (B) and mark it on your answer sheet.

1.

2.

3.

4.

5.

6.

PART 2 97

Directions: You will hear a question or statement and three responses spoken in English. They will not be printed in your test book and will be spoken only one time. Select the best response to the question or statement and mark the letter (A), (B), or (C) on your answer sheet.

7. Mark your answer on your answer sheet.

8. Mark your answer on your answer sheet.

9. Mark your answer on your answer sheet.

10. Mark your answer on your answer sheet.

11. Mark your answer on your answer sheet.

12. Mark your answer on your answer sheet.

13. Mark your answer on your answer sheet.

14. Mark your answer on your answer sheet.

15. Mark your answer on your answer sheet.

16. Mark your answer on your answer sheet.

17. Mark your answer on your answer sheet.

18. Mark your answer on your answer sheet.

19. Mark your answer on your answer sheet.

20. Mark your answer on your answer sheet.

21. Mark your answer on your answer sheet.

22. Mark your answer on your answer sheet.

23. Mark your answer on your answer sheet.

24. Mark your answer on your answer sheet.

25. Mark your answer on your answer sheet.

26. Mark your answer on your answer sheet.

27. Mark your answer on your answer sheet.

28. Mark your answer on your answer sheet.

29. Mark your answer on your answer sheet.

30. Mark your answer on your answer sheet.

31. Mark your answer on your answer sheet.

PART 3 (98)

Directions: You will hear some conversations between two or three people. You will be asked to answer these questions about what the speakers say in each conversation. Select the best response to each question and mark the letter (A), (B), (C), or (D) on your answer sheet. The conversations will not be printed in your test book and will be spoken only one time.

32. What are the speakers mainly discussing?
(A) An upcoming presentation
(B) A documentation error
(C) A company regular meeting
(D) A mistake in their last paycheck

33. What is going to happen next month?
(A) A construction project will conclude.
(B) A regular audit will begin.
(C) A new book will be published.
(D) A shareholders' meeting will be held.

34. What will the man do next?
(A) Buy some stocks
(B) Rewrite a finance report
(C) Print a new document form
(D) Fix a mistake

---

35. What does the woman want to do?
(A) Make a deposit
(B) Pay a fee
(C) Close an account
(D) Report a problem

36. What does the woman say she will do next week?
(A) Go on vacation
(B) Visit Europe
(C) Move to a foreign country
(D) Apply for a different job

37. What does the man request that the woman do?
(A) Go to a nearby bank
(B) Invest in new financial products
(C) Prove her identity
(D) Fill out a form

38. Where does the conversation take place?
(A) In a manufacturing factory
(B) In an airport terminal
(C) In a printer shop
(D) In a shipping company

39. What is the problem?
(A) A project is over budget.
(B) A huge order was canceled.
(C) Some employees are absent.
(D) Some machines are out of order.

40. What will probably happen tomorrow afternoon?
(A) Printing inks will arrive.
(B) Orders will be shipped.
(C) Machines will work properly.
(D) New poster designs will be completed.

---

41. What is the woman calling about?
(A) A job opportunity
(B) A summer sale
(C) A Christmas party
(D) A Web site address

42. What does the man recommend?
(A) Check the online job list
(B) Talk to the Personnel manager
(C) Take advantage of all discounts available
(D) Submit an application

43. What is the woman asked to do?
(A) Try on a new item
(B) Get information elsewhere
(C) Open a new Web site
(D) Schedule an interview

44. Where are the speakers?
(A) At a governmental office
(B) At a food establishment
(C) At a café
(D) In a seminar room

45. What does the man mean when he says, "That's very impressive"?
(A) He recently won a big contract.
(B) He thinks the food is really delicious.
(C) He is surprised by the success of a business.
(D) He is impressed with the woman's work experience.

46. According to the woman, what impressed the woman the most about the program?
(A) The workshops
(B) The seminars
(C) The data
(D) The mentorship assistance

---

47. What did the man do this week?
(A) He joined a running group.
(B) He worked overtime.
(C) He traveled overseas.
(D) He trained new employees.

48. Where is the man going to go over the weekend?
(A) To a fitness center
(B) To a foreign country
(C) To a restaurant
(D) To a park

49. What does the woman recommend?
(A) Go to a new park
(B) Visit a client
(C) Attend a barbecue
(D) Exercise together

50. Why is the man calling?
(A) To introduce a new resident
(B) To offer a special discount
(C) To change a delivery address
(D) To explain a new policy

51. What is the woman inquiring about?
(A) The price of a lawn mower
(B) The speed of delivery
(C) The quality of customer care
(D) The cost for a service

52. Why doesn't the woman start services immediately?
(A) She will be changing her yard.
(B) She will buy some gardening equipment.
(C) She will move into a new house soon.
(D) She will visit her relatives next month.

---

53. What type of business does the man work for?
(A) A real estate agency
(B) A construction firm
(C) A glass manufacturer
(D) An auto repair shop

54. What does the man mean when he says, "It actually happens a lot in the winter"?
(A) He thinks a small crack is a common problem.
(B) He wants to get some training for an auto mechanic.
(C) He would like to complain about the quality of a product.
(D) He knows the snow usually causes many traffic accidents.

55. What does the man ask the woman?
(A) Let him get into her vehicle
(B) Make duplicate keys
(C) Contact her insurance company
(D) Open the hood of her vehicle

56. What kind of job are the speakers talking about?

(A) Reporter
(B) Photographer
(C) Editor
(D) Web site designer

57. According to the man, where was the man last employed?

(A) In Manchester
(B) In Liverpool
(C) In London
(D) In Edinburgh

58. What does the woman tell the man to do?

(A) Call for an interview
(B) Visit the Web site
(C) Hand in a document
(D) E-mail a writing sample

---

59. What are the speakers mainly discussing?

(A) An upcoming photo exhibition
(B) A recent trip to New Mexico
(C) A workshop on camera and lenses
(D) An activity the woman enjoys

60. What does the woman say about taking pictures?

(A) She does it when she travels.
(B) She is not very good at it.
(C) It takes plenty of her time.
(D) It costs a lot of money.

61. What does the woman offer to do?

(A) Sell the man some photos he admires
(B) Invite the man to an exhibition
(C) Give the man photography lessons
(D) Show the man more of her works

62. What are the speakers working on?

(A) A company logo
(B) A sales presentation
(C) A design project
(D) A factory layout

63. Why does the woman say, "Does he still want the final design by the end of this month?"

(A) She needs to hire more designers.
(B) She is excited about a new business proposal.
(C) She thinks the client has incorrect information.
(D) She is surprised by a situation.

64. What is the man concerned about?

(A) Being late for a meeting
(B) Being charged an extra fee
(C) Finishing a job on time
(D) Obtaining management's approval

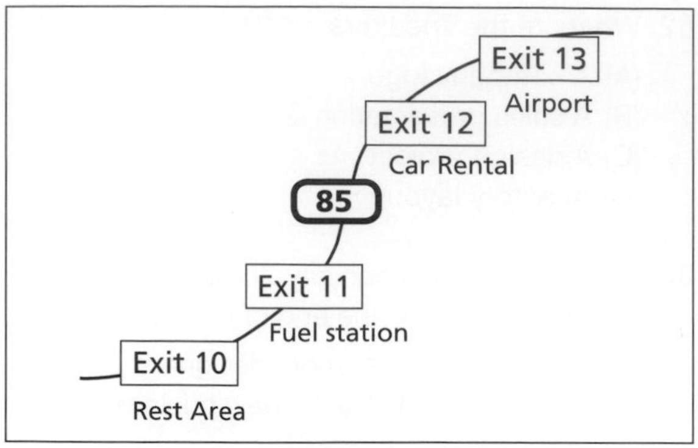

65. What are the speakers concerned about?
(A) Arriving late for a flight
(B) Getting stuck in traffic
(C) Missing a presentation
(D) Paying an extra charge

66. Look at the graphic. Which exit does the man want the woman to take?
(A) Exit 10
(B) Exit 11
(C) Exit 12
(D) Exit 13

67. What does the woman say she will do?
(A) Change a tire
(B) Purchase a map
(C) Buy some refreshments
(D) Pick up a client

Origin	Status	Expected Time of Arrival
Seoul	Landed	1:00 P.M.
Tokyo	On Time	1:45 P.M.
Toronto	Canceled	3:00 P.M.
Manchester	Delayed	5:50 P.M.

68. Look at the graphic. Which city is Ms. Ferguson traveling from?
(A) Seoul
(B) Tokyo
(C) Toronto
(D) Manchester

69. Why does the woman want to leave now?
(A) The weather is so bad.
(B) The traffic is heavy.
(C) She is not familiar with the area.
(D) The client arrived earlier than scheduled.

70. What will the speakers most likely do when they meet with Ms. Ferguson?
(A) Take a flight
(B) Get a meal
(C) Go on a tour
(D) Work on a presentation

PART 4 (99)

Directions: You will hear some short talks given by a single speaker. You will be asked to answer three questions about what the speaker says in each short talk. Select the best response to each question and mark the letter (A), (B), (C), or (D) on your answer sheet. The talks will not be printed in your test book and will be spoken only one time.

71. What does the speaker ask the listeners to do?
- (A) Apply for a membership
- (B) Visit a new Web site
- (C) Make a purchase at a new store
- (D) Sample a new product

72. What can the listeners get if they sign up before September 9th?
- (A) Free delivery
- (B) Some free coupons
- (C) A free beverage
- (D) A lower price

73. Why should the listeners go to the service desk by the entrance?
- (A) To ask for delivery
- (B) To submit a form
- (C) To register for a course
- (D) To receive a membership card

74. What did the speaker do last Wednesday?
- (A) She worked overtime.
- (B) She made a contract with her customer.
- (C) She met with Mr. McDonald.
- (D) She expanded some parking spaces.

75. What does the speaker say about parking spaces?
- (A) They are usually full during the night.
- (B) They are currently available.
- (C) Their monthly fee is very expensive.
- (D) They are located in the heart of the city.

76. Why does the speaker say, "this is a very popular apartment building"?
- (A) To promote a new apartment
- (B) To emphasize the high quality
- (C) To request a prompt decision
- (D) To explain why apartment prices are high

77. What department does the speaker probably work in?

(A) Accounting
(B) Maintenance
(C) Personnel
(D) Technical Support

78. What has Mr. Allan agreed to do?

(A) Reschedule a lunch date
(B) Hire new employees
(C) Approve a transfer
(D) Organize a farewell party

79. What will the speaker probably offer Mr. Garnett on Monday?

(A) A job interview
(B) A business lunch
(C) A meeting with the board
(D) A company tour

83. Why is the man calling?

(A) To give the results of a medical test
(B) To inform Mr. Bolton of the procedure
(C) To request a leave of absence
(D) To purchase a tour package for vacation

84. What will a health certificate allow Mr. Bolton to do?

(A) Receive medical treatments
(B) Make a flight reservation
(C) Get a work visa in London
(D) Go on a trip to foreign country

85. What does the speaker mention about the health certificate?

(A) It is free of charge.
(B) The application form has to be submitted.
(C) Certificates must be taken on a trip.
(D) It must be signed by the Health Ministry.

---

80. Why does the speaker say, "You will think that you've walked into the wrong building"?

(A) He needs to say that they visit a wrong place.
(B) He would like to extend his respect and appreciation.
(C) He has to explain the seriousness of the situation.
(D) He wants to express the success of a project.

81. What change was made to the library?

(A) New facilities were added.
(B) The parking space was expanded.
(C) Certified librarians were hired.
(D) An online book rental system was implemented.

82. According to the speaker, what will happen in Warren Hall?

(A) Refreshments will be served.
(B) A public hearing will be held.
(C) Repairs and maintenance work will begin.
(D) Prizes will be awarded.

86. What is the speaker announcing?

(A) Increased customer complaints
(B) A personnel policy change
(C) An upcoming orientation meeting
(D) The introduction of a new employee

87. What will happen at the company over the coming year?

(A) The number of employees will increase.
(B) Another branch office will open.
(C) A new product will be released.
(D) A company outing will take place.

88. What should the listeners notify Mr. Cox of?

(A) Ideas for new products
(B) Prospective employees
(C) Effective client management plans
(D) Ways to increase customer satisfaction

89. Who most likely is the talk intended for?

(A) Sales representatives
(B) Advertisement agency personnel
(C) Product-development employees
(D) Home appliance technician

90. According to the speaker, what is the problem?

(A) Low-quality products
(B) High production costs
(C) Poor sales for a new product
(D) Unfavorable reviews from customers

91. How does the speaker plan to address the problem?

(A) By hiring more marketing experts
(B) By putting more money into advertising
(C) By using only quality materials
(D) By conducting a consumer survey

Bella Electronics Building	
Information	
1F	Lobby / Mail Room / Cafeteria
2F	Planning and Strategy Dept. / Sales Dept. / Conference Room
3F	Accounting Dept. / Product Development Dept.
4F	Human Resources Dept. / Auditorium

92. What is the speaker calling about?

(A) A total sales figure
(B) An interview arrangement
(C) A request for elevator repairs
(D) An order for office furniture

93. What does the speaker say about the company building?

(A) It is an old, traditional building.
(B) It is conveniently located in the heart of the city.
(C) The cooling system has broken down.
(D) A routine check on elevators is being carried out.

94. Look at the graphic. On which floor will the speaker probably meet with Ms. Moore?

(A) The first floor
(B) The second floor
(C) The third floor
(D) The fourth floor

▶▶▶ GO ON TO THE NEXT PAGE

Richmond Island Ferry Timetable	
Departure Time	**Arrival Time**
8:30 A.M.	9:00 A.M.
10:00 A.M.	10:30 A.M.
7:00 P.M.	7:30 P.M.
9:30 P.M.	10:00 P.M.

95. What has caused the suspension of operations?
(A) Technical problems
(B) A lack of crew members
(C) Inclement weather
(D) A problem with the boarding procedure

96. Look at the graphic. What time will the ferry probably leave?
(A) 8:30 A.M.
(B) 10:00 A.M.
(C) 7:00 P.M.
(D) 9:30 P.M.

97. What does the speaker recommend the listeners do?
(A) Wear heavy clothes
(B) Take a vacation
(C) Go to work later
(D) Present their identification cards

July 4 Afternoon	Speaker
Session 1	Sangkyu Kim
Session 2	John Baker
Session 3	Abe Jotto
Session 4	Sally Murphy

98. Who most likely is the audience at the convention?
(A) Professional photographers
(B) Animation artists
(C) Video game developers
(D) Home appliance manufacturers

99. Look at the graphic. Which session has been changed?
(A) Session 1
(B) Session 2
(C) Session 3
(D) Session 4

100. According to the speaker, how can participants win a prize?
(A) By entering their work in a contest
(B) By subscribing to a game magazine
(C) By providing some of their opinions
(D) By purchasing some software or laptop computers

This is the end of the Listening test. Turn to Part 5 in your test book.

READING TEST

In the Reading test, you will read a variety of texts and answer several different types of reading comprehension questions. The entire Reading test will last 75 minutes. There are three parts, and directions are given for each part. You are encouraged to answer as many questions as possible within the time allowed. You must mark your answers on the separate answer sheet. Do not write your answers in your test book.

PART 5

Directions: A word or phrase is missing in each of the sentences below. Four answer choices are given below each sentence. Select the best answer to complete the sentence. Then mark the letter (A), (B), (C), or (D) on your answer sheet.

101. Loraix Co. decided to launch a new ------- specifically geared toward its newest publication.

(A) campaign
(B) campaigns
(C) to campaign
(D) campaigned

102. The document requires the attendees to ------- their signature on every page, or else it is not valid.

(A) initiate
(B) initialing
(C) initial
(D) initials

103. A team of sponsors will ------- the construction site to determine if the venture is worth investing in.

(A) visit
(B) look
(C) gather
(D) agree

104. Despite all the ------- the two associations had reached, the arrangement was terminated.

(A) agrees
(B) agreeing
(C) agreements
(D) agreed

105. The gifts will include small replicas of the ------- stadium where Roberto Querenza hit his 100th home run.

(A) actual
(B) definite
(C) needed
(D) partial

106. After the gas leak, the lab is ------- at the moment, so many of the lab technicians are not on site.

(A) renovated
(B) being renovated
(C) been renovating
(D) renovating

107. ------- successfully conceal stains on a carpet, calling Squeaky Clean is the fastest and most affordable way.

(A) As
(B) Even though
(C) In spite of
(D) In order to

108. Security teams are constantly monitoring the exhibition hall, so they can immediately respond ------- any suspicious actions.

(A) to
(B) in
(C) with
(D) until

109. The ------- of the artist moved the crowd to tears thanks to her elegant moves and expressive techniques.

(A) performance
(B) performing
(C) performer
(D) perform

110. The bar Pause II on Milton Street, ------- is very nice, is owned by the Trevor brothers.

(A) where
(B) which
(C) that
(D) who

111. ------- many branches simultaneously, the new CEO seems to be very good at multitasking.

(A) Had managed
(B) Having managed
(C) Managed
(D) Being managed

112. Veroz Motors had to recall ------- model of its new car line because of a crucial defect found in the brakes.

(A) all
(B) some
(C) every
(D) most of

113. A student group was able to complete its tasks faster ------- a team of professional designers.

(A) than
(B) if
(C) when
(D) by

114. Before the executive director starts to explain the ------- of the organization, please stay in your seats.

(A) needs
(B) loopholes
(C) sayings
(D) richness

115. Employees who want to be part of the project need to know how they ------- into it.

(A) fit
(B) tell
(C) bring
(D) make

116. Management ------- for weeks to make the company building more accessible to the townspeople.

(A) was argued
(B) has been arguing
(C) arguing
(D) has been argued

117. The attendants will check if you are in your ------- seats, so please cooperate with us.

(A) assailed
(B) overhauled
(C) assigned
(D) installed

118. Your stay in suite 17 of the Paradise Hotel has been ------- by three more days.

(A) claimed
(B) priced
(C) estimated
(D) extended

119. Many corporations have been criticized for their -------, but nothing will change unless there is a law that forbids them.

(A) monopoly
(B) monopolize
(C) monopolies
(D) monopolizing

120. Hugo Perez, the author of *Amalia*, ------- ever goes out in public, and that leads to many rumors.

(A) quite
(B) neatly
(C) hardly
(D) just

121. If the deal benefits both of the companies, the commitment ------- the two parties will be stronger than ever.

(A) to
(B) between
(C) beyond
(D) as

122. Under the close ------- of the museum staff, it was discovered that the painting was actually a forgery.

(A) observe
(B) observation
(C) observance
(D) observing

123. The cancelation of the blockbuster movie is going to be a big ------- for other films to succeed.

(A) sincerity
(B) regularity
(C) integrity
(D) opportunity

124. Ever since the installation of security cameras, the crime rate on the streets has ------- decreased.

(A) more significant
(B) significance
(C) significantly
(D) signifying

125. When management ------- the staff of its approval of the project, everyone was surprised by the decision.

(A) explained
(B) informed
(C) expressed
(D) suggested

126. The prestigious critic commented that the cuisine at the restaurant Vuiso was ------- but nothing special.

(A) satisfies
(B) satisfaction
(C) satisfied
(D) satisfactory

127. ------- there will be a large crowd, the streets between 5th and 13th will be closed during the parade.

(A) Since
(B) Due to
(C) Moreover
(D) Although

128. Although the event allowed some ------- by the audience, it was mainly an event in which the guest speakers explained their theses.

(A) participation
(B) participated
(C) participant
(D) participating

129. As the main actor was -------, the staff kept on showing clips of the film until he appeared.

(A) premium
(B) unavailable
(C) immature
(D) respectful

130. Dr. Kim's expertise in the field of physics has been exceptionally helpful to Chazke Industries, ------- regarding the development of its newest program.

(A) exceedingly
(B) sparsely
(C) habitually
(D) especially

PART 6

Directions: Read the texts that follow. A word, phrase, or sentence is missing in parts of each text. Four answer choices for each question are given below the text. Select the best answer to complete the text. Then mark the letter (A), (B), (C), or (D) on your answer sheet.

Questions 131-134 refer to the following e-mail.

January 17

Dear Ms. Churchill,

Thank you for the e-mail that you sent on January 15. I am happy to tell you that your camera is still ------- (**131.**) warranty and will be replaced free of charge. -------. (**132.**) Please fill out the form carefully and ------- (**133.**) the problems you experienced in detail. We try to process all exchanges quickly, but please allow 5-7 business days after the ------- (**134.**) of your camera for processing. I apologize for the inconvenience you experienced and value your feedback. Please let me know if I can be of further assistance.

Louis Quartz

Manager, Ricon Camera

131. (A) behind
(B) for
(C) under
(D) with

132. (A) You have to include your e-mail address when buying items online.
(B) Please explain why you were unable to fix it yourself.
(C) The model you purchased doesn't include shipping charges.
(D) I have enclosed an exchange form and a shipping label.

133. (A) inform
(B) note
(C) perceive
(D) send

134. (A) receiving
(B) receives
(C) receiver
(D) receipt

Questions 135-138 refer to the following advertisement.

Global Artists would like to announce the opening of their first show in Western Africa. The opening reception ------- (135.) at the town hall in Accra, Ghana, on May 17 at 5:00 P.M. Several internationally known artists, as well as students from the region's high schools and universities, are participating. The event will include a silent auction ------- (136.) will end a week later. ------- (137.). There is no need to buy a ticket, but there is a requested donation of $25. VIP passes are available on the Global Artists Web site and include meeting and greeting with several of the ------- (138.) artists.

135. (A) will be held
(B) holds
(C) held
(D) has been held

136. (A) where
(B) whose
(C) whom
(D) that

137. (A) Participating students must participate in the auction.
(B) The town hall will be renovated for future uses.
(C) During the evening, local musicians will provide entertainment.
(D) Our Web site is currently unavailable due to the update.

138. (A) featuring
(B) featured
(C) features
(D) to be featured

Questions 139-142 refer to the following letter.

September 17

Dear Mr. Solis,

The Belton United School District is ------- (139.) into starting a family literacy program at our elementary and secondary schools. My colleagues in neighboring districts have told me that your services helped raise parent involvement, test scores, and community pride at their schools. -------. (140.) I would like information on adult literacy classes, financial literacy classes, family reading workshops, and mobile library startup kits. ------- (141.), we hope to create resource rooms at each school so that parents can have continual access to study materials, job postings, and periodicals. I look forward to hearing from you soon and expect this to be a very ------- (142.) partnership.

Thank you.

Gabrielle DeFleur, Superintendent, BUSD

139. (A) initiating
(B) seeing
(C) searching
(D) looking

140. (A) The school principals praised the parents' efforts for the services.
(B) We hope you can do the same in our district.
(C) We appreciate your funding our literacy programs this year.
(D) Our partnership has been great for the past 10 years.

141. (A) Moreover
(B) However
(C) Until now
(D) Because

142. (A) glad
(B) common
(C) successful
(D) eligible

Questions 143-146 refer to the following article.

Baltimore (March 15) - Race for Health, a national health awareness program, organized a fundraising marathon in Baltimore last weekend. -------. (143.) National corporations with branches in Baltimore also got involved by ------- (144.) more than 200 teams. The largest sponsorship came from the oil giant PetroTech, which sponsored 72 small teams and had over 100 runners on its own team. In all, the company donated ------- (145.) $250,000. Baltimore's race was Race for Health's most successful this year. A ------- (146.) for the organization said that Baltimore will be rewarded by hosting the inaugural race next year.

143. (A) Many health experts advise marathoners to get sufficient rest after the competition.
(B) Baltimore has many branches of international health organizations.
(C) Severe traffic congestion is expected on the date of the event.
(D) The race was supported by the mayor, city council, and several community leaders.

144. (A) sponsored
(B) sponsoring
(C) sponsors
(D) sponsor

145. (A) equally
(B) unusually
(C) approximately
(D) hugely

146. (A) client
(B) spokesperson
(C) forecaster
(D) detective

PART 7

Directions: In this part you will read a selection of texts, such as magazine and newspaper articles, e-mails, and instant messages. Each text or set of texts is followed by several questions. Select the best answer for each question and mark the letter (A), (B), (C), or (D) on your answer sheet.

Questions 147-148 refer to the following notice.

Metro Updates

Upcoming events, programs, and activities in the Metro Area of Oakwood

The city of Oakwood's FREE Central Shuttle launched Tuesday, July 27! The sparkling green buses follow a route between Piccadilly Square and Uptown.

Be among the first to ride the free bus during its opening week while the city gears up for the official launch event on August 5. Look for the bright and colorful "C" signs along Central Avenue and climb aboard. The Central Shuttle will travel between Piccadilly Square and Uptown along Central Avenue and will make stops at Washington Street, Chinatown, Old Town, City Hall, the Marriott Convention Center, and the Financial District.

The shuttle hours are Monday–Friday from 7 A.M. to 7 P.M. (with service potentially expanding into the evenings over time). Have you been wanting to try some restaurants and stores in Piccadilly Square but have no way to get there and back? Catch the "C"! For information about the shuttle and downtown Oakwood restaurants and other businesses, visit www.MeetDowntownOakwood.com.

147. Which is NOT true about the Central Shuttle service?

(A) It runs through downtown Oakwood.
(B) It will possibly be expanded to the weekends.
(C) Passengers will pay nothing for the ride.
(D) It will run for 12 hours per day.

148. Which is the main goal of the shuttle service?

(A) To attract tourists from other cities
(B) To improve the image of city officials
(C) To provide bus drivers with employment opportunities
(D) To encourage local residents to visit the downtown area more

Questions 149-150 refer to the following invoice.

http://www.booksrus.com/invoice_2366

Books 'R' Us Bookstore

Order Number: 2366
Order Date: March 10
Estimated Shipping Date: March 14

Ship To:
Mr. Ahmed Hussein
95 Balfour St
London SE17 1PB

Bill To:
Ms. Sarah Hill
34 Meadow Rd
London SW8 1QB

Title	Author	Price
Strategies for Management	Michael Forbes	$45.64
The Ladder to Executive Success	Sue Yeon	$24.45
		Subtotal: $70.09 Tax: $4.91

Shipping and Handling: Free
Total Charged to Credit Card: $75.00

Include card (no additional charge) if order is a gift? __X__ Yes ______ No

Card Message Should Read: Congratulations on your recent appointment! We trust these books will be useful to you becoming a successful leader. We already miss you.

Sincerely,

Your old team at Erin & Brock Accounting

149. What is suggested about Mr. Hussein?

(A) He was recently selected for a position.
(B) He has enrolled in a management course.
(C) He is Ms. Hill's supervisor.
(D) He has written a book.

150. What is indicated about Books 'R' Us Bookstore?

(A) It shipped an order for free.
(B) It publishes magazines.
(C) It offers gift vouchers.
(D) It offers corporate discounts.

Questions 151–152 refer to the following information.

The Cape Cod is a popular summertime drink. However, how can you take this drink to the next level? The following simple additions can make for a full summer of mouth-pleasing beverages:

Changes to the Cape Cod Recipe						
Cape Cod	**Crantini**	**Frog in a Blender**	**Bay Breeze**	**Madras**	**Sea Breeze**	**Woo Woo**
1 ounce vodka 3 ounces cranberry juice ½ cup ice	Serve without ice	Add 1 ounce fresh lime juice Mix in blender	Add 1 ounce pineapple juice Shake	Add 1 ounce orange juice Stir	Add 1 ounce grapefruit juice	Add 1 ounce peach schnapps liquor

151. What does NOT change the Cape Cod?

(A) Crantini
(B) Frog in a Blender
(C) Bay Breeze
(D) Madras

152. What is unique about the Woo Woo recipe?

(A) It calls for stirring.
(B) It requires ice.
(C) It adds juice.
(D) It adds alcohol.

Questions 153-154 refer to the following text message chain.

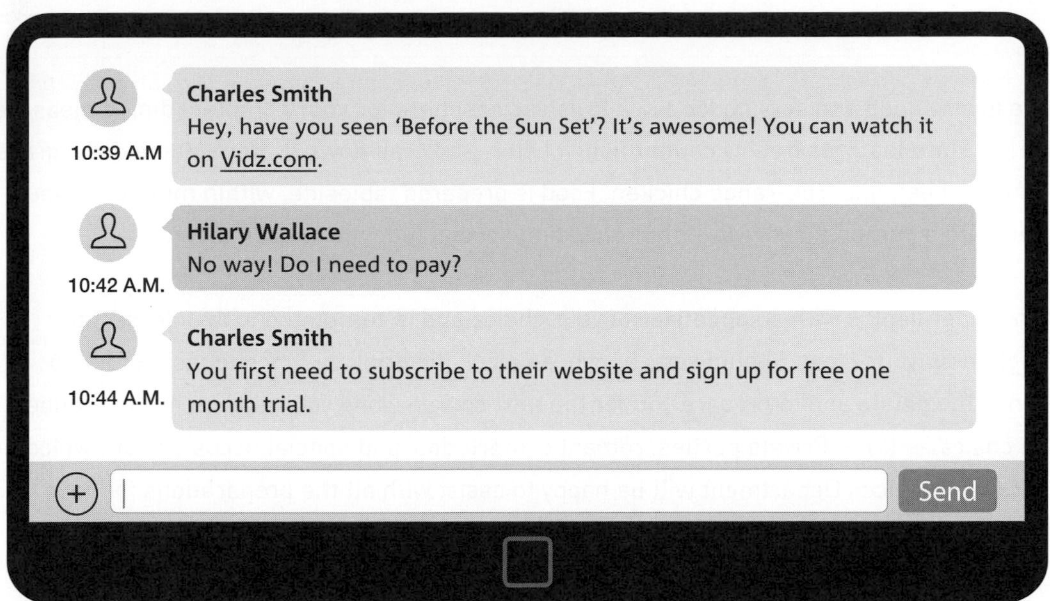

153. What is indicated about Vidz.com?

(A) It's offers online files for free.
(B) It's a paid service.
(C) It's a social networking website.
(D) It's been servicing for many years.

154. At 10:42 A.M., what does Ms. Wallace most likely mean when she writes, "No way!"

(A) She doesn't believe that Mr. Smith watched the movie.
(B) She doesn't believe the movie is available for free.
(C) She is surprised that the movie is available on Vidz.com.
(D) She has already seen the movie.

TEST 3 PART 7

Questions 155-157 refer to the following advertisement.

Flare is now open and serving food in a lavish atmosphere for your complete dining pleasure. — [1] — Flare features freshly caught fish, lobster, and crab flown in from Maine daily, grass-fed Angus beef, and free-range chicken. Food is prepared tableside, within minutes of your order, with a personalized five-star chef adding special touches to each meal. — [2] —

Each dinner begins with an appetizer of your choice and is completed with a dessert to complement your meal. Should you choose, an alcoholic drink will be suggested to help cleanse the palate and to prepare you for the next course while you relax on our microfiber lush chairs. — [3] — Private parties, romantic interludes, and special occasions are welcome. Our Guest Services Department will be happy to assist with all the preparations for your unique event.

— [4] — Please call us at 368-985-6598 or visit us at www.flare.com to make a reservation.

155. What is mentioned about Flare?

(A) Individual cooks are present at each table.
(B) Reservations are accepted only over the phone.
(C) Meals are served buffet style.
(D) Each dish comes with a recommended wine list.

156. What service does Flare NOT offer?

(A) Comfortable seating
(B) Birthday parties
(C) Professional photography
(D) Anniversary celebrations

157. In which of the positions marked [1], [2], [3], and [4] does the following sentence best belong?

"Reservations are required for all dinners, and a dress code is strictly enforced."

(A) [1]
(B) [2]
(C) [3]
(D) [4]

Questions 158-161 refer to the following online chat discussion.

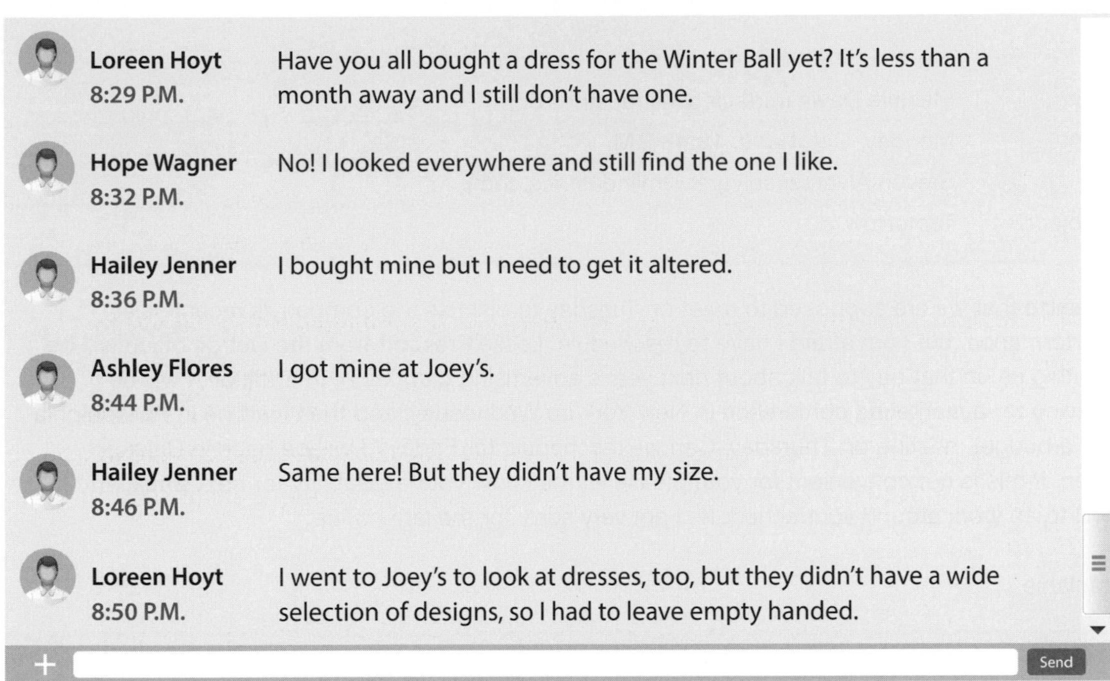

Loreen Hoyt 8:29 P.M.	Have you all bought a dress for the Winter Ball yet? It's less than a month away and I still don't have one.
Hope Wagner 8:32 P.M.	No! I looked everywhere and still find the one I like.
Hailey Jenner 8:36 P.M.	I bought mine but I need to get it altered.
Ashley Flores 8:44 P.M.	I got mine at Joey's.
Hailey Jenner 8:46 P.M.	Same here! But they didn't have my size.
Loreen Hoyt 8:50 P.M.	I went to Joey's to look at dresses, too, but they didn't have a wide selection of designs, so I had to leave empty handed.

158. What is probably going to happen in a month?

(A) An award ceremony
(B) A dance party
(C) A meeting
(D) A seminar

159. What is Ms. Jenner's concern?

(A) Her dress doesn't fit her.
(B) She can't find a specific dress that she wants.
(C) The dress is too expensive.
(D) The dress will not get altered in time.

160. Why did Ms. Hoyt NOT purchase a dress at Joey's?

(A) She is not going to the Winter Ball.
(B) There were not many to choose from.
(C) She couldn't find her size.
(D) She already owns a dress.

161. At 8:46 P.M., what does Ms. Jenner most likely mean when she writes, "Same here!"?

(A) She met Ms. Flores at Joey's.
(B) She got the same dress as Ms. Flores'.
(C) She purchased her dress at Joey's.
(D) She didn't start looking for a dress yet.

Questions 162–164 refer to the following e-mail.

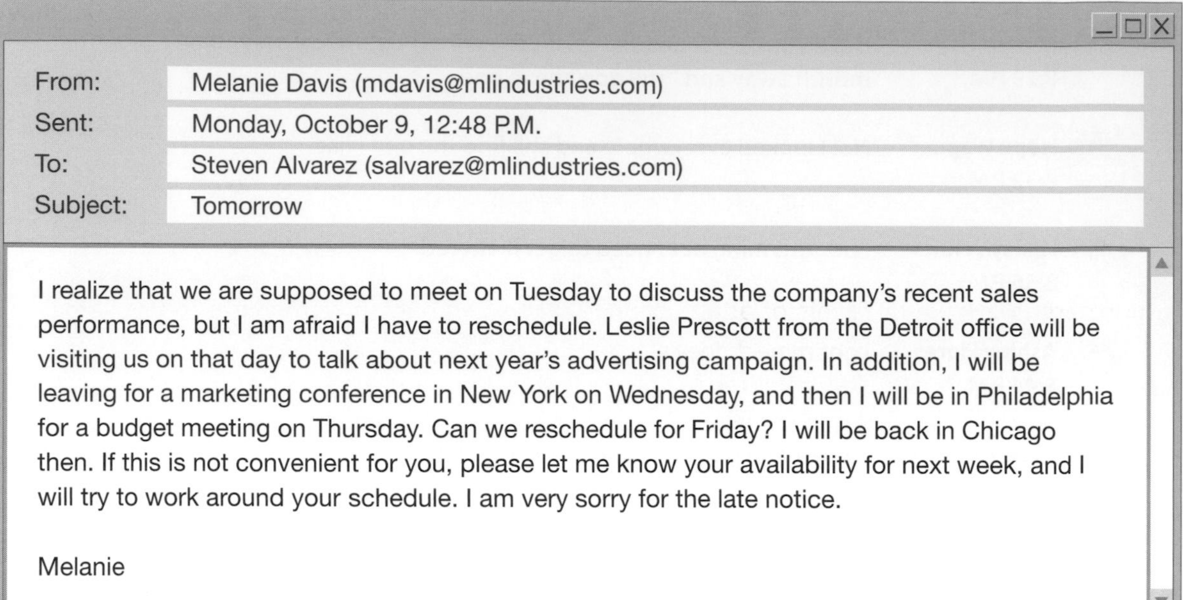

From: Melanie Davis (mdavis@mlindustries.com)
Sent: Monday, October 9, 12:48 P.M.
To: Steven Alvarez (salvarez@mlindustries.com)
Subject: Tomorrow

I realize that we are supposed to meet on Tuesday to discuss the company's recent sales performance, but I am afraid I have to reschedule. Leslie Prescott from the Detroit office will be visiting us on that day to talk about next year's advertising campaign. In addition, I will be leaving for a marketing conference in New York on Wednesday, and then I will be in Philadelphia for a budget meeting on Thursday. Can we reschedule for Friday? I will be back in Chicago then. If this is not convenient for you, please let me know your availability for next week, and I will try to work around your schedule. I am very sorry for the late notice.

Melanie

162. What is the purpose of the e-mail?

(A) To propose changes to a budget
(B) To inquire about an advertisement
(C) To make travel arrangements
(D) To postpone a meeting

163. When will Melanie Davis meet with Leslie Prescott?

(A) On Monday
(B) On Tuesday
(C) On Wednesday
(D) On Thursday

164. Where does Steven Alvarez most likely work?

(A) In Chicago
(B) In Detroit
(C) In New York
(D) In Philadelphia

Questions 165-167 refer to the following letter.

Dear Club Member,

This coming weekend is your last opportunity to register for the summer tennis circuits. — [1] — May 10 is the last opportunity to sign up for the adult tennis circuits. Circuits are a great way to stay active, to challenge yourself, and to meet new playing partners. We have all levels of adults playing, from beginner-intermediate to the semi-professional level. Sign up now for singles, doubles, or mixed doubles. The fee is $10 per player, or you can save yourself $2 by registering online at www.montevistasports.com. — [2] — The summer circuit runs from May 15 to August 15. If you need help finding a doubles partner or if you have any questions regarding playing in the circuits, please let me know.

— [3] — It will be held on Friday, June 4, from 6 P.M. to 8 P.M. and will include a barbeque. It is an opportunity to try out the newest Arm & Head rackets and to receive 20% off those purchased that evening. A sales rep from Arm & Head will be here with the brand-new Tech Star series for you to demo. — [4] — There will be rackets for every level of play. So come on over to the club. We are looking forward to helping you get a great value on your next racket purchase. So make sure you mark your calendars for our next demo night at the club!

Regards,

Ryan P. Adams, Program Director

165. What kind of information is NOT provided about the summer circuit?

(A) The period of the circuit
(B) The way to enroll in the circuit
(C) The registration fee
(D) The player list

166. What would NOT be a purpose of going to the demo night?

(A) To eat some food and snacks
(B) To get a discount on a racket purchase
(C) To get a complimentary tennis lesson
(D) To find a racket that meets one's personal needs

167. In which of the positions marked [1], [2], [3], and [4] does the following sentence best belong?

"We have 'a fun racket demo night' that you want to mark down on your calendar."

(A) [1]
(B) [2]
(C) [3]
(D) [4]

Questions 168-171 refer to the following article.

July 11

City No Longer Offers Free Street Parking

By Martin Thinner

The local city council is set to introduce new parking regulations to help alleviate congestion around downtown Queenstown. "Evening peak hours are when our streets are jammed," said Tom Gilligan, a representative on the Queenstown City Council. "Those from out of town come to our downtown areas to enjoy our restaurants, theaters, and concerts. Like everyone else, they prefer to avoid paid parking areas, so they drive around looking for a convenient spot, which, in turn, causes congestion."

"The system needs to change," Mr. Gilligan said in response to the current parking pay system, where payment on the street is required only from 7 A.M. to 7 P.M. while there are no parking fees at night. "We'd prefer to keep up with what other cities are doing, which require payment 24 hours a day."

If approved, this proposal will be the second in the last few months. May saw the introduction of new parking meters, which now accept both coins and credit cards in addition to Queenstown parking cards. The parking cards, which went on sale in June, can be obtained from local city offices.

168. What is suggested about Queenstown?

(A) Its roads require resurfacing.
(B) It must find a new contractor for road construction.
(C) It has problems with traffic.
(D) Its residents are offered free parking in city parking lots.

169. What is the city council considering?

(A) Installing security cameras in parking areas
(B) Outsourcing parking lots for residents
(C) Decreasing the hourly parking rate
(D) Commencing charging parking fees in the evening

170. What recently happened in Queenstown?

(A) Several downtown parking garages underwent renovations.
(B) The city council refurbished unused land for parking space.
(C) Parking meters were replaced.
(D) New options for parking payments were introduced.

171. The word "alleviate" in paragraph 1, line 1, is closest in meaning to

(A) aggravate
(B) simulate
(C) reduce
(D) collapse

Questions 172-175 refer to the following review from a website.

http://www.diyreviews.com

Product Review

Flairs Animal Furniture's Forest Creek Doghouse

Last week, I bought the Forest Creek Doghouse. After receiving it only two days after ordering it rather than the standard five, I was thrilled. For further instructions, I tried but failed to contact Flairs Animal Furniture's Customer Service Department after spending several infuriating days trying to put it together. Eventually, I repacked the doghouse and returned it to Flairs.

Flairs described the Forest Creek Doghouse as an easy DIY kit that comes with the appropriate tools to assemble it. This was definitely not the case. The screw fittings and markings were not properly aligned. Thus it was impossible to line up the boards perfectly. This resulted in a warped doghouse. The tools provided with the kit were poor, and one even broke while I was using it. All four wall sides splintered as I was trying to connect the roof piece. In the end, Flairs refused to supply me with free replacements for the doghouse and tools.

Unsurprisingly, this will be the last item I buy from Flairs Animal Furniture range of wooden goods. I also highly recommend that you first check with Flairs before you buy any product to see if the company will replace any parts damaged during assembly.

Greg Matthews

172. The word "instructions" in paragraph 1, line 2 is closest in meaning to

(A) sanctions
(B) directions
(C) submissions
(D) institutions

173. What does Mr. Matthews imply about the delivery of the product?

(A) It arrived earlier than expected.
(B) The delivery fee was costly.
(C) The product was delivered to the wrong address.
(D) The product was damaged upon delivery.

174. What is NOT mentioned as a problem that Mr. Matthews experienced?

(A) He failed to reach a customer service representative.
(B) The doghouse was smaller than advertised.
(C) He was unable to make some pieces line up correctly.
(D) All the wall boards of the doghouse broke.

175. What advice does Mr. Matthews give about purchasing a product from Flairs Animal Furniture?

(A) To make sure to purchase a product from the Forest Creek range
(B) To pay an employee to assemble the product upon delivery
(C) To check the company's policy on replacing damaged parts
(D) To purchase only products made of chip wood

Questions 176-180 refer to the following article and e-mail.

Excerpt from Eating Healthy

by B. Foreman

Eating a healthy, balanced diet is not as illusive a reality as some may think. There are 4 rules one should follow to start the process of eating more healthy foods:

1. Limit all food servings to the size of your fist.
2. Eat twice as many fruits and vegetables as you do grains and protein each day.
3. Limit your salt intake to 1,000 mg per day.
4. Eradicate all fats from your diet.

In addition to these basic eating guides, there are some basic health guides to follow as well:

A. Spend 20 minutes outdoors at least twice a day.
B. Spend 40 minutes doing aerobic exercise at least 3 times a week.

To:	Bob Foreman (bforeman@mail.com)
From:	Rachel Koon (rkoon@mail.com)
Date:	December 10
Re:	Leading a Healthy Lifestyle

Dear Mr. Foreman,

I read your most recent article published in the December issue of *Healthy Lifestyles Magazine*. I must say that I was highly dismayed to find many of your quick tips to be wrong and/or misleading.

First, you suggest having twice as many fruits and vegetables a day in comparison to grains and protein. This diet philosophy is simply wrong. Fruits and vegetables are high in starch and sugar, both of which provide a quick energy boost but then leave you tired and irritable within an hour of consumption.

Secondly, you suggest spending at least 20 minutes outside twice a day. While many studies support the premise of your advice — the National Center for Health published a report saying that vitamin D is available in large quantities from the sun and boosts energy and mood — your advice simply to spend that time outside is useless. Why not combine the outside time with the physical activity you recommend?

There are countless other fallacies in your article, but these are the two most problematic. I suggest you conduct more thorough research before making announcements to the public.

Sincerely,

Rachel Koon

176. Which title best describes the contents of the article?

(A) Avoiding fatty foods
(B) Becoming a dietician
(C) Growing one's own food
(D) Healthy lifestyle choices

177. In the e-mail, the word "fallacies" in paragraph 4, line 1 is the closest in meaning to

(A) errors
(B) feathers
(C) faiths
(D) facts

178. Why did Ms. Koon write the e-mail?

(A) To request more information
(B) To question the article's content
(C) To suggest a professional partnership
(D) To ask for a letter of recommendation

179. Which item number from the article does Ms. Koon address in her e-mail?

(A) 1
(B) 2
(C) 3
(D) 4

180. Why does Ms. Koon cite the study by the National Center for Health?

(A) To prove her level of education to Mr. Foreman
(B) To reveal a fallacy in Mr. Foreman's thinking
(C) To pose a threat to Mr. Foreman
(D) To question the validity of the entire report

Questions 181-185 refer to the following advertisement and form.

Ivy Park Nursery
Decorative Plants and Trees

45400 N Black Canyon Hwy,
Phoenix, AZ 85087
(602) 3636 8635
www.ivypark.com

For all your needs to add nature to your home or office, come to Ivy Park Nursery. We offer a huge range of plants and trees from all over the globe. Stroll through 15,000 square meters of garden exhibits and look over and select your own plants.

Section 1: Flowering plants and shrubs
Section 2: Fruit trees and vines
Section 3: Hardy plants of Arizona
Section 4: Water-based plants for ponds and fountains

For your convenience, to happily answer questions about any plant's light, water, and soil needs, our nursery staff speaks several languages. Looking for something new, unusual, or exotic? At the main greenhouse, ask one of our many helpful master gardeners about making a special order.

Ivy Park Nursery can deliver your selected plants or trees anywhere in the Phoenix area.

Ivy Park Nursery

Order Form

Type	Quantity
1. White Water Lily (alba)	2
2. Cactus Plant (harrisia)	1
3. Fruit Tree - Peach	1
4. Fruit Tree - Apple	1
5. Red Grape Vine (cienna)	2

Customer Name: *Sarah Milton*
Delivery Date: *June 14*
Address: *3761 N. Rowen, Mesa, AZ 85207*
Phone: *(602) 4527 3574*

After completing your order form, please submit it to a nursery assistant. The assistant will then check your selection, answer any questions, and verify the plants you have selected.

- We guarantee that customers will receive their deliveries within seven days of placing an order.
- Ivy Park Nursery must be informed of damaged or unhealthy plants within one day of their confirmed delivery.

181. What is suggested about Ivy Park Nursery?

(A) It delivers exotic plants nationwide.
(B) It mainly supplies farms and orchards.
(C) It allows customers to explore its gardens.
(D) It offers full refunds on unwanted flowers.

182. According to the advertisement, what information can the nursery staff provide customers?

(A) Individual plants' growing requirements
(B) Any plant's biological origins
(C) The discount pricing policy on bulk orders
(D) Instructions on constructing a pond for water flora

183. How can customers submit special orders for unique plants?

(A) By mailing a special-order form to Ivy Park Nursery
(B) By registering on the nursery's Web site
(C) By talking to a master gardener
(D) By presenting an order form to the nursery staff

184. Where will the nursery employees find most of Ms. Milton's order?

(A) In Section 1
(B) In Section 2
(C) In Section 3
(D) In Section 4

185. According to the form, what must Ms. Milton do by June 15?

(A) Pay for her plant order and the delivery fee
(B) Return any incorrectly delivered plants
(C) Plant or repot the plants that she has purchased
(D) Contact the nursery about any problems related to her plants

Questions 186-190 refer to the following letter, e-mail and Web page.

February 18

Mr. Masao Kinoshita
Allied Tekno Company
5-3-1 Ginza, Chuo, Tokyo,
104-0061, Japan

Dear Mr. Kinoshita

Here at Greentech, our team is committed to recycling your computers, smart/desktop phones, and other electronics in a responsible way. Our reasonable prices are the result of our resourceful collection network. Since we have facilities in 40 cities around the world, we are able to reduce costs on shipping, transportation, and fuel usage.

Your choices on where and what to recycle have a great impact, especially since you are the environmental officer of one of Japan's most rapidly growing companies. After reading the enclosed booklet about Greentech, I hope you will consider us as the place to send your disused and recyclable electronic material. To further your trust in our quality of service, I encourage you to contact any of our clients identified on the last page of the booklet. Please contact me or, if you prefer, speak with Takao Minatoya in our Tokyo office if you would like to discuss your company's needs.

Sincerely,

Ib Holm
Senior Account Manager

From: Masao Kinoshita [kinoshita@altek.co.jp]
To: Luke Ricketts [luker@timmsglobal.com]
Subject: Greentech
Date: February 22

Dear Mr. Ricketts,

I am the environmental officer for Allied Tekno Company in Tokyo. We are considering signing an agreement with Greentech to recycle our obsolete computer equipment and used printer cartridges. I would like to hear your opinion on its services before I contact its regional representative at Greentech.

I am aware that your company uses Greentech to collect electronic material from several of your global offices. I am especially interested in hearing about your Osaka office and its experiences. Greentech transfers your electronic waste from there to its processing plant in Kameyama, which is also where our materials would be sent. Based on your experience, how would you evaluate Greentech? I'm particularly interested in its ability to pick up your waste materials on the appointed days and times. Any information you can provide will be greatly appreciated.

Sincerely,

Masao Kinoshita

4 companies to watch as e-cycling movement takes off

Juno Solutions (U.S.)

It claims to help increase the recovery value of equipment by 50 to 80 percent. The company has partners in Europe and South America that can help manage multi-region engagements.

Cloud-Five Technologies (Canada)

This company built up a client base of more than 1,000 customers before being acquired by the world's largest wholesale technology distributor, Womack Micro. Its R2- and e-Stewards-certified services are available in more than 40 locations worldwide.

Jones Recycling Factory (South Korea)

Jones was just named a "Leader" for IT asset disposition in several reports. It has multiple facilities that have been certified to e-Stewards standards and runs 22 sites in Asia. Fast and punctual pick-up services are their best merit.

Giga Collector (Taiwan)

One of its big differentiators is proprietary data sanitization software, used to clear confidential data from hardware that it is managing. Its specialty is high-end enterprise technology found in data centers.

186. What is the purpose of the letter?

(A) To explain an environmental policy
(B) To offer a recycling service
(C) To receive feedback from long-term clients
(D) To recommend a new computer package

187. According to the letter, how does Greentech decrease its energy consumption?

(A) It utilizes appliances with power-saving technology.
(B) It transfers products in energy hybrid transports.
(C) It operates facilities nearby clients.
(D) It reconditions computer and electronic equipment.

188. Who most likely is the regional representative for Greentech?

(A) Masao Kinoshita
(B) Luke Ricketts
(C) Ib Holm
(D) Takao Minatoya

189. Where did Mr. Kinoshita most likely get Mr. Ricketts's contact information?

(A) From a Japanese business register
(B) From Mr. Holm's assistant
(C) From Greentech's Tokyo office
(D) From Greentech's list of references

190. What will Mr. Kinoshita probably choose other than Greentech?

(A) Juno Solutions
(B) Cloud-Five Technologies
(C) Jones Recycling Factory
(D) Giga Collector

Questions 191–195 refer to the following invitation, e-mail and book review.

Wednesday Book Club

Join other readers in a lively discussion of the written word. This month's focus will be on the bestseller *The Lovely* on February 23 at 1:30 PM. Jeanice Wallace describes this book as a "true-life novel" written from the point of view of the author's West Texan grandmother Lisa Carey. The Carey Clan, including the author herself, has resided in Texas for over 2 centuries. The novel chronicles Lisa Carey's life as the spunky, energetic daughter of an ex-convict and a pious, God-fearing mother who leaves home to see the country with a traveling circus. Bring your best homemade dish to share as we settle in for an enjoyable evening of books, friends, and food.

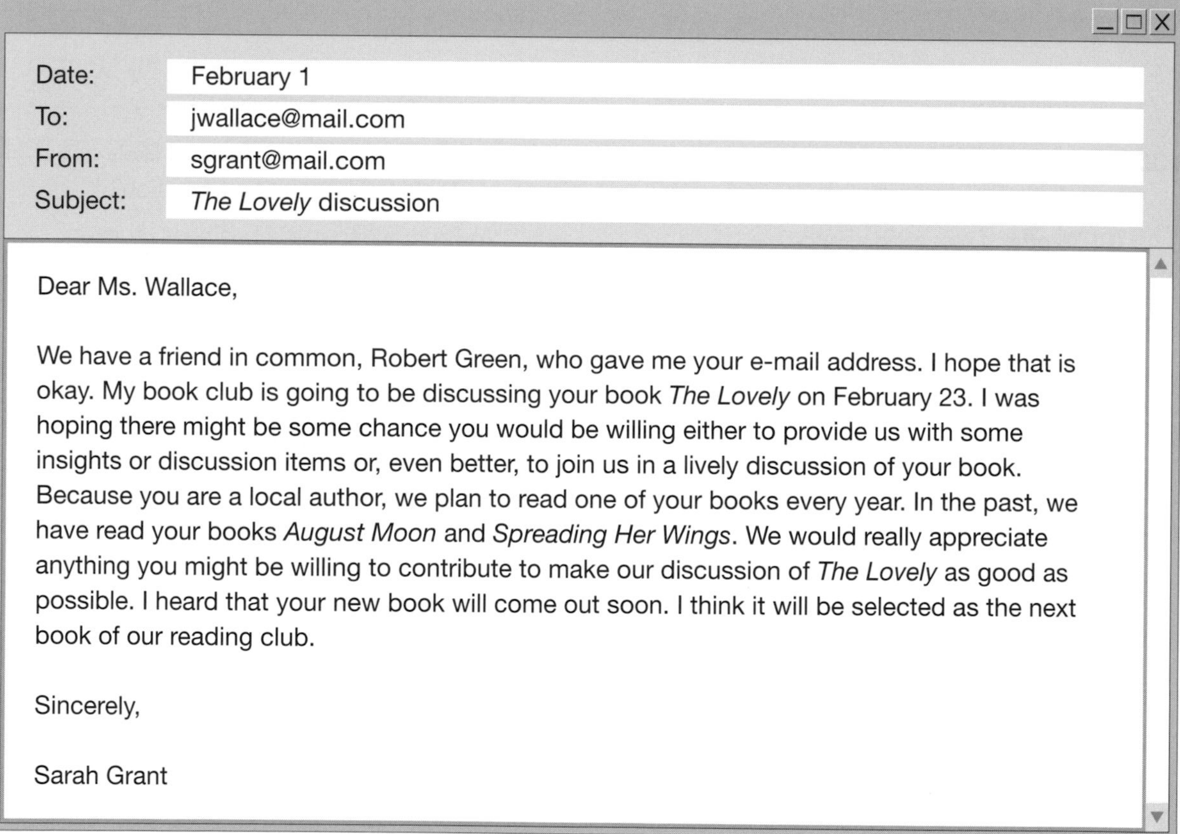

Date: February 1
To: jwallace@mail.com
From: sgrant@mail.com
Subject: *The Lovely* discussion

Dear Ms. Wallace,

We have a friend in common, Robert Green, who gave me your e-mail address. I hope that is okay. My book club is going to be discussing your book *The Lovely* on February 23. I was hoping there might be some chance you would be willing either to provide us with some insights or discussion items or, even better, to join us in a lively discussion of your book. Because you are a local author, we plan to read one of your books every year. In the past, we have read your books *August Moon* and *Spreading Her Wings*. We would really appreciate anything you might be willing to contribute to make our discussion of *The Lovely* as good as possible. I heard that your new book will come out soon. I think it will be selected as the next book of our reading club.

Sincerely,

Sarah Grant

What if . . .

by Belinda Carlyle

I don't know how she has done it, but it seems that author Jeanice Wallace, at her sixth novel *What if*, has invented a literary time machine to take the readers back to the moments of their life that they would regret.

What if will make you think, laugh and weep — a witty, artful balancing act of the normal and extraordinary with which all readers, but especially young women, will identify.

191. What is mentioned about *The Lovely*?

(A) It will be adapted for a movie.
(B) It is about homemade foods in Texas.
(C) It is based on Lisa Carey's life.
(D) It is not yet available at stores.

192. What is suggested about the book club?

(A) It was started by Jeanice Wallace.
(B) It was recently formed.
(C) The members reside in Texas.
(D) It meets every Thursday.

193. What are the book club members asked to do?

(A) Bring a friend who is interested in joining the group
(B) Come with a list of future reading suggestions
(C) Prepare a dish to share with the group
(D) Be prepared to ask the author questions

194. How did Ms. Grant get Ms. Wallace's e-mail address?

(A) She got it from the author's website.
(B) The book jacket contains her contact information.
(C) The author's publisher gave it to her.
(D) They have a mutual acquaintance who shared it.

195. What is true about Ms. Wallace?

(A) Ms. Carlyle has met her before.
(B) She has written more than 5 books.
(C) Ms. Grant has never read any of her books.
(D) She has planned to move to another state.

Questions 196-200 refer to the following posting, letter and e-mail.

Division of Design and Construction Teacher

Summary Information:
Position Type: Teaching
Categories: Construction Technology Instructor
School/Organization: Rapids Vocational Training Center
Location: Michigan
No. of Positions: 1
Posting Date: November 20
Closing Date: Open Until Filled

Details:
JOB TITLE: Division of Design and Construction Instructor
JOB SUMMARY: The Division of Design and Construction at Rapids Vocational Training Center will introduce students to the study of design and construction – integrated within a rigorous and relevant core curriculum – that will enhance their mastery of academic skills and content. The Division of Design and Construction will increase a student's ability to think critically, analyze information, express uniqueness and gain relevant knowledge that will prepare him/her for global success.

** Preference will be given to the applicants who have published related books or have overseas experience.

To whom it may concern,

I am writing to express interest in the Division of Design and Construction Instructor position you have posted on your Center's website. I am a licensed teacher in Michigan with 7 years' teaching experience.

Before becoming a teacher, I spent 3 years in the design and construction industry. I interned with a prestigious architect firm in Grand Rapids, Michigan during college and was granted employment upon my graduation. My degree from Michigan State University is in Drafting and Design. After my 3-year stint in the world of architecture, I decided my true passion was teaching and so returned to school to get my master's in Education. Upon graduation, I was hired by Union City High School as their Drafting and Design teacher, where I have spent the last 7 years. While I love my position at Union City High School, my husband's work requires that we relocate and thus I am applying for employment at your educational facility.

I have a passion for teaching young people and feel that the world of Design and Construction opens their minds to a world of possibilities. I feel that my teaching philosophy falls in line with your desire that the teacher should be able to enhance the students' thinking and analyzing skills, impart what makes them distinctive, and prepare them for a fruitful future.

Sincerely,

Megan Simpson

To: Igor Cavalera <I.Cavarela@RVTCenter.ac.uk>
From: Mary Hopkin <Mary.H@RVTCenter.ac.uk>
Subject: Whom to hire
Date: December 5

Now is the time to choose the instructor. Megan Simpson and Antonio Kieslowski are the final applicants. Both have industry and teaching experiences. However, Ms. Simpson does not meet any of our favored conditions. Therefore, I think Mr. Kieslowski is the right person for the job. What is your opinion?

Sincerely,

Mary Hopkin
Director of Personnel Department
Rapids Vocational Training Center

196. When will the school no longer accept job applicants?

(A) After a period of 30 days
(B) Until a certain number apply
(C) Pending on a successful hire
(D) At the start of the school year

197. What quality does the school desire in their new teacher?

(A) Advanced college degree
(B) High academic expectations
(C) Related professional experience
(D) Previous teaching experience

198. To which job posting section does Megan refer in the last paragraph?

(A) Summary Information
(B) Job Title
(C) Salary History
(D) Job Location

199. What is true about Megan's work history?

(A) She was recently fired.
(B) She has never taught.
(C) She has had two professions.
(D) She graduated from two universities.

200. Why will Ms. Simpson probably NOT be chosen?

(A) She must move often because of her husband.
(B) Mr. Kieslowski' books are considered best-selling.
(C) The prospect of construction industry is murky.
(D) She did not write her own books.

Stop! This is the end of the test. If you finish before time is called, you may go back to Parts 5, 6, and 7 and check your work.

TOEIC® TEST (1) Answer Sheet

LISTENING SECTION

No.	Answer	No.	Answer	No.	Answer	No.	Answer	No.	Answer	No.	Answer	No.	Answer	No.	Answer	No.	Answer	No.	Answer
1	Ⓐ Ⓑ Ⓒ Ⓓ	11	Ⓐ Ⓑ Ⓒ Ⓓ	21	Ⓐ Ⓑ Ⓒ Ⓓ	31	Ⓐ Ⓑ Ⓒ Ⓓ	41	Ⓐ Ⓑ Ⓒ Ⓓ	51	Ⓐ Ⓑ Ⓒ Ⓓ	61	Ⓐ Ⓑ Ⓒ Ⓓ	71	Ⓐ Ⓑ Ⓒ Ⓓ	81	Ⓐ Ⓑ Ⓒ Ⓓ	91	Ⓐ Ⓑ Ⓒ Ⓓ
2	Ⓐ Ⓑ Ⓒ Ⓓ	12	Ⓐ Ⓑ Ⓒ Ⓓ	22	Ⓐ Ⓑ Ⓒ Ⓓ	32	Ⓐ Ⓑ Ⓒ Ⓓ	42	Ⓐ Ⓑ Ⓒ Ⓓ	52	Ⓐ Ⓑ Ⓒ Ⓓ	62	Ⓐ Ⓑ Ⓒ Ⓓ	72	Ⓐ Ⓑ Ⓒ Ⓓ	82	Ⓐ Ⓑ Ⓒ Ⓓ	92	Ⓐ Ⓑ Ⓒ Ⓓ
3	Ⓐ Ⓑ Ⓒ Ⓓ	13	Ⓐ Ⓑ Ⓒ Ⓓ	23	Ⓐ Ⓑ Ⓒ Ⓓ	33	Ⓐ Ⓑ Ⓒ Ⓓ	43	Ⓐ Ⓑ Ⓒ Ⓓ	53	Ⓐ Ⓑ Ⓒ Ⓓ	63	Ⓐ Ⓑ Ⓒ Ⓓ	73	Ⓐ Ⓑ Ⓒ Ⓓ	83	Ⓐ Ⓑ Ⓒ Ⓓ	93	Ⓐ Ⓑ Ⓒ Ⓓ
4	Ⓐ Ⓑ Ⓒ Ⓓ	14	Ⓐ Ⓑ Ⓒ Ⓓ	24	Ⓐ Ⓑ Ⓒ Ⓓ	34	Ⓐ Ⓑ Ⓒ Ⓓ	44	Ⓐ Ⓑ Ⓒ Ⓓ	54	Ⓐ Ⓑ Ⓒ Ⓓ	64	Ⓐ Ⓑ Ⓒ Ⓓ	74	Ⓐ Ⓑ Ⓒ Ⓓ	84	Ⓐ Ⓑ Ⓒ Ⓓ	94	Ⓐ Ⓑ Ⓒ Ⓓ
5	Ⓐ Ⓑ Ⓒ Ⓓ	15	Ⓐ Ⓑ Ⓒ Ⓓ	25	Ⓐ Ⓑ Ⓒ Ⓓ	35	Ⓐ Ⓑ Ⓒ Ⓓ	45	Ⓐ Ⓑ Ⓒ Ⓓ	55	Ⓐ Ⓑ Ⓒ Ⓓ	65	Ⓐ Ⓑ Ⓒ Ⓓ	75	Ⓐ Ⓑ Ⓒ Ⓓ	85	Ⓐ Ⓑ Ⓒ Ⓓ	95	Ⓐ Ⓑ Ⓒ Ⓓ
6	Ⓐ Ⓑ Ⓒ Ⓓ	16	Ⓐ Ⓑ Ⓒ Ⓓ	26	Ⓐ Ⓑ Ⓒ Ⓓ	36	Ⓐ Ⓑ Ⓒ Ⓓ	46	Ⓐ Ⓑ Ⓒ Ⓓ	56	Ⓐ Ⓑ Ⓒ Ⓓ	66	Ⓐ Ⓑ Ⓒ Ⓓ	76	Ⓐ Ⓑ Ⓒ Ⓓ	86	Ⓐ Ⓑ Ⓒ Ⓓ	96	Ⓐ Ⓑ Ⓒ Ⓓ
7	Ⓐ Ⓑ Ⓒ Ⓓ	17	Ⓐ Ⓑ Ⓒ Ⓓ	27	Ⓐ Ⓑ Ⓒ Ⓓ	37	Ⓐ Ⓑ Ⓒ Ⓓ	47	Ⓐ Ⓑ Ⓒ Ⓓ	57	Ⓐ Ⓑ Ⓒ Ⓓ	67	Ⓐ Ⓑ Ⓒ Ⓓ	77	Ⓐ Ⓑ Ⓒ Ⓓ	87	Ⓐ Ⓑ Ⓒ Ⓓ	97	Ⓐ Ⓑ Ⓒ Ⓓ
8	Ⓐ Ⓑ Ⓒ Ⓓ	18	Ⓐ Ⓑ Ⓒ Ⓓ	28	Ⓐ Ⓑ Ⓒ Ⓓ	38	Ⓐ Ⓑ Ⓒ Ⓓ	48	Ⓐ Ⓑ Ⓒ Ⓓ	58	Ⓐ Ⓑ Ⓒ Ⓓ	68	Ⓐ Ⓑ Ⓒ Ⓓ	78	Ⓐ Ⓑ Ⓒ Ⓓ	88	Ⓐ Ⓑ Ⓒ Ⓓ	98	Ⓐ Ⓑ Ⓒ Ⓓ
9	Ⓐ Ⓑ Ⓒ Ⓓ	19	Ⓐ Ⓑ Ⓒ Ⓓ	29	Ⓐ Ⓑ Ⓒ Ⓓ	39	Ⓐ Ⓑ Ⓒ Ⓓ	49	Ⓐ Ⓑ Ⓒ Ⓓ	59	Ⓐ Ⓑ Ⓒ Ⓓ	69	Ⓐ Ⓑ Ⓒ Ⓓ	79	Ⓐ Ⓑ Ⓒ Ⓓ	89	Ⓐ Ⓑ Ⓒ Ⓓ	99	Ⓐ Ⓑ Ⓒ Ⓓ
10	Ⓐ Ⓑ Ⓒ Ⓓ	20	Ⓐ Ⓑ Ⓒ Ⓓ	30	Ⓐ Ⓑ Ⓒ Ⓓ	40	Ⓐ Ⓑ Ⓒ Ⓓ	50	Ⓐ Ⓑ Ⓒ Ⓓ	60	Ⓐ Ⓑ Ⓒ Ⓓ	70	Ⓐ Ⓑ Ⓒ Ⓓ	80	Ⓐ Ⓑ Ⓒ Ⓓ	90	Ⓐ Ⓑ Ⓒ Ⓓ	100	Ⓐ Ⓑ Ⓒ Ⓓ

READING SECTION

No.	Answer	No.	Answer	No.	Answer	No.	Answer	No.	Answer	No.	Answer	No.	Answer	No.	Answer	No.	Answer	No.	Answer
101	Ⓐ Ⓑ Ⓒ Ⓓ	111	Ⓐ Ⓑ Ⓒ Ⓓ	121	Ⓐ Ⓑ Ⓒ Ⓓ	131	Ⓐ Ⓑ Ⓒ Ⓓ	141	Ⓐ Ⓑ Ⓒ Ⓓ	151	Ⓐ Ⓑ Ⓒ Ⓓ	161	Ⓐ Ⓑ Ⓒ Ⓓ	171	Ⓐ Ⓑ Ⓒ Ⓓ	181	Ⓐ Ⓑ Ⓒ Ⓓ	191	Ⓐ Ⓑ Ⓒ Ⓓ
102	Ⓐ Ⓑ Ⓒ Ⓓ	112	Ⓐ Ⓑ Ⓒ Ⓓ	122	Ⓐ Ⓑ Ⓒ Ⓓ	132	Ⓐ Ⓑ Ⓒ Ⓓ	142	Ⓐ Ⓑ Ⓒ Ⓓ	152	Ⓐ Ⓑ Ⓒ Ⓓ	162	Ⓐ Ⓑ Ⓒ Ⓓ	172	Ⓐ Ⓑ Ⓒ Ⓓ	182	Ⓐ Ⓑ Ⓒ Ⓓ	192	Ⓐ Ⓑ Ⓒ Ⓓ
103	Ⓐ Ⓑ Ⓒ Ⓓ	113	Ⓐ Ⓑ Ⓒ Ⓓ	123	Ⓐ Ⓑ Ⓒ Ⓓ	133	Ⓐ Ⓑ Ⓒ Ⓓ	143	Ⓐ Ⓑ Ⓒ Ⓓ	153	Ⓐ Ⓑ Ⓒ Ⓓ	163	Ⓐ Ⓑ Ⓒ Ⓓ	173	Ⓐ Ⓑ Ⓒ Ⓓ	183	Ⓐ Ⓑ Ⓒ Ⓓ	193	Ⓐ Ⓑ Ⓒ Ⓓ
104	Ⓐ Ⓑ Ⓒ Ⓓ	114	Ⓐ Ⓑ Ⓒ Ⓓ	124	Ⓐ Ⓑ Ⓒ Ⓓ	134	Ⓐ Ⓑ Ⓒ Ⓓ	144	Ⓐ Ⓑ Ⓒ Ⓓ	154	Ⓐ Ⓑ Ⓒ Ⓓ	164	Ⓐ Ⓑ Ⓒ Ⓓ	174	Ⓐ Ⓑ Ⓒ Ⓓ	184	Ⓐ Ⓑ Ⓒ Ⓓ	194	Ⓐ Ⓑ Ⓒ Ⓓ
105	Ⓐ Ⓑ Ⓒ Ⓓ	115	Ⓐ Ⓑ Ⓒ Ⓓ	125	Ⓐ Ⓑ Ⓒ Ⓓ	135	Ⓐ Ⓑ Ⓒ Ⓓ	145	Ⓐ Ⓑ Ⓒ Ⓓ	155	Ⓐ Ⓑ Ⓒ Ⓓ	165	Ⓐ Ⓑ Ⓒ Ⓓ	175	Ⓐ Ⓑ Ⓒ Ⓓ	185	Ⓐ Ⓑ Ⓒ Ⓓ	195	Ⓐ Ⓑ Ⓒ Ⓓ
106	Ⓐ Ⓑ Ⓒ Ⓓ	116	Ⓐ Ⓑ Ⓒ Ⓓ	126	Ⓐ Ⓑ Ⓒ Ⓓ	136	Ⓐ Ⓑ Ⓒ Ⓓ	146	Ⓐ Ⓑ Ⓒ Ⓓ	156	Ⓐ Ⓑ Ⓒ Ⓓ	166	Ⓐ Ⓑ Ⓒ Ⓓ	176	Ⓐ Ⓑ Ⓒ Ⓓ	186	Ⓐ Ⓑ Ⓒ Ⓓ	196	Ⓐ Ⓑ Ⓒ Ⓓ
107	Ⓐ Ⓑ Ⓒ Ⓓ	117	Ⓐ Ⓑ Ⓒ Ⓓ	127	Ⓐ Ⓑ Ⓒ Ⓓ	137	Ⓐ Ⓑ Ⓒ Ⓓ	147	Ⓐ Ⓑ Ⓒ Ⓓ	157	Ⓐ Ⓑ Ⓒ Ⓓ	167	Ⓐ Ⓑ Ⓒ Ⓓ	177	Ⓐ Ⓑ Ⓒ Ⓓ	187	Ⓐ Ⓑ Ⓒ Ⓓ	197	Ⓐ Ⓑ Ⓒ Ⓓ
108	Ⓐ Ⓑ Ⓒ Ⓓ	118	Ⓐ Ⓑ Ⓒ Ⓓ	128	Ⓐ Ⓑ Ⓒ Ⓓ	138	Ⓐ Ⓑ Ⓒ Ⓓ	148	Ⓐ Ⓑ Ⓒ Ⓓ	158	Ⓐ Ⓑ Ⓒ Ⓓ	168	Ⓐ Ⓑ Ⓒ Ⓓ	178	Ⓐ Ⓑ Ⓒ Ⓓ	188	Ⓐ Ⓑ Ⓒ Ⓓ	198	Ⓐ Ⓑ Ⓒ Ⓓ
109	Ⓐ Ⓑ Ⓒ Ⓓ	119	Ⓐ Ⓑ Ⓒ Ⓓ	129	Ⓐ Ⓑ Ⓒ Ⓓ	139	Ⓐ Ⓑ Ⓒ Ⓓ	149	Ⓐ Ⓑ Ⓒ Ⓓ	159	Ⓐ Ⓑ Ⓒ Ⓓ	169	Ⓐ Ⓑ Ⓒ Ⓓ	179	Ⓐ Ⓑ Ⓒ Ⓓ	189	Ⓐ Ⓑ Ⓒ Ⓓ	199	Ⓐ Ⓑ Ⓒ Ⓓ
110	Ⓐ Ⓑ Ⓒ Ⓓ	120	Ⓐ Ⓑ Ⓒ Ⓓ	130	Ⓐ Ⓑ Ⓒ Ⓓ	140	Ⓐ Ⓑ Ⓒ Ⓓ	150	Ⓐ Ⓑ Ⓒ Ⓓ	160	Ⓐ Ⓑ Ⓒ Ⓓ	170	Ⓐ Ⓑ Ⓒ Ⓓ	180	Ⓐ Ⓑ Ⓒ Ⓓ	190	Ⓐ Ⓑ Ⓒ Ⓓ	200	Ⓐ Ⓑ Ⓒ Ⓓ

TOEIC® TEST (2) Answer Sheet

LISTENING SECTION																			
1	Ⓐ Ⓑ Ⓒ Ⓓ	11	Ⓐ Ⓑ Ⓒ Ⓓ	21	Ⓐ Ⓑ Ⓒ Ⓓ	31	Ⓐ Ⓑ Ⓒ Ⓓ	41	Ⓐ Ⓑ Ⓒ Ⓓ	51	Ⓐ Ⓑ Ⓒ Ⓓ	61	Ⓐ Ⓑ Ⓒ Ⓓ	71	Ⓐ Ⓑ Ⓒ Ⓓ	81	Ⓐ Ⓑ Ⓒ Ⓓ	91	Ⓐ Ⓑ Ⓒ Ⓓ
2	Ⓐ Ⓑ Ⓒ Ⓓ	12	Ⓐ Ⓑ Ⓒ Ⓓ	22	Ⓐ Ⓑ Ⓒ Ⓓ	32	Ⓐ Ⓑ Ⓒ Ⓓ	42	Ⓐ Ⓑ Ⓒ Ⓓ	52	Ⓐ Ⓑ Ⓒ Ⓓ	62	Ⓐ Ⓑ Ⓒ Ⓓ	72	Ⓐ Ⓑ Ⓒ Ⓓ	82	Ⓐ Ⓑ Ⓒ Ⓓ	92	Ⓐ Ⓑ Ⓒ Ⓓ
3	Ⓐ Ⓑ Ⓒ Ⓓ	13	Ⓐ Ⓑ Ⓒ Ⓓ	23	Ⓐ Ⓑ Ⓒ Ⓓ	33	Ⓐ Ⓑ Ⓒ Ⓓ	43	Ⓐ Ⓑ Ⓒ Ⓓ	53	Ⓐ Ⓑ Ⓒ Ⓓ	63	Ⓐ Ⓑ Ⓒ Ⓓ	73	Ⓐ Ⓑ Ⓒ Ⓓ	83	Ⓐ Ⓑ Ⓒ Ⓓ	93	Ⓐ Ⓑ Ⓒ Ⓓ
4	Ⓐ Ⓑ Ⓒ Ⓓ	14	Ⓐ Ⓑ Ⓒ Ⓓ	24	Ⓐ Ⓑ Ⓒ Ⓓ	34	Ⓐ Ⓑ Ⓒ Ⓓ	44	Ⓐ Ⓑ Ⓒ Ⓓ	54	Ⓐ Ⓑ Ⓒ Ⓓ	64	Ⓐ Ⓑ Ⓒ Ⓓ	74	Ⓐ Ⓑ Ⓒ Ⓓ	84	Ⓐ Ⓑ Ⓒ Ⓓ	94	Ⓐ Ⓑ Ⓒ Ⓓ
5	Ⓐ Ⓑ Ⓒ Ⓓ	15	Ⓐ Ⓑ Ⓒ Ⓓ	25	Ⓐ Ⓑ Ⓒ Ⓓ	35	Ⓐ Ⓑ Ⓒ Ⓓ	45	Ⓐ Ⓑ Ⓒ Ⓓ	55	Ⓐ Ⓑ Ⓒ Ⓓ	65	Ⓐ Ⓑ Ⓒ Ⓓ	75	Ⓐ Ⓑ Ⓒ Ⓓ	85	Ⓐ Ⓑ Ⓒ Ⓓ	95	Ⓐ Ⓑ Ⓒ Ⓓ
6	Ⓐ Ⓑ Ⓒ Ⓓ	16	Ⓐ Ⓑ Ⓒ Ⓓ	26	Ⓐ Ⓑ Ⓒ Ⓓ	36	Ⓐ Ⓑ Ⓒ Ⓓ	46	Ⓐ Ⓑ Ⓒ Ⓓ	56	Ⓐ Ⓑ Ⓒ Ⓓ	66	Ⓐ Ⓑ Ⓒ Ⓓ	76	Ⓐ Ⓑ Ⓒ Ⓓ	86	Ⓐ Ⓑ Ⓒ Ⓓ	96	Ⓐ Ⓑ Ⓒ Ⓓ
7	Ⓐ Ⓑ Ⓒ Ⓓ	17	Ⓐ Ⓑ Ⓒ Ⓓ	27	Ⓐ Ⓑ Ⓒ Ⓓ	37	Ⓐ Ⓑ Ⓒ Ⓓ	47	Ⓐ Ⓑ Ⓒ Ⓓ	57	Ⓐ Ⓑ Ⓒ Ⓓ	67	Ⓐ Ⓑ Ⓒ Ⓓ	77	Ⓐ Ⓑ Ⓒ Ⓓ	87	Ⓐ Ⓑ Ⓒ Ⓓ	97	Ⓐ Ⓑ Ⓒ Ⓓ
8	Ⓐ Ⓑ Ⓒ Ⓓ	18	Ⓐ Ⓑ Ⓒ Ⓓ	28	Ⓐ Ⓑ Ⓒ Ⓓ	38	Ⓐ Ⓑ Ⓒ Ⓓ	48	Ⓐ Ⓑ Ⓒ Ⓓ	58	Ⓐ Ⓑ Ⓒ Ⓓ	68	Ⓐ Ⓑ Ⓒ Ⓓ	78	Ⓐ Ⓑ Ⓒ Ⓓ	88	Ⓐ Ⓑ Ⓒ Ⓓ	98	Ⓐ Ⓑ Ⓒ Ⓓ
9	Ⓐ Ⓑ Ⓒ Ⓓ	19	Ⓐ Ⓑ Ⓒ Ⓓ	29	Ⓐ Ⓑ Ⓒ Ⓓ	39	Ⓐ Ⓑ Ⓒ Ⓓ	49	Ⓐ Ⓑ Ⓒ Ⓓ	59	Ⓐ Ⓑ Ⓒ Ⓓ	69	Ⓐ Ⓑ Ⓒ Ⓓ	79	Ⓐ Ⓑ Ⓒ Ⓓ	89	Ⓐ Ⓑ Ⓒ Ⓓ	99	Ⓐ Ⓑ Ⓒ Ⓓ
10	Ⓐ Ⓑ Ⓒ Ⓓ	20	Ⓐ Ⓑ Ⓒ Ⓓ	30	Ⓐ Ⓑ Ⓒ Ⓓ	40	Ⓐ Ⓑ Ⓒ Ⓓ	50	Ⓐ Ⓑ Ⓒ Ⓓ	60	Ⓐ Ⓑ Ⓒ Ⓓ	70	Ⓐ Ⓑ Ⓒ Ⓓ	80	Ⓐ Ⓑ Ⓒ Ⓓ	90	Ⓐ Ⓑ Ⓒ Ⓓ	100	Ⓐ Ⓑ Ⓒ Ⓓ

READING SECTION																			
101	Ⓐ Ⓑ Ⓒ Ⓓ	111	Ⓐ Ⓑ Ⓒ Ⓓ	121	Ⓐ Ⓑ Ⓒ Ⓓ	131	Ⓐ Ⓑ Ⓒ Ⓓ	141	Ⓐ Ⓑ Ⓒ Ⓓ	151	Ⓐ Ⓑ Ⓒ Ⓓ	161	Ⓐ Ⓑ Ⓒ Ⓓ	171	Ⓐ Ⓑ Ⓒ Ⓓ	181	Ⓐ Ⓑ Ⓒ Ⓓ	191	Ⓐ Ⓑ Ⓒ Ⓓ
102	Ⓐ Ⓑ Ⓒ Ⓓ	112	Ⓐ Ⓑ Ⓒ Ⓓ	122	Ⓐ Ⓑ Ⓒ Ⓓ	132	Ⓐ Ⓑ Ⓒ Ⓓ	142	Ⓐ Ⓑ Ⓒ Ⓓ	152	Ⓐ Ⓑ Ⓒ Ⓓ	162	Ⓐ Ⓑ Ⓒ Ⓓ	172	Ⓐ Ⓑ Ⓒ Ⓓ	182	Ⓐ Ⓑ Ⓒ Ⓓ	192	Ⓐ Ⓑ Ⓒ Ⓓ
103	Ⓐ Ⓑ Ⓒ Ⓓ	113	Ⓐ Ⓑ Ⓒ Ⓓ	123	Ⓐ Ⓑ Ⓒ Ⓓ	133	Ⓐ Ⓑ Ⓒ Ⓓ	143	Ⓐ Ⓑ Ⓒ Ⓓ	153	Ⓐ Ⓑ Ⓒ Ⓓ	163	Ⓐ Ⓑ Ⓒ Ⓓ	173	Ⓐ Ⓑ Ⓒ Ⓓ	183	Ⓐ Ⓑ Ⓒ Ⓓ	193	Ⓐ Ⓑ Ⓒ Ⓓ
104	Ⓐ Ⓑ Ⓒ Ⓓ	114	Ⓐ Ⓑ Ⓒ Ⓓ	124	Ⓐ Ⓑ Ⓒ Ⓓ	134	Ⓐ Ⓑ Ⓒ Ⓓ	144	Ⓐ Ⓑ Ⓒ Ⓓ	154	Ⓐ Ⓑ Ⓒ Ⓓ	164	Ⓐ Ⓑ Ⓒ Ⓓ	174	Ⓐ Ⓑ Ⓒ Ⓓ	184	Ⓐ Ⓑ Ⓒ Ⓓ	194	Ⓐ Ⓑ Ⓒ Ⓓ
105	Ⓐ Ⓑ Ⓒ Ⓓ	115	Ⓐ Ⓑ Ⓒ Ⓓ	125	Ⓐ Ⓑ Ⓒ Ⓓ	135	Ⓐ Ⓑ Ⓒ Ⓓ	145	Ⓐ Ⓑ Ⓒ Ⓓ	155	Ⓐ Ⓑ Ⓒ Ⓓ	165	Ⓐ Ⓑ Ⓒ Ⓓ	175	Ⓐ Ⓑ Ⓒ Ⓓ	185	Ⓐ Ⓑ Ⓒ Ⓓ	195	Ⓐ Ⓑ Ⓒ Ⓓ
106	Ⓐ Ⓑ Ⓒ Ⓓ	116	Ⓐ Ⓑ Ⓒ Ⓓ	126	Ⓐ Ⓑ Ⓒ Ⓓ	136	Ⓐ Ⓑ Ⓒ Ⓓ	146	Ⓐ Ⓑ Ⓒ Ⓓ	156	Ⓐ Ⓑ Ⓒ Ⓓ	166	Ⓐ Ⓑ Ⓒ Ⓓ	176	Ⓐ Ⓑ Ⓒ Ⓓ	186	Ⓐ Ⓑ Ⓒ Ⓓ	196	Ⓐ Ⓑ Ⓒ Ⓓ
107	Ⓐ Ⓑ Ⓒ Ⓓ	117	Ⓐ Ⓑ Ⓒ Ⓓ	127	Ⓐ Ⓑ Ⓒ Ⓓ	137	Ⓐ Ⓑ Ⓒ Ⓓ	147	Ⓐ Ⓑ Ⓒ Ⓓ	157	Ⓐ Ⓑ Ⓒ Ⓓ	167	Ⓐ Ⓑ Ⓒ Ⓓ	177	Ⓐ Ⓑ Ⓒ Ⓓ	187	Ⓐ Ⓑ Ⓒ Ⓓ	197	Ⓐ Ⓑ Ⓒ Ⓓ
108	Ⓐ Ⓑ Ⓒ Ⓓ	118	Ⓐ Ⓑ Ⓒ Ⓓ	128	Ⓐ Ⓑ Ⓒ Ⓓ	138	Ⓐ Ⓑ Ⓒ Ⓓ	148	Ⓐ Ⓑ Ⓒ Ⓓ	158	Ⓐ Ⓑ Ⓒ Ⓓ	168	Ⓐ Ⓑ Ⓒ Ⓓ	178	Ⓐ Ⓑ Ⓒ Ⓓ	188	Ⓐ Ⓑ Ⓒ Ⓓ	198	Ⓐ Ⓑ Ⓒ Ⓓ
109	Ⓐ Ⓑ Ⓒ Ⓓ	119	Ⓐ Ⓑ Ⓒ Ⓓ	129	Ⓐ Ⓑ Ⓒ Ⓓ	139	Ⓐ Ⓑ Ⓒ Ⓓ	149	Ⓐ Ⓑ Ⓒ Ⓓ	159	Ⓐ Ⓑ Ⓒ Ⓓ	169	Ⓐ Ⓑ Ⓒ Ⓓ	179	Ⓐ Ⓑ Ⓒ Ⓓ	189	Ⓐ Ⓑ Ⓒ Ⓓ	199	Ⓐ Ⓑ Ⓒ Ⓓ
110	Ⓐ Ⓑ Ⓒ Ⓓ	120	Ⓐ Ⓑ Ⓒ Ⓓ	130	Ⓐ Ⓑ Ⓒ Ⓓ	140	Ⓐ Ⓑ Ⓒ Ⓓ	150	Ⓐ Ⓑ Ⓒ Ⓓ	160	Ⓐ Ⓑ Ⓒ Ⓓ	170	Ⓐ Ⓑ Ⓒ Ⓓ	180	Ⓐ Ⓑ Ⓒ Ⓓ	190	Ⓐ Ⓑ Ⓒ Ⓓ	200	Ⓐ Ⓑ Ⓒ Ⓓ

新制多益 850 超命中攻略

解答 & 中譯解析

作者 • Kim, Byunggi／
Lee, Kwan-woo
譯者 • 關亭薇／黃詩韻／林育珊／蘇裕承

目錄

TOEIC® TEST (3) Answer Sheet

LISTENING SECTION																			
1	Ⓐ Ⓑ Ⓒ Ⓓ	11	Ⓐ Ⓑ Ⓒ Ⓓ	21	Ⓐ Ⓑ Ⓒ Ⓓ	31	Ⓐ Ⓑ Ⓒ Ⓓ	41	Ⓐ Ⓑ Ⓒ Ⓓ	51	Ⓐ Ⓑ Ⓒ Ⓓ	61	Ⓐ Ⓑ Ⓒ Ⓓ	71	Ⓐ Ⓑ Ⓒ Ⓓ	81	Ⓐ Ⓑ Ⓒ Ⓓ	91	Ⓐ Ⓑ Ⓒ Ⓓ
2	Ⓐ Ⓑ Ⓒ Ⓓ	12	Ⓐ Ⓑ Ⓒ Ⓓ	22	Ⓐ Ⓑ Ⓒ Ⓓ	32	Ⓐ Ⓑ Ⓒ Ⓓ	42	Ⓐ Ⓑ Ⓒ Ⓓ	52	Ⓐ Ⓑ Ⓒ Ⓓ	62	Ⓐ Ⓑ Ⓒ Ⓓ	72	Ⓐ Ⓑ Ⓒ Ⓓ	82	Ⓐ Ⓑ Ⓒ Ⓓ	92	Ⓐ Ⓑ Ⓒ Ⓓ
3	Ⓐ Ⓑ Ⓒ Ⓓ	13	Ⓐ Ⓑ Ⓒ Ⓓ	23	Ⓐ Ⓑ Ⓒ Ⓓ	33	Ⓐ Ⓑ Ⓒ Ⓓ	43	Ⓐ Ⓑ Ⓒ Ⓓ	53	Ⓐ Ⓑ Ⓒ Ⓓ	63	Ⓐ Ⓑ Ⓒ Ⓓ	73	Ⓐ Ⓑ Ⓒ Ⓓ	83	Ⓐ Ⓑ Ⓒ Ⓓ	93	Ⓐ Ⓑ Ⓒ Ⓓ
4	Ⓐ Ⓑ Ⓒ Ⓓ	14	Ⓐ Ⓑ Ⓒ Ⓓ	24	Ⓐ Ⓑ Ⓒ Ⓓ	34	Ⓐ Ⓑ Ⓒ Ⓓ	44	Ⓐ Ⓑ Ⓒ Ⓓ	54	Ⓐ Ⓑ Ⓒ Ⓓ	64	Ⓐ Ⓑ Ⓒ Ⓓ	74	Ⓐ Ⓑ Ⓒ Ⓓ	84	Ⓐ Ⓑ Ⓒ Ⓓ	94	Ⓐ Ⓑ Ⓒ Ⓓ
5	Ⓐ Ⓑ Ⓒ Ⓓ	15	Ⓐ Ⓑ Ⓒ Ⓓ	25	Ⓐ Ⓑ Ⓒ Ⓓ	35	Ⓐ Ⓑ Ⓒ Ⓓ	45	Ⓐ Ⓑ Ⓒ Ⓓ	55	Ⓐ Ⓑ Ⓒ Ⓓ	65	Ⓐ Ⓑ Ⓒ Ⓓ	75	Ⓐ Ⓑ Ⓒ Ⓓ	85	Ⓐ Ⓑ Ⓒ Ⓓ	95	Ⓐ Ⓑ Ⓒ Ⓓ
6	Ⓐ Ⓑ Ⓒ Ⓓ	16	Ⓐ Ⓑ Ⓒ Ⓓ	26	Ⓐ Ⓑ Ⓒ Ⓓ	36	Ⓐ Ⓑ Ⓒ Ⓓ	46	Ⓐ Ⓑ Ⓒ Ⓓ	56	Ⓐ Ⓑ Ⓒ Ⓓ	66	Ⓐ Ⓑ Ⓒ Ⓓ	76	Ⓐ Ⓑ Ⓒ Ⓓ	86	Ⓐ Ⓑ Ⓒ Ⓓ	96	Ⓐ Ⓑ Ⓒ Ⓓ
7	Ⓐ Ⓑ Ⓒ Ⓓ	17	Ⓐ Ⓑ Ⓒ Ⓓ	27	Ⓐ Ⓑ Ⓒ Ⓓ	37	Ⓐ Ⓑ Ⓒ Ⓓ	47	Ⓐ Ⓑ Ⓒ Ⓓ	57	Ⓐ Ⓑ Ⓒ Ⓓ	67	Ⓐ Ⓑ Ⓒ Ⓓ	77	Ⓐ Ⓑ Ⓒ Ⓓ	87	Ⓐ Ⓑ Ⓒ Ⓓ	97	Ⓐ Ⓑ Ⓒ Ⓓ
8	Ⓐ Ⓑ Ⓒ Ⓓ	18	Ⓐ Ⓑ Ⓒ Ⓓ	28	Ⓐ Ⓑ Ⓒ Ⓓ	38	Ⓐ Ⓑ Ⓒ Ⓓ	48	Ⓐ Ⓑ Ⓒ Ⓓ	58	Ⓐ Ⓑ Ⓒ Ⓓ	68	Ⓐ Ⓑ Ⓒ Ⓓ	78	Ⓐ Ⓑ Ⓒ Ⓓ	88	Ⓐ Ⓑ Ⓒ Ⓓ	98	Ⓐ Ⓑ Ⓒ Ⓓ
9	Ⓐ Ⓑ Ⓒ Ⓓ	19	Ⓐ Ⓑ Ⓒ Ⓓ	29	Ⓐ Ⓑ Ⓒ Ⓓ	39	Ⓐ Ⓑ Ⓒ Ⓓ	49	Ⓐ Ⓑ Ⓒ Ⓓ	59	Ⓐ Ⓑ Ⓒ Ⓓ	69	Ⓐ Ⓑ Ⓒ Ⓓ	79	Ⓐ Ⓑ Ⓒ Ⓓ	89	Ⓐ Ⓑ Ⓒ Ⓓ	99	Ⓐ Ⓑ Ⓒ Ⓓ
10	Ⓐ Ⓑ Ⓒ Ⓓ	20	Ⓐ Ⓑ Ⓒ Ⓓ	30	Ⓐ Ⓑ Ⓒ Ⓓ	40	Ⓐ Ⓑ Ⓒ Ⓓ	50	Ⓐ Ⓑ Ⓒ Ⓓ	60	Ⓐ Ⓑ Ⓒ Ⓓ	70	Ⓐ Ⓑ Ⓒ Ⓓ	80	Ⓐ Ⓑ Ⓒ Ⓓ	90	Ⓐ Ⓑ Ⓒ Ⓓ	100	Ⓐ Ⓑ Ⓒ Ⓓ

READING SECTION																			
101	Ⓐ Ⓑ Ⓒ Ⓓ	111	Ⓐ Ⓑ Ⓒ Ⓓ	121	Ⓐ Ⓑ Ⓒ Ⓓ	131	Ⓐ Ⓑ Ⓒ Ⓓ	141	Ⓐ Ⓑ Ⓒ Ⓓ	151	Ⓐ Ⓑ Ⓒ Ⓓ	161	Ⓐ Ⓑ Ⓒ Ⓓ	171	Ⓐ Ⓑ Ⓒ Ⓓ	181	Ⓐ Ⓑ Ⓒ Ⓓ	191	Ⓐ Ⓑ Ⓒ Ⓓ
102	Ⓐ Ⓑ Ⓒ Ⓓ	112	Ⓐ Ⓑ Ⓒ Ⓓ	122	Ⓐ Ⓑ Ⓒ Ⓓ	132	Ⓐ Ⓑ Ⓒ Ⓓ	142	Ⓐ Ⓑ Ⓒ Ⓓ	152	Ⓐ Ⓑ Ⓒ Ⓓ	162	Ⓐ Ⓑ Ⓒ Ⓓ	172	Ⓐ Ⓑ Ⓒ Ⓓ	182	Ⓐ Ⓑ Ⓒ Ⓓ	192	Ⓐ Ⓑ Ⓒ Ⓓ
103	Ⓐ Ⓑ Ⓒ Ⓓ	113	Ⓐ Ⓑ Ⓒ Ⓓ	123	Ⓐ Ⓑ Ⓒ Ⓓ	133	Ⓐ Ⓑ Ⓒ Ⓓ	143	Ⓐ Ⓑ Ⓒ Ⓓ	153	Ⓐ Ⓑ Ⓒ Ⓓ	163	Ⓐ Ⓑ Ⓒ Ⓓ	173	Ⓐ Ⓑ Ⓒ Ⓓ	183	Ⓐ Ⓑ Ⓒ Ⓓ	193	Ⓐ Ⓑ Ⓒ Ⓓ
104	Ⓐ Ⓑ Ⓒ Ⓓ	114	Ⓐ Ⓑ Ⓒ Ⓓ	124	Ⓐ Ⓑ Ⓒ Ⓓ	134	Ⓐ Ⓑ Ⓒ Ⓓ	144	Ⓐ Ⓑ Ⓒ Ⓓ	154	Ⓐ Ⓑ Ⓒ Ⓓ	164	Ⓐ Ⓑ Ⓒ Ⓓ	174	Ⓐ Ⓑ Ⓒ Ⓓ	184	Ⓐ Ⓑ Ⓒ Ⓓ	194	Ⓐ Ⓑ Ⓒ Ⓓ
105	Ⓐ Ⓑ Ⓒ Ⓓ	115	Ⓐ Ⓑ Ⓒ Ⓓ	125	Ⓐ Ⓑ Ⓒ Ⓓ	135	Ⓐ Ⓑ Ⓒ Ⓓ	145	Ⓐ Ⓑ Ⓒ Ⓓ	155	Ⓐ Ⓑ Ⓒ Ⓓ	165	Ⓐ Ⓑ Ⓒ Ⓓ	175	Ⓐ Ⓑ Ⓒ Ⓓ	185	Ⓐ Ⓑ Ⓒ Ⓓ	195	Ⓐ Ⓑ Ⓒ Ⓓ
106	Ⓐ Ⓑ Ⓒ Ⓓ	116	Ⓐ Ⓑ Ⓒ Ⓓ	126	Ⓐ Ⓑ Ⓒ Ⓓ	136	Ⓐ Ⓑ Ⓒ Ⓓ	146	Ⓐ Ⓑ Ⓒ Ⓓ	156	Ⓐ Ⓑ Ⓒ Ⓓ	166	Ⓐ Ⓑ Ⓒ Ⓓ	176	Ⓐ Ⓑ Ⓒ Ⓓ	186	Ⓐ Ⓑ Ⓒ Ⓓ	196	Ⓐ Ⓑ Ⓒ Ⓓ
107	Ⓐ Ⓑ Ⓒ Ⓓ	117	Ⓐ Ⓑ Ⓒ Ⓓ	127	Ⓐ Ⓑ Ⓒ Ⓓ	137	Ⓐ Ⓑ Ⓒ Ⓓ	147	Ⓐ Ⓑ Ⓒ Ⓓ	157	Ⓐ Ⓑ Ⓒ Ⓓ	167	Ⓐ Ⓑ Ⓒ Ⓓ	177	Ⓐ Ⓑ Ⓒ Ⓓ	187	Ⓐ Ⓑ Ⓒ Ⓓ	197	Ⓐ Ⓑ Ⓒ Ⓓ
108	Ⓐ Ⓑ Ⓒ Ⓓ	118	Ⓐ Ⓑ Ⓒ Ⓓ	128	Ⓐ Ⓑ Ⓒ Ⓓ	138	Ⓐ Ⓑ Ⓒ Ⓓ	148	Ⓐ Ⓑ Ⓒ Ⓓ	158	Ⓐ Ⓑ Ⓒ Ⓓ	168	Ⓐ Ⓑ Ⓒ Ⓓ	178	Ⓐ Ⓑ Ⓒ Ⓓ	188	Ⓐ Ⓑ Ⓒ Ⓓ	198	Ⓐ Ⓑ Ⓒ Ⓓ
109	Ⓐ Ⓑ Ⓒ Ⓓ	119	Ⓐ Ⓑ Ⓒ Ⓓ	129	Ⓐ Ⓑ Ⓒ Ⓓ	139	Ⓐ Ⓑ Ⓒ Ⓓ	149	Ⓐ Ⓑ Ⓒ Ⓓ	159	Ⓐ Ⓑ Ⓒ Ⓓ	169	Ⓐ Ⓑ Ⓒ Ⓓ	179	Ⓐ Ⓑ Ⓒ Ⓓ	189	Ⓐ Ⓑ Ⓒ Ⓓ	199	Ⓐ Ⓑ Ⓒ Ⓓ
110	Ⓐ Ⓑ Ⓒ Ⓓ	120	Ⓐ Ⓑ Ⓒ Ⓓ	130	Ⓐ Ⓑ Ⓒ Ⓓ	140	Ⓐ Ⓑ Ⓒ Ⓓ	150	Ⓐ Ⓑ Ⓒ Ⓓ	160	Ⓐ Ⓑ Ⓒ Ⓓ	170	Ⓐ Ⓑ Ⓒ Ⓓ	180	Ⓐ Ⓑ Ⓒ Ⓓ	190	Ⓐ Ⓑ Ⓒ Ⓓ	200	Ⓐ Ⓑ Ⓒ Ⓓ

新制多益 750 超命中攻略：
搶分密技＋ 3 回擬真試題
【雙書附解析 +WORKBOOK 訓練書】（16K + MP3）

作者 ◎ Kim, Byunggi ／ Lee, Kwan-woo
譯者 ◎ 關亭薇／陳依辰

依出題頻率精選 750 必考題型
專攻精華題型，有效提升應試實力

招招破解的搶分密技
簡易解題 **Step by Step**，輕鬆突破解題障礙

臨場感滿分的擬真試題
題型、難易度、文章長度，皆完整反映最新命題趨勢

最打底的自學訓練書
訓練字彙、聽力、文法與翻譯，多效合一，全面厚植英語力

MP3
收錄多國口音，熟悉各種口音不費力

搶分密技

解答 & 中譯解析

PART 1

01 留意描寫「看」的高頻率動詞 P. 15

STEP 3 | 實戰測驗！

1 (D)　2 (D)　3 (B)　4 (C)

1. 雙人照片★★（★表重要性）

(A) They are entering the conference room.
(B) They are standing next to each other.
(C) They are stretching their arms out to hold hands.
(D) They are facing each other across the table.

(A) 他們正進入會議室。
(B) 他們正並肩站在一起。
(C) 他們正伸出手臂來握手。
(D) 他們正隔著桌子相對而視。

解析 本題為雙人照片，因此請先仔細觀察照片中兩個人是否有相同的動作或外表特徵，接著再確認雙方在動作或外表特徵上是否有其他特別之處。照片中的男女分別坐在桌子兩端，面對面交談，兩人皆穿著長袖襯衫。另外，請特別關注女子手部的動作。(D) 描寫兩人面對面交談的狀態，故為正確答案。

字彙 **enter** 進入　**conference room** 會議室
next to each other 相鄰　**stretch** 伸出
across the table 隔著桌子；在桌子對面

2. 多人照片★★★

(A) Some people are reading newspapers.
(B) Some people are searching for books in a library.
(C) Some people are leaning over the balcony rail.
(D) Some people are browsing books in a store.

(A) 有些人正在看報紙。
(B) 有些人正在圖書館找書。
(C) 有些人正俯身倚著陽台欄杆。
(D) 有些人正在店裡隨意瀏覽書籍。

解析 場景為書店，照片中的人物超過兩人，因此請先仔細觀察他們是否有相同的動作或外表特徵。多人照片題的答案可能會針對單一人物，或者其中一小部分人物的動作或外表特徵進行描寫，請特別留意相關選項。(D) 表示有一些人在店裡看書，為正確答案。

(A) 和 (B) 為陷阱選項，分別使用動詞 reading 和 searching for，但前者連接錯誤的物品，後者的地點有誤，因此皆為錯誤選項。

字彙 **searching for** 尋找　**lean over** 俯身向前
balcony rail 陽台欄杆
browse 瀏覽；隨便翻閱

3. 單人照片★★

(A) She is standing near a sign.
(B) She is searching through her bag.
(C) She is removing her jacket from a bag.
(D) She is packing supplies into a box.

(A) 她正站在指示牌的附近。
(B) 她正在仔細翻找她的包包。
(C) 她正把包包裡的夾克拿出來。
(D) 她正把用品裝進箱子裡。

解析 本題為單人照片，因此請先確認照片中女子的動作和外表特徵。由照片可以看出女子圍著圍巾、肩上揹著背包、站著翻找包包內的物品。(B) 正確描寫女子翻找包包內物品這個動作，故為正確答案。

字彙 **sign** 招牌；指示牌
search through 搜遍；查遍　**remove** 移開
pack 打包；裝箱　**supplies** 日用品

4. 單人照片★★

(A) The man is putting on a tie.
(B) The man is wearing a short-sleeved shirt.
(C) The man is reviewing a document.
(D) The man is adjusting a picture frame on a table.

(A) 這位男士正在打領帶。
(B) 這位男士穿著短袖襯衫。
(C) 這位男士正在檢視文件。
(D) 這位男士正在調整桌上的相框。

解析 本題為單人照片，因此請先仔細觀察照片中人物的動作和外表特徵。請記住，選項若描寫與照片中物品相關聯的動作，通常就是答案。由照片可以看出男子穿著長袖襯衫、打著領帶，看著手中的資料。(C) 描寫男子正在檢視文件，為正確答案。

陷阱分析： 請勿因為男子有打領帶，而誤選 (A)。(A) 使用 put on 的現在進行式，表示他正在打領帶，但照片中的男子處於打好領帶的狀態，因此要使用 wear 這個動詞，而非 put on。

字彙 put on 穿(戴)上
short-sleeved shirt 短袖襯衫　review 審查
adjust 調整　picture frame 相框

02 注意發音相似的陷阱選項 P. 17

STEP 3 | 實戰測驗！

1 (C)　2 (D)　3 (C)　4 (B)

1. 單人照片★★★

(A) The man is using a sewing machine.
(B) The man is bending over a kitchen sink.
(C) The man is sawing a piece of wood.
(D) The man is selling some plants in an outdoor market.

(A) 這位男士正在使用裁縫機。
(B) 這位男士正俯身在廚房水槽的上方。
(C) 這位男士正在鋸一片木板。
(D) 這位男士正在露天市場販賣一些植物。

解析 本題為單人照片，因此請先仔細觀察照片中男子的動作、服裝、身上配件等外表特徵。由照片可以看出男子戴著眼鏡、身穿短袖上衣，動作為使用電鋸切木板。(C) 描寫男子鋸木板的動作，故為正確答案。請注意千萬不要搞混 sewing 和 sawing。

字彙 sewing machine 裁縫機
bend over 向前彎腰
kitchen sink 廚房水槽　saw 鋸
plant 植物　outdoor market 露天市集

2. 多人照片★★

(A) Chairs are stacked on top of one another.
(B) A man has a microphone in his hand.
(C) Some people are dressed for the cold weather.
(D) A man is giving an address in front of the audience.

(A) 椅子一張張堆疊在一起。
(B) 一位男士手裡拿著麥克風。
(C) 一些人穿著禦寒的衣服。
(D) 一位男士正在聽眾面前發表演說。

解析 照片中出現很多人，因此請先仔細觀察他們是否有相同的動作或外表特徵。多人照片題的答案可能會針對單一人物，或者其中一小部分人物的動作或外表特徵進行描寫，也請特別留意相關選項。由照片可以看出一名男子在麥克風前方演講，並擺出手勢，其他的人則坐在位子上拍手。(D) 正確描寫男子站在觀眾前演講，故為正確答案。

陷阱分析：由於 (C) 的 dressed 和 (D) 的 address 為相似的發音，聽到當下可能會不小心搞混。因此請從後方的介系詞片語 for the cold weather 和 in front of the audience 掌握選項的句意。

字彙 stack 堆疊
on top of one another
在彼此之上(三個或更多)
be dressed for 穿著適合……的衣物
address 演講；演說

3. 單人照片★★

(A) The man is moving some building materials.
(B) The man is putting vegetables into a plastic bag.
(C) The man is removing a loaf of bread from the oven.
(D) The man is wearing a protective helmet.

(A) 這位男士正在搬運一些建材。
(B) 這位男士正把蔬菜放進塑膠袋裡。
(C) 這位男士正從烤爐裡取出一塊麵包。
(D) 這位男士戴著工地帽。

解析 本題為單人照片，因此請先仔細觀察照片中男子的動作、服裝、身上配件等外表特徵。尤其描寫使用工具的動作通常會是答案，請務必留意相關選項。由照片可以看出男子穿著短袖上衣和圍裙，從烤爐中拿出麵包。(C) 正確描寫男子取出麵包這個動作，故為正確答案。

陷阱分析：由於 (A) 的 moving 和 (C) 的 removing 發音相似，聽到當下可能會不小心搞混。因此請從 (C) 後方連接的 a loaf of bread 和 from the oven 來確認答案。

字彙 building materials 建築材料
plastic bag 塑膠袋
remove A from B 從 B 取出 A
protective helmet 防護頭盔；工地帽

4. 風景照★★★

(A) Some buildings are reflected on the water.
(B) A ramp extends from the shore to the boat.
(C) Some boats have been secured to the dock.
(D) A lamp is installed next to the entrance.

(A) 水面上映出一些建築物的影像。
(B) 坡道從岸邊一直延伸到船邊。
(C) 有些船隻已被拴在碼頭上。
(D) 入口旁裝設了一盞燈。

解析 照片中出現船隻、岸邊和山林，因此請先確認船的位置和狀態、周邊的景色，包含山和樹木的狀態。由照片可以看到茂密的樹林、湖水和旁邊的坡道、停泊在水邊的船隻。(B) 描寫坡道延伸至船隻停泊處，故為正確答案。

陷阱分析：由於 ramp 和 lamp 的發音相似，聽到當下可能會不小心搞混。因此請從後方的介系詞片語 from the shore to the boat 和 next to the entrance 確認兩者差異並掌握選項的句意。

字彙 **be reflected on** 在……映出（影像）
ramp 坡道　**extend** 延伸　**shore** 岸
be secured to the dock 被固定在碼頭上
install 安裝　**entrance** 入口

03 分辨部分人士和全體的動作 P. 19

STEP 3 | 實戰測驗！

1 (A)　2 (B)　3 (B)　4 (C)

1. 雙人照片★★

(A) They are examining some papers.
(B) They are greeting each other.
(C) The woman is drinking some coffee from a cup.
(D) The woman is walking across the street.

(A) 他們正在檢查一些文件。
(B) 他們正在和對方打招呼。
(C) 這位女士正在喝杯子裡的咖啡。
(D) 這位女士正在過馬路。

解析 照片中出現兩個人和物品，因此請先仔細觀察兩人的共同動作、服裝、身上配件等外表特徵。同時請一併確認人物周邊物品的位置和狀態，以防選項中並未出現針對動作或外表特徵的描述。(A) 正確描寫照片中的人們正在看資料，故為正確答案。

字彙 **examine** 仔細檢查
drink A from B 從 B 喝 A；用 B 喝 A
walk across 走到對面；走過

2. 雙人照片★★★

(A) The customer is in line to pay for her purchases.
(B) The clerk is handing some change to the customer.
(C) The women are having a private talk.
(D) The women are loading some groceries into their plastic bags.

(A) 這個顧客正在排隊結帳。
(B) 這個店員正把找回的零錢遞給顧客。
(C) 女士們正在私下交談。
(D) 女士們正把一些雜貨裝進塑膠袋裡。

解析 照片中出現兩個人和物品，因此請先仔細觀察兩人的共同動作、服裝、身上配件等外表特徵。若選項中未出現共同動作的描述，請留意這兩人分別的動作和外表特徵。同時請一併確認人物周邊物品的位置和狀態，以防選項中出現針對物品的描述。(B) 正確描述店員拿零錢給顧客的動作，故為正確答案。

陷阱分析：雖然店員和顧客確實為面對面對話，但從照片中無法得知兩名女子的對話內容，(C) 表示私人對話屬主觀想法，應排除此選項。

字彙 **be in line to V** 排隊做某事
pay for 為……付錢
hand A to B 把 A 遞給 B
purchase 所購之物
have a private talk 私下談話
load A into B 把 A 裝進 B

3. 多人照片★★★

(A) A man is holding a pen.
(B) One of the women is gesturing with her hand.
(C) A man is showing people to their seats.
(D) Some people are wearing glasses.

(A) 一位男士手裡拿著一支筆。
(B) 其中一位女士正用手示意。
(C) 一位男士正在帶位。
(D) 有些人戴著眼鏡。

解析 照片中的人物超過兩人，屬於多人照片，因此請先仔細觀察他們是否有相同的動作或外表特徵，接著再確認單人或部分人士的動作和外表特徵。

選項中並未出現針對共同動作的描述，像是互相看著彼此，或是一起聊天。(B) 描寫某名女子的手勢，為正確答案。另外有兩個易混淆選項，握著筆的人應為女子，而非男子；戴眼鏡者只有男子一人，因此請一併刪除 (A) 和 (D)。

字彙 gesture with one's hand 用手做手勢
show people to their seats 替人們帶位
glasses 眼鏡

4. 多人照片★★★

(A) A woman is turning the pages of music.
(B) A crowd has gathered in the stadium.
(C) The musicians are playing on a platform.
(D) The performers are packing up their musical instruments.

(A) 一位女士正在翻樂譜。
(B) 體育場裡已聚集了一群人。
(C) 音樂家們正在台上演奏。
(D) 演奏者們正在收拾他們的樂器。

解析 照片中的人物超過兩人，屬於多人照片，因此請先仔細觀察照片中的人物們是否有相同動作或外表特徵。同時請確認單人或部分人士動作和外表特徵，以防選項中並未出現針對共同動作或外表特徵的描述。由照片可以看出有很多觀眾正在觀賞表演，舞台上則有幾名正在彈奏樂器的音樂人士。(C) 正確描寫舞台上人物的動作，故為正確答案。

字彙 platform 台；平台　crowd 人群
gather 聚集　performer 演奏者
pack up 收拾　musical instrument 樂器

04 觀察人物周邊事物的位置和狀態 P. 21

STEP 3 | 實戰測驗！

1 (A)　2 (A)　3 (C)　4 (D)

1. 雙人照片★★

(A) Some bicycles are leaning against a bench.
(B) The man is cutting the grass.
(C) Some gardening equipment has been left outside.
(D) The woman is moving a potted plant.

(A) 一些腳踏車正斜靠著長椅。
(B) 這位男士正在割草。
(C) 一些園藝用具被遺留在外面。
(D) 這位女士正在搬盆栽。

解析 照片中出現一對男女，因此請先仔細觀察兩人的共同動作、服裝、身上配件等外表特徵。同時請一併確認人物周邊事物的位置和狀態，以防選項中並未出現針對兩人動作或外表特徵的描述。由照片可以看出男女坐在長椅上，同時有兩台腳踏車靠在長椅兩側。(A) 針對腳踏車的狀態進行描寫，故為正確答案。

字彙 lean against 斜靠　cut the grass 割草
gardening equipment 園藝用具
leave 遺留；遺忘　potted plant 盆栽

2. 多人照片★★

(A) There is a trail in the forest.
(B) Leaves are being raked into piles.
(C) Fruit is being picked from a tree.
(D) Some people are climbing up to the top of the mountain.

(A) 森林裡有一條小徑。
(B) 樹葉正被耙成一堆一堆。
(C) 樹上的水果正被採摘。
(D) 一些人正在爬山登頂。

解析 照片中的人物超過兩人，因此請先仔細觀察他們是否有相同的動作、服裝、身上配件等外表特徵。請特別留意針對人物周邊事物的位置和狀態的描述，這些描述也有可能是答案。由照片可以看到人們沿著林中小徑散步，別忘了注意林中的樹木和小徑的位置。(A) 描寫林中的小徑，故為正確答案。

字彙 rake （用耙子）耙　pile 堆
climb up to 爬上；登上

3. 單人照片★★

(A) The woman is handing a bag to a customer.
(B) The woman is putting her jacket on a rack.
(C) Some clothing is on display.
(D) Some garments have been hung outside the storefront.

(A) 這位女士正把皮包遞給顧客。
(B) 這位女士正把夾克掛到架子上。
(C) 有些衣物陳列展示著。
(D) 有些衣服被掛在店面外。

解析 本題為單人照片，因此請先仔細觀察照片中女子的動作和外表特徵，同時還要確認女子周邊事物的位置和狀態。由照片可以看出女子拿著衣服打量，以及衣架上掛了一排的衣服。(C) 針對架上的衣服進行描寫，故為正確答案。

另外，(B) 的 putting her jacket on a rack 為陷阱選項，無法由照片看出掛衣服這個動作；聽到 (D)

的 garments have been hung，可能會因而誤選，但由後方的 outside the storefront，可以得知它為錯誤選項。

字彙 **hand** 傳遞　**rack** 架子；掛物架
garment 衣服　**storefront** 店面

4. 多人照片★★★

(A) All of the diners are studying the menu.
(B) The people are sitting at a round table.
(C) The women are watering the plants.
(D) Some flowers have been put in a vase.

(A) 用餐者全都在看菜單。
(B) 人們圍著圓桌而坐。
(C) 女士們在幫植物澆水。
(D) 一些花被放在花瓶裡。

解析 照片中的人物超過兩人，屬於多人照片，因此請先仔細觀察照片中的人物們是否有相同的動作或外表特徵，並確認單人或部分人士的動作和外表特徵。同時，答案可能針對人物周邊事物進行描述，因此請一併確認事物的位置和狀態。

由照片可以看出答案極有可能針對人們坐在方形桌子旁、面對面談話、一部分的人拿起杯子、桌上的餐具、插著花的花瓶，或是桌上擺著蠟燭進行描寫。(D) 描寫花瓶中的花，故為正確答案。

陷阱分析：請勿因為聽到 The people are sitting，而誤選 (B)，聽完選項後半部的副詞片語 at a round table 後，便能得知其為錯誤描述。

字彙 **diner** 用餐者　**study** 細看
round table 圓桌　**water** 給……澆水
vase 花瓶

05 熟記對事物或風景的描述方式 P. 23

STEP 3 | 實戰測驗！

1 (C)　2 (B)　3 (D)　4 (C)

1. 物件照★★

(A) Shipping containers are being lifted by a crane.
(B) The display racks have been cleared of merchandise.
(C) Many boxes are stored on multiple shelves.
(D) Some building materials are stacked on top of each other.

(A) 海運貨櫃正被起重機吊起來。
(B) 展示架上的商品已被一掃而空。
(C) 許多箱子儲放在多層架上。
(D) 有些建材上下堆疊在一起。

解析 本題為物件照，因此答案極有可能針對箱子的位置或狀態進行描寫。由照片可以看出有很多箱子擺放在架子上，(C) 即為正確的描述，故為正確答案。

字彙 **shipping container** 海運貨櫃
lift 吊起　**crane** 起重機
display rack 展示架；陳列架
be cleared of 被清除
merchandise 商品　**store** 儲藏；收存
multiple shelves 多層架
building materials 建材
be stacked 被堆疊
on top of each other 在彼此之上

2. 物件照★★★

(A) The carpet has a circular pattern.
(B) Library bookshelves have been lined up in rows.
(C) A row of lights is shining on the wall.
(D) The shelves are stocked with products for sale.

(A) 地毯有環狀圖案。
(B) 圖書館的書架成行排列。
(C) 一排燈正照亮牆面。
(D) 貨架上擺滿了待售的商品。

解析 本題為物件照，因此請仔細觀察主要事物的位置和狀態。由照片可以看出書櫃中排列整齊的書本、一排排的書櫃，以及天花板上的照明裝置。(B) 針對書櫃的排列進行描述，故為正確答案。

陷阱分析：(C) 當中的 A row of lights is shining 雖為正確的描述，但是根據照片，光線並未照射在牆上，因此請刪去此選項。

字彙 **circular pattern** 環狀圖樣
be lined up in rows 排列成行
be stocked with 備貨；填滿

3. 風景照★★★

(A) Some high buildings are lined up along the road.
(B) Water is flowing from an outdoor faucet.
(C) Some people are strolling past the body of water.
(D) The scenery is reflected on the surface of the water.

(A) 一些高樓大廈沿路並列而立。
(B) 水從室外的水龍頭流出。
(C) 一些人正漫步走過一片水域。
(D) 景色被映照在水面上。

解析 本題為風景照，請仔細觀察構成風景的事物，確認其狀態和相對位置。由照片可以看出天空中飄著雲朵、水岸旁有高樓大廈和樹木、水上有一座橋，以及水面映照出周圍的景色。(D) 描寫反射在水面上的景色，故為正確答案。

字彙 be lined up along 沿著……並排放
faucet 水龍頭　stroll 散步；閒逛
body of water 水域

4. 多人照片★★★

(A) Two women are facing each other across a counter.
(B) They are waiting for their turn in line.
(C) A group of people are standing in a circle.
(D) They are gathered for a meeting.

(A) 兩名女士正隔著櫃檯相望。
(B) 他們正排隊等著輪到自己。
(C) 一群人站成一個圓圈。
(D) 他們聚在一起開會。

解析 照片中的人物超過兩人，因此請先仔細觀察照片中的人物們是否有相同的動作或外表特徵。照片中的人物呈現特定的排列方式，也請特別留意這一點。答案極有可能針對一些人擺出某種手勢一邊對話、穿著西裝的人、人們站著圍成圓圈這幾種狀況進行描述。(C) 描寫人們站著圍成一圈，故為正確答案。

字彙 face each other 面對彼此
wait for 等候　in a circle 成圓圈
gather 聚集

06 學會分辨現在（完成）被動和現在進行被動 P. 26

STEP 3 | 實戰測驗！

1 (B)　2 (C)　3 (A)　4 (D)

1. 單人照片★★★

(A) The construction worker is wearing safety gear.
(B) Earth is being shoveled into a wheelbarrow.
(C) Construction materials are being loaded into a truck.
(D) Some wheelbarrows are being pushed across the lawn.

(A) 這個建築工人穿戴著安全裝備。
(B) 泥土正被鏟進獨輪手推車裡。
(C) 建材正被裝上卡車。
(D) 一些獨輪手推車正被推過草坪。

解析 本題為單人照片，因此請先仔細觀察照片中人物的動作、服裝和身上配件等外表特徵。尤其答案可能會針對使用工具的動作進行描述，請特別留意這一點。本張照片中，人物戴著帽子和手套，用鏟子鏟土裝進手推車中，因此與此動作相關的描述最有可能是答案。(B) 以現在進行被動式描寫人在鏟土的動作，故為正確答案。

字彙 safety gear 安全裝備　earth 泥土
shovel 鏟　wheelbarrow 獨輪手推車
construction materials 建材　load 裝貨
across the lawn 穿過草坪

2. 單人照片★★

(A) Bushes are being trimmed.
(B) A person is sweeping the ground with a broom.
(C) A lawn is being mowed.
(D) Some plants have been pulled up from the field.

(A) 灌木叢正在修剪中。
(B) 有人正在用掃帚掃地。
(C) 草坪正在除草中。
(D) 田裡有些植物已被拔起。

解析 本題為單人照片，因此請將焦點放在照片中人物的動作、服裝和身上配件等外表特徵。尤其答案可能會針對使用工具的動作進行描述，請特別留意這一點。本張照片中，人物戴著帽子和手套，使用機器除草地上的草，因此與此動作相關的描述最有可能是答案。(C) 以現在進行被動式描寫人在除草的動作，故為正確答案。

字彙 bush 灌木叢　trim 修剪　sweep 掃地
broom 掃帚　lawn 草坪；草地　mow 割草
pull up 拔起

3. 單人照片★★

(A) A table is being set out for a meal.
(B) Some round tables have been placed on the floor.
(C) Beverages are being served to some customers.
(D) Most of the chairs are occupied.

(A) 用餐的餐桌正在擺設中。
(B) 地上擺著幾張圓桌。
(C) 正在上飲料給某些客人。
(D) 大部分的椅子都有人坐。

解析 本題為以餐廳為背景的單人照片，因此請先確認照片中人物的動作、服裝和身上配件等外表特徵。若選項針對男子穿著西裝、佈置餐桌、擺放玻璃杯、餐具和紙巾進行描述，極有可能為正確答案。(A) 以現在進行被動式描寫餐桌擺設的動作，故為正確答案。

字彙 **be set out for a meal** 用餐準備
round table 圓桌　**be placed on** 被放置在
beverage 飲料　**be served to** 供應給
occupy 佔用；使用

4. 單人照片★★★

(A) The man is bending over to pick up a document.
(B) Containers are being loaded onto the airplane to export.
(C) The shelves are being restocked with merchandise.
(D) A suitcase is being removed from the conveyor belt.

(A) 這位男士正彎腰撿起文件。
(B) 貨櫃正被裝上飛機準備出口。
(C) 貨架正在補貨中。
(D) 輸送帶上的手提箱正被取下。

解析 本題為單人照片，因此請先確認照片中人物的動作、服裝和身上配件等外表特徵。照片中的人物身穿背心，並從輸送帶上拿下行李，同時輸送帶上擺放著許多件行李。若選項針對搬運行李、箱子或家具進行描述，可能會是答案，請特別留意。(D) 以現在進行被動式描寫從輸送帶上取下行李的動作，故為正確答案。

字彙 **bend over** 彎腰；俯身　**pick up** 撿起
container 貨櫃　**shelf** 架子
restock 再裝滿；補貨　**merchandise** 商品
suitcase 小型行李箱；手提箱

07 熟記高難度單字和用法 ① P. 30

STEP 3 | 實戰測驗！

1 (B)　2 (D)　3 (C)　4 (D)

1. 多人照片★★★

(A) A boat has been pulled up on the beach.
(B) Some passengers are using a ramp to get off the boat.
(C) Some boats have been taken out on the water.
(D) Most of the people are standing on the deck of the boat.

(A) 船隻已被拖到海灘上。
(B) 一些乘客正在使用坡道下船。
(C) 一些船隻已被拖出浮在水面上。
(D) 大部分的人站在船的甲板上。

解析 照片中的人物超過兩人，因此請先觀察人們的共同動作、船的狀態和位置，答案很可能會針對這幾點進行描述。由照片可以看出有一些乘客正在下船，而船停靠在岸邊。(B) 針對乘客沿著坡道下船的動作進行描寫，故為正確答案。有一點要注意的是，雖然 (C) 正確描寫出船隻浮在水面上的狀態，但船隻數量與照片不符，因此不能選此選項。

字彙 **be pulled up** 被拉上來
passenger 乘客　**ramp** 坡道
get off the boat 下船　**deck** 甲板

2. 物件照★★

(A) The street is under construction.
(B) Some vehicles have stopped at a service station.
(C) One of the construction workers is operating heavy machinery.
(D) Earth-moving machines have been left at the construction site.

(A) 這條街道正在施工中。
(B) 一些車輛停在維修站。
(C) 其中一名營建工人正在操作重型機具。
(D) 推土機被留在工地現場。

解析 本題為具代表性的物件照，照片重點為重型機具，因此請將焦點放在重型機具的狀態和位置上。由照片可以看出重型機具停放在施工現場，以及其排列位置。(D) 正確描寫出數台挖土機被留在施工現場，故為正確答案。從照片並無法看出施工地點是否為道路，車輛停放的地方也不是加油站，且照片中並未出現任何人物，因此 (A)、(B)、(C) 皆不是答案。

字彙 **be under construction** 施工中
service station 加油站；服務站
heavy machinery 重型機械
earth-moving machine 推土機
be left at 被遺留在
construction site 工地現場

3. 單人照片★★★

(A) The entryway is being cleaned.
(B) The road runs past some buildings.
(C) A person is smoothing the road surface.
(D) Gravel is being dumped on the construction site.

(A) 入口通道正在清理中。
(B) 這條路會經過某些大樓。
(C) 有人正在整平路面。
(D) 砂礫正被傾倒在工地上。

解析 本題為單人照片，因此請先仔細觀察人物的動作、重型機具的狀態，以及道路和周邊環境。若選項針對人物使用機具壓平路面、道路蜿蜒的狀態，或路旁眾多的樹木進行描寫，極有可能為正確答案。

值得注意的是，若選項特別描寫出人物使用工具或裝備完成動作，通常就是答案。(C) 正確描寫出人物正在壓平路面的動作，故為正確答案。另外，由於無法判斷道路的入口處在哪裡，加上路旁沒有任何的建築物或小石子，因此可以刪去 (A)、(B)、(D) 三個選項。

字彙 entryway 入口通道
smooth the road surface 整平路面
gravel 砂礫　dump 傾倒

4. 單人照片★★★

(A) The man is dressed casually.
(B) The man is walking by a row of conference rooms.
(C) The man is carrying a backpack.
(D) The man is rolling his suitcase down the pavement.

(A) 這位男士穿著隨意。
(B) 這位男士正走過一排會議室。
(C) 這位男士正揹著背包。
(D) 這位男士正拉著行李箱走在路上。

解析 本題為典型的單人照片，因此解題關鍵在於確認照片中男子的動作、穿著、身上配件等外表特徵。由照片可以看出男子打著領帶、身穿西裝、拉著行李箱走在路上。值得注意的是，若選項特別描寫出人物使用工具或裝備完成動作，通常就是答案。(D) 描寫男子拉著行李箱步行在走道上，故為正確答案。

字彙 be dressed casually 穿著隨意
a row of 一排　conference room 會議室
backpack 背包　roll 滾動
suitcase 小型行李箱；手提箱
pavement 鋪過的道路

08 熟記高難度單字和用法 ②

P. 33

STEP 3 | 實戰測驗！

1 (D)　2 (C)　3 (D)　4 (B)

1. 雙人照片★★★

(A) A woman is drinking some bottled water.
(B) Two women are seated across the table from each other.
(C) Some people are enjoying the view of the ocean.
(D) A patio is overlooking the water.

(A) 一位女士正在喝瓶裝水。
(B) 兩位女士正隔著桌子相對而坐。
(C) 一些人正在欣賞海景。
(D) 從露台可眺望大海。

解析 雖然本題為雙人照片，但是除了照片中的那兩個人之外，也要仔細觀察他們身旁的景象。若選項針對天空中的雲朵、位於海邊的戶外露台、並肩而坐的兩人（sitting next to each other）或是設置於露台周邊的欄杆（railing）進行描寫，通常會是答案。(D) 描寫出從露台上可以眺望大海，故為正確答案。

陷阱分析：雖然照片中的風景相當美麗，但是切勿隨意加入主觀判斷，認定照片中的人正在欣賞風景。當選項針對人物的想法進行推測時，由於無法判斷正確與否，必須視為錯誤描述，刪去該選項。

字彙 bottled water 瓶裝水
be seated 坐著；就坐　overlook 眺望；俯
patio 露台；平台

2. 風景照★★★

(A) Several cars are waiting for the traffic light to change.
(B) Construction workers are repaving a street.
(C) Some cars are parked by a sidewalk.
(D) Air is being put in the tires of a car.

(A) 有幾輛車正在等紅綠燈變換燈號。
(B) 營建工人正在重新鋪設街道。
(C) 一些車停在人行道旁。
(D) 汽車的輪胎正在打氣中。

解析 本題屬於風景照，因此請先仔細觀察照片中重點事物的位置和狀態。若選項針對道路的狀態、沿著人行道停放的一排車輛、人行道旁的樹木，或停放在建築物旁的車輛進行描寫，通常會是答案。(C) 描寫出車輛停放在人行道旁，故為正確答案。

字彙 wait for 等候 repave 重新鋪面
sidewalk 人行道 put in 把……放進

3. 單人照片★★★

(A) The woman is opening the lid of a large kettle.
(B) The woman is holding a vase with flowers in it.
(C) The woman is raking the leaves on the ground.
(D) The woman is grasping a watering can with her hands.

(A) 這位女士正把大水壺的蓋子打開。
(B) 這位女士正拿著插著花的花瓶。
(C) 這位女士正耙著地上的樹葉。
(D) 這位女士正雙手緊握著灑水壺。

解析 本題為單人照片，因此請先仔細觀察人物的動作和外表特徵。接著也請一併確認周邊事物的狀態和位置，相關描述皆可能是答案。由照片可以看出身穿短袖上衣的女子，手拿澆水壺為花草澆水，她身旁的窗戶皆為開啟狀態，還可以看到窗邊的花壇。值得注意的是，若選項特別描寫出人物使用工具或裝備完成動作，通常就是答案。(D) 描寫女子手拿澆水壺的動作，故為正確答案。

字彙 lid 蓋子 kettle 水壺 rake 用耙子耙
grasp 握緊；抓住
watering can (= sprinkling can)
灑水壺；噴水壺

4. 風景照★★★

(A) Some gardeners are trimming tree branches.
(B) There are some striped awnings over the house's front windows.
(C) Some chairs have been situated on the lawn.
(D) Plants are being sprinkled with a hose.

(A) 一些園丁正在修剪樹枝。
(B) 屋前的窗戶上方有條紋圖案的遮雨篷。
(C) 幾把椅子已被放置於草地上。
(D) 植物正以水管澆灌。

解析 本題屬於風景照，照片中並未出現任何人物，因此請仔細觀察照片中構成風景的主要事物，包含其位置、狀態和排列方式。若選項針對住宅二樓的陽台、住宅周邊的草地和樹林、樹木形成的影子、擺放在住宅周邊的桌椅或是覆蓋在房子前的大型條紋遮雨棚進行描寫，極有可能為正確答案。(B) 描寫覆蓋在窗戶的條紋遮雨棚，故為正確答案。

字彙 trim 修剪 branch 樹枝 striped 條紋的
awning 遮陽篷；雨篷 front window 前窗
sprinkle 灑 hose 水管；軟管

PART 2

01 留意間接回答和婉轉答覆 P. 37

STEP 3 | 實戰測驗！

1 (C)	2 (A)	3 (A)	4 (B)	5 (C)
6 (B)	7 (C)	8 (A)	9 (A)	10 (B)

1. 一般問句★★★

Do you happen to know the combination to open this digital lock?
(A) Please close the door.
(B) Yes, he'll come back for it this afternoon.
(C) Perhaps Mr. Ryan can tell you.

你會碰巧知道打開這個數字鎖的密碼嗎？
(A) 請關門。
(B) 是的，他今天下午會回來拿。
(C) 也許賴恩先生可以告訴妳。

解析 本題為一般問句，詢問對方是否知道電子鎖的密碼。(C) 採間接回答的方式，Ryan 先生會告訴妳，表示自己也不太清楚，故為正確答案。(A) 使用 open 的反義詞 close，且與 lock 有關，為陷阱選項。(B) 使用人稱代名詞 he，但問句中並未提及此人，因此並非答案。

字彙 happen to V 碰巧 combination 密碼組合
digital lock 數字鎖

2. Where 問句★★

Where will the vice president stay when she goes to Hamburg?
(A) Why don't you ask her secretary about that.
(B) Yes, I'll be right back with you.
(C) Next week, I think.

副總裁去漢堡時會住在哪裡？
(A) 你何不問問她的秘書。
(B) 是的，我馬上回來。
(C) 我想是下星期吧。

解析 本題為以 Where 開頭的問句，詢問副總裁在漢堡入住的地點。(A) 採間接回答的方式，要求對方詢問副總裁的秘書，表示自己並不知情，故為正確答案。(B) Wh- 問句不能使用 Yes 回答。(C) 提及時間點，適合搭配以 When 開頭的問句，因此也不是答案。

字彙 **vice president** 副董事長；副總裁；副校長
secretary 秘書

3. Who 問句★★

Who's going to lead the factory tour?
(A) Actually, I have no idea.
(B) An hour from now.
(C) He's our new plant manager.

誰會帶領參觀工廠？
(A) 事實上，我不知道。
(B) 從現在起的一個小時後。
(C) 他是我們的新廠長。

解析 本題為以 Who 開頭的問句，詢問由誰負責帶領參觀工廠。(A) 採間接回答的方式，表示自己不知道，故為正確答案。(B) 提出時間為一小時之後，應搭配以 When 開頭的問句較為適當，因此並非答案。(C) 使用人稱代名詞 he，但問句中並未提及此人；且故意使用與問句中的 factory 有關的詞彙：plant manager（廠長），並非答案。

字彙 **lead** 帶領　**factory tour** 參觀工廠；工廠導覽
plant manager 廠長

4. Which 問句★★★

Which logo design should be sent to the printer?
(A) Yes, I think it's very impressive.
(B) That hasn't been decided yet.
(C) We sent it by express mail.

應該將哪個商標設計寄給印刷廠？
(A) 是的，我認為這令人非常印象深刻。
(B) 還沒決定好。
(C) 我們以快捷郵件寄出。

解析 本題為以 Which 開頭的問句，詢問要寄送哪一個商標設計給印刷廠。(B) 表示尚未決定，故為正確答案。(A) Wh- 問句不適合以 Yes 回答。(C) 重複使用問句中的 sent，並提及相關詞彙：express mail（快捷郵件），僅屬於配送方式，並非答案。

字彙 **printer** 印刷廠　**impressive** 令人印象深刻的
express mail 快捷郵件

5. 一般問句★★★

Would you be able to e-mail me the financial charts?
(A) The company is financially sound.
(B) Yes, I need a shopping cart.
(C) When do you need them by?

你可以把財務圖表以電子郵件寄給我嗎？
(A) 該公司的財務很穩健。
(B) 是的，我需要一台購物車。
(C) 你什麼時候要？

解析 本題為一般問句，詢問對方是否能將財務報表用電子郵件寄給自己。(C) 反問對方需要資料的確切時間，向對方要求額外的資訊，故為正確答案。(A) 故意使用 financially，僅與問句中 financial 的發音相似，為陷阱選項。(B) 回答 Yes，表示會寄給對方，但是後方提到購物車，答非所問；且此處的 cart，與問句中 chart 的發音相似，亦為陷阱選項。

字彙 **chart** 圖表
be financially sound 財力雄厚；財務狀況良好
shopping cart 購物車

6. Where 問句★★★

Where would you like to go for your summer vacation?
(A) I went to Sydney last summer.
(B) I'll let you know later.
(C) I'm saving some money now.

暑假你打算去哪裡度假？
(A) 我去年夏天去雪梨。
(B) 我稍後告訴你。
(C) 我現在正在存錢。

解析 本題為以 Where 開頭的問句，詢問對方暑假打算前往的地點。(B) 採間接回答的方式，並未直接告知地點，而是表示之後再告訴對方，故為正確答案。(A) 雖然回答了具體地點 Sydney，但卻是去年造訪的地方；Where 問句經常會搭配這種陷阱選項。(C) 表示正在存錢，saving up some money 僅與問句中 vacation 有所關聯，為陷阱選項。

字彙 **save** 存錢；儲存

7. 一般問句★★

Is that movie showing yet?
(A) No, I can show you how.
(B) Please move it over there.
(C) I have no idea.

那部電影上映了嗎？
(A) 不，我可以教你怎麼做。
(B) 請把它搬過去那裡。
(C) 我不知道。

解析 本題為一般問句，詢問電影是否已經上映。(C) 表示自己不知道，故為正確答案。(A) 回答 No，表示還未上映，但後方的附加説明答非所問；且 show 僅與問句中 showing 的發音相似，屬於陷阱選項。(B) 故意使用 move，僅與問句中 movie 的發音相似，亦為陷阱選項；且要求對方搬東西至別處，應搭配以 Where 開頭的問句較為適當，因此也不是答案。

字彙 show 放映；播出
over there 在那裡；在那邊

8. 選擇疑問句★★
Would you rather eat in or out?
(A) It's up to you.
(B) That was a nice meal.
(C) No, it's a leather jacket.

你比較想內用還是外帶？
(A) 給你決定。
(B) 那頓飯很好吃。
(C) 不，這是件皮夾克。

解析 本題為選擇疑問句，詢問對方要在餐廳內用餐還是外帶。(A) 採間接回答的方式，請對方選擇，等於把選擇權交給對方，故為正確答案。(B) 表示餐點很棒，選項故意使用 meal，僅與問句中 eat 有所關聯，屬於陷阱選項。(C) 使用 No 回答，表示否定；但當問句為選擇疑問句時，以 Yes 或 No 回答通常都不正確，因此請刪去此選項。

字彙 meal 一餐；餐點 leather jacket 皮夾克

9. What 問句
What would you like to order for lunch?
(A) Well, I haven't decided yet.
(B) We will launch a new product tomorrow.
(C) Yes, it was very delicious.

妳午餐想要點什麼？
(A) 嗯，我還沒想好。
(B) 我們明天會推出一款新產品。
(C) 對，非常好吃。

解析 本題為以 What 開頭的問句，詢問對方午餐要點什麼。(A) 表示尚未決定，故為正確答案。(B) 回答明天新產品上市，答非所問；且選項故意使用 launch，與問句中 lunch 的發音相似，屬於陷阱選項。(C) Wh- 問句不能使用 Yes 回答，因此並非答案。

字彙 order 點餐 launch 推出；發表

10. 一般問句★★★
Is there a local charity event at the community center tonight?
(A) Thanks to your donation.
(B) Let me check the schedule.
(C) Yes, it has been canceled.

今晚社區活動中心有地方慈善活動嗎？
(A) 感謝您的捐贈。
(B) 讓我看看日程表。
(C) 是的，已經被取消了。

解析 本題為一般問句，詢問今晚在社區活動中心是否會舉辦慈善活動。(B) 採間接回答的方式，表示要確認日程，等於自己並不確定，故為正確答案。(A) 故意使用 donation，僅與問句中 charity event（慈善活動）有所關聯，屬於陷阱選項。(C) 回答 Yes，表示今晚在社區活動中心會舉辦慈善活動，但後方的附加説明提到活動已取消，兩者相互矛盾，因此並非答案。

字彙 charity event 慈善活動
community center 社區活動中心
donation 捐贈；捐款

02 留意 When 問句的高難度回答方式
P. 39

STEP 3 | 實戰測驗！

1 (B) 2 (A) 3 (C) 4 (B) 5 (C)
6 (B) 7 (A) 8 (C) 9 (A) 10 (C)

1. When 問句★★★
When can we start selling the new desktop computer?
(A) Yes, this is a bestselling computer.
(B) Right after the sales director approves it.
(C) I think it's on your desk.

我們什麼時候才會開始販售新的桌上型電腦？
(A) 是的，這款電腦很暢銷。
(B) 等銷售總監批准後。
(C) 我想是在你的桌上。

解析 本題為以 When 開頭的問句，詢問販售新桌上型電腦的時間點。(B) 表示時間點為銷售總監批准後，故為正確答案。(A) Wh- 問句不適合用 Yes 回答，因此不是答案。(C) 故意重複使用問句中的 desk，屬於陷阱選項。

字彙 bestselling 暢銷的　approve 批准；核准

2. When 問句★★

When is Valerie's marketing presentation to management?

(A) Not before Friday.

(B) In the boardroom.

(C) I can manage it myself.

瓦萊麗何時要向管理高層做行銷報告？

(A) 要到星期五之後。

(B) 在董事會會議室。

(C) 我可以自行處理。

解析 本題為以 When 開頭的問句，詢問 Valerie 何時進行行銷報告。(A) 回答出具體的時間點在星期五以後，故為正確答案。(B) 表示在董事會會議室，應搭配以 Where 開頭的問句較為適當。(C) 故意使用 manage，與問句中 management 的發音相似，屬於陷阱選項。

字彙 management 管理階層
boardroom 會議室　manage 處理

3. When 問句★★★

When will the personnel manager add a new employee to our department?

(A) It's located on the second floor.

(B) I think her work experience is really impressive.

(C) When he finds someone who's qualified.

人事經理何時會為本部門增聘新員工？

(A) 位於二樓。

(B) 我認為她的資歷實在很出色。

(C) 等他找到符合資格的人選。

解析 本題為以 When 開頭的問句，詢問人事部經理何時會補充新的人力。(C) 表示待他找到合格的人選，故為正確答案。(A) 表示位置在二樓，應搭配以 Where 開頭的問句較為適當。(B) 使用 work experience（工作經驗），僅與問句中 personnel manager 和 new employee 有所關聯，屬於陷阱選項。

字彙 personnel manager 人事經理
add A to B 把 A 加進 B；在 B 添加 A
department 部門　be located on 位於
work experience 工作經歷；資歷
impressive 令人印象深刻的；了不起的
qualified 合格的；勝任的

4. When 問句★★★

When are you leaving the office today?

(A) Last night around 8 P.M.

(B) As soon as I finish this sales report.

(C) Yes, she left a memo for you.

你今天要幾點下班？

(A) 昨晚八點左右。

(B) 等我一做完這份業務報表。

(C) 是的，她有留言給你。

解析 本題為以 When 開頭的問句，詢問對方今天下班的時間。(B) 表示完成業務報表後就會下班，故為正確答案。(A) 回答昨晚八點，屬於過去的時間點，並非未來的時間點，因此不是答案。(C) Wh- 問句不能以 Yes 回答，且選項故意使用 left，為 leaving 的衍伸詞彙，屬於陷阱選項。

陷阱分析：請特別留意 (A)，若漏聽 Last night，只聽到晚上八點的話，很可能會選錯答案。

字彙 leave the office 離開辦公室；下班
leave a memo 留便條紙；留言

5. When 問句★★

When will the new airport construction be completed?

(A) I'll take two days off next week.

(B) To go to New York.

(C) Not for another month.

新機場的興建工程何時竣工？

(A) 我下週要休兩天假。

(B) 為了去紐約。

(C) 還要再一個月。

解析 本題為以 When 開頭的問句，詢問新機場完工的時間點。(C) 表示一個月之後，故為正確答案。(A) 故意使用 take off，與問句中 airport 有所關聯，屬於陷阱選項。(B) 回答為了去紐約，應搭配以 Why 開頭的問句較為適當，因此也不是答案。

陷阱分析：請特別留意 (A)，切勿因為聽到 next week，就急著選答案。此處使用的 take，並非「花費……（時間）」的意思，後方還有 off，因此意思應為「休假」。

字彙 take off 休假

6. When 問句★★

When is the deadline for applications?

(A) Tomorrow would be better.
(B) Sorry. I have no idea.
(C) I finished the work a week ahead of the deadline.

申請的截止日期是什麼時候？

(A) 明天會比較好。
(B) 抱歉，我不知道。
(C) 我在截止日的前一週就完工了。

解析 本題為以 When 開頭的問句，詢問申請書的繳交截止時間。(B) 回答自己不知道，故為正確答案。(A) 回答明天比較好，應搭配選擇疑問句較為適當；由於沒有回答出截止時間，因此並非答案。(C) 的重點不在於截止時間，而是表達自己在一週前就完成了工作；且重複使用 deadline，屬於陷阱選項。

字彙 **deadline** 截止日期；最後期限
a week ahead of the deadline 在截止日的前一週

7. When 問句★★

When do you plan to leave the office today?

(A) Around six. And you?
(B) I will see you there.
(C) It is just around the corner.

你今天打算什麼時候下班？

(A) 大概六點吧，妳呢？
(B) 到時那裡見。
(C) 就在角落那裡。

解析 本題為以 When 開頭的問句，詢問下班時間。(A) 回答約在傍晚六點下班，並反問對方何時下班，故為正確答案；請記住，若選項為反問句，有高達 80% 的機率為正確答案。(B) 回答在那個地方見，答非所問，因此不是答案。(C) 表示位置在角落，應搭配以 Where 開頭的問句較為適當，因此也不是答案。

字彙 **around the corner** 在街角；在附近

8. When 問句★★

When did Mr. Finley ask for a computer upgrade?

(A) In about two hours.
(B) I think it's a little expensive.
(C) Sometime last week.

芬利先生是何時要求升級電腦的？

(A) 大約兩小時後。
(B) 我覺得有點貴。
(C) 上星期的某個時候。

解析 本題為以 When 開頭的問句，詢問 Finley 先生先前在什麼時候要求升級電腦。(C) 表示上週某個時候，故為正確答案。(A) 表示兩個小時後，符合以 When 開頭問句的答案，但是問句詢問的是過去的時間，因此不能以未來的時間當作答案。(B) 回答有點貴，是針對價格或費用的看法；且當中使用 expensive，與問句中 upgrade 有所關聯，屬於陷阱選項。

字彙 **ask for** 要求　**upgrade** 升級

9. When 問句★★★

When will Ms. Valentine go to the trade fair in Chicago?

(A) You should ask Mr. Western about that.
(B) Chicago is a nice place to live.
(C) I don't think it's fair enough.

瓦倫丁女士什麼時候會參加芝加哥的貿易展？

(A) 這你得問魏斯特先生。
(B) 芝加哥是個適合居住的好地方。
(C) 我認為這不怎麼公平。

解析 本題為以 When 開頭的問句，詢問 Valentine 小姐前往芝加哥的時間。(A) 採間接回答的方式，請對方詢問 Western 先生，表示自己不知道，故為正確答案。(B) 的回答與 Valentine 小姐前往芝加哥的時間無關，僅重複使用問句中的地名 Chicago，屬於陷阱選項。(C) 也是答非所問，且重複使用問句中的 fair，也屬於陷阱選項。

字彙 **trade fair** 貿易展　**fair** 公平的；合理的

10. When 問句★★★

When does the accounting seminar begin today?

(A) It'll cost about 200 dollars.
(B) In the seminar room.
(C) It's written on your pamphlet.

今天的會計研討會何時開始？

(A) 大約要兩百美元。
(B) 在研討室。
(C) 都寫在你的手冊上。

解析 本題為以 When 開頭的問句，詢問會計研討會的時間。(C) 採間接回答的方式，表示自己不清楚確切的時間，請對方看手冊確認，故為正確答案。(A) 回答約為兩百美元，與 When 問句無關；且使用 200 dollars，與問句中 accounting 有所關聯，應屬於陷阱選項。(B) 提到地點在研討室，應搭配以 Where 開頭的問句較為適當。

字彙 accounting 會計　seminar 研討會
cost 花費；價錢為……

03 熟悉 Where 問句的回答中提及人名

P. 41

STEP 3 | 實戰測驗！

1 (A)	2 (B)	3 (C)	4 (A)	5 (C)
6 (C)	7 (A)	8 (B)	9 (B)	10 (C)

1. Where 問句★★★

Do you know where the file cabinet key is?
(A) Actually, it has no lock.
(B) I left my car keys at the office.
(C) Sometime next week.

你知道檔案櫃的鑰匙在哪裡嗎？
(A) 事實上，它沒有鎖。
(B) 我把車鑰匙忘在辦公室裡了。
(C) 下星期的某個時候。

解析 本題為以 Where 開頭的問句，詢問檔案櫃鑰匙的位置。(A) 回答檔案櫃沒有鎖，故為正確答案。(B) 故意重複使用問句中的 key，屬於陷阱選項；且回答與鑰匙位置無關。(C) 提到下週某個時間，應搭配以 When 開頭的問句較為適當，因此請刪去此選項。

字彙 file cabinet 檔案櫃　lock 鎖

2. Where 問句★★★

Where is the attendance list for the company's 20th anniversary celebration?
(A) No admission fee is required.
(B) I think Ms. Winston has it.
(C) Yes, I'd like to reserve a table for dinner.

參加公司二十週年慶祝會的出席名單在那裡？
(A) 不需要入場費。
(B) 我想是在溫斯頓女士手上。
(C) 是的，我想要預訂一張晚餐的桌位。

解析 本題為以 Where 開頭的問句，詢問參加公司二十週年紀念活動的賓客名單放在哪裡。(B) 回答在 Winston 小姐手上，故為正確答案。(A) 故意使用 admission fee（入場費），與問句中的 attendance 有所關聯，屬於陷阱選項。(C) Wh- 問句不適合以 Yes 回答，因此不是答案。

字彙 attendance list 出席名單
anniversary 週年紀念日
reserve 預約；預訂

3. Where 問句★★★

Where can I rent a car for my business trip?
(A) A typical rental agreement is for one year.
(B) It's more energy efficient.
(C) Ms. Collins might know.

哪裡可以租到出差用的車？
(A) 租賃契約通常為期一年。
(B) 它更節能。
(C) 柯林斯女士或許會知道。

解析 本題為以 Where 開頭的問句，詢問租車的地點。(C) 採間接回答的方式，表示 Collins 小姐可能知道，代表自己不太清楚，故為正確答案。(A) 故意使用問句中 rent 的衍伸詞 rental，屬於發音相似的陷阱選項。(B) 故意使用 energy efficient（節省能源的），僅與問句中的 car 有所關聯，亦為陷阱選項。

字彙 rent a car 租車
business trip 商務旅行；出差
typical 典型的；有代表性的
energy efficient 節能

4. Where 問句★★★

Where can I get a copy of last quarter's marketing report?
(A) The marketing manager can get you one.
(B) No, we need two copies.
(C) I will have a cup of coffee, please.

我可以在哪裡拿到上一季的行銷報告副本？
(A) 行銷經理可以幫你拿一份。
(B) 不，我們需要兩份。
(C) 請給我一杯咖啡。

解析 本題為以 Where 開頭的問句，詢問哪裡可以取得上一季的行銷報告副本。(A) 回答可以透過行銷經理取得，故為正確答案。(B) Wh- 問句不能使用 No 回答，因此並非答案。(C) 提到 coffee，與問句中 copy 的發音相似，屬於陷阱選項。

字彙 marketing report 行銷報告
copy 份；本；冊

5. Where 問句★★★

Where can I find the Personnel Department?

(A) I contacted him in person.

(B) The department store is located at 113 Regent Street.

(C) Mr. Martin will show you.

請問人事部在哪裡？

(A) 我親自跟他聯絡。

(B) 這家百貨公司位於攝政街 113 號。

(C) 馬丁先生會給你指路。

解析 本題為以 Where 開頭的問句，詢問人事部門的位置。(C) 表示 Martin 先生會幫你指路，故為正確答案。(A) 故意使用 person，與問句中 personnel 的發音相似，屬於陷阱選項。(B) 故意重複使用問句中的 department，也屬於陷阱選項；且回答答非所問，因此並非答案。

陷阱分析：(B) 所回答的位置資訊，屬於 Where 問句的直接回答方式，因此考生極有可能誤選。但是此處回答的是 department store 的位置，與人事部門無關，這一點請務必留意。

字彙 **Personnel Department** 人事部
in person 親自

6. Where 問句★★★

Where can I find our computer printing paper?

(A) Three boxes of paper.

(B) The coffee shop is close by.

(C) Why don't you ask your supervisor?

我在哪裡可以找到電腦的列印紙？

(A) 三箱紙。

(B) 咖啡店就在附近。

(C) 你何不問問你的主管？

解析 本題為以 Where 開頭的問句，詢問電腦列印紙的位置。(C) 採間接回答的方式，建議對方詢問主管，表示自己並不清楚，故為正確答案。(A) 表示有三箱紙，故意重複使用問句中的 paper，屬於陷阱選項；且此選項應搭配以 How many 開頭的問句較為適當，因此不是答案。

(B) 表示咖啡廳位在附近，應搭配以 Where 詢問咖啡廳地點的問句較為適當，與本題的問句無關；且選項中使用了 coffee，與 copy 的發音相似，而 copy 則和問句中的 printing paper 有所關聯，因此屬於陷阱選項，並非答案。

字彙 **printing paper** 影印紙
be close by 在附近

7. Where 問句★★★

Where is the new equipment supposed to be set up?

(A) I'll go and ask the plant manager.

(B) It's working fine.

(C) Last week, I think.

新設備應該要安裝在哪裡？

(A) 我去問問廠長。

(B) 它運作良好。

(C) 我想是上星期吧。

解析 本題為以 Where 開頭的問句，詢問新設備的安裝地點。(A) 採間接回答的方式，表示自己要去詢問廠長，故為正確答案。(B) 的回答與安裝地點無關，且故意使用 working fine，僅與問句中的 equipment 有所關聯，屬於陷阱選項。(C) 應搭配以 When 開頭的問句較為適當，因此也不是答案。

字彙 **equipment** 設備；器材
be supposed to V 應該……
be set up 被安裝；被設置
plant manager 工廠經理；廠長
work fine 運作良好

8. Where 問句★★★

Where did you buy the used laptop computer?

(A) Yes, it's digital.

(B) From one of my former colleagues.

(C) It's a very comfortable device.

妳是在哪裡買二手筆電的啊？

(A) 是的，是數位式的。

(B) 從我之前的同事那裡。

(C) 這是非常舒適的設備。

解析 本題為以 Where 開頭的問句，詢問購買二手筆電的地點。(B) 表示自己向前同事購買的，表明購買來源，故為正確答案。(A) Wh- 問句不適合以 No 回答，且當中使用 digital，與問句中的 computer 有所關聯，屬於陷阱選項。(C) 回答很舒適的設備，與購買地點無關；且 comfortable device 與問句中的 computer 有所關聯，亦屬於陷阱選項。

字彙 **used** 用過的；二手的
laptop computer 筆記型電腦
former colleague 前同事
comfortable 舒適的　**device** 儀器；裝置

9. Where 問句★★

Where did Ms. Wilson keep the personnel records?
(A) I'll probably wait in the lobby.
(B) Actually, I have no idea.
(C) Some personal questions.

威爾遜女士把人事紀錄放在哪裡？
(A) 我可能會去大廳等。
(B) 實際上，我不知道。
(C) 一些私人問題。

解析 本題為以 Where 開頭的問句，詢問 Wilson 小姐保管人事紀錄的地方。(B) 表示自己不知道，故為正確答案。(A) 回答自己會在大廳等候，與本題問句無關，因此不是答案。(C) 表示幾項私人的問題，同樣是答非所問；且當中使用了 personal，與問句中 personnel 的發音相似，屬於陷阱選項。

字彙 **personnel records** 人事紀錄
personal questions 個人問題；私人問題

10. Where 問句★★★

Where are the registration forms?
(A) To sign up for a course.
(B) I did it the last time.
(C) Ms. Hwang can help you.

報名表要在哪裡索取？
(A) 為了報名參加課程。
(B) 我上次就做過了。
(C) 黃小姐可以幫你。

解析 本題為以 Where 開頭的問句，詢問索取報名表的地方。(C) 採間接回答的方式，表示黃小姐會給予協助，故為正確答案。(A) 以不定詞 to V 回答，僅能搭配以 Why 開頭的問句，因此請刪去此選項。(B) 表示上次已做過，與報名表放置的位置無關；應搭配以 When 開頭詢問過去時間的問句較為適當，因此並非答案。

字彙 **registration form** 登記表；報名表
sign up for 報名參加 **course** 課程

04 熟悉 Who 問句的回答中未出現人名、職業或職稱

P. 44

STEP 3 | 實戰測驗！

1 (B)	2 (B)	3 (A)	4 (B)	5 (C)
6 (B)	7 (C)	8 (B)	9 (A)	10 (B)

1. Who 問句★★★

Who will order lunch for the construction workers?
(A) No thanks. I'm full enough.
(B) I'll do it right away.
(C) Your order will be delivered on time.

誰會幫建築工人訂午餐？
(A) 不，謝謝。我飽了。
(B) 我馬上就去做。
(C) 您的餐點將會準時送達。

解析 本題為以 Who 開頭的問句，詢問由誰負責買午餐給工人。(B) 表示自己馬上去買，故為正確答案；若使用人稱代名詞 I 或 me 回答，當下就能確認所指對象，因此可以作為 Who 問句的回答，請務必熟記這一點。(A) 應搭配一般問句，針對是否還吃得下東西回答較為適當。(C) 重複使用問句中的 order，屬於陷阱選項。

字彙 **order lunch** 訂購午餐
construction workers 建築工人
deliver 運送 **on time** 準時

2. Who 問句★★★

Who do I talk to about getting a parking permit?
(A) I don't think you can park here.
(B) Sorry. She's out for lunch now.
(C) Yes, I'll be out of the office.

我該找誰詢問領取停車許可證？
(A) 我想你不能把車停在這裡。
(B) 抱歉，她現在外出吃午餐。
(C) 是的，我將外出不在辦公室裡。

解析 本題為以 Who 開頭的問句，詢問應該向誰領取停車證。(B) 回答她外出吃午餐，表示那個人現在不在位置上，故為正確答案；此處請特別留意，回答是以人稱代名詞 She 表示不在現場的負責人。(A) 故意使用 park，僅與問句中 parking 的發音相似，屬於陷阱選項。(C) Wh- 問句不能以 Yes 回答，因此並非答案。

字彙 **parking permit** 停車許可證
be out of the office 外出不在辦公室

3. Who 問句★★★

Do you know who that delivery was for?
(A) It was for me.
(B) It's too heavy for me to lift.
(C) I sent it by a courier service.

妳知道那個包裹是要給誰的嗎？
(A) 是寄給我的。
(B) 它太重了，我抬不動。
(C) 我用快遞寄的。

解析 本題為 Who 的間接問句，詢問是寄給誰的包裹。(A) 直接表示包裹是寄給自己的，故為正確答案。(B) 故意使用 heavy 和 lift，僅與問句中的 delivery 有所關聯，屬於陷阱選項。(C) 提到郵寄方式，應搭配以 How 開頭詢問方法的問句較為適當。

字彙 **delivery** 投遞的郵件或貨物
heavy 重的 **lift** 抬起；舉起
courier service 快遞服務

4. Who 問句★★★
Who has your loan application form?
(A) I prefer to work alone.
(B) He's the one talking to the branch manager.
(C) Everybody is dressed formally.

妳的貸款申請書在誰那裡？
(A) 我偏好獨立作業。
(B) 就在那個正與分行經理談話的男士那裡。
(C) 大家都穿得很正式。

解析 本題為以 Who 開頭的問句，詢問對方的貸款申請書在誰手上。(B) 直接指出持有貸款申請表的人，回答在與分行經理談話的男士手上，故為正確答案。(A) 和 (C) 分別使用了 alone 和 formally，僅與問句中 loan 和 form 的發音相似，皆屬於陷阱選項。

字彙 **loan application form** 貸款申請書
prefer to V 寧可／偏好……
branch manager 分行經理
be dressed formally 穿著正式

5. Who 問句★★★
Who designed the model of the new laptop computer?
(A) It'll be released soon.
(B) We've already signed several contracts.
(C) He's not here at the moment.

新款筆電是誰設計的？
(A) 它即將上市。
(B) 我們已經簽了幾份合約。
(C) 他現在不在這裡。

解析 本題為以 Who 開頭的問句，詢問誰設計了新款筆記型電腦。(C) 表示設計者不在現場，故為正確答案。(A) 故意使用 release（上市），與問句中的 new laptop computer 有所關聯，屬於陷阱選項。(B) 故意使用 signed，僅與問句中 designed 的發音相似，也屬於陷阱選項。

字彙 **release** 推出；發布 **contract** 合約
at the moment 目前；現在

6. Who 問句★★★
Who's going to organize the awards ceremony?
(A) A business card organizer.
(B) Actually, that hasn't been decided yet.
(C) It'll be held in the local convention center.

誰會籌備這場頒獎典禮？
(A) 名片整理盒。
(B) 這件事其實還沒決定。
(C) 將在當地的會議中心舉辦。

解析 本題為以 Who 開頭的問句，詢問由誰負責籌備頒獎典禮。(B) 採間接回答的方式，並未直接表明由誰籌備，而是回答尚未決定，故為正確答案。(A) 故意使用 organizer，與問句中 organize 的發音相似，屬於陷阱選項。(C) 應搭配以 Where 開頭的問句較為適當。

字彙 **organize** 籌辦；主辦
business card organizer 名片整理盒

7. Who 問句★★★
Who's responsible for reviewing the final draft?
(A) I've already submitted the first draft.
(B) John can work that day.
(C) You should ask Mr. Clinton.

誰負責審查最終定稿？
(A) 我已經繳交了初稿。
(B) 約翰那天可以上班。
(C) 你應該問柯林頓先生。

解析 本題為以 Who 開頭的問句，詢問由誰擔任最終審查的負責人。(C) 採間接回答的方式，請對方詢問 Clinton 先生，表示自己不太清楚，故為正確答案。(A) 重複使用問句中的 draft，屬於陷阱選項；且回答答非所問，因此不是答案。(B) 雖然提到人名 John，但指的是他可以上班，與問句無關。加入人名回答的方式為常見的陷阱選項。

字彙 **be responsible for** 為……負責
review 審查 **final draft** 最終的定稿

8. Who 問句★★★

Who should I talk to about my weekly paycheck?

(A) After I receive your payment.

(B) I can take you to his office.

(C) Please sign here.

我應該找誰談週薪的問題？

(A) 等我收到你的款項後。

(B) 我可以帶你去他的辦公室。

(C) 請在這裡簽名。

解析 本題為以 Who 開頭的問句，詢問應該向誰請教週薪相關事宜。(B) 採間接回答的方式，表示自己可以帶對方去負責人的辦公室，故為正確答案。(A) 表示要等到收到對方的款項之後，應搭配以 When 開頭的問句較為適當；加上此回答取出問句 paycheck 中的 pay 使用，屬於陷阱選項，並非答案。(C) 請對方在此簽名，應搭配以 Where 開頭詢問簽名位置的問句較為適當。

字彙 **weekly paycheck** 週薪；每週的工資
take A to B 帶 A 到 B　**sign** 簽名

9. Who 問句★★★

Who's in charge of updating the inventory list?

(A) What do you want to change?

(B) It's free of charge.

(C) No thanks. It's already been done.

誰負責更新庫存清單？

(A) 你想要改什麼？

(B) 它是免費的。

(C) 不，謝了。已經做好了。

解析 本題為以 Who 開頭的問句，詢問由誰負責更新庫存清單。(A) 向提問者反問有什麼想要更新的地方，故為正確答案；請記住，若選項為反問句，有高達 80% 的機率為正確答案。(B) 表示為免費，與 Wh- 問句詢問的內容無關；加上當中重複使用問句中的 charge，屬於陷阱選項。(C) 若針對對方的提案或建議表示拒絕，才會回答 No thanks，因此並非答案。

字彙 **be in charge of** 負責；掌管
inventory list 庫存清單
free of charge 免費

10. Who 問句★★★

Who's leading the new car design project?

(A) By the end of this month.

(B) We're still deciding.

(C) It will become a leading company.

誰負責領導新車的設計案？

(A) 月底前。

(B) 我們還在決議中。

(C) 它將成為龍頭企業。

解析 本題為以 Who 開頭的問句，詢問由誰負責領導新車設計企畫。(B) 採間接回答的方式，表示仍在決定當中，以結果而論回答者自己也不太清楚，故為正確答案。(A) 回答時間為這個月底前，應搭配以 When 開頭的問句較為適當，因此也不是答案。(C) 的回答表示某間公司會成為領先業界的公司，與 Who 問句的詢問內容無關；加上當中重複使用問句中的 leading，屬於陷阱選項，並非答案。

字彙 **leading company**
龍頭企業；領先業界的公司

05 熟悉各類 Why 問句常見的回答方式

P. 48

STEP 3 | 實戰測驗！

1 (C)	2 (B)	3 (C)	4 (C)	5 (B)
6 (C)	7 (A)	8 (B)	9 (A)	10 (C)

1. Why 問句★★★

Why were you absent from the reception yesterday?

(A) Refreshments such as snack foods and cold drinks.

(B) I am so grateful to receive the award.

(C) I thought it would be this Wednesday.

你怎麼沒有出席昨天的接待會？

(A) 茶點，像是零食和冷飲。

(B) 我很感激能獲得這個獎項。

(C) 我以為是這個星期三。

解析 本題為以 Why 開頭的問句，詢問對方昨天未參加接待會的原因。(C) 回答他以為是在本週三舉行，代表他搞錯時間，故為正確答案。(A) 和 (B) 分別使用了 refreshments 和 award，皆為與問句中 reception 有關的單字，兩者同屬於陷阱選項，皆不是答案。

字彙 **be absent from** 缺席　**reception** 接待會
refreshments 茶點　**grateful** 感激的；感謝的
receive the award 獲獎；領獎

2. Why 問句★★★

Why isn't Mr. Jordan coming to the company outing today?
(A) It'll be held in Fremont Park.
(B) He said he has other plans today.
(C) No, it was delayed until next Saturday.

為什麼喬丹先生今天不來參加員工旅遊？
(A) 將在弗雷蒙公園舉行。
(B) 他說他今天有別的計畫。
(C) 不，延到下週六了。

解析 本題為以 Why 開頭的問句，詢問 Jordan 先生今日不克前往公司活動的原因。(B) 回答他今天有其他安排，說明他無法參加的具體原因，故為正確答案。(A) 應搭配以 Where 開頭的問句較為適當。(C) Wh- 問句不適合以 No 回答，因此請直接刪去此選項。

字彙 **delay** 延期

3. Why 問句★★★

Why hasn't the elevator been repaired yet?
(A) It's been out of order for a week.
(B) The total load capacity is 2,250 kg.
(C) Actually, we have some technical problems.

電梯為什麼還沒修好？
(A) 它已經壞了一個星期了。
(B) 總載重量是 2,250 公斤。
(C) 實際上，我們有一些技術問題。

解析 本題為以 Why 開頭的問句，詢問電梯尚未修好的原因。(C) 回答還有一些技術上的問題，說明具體原因，故為正確答案。(A) 表示故障時間長達一週，應搭配以 How long 開頭的問句較為適當，因此不是答案。(B) 的回答與電梯尚未修好的原因無關；且提到載重 2250 公斤，僅與問句中的 elevator 有所關聯，並非答案。

字彙 **elevator** 電梯　**be out of order** 故障
total load capacity 總載重量
technical problems 技術問題

4. Why 問句★★★

Why was Ms. Lane late for the staff meeting?
(A) It will be held in Room 201.
(B) She's probably right.
(C) She thought that it had been canceled.

萊恩女士為什麼在員工會議上遲到？
(A) 將在 201 室舉行。
(B) 她大概是對的。
(C) 她以為會議已經取消了。

解析 本題為以 Why 開頭的問句，詢問 Lane 小姐員工會議遲到的原因。(C) 回答她以為會議已經取消了，說明具體原因，故為正確答案。(A) 表示在 201 室開會，應搭配以 Where 開頭的問句較為適當，因此不是答案。(B) 表示她是對的，與會議遲到的原因無關，因此也不是答案。

字彙 **staff meeting** 員工會議　**be held** 被舉行

5. Why 問句★★★

Why did you stop using the Bella Insurance Company?
(A) It was a good offer.
(B) I had a problem with the insurance policy.
(C) We hope you're insured.

你為什麼終止貝拉保險公司的服務？
(A) 那是一個很好的提議。
(B) 我對保單有意見。
(C) 我們希望你投保。

解析 本題為以 Why 開頭的問句，詢問終止與 Bella 保險公司合約的原因。(B) 回答保險單據有些問題，故為正確答案。(A) 表示這是一個不錯的提案，與終止合約無關，因此不是答案。(C) 希望對方投保，答非所問；且當中使用了 insured，與問句中 insurance 的發音相似，屬於陷阱選項，因此也不是答案。

字彙 **insurance** 保險　**offer** 提議；報價
insurance policy 保單　**insure** 投保；保險

6. Why 問句★★★

Why didn't some important clients renew their contracts?
(A) Yes, I'll contact them immediately.
(B) We plan to unveil brand-new products next month.
(C) Because the unit cost was too expensive.

為什麼一些重要客戶都不續約了？
(A) 是的，我會立即與他們聯繫。
(B) 我們打算在下個月推出全新的產品。
(C) 因為單價太高。

解析 本題為以 Why 開頭的問句，詢問部分重要客戶不肯續約的原因。(C) 回答因為單價過高，說明具體原因，故為正確答案。(A) 故意使用 contact，與問句中 contract 的發音相似，屬於陷阱選項；且 Wh- 問句不適合以 Yes 來回答，因此不是答案。(B) 取問句中 renew 的 new 來使用，屬於陷阱選項，因此也不是答案。

字彙 renew contact 續約
immediately 立刻；馬上
unveil （首次）推出　brand-new 全新的
unit cost 單價

7. Why 問句★★★

Why will you visit the head office in New York?
(A) To meet with the president.
(B) I think that it's a pretty nice place to live.
(C) It takes about two hours by airplane.

你為什麼要去紐約的總公司？
(A) 要去見董事長。
(B) 我認為這是個適合居住的好地方。
(C) 搭飛機大約要兩個小時的時間。

解析 本題為以 Why 開頭的問句，詢問造訪紐約總公司的原因。(A) 表示要和董事長見面，且使用了不定詞 to V 回答，為 Why 問句題型專屬的回答方式，故為正確答案。(B) 使用 nice place，僅與地名紐約有所關聯，屬於陷阱選項。(C) 提到交通時間，應搭配以 How long 開頭的問句較為適當，因此並非答案。

字彙 head office 總公司
takes about two hours 大約需要兩個小時

8. Why 問句★★

Why didn't Ms. Kelly make it to the workshop yesterday?
(A) She won't be attending.
(B) Because she came down with a cold.
(C) Yes, she was very helpful.

昨天的研討會凱利女士怎麼沒來？
(A) 她不會出席。
(B) 因為她感冒了。
(C) 是的，她幫了大忙。

解析 本題為以 Why 開頭的問句，詢問 Kelly 小姐沒有參加研討會的原因。(B) 具體說明沒有參加的理由為感冒，故為正確答案。(A) 以未來式表示她無法參加，與沒能參加的原因無關；且當中使用了 attending，與問句中的 make it to the workshop 有所關聯，屬於陷阱選項，並非答案。(C) Wh- 問句不能以 Yes 來回答，因此不是答案。

字彙 make it to 趕上；到達
come down with 染上（病）

9. Why 問句★★

Why is there so much traffic on this street?
(A) There's a big parade in town.
(B) Please look at all these cars.
(C) Shipping is free.

這條街為何交通這麼繁忙？
(A) 市區有大規模遊行。
(B) 請看看這些車。
(C) 免運費。

解析 本題為以 Why 開頭的問句，詢問路上車輛過多的原因。(A) 提出具體的原因為市區有大規模遊行活動，故為正確答案。(B) 要求對方看看這些車輛，答非所問；且當中使用了 cars，與問句中的 traffic 有所關聯，屬於陷阱選項。(C) 應搭配詢問寄送費用的問句較為適當，因此不是答案。

字彙 traffic 交通；交通量　parade 遊行
shipping 運輸

10. Why 問句★★★

Why is Ms. Bellani in such a hurry?
(A) I'll wait in the lobby.
(B) How long did that take?
(C) So she can catch the shuttle bus.

貝拉尼女士為什麼這麼匆匆忙忙的？
(A) 我會在大廳等候。
(B) 花了多久的時間？
(C) 為了搭上接駁車。

解析 本題為以 Why 開頭的問句，詢問 Bellani 女士如此匆忙的原因。(C) 提出具體原因，表示她才能順利搭上接駁車，故為正確答案。(A) 表示自己會在大廳等候。聽到此回答，可能會以為 Bellani 女士如此匆忙是因為對方正在等她，請特別小心。(B) 反問對方花了多少時間；雖然本句屬於反問句型，為答案的機率極高，但是此回答與 Bellani 小姐如此匆忙的原因無關，因此不是答案。

字彙 be in such a hurry 這麼匆忙
catch a bus 搭上巴士

06 熟悉各類 What 問句常見的回答方式 P. 52

STEP 3 | 實戰測驗！

1 (A)	2 (C)	3 (B)	4 (B)	5 (C)
6 (C)	7 (C)	8 (B)	9 (B)	10 (C)

1. What 問句★★

What's the best meal on your menu today?
(A) I recommend the steak with asparagus.
(B) Thank you, but I'm already full.
(C) I think she's one of the best chefs.

你們今天的菜單上最棒的一道菜是什麼？
(A) 我推薦牛排配蘆筍。
(B) 謝謝你，但是我已經吃飽了。
(C) 我認為她是最優秀的廚師之一。

解析 本題為以 What 開頭的問句，詢問菜單中最棒的餐點為何。(A) 推薦牛排搭配蘆筍的組合，具體表明推薦的餐點，故為正確答案。(B) 是用來拒絕對方詢問是否還要加點餐點或飲品時的話語。(C) 使用了 chef，與問句中的 meal 和 menu 有所關聯，屬於陷阱選項。

字彙 **meal** 餐點 **chef** 廚師

2. What 問句★★★

What brand of printing paper should I order?
(A) By the end of this week.
(B) Please make twenty copies.
(C) Actually, I've never ordered it before.

我應該訂什麼牌子的影印紙？
(A) 在本週結束前。
(B) 請影印 20 份。
(C) 我其實從來沒有訂過。

解析 本題為以 What 開頭的問句，詢問要訂購什麼牌子的紙張。(C) 採間接回答的方式，提到自己其實沒有訂過，代表自己並不清楚，故為正確答案。(A) 回答時間到這週為止，應搭配以 When 開頭的問句較為適當。(B) 要求對方影印 20 份，當中使用了 copies，與問句中的 printing 有所關聯，屬於陷阱選項。

字彙 **brand** 品牌 **printing paper** 影印紙；列印紙 **order** 訂購 **actually** 實際上；事實上

3. What 問句★★

What do you think about our new company logo?
(A) They're very comfortable.
(B) I think it's very stylish.
(C) No, it's newly designed.

你覺得公司的新標誌怎麼樣？
(A) 非常舒適。
(B) 我覺得相當時尚。
(C) 不是，這是新設計。

解析 本題為以 What 開頭的問句，詢問對公司新標誌的看法。(B) 回答相當時尚，表達自己的評價，故為正確答案。(A) 使用了複數代名詞 they，但是問句中並未出現相對應的複數名詞，因此不是答案。(C) Wh- 問句不適合以 No 來回答，因此不是答案。

字彙 **logo** 標誌；徽標 **stylish** 流行的；時髦的 **newly** 新近；重新

4. What 問句★★★

What time does the new software demonstration begin?
(A) Yes, it's very soft.
(B) I haven't been informed yet.
(C) They are very useful.

新軟體的示範教學幾點開始？
(A) 是的，它很柔軟。
(B) 我尚未接到通知。
(C) 它們很好用。

解析 本題為以 What time 開頭的問句，詢問軟體示範教學的時間。(B) 採間接回答的方式，表示尚未收到通知，代表自己並不知道，故為正確答案。(A) 取出問句中 software 的 soft 來使用，屬於陷阱選項。(C) 使用了複數代名詞 they，但是問句中並未出現相對應的複數名詞，因此不是答案。

字彙 **software demonstration** 軟體示範教學 **useful** 有用的；有幫助的

5. What 問句★★★

What would you like for dessert?
(A) A large number of tables and chairs.
(B) It wasn't that expensive.
(C) What would you recommend?

妳想吃什麼甜點？
(A) 大量的桌椅。
(B) 它沒有那麼貴。
(C) 你推薦什麼？

解析 本題為以 What 開頭的問句，詢問餐後甜點要吃什麼。(C) 反問對方有什麼推薦的，故為正確答案。(A) 提到數量眾多的桌椅，答非所問；且當中使用 tables 和 chairs，皆為可能出現在甜點店裡面的東西，屬於陷阱選項。(B) 回答價格不高，應搭配以 How much 開頭的問句較為適當，因此並非答案。

字彙 **dessert** 甜點
a large number of 很多的；大量的

6. What 問句★★

What is the charge to enter the natural history museum?
(A) It's very conveniently located.
(B) Well, I'll charge it.
(C) I think it costs 4 dollars.

自然歷史博物館的入場費是多少錢？
(A) 它在交通十分便利的地方。
(B) 嗯，我要用信用卡付款。
(C) 我想要四美元吧。

解析 本題為以 What 開頭的問句，詢問博物館的入場費用。(C) 回答費用為四美元，說出具體金額，故為正確答案。(A) 描述位在交通方便的地方，與入場費用無關。(B) 表示要以信用卡結帳，重複使用問句中的 charge，屬於陷阱選項。

字彙 **natural history museum** 自然歷史博物館
be conveniently located 地理位置交通便利
charge 把……記在帳上；用信用卡付款

7. What 問句★★★

What is Mr. Ryan going to do with his office while he is living in China?
(A) It's located on the fourth floor.
(B) He'll go to China for a change.
(C) I think he will sell it off.

萊恩先生住在中國的這段期間，他的辦公室要怎麼辦？
(A) 它就位於四樓。
(B) 他想去中國換個環境。
(C) 我想他會便宜賣掉。

解析 本題為以 What 開頭的問句，詢問 Ryan 先生居住中國期間，將如何處理他的辦公室。(C) 表示他應該會賣掉辦公室，說明處理方式，故為正確答案。(A) 表示位在四樓，應搭配以 Where 開頭的問句較為適當，因此不是答案。(B) 表示他打算換到中國生活，當中重複使用問句中的 China，屬於陷阱選項。

字彙 **for a change** 為了改變一下　**sell off** 廉價出售

8. What 問句★★★

What did you do with the market report?
(A) It's very impressive.
(B) I still have it.
(C) You should report it to your immediate supervisor.

你怎麼處理市場報告？
(A) 令人非常印象深刻。
(B) 還在我手上。
(C) 你應該跟你的直屬主管報告。

解析 本題為以 What 開頭的問句，詢問對方是如何處理市場報告的。(B) 表示還在自己手上，代表尚未處理，故為正確答案。(A) 使用 impressive，與問句中的 market report 有所關聯，屬於陷阱選項。(C) 重複使用問句中的 report，屬於陷阱選項；且要求對方向主管報告，與處理方式無關，因此不是答案。

字彙 **market report** 市場報告
impressive 令人印象深刻的
report to 向……報告
immediate supervisor 直屬主管

9. What 問句★★★

What should I do with my original sales receipts?
(A) We've already received a paycheck.
(B) Please give them to the head accountant.
(C) It's a three-day-long trip.

我該怎麼處理銷貨收據正本？
(A) 我們已經收到薪水支票了。
(B) 請把它們交給會計主任。
(C) 這趟出差為期三天。

解析 本題為以 What 開頭的問句，詢問該如何處理銷貨收據正本。(B) 請對方交給會計主任，提出具體的處理方式，故為正確答案。(A) 表示已收到薪資，與收據的處理方式無關；且當中使用了 received，與問句中 receipt 的發音相似，屬於陷阱選項。(C) 表示要出差三天，應搭配以 How long 開頭，詢問出差天數的問句較為適當，因此不是答案。

字彙 **receipt** 收據　**paycheck** 薪水；付薪水的支票
accountant 會計人員；會計師

10. What 問句★★★

What's the best way to reach Ms. Lane?
(A) It is raining outside.
(B) About ten miles.
(C) You can try her work number.

聯繫萊恩女士最好的方式是什麼？
(A) 外面正在下雨。
(B) 大約十英里。
(C) 你可以試著打她公司的電話。

解析 本題為以 What 開頭的問句，詢問聯絡 Lane 小姐的最佳方式。(C) 請對方打她公司電話聯繫，提出具體的聯絡方式，故為正確答案。(A) 提到天氣狀況，答非所問；且當中使用了 raining，與問句中人名 Lane 的發音相似，屬於陷阱選項。(B) 表示距離大約十英里，應搭配以 How far 開頭，詢問距離的問句較為適當，因此不是答案。

字彙 reach 和……聯繫
work number 辦公室電話號碼

07 熟悉各類 Which 問句常見的回答方式 P. 54

STEP 3 | 實戰測驗！

1 (B)	2 (B)	3 (C)	4 (A)	5 (C)
6 (A)	7 (B)	8 (C)	9 (C)	10 (A)

1. Which 問句★★

Which hiking path on Caprica Mountain is suitable for tourists?
(A) A tour can be fun and interesting.
(B) The one marked in yellow on the map of the mountain.
(C) That suit looks nice on you.

卡布里卡山上的哪條健行步道適合觀光客？
(A) 觀光可以是既好玩又有趣的。
(B) 山的地圖上以黃色標示的那條。
(C) 你穿那套西裝很好看。

解析 本題為以 Which 開頭的問句，詢問哪一條是適合觀光客登山的路線。(B) 使用代名詞 one，指出為地圖上黃色標記的路線，故為正確答案。(A) 和 (C) 分別用了 tour 和 suit，與問句中的 tourist 和 suitable 有所關聯，且發音也相似，因此兩者皆屬於陷阱選項。

字彙 hiking path 健行步道 be suitable for 適合
tourist 觀光客 mark 做記號 suit 西裝

2. Which 問句★★★

Which newspaper will our job advertisement be printed in?
(A) The plant is short of workers.
(B) We haven't decided yet.
(C) Yes, it's an interesting article.

我們的徵才廣告會刊登在哪個報紙上？
(A) 工廠缺工人。
(B) 我們還沒決定好。
(C) 對，這篇文章很有意思。

解析 本題為以 Which 開頭的問句，詢問徵才廣告會刊登在哪家報紙上。(B) 回答尚未決定，故為正確答案。(A) 和 (C) 分別用了 workers 和 article，與問句中的 job advertisement 和 newspaper 有所關聯，因此兩者皆屬於陷阱選項。

字彙 job advertisement 招聘廣告 print 登載
be short of 缺少

3. Which 問句★★★

Which hotel are you going to stay at in Berlin?
(A) The room has a great ocean view.
(B) For the seminar.
(C) Sorry. I forgot the name of the hotel.

你會住柏林的哪家飯店？
(A) 這間房有極佳的海景。
(B) 為了參加研討會。
(C) 對不起，我忘了飯店的名字。

解析 本題為以 Which 開頭的問句，詢問對方要入住柏林的哪間飯店。(C) 回答抱歉忘記飯店名稱了，故為正確答案。(A) 使用了 room 和 ocean view，僅與問句中的 hotel 有所關聯，屬於陷阱選項。(B) 表示為了要參加研討會，應搭配以 Why 開頭的問句較為適當，因此不是答案。

字彙 stay 暫住；停留 ocean view 海景

4. Which 問句★★★

Which computer did you buy for data processing and analysis?
(A) Actually, I haven't bought one yet.
(B) Sure, I can send it to you.
(C) High-tech products like mobile phones and computers.

你買了哪一種電腦來進行資料處理和分析？
(A) 我其實還沒買。
(B) 當然，我可以寄給你。
(C) 高科技產品，像是手機和電腦。

解析 本題為以 Which 開頭的問句，詢問對方買了哪種電腦用於處理和分析資料。(A) 表示自己尚未購買電腦，故為正確答案。(B) Wh- 問句不適合以 Sure 來回答，因此不能作為答案。(C) 重複使用問句中的 computer，屬於陷阱選項。

字彙 **data processing** 資料處理 **analysis** 分析
high-tech 高科技的 **product** 產品

5. Which 問句★★★

Which advertisement should we use next year?
(A) Because it's new.
(B) It was not useful.
(C) Either would be fine with me.

明年我們應該要用哪一種廣告？
(A) 因為是新的。
(B) 它沒有用。
(C) 我兩者皆可。

解析 本題為以 Which 開頭的問句，詢問明年要使用哪一種廣告。(C) 使用了 either，表示兩種都可以，故為正確答案。(A) 以 Because 開頭，應搭配以 Why 開頭的問句較為適當，因此不是答案。(B) 當中用到 useful，為問句中 use 的衍伸詞，且發音也相似，屬於陷阱選項。

字彙 **advertisement** 廣告

6. Which 問句★

Which man is the new sales director?
(A) The one in gray.
(B) He is a movie director.
(C) The newly revised contract.

哪一位男士是新上任的業務主管？
(A) 穿灰色衣服的那位。
(B) 他是電影導演。
(C) 新修訂的合約。

解析 本題為以 Which 開頭的問句，詢問哪名男士為新的業務主管。(A) 使用代名詞 one 指出為穿著灰色上衣的那位，故為正確答案。(B) 表示他是電影導演，答非所問；且故意使用問句中的 director，屬於陷阱選項。(C) 回答為修訂過的合約，同樣是答非所問；當中還使用了 newly，與問句中 new 的發音相似，一樣屬於陷阱選項。

字彙 **sales director** 業務主管；銷售總監
gray 灰色的 **movie director** 電影導演
revise 修改；修正

7. Which 問句★★

Which movie are you going to see?
(A) I'll show you to your seat.
(B) The one you recommended last week.
(C) Yes, it was very interesting.

你要看哪一部電影？
(A) 我會幫你帶位。
(B) 你上星期推薦的那部。
(C) 是的，它很有意思。

解析 本題為以 Which 開頭的問句，詢問對方要看哪部電影。(B) 使用代名詞 one 表示為對方上週推薦自己觀看的那部電影，故為正確答案。(A) 表示要為對方帶位，答非所問；且當中用了 show，與問句中的 movie 有所關聯，屬於陷阱選項。(C) Wh- 問句不適合以 Yes 來回答，加上當中使用了 interesting，與問句中的 movie 有所關聯，同樣屬於陷阱選項，因此不能作為答案。

字彙 **show A to B** 帶領 A 去 B
recommend 推薦；建議

8. Which 問句★★

Which of our company's laptop computers has been popular this year?
(A) They lowered the price this year.
(B) Yes, the new sales strategy has been very successful.
(C) The market analysis report is coming out this afternoon.

今年我們公司的哪一部筆電最受歡迎？
(A) 他們今年降低了售價。
(B) 是的，新的銷售策略非常成功。
(C) 市場分析報告今天下午會出來。

解析 本題為以 Which 開頭的問句，詢問哪一台是今年賣得最好的電腦。(C) 回答市場分析報告要到今天下午才會出爐，間接表示自己並不知道，故為正確答案。(A) 回答售價下降與提問內容無關，因此不是答案。(B) Wh- 問句不適合以 Yes 來回答，加上當中使用了 successful，與問句中的 popular 有所關聯，屬於陷阱選項。

字彙 **laptop computer** 筆記型電腦
popular 受歡迎的；流行的
lower 降低 **strategy** 策略
market analysis report 市場分析報告
come out 發表；出版

9. Which 問句★★★

Which photocopier can I use?
(A) Great photos, right?
(B) I think it is very useful.
(C) All of them except the one near the door.

我可以用哪一台影印機？
(A) 很棒的照片，對吧？
(B) 我覺得很有用。
(C) 全都可以，除了門口附近的那台。

解析 本題為以 Which 開頭的問句，詢問可以使用哪台影印機。(C) 以 All 表示除了門口那台影印機之外，其他都可以使用，故為正確答案。(A) 回答為很棒的照片，並尋求對方同意；選項又取出問句中 photocopier 的 photo 來使用，屬於陷阱選項。(B) 回答非常有用，答非所問；加上當中用了 useful，與問句中 use 的發音像似，同樣屬於陷阱選項。

字彙 **photocopier** 影印機　**photo** 照片
except 除……之外

10. Which 問句★★

Which fashion award did you receive last year?
(A) The best men's clothing design.
(B) You will be awarded a bonus.
(C) It's very stylish.

去年妳得到哪個時尚獎？
(A) 最佳男裝設計。
(B) 你將獲得獎金。
(C) 它非常新潮。

解析 本題為以 Which 開頭的問句，詢問對方去年獲頒哪一類時尚獎項。(A) 回答為最佳男裝設計獎，直接說出獎項名稱，故為正確答案。(B) 回答對方將得到獎金，故意使用 bonus，僅與問句中的 award 有所關聯，屬於陷阱選項。(C) 表示非常新潮，此處的 stylish 僅與問句中的 fashion 有所關聯，同樣屬於陷阱選項。

字彙 **fashion award** 時尚獎　**receive** 收到；得到
clothing design 服裝設計
award 給予；授予　**bonus** 獎金；紅利
stylish 時髦的；流行的

08 熟悉各類 How 問句常見的回答方式 P. 56

STEP 3 | 實戰測驗！

1 (B)	2 (B)	3 (B)	4 (B)	5 (A)
6 (C)	7 (A)	8 (C)	9 (B)	10 (C)

1. How 問句★★

How did you learn about the new job opening?
(A) I thought he did.
(B) From the job advertisement online.
(C) We might have to work overtime tonight.

你是怎麼知道有新職缺的？
(A) 我以為是他做的。
(B) 從網路上的徵人廣告。
(C) 我們今晚可能得加班。

解析 本題為以 How 開頭的問句，詢問對方如何得知新的職缺。(B) 表示自己從網路上的徵人廣告得知職缺，明確說出資訊來源，故為正確答案。(A) 提到代名詞 he，但是問句中並未出現相對應的男子，因此不是答案。(C) 表示今晚要加班；當中故意使用 work overtime，與問句中的 job 有所關聯，屬於陷阱選項。

字彙 **learn about** 得知有關……的消息
job opening 職缺
job advertisement 徵人廣告
work overtime 加班

2. How 問句★★★

How did you find all this information on our rival companies?
(A) Yes, it's really informative.
(B) I searched for it on the Internet.
(C) It is one of the most competitive industries.

你是怎麼找到競爭對手公司的這些資訊？
(A) 是的，它提供了很豐富的訊息。
(B) 我從網路上搜尋找到的。
(C) 它是最競爭的產業之一。

解析 本題為以 How 開頭的問句，詢問對方如何找到對手公司的資訊。(B) 表示自己上網搜尋找到的，明確說出資訊出處，故為正確答案。(A) Wh-問句不適合以 Yes 來回答，因此不能作為答案。(C) 故意使用 competitive，與問句中的 rival 有所關聯，屬於陷阱選項。

字彙 **rival company** 競爭對手公司
informative 提供有用訊息的
search for 搜索；尋找　**competitive** 競爭的

3. How 問句★★

How do I start the fax machine?
(A) It'll start in half an hour.
(B) Just press the black button.
(C) Five pages long.

要怎麼開啟傳真機？
(A) 會在半小時後開始。
(B) 只需按下黑色鍵即可。
(C) 五頁長。

解析 本題為以 How 開頭的問句，詢問開啟傳真機的方法。(B) 請對方按下黑色按鍵，明確說出使用方法，故為正確答案。(A) 表示半小時後開始，應搭配以 When 開頭的問句較為適當；且當中重複使用問句中的 start，屬於陷阱選項。(C) 表示有五頁，應搭配以 How many 開頭的問句較為適當，因此也不是答案。

字彙 press 按；壓　in half an hour 半小時（內）後

4. How 問句★★★

How would you like your coffee?
(A) It smells good.
(B) With sugar and no cream, please.
(C) Yes, a service fee plus tax.

你想要怎麼樣的咖啡？
(A) 它聞起來很香。
(B) 加糖，不加奶精，謝謝。
(C) 是的，服務費加上稅金。

解析 本題問句屬於「How would you like + 名詞？」的句型，詢問對方對於該名詞的喜好。(B) 回答加糖不加奶精，表達自己想要怎樣的咖啡，故為正確答案。(A) 表示聞起來很香，故意使用 smells good，僅與咖啡有所關聯，屬於陷阱選項。(C) Wh- 問句不適合使用 Yes 來回答，因此不能作為答案。

字彙 service fee 服務費

5. How 問句★★

How do you like the new branch manager?
(A) I think he's very friendly and capable.
(B) I'd like to take them out to brunch.
(C) Sorry, but we're closed.

你覺得新來的分公司經理怎麼樣？
(A) 我覺得他很友善，而且也很能幹。
(B) 我想帶他們去外面吃早午餐。
(C) 抱歉，我們關門了。

解析 本題問句屬於「How do / would you like + 名詞？」的句型，詢問對方對於該名詞的喜好程度或相關想法，也就是對方對新來的分公司經理的看法。(A) 表示新的分公司經理待人友善、能力又好，持正面看法，故為正確答案。(B) 表示要帶人去吃早午餐；此處故意使用 brunch，與問句中 branch 的發音相似，屬於陷阱選項。(C) 表示已經打烊，答非所問，因此不能作為答案。

字彙 branch manager 分公司經理
capable 能幹的　brunch 早午餐

6. How 問句★★

How did you come to work this morning?
(A) I'm sorry I'm a little late.
(B) My car won't start.
(C) I shared a taxi with Mr. Roberts.

你今天早上是怎麼來上班的？
(A) 抱歉我來晚了。
(B) 我的車發動不了。
(C) 我跟羅伯茲先生共乘計程車。

解析 本題為以 How 開頭的問句，詢問對方今天早上怎麼來上班的。(C) 回答跟 Roberts 先生一起搭計程車來，明確說出上班的交通方式，故為正確答案。(A) 表示抱歉來晚了，答非所問；且故意使用 late，與 come to work 有所關聯，屬於陷阱選項。(B) 表示自己的車子發不動，雖然此處提到了 car，看似可以當作上班的交通方式，但是車子無法發動是在表達問題所在，並非談論上班的交通方式；且 car 僅與問句中的 come to work 有所關聯，仍屬於陷阱選項。

字彙 come to work 來上班
share a taxi 共同搭乘計程車

7. How 問句★★

How did you fix the computer?
(A) I rebooted it.
(B) Can you fix me dinner?
(C) I bought it last week.

你是怎麼把電腦給修好的？
(A) 我把它重新開機了。
(B) 你能幫我搞定晚飯嗎？
(C) 我上星期買的。

解析 本題為以 How 開頭的問句，詢問對方修好電腦的方法。(A) 表示重新開機後就恢復正常了，故為正確答案。(B) 僅重複使用問句中的 fix，反問對方能否準備晚餐，與修理電腦無關，因此並非答案。(C) 表示上星期購買的，應搭配以 When 開頭的問句較為適當，因此也不是答案。

字彙 fix the computer 修理電腦
reboot 重新啟動　fix 準備（飯菜）

8. How 問句★★

How can we request more packaging supplies?
(A) I packed it myself.
(B) It's a very demanding job.
(C) Call the Property Department.

我們要怎麼才能索取更多包裝用品？
(A) 我親自打包的。
(B) 這是一份很吃力的工作。
(C) 打電話給材料部。

解析 本題為以 How 開頭的問句，詢問取得更多包裝材料的方法。(C) 請對方聯繫材料部門，明確說出方法，故為正確答案。(A) 表示已經包裝好，與取得的方法無關；且當中使用了 pack，與問句中 packaging 的發音相似，屬於陷阱選項。(B) 表示這是相當吃力的工作，僅提到工作性質，答非所問，因此也不是答案。

字彙 request 要求
packaging supplies 包裝用具　pack 打包
demanding job 要求高的工作
property department 材料部

9. How 問句★★★

How do you usually buy the high-gloss printing paper?
(A) The printer is out of ink now.
(B) Why don't you ask the personnel manager?
(C) Yes, I've received the bill.

一般都是怎麼買高光澤影印紙的？
(A) 印表機現在沒墨水了。
(B) 你何不問問人事經理？
(C) 是的，我已經收到帳單了。

解析 本題為以 How 開頭的問句，詢問購買影印紙的方式。(B) 以「Why don't . . . ?」的句型請對方詢問人事部經理，故為正確答案。(A) 表示印表機沒有墨水了，答非所問；且當中使用了 printer，與問句中 printing 的發音相似，屬於陷阱選項。(C) Wh- 問句不適合以 Yes 來回答，因此不能作為答案。

字彙 high-gloss 高光澤的
printing paper 影印紙；印刷紙
be out of ink 墨水用完了　bill 帳單

10. How 問句★★

How was your trip to Cancun last month?
(A) It's one of the biggest cities in Central America.
(B) I'll go on a business trip soon.
(C) I had a good time there.

你上個月去坎昆玩得怎麼樣？
(A) 它是中美洲數一數二的大城市。
(B) 我很快就要去出差了。
(C) 我在那兒玩得很開心。

解析 本題為以 How 開頭的問句，詢問對方上個月去坎昆旅遊的感想。(C) 表示自己度過了一段美好的時光，故為正確答案。(A) 表示它是中美洲最大的城市之一，與旅遊感想無關；此處故意使用與旅遊地坎昆有關的單字：one of the biggest cities 和 Central America，屬於陷阱選項。(B) 回答很快就要去出差，表達未來會發生的事情，與過去的旅遊無關，因此不適合作為答案；且當中重複使用了問句中的 trip，也屬於陷阱選項。

字彙 go on a business trip 出差

09 熟悉「How ＋形容詞／副詞」問句常見的回答方式 P. 58

STEP 3 | 實戰測驗！

1 (A)	2 (B)	3 (C)	4 (C)	5 (B)
6 (C)	7 (A)	8 (B)	9 (A)	10 (C)

1. How often 問句★

How often are packages delivered to the office?
(A) Once a day.
(B) It arrived here this morning.
(C) On the third floor.

包裹多常送到辦公室？
(A) 一天一次。
(B) 今天早上送達的。
(C) 在三樓。

解析 本題為以 How often 開頭的問句，詢問配送包裹至辦公室的頻率。(A) 回答一天一次，明確說出頻率，故為正確答案。(B) 表示抵達時間為今天上午，應搭配以 When 開頭的問句較為適當，因此不是答案。(C) 表示位在三樓，應搭配以 Where 開頭的問句較為適當，因此也不能作為答案。

字彙 package 包裹　deliver 遞送

2. How many 問句★★★

How many employees know the password to the computer network system?

(A) It's a seven-digit number.

(B) Almost everyone except the interns.

(C) We save our personnel records there.

多少員工知道電腦網路系統的密碼？

(A) 是七位數的號碼。

(B) 幾乎每個人，除了實習生以外。

(C) 我們把人事檔案存在那裡。

解析 本題為以 How many 開頭的問句，詢問有多少員工知道電腦網路系統的密碼。(B) 採間接回答的方式，未提到數量，而是回答除了實習生之外，所有員工都知道，故為正確答案。而 (A) 和 (C) 分別使用了 seven-digit 和 personnel records，僅與問句中的 password 和 employees 有所關聯，兩者皆屬於陷阱選項。

字彙 **password** 密碼　**except** 除……以外
intern 實習生　**save** 儲存
personnel records 人事資料

3. How long 問句★★★

How long have you been employed at our company?

(A) About 10 miles from here.

(B) We'll hire new employees next month.

(C) Since it was founded 15 years ago.

你進公司工作多久了？

(A) 離這裡大約 10 英里。

(B) 我們下個月將聘僱新員工。

(C) 自從 15 年前公司成立至今。

解析 本題為以 How long 開頭的問句，詢問對方在公司工作了多久。(C) 表示自己從 15 年前公司創立之際便開始工作至今，故為正確答案。(A) 雖然提到數字 10，但此處指的是距離，與工作年資無關；此回答應搭配以 How far 開頭的問句較為適當，因此並非答案。(B) 提到下個月將聘用新員工；當中故意使用 employees，僅與問句中 employed 的發音相似，屬於陷阱選項。

字彙 **employ** 僱用　**hire** 僱用　**found** 創辦；成立

4. How much time 問句★★

How much time should I allow you for the briefing on the meeting agenda?

(A) To meet our customer's expectations.

(B) We're running out of time.

(C) Fifteen minutes is enough.

我要給你多少時間簡報會議議程？

(A) 以滿足客戶的期望。

(B) 我們快要沒時間了。

(C) 15 分鐘就夠了。

解析 本題為以 How much time 開頭的問句，詢問對方需要多少時間做簡報。(C) 表示 15 分鐘就行了，明確說出需要的時間，故為正確答案。(A) 以不定詞 to V 回答的方式，僅限於回答 Why 問句，因此不能作為答案。(B) 表示沒有時間了，答非所問；且重複使用問句中的 time，屬於陷阱選項。

字彙 **allow** 給予；允許　**brief on** 簡要介紹……
meeting agenda 會議議程
meet our customer's expectations
滿足客戶的期望　**run out of time** 時間不夠

5. How long 問句★★★

How long have you been with the company?

(A) About twenty minutes by taxi.

(B) Since I graduated from college.

(C) The salary is competitive.

你在公司工作多久了？

(A) 搭計程車大概 20 分鐘。

(B) 從我大學畢業至今。

(C) 薪水很有競爭力。

解析 本題為以 How long 開頭的問句，詢問對方在公司工作了多久。(B) 未說出數字，採間接回答的方式，表示從畢業後工作至今，故為正確答案；請務必熟記問句為「How long have/has + S + p.p. . . . ?」時，可以使用 After / Since / As soon as 開頭的副詞子句來回答，同樣能表達時間概念。(A) 雖然提到數字 20，但此處指的是搭計程車要花 20 分鐘，與工作年資無關，因此不是答案。(C) 提到薪資很有競爭力，表示工作的優勢，同樣與工作年資無關，因此也不是答案。

陷阱分析：一聽到問句中的 How long 和 (A) 開頭的 About twenty minutes，可能會不小心誤選 (A) 作為答案，因此請務必耐心聽完整句話。

字彙 **graduate from** 畢業於　**salary** 薪水
competitive 具有競爭力的

6. How many 問句★★

How many people applied for the accounting manager position?

(A) Please fill out your application form first.
(B) The personnel director will interview them tomorrow.
(C) Well, just a few, I think.

有多少人應徵會計經理一職？

(A) 請先填寫申請書。
(B) 人事主管明天將對他們進行面試。
(C) 嗯，我想只有幾個人吧。

解析 本題為以 How many 開頭的問句，詢問應徵人數。(C) 未說出明確數字，而是回答不定數量形容詞 a few，故為正確答案。(A) 要求先填寫申請表，答非所問；且當中使用了 application，與問句中 applied 的發音相似，屬於陷阱選項。(B) 表示人事部負責人明天會負責面試；當中使用了 personnel director 和 interview，僅與問句中的 apply for 和 position 有所關聯，屬於陷阱選項。

字彙 **apply for** 應徵；申請
accounting manager position
會計經理職位
fill out 填寫　**application form** 申請表
personnel director 人事主管

7. How long 問句★★★

How long will it take for the package to get to Brussels?

(A) Around four days.
(B) Six dollars per kilogram.
(C) Almost three thousand miles.

這個包裹要多久的時間才會送到布魯塞爾？

(A) 大約四天。
(B) 每公斤六美元。
(C) 差不多三千英里。

解析 本題問句的句型為「How long will it take to . . . ?」，為用來詢問花費多少時間的經典題型。本題詢問的是包裹送至布魯塞爾需要花費多少時間。(A) 明確說出時間為四天，故為正確答案。(B) 和 (C) 分別回答每公斤的價格和距離，答非所問，因此兩者皆不能作為答案。

字彙 **take** 花；耗費（時間）　**package** 包裹

8. How often 問句★★★

How often is the mail delivered each day?

(A) There is a post office across the street.
(B) Let me check on that for you.
(C) 1820 Fifth Avenue.

郵件每天多常來送信？

(A) 馬路對面有一家郵局。
(B) 我幫妳查一下。
(C) 第五大道 1820 號。

解析 本題為以 How often 開頭的問句，詢問送信的頻率。(B) 採間接回答的方式，表示要再查一下，這代表自己也不知道，故為正確答案。(A) 回答郵局的位置，應搭配以 Where 開頭的問句較為適當，因此不是答案；且當中使用 post office，與問句中的 mail 有所關聯，屬於陷阱選項。(C) 第五大道 1820 號屬於地址，應搭配以 Where 開頭的問句較為適當，因此不是答案；且地址與問句中的 delivered 有所關聯，也屬於陷阱選項。

字彙 **each day** 每一天　**check on** 檢查

9. How long 問句★★★

How long have you supervised this new warehouse construction project?

(A) Since I joined the company last year.
(B) It's a 20-minute drive.
(C) We should store some new products.

這個新倉庫的建案妳已經監工多久了？

(A) 從我去年進公司以來。
(B) 開車 20 分鐘的車程。
(C) 我們應該貯存一些新產品。

解析 本題為以 How long 開頭的問句，詢問對方負責監督新倉庫建案多久了。(A) 並未直接說出數字，而是採間接回答的方式，表示從去年進公司之後開始，故為正確答案。(B) 表示開車要 20 分鐘，應搭配以 How far 開頭的問句較為適當，因此不是答案。(C) 表示儲備更多新產品，當中使用了 store，與問句中的 warehouse 有所關聯，屬於陷阱選項。

陷阱分析： 請特別留意，切勿聽到問句 How long 和 (B) 當中的 20-minute，就直接選擇 (B) 作為答案，務必要好好聽完整句話。

字彙 **supervise** 監督　**warehouse** 倉庫
join the company 加入公司
store 儲存；儲備

10. How much 問句★★★

How much did you pay for the new desktop computer?

(A) Please replace the hard drive.
(B) It will be delivered tomorrow.
(C) Exactly the same amount as the old one.

你花了多少錢買這台新的桌上型電腦？
(A) 請更換硬碟。
(B) 明天會送貨。
(C) 跟舊的那台價格完全一樣。

解析 本題為以 How much 開頭的問句，詢問對方花了多少錢購買新的桌上型電腦。(C) 並未直接說出數字，而是採間接回答的方式，表示和舊的電腦價格一樣，故為正確答案。(A) 要求更換硬碟，與新電腦的價格無關，因此不是答案；且當中用了 hard drive，與問句中的 desktop computer 有所關聯，屬於陷阱選項。(B) 表示明天會寄出，應搭配以 When 開頭，詢問時間的問句較為適當，因此也不是答案。

字彙 **pay for** 支付……的費用　**replace** 替換
exactly 完全地

10 熟悉一般問句肯定和否定的回答方式

P. 62

STEP 3 | 實戰測驗！

1 (A)	2 (A)	3 (B)	4 (A)	5 (B)
6 (C)	7 (A)	8 (B)	9 (C)	10 (B)

1. 一般問句★★★

Doesn't the store offer free delivery within the city limits?

(A) Yes, if you spend more than 200 dollars.
(B) No, it's free of charge.
(C) No, the store offers a variety of products.

這家店不是有提供市區內免費宅配嗎？
(A) 有的，如果你消費超過 200 美元的話。
(B) 沒有，是免費的。
(C) 不是，該店有販售各式各樣的產品。

解析 本題為一般問句，詢問商家是否提供市區內免費宅配的服務。(A) 回答 Yes 表示同意，並提出條件為購買 200 美元以上，故為正確答案。(B) 回答 No 表示沒有提供免費宅配的服務，但後方卻又提到免費，前後矛盾，因此不能作為答案。(C) 同樣回答 No 表示沒有提供免費宅配的服務，但後方補充說明店內販售多樣的產品，兩者內容無關；加上當中重複使用了問句中的 store，屬於陷阱選項，因此也不是答案。

字彙 **offer** 提供；供給
free delivery 免費遞送；免費宅配
within the city limits 在市區的範圍內
free of charge 免費
a variety of 各種各樣的

2. 一般問句★★★

Can we review the presentation materials this afternoon?

(A) Well, how about tomorrow?
(B) I think it is very useful information.
(C) He will make a second presentation this afternoon.

我們今天下午可以看一下發表的資料嗎？
(A) 嗯，明天好不好？
(B) 我認為這是非常有用的資訊。
(C) 他將於今天下午進行第二次報告。

解析 本題為一般問句，詢問對方今天下午可否一起檢視發表的資料。(A) 反問對方明天如何，間接表示今天不行的意思，故為正確答案。(B) 回答為有用的資訊，答非所問；且當中用到 information，與問句中的 materials 有所關聯，屬於陷阱選項。(C) 當中提到代名詞 he，但是問句中並未出現相對應的男子；而且還重複使用問句中的 presentation 和 this afternoon，屬於陷阱選項。

字彙 **review** 檢視；審閱
presentation material 報告資料
presentation 報告

3. 一般問句★★★

Would you mind if I borrowed your pen for a moment?

(A) I wrote the report quickly.
(B) No, go right ahead.
(C) Yes, it comes in several colors.

你介不介意我借用一下你的筆？
(A) 我報告寫得很快。
(B) 不，請便。
(C) 是的，它有好幾種顏色。

解析 本題為一般問句，使用句型「Would you mind . . . ?」詢問可否借用一下筆。(B) 表示同意，請對方拿去用，故為正確答案。請再次複習，若問句為「Would you mind . . . ?」或「Do you mind . . . ?」時，回答要以 No 表示肯定、同意或答應。(A) 當中用了 wrote，與問句中的 pen 有所關聯，屬於陷阱選項。(C) 回答 Yes，表示不願意借給對方，但後方卻說有很多種顏色，前後內容無關，因此不能作為答案。

字彙 mind 介意　borrow 借
for a moment 一會兒;片刻　come in 有(貨)

4. 一般問句★★★

Should I e-mail the revised contract to the plant manager?

(A) Thanks, but Mr. Wilson already did that.

(B) No, contact lenses are convenient.

(C) It will start in January.

我應該把修改過的合約以電子郵件寄給廠長嗎？

(A) 謝謝，不過威爾森先生已經做了。

(B) 不，隱形眼鏡很方便。

(C) 將於一月開始。

解析 本題為一般問句，詢問是否需要寄修改後的合約書給廠長。(A) 表達自己的感謝，並說道 Wilson 先生已經寄了，間接表示不需要寄送，故為正確答案。(B) 回答 No 表示不需要，後方卻說隱形眼鏡很方便，兩者的內容無關，因此不是答案；且當中用到了 contact，與問句中 contract 的發音相似，屬於陷阱選項。(C) 表示將從一月開始，應搭配以 When 開頭的問句較為適當，因此也不是答案。

字彙 revised 經過修訂的　plant manager 廠長

5. 一般問句★★★

Does the basic computer model come with the free network security software?

(A) Soft drinks, tea, and coffee are also free of charge.

(B) Not that I know of.

(C) You can pay with a credit card.

基本款電腦有免費的網路防毒軟體嗎？

(A) 無酒精飲料、茶和咖啡也都不用錢。

(B) 據我所知沒有。

(C) 你可以用信用卡付款。

解析 本題為一般問句，詢問基本款電腦是否有附免費的網路防毒軟體。(B) 回答據自己所知並沒有，持否定看法，故為正確答案。(A) 僅是重複使用問句中的 free 和 soft，屬於陷阱選項；無酒精飲料、茶和咖啡全都免費跟問題毫無關係，因此不能作為答案。(C) 表示可以使用信用卡結帳，應搭配以 How 開頭，詢問結帳方法的問句較為適當，因此也不是答案。

字彙 come with 與……一起供給
security software 防毒軟體
soft drinks 無酒精飲料
free of charge 免費
pay with a credit card 以信用卡支付

6. 一般問句★★★

Can you get my computer to work properly?

(A) Yes, I was hoping he could fix it.

(B) No, I'll start my new job next Monday.

(C) Let me take a look first.

你能讓我的電腦正常運作嗎？

(A) 是的，我希望他能把它修好。

(B) 不能，我下星期一要開始新工作。

(C) 先讓我看一下。

解析 本題為一般問句，詢問對方能否修好自己的電腦。(C) 表示要先看過才能判斷能否修理，故為正確答案。(A) 回答 Yes 表示可以修好電腦，但後方卻說期待他能修好，兩者內容無關；且當中提到了代名詞 he，而問句中並未出現相對應的男子，因此不能作為答案。(B) 回答 No 表示無法修好電腦，但後方卻說自己從下週一開始做新工作，兩者內容無關，因此也不是答案；且當中用到 job，與問句中的 work 有所關聯，屬於陷阱選項。

字彙 work properly 正常運作
take a look 看一看

7. 一般問句★★★

Would you like to receive information about our Christmas sale?

(A) Sure, can you send it by e-mail?

(B) Yes, it is freezing today.

(C) I'm sorry. It's not for sale.

您希望收到我們聖誕節促銷活動的資訊嗎？

(A) 當然，妳可以用電子郵件寄出嗎？

(B) 是的，今天天氣很冷。

(C) 抱歉，這是非賣品。

解析 本題為一般問句，詢問對方是否願意收到促銷活動的相關資訊。(A) 回答 Sure 表示願意收到，並反問對方可否用電子郵件寄給自己，故為正確答案。(B) 回答 Yes 代表願意收到相關資訊，但後方卻說今天很冷，兩者內容無關；且當中用到 freezing，與問句中的 Christmas 有所關聯，屬於陷阱選項。(C) 表示抱歉為非賣品，答非所問，僅是重複用到問句中的 sale，同樣屬於陷阱選項。

字彙 freezing 極冷的;嚴寒的　not for sale 非賣品

8. 一般問句★★★

Could you put me through to Mr. Jesse Porter?
(A) Through the month.
(B) I think he's out sick today.
(C) I have to work late.

可以麻煩你幫我轉接傑西．波特先生嗎？
(A) 這一整個月。
(B) 我想他今天生病請假了。
(C) 我必須加班到很晚。

解析 本題為一般問句，詢問能否將電話轉接給 Jesse Porter 先生。(B) 回答他生病沒來，間接表示無法轉接給他，故為正確答案。(A) 表示這整個月，應搭配以 How long 開頭，詢問為期多久的問句較為適當，因此不是答案。(C) 表示自己得加班，答非所問，因此也不是答案。

陷阱分析： 如果不懂 put A through to B 的用法，一聽到 Could you，可能會誤選 (C)，以為 (C) 可以表達拒絕的概念，因此請務必要熟記 put A through to B 的意思。

字彙 **put A through to B** 幫 A 接通 B
through 在……整個期間
be out sick 生病請假

9. 一般問句★★★

Why don't you go over the marketing strategy plan this week?
(A) Yes, he just came back.
(B) The item you ordered is out of stock right now.
(C) Actually, next week would be better for me.

你這星期何不看一下行銷策略計畫？
(A) 是的，他剛回來。
(B) 您訂購的商品目前缺貨。
(C) 事實上，下星期對我來說會比較好。

解析 本題為表示建議的一般問句，詢問能否於本週查看行銷策略計畫。(C) 回答下週為佳，間接表示本週不行，故為正確答案。(A) 回答 Yes 表示同意本週查看，但後方卻說他剛回來，兩者內容無關；加上當中提到代名詞 he，而問句中並未出現相對應的男子，因此不能作為答案。(B) 表示訂購的商品沒有存貨，答非所問，因此也不是答案。

字彙 **go over** 查看；核對
marketing strategy 行銷策略　**item** 商品
be out of stock 無現貨的

10. 一般問句★★★

Should we contact Ms. Hood directly?
(A) Thanks, but I have other plans.
(B) Her assistant is far easier to reach.
(C) We should renew the contract soon.

我們該直接跟胡德女士聯絡嗎？
(A) 謝謝，但是我有其他的安排了。
(B) 她的助理更容易聯絡上。
(C) 我們應該儘快續約。

解析 本題為一般問句，詢問能否直接聯絡 Hood 女士。(B) 回答聯絡她的秘書較為容易，間接表示不要直接聯絡 Hood 女士，故為正確答案。(A) 則是在問句提議一起做什麼事時，適合用來拒絕對方的回答，因此在此不能作為答案。(C) 表示需要儘快續約，答非所問；且當中用到 contract，與問句中 contact 的發音相似，屬於陷阱選項。

字彙 **contact** 聯繫　**have other plans** 另有計畫
assistant 助理
reach 與……取得聯繫
renew 延長……的有效期；使續簽

11 熟悉直述句與附加問句的回答方式

P. 65

STEP 3 | 實戰測驗！

1 (C)	2 (A)	3 (B)	4 (C)	5 (B)
6 (C)	7 (B)	8 (B)	9 (A)	10 (A)

1. 附加問句★★★

The snow is supposed to stop before tonight's outdoor event, isn't it?
(A) The show is not only interesting but also highly informative.
(B) No, we already purchased the tickets.
(C) Yes, the weather forecast said it'll stop this afternoon.

今晚的戶外活動開始前，這場大雪應該就會停了，對嗎？
(A) 演出節目不僅兼具趣味性，還具有知識性。
(B) 不，我們已經買好票了。
(C) 是的，天氣預報說今天下午就會停。

解析 本題為附加問句，向對方確認今晚戶外活動開始前，雪是否會停。(C) 回答 Yes 表示同意，並補充說明天氣預報說降雪只會到今天下午為止，故為正確答案。(A) 使用了 show、interesting、 informative，僅與題目句中的 outdoor event 有所關聯，屬於陷阱選項，並非答案。(B) 回答 No 表示戶外活動開始前，雪不會停，但後方卻說已經買好票了，兩者的內容無關；且當中使用了 ticket，與題目句中的 event 有所關聯，屬於陷阱選項。

字彙 **be supposed to V** 應該(會)
outdoor event 戶外活動
informative 提供資訊的；增長見聞的
weather forecast 天氣預報

2. 直述句★★★

We are all very disappointed with our performance during the last three months.

(A) I feel the same way.
(B) On a television program.
(C) Yes, he was appointed the sales director of the company.

我們全都對這三個月來的表現感到非常失望。

(A) 我也有同感。
(B) 在電視節目上。
(C) 是的，他被任命為公司的業務總監。

解析 本題為直述句，表達對過去三個月的表現相當失望。(A) 回答自己也很失望，說出自己的感想，故為正確答案。(B) 用了 television program，僅與題目句中的 performance 有所關聯，屬於陷阱選項。(C) 當中提到了代名詞 he，但題目句中並未出現相對應的男子；且還用到了 appointed，與題目句中 disappointed 的發音相似，屬於陷阱選項。

陷阱分析：請特別留意，不要因為聽到直述句中的 disappointed，就把 (C) 當中的 was appointed 誤會成 disappointed，而選成 (C) 作為答案。

字彙 **be disappointed with** 對……感到失望
performance 表現　**appoint** 任命

3. 直述句★★★

I haven't received a response to the new sales contract from my client that I sent last week.

(A) We need updated sales data.
(B) You should probably call him as soon as possible.
(C) Yes, I'd be glad to answer your question.

我上星期寄新的銷售合約給客戶，至今仍未得到回覆。

(A) 我們需要更新銷售數據。
(B) 你應該儘快打電話給他。
(C) 是的，我很樂意回答你的問題。

解析 本題為直述句，表示上週寄了新的銷售合約書給客戶，但尚未收到客戶的回覆。(B) 要求儘快聯絡客戶，提出了解決辦法，故為正確答案。(A) 表示需要更新銷售數據，與題目句中提出的問題無關；且當中重複使用題目中的 sales，屬於陷阱選項。(C) 當中使用了 answer 和 question，與題目句中的 response 有所關聯，屬於陷阱選項。

字彙 **response** 答覆
sales contract 銷售契約；買賣合約

4. 直述句★★

I'd like to cancel my reservation for the flight on June 9 and reserve one on June 25 instead.

(A) Yes, I flew back to London.
(B) The lower parking lot is reserved for visitors and faculty.
(C) No problem. May I see some picture identification?

我想要取消原先預訂 6 月 9 日的航班，改為 6 月 25 日的航班。

(A) 是的，我飛回倫敦了。
(B) 下層停車場是保留給訪客及教職人員使用的。
(C) 沒問題，我可以看一下附照片的證件嗎？

解析 本題為直述句，表明想要取消原定航班，更改成其他時間的班機。(C) 回答 No problem 表示接受新的預訂，並請對方出示有照片的證件，故為正確答案。(A) 表示搭飛機回到倫敦，與題目句的內容無關；且當中用到 flew，與題目句中的 flight 有所關聯，屬於陷阱選項。(B) 表示下層停車場提供訪客和教職人員停車，當中用到了 reserved，與題目句中 reservation 的發音相似，屬於陷阱選項。

字彙 **reservation** 預約；預訂
reserve 預約；預訂；保留　**faculty** 教職人員
picture identification 有照片的證件

5. 附加問句★★★

There were more visitors at our new software demonstration this year, weren't there?

(A) All beer, wine, and soft drinks are complimentary.
(B) No, I think it was not successful.
(C) Yes, there are so many places I want to visit in New York.

今年出席新軟體展示會的訪客比較多，對不對？

(A) 啤酒、葡萄酒以及無酒精飲料全都免費暢飲。
(B) 不，我認為不太成功。
(C) 是的，紐約我想去的地方有很多。

解析 本題為附加問句，表示今年有較多的人參加新軟體的展示會，並徵求對方的同意。(B) 回答 No 表示不認同對方的看法，並補充說明他認為展示會辦得不太成功，故為正確答案。(A) 故意從題目句中的 software 取出 soft 來使用，屬於陷阱選項。(C) 回答 Yes 表示同意今年參加展示會的人有變多，但後方卻補充說道紐約有很多自己想去的景點，與前方內容毫無關係；且當中用到 visit，與題目句中 visitors 的發音相似，屬於陷阱選項。

字彙 **visitor** 訪客；參觀者
demonstration 演示；示範
complimentary 贈送的

6. 附加問句★★

Your company's headquarters is currently located in Miami, isn't it?

(A) I used to work in Florida.
(B) Yes, I finally bought a house in town.
(C) No, it moved to New York recently.

貴公司的總部目前位於邁阿密，不是嗎？
(A) 我以前曾在佛羅里達工作過。
(B) 是的，我終於在鎮上買了一間房子。
(C) 不，最近搬到紐約了。

解析 本題為附加問句，詢問對方公司總部是否在邁阿密。(C) 回答 No 表示對方所說的話並非事實，並補充說明最近已經搬到了紐約，故為正確答案。(A) 表示自己曾在佛羅里達工作過，與公司總部位置無關；且當中用到 Florida，與題目句中的 Miami 有所關聯，屬於陷阱選項。(B) 回答 Yes 表示公司總部的確在邁阿密，但後方卻補充說道在鎮上買了房子，兩者的內容毫無關聯，因此不能作為答案。

字彙 **headquarters** 總部；總公司
used to V 以前曾經（做）

7. 直述句★★★

I think that LK's new photocopier is perfect for our office.

(A) I want a new coffee maker.
(B) Do you know how much it costs?
(C) Right. He is an experienced photographer.

我認為 LK 的新款影印機很適合我們辦公室。
(A) 我想要新的咖啡機。
(B) 你知道價格多少嗎？
(C) 對，他是經驗豐富的攝影師。

解析 本題為直述句，表示他認為新的影印機很適合他們辦公室。(B) 反問對方影印機的價格多少，等於向對方要求更多的資訊，故為正確答案。(A) 提到咖啡機，與影印機無關；且當中使用了 coffee，與題目句中 photocopier 後半段 copier 的發音相似，屬於陷阱選項。(C) 回答 Right 表示同意對方的意見，但後方卻評論他是一位很有經驗的攝影師，兩者的內容無關；且當中提到代名詞 He，而題目句中並未出現相對應的男子，因此不能作為答案。

陷阱分析：若將題目句中提到的影印機 photocopier 誤會成人，可能會因而選成 (C) 作為答案。因此請務必熟記 photocopier 和 photographer 各自的意思。

字彙 **photocopier** 影印機 **be perfect for** 很適合
coffee maker 咖啡機
experienced 經驗豐富的
photographer 攝影師

8. 直述句★★★

Several security guards are always on duty at the information desk.

(A) About an hour-long break.
(B) Will I be asked to show my identification card?
(C) There are several duty-free shops in the airport.

服務台向來有好幾位警衛值班。
(A) 大約一個小時的休息時間。
(B) 我會被要求出示我的身分證嗎？
(C) 機場裡有好幾間免稅商店。

解析 本題為直述句，表示服務台前總是站著幾位警衛。(B) 反問會不會被要求出示身分證件，向對方詢問額外的資訊，故為正確答案。(A) 表示休息約一個小時，與題目句的內容無關；且當中用到 break，與題目句中的 duty 有所關聯，屬於陷阱選項。(C) 提到機場的免稅店，也與題目句的內容無關；且當中重複使用了題目句中的 duty，同屬於陷阱選項。

字彙 **security guard** 警衛；保全人員
be on duty 值班 **information desk** 服務台
identification card 身分證；識別證
duty-free shop 免稅商店

9. 附加問句★★★

Ms. Anderson has just started in the Personnel Department, hasn't she?

(A) No, she's been here for two months.
(B) A few employees have expressed interest.
(C) Yes, we'll start the meeting in a few minutes.

安德森女士才剛到人事部上班，不是嗎？
(A) 不，她已經在這裡工作兩個月了。
(B) 有幾位員工已表示感興趣。
(C) 是的，我們再過幾分鐘就開始開會。

解析 本題為附加問句，詢問 Anderson 小姐是否剛開始在人事部工作。(A) 回答 No 否定對方所說的話，並補充說明她已經在此工作兩個月了，故為正確答案。(B) 表示某些員工很感興趣，與題目句的內容無關；且當中使用了 employees，與題目句中的 personnel 有所關聯，屬於陷阱選項。(C) 回答 Yes 表示同意對方的說法，但後方卻說會議將在幾分鐘後開始，與題目句的內容無關，因此不是答案。

字彙 **Personnel Department** 人事部
express interest 表示感興趣（有意願）
start the meeting 開始會議

10. 附加問句★★

The new fitness center is conveniently located, isn't it?

(A) Yes, it's quite easy to get to.
(B) All right, I'll see you there.
(C) A one-hour yoga class on Tuesdays.

新開的健身中心地理位置很便利，對不對？
(A) 對，很容易就能到達。
(B) 好的， 到時那兒見。
(C) 每週二上一個小時的瑜伽課。

解析 本題為附加問句，表示新的健身中心位在交通方便的地方。(A) 回答 Yes 表示認同對方所說的話，並補充說明過去健身中心相當容易，故為正確答案。(B) 回答在那裡見，與題目句的內容無關。(C) 提到每週二一小時的瑜伽課，當中用到 yoga class，與題目句中的 fitness center 有所關聯，屬於陷阱選項。

字彙 **be conveniently located** 地理位置交通便利
quite easy 很方便；很容易
get to 到達（某地）

PART 3

01 特定性別的相關問題，請一併注意不同性別者說的話 P. 71

STEP 3 | 實戰測驗！

1 (B)　2 (A)　3 (C)　4 (C)　5 (B)　6 (D)

第 1-3 題，請參考下方對話。

M: Hi. I work in this building and have a rental car for the week. [1] **Could I buy a temporary parking permit from this office?**

W: Sorry, but we don't offer temporary permits. [2] **However, if you have your employee card with you, I can issue you a new permit for 15 dollars.**

M: Thank you, but I won't be able to use the permit sticker on the rental vehicle. Could you recommend a parking area outside?

W: [3] **The nearest public parking lot is by the city library on Pine Street.** I heard that the parking fee there is reduced to 5 dollars per vehicle after 5 P.M. every day.

男：嗨，我在這棟大樓上班，並且租了一星期的車。我可以在管理處這裡買臨時停車證嗎？

女：抱歉，我們不提供臨時停車證。不過，要是你有帶員工證，我可以幫你辦新的停車證，費用是 15 美元。

男：謝謝妳，但是我不能在租來的車子上貼停車證的貼紙。妳能推薦外面的停車場嗎？

女：離這裡最近的公共停車場在松樹街上的市立圖書館旁邊。我聽說那邊的停車費在每天的傍晚五點後會降至每台車 5 美元。

字彙 **temporary parking permit** 臨時停車證
issue 核發
public parking lot 公共停車場
be reduced to 減少到
employee card 員工證
recommend 推薦；介紹

1. 相關細節★

這位男士想要什麼？

(A) 新的員工證

(B) 臨時停車證

(C) 租賃車

(D) 該區的地圖

解析 本題為題組中第一題，詢問男子想要什麼東西，因此請仔細聆聽前半段男子所說的話。對話開頭，男子說道：「Could I buy a temporary parking permit from this office?」，詢問對方能否購買臨時停車證。由此話可知，男子想要臨時停車證，因此答案為 (B)。在此補充，若對話中提到請求、要求、推薦、勸說或建議時，除了會直接使用問句之外，也會用 please 開頭的句子表達。

2. 特定性別的相關細節★★★

這位男士需要什麼才能購買該證件？

(A) 員工證

(B) 駕照

(C) 許可申請表

(D) 汽車保險證明

解析 請特別留意，雖然本題詢問的是男子購買停車證時，需要提供哪些資料，但是相關內容出現在女子所說的話當中的機率更高。女子向男子說道：「However, if you have your employee card with you, I can issue you a new permit for 15 dollars.」，由此可知要有員工證才能購買停車證，因此答案為 (A)。本題題目指的對象為男子，但線索卻在女子所說的話當中。還有另一點要注意的是，題目換句話說，將對話中的 parking permit 改寫成 document。

3. 建議或請求★★

這位女士建議男士做什麼事？

(A) 搭乘公共交通工具

(B) 在街上找停車位

(C) 使用附近的停車場

(D) 打電話給租車公司

解析 本題為題組中最後一題，詢問的是女子建議的事項。一般來說，詢問對話者向另一名對話者提出什麼請求、要求、推薦、勸說或建議的考題，通常會是題組中的最後一題，因此建議從後半段該對話者所說的話中，掌握答題線索。對話最後，女子說道：「The nearest public parking lot is by the city library on Pine Street.」，建議男子停到鄰近的公共停車場，因此答案為 (C)。

第 4-6 題，請參考下方對話。

W: Hi. I just moved into unit B12. My real estate agent said [4] **I need to buy a parking sticker for the complex from this office.**

M: Yes, ma'am, that's correct. We offer 3-month stickers for $25, 6-month stickers for $40, and 1-year stickers for $60.

W: Perfect. [5] **I only signed a six-month lease**, so I'll take the $40 sticker. If I extend my lease, will I be able to renew my sticker?

M: Of course. [6] **To renew, just call the number on this card.** You don't have to come all the way to the office.

女：嗨，我剛搬進 B12 室。我的房仲說我需要來管理處這裡買社區大樓的停車證貼紙。

男：是的，女士，的確如此。我們三個月的停車證是 25 美元，六個月的停車證是 40 美元，一年的停車證是 60 美元。

女：太好了。我只簽了六個月的租約，所以我要買 40 美元的停車證。如果我延長租約的話，能不能續租停車證呢？

男：當然可以。想要續租的話，只要打這張名片上的電話號碼就行了。妳不用特地跑到管理處來辦理。

字彙 real estate agent 房地產經紀人
parking sticker 停車證（貼紙）
complex （社區）大樓
lease 租賃契約　extend the lease 延長租約
renew 延長……的有效期；使續簽
come all the way to the office 特地來管理處

4. 相關細節★

這位女士需要什麼？

(A) 新的公寓

(B) 預約看牙

(C) 停車證貼紙

(D) 延長租約

解析 本題為題組中第一題，詢問女子要的東西，因此請仔細聆聽前半段對話，從女子所說的話中找出她要什麼東西。前半段對話中，女子向男子說道：「I need to buy a parking sticker for the complex from this office.」，表示她要買停車證，因此答案為 (C)。

5. 相關細節★

這位女士簽的是哪種租約？

(A) 三個月

(B) 六個月

(C) 一年

(D) 兩年

解析 本題詢問女子的租期，因此請仔細聆聽對話中女子所提到的時間。女子向男子說道：「I only signed a six-month lease.」，表示租約為六個月，因此答案為 (B)。

6. 特定性別的相關細節★★★

這位女士能透過電話做什麼事？

(A) 更新動態

(B) 延長租約

(C) 付帳單

(D) 續租停車證

解析 本題為題組中最後一題，詢問女子打電話可以做什麼，線索將出現在後半段的對話當中。在後半段對話中，男子向女子說道：「To renew, just call the number on this card.」，由此可以確認打電話可以做什麼事。此句話表示女子如果想要續租停車證，就打卡片上的電話，因此答案為 (D)。本題屬於難度較高的考題，雖然題目提到的對象為女子，但是女子屬於接收服務的一方，因此答題線索會出現男子所說的話中。

02 注意說話者語氣轉換之處 P. 75

STEP 3 | 實戰測驗！

1 (C)　2 (B)　3 (C)　4 (B)　5 (D)　6 (B)

第 1-3 題，請參考下方對話。

W: Thanks for calling Net Cinema. How can I assist you?

M: Hello. This is Ryan James. I'm a subscriber to your service. [1] **I've been using your basic service for the last three months, but I'm thinking about switching to premium.** Can you tell me more about it?

W: Certainly. [2] **If you get the Net Cinema premium service, you can enjoy unlimited films anytime, anywhere as long as you have access to the Internet, and there is only a $50 initiation fee and a $20 monthly payment.** [3] **You will also receive two monthly discount coupons for films currently available only in theaters.**

女：感謝您致電「網路電影院」。請問有什麼我可以幫忙的嗎？

男：妳好，我叫瑞安．詹姆士，是訂購貴公司服務的用戶。過去三個月來，我一直都在使用基本服務方案，但是我在考慮要轉到高階服務方案。妳能多跟我解釋一下這個方案嗎？

女：當然可以。如果您訂閱「網路電影院」的高階服務方案，只要您能連上網路，就能無限次數、隨時隨地觀賞影片，而費用僅需 50 美元的入會費以及 20 美元的月費。您還可以獲得兩張現正上映電影的每月特惠票。

字彙 **subscriber** 訂戶；用戶
switch A to B 從 A 轉到 B
premium 高階的；優質的
unlimited 無限量的　**as long as** 只要
have access to 可以獲得；進入
initiation fee 入會費　**currently** 目前；現在

1. 主旨★★

這段對話的主題是什麼？

(A) 取消訂閱

(B) 付款方式

(C) 服務升級

(D) 請求捐款

解析 對話的主旨通常會出現在前半段對話當中，因此解題的關鍵在於掌握前半段話對話中的重點。男子向女子說道：「I've been using your basic service for the last three months.」，表示過去三個月使用了基本服務方案。接著用到 but，表示語氣轉換，後方說道：「I'm thinking about switching to premium.」，表明自己想升級為高階服務方案。由此可以推測出後方對話將針對升等服務進行討論，因此答案為 (C)。

2. 相關細節★★★

「網路電影院」最有可能是什麼？

(A) 網路雜誌
(B) 網路電影業者
(C) 電影優惠票代售處
(D) 電影院

解析 本題詢問某專有名詞代表什麼，相關內容通常會在該名詞出現的句子當中。然而，前半段對話中，雖然有提到 Net Cinema，但其前方和後方卻未出現答題線索，因此本題算是難度偏高的相關細節考題。後半段對話中，女子說道：「If you get the Net Cinema premium service, you can enjoy unlimited films anytime, anywhere as long as you have access to the Internet, and there is only a $50 initiation fee and a $20 monthly payment.」，由本句話可以得知 Net Cinema 為付費線上電影平台業者，因此答案為 (B)。

3. 相關細節★★

高階服務方案的會員有什麼好處？

(A) 豁免年費
(B) 每月付款折扣
(C) 電影優惠券
(D) 促銷贈品

解析 本題為題組中最後一題，詢問成為高階會員的好處，因此請仔細聆聽後半段對話中，確認高階會員服務項目的內容。對話最後，女子說道：「If you get the Net Cinema premium service.」，由此句話可以推測出接下來她將說明高階會員的相關優勢。女子在最後一句說道：「You will also receive two monthly discount coupons for films currently available only in theaters.」，表示男子會收到兩張電影優惠券，因此答案為 (C)。

第 4-6 題，請參考下方對話。

M: Excuse me. I'm a new hire, and this is my second day working for the company, so I don't know my way around here. [4] **Could you tell me where the Personnel Department is? I was told to submit a copy of my tax accountant certificate there.**

W: Sure. You can get to the Personnel Department by going out through the main entrance over there and walking to the other building across the street. Then, you should go in there and get to the second floor. It is right at the end of the broad central hallway on the second floor.

M: Thanks a lot. In addition, I parked my car on the street near this office building when I came to work. Can you tell me if it's okay for me to leave it there?

W: Technically speaking, no. [5] **But if you need to park there for a while since you haven't been issued your own parking permit yet,** [6] **I can give you a temporary parking permit so that you can avoid getting a parking ticket.**

男：不好意思，我是新員工，今天是我第二天上班，所以我對這裡還不太熟悉。妳能告訴我人事部在哪裡嗎？有人叫我去那繳交稅務會計師證照的影本。

女：沒問題。你從那邊的正門出去，過馬路到對面那棟大樓，就可以到人事部了。接著，你應該走進大樓的二樓，人事部就在二樓寬闊的中央走廊盡頭。

男：非常感謝。另外，我來上班的時候把車停在辦公大樓附近的路邊。妳能告訴我那裡可以停車嗎？

女：嚴格來說，不行。但是如果你需要臨停，因為你還沒有拿到停車證，我可以給你一張臨時停車證，以免你被開違規停車罰單。

字彙 **new hire** 新員工
know one's way around here 很熟悉這裡
Personnel Department 人事部
tax accountant certificate 稅務會計師證書
broad 寬廣的
central hallway 中央通道；中央走廊
technically speaking 嚴格來說
issue 核發　**parking permit** 停車證
temporary 臨時的　**avoid** 避免
parking ticket 違規停車罰單

4. 相關細節★★

這位男士為什麼要去人事部？

(A) 影印他的人事資料

(B) 繳交文件

(C) 工作面試

(D) 拿停車證

解析 本題為題組中第一題，詢問男子去人事部的原因。因此請從前半段男子所說的話中，掌握相關原因。男子說道：「Could you tell me where the Personnel Department is? I was told to submit a copy of my tax accountant certificate there.」，表示要去人事部繳交會計師證照，因此答案為 (B)。

5. 相關細節★★★

這位男士為什麼把車停在路邊？

(A) 他需要換輪胎。

(B) 他的情況特殊。

(C) 他得通報車禍。

(D) 他沒有停車證。

解析 請從男子所說的話中，掌握男子把車停在路邊的原因。男子說道：「I parked my car on the street near this office building when I came to work.」，表示自己上班時，把車停在大樓旁的路邊，並未說出具體原因。但接著在後半段對話中，女子向男子說道：「But if you need to park there for a while since you haven't been issued your own parking permit yet.」，由此句話可以得知男子並未取得停車許可證。因此答案應為 (D)，由於男子並未持有停車許可證，才會在路邊停車。

陷阱分析：如同本題，表示語氣轉換的用詞後方，經常會出現解題線索，因此請仔細聆聽這些用詞所在的句子。

6. 相關細節★★

這位女士可能會給男士什麼？

(A) 名片

(B) 臨時許可證

(C) 最近一期的雜誌

(D) 違規停車罰單

解析 本題為題組中最後一題，詢問女子可能會給男子什麼東西。請由後半段女子所說的話中，掌握女子要給男子的東西為何。對話結束之前，女子向男子說道：「I can give you a temporary parking permit so that you can avoid getting a parking ticket.」，表示可以給男子臨時停車證，以防男子收到罰單，因此答案為 (B)。

03 留意題目句時態，找出答題線索 P. 80

STEP 3 | 實戰測驗！

1 (B)　2 (B)　3 (C)　4 (D)　5 (B)　6 (A)

第 1-3 題，請參考下方對話。

W: Okay, David. This conference hall is all set up for the stockholders' meeting. [1] **We hooked up the advanced audio system and the overhead projector**, so they should be ready for the earnings announcement.

M: Wow, I can't thank you enough, Isabella. Let me ask you just one question. [2] **Is the overhead projector connected to the intranet server? I'd like to upload some financial data files on to the intranet server now so that I can show them to every participant at the stockholders' meeting.**

W: Actually, [3] **I don't have my own access code for the intranet. But I think I can get one from Jessica in the General Affairs Department.**

女：好了，大衛。要舉行股東大會的會議廳都已安排就緒。我們把高級音響系統和投影機連接起來了，這樣在宣布財報前，這些設備都就緒了。

男：哇，伊莎貝拉，真是太感謝妳了。我想問妳一個問題，投影機跟內部網路伺服器有連線嗎？我想現在就把一些財務資料檔案上傳到內部網路伺服器上，這樣我就可以在股東大會上放出來給與會者看。

女：實際上，我並沒有進入內部網路伺服器的密碼。不過，我想我可以去跟總務部的潔西卡要。

字彙 **stockholders' meeting** 股東會議
hook up A and B 把 A 和 B 連接起來
advanced audio system 高級音響系統
overhead projector 投影機
earnings announcement 發布財報
intranet 內部網路伺服器
financial data 財務資料　**participant** 與會者
access code 存取密碼
General Affairs Department 總務部

1. 相關細節★★★

這位女士剛做完什麼？

(A) 修理設備

(B) 安裝音響系統

(C) 安裝新軟體

(D) 清理會議室

解析 本題為題組中第一題，詢問女子完成的事情。題目句時態為過去式，因此請從前半段女子所說的話中，找出答題線索。女子說道：「We hooked up the advanced audio system and the overhead projector.」，表示已連接了最新音響設備和投影機。(B) 將 audio system 和 overhead projector 改寫成同義詞 audiovisual system，故為正確答案。

2. 相關細節★★

這位男士說他需要什麼？

(A) 操作手冊

(B) 進入公司內部網路的權限

(C) 新機器

(D) 賓客名單

解析 本題詢問男子需要什麼，因此請仔細聆聽男子所說的話中提及的東西。女子表示設備都安裝完畢後，男子向她說道：「Is the overhead projector connected to the intranet server?」，詢問投影機是否有和公司內部網域連線。接著又說道：「I'd like to upload some financial data files on to the intranet server now so that I can show them to every participant at the stockholders' meeting.」，表示自己要將財務資料上傳公司內部網路伺服器，以便讓參加股東會議的人看到。(B) 將對話中的 upload some financial data files on to the intranet server 改寫成 Access to the company intranet，故為正確答案。

3. 相關細節★★

這位女士提議要為男士做什麼？

(A) 給他說明書

(B) 安排面談

(C) 提供密碼

(D) 告訴他一間處室的地點

解析 本題為題組中最後一題，詢問女子為男子做的事情，因此請注意後半段女子所說的話當中，是否出現「I can . . . / I will . . . / Should I . . . 」開頭的句型，並從中找出答題線索。對話最後，女子向男子表示她沒有連線用的密碼，因此無法連接公司內部網路。接著又說道：「But I think I can get one from Jessica in the General Affairs Department.」，提到她可以跟總務部的 Jessica 索取，因此答案為 (C)。

第 4-6 題，請參考下方對話。

M: I heard the Banshee branch of our bank was shut down last month. Have you heard anything about it?

W: Yes, I just found out yesterday. [4]**The bank's board of directors is trying to reduce labor costs**, and the Banshee branch is in a sparsely populated suburb of the city and has relatively few customers. [4]**It costs the bank too much to pay everyone's wages at a branch which is basically unnecessary.** So they decided to close it down.

M: Oh, I see. [5]**That explains why we will be expanding our branch and taking on some of the Banshee staff.** So will we start using the second floor to accommodate the slight increase in customers?

W: Yes, [6]**but it's in desperate need of remodeling, so we plan to renovate it next week** and get it prepared for business.

男：聽說我們銀行的班西分行上個月停業了。妳有聽說過這件事嗎？

女：有啊，我昨天才知道的。銀行的董事會正在設法降低人事成本，而班西分行位於人口稀少的城郊，客戶相對比較少。銀行要花一大筆錢來支付分行員工的薪資，這基本上是不必要的，所以他們決定要關閉分行。

男：哦，我懂了。這就解釋了我們分行為什麼要擴大營運，還要接收班西分行的一些員工。所以為了容納些許增加的客戶，我們要開始使用二樓了嗎？

女：是的，不過二樓急需整修，所以我們打算下星期進行翻修，為投入營運做好準備。

字彙 **shut down** 關閉；停業　**labor cost** 人事成本　**sparsely** 稀少地　**suburb** 郊區　**relatively** 相對地；比較地

accommodate 容納 slight 少量的
desperate 極端的；非常的
remodeling 改造；整修 renovate 翻修

4. 相關細節★★★

班西分行為什麼停業？

(A) 客戶服務不佳。
(B) 搬到較大的地方。
(C) 近期有財務問題。
(D) 銀行想要降低人事成本。

解析 本題為題組中第一題，詢問關閉 Banshee 分行的原因。由題目句可以推測出前半段對話中，將一併提到地名 Banshee 和答題線索。

女子說道：「The bank's board of directors is trying to reduce labor costs.」，提到銀行董事會試圖降低人事成本。後方還說道：「It costs the bank too much to pay everyone's wages at a branch which is basically unnecessary.」，表示對於來客量低的銀行來說，支付所有員工薪水是相當沈重的負擔。(D) 將對話中的 reduce labor costs 換句話說，改寫成 lower labor costs，故為正確答案。

5. 相關細節★★★

停業將會造成什麼額外的結果？

(A) 員工薪資增加。
(B) 員工將轉調到別的分行。
(C) 銀行的收益減少。
(D) 客戶會得到更好的服務。

解析 本題詢問該分行關閉後，將導致什麼額外的影響。由於題目句的時態為未來式，因此可以推測出答題線索會出現在後半段對話當中。加上本題詢問的是相關細節，掌握線索的難度也相對增加。後半段對話中，男子說道：「That explains why we will be expanding our branch and taking on some of the Banshee staff.」，表示對話者們工作的分行將接收已關閉分行中的部分員工，因此答案為 (B)。

6. 相關細節★★

下週將會發生什麼事？

(A) 建築物將進行翻修。
(B) 新公司將要開業。
(C) 新員工將接受培訓。
(D) 董事會將要開會。

解析 本題詢問下週將發生的事情。由於題目句時態為未來式，因此可以推測出答題線索會出現在後半段對話當中；加上為下週將發生的事，請務必仔細聆聽當中出現解題關鍵字 next week 的地方。對話最後，女子說道：「but it's in desperate need of remodeling, so we plan to renovate it next week.」，表示下週大樓將進行重新裝修，因此答案為 (A)。經由本題，請再次複習表示語氣轉折的用詞（but）後方，通常會出現答題線索。

新 04 掌握意圖題的答題線索就在指定句前後方

P. 84

STEP 3 | 實戰測驗！

1 (C) 2 (B) 3 (C) 4 (C) 5 (B) 6 (A)

第 1-3 題，請參考下方三人對話。

W: It's been a while since we talked, guys. I'm inquiring about some of the product images on our Web site.

M1: Sure, what's the problem, Lisa?

W: Technology keeps advancing so fast, and our equipment is better now than when we first launched the Web site. [1] **The problem is that some images of our bestselling products are older ones; thus the pictures don't seem to be of as good a quality as the new ones.** [2] **I'd really like the photo quality to match.**

M1: [2] **Danny, isn't this your area of expertise?**

M2: [2,3] **Yes, Harry. Um . . . there is really no way to improve the original images.** The only way to match the quality is to take new photos.

M1: Sounds okay to me. [3] **Please send me a list of the older images.** That way, I can set up a full day for the photo shoot.

女： 大夥們，我們好久沒聊聊了。我想問一下關於公司網站上產品圖片的情況。

男 1：沒問題，麗莎，有什麼問題嗎？

女： 科技日新月異，如今公司的設備比起當時初次啟用網站時還要好。問題是上面有些暢銷產品的圖片都是舊的，因此這些圖片的品質看起來似乎沒有像新的那麼好。我希望照片的品質能跟上。

男 1：丹尼，這不是你的專業領域嗎？

男 2：是的，哈利。 嗯……真的沒辦法改善原始的圖片了。唯一能讓品質相配的辦法就是拍新的照片。

男 1：聽起來不錯，請寄舊圖片的清單給我。如此一來，我便可以安排一整天的時間進行照片拍攝。

字彙 **inquire about** 打聽；了解 **technology** 科技
keep V-ing 繼續不斷 **advance** 進步；進展
equipment 設備 **launch** 推出；啟用
bestselling product 暢銷產品；熱門商品
match 匹配；相配 **expertise** 專業
set up 安排 **photo shoot** 照片拍攝

1. 疑難問題★★

說話者有什麼問題？

(A) 有張圖片遺失了。

(B) 業績大幅下降。

(C) 有些圖片不清晰。

(D) 影印機壞了。

解析 本題為題組中第一題，詢問說話者們的問題為何。值得留意的是，前半段對話中，通常會直接說出問題為何。因此前半段對話中，女子說道：「The problem is that some images of our bestselling products are older ones」，提出暢銷品中有些商品圖過舊，畫質比不上新圖。由此可知說話者提出的問題為圖片不夠清晰，因此答案為 (C)。

2. 掌握說話者的意圖★★★

當這位男士說：「丹尼，這不是你的專業領域嗎？」，是什麼意思？

(A) 他認為丹尼現在太忙了。

(B) 他想要丹尼回答問題。

(C) 他知道丹尼不是專業人士。

(D) 他偏好丹尼辦一場講習。

解析 本題為掌握說話者意圖的考題，詢問男子說出「Danny, isn't this your area of expertise?」代表的意義為何。因此請以此指定句為聆聽重點，掌握前後方的文意。

女子在前方說道：「I'd really like the photo quality to match.」，表示希望能改善舊圖片的畫質。接著男子便說：「Danny, isn't this your area of expertise?」，反問 Danny 說這不是你的專業領域嗎？之後 Danny 回答：「Yes, Harry. Um . . . there is really no way to improve the original images.」，提出他的看法，表示圖片原檔無法改變。由前述內容可以推測出男子向 Danny 提出疑問，表示圖片畫質問題屬於 Danny 負責的部分，希望聽到他的回答，因此答案為 (B)。

3. 相關細節★★

哈利說他想要什麼？

(A) 照相館

(B) 會議日程

(C) 舊圖片的清單

(D) 新銷售策略

解析 本題為題組中最後一題，詢問 Harry 想要的東西，因此請仔細聆聽後半段對話中，Harry 提到什麼東西。對話中，第二名男子向第一名男子說道：「Yes, Harry.」，並表示唯有重新拍照，才能改善產品圖片的畫質。接著第一名男子 Harry 回答：「Please send me a list of the older images.」，請對方把舊的圖檔清單傳給自己，因此答案為 (C)。

陷阱分析：請特別留意，三人對話中會出現兩個性別相同的人，此時若漏聽彼此稱呼對方的句子，就無法確認題目句中人名所指的對象，因而難以掌握答題線索。

第 4-6 題，請參考下方對話。

W: Good afternoon, Mr. Parker. First off, I want to thank you for this excellent report. [4] **The research you did for the sales was outstanding.**

M: Well, thank you, Mrs. Bakinsale. [4] **Based on a lot of our sales data, I have projected our sales for next year to rise by 13 percent.**

W: Good. Now I would like to talk about the way you organized the sales report.

M: Sure. What do you think?

W: Generally, [5] **most sales reports have a summary at the beginning.** [5] **I mean, they start with a paragraph that sums up what the report will show so that our shareholders can get an overall view of the company's performance.**

M: Ah, I see. Like an executive summary? One question though. This doesn't need to be completed until next week, right?

W: Unfortunately, no. [6] **We are going to need it on Friday for the board members' meeting.** Obviously, it's a bit of a rush, but it will definitely get them excited. Please get it to me by the end of the day on Thursday so that I have the night to go over some of the finer details.

女：帕克先生，午安。首先，我要感謝你做的這份精彩的報告。你對銷售業績所做的研究相當出色。

男：喔，謝謝妳，班克塞爾女士。根據大量的銷售數據統計，我預估明年的業績將增長 13%。

女：很好。現在我想要跟你談談做業務報告的方式。

男：沒問題。妳有什麼看法？

女：一般來說，大部分的業務報告一開始都會有個摘要介紹。我的意思是，開頭的段落會先總結這份報告的內容，這樣我們的股東就能對公司業績有個總體的認識。

男：啊，我明白了。就像執行摘要一樣？可是有個問題。這份報告下星期完成就行了，對嗎？

女：可惜不行。星期五的董事會會議上就會用到。很顯然，這會有點趕，不過這份報告肯定會讓他們很興奮。請在星期四下班前把報告交給我，我好利用晚上的時間把一些枝微末節仔細地看過一遍。

字彙 **first off** 首先　**sales** 銷售額；銷售量
outstanding 出色的；傑出的
project 預測；推斷
sum up 總結　**shareholder** 股東
overall view 總體的看法
performance 表現
executive summary 執行摘要；主管摘要
board members 董事會成員；董事
obviously 顯然地；明顯地　**rush** 匆忙的
go over 仔細察看　**fine** 細微的

4. 相關細節★

這位男士可能是在哪個部門工作？

(A) 會計
(B) 技術支援
(C) 業務
(D) 人力資源

解析 本題詢問男子在哪一個部門工作，因此請仔細聆聽前半段對話，當中應該會直接提到他工作的部門或是相關單字及用法，便於推測出他工作的部門。

前半段對話中，女子說道：「The research you did for the sales was outstanding.」，稱讚對方針對銷售所做的研究。接著男子說：「Based on a lot of our sales data, I have projected our sales for next year to rise by 13 percent.」，提到依據現有的銷售數據，能預測出明年的銷售額將上升 13%。由當中提到的 sales、sales data 和 projected our sales，可以推測出男子應在業務部門工作，因此答案為 (C)。

5. 掌握說話者的意圖 ★★★

這位女士為什麼說：「大部分的銷售報告一開始都會有個摘要介紹」？

(A) 表揚這位男士做的某些工作
(B) 建議增加報告內容
(C) 要求延長截止日期
(D) 解釋新的企業理念

解析 本題為掌握說話者意圖的考題，詢問女子說出「most sales reports have an executive summary at the beginning.」代表的真正意思為何。因此請以此指定句為聆聽重點，從上下文意確認說話者的真正意圖。

對話中間，女子向男子說道：「most sales reports have a summary at the beginning.」，表示報告應在開頭就提出摘要介紹，之後又說：「I mean, they start with a paragraph that sums up what the report will show so that our shareholders can get an overall view of the company's performance.」，再次說明應該要將整份業務報告濃縮成摘要重點。由此可知女子想要建議對方加上總結摘要至業務報告中，因此答案為 (B)。

6. 相關細節★

根據這位女士所言，星期五將會發生什麼事？

(A) 管理高層會議

(B) 業務研討會

(C) 公司旅遊

(D) 新產品展示

解析 本題為題組中最後一題，詢問週五將發生什麼事情，解題關鍵字為 Friday，因此請從後半段的對話中，找出相關答題線索。對話最後，女子說道：「We are going to need it on Friday for the board members' meeting.」，表示週五開董事會議需要此份報告書，由此可知週五將舉行董事會議。(A) 將 board member's meeting 改寫成 management meeting，故為正確答案。

05 看到圖表題請迅速掌握圖表中的資訊 P. 89

STEP 3 | 實戰測驗！

1 (D)　2 (B)　3 (B)　4 (A)　5 (D)　6 (B)

第 1-3 題，請參考下方對話和座位配置圖。

M: Excuse me, ma'am. [2] **I believe you may be sitting in my seat. I have 15C.**

W: I don't think so. [2] **I'm pretty sure I'm in 15C. Can I see your ticket? Um . . . your seat is not 15C. Your ticket says you are supposed to be sitting right in front of me.**

M: Oh, I'm so sorry. But I'm in trouble. [1] **I think I made an error in seat selection when I booked two seats for my wife and me. My wife is going to be sitting in 15D soon. Would you mind trading seats with me so my wife and I can sit together?**

W: That seems fine with me. All I want is an aisle seat. [3] **I'll tell the train attendant about this switch just in case.**

男：不好意思，女士。我想妳可能坐到我的位子了。我的座位是 15C。

女：我可不這麼認為。我很確定我坐在 15C。我可以看一下你的車票嗎？嗯……你的座位不是 15C。車票上面寫著你應該就坐在我正前方。

男：哦，我很抱歉。可是我麻煩大了，我想我在幫我自己和太太預訂兩個座位時，選錯位子了。我太太馬上就要過來坐 15D 的位子。妳介意跟我換座位讓我跟我太太坐在一起嗎？

女：我覺得沒問題。只要是靠走道的位子我都可以。我會跟列車乘務員說換位子的事，以防萬一。

		⬆ Front 前		
14A	14B		14C	14D
15A	15B		15C	15D

字彙 be supposed to V 應該（做）
right 正好；就　in front of 在……的前面
be in trouble 遇到麻煩；麻煩大了
make an error in 犯錯；出差錯
seat selection 選位　book 預訂；預約
trade 互相交換　aisle seat 靠走道座位
train attendant 列車乘務員
switch 交換；調換　just in case 以防萬一

1. 目的★★★

這段對話的目的為何？

(A) 預訂一些票

(B) 協商合約條款

(C) 更換座位配置圖

(D) 解決一個問題

解析 本題詢問的是對話的目的，指的就是對話的主旨。一般來說，對話的目的或主旨通常會出現在開頭前兩段對話中。但是若為難度較高的考題，則會出現在對話中間或是後半段對話中，本題便屬於後者。

男子向女子說道：「I think I made an error in seat selection when I booked two seats for my wife and me.」，表示自己預約時選錯了座位。接著又說道：「My wife is going to be sitting in 15D soon. Would you mind trading seats with me so my wife and I can sit together?」，提到自己的太

太坐在 15D，詢問能否和對方換座位，讓自己和太太坐在一起。綜合前述，由於男子選錯座位，導致問題發生。本對話的目的為解決問題，因此答案為 (D)。

陷阱分析：本題對話談的是更換座位一事，而 (C) 指的是更換座位配置圖，千萬不要搞混，誤選 (C) 作為答案。雖然像 (D) 這類的用法概括的範圍很廣，但仍能作為答案，請特別熟記。

2. 掌握圖表資訊★★★

請看圖表，這位男士原本可能被分配在哪個座位？

(A) 14B
(B) 14C
(C) 15C
(D) 15D

解析 由題目和選項可以得知，本題詢問的是男子原本選擇座位的號碼。由於座位配置圖中的資訊僅有座位號碼，因此可以推測出對話中不會直接提及座位號碼。若題目為路線圖或地圖等圖表題的對話也是相同的解題方式，得從介系詞片語相關句型中，確認地點或位置。

前半段對話中，男子說道：「I believe you may be sitting in my seat. I have 15C.」，女子回他：「I'm pretty sure I'm in 15C.」。由這兩句話可以得知，男女雙方都堅持自己的座位在 15C。接著女子看了男子的票後說道：「Your ticket says you are supposed to be sitting right in front of me.」，指出男子的座位是在自己的正前方才對。由此可知男子的座位在 15C 前方，也就是 14C，因此答案為 (B)。

3. 往後的行動★★

這位女士說她會做什麼？

(A) 取消她的車票
(B) 通知工作人員有異動
(C) 坐在等候區
(D) 查看是否還有別的空位

解析 本題為題組中最後一題，詢問女子將會做什麼事情，指的是她往後的行動。請仔細聆聽後半段對話，並特別留意當中提及的「動詞＋受詞」。對話最後，女子向男子說道：「I'll tell the train attendant about this switch just in case.」，表示她會跟列車乘務員說換座位的事，因此答案為 (B)。

第 4-6 題，請參考下方對話和電話表。

M: Hi. [4]I'm the representative for Romantic Cat Jewelry. I have two booths here at the Jewelry Art Exhibition in London.

W: We are very happy to have you here. Is there something I can do for you?

M: Um . . . when I signed up for my booths, I forgot to ask for only female mannequins. Is it possible to switch the male ones for female ones? They are better for me to display my new jewelry.

W: Sure. [5]I'll call the supplies team. [6]I think some of the staff members might be at lunch right now, but once they're back, someone should be able to switch them for you. We definitely have many female mannequins, but they are in the warehouse. Would you mind if we brought them to you in an hour?

M: That'd be great. Thank you very much for your help.

男：妳好，我是浪漫貓珠寶的業務代表。我在倫敦珠寶藝術展上有兩個參展的攤位。

女：很高興您能來此參展。有什麼可以為您效勞的嗎？

男：呃……我在報名參展時忘了提出只要假人女模特兒的要求。我能不能將假人男模特兒換成假人女模特兒呢？我覺得假人女模特兒會更適合展示我們公司的新珠寶。

女：當然可以。我會打電話給用品供應組。我想現在有些工作人員可能正在吃午飯，但等他們一回來，應該就會有人能幫您更換。我們的確有很多假人女模特兒，不過都放在倉庫裡。您介意我們一小時後送過去給您嗎？

男：那就太好了。非常感謝妳的幫忙。

Help and Support Desk	Extension
Registration	110
Lost and Found	603
Accommodations	625
Supplies	909

協助支援服務台	分機號碼
登記	110
失物招領	603
住宿供應	625
用品供應	909

字彙 representative 代表
sign up for 報名參加
forget to V 忘了要(做)
female mannequin 女性的假人模特兒
switch A for B 把 A 換成 B display 展出
jewelry 珠寶;首飾 be at lunch 在吃午餐
once 一旦…… warehouse 倉庫

4. 說話者的真實身分★★

這位男士最有可能是誰?

(A) 藝術展參展商

(B) 公司創辦人

(C) 參觀者

(D) 活動策畫者

解析 本題為題組中第一題,詢問男子的真實身分。前半段對話中,會出現與說話者身分有關的單字或說明。對話開頭,男子便說道:「I'm the representative for Romantic Cat Jewelry. I have two booths here at the Jewelry Art Exhibition in London.」,表明自己是 Romantic Cat Jewelry 的代表,於倫敦珠寶藝術展上設有兩個攤位。由此可以推測出男子為珠寶展覽的參展商,因此答案為 (A)。

5. 掌握圖表資訊★★★

請看圖表,這位女士可能會撥打哪個分機號碼?

(A) 分機 110

(B) 分機 603

(C) 分機 625

(D) 分機 909

解析 本題為圖表題,詢問女子要打給哪個分機號碼。選項列出了四組分機號碼,由此可以推測出對話中不太可能直接說出分機號碼,因此請特別留意對話中是否提到和分機號碼對應的組別名稱。後半段對話中,男子表示想要更換假人模特兒,而女子回答他:「I'll call the supplies team.」,回覆說她會跟用品供應組聯絡。確認電話表後,可以得知用品供應組的分機號碼為 909,因此答案為 (D)。

6. 相關細節★★★

根據這位女士所言,為什麼工作人員要一個小時才能更換假人模特兒?

(A) 他們正在進行其他任務。

(B) 他們正在用餐。

(C) 他們正在參加培訓講習。

(D) 他們正在修理假人模特兒。

解析 本題為題組中最後一題,詢問女子為何會說更換假人模特兒要花一小時。選項列出工作人員現在正在做的事情,因此請從後半段女子所說的話中,確認更換假人模特兒一事,以及當中是否提及人員們目前的狀況。

後半段對話中,女子說道:「I think some of the staff members might be at lunch right now, but once they're back, someone should be able to switch them for you.」,表示有一部分用品供應組的人員正在吃午餐,等他們回來後,會請他們幫忙更換假人模特兒。接著又說道:「We definitely have many female mannequins, but they are in the warehouse. Would you mind if we brought them to you in an hour?」,表示雖然女子假人模特兒的數量很多,但是都存放在倉庫當中,搬過去可能得花將近一小時的時間。綜合兩者內容,答案為 (B)。

本題屬於較難應付的考題,綜合兩句話中提及的理由後,才能確認花一小時更換假人模特兒的理由。

PART 4

01 掌握各類考題答題線索的位置 P. 96

STEP 3 | 實戰測驗!

1 (D) 2 (C) 3 (C) 4 (C) 5 (A) 6 (B)

第 1-3 題,請參考下方電話留言。

Hi, Ms. Green. It's Eric. I am running behind schedule right now, so [1] **I won't be able to make it in on time. There is a minor car accident on the highway,** and traffic is backed up by about half an hour. I know that we are meeting with the lawyers this morning to go over the new client contract. [3] Do you think you can start without me and when I arrive, we can continue from where you are? [2] I will try to be there as close to 10 o'clock as I can.

嗨，格林女士，我是艾瑞克。我現在落後於預定時間了，所以沒辦法準時趕到現場。公路上發生了一場小車禍，交通因而堵塞了約半小時之久。我知道我們今天早上要跟律師見面檢視新的客戶合約。妳覺得妳可以在沒有我的情況下先開始嗎？等我到了之後，就可以接手繼續下去。我會儘量在快十點的時候到那裡。

字彙 run behind schedule 落後於時間表
make it in on time 準時到達
minor car accident 小車禍
be backed up （交通）堵塞；回堵
go over 檢視；審查

1. 相關細節★★

這位男士為什麼快要遲到了？

(A) 他的車發動不了。
(B) 他的公車誤點了。
(C) 他把車鑰匙弄丟了。
(D) 他遇到交通堵塞了。

解析 本題詢問說話者遲到的原因，因此請仔細聆聽前半段獨白，當中將直接提及遲到原因。前半段獨白中說道：「I won't be able to make it in on time. There is a minor car accident on the highway, and traffic is backed up by about half an hour.」，指出車禍導致交通阻塞，可能無法準時抵達，因此答案為 (D)。值得注意的是，選項將電話留言中的答題線索 is backed up 換句話說，改寫成 is stuck in traffic。

2. 相關細節★

這位男士預計何時會抵達？

(A) 上午九點
(B) 上午九點三十分
(C) 上午十點
(D) 上午十點三十分

解析 本題詢問說話者抵達的時間，因此請仔細聆聽提及時間的片段。最後一段留言中說道：「I will try to be there as close to 10 o'clock as I can.」，表示他盡可能會在十點左右抵達，因此答案為 (C)。

3. 建議或請求★★

說話者要求聽者做什麼？

(A) 取消牙科的預約掛號
(B) 馬上打電話給律師
(C) 在沒有說話者的情況下逕行開始會議
(D) 載他去上班

解析 本題詢問說話者要求的事項，因此請仔細聆聽最後一段留言，由關鍵動詞掌握要求事項。最後一段留言中，說話者說道：「Do you think you can start without me and when I arrive, we can continue from where you are?」，請對方在他抵達之前就先開始進行會議，因此答案為 (C)。

第 4-6 題，請參考下方獨白。

Hello, everyone. [5] This is your senior counsel, Rachel Wilkinson. [4] I know you're all excited about the new document editing software that will be installed on your laptops by Friday. As trusted legal counsel, it is important for us to make accurate, timely changes to reflect our clients' feedback, to produce legally effective documents on the spot, and to share them with the clients. The firm will offer demonstration sessions every day next week. I know all of you are very busy, and some of you might have used the application before, [6] but you're still required to attend one session on any date of your choice next week.

哈囉，大家好。我是資深律師瑞秋．威爾金森。本週五前，各位的筆電都要安裝新的文書編輯軟體了，我知道大家都對此感到興奮。作為值得信賴的法務顧問，能準確且及時地針對客戶的意見回饋做改變，並能當場製作具有法律效力的文件給客戶，對我們來說是很重要的。下星期公司每天都會提供示範課程。我知道大家都很忙，而且你們當中有些人可能曾經用過這個應用軟體，不過你們還是必須在下個星期任選一天來上課。

字彙 counsel 律師
document editing software 文件編輯軟體
install 安裝　trusted 可信的
legal counsel 法律顧問
accurate 準確的　timely 及時的
reflect 反映
legally effective 有法律效力的
on the spot 當場
demonstration sessions 示範課程
might have + p.p. 可能曾(做)過
be required to V 被要求(做)

4. 主旨★★

這個公告主要與什麼有關？

(A) 工作機會
(B) 贏得新客戶
(C) 軟體更新
(D) 收購企業

解析 本題詢問獨白的主旨，因此請仔細聆聽前半段獨白中，說話者打完招呼、自我介紹後方的兩句話。前半段獨白中說道：「I know you're all excited about the new document editing software that will be installed on your laptops by Friday.」，提到週五以前會安裝好新的文書編輯軟體，因此答案為 (C)。

5. 說話者的真實身分★

說話者的職業最有可能是什麼？

(A) 律師
(B) 會計師
(C) 電腦工程師
(D) 法務助理

解析 獨白中，說話者會在開頭自我介紹，因此請由相關內容掌握說話者的職業。說話者說道：「This is your senior counsel, Rachel Wilkinson.」，表明自己的身分是資深律師，因此答案為 (A)。

6. 建議或請求★★

說話者要求聽眾做什麼？

(A) 提起訴訟
(B) 參加示範課程
(C) 自願捐款
(D) 會見重要客戶

解析 本題為題組中第三題，詢問說話者要求聽者做什麼。因此請從後半段獨白中，掌握相關答題線索。獨白最後說道：「but you're still required to attend one session on any date of your choice next week.」，要求大家務必要從下週時間中選出一天參加示範課程，因此答案為 (B)。

02 預先熟悉固定的回答模式 ① P. 101

STEP 3 | 實戰測驗！

1 (C)　2 (A)　3 (B)　4 (C)　5 (A)　6 (C)

第 1-3 題，請參考下方電話留言。

Hello there! This is Isabella Choi. Several months ago, [1] **I hired your interior office to replace the existing downstairs windows in my house with some new windows** to save on heating and air-conditioning costs. I think they've been quite good so far, [2] **but after two hours of heavy rain this morning, I noticed that some window sills are cracked and split.** There's a lot of rainwater coming inside the living room, and the carpet is completely soaked. Well, I want this problem fixed as soon as possible. I'll be tied up in meetings all morning, [3] **so when you get this message, please call me back at 926-7399 after lunch.** Have a nice one!

喂，你好！我是伊莎貝拉．崔。幾個月前，我僱了你們室內裝修公司把我家樓下的窗戶全都換新，以節省冷暖氣的費用。到目前為止我覺得新窗戶還不錯，但是在今天早上下了兩個小時的大雨後，我注意到有幾個窗戶的窗台出現龜裂而且裂開了。雨水大量滲進客廳裡，地毯全都濕透了。唔，我希望能儘快解決這個問題。我整個上午都會忙著開會，所以等你聽到這個留言時，請於午餐後回電給我，電話號碼是 926-7399。祝你有個愉快的一天！

字彙 interior office 室內裝修公司
existing downstairs windows 現有的樓下窗戶
heating and air-conditioning costs 暖氣和空調的費用
two hours of heavy rain 兩小時的大雨

window sills 窗台
be cracked and split 有裂縫且裂開
be soaked 濕透的
be tied up in meetings all morning
整個早上忙著開會

1. 相關細節 ★★

說話者打給什麼類型的公司？

(A) 五金行
(B) 居家修繕賣場
(C) 室內裝修公司
(D) 傢俱工廠

解析 本題為題組中第一題，詢問說話者打電話給什麼公司。因此請從前半段電話留言中，掌握當中提及的職業、或是與職業相關的單字和說明。前半段電話留言中，說話者說道：「I hired your interior office to replace the existing downstairs windows in my house with some new windows」，當中直接提到 your interior office，因此答案為 (C)。

2. 疑難問題★★★

提到了什麼問題？

(A) 一些窗台正在漏水。
(B) 有些窗戶全都碎了。
(C) 每天早上都有會議。
(D) 平日的人潮較少。

解析 本題詢問留言中提到什麼問題。問題通常會出現在前半段獨白中，解決方式則會出現在後半段獨白中，因此請仔細聆聽前半段獨白中，提及什麼問題。前半段獨白中，說話者說道：「but after two hours of heavy rain this morning, I noticed that some window sills are cracked and split.」，指出大雨過後，窗台產生裂痕和縫隙，因此答案為 (A)。

3. 建議或請求★★★

聽者被要求做什麼？

(A) 出席會議
(B) 午餐後回電話
(C) 帶幾把傘
(D) 買些建材

解析 本題為題組中最後一題，詢問聽者被要求的事項，因此請仔細聆聽後半段電話留言，確認說話者向聽者要求的內容，並特別留意動詞。後半段留言中，說話者說道：「so when you get this message, please call me back at 926-7399 after lunch.」，請對方在午餐後回電給自己，因此答案為 (B)。在電話留言中，若最後一題詢問的是說話者要求的事項，答案經常是要求對方回電，請務必熟記這一點。

第 4-6 題，請參考下方通知。

[4] **We are very pleased to inform you about the new policy regarding the number of meetings we have to attend.** According to our recent Internet survey on operations efficiency and the department's functionality, many employees reported that we should reduce the number of staff meetings to two per quarter and that staff meetings are often very unproductive. [5] **They want longer periods of time to concentrate on individually assigned work without being interrupted by frequent and long meetings**, so starting next week, we'll have one staff meeting per quarter, and staff meetings should not last for more than two hours. Hopefully, this adjustment will help us stop wasting time on meetings and will let us manage our time effectively. [6] **This new policy goes into effect next Thursday.** Thank you.

我們非常高興通知大家，關於員工必須出席的會議次數的新政策。根據我們最近針對工作效率與部門功能所進行的網路調查顯示，許多員工回報說我們應該將員工會議的次數減少到每季兩次，而且員工會議通常毫無效益可言。他們希望有更長的時間可專注在個人被分配的工作，而非老是被頻繁與冗長的會議打斷，所以從下個星期開始，我們每季開一次員工會議，會議的時間則不得超過兩個小時。希望此次調整能幫助我們不再浪費時間在開會上，並且讓我們有效管理時間。這項新政策將於下週四開始生效。謝謝大家。

字彙 inform A about B 通知 A 關於 B
operations efficiency 工作效率
department's functionality 部門功能
staff meeting 員工會議　per quarter 每一季
unproductive 無效益的

concentrate on 專心於；全神貫注於
individually assigned work 個別分配到的工作
be interrupted by 被……打斷
last for more than two hours
持續兩個小時以上
manage our time effectively
有效地管理時間 go into effect 生效

4. 主旨★★★
這則通知主要與什麼有關？
(A) 免費停車的優惠券
(B) 企業資源回收計畫
(C) 員工會議的新政策
(D) 預約時間表

解析 本題為題組中第一題，詢問此通知的主旨。因此請從前半段獨白中，掌握核心主旨。另外請特別留意，通知的主旨經常為告知變更事項。前半段獨白中說道：「We are very pleased to inform you about the new policy regarding the number of meetings we have to attend.」，提到將告知有關會議參加次數的新政策，因此答案為 (C)。

5. 相關細節★★★
員工為什麼要求變革？
(A) 為了更有效地利用時間
(B) 為了更改旅遊計畫
(C) 為了強化他們的競爭力
(D) 為了提供更多休假日

解析 本題詢問員工要求有所改變的原因。由此可以推測出告知變動事項後，應該會提到員工要求改變的原因。說話者在獨白中間說道：「They want longer periods of time to concentrate on individually assigned work without being interrupted by frequent and long meetings」，表示員工希望不受次數過於頻繁、又冗長的會議干擾，能花更長的時間專注在個人業務上，因此答案為 (A)。

6. 相關細節★
這項變革將於何時發生？
(A) 尚未決定。
(B) 立即
(C) 下個星期
(D) 下個月

解析 本題為題組中最後一題，詢問新政策的實施時間，因此請仔細聆聽後半段通知，並確認時間點。說話者在最後一句說道：「This new policy goes into effect next Thursday.」，告知將從下週四開始實施新政策，因此答案為 (C)。

03 預先熟悉固定的回答模式 ② P. 107

STEP 3 | 實戰測驗！

1 (C) 2 (A) 3 (A) 4 (C) 5 (B) 6 (D)

第 1-3 題，請參考下方介紹。

Good afternoon and [1] **welcome to the Walnut Creek Public Library.** This is the third in our series of lectures on strict and proper personal accounting. Today, we're very lucky to have Ms. Lee Thompson as our guest. Ms. Thompson graduated from a prestigious college and worked in personal and corporate accounting and the taxation sector for almost 20 years. [2] **She is also the professional author of the bestselling book *Saving Money Easily*, which has caused a great sensation among people for the last six months.** Today, her topic is how to keep good household accounts and invest spare cash. Please remember that her lecture will be recorded, and this high-quality audio file will be uploaded to the server of the Walnut Creek Library. [3] **So if any of you would like to listen to her lecture again, just log on to the library's Web site and download it.** Now, let's give a warm welcome to Ms. Thompson.

午安，歡迎蒞臨核桃溪公共圖書館。這是嚴格與適切的個人會計系列講座的第三堂課程。今天，我們有幸邀請到李．湯普森女士作為我們的嘉賓。湯普森女士畢業於一所名校，她曾在個人和企業會計及稅務領域工作了近 20 年。她同時也是暢銷書《輕鬆省錢》一書的專業作家，這本書在過去六個月以來已引起了極大的轟動。今天她要演講的主題是如何做好日常的家用帳以及如何用閒錢投資。請記住，本次演講將會予以錄音，而這個高品質的音檔將會上傳到核桃溪圖書館的伺服器上。所以如果你們當中有任何人想要再聽一次今天的演講，只需登入圖書館的網站下載音檔資料即可。現在就讓我們熱烈歡迎湯普森女士。

字彙 series 系列　strict 嚴格的；必須恪守的
proper 適合的；適當的
graduate from 畢業於
prestigious 有聲望的
corporate （大）公司的　taxation 稅收制度
sector 領域；行業　author 作者
sensation 轟動　household 家庭的；日常的
spare cash 餘錢；多餘的現金
high-quality 高品質的　upload 上傳
log on to 登入到；進入系統
give a warm welcome to 熱烈歡迎

1. 地點★

說話者最有可能在哪裡？
(A) 在頒獎典禮
(B) 在金融機構
(C) 在圖書館
(D) 在電影節

解析 本題詢問說話者所在的地點，因此請仔細聆聽前半段獨白，當中可能會直接表明地點，或是提及相關單字和說明，進而得以推測出地點。前半段獨白中，說話者說道：「welcome to the Walnut Creek Public Library.」，表明自己所在的地點為 Walnut Creek 公共圖書館，因此答案為 (C)。

2. 相關細節★★★

湯普森女士最近做了什麼事？
(A) 她出版了一本新書。
(B) 她從商學院畢業了。
(C) 她出差了。
(D) 她在會議上演講。

解析 本題為相關細節題，詢問的是 Thompson 女士最近做了什麼事，因此請仔細聆聽提及 recently 或是近期時間的片段，確認答題線索。說話者在獨白中間說道：「She is also the professional author of the bestselling book *Saving Money Easily*, which has caused a great sensation among people for the last six months.」，提到有一本名為 Saving Money Easily 的書籍，在最近六個月引起極大的討論，並指出 Thompson 小姐就是此書的作者，因此答案為 (A)。

請記得，若獨白為人物介紹，題組中會出現詢問獲獎、出書、商品開發經歷或是特殊業績等相關問題。

3. 相關細節★★

根據說話者所言，網站上將會提供什麼？
(A) 演講的錄音檔案
(B) 即將舉行的研討會時間表
(C) 修訂後的會計準則
(D) 圖書館書籍的清單

解析 本題為題組中最後一題，詢問網站上可以取得什麼資訊。因此請仔細聆聽後半段獨白，注意當中提及 Web site 或是網址的片段。說話者在獨白最後說道：「So if any of you would like to listen to her lecture again, just log on to the library's Web site and download it.」，表示如果想要再次聆聽她的演講，可以上圖書館網站下載檔案，因此答案為 (A)。

第 4-6 題，請參考下方獨白。

[4,5] **It is my great pleasure to introduce this year's honored graduation speaker, Mr. Howard Green.** Mr. Green graduated from this university with a master's in civil engineering 30 years ago. Since his graduation, Mr. Green has played a pivotal role in designing countless bridges, roadways, and other structures across the country and around the world. [6] **He is the recipient of 13 industry awards as well as 7 humanitarian awards for his constant support of nonprofit organizations** that focus on benefitting underprivileged children in impoverished areas around the world.

我非常榮幸向大家介紹今年的榮譽畢業致詞代表霍華德．格林先生。格林先生 30 年前自本校畢業，取得土木工程的碩士學位。畢業後，格林先生在全國乃至世界各地設計了無數的橋樑、道路以及其他的建築，他在其中有著舉足輕重的地位。因他一直致力於幫助世界各地貧困地區弱勢兒童的非營利組織，故而獲得了 13 項的產業獎以及 7 項的人道精神獎。

字彙 honored 受尊敬的
graduation speaker 畢業致詞講者
graduate from 畢業於　master's 碩士學位
civil engineering 土木工程
play a pivotal role in 在……起關鍵作用

countless 無數的
across the country 全國各地
recipient 接受者；受領者
humanitarian award 人道精神獎
nonprofit organizations 非營利組織
benefit 造福；有利於
underprivileged 窮困的；處於弱勢的
impoverished areas 貧困地區

4. 目的★

這段談話的目的是什麼？

(A) 頒獎
(B) 報告工程的壯舉
(C) 介紹演講者
(D) 呼籲國際援助

解析 獨白的目的通常會出現在前半段獨白當中，因此請務必由開頭兩句話，掌握獨白的核心內容。說話者在開頭便說道：「It is my great pleasure to introduce this year's honored graduation speaker, Mr. Howard Green.」，介紹邀請的講者為 Howard Green 先生，因此答案為 (C)。

陷阱分析： 雖然此獨白一開頭就介紹了講者身分，但後方又提到講者的工程背景和成就。然而要留意的是，本篇的重點仍在介紹講者，並非宣揚講者的豐功偉業，千萬不要因此勿選 (B) 作為答案。

5. 聽者的真實身分★

這段談話的聽眾是誰？

(A) 格林先生的同事
(B) 畢業生
(C) 工程師與建築師
(D) 潛在客戶

解析 聽者的身分會出現在前半段獨白中，當中可能會直接提到聽者身分，也可能要由相關單字或說明來推測。說話者在獨白一開頭說道：「It is my great pleasure to introduce this year's honored graduation speaker, Mr. Howard Green.」，介紹講者為今年的榮譽畢業致詞代表。由此可以推測出聽者應為畢業生，因此答案為 (B)。

6. 相關細節★★

談話中提到什麼與格林先生有關的事？

(A) 他有工程的博士學位。
(B) 他免費設計橋樑。
(C) 他在貧困地區長大。
(D) 他已獲得多項榮譽。

解析 本題為題組中最後一題，詢問符合 Green 先生的內容。因此請仔細聆聽後半段獨白，從提及 Green 或 he 的片段中，確認他的相關資訊。後半段獨白中，說話者說道：「He is the recipient of 13 industry awards as well as 7 humanitarian awards for his constant support of nonprofit organizations」，指出 Green 先生曾得到工程產業的獎項，以及表彰人道主義的獎項，因此答案為 (D)。

請特別留意，若獨白為人物介紹，題組中會出現獲獎、出書、商品開發、或是特殊業績等與詢問個人經驗的問題。

新 04 掌握意圖題的答題線索就在指定句前後方

P. 111

STEP 3 | 實戰測驗！

1 (C)　2 (A)　3 (C)　4 (C)　5 (D)　6 (C)

第 1-3 題，請參考下方通知。

Thanks for coming in on such short notice. [2] **As you know, our sales figures have dropped sharply this year, so we must do something to improve them.** [1] **I would like to inform you of some big changes in the way we do our printing.** [2] **Here's the thing.** [1, 2] **We have decided to shorten our printing times to be more competitive.** From now on, we will print business and greeting cards in one day. Our posters and stickers will have a two-day turnaround. [3] **We'll be offering T-shirt printing with a three-day wait.** Lastly, our banners will take one week to print. These new printing times will go into effect starting next week.

感謝各位在時間這麼倉促的情況下到來。如你們所知，公司今年的業績急遽下滑，所以我們必須採取措施加以改進。我想通知大家公司在印刷方式上的幾項重大變革。事情是這樣的。我們已經決定要縮短印刷時間以提高競爭力。從現在開始，我們要在一天內就把名片和賀卡印完。海報和貼紙則將有兩天的作業期。T 恤印製要等上三天。最後，橫幅將用一個星期的時間印製完成。這些新的印刷時間將從下週開始生效。

字彙 on such short notice 在臨時通知下；在這麼短的時間內
sales figures 銷售數字；銷售額
sharply 突然大幅度地
improve 改進；改善
shorten 縮短；減少
competitive 競爭的；有競爭力的
business card 名片　greeting card 賀卡
turnaround 處理時間；作業期
banner 旗幟；橫幅　go into effect 生效

1. 主旨★★★

這個通知與什麼有關？

(A) 優惠價格
(B) 降低成本
(C) 更快速的服務
(D) 新科技

解析 本題為題組中第一題，詢問此通知的主旨，因此請仔細聆聽前半段獨白。說話者在前半段獨白中說道：「I would like to inform you of some big changes in the way we do our printing.」，告知要改變公司目前印刷方式。接著說道：「We have decided to shorten our printing times to be more competitive.」，表示決定縮短印刷時間，以提升競爭力。由此可知本通知的主旨為提供更快速的服務，因此答案為 (C)。

2. 掌握說話者的意圖★★★

說話者為什麼會說：「事情是這樣的」？

(A) 要提出解決辦法
(B) 要回答問題
(C) 要討論服務方案
(D) 要介紹新產品

解析 本題要掌握說話者的意圖，詢問的是男子為何會說出「Here's the thing」。因此請從該句話前後文，掌握說話者想表達的意思。說話者於前半段獨白中說道：「As you know, our sales figures have dropped sharply this year, so we must do something to improve them.」，表示今年銷售數字急遽下跌，為了改善現況，勢必要做出改變。

接著說道「Here's the thing」，後方又說「We have decided to shorten our printing times to be more competitive.」，表示決定縮短印刷時間，以提升競爭力。由此可知說話者說出「Here's the thing」為的是針對問題提出解決方案，因此答案為 (A)。

3. 相關細節★

根據說話者所言，T 恤印製需要多久的時間？

(A) 一天
(B) 兩天
(C) 三天
(D) 一星期

解析 本題為題組中最後一題，詢問印製 T 恤所需的時間。因此請仔細聆聽後半段獨白，注意當中提及的時間。說話者說道：「We'll be offering T-shirt printing with a three-day wait.」，表示印製 T 恤需要花三天的時間，因此答案為 (C)。

第 4-6 題，請參考下方廣告。

[4] **The Fitness Center of Fremont is a 60,000-square-foot medically integrated facility featuring state-of-the-art equipment along with a staff of degreed health professionals** who provide all the education and support you'll need to make a lasting commitment to your health. [5] **With more than 120 machines, you are certain to find something suited to your needs.** [5] **That's why we are the top fitness center in the Fremont area.** The Fitness Center of Fremont is also conveniently located near Fremont Bart Station. Anyone who signs up for a one-year membership will save 25% off the regular price. [6] **We'll work to enhance your lifestyle for today and the future.** [6] **You won't be disappointed at all.**

弗利蒙健身中心是一所佔地六萬平方英尺的醫療綜合機構，配備了最先進的設備以及一批具有健康相關學位的專業人員，為您提供所有的訓練，並支持您永保健康的決心。本中心擁有 120 多台器材，您一定會找到適合您需求的設備。這就是為什麼我們是弗利蒙地區頂級的健身中心。弗利蒙健身中心交通便利，就位於弗利蒙巴特車站附近。報名參加一年期會員資格的人將享有原價七五折的優惠。我們將努力改進您現今與未來的生活方式，肯定讓您不虛此行。

字彙 medically 醫學上
integrated 綜合的；整合的

facility 場所；機構
state-of-the-art 最先進的；最高級的
equipment 設備　along with 和……一道
degreed 有學位的
health professional 健康專業人員
make a lasting commitment to
對……做出永久的承諾
be certain to V 必然會（做）；一定會（做）
sign up for 報名參加
membership 會員資格；會員身分
regular price 原價　enhance 提高；增加
disappointed 失望的

4. 相關細節★
說話者在什麼行業工作？
(A) 醫院
(B) 房地產仲介公司
(C) 健身俱樂部
(D) 有線電視公司

解析 本題詢問的是說話者任職的行業，因此請仔細聆聽前半段廣告的內容。當中可能會直接提及公司名稱，也可能要由相關單字或說明來推測。說話者在前半段獨白中說道：「The Fitness Center of Fremont is a 60,000-square-foot medically integrated facility featuring state-of-the-art equipment along with a staff of degreed health professionals」，介紹 Fremont 健身中心。當中提到 fitness center、state-of-the-art equipment 和 health professionals 等關鍵字，由此可以確認說話者任職於健身中心，因此答案為 (C)。

5. 相關細節★★
根據說話者所言，這家公司以什麼而聞名？
(A) 創新產品
(B) 合格醫師
(C) 合理價格
(D) 多樣設備

解析 本題詢問該企業以什麼聞名，因此請仔細聆聽文中與企業有關的資訊，注意當中提及的優勢。說話者於獨白中間說道：「With more than 120 machines, you are certain to find something suited to your needs.」，表示健身中心內設有超過 120 種以上的器材，每個人都能順利找到適合自己的設備。接著說道：「That's why we are the top fitness center in the Fremont area.」，強調基於這一點，Fremont 健身中心為 Fremont 地區最佳的健身中心，因此答案為 (D)。

6. 掌握說話者的意圖★★★
當說話者說：「肯定讓您不虛此行」，是什麼意思？
(A) 新產品的品質優良。
(B) 人們對優厚的收益感到滿意。
(C) 顧客將享受健康的生活。
(D) 有些問題不會再發生。

解析 本題為掌握說話者意圖的考題，詢問說話者提到「You won't be disappointed at all.」代表什麼意思。因此請掌握此指定句前後方的文意，便於理解說話者的意圖。此句話前方，說話者說道：「We'll work to enhance your lifestyle for today and the future.」，表示我們將努力提升大家未來的生活。接著才說道：「You won't be disappointed at all.」，表達會為健身中心的顧客改善生活方式，代表顧客能享受更健康的生活，因此答案為 (C)。

新 05 看到圖表題請迅速掌握圖表中的資訊

P. 116

STEP 3 | 實戰測驗！

1 (C)　2 (D)　3 (D)　4 (D)　5 (A)　6 (C)

第 1-3 題，請參考下方電話留言和行程表。

Hi. This is Martha Gibson. This is a message for Andrew Kim at Bay Cruises. [1] **I've had a look at all the cruise destinations that you offer, and I've decided on the Guam cruise.** [3] **Yesterday, you left a message for me that the dates of the Guam cruise and the Bahamas cruise have been switched with each other due to the weather conditions.** I'm fully aware of the schedule changes. [2] **We would like to add the fishing trip, not scuba diving.** We will be flying from New York to Los Angeles on a Red Moon Airlines flight. I've already booked the flight tickets for my family. I'll see you there. Thank you. Have a good day!

你好，我是瑪莎．吉布森，這是給海灣郵輪公司安德魯．金的留言。你給我的那些郵輪行程我已經都看過了，我決定選關島的郵輪行程。昨天你有留言給我說，關島之旅和巴哈馬之旅的出航日期因天候因素而相互交換。我十分清楚旅遊行程表的異動。我們想要增加垂釣行，而不是水肺潛水。我們會搭乘紅月航空的班機從紐約飛往洛杉磯。我已經幫家人預訂好機票了。我們到時見。謝謝你。祝你有個美好的一天！

Cruise Destination	Departure Date (L.A.)
Alaska	January 10
Mediterranean Sea	April 5
Guam	June 3
Bahamas	June 25

郵輪行程目的地	出航日期（洛杉磯）
阿拉斯加	1 月 10 日
地中海	4 月 5 日
關島	6 月 3 日
巴哈馬	6 月 25 日

字彙 **destination** 目的地 **switch** 調換；交換
weather conditions 天氣狀況
be aware of 知道；明白
schedule changes 時程表的異動
fly 搭飛機 **flight ticket** 機票

1. 說話者的真實身分★★

說話者最有可能是誰？

(A) 飛行員

(B) 旅行社職員

(C) 顧客

(D) 郵輪的員工

解析 本題為題組中第一題，詢問說話者的真實身分。請仔細聆聽前半段留言，當中可能會直接表明身分，也可能得由相關單字或說明來推測。前半段留言中，說話者說道：「I've had a look at all the cruise destinations that you offer, and I've decided on the Guam cruise.」，表示看過郵輪旅遊的所有目的地後，決定選擇關島。由此可以推測說話者應為購買郵輪旅遊商品的客人，因此答案為 (C)。

2. 相關細節★

說話者對什麼活動感興趣？

(A) 划獨木舟

(B) 水肺潛水

(C) 乘坐狗拉雪橇

(D) 釣魚

解析 本題詢問說話者感興趣的活動，因此請仔細聆聽留言中提及的休閒活動。說話者於留言中間說道：「We would like to add the fishing trip, not scuba diving.」，表示他想要增加的是釣魚行程，並非潛水，因此答案為 (D)。

3. 掌握圖表資訊★★★

請看圖表，關島之旅的出航日期是什麼時候？

(A) 1 月 10 日

(B) 4 月 5 日

(C) 6 月 3 日

(D) 6 月 25 日

解析 本題為圖表題，詢問出發前往關島的日期。選項中直接列出出發日期，由此可以推測出留言中不會提及出發日期，因此請仔細聆聽留言，確認與郵輪旅遊目的地有關的資訊。

前半段留言中，女子說道：「Yesterday, you left a message for me that the dates of the Guam cruise and the Bahamas cruise have been switched with each other due to the weather conditions.」，表示昨日接獲通知，被告知由於天候因素，對調了關島之旅和巴哈馬之旅的行程時間。若確認出發時間表，可以發現關島之旅的出發時間為 6 月 3 日，巴哈馬之旅的出發時間為 6 月 25 日。由於兩行程的出發時間被對調，關島之旅的出發時間變成 6 月 25 日，因此答案為 (D)。

陷阱分析：如果未能掌握留言中提及的重點內容，單憑表格中資訊，很可能會誤以為前往關島的日期為 6 月 3 日。但是若能聽到關鍵字 Bahamas cruise 或 switched，便能推測出巴哈馬和關島之旅的出發日期互換。請記得，只要能掌握答題關鍵字，就能順利解題。

第 4-6 題，請參考下方電話留言和資訊。

Hello, Mr. Ryan. This is Michael Western calling at Won International. [4] **I'm looking for a decent place for my company's annual awards ceremony next month.** [6] **We would like an outdoor venue, such** as a convention garden that can accommodate about 130 employees. [5] I heard that your new convention garden, the Universe Convention Garden, can accommodate 170 people and that many companies want to use it as a place to hold various events. I think your special gardens are something out of the ordinary, and one of them will be a perfect spot for us. Our awards ceremony is scheduled for December 12. [6] We are hoping to spend no more than $8,000 on the venue rental. Please let me know if it is possible to reserve one of your gardens and to get some complimentary add-ons to make our ceremony special. I look forward to hearing from you soon. Thanks.

賴安先生你好，我是萬國際公司的麥克．韋斯頓。我正在為公司下個月舉辦的年度頒獎典禮尋找一個合適的地方。我們想要找個戶外的場地，比如能容納約 130 名員工的會議花園。我聽說你們新開放的會議花園——宇宙會議花園——能容納 170 人，許多公司都想在這裡舉辦各式的活動。我覺得你們特設的花園與眾不同，而其中總有一個地方適合我們公司辦活動。我們的頒獎典禮預計在 12 月 12 日舉行。我們希望場地的租金在 8,000 美元以下。請告訴我是否有可能預訂其中的一間花園並獲得附贈品，好讓我們的頒獎典禮更特別。我期待早日收到你的回音。謝謝。

Venues	Guest Capacity	Cost
Emerald Convention Garden	85 people	$3,500
Victoria Convention Garden	110 people	$5,000
Galaxy Convention Garden	140 people	$7,600
Universe Convention Garden	170 people	$8,600

場地	可容納賓客數	費用
翡翠會議花園	85 人	$3,500
維多利亞會議花園	110 人	$5,000
銀河會議花園	140 人	$7,600
宇宙會議花園	170 人	$8,600

字彙 **decent** 體面的；還不錯的
annual 每年的；一年一次的
awards ceremony 頒獎典禮
venue 場地　**accommodate** 容納
out of the ordinary 非比尋常；與眾不同
spot 地點；場所
be scheduled for 預訂於……舉行
venue rental 場地的租金
complimentary 贈送的；免費的
add-ons 附加物

4. 相關細節★★

下個月即將舉辦什麼樣的活動？

(A) 慈善活動
(B) 募款活動
(C) 地方慶典
(D) 公司活動

解析 本題為題組中第一題，詢問下個月要舉辦的活動類型，因此請仔細聆聽前半段留言，確認活動內容。前半段留言中，說話者說道：「I'm looking for a decent place for my company's annual awards ceremony next month.」，表示自己正在物色適合舉辦公司年度頒獎典禮的場地。公司年度頒獎典禮屬於公司活動，而 (D) 將 annual awards ceremony 改寫成 corporate event，故為正確答案。

5. 相關細節★★★

關於宇宙會議花園，文中暗示了什麼？

(A) 深受多家公司的歡迎。
(B) 空間足以容納 200 名賓客。
(C) 環境優雅寧靜。
(D) 以野花來裝飾。

解析 本題詢問 Universe Convention Garden 的相關細節，因此請先看過選項的內容，再仔細聆聽留言中是否提到相對應的話，找出答題線索。說話者於留言中間說道：「I heard that your new convention garden, the Universe Convention Garden, can accommodate 170 people and that many companies want to use it as a place to hold various events.」，表示新的會議花園可以容納 170 人，許多公司都喜歡在此舉辦活動。由此可以推測出 Universe Convention Garden 十分搶手，因此答案為 (A)。

6. 掌握圖表資訊★★★

請看圖表，以下哪個是舉辦該活動的最佳地點？

(A) 翡翠會議花園

(B) 維多利亞會議花園

(C) 銀河會議花園

(D) 宇宙會議花園

解析 本題要透過電話留言中的線索和表格內的資訊，推測出最適合舉行活動的場地。前半段留言中，說話者說道：「We would like an outdoor venue, such as a convention garden that can accommodate about 130 employees.」，表示偏好能容納 130 名員工的戶外場地。後半段留言中又說道：「We are hoping to spend no more than $8,000 on the venue rental.」，告知對方租借活動場地的預算為八千美元以內。根據表格資訊，價格為八千美元以下，又能容納 130 名員工的場地只有 Galaxy Convention Garden，因此答案為 (C)。

PART 5&6 文法與詞類變化篇

01 介系詞的位置 P. 121

STEP 3 | 實戰測驗！

1 (B)　2 (D)　3 (C)　4 (B)

1. ★★

中譯 妮娜．羅培茲自五月退休後就全心投入照料她養的鳥兒。

解析 本題為文法題，選項列出各種不同的介系詞。空格位在反身代名詞（當作受詞）和動名詞之間，應填入介系詞。而空格前方的動詞 commit 適合搭配介系詞 to，因此答案為 (B)。本題考的是被動語態「be committed to」（致力於、投入……）。

字彙 retirement 退休　fully 完全地；徹底地
commit oneself to V-ing 致力於……
care for 照顧；照看

2. ★★

中譯 本校的畢業生在競爭高科技工作上很吃香。

解析 本題為文法題，選項列出各種不同的介系詞。空格位在 when 開頭的副詞子句當中，且前方連接 compete，應填入介系詞。compete 後方可以連接不同的介系詞，而本題介系詞空格後方的受詞（high-tech jobs）代表競爭的目標，因此答案選 (D) 最為適當，表示「目的、追求」的概念。

字彙 be in a strong position 處於有利位置
compete for 競爭；角逐
high-tech job 高科技工作

3. ★★

中譯 其中一道特殊的門，就位在波特維爾拉庫納水上中心的海豚觀景台附近。

解析 本題為文法題，選項列出各種不同的介系詞。空格位在 be located 後方，應填入介系詞。根據題意，填入 (C) 最為適當，表示「附近」的意思。(A) 此介系詞適合連接在 go 或 fall 的後方，因此不適合填入。(B) 僅能用於表示「方向」，例如「be located to the south of . . .」（位於……的南方）。(D) 填入後不符合題意。

字彙 be located near 位於……附近
dolphin-watching 觀賞海豚
platform 平台；舞台　except 除……之外

4. ★★

中譯 在製造汽車用電子零件時，工廠的清潔是最重要的。

解析 本題為文法題，選項列出各種不同的介系詞。空格位在 be 動詞和名詞片語 the utmost importance 之間，應填入介系詞，並和後方名詞片語結合，作為形容詞補語。介系詞 of 加上名詞後，具有形容詞的功能，請特別熟記這個概念；也就是說 of importance 和形容詞 important 代表相同的意思。

字彙 electronic components 電子零件
cleanliness 清潔　utmost 最大的

02 名詞的位置 P. 123

STEP 3 | 實戰測驗！

1 (C)　2 (A)　3 (B)　4 (C)

1. ★★

中譯 有個可能的推論是，新系統將簡化製造過程並提高生產力。

(A) conclusive 決定性的（形容詞）

(B) conclude 推斷出；下結論（動詞）

(C) conclusion 推論（名詞）

(D) concluding 結束的（現在分詞、動名詞）

解析 本題為詞類變化題，選項列出一個單字的各類詞性。空格位在動詞前方，接受前方形容詞的修飾，為名詞的位置，因此請先刪去 (A) 和 (B)。而 conclude 為及物動詞，若使用動名詞形態，後方要連接受詞才行；但本題空格的後方沒有受詞，因此 (D) 並不適當。綜合前述內容，答案為 (C) conclusion（conclude 的名詞型態）。

字彙 conclusion 結論；推論
streamline 使簡單化
manufacturing process 製造過程
productivity 生產率；生產力
conclusive 決定性的
conclude 推斷出；下結論

2. ★

中譯 在看過戴維森先生一長串令人印象深刻的資歷後，主管便聯絡他安排面試的時間。

(A) qualifications 資格（名詞）
(B) qualified 有資格的（過去式、過去分詞）
(C) qualifying 獲取資格的（現在分詞、動名詞）
(D) qualifies 使具有資格（第三人稱單數動詞）

解析 本題為詞類變化題，選項列出一個單字的各類詞性。空格接受形容詞 impressive 的修飾，應填入名詞。選項中 (A) 表示「資格」，故為正確答案。

字彙 review 檢視；審核
impressive 給人深刻印象的
schedule 安排
qualification 資格；合格證書　qualify 使合格

3. ★★

中譯 一旦利姆先生簽字同意體育館的興建計畫，新館的工程就會開始動工。

(A) build 建造（動詞）
(B) building 建築物（名詞、現在分詞、動名詞）
(C) to build 建造（不定詞 to V）
(D) builder 建商（名詞）

解析 本題為詞類變化題，選項列出一個單字的各類詞性。空格位在動詞前方，又接受形容詞的修飾，應填入名詞，因此請先刪去 (A) 和 (C)。根據題意，空格中不適合填入 (D)，因此答案為 (B)，意思為「大樓、建築物」。

字彙 sign off on 簽字許可　stadium 體育場；球場
builder 建商；建築工人

4. ★★

中譯 請注意，這批貨應在收到出貨明細後的 21 天內付款。

(A) receiving 收到（現在分詞、動名詞）
(B) receive 收到（動詞）
(C) receipt 收到（名詞）
(D) receiver 收件人（名詞）

解析 本題為詞類變化題，選項列出一個單字的各類詞性。空格位在兩個介系詞中間，應填入名詞，作為前方介系詞的受詞，因此請先刪去 (B)。由於 receive 屬於及物動詞，若當作主要動詞使用，其後方要連接受詞；但是本題空格後方並未出現受詞，因此不能選 (A)。而 (C) receipt 和 (D) receiver 皆為名詞，應填入 (C) receipt，表示「收到出貨明細」較為適當。在此補充，receipt 當作可數名詞時，意思為「收據」；當作不可數名詞時，意思則為「收到」，請特別熟記。

字彙 payment 付款　shipment 運輸的貨物
due 應支付的　invoice 出貨明細
receive 收到　receipt 收到；收據
receiver 收件人；收款人

03 副詞的位置 P. 125

STEP 3 | 實戰測驗！

1 (D)　2 (A)　3 (B)　4 (D)

1. ★

中譯 當我們無法參加有力的外部合作夥伴所主辦的研討會時，就要有禮貌地拒絕正式邀請，這點是很重要的。

(A) respect 尊敬（動詞）
(B) respecting 尊敬（現在分詞、動名詞）
(C) respectful 尊敬的（形容詞）
(D) respectfully 尊敬地（副詞）

解析 本題為詞類變化題，選項列出一個單字的各類詞性。就算沒有空格，本句仍為一個完整的句子，因此空格中應填入副詞，用來修飾動詞 to refuse。(D) 為副詞，故為正確答案。

字彙 attend 參加；出席　host 主辦；主持
external partners 外部合作夥伴
refuse 拒絕　official 正式的；官方的

2. ★★

中譯 事先將會議議程發送出去是很重要的，這方便與會者有時間做必要的規畫。

(A) well 很好地（副詞）
(B) good 好的（形容詞）
(C) best 最好的（good 和 well 的最高級）
(D) soon 很快（副詞）

解析 本題為文法題，選項分成副詞和形容詞兩大類。空格位在名詞和介系詞之間，但是由於 in advance 為副詞片語，無論空格是用來修飾前方的名詞、或是後方的副詞片語，都不該填入形容詞，因此請先刪去 (B) 和 (C)。根據題意，空格應填入副詞，用來修飾 in advance 較為適當。(A) 為表示程度的副詞，用於 well in advance 或 well ahead，意思為「提前、領先」。(D) 通常會放在動詞前方或是句末，用來修飾動詞。

字彙 distribute 分發　agenda 議事日程；議程
in advance 事先；提前
attendee 與會者；出席者

3. ★

中譯 搭乘地鐵、公車或開車約一個小時內即可輕鬆到達火車站。

(A) easy 容易的（形容詞）
(B) easily 容易地（副詞）
(C) ease 容易（名詞）
(D) easiness 容易（名詞）

解析 本題為詞類變化題，選項列出一個單字的各類詞性。就算沒有空格，本句仍為一個完整的句子，因此空格中應填入副詞，放在助動詞和動詞之間。(B) 為副詞，故為正確答案。

字彙 be reached by 由……可到達
in about an hour 大約一個小時內
ease 容易；舒適；自在
easiness 容易；舒適；隨和

4. ★

中譯 雖然約翰・希克斯主打高級時裝珠寶，但是傳統珠寶亦是本店的特色。

(A) therefore 因此（連接副詞）
(B) or 或者（對等連接詞）
(C) so 如此（對等連接詞、副詞）
(D) also 也（副詞）

解析 本題為文法題，選項分成連接詞和副詞兩大類。空格位在主詞和動詞之間，但是空格前方出現連接詞 but，後方不能再加上連接詞，因此請先刪去連接詞 (B)。(C) so 可以當作對等連接詞，也可以當作副詞來使用；但是當作副詞使用時，意思為「那麼、非常」，不適合填入空格當中。(A) 應該要放在 and 後方，不適合放在 but 後方。根據題意，副詞 (D) 最為適當，意思為「也……」。

字彙 selection 可供挑選的東西
primarily 主要地　quality 高品質的；優質的
costume jewelry 時裝珠寶
feature 特色為……；以……為特色
traditional pieces 傳統作品（珠寶）

04 動詞的時態（簡單式） P. 127

STEP 3 | 實戰測驗！

1 (C)　2 (D)　3 (D)　4 (B)

1. ★★

中譯 下週稍晚，人力資源部的主管將會與通過店務經理一職最終面談的求職者聯繫。

(A) have been contacted 已被聯絡過了（現在完成被動式）
(B) was contacted 被聯絡過了（過去被動式）
(C) will be contacted 將會被聯絡（未來被動式）
(D) will contact 將會聯絡（未來式）

解析 本題為詞類變化題，選項列出一個單字的各類時態。who 引導形容詞子句，因此空格位在主詞和副詞片語之間，應填入動詞。主詞 Applicants 為複數名詞，不能連接 (B) was contacted，且後方沒有連接受詞，要使用被動語態，因此 (D) will contact 也不能作為答案。最後從 (A) 和 (C) 中選擇，句中出現 later next week 這個時間點，因此 (C) 較為適當。

字彙 applicant 求職者；申請人
floor manager 店務經理；樓層經理
human resources director
人力資源部主管；人事總監

2. ★★

中譯 如果伊莎貝拉航空公司開始將一些訂位部的工作外包到海外，加州今年將會多出 1,000 個新職缺。

(A) had started 已開始（過去完成式）
(B) starting 開始（現在分詞、動名詞）
(C) will start 將開始（未來式）
(D) starts 開始（現在式〔第三人稱單數〕）

解析 本題為詞類變化題，選項列出一個單字的各類時態。空格設在表條件的副詞子句中，位於主詞和受詞之間，應填入動詞。根據題意，先符合前句話的條件，才能創造出一千個新的工作機會，因此空格要填入表示未來的動詞；但是，表時間或表條件的副詞子句中，會以現在式動詞代替未來式。因此答案不能選 (C) will start，而是要選 (D) starts。

字彙 **outsource** 委外；外包
reservations job 訂位部的工作

3. ★

中譯 西格瑪·伯瑞里斯公司的董事會在上週的董事會議上正式批准了聘僱計畫。

(A) approves 批准（現在式〔第三人稱單數〕）
(B) will approve 將批准（未來式）
(C) has approved 已批准（現在完成式）
(D) approved 批准了（過去式）

解析 本題為詞類變化題，選項列出一個單字的各類時態。空格位在主詞和受詞之間，應填入動詞。句末出現副詞片語 last week，由此可知本句的時態為過去式，因此答案為 (D)。

字彙 **board** 董事會　**formally** 正式地
approve 批准　**employment plan** 聘僱計畫

4. ★★

中譯 辛普森女士的來電還來不及轉接給運輸部經理就意外斷線了。

(A) transferring 正在轉接（現在分詞、動名詞）
(B) be transferred 被轉接（被動語態原形）
(C) transfers 轉接（動詞〔第三人稱單數〕）
(D) being transferred 正在被轉接（現在進行被動式）

解析 本題為詞類變化題，選項列出一個單字的各類時態。空格位在助動詞和副詞片語之間，應填入動詞。而助動詞後方要連接原形動詞，由此可知答案為 (B)。

字彙 **shipping manager** 船務經理；運輸部經理
disconnect （電話線路）中斷

05 人稱代名詞

P. 129

STEP 3 | 實戰測驗！

1 (C)　2 (D)　3 (C)　4 (C)

1. ★★★

中譯 等新進員工職前培訓課程一結束，新來的建築師就會被要求獨立開發出一棟獨具特色的商用建築。

(A) they 他們（主格）
(B) themselves 他們自己（反身代名詞）
(C) their own 他們自己（所有格）
(D) them 他們（受格）

解析 本題為文法題，選項列出人稱代名詞不同的格。被要求開發獨特建築（unique structure），因此空格要填入適當的詞，表示由誰開發 unique structure。介系詞 on 加上 one's own 的意思為「獨自、憑一己之力」，填入後表示憑他們的力量獨立開發出獨特建築，故為正確答案。

字彙 **training session** 培訓課程
architect 建築師　**unique** 獨特的
structure 建築物
commercial use 商業用途
on one's own 獨自地；獨立地

2. ★★

中譯 馬迪前往芝加哥從事行銷工作，這份工作讓他賺夠回到佛羅里達州的錢。

(A) himself 他自己（反身代名詞）
(B) his 他的（所有格）
(C) he 他（主格）
(D) him 他（受格）

解析 本題為文法題，選項列出人稱代名詞不同的格。空格位在過去式動詞 brought 後方，為間接受詞的位置。根據題意，應填入 Marty。但是主詞 which 指的是前方的 job，代表 brought 的主詞和受詞不一樣，空格應填入受格 (D) 較為適當，表示不同於主詞的第三者。

字彙 **head to Chicago** 前往芝加哥
bring him enough money 帶給他足夠的錢

3. ★

中譯 琳達努力不去想坐在她旁邊的男人。

(A) hers 她的（所有格代名詞）
(B) herself 她自己（反身代名詞）
(C) her 她（所有格、受格）
(D) she 她（主格）

解析 本題為文法題，選項列出人稱代名詞不同的格。根據題意，空格應填入整個句子的主詞 Linda，但是空格前方為介系詞 next to，而它真正的主詞為 the man。因此空格應填入受格 (C) 較為適當，表示不同於主詞（the man）的第三者。(A) 通常用來表達「物品」。(D) 為主格，不適合填入空格當中。

字彙 try hard not to V 努力不去（做）
sit next to 坐在……的旁邊

4. ★

中譯 所有的研究員都感到很失望，因為他們原先預期得到政府更多的支持。

(A) them 他們（受格）
(B) their 他們的（所有格）
(C) they 他們（主格）
(D) themselves 他們自己（反身代名詞）

解析 本題為文法題，選項列出人稱代名詞不同的格。空格位在過去完成式動詞 had anticipated 的前方，應填入主詞。因此答案為主格 (C)。

字彙 researchers 研究員
be disappointed 感到失望
anticipate more support 預期更多支持

06 連接副詞 P. 131

STEP 3 | 實戰測驗！

1 (D) 2 (A) 3 (B) 4 (C)

1. ★★

中譯 我們公司獲得了顧客滿意獎，隨後更是取得了更大的市占率。

(A) additionally 此外
(B) then 然後
(C) conversely 相反地
(D) subsequently 隨後

解析 本題為文法題，選項列出各種不同的連接副詞。根據題意，空格要填入表示因果關係的連接副詞，因此答案為 (D)，放在 and 後方，與 therefore 的意思相同。

字彙 customer satisfaction award 客戶滿意獎
gain a bigger share 獲得更大的市場占有率

2. ★★

中譯 除非特別註明，否則使用本公司服務的尾款將會從貴公司的信用卡上扣款。

(A) otherwise 用別的方法
(B) therefore 因此
(C) moreover 此外
(D) contrarily 相反地

解析 本題為文法題，選項列出各種不同的連接副詞。根據題意，unless 到句點的內容為假設相反的狀況，因此空格中適合填入 (A)，表示「提到不同的方式」。

字彙 payment 支付的款項；付款
bill 給……開帳單；要……付款 note 指明

3. ★★

中譯 我們認為瓦西里先生是最適合這個職位的人，但是所有的紀錄都表明事實並非如此。

(A) moreover 此外
(B) otherwise 完全不同
(C) in fact 事實上
(D) thus 因此

解析 本題為文法題，選項列出各種不同的連接副詞。選項中，可以放在句末空格的連接副詞只有 (B)。此處的 otherwise 與 differently 的意思相同。

字彙 qualified for 有……的資格

4. ★★★

中譯 本公司的員工必須接受 20 個小時的安全訓練，從而達到國家的規定。

(A) whereas 然而（從屬連接詞）
(B) so that 以便（從屬連接詞）
(C) thereby 從而（連接副詞）
(D) which 那個（關係代名詞、疑問代名詞）

解析 本題為文法題，選項列出各種不同詞性的單字。空格後方使用 V-ing （fulfilling），為分詞構句；分詞構句前方應該加上表示「結果」的連接副詞 thereby，因此答案為 (C)。

字彙 safety training 安全訓練
thereby (= therefore) 因此；從而
fulfill national requirement 符合國家規定

07 形容詞的位置 P. 133

STEP 3 | 實戰測驗！

1 (D) 2 (A) 3 (A) 4 (D)

1. ★

中譯 布萊恩．佩里因品學兼優，贏得了教授們完全的信任。

(A) completed 完成了（過去式、過去分詞）
(B) completing 完成（現在分詞、動名詞）
(C) completion 完成（名詞）
(D) complete 全部的（形容詞）；使完整（動詞〔第一、第二人稱；複數〕）

解析 本題為詞類變化題，選項列出一個單字的各類詞性。complete 當作及物動詞使用時，意思為 finish（完成）；當作形容詞使用時，意思為 whole（完整的、全部的）；如果當作 be 動詞的補語，使用 be complete 時，意思為 finished（完成的）。本題空格前方為定冠詞，要填入形容詞，修飾後方的 trust，因此答案為 (D)。

字彙 **earn the complete trust** 贏得完全的信任
professor 教授
good grades and behavior 品學兼優

2. ★★

中譯 在申請換發新的保險代理人執照前，請務必遵循附件說明。

(A) attached 附上的（過去式、過去分詞）
(B) attachable 可附上的（形容詞）
(C) attaches 附上（動詞〔第三人稱單數〕）
(D) attaching 附屬的（現在分詞、動名詞）

解析 本題為詞類變化題，選項列出一個單字的各類詞性。空格位在名詞前方，應填入形容詞修飾名詞，因此請先刪去 (C) 和 (D)。(B) 表示「可附上的」的意思，不符題意。(A) 的意思為「附上的」，最為適當。

字彙 **apply for** 申請
insurance agent license 保險代理人執照
attached instructions 所附的說明

3. ★

中譯 即將展開的翻修工程含括了為貝納契爾汽車興建另一棟展示中心。

(A) additional 額外的（形容詞）
(B) additionally 此外（副詞）
(C) adds 增加（動詞〔第三人稱單數〕）
(D) addition 加法（名詞）

解析 本題為詞類變化題，選項列出一個單字的各類詞性。空格要填入形容詞，修飾後方名詞 display center，因此答案為 (A)。

字彙 **upcoming renovation** 即將到來的翻修
include V-ing 包括
additional 額外的；另外的
display center 展示中心

4. ★★

中譯 我們的主編保證，我們所有的文章都是以淺顯易懂的語言書寫而成。

(A) plainly 清楚地（副詞）
(B) plainness 簡樸（名詞）
(C) plains 平原（名詞）
(D) plain 清楚的（形容詞、副詞）

解析 本題為詞類變化題，選項列出一個單字的各類詞性。空格要填入形容詞，修飾後方名詞 language，因此答案為 (D)。

字彙 **editor in chief** 主編
ensure that 確保；保證
in plain language 用簡單的語言
plain 平原

08 過去分詞修飾名詞 P. 135

STEP 3 | 實戰測驗！

1 (C)　2 (B)　3 (A)　4 (A)

1. ★★

中譯 雖然我們資金不多可能拖慢了進程，但是我們的研究人員還是能夠研發出這種設備。

(A) limit 限制（動詞〔第一、第二人稱；複數〕、名詞）
(B) limits 限制（動詞〔第三人稱單數〕）
(C) limited 有限的（過去式、過去分詞）
(D) limiting 限制的（現在分詞、動名詞）

解析 本題為詞類變化題，選項列出一個單字的各類詞性。空格位在人稱代名詞所有格和名詞之間，應填入形容詞或分詞，修飾後方名詞，因此請先刪去 (A) 和 (B)。而名詞 resources 應為被限制的，因此要選擇 (C) 作為答案，表示「被限制的、不足的、有限的」。

字彙 **resources** 資源；資金
slow down 放慢；拖慢
process 過程　**researchers** 研究員
device 儀器；設備
limited 有限的；不多的；限量的
limiting 限定的；限制(性)的

2. ★★

中譯 當等候區擠滿了客戶時，我們的工作人員很友善且隨時準備提供幫助。

(A) crowds 擠（動詞〔第三人稱單數〕）
(B) crowded 擁滿人群的（過去式、過去分詞）
(C) crowding 擠滿（現在分詞、動名詞）
(D) crowd 擠；人群（動詞〔第一、第二人稱；複數〕、名詞）

解析 本題為詞類變化題，選項列出一個單字的各類詞性。空格受到副詞 too 的修飾，要填入形容詞或副詞，因此請先刪去 (A) 和 (D)。而等待區域應屬於擁擠的狀態，因此選擇被動語態 (B) crowded 較為適當。

字彙 ready to help 準備好提供幫助
waiting area 等候處　crowded with 擠滿了

3. ★★

中譯 若要鼓勵員工在公司內部網路上貢獻心力，更新的員工通訊錄會是個好地方。

(A) updated 更新的（過去式、過去分詞）
(B) update 更新（動詞〔第一、第二人稱、複數〕）
(C) updates 更新（動詞〔第三人稱單數〕）
(D) updating 更新；更新的（現在分詞、動名詞）

解析 本題為詞類變化題，選項列出一個單字的各類詞性。空格位在冠詞和名詞之間，要填入形容詞，因此請先刪去 (B) 和 (C)。而員工通訊錄不會主動更新，應為被人更新，因此答案為被動語態 (A)。

字彙 update 更新；升級；提供最新消息
employee directory 員工通訊錄
encourage sb. to V 鼓勵某人做（某事）
contribute 貢獻　intranet 企業內部網路

4. ★★

中譯 下表總結了提議的重大改革方案，都是雇主可能會特別感興趣的。

(A) proposed 提議的（過去式、過去分詞）
(B) proposal 提案（名詞）
(C) to propose 提議（不定詞 to V）
(D) proposes 提議（動詞〔第三人稱單數〕）

解析 本題為詞類變化題，選項列出一個單字的各類詞性。空格前方為動詞 summarizes，後方為受詞 key changes，因此空格要填入形容詞，修飾 key changes。(A) 具有形容詞的功能，故為正確答案。

字彙 table 表格　summarize 總結；概括
proposed 提議的；提出的
be of particular interest to（某人）特別感興趣

09 S + V + O 句型中動詞的被動語態 P. 137

STEP 3 | 實戰測驗！

1 (A)　2 (C)　3 (B)　4 (C)

1. ★★

中譯 圖像的亮度已被增強，以顯示結構的細節。

(A) has been enhanced 已被增強
（現在完成被動式〔第三人稱單數〕）
(B) has enhanced 已增強
（現在完成式〔第三人稱單數〕）
(C) enhanced 增強了（過去式、過去分詞）
(D) is enhancing 正在增強
（現在進行式〔第三人稱單數〕）

解析 本題為詞類變化題，選項列出一個單字的各種時態變化。空格位在主詞和修飾語之間，應填入動詞。選項中的動詞 enhance 屬於 S + V + O 句型動詞，後方要連接受詞。但是句中並未出現受詞，修飾語為不定詞 to V，因此選擇被動語態 (A) 最為適當。

字彙 brightness 亮度
enhance 增強；提高 (= improve)
detail 細節　structure 結構；建築物

2. ★★

中譯 參與問卷調查的人將自動擁有參加大抽獎活動的資格，獎項是在西哈酒店的兩晚住宿。

(A) enter 加入（動詞〔第一、第二人稱；複數〕）
(B) entering 加入（現在分詞、動名詞）
(C) entered 被加入（過去式、過去分詞）
(D) entrance 入口（名詞）

解析 本題為詞類變化題，選項列出一個單字的各種時態變化。空格前方為 will be，空格可以填入名詞、形容詞或分詞，因此請先刪去動詞 (A)。根據題意，答案範圍可以縮小至 (B) 和 (C)。而 (B) 為主動語態，後方必須連接受詞，因此答案要選 (C)，填入後表示被動語態。

字彙 survey participant 問卷調查的參與者
automatically 自動地
be entered into 被加入
prize drawing 抽獎　entrance 入口；門口

3. ★★

中譯 型號 XHE-7000 的零件原本預計在週一送達，但由於天氣因素，將於明天到貨。

(A) expects 預期（動詞〔第三人稱單數〕）
(B) was expected 本來被預期
（過去式被動語態〔第一、第三人稱單數〕）
(C) expected 預期了（過去式、過去分詞）
(D) has been expecting 一直預期著
（現在完成進行式〔第三人稱單數〕）

解析 本題為詞類變化題，選項列出一個單字的各種時態變化。空格位在主詞和副詞片語之間，of 到空格前方都是用來修飾主詞（The delivery），空格應填入動詞。選項的動詞為 expect，使用主動語態時，主詞必須為人；但是本句的主詞為物品，因此要選擇被動語態 (B)。

字彙 part 零件
be expected on Monday 預計在星期一

4. ★

中譯 雖然沒有規定，但是我們建議客戶填寫問卷，這樣我們才能改進我們的服務。

(A) require 要求（動詞〔第一、第二人稱；複數〕）
(B) requires 要求（動詞〔第三人稱單數〕）
(C) required 被要求（過去式、過去分詞）
(D) requiring 要求（現在分詞、動名詞）

解析 本題為詞類變化題，選項列出一個單字的各種時態變化。空格位在 be 動詞後方，可以填入名詞、形容詞或分詞，因此請先刪去 (A) 和 (B)。而主詞 it 並非主動要求，因此應選 (C) 較為適當，和前方 be 動詞組合成被動語態。

字彙 take the survey 做問卷調查
improve one's service 改進某人的服務

10 表時間的從屬連接詞 P. 139

STEP 3 | 實戰測驗！

1 (A) 2 (A) 3 (C) 4 (C)

1. ★

中譯 隨著天氣好轉，大家希望能看到房屋銷售有所起色。

(A) As 隨著（連接詞）
(B) With 有著（介系詞）
(C) Whether 不管（連接詞）
(D) That〔引導子句〕（連接詞、關係代名詞）

解析 本題為文法題，選項列出介系詞和連接詞兩大類。空格應填入連接詞，引導副詞子句，因此請先刪去 (B) 和 (D)。而 (C) 引導副詞子句時，只能搭配「A or B」或「or not」一起使用，因此不能作為答案。根據題意，表示「隨著天氣好轉」較為適當，因此答案為連接詞 (A)，意思為「隨著……」。

字彙 as the weather improves 隨著天氣好轉
housing market 住宅市場；住房市場
improvement 改善；改進
home sales 房屋銷售

2. ★★

中譯 瑞典公主蛋糕可在附近的糕餅店買到，售完為止。

(A) while 當……期間（連接詞）
(B) by 在……之前（介系詞）
(C) until 直到（介系詞、連接詞）
(D) during 在……期間（介系詞）

解析 本題為文法題，選項列出介系詞和連接詞兩大類。空格後方為 supplies last，是由「主詞＋完整的不及物動詞」組合而成的副詞子句，空格應該要填入連接詞，因此請先刪去 (B) 和 (D)。而空格後方的動詞 last，意思為「持續」，但是 (C) 通常會連接特定的時間點，因此不適合填入。綜合前述內容，(A) 最為適當，表示「在……期間」。

字彙 available 可買到的
nearby bakery 附近的糕餅店
while supplies last 售完為止；送完為止

3. ★★

中譯 兒童和青少年的旅館住宿價格，只有在有成人陪同入住的情況下才有效。

(A) with 與……一起（介系詞）
(B) rather than 而不是（連接詞）
(C) only when 只有當（連接詞）
(D) so that 以便（連接詞）

解析 本題為文法題，選項列出介系詞和連接詞兩大類。空格前後分別連接一個子句，空格要填入連接詞，因此請先刪去介系詞 (A)。(B) 的意思等同於 instead of，不適合填入空格中。(D) 為表示「目的」的連接詞，同樣不符合題意。(C) 的意思和「only if」（只有……的時候）相同，因此最為適當。

字彙 accommodation price 住宿價格
children and juniors 兒童和青少年
valid 有效的
be accompanied by 有……的陪同
rather than 而不是 (= instead of)
so that 以便；為的是

4. ★★

中譯 有鑑於史蒂夫對公司的貢獻，他應該要升遷至比他現在業務經理一職還要高許多的職位。

(A) Because 因為（連接詞）
(B) Nevertheless 然而（副詞）
(C) Given 考慮到（介系詞）
(D) Otherwise 否則（副詞）

解析 本題為文法題，選項列出連接詞、副詞和介系詞。空格後方為名詞片語，選項中只有介系詞 (C) 的後方可以直接連接名詞片語。在此補充，(C) 當作連接詞使用時，用法為 given that。(A) 為從屬連接詞，後方不能直接連接名詞片語。(B) 和 (D) 為連接副詞，若放在句首，後方要連接完整句子。

字彙 given (that) 考慮到；有鑑於
dedication to 對……的貢獻
should have + p.p.
（假設語氣用法）應該要……
way above 遠高於
current position 目前的職位
sales manager 業務經理
nevertheless 然而；不過；儘管如此
otherwise 否則；不然

11 | 不定詞 to V

P. 141

STEP 3 | 實戰測驗！

1 (B) 2 (D) 3 (B) 4 (A)

1. ★★★

中譯 這份文件要求與會者在每一頁簽下他們姓名的首字母，否則無效。

(A) initiate 開始（動詞）
(B) initial 簽姓名的首字母（動詞）；開始的（形容詞）；起首字母（名詞）
(C) initialing 簽姓名的首字母（現在分詞、動名詞）
(D) initials 起首字母（名詞）

解析 本題為詞類變化題，選項列出一個單字的各種變化。空格位在句型「require＋受詞＋不定詞 to V」當中，應填入原形動詞，因此請先刪去 (C) 和 (D)，保留 (A) 和 (B)。而根據題意，以 (B) 搭配受詞 signature（簽名）較為適當。initial 這個單字較常使用名詞和形容詞的意思，如果不知道 initial 也可以當作動詞來使用，很可能會誤選動詞 (A) 作為答案。因此請務必熟記 initiate 和 initial 各自的意思。

字彙 require sb. to V 要求某人做（某事）
attendee 參與者；與會者
initial one's signature 簽姓名的首字母
or else 否則；要不然　valid 有效的
initiate 開始
initial 簽姓名的首字母；起首字母；開始的
initials （字的）起首字母

2. ★★

中譯 這些村莊需要安裝低成本的無線上網設備，以便服務大量的用戶。

(A) accommodated 容納了（過去式、過去分詞）
(B) to be accommodated 待安置（不定詞 to V 的被動語態）
(C) accommodates 容納（動詞〔第三人稱單數〕）
(D) to accommodate 為了容納（不定詞 to V）

解析 本題為詞類變化題，選項列出一個單字的各種變化。若將完整的動詞 (A) 或 (C) 填入空格當中，句子會變成兩個子句，中間還需要加上一個連接詞，因此請考慮選擇不定詞 (B) 或 (D)。而 (B) 為被動語態，後方不能連接受詞，因此答案為主動語態 (D)。

字彙 low-cost 低成本的；便宜的；廉價的
Wi-Fi device 無線上網設備
accommodate 能容納；為……提供方便；提供……膳宿；安置

3. ★★★

中譯 等我們一提出觀察後的看法，就可以利用收集到的資訊來分析情況。

(A) to be analyzed 待分析（不定詞to V的被動語態）
(B) to analyze 去分析（不定詞 to V）
(C) analysis 分析（名詞）
(D) analyzed 分析了（過去式、過去分詞）

解析 本題為詞類變化題，選項列出一個單字的各種變化。空格位在受詞（the information）和另一個受詞之間，that 子句是用來修飾第一個受詞（information）。然而，we can use the information that we have gathered 為一個結構完整的句子，因此空格後方應填入可以表示副詞概念的詞。選項中，(A) 和 (B) 都可以用來表示副詞的概念，根據題意，表示「目的」較為適當，意思為「為了分析情況」，因此答案為主動語態 (B)。需要留意的是，(A) 為不定詞 to V 的被動語態，後方不能連接受詞。

字彙 make observations 發表評論；提出看法
gather 收集
analyze the situation 分析情況

4. ★

中譯 為確保大眾能隨時聯絡到服務中心，該公司啟動了 24 小時的電話服務。

(A) In order to 為了（表目的的副詞片語）
(B) While 雖然（連接詞）
(C) Concerning 關於（介系詞）
(D) In place of 代替（介系詞片語）

解析 本題為詞類變化題，選項列出一個單字的各種變化。空格後方為原形動詞 ensure，而選項中只有 (A) 後方可以直接加上原形動詞，變成 in order to do（為了……）的用法。(C) 和 (D) 為介系詞，後方要連接動名詞 ensuring，再加上 that 子句和受詞。(B) 為從屬連接詞，後方也要連接現在分詞 ensuring。

字彙 ensure that 確保；保證
accessible 可（易）使用的；可（易）得到的
in order to V 為了做……(= so as to V)
while 雖然；儘管　concerning 關於
in place of 代替；取代

12 動詞的時態（進行式） P. 143

STEP 3 | 實戰測驗！

1 (C)　2 (C)　3 (D)　4 (C)

1. ★★

中譯 國稅局聘僱的稅務會計師人數年年增加。

(A) be（原形動詞）
(B) being（現在分詞）
(C) is（第三人稱單數）
(D) are（第一人稱複數、第二人稱）

解析 本題要選出適當的 be 動詞形態。空格位於主詞和現在分詞之間，要填入 be 動詞。The number 後方有形容詞片語 of tax accountants 和 hired by the National Tax Service 以及副詞片語 on a yearly basis，這三者皆為修飾語，因此請務必要掌握本句話的主詞為 The number。由於主詞為單數，空格要填入單數動詞 (C) is，才能和後方的 increasing 組合成現在進行式。在此補充，千萬別將 the number of 和 a number of 的意思混淆在一起，後者的意思等同於 many，請特別留意。

字彙 tax accountant 稅務會計師
be hired by 受僱於
National Tax Service 國稅局
on a yearly basis 每年
continuously 連續不斷地；接連地

2. ★★

中譯 上個月，影像監控設備製造商奇佳科技宣布，他們正在整頓美國全部的據點。

(A) was reorganized 被整頓過了（過去被動式）
(B) reorganizes 整頓（現在式〔第三人稱單數動詞〕）
(C) was reorganizing 當時正在整頓（過去進行式）
(D) to reorganize 要整頓（不定詞 to V）

解析 本題為詞類變化題，選項列出一個單字的各種時態變化。空格位在主詞 it 和受詞 its entire U.S. operations 之間，應填入動詞，而 that 後方為名詞子句。(D) 不是動詞，因此請優先刪去。句首出現 Last month，為表示過去的副詞片語，由此可知本句話的時態為過去式，且空格後方連接了受詞，因此請一併刪去現在式 (B) 和被動語態 (A)。綜合前述內容，空格中最適合填入過去進行式，因此答案為 (C)。

字彙 video surveillance device 影像監控設備
manufacturer 製造商
entire 整個的
operation 企業；據點
reorganize 整頓；改組；改編

3. ★★

中譯 據報導，黑市捲菸的售價每包只要四美元。

(A) is selling 現正販售（現在進行式〔第三人稱單數〕）
(B) to sell 要販售（不定詞 to V）
(C) sells 販售（現在式〔第三人稱單數動詞〕）
(D) are being sold 現正被販售（現在進行被動式〔第一人稱複數、第二人稱；複數動詞〕）

解析 本題為詞類變化題，選項列出一個單字的各種時態變化。空格要填入完整的動詞形態，因此請優先刪去 (B)。另外，由於主詞為複數（cigarettes），因此請一併刪去 (A) 和 (C)。綜合前述內容，答案為 (D)，表示現在進行被動式。

字彙 black market 黑市
pack 一包

4. ★★

中譯 一定要具體提到你的資歷對你要應徵的工作有多麼合適。

(A) applies 應徵（現在式〔第三人稱單數〕）
(B) are applied 現正被應徵（現在被動式〔第一人稱複數、第二人稱；複數動詞〕）
(C) are applying 現正應徵（現在進行式〔第一人稱複數、第二人稱；複數動詞〕）
(D) has been applying 一直在應徵（現在完成進行式〔第三人稱單數〕）

解析 本題為詞類變化題，選項列出一個單字的各種時態變化。主詞為 you，但 (A) 和 (D) 皆為單數動詞，因此請優先刪去這兩個選項。另外，本句話的內容為主詞 you 主動申請，因此主動語態 (C) 最為適當。

字彙 make sure to V 務必要做到
specifically 特別地；明確地；具體地
apply for 申請；應徵

13 動詞的時態（完成式） P. 145

STEP 3 | 實戰測驗！

1 (B) 2 (C) 3 (B) 4 (D)

1. ★★

中譯 自去年 11 月以來，首爾公寓的平均房價已經下跌了 1.6%。

(A) have reduced 已經減少了（現在完成式〔第一、第二人稱；複數〕）
(B) have been reduced 已經被減少了（現在完成被動式〔第一、第二人稱；複數〕）
(C) are reducing 現正減少（現在進行式〔第一人稱複數、第二人稱〕）
(D) were reduced 被減少了（過去被動式〔第一人稱複數、第二人稱〕）

解析 本題為詞類變化題，選項列出一個單字的各種時態變化。reduce 為及物動詞，但空格後方並未出現受詞，因此請從 (B) 和 (D) 中選出答案。加上句中出現 since last November，由此可知空格中要填入現在完成式，因此答案為 (B)。

字彙 average prices 平均價格

2. ★★

中譯 哈欽森律師事務所每星期都會在艾德加公園的一家商店訂購辦公用品。

(A) have ordered 已訂購（現在完成式〔第一、第二人稱；複數〕）
(B) to order 要訂購（不定詞 to V）
(C) orders 訂購（現在式〔第三人稱單數〕）
(D) ordering 正在訂購（現在分詞、動名詞）

解析 本題為詞類變化題，選項列出一個單字的各種時態變化。空格中要填入完整的動詞形態，而 (B) 和 (D) 屬於動狀詞，因此請優先刪去這兩個選項。另外，主詞為單數，因此請一併刪去 (A)。句末出現頻率副詞 every week，因此空格中填入現在式 (C) 較為適當，表示日常反覆從事的行為。

字彙 office supplies 辦公用品 order 訂購

3. ★★

中譯 在大衛還沒安排凱特以 VIP 貴賓身分去皮可洛餐廳吃飯前，凱特就一直很想去那家餐廳了。

(A) will want 將想要（未來式）
(B) had wanted 過去想要（過去完成式）
(C) wants 想要（現在式〔第三人稱單數〕）
(D) has wanted 已想要（現在完成式〔第三人稱單數〕）

解析 本題為詞類變化題，選項列出一個單字的各種時態變化。空格位在主詞後方，應填入動詞。而 Kate 想去餐廳用餐這件事，發生的時間早於預約的時間，因此答案為過去完成式 (B)，表示比過去的時間點更早發生的事情。在此補充，空格中也可以填入過去式 wanted，因已有表時間的連接詞 before 來表示時間次序。

字彙 even before 甚至在……之前 arrange 安排

4. ★★

中譯 等到我們的主席費德曼先生卸任時，他將已任職 11 年了。

(A) serve 任職（現在式〔第一、第二人稱；複數〕）
(B) be serving 正任職（現在進行式原形）
(C) to serve 要任職（不定詞 to V）
(D) have served 已任職（現在完成式〔第一、第二人稱；複數〕）

解析 本題為詞類變化題，選項列出一個單字的各種時態變化。空格位在助動詞 will 後方，應填入動詞。will 為表示未來的助動詞，且句中出現表示未來特定時間的用法（by the time . . .），代表前半段的事情將於某個時間內完成，因此 will 要搭配未來完成式，答案為 (D)。

字彙 chairman 主席；董事長
by the time 等到；到……的時候 (= when)
step down 辭職；退休；下台

14 符合題意的代名（形容）詞 ① P. 147

STEP 3 | 實戰測驗！

1 (D) 2 (A) 3 (A) 4 (B)

1. ★★

中譯 所有的求職者都給我留下很深的印象，他們任何一個人都會是很優秀的主管。

(A) those 那些（形容詞、指示代名詞）
(B) none 無人（不定代名詞）
(C) all 全部（形容詞、代名詞、副詞）
(D) any 任何（形容詞、不定代名詞）

解析 本題為文法題，選項列出各種不同詞性的詞。空格要用來修飾後方的單數代名詞 one。(A) 和 (C) 只能用來修飾複數形 ones，(B) 不能當作形容詞使用，因此答案為 (D)。any 後方可以連接可數或不可數名詞，也可以連接單數或複數名詞。

字彙 **be impressed by** 對……印象深刻
applicant 申請人；求職者
any one of whom 他們當中的任何一個
make fine directors 成為優秀的主管

2. ★★

中譯 我們網站為您線上提供一些最有趣的實事，都是由本站觀眾精選出來的。

(A) some 一些（形容詞、代名詞）
(B) much 很多（形容詞、副詞）
(C) every 每一個（形容詞）
(D) little 很少（形容詞、副詞）

解析 本題為文法題，選項列出形容詞和副詞兩大類。空格要填入代名詞，用來指複數名詞 facts 的其中一部分。(B) 和 (D) 要搭配不可數名詞，因此並不適當。(C) 為形容詞，後方要連接名詞，因此也不適當。空格要組成「some of the ＋複數名詞／不可數名詞」或「some of ＋代名詞」的結構，因此空格中填入 (A) 最為適當。Some 可以單獨作為代名詞使用，扮演主詞、受詞或補語的角色。

字彙 **bring A B** 把 B 帶給 A
site audience 網站觀眾

3. ★★★

中譯 如果影印機有瑕疵，我們將更換另一台或提供退款。

(A) another 另一個（形容詞、代名詞）
(B) some other 其他一些（形容詞）
(C) other 其他（形容詞）
(D) one another 彼此（代名詞）

解析 本題為文法題，選項列出形容詞和代名詞兩大類。空格為介系詞 with 的受詞，而 (B) 和 (C) 只能當作形容詞來使用，因此請優先刪去這兩個選項。句中要提到兩個以上的東西，才能使用 (D)，因此也不適當。代名詞 (A) 可以代替前方已出現的名詞，且指沒有特定的某一個，因此最適合填入空格當中。

字彙 **defective** 有瑕疵的
replace A with B
用 B 取代 A；提供 B 給 A；B 代替 A
provide a refund 提供退款

4. ★★

中譯 我們營業處的改建工程即將於本週竣工，但還要再一個星期才能投入運營。

(A) some 一些；某個（代名詞、形容詞、副詞）
(B) another 另一個（形容詞、代名詞）
(C) each other 彼此（代名詞）
(D) other 其他（形容詞）

解析 本題為文法題，選項列出形容詞和代名詞兩大類。空格要用來修飾後方單數名詞 week，而 (A) 和 (D) 只能修飾不可數名詞或複數可數名詞，因此請優先刪去這兩個選項。(C) 為代名詞，且只能放在受詞的位置，因此並不適當。(B) 以 an- 開頭，後方可以連接單數可數名詞，因此最適合填入空格當中。

字彙 **be operational** 營運的；運作的
for another week 再一個星期

15 符合題意的代名（形容）詞 ② P. 149

STEP 3 | 實戰測驗！

1 (C)　2 (C)　3 (A)　4 (C)

1. ★★★

中譯 所有商品的售價都必須以容易辨識的方式標示出來。

(A) most of 大部分的（代名詞）
(B) much 許多的（形容詞、副詞）
(C) all 全部的（代名詞、形容詞、副詞）
(D) every 每一個的（形容詞、副詞）

解析 本題為文法題，選項列出代名詞和形容詞兩大類。空格後方連接複數名詞（products），而 (B) 要用來修飾不可數名詞，(D) 後面要連接單數可數名詞，因此請優先刪去這兩個選項。(A) 的用法為「most of the ＋複數名詞／不可數名詞」，因此並不適當。(C) 可以當作形容詞或代名詞，用法為「all (the) ＋複數名詞／不可數名詞」，故為正確答案。

字彙 **selling price** 銷售價格　**be indicated** 被標示
in an easily identifiable manner
以容易辨識的方式

2. ★★★

中譯 該地區大多數的企業都認為新政府掌權後，經濟就會好轉起來。

(A) Every 每一個（形容詞）
(B) Almost 幾乎（副詞）
(C) Most 大多數的（形容詞、代名詞、副詞）
(D) All of 所有的（代名詞）

解析 本題為文法題，選項列出代名詞和形容詞兩大類。空格用來修飾後方的複數名詞，而選項中只有 (C) 可以修飾複數名詞。(A) 的後方要連接單數可數名詞（business）。(B) 為副詞，不能修飾名詞。(D) 必須改寫成 All of the businesses 才正確。

字彙 business 公司；商行
take control 控制；掌管

3. ★★★

中譯 每一份申請表都應包括公司要求的所有必要資訊。

(A) Each 每一個（形容詞、代名詞）
(B) Several 數個（形容詞、代名詞）
(C) Much 許多的（形容詞、代名詞、副詞）
(D) Most 大多數的（形容詞、代名詞、副詞）

解析 本題為文法題，選項列出代名詞和形容詞兩大類。空格用來修飾後方的單數可數名詞（form），而選項中只有 (A) 可以修飾單數名詞。(B) 和 (D) 後方要連接複數可數名詞（forms）。(C) 不能修飾可數名詞。

字彙 application form 申請書
all the necessary information 所需的全部資訊
request 要求；索取

4. ★★

中譯 我們很高興地宣布，本公司全體員工都有資格成為附近健身中心的會員。

(A) each 每一個（形容詞、代名詞）
(B) every 每一個（形容詞）
(C) all 所有的（形容詞、代名詞、副詞）
(D) none 一個也沒有（代名詞）

解析 本題為文法題，選項列出代名詞和形容詞兩大類。空格後方出現動詞 are，空格要填入代名詞，和 are 前方的字詞組合成一個主詞，因此請優先考慮 (C) 和 (D)。若填入 (D) 並不符合題意，因此答案為 (C)。(A) 要連接動詞 is。(B) 只能當作形容詞來使用，不能作為主詞。

字彙 be pleased to V 很高興做某事
be eligible for 符合……的資格
membership 會員資格　nearby 附近地

16 表條件的從屬連接詞 P. 151

STEP 3 | 實戰測驗！

1 (C)　2 (D)　3 (B)　4 (B)

1. ★★★

中譯 如果您需要我們幫忙做簡報或提供進一步的協助，請不要猶豫，隨時與行銷團隊聯繫。

(A) So as to 以便；為了（表目的的副詞片語）
(B) Although 雖然（表讓步的從屬連接詞）
(C) Should 如果（助動詞）
(D) In case 萬一（表條件的從屬連接詞）

解析 本題為文法題，選項列出各種不同詞性的單字。空格要填入連接詞，引導副詞子句。而 (A) 後方要連接片語，因此請先刪去此選項。若填入 (B)，不符合題意。(D) 的意思為「以防萬一」，也不符合題意。因此填入 (C) 最為適當，句中用法為省略 if，並將 should 和主詞倒裝。

字彙 further 另外的；進一步的
further assistance 進一步的協助
hesitate to V 遲疑地做某事　contact 聯繫

2. ★★

中譯 除非有重大的錯誤或問題，否則不需要特別處理。

(A) if 假如（連接詞）
(B) except 除了（介系詞）
(C) only 只（副詞）
(D) unless 除非（連接詞）

解析 本題為文法題，選項列出連接詞、介系詞和副詞。空格前後各連接一個子句，空格要填入連接詞，因此請優先刪去 (B) 和 (C)。若填入 (A)，不符合題意。答案為從屬連接詞 (D)，意思為「除非」（if . . . not）。

字彙 specific treatment 特別處理
unless 除非 (if . . . not)
significant errors or problems
重大的錯誤或問題

3. ★★

中譯 只有未拆封其塑膠包裝的假髮飾品才能辦理退貨。

(A) because 因為（連接詞）
(B) only if 只有在（連接詞）
(C) but also 而且（連接詞）
(D) until 直到（介系詞、連接詞）

解析 本題為文法題，選項列出連接詞和介系詞兩大類。空格前後各連接一個子句，因此空格要填入連接詞。根據題意，空格後方為退貨的條件，因此填入 (B) 最為適當，意思為「只有在……的時候」。

字彙 wig accessories 假髮飾品
only if 只有在……的時候
original plastic packaging 原始的塑膠包裝

4. ★★

中譯 開會時，新上任的行銷經理都會把下屬提出的好點子記錄下來，以免忘記。

(A) in order to 為了（表目的的副詞片語）
(B) in case 以免（連接詞）
(C) even after 甚至在……之後（介系詞、連接詞）
(D) so that 以致於（連接詞）

解析 本題為文法題，選項列出各種不同詞性的單字。空格前後各連接一個子句，空格要填入連接詞，因此請優先刪去 (A)。根據題意，做筆記為的是不要忘記好的點子較為適當，因此答案為 (B)，意思為「以防萬一；以免」。

字彙 make notes of 做筆記；記下
come up with 想出；提供

17 以形容詞作為主詞補語 P. 153

STEP 3 | 實戰測驗！

1 (C) 2 (D) 3 (D) 4 (B)

1. ★★

中譯 本文件所載資訊乃極機密，僅供收件人使用。

(A) confiding 易信任別人的（現在分詞、動名詞）
(B) confided 被傾訴的（過去式、過去分詞）
(C) confidential 機密的（形容詞）
(D) confidentially 秘密地（副詞）

解析 本題為詞類變化題，選項列出一個單字的各類變化。空格為 be 動詞的補語，且受到前方副詞的修飾，因此要填入形容詞 (C)。動詞 confide 後方要連接 in、that . . . 或 to，因此不適合填入 (A) 或 (B)。

字彙 strictly confidential 嚴格保密；絕對機密
be intended for 專供……使用
addressee 收件人；收信人

2. ★

中譯 巴登旅館的工作人員很專業，非常關注房客的需求。

(A) attentively 注意地（副詞）
(B) more attentive 更注意的（形容詞比較級）
(C) attentiveness 注意（名詞）
(D) attentive 注意的（形容詞）

解析 本題為詞類變化題，選項列出一個單字的各類變化。空格前方為 very，空格要填入形容詞或副詞的原級，因此請優先刪去 (B) 和 (C)。而空格前方出現 and，表示空格要填入形容詞，才能對應前方的 professional，因此答案為形容詞原級 (D)。

字彙 personnel 員工；工作人員
professional 專業的
attentive to 注意的；留意的；體貼的
guests' needs 客人的需求

3. ★

中譯 觀光部要求所有最新的資料均須方便大眾取用。

(A) access 使用（名詞、動詞）
(B) accessing 使用（現在分詞、動名詞）
(C) accessed 被使用的（過去式、過去分詞）
(D) accessible 易取得的（形容詞）

解析 本題為詞類變化題，選項列出一個單字的各類變化。副詞 easily 修飾後方空格，且空格位在不定詞 to V 的 to 後方，應填入形容詞補語，因此請優先刪去 (A)。而常見的用法為「物品主詞＋be 動詞＋ accessible to ＋人」，因此 (D) 最為適當。在此補充，access 當作動詞使用時，為及物動詞，因此若填入 (B)，後方要出現受詞；若填入 (C)，則要加上 by，表示做動作的人。

字彙 Tourism Department 觀光部
require sb. to V 要求某人做（某事）
be easily accessible to the public
大眾易使用的；大眾易得到的

4. ★★

中譯 皮亞佐拉先生小時候就很優秀，但是他會成為一名成功的音樂家，靠的是反覆地練習，而不是天分。

(A) excepting 除……之外（介系詞）
(B) exceptional 優秀的（形容詞）
(C) except 除……之外（介系詞、連接詞）
(D) exception 除外（名詞）

解析 本題為文法題，選項列出一個單字的各類詞性。空格位在 be 動詞後方，為補語的位置，用來說明人物主詞，因此形容詞 (B) 最為適當。

字彙 exceptional 優秀的；卓越的
practice rather than talent
靠反覆練習，而非靠天分

18 反身代名詞 P. 155

STEP 3 | 實戰測驗！

1 (D) 2 (C) 3 (B) 4 (C)

1. ★★

中譯 有些公司往往認為自己是研發新產品的先驅。

(A) they 他們（主格）
(B) them 他們（受格）
(C) theirs 他們的事物（所有代名詞）
(D) themselves 他們自己（反身代名詞）

解析 本題為文法題，選項列出人稱代名詞不同的格。空格要填入及物動詞 view 的受詞。(A) 為主格，因此請優先刪去此選項。(B) 為受格，用來表示不同於主詞的第三者，但是句中並未出現第三者，因此並不適當。 (C) 為所有格代名詞，為「所有格＋名詞」的概念，但是句中並未出現所指物品，因此也不適當。若句中的「主詞＝受詞」時，受詞位置要使用反身代名詞，因此答案為 (D)。

字彙 tend to V 傾向於做某事
view A as B 把 A 視為 B

2. ★★

中譯 自下週起，佐藤女士將得自行準備出差事宜，因為公司將不再提供相關服務。

(A) she 她（主格）
(B) her 她（所有格、受格）
(C) herself 她自己（反身代名詞）
(D) hers 她的事物（所有格代名詞）

解析 本題為文法題，選項列出人稱代名詞不同的格。空格前方為「Ms. Sato . . . trips」，這句話為一個結構完整的句子，因此空格中填入反身代名詞 (C) 最為適當，用來強調動詞。

字彙 as of . . . 自……起 (= from) prepare 準備
business trip 商務旅行；出差
provide related services 提供相關服務

3. ★★

中譯 維尼丘斯先生藉由這次企畫案的成功，證明了自己值得被加薪。

(A) his 他的（所有格、所有格代名詞）
(B) himself 他自己（反身代名詞）
(C) he 他（主格）
(D) him 他（受格）

解析 本題為文法題，選項列出人稱代名詞不同的格。空格前方的動詞 prove 屬於 S + V + O + C 句型動詞，因此空格中要填入受詞。根據題意，應表示證明他自己，因此答案為反身代名詞 (B)。(D) 為受格，用來表示不同於主詞的第三者，因此不太適當。這裡值得留意的是，千萬別將 worthy 當成名詞，因而誤選所有格作為答案。

字彙 prove 證明；證實 worthy of 值得的；應得的
pay raise 加薪

4. ★★

中譯 將貴公司的電腦升級能讓電腦更有效率地運作。

(A) they 他們（主格）
(B) their 他們的（所有格）
(C) them 他們（受格）
(D) themselves 他們自己（反身代名詞）

解析 本題為文法題，選項列出人稱代名詞不同的格。空格要填入及物動詞 make 的受詞，因此請優先刪去 (A) 和 (B)。(D) 為反身代名詞，當句中的主詞和受詞的關係為「主詞＝受詞」時，才能使用反身代名詞作為受詞，因此 (D) 並不適當。(C) 為受格，用來表示不同於主詞（Upgrading）的第三者（computers），故為正確答案。

字彙 operate more efficiently 運作更有效率

19 複合名詞 P. 157

STEP 3 | 實戰測驗！

1 (C) 2 (D) 3 (B) 4 (D)

1. ★★

中譯 在這個評論網站上，悠樂美甲的顧客滿意度是最高的。

(A) satisfactory 令人滿意的（形容詞）
(B) satisfying 令人滿意的；使滿意（現在分詞、動名詞）
(C) satisfaction 滿意（名詞）
(D) satisfactorily 令人滿意地（副詞）

解析 本題為詞類變化題，選項列出一個單字的各種詞類變化。本題考的是複合名詞「customer satisfaction」（客戶滿意度），因此答案為 (C)。

字彙 customer satisfaction rating 顧客滿意度
satisfactory 令人滿意的；合適的
satisfaction 滿意；滿足（感）；樂事

2. ★★

中譯 把車輛停靠在離消防栓五公尺內是違反城市規定的。

(A) regulatory 管理的（形容詞）
(B) regular 定期的；有規律的（形容詞）
(C) regularly 定期地；有規律地（副詞）
(D) regulations 規則（名詞）

解析 本題為詞類變化題，選項列出一個單字的各種詞類變化。空格前方的 city 為單數可數名詞，其前方要加上冠詞才行；但是在本句話中，空格前方並未出現冠詞，因此空格要填入複數名詞或不可數名詞，和 city 組合成一個複合名詞。也就是說，「單數可數名詞＋複數／不可數名詞」的前方才不用加上冠詞。綜合前述內容，答案為複數形 (D)。

字彙 against city regulations 違反城市規定
park a vehicle 停放車輛
fire hydrant 消防栓

3. ★★

中譯 新的獎勵制度有助於提高員工的生產力，並且產生勤奮的員工。

(A) productive 生產力高的（形容詞）
(B) productivity 生產力（名詞）
(C) produce 生產；農產品（動詞、名詞）
(D) producing 生產的；生產（現在分詞、動名詞）

解析 本題為詞類變化題，選項列出一個單字的各種詞類變化。and 的兩邊要放表示並列關係的詞，因此空格填入名詞，和 employee 組合成複合名詞較為適當；也就是說，填入名詞 (B) 最為適當，表示新的獎勵制度能提升「員工生產力」。如果想要填入其他選項，除了語意不符之外，increase 的受詞只有空格前方的單數可數名詞 employee，單數可數名詞前方要先加上冠詞才正確。

字彙 employee productivity 員工的生產力
hardworking employee 努力工作的員工

4. ★★

中譯 所有的員工都有資格使用公司某些設施進行私人活動。

(A) facilitate 促進（動詞〔第一、第二人稱；複數〕）
(B) facilitating 促進（現在分詞、動名詞）
(C) facilitated 促進（過去式、過去分詞）
(D) facilities 設施（名詞）

解析 本題為詞類變化題，選項列出一個單字的各種詞類變化。根據題意，空格要和前方的名詞 company 組合成一個複合名詞，表示「公司設施」，因此答案為 (D)。如果想要填入其他選項，some 後方的 company 要先改寫成複數形態才行。

字彙 be eligible to V 有資格做
company facilities 公司設施
for private event 進行私人活動
facilitate 促進；使便利

20 表目的的從屬連接詞＆副詞片語 P. 159

STEP 3 | 實戰測驗！

1 (D)　2 (D)　3 (C)　4 (A)

1. ★★

中譯 這些資料的收集是為了讓我們能夠與通路的零售商及其附屬企業保持溝通聯繫。

(A) as to 至於（介系詞片語）
(B) what 什麼（關係代名詞、疑問代名詞）
(C) afterward 之後（副詞）
(D) so that 為使……（表目的的從屬連接詞）

解析 本題為文法題，選項列出各種不同詞性的單字。空格前後分別連接一個子句，要填入連接詞，因此請優先刪去介系詞 (A) 和副詞 (C)。另外，(B) 後方要連接不完整的句子，因此也不適當。根據題意，(D) 為表示目的的從屬連接詞，意思為「為了……」，故為正確答案。

字彙 information is collected 資料被收集
so that . . . 以便；為使 (= in order that)
maintain communication with 與……保持溝通　merchant 零售商
affiliate 附屬企業 (= partner, associate)
form our network 形成通路
afterward 之後；後來

2. ★★

中譯 明天將舉辦藝術品拍賣會暨品酒會，目的是為了幫科爾尼大學合唱團募款。

(A) is raised 被籌款（現在被動式〔第三人稱單數〕）
(B) raised 籌款；籌款的（過去式、過去分詞）
(C) are raising 現正籌款（現在進行式〔第二人稱、複數〕）
(D) to raise 為了籌款（不定詞 to V）

解析 本題為詞類變化題，選項列出一個單字的各種詞類變化。空格前方已經有一個動詞（will be held），若動詞後方沒有加上連接詞，就無法再連接一個動詞；因此請優先刪去 (A) 和 (C)。而空格後方連接名詞，該名詞（funds）後方還有修飾語，因此若空格中要填入過去分詞，應該放在名詞的後方才正確，所以過去分詞 (B) 也不太適當。(D) 為不定詞 to V，可以連接受詞，表示目的，因此最為適當。

字彙 art auction 藝術品拍賣會
wine tasting 品酒會　be held 被舉行
raise funds 籌集資金　choir 唱詩班；合唱團

3. ★★

中譯 這個網站設置的目的，是為了方便使用者查詢並分享沃頓市的相關資訊。

(A) despite 儘管（介系詞）
(B) therefore 因此（副詞）
(C) in order that 為了（連接詞）
(D) rather than 而不是（介系詞、連接詞）

解析 本題為文法題，選項列出介系詞、副詞和連接詞三大類。空格前後分別連接一個子句，要填入連接詞，因此請優先刪去介系詞 (A) 和副詞 (B)。(C) 和 (D) 皆為連接詞，但根據題意，表示「為了……」較為適當，因此答案為 (C)。

字彙 in order that 為了
access and share information 存取和分析資訊
relevant to 有關的；與……有關的
despite 儘管；不管
rather than 而不是；與其……倒不如……(= instead of)

4. ★

中譯 為確保機上乘客的舒適與安全，每個人都應遵守安全規定。

(A) In order to 為了（表目的副詞片語）
(B) By way of 經由（介系詞片語）
(C) Owing to 由於（介系詞）
(D) Because 因為（連接詞）

解析 本題為文法題，選項列出各種不同詞性的單字。選項中，只有 (A) 的後方可以直接連接原形動詞。(B) 和 (C) 為介系詞，後方要連接名詞或名詞片語。(D) 為從屬連接詞，後方要連接完整的子句。

字彙 ensure 確保　onboard 在飛機／船上
passenger 乘客
follow the security regulations 遵守安全規定
in order to V 為了 (= so as to V)
by way of 經由 (= through, via)
owing to 由於；因為 (= because of)

21 分詞構句 P. 161

STEP 3 | 實戰測驗！

1 (D)　2 (B)　3 (B)　4 (C)

1. ★★

中譯 作物歉收是出乎意料的結果，因而無法履約。

(A) will make 將使得（未來式）
(B) to make 要使得（不定詞 to V）
(C) has made 已使得（現在完成式）
(D) making 使得（現在分詞、動名詞）

解析 本題為詞類變化題，選項列出一個單字的各種詞類變化。空格前方有動詞，但動詞後方並未出現連接詞，因此請優先刪去動詞 (A) 和 (C)。另外，(B) 為不定詞 to V，前方不能加上逗點（,），因此也不適當。本句的句型應為「. . . outcome, which made it impossible . . .」，而主格關係代名詞 which 同時扮演連接詞和主詞的角色，可以將其省略，並在動詞後方加上 ing，因此答案為 (D)。

字彙 crop failure 農作物歉收
unexpected outcome 意想不到的結果
make it impossible to V 使得無法做……
complete the contract 完成合約

2. ★★

中譯 如果你被迫簽下協議，你可以撤銷你的簽名，使其無效。

(A) rendered 使成為了（過去式、過去分詞）
(B) rendering 使成為（現在分詞、動名詞）
(C) have rendered 已使成為了（現在完成式）
(D) to be rendered 會被成為（不定詞 to V 的被動語態）

解析 本題為詞類變化題，選項列出一個單字的各種詞類變化。空格前方有動詞，但動詞後方並未出現連接詞，因此請優先刪去動詞 (A) 和 (C)。本句原本的句型應為「. . . you can rescind your signature, which renders it invalid.」，而主格關係代名詞 which 同時扮演連接詞和主詞的角色，可以將其省略，並在動詞後方加上 ing，變成分詞構句，因此答案為 (B)。

字彙 **be forced to V** 被迫做
sign the agreement 簽署協議
rescind one's signature 撤銷某人的簽名
render it invalid 使其無效

3. ★★

中譯 這項新方案在提高性能的同時，還能降低常見傷害的風險。

(A) improves 提高（動詞〔第三人稱單數〕）
(B) improving 提高（現在分詞、動名詞）
(C) to improve 提高（不定詞 to V）
(D) improved 提高（過去式、過去分詞）

解析 本題為詞類變化題，選項列出一個單字的各種詞類變化。while 後方原本的句型應為「while it (the new program) improves performance」，當中的 it 和主要子句的主詞相同，可以將其省略，再將動詞 improves 改成 v-ing 的形式，因此答案為 (B)。

字彙 **reduce the risk of** 降低⋯⋯的風險
common injury 常見的傷害
performance 效能；性能
improve 改善；改進；提高

4. ★

中譯 學生在進入化學實驗室之前，就應一直戴著護目鏡。

(A) enters 進入（動詞〔第三人稱單數〕）
(B) enter 進入（動詞〔第一、第二人稱；複數〕）
(C) entering 進入（現在分詞、動名詞）
(D) to enter 進入（不定詞 to V）

解析 本題為詞類變化題，選項列出一個單字的各種詞類變化。before 後方原本的句型應為「before they (students) enter the chemical lab」，當中的 they 和主要子句的主詞相同，可以將其省略，再將動詞 enter 改成 V-ing 的形式，因此答案為 (C)。

字彙 **safety glasses** 安全眼鏡；護目鏡
at all times 一直；隨時；每時每刻
chemical lab 化學實驗室

22 表讓步的從屬連接詞

P. 163

STEP 3 | 實戰測驗！

1 (B) 2 (A) 3 (A) 4 (A)

1. ★★

中譯 雖然沒有規定，但船隻在航行時，應持續穿著救生衣。

(A) When 當⋯⋯的時候
（從屬連接詞、關係副詞、疑問副詞）
(B) Though 雖然（從屬連接詞）
(C) Despite 儘管（介系詞）
(D) Nevertheless 然而（連接副詞）

解析 本題為文法題，選項列出各種不同詞性的單字。若 required 為過去式動詞，動詞的前後應該要有主詞和受詞，但是本題中都沒有出現，所以可以將 required 視為表示被動的過去分詞。(C) 為介系詞，被動語態的用法為「介系詞＋ (not) being ＋ p.p.」。(D) 為連接副詞，若放在句首，後方要連接一個子句，因此也不適當。(A) 和 (B) 皆為從屬連接詞，但是根據題意，應為「Though (it is) not required . . .」較為適當，因此答案為 (B)。

字彙 **though (it is) not required** 雖然沒有要求
life jacket 救生衣
vessel 船隻 **be underway** 在航行中
despite 儘管；不管
nevertheless 然而；不過；儘管如此

2. ★★

中譯 雖然富圖力的總部設在紐約，它的許多用戶卻是在歐洲。

(A) Although 雖然（從屬連接詞）
(B) Otherwise 否則（連接副詞）
(C) Until now 迄今（副詞片語）
(D) Therefore 因此（連接副詞）

解析 本題為文法題，選項列出各種不同詞性的單字。空格後方連接兩個子句，應填入從屬連接詞。(B)、(C) 和 (D) 皆屬於副詞（片語），因此請直接選擇 (A) 作為答案。(B) 為連接副詞，雖然具備連接詞的功能，但是無法將兩個句子連接在一起。(C) 為「介系詞＋副詞」，後方通常只能連接一個子句，例如：「Until now, all things are going well.」。(D) 為連接副詞，雖然可以放在句首使用，但是也無法將兩個句子連接在一起。

字彙 head office 總部；總公司
a large number of 很多；大量的
otherwise 否則；不然
until now 迄今；到現在為止 (= so far)
therefore 因此；所以

3. ★★

中譯 儘管小型企業存在著相關的固有問題，卻有越來越多的女性企業家開始創立小公司。

(A) Despite 儘管（介系詞）
(B) Although 雖然（從屬連接詞）
(C) Not only 不僅（相關連接詞）
(D) If so 如果是這樣的話（副詞子句）(= If it is so)

解析 本題為文法題，選項列出各種不同詞性的單字。空格後方為名詞片語，而 (A) 為介系詞，後方受詞可以連接名詞片語，故為正確答案。(B) 為從屬連接詞，後方要連接子句。(C) 為相關連接詞，後方要搭配 but (also) 一起使用才行，因此並不適當。若要填入 (D)，句型結構應為「If (it is) so, S + V.」才正確。

字彙 despite 儘管；不管；無論 (= in spite of)
inherent problems 固有的問題；內在的問題
associated with 與……有關係
small-scale businesses 小型企業
female entrepreneur 女性企業家
increasingly 越來越……
if so 如果是這樣的話 (= if it is so)

4. ★

中譯 不管你有沒有意識到這點，你已經跟「賣家與端口公司」訂了 10 年的貨了。

(A) Whether 不論（從屬連接詞）
(B) While 在……期間（從屬連接詞）
(C) After 在……之後（介系詞、連接詞）
(D) Although 雖然（從屬連接詞）

解析 本題為文法題，選項列出連接詞和介系詞兩大類。空格後方副詞子句的結構為「. . . or not」，能搭配此用法的連接詞只有 (A)。

字彙 merchandise 商品；貨物
order merchandise 訂貨

23 關係代名詞非限定用法 P. 165

STEP 3 | 實戰測驗！

1 (C)　2 (C)　3 (A)　4 (B)

1. ★★

中譯 我們分析土壤中的水溶性營養素，這是我們實驗室的標準做法。

(A) that ……的那個（關係代名詞、名詞子句連接詞、指示代名詞）
(B) whom ……的人（受格關係代名詞）
(C) which ……的那個（主格／受格關係代名詞）
(D) what ……的那個（關係代名詞、疑問代名詞）

解析 本題為文法題，選項列出各種不同的關係代名詞。空格位在 be 動詞前方，應填入主詞，而 (B) 為受格，因此請優先刪去此選項。且空格前方有逗點（,），因此無法填入 (A)。(D) 為先行詞加上關係代名詞的概念，本身可以當成主詞、受詞或補語，因此並不適當。關係代名詞 (C) 可以用來代替前方的句子，因此最為適當。

字彙 analyze 分析
water-soluble nutrients 水溶性營養素
standard practice 標準做法
laboratory 實驗室

2. ★★★

中譯 阿靈頓高中有 40 多名教師，大多數是女性。

(A) those 那些（指示代名詞）
(B) who 他們（關係代名詞、疑問代名詞）
(C) whom 他們（受格關係代名詞）
(D) them 他們（人稱代名詞〈受格〉）

解析 本題為文法題，選項列出各種不同的代名詞。空格後方 are 真正的主詞為 most，空格要填入 of 的受詞。若填入代名詞 (A) 和 (D)，逗點（,）後方要加上連接詞，用來連接前後兩個子句。(C) 為受格關係代名詞，同時具備連接詞和代名詞的功能，不需要加連接詞，就能直接代替人物先行詞 teachers，因此最適合填入空格當中。

3. ★★

中譯 新網站提供了更詳盡的英文資訊，吸引了相當多的外國玩家。

(A) which 那一個；那（主格／受格關係代名詞）
(B) who 那個人（關係代名詞、疑問代名詞）
(C) those 那些（指示代名詞）
(D) whoever 無論誰（複合關係代名詞）

解析 本題為文法題，選項列出各種不同的代名詞。空格要填入主格關係代名詞，具備連接詞功能，連接前後兩個子句；同時還要具備代名詞功能，用來當作 has attracted 的主詞，因此請先刪去 (C)。根據題意，(A) 可以用來代替前方的句子，因此最為適當。先行詞為人物時，才能使用 (B)。(D) 為先行詞加上關係代名詞的概念，因此也不適合。

字彙 attract 吸引　quite a lot of 相當多的

4. ★★

中譯 有一則關於科克．哈特菲爾德的評論，那就是他無法表達自己的情感。

(A) it 它（人稱代名詞）
(B) which 那一個；那（關係代名詞、疑問代名詞）
(C) where 那裡（關係副詞、疑問副詞）
(D) that 那個（名詞子句連接詞、關係代名詞、指示代名詞）

解析 空格要填入主格關係代名詞，具備連接詞功能，連接前後兩個子句；同時還要具備代名詞功能，用來當作 is 的主詞，因此請先刪去代名詞 (A)。(C) 後方要連接完整的句子，因此也請一併刪去此選項。(D) that 當作關係代名詞使用時，適用非限定的用法，前方不能加上逗點（,），因此答案為 (B)。

字彙 criticism 批評；評論
inability 無能；無能為力
express one's emotions 表達自己的情感

24 以動名詞作為受詞 P. 167

STEP 3 | 實戰測驗！

1 (B)　2 (D)

1. ★★

中譯 我們公司的主管都要負責在各自的工作領域實施新的會計程式。

(A) implementation 履行；實踐（名詞）
(B) implementing 實施（現在分詞、動名詞）
(C) implements 實施（動詞〔第三人稱單數〕）
(D) implemented 實施（過去式、過去分詞）

解析 本題為詞類變化題，選項列出一個單字的各種詞類變化。空格後方連接受詞（the new accounting program），還要當作前方介系詞（for）的受詞。空格要填入兼具動詞和名詞功能的詞，因此答案為動名詞 (B)。

字彙 manager 經理；管理人員
be responsible for 對……負責
implement 實施；執行 (= put into practice)
accounting program 會計程式

2. ★★

中譯 泰勒曼先生在拍攝完由簡．戈德溫的戲劇《毀滅》改編而成的電影後，就開始考慮要將菲爾．楊的小說《流浪者》搬上大銀幕。

(A) to make 製作（不定詞 to V）
(B) made 製作（過去式、過去分詞）
(C) makes 製作（動詞〔第三人稱單數〕）
(D) making 製作（現在分詞、動名詞）

解析 本題為詞類變化題，選項列出一個單字的各種詞類變化。空格位在不定詞 to V 和名詞片語之間，空格不僅要作為不定詞 to V 的受詞，其後方還要連接另一個受詞，因此要填入動狀詞。而不定詞 to V 中的動詞為 consider，該動詞後方要搭配動名詞作為受詞，因此答案為 (D)。

字彙 consider V-ing 考慮

25 比較級 P. 169

STEP 3 | 實戰測驗！

1 (A)　2 (A)　3 (C)　4 (C)

1. ★★

中譯 通常大批買進產品會比買小包裝的產品還要省錢多了。

(A) much 非常（形容詞、副詞）
(B) as 同樣地（連接詞、介系詞）
(C) ever 永遠；曾（副詞）
(D) such 這樣的（形容詞、代名詞）

解析 本題為文法題，選項列出各種不同詞性的單字。請特別留意空格後方使用比較級的用法。空格位在 be 動詞和比較級之間，應填入修飾比較級的副詞，表示強調語氣，因此請優先刪去 (B) 和 (D)。ever 的用法為「比較級＋ than ever（比起以往更加……）」；比較級通常會用 much、far、even、still 等副詞修飾，因此選擇 (A) 最為適當。

字彙 in bulk 大量；成批地
economical 省錢的；經濟實惠的
packaged 包裝的；小包的

2. ★

中譯 事實證明，將新舊兩廠整合的成本比預期的還要高。

(A) than 比（連接詞、介系詞）

(B) or 或者；兩者擇一（對等連接詞、相關連接詞〔常與 either 連用〕）

(C) if 如果（副詞子句、名詞子句連接詞）

(D) though 雖然（從屬連接詞）

解析 本題為文法題，選項列出各種不同詞性的單字。請特別留意空格前方使用比較級的用法。空格後方的 expected 為比較對象，因此空格中填入 (A)，放在比較級和比較對象之間最為適當，其他的選項皆不適合填入空格中。

字彙 **integrate** 使結合；使成一體；使合併
plant 工廠　**prove to be** 證明為；結果是

3. ★

中譯 新的生產線比早期的製造方法更有效率，是出於幾個原因。

(A) most efficiently 最有效率地

(B) as efficiently 同樣效率地

(C) more efficient 更有效率的

(D) so efficient 如此有效率的

解析 本題為文法題，選項列出形容詞 effective 和副詞 effectively 的比較級與最高級。空格後方連接比較級介系詞 than，因此選擇 (C) 最為適當。

字彙 **assembly line** 裝配線；生產線；流水作業線
manufacture 生產；製造
for several reasons 出於幾個原因

4. ★★

中譯 做菜時，最好用數位溫度計，不要用玻璃水銀溫度計。

(A) once 一旦（連接詞、副詞）

(B) whatever 無論什麼（複合關係代名詞）

(C) rather than 而不是（連接詞、介系詞）

(D) according to 根據（介系詞片語）

解析 本題為文法題，選項列出各種不同詞性的單字。根據題意，空格要填入具有比較意味的詞，表示比較空格前方的 digital 和後方的 glass thermometers。選項中，只有 (C) 可以滿足這項條件。

字彙 **glass thermometer** 玻璃（水銀）溫度計

26 相關連接詞 P. 171

STEP 3 | 實戰測驗！

1 (B)　2 (C)　3 (C)　4 (B)

1. ★

中譯 董事長跟副董事長都不會出席下次的會議。

(A) but 但是（連接詞、介系詞）

(B) nor 也不（相關連接詞〔搭配 neither〕、副詞）

(C) while 然而（從屬連接詞）

(D) or 或者；兩者擇一（對等連接詞、相關連接詞〔搭配 either〕）

解析 本題為文法題，選項列出各種不同的連接詞。請務必注意到空格前方的 neither，只要知道「neither A nor B」的用法，就能輕鬆選出答案為 (B)。

字彙 **neither A nor B** 既不是 A 也不是 B
vice president 副董事長；大學副校長
attend 出席；參加

2. ★

中譯 方妲女士需要買一台新的印表機和傳真機。

(A) either（兩者中）任一的；或者（相關連接詞〔搭配 or〕、代名詞、副詞）

(B) whether 是否；不管是（副詞子句、名詞子句連接詞）

(C) both 兩者都（相關連接詞〔搭配 and〕、代名詞）

(D) never 從不（副詞）

解析 本題為文法題，選項列出各種不同的連接詞和副詞。值得注意的是，(A)、(B)、(C) 都可以和其他字詞組合成相關連接詞的用法。空格後方出現 and，可以聯想到「both A and B」，因此答案要選 (C)。

字彙 **purchase** 購買
both A and B A 和 B 都

3. ★

中譯 行銷部的員工需以傳真或電子郵件的方式繳交月報表。

(A) neither 兩者都不（相關連接詞〔搭配 nor〕）

(B) both 兩者都（相關連接詞〔搭配 and〕、代名詞）

(C) either（兩者中）任一的；或者（相關連接詞〔搭配 or〕、代名詞、副詞）

(D) nor 也不（相關連接詞〔搭配 neither〕、副詞）

解析 本題為文法題，選項列出各種不同相關連接詞。請務必注意到空格後方出現 or，只要知道「either A or B」的用法，就能輕鬆選出答案為 (C)。

字彙 employee 員工；職員　submit 繳交
monthly report 月報表

4. ★

中譯 橄欖自助餐廳既不接受個人支票，也不接受信用卡的支付方式，所以顧客必須付現。

(A) either（兩者中）任一的；或者（相關連接詞〔搭配 or〕、代名詞、副詞）
(B) neither 兩者都不（相關連接詞〔搭配 nor〕）
(C) both 兩者都（相關連接詞〔搭配 and〕、代名詞）
(D) not only 不僅（相關連接詞〔搭配 but (also)〕）

解析 本題為文法題，選項列出各種不同相關連接詞。請務必注意到空格後方出現 nor，只要知道「neither A nor B」的用法，就能輕鬆選出答案為 (B)。

字彙 personal check 個人支票
credit card 信用卡
pay in cash 以現金支付

27 名詞子句連接詞 P. 173

STEP 3 | 實戰測驗！

1 (B)　2 (C)　3 (A)　4 (C)

1. ★★

中譯 董事會需決定是否要擴展其在巴西的製造廠。

(A) such 這樣的（形容詞、代名詞）
(B) whether 是否（名詞子句、副詞子句連接詞）
(C) while 當……的時候（從屬連接詞）
(D) or 或者；兩者擇一（對等連接詞、相關連接詞〔搭配 either〕）

解析 本題為文法題，選項列出連接詞和形容詞兩大類。空格要當作及物動詞 decide 的受詞，(B) 可以和後方不定詞 to V 組合成名詞片語，故為正確答案。名詞片語「whether to V」（是否要做……）可以當作主詞、受詞或補語來使用，建議熟記此用法。

字彙 board of directors 董事會
whether to V 是否要做……
expand 擴大；擴展
manufacturing facility 製造廠
while 當……的時候；然而；雖然

2. ★★

中譯 根據今天發布的一項報告顯示，傑克遜石油公司正面臨財務困境。

(A) what 什麼；所……的人／事／物（疑問代名詞、關係代名詞）
(B) if 如果；是否（名詞子句、副詞子句連接詞）
(C) that 那個……的人／事／物（關係代名詞、名詞子句連接詞、指示代名詞）
(D) nevertheless 然而（連接副詞）

解析 本題為文法題，選項列出各種不同詞性的單字。空格位在動詞被動語態和另一句話之間。由此可以確認前方 it 為虛主詞，空格後方才是真主詞；而 that 當作連接詞使用時，可以用來引導真主詞，因此答案為 (C)。

字彙 according to 根據；據……所說
release 公布；發布　reveal 揭露；揭示
financial difficulty 財務困難；經營困境
nevertheless 不過；然而；儘管如此

3. ★★

中譯 社會學家聲稱，許多衝突都是由於都會區裡過度擁擠所造成的。

(A) that 那個……的人／事／物（指示代名詞、關係代名詞、名詞子句連接詞）
(B) what 什麼；所……的人／事／物（疑問代名詞、關係代名詞）
(C) how 怎樣（關係副詞、疑問副詞）
(D) who 誰；……的人（疑問代名詞、關係代名詞）

解析 本題為文法題，選項列出各種不同連接詞、關係代名詞和關係副詞。空格前後各連接一個子句，因此要填入連接詞。由於主要子句的動詞 claim 為及物動詞，後方要連接名詞子句，才能當作 claim 的受詞。(A) 可以當作名詞子句連接詞，故為正確答案。

字彙 sociologist 社會學家　claim 聲稱；斷言
tension 緊張的狀態／氣氛／局勢；衝突
overcrowding 過度擁擠；人口過密

4. ★★

中譯 以下資訊將有助於您決定是否應繳交履歷表。

(A) what 什麼（關係代名詞、疑問代名詞）
(B) so 如此（對等連接詞、副詞）
(C) if 是否（名詞子句、副詞子句連接詞）
(D) while 當……的時候（從屬連接詞）

解析 本題為文法題，選項列出各種不同詞性的單字。空格位在及物動詞 decide 和一個子句之間，請將 decide 後方的子句視為名詞子句，用來當作受詞，因此請優先刪去 (B) 和 (D) 這兩個選項。若

空格中填入 (A) what，後方要連接結構不完整的句子，但後方子句屬於第三類句型，為結構完整的句子。(C) 則可以當作名詞子句的連接詞，故為正確答案。

字彙 submit 提交；呈遞　résumé 履歷；簡歷

28 關係代名詞修飾先行詞 P. 175

STEP 3 | 實戰測驗！

1 (C)　2 (A)　3 (B)　4 (A)

1. ★★

中譯 一個將於上午 11 點開始的節目——《香格里拉》，內容介紹曾在此場地所舉辦過最多樣化的時尚活動。

(A) whom 誰；什麼人；……的人（受格關係代名詞）

(B) what 什麼；所……的人／事／物（關係代名詞、疑問代名詞）

(C) that ……的人／事／物（關係代名詞、名詞子句連接詞、指示代名詞）

(D) these 這些（指示代名詞〔複數〕）

解析 本題為文法題，選項列出各種不同的關係代名詞。空格後方出現兩個動詞（will begin、included），因此要看作空格到逗點前方為形容詞子句，修飾前方的主詞。program 屬於物品先行詞，且需要用主格關係代名詞來代替它，因此答案為 (C)。(B) 包含先行詞在內，但是句中有先行詞，因此不適合填入空格中。

字彙 diverse 多種多樣的；形形色色的
venue 場地

2. ★

中譯 那個賣小型木製品跟家具的木匠正努力發展自己的事業。

(A) who ……的人（主格關係代名詞）

(B) whoever 無論誰；……的人（複合關係代名詞）

(C) whose ……人的（所有格關係代名詞）

(D) this 這個（指示代名詞〔單數〕）

解析 本題為文法題，選項列出各種不同的關係代名詞。空格後方出現兩個動詞（sells、is），由此可知「sells . . . furniture」是用來修飾主詞（The carpenter）。先行詞為人物（carpenter），空格要填入可以代替人物的主格關係代名詞，因此選擇 (A) 最為適當。(B) 後方為 -ever，包含先行詞在內的概念，因此並不適當。(C) 為所有格關係代名詞，後方要直接連接名詞，因此也不能填入空格中。

字彙 carpenter 木匠；木工
wooden product 木製品
struggle to V 盡力做某事；掙扎著做某事
(= try hard to V)

3. ★★

中譯 新開設的辦公室電腦課程有 100 名員工參加，他們全都將學習電腦技能，包括文書處理與資料庫管理的進階知識。

(A) who 他們（關係代名詞、疑問代名詞）

(B) whom 他們（受格關係代名詞）

(C) which 那一些（關係代名詞、疑問代名詞）

(D) that 那個（關係代名詞、名詞子句連接詞、指示代名詞）

解析 空格要填入連接詞，當作介系詞 of 的受詞，並連接兩個子句。請選出具備受格功能的連接詞，才能當作介系詞的受詞。whom 和 which 皆可當作受格連接詞，但是由於先行詞為人（employees），因此要選擇 (B) whom。

字彙 hold 擁有
advanced 進階的；先進的；高等的
processing 加工；（資料）處理
word processing （在電腦上的）文書處理
database management 資料庫管理

4. ★

中譯 擅長現代室內設計技法的約書亞藝術設計公司，位於南韓的首都首爾。

(A) which 那一個（關係代名詞、疑問代名詞）

(B) who ……的人；誰（關係代名詞、疑問代名詞）

(C) when 當……時（關係副詞、疑問副詞）

(D) what 那個……的人／事／物；什麼（關係代名詞、疑問代名詞）

解析 本題為文法題，選項列出關係代名詞和關係副詞。空格後方出現兩個動詞（specializes、is），因此空格到 be 動詞前方為形容詞子句，用來修飾前方主詞（Joshua Art Design）。空格中要填入關係代名詞，引導形容詞子句，並用來修飾主詞，因此請優先刪去 (C)。主詞 Joshua Art Design 屬於物品，因此要選擇 (A)，修飾物品較為適當。關係代名詞 (B) 用來代替人物先行詞；關係代名詞 (D) 包含先行詞在內的概念，因此不適合填入空格中。

字彙 specialize in 專攻；專營
be located in 位於

29 表原因的從屬連接詞 P. 177

STEP 3 | 實戰測驗！

1 (C)　2 (B)　3 (D)　4 (C)

1. ★★

中譯 貝斯特電腦的製造廠注意到，由於生產線的員工開始操作新機具，上週的生產力大幅提升。

(A) in spite of 雖然；儘管（介系詞片語）
(B) even if 即使（表讓步的從屬連接詞）
(C) since 因為；由於（表原因的連接詞、介系詞、副詞）
(D) beside 在……旁邊（介系詞）

解析 本題為文法題，選項列出各種不同詞性的單字。空格前後各有一個子句，要填入連接詞，因此請先刪去介系詞 in spite of 和 beside。根據題意，啟用新機具和提高生產力互為因果關係，因此要選擇表原因的從屬連接詞 (C) 較為適當。

字彙 manufacturing plant 製造廠；生產廠
sharp increase 急遽增長
productivity 生產力
assembly line 裝配線；生產線

2. ★★

中譯 我們無法寄出您要求的檔案，因貴用戶的郵件信箱已滿。

(A) owing to 由於；因為（介系詞）
(B) because 因為（表原因的從屬連接詞）
(C) although 雖然；儘管（表讓步的從屬連接詞）
(D) moreover 此外；而且（連接副詞）

解析 本題為文法題，選項列出各種不同詞性的單字。空格前後各連接一個子句，要填入連接詞。(A) 為介系詞、(D) 為連接副詞，因此請優先刪去這兩個選項。而剩下兩個選項 (B) 和 (C) 分別表示原因和讓步。根據題意，要選擇表示原因的從屬連接詞較為適當，因此答案為 (B)。

字彙 the requested file 所要求的文件（檔案）
owing to 由於；因為

3. ★★

中譯 由於樣本量不大，調查結果的解讀應謹慎進行。

(A) even 甚至（副詞）
(B) virtually 差不多；實際上（副詞）
(C) as though 好像；似乎（從屬連接詞）
(D) since 因為；既然（連接詞、介系詞、副詞）

解析 本題為文法題，選項列出各種不同詞性的單字。空格前後各連接一個子句，要填入連接詞。(A) 和 (B) 皆為副詞，因此請優先刪去這兩個選項。而剩下的兩個選項中，(C) 表示「好像……」，不符合題意。空格中要填入表示原因的連接詞，表示「因為……」較為適當，因此答案為 (D)。

字彙 findings 調查或研究的結果
interpret cautiously 謹慎地解釋
since 因為；既然
virtually 差不多 (= almost)
as though 好像；似乎

4. ★★

中譯 棕櫚油的需求龐大，棕櫚油種植園正迅速取代極危動物賴以生存的雨林。

(A) As far as 只要（連接詞、副詞）
(B) Although 雖然；儘管（連接詞）
(C) Due to 由於；因為（介系詞）
(D) As 作為；因為（介系詞、連接詞）

解析 本題為文法題，選項列出連接詞和介系詞兩大類。空格後方為名詞片語，因此請從介系詞 (C) 和 (D) 當中選出答案。(D) 當作介系詞使用時，意思為「作為……」，表示具備某種資格，不符合題意。空格中填入表示原因的介系詞 (C) 較為適當。

字彙 the large demand for 對……大量的需求
palm oil 棕櫚油　plantation 種植園
rainforest habitat 雨林棲息地
critically endangered animal 極危動物

30 原級 P. 179

STEP 3 | 實戰測驗！

1 (B)　2 (B)　3 (C)　4 (A)

1. ★★

中譯 一場為本市兒童舉辦的慈善音樂會，也許不會如原先以為的那般引起那麼大的關注。

(A) more 更多的（形容詞、副詞）
(B) as much 同樣多的（形容詞）
(C) so many 這麼多的（形容詞）
(D) too many 太多的（形容詞）

解析 本題為文法題，選項列出形容詞和副詞兩大類。空格後方的 interest 視為單數，但是前方卻沒有任何的冠詞，因此屬於不可數名詞。(C) 和 (D) 中包含 many，用來修飾可數名詞，因此請優先刪去這兩個選項。看到後方的 as，便能得知本句中使用「as ＋形容詞＋名詞＋ as」的用法，因此要選擇 (B) 作為答案。

字彙 **benefit concert**
慈善音樂會；公益演出音樂會
as much interest as previously thought
像之前以為的那樣引人關注

2. ★★

中譯 對於某些產品，開發人員既重視獨創性，也同樣重視其新設計的空間使用效率。

(A) as many 一樣多的（形容詞）
(B) as much 同樣多的（形容詞）
(C) more 更多的（形容詞、副詞）
(D) the most 最多的（形容詞、副詞）

解析 本題為文法題，選項列出原級、比較級和最高級用法。attention 為不可數名詞，因此前方不能加上 as many。雖然可以用 more attention 和 the most attention 表示更加注意或關注，但是後方的 to 不能連接 as to。因此要使用對等比較的概念，表示「空間的使用效率和獨創性一樣重要」，因此答案為 (B)。

字彙 **developer** 開發者
attention 考慮；注意；關心
originality 獨創性；原創性
space efficiency 空間使用效率

3. ★★

中譯 我們的目標是盡力讓顧客每次入住都能留下難忘的回憶。

(A) memory 回憶（名詞）
(B) memorizing 記住（現在分詞、動名詞）
(C) memorable 難忘的（形容詞）
(D) memorably 難忘地；留在記憶中地（副詞）

解析 本題為詞類變化題，選項列出一個單字的各種詞類變化。空格前後各有一個 as，由此可以推測出空格要填入形容詞或副詞的原級，因此請從 (C) 和 (D) 當中選出答案。遇到此類考題時，請先拿掉 as，觀察空格在句中扮演什麼樣的角色。make 屬於 S + V + O + C 句型動詞，空格為受詞補語的位置，因此填入形容詞 (C) 最為適當。

字彙 **every guest's stay** 每位顧客的住宿
memorize 記住；背熟
memorable 難忘的；值得懷念的

4. ★★★

中譯 藍鯨語言中心提供給新會員的課程，每月只需 100 美元。

(A) little 很少；一點（形容詞、副詞）
(B) more 更多（形容詞、副詞）
(C) large 大的（形容詞）
(D) short 短的（形容詞）

解析 本題為文法題，選項列出各種不同詞性的單字。根據題意，本句表示的應該是以 100 美元低廉的價格提供課程，(A) 為形容詞原級，組成 as little as 最為適當。(B) 要搭配比較級使用。(C) 不符合題意。(D) 不適合搭配後方的價格使用。

字彙 **provide A with B** 為 A 提供 B
as little as $100 僅僅 100 美元

31 最高級 P. 181

STEP 3 | 實戰測驗！

1 (D)　2 (D)　3 (C)　4 (C)

1. ★★★

中譯 每種肉類的烹調方式都不盡相同，以期用最完美的方式呈現出獨特風味。

(A) much 非常；很（形容詞、副詞）
(B) many 許多的（形容詞）
(C) more 更（形容詞、副詞）
(D) most 最（形容詞、副詞）

解析 本題為文法題，選項列出 many、much 和比較級、最高級。空格後方為 possible，描述烹飪方式，因此適合與空格組合成最高級，表達「最佳的方式」；brilliant 加上 (D) 變成最高級，故為正確答案。

字彙 **be cooked differently** 以不同的方式料理
bring out 帶出；使出現
specific flavor 獨特的風味
the most brilliant possible way 最好的方式

2. ★★

中譯 在人事處的員工中，羅伯特女士是最了解公司新福利措施的人。

(A) informed 了解情況；了解情況的（過去式、過去分詞）
(B) information 資訊（名詞）
(C) more informed 更了解情況（比較級）
(D) most informed 最了解情況（最高級）

解析 本題為詞類變化題，選項列出一個單字不同的詞類變化。Among 後方表示比較範圍為人事部門所有員工，因此空格適合填入最高級，表達「最了解新的福利措施內容」。(D) 為最高級，故為正確答案。

字彙 among the employees 在員工中
personnel office 人事處
informed about 了解有關……的情況
benefits packages 員工福利

3. ★★

中譯 在華盛頓製衣廠裡工作的所有員工中，史坦利・沃德先生老是工作最努力的。

(A) hardly 幾乎不（副詞）
(B) harder 更努力地（比較級）
(C) hardest 最努力地（最高級）
(D) hard 努力地（形容詞、副詞）

解析 本題為文法題，選項列出一個單字不同的詞類變化。hardly 為否定副詞，用來修飾動詞，前方不能加上定冠詞。harder 為形容詞和副詞比較級，但空格後方連接 all of the employees，代表全體員工，因此不適合將比較級填入空格當中。hard 為形容詞和副詞原級、hardest 為形容詞和副詞最高級，兩者之中應使用最高級，表達「全體員工中最努力工作的人」，因此答案為 (C)。

字彙 continually 連續地；不斷地；一再地
hardly 幾乎不

4. ★★

中譯 索哈河谷區擁有該地區最動人的風景。

(A) deep 深的（形容詞原級）
(B) new 新的（形容詞原級）
(C) dramatic 引人注目的（形容詞原級）
(D) wide 寬闊的（形容詞原級）

解析 空格前方為 the most，若當作副詞使用，意思為「最……」，會放在兩個音節以上的形容詞或副詞前方；若當作形容詞使用，則會放在名詞前方，表示最高級，意思為「最多……」。形容詞或副詞為單音節時，前方不能加上 most，而是要在字尾加上 -est，才能變成最高級。若先暫時忽略選項的意思，(A) 要改成 the deepest、(B) 要改成 the newest、(D) 要改成 the widest 才能表示最高級，因此這三個選項皆不適合填入空格當中。如欲組合成最高級，the most 只能加上形容詞 (C)。在此補充，表面上本題看似為詞彙題，實際上考的是文法概念。

字彙 boast 擁有（值得自豪的東西）
dramatic landscape 引人注目的景色

32 對等連接詞 P. 183

STEP 3 | 實戰測驗！

1 (D) 2 (D) 3 (B) 4 (A)

1. ★★

中譯 比賽預計在今天下午 4 點 30 分左右開始，但足球場上還沒有人出現。

(A) where ……的地方；哪裡（關係副詞、疑問副詞）
(B) until 直到（從屬連接詞、介系詞）
(C) and 並且（對等連接詞）
(D) but 但是（對等連接詞、介系詞）

解析 本題為文法題，選項列出各種不同詞性的單字。空格前方內容為比賽預計於下午 4 點 30 分開始；後方內容則為足球場上沒有任何人出現，前後為相反的內容。兩個子句中間需要加上表示轉折的對等連接詞「但是」，因此選擇 (D) 最為適當。空格前方要有表示地點的先行詞，才能填入 (A)；而 (B) 和 (C) 皆不符合題意。

字彙 be scheduled to V 預定做某事
approximately 大約 appear 出現；露面
soccer field 足球場

2. ★★

中譯 勒曼先生的課排得很緊湊，所以他找不到時間指導學生。

(A) since 因為；自從（從屬連接詞、副詞、介系詞）
(B) because 因為（從屬連接詞）
(C) similarly 同樣地（副詞）
(D) so 所以；如此（對等連接詞、副詞）

解析 本題為文法題，選項列出連接詞和副詞兩大類。空格要填入連接詞，連接前後兩個子句。(C) 為副詞，因此請優先刪去此選項。前段內容表示課程很滿；後半段內容表示沒有時間指導學生，前後為因果關係，因此答案為對等連接詞 (D)。(A) 和 (B) 皆不符合題意。

字彙 class schedule 課程表；課程安排
find time to V 找時間做（某事）
mentor 以導師身分協助指導
similarly 同樣地

3. ★★

中譯 中午野餐和園區演唱會的門票都包含在假日套裝行程裡，但買紀念品的費用不包括在內。

(A) either 或者；（兩者中）任一的（代名詞、副詞、相關連接詞〔搭配 or〕）

(B) but 但是（對等連接詞、介系詞）

(C) then 然後；接著（副詞）

(D) or 或者（對等連接詞）

解析 本題為文法題，選項列出各種不同詞性的單字。空格要填入連接詞，連接前後兩個子句，因此請優先刪去 (A) 和 (C)。根據題意，應該填入表示轉折的對等連接詞，表達「假日套裝行程包含午餐和演唱會的票，但是並未包含紀念品費用」，因此選擇 (B) 最為適當。

字彙 be included in 被納入；包含在
holiday package 假日套票；假日行程
souvenir 紀念品

4. ★★

中譯 新德里自助餐廳供應各種傳統印度菜與餐後甜點，適合週年慶祝與商務宴會等特殊場合。

(A) and 和；與（對等連接詞）

(B) so 所以（對等連接詞、副詞）

(C) for 為了（對等連接詞、介系詞）

(D) nor 也不（相關連接詞〔搭配 neither〕、副詞）

解析 本題為文法題，選項列出對等連接詞和相關連接詞兩大類。空格前方為 dishes，意思為「料理」；空格後方為 dessert，意思為「餐後甜點」，由此可知空格要填入對等連接詞，才能連接這兩個單字。雖然 so 和 for 為對等連接詞，但是他們只能用來連接兩個子句，表示對等關係，無法連接名詞和名詞，因此不能作為答案。(A) 也是對等連接詞，且可以用來連接兩個單字，表示對等關係，因此最為適當。

字彙 various 各種的；不同的　dish 菜餚
dessert 餐後甜點
special occasion 特殊場合
anniversary celebration 週年慶祝
business banquet 商務宴會

33 可數名詞 P. 185

STEP 3 | 實戰測驗！

1 (A)　2 (C)　3 (B)　4 (A)

1. ★★

中譯 零售商一直在想辦法吸引顧客，並鼓勵他們多消費。

(A) Retailers 零售商（名詞）

(B) Retailing 零售業；零售（名詞、動名詞）

(C) Retails 零售（動詞〔第三人稱單數〕）

(D) Retailed 零售；零售的（過去式、過去分詞）

解析 本題為詞類變化題，選項列出一個單字的各種詞類變化。空格位在 be 動詞前方，要填入名詞，用來當作主詞，因此請優先刪去 (D)。(B) 為單數形，因此並不適當。retail 可以當作及物動詞使用，但是當名詞使用時，為不可數名詞；因此 (C) 並非複數名詞，而是現在式動詞的第三人稱單數。根據題意，要填入複數形，因此答案為 (A)。

字彙 retailer 零售商
look for ideas 想出主意或點子；找出辦法
attract customers 吸引顧客
encourage sb. to V 鼓勵某人做（某事）
retailing 零售業

2. ★

中譯 欲在蘇菲．澤爾曼教授指導下工作的兩名研究助理須提出申請。

(A) assisting 協助（現在分詞、動名詞）

(B) assists 協助（動詞〔第三人稱單數〕）

(C) assistants 助理（複數可數名詞）

(D) assistance 協助（不可數名詞）

解析 本題為詞類變化題，選項列出一個單字的各種詞類變化。空格前方為數量詞 two，因此空格要填入複數可數名詞。選項中，只有 (C) 為複數可數名詞。(D) 則是不可數名詞。

字彙 applications are requested for
……得提出申請
research assistant 研究助理
under the supervision of 在……的監督下
assistance 協助；援助

3. ★★

中譯 代表們高超的談判技巧和接受妥協的意願應受到讚揚。

(A) delegator 委託者；代表團團員（單數可數名詞）

(B) delegates 委派；（會議）代表（動詞〔第三人稱單數〕、複數可數名詞）

(C) delegated 委派了；委派的（過去式、過去分詞）

(D) delegate 委派；（會議）代表（動詞〔第一、第二人稱；複數〕、單數可數名詞）

解析 本題為詞類變化題，選項列出一個單字的各種詞類變化。本題的重點在於 delegate 這個單字可以當作動詞和可數名詞使用。空格要填入主詞，因此請先刪去 (C)。且空格後方出現複數所有格 their，因此答案為複數形 (B)。

字彙 delegate （會議）代表；委託；授權
be commended for 受到讚揚；給予嘉許
excellent 優秀的；高超的
negotiation skill 談判技巧
readiness to V 準備好做（某事）的願意
compromise 妥協；折衷

4. ★

中譯 學校校長們已要求將今年全國考試考生報名的截止日期延後。

(A) extension 延期（單數可數名詞）

(B) extend 延長期限（動詞〔第一、第二人稱；複數〕）

(C) extended 延長了；延長了的（過去式、過去分詞）

(D) extending 延長的（現在分詞、動名詞）

解析 本題為詞類變化題，選項列出一個單字的各種詞類變化。空格前方有不定冠詞（an），空格要填入單數可數名詞，因此答案為 (A)。

字彙 school head 學校校長　demand 要求
extension 延長；延期
deadline for ……的截止日期
registration of candidates 報考者報名
national examination 國家考試

34 不可數名詞

P. 187

STEP 3 | 實戰測驗！

1 (B)　2 (C)　3 (D)　4 (C)

1. ★★

中譯 安德森先生及其團隊提供版權與消費者權利方面的法律諮詢服務。

(A) adviser 顧問（可數名詞）

(B) advice 建議；忠告（不可數名詞）

(C) advisable 明智的（形容詞）

(D) advise 建議；勸告（動詞〔第一、第二人稱；複數〕）

解析 本題為詞類變化題，選項列出一個單字的各種詞類變化。空格受到形容詞的修飾，要填入名詞，因此請優先刪去 (C) 和 (D)。由於空格前方沒有冠詞，空格要填入複數名詞或是不可數名詞，因此答案為不可數名詞 (B)。(A) 為可數名詞，且為單數形，前方要加上冠詞才行。

字彙 copyright 版權；著作權
consumer rights 消費者權益
advisable 明智的；可取的

2. ★★

中譯 由於精心的策畫和不斷的電視廣告，「梅麗莎與道格拉斯公司」終於成為全球玩具市場的龍頭。

(A) planner 規畫者；策畫人（可數名詞）

(B) plan 計畫（可數名詞）

(C) planning 計畫；規畫（不可數名詞）

(D) planned 計劃；計劃了的（過去式、過去分詞）

解析 本題為詞類變化題，選項列出一個單字的各種詞類變化。空格受到形容詞 careful 的修飾，要填入名詞。單數可數名詞前方要加上冠詞（a/an、the），但是 careful 前方並沒有冠詞，因此請刪去單數可數名詞的選項，答案為不可數名詞 (C)。在此補充，雖然 plan 和 planning 的意思一樣，但是 plan 為可數名詞；planning 則為不可數名詞，請務必熟記。

字彙 careful 仔細的；小心的
consistent 連續的

3. ★★

中譯 我們對顧客滿意的承諾使我們能夠迅速做出反應，靈活安排專案進度。

(A) satisfactorily 令人滿意地（副詞）
(B) satisfactory 令人滿意的（形容詞）
(C) satisfying 令人滿意的（現在分詞、動名詞）
(D) satisfaction 滿意（不可數名詞）

解析 本題為詞類變化題，選項列出一個單字的各種詞類變化。空格位在名詞和動詞之間，可填入副詞，用來修飾動詞；也可以填入名詞，和前方名詞組合成複合名詞，因此請優先刪去 (B) 和 (C)。

若將副詞 satisfactorily 填入空格中，並不符合題意，故空格要填入名詞，和 customer 組合成複合名詞；而空格前方的 customer 為可數名詞單數形，前方需要加上冠詞，但是前方並未出現冠詞，因此空格要填入複數名詞或是不可數名詞，和前方名詞組合成「無冠詞＋單數可數（名詞一）＋複數名詞／不可數名詞（名詞二）」。由此可知答案為不可數名詞 (D)。

字彙 commitment to 對……做出承諾
customer satisfaction 顧客滿意
allow sb. to V 允許某人做（某事）
responsive 迅速積極反應的
flexible 靈活的；有彈性的
project scheduling 專案排程
satisfactory 令人滿意的；符合要求的 (= satisfying)

4. ★★

中譯 許多非法移民在街頭賣假皮包和其他商品。

(A) merchant 商人（單數可數名詞）
(B) merchandises 販賣；銷售（動詞〔第三人稱單數〕）
(C) merchandise 商品；貨物（不可數名詞）
(D) merchandised 推銷了的（過去式、過去分詞）

解析 本題為詞類變化題，選項列出一個單字的各種詞類變化。空格受到 other 的修飾，要填入名詞；但是由於空格前方的 other 並未加上冠詞，後方只能連接複數名詞或是不可數名詞，因此答案為不可數名詞 (C)。

字彙 illegal immigrant 非法移民
fake 假的；冒充的 leather bag 皮包
other merchandise 其他商品或貨物

35 S＋V＋O＋C 和 S＋V＋O＋O 句型中動詞的被動語態 P. 189

STEP 3 | 實戰測驗！

1 (B) 2 (C)

1. ★

中譯 除非有明確的許可，否則客戶的個人資料將予以保密。

(A) keep 保持（動詞〔第一、第二人稱；複數〕）
(B) be kept 被保持（被動語態原形）
(C) keeping 保持（現在分詞、動名詞）
(D) have kept 已保持（現在完成式）

解析 本題為詞類變化題，選項列出一個單字的各種時態變化。空格位在助動詞 will 的後方，應填入動詞，因此請優先刪去 (C)。而選項中的動詞 keep，屬於及物動詞，適用 S + V + O 或 S + V + O + C 句型；但是空格後方並沒有連接名詞當作受詞，因此答案為被動語態 (B)。

字彙 be kept confidential 保密
explicit permission 明確的許可

2. ★★

中譯 王博士在吉列大學接受學術訓練，並在該校拿到了會計學學位。

(A) awarded 授予了（過去式、過去分詞）
(B) has awarded 已授予（現在完成式）
(C) was awarded 被授予（過去被動式）
(D) awarding 授予（現在分詞、動名詞）

解析 本題為詞類變化題，選項列出一個單字的各種時態變化。空格位在主詞 she 的後方，應填入動詞；且選項中的動詞為 award，與 get 同義，適用 S + V + O 和 S + V + O + O 句型。空格前方表示「接受教育」；後方表示「取得學位」，因此如欲將動詞 award 的意思從「給予」變成「得到」，要使用被動語態 (C) 較為適當。主動語態為「The university awarded her a degree.」，改成被動語態則為題目句的用法。

字彙 receive one's academic training 接受學術訓練
where ……的地方；在……處 (= in/at/on which)
award 授予；給予 (= give)
degree 學位 accounting 會計；會計學

新 36 | 插入符合前後文意的句子 P. 192

STEP 4 | 實戰測驗！

1 (C) 2 (A) 3 (D)

1. ★★★

請參考下方廣告。

自 11 月 27 日起，本公司有項新的租賃政策即將生效。顧客仍可在網路上預約車輛，ZoomTrip 仍將繼續支付所有的汽油費、維修保養費以及保險費。不過，本公司有新的定價政策。租車時間超過三個小時者將沿用舊費率；30 分鐘至三個小時則以每小時 20 美元收費；未滿 30 分鐘則以均一費率 15 美元收費。所有的月費和年費則維持不變。我們希望這些變動將提高我們整個車隊的使用率。感謝您的理解。

(A) 地方法規禁止違規停車。
(B) 欲住宿本飯店的賓客應提前預約。
(C) 不過，本公司有新的定價政策。
(D) 請填妥此表，並交回給本公司。

解析 空格前方提到新的租賃規定中維持不變的項目；空格後方則提到費用部分有所更動。由此可以推測出空格句要起頭介紹費用變更一事，因此最適合填入 (C)，由表示轉折的連接詞表達轉換話題。

字彙 rental policy 租賃政策
in place 準備就緒；就定位
reserve vehicles online 線上預約車輛
keep the same rate 維持相同的費率
flat rate 統一價格；定額收費
monthly and annual subscription fees 月費和年費；每月和每年的會員費
availability 可用性；利用率；稼動率
entire fleet 整個車隊
unauthorized parking 違規停車
complete this form 填寫這份表格

2. ★★★

請參考下方電子郵件。

恭喜令嬡錄取紀念中學。我知道該校是本市最優秀的其中一所中學，所以您一定感到非常自豪。我收到您的電子郵件，您想要索取大學招生輔導的相關資訊，但遺憾的是，我們目前並沒有提供這類服務。我向您推薦「成功之道」，他們的升學率極高，我們輔導的學生裡有很多人非常滿意他們的服務。在紀念中學就讀的學生大多都是向麥克·巴巴特諮詢的。事實上，他曾幫我兒子申請到普林斯頓大學。撥打 245-8734 這支號碼就可以聯絡上他。

(A) 我向您推薦「成功之道」。
(B) 您必定知道下學年的免疫規定。
(C) 大學可能會要求您提供社會保險號碼。
(D) 紀念中學的課程表可在該校的網站上找到。

解析 空格後方句子以代名詞 It 開頭，因此填入空格的句子中要提到該名詞才行。根據前句話的內容，空格內要提到提供諮詢服務的機構，因此填入 (A) 最為適當。

字彙 congratulations on 恭喜；祝賀
acceptance 接受；錄取
college admission counseling 大學招生輔導／諮詢
incredibly 難以置信地；極為；很
get accepted to 被錄取；申請到
recommend 推薦 immunization 免疫
upcoming school year 即將到來的學年

3. ★★★

請參考下方信件。

今年最後一季的留客率創下歷史新高，在你擔任客戶關係經理不久後就開始往上攀升。我們從老客戶和新客戶那得到大量的正面意見回饋。事實上，我們還能在公司的網站上增加一頁「客戶推薦」的頁面。感謝你一直以來的出色工作表現。我隨信附上一張金額不大的獎金支票，以及一張公司員工旅遊的邀請函，希望到時能見到你。

(A) 我向所有需要協助的潛在客戶大力推薦李先生。
(B) 你的職責包括達成業績目標和處理客戶事宜。
(C) 應聘者將被派往你那進行面試。
(D) 事實上，我們還能在公司的網站上增加一頁「客戶推薦」的頁面。

解析 空格前方句子提到從新客戶那邊得到了正面的評價；後方句子則針對對方優秀的工作表現表達感謝之意，因此空格應填入承接前方正面評價內容的句子較為適當。選項中，(D) 表示「在網站上新增『客戶推薦』頁面」，補充說明前句話的內容，故為正確答案。請務必留意原文信件中提及的對象，以免誤選成其他選項。

字彙 unprecedented rate of client retention 前所未有的客戶保留率
assume the role of 擔任……的角色；承擔……的任務
a vast amount of 大量的……
positive feedback 正面回饋
long-standing 長期存在的
enclose 隨信附上
company retreat 公司員工旅遊
potential client 潛在客戶
testimonial 感謝狀；推薦書；見證函

PART 5&6 詞彙篇

01 名詞 ①

P. 196

STEP 2 | 實戰測驗！

1 (A) 2 (D) 3 (C) 4 (D)

1. ★★

中譯 昨天斯坦頓先生在董事會會議上發言，表示他支持世界衛生組織消除世界飢餓的倡議。

(A) 倡議 (B) 希望
(C) 選擇 (D) 機會

解析 句中提到 eliminate world hunger，表達「消除全世界的飢餓問題」，還提到世界衛生組織，因此空格應填入 (A) 最為適當，表示支持世界衛生組織解決飢餓問題的「倡議」。

字彙 board meeting 董事會會議
express 表示；表達 initiative 倡議；法案
eliminate 消除；消滅 hunger 飢餓

2. ★★

中譯 憑藉威爾森女士豐富的實務經驗，副董事長認為她將會是公司內部設計團隊非常歡迎的新成員。

(A) 被提名人 (B) 文章
(C) 不動產 (D) 附加；增加的人或物

解析 請先思考 Wilson 女士具備豐富的經驗，將對內部設計團隊帶來什麼影響。因此選擇 (D) 最為適當，表示 Wilson 女士的「加入」對內部設計團隊有一定的幫助。

字彙 extensive 廣泛的；大規模的
hands-on 親身實踐的
addition 增加的人或物
in-house 內部的；機構內部的
nominee 被提名人；候選人
article 文章；條款 realty 不動產；房地產

3. ★★

中譯 人事部主管正在培養凱勒先生成為部門領導者，因為她認為他在管理方面有很大的潛力。

(A) 記號 (B) 提案
(C) 潛力 (D) 暗示

解析 人事部門主管將 Keller 先生培育成部門領導者，是基於 Keller 先生在管理能力方面具備「某種特質」。根據文意，填入 (C) 最為適當，表示人事部門主管是看見 Keller 先生具備管理方面的「潛力」。

字彙 personnel director 人事部門主管
groom 培訓；培養
mark 痕跡；特徵；記號；符號
indication 指示；跡象；象徵

4. ★★

中譯 南塔公司的員工只要出示在職證明，即可在售票處購買優惠的電影票。

(A) 目的 (B)推薦函
(C) 成就 (D) 證明

解析 空格前方提到，Nanta 公司的員工只要在售票處出示某樣東西，購買電影票就能享有優惠；因此空格要搭配後方的 of employment，表示出示「某樣東西」。proof 的意思為「證明資料」，組合在一起後為 proof of employment，表示出示「在職證明」最為適當。

字彙 discounted 已折扣的；有優惠的
at the box office 在售票處
proof of employment 在職證明
reference 推薦函 achievement 成績；成就

02 名詞 ②

P. 198

STEP 2 | 實戰測驗！

1 (D) 2 (B) 3 (D) 4 (D)

1. ★

中譯 一部電影可能無法在一夜間完全改變大家對肯辛頓的看法，但是在週五這天，它是該社區的驕傲。

(A) 殷勤 (B) 禮貌
(C) 圖示 (D) 驕傲

解析 根據題意，雖然一部電影無法瞬間改變對 Kensington 地區的想法，但是在居民的立場上，卻能讓他們感到「自豪」，因此答案為 (D)。在此補充，(A) 和 (B) 為同義字；(C) 的前方不適合加上 a source of。

字彙 perception 看法；理解
overnight 一夜間；突然
a source of pride 足以自豪的事物；驕傲的來源
courtesy 殷勤；禮貌 (=politeness)
icon 圖示；肖像

2. ★★

中譯 卡麥隆合作企業採用 BOC 物流公司來改善該公司有機產品的配送，產品的種類從牛奶到大豆製品、優格都有。

(A) (一) 部分 (B) 配送
(C) 分類 (D) 中止

解析 開頭的 logistics 指的是「物流公司」，空格應填入 improved 的受詞，表達改善的項目。選項中，(B) 的意思為「配送」，最適合填入空格當中。

字彙 logistics 物流；後勤
cooperative 合作社；合作企業
distribution 配送；分配
organic product 有機產品
range from A to B 範圍從 A 到 B
soy 大豆 portion (一) 部分
assortment 分類；各種各樣
interruption 中止；打擾

3. ★★

中譯 為方便您參考，我們將寄給您一份全體員工的週報，及其工作表現的總結。

(A) 創作 (B) 功能
(C) 總額 (D) 總結

解析 空格應填入可以和週報一起被寄送的東西。根據題意，填入 (D) 表示工作表現的「總結」最為適當。

陷阱分析：若空格中填入 (C)，會變成 a total of（總共……），而此用法的後方通常會加上數字。

字彙 weekly report 週報表
a summary of ……的總結；……的綜述
performance 表現

4. ★★

中譯 藍道管理解決方案公司打算擴大其目前在坎培拉及附近地區的版圖。

(A) 獎金 (B) 估計
(C) 鄰近地區 (D) 存在；在場

解析 空格要填入動詞 expand 的受詞，expand 表示「擴大」。根據題意，空格中填入 (D) 最為適當。若填入 (C)，與後方的地區概念重複，並不適當。

字彙 look to V 想要做（某事）(= try to V)
expand 擴大；擴張
current presence 目前的版圖
surrounding area 周邊地區；鄰近地區
estimate 估計；報價
neighborhood 地區；鄰近街坊

03 名詞 ③ P. 200

STEP 2 | 實戰測驗！

1 (A) 2 (D) 3 (C) 4 (A)

1. ★★

中譯 我們用最新的安全措施和防火牆來保護我們的伺服器不受到外部的攻擊。

(A) 措施 (B) 利益
(C) 津貼 (D) 機會

解析 空格後方有 and，因此空格要填入和防火牆（firewalls）對應的單字。填入 (A) 後，組合成「安全措施」，最為適當。

字彙 protect A with B 用 B 來保護 A
latest 最新的 security measures 安全措施
firewall 防火牆
external attacks 外部攻擊
allowance 津貼；零用錢；限額

2. ★★

中譯 為了提供本公司客戶最好的支持和服務，下列產品皆享有三年的保固服務。

(A) 終止 (B) 要求
(C) 訂閱 (D) 保固

解析 空格要填入公司提供給客戶為期三年的東西。選項中，(D) 表示「保固」，最適合填入空格當中。(C) 的用法為 subscription to。

字彙 offer a three-year warranty
提供三年保固服務
listed below 下列的
termination 結束；終止 subscription 訂閱

3. ★★

中譯 公司董事長最近改變了兼職員工休假及病假時間的政策。

(A) 終點　(B) 路線
(C) 政策　(D) 住宿

解析 空格要填入公司董事長針對兼職人員休假和病假的更動事項。(C) 表示「政策、方針」，最適合填入空格當中。

字彙 policy 政策；策略　regarding 關於
vacation and sick time 休假和病假時間
destination 目的；終點
route 路；路線；途徑 (= road)

4. ★★

中譯 接下來兩天的旅遊行程重點將著重在棉蘭老島的野生生物，前往京那峇河地區一遊。

(A) 行程　(B) 供應
(C) 週年　(D) 局

解析 句子開頭提到往後兩天針對本次旅遊的「什麼」，(A) 表示「旅程、行程」，最適合填入空格當中。(C) 指的是週年當天的日子，句中提到兩天，因此不符合題意。

字彙 travel itinerary 旅遊行程
be focused on 著重於；重點放在
wildlife 野生生物
take a short trip to 去……短程旅行
anniversary 週年紀念（日）
bureau 局；司；署；處

04 名詞 ④ P. 202

STEP 2 | 實戰測驗！

1 (A)　2 (D)　3 (D)　4 (C)

1. ★★

中譯 一旦修完安全計畫，參加者將會成為高階呼吸治療師。

(A) 完成　(B) 娛樂
(C) 建議　(D) 入場

解析 主要子句提到成為高階呼吸治療師，空格應填入 (A)，表示「修完」安全計畫最為適當。

字彙 upon + 名詞 一……就……
completion of the safety program
安全計畫的完成
advanced-level 高級的；進階的
respiratory therapist 呼吸治療師
recreation 消遣；娛樂
admission 承認；入場費；准許進入

2. ★★

中譯 ADB 系統已被選定為全球的研究計畫，以開發世界上第一個環境監測整合系統。

(A) 研讀　(B) 版面
(C) 計畫　(D) 計畫

解析 空格後方連接不定詞 to V，表達開發世界首創的系統。(D) 和前方的 research 組合為「研究計畫」最為適當。(A) 和前方 research 的意思相同；(B) 不符合題意；(C) 的意思和 plan 相同，但是並沒有 research scheme 這個用法。

字彙 research project 研究計畫
integrated 整合的
environmental-monitoring system
環境監測系統
layout 版面；布局；設計
scheme 計畫；企畫；方案 (= plan)

3. ★★

中譯 我們很高興您對聖芭芭拉帆船隊有興趣。

(A) 優點　(B) 主意
(C) 利益　(D) 興趣

解析 空格前方沒有冠詞，空格要填入複數名詞或是不可數名詞。(B) 為可數名詞，因此請優先刪去此選項。(A) 和 (C) 可以當作可數名詞和不可數名詞使用，但是皆不符合題意。(D) 表示「興趣」時，為不可數名詞，後方要加上介系詞 in。

字彙 be pleased that 很高興……
show interest in 對……有興趣
advantage 優點；好處

4. ★★

中譯 政府仍致力於保護葡萄牙南部的傳統音樂。

(A) 方便　(B) 安裝
(C) 保存　(D) 排放

解析 空格表示政府針對後方提到的傳統音樂採取某項行動。根據題意，(C) 表示「保存」，最適合填入空格當中。

字彙 remain committed to 仍然致力於
preservation 保存；保留；保護
traditional music 傳統音樂
installation 安裝；裝置
emission 排放（物）；散發物

05 名詞 ⑤ P. 204

STEP 2 | 實戰測驗！

1 (C) 2 (C) 3 (A) 4 (D)

1. ★★

中譯 大雪造成了密西根州多所學校以及傑克遜區圖書館所有分館停課。

(A) 分割 (B) 程序
(C) 分館 (D) 公寓

解析 空格應為 Jackson 區圖書館的某一部分。選項中，只有 (C) 最為適當，表示圖書館的「分館」。

字彙 cancelation 取消 branch 分支；部門
A as well as B A 和 B
partition 分開；分割；隔斷
procedure 程序；過程；步驟

2. ★★

中譯 我的客戶享有名廚的好名聲，是透過多年辛勤的工作以及強烈的職業倫理建立起來的。

(A) 更新 (B) 復甦
(C) 名聲 (D) 排練

解析 句中使用的動詞為被動語態（was established），此時空格中的主詞，原本是及物動詞（establish）的受詞。若改回主動語態，establish a good reputation as a chef 較為適當，因此答案為 (C)。

字彙 reputation as 被尊為……的名聲
be established 被建立
years of 多年的……
strong work ethic 強烈的職業倫理道德
renewal 更新；換新；展期
resuscitation 復甦；甦醒
rehearsal 排練；彩排

3. ★★

中譯 以下是對擔任資深行銷主任一職，其角色與職責的詳細說明。

(A) 描述 (B) 資訊
(C) 專注 (D) 錯誤

解析 本題考的是名詞，因此請先確認句中的冠詞。空格前方有不定冠詞（a），而 (B) 為不可數名詞，因此請優先刪去此選項。其他選項皆可以當作可數名詞使用，逐一套入空格中後，會發現 (C) 和 (D) 皆不符合題意。(A) 和前方 detailed 組合在一起表示「詳盡的說明」，因此最適合填入空格當中。

字彙 below is 以下是……
detailed description 詳細說明；詳細描述
roles and responsibilities 角色與職責
senior marketing officer 資深行銷主任
concentration 集中；專注；濃度

4. ★★

中譯 研究顯示，大多數的顧客偏好以信用卡來購物付款。

(A) 點數 (B) 複習
(C) 抗議 (D) 大多數

解析 a ------- of customers 為後方動詞 prefer to pay 的主詞，因此空格要填入表示人物的名詞。(D) 表示「大多數的……」，最適合填入空格當中。

字彙 a majority of customers 大多數的顧客
prefer to V 偏好做；更喜歡做（某事）
pay for their purchases 為購買的東西付款
with their credit cards 以信用卡
protest 抗議；反對

06 名詞 ⑥ P. 206

STEP 2 | 實戰測驗！

1 (D) 2 (C) 3 (A) 4 (B)

1. ★★

中譯 我們的員工才剛把紙送到阿德萊爾工業區裡一家製作信封的公司。

(A) 商店 (B) 運輸
(C) 卸貨 (D) 配送

解析 首先，根據題意，(A) 和 (C) 皆不適當。而 (B) 和 (D) 都表示「運送、配送」的意思，其中 (B) 為不可數名詞，前方不能加上不定冠詞 a，因此答案為可數名詞 (D)。

字彙 staff 職員；雇員 just completed 剛完成
delivery 投遞；交貨 envelope 信封
transportation 運輸；運輸工具
discharge 排除；履行；卸貨

2. ★★

中譯 在提供書面報價單給客戶後，服務經銷商便不能就已完成的工作收取更多的費用。

(A) 句子 (B) 建議
(C) 報價單 (D) 想法

解析 空格應填入服務業者提供給客戶的東西，(C) 表示「報價單（written estimate）」，最適合填入空格當中。

字彙 written estimate 書面估價單
be provided to 被提供給……
charge more 收更多錢

3. ★

中譯 繳交搭乘大眾運輸工具的單據時，請註明出發點及目的地。

(A) 收據　(B) 指示
(C) 過程　(D) 旅程

解析 空格為提交大眾運輸的某樣東西，而主要子句提到出發地和目的地，因此填入 (A) 最符合題意。

字彙 turn in 上交；交出　receipt 收據；發票
public transportation 公共交通；大眾運輸
origin and destination 出發點與目的地
instruction 說明書；指示；命令

4. ★★

中譯 該公司的遴選委員會已縮小了適合區經理一職的候選人名單。

(A) 申請　(B) 候選人
(C) 研究　(D) 參加者

解析 for 後方表示擔任地區經理的職務，因此空格中填入 (B)「候選人」最為適當。(A) 要改寫成 applicants 才是正確答案。

字彙 selection committee 遴選委員會
narrow down 縮小；變窄
potential candidates
潛在候選人；合適的候選人
regional manager 區經理
attendee 出席者；在場者

07 動詞 ①　P. 208

STEP 2 | 實戰測驗！

1 (D)　2 (B)　3 (D)　4 (C)

1. ★★

中譯 政府撥下來的資金大多用在籌備八月的國際園藝博覽會。

(A) 懇求　(B) 參加
(C) 期待　(D) 準備

解析 選項中，只有動詞 (A) 和 (D) 後方可以連接 for，因此請優先刪去 (B) 和 (C)。動詞 appeal for 表示「要求、請求……」，不符合題意。因此答案為 (D)，填入後表示「準備國際園藝博覽會」，最為適當。

陷阱分析：(B) 後方要連接 in，而 (C) 為及物動詞，後方要加上受詞，因此兩者都不適合填入空格當中。

字彙 government funds 政府的資金
be spent V-ing 被花費在……
prepare for 為……做好準備
appeal (+for) 呼籲；懇求
participate (+in) 參加；參與

2. ★★★

中譯 全球管理顧問公司「貝恩管理系統」，在上個月實施了招聘的新人事政策。

(A) 完成　(B) 執行
(C) 達成　(D) 說服

解析 空格後方連接 new personnel polices，表示「新的人事政策」。implement 的意思為「施行（計畫、政策等）」，因此空格中填入 (B) 最為適當，表示「施行新的人事政策」。選項中還有另一個易混淆單字 perform，perform 一詞的意思為「完成（工作任務或活動）」，像是 perform multiple tasks（完成各類工作任務）或 perform a training session（完成受訓），因此並不適合填入空格當中。

字彙 management consulting firm 管理顧問公司
implement 實施；執行
personnel policy 人事政策

3. ★★

中譯 新市長打算要擴大環狀線，以容納日益增加的貨運量並減少交通延誤的情況。

(A) 堅持　(B) 建議
(C) 支持　(D) 打算

解析 選項中，只有 propose 的受詞可以使用不定詞 to V。propose 表示「提議」時，後方可以連接名詞、動名詞或 that 子句當作受詞；表示「打算、計畫」時，後方受詞才會使用不定詞 to V，請特別留意這一點。

字彙 mayor 市長　enlarge 擴大；擴展
beltway 環形公路　accommodate 容納
insist (+on) 堅持；堅決主張
propose (to V) 打算／計劃（做某事）

4. ★★

中譯 「牡丹花有限公司」以能為客戶提供國內最多樣化的花卉品種而自豪。

(A) 提到　(B) 結合
(C) 提供　(D) 挽回

解析 空格後方為間接受詞 customers 和直接受詞 the most diverse selection of flowers，兩者連在一起表示空格要填入 S + V + O + O 句型的動詞，因此答案為 (C)。其他選項皆為 S + V + O 句型的動詞。

字彙 be proud to V 因做某事而自豪；自豪做某事
the most diverse selection of 種類最多的
combine 使結合；兼備
retrieve 挽回；使恢復

08 動詞 ②

P. 210

STEP 2 | 實戰測驗！

1 (A)　2 (A)　3 (C)　4 (C)

1. ★★

中譯 音樂會很棒，但我們不得不匆忙趕到火車站，因為音樂會的時間比我們預期的還要久。

(A) 持續　(B) 完成
(C) 延長　(D) 製作

解析 空格後方為副詞片語 longer than，表示「比……更久」。選項中，只有填入不及物動詞 (A)，才符合題意。

字彙 last longer than
比……還要久；持續時間超過……
extend 延長；延續

2. ★★

中譯 特魯維雅公司正在徵求兩年以上工作經驗的業務員，最好是在北非。

(A) 尋找　(B) 要求
(C) 預期　(D) 進入

解析 若將選項單字填入空格當中，句子為進行式的主動語態。但是空格後方並未連接受詞，而是介系詞，因此答案為不及物動詞 (A)。其他選項皆為及物動詞，使用主動語態時，後方須連接受詞。

字彙 sales agent 業務員；銷售人員
at least two years of experience
至少兩年的工作經驗
preferably 更好地；可能的話
demand 要求；請求　anticipate 期望；預期
access 進入；使用；存取

3. ★★

中譯 本活動將特別邀請到維特．戈洛溫斯基等知名作家來聊聊他們的人生哲學。

(A) 說　(B) 要求
(C) 以……為主打　(D) 運送

解析 根據題意，應為「邀請知名作家出席」，因此選擇 (C) 最為適當，意思為「以……為特色／主打」。其他選項皆不適合填入空格當中。

字彙 feature 以為主要內容／特色
philosophy 哲學；人生哲學；人生觀

4. ★★

中譯 如果您想在非上班時間與我們聯繫，請以電子郵件的方式聯絡我們，我們將會儘快回覆您所有的問題。

(A) 核實　(B) 審核
(C) 回覆　(D) 吸引

解析 選項中，只有不及物動詞 (C) 的後方可以連接介系詞 to，因此答案為 (C)。其他選項皆為及物動詞，後方要連接受詞才行。

字彙 outside office hours
在上班以外的時間；下班時間
via e-mail 經由電子郵件
respond to 回覆
as soon as possible 儘快；儘早
verify 核實；證明　review 審核；複習
attract 吸引；引人注意

09 動詞 ③

P. 212

STEP 2 | 實戰測驗！

1 (D)　2 (C)　3 (B)　4 (C)

1. ★★

中譯 網路正日益取代傳統媒體，成為許多人娛樂、通訊和教育的主要來源。

(A) 繼續　(B) 返還
(C) 付（款）　(D) 取代

解析 空格後方連接受詞，而 (A) 為不及物動詞，因此不能作為答案。(B) 當作及物動詞使用時，意思為「返還」，不符合題意。(C) 的受詞要連接「錢」才行。因此答案為 (D)，填入後表示「取代傳統媒體」。

字彙 increasingly 愈來愈……；漸增地
replace 取代；替換
traditional media 傳統媒體

main source 主要來源
entertainment 娛樂；消遣
communication 通訊；交流
proceed 繼續進行；繼續做下去 (= continue)

2. ★★★

中譯 米爾頓大飯店的等候區具有獨特的設計，以儘量保護您寵物的安全。

(A) 提醒　(B) 進行
(C) 設計　(D) 休息

解析 若將選項單字填入空格當中，句子為被動語態（be 動詞＋ p.p.），因此請將主詞移至各選項動詞後方，將句子轉換成主動語態，確認是否符合題意。其中，「design the waiting areas to . . .」語意最為通順，因此答案為 (C)。(A) 的用法為「remind ＋人＋ to V」；(B) 為不及物動詞，不能使用被動語態；(D) 不符合題意。

字彙 waiting area 等候區
be designed to V 為……而設計；目的是……
uniquely 獨特地
keep your pet as safe as possible
讓您的寵物盡可能安全
remind 提醒；使想起　progress 進行；進步

3. ★★

中譯 所有員工都必須在這份表格上簽名，然後交回給平等機會辦公室的主管。

(A) 出現　(B) 簽名
(C) 說　(D) 提醒

解析 空格後方連接受詞，應填入及物動詞，而 (A) 和 (C) 皆為不及物動詞，因此這兩個選項都不能作為答案。而 (D) 後方要接人物受詞，因此也不適當。(B) 當作及物動詞使用時，意思為「（在合約、文件上）簽名」，故為正確答案。

字彙 sign the form 簽署此表格
return A to B 把 A 交回給 B
equal opportunity office 平等機會辦公室
appear 出現；似乎　remind 提醒；使想起

4. ★★

中譯 本合約必須仔細審閱，以確保能保障服務用戶的權益。

(A) 建議　(B) 通知
(C) 審核　(D) 告知

解析 若將選項單字填入空格當中，句子為被動語態（be 動詞＋ p.p.）。因此只要把句子轉換成主動語態，便能輕鬆找出答案。將主詞 contract 放在各選項動詞後方當作受詞，當中 review the contract 的語意最為通順，因此答案為 (C)。

陷阱分析：advise、notify、tell 後方要連接人物受詞，之後再連接不定詞 to V 當作受詞補語。

字彙 present contract 本合約
protect the rights 保護權利
advise 通知；勸告；建議

10 動詞 ④

P. 214

STEP 2 | 實戰測驗！

1 (B)　2 (C)　3 (B)　4 (B)

1. ★★

中譯 傑森於 1994 年入職，直到去年為止，他每年的業績都超標。

(A) 通知　(B) 僱用
(C) 建議　(D) 編程

解析 若將選項單字填入空格當中，句子為被動語態（be 動詞＋ p.p.）。因此只要把主詞（Jason）放在各選項後方當作受詞確認，便能輕鬆找出答案。根據題意，當中「 . . . hired Jason in 1994」的語意最為通順，因此答案為 (B)。

字彙 be hired 被僱用　exceed 超過；超出
annual sales quota 年度銷售定額

2. ★★★

中譯 所有的學生都必須穿學校規定的天鵝芭蕾舞制服。

(A) 宣稱　(B) 請求
(C) 要求　(D) 解除

解析 若將選項單字填入空格當中，句子為被動語態（be 動詞＋ p.p.）。因此只要把句子轉換成主動語態，確認是否符合題意，便能輕鬆找出答案。將主詞（students）放在各選項動詞後方當作受詞，當中「. . . required all students to wear . . . 」的語意最為通順，因此答案為 (C)。在此補充，動詞 require 的用法為「require sb. to V」，但是其他選項後方都不能連接「sb. to V」。

陷阱分析：請勿因為想到 appeal to（向……呼籲）這個用法，而誤選 (B)。當中的 to 為介系詞（後須連接名詞），並非不定詞 to V 的概念，這一點請特別注意。

字彙 be required to V 被要求做(某事)
be ordered by 被(某人)命令
claim 聲稱 (= say);要求 (= demand)
appeal (to sb. to V / for)
(向某人)請求做(某事)
relieve 解除;接替

3. ★★

中譯 等防毒軟體一完成更新,就會重啟自動備份服務。

(A) 聚集　(B) 重新開始
(C) 修理　(D) 供應

解析 空格後方沒有出現受詞,而 (A) 和 (B) 皆為不及物動詞,因此請從這兩個選項中選出答案。當中 (A) 作為不及物動詞使用時,意思為「聚集」,不符合題意。因此答案為 (B),填入後表示「重新啟動備份服務」。

字彙 automatic backup service 自動備份服務
resume (中斷後)繼續;重新開始;恢復 (= restart)
gather 聚集;積聚

4. ★★

中譯 開發最先進軟體的員工都必須簽署一份保密協議,以保護公司的資產。

(A) 將……視為　(B) 保護
(C) 使吃驚　(D) 預防

解析 空格後方的受詞為 assets(資產),為需要保護的對象,因此空格中填入 (B) 最為適當。(A) 後方要連接「A as B」才行。(C) 要搭配人物受詞。(D) 後方要連接防止的東西當作受詞,因此並不適當。

字彙 cutting-edge software
尖端的軟體;最先進的軟體
be required to V 被要求做(某事)
nondisclosure agreement 保密協議
company's assets 公司的資產
astonish 使吃驚;使驚訝

11 動詞⑤ P. 216

STEP 2 | 實戰測驗!

1 (B)　2 (C)　3 (B)　4 (D)

1. ★★

中譯 尤芮卡集團正接受合格供應商的投標,為其全球分支機構提供健身設備。

(A) 選擇　(B) 接受
(C) 努力　(D) 期滿

解析 若將選項單字填入空格當中,動詞為進行式(be + V-ing),且後方連接名詞 bids(投標),作為受詞。(C) 和 (D) 皆為不及物動詞,因此不能作為答案。(A) 只能連接人物或是職務當作受詞,因此也不適當。答案為 (B),填入後表示「接受投標」。

字彙 accept bids 接受投標
qualified vendors 合格供應商
furnish fitness equipment 提供健身設備
branches worldwide
全球的分支機構;全世界的分公司
elect 推選;選擇
struggle (to V / for) 努力(做某事)
expire 滿期;(期限)終止

2. ★★

中譯 我們的行銷總監羅賓．坎貝爾為確保產品的最佳使用而做出了說明。

(A) 照顧　(B) 想要
(C) 確保　(D) 解決

解析 空格前方為 for,後方要連接 instructions 的「目的、用途或對象」。根據題意,表達「確保產品的最佳使用做出說明」最為適當,因此答案為 (C)。

字彙 marketing director 行銷部主管;行銷總監
make instructions for 對……做出指示或說明
optimal use of ……的最佳使用
care (for) 在乎;介意;照顧
intend 想要;打算　resolve 解決;決心;分解

3. ★★

中譯 餐廳剛整修完畢,老闆就決定要恢復原本的名字「楓樹小屋」。

(A) 康復　(B) 恢復
(C) 避免　(D) 要求

解析 選項中,只有 (B) 的後方可以直接連接介系詞 to。(A) 和 (C) 後方要連接介系詞 from。

字彙 right after 剛好在……之後；剛……就……
renovation 翻新；整修
revert to 回到；恢復 (= go back to)
recover (+from)（從……）恢復健康；恢復正常；重新得到
refrain (+from) 避免；忍住；節制（不去做某事）

4. ★★

中譯 笛安娜將帶團參觀製造廠，並解釋產品的諸多特色。

(A) 檢視　(B) 出現
(C) 拜訪　(D) 帶領

解析 空格中的動詞要能搭配 tour 當作受詞，填入 (D) 表達「帶領」最符合題意。若空格中填入 (A) 或 (C)，後方要直接連接 the manufacturing facility 當作受詞。(B) 為不及物動詞，後方不能連接受詞。

字彙 conduct a tour 帶領行程
manufacturing facility 生產工廠；製造廠
give explanations 做出解釋或說明
features of the products 產品特點
examine 檢查；細查 (= inspect)
appear 出現

12 動詞 ⑥ P. 218

STEP 2 | 實戰測驗！

1 (A)　2 (C)　3 (C)　4 (C)

1. ★★

中譯 你應該通知薪資部，你即將轉調到約翰斯敦分公司的事。

(A) 轉調　(B) 決定
(C) 傳送　(D) 放置

解析 若將選項單字填入空格當中，句子為進行式（be + V-ing），且空格後方直接連接介系詞 to，因此應填入不及物動詞。選項中，(A) 是唯一的不及物動詞，其他選項皆為及物動詞，後方要連接受詞。

字彙 inform sb. that 通知某人某事
payroll department 薪資部
transfer to 轉調到……
branch 分支機構　determine 決定；決心

2. ★★

中譯 雖然有許多顧客的購買量已經減半，我們的利潤卻還是沒有變。

(A) 宣傳　(B) 決定
(C) 保持　(D) 導致；產生

解析 動詞 (B) 要連接不定詞 to V 當作受詞。(D) 後方通常會加上介系詞 in 或 from。(A) 不符合題意。根據題意，填入後表達「保持不變」最為適當，因此答案為 (C)。

字彙 cut their purchases in half
減少一半的購買量
profit 利潤　remain the same 保持不變
publicize 宣傳；公布；廣告

3. ★★

中譯 我們強烈建議您充分利用在唐寧街、位於您辦公室附近的高地水療館。

(A) 有　(B) 洗澡
(C) 利用　(D) 吸引

解析 空格後方連接 the most of，由此可以看出本題考的是 make the most of（充分使用……）的用法，因此答案為 (C)。

字彙 highly recommend V-ing 強烈建議做某事
make the most of 儘量利用；充分利用
(= take full advantage of)

4. ★★

中譯 本公司所有物業都經過有豐富經驗員工的全面檢查，以確保它們符合客戶的高度期望。

(A) 決定　(B) 製作
(C) 檢查　(D) 宣稱

解析 若將選項單字填入空格當中，動詞為被動語態（be 動詞 + p.p.）。因此只要把主詞 properties 放在各選項動詞後方，確認主動語態是否符合題意，便能輕鬆找出答案。當中 Our experienced staff inspect all our properties 語意最為通順，因此答案為 (C)。

字彙 property 房地產
thoroughly 認真仔細地 (= carefully)；徹底地 (=completely)
inspect 檢查；檢驗；視察
experienced staff 經驗豐富的員工
ensure 確保；保證
meet the high expectations
滿足或達到高度期望

13 形容詞 ① P. 220

STEP 2 | 實戰測驗！

1 (D) 2 (A) 3 (C) 4 (D)

1. ★★

中譯 市府資助的居家服務幫助無法應付日常生活的人。

(A) 有能力的 (B) 明顯的
(C) 潛在的 (D) 有能力的

解析 空格的主詞為人（關係代名詞 who = people），而形容詞 (B) 要用於事物上，因此請優先刪去此選項。(C) 放在補語的位置時，要用來修飾名詞，因此請一併刪去該選項。(A) 當作補語使用時，後方要連接 V-ing，因此並不適當。(D) 可以使用人當作主詞，用法為 be able to V，故為正確答案。

字彙 municipally funded 由市政當局資助的
home-help service 居家服務；家務服務
no longer 不再；已不 cope with 處理；應付
apparent 明顯的；表面的
potential 潛在的；有可能的

2. ★★★

中譯 由於州立大學的學費與私立大學相比便宜許多，所以對高中畢業生來說，它們是最熱門的選擇。

(A) 負擔得起的 (B) 高的
(C) 合法的 (D) 便宜的

解析 主要子句的內容為高中畢業生比較偏好州立大學，前方為 since 引導的從屬子句，說明主要子句的原因。根據題意，表達「州立大學的學費比私立大學便宜」較為適當，因此空格要填入 (A)「（價格、費用）負擔得起」。

陷阱分析：由於要表達「州立大學的學費比私立大學便宜」，因此很可能會誤選 (D)「（價格）便宜的」。但是，句子的主詞為「州立大學」，並非「州立大學的學費」，若將 cheap 填入空格中，會變成「州立大學很便宜」，語意上並不適當。因此要填入 (A)，表示「（價格）負擔得起的」，較為適當。

字彙 state university 州立大學
affordable （多數人）負擔得起的；價格實惠的
private college 私立大學
legal 合法的；法律的

3. ★★★

中譯 農民保險公司採取各項措施，以確保客戶提供的個人資訊在任何時候都安全無虞。

(A) 必要的 (B) 自信的
(C) 安全的 (D) 著名的

解析 空格前後的結構為「keep ＋受詞＋受詞補語」的被動語態「be kept ＋受詞補語」，因此空格要填入受詞補語。而主詞為 personal information，因此要填入與保管個人資料的狀態有關的形容詞。(C) 表示「安全的」，最為適當。請務必熟記，keep 要使用形容詞當作受詞補語。

字彙 take steps 採取措施；著手進行
personal information 個人資訊
at all times 總是；一直；隨時
imperative 必要的；命令式的
secure 安全的；安心的；牢固的
notable 著名的；值得注意的

4. ★★

中譯 大蒜素和辣椒素對任何飲食都至關重要，它們有助於預防癌症及心臟病。

(A) 部分的 (B) 潛在的
(C) 有影響的 (D) 重要的

解析 形容詞 (A) 和 (B) 可以用來修飾名詞，但是不能當作補語使用，因此皆不能填入空格中。(C) 的用法為「be influential in V-ing」。(D) 的用法為「be essential for/to + 名詞」，內容也符合題意，故為正確答案。

字彙 Allicin 大蒜素 Capsaicin 辣椒素
be essential to
對……必不可少的；對……至關重要的
prevent cancer and heart disease
預防癌症和心臟病
partial 部分的；偏袒的
influential 有影響的；重要的 (= important)

14 形容詞 ② P. 222

STEP 2 | 實戰測驗！

1 (D) 2 (B) 3 (D) 4 (B)

1. ★★

中譯 林奇先生說，他會將經理會議延後到經理們度假回來後不久的某個時間。

(A) 更多的 (B) 下一次
(C) 最近的 (D) 晚一些的

解析 本句應表達「等到經理休假回來後，會再調整『延後』會議時間」較為適當，因此答案為(D)。根據題意，其他選項皆不適合填入。

陷阱分析：(C) 的意思為「最近的」，請勿將此誤解為「延至最近的時間」。

字彙 reschedule 重新安排……的時間；將……改期
for a later time 稍後的時間；晚些時候

2. ★★★

中譯 JSBC 是最有影響力的其中一個廣播系統，致力於製作兼具教育性與娛樂性的節目。

(A) 指示的　(B) 教育性的
(C) 請求　(D) 評論

解析 空格應填入針對節目性質的描述，(B) 表示「有教育性的」最為適當。(A) 的用法為 be indicative of，因此並不適當。(C) appeal 為不及物動詞，無法搭配 be 動詞轉換成被動語態。(D) 該動詞後方要連接 on 或 that。

字彙 the most influential 最具影響力的
broadcasting system 廣播系統
informative 提供資訊的；增長見聞的 (= educational)
entertaining 娛樂的

3. ★★

中譯 消費者與製造商雙方都渴望能生產、販售與購買那些會考量到環境的產品。

(A) 至上的　(B) 必要的
(C) 不願意的　(D) 渴望的

解析 空格的主詞為人，要填入形容詞，當作補語。(A) 可以修飾名詞，但不能作為補語使用。(B) 當主詞為事物時，才能使用該形容詞當作補語，因此並不適當。(C) 不符合題意。根據題意，表達「渴望（be eager to V）」較為適當，因此答案為(D)。

字彙 consumers and manufacturers 消費者與製造商
be eager to V 渴望做（某事）
take the environment into consideration 考慮到環境
supreme 最高的；最大的
unwilling 不願意的；勉強的 (= reluctant)

4. ★★

中譯 羅根先生說，線上學習的環境對像他這樣的成人學習者特別有用。

(A) 優質的　(B) 有用的
(C) 有能力的　(D) 聯合的

解析 空格要填入 be 動詞的補語，而 (A) 和 (D) 只能修飾名詞，因此並不適當。(C) 當作補語使用時，後方要連接 V-ing，因此也不適合填入。根據題意，表達「線上學習環境……相當有用」較為適當，因此答案為 (B)。

字彙 adult learners 成人學習者
premium 優質的；高價的
capable (+of V-ing) 能夠（做）；有……的能力
joint 連接的；聯合的

15 形容詞 ③ P. 224

STEP 2 | 實戰測驗！

1 (A)　2 (C)　3 (D)　4 (B)

1. ★

中譯 我們的行銷總監堅信目前的專案能如期完成。

(A) 自信的　(B) 明顯的
(C) 顯著的　(D) 聰明的

解析 空格要填入形容詞，當作補語修飾人物主詞，因此請從 (A) 和 (D) 當中選出答案。兩者之中，只有 (A) 的後方可以連接 that 子句。(B) 和 (C) 為同義字，只能用來修飾事物主詞。

字彙 marketing director 行銷部主管；行銷總監
be confident that 堅信；對……充滿信心
be finished on time 準時完成
apparent 明顯的；表面的
noticeable 顯著的；值得注意的

2. ★★

中譯 為了調查與電子郵件有關的各種問題，提供完整的郵件副本是必不可少的。

(A) 準備好的　(B) 稀有的
(C) 極其重要的　(D) 易於……的

解析 選項中，只有 (C) 可以放在 it is 和 that 子句之間，當作形容詞補語。(A)、(B)、(D) 皆不符合題意。

字彙 investigate 調查；研究
various issues 各種問題
related to 和……有關
it is vital that ……是必不可少的；……是極其重要的
complete copies 完整的副本
rare 稀有的；珍貴的
prone (to V / to 名詞) 易於……的；有……傾向的

3. ★★

中譯 一個設計巧妙的商標標誌如要讓人過目難忘、瞬間辨識且獨特，那就得要簡單。

(A) 勝利的　(B) 忍受的
(C) 複雜的　(D) 難忘的

解析 空格要填入形容詞描述商標標誌。後方連接 instantly recognizable 和 unique，選項中最適合的單字為 (D)，表示「難忘的」。(A) 和 (B) 皆不符合題意；(C) 和 simple 的意思相反，因此並不適當。

字彙 well-designed 設計很好的；構思甚佳的
memorable 易記住的；難忘的
instantly recognizable 一眼就可以認出來的
unique 獨特的　victorious 勝利的；凱旋的
tolerant 忍受的；容忍的
sophisticated 精密複雜的；老於世故的

4. ★★

中譯 我剛收到醫院寄給我的醫療診斷報告書，是放在密封的信封裡寄給我的。

(A) 潛在的　(B) 密封的
(C) 複合的　(D) 受過訓練的

解析 空格要填入形容詞，修飾物品（envelope）。(A) 不符合題意。(C) 的意思和 many 相同，後方要連接複數形才行。(D) 要用來修飾人物。根據題意，填入 (B) 表示「密封好的信封」最為適當。

字彙 medical report 醫療診斷報告
sealed envelope 密封的信封
multiple 複合的；多樣的

16 | 形容詞 ④

P. 226

STEP 2 | 實戰測驗！

1 (C)　2 (D)　3 (D)　4 (D)

1. ★★

中譯 在出貨前，所有貝托珂電子公司製造的產品都要以統計抽樣的方式進行檢測。

(A) 總共的　(B) 顛倒的
(C) 外出的　(D) 寬厚的

解析 空格前方的內容為在運送之前，主要子句的主詞應為「所有送出去的物品」，因此空格中填入 (C) 最為適當。(A) 和前方 all 的意思相同。(B) 不符合題意。(D) 也不符合題意，而且該形容詞只能用於人物主詞上。

字彙 outgoing products 出品；出廠產品
statistical 統計的；統計學的
sampling method 抽樣法；取樣調查法
reversed 顛倒的；相反的
lenient 寬厚的；仁慈的

2. ★★

中譯 新開發出來的程式對比較不同的資料分類法特別有用。

(A) 優質的　(B) 有能力的
(C) 合作的　(D) 有用的

解析 空格要填入形容詞，當作物品主詞的補語。(A) 該形容詞只能修飾名詞，不能當作補語使用。(B) 後方要連接不定詞 to V（be able to V）。(C) 該形容詞只能用於人物主詞上，因此並不適當。(D) 為物品形容詞，可以用來修飾名詞或當作補語使用，故為正確答案。

字彙 newly developed 新開發的
especially useful 特別有用；特別適合
compare different methods 比較不同的方法
data classification 資料分類
premium 優質的；高級的
cooperative 合作的；配合的

3. ★★

中譯 所有的機密討論都應該在安全的環境中進行。

(A) 先前的　(B) 單獨的
(C) 有限的　(D) 機密的

解析 空格指的是適用於安全環境中的對話性質，應填入形容詞。根據題意，表達「機密、秘密對話」最為適當，因此答案為 (D)。

陷阱分析：(C) 其中一個意思為「有限的」，千萬不要因此誤選此選項作為答案。若將 limited 放在名詞前方修飾名詞時，意思為「不足的、少的」。

字彙 of a confidential nature 具有機密性質的
take place 發生
secure environment 安全的環境
previous 先前的；以前的
solitary 單獨的；孤獨的
limited 有限的；不多的

4. ★★

中譯 本公司誠徵電腦程式員，需有至少五年的工作經驗。

(A) 遠的　(B) 精確的
(C) 前面的　(D) 先前的

解析 選項中，只有 (D)「先前的」適合搭配 experience 一起使用。其他選項皆不符合題意。

陷阱分析：(C) 其中一個意思為「前面的」，請特別留意，千萬不要將 forward experience 誤解成「先前的經驗」，因而誤選此選項。

字彙 at least five years of 至少五年的
previous experience 以前的工作經驗

17 形容詞 ⑤ P. 228

STEP 2 | 實戰測驗！

1 (C)　2 (B)　3 (B)　4 (A)

1. ★★

中譯 TopRestaurant.com 網站提供貴餐廳網路評價的詳細資訊。

(A) 可能的　(B) 忠誠的
(C) 詳細的　(D) 最終的

解析 空格要填入形容詞，修飾事物名詞 information。而 (B) 形容詞只能修飾人物，因此不能作為答案。其他選項中，(C) 正確描述網站上提供的資訊的特性，因此最適合填入空格中。

字彙 detailed information 詳細的資訊
reputation 名氣；聲譽；信譽
loyal 忠誠的；忠心的 (= faithful)

2. ★★★

中譯 突發的疾病、氣溫的改變以及物品的擺放不當等，都可能會造成旅費意外增加。

(A) 不知道的　(B) 意外的
(C) 報告　(D) 不動的

解析 空格要填入形容詞，修飾事物名詞（travel expenses），(A) 不能修飾名詞，因此不能作為答案。在此補充，(A) 的用法為「be aware of（知道……）」。其他選項中，(B)「意外的」最能呼應主詞列出的各種狀況。

字彙 sudden illness 急病；突發疾病
temperature 溫度；體溫；氣溫
misplaced items 放錯地方的物品
unexpected 出乎意料的；突如其來的
travel expenses 旅行費用
unaware 不知道的；未察覺到的
stationary 不動的；不增減的

3. ★★

中譯 海登研究所的研究人員很失望，他們研究中心今年將不會得到本市更多的支持。

(A) 感激的　(B) 失望的
(C) 杜絕　(D) 複雜的

解析 作答本題時，空格要符合以下三項條件：第一，空格要填入補語；第二，可以搭配人物主詞；第三，後方能夠連接 that 子句。選項中，(A) 和 (B) 符合前述三項條件，但是根據題意，表達「對於獲得較少的贊助感到失望」較為適當，因此答案為 (B)。

字彙 researcher 研究人員
be disappointed that 對……感到失望的
less support 較少的支持
eradicate 根絕；消滅
complex 複雜的；難懂的

4. ★★

中譯 定期的維修保養服務將減少昂貴的維修費用，並可延長冷氣空調系統的使用壽命。

(A) 昂貴的　(B) 忠誠的
(C) 在前的　(D) 可逆的

解析 請先思考定期維護服務可以免去「什麼」的必要（need），空格中填入 (A)，表示「花大錢修理」最為適當。其他選項皆不符合題意。

字彙 regular 定期的；有規律的
maintenance 維修；保養
eliminate 排除；消除
need for 對……的需要
expensive repairs 昂貴的修理費
life 壽命週期　faithful 忠實的；忠誠的
preceding 在前的；前面的
reversible 可逆的；可兩面穿的

18 形容詞 ⑥ P. 230

STEP 2 | 實戰測驗！

1 (C) 2 (C) 3 (C) 4 (A)

1. ★★★

中譯 這些數據將為員工考核的過程提供大量有用的資訊。

(A) 功能性的 (B) 有興趣的
(C) 有用的 (D) 有能力的

解析 空格前方的主詞為 information，屬於事物，而形容詞 (B) 和 (D) 多用於人身上，因此不能作為答案。(A) 多用於描述器械或系統，因此不能搭配主詞 information。根據題意，表達「對於員工考核有用的資訊」，因此答案為 (C)「有用的」。

字彙 a large amount of
許多；大量的（接不可數名詞）
employee evaluation process
員工考核的過程
functional 實用的；職務上的；機能的
interested (+in) （對）……感興趣的

2. ★★

中譯 除了價格相當實惠之外，X-24 這款另備有更豪華的耳機配件。

(A) 不穩固的 (B) 寬廣的
(C) 昂貴的 (D) 被拿

解析 (B) 的比較級為 wider，並非在前方加上 more。前方提到 X-24 價格低廉，應為與「較貴的」headset models 相比，因此答案為 (C)。

字彙 aside from 除……之外
fairly affordable （價格）相當實惠
come with options 附帶選擇；備有附件
additionally found 另外發現
shaky 不穩固的；不可靠的

3. ★★

中譯 由於座位有限，如果您無法出席，我們希望您能告知我們，我們好把機會讓給候補名單上的人。

(A) 晚的 (B) 及時的
(C) 有限的 (D) 指導的

解析 因為座位有限或是座位不夠，所以才會希望對方告知是否參加，以便將機會讓給其他候補名單上的人。limited 當作補語使用時，意思為「受限的、有限的」；修飾名詞時，意思則為「不足的、少的」，因此答案為 (C)。其他 (A)、(B)、(D) 皆不符合題意。

字彙 seating is limited 座位有限
let us know if 讓我們知道如果……
waiting list 候補名單
well-timed 及時的；適時的

4. ★★

中譯 在丹佛的 G&T 男士服飾以合理的價格提供優質的西裝。

(A) 合理的 (B) 願意的
(C) 比較的 (D) 貴重的

解析 空格為在介系詞 at 和名詞 price 之間，若要表達「低廉的價格」，可以用 reasonable、cheap、inexpensive、affordable、competitive 等形容詞。因此空格中，最適合填入 (A)。

字彙 suit 西裝
at reasonable prices 以合理的價格
willing (to V) 願意（做）
comparative 比較的；相對的

19 副詞 ① P. 232

STEP 2 | 實戰測驗！

1 (D) 2 (A) 3 (D) 4 (B)

1. ★★

中譯 澤納塔的營業額下滑了近 8%，主要是因為市場上有一些競爭激烈的電腦機款。

(A) 相當地 (B) 下一個
(C) 完全地 (D) 將近

解析 空格中要填入適合搭配數字的副詞，(D) 放在數字前方，表示「將近、大約」，因此最適合填入空格當中。

字彙 sales are down 銷售額下降
largely due to 很大的程度是由於……；
主要是因為……
competing computer models
競爭的電腦機款
fairly 相當 (= very)；公正地 (= impartially)

2. ★★

中譯 程式設計團隊一直在編寫能自動檢測文件中任何拼寫錯誤的程式。

(A) 自動地 (B) 極度地
(C) 不尋常地 (D) 巨大地

解析 空格要填入副詞，描述程式如何發現錯誤。(A) 表示「自動地」最為適當。其他選項皆為 very 的同義詞，後方要連接形容詞原級或副詞原級。

字彙 automatically 自動地
detect 發現；察覺　typo 打字排印錯誤
extremely 極端地；非常地 (= very)
unusually 不尋常地；非常地 (= very)

3. ★★

中譯 拉涅里先生在工作上展現出他的專業性，因他會定期檢查規章和程序。

(A) 確切地　(B) 極度地
(C) 平等地　(D) 定期地

解析 空格後方動詞為 checks，現在簡單式表示日常經常發生的事情，適合搭配頻率副詞使用，因此答案為 (D)。(A) 通常會搭配數字、時刻、fit、know、remember 一起使用。(B) 和 very 的意思相同，後方要連接形容詞原級或副詞原級。(C) 表達的是「（量、程度）均等的」概念，不符合題意。

字彙 demonstrate 展現 (= show)；證明 (= prove)
professionalism 專業水準或精神；專業性
regularly check regulations and procedures 定期檢查規章和程序
supremely 極度地 (= very)
evenly 平等地；均勻地 (= equally)

4. ★★

中譯 韋芙女士在諾伍德療養院做了 15 年的志工後，最終得到了地區服務獎。

(A) 急速地　(B) 最終
(C) 最後地　(D) 尤其

解析 (B) 常見的用法為「After a long time, . . . finally . . . .」，本句開頭為「After fifteen years of . . .」等同於 After a long time。因此空格填入 (B) 最為適當，表示「做了 15 年的志工服務後，最終獲得了地區服務獎」。(C) 為 finally 的同義詞，但是意思為「（依照順序）最後地」。

陷阱分析：(B) 和 (C) 互為同義詞，因此請特別留意，千萬別不小心選錯。雖然兩者都有「最後」的意思，但是 (B) 還能表示「最終、終於」，適用於本句當中。另外，lastly 和 lately（最近）為易混淆單字，請確實分清楚兩個單字的差異。

字彙 volunteer service 志工服務
nursing home 療養院
regional service award 地區服務獎
lastly 最後地 (= finally)
particularly 特別；尤其

20 副詞 ② P. 234

STEP 2 | 實戰測驗！

1 (A)　2 (B)　3 (C)　4 (A)

1. ★★

中譯 接受採訪的女性中，將近 67% 的人認為釣魚是和親友共度時光的一個機會。

(A) 將近　(B) 公正地
(C) 大多數地　(D) 自信地

解析 空格中要填入適合搭配「數字」的副詞，(A) 的意思為「將近、大約」，可以搭配數字一起使用，因此最適合填入空格中。其他選項皆不符合題意。

字彙 regard A as B 把 A 視為 B
an opportunity to V 做……的機會
rightly 公正地；正確地
confidently 自信地；確信地

2. ★★

中譯 精心烹調、價格合理的土耳其美食吸引了許多人來到愛丁堡的聖阿克蘇餐廳用餐。

(A) 完全地　(B) 合理地
(C) 感謝地　(D) 差不多

解析 空格後方為 priced，表示與價格有關。根據題意，應表達「訂定合理的價格」較為適當，因此答案為 (B)，其他選項皆不符合題意。

字彙 reasonably priced 標價公道
attract A to B 吸引 A 到 B
thoroughly 完全地 (= completely)；認真仔細地 (= carefully)
virtually 差不多 (= almost)

3. ★★

中譯 除非另行通知，否則本公司服務費的尾款將會在貴公司的信用卡帳戶中計費。

(A) 作為替代　(B) 而是
(C) 另外地　(D) 也

解析 unless 為連接詞，和「if . . . not」的意思相同，針對前方內容提出條件或線索。空格中要填入副詞，用來修飾 noted。根據題意，應表達「除非有另外說明」較為適當，因此答案為 (C)，意思為「不同於、另外地」。

字彙 final payment 結算；尾款
be billed to 向……計費；由……支付
company credit card 公司的信用卡
unless otherwise noted 除非另行通知

4. ★★★

中譯 拍電視的門檻比拍大成本製作電影的門檻要低得多，因為電影本身有一定的風險。

(A) 固有地　(B) 很多地
(C) 天真地　(D) 嚴格地

解析 空格前方的 which 代替先行詞「電影長片（feature films）」，後方連接的時態為現在簡單式（are），因此空格要填入副詞，表達電影的特性。根據題意，應表達「本身就有一定的風險」較為適當，因此答案為 (A)。(B) 後方要連接比較級；(C) 和 (D) 皆不符合題意。

字彙 entry barrier 進入門檻；進入障礙
large-budget 大筆預算的；龐大預算的
feature film 故事片；劇情長片
inherently 天性地；固有地
risky 有風險的；冒險的
innocently 天真地 (= naively)；清白地 (= flawlessly)
rigidly 嚴格地 (= strictly)

21 副詞 ③ P. 236

STEP 2 | 實戰測驗！

1 (D)　2 (C)　3 (C)　4 (C)

1. ★★

中譯 機器人電子公司的新進員工培訓將於 8 點 30 分準時開始，所以請在抵達時簽到。

(A) 近來　(B) 格外
(C) 偶爾　(D) 準時

解析 本題要選出適合放在時間前方的副詞。(D) 有兩個意思：quickly 和 precisely，放在時間前方時，偏向 precisely 的意思。(A) 通常會搭配過去式或現在完成式一起使用，因此並不適當。(B) 和 (C) 都不符合題意。(D) 搭配時間一起使用時，表示「準時、正好」，故為正確答案。

字彙 promptly at 準時在　sign in 簽到
upon arrival 一到；在到達時
lately 最近；近來
particularly 格外 (= very)；特別 (= especially)
occasionally 偶爾；有時候

2. ★★

中譯 茨拉坦先生在接任主廚後不久，就開始以自己的特殊料理來吸引食客的興趣。

(A) 早地　(B) 差不多
(C) 很快地　(D) 幾乎

解析 根據題意，本題要選出適合搭配後方介系詞的副詞。常見的用法為 soon after，表示「不久之後……」，因此答案為 (C)。其他選項皆不適合用來搭配 after。在此補充，(B) 和 (D) 為同義詞，因此可以最先刪去這兩個選項。

字彙 soon after 在……後不久；不久之後
take over as 接任……職務
attract the interest of 吸引……的興趣
special meals 特殊料理；特色菜
virtually 實際上；差不多

3. ★★★

中譯 史蒂夫．麥克奈特目前是全國能力中心的主席。

(A) 先前地　(B) 極度地
(C) 目前地　(D) 曾經

解析 本句話的時態為現在式，空格後方表示主詞的職務。根據題意，應表達「現任中心主席」較為適當，因此答案為 (C)。(A) 適合搭配過去式一起使用。(B) 和 very 的意思相同，後方要連接形容詞原級或副詞原級。(D) 的意思為「曾經、一次」，因此不適合填入空格中。

字彙 chairman 主席；主持人；董事長
previously 以前 (= in the past)
supremely 極度地 (= very)
once 曾經 (= in the past)；一次 (= one time)

4. ★★★

中譯 從孩提時代，弗萊迪就一直住在阿比蓋爾街的附近，現在他在布倫特伍德公園有了一棟禪樓。

(A) 始終；在任何時候　(B) 短暫地
(C) 總是　(D) 快速地

解析 空格前方提到「從小開始（From an early age）」，整句話應表達「一直住在相同的地方」較為適當，因此答案為 (C)，填入後表示「總是住在 Abigail 街道附近」。(A) 有兩個意思，其一為「總是（at all times）」，通常會使用複合詞；另一個意思為「任何時候、從來（at any time）」，後方通常會連接特定的機會或經驗。

字彙 from an early age 從很小的時候；從孩提時代
ever 始終 (= at all times)；在任何時候 (= at any time)
temporarily 暫時地；臨時地

22 副詞 ④ P. 238

STEP 2 | 實戰測驗！

1 (B) 2 (B) 3 (A) 4 (C)

1. ★★

中譯 我們技術嫻熟的維修人員會修理您的電腦，並在事後告訴您一些故障排除的方法。

(A) 尚未　(B) 之後
(C) 早些　(D) 往後

解析 根據題意，本句話表達的內容為修完電腦後，會告知解決問題的方法。因此空格中填入 (B) 最為適當，表示「之後」。(A) 和 (C) 皆不符合題意；(D) 的意思為「往後」，請特別留意，分清楚和 afterward 的不同。

字彙 **skilled serviceman** 技術嫻熟的維修人員
troubleshooting method 故障排除的方法
afterward 之後 (= after that)
forward 今後；往後

2. ★★★

中譯 一旦您順利完成購物流程後，您所購買的商品就會顯示在您的帳戶裡。

(A) 通常　(B) 適當地
(C) 秘密地　(D) 各自地

解析 根據題意，本句話表達的內容為順利購買完成後，會顯示於帳戶上。因此空格中填入 (B) 最為適當，表示「適當地、正確地」。其他選項皆不符合題意。

字彙 **purchase** 所購之物　**account** 帳目；帳單
respectively 分別地；各自地

3. ★★

中譯 我們白天要多吃健康的食物，因為它們會快速燃燒，不太會以脂肪的形式儲存起來。

(A) 很少地　(B) 突然地
(C) 非常地　(D) 溫和地

解析 because 子句後方包含空格在內，應表達出白天要多多攝取健康食物的理由；也就是說，因為白天比較不會囤積脂肪，所以才要在白天多攝取一些健康的食物。(A) 表示「很少地」最適合填入空格中。

字彙 **during the day** 在白天
burn up fast 快速燃燒
rarely 很少；難得
be stored as fat 作為脂肪儲存起來
abruptly 突然地 (= suddenly)
exceedingly 非常地；極度地 (= very)
mildly 溫和地；略微地

4. ★★★

中譯 我們和設計師們必須很努力地說服董事會批准預算。

(A) 比較好　(B) 很
(C) 相當　(D) 足夠地

解析 空格後方的 hard 為副詞原級，用來修飾 work，因此空格要填入另一個副詞，表示強調的概念。選項中，副詞 (C) 的意思等同於 very，故為正確答案。hard 的比較級為 harder，因此 (A) 並不適當。(B) 後方要連接比較級（harder）。(D) 當作副詞使用時，要放在形容詞、副詞和動詞的後方，像是 hard enough to V。

字彙 **quite** 很 (= very)；徹底 (= completely)
persuade sb. to V 說服某人做（某事）
board of directors 董事會
approve the budget 批准預算

23 副詞 ⑤ P. 240

STEP 2 | 實戰測驗！

1 (B) 2 (A) 3 (C) 4 (C)

1. ★

中譯 有許多人自鳴得意表示他們能流利地說好幾種語言。

(A) 通常　(B) 流利地
(C) 極度地　(D) 親切地

解析 本題要選出適合搭配「說出各種語言」的副詞，(B) 的意思為「流利地」，最為適當。其他選項皆不符合題意。

字彙 **flatter oneself** 自鳴得意；自以為是
customarily 通常 (= usually)
excessively 非常；極度地 (= very)

2. ★★

中譯 季多先生之前去過首爾一次，但這將是他第一次去那裡參加國際會議。

(A) 從前　(B) 那裡
(C) 之前　(D) 最多

解析 (A) 當作副詞使用時，意思為「從前」或「一次」，無論是哪個意思，皆適用於本句話中。(B) 前方為 Seoul，兩者皆表示地點，因此並不適當。(C) 要搭配過去式一起使用。(D) 若將副詞 most 放

於句末，表示「最多」時，前方要加上 the 才行，因此也不能填入空格中。

字彙 have been to + 地點 曾經到過某地
once 一旦 (= as soon as)；
昔日 (= in the past)；一次 (= one time)

3. ★★

中譯 辦公室的空調讓我們暫時擺脫了難以忍受的高溫。

(A) 完全地 (B) 粗略地
(C) 難以忍受地 (D) 顯然地

解析 空格要填入副詞，修飾形容詞 high。根據題意，應表達「讓人難以忍受的高溫」較為適當，因此答案為 (C)。其他選項皆不符合題意。

字彙 give us a break 讓我們鬆口氣
unbearably 不能忍受地；無法容忍地
high temperatures 高溫
roughly 粗糙地；粗略地
apparently 顯然地；似乎 (= it seems that . . .)

4. ★★

中譯 臨床試驗通常都由醫療機構或大學裡的專業人士進行。

(A) 例外地 (B) 以前
(C) 通常地 (D) 幾乎

解析 空格前方為 be 動詞 are，表示本句話的時態為現在簡單式，用於表達日常經常發生的事情，因此最適合搭配頻率副詞 (C) 一起使用。(A) 和 (B) 皆不符合題意；雖然 (D) 的意思符合題意，但是 (C) 才能指日常經常發生的狀況，比起 (D) 更適合填入空格中。

字彙 clinical trial 臨床試驗
conduct 實施；執行
professional 專業人士；專家
healthcare institutions 醫療機構
exceptionally 例外地；特殊地
formerly 以前；從前 (= in the past)

24 副詞 ⑥ P. 242

STEP 2 | 實戰測驗！

1 (D)　2 (D)　3 (D)　4 (A)

1. ★★

中譯 昨天慕尼黑市中心總水管破裂的維修工程快要完工了。

(A) 先前 (B) 非常
(C) 通常 (D) 幾乎

解析 (A) 該副詞要搭配過去式一起使用，因此並不適當。(B) 的意思等同於 very 或 importantly，不符合題意。(C) 為頻率副詞，用於表達日常經常發生的事情，因此並不符合題意。根據題意，應表達「快要完成」較為適當，因此答案為 (D)。

字彙 downtown 市中心的；商業區的；鬧區的
water main 總水管；給水幹管
rupture 使破裂
formerly 原先 (=previously)

2. ★★

中譯 北蘭開斯特公司釋出了首批政府核准的設備，隨後賺進了近三百萬美元的收入。

(A) 偶然地 (B) 有秩序的
(C) 不正確地 (D) 隨後

解析 空格位在 and 後方，選項中只有 (D) 最適合連接前後兩句話，表示「之後、緊接著」。(B) 看似為副詞，實際上是形容詞，不能用來修飾動詞；而 (A) 和 (C) 皆不符合題意。

字彙 release 公布
government-approved
政府許可的；通過政府審核的
device 設備；裝置；儀器
subsequently 隨後
generate 造成；引起
revenue 收入；收益
haphazardly 偶然地；隨意地
orderly 有秩序的
improperly 不正確地；不適當地

3. ★★

中譯 我們的網站目前還在架設中，但有一些新穎有趣的網頁已經上線運作了。

(A) 非常地 (B) 很快地
(C) 非常地 (D) 目前

解析 空格前方為現在式動詞（is），後方為介系詞 under，組合在一起後，應表示現在進行的狀態「正在……」最為適當。選項中，(D) 即為「現在」的意思，最適合填入空格中。(A) 和 (C) 的意思和 very 相同，後方要連接形容詞原級或副詞原級；(B) 應搭配未來式（表示未來的內容）一起使用。

字彙 presently 目前；現在
under construction （正在）修建中
up and running 運行良好的；已開始進行的
excessively 非常地 (= very)
hugely 非常地 (= very)

4. ★★

中譯 在布拉米契餐廳，晚餐後隨即將進行一場簡短的娛樂節目。

(A) 立即地　　(B) 強壯地
(C) 特別地　　(D) 溫暖地

解析 空格後方為 after，前方應放上表示「立即、馬上」的副詞，因此 (A) 最為適當。其他選項皆不符合題意。

字彙 short entertainment 簡短的娛樂
promptly after ……之後就馬上
warmly 熱情地；溫暖地

PART 7 考題類型篇

01 掌握相關細節 P. 248

STEP 3 | 實戰測驗！

1 (B)　2 (C)

1. 廣告★

> **新你健身房**
>
> 新你健身房有兩百多家分店，據點遍及全美各地，為自我提升以及創造全新的您提供了一流的便利性服務。擁有會員資格即可在我們全國任一家健身房使用，還能夠上有關鍛鍊、營養與健身勵志等的線上教學課程。
>
> 您的改變是我們新你健身房的終極目標。我們希望參與您的健身歷程，並且幫助您實現目標。結合健身房裡的有氧運動器材、可自由調節重量的器材、重訓器械、集體課程以及個人的私教課程，我們能打造出一個全新的您！
>
> **我們最新的據點：**
> 田納西州曼菲斯市公園大道 100 號
> 華盛頓州西雅圖市樹林巷 393 號
> 維吉尼亞州里奇蒙市藍嶺路 229 號
>
> **新會員獎勵**：八月底前加入即可免費獲得六堂的個人培訓課程以及營養講座！
>
> **出示本廣告即可獲得促銷優惠。**

字彙 offer premier convenience 提供一流的便利性
grant A B 同意某人（A）某事（B）；給予某人（A）某物（B）
access to 有權使用……
nationwide location 全國各地的據點
A as well as B 不僅 A 而且 B；除了 A 之外還有 B
online tutorial 線上教學
nutrition 營養　motivation 激勵；動機
transformation 轉變；改造
ultimate goal 最終的目標
facilitate 幫助；促進
combination 結合；聯合
aerobic machines 有氧運動器材
free weight 可自由調節重量的器材
at no cost 免費；沒有任何費用
receive the promotion 獲得促銷優惠

健身房為新會員提供了什麼？

(A) 五天試用期
(B) 免費的服務
(C) 團體課程的折扣
(D) 一捆免費顧客入場券

解析 本題詢問的是提供給新會員的福利。最後一段寫道：「Join by the end of August and receive 6 personal training AND nutrition sessions at no cost to you!」，表示若在八月底以前加入會員，將提供六堂免費的個人培訓課程和營養講座，因此答案為 (B)。

2. 電子郵件★★

> **收件者**：溫徹斯特商會
> **寄件者**：小型企業業主協會
> **日期**：5 月 3 日
> **主旨**：支持小型企業日
>
> 如您所知，5 月 30 日是「全國支持小型企業日」。我們希望您能加入我們，鼓勵溫徹斯特的市民在這一天拒絕到連鎖商店消費，並集中在當地的小商家交易買賣，以示對小本生意的支持。
>
> 「支持小型企業日」是五年前內布拉斯加州一個小鎮發起的活動，從那時起，這個活動開始遍地開花。去年，5 月 30 日這天全國小型企業的營業總額超過三百萬美元。我們希望今年這個數字能提高至少 20% 以上，但只有在您的支持下，我們才能做到。

全美各地有好幾個城鎮免除了5月30日這天消費的市營業稅，作為獎勵措施。我們希望您能響應這股趨勢，如果您決定加入我們，我們將提供所有的廣告及行銷資料，讓大眾知道此一盛事。請撥打電話939-555-2525或是發送電子郵件至jmatthews@sboa.org與我聯繫，以便我們討論此事與其他方法，來促進小型企業在5月30日當天以及一整年度的發展。

詹姆士．馬修斯 敬上
溫徹斯特分會會長
小型企業業主協會
22601維吉尼亞州溫徹斯特市白郵巷355號

字彙 chamber of commerce 商會
small business owners' association 小型商業業主協會
National Support Small Businesses Day 全國支持小型企業日
as you may be aware 如你所知
encourage sb. to V 鼓勵某人做（某事）
refuse to V 拒絕做（某事）
chain store 連鎖商店
business transaction 商業交易
locally owned store 當地的商店
movement （有特定目標的）運動
since then 從此以後；從那時起
take flight 突然大受歡迎；開始走紅
nationwide 全國各地
waive 免除；放棄 sales tax 營業稅
make purchases 消費
as an incentive 作為激勵措施
Should you decide to do so 如果您決定這麼做
make this known to the public 把這件事公諸於眾
throughout the year 全年；一整年

根據這封電子郵件，5月30日不鼓勵做什麼事？
(A) 避免在加盟店消費
(B) 在當地商家購物
(C) 在百貨公司消費
(D) 支持小型企業

解析 本題要選出不鼓勵在5月30日做的事情。第一段落中，可以找出各選項的答題相關線索。(A)位在「refusing to shop at chain stores」當中。(B)位在「focusing their business transactions on locally owned stores」當中，而此句話與(C)的內容不符，因此答案為(C)。(D)的內容則位在「show their support of small businesses」當中，與(A)和(B)所表達的內容相似。

02 推論題 P. 252

STEP 3 | 實戰測驗！

3 (D) 4 (D)

3. 備忘錄★★

收文者：巴爾頓集團建設公司
發文者：安全事務處處長 麥特．湯普金斯
日期：1月22日

過去一個月來，工地受傷的人數激增，因此我修改了幾條安全規範，以解決披露出來的一些關鍵問題。你們不僅要熟悉規範的變更，更要教育訓練下屬，以確保建築工地裡每個人的安全，這些至關重要。在下個月月底以前，每個工地都會有安全突擊檢查，所以請務必立即遵守新的安全規範。巴爾頓集團向來以精湛的建築工法以及對旗下員工的關照而自豪。我們希望藉由這些措施，來確保以上這兩個原則。

修改條文：
規範3.5b：在施工範圍內，不論其行使的職責或目的為何，所有人都要穿戴安全帽以及護目鏡。
規範3.5c：除非事先得到建設公司的批准，否則工地區域裡不得有一般民眾進入。
規範3.6a：午休時間將於施工範圍外進行。

字彙 general contractor 總承包商；建築公司
sudden rise 突然上升
site injuries 工地受傷者
safety standards 安全標準；安全規範
address 對付；處理
some key issues 一些關鍵問題
come to light 被披露；（真相）為人所知
essential 必要的
familiarize oneself with 使某人熟悉（某事物） insure 確保；保證
construction site 建築工地
surprise safety inspection 安全突擊檢查
immediate compliance 立即遵守
pride oneself on 以……自豪；引以為榮
excellence in 對……很擅長；在……方面的卓越
workmanship 技藝；工藝
through these measures 透過這些措施
principle 原則 revision 修正
safety helmet and glasses 安全帽與護目鏡

when (you are) within construction areas
在施工區域內
no matter their function or purpose
無論其功能或用途 civilian 平民；百姓
unless (they are) first cleared
除非事先被批准
be observed 遵守；奉行

關於巴爾頓集團，文中提到了什麼事？
(A) 該公司最近開設了一間新分公司。
(B) 該公司計畫要更換建材。
(C) 該公司生產安全設備。
(D) 該公司的顧客滿意度高。

解析 第一段後方寫道：「The Balton Group has always prided itself on excellence in workmanship as well as in taking care of our employees.」，由 excellence in workmanship（精湛的工法）可以推測出顧客滿意度相當高，因此答案為 (D)。

4. 新聞文章★★

馬德里美食

5 月 8 日巴黎報導—本週四，舉世聞名的西班牙主廚培德羅·阿巴諾將以家鄉（西班牙馬德里）風味的美食取悅巴黎人的嘴。培德羅曾在西班牙廚師學院受過專業訓練，20 年前在倫敦的火焰餐廳首次擔任行政主廚時成名。從那以後，他成功地在世界各地，包括英國、美國、西班牙和義大利等地，開了十家不同的餐廳。

在 5 月 8 日這一天，阿巴諾的第 11 家餐廳——培德羅餐廳即將在雷納德街與聖殿路的轉角處開張。「我很高興能把我的家鄉味帶到巴黎街頭，」阿巴諾說，「要是我媽媽還在世的話，一定會很高興知道我在菜單上的餡餅裡放了她的『祕密』配方。我敢肯定巴黎人一定會愛死它的。」

字彙 cuisine 美食
world-renowned 世界知名的；舉世聞名的
flavor 風味
classically trained 傳統訓練的；科班出身的
make his name as executive chef
以行政主廚而成名
were she still with us 要是她還在世的話
secret recipe 秘密配方 flan 餡餅

根據這篇報導所言，阿巴諾先生的母親為什麼會很高興？
(A) 他一直都很成功。
(B) 他以她的名字來為餐廳命名。
(C) 巴黎是她最喜愛的城市。
(D) 她對餐單做出了貢獻。

解析 題目關鍵字為 Mr. Abano's mother，因此請找出提到 Abano 母親的句子。最後一句話寫道：「My mother, were she still with us, would be so delighted to know I've included her 'secret' recipe for flan on the menu. I'm sure it will be big hit with Parisians!」，表示如果母親知道當中加入了她的祕密食譜，一定會很高興。因此選擇 (D) 的內容最為適當。

03 是非題 P. 256

STEP 3 | 實戰測驗！

5 (C) 6 (C)

5. 新聞稿★★

公告

灰園企業的國際營運總監雷金納德·戴維斯將辭去過去三十幾年來一直擔任的職務，以便在私人需要時多多陪伴家人。戴維斯解釋說：「我突然離職的原因與灰園企業無關。我把同事當成家人看待，我會非常想念他們的。不過，家裡的問題迫使我不得不辭去非常耗費心神的國際營運總監一職。雖然這是友好的道別，卻也是令人心碎的道別。」

這份辭呈將於本月底生效，該公司正急於為這位長期擔任董事者尋找一個合適的替代人選。傳聞正在考慮的人選有前任州參議院議長羅布·鮑爾，以及製藥技術公司的創辦人蘇珊·道爾。

字彙 Director of International Operations
國際營運總監；國際事務主任
step down from 從……下來；下台；辭職
during a private time of need
在私人需要的時間裡
sudden departure 突然地離開
have nothing to do with 與……無關

coworker 同事
family matters 家庭問題；家庭事務
necessitate that 有必要……；迫使……
take a step away from 退一步思考
consuming 消耗（精力或時間）的
duty 職責；勤務
amicable farewell 友好的道別
heart-breaking 令人心碎的
resignation 辭職
effective 生效的；起作用的
in a hurry 急切；趕緊
suitable replacement 適合的替代人選
rumored to be under consideration
傳聞正在考慮中的
former state senate president 前參議員議長

關於鮑爾先生，下列何者為真？
(A) 他寫了這個公告。
(B) 他已應徵了一個職缺。
(C) 他有從政方面的經驗。
(D) 他因私人原因退休。

解析 本題的關鍵字為 Mr. Ball，本文最後一句話提到此關鍵字：「Those rumored to be under consideration are former state senate president, Rob Ball and the founder of Pharm Technologies, Susan Doyle.」，表示 Rob Ball 為前任州參議院議長，因此答案為 (C)。

陷阱分析：文中僅有提到考慮讓 Ball 成為接任者，並未表示他有親自申請該職缺，請特別留意這一點。

6. 信件★★

黃水仙工作室
景觀設計專家
22601 維吉尼亞州溫徹斯特市
緬因街 552 號

親愛的馬修斯女士：
我們很高興有您加入我們黃水仙工作室既創新又勤奮的景觀設計師團隊。科羅拉多州斯普林斯園藝學院的教授們對於您的智慧、職業道德以及獨創性唯有讚賞，別無其他。

(A) 我們打算讓您帶領公司的一個新部門。公司的業務正從典型的景觀設計擴展到包括金魚和錦鯉魚池的設計。我們認為您在水生植物方面的專業知識對該部門今後的成功非常有用。(B) 我們精心挑選了其他 3 位成員加入您的團隊。

隨信附上的是您的聘雇合約書。(D) 請仔細審閱合約書，並於五個工作日內將已簽名的合約書寄回，以便完全地為您保留這個職位。若您有任何問題，您可向人力資源部主管芭芭拉．費雪諮詢，電話號碼是 334-2334。

羅傑．沃克 敬上

字彙 inventive 有創造力的
industrious 勤奮的；勤勞的
landscape architect 環境美化專家；
景觀設計師
horticulture 園藝學
nothing but 只有；只不過；僅僅 (= only)
positive 肯定的；積極的
intelligence 智力；智慧
work ethic 職場倫理；職業道德感
ingenuity 獨創性；設計新穎；心靈手巧
head up a new department
領導一個新的部門
typical landscape design 典型的景觀設計
goldfish 金魚 koi fish 錦鯉
pond design 水池設計
expertise 專門知識或技能
water plants 水生植物
Attached, you will find 隨信附上的是……；
隨函寄出的是……
employment contract
聘雇合約書；聘約；勞動契約
within 5 business days 在 5 個工作天內
refer A to B 把 A 提交給 B；指點 A 求助 B；
指點 A 查閱 B

關於馬修斯女士即將工作的部門，下列何者錯誤？
(A) 是最近才剛成立的。
(B) 將由四名員工組成。
(C) 薪資以佣金為基礎。
(D) 馬修斯被要求回覆聘雇合約書。

解析 請由第二段「We plan for you to head up a new department with our company.」當中確認 (A)；(B) 也出現在同一段落「We have carefully selected 3 other team members to join you.」當中。另外，最後一段寫道：「Please review the contract and return it.」當中提及 (D) 的內容。文中並未提到 (C) 的內容，故為正確答案。

陷阱分析：千萬別因為看到新的部門有三名成員，而誤選 (B) 作為答案。新部門成員還要加上 Matthews 先生，總共四名，因此 (B) 的內容無誤。

04 主旨或目的 P. 260

STEP 3 | 實戰測驗！

7 (C)　8 (D)

7. 電子郵件★★

寄件者：保羅．胡佛 <PHoover@himechanics.com>
收件者：全體員工 <list@himechanics.com>
日期：8 月 14 日
主旨：事假與病假

這封電子郵件旨在通知大家關於事假安排與請病假的新政策。這些異動將自 9 月 1 日起生效，並適用於 Hi 機械公司全體員工。

連請兩天以上的事假需經主管的批准。這類的休假將以先申請先休假的方式予以准假。此外，連請兩天以上的病假則須有醫生證明。假單可透過公司內部網路以電子方式提出，抑或於銷假上班時親自交給您的主管。

此為對公司政策異動的一般說明。有關政策異動的詳細資訊和論證，請至公司人力資源網站 www.himechanics.com/HR/LeavePolicies 查詢。

所有的問題與疑慮，請致電人力資源部 309 號分機。

字彙 personal days 事假　sick days 病假
take effect 生效
as of . . . 自……起 (= from)
apply to 適用於　personal time off 事假
approval of your supervisor 主管的批准
extended 延長的；長期的
more than 2 consecutive days
連續兩天以上
on a first-come, first-served basis
按先到先得的原則　in addition 此外；另外
doctor's note 醫生證明
electronically 用電子方法；線上 (= online)
via 經由；透過　in person 親自
upon your return to work 待回到工作崗位後
general explanation 一般說明；一般解釋
for full details and reasoning
了解詳情和論證
be directed to 被指向；被引導至 (= be sent to)
extension 分機

這封電子郵件的目的為何？
(A) 通知客戶一些新政策
(B) 要求對一些新政策提供回饋
(C) 詳細介紹一些新程序。
(D) 就事假的使用情況進行調查。

解析 從主旨的內容：Personal and Sick Days 可以大致推測出答案。第一段寫道：「This e-mail serves to inform you of some new policies surrounding scheduling personal days and requesting sick days.」，表示寄出此封電子郵件的目的為告知事假和病假的新規定，因此答案為 (C)。

陷阱分析：如果弄錯收件對象，可能會因而誤選 (A)。另外，請特別留意，郵件中並未要求回覆意見，因此請勿選成 (B)。

8. 信件★★

阿羅科技股份有限公司
5 月 5 日

多米尼克．馬蒂內斯
菲利普斯暨曾格企業業務經理
22660 維吉尼亞州阿靈頓郡
老道明路 33356 號

親愛的馬蒂內斯先生：

截止 5 月 21 日以前，阿羅科技股份有限公司會完成新總部的遷址作業，地址是 90045 加州拉霍亞公園路 333 號。我們新的電話號碼和傳真號碼分別是 310-444-8989 以及 310-444-9090。本公司其他所有資訊如電子郵件信箱、網站等，將維持不變。

本公司的產品試驗部仍舊在前總部，地址是 90044 加州拉霍亞研究路 887 號。

隨函附上一本簡章，裡面重點介紹了公司的一些最新產品。如果您對任何產品感興趣，請不要猶豫，歡迎隨時與我聯絡。我很高興在過去的五年裡一直擔任貴公司的業務代表，我不認為遷址一事會妨礙本公司繼續為您提供優質的服務。

阿羅科技股份有限公司 業務代表
米契爾．史旺 敬上

字彙 as of 截止；自……為止
headquarters 總部
respectively 分別地；各自地
remain the same 維持不變
Attached to this letter, you will find
隨信附上的是……；隨函寄出的是……
brochure 小冊子；簡章　highlight 強調
Should you find 如果您發現了
sales representative 業務代表
anticipate 預期；期望
result in 造成；導致　disruption 妨礙；擾亂

下列何者為寫這封信的目的之一？
(A) 通知客戶領導層的異動
(B) 刊登舊存貨的特價廣告
(C) 安排時間討論客戶的事
(D) 通知客戶聯絡資訊的異動

解析 本題中，信件的主旨有兩個。第一段提到總公司搬遷後，電話和傳真號碼也有所更動，此為第一個主旨；第三段提到附件為新產品的手冊，如果對方有感興趣的產品，請聯絡自己，此為第二個主旨。(D) 符合第一個主旨的內容，故為正確答案。

05 掌握同義詞 P. 264

STEP 3 | 實戰測驗！

9 (C)　10 (C)

9. 廣告★★

水晶清潔衛生公司

如果您想要確保公司內部對公司員工及客戶來說，都是乾淨又令人愉快的環境，那麼請考慮讓水晶清潔衛生公司來為您服務。我們會趁夜工作，以免影響您日間的工作效率。

在本公司服務的專業人員全都要接受犯罪背景調查，以確保您的財物安全，並且要進行全面的培訓計畫，從中學習清潔的技巧，這樣我們才能為客戶提供 100% 的滿意保證。您可依您的清潔需求，選擇每晚、每週或每月的清潔服務方案。

立即來電 800-355-3255，我們會安排一位清潔專家到府進行一次無壓力的諮詢，可以談談您的需求，並免費為您提供估價服務。出示本廣告即可獲得首次清潔服務，免費，且附有已簽好的合約。

字彙 clean and welcome environment
乾淨和令人愉快的環境
A and B alike A 和 B 兩者都
under the cover of night
趁夜；在夜色的掩護下
so as not to V 為了不做（某事）
disturb the efficiency 打擾到效率
undergo 接受；經歷
criminal background check 犯罪背景調查
property 財產　thorough 徹底的；完全的
satisfaction guarantee 滿意保證
nightly, weekly and monthly
每晚、每週及每月
no-pressure visit 無壓力拜訪
complimentary service estimate
免費服務估價
signed contract 有簽字的合約

在本篇廣告中，第二段、第二行的「thorough」與下列哪個字意思最接近？
(A) 過分簡化的　(B) 快速的
(C) 完全的　(D) 天真的

解析 thorough 在字典上的意思為「完全的、徹底的」，可以和同義詞 complete 或 detailed 替換使用，因此答案為 (C)。

10. 信件★★

克萊恩公司

親愛的法爾女士：

我們很遺憾地通知您，雖然您的履歷給我們留下相當深刻的印象，但我們無法向您提供您所應徵的行銷部助理總監一職。

不過，我們還有另一個您可能適合擔任的職缺。我們希望您能到公司來進行資深專案經理一職的面試。憑著您的專案管理經驗，我們認為您的技能與這份工作非常吻合。我們已隨函附上此一職務的詳細資訊供您參考。

如果您有興趣，請與人力資源部的雪莉．林地聯絡，她的電話號碼是 888-777-8877 轉 557 號分機。我們希望儘快收到您的回覆。

行銷總監
莎拉．格蘭特 敬上

字彙 We regret to inform you that . . .
我們很遺憾地通知您……
while 儘管；雖然 (=although)
résumé 履歷；簡歷
impressive 給人留下深刻印象的
Assistant Director of Marketing
行銷部助理總監
apply for 申請；應徵
open position 職缺
be qualified for 可勝任的；有資格的
come in and interview 過來面試
Senior Manager of Special Projects
資深專案經理
line up nicely with 與……非常匹配

在這封信裡，第二段、第一行的「qualified」與下列哪個意思最接近？
(A) 願意的
(B) 有空的
(C) 能勝任的
(D) 珍貴的

解析 qualified 的意思為「有資格的、勝任的」，經常用於表達「適任某份工作」。具備足夠資格等同於擁有足夠的能力，(C) 的意思為「能勝任的」，故為正確答案。

新 06 掌握意圖 P. 268

STEP 3 | 實戰測驗！

11 (B)　12 (C)

11. 文字簡訊

下午 4:08　**喬治・加納**
嗨，珍妮，妳這個星期六能不能來代個小夜班？

下午 4:09　**李珍妮**
可以。那麼我可以星期四休息一天，星期六再過去上班嗎？

下午 4:14　**喬治・加納**
當然可以。我會叫山姆星期四來代妳的班，但是妳星期二跟星期三還是會上班，對嗎？

下午 4:18　**李珍妮**
對的，我會。

送出

字彙 fill in for 臨時代替；暫代
evening shift 晚班；小夜班
take a day off 休一天假
in return 作為交換；作為回報

下午 4:14，當加納先生寫下：「當然可以」時，最有可能是什麼意思？
(A) 他和同事就班表異動一事打了個賭。
(B) 他將允許李女士在星期四換班。
(C) 他想要在星期二和星期三工作。
(D) 他打算為同事們辦個驚喜派對。

解析 題目句中的「You bet.」意思等同於「Certainly.」。下午 4 點 09 分時，Jenny Lee 詢問是否能週四休息、週六工作；對此提問的答覆為「You bet.」，因此 (B) 的內容最為適當。

12. 文字簡訊

約翰・培頓 傍晚 6:20　嗨，蘿拉，專案大綱還在進行中嗎？

蘿拉・史密斯 傍晚 6:24　我一個小時前就用電子郵件以附件的方式寄給你了。

約翰・培頓 傍晚 6:28　妳確定？我什麼都沒有收到。

蘿拉・史密斯 傍晚 6:31　公司的網路系統目前處於癱瘓的狀態。30 分鐘後再收一次吧。技術人員現在正在努力解決這個問題。

約翰・培頓 傍晚 6:33　哦，我知道了。謝啦，蘿拉。我會再收一次，然後告訴妳。

送出

字彙 be in progress 在進行中
attachment （電子郵件的）附件
positive 確定的；肯定的
at the moment 目前；現在

傍晚 6:28，當培頓先生寫下：「妳確定？」時，是什麼意思？
(A) 他認為專案大綱做得很好。
(B) 他不覺得自己有寄了一封電子郵件給史密斯女士。
(C) 他不確定是否有收到史密斯女士的電子郵件。
(D) 他希望史密斯女士正面思考這個問題。

解析 題目句中的「Are you positive?」意思等同於「Are you sure?」。傍晚 6 點 24 分時，Smith 女士表示已經寄出郵件。對此 Peyton 先生反問她

「Are you positive?」，對於對方的話感到疑惑，表示他可能沒有收到郵件，因此答案為 (C)。(B) 是表示他懷疑自己並未寄出郵件，因此請特別留意不要選錯。

新 07 推測空格句 P. 272

STEP 3 | 實戰測驗！

13 (D) 14 (D)

13. 報導★★

斯泰普頓市鎮新聞 4 月 7 日

羅伯特．曼奇尼（位於緬因街與櫻花巷十字路口處的曼奇尼公園，便是以其姓氏命名）在歷經了與肝癌的長期鬥爭後於上週五逝世。曼奇尼先生死後留下他的妻子米爾德莉、三名兒女以及七名孫子女。曼奇尼先生的追悼會訂於 4 月 8 日上午 11 點在貝爾殯儀館舉行，歡迎大家到場致意。

1936 年，曼奇尼先生那時還是個小男孩，便跟著家人搬到斯泰普頓。他的父親麥克．曼奇尼擁有 35 英畝的地，是一個養牛的農夫。等羅伯特拿到愛荷華州立大學商業管理學士學位回到家鄉後，他為我們這個小鎮做了很好的規畫。他在 1942 年開了一間「曼奇尼雜貨店」，在 1948 年當選為鎮長，然後在擔任此一職務的 20 年間，成功地改善了鎮上的街道、學校、公園和經濟。

如果沒有羅伯特．曼奇尼，斯泰普頓就不會是今天這麼了不起的一個小鎮。斯泰普頓市鎮新聞在此想要感謝曼奇尼先生以及他的家人一直以來的貢獻，並繼續努力讓斯泰普頓變得更棒！羅伯特，大家都會想念你的！

字彙 community 社區；市鎮
at the crossroads of 在……的十字路口
pass away 過世；去世
cancer of the liver 肝癌
be survived by 遺留下
memorial service 追悼會
be invited to V 被邀請做（某事）
cattle farmer 牛農 bachelor's 學士學位
general store 雜貨店 be elected 當選
succeed in V-ing 在……成功；順利完成
stint 任期 remarkable 非凡的；卓越的
(as) it is today 像今天這樣；就像今天一樣

下列句子最適合出現在 [1]、[2]、[3]、[4] 的哪個位置？
「如果沒有羅伯特．曼奇尼，斯泰普頓就不會是今天這麼了不起的一個小鎮。」

(A) [1] (B) [2]
(C) [3] (D) [4]

解析 指定句提到由於 Mancini 的貢獻，才造就出今天的 Stapleton。此話應放在對 Mancini 表達感謝之意的前方最為適當，因此本句話最適合填入 [4] 當中。

14. 邀請函★★

維吉尼亞莊園年度獵狐暨早餐會

我們誠摯地邀請您參加維吉尼亞莊園的年度獵狐暨早餐會。維吉尼亞莊園將再度贊助於 7 月 1 日上午 7 點舉辦的獵狐活動。我們將準時於上午 7 點 30 分放出獵犬，揭開追逐行動的序幕！

騎馬獵狐活動結束後，騎士和他們的客人們將受邀回到主屋享用美味的早餐，包括班尼迪克蛋、佛羅倫斯馬鈴薯煎餅、新鮮香腸和培根、現點現做的鬆餅、法式吐司、新鮮水果、龍蝦尾、鮮蝦雞尾酒以及各式各樣的起司、沙拉、瑪芬、小圓麵包和捲餅。

請在主屋出示此入場券，以便與各自分配到的馬伕見面。從那裡，馬伕將會護送您前往馬廄，並為您挑選合適的馬匹。請在挑選馬匹前，告知馬伕您騎馬的經驗和騎乘的舒適度。希望到時能見到您！

字彙 estate 莊園
be cordially invited to 誠摯地邀請
sponsor 贊助；資助 foxhunt 獵狐
hound 獵犬；獵狐犬
chase 追逐
upon completion of
在……一結束後；一旦……完成後
main house 主屋；正房
scrumptious 美味的
made-to-order 現點現做的
an assortment of 各式各樣的 groom 馬伕
individually assigned to you
個別分配給您的

be escorted to 被護送到
stable 馬廄　riding experience 騎乘經驗
comfort level 舒適度；合適度

下列句子最適合出現在 [1]、[2]、[3]、[4] 的哪個位置？
「從那裡，馬伕將會護送您前往馬廄，並為您挑選合適的馬匹。」

(A) [1]　(B) [2]
(C) [3]　(D) [4]

解析 指定句提到將移駕至馬廄，為你挑選合適的馬匹。應該先見到馬伕，才會帶人到馬廄，因此本句話填入 [4] 最為適當；而且後方連接的句子中出現「在挑選馬匹前」（before your horse is selected），可以視為對指定句的補充說明。

PART 7 文章分類篇

01 電子郵件（E-mail） P. 277

STEP 2 | 一起來解題！

1-2 電子郵件

收件者：珍妮佛・格林 [jgreen@mail.com]
寄件者：莎拉・霍利迪 [sholliday@mail.com]

嘿，女孩：

抱歉，我今天沒能去咖啡店跟妳碰面。2 今天早上我的手機掉到地上，結果摔得支離破碎了。我沒有把妳的電話號碼存下來，所以不知道要怎麼才能聯絡到妳。我之所以沒辦法按照我們說好的時間在下午兩點過去，是因為湯米得腸胃炎，所以我不得不待在家裡照顧他直到他恢復健康。他現在還是很難受，所以接下來的幾天我們大概都要困在家裡，哪兒也去不了。

在我買新手機之前，妳只能透過電子郵件聯繫到我，所以請告訴我到底發生了什麼事！

謝謝，
莎拉

STEP 3 | 實戰測驗！

1 (A)　2 (C)　3 (A)　4 (D)

1-2 電子郵件

收件者：珍妮佛・威爾森
寄件者：寵物救援微晶片
主旨：為您的寵物登記

親愛的珍妮佛：

感謝您選擇「寵物救援微晶片」來保障您愛寵的安全。有了您為您的黃金獵犬選擇的終身訂閱服務，2 如果您的愛犬迷路了，您也毋須擔心，因為我們可以使用全球衛星定位系統來找出牠的位置。

今年，「寵物救援微晶片」被票選為全國寵物安全服務第一名的供應商。我們被美國商業促進局評為 A+ 等級，並在狗兒定位服務方面獲得了「最佳客戶服務」的評價。2 在微晶片的協助下，您可以放心，不論發生任何情況，比如您的愛犬跑掉了、被綁架了、遇到天災、旅行或任何其他事故，您都能夠快速有效地定位到您的寵物。

1 為完成登記手續，你需要上網填寫寵物資料表。這是免費的，而且若是您的寵物走失了，這項資料能幫助我們儘快聯繫到您。

請至 www.petrescue.com/update/contactinfo 查閱您的個人資料，並填寫所有相關資訊。

寵物救援微晶片 敬上

字彙 ensure the safety 保障安全
lifetime subscription 終身訂閱
should your pet ever lose his way 如果您的寵物迷路了
locate 找出……的準確位置；定位
global positioning satellite (GPS) 全球定位衛星
Better Business Bureau 美國商業促進局
dog location service 狗兒定位服務
with the aid of 在……的幫助下；借助
rest assured 放心 (= don't worry)
no matter the situation 不論情況如何；不論發生任何情況
runaway 逃跑的；離家出走的

abducted 被誘拐的；被綁架的
registration 登記；註冊；報名
pet information form 寵物資料表

1. 掌握相關細節★★

這封電子郵件是要傳遞什麼訊息？

(A) 珍妮佛需要填寫一些額外的報告。
(B) 珍妮佛的寵物辨識服務即將到期。
(C) 黃金獵犬不常被偷或走丟。
(D) 珍妮佛走丟的寵物已經被衛星定位了。

解析 第三段寫道：「To complete the registration process, you need to fill out our pet information form online.」，告知對方必須在線上填寫完寵物資料表後，才算完成登記手續，因此答案為 (A)。電子郵件中並未提及其他選項的內容。

2. 掌握相關細節★★

「寵物救援微晶片」提供什麼樣的服務？

(A) 拯救受虐和營養不良的動物
(B) 利用全球衛星定位來定位野生動物
(C) 利用科技來保護動物
(D) 保持家庭寵物的健康紀錄

解析 第一段中間寫道：「you will have the peace of mind that should your pet ever lose his way, we can locate him with our global positioning satellite.」，表示使用 GPS 定位防止寵物走失。第二段後方寫道：「With the aid of our microchips, you can rest assured that no matter the situation . . .」，當中提及植入晶片。綜合前述內容，選擇 (C) 最為適當。

3-4 電子郵件

收件者：ebowers@mail.com
寄件者：sales@onlineauction.com
日期：7 月 3 日
主旨：您的消費

親愛的鮑爾先生：

恭喜！您出價 732 美元競標拍到了以下物品：

3 原版的《星際大戰 4》電影海報－已裱框
4 要完成本次交易，您必須在 24 小時內付款。若未能在 7 月 4 日上午 11:32 前付款，將導致本拍賣品移轉到下一位出價最高的競買人手上。您可至網站 www.payhere.com，並輸入出貨號碼 22341 完成付款。消費明細如下：

原版《星際大戰 4》電影海報—已裱框	$732.00
線上拍賣投標費（出價的 3%）	$21.96
運費和處理費	$25.00
應付總額：	$778.96

感謝您在全世界最棒的線上拍賣網站 OnlineAuction.com 惠顧！

字彙 bid 出價；投標
authentic 真正的 (= real)
movie poster 電影海報
framed 已裱框的
submit payment 交付款項
failure to V 未能做（某事）；做不到（某事）
result in 導致；造成
the next highest bidder 下一位出價最高者
invoice 發貨單　be as follows 如下
auction bidding fee 拍賣投標費
shipping and handling 運費及處理費

3. 是非題★★

關於這個物品，提到了什麼事？

(A) 它已經被存放在玻璃後。
(B) 它是由 OnlineAuction.com 生產製造的。
(C) 它是原件的複製品。
(D) 它曾經在博物館展出過。

解析 由「Authentic Star Wars IV movie poster – framed」可以得知物品已加框裱起來，因此答案為 (A)。

4. 掌握相關細節★★

如果鮑爾先生沒有在 24 小時內付款，會發生什麼事？

(A) 他會被收取滯納金。
(B) 他將不再被允許在商店裡購物。
(C) 他必須重新出價競標該物品。
(D) 他將被迫放棄購買該物品。

解析 電子郵件當中寫道：「To complete your purchase, you must submit payment within 24 hours. Failure to pay by 11:32 A.M. on July 4 will result in the item going to the next highest bidder.」，表示若未在 24 小時內付款，將轉讓給其他出價更高的人，因此答案為 (D)。

02 專題報導文章（Article） P. 281

STEP 2 | 一起來解題！

1-3 專題報導文章

南卡羅來納州查爾斯頓（3 月 20 日）—退役海軍軍官亞倫・查普曼因在軍隊服役 35 年而將獲頒美國英勇服務獎。該獎項每年都是頒發給軍隊各部（陸軍、海軍、海軍陸戰隊、空軍）的一名退役軍人。

查普曼在軍隊服役期間，曾參與三場戰爭、範圍遍及十多國。他的現役檔案裡更是充滿了榮譽及英勇事蹟的紀錄。3 在他軍人的生涯中曾三度榮獲紫心勳章（這是表彰在戰鬥中有英勇表現的獎項），而且據說他的英勇事蹟和機智拯救了數百人的性命。

查普曼不僅是一名盡忠職守的士兵，同時也是一名寶貴的美國公民。不論他當時在何地駐紮，他在非執勤時間大多會到當地的慈善機構擔任志工。2 在他四十多歲時，他更是組織成立了「安全乘車回家計畫」，這項計畫是免費的，能讓所有飲酒過量、無法安全地開車回家的人都能搭車回家，即使是那些未達法定飲酒年齡者。

今年同樣獲頒美國英勇服務獎的還有海軍陸戰隊的克莉絲汀・布朗以及空軍的亞瑟・戴維斯。

STEP 3 | 實戰測驗！

1 (D)　2 (C)　3 (A)　4 (A)　5 (C)

1-3 專題報導文章

貝城公立圖書館的施工進度

10 月 15 日—1 持有貝城公立圖書館借書證的讀者們，將很快就能在剛整修完的貝城公立圖書館走廊裡，找到一本愛讀的新書、上網查詢資料，並學習杜威十進分類法。3(A) 該圖書館在過去三個月裡一直是不對外開放的，因此大規模的翻修工程才得以竣工，但 3(C) 施工經理傑夫・布里奇斯在週一早上舉行的記者會上宣布，該圖書館將於 10 月 23 日重新開放。

3(B) 大樓整修計畫的資金來自貝城市市民的捐款、圖書館的經費以及城市稅。圖書館經理辛蒂・伍茲說：「我們已經清楚地知道，貝城公立圖書館對我們這座美麗城市的市民來說是很重要的。各地紛湧而來的捐款、人力和物資令我們激動得不知所措，這些在我們一宣布完整修計畫後，就如洪水般紛紛湧進了我們的辦公室。」

2(B),(C),(D) 由於舉行盛大的重新開館慶祝活動，緬因街上圖書館前的街區將於 10 月 23 日封閉。2(A) 所有前來參與盛會的人都可欣賞當地樂團的音樂演奏、在地作家的簽書會，並享用豐盛的食物。欲知詳情，請至本館網站 www.bpl.org 查詢。

字彙
card-carrying members 持卡會員；正式會員
public library 公共圖書館；公立圖書館
favorite book 最愛的書
newly-renovated 新近裝修的；重新整修的
be closed to the public 不對公眾開放
massive renovation 大規模的翻修工程
construction manager 施工經理；建設經理
press conference 記者招待會
donation 捐款　library funds 圖書館的經費
city taxes 城市稅；地方稅
It has been made clear to us that 我們清楚知道
be overwhelmed by 激動得不知所措
the flood of 大量的；潮水般的
labor and supplies 人力和物資
grand reopening celebration 盛大的重新開館慶祝活動
musical performance 音樂表演
book signing 簽書會
food galore 豐富的食物
those in attendance 所有在場的人

1. 文章針對的對象★

這篇文章主要是給誰看的？

(A) 當地的作者
(B) 旅行社職員
(C) 交通管制員
(D) 圖書館讀者

解析 第一句話寫道：「Card-carrying members of the Baytown Public Library will soon be able to find a new favorite book, search the Internet, and learn about the Dewey Decimal System in the halls of a newly renovated Baytown Public Library.」，由此可以得知本文是寫給持有圖書館卡片的會員，因此答案為 (D)。

2. 是非題 ★★

關於盛大的重新開館活動，提到了什麼事？

(A) 這將是圖書館贊助者的私人活動。

(B) 活動已經往後延一個月。

(C) 活動會影響到正常的交通。

(D) 活動將在市立公園舉行。

解析 最後一段寫道：「Musical performances by local bands, book signings by local authors, and food galore will be available to all those in attendance.」，表示開放大眾參與，因此 (A) 的敘述有誤；前方寫道：「The block in front of the library along Main Street will be closed on October 23 due to the grand opening celebrations.」，表示由於 10 月 23 日舉辦的開館慶祝活動，將封閉緬因街上圖書館前方的區域，因此 (B) 和 (D) 皆為錯誤的敘述。由此內容可以推測出圖書館前可能會大塞車，因此答案為 (C)。

3. 是非題 ★★

關於整修計畫，提到了什麼事？

(A) 工程耗時約三個月。

(B) 其經費完全由捐款者提供。

(C) 辛蒂・伍茲是施工經理。

(D) 費用超出了分配的預算。

解析 第一段後方寫道：「The library has been closed to the public for the past 3 months so the massive renovation could be completed.」，由此內容可以得知答案為 (A)。由第二段的「The building project was funded by donations from Baytown's citizens, library funds, and city taxes.」，以及第一段後方的「construction manager Jeff Bridges」可以確認 (B) 和 (C) 皆為錯誤的敘述；文中並未提及 (D) 的內容。

4-5 文章

綠色運動在這幾個月以來席捲了凱德縣，我們很高興告訴大家一些令人驚訝的結果。當地一個名為「友善地球」（EFP）的環保團體發起了「放磚運動」，他們會在居民住家的門口放磚塊，請求居民將磚塊放入傳統式馬桶水箱裡來取代水，從而減少每次沖水的用水量，人們起初對這個運動抱持著懷疑的態度。5「當我在我家門口發現一塊用說明書的紙包裹的磚塊時，我是怎麼想的？我當時以為有人要警告我說，下次這個磚塊就會砸進我家前門！」居民凱西・史蒂文斯笑著說。但是在電台、電視台的新聞報導裡紛紛討論了這個善舉後，居民顯然如預期般開始用起了磚塊。「自從 EFP 開始放磚塊後的三個月，我們看到本縣的總用水量減少了 30%。我在自來水廠工作 20 年來從沒見過能省下這麼大量的水。」凱德縣自來水廠經理沃特・里德如此說道。

字彙 green movement 綠色運動
sweep 迅速蔓延；風靡；風行
surprising results 令人驚訝的結果
local environmentalist group 當地的環保團體
leave a brick 留下一塊磚
doorstep 門階　resident 居民；住戶
traditional toilet tank 傳統的馬桶水箱
displace the water 取代水
per flush 每次沖水　view 看待；考慮
skepticism 懷疑的態度；懷疑論 (= doubt)
wrapped with 被……包裹起來
paper instructions 說明書的紙張
be warned that 被警告……
goodwill endeavor 善意的努力
flood the airways 湧到（電台、電視台）廣播頻道
as intended 如預期
see a decrease in 目睹……的減少
overall water usage 總體用水量
incredible reduction 大量減少

4. 掌握主旨 ★★

這篇文章的主旨為何？

(A) 有個社群團體找到一種有創意的省水法。

(B) 有些家庭的用水量比別家多。

(C) 有些機構旨在增加磚塊的銷售量。

(D) 在縣立自來水廠的工作是一項長期的工作。

解析 本文的主旨為 Cade County 利用將磚頭放進馬桶水箱的方式，成功省下大量的水，因此答案為 (A)。

5. 推論題 ★

包裝紙上最有可能會看到什麼？

(A) 一張衛生紙的折價券

(B) 一封警告居民有水污染的信

(C) 關於要怎麼使用這個磚塊的資訊

(D) 「友善地球」的聯絡方式

解析 第一段後方寫道：「What did I think when I found a brick wrapped with paper instructions on my doorstep?」，當中提到包裝紙上寫著 instructions。根據文意可以推測出 instructions 上寫的是磚頭的使用方法，因此答案為 (C)。

03 公告／通知（Notice） P. 286

STEP 2 | 一起來解題！

1-2 通知

藍貝爾賭場度假村

電子郵件警示
您已選擇接收來自藍貝爾賭場度假村的電子通訊。

1 貝爾連結線上投注

藍貝爾賭場度假村致力於維護客戶的最大利益。我們知道安全性是您最關心的問題之一。1 這就是為什麼我們創建 SafeSure 這個線上保護計畫的原因。只要上網登入「貝爾連結線上投注」，就可以確保您的安全。
2 藍貝爾賭場度假村保證，只要您沒有洩漏您的密碼，在您使用「貝爾連結線上投注」時會受到完整的保護，幾乎不可能發生帳戶裡的錢被盜用的情況。在藍貝爾，我們將不斷地為顧客提供所需的金融安全服務。

此項服務完全不收費，不過可能會有與線上博弈相關的費用，例如網路服務業者和電信業者收取的使用費，這些都應歸屬於客戶來付費。

感謝您惠顧藍貝爾賭場度假村。

STEP 3 | 實戰測驗！

1 (A)　2 (B)　3 (A)　4 (B)

1-2 公告

個人社交網路的使用

首先，請注意，本公司的管理層 100% 致力於員工持續地發展專業，我們亦明白員工為達到這個目的而使用網路。我們不希望監控您的網路使用情況，也不希望評估您花在網路上的每一分鐘是否恰當。

實施要點

我們理解參與社交網路的必要性及效益。
2 我們要求的是您利用休息時間進行您個人的社交活動。在非休息時間被發現使用社群網站的員工，將被送至人力資源部審核其工作狀況。

字彙 **first of all** 首先
management of this company 本公司的管理層
be 100% committed to 100% 致力於……；對……100% 的承諾
ongoing professional development 持續的專業發展
be geared towards 目的在於；針對於
Internet usage 網路的使用
appropriateness 適當；合適
bottom line 底線；最大的容忍度；重點
need and benefit 需要和好處
participate in 參與
What we request is that 我們要求的是
break time 休息時間
conduct 進行；實施 (= do)
outside these limits 超出這些限制
Human Resources 人力資源（部）

1. 掌握主旨★★★
這個公告的主旨為何？
(A) 不當使用公司資源
(B) 違反現行聯邦法
(C) 強制停止一切個人網路的使用
(D) 強制使用社交網路來拓展業務

解析 雖然本題為主旨題，但是光憑前半段的內容仍無法選出答案，因此請務必查看全文的內容。首先，第一段提到公司網路使用的規範；第二段則要求改在休息時間使用個人社群網站。綜合前述內容，答案為 (A)，選項將 Internet 改寫成 company resources。

2. 要求或建議★★
管理層打算如何處理浪費時間的問題？
(A) 要求員工在休息時間工作
(B) 報告這類情況，這樣員工就會受到訓斥
(C) 開始監控所有員工網路使用情況
(D) 禁止使用所有的社交網路

解析 第二段寫道：「What we request is that you use break time to conduct your personal networking. Employees found using social networking outside these limits would be sent to Human Resources for status reviewed.」，要求只有在休息時間才能使用個人社群網站，如違反規定，將交由人事部懲處，因此答案為 (B)。

3-4 公告

諾福克渡輪

3 由於本市旅遊業的發展，諾福克市渡輪將在夏季數月間遵循新的時刻表，以因應增加的客流量。

星期一至星期四：

— 上午6點至下午6點，渡輪將每30分鐘開出一班。

— 下午6點至晚上10點，渡輪將每60分鐘開出一班。

星期五：

—4 上午6點至晚上11點，渡輪將每30分鐘開出一班。

星期六：

— 上午6點至10點、晚上8點至11點，渡輪將每60分鐘開出一班。

— 上午10點至晚上8點，渡輪將每30分鐘開出一班。

星期日：

— 上午6點至10點、下午5點至晚上10點，渡輪將每60分鐘開出一班。

— 上午10點至下午5點，渡輪將每30分鐘開出一班。

本時刻表自6月1日起生效，實施至9月1日。

字彙 ferry 渡輪
observe new hours 遵循新的時刻表
handle 處理；應付
increased passage 增加的客流量；加開的航班
tourism 旅遊（業）；觀光（業）
depart 離開；出發
every 30 minutes 每隔30分鐘
effective 生效的；有效的

3. 掌握主旨★

渡輪時刻表決定調整的原因是？

(A) 大量的使用量
(B) 預算的削減
(C) 新法規的要求
(D) 天氣

解析 本題乍看之下詢問的是相關細節，但是公告的原因實屬於主旨，請特別留意。因此請仔細查看前半段的內容。第一句寫道：「The Norfolk City Ferry will be observing new hours to handle increased passage during the summer months due to the tourism in our city.」，表示為因應夏季航運需求的增加，將重新調整渡輪的時間，因此答案為 (A)。

4. 掌握相關細節★

哪一天的渡輪有開超過晚上十點？

(A) 星期一
(B) 星期五
(C) 星期四
(D) 星期日

解析 根據文中的時間，週五為：「Ferries will depart every 30 minutes from 6 A.M. to 11 P.M.」；週六為：「Ferries will depart every 60 minutes from 6 A.M. to 10 A.M. and from 8 P.M. to 11 P.M.」。由此可以得知週五和週六晚上十點後仍有渡輪，而選項中沒有週六，因此答案為 (B)。

新 04 文字簡訊（Text Message Chain）

P. 291

STEP 2 | 一起來解題！

1-2 文字簡訊 ★★

達內爾・賈西亞（傍晚 6:02）	嗨，康納，我們明天的課是在哪裡上啊？
康納・波伊（傍晚 6:04）	在本館的201教室。1 記得帶上印成紙本的作業。另外，這個週末我可以借用一下你的課本嗎？
達內爾・賈西亞（傍晚 6:10）	啊，我差點忘了。再次感謝你的提醒，還有，可以，我可以把課本借給你。順便問一下，我們什麼時候要上台報告？
康納・波伊（傍晚 6:11）	2 我不是很確定，不過我想是下個星期的某一天吧。
達內爾・賈西亞（傍晚 6:13）	2 不會吧！那我最好開始進行了。

STEP 3 | 實戰測驗！

1 (D)　2 (B)　3 (B)　4 (B)

1-2 文字簡訊

羅絲・芬利 上午 11:08	嗨，派翠西亞，妳去過郵局對面那家新開的「空盤子」早午餐咖啡館了嗎？
派翠西亞・考爾德 上午 11:12	1 沒有，我沒去過，但是那家餐廳在 RateFood.net 上的評價很高。它被選為本週最佳餐廳。
羅絲・芬利 上午 11:17	我聽說那家餐廳有很多素食菜可以選擇！2 我真的要開始吃得更健康些。
派翠西亞・考爾德 上午 11:18	2 就是說嘛，我們一定要找個時間去吃吃看。

字彙 be selected as 獲選為……
a great selection of 大量的……選擇
vegetarian dishes 素食菜餚
definitely 當然；肯定 (= certainly)

1. 是非題

關於考爾德女士，提到了什麼事？

(A) 她在郵局工作。
(B) 她通常會自己做早午餐。
(C) 她是個很棒的廚師。
(D) 她喜歡看部落格。

解析 上午 11 點 12 分時，Calder 寫道：「No, I haven't been there, but it has great reviews on RateFood.net.」，提到 RateFood.net 網站上的評論，因此答案為 (D)。

2. 掌握意圖★★

上午 11:18 時，考爾德女士說：「就是說嘛」，是什麼意思？

(A) 她想多了解一些素食菜的資訊。
(B) 她贊同芬利女士說她應注意自己的飲食。
(C) 她想安排時間和芬利女士共進早午餐。
(D) 她看得出芬利女士喜歡外食。

解析 Tell me about it. 當作慣用語（idiom）使用時，表示同意對方所說的話。本句話前方 Finely 寫道：「I really need to start eating healthier.」，表示自己需要吃得健康一點。接著 Calder 的回答對此話表示同意「就是說嘛」，因此答案為 (B)。

3-4 文字簡訊

理查・蓋迪斯 下午 12:06	嘿，瑪麗，妳在家嗎？4 我在想我們明天早上是不是還一起去運動？
瑪麗・費茲傑羅 下午 12:09	4 就跟平時一樣啊，發生了什麼事嗎？
理查・蓋迪斯 下午 12:13	沒事，我只是想要確定一下。還有，妳明天想去超市旁邊的萊斯利公園慢跑嗎？我昨天去上班的路上看到的，那公園看起來很不錯。
瑪麗・費茲傑羅 下午 12:15	喔，我知道你公司旁邊的那個公園。3 不過，比起慢跑，我比較喜歡用健身器材健身。
理查・蓋迪斯 下午 12:17	沒關係，那就跟往常一樣在 FitLife 的大廳見囉。

字彙 wonder if 想知道……是否……
work out 健身；鍛鍊
as always 一如既往；想往常一樣
beside 在……的旁邊
on my way to work 在我去上班的路上
prefer A to B 比起 B，更喜歡 A
gym equipment 健身器材

3. 掌握相關細節★★

費茲傑羅女士為什麼拒絕了蓋迪斯先生的建議？

(A) 她工作的地點很遠。
(B) 她喜歡在室內運動。
(C) 她需要開車。
(D) 她要見另一個朋友。

解析 下午 12 點 15 分時，Fitzgerald 寫道：「However, I prefer using gym equipment to jogging.」，表示自己偏好使用健身房器材勝過去慢跑，因此選擇 (B) 最為適當。

4. 掌握意圖★★

下午 12:09 時，費茲傑羅女士說：「就跟平時一樣啊」，是什麼意思？

(A) 她大部分的時間都待在家裡。
(B) 她會跟蓋迪斯先生見面，就跟往常一樣。
(C) 她最近才開始運動。
(D) 她正在規劃公司的企畫案。

解析 指定句 as always 的意思為「如往常一樣」。此句話前方 Gaddis 寫道：「I wonder if we are still meeting up to work out tomorrow morning.」，表示不確定明早是否要相約一起去運動；接著 Fitzgerald 的回答表示「就跟平常一樣見面」，因此答案為 (B)。

陷阱分析：Gaddis 詢問對方明早是否要一起去運動之前，先問道：「Are you home?」，詢問對方是否在家。若將 As always 誤會成她總是在家，很可能會選成 (A) 作為答案，請特別留意這一點。根據 12 點 13 分的簡訊內容，可以得知 Gaddis 和 Fitzgerald 經常相約一起去運動，因此傳簡訊是為了再次向對方確認。

新 05 線上聊天（Online Chat Discussion） P. 295

STEP 2 | 一起來解題！

1-4 線上聊天

布萊恩・加托 晚上 7:01	嗨，雷吉娜的生日快到了。[1] 我想與其個別送禮物給她，不如大家一起買個禮物送她，應該買個她真正想要的東西。
詹姆士・奧利維爾 晚上 7:04	我覺得這主意不錯！按照她最近說過的話，我認為雷吉娜需要一台洗衣機來幫她洗衣服。
莎莉・詹森 晚上 7:07	洗衣機可以，但是挺沒意思的。[2] 去海灘度假村度假怎麼樣？雷吉娜最喜歡去海灘了。
伊莉莎白・扎克里 晚上 7:08	我認為我們應該買娛樂系統，她常看電影。
凱拉・奧爾森 晚上 7:11	我喜歡莎莉的建議，去海灘玩會很令人難忘。她以後總會買到洗衣機跟娛樂系統。
詹姆士・奧利維爾 晚上 7:15	洗衣機很無聊，海灘還比較有意思。
布萊恩・加托 晚上 7:19	[4] 那就這麼說定了。[3] 我們就送她去海灘度假。我會查一下價錢，再跟大家回覆。祝大家有個美好的一天！

STEP 3 | 實戰測驗！

1 (B)	2 (A)	3 (C)	4 (D)
5 (B)	6 (A)	7 (C)	8 (D)

1-4 線上聊天

瑪德琳・凱羅爾 晚上 7:01	嗨，女士們！我正在規劃我的婚禮，而妳們都是我的伴娘。[1] 我現在要決定伴娘禮服的顏色。婚禮上的顏色有紫色、橘色、灰色跟白色。
梅麗莎・莫德里 晚上 7:04	好興奮啊！[3] 我覺得我們不應該穿白色的，因為妳是新娘，妳應該是唯一一個穿白色的人。剩下紫色、橘色跟灰色。這三種顏色我都可以。誰來選一個吧！
艾莉兒・明格爾 晚上 7:07	[2] 因為婚禮是在夏天舉行的，所以我們應該要穿鮮豔的顏色。我選橘色的禮服，很適合這個季節。
安德莉雅・蒂吉 晚上 7:08	嗯，我不喜歡橘色，我想我們都應該穿紫色的。
莎拉・肖梅克 晚上 7:11	我同意艾莉兒的看法。我現在才想到季節的問題。橘色會比較好。別見怪啊，安德莉雅！

梅麗莎・莫德里 晚上 7:15	我也喜歡橘色。這個顏色給人快樂又光明的感覺，會讓人想到這個幸福的日子。
瑪德琳・凱羅爾 晚上 7:19	好！4 那我們就沒問題啦。我明天就去訂橘色的禮服。

字彙 bridesmaid 伴娘　decide on 作出決定
vote for 投票贊成
appropriate 合適的；恰當的
agree with 贊同某人的意見
take into consideration 考慮到；顧及
No offense 無意冒犯；請勿見怪
as well 也

1. 掌握相關細節★
瑪德琳為什麼會跟她的朋友聯絡？
(A) 要求建議婚禮的場地
(B) 詢問伴娘禮服的顏色
(C) 邀請她的朋友去看電影
(D) 規劃她的蜜月旅行

解析 晚上 7 點 01 分的訊息中，Madeline 寫道：「You will all be bridesmaids. I am trying to decide on the color of your dresses.」，由此可知要決定伴娘禮服的顏色，因此答案為 (B)。

2. 掌握相關細節★★
艾莉兒為什麼建議橘色的禮服？
(A) 很適合這個季節。
(B) 這是她最喜歡的顏色。
(C) 跟她鞋子的款式很搭配。
(D) 這是新郎最喜歡的顏色。

解析 晚上 7 點 07 分的訊息中，Arielle 寫道：「Because the wedding is taking place during the summer, we should wear a bright color.」，表示婚禮在夏天舉行，適合穿著鮮豔的顏色，因此答案為 (A)。

3. 推論題★★
關於發訊息的人，提到了什麼事？
(A) 她們都在同一家公司工作。
(B) 梅麗莎已經結婚了。
(C) 瑪德琳會穿不同顏色的禮服。
(D) 瑪德琳的婚禮可能會延到秋天。

解析 晚上 7 點 04 分的訊息中，Marissa 寫道：「I think we should not wear the color white because, as the bride, you should be the only person wearing white.」，表示新娘穿白紗，其他伴娘應該避開穿著跟新娘相同顏色的禮服；而後針對白色以外的衣服進行討論，決定穿著橘色禮服，因此答案為 (C)。

新 **4. 掌握意圖★★**
晚上 7:19 時，瑪德琳說：「那我們就沒問題啦」，最有可能是什麼意思？
(A) 她會改去問新郎的意見。
(B) 伴娘要晚點再討論這個問題。
(C) 禮服顏色的問題仍懸而未決。
(D) 最後終於作出了決定。

解析 指定句為「We're good.」的意思等同於「That's enough.」，在此表示決定好的意思，因此答案為 (D)。

5-8 線上聊天

哈維・費爾南德斯 上午 11:34	我有件事要通知那些明天要參加會議的人。5 據報導，林蔭路正因道路施工而封閉。從東市那邊過來的人都必須走替代道路。
汪達・坎貝爾 上午 11:40	沒錯！6 我上個星期去洛克塞爾大廈，不知道林蔭路有道路工程，結果塞車塞了很久才到。但是，如果走替代道路，可以走 7 號公路，然後從公園街的出口匝道下，這條路會通到洛克塞爾大廈的西側。
多莉・萊諾克斯 上午 11:44	7 或者，沿著林邊街向西走到海尼路，洛克塞爾大廈就在那條路上。
麥克・歐提斯 上午 11:51	也可以搭乘大眾運輸工具。每個車站都會有專人引導你去搭繞行林蔭路的接駁巴士，這或許是最便利的路線了。

麥克・歐提斯 上午 11:51	也可以搭乘大眾運輸工具。每個車站都會有專人引導你去搭繞行林蔭路的接駁巴士，這或許是最便利的路線了。
哈維・費爾南德斯 上午 11:53	8 不一定哦。是很方便，可是很花時間。我比較喜歡走多莉的路線，因為林邊街的車流量比較少。
汪達・坎貝爾 上午 11:57	好吧，我明天去開會就走那條路線。

字彙 notify 通知　block off 封閉；關閉
road construction 道路施工；道路工程
alternative route 替代道路
struggle 使勁移動；艱難地移動
public transit 大眾運輸；公共交通系統
usher 引路員
direct A to B 指引 A 去 B 的方向；告訴 A 去 B 的路
time consuming 耗費時間的
prefer V-ing 更喜歡；寧可

5. 掌握相關細節 ★★
林蔭路為什麼無法通行？
(A) 交通嚴重堵塞。
(B) 有施工工程。
(C) 該地區的大眾運輸系統停擺。
(D) 駕駛人偏好走替代道路。

解析 上午 11 點 34 分的訊息中，Harvey 寫道：「It's been announced that Avenue Road is being blocked off for road construction.」，由此話可以確認因為道路施工 Avenue 大道被封閉，因此答案為 (B)。

6. 是非題★★
關於坎貝爾女士，文中提到了什麼？
(A) 她之前不知道林蔭路道路封閉。
(B) 她沒有要參加會議。
(C) 她住在城市的東邊。
(D) 她的方向感很差。

解析 上午 11 點 40 分的訊息中，Wanda 寫道：「I travelled to Roxell Building last week without knowing about the construction on Avenue Road and I struggled a lot.」，表示自己上週不知道施工一事，吃了不少苦頭，因此答案為 (A)。

7. 掌握相關細節★
會議在哪裡舉行？
(A) 林蔭路
(B) 公園街
(C) 海尼路
(D) 林邊街

解析 整篇對話主要在討論如何抵達開會地點 Roxell 大樓，而上午 11 點 44 分的訊息中，Dolly 寫道：「Or, you go on Woodside Street and go west to Hiney Road where Roxell Building is.」，由此話可以得知 Roxell 大樓位在 Hiney Road 上，因此答案為 (C)。

新 **8. 掌握意圖★★**
上午 11:53 時，費爾南德斯先生說：「不一定哦」，最有可能是什麼意思？
(A) 他同意歐提斯先生的話。
(B) 他想要走坎貝爾先生建議的路線。
(C) 他希望大家都出席會議。
(D) 他認為搭巴士要花更久的時間。

解析 指定句「Not necessarily」的意思為「不一定是那樣」或「沒有必要那麼做」。上午 11 點 51 分的訊息中，Michael 建議搭乘大眾運輸工具是最便利的方式，指定句為對此建議的答覆，接著還說道：「It's convenient, but time consuming.」，表示雖然大眾運輸工具很方便，但太過耗時，意思等同於 (D) 的敘述。

06 廣告（Advertisement） P. 300

STEP 2 | 一起來解題！

1-3 廣告

1 全球倉儲箱櫃公司（簡稱 GSC）
本公司即將在費城設置營業據點！

- 您是否希望擴大經營自儲倉的業務，原地設置更多的儲物櫃？
- 您是否有多餘的土地可為您的個人小型倉儲公司創造 3 收入來源？
- 您是否希望在現有的自儲業務添加移動式的儲物櫃？

自儲業每年的稅前收入逾 250 億美元。這行業在過去 30 年幾來，一直是商辦用房地產業成長最快速的區塊，華爾街分析師也向來認為自儲業具有「抗經濟衰退」的能力。

1, 2 全球倉儲箱櫃公司（簡稱 GSC）是倉儲箱櫃的領導品牌，其儲物櫃可折疊、可移動，且能快速組裝。本公司將參加在 4 月 22 日至 24 日於賓夕法尼亞州費城舉辦的倉儲協會會議。我們很樂意與您見面討論本公司產品，並回答您的任何疑問。本公司位於 402、403 號展位。我們很歡迎有此機會向您展示為何 GSC 是您自儲與移動式倉儲最佳合作業者的原因。

在此期間，若您有任何問題，歡迎您直接與我聯繫。

負責人 萊恩．鮑爾
全球倉儲箱櫃公司
公司電話：(885)263-8877
手機號碼：(885)210-8555

STEP 3 | 實戰測驗！

1 (C) 2 (C) 3 (A) 4 (C) 5 (B)

1-3 廣告

卡琳時裝公司

本公司誠徵以下人才：

<u>店長（中午 12:00 至晚上 8:00）</u>
2(A),(B) 須有學士學位以上學歷及四年的零售業經驗。2(D) 須具備良好的溝通能力、解決問題能力與庫存管理技能。

<u>零售客戶專員，所有的班制</u>
須有高中學歷，至少一年的銷售經驗（零售業更佳），並具備良好的人際關係與客戶服務技能。

1 <u>倉儲庫存部助理（晚上 8:00 至凌晨 4:00）</u>
須通過犯罪背景調查，並有處理庫存的經驗。

<u>會計人員</u>
須有會計、金融或商業管理的學士學位。須曾在中小型企業擔任會計人員或簿記員至少三年的經驗。

請將您的求職信與履歷寄至：

卡琳時裝公司
3 收件人：伊芙琳．羅傑斯
99395 南卡羅來納州格林維爾市
謝里丹街 9939 號

字彙 hire 聘僱；僱用 bachelor's degree 學士學位
retail experience 零售經驗
demonstrate 顯示；展示
strong communication 溝通能力強
problem solving 解決問題的能力
inventory management 庫存管理
shift 輪班 high school diploma 高中文憑
sales' experience 業務經驗；銷售經驗
preferably 較好；更可取地 (=if possible)
interpersonal and customer service skills 人際關係與客戶服務技巧
criminal background check 犯罪背景調查
inventory 庫存 accounting 會計
finance 金融
business management 商業管理
a minimum of 至少；最少
accountant 會計人員 bookkeeper 記帳員
small to medium sized business 中小型企業
cover letter 求職函 résumé 履歷；簡歷

1. 掌握相關細節★
下列何種職務需上夜班？
(A) 晚班店長
(B) 零售客服專員
(C) 倉儲庫存部助理
(D) 會計人員

解析 本題的關鍵字為夜班（night shift），其中 Inventory Assistant 的工作時間（8:00 P.M. to 4:00 A.M.）屬於夜班時間，因此答案為 (C)。

2. 掌握相關細節★
下列何者不是店長一職所須具備的條件？
(A) 相關工作經驗
(B) 大學學歷
(C) 上午有空
(D) 良好的人際交往技巧

解析 將 store manager 的內容和選項比對後，便能選出答案。(A) 和 (B) 出現在「Must have at least a bachelor's degree and 4 years' retail experience.」當中；(D) 出現在「Must be able to demonstrate strong communication, problem-solving, and inventory-management skills.」當中，文中找不到和 (C) 有關的內容。

3. 推論題★
伊芙琳．羅傑斯最有可能是什麼人？
(A) 招聘經理
(B) 現任倉庫助理
(C) 未來的員工
(D) 不滿的員工

解析 人名 Evelyn Rogers 出現在文章最後「Please send a cover letter and résumé to:」的後方，由此內容可以推測出此人應為負責應徵的人，因此答案為 (A)。

4-5 廣告

Blade-O-Matic 食物處理機
99.99 美元

內含以下配件：
– 刀片組，包括：萬用刀片、4(A) 麵團鉤、切片刀盤、切絲刀盤
– 4(B) 5 英尺長的電源線
– 4(D) 2 個保鮮盒

產品介紹
切片、切絲、切碎，隨便切都可切出完美的烹飪效果。家人最愛吃燉煮蔬菜？沒問題，本機可簡化做這道菜的步驟。Blade-O-Matic 食物處理機，家家戶戶都用得到，可以用來切水果、切蔬菜、揉麵團，亦可在其八杯容量的調理碗內將所有可食用的食材切碎。5 此調理碗除了耐熱抗寒之外，還不易碎裂，可放進洗碗機洗滌。

字彙 food processor 食物處理機
all-purpose blade 多用途刀片；萬用刀片
dough hook 麵團鉤　slicing disk 切片盤
shredding insert 切絲盤
electrical cord 電源線
storage container 保鮮盒
slice 切片　shred 切絲
chop your way 隨心所欲地切碎
culinary perfection 完美烹飪
simplify the steps 簡化步驟
vegetable stew 蔬菜燉煮
belongs in every home 家家戶戶都有用
knead bread dough 揉麵團
edible 可食用的
heat and cold resistant 耐熱及耐寒
A as well as B 不僅 A 而且 B；除了 A 之外還 B
dishwasher safe 可用於洗碗機
shatterproof 防碎的

4. 掌握相關細節★★
下列何者不是 Blade-O-Matic 的一部分？
(A) 用來製作烘焙食品的廚房器具
(B) 電源線
(C) 冰鎮食品的便攜式冷藏箱
(D) 兩個保鮮盒

解析 What is included 當中提到 dough hook（麵團鉤）、5-foot electrical cord、2 storage containers，分別對應至 (A)、(B)、(D)，但是當中並未提到 (C)，故為正確答案。

5. 是非題★★
下列關於調理碗的敘述，何者正確？
(A) 最多能存放六杯的容量。
(B) 冷凍無虞。
(C) 容易融化。
(D) 只能手洗。

解析 文章最後寫道：「its 8-cup work bowl that is heat and cold resistant.」，當中提到 cold resistant，因此可以推測出答案為 (B)。

07 資訊（Information）

P. 305

STEP 2 | 一起來解題！

1-2 資訊

1 最近，藝術家克勞德・維內特因其手工製作的碗盤，及用餐器皿等新系列產品，而備受《冬城報》的讚揚。他將於暑假的每個星期二晚上 7 點至 8 點（6 月 1 日至 8 月 29 日）在社區娛樂中心講授「陶藝概論」的課程。2 您可以報名 4 堂課、6 堂課、9 堂課或全部的 12 堂課。社區中心的會員可上網報名，網址是 www.wintertown.com/reccenter/register。其他人則可親自到中心的服務櫃檯報名（地址是美景大道 334 號）。

報名完成後，我們會提供一份推薦的教材清單。不打算報名整個課程的學員，則可報名特定主題的課程，從對陶器的基本介紹、到生命的型態、碗盤，甚至是上釉的藝術等不同的主題。

社區中心將在 9 月 9 日這天舉辦藝術展，展出的作品包括維內特及其學生在暑假期間的創作。欲知更多相關資訊，請於活動前到本中心的網站 (www.wintertown.com/ reccenter/ events) 查詢。

STEP 3 | 實戰測驗！

1 (B)　2 (A)　3 (D)　4 (B)

1-2 資訊

《工作：一場鬧劇》

日期：5 月 12 日 晚上 8 點
地點：阿爾巴尼小劇院，沃克街 18B 號
演出時間：2 小時，包括 15 分鐘的中場休息時間
領銜主演：丹尼斯．杭特、麥特．柯特、福里斯特．韋弗、安琪．比緹
1(A) 導演：特拉維斯．維克多
當地贊助商：阿爾巴尼市議會、佩雷斯清潔公司、今日搬家公司

一起為阿爾巴尼小劇場及其最新作《工作：一場鬧劇》歡呼三聲吧。這個充滿活力的兩幕短劇所展現出來的魅力和熱情，完全不輸兩年前我在外百老匯看過的那個版本。1(B) 丹尼斯．杭特飾演的傻老闆讓我一直笑個不停，笑得比看大製作版本還開心。這部劇的演員陣容顯然有某種吸引力，這在新生代演員中可是很罕見。演員服裝、表演技巧、舞台燈光皆遠超本地一般票價的水準。2 一定要去看看這部難得一見的好戲。還有，要是在劇中看到暗示自己工作場域的不正常之處，可別嚇一大跳哦！

評論人：瑪蒂納．賀伯特

字彙
farce 鬧劇　venue 地點；場地
run time 演出時間；放映時間
intermission 幕間休息時間
starring 領銜主演
directed by 由……導演
three cheers 歡呼三聲
two-act play 兩幕劇
is presented with 顯示
charm 魅力　enthusiasm 熱情
off Broadway 外百老匯
cast 演員陣容；班底　chemistry 化學作用
rarely seen 罕見的　costume 戲服
lighting 舞台燈光
be well above the level of 遠超過……的水準
catch this gem
抓住這塊瑰寶（美妙絕倫的事物）
dysfunctional 不正常的；失調的

1. 是非題★★
關於丹尼斯．杭特，評論指出何事？
(A) 他是個優秀的導演。
(B) 他的演技精湛。
(C) 他與其他演員的互動不佳。
(D) 他應該恢復正職。

解析 文章上半部導演部分寫著 Travis Victor，因此 (A) 的敘述有誤。文章中間部分寫道：「Dennis Hunt's silly boss kept me laughing even more than that of the larger production.」，Dennis Hunt 的演技帶給他很多歡笑，表示表演極為精彩，因此答案為 (B)。文中並未提及 (C) 和 (D) 的內容。

2. 掌握相關細節
評論者提出了什麼事？
(A) 讀者應該支持這個小規模的地方劇團。
(B) 讀者應該去看一看外百老匯版的《工作：一場鬧劇》。
(C) 當地劇團的節目通常更具娛樂性。
(D) 新生代演員的演技太青澀了，所以不成功。

解析 最後一句話寫道：「Be sure to go out and catch this gem.」，評論者將表演比喻為 gem（寶石），表示為一場不可錯過的表演，因此答案為 (A)。

3-4 資訊

尋職啟示

待業營建工

您需要一個熟練的工匠來幫忙處理房屋各處的修繕工作嗎？4(C) 準備要翻新室內裝潢，或打算加蓋花園露台嗎？您需要一個會傾聽您的需求，第一次就能把事情做對的營建工。事不嫌少、案不嫌大。本人的業務範圍包括修繕工作、保養維護、設計施工等。4(C) 鋪磁磚、管道工程、廚房改裝工程和全屋翻修工程都是我的強項。

4(B) 免費報價，具合格證照，施工有保固，可提供一長串的推薦名單。包君滿意。

3 出示本則廣告，即可享有各類裝飾性磁磚的優惠折扣。

請致電 柯潤璞

請撥打 (788) 555-8921 直接與我聯繫，或在 (788) 555-2341 留言。

字彙 Work Wanted 尋職啟示；人求事；求工作
builder 建築工人 available 可用的；有空的
skilled craftsman 熟練的工匠
help with . . . 幫忙做……
ready for 準備好做…… patio 露台
do things the right way 以正確的方法做事
repair work 修理工作
maintenance 維護；維修；保養
tiling 鋪磁磚 plumbing 管道工程
kitchen remodeling 廚房改建工程
renovation 翻修；整修
particular specialties 特殊專長
free quotes 免費報價
trade certified 技能檢定合格證書
workmanship guaranteed 工藝保固
referral 推薦人
no unsatisfied customers 沒有不滿意的客戶
ad 廣告 (=advertisement)
receive discounts on 享受……的優惠折扣
decorative tiles 裝飾性磁磚

3. 掌握相關細節 ★

在什麼情況下才能享有優惠價？

(A) 直接與營建工聯繫
(B) 簽下大案子的合約
(C) 簽下打零工的合約
(D) 下單時出示本則廣告

解析 最後一句話寫道：「Mention this ad to receive discounts on all decorative tiles.」，表示只要提及廣告內容，就能享有優惠，因此答案為 (D)。

4. 是非題★★

文中關於營建工的描述，下列何者正確？

(A) 他僱用了許多工匠。
(B) 他有做這行的教育培訓和經驗累積。
(C) 他擅長戶外營建工程。
(D) 他正試著要打入這一行。

解析 文中寫道：「Free quotes, trade certified. Long list of referrals available.」，由此內容可以得知他取得了營業執照，也服務過相當多的客人，因此答案為 (B)。第一段寫道：「Ready for an interior upgrade or a new garden patio?」以及「Tiling, plumbing, kitchen remodeling and total renovations are particular specialties.」，表示無論是房屋內或外的施工，都是他擅長的部分，因此 (C) 的敘述有誤。而文中並未提及 (A) 和 (D) 的內容。

08 信件（Letter） P. 310

STEP 2 | 一起來解題！

1-3 信件

亞利桑那州交通部監理所

3 月 19 日
法蘭克・威廉・哈伯德
70012 亞利桑那州圖森市峰景巷 53 號

此為您的新駕照。駕車時請務必隨身攜帶駕照。請檢查確認駕照上的資訊正確無誤。

隨信附上您的駕照，請立即檢查您的駕照。

請確認您的個人資訊皆正確無誤。若有任何問題，請撥打至亞利桑那州交通部監理所駕照客服中心，電話是 1-800-822-4224，說明需要修改的資訊為何。若是本所之疏失，我們將安排免費為您更換駕照。

3(C) 請檢查駕照背面的特別條件，確認是否適用於您的情況。

每次變更地址時，請務必致電亞利桑那州交通部監理所，電話是 1-800-822-4224，或上網至本所事務中心申辦，網址是 3(A) http://transact.mvd.govt.az 辦理。

2 每次駕車時，請隨身攜帶駕照。若於亞利桑那州警察攔查卻未能出示駕照者，將處以 $550 美元之罰鍰。屢犯不改者，則勒令出庭應訴，並處以高達 $6,000 美元之罰鍰。

3(B) 有關您行車駕照上的分級資訊，請參閱下一頁。

祝您行車平安
亞利桑那州交通部監理處

STEP 3 | 實戰測驗！

1 (C) 2 (A) 3 (D) 4 (D)

1-2 信件

辛普森女士您好：

我一直想寫信告訴您，上個星期六（2 月 13 日）我和貴店幾名員工有非常愉快的合作經驗。

那天是我女兒的生日，我們計畫去彈跳城慶生，還邀請了她的 20 個朋友來與我們同樂。生日那天早上，我就去了彈跳城，想要裝飾一下預約來開派對的餐桌，結果到了才發現那家店因自來水總水管破裂而停業。不用說，我不得不改弦更張，另謀它策。

我聯繫了女兒所有的朋友，告訴他們改到我家慶生後，就急忙跑到圓心超級購物中心。我首先去了一家麵包店訂蛋糕。2(B) 麵包師傅（她的名字叫莎拉）聽到我的窘境後，不僅現場幫我量身訂做了一個蛋糕，還讓其中一位食品專家過來幫我挑選適合 20 名 6 歲小朋友及其父母食用的各色餐點拼盤。2(C) 那位食品專家（麥特）則打電話叫經理幫我規劃剩下的派對。2(D) 克里斯幫我找來貴店裝飾場地的用品、紙盤和其他諸如此類的物品，他甚至幫我裝了派對回贈的小禮物呢。我要向莎拉、麥特和克里斯致以最誠摯的感謝，感謝他們的鼎力相助。

羅貝塔．湯瑪士 敬上

字彙 positive experience 正向的經驗
celebrate 慶祝　decorate 裝飾
reserved tables 已訂位的桌位
water-main break 自來水總水管
needless to say 不用說；當然
scramble 倉促行動
a whole different party 一個完全不同的派對
instead 作為替代　once 一……就……
dilemma 窘境；進退兩難
custom-cake 客製的蛋糕
on the spot 當場；現場
a variety of party platters
各式各樣的派對餐點拼盤
appropriate for 適合；合乎
paper plate 紙盤子
other such items 其他類似的物品
assemble 組合；裝
party favor bag 派對小伴手禮
sincere thanks 誠摯的謝意

1. 掌握相關細節★★

湯瑪士女士為何在 2 月 13 日去圓心超級購物中心？

(A) 買新家具
(B) 舉辦晚宴
(C) 購買派對用品
(D) 會見各店的工作人員

解析 第二段提到 Thomas 原先計畫到 Trampoline 市為女兒慶生，沒想到抵達後發現該店因水管破裂沒有營業，只好臨時更改計畫。接著第三段寫道：「After contacting all my daughter's friends and telling them to come to our house instead, I ran over to Bullseye SuperCenter.」，表示為了新的計畫，他去了一趟 Bullseye SuperCenter，在那邊訂了蛋糕，並在店內員工的幫助下，買了各種派對食物和用品，因此答案為 (C)。

2. 掌握相關細節★

湯瑪士女士在圓心超級購物中心沒有見到誰？

(A) 辛普森
(B) 莎拉
(C) 麥特
(D) 克里斯

解析 第三段中提到 Bullseye SuperCenter 的員工，分別對應至 (B)、(C)、(D)；而 (A) 出現在文章最上方，為收件人，並非她當時見到的人，故為正確答案。

3-4 信件

磁磚世界

10 月 2 日

親愛的岡薩雷斯女士：

3 閣下為敝公司尊貴的客戶，僅以此函通知您，「磁磚世界」是磁磚的專業供應商，我們即將有一些令人興奮的改變。從 3 月份開始，我們將擴大產品的庫存量，將木質地板和地毯也納入其中。此項異動乃是為客戶您提供更好的服務，因為我們將能夠滿足您對地板的所有需求，而不僅限於磁磚。我們相信，您將會發現敝公司的產品品質一如既往，符合您對磁磚世界習以為常的品質要求。除了此項異動外，敝公司亦將更名為「磁磚世界暨其他公司」。

敝公司的紀錄顯示，您習慣蒞臨敝公司位於麻薩諸塞州沙連市閒職巷的分店。4(A) 由於該店的營業面積不足以容納品項廣泛的新庫存，故將於 2 月 28 日結束營業，遷移至櫻桃巷 3363 號新址，並於 3 月 1 日開幕。作為尊貴的客戶，4(B) 我們欲邀請您 2 月 28 日前來參觀新址。4(C) 蒞臨參觀者將獲得特別的優惠折扣，而且當日購買各類地板者將享有免費鋪設地板的服務。

我們期待您 2 月 28 日蒞臨參觀！

羅傑湯瑪斯 敬上
磁磚世界經銷商
麻薩諸塞州沙連市

字彙 valued customer 尊貴的客戶；重要的客戶
expert tile supplier 專業磁磚供應商
expand the inventory 擴大產品的庫存量
wood flooring 木質地板
be of the quality 有品質的
accustomed 習慣的；慣常的
along with 隨著；除……之外
customarily 通常；習慣上
a wide array of 廣泛的；大範圍的
preview 預先觀看；事先查看
those in attendance 在場者
special sales and discounts 特別優惠與折扣
free installation 免費安裝

3. 掌握主旨★

這封信的目的為何？

(A) 處理客訴
(B) 要求提供最近一次採購的更多詳情
(C) 宣布世界磁磚即將結束營業
(D) 通知客戶即將發生的異動

解析 第一段第一句話寫道：「We are writing to inform you, our valued customer, about some exciting changes to Tile World, your expert tile supplier.」，表示寄這封信的目的是為了告知對方幾項有關 Tild World 的改變，因此答案為 (D)。

4. 掌握相關細節★★

2 月 28 日將不會發生何事？

(A) 閒職巷的分店將歇業。
(B) 櫻桃巷的分店將開業。
(C) 特定客戶將有優惠折扣。
(D) 岡薩雷斯女士將會收到訂購的品項。

解析 第二段中寫道：「This location is not large enough to house our new wide array of inventory, and so will be closing on the 28 of February.」與 (A) 的敘述相符；「As a valued customer, we would like to invite you to a preview of this new location on February 28.」與 (B) 的敘述相符；「Those in attendance at the preview will receive special sales and discounts as well as free installation on all flooring purchased on that day.」則與 (C) 的敘述相符。而文中並未提及 (D) 的內容，故為正確答案。

09 備忘錄／內部公文（Memo） P. 315

STEP 2 | 一起來解題！

1-3 內部通知

發文者：廠房主管 傑奇・史密斯
受文者：拉巴克工廠全體員工
主旨：保全系統
日期：4 月 16 日

[2] 5 月 11 日，廠房出入口處大門（3B 門）將安裝新的保全系統。此項措施的實施乃是為了提高工廠及其員工的安全。眾所周知，在過去的一年裡，發生了幾起有人未經許可任意進入廠區的事件。這對外來者和工廠員工來說皆無安全可言，所以我們正盡力彌補這種情況。

安裝完成後，從 3B 門的員工停車場進入廠區就要輸入密碼。[3] 此組密碼將透過公司的內部通知通告諸位同仁，並且會按月變更。請妥善保存密碼資訊。

[2] 由於 5 月 11 日一整天，3B 門將予以關閉無法通行，所以當日到工廠上班的員工都必須從正門進出。您仍須準時打卡上班，故請據此規劃好穿過大樓所需的額外步行時間。[1(B)(C)] 整個 5 月及 6 月期間，大樓周圍的大門也將歷經同樣的更動程序。

STEP 3 | 實戰測驗！

1 (C)　2 (D)　3 (C)　4 (B)　5 (C)

1-3 內部通知

[1] 受文者：所有主管
發文者：人力資源部
主旨：新進員工
日期：4 月 3 日

因應本公司擴大營運方案，我們聘僱了兩個新的團隊，每個團隊有 8 名員工。這些員工將自下週 4 月 7 日開始培訓。[3] 為此，我們希望您們每個人都能就指定的主題（見下文）做個簡報。請準備一份與您報告相關的講義。

瑪莎：遲到、休假、病假等相關規定
（星期一上午八點）

愛德華：網路和設備使用的相關規定
（星期二上午八點）
麥克：奧茲科技公司的歷史
（星期三上午十一點）
2 凱瑟琳：員工評估程序（星期三下午兩點）

若您對於指定的主題有什麼問題，請撥打 354 號分機與辛西亞．羅恩聯繫。

字彙 as (a) part of 作為……的一部分
expansion project 擴大營運的方案
training process 培訓過程
expect sb. to V 期待某人做某事
make a presentation 做簡報；報告
assigned topic 指定的主題
be related to 與……有關　regarding 關於
tardiness 遲延；遲到　sick leave 病假
employee evaluation process 員工評估程序
extension 分機

1. 觀看文章的對象★

這項備忘錄最有可能是給誰看的？
(A) 執行長的秘書
(B) 新員工
(C) 部門經理
(D) 退休的董事

解析 文章最上方寫道：「To: All supervisors」，由此可以得知本文是寫給部門主管們看的，因此答案為 (C)。

2. 掌握相關細節★

哪項主題將於下午時段討論？
(A) 招聘流程
(B) 檢視公司的規定
(C) 公司的基本資料
(D) 員工的評估程序

解析 通知日程中寫道：「Catherine: The employee evaluation process (Wednesday, 2 p.m.)」，由此內容可以得知下午兩點的發表內容，因此答案為 (D)。

3. 是非題★★

內部通知提到了什麼？
(A) 培訓新員工的流程
(B) 各部門的聯繫方式
(C) 分配給某些員工的任務
(D) 公司的搬遷規定

解析 第一段寫道：「As a part of this process, we expect each of you to make a presentation on an assigned topic (found below)」，以及第四段中提到四名員工的發表時間與主題，綜合兩者內容，可以得知答案為 (C)。

陷阱分析：本文的內容依序為聘用兩組新的人員→員工培訓開始→指定發表主題→列出發表主題與時間，因此本文的重點在於安排四名員工發表，請勿選成 (A) 作為答案。

4-5 內部通知

日期：8 月 3 日
受文者：全體銷售人員
發文者：管理部
回覆：銷售競賽成績

親愛的業務部同仁：

感謝大家上個月在舉辦七月消暑銷售競賽期間的辛勞，各位為達目標所展現出來的積極給我們留下了深刻的印象，尤為甚之的是竟有過半數同仁超標達到了所制定的業績目標！鑑於如此令人感佩的結果，大家全都是優勝者！

類別	優勝者
最高銷售量	葛拉希耶拉．馬丁內斯（321 件！）
4 最高銷售額	安德魯．科蘭克（共 320 萬美元！）
最高客戶滿意度	理查．安德森（5 顆星的完美平均值！）

5(A),(B),(D) 每位優勝者將可獲得一份裝滿精緻點心的禮品籃、有薪假一日，以及盧奇餐廳的 50 美元禮券一張。

再次感謝大家辛勤的工作，正因有了各位，公司在銷售上才交出了迄今最亮眼的成績！

管理團隊 敬上

字彙 competition 競爭；比賽
work so diligently 如此勤奮地工作
sales competition 銷售競賽
be impressed with enthusiasm towards 對……的熱情印象深刻
exceed 超過；超越
assigned goals 分配到的目標
impressive results 令人印象深刻的結果

gift basket 裝滿禮品的籃子
gourmet snacks 精緻點心
paid vacation 有薪假
gift certificate 購物禮券；禮品卡

4. 掌握相關細節★

下列何者為競賽的範疇之一？

(A) 接觸到的人數

(B) 金額最高的交易

(C) 票選為最受歡迎的同事

(D) 工作時間最長的員工

解析 文中表格 CATEGORY 欄位下列出「Highest Number of Sales, Highest Value of Sales, Highest Customer Satisfaction Rating」共三項，其中第二項與 (B) 的敘述相符。

5. 掌握相關細節★★

下列何者非優勝者所獲得的獎品？

(A) 各式點心

(B) 餐廳禮券

(C) 電子器材

(D) 延長休假

解析 表格下方提到獎品內容：「Each winner will receive a gift basket full of gourmet snacks, an extra day of paid vacation, and a $50 gift certificate to Carucci's.」，依序提到 (A)、(D)、(B) 的內容，但是並未提到 (C)。

10 雙篇閱讀（Double Passages） P. 320

STEP 2 | 一起來解題！

1-5 兩封電子郵件

收件人：快照公司
寄件人：摩根・艾倫
主旨：我的遭遇

敬啟者：

1 僅以此信告知您，我在貴公司分店有一段不太愉快的遭遇。

5(C) 我們幫兒子預約好週日下午拍照。我們提早 10 分鐘到，看到還有人在拍照，所以就坐了下來。5(D) 攝影師接待我們，說她馬上就會過來，5(B) 結果我們一直等到比預定的時間晚 1 個小時又 15 分鐘後才開始拍照。等我們終於開始拍照後，她沒有教我們擺姿勢，也沒有好好地構思怎麼拍照，在拍攝的過程中完全呈現漠不關心的態度。5(A) 在我們逐一翻看照片，挑選要洗哪幾張照片時，她卻在用手機傳簡訊。

4 由於此一負面的經驗，我認真地考慮要把每年四次的照片拍攝轉到別家照相館。若您能對以下問題提出說明，我會非常感謝您的回覆：

3 1. 補償我等待拍照的這 1 個小時又 25 分鐘的時間。

2. 確定貴公司員工會進行額外的訓練。

感謝您細心且及時的答覆。

摩根・艾倫 敬上

收件人：摩根・艾倫
寄件人：艾珀・羅伊斯
主旨：回覆「我的遭遇」

親愛的艾倫女士：

感謝您詳細分享您在快照公司的遭遇。本公司致力於確保，每位客戶都能拍到高品質的肖像照並獲得優質的服務，所以知道我們有需要改進的地方是很重要的。

本公司營業員對其不當或 2 無禮的行為舉止責無旁貸。客戶服務是本公司的首要任務，所以我們不會容忍這類的行為。

我們理解您到本館拍照所耗費的時間與精力，以及您對抵達後就能立即拍照的期待。3 為補償您等待的時間，我們將為您提供本次或下次免費的照片套組。請告知您喜歡哪一種。若您選擇免費贈送本次拍照的照片，請告訴我們您想選哪一種姿勢的照片。照片套組包括一張 8x10 的照片、兩張 5x7 的照片、八張 2x3 的皮夾照。

本公司非常感謝您的惠顧，並對此事造成您的不悅深表歉意。

艾珀・羅伊斯
快照公司 客服部
田納西州查塔努加分店

STEP 3 | 實戰測驗！

1 (B)	2 (D)	3 (A)	4 (D)	5 (B)
6 (C)	7 (B)	8 (C)	9 (A)	10 (D)
11 (B)	12 (D)	13 (C)	14 (D)	15 (B)

1-5 文章和電子郵件

心理健康小秘訣：團隊合作

1 很少有那種只靠自己一個人單打獨鬥的職業。在大多數情況下，不管是什麼樣的職業，我們每天都會遇到某種形式的團隊合作。而為了使團隊有效率，就必須具備以下幾項因素：

- 2 合作
- 主動傾聽
- 建設性或客觀公正的回饋意見
- 平均共享想法、資源和工作量
- 重視團隊成員的利益和成就

雖然在一個團隊裡工作是個很棒的經驗，但是有時也會導致挫敗感。這裡有一些能幫助您在團隊中工作更有效率的小秘訣。

- 4 感謝每個人的貢獻
- 有明確的目標和角色
- 制定運營的規範

字彙 few 很少數的；不多的 (= not many)
profession 職業
solely 單獨地；完全地
encounter 遇到；遭遇
active listening 主動傾聽；積極地傾聽
non-judgmental
無偏見的；非批判性的；不偏不倚的
feedback 回饋意見；回饋資訊
equal sharing 共享；平等分享
workload 工作量 at times 有時；不時
lead to frustration 導致沮喪
acknowledge 承認；就……表示謝忱
norm 規範；標準

收件者：馬克・史密斯
寄件者：雪倫・詹恩
主旨：團隊團結

親愛的馬克：

我剛剛在公司的時事通訊報中讀到了這個月的心理健康小秘訣。這個月的小秘訣著重在團隊合作上，我認為這個主題來得正好，因為我最近在團隊中遇到了一些問題。首先，讓我向您說明我最近跟 C 團隊合作的經驗。就一個團隊來說，我們這隊一直做得不太好。這三個星期以來，我們每次開會都是白費工夫；大家爭吵不休、3(D) 都沒在聽別人說話，結果會議毫無進展。3(B),(C), 4 我們唯一完成的工作，就是幫一家汽水公司想出三個行銷策略，而這是我上週末在家工作時獨自完成的。我不得不放棄自己的私人時間，就為了把原本該是一個團隊該做的工作做完，這是不公平的。

5 你覺得人力資源部能派人來幫我們這隊上一整天的課嗎？這樣或許我們就可以更有效率地共事了。

感謝你對此事的關注。

雪倫・詹恩 敬上
行銷團隊 C

字彙 be centered on 集中在；主要是關於
timely subject 及時的主題
pointless 無意義的 bicker 爭吵；口角
no one is heard 沒人在聽別人說話
no progress is made 毫無進展
accomplish 做到；完成
come up with 想出；提出
marketing strategies 行銷策略
It's not fair that ……是不公平的
human resources 人力資源部
consideration 關心；考慮

1. 掌握相關細節★
根據文章所述，很難找到什麼類型的工作？
(A) 高薪的工作
(B) 完全獨立作業的工作
(C) 有提供休假的工作
(D) 領導的工作

解析 第一篇文章寫道：「There are few professions where one works solely on his or her own. Most often, some form of teamwork is encountered each day in any given profession.」，表示能夠獨自完成的工作並不多，與 (B) 的敘述相符。

2. 掌握相關細節★
下列何者是團隊成功的因素之一？
(A) 只有一名發言人
(B) 批評和誠實
(C) 金錢上的獎勵
(D) 良好的合作關係

解析 第一篇文章的第一段提到提升團隊效率的五大要素；第二段則提到個人於團隊中提升效率的秘訣。其中 Cooperation 與 (D) 的敘述相符。文中並未提及 (B) 和 (C) 的內容。

3. 掌握相關細節★

下列何者並非雪倫對她團隊的不滿？

(A) 她奉命完成了一件案子。

(B) 她獨自完成了一件案子。

(C) 她必須加班工作。

(D) 她的意見沒有引起任何的關注。

解析 第二篇文章的第二段寫道：「The only work that has been accomplished . . . I completed myself when I worked from home last weekend. It's not fair that I had to give up my personal time to complete all the work we were to finish as a team.」可以對應至 (B) 和 (C)；「no one is heard」則能對應至 (D)。而文中並未提及 (A) 的內容，故為正確答案。

4. 推論題★★★

文章中的哪些建議能讓 C 團隊受益？

(A) 在非上班時間共度時光。

(B) 有明確的目標和角色。

(C) 制定運營的規範。

(D) 感謝每個人的貢獻。

解析 本題必須整合兩篇文章的內容。第一篇文章中並未提到 (A) 的內容，而第二篇文章的第二段寫道：「I completed myself when I worked from home last weekend. It's not fair that I had to give up my personal time to complete all the work we were to finish as a team.」，Sandra 表達自己的不滿，她認為只有她犧牲個人時間完成整個團隊的工作，非常不公平。因此要解決此問題，答案為 (D)。

5. 要求或建議★★

雪倫想要採取什麼行動？

(A) 斥責她的團隊

(B) 訓練她的團隊

(C) 補償她多做的工作

(D) 因她的積極而升遷

解析 要求或建議事項，通常會出現在後半段文章中。文章最後寫道：「Do you think someone in Human Resources could do a full-day workshop with our team so that we might be able to work more effectively together?」，表示希望能向人事部要求為她們部門開設一天的教育課程，與 (B) 的敘述相符。

6-10 網頁和內部通知

https://www.floridavacay.com/rentinfo173

7(D) 海邊度假別墅出租

位於佛羅里達州麥爾茲堡的濱海地產
塞浦路斯巷 3363 號

8 現在就為您下回遠行度假預約新的度假別墅吧！ 7(A) 這間擁有六間臥室、七間浴室的海邊度假別墅，是您下回家庭聚會或團體旅遊的完美選擇。7(C) 不僅有設備精良的廚房、6 露台上還有個可以俯瞰大海的熱水浴池，再加上大量的運動器材（獨木舟、衝浪板、救生漂浮用具），保證讓您有個難忘的度假之旅。9 現在就上網體驗虛擬導覽，或是親自與麥爾茲堡度假租賃公司聯絡安排看屋，電話是 336-553-5554。

字彙 getaway 短期休假
family reunion 家庭聚會
group vacation 團體旅遊
equipped with 配備了
deck 露天平台
overlook the ocean 俯瞰大海
boogie board 衝浪板
flotation device 救生漂浮用具
memorable 難忘的　virtual tour 線上導覽
in person 親自

電話留言單

留言對象：艾瓦・馬修斯
日期：3 月 10 日
時間：上午 / 下午 2:20
來電者：莎拉・斯坦菲爾德
電話：544-554-7878（手機）

8 莎拉看到塞浦路斯巷的房屋出租廣告。
10 她住在別州，所以沒辦法親自過來看屋，但是她有一個住在當地的朋友想要代為看屋。請打電話給莎拉討論後續事宜。

9 紀錄留言者：山姆・史密斯

字彙 live locally 住在當地
discuss details 討論細節

6. 是非題★★
關於該物業，提到什麼事？
(A) 最近才翻修過。
(B) 限量供應。
(C) 地處近水。
(D) 待售。

解析 第一篇文章的第三句寫道：「hot tub on the deck overlooking the ocean.」，與 (C) 的敘述相符，故為正確答案。

陷阱分析：第二篇文章的第一句寫道：「Sarah saw the advertisement for the rental property on Cyprus Lane.」，表示為租屋，請勿誤會成售屋，而選成 (D) 作為答案。

7. 推論題★★
關於該物業，沒有提到什麼事？
(A) 相當大。
(B) 是一棟三層樓的建築。
(C) 附帶許多便利設施。
(D) 可供出租。

解析 本題與第一篇文章有關。(A) 對應至「This 6-bedroom, 7 bath beach house is perfect for your next family reunion or simply a group vacation.」的內容；(C) 對應至「Equipped with a state-of-the-art kitchen, a hot tub on the deck overlooking the ocean, and plenty of sports equipment (kayaks, boogie boards, flotation devices) to ensure your trip is a memorable one.」的內容；由標題 Beach Home for Rent 可以推測出 (D)。(B) 無法從文中得知是否正確，故為正確答案。

8. 是非題★★
關於斯坦菲爾德女士，文中提到何事？
(A) 她有四個小孩。
(B) 她令她的朋友吃驚。
(C) 她打算要去度假。
(D) 她是房地產仲介。

解析 本題需要整合兩篇文章的內容，才能選出答案。Stanfield 出現在第二篇文章中，為打電話留下留言的人。留言的重點為她看到租屋廣告，想要請朋友幫忙看屋。回頭看第一篇文章的廣告，當中寫道：「Book your next getaway at your new home away from home! This 6-bedroom, 7-bath beach house is perfect for your next family reunion or simply a group vacation.」，表示租給家庭聚會或團體旅遊者，因此可以推測出 Stanfield 正在計劃假期，因此答案為 (C)。

9. 推論題★★
山姆．史密斯最有可能是什麼人？
(A) 他在麥爾茲堡的濱海地產任職。
(B) 他住在麥爾茲堡以外的地區。
(C) 他已預訂好要在塞浦路斯巷 3363 號度假。
(D) 他是塞浦路斯巷 3363 號的屋主。

解析 本題同樣需要整合兩篇文章的內容，才能選出答案。人名 Sam Smith 出現在第二篇文章最後：「Message taken by: Sam Smith」，表示他為寫下留言的人。回頭看第一篇文章最後寫道：「Ft. Meyers Rentals」，可以推測出他是這裡的員工，因此答案為 (A)。(C) 和 (D) 當中的 3363 Cyprus Lane 為 Beach Home 的地址。

10. 要求或建議
斯坦菲爾德女士有什麼要求？
(A) 她想要拿到租屋折扣。
(B) 她想要預訂六月的出租房屋。
(C) 她想要一處房產的照片。
(D) 她想讓一位朋友看屋。

解析 本題詢問的是第二篇文章中的要求事項。第二句話寫道：「She lives out of state so cannot take a tour herself, but has a friend who lives locally who wants to take a tour for her.」，表示自己住很遠，所以希望能改由住在當地的朋友看屋，因此答案為 (D)。

11-15 收據和問卷調查

尼爾森兄弟汽修廠
55746 德克薩斯州達拉斯市
45 號公路 8840 號
884-5887

11(C) 我們出售合格的二手車！
11(D) 我們代客訂製新車！
11(A) 我們提供全方位的汽車維修保養服務！

客戶資料	**汽車資料**
姓名：查爾斯．派克	廠牌：獵豹
電話：885-6687	車款：250iii
地址：55744 德克薩斯州達拉斯市威姆斯巷 668 號	牌照：TLR-334

品項	費用	技師備註：
後保險桿	$310.00	15 烤漆的費用包括油漆顏色配對的訂製費，因為本店該色無庫存。
烤漆	$650.00	
工資（4 小時）	$300.00	
小計	$1,260.00	
稅金	$89.00	
總計	$1,349.00	
保險支付額	$849.00	
12 尚欠餘額	$500.00	

字彙 license plate 牌照　balance due 尚欠餘額
customization fee 定製費
exact color 確切的顏色
stock 庫存品；存貨

感謝您選擇在尼爾森兄弟汽車維修保養服務廠，進行全方位的汽車維修保養服務！請告訴我們您與本公司維修保養專家接洽的經驗。

13 您從何處得知尼爾森兄弟汽修廠？

☐電視廣告

☐廣告看板

☐朋友或家人：________

☑ 13 平面廣告（雜誌、報紙等）：《汽玩專賣店月刊》

您滿意……

施工品質？	☑是	☐否
物有所值？	☐是	☑否
休息室的清潔度？	☑是	☐否

本公司技師是否……

禮遇您？	☑是	☐否
說明應維修之處？	☐是	☑否
提供的免費檢查？	☑是	☐否

如您對本次服務有任何其他的批評與指教，請不吝告知，我們將不勝感激：

非常感謝你們為客戶準備了一個溫馨、乾淨的等候區。我很喜歡優質的咖啡和點心，我兒子則很喜歡有玩具和動畫片的兒童區。14 我認為唯一需要改進的是貴公司對維修技師的訓練，這樣他們才能更清楚地說明所有應維修之處，以及為什麼……。基本上，我就只看到了款項單，然後就被要求在上頭簽名。15 我也覺得因貴公司庫存不足就要求我必須為此買單的行為很荒唐。

字彙 repair expert 維修專家
additional comment 補充說明；附加說明
appreciate 感謝；感激
waiting area 等候區　gourmet 優質的
complete with 備有；包括
animated movie 動畫電影；卡通片
invoice 款項單；發貨單　silly 荒唐的；愚蠢的
pay extra 多付錢；付額外費用
inability to V 沒有……的能力；無法（做）……

11. 掌握相關細節★★

尼爾森兄弟汽修廠不提供什麼？

(A) 汽車維修保養服務
(B) 安全駕駛課程
(C) 經過認可的車輛
(D) 個別訂製的汽車

解析 第一篇文章上方寫道：「(1) WE SELL CERTIFIED USED CARS! (2) WE CUSTOM-ORDER NEW CARS! (3) WE PROVIDE FULL-SERVICE AUTO REPAIR!」，(A) 對應至 (3)；(C) 對應至 (1)；(D) 對應至 (2)，當中並未提及 (B) 的內容，故為正確答案。

12. 掌握相關細節★★

派克先生付了多少錢的維修費？

(A) 310 元
(B) 89 元
(C) 849 元
(D) 500 元

解析 第一篇文章下方寫出金額，總額（Total）扣除掉保險支付的金額（Amount paid by insurance）為 Pike 先生實際支付的金額（Balance due），因此答案為 (D)。

13. 掌握相關細節★

派克先生是怎麼知道尼爾森汽修廠的？

(A) 他姐姐的車曾在那裡維修過。
(B) 他的車是在經銷店買的。
(C) 他是在一本汽車雜誌上看到的。
(D) 他是看電視時知道的。

解析 第二篇文章上方寫道：「How did you hear about Nelson Brothers?」，下方勾選的選項為「Print Ad (magazine, newspaper, etc.): CarToyShoppeMonthly」，因此與 (C) 的內容相符。

14. 掌握相關細節★★

根據派克先生在問卷調查裡填寫的意見內容，有什麼要改進的？

(A) 等候室裡小孩可玩的玩具
(B) 維修款項單上的詳細資料
(C) 維修所需的時間
(D) 員工與顧客互動的方式

解析 第二篇最下方內文中寫道：「The only thing I really think should be improved upon is training your technicians to better explain all the work that should be done and why . . . I was basically presented the invoice and asked to sign it. I also think it's silly I had to pay extra due to your inability to have a fully stocked supply.」，指出需要改善的地方為（1）加強技術人員的訓練，學習如何向客人充分解說；（2）由於公司的存貨不足，導致他必須支付額外的費用。選項中 (D) 的敘述符合前者，故為正確答案。

15. 掌握相關細節★★★

派克先生的意見調查提到了款項單上的哪個項目？

(A) 工資費用
(B) 他支付的油漆價格
(C) 零件的運費
(D) 他的聯繫方式

解析 本題需要整合兩篇文章的內容，才能選出答案。首先，第二篇文章最後一句寫道：「I also think it's silly I had to pay extra due to your inability to have a fully stocked supply.」，表示由於存貨不足，導致他必須自己負擔額外的費用。而第一篇文章右下方的 Technician's note 欄寫道：「Paint costs include a customization fee for paint color match, as we did not have the exact color in our stocks.」，因此答案為 (B)。

新 11 多篇閱讀（Triple Passages） P. 331

STEP 2 | 一起來解題！

1-5 時間表、內部通知和電子郵件

醫療團隊討論會議

四月份議程

1:00	歡迎致詞與上次會議的後續事項——麗莎．埃文斯
1:10	[2] 特殊病例個案報告——內科醫師琳達．佛斯特
1:30-2:10	醫療團隊報告
1:30	[1(A)] 癌症患者的疼痛緩解——理查．桑莫斯
1:40	[1(C)] 喪親輔導——凱羅爾．范．沃里斯
1:50	[1(D),5] 預防老人受虐——傑夫．沃克
2:00	安寧照護條例——艾娃．金
2:10	生活品質——多莉絲．甘迺迪
2:20	分組討論與總結——麗莎．埃文斯
[4] 2:30	會議結束

受文者：安寧照護小組
發文者：護理師 伊萊莎．萊特

我想要提醒大家參加週三在 3C 會議室舉行的醫療團隊討論會議。這是醫療團隊全體成員均須強制參加的會議，包括醫師、護士、實習生以及所有的安寧照護工作者。[3] 此外，我們很高興能邀請老年醫學專家韋恩．迪克森醫師蒞臨本院擔任客座觀察員。我們希望稍後能得到他的回覆，如果他決定要加入我們小組的話。

請先想好，自上個月開完會後，有沒有碰到什麼想要討論的問題。我們只會簡單地安排一下前往居家照護訪視的時間，其他關於行程安排的問題都會在正常上班時間處理。[4] 最後，那天是艾娃的生日，所以如果大家可以多待一會兒，會後就可以一起在護理站吃蛋糕。

寄件者：Lisa73@arielhospital.com
收件者：Wright@arielhospital.com
主旨：一個請求

嗨，萊特女士：

我想我這次沒辦法參加醫療團隊會議和例會，因為我休假了。對了，我看了議程表，發現有個我非常感興趣的主題。5 由於我在老年病房部工作，所以我對老人受虐的議題特別感興趣。此外，我們這組會宣布喪親輔導的部分。等我銷假回來後，能麻煩妳將那天的簡報資料用電子郵件寄給我嗎？
謝謝妳。

老年病房部
麗莎·愛克妲

STEP 3 | 實戰測驗！

1 (B)	2 (C)	3 (C)	4 (C)	5 (D)
6 (A)	7 (B)	8 (C)	9 (B)	10 (B)
11 (D)	12 (C)	13 (A)	14 (D)	15 (D)

1-5 兩封電子郵件和表格

寄件者：蜜莉恩·蔡司
收件者：提姆·戈爾德
主旨：您的書
日期：7 月 17 日

親愛的提姆·戈爾德：

我饒有興趣地拜讀了您的《如何好眠》一書。4 您找到了一個很吸引人的主題，我想我可以說服出版社出版這本書。您這本書有充分的研究，敘事口吻生動活潑，還包括了優良的案例研究。1, 2 不過，在與您簽約之前，我想請您修改一下。為了與您這本書的書名一致，請考慮為讀者添加具體的練習，您的書裡是有一些，但我認為還可以做得更好。我很喜歡床的類型那章，1 但是我覺得要有一頁以上的篇幅來說明如何挑選床墊。在這裡放些插圖可能會很有幫助。最後，這類主題的書不能超過六萬字，1 所以得麻煩您刪減約 15% 的內容。我希望在您考慮了這點後能收到您的回信。

蜜莉恩·蔡司 敬上

字彙 hit on 想出；找到
fascinating topic 有吸引力的主題
publisher 出版商；出版社
be well researched 深入的研究
in a lively manner 以生動活潑的方式
case study 個案研究
undertake revisions 進行修改
in keeping with 與……一致；符合；按照
specific exercises 特定的練習
illustration 插圖
trim 削減

寄件者：提姆·戈爾德
收件者：蜜莉恩·蔡司
主旨：謝謝您。
日期：7 月 18 日

親愛的蜜莉恩：

謝謝您的 3 鼓勵！我一定會照您的要求行事。1 我其實已經想好了要怎麼添加更多個人故事，也想好了要多放一些我覺得好幾個章節都用得上的照片。我也很喜歡提供練習的這個主意。可是，如果我按照這個模式擴展本書，我不知道要怎樣才能同時減少頁數。也許等我交了修改稿後，您可以給我更多的建議。我期待與您共事，並希望在年底前簽約。

提姆 敬上

出版公司	母公司或負責人	主要類型	創立於
比爾森	比爾森（集團）	商業雜誌	1964 年
泰德·羅森博格	泰德·羅森博格（集團）	大學教科書	1986 年
威爾森·羅哈	威爾森有限公司	長篇小說／小說	1975 年
楊·奧比森	楊·奧比森	旅遊／觀光	1983 年
5 大眾出版社	卡爾·賴希曼	健康／醫學書籍	1967 年

字彙 encouragement 鼓勵
submit 提交；呈遞　revision 修改；修訂
sign a contract 簽署合約

1. 掌握相關細節★★
下列何者是蜜莉恩沒有建議、而提姆・戈爾德卻打算修改的？
(A) 他會添加照片。
(B) 他會含括更多則軼事。
(C) 他將挑選一個新書名。
(D) 他將添加引文。

解析 本題需要整合第一篇和第二篇文章的內容，才能選出答案。第一篇文章中寫道 Miriam Chase 的建議，包含具體實行方法（specific exercises）、挑選床墊的方法（how to choose a mattress）、插圖（illustrations）、減少 15% 的原稿字數（trim about 15%）。第二篇文章中，Tim 回覆：「In fact, I already have some ideas about how to add more personal stories, . . .」，提到打算加入個人的故事，這項並不是 Miriam 所提出的建議內容，因此答案為 (B)。

2. 推論題★★
蜜莉恩・蔡司想看到《如何好眠》一書有什麼樣的改進？
(A) 科學假設
(B) 寫作風格與文法
(C) 實用性
(D) 可能的醫療應用

解析 第一篇文章中，Miriam Chase 說道：「In keeping with your title, please consider adding specific exercises for readers」以及「you need more than one page on how to choose a mattress.」，建議加入具體實行方法和挑選床墊的方法，提升書籍的實用度，因此答案為 (C)。

3. 掌握相關細節★★
在第二封電子郵件中，第一句的「encouragement」與下列哪個字的意思最接近？
(A) 加薪
(B) 補償
(C) 鼓勵
(D) 喜悅

解析 encouragement 的意思為 giving someone confidence to do something，選項中 (C) 的意思最為接近。

4. 推論題★
蜜莉恩・蔡司最有可能是什麼人？
(A) 業務推銷員
(B) 書評家
(C) 作家代理人
(D) 律師

解析 第一篇文章中寫道：「You have hit on a fascinating topic, and I think I can sell this to a publisher.」，提到 Tim Gold 撰寫的書籍主題很棒，表示有意賣給出版社，由此內容可以推測出答案為 (C)。

陷阱分析： 第一篇文章中寫道：「I think I can sell this to a publisher.」，表示她有意說服出版社出版該書，不代表 Miriam Chase 為負責銷售的業務人員，請特別留意不要選成 (A)。

5. 推論題★★
蔡司女士最有可能聯絡哪家出版公司？
(A) 比爾森
(B) 泰德・羅森博格
(C) 楊・奧比森
(D) 大眾出版社

解析 本題需要整合第一篇和第三篇文章的內容，才能選出答案。第一篇文文章中提到書名為 How to Sleep Well，再確認第三篇文章中 Main Type 欄位，本書應屬於「健康／醫學書籍」類別，因此答案為 (D)。

6-10 內部通知、電子郵件和清單

致：野木研究團隊

在幫助貴研究團隊減輕職場的工作壓力前，我們需要團隊的全體人員回答一些問題。請大家撥冗以一句話回答下列各問題，並以電子郵件回覆：

A. 您每天下班時的主要感受為何？
9 B. 您會如何描述您與野木研究院其他工作人員間的互動？
C. 您的工作中，何者最具挑戰性？
D. 您的工作中，何者最令人滿意？
E. 您會如何描述您去年的健康狀況？

8 我們會在 3 月 30 日前將收到的回覆全部彙整完畢，然後運用這些資訊來設計一場研討會，而這場研討會將於 5 月的第一週在貴公司舉行。您在此過程中每個階段的參與，對於整個團隊來說都是成功的關鍵。

謝謝！
全生命協會 主任
瑪爾科姆．韋斯特

字彙 reduce the amount of stress 減輕壓力
workplace 職場；工作場所
at one's earliest convenience
在其方便時；儘早
predominant feeling 主要的感受
characterize 描述；描繪
interactions with
與……的互動；與……相互交流
challenging aspect 挑戰性方面
satisfying aspect 滿意度方面
compile 彙編　outcome 結果

收件者：瑪爾科姆．韋斯特
寄件者：喬伊斯．高
8 4 月 13 日

以下是我的答案：

A. 我在上完一天班離開公司時一向覺得很開心。
10 B. 我工作中最具挑戰性的部分就是與其他工作人員共事，尤其是科學家們。
7 C. 我工作中最令人滿意的部分就是知道我們的科學研究能讓孩子們更健康。
D. 這個冬天和春天我病了好次。首先，我得了流感。然後，我以為我逐漸好轉，卻又舊病復發了。等我終於恢復健康後，卻又在滑雪時摔斷腿，結果做完手術之後我有兩個星期完全沒辦法上班。我這才剛回來上班沒幾天。

字彙 scientific study 科學研究
have the flu 得了流感
get better 康復；好轉
relapse 復發　surgery 手術

四種常見的職場壓力來源及解決辦法

1. 時間壓力——確保你給自己設定的截止日期切合實際情況。設定截止日期是很重要的，因為我們需要確定什麼時候得該把事情做好。

10 2. 與同事或夥伴的關係——要建立良好、健康的工作關係有幾項特點：信任、相互尊重、歡迎多元化以及開放的溝通管道。

3. 對突發事件的擔憂——以最佳方案為目標，並為較不理想的結果做好打算。與您的團隊討論要怎麼達到正向的目標，以及如何應付災難。

4. 缺乏控制——要經常與團隊公開協商，向他們尋求解決方案。您團隊的成員往往就是解決問題的最佳人選。

字彙 set the deadlines 設定截止日期
certainty 確定性；必然的事
as to 至於；關於
several characteristics 若干特點
mutual respect 相互尊重
diversity 多元化；多樣性
keep . . . in mind 記住（某事）
less-ideal 較不理想的；不太理想的
consult with 和……商量

6. 掌握主旨★

喬伊斯．高寄這封電子郵件的主要目的為何？
(A) 回覆問卷調查
(B) 提供職務說明
(C) 提出投訴
(D) 報告事件

解析 本題詢問的是第二篇文章的主旨。郵件內文上方寫道：「Here are my answers」，從正下方的句子，可以得知為針對第一篇調查的答覆，因此答案為 (A)。

7. 掌握相關細節★

野木研究院從事什麼樣的工作？
(A) 教育年輕人
(B) 進行醫學研究
(C) 提供應急人員
(D) 進行醫療測試

解析 本題詢問 Wildwood Institute 工作內容。第二篇文章的第三段回答為：「The most satisfying part of my job is knowing our scientific studies lead to better health for children.」，表示最棒的部分是得知自己的研究成功改善兒童健康的時候，與 (B) 的敘述有關。

8. 推論題★★

我們可以從喬伊斯·高的電子郵件中推論出什麼？

(A) 信中提供的資訊與其他團隊成員提供的相同。

(B) 在她發信前有用拼寫檢查軟體檢查過。

(C) 信寄得太晚，顧問群用不到。

(D) 這封信沒有精確反映出她的遭遇。

解析 本題需要整合第一篇和第二篇文章的內容，才能選出答案。第一篇文章最後寫道：「We will compile all the responses we receive by March 30, and use the information to design . . .」，表示在 3 月 30 日前會整理好所有回答再做使用。而第二篇文章上寫的寄件日期卻為 April 13，表示 Joyce Ko 超過期限後才寄信，由此可以推測出她的回答不會被採用，因此答案為 (C)。

9. 掌握相關細節★★

喬伊斯·高忽略了內部通知中的哪個問題？

(A) 第一個

(B) 第二個

(C) 第三個

(D) 第四個

解析 本題需要整合第一篇和第二篇文章的內容，才能選出答案。第一篇文章中列出五個問題，但第二篇文章中的回答卻只有四個，當中少了針對第一篇文章第二個問題：「B. How would you characterize your interactions with other staff at the Wildwood Institute?」的回答，第二篇文章中的 B 回答的是第一篇文章的第三個問題 C。綜合前述內容，Joyce Ko 漏答第二題，因此答案為 (B)。

10. 掌握相關細節★★

根據清單所述，下列何者職場壓力來源最符合喬伊斯·高的現狀？

(A) 時間壓力

(B) 與同事或夥伴的關係

(C) 對突發事件的擔憂

(D) 缺乏控制

解析 本題需要整合第二篇和第三篇文章的內容，才能選出答案。第二篇文章中寫道：「B. The most challenging part of my job is working with the other staff members, especially the scientists.」，表示工作中最大的挑戰是和其他同事相處，尤其是和科學家的相處最為困難。此內容屬於第三篇文章中的「2. Relations with Colleagues or Associates」，因此答案為 (B)。

11-15 手冊、信件和網頁

> **紐約藝術館展出……**
>
> 11「藝術大師」
> 米開朗基羅的思想和他的創作
>
> 11 珍藏品借自：
> 芝加哥美術中心
>
> **展覽品將包括：**
> 《大衛》、《聖母哀子》、《奴》的仿製品
> 《多尼圓形畫》
> 《聖保羅皈依圖》
> 個人誌
>
> 10 月 2 日 –11 月 15 日
>
> 12 特別感謝藝術搬運公司的員工，他們在本次無價的展覽裡，圓滿完成了每件藝術品的運送與安置的艱鉅任務。

字彙 art collection on loan 出借的藝術收藏品
exact replica 原樣同尺寸的複製品
personal journal 個人誌
transporting and installing each piece 運輸與安裝每個部件
priceless exhibit 無價的展覽

> 10 月 10 日
>
> 親愛的路易斯先生：
>
> 12 非常感謝您及貴公司專業搬運團隊所做的一切努力，讓「藝術大師展」從芝加哥移師至紐約展出儘量順利進行。我想所有的相關人員在搬遷的整個星期裡都很緊張，13(C) 但是您及貴公司工作人員的知識、素養與專業性讓我們安心不少。13(D) 我現在還是不懂，到底是怎麼在連一件展品都沒有一丁點兒損壞的情況下，13(B) 還提前一天完成搬遷與安置的工作！貴公司的表現的確是最頂尖的。15 我們下個專案將包括從埃及和希臘遠道而來的文物，不知道貴公司是否能直接承接海外的案子。

再次感謝您們的辛勞。14 隨函附上一張獎金的支票，希望貴公司能將其分配給所有相關人員。

紐約藝術館館長
珊卓・雷曼士 敬上

字彙 professional movers 專業搬家公司員工
transfer 搬遷 (= move)　exhibit 展覽
go as smoothly as possible
儘可能地順利進行
demeanor 行為舉止；態度 (= manner)
professionalism 專業性
put . . . at ease 讓（某人）放心
be baffled at 感到困惑的
in any way 無論如何；在任何情況下
(no . . .) whatsoever 絲毫不；一點……也沒有
as well as 除……之外（也）
；既……又…… (= and)
installment 安裝
ahead of schedule 比預定時間早；提前
artifact 文物　overseas items 海外物品
enclose 把……封入；隨信附上
distribute among 在……之中分發

https://artofmoving.com/about-us/

藝術搬運公司

15 藝術搬運公司是一家專門從事美國境內藝術品搬遷工作的公司。本公司既專業又經驗豐富的美術團隊將為您提供高檔的服務，其中包括（但不限於）客戶指定的包裝、搬遷、組裝及安置工作。本公司自 2005 年開始營運至今，我們經驗豐富的搬運工人將使您體驗到毫無壓力且輕鬆愉快的搬遷行動。本公司秉持著滿足客戶每個需求和要求的理念，為專業服務提供具有競爭力的小時費率。

字彙 specialize in 專注於；專營
a high-end level of service 高檔的服務
includes but not limited to 包括但不限於
customized 客製化的；（按顧客要求）定製的
packing 包裝材料；包裝方式
relocation 遷移；重新安置
assembling 組裝；裝配
installation 安裝；安置
be dedicated to 致力於；專為
competitive rates 有競爭力的費率
hourly rates 按小時收費；每小時的價格

11. 掌握相關細節★

藝術大師展通常是在哪展出？
(A) 義大利
(B) 法國
(C) 紐約
(D) 芝加哥

解析 第一篇文章上方寫道：「The Master Artist」，下方寫道：「Art collection on loan from: The Chicago Fine Arts Center.」，由此可以得知作品是向 The Chicago Fine Art Center 借來的，因此答案為 (D)。

12. 掌握相關細節 ★★

路易斯先生受僱於何人？
(A) 芝加哥美術中心
(B) 紐約藝術博物館
(C) 藝術搬運公司
(D) 藝術館長辦公室

解析 本題需要整合第一篇和第二篇文章的內容，才能選出答案。本題詢問 Lewis 受僱於何人，等同於詢問 Lewis 所屬公司的名稱。第一篇文章最後一段寫道：「Special thanks to the employees of the Art of Moving Company, who completed the difficult task of transporting . . .」，當中提到運送美術品的公司名稱為 Art of Moving Company。第二篇文章為寄給 Lewis 的信，當中的第一句寫道：「Thank you so much for all you and your team of professional movers did to make the transfer of The Master Artist exhibit . . .」，由此內容可以得知 Lewis 為運送美術品的負責人。綜合前述內容，Lewis 的公司為 Art of Moving Company，因此答案為 (C)。

13. 掌握相關細節 ★★

下列何者是雷曼士女士並未稱讚路易斯先生的？
(A) 其具有競爭力的價格
(B) 其完成工作的快捷
(C) 其員工的工作效率
(D) 貨物的狀況

解析 本題詢問第二篇文章中，寄件人 Sandra Rhymes 並未稱讚收件人 Lewis 的內容。(B) 可以對應至第一段「how the move and installment were completed a full day ahead of schedule!」的內容；(C) 可以對應至「the knowledge, demeanor, and professionalism of you and your staff.」的內容；(D) 可以對應至「how not a single item was damaged」的內容。而當中找不到有關 (A) 的敘述，故為正確答案。

14. 掌握相關細節★

雷曼士女士隨函附上了什麼？

(A) 一封推薦信
(B) 一紙未來貨運的合約
(C) 她的名片
(D) 額外支付的款項

解析 本題詢問的是信件附上的東西。第二段文章最後寫道：「I have enclosed a bonus check with this letter.」，表示附上支票當作額外的獎金，因此答案為 (D)。

15. 推論題 ★★

為什麼紐約藝術博物館可能不會讓藝術搬運公司承接下個專案？

(A) 博物館的館長不久就要換人。
(B) 下個專案比預期的晚進行。
(C) 雙方無法就貨運價格達成共識。
(D) 搬運公司不提供美國境外的服務。

解析 本題需要整合第二篇和第三篇文章的內容，才能選出答案。首先，第二篇文章的第一段最後寫道：「Our next project will include the artifacts from Egypt and Greece. I wonder if you can directly handle overseas items.」，表示下次要從埃及和希臘取得美術品，詢問對方公司是否也能處理海外運送的物品；而第三篇文章的第一句寫道：「The Art of Moving Company is a company which specializes in moving fine art within the U.S.」，由此內容可以得知 Art of Moving Company 僅限運送美國國內，因此答案為 (D)。

Actual Tests 1–3

解答 & 中譯解析

TEST 1 解答

1. (D)	**2.** (D)	**3.** (A)	**4.** (D)	**5.** (A)	**6.** (D)	**7.** (B)	**8.** (C)	**9.** (A)	**10.** (C)
11. (B)	**12.** (B)	**13.** (C)	**14.** (B)	**15.** (B)	**16.** (C)	**17.** (C)	**18.** (B)	**19.** (C)	**20.** (B)
21. (A)	**22.** (A)	**23.** (B)	**24.** (A)	**25.** (B)	**26.** (C)	**27.** (A)	**28.** (A)	**29.** (C)	**30.** (C)
31. (A)	**32.** (A)	**33.** (D)	**34.** (C)	**35.** (B)	**36.** (C)	**37.** (C)	**38.** (C)	**39.** (B)	**40.** (A)
41. (B)	**42.** (C)	**43.** (D)	**44.** (A)	**45.** (C)	**46.** (A)	**47.** (C)	**48.** (D)	**49.** (A)	**50.** (C)
51. (C)	**52.** (B)	**53.** (D)	**54.** (C)	**55.** (C)	**56.** (D)	**57.** (D)	**58.** (C)	**59.** (A)	**60.** (C)
61. (A)	**62.** (C)	**63.** (B)	**64.** (B)	**65.** (D)	**66.** (A)	**67.** (D)	**68.** (D)	**69.** (A)	**70.** (C)
71. (B)	**72.** (B)	**73.** (B)	**74.** (A)	**75.** (D)	**76.** (A)	**77.** (C)	**78.** (A)	**79.** (B)	**80.** (C)
81. (B)	**82.** (B)	**83.** (A)	**84.** (B)	**85.** (B)	**86.** (D)	**87.** (C)	**88.** (C)	**89.** (D)	**90.** (D)
91. (D)	**92.** (D)	**93.** (C)	**94.** (B)	**95.** (D)	**96.** (D)	**97.** (A)	**98.** (C)	**99.** (C)	**100.** (A)
101. (C)	**102.** (B)	**103.** (B)	**104.** (D)	**105.** (C)	**106.** (D)	**107.** (A)	**108.** (A)	**109.** (C)	**110.** (A)
111. (D)	**112.** (A)	**113.** (D)	**114.** (A)	**115.** (C)	**116.** (B)	**117.** (C)	**118.** (B)	**119.** (A)	**120.** (B)
121. (D)	**122.** (C)	**123.** (B)	**124.** (A)	**125.** (B)	**126.** (D)	**127.** (A)	**128.** (D)	**129.** (A)	**130.** (C)
131. (A)	**132.** (B)	**133.** (C)	**134.** (A)	**135.** (B)	**136.** (A)	**137.** (B)	**138.** (C)	**139.** (A)	**140.** (A)
141. (C)	**142.** (B)	**143.** (C)	**144.** (D)	**145.** (C)	**146.** (D)	**147.** (A)	**148.** (A)	**149.** (A)	**150.** (C)
151. (A)	**152.** (C)	**153.** (B)	**154.** (D)	**155.** (C)	**156.** (A)	**157.** (A)	**158.** (A)	**159.** (B)	**160.** (B)
161. (B)	**162.** (B)	**163.** (A)	**164.** (D)	**165.** (A)	**166.** (C)	**167.** (D)	**168.** (C)	**169.** (A)	**170.** (D)
171. (D)	**172.** (A)	**173.** (D)	**174.** (C)	**175.** (B)	**176.** (C)	**177.** (C)	**178.** (C)	**179.** (A)	**180.** (D)
181. (A)	**182.** (C)	**183.** (D)	**184.** (B)	**185.** (A)	**186.** (B)	**187.** (D)	**188.** (D)	**189.** (D)	**190.** (C)
191. (D)	**192.** (D)	**193.** (A)	**194.** (C)	**195.** (B)	**196.** (A)	**197.** (D)	**198.** (C)	**199.** (B)	**200.** (B)

TEST 1

PART 1 P. 344

1. 結合雙人照片＋物件照 美F ★★☆

(A) They are planting some vegetables.
(B) They are standing across each other.
(C) They are working in a supermarket.
(D) They are examining some produce.

(A) 他們正在種植一些蔬菜。
(B) 他們正面對面站著。
(C) 他們正在超市工作。
(D) 他們正在查看一些農產品。

解析 照片中出現男女兩個人和蔬菜，因此請先確認人物的動作和外表特徵，以及蔬菜的位置和狀態。由照片可以看出人物正在查看蔬菜，還可以看到各式農產品陳列在架上。(D) 描寫兩人一同查看農產品，故為正確答案。

陷阱分析：請特別留意，如果只專注聆聽動詞，又誤會照片中的兩人站著，可能會因而誤選 (B)；然而，從照片中無法確認兩人究竟是站著還是坐著，且兩人也沒有面對面。

字彙 **plant** 種植
stand across each other 面對面站著
examine 仔細檢查
produce 產品；農產品

2. 結合物件照＋戶外風景照 美M ★★☆

(A) A dump truck is driving across the bridge.
(B) There are tall buildings overlooking the river.
(C) Building materials are being unloaded from the truck.
(D) There are some heavy machines at a construction site.

(A) 一輛砂石車正駛過大橋。
(B) 有高樓大廈俯瞰這條河流。
(C) 建材正從卡車上卸下。
(D) 工地上有一些重型機械。

解析 本題照片的重點為事物和風景，因此解題關鍵在於照片中構成風景的主要事物，請仔細觀察其位置和狀態。由照片可以看出施工現場周圍有各式的高樓建築，以及施工現場正以卡車和挖土機等重型機具進行施工。(D) 提到施工現場的重型機械，故為正確答案。

字彙 **across** 橫過；越過 **tall building** 高樓大廈
overlook 瞭望；遠眺
building materials 建築材料 **unload** 卸貨
heavy machine 重型機械
construction site 施工現場；建築工地

3. 結合物件照＋戶外風景照 澳M ★★★

(A) Some cars are parked next to each other.
(B) A street is being repaved.
(C) Different kinds of vehicles are sharing the road.
(D) Several carts have been left by some bushes.

(A) 一些汽車正並排停放著。
(B) 有條街正在重新鋪道。
(C) 不同種類的車輛正行駛在同一條道路上。
(D) 一些灌木叢旁被留下幾輛手推車。

解析 本題照片的重點為戶外風景，因此請將焦點放在構成風景的主要事物，仔細觀察其位置和狀態。由照片可以看出住宅的樣貌，以及車輛並排停放。(A) 正確表示車輛停放的狀態，故為正確答案。補充說明一點，若照片中出現排列在一起的物件，針對排列方式描述的選項通常就是答案。

字彙 **park** 停車；泊車
next to each other 相鄰；緊挨著
repave 重新鋪砌 **vehicle** 車輛
share the road 共用車道 **bush** 灌木（叢）

4. 多人照片 英F ★★☆

(A) They are standing in a circle.
(B) They are gathering around the performers.
(C) They are waiting in the lobby to check in.
(D) They are lining up to take a bus.

(A) 他們正站成一圈。
(B) 他們正聚集在表演者的周圍。
(C) 他們正在大廳等著辦理登記手續。
(D) 他們正在排隊搭公車。

解析 照片中出現數個人物，因此請先觀察他們的共同動作、相同的外表特徵以及彼此的穿著。然而，由於這些人並沒有相同的外表特徵，因此請將焦點放在他們排隊搭公車的動作上。(D) 描寫這些人排隊搭公車的動作，故為正確答案。

字彙 **in a circle** 圍成一圈
gather around 聚集在……
performer 表演者；演奏者
lobby 大廳；門廳
check in 報到；辦理登記入住；辦理登機手續
line up 排隊；排成行

5. 結合單人照片＋物件照 美M ★★☆

(A) The man is watering the plants.
(B) The man is mowing the grass.
(C) The man is holding a water can.
(D) The man is cutting the bushes.

(A) 這位男士正在給植物澆水。
(B) 這位男士正在割草。
(C) 這位男士手裡正拿著澆水壺。
(D) 這位男士正在修剪灌木叢。

解析 照片中出現一個人和其他事物，因此請仔細觀察人物的動作和外表特徵，以及人物周圍的事物，確認花草、側邊和上方鐵棍的排列方式。(A) 描寫男子替植物澆水的動作，故為正確答案。

字彙 water 澆水　mow 割（草）
hold 拿住；握住　water can 澆水壺；澆水罐
bush 灌木叢

6. 戶外風景照 美F ★★★

(A) Metal railings border a body of water.
(B) The path leads to a building.
(C) Some boats are secured to a dock.
(D) A wooden walkway is protruding into the water.

(A) 金屬欄杆與水域毗連。
(B) 這條路通往一棟建築物。
(C) 有些船被牢牢拴在碼頭上。
(D) 一條木棧道向外延伸至水中。

解析 本題為典型的風景照，由數個事物構成風景。因此若選項針對照片中湖邊的樹林、天空中的雲朵，或延伸至水裡的步道進行描寫，極有可能為正確答案。(D) 描寫木棧道延伸至水裡，故為正確答案。

字彙 railing 欄杆
border 與……接壤；形成……的邊
body of water 水體；水域
path 小路；路　lead to 通向；通往
dock 碼頭　wooden 木製的；木頭的
walkway 走道；通道
protrude 使伸出；使突出

PART 2

P. 348

7. Who 問句 英F 美M ★☆☆

Who is our most important foreign customer?
(A) They are our regular customers.
(B) I think it's Grace Corporation.
(C) At the customs inspection.

誰是我們公司最重要的外國客戶？
(A) 他們是我們的老客戶。
(B) 我想是恩典公司。
(C) 在海關查驗處。

解析 本題為以 Who 開頭的問句，詢問最重要的外國客戶是誰。(B) 直接回答為 Grace 公司，故為正確答案。請特別留意，題目為 Who 問句時，答案不一定會回答人名，也有可能回答公司名稱。(A) 重複使用題目句中的 customer，屬於陷阱選項；(C) 故意使用 customs，與題目句的 foreign 有所關聯，且與 customer 發音相似，同樣為陷阱選項，並非答案。

字彙 regular customer 常客；老客戶
corporation 公司　customs 海關
inspection 檢驗

8. Which 問句 美M 美F ★★★

Which curtain do you think will go very well along with the office?
(A) It is very spacious.
(B) Yes, it's very stylish.
(C) Either would be fine with me.

妳覺得哪個窗簾適合辦公室？
(A) 空間很寬敞。
(B) 是的，很時尚。
(C) 對我來說，兩者皆宜。

解析 本題為以 Which 開頭的問句，詢問辦公室適合用哪種窗簾。(C) 回答兩種都不錯，表示兩者皆可，故為正確答案。(A) 故意使用 spacious，與題目句中的 office 有所關聯，屬於陷阱選項；(B) Wh- 問句不適合以 Yes 來回答，因此並非答案。

字彙 go well along with 和……相配；和……合適
spacious 寬敞的　stylish 時髦的；流行的

9. When 問句 美M 英F ★☆☆

When is the repairperson coming to install the new air conditioner?
(A) Before lunch.
(B) It's very energy-efficient.
(C) I bought it in monthly installments.

維修人員什麼時候會過來安裝新的冷氣機？
(A) 午餐前。
(B) 非常節能省電。
(C) 我分期付款買的。

解析 本題為以 When 開頭的問句，詢問維修人員前來安裝新冷氣的時間。(A) 約略回答出時間點在午餐之前，故為正確答案。(B) 故意使用 energy-efficient，與題目句中的 air conditioner 有所關聯，屬於陷阱選項；(C) 使用了 installments，為題目句中 install 的衍生詞彙，且兩者的發音相似，同樣為陷阱選項。

字彙 **repairperson** 維修人員；修理工
install 安裝
energy-efficient 節約能源的；節能省電
monthly installments 分期付款

10. How 問句 美M 美F ★★☆

How would you like your coffee?
(A) Ten double-sided copies, please.
(B) At the cafeteria.
(C) With sugar and cream.

您的咖啡要什麼樣子的？
(A) 雙面列印 10 份，麻煩你。
(B) 在自助餐廳。
(C) 加糖和奶精。

解析 本題為以 How 開頭的問句，詢問對方對於咖啡的喜好。(C) 表示要加糖和奶精，故為正確答案。(A) 故意使用 copies，僅與題目句中 coffee 的發音相似，屬於陷阱選項；(B) 的回答為地點，應搭配以 Where 開頭的問句較為適當，因此也不是答案。

字彙 **double-sided** 有兩面的　**cafeteria** 自助餐廳

11. 一般問句 美F 澳M ★★☆

Don't you think we should ask the hiring committee to start looking for another treasurer?
(A) The company is financially sound.
(B) I guess you're right.
(C) Yes, they are newly hired.

你不覺得我們應該請招聘委員會開始找別的財務主管嗎？
(A) 公司的財務狀況良好。
(B) 我想妳是對的。
(C) 是的，他們是剛招聘進來的。

解析 本題為一般問句，詢問是否需要求招聘委員會開始物色新的財務主管。(B) 表示同意對方所說的話，故為正確答案。(A) 使用了 financially，僅與題目句中 treasurer 的意思相似，並非答案；(C) 當中使用了人稱代名詞 they，但是題目句中並未提及相對應的複數人物，因此也不是答案。雖然本題的題目偏長，需要花費較多時間掌握題目的意思，但是只要盡可能選出最單純的答覆，就能輕鬆解題。

字彙 **hiring committee** 招聘委員會
look for 尋找　**treasurer** 財務主管；會計
financially sound 財力雄厚；財務穩健
newly hired 新僱用的；新聘的

12. Where 問句 英F 美M ★★★

Where should we take our foreign clients for dinner?
(A) I guarantee you it's really delicious.
(B) Why don't you ask Mr. Graystone for a recommendation?
(C) We provide lunch and dinner at a reasonable price.

我們應該帶外國客戶去哪裡吃晚餐才好？
(A) 我向你保證，是真的很好吃。
(B) 妳何不請灰岩先生推薦呢？
(C) 我們以合理的價格供應午餐和晚餐。

解析 本題為以 Where 開頭的問句，詢問要帶外國客戶到哪裡用餐。(B) 反問對方何不請 Graystone 先生推薦餐廳，間接表示自己不太清楚哪間餐廳適合，故為正確答案。(A) 故意使用 delicious，與題目句中的 dinner 有所關聯，屬於陷阱選項，並非答案；(C) 重複使用題目中的 dinner，同樣是陷阱選項。

字彙 **guarantee** 保證　**recommendation** 推薦
at a reasonable price 以合理的價格

13. 一般問句 美F 英F ★★★

Why don't you join us for lunch tomorrow?
(A) A traditional ham-and-egg sandwich.
(B) I've already had lunch.
(C) Sorry, I'll be flying to Boston tonight.

妳明天何不跟我們一起去吃午餐呢？
(A) 一個傳統的火腿蛋三明治
(B) 我已經吃過午飯了。
(C) 抱歉，我今晚要飛往波士頓。

解析 本題為一般問句，詢問對方明天要不要一起吃午餐。(C) 回答今晚要搭飛機前往波士頓，間接表示明天中午無法一起用餐，故為正確答案。(A) 提到食物名稱 ham-and-egg sandwich，僅與題目句中的 lunch 有所關聯，屬於陷阱選項，並非答案；(B) 如果把題目句聽成今天要不要一起吃午餐，很可能會誤選此選項，因此請務必小心。

字彙 fly to 飛往

14. 附加問句 美F 美M ★★★

You and Mr. Galant worked for the same company before, didn't you?
(A) They are not working well.
(B) Yes, but we didn't know each other at that time.
(C) No, I think it is less efficient.

你和戈藍特先生之前曾在同一家公司工作過，是嗎？
(A) 他們的成效不彰。
(B) 是的，但是我們那時還不認識對方。
(C) 不，我覺得比較沒效率。

解析 本題為附加問句，詢問對方和 Galant 先生以前是否在同一間公司上班。(B) 正面答覆對方，並加以補充其他內容；表示雖然在同一間公司上班，但是當時並不認識彼此，故為正確答案。(A) 故意使用 working，僅與題目句中 worked 的發音相似，屬於陷阱選項，並非答案；(C) 則使用了 less efficient，與題目句中的 work 有所關聯，同樣屬於陷阱選項，因此也不是答案。

字彙 work for the same company 在同一家公司工作
work well 相處好；效果好
less efficient 效率較低

15. What 問句 澳M 英F ★★★

What's the policy on canceling a flight reservation?
(A) I'm leaving soon.
(B) You should pay a penalty.
(C) We offer competitive travel packages.

取消預訂的機票有什麼樣的規定？
(A) 我馬上就要走了。
(B) 你應該支付罰金。
(C) 我們提供價格實惠的套裝行程。

解析 本題為以 What 開頭的問句，詢問航班預訂的取消政策。(B) 具體告知取消需要支付罰金，故為正確答案。(A) 和 (C) 分別使用了 leaving 和 travel，皆與題目句中的 flight reservation 有所關聯，屬於陷阱選項；無論是回答待會要離開，或是提供價格實惠的套裝行程，皆與取消政策無關，因此都不能作為答案。

字彙 flight reservation 預訂航班；預訂機票
pay a penalty 支付罰金　offer 提供
competitive （價格）有競爭力的
travel package 套裝行程；旅遊計畫

16. 直述句 美M 美F ★★★

We accept checks and credit cards as payment methods.
(A) Can I cash this check?
(B) Yes, we accept all major credit cards.
(C) I want to pay half in cash and half by credit card.

我們接受支票和信用卡的付款方式。
(A) 我可以兌現這張支票嗎？
(B) 是的，我們接受各大主要通行的信用卡。
(C) 我想一半用現金、一半用信用卡付。

解析 本題為直述句，表示有支票和信用卡兩種付款方式。(C) 表示想要一半用現金支付、一半刷卡，表明自己想要的付款方式，故為正確答案。(A) 當中用到 cash 和 check，僅與題目句中的 payment methods 有所關聯，屬於陷阱選項，並非答案；(B) 重複使用題目句中的 credit cards，同樣為陷阱選項，因此也不是答案。

字彙 payment method 付款方式
major credit card 主要通行的信用卡
pay half 支付一半　in cash 用現金
by credit card 用信用卡

17. Who 問句 美F 澳M ★★☆

Who will succeed Mr. Wilkinson as marketing director of the company?
(A) It is one of our main markets.
(B) The new business was very successful.
(C) I have no idea.

誰將接替威爾金森先生擔任公司的行銷總監一職？
(A) 這是我們其中一個主要的市場。
(B) 新業務非常成功。
(C) 我不知道。

解析 本題為以 Who 開頭的問句，詢問誰會成為行銷總監 Wilkinson 先生的繼任者。(C) 回答不知道，故為正確答案。(A) 和 (B) 分別使用了 market 和 successful，與題目句中 marketing 和

succeed 的發音相似，因此兩者皆屬於陷阱選項；而且 (B) 當中還提到 business，與題目句中的 company 有所關聯，故意使用相關單字作為答題陷阱。

字彙 **succeed** 繼任
marketing director 行銷總監；銷售主管
main market 主要市場

18. What 問句 美M 英F ★☆☆

What's the round trip airfare to Calgary?
(A) At the airport.
(B) Approximately 350 Canadian dollars.
(C) It'll take about three hours.

飛往卡加利的來回機票是多少錢？
(A) 在機場。
(B) 大約 350 加元。
(C) 大概要三個小時。

解析 本題為以 What 開頭的問句，詢問往返卡加利的機票票價。(B) 回答「大約 350 加元」，明確說出金額，故為正確答案。(A) 回答地點為機場，應搭配以 Where 開頭的問句較為適當，且 airport 和題目句中的 airfare 有所關聯，屬於答題陷阱；(C) 回答需要三個小時，應搭配以 How long 開頭的問句較為適當，因此也不是答案。

字彙 **round trip** 來回行程；往返旅行
airfare 飛機票價
approximately 大約;大概　**take** 耗費(時間)

19. 選擇疑問句 美M 英F ★★★

Are you going to take your time off in July or August?
(A) I'll go to London next month.
(B) Yes, I'm on vacation now.
(C) Actually, whichever would be fine.

妳打算七月還是八月休假？
(A) 我下個月要去倫敦。
(B) 是的，我現在正在度假。
(C) 實際上，無論哪個月都行。

解析 本題為選擇疑問句，詢問對方要在七月還是八月休假。(C) 回答兩個時間都可以，表示兩者皆可，故為正確答案。(A) 回要去倫敦，與題目句中的 take your time off 有所關聯，屬於陷阱選項；(B) 選擇疑問句通常不會以 Yes 回答，且當中故意使用 vacation，也與題目句中的 take your time off 有所關聯，因此也不是答案。

字彙 **take time off** 休假；放假
be on vacation 在度假中

20. 一般問句 英F 美M ★★☆

Can you give me a lift to work tomorrow morning?
(A) No thanks, I can manage myself.
(B) Sure, I'll give you a ride.
(C) It's on the fourth floor.

你明天早上可以送我去上班嗎？
(A) 不用了，謝謝，我自己能應付得了。
(B) 當然可以，我開車送妳。
(C) 在四樓。

解析 本題為一般問句，詢問明天早上能否順道載自己去上班。(B) 以 Sure 表示肯定，願意開車載對方去，故為正確答案。(A) 用於回絕對方的幫忙，因此不是答案；(C) 回答位置在四樓，應搭配以 Where 開頭的問句較為適當，因此也不是答案。

陷阱分析：若將題目句誤會成對方要提供協助的話，很可能會誤選 (A)。「Can you give me . . .?」是請對方提供協助。請務必確認清楚受到幫助的對象是誰。

字彙 **give sb. a lift** 讓（某人）搭便車
manage 設法完成
give sb. a ride
開車送（某人）去；讓（某人）搭車

21. 選擇疑問句 美F 澳M ★★★

Would you like coffee or black tea?
(A) Neither. I want some soda.
(B) Our T-shirts are made of cotton.
(C) I'd like five copies of the document.

您想要喝咖啡還是紅茶？
(A) 都不要，我想喝些汽水。
(B) 我們的 T 恤是用棉布製成的。
(C) 我想要五份文件。

解析 本題為選擇疑問句，詢問對方要喝咖啡還是紅茶。(A) 回答兩種都不要，表示兩者皆非，並提出自己想喝汽水，故為正確答案。(B) 當中 T-shirt 的 T，和題目句中 tea 的發音雷同，屬於陷阱選項；(C) 使用了 copies，與題目句中 coffee 的發音相似，同樣為陷阱選項。

字彙 **black tea** 紅茶
be made of 是由……製作的
cotton 棉；棉織物　**document** 文件；公文

22. What 問句 美M 美F ★★★

What is Ms. Walker's report about?

(A) I'm sorry. I haven't seen it yet.
(B) About 20 pages long.
(C) It was posted on the wall.

沃克女士的報告是與什麼有關？

(A) 我很抱歉，我還沒看過。
(B) 大概 20 頁長。
(C) 貼在牆上了。

解析 本題為以 What 開頭的問句，詢問 Walker 女士的報告內容為何。(A) 表示抱歉，自己尚未看過內容，故為正確答案。(B) 和 (C) 分別使用了 20 pages 和 post，僅與題目句中的 report 有所關聯，皆屬於陷阱選項。

字彙 **post** 張貼

23. 直述句 英F 澳M ★★☆

Please ensure that the key for your room is returned to the reception desk.

(A) Make sure you lock the door.
(B) Sure, I can do that.
(C) He works at the reception desk of Hotel Union.

請務必將您房間的鑰匙歸還給接待櫃檯。

(A) 妳一定要鎖門。
(B) 沒問題，我能做到。
(C) 他在飯店聯盟的接待櫃檯工作。

解析 本題為直述句，提醒對方記得將房間鑰匙交還櫃檯。(B) 表示會按照對方所說的話做，故為正確答案。(A) 故意使用相關單字 lock，僅與題目句中的 key 有所關聯，屬於陷阱選項，並非答案；(C) 用了人稱代名詞 he，但是題目句中並未出現相對應的男子，由此可知並非答案。

字彙 **ensure** 保證；確保　**lock** 鎖上
reception desk 接待櫃檯

24. 附加問句 美M 美F ★☆☆

Your company has been in business for over 30 years, right?

(A) Yes, that's right.
(B) No, she succeeded in business.
(C) Yes, the sales dropped to 30 percent.

貴公司已經經營超過 30 年了，對吧？

(A) 是的，沒錯。
(B) 不，她事業有成。
(C) 是的，業績下降至 30%。

解析 本題為附加問句，向對方確認公司是否營運超過 30 年。(A) 以簡答的方式，承認對方說的話屬實，故為正確答案。(B) 故意重複使用題目句中的 business，作為答題陷阱，還用了人稱代名詞 she，但是題目句中並未出現相對應的女子，因此不能作為答案；(C) 重複使用題目句中的數字 30，屬於陷阱選項，且內容與題目無關，因此並非答案。

字彙 **be in business** 經商
succeed in 在……方面成功
drop 下降；下跌

25. How 問句 美F 美M ★★★

How did you find out Mr. Kensington leave the company?

(A) The retirement party is going to be held tomorrow.
(B) His secretary told me this morning.
(C) Please leave your message if you want.

你是怎麼知道肯辛頓先生離開公司了？

(A) 退休派對將於明天舉行。
(B) 他的祕書今天早上跟我說的。
(C) 如有需要，請留言。

解析 本題為以 How 開頭的問句，詢問對方如何得知 Kensington 先生離開公司的消息。(B) 表示透過 Kensington 先生的祕書得知，故為正確答案。(A) 故意使用相關用詞 retirement party，僅與題目句中的 leave the company 有所關聯，屬於陷阱選項；(C) 僅重複使用題目句中的 leave，同樣屬於陷阱選項，因此也不是答案。

字彙 **leave the company** 離職；離開公司
retirement party 退休派對；榮休宴會
be held 舉辦；舉行
leave 留下（訊息或答覆）

26. Where 間接問句 美M 英F ★★☆

Do you know where I can purchase a new computer?

(A) It's not that heavy to carry.
(B) I'd like to pay in cash.
(C) Why don't you go to the electronic store across the street?

妳知道我可以去哪裡買新電腦嗎？

(A) 沒重到拿不動。
(B) 我想付現。
(C) 你何不去馬路對面的電子商品店看看呢？

解析 本題為 Where 的間接問句，詢問哪裡可以購買新電腦。(C) 建議對方去對街的電子商品店看看，明確告知購買地點，故為正確答案。(A) 表示搬起來沒那麼重，與購買地點無關，因此並非答案；(B) 故意使用相關單字 pay in cash，僅與題目句中的 purchase 有所關聯，屬於陷阱選項，指的是付款方式，因此也不是答案。

字彙 **purchase** 購買；採購
carry 攜帶；搬運
pay in cash 以現金支付
electronic store 電子商品專賣店

27. 直述句 (澳M) (美F) ★★☆

It looks like we'll be able to meet our Thursday deadline.
(A) I'm so glad to hear that.
(B) We're looking for a new job.
(C) The company launched a new line of products last Thursday.

看來我們能趕在截止日週四前完成。
(A) 我很高興聽到這個消息。
(B) 我們正在找新工作。
(C) 公司上週四推出了一系列新產品。

解析 本題為直述句，表示應該來得及趕在週四截止日之前完成。(A) 表示很高興聽到對方這麼說，回覆出自己的想法，故為正確答案。(B) 表示正在找新工作，答非所問；(C) 重複使用題目句中的 line 和 Thursday，屬於陷阱選項，並非答案。

字彙 **meet a deadline** 趕上截止期限；按期完成
launch 推出(新產品)
a new line of products 新產品系列

28. 選擇疑問句 (美F) (英F) ★★★

Do you want to drive to the convention center together or separately?
(A) Either would be fine with me.
(B) We're afraid the bus just left.
(C) They are not sold separately.

妳想一起開車去會議中心，還是要各自前往？
(A) 我兩種都可以。
(B) 恐怕公車剛剛開走了。
(C) 它們是不分開販售的。

解析 本題為選擇疑問句，詢問要開車一起去，還是分開前往會議中心。(A) 回答兩個方式都好，表示兩者皆可，故為正確答案。(B) 故意使用相關單字 bus，僅與題目句中的 drive 有所關聯，屬於陷阱選項，並非答案；(C) 重複使用題目句中的 separately，請勿誤選此選項，當中 are not sold 與題目句無關，不能作為答案。

字彙 **separately** 分別地；個別地

29. Why 問句 (英F) (澳M) ★★☆

Why did the company change the outdated production facility?
(A) No, the company did.
(B) It will provide fresh produce.
(C) To increase productivity.

公司為什麼換掉了老舊的生產設備？
(A) 不，公司做了。
(B) 它將提供新鮮的農產品。
(C) 為了提高生產力。

解析 本題為以 Why 開頭的問句，詢問公司更換老舊生產設備的原因。(C) 表示為了提高生產效率。「不定詞 to V 片語」只能用來回答以 Why 開頭的問句，故為正確答案；(A) Wh- 問句不能以 No 來回答，而且當中重複使用題目句中的 company，屬於答題陷阱，不能作為答案；(B) 故意使用題目句中 production 的衍生詞 produce，且兩者的發音相似，同樣屬於陷阱選項，並非答案。

字彙 **outdated** 過時的；舊式的
production facility 生產設備
fresh produce 新鮮的農產品
increase 增加；提高
productivity 生產力；生產率

30. 一般問句 (美F) (美M) ★★★

Why don't you look at Randolph for a site for the new manufacturing plant?
(A) Please water them two times a day.
(B) It increased productivity in the workplace.
(C) It's too far from major highways.

你為什麼不在倫道夫為新製造廠選址呢？
(A) 請一天澆兩次水。
(B) 提高了工作場所的生產力。
(C) 離主要公路太遠了。

解析 本題為一般問句，建議對方以 Randolph 作為新的工廠腹地。(C) 回答距離主要公路太遠，表示不適合作為新的工廠腹地，故為正確答案。(A) 和 (B) 分別使用了相關單字 water 和 productivity，僅與題目句中的 plant 有所關聯，屬於陷阱選項，因此不能作為答案。

字彙 **site** 地點 **manufacturing plant** 製造廠
water 澆灌 **productivity** 生產力；生產率
workplace 職場；工作場所
be far from 距離……很遠
major highway 主要公路；主要幹道

31. Who 問句 美M 美F ★★☆

Who will be making a speech at the award ceremony?
(A) The vice president will.
(B) It was very impressive, isn't it?
(C) The prize will be awarded to Ms. Yang.

誰將在頒獎典禮上發表演說？
(A) 副董事長將會。
(B) 令人印象非常深刻，不是嗎？
(C) 該獎將頒給楊女士。

解析 本題為以 Who 開頭的問句，詢問頒獎典禮上由誰負責發表演說。(A) 回答由副董事長負責，明確說出演說者的職位，故為正確答案。(B) 故意使用相關單字 impressive，僅與題目句中的 speech 有所關聯，並非答案；(C) 故意使用相關單字 prize 和發音相似的單字 awarded，回答內容與題目句無關，因此不能作為答案。

字彙 **make a speech** 演講；致詞
award ceremony 頒獎典禮
vice president 副董事長；副總統
impressive 令人印象深刻的；感人的
award 授予；獎給

PART 3 P. 349

第 32–34 題，請參考下方對話。 澳M 美F

M: [32] **Hi, is this where the university tours start?**
W: Yes, but a tour group just left, [33] **so the next one won't be leaving for another hour.**
M: Yes, I wasn't planning on going until 1 P.M. because I haven't eaten lunch yet. I just wanted to make sure I knew where to show up. [34] **Can you suggest a restaurant nearby where I can grab a bite to eat?**

男：32 嗨，請問大學校園參觀行程是從這裡開始的嗎？
女：是的，但是剛剛才走了一梯，33 所以下一梯次要一個小時後才會出發。
男：好的，我本來就打算下午一點才去，因為我還沒吃午飯。我只是想確定自己知道要到哪裡。34 妳可以推薦附近能讓我隨便吃點東西的餐廳嗎？

字彙 **university tour** 大學校園參觀行程
make sure 確認；查明
show up 到場
grab a bite to eat 隨便找點吃的

32. 相關細節 ★★☆

這位男士為什麼會在大學裡？
(A) 要探索校內設施
(B) 要申請入學
(C) 要研讀學術領域
(D) 要試試自助餐廳

解析 本題為題組第一題，詢問男子到大學的原因。建議從前半段男子所說的話中，掌握答題線索。對話一開頭，男子便說道：「Hi, is this where the university tours start?」，詢問這裡是否為校園參觀行程的起點。由此可知男子為了參觀校園才到大學，因此答案為 (A)。

33. 特定性別的相關細節 ★★☆

這位女士說一個小時後會發生什麼事？
(A) 將開始一場特別講座。
(B) 將供應免費午餐。
(C) 將舉行一場會議。
(D) 將開始一場行程。

解析 本題詢問女子提及一小時後將發生什麼事，因此請仔細聆聽女子所說的話，找出一小時後這個時間點，和相關答題線索。女子向男子說道：「so the next one won't be leaving for another hour.」，表示下一梯參觀行程要一小時後才開始。由此可以得知答案為 (D)。

34. 男子的要求事項 ★★☆

這位男士要求女士做什麼事？
(A) 稍後再來
(B) 建議新菜單上的菜色
(C) 推薦一家餐廳
(D) 一起用餐

解析 本題為題組中最後一題，詢問男子向女子要求的事情。請仔細聆聽後半段男子所說的話，並鎖定關鍵動詞，由此確認答題線索。對話最後，男子說道：「Can you suggest a restaurant nearby where I can grab a bite to eat?」，請對方推薦附近的餐廳，因此答案為 (C)。

陷阱分析：男子尚未吃午餐，因此才詢問女子附近是否有不錯的餐廳，並沒有向女子提議一起吃午餐，請特別留意這一點，切勿任意推測。

第 35–37 題，請參考下方對話。 美M 英F

M: What a crazy week! 35,36 **Do you have anything fun planned for your weekend?**

W: 36 **I was planning on attending the Cherry Creek "Battle of the Rock Bands" Festival.** But I heard on the news this morning that it's supposed to rain on Saturday and Sunday, so I'm not sure it would be much fun to go.

M: 37 **Most of the festival is held at the Pavilion, so you'd be protected from the rain.** I'd love to join you if you still want to go.

男：真是瘋狂的一週啊！35, 36 妳週末有計畫要做什麼好玩的事嗎？

女：36 我打算參加在櫻桃溪舉辦的「搖滾樂團之戰」音樂節。但是我今早聽到新聞報導說，週六和週日這兩天應該會下雨，所以我不確定去那裡會有多好玩。

男：37 音樂節大多是在展館舉辦的，這樣妳就不會淋到雨了。如果妳還想去的話，我很樂意跟妳一起去。

字彙 **plan on V-ing** 打算做某事
be supposed to V 應該（做某事）
be held at 舉辦；舉行 **protect** 保護；防護
join 加入；參加

35. 對話主旨 ★☆☆

這段對話的主題為何？
(A) 音樂節
(B) 週末計畫
(C) 當季水果
(D) 要求高的工作

解析 本題為題組中第一題，詢問對話主題。因此請仔細聆聽前半段對話，以掌握對話的中心主旨。前半段對話中，男子說道：「Do you have anything fun planned for your weekend?」，詢問對方週末的計畫。由此可以推測出之後會針對週末計畫進行討論，因此答案為 (B)。

36. 特定性別相關細節 ★★☆

這位女士週末期間想做什麼？
(A) 演奏樂器
(B) 做一些文書工作
(C) 參加活動
(D) 看音樂劇

解析 本題詢問女子週末打算做什麼事，因此建議從女子所說的話中，鎖定關鍵動詞，掌握答題線索。對話開頭，男子詢問女子：「Do you have anything fun planned for your weekend?」，詢問對方週末是否有安排。接著女子回答：「I was planning on attending the Cherry Creek "Battle of the Rock Bands" Festival.」，表示週末打算參加 Battle of the Rock Bands 的活動，因此答案為 (C)。請特別留意，選項將對話中的 festival 改寫成 event。

陷阱分析：對話中女子表示要參加搖滾音樂節，並沒有提到女子為樂團成員，或是女子所屬樂團正在參加音樂節。因此請注意，別誤解成女子參加搖滾音樂節是為了在音樂節上演出。

37. 特定性別相關細節 ★★★

這位男士提供了什麼樣的資訊？
(A) 辦公地點
(B) 音樂節的節目表
(C) 表演的場地
(D) 週末的天氣

解析 本題為題組中最後一題，詢問男子提供什麼資訊。因此請仔細聆聽後半段男子所說的話，鎖定他提及的資訊內容。男子說道：「Most of the festival is held at the Pavilion, so you'd be protected from the rain.」，表示多數的活動都在展館舉行，所以不用擔心會被雨淋濕。由此可知男子提供的是表演場地的相關資訊，因此答案為 (C)。

陷阱分析：聆聽時，對話中有提到「雨」，但是男子並非要告知對方天氣資訊，而是有關表演場地的資訊，請特別留意這一點。

第 38–40 題，請參考下方對話。 美F 美M

W: I just got off the phone with Mr. Thatcher. [38] **He wants us to send out a mass email to all our potential customers advertising $100 off orders made by the end of the year.**

M: Wow, that's really great news! We already sent out a mass email last summer about our new products. Should we just use the same list?

W: [39] **We've gotten a lot more leads since then, so we'll have a much bigger list.**

M: Good point. [40] **I'll call and have our data analyst go over a more recent report of our potential customers for the mass email, then.**

女：我剛跟柴契爾先生通完電話。[38] 他希望我們給潛在客戶發群組電子郵件，打出年底前下單即可享有 100 美元折扣的廣告。

男：哇，那真是個好消息！去年夏天，我們就曾群發過新產品方面的電子郵件了。我們應該用相同的名單嗎？

女：[39] 從那之後，我們就有更多的潛在客戶了，所以這次的名單會更為龐大。

男：說得沒錯。[40] 那麼，我會打電話給我們的數據分析師，要他把潛在客戶的近期報告再看過一遍，以便我們群發電子郵件。

字彙 get off the phone with 結束與某人的電話
send out 發送
mass email 群發電子郵件；大量的電子郵件
potential customer 潛在客戶
by the end of the year 在年底前
lead 潛在客戶
since then 自那時起；從此以後
data analyst 數據分析師
go over 仔細檢查

38. 相關細節 ★★☆

群組電子郵件將與下列何者有關？
(A) 新產品
(B) 大訂單
(C) 折扣優惠
(D) 庫存清單

解析 本題為題組中第一題，詢問群組郵件的內容。因此請仔細聆聽前半段對話，並鎖定群組郵件，也就是提及 mass mail 的內容，從中掌握答題線索。對話開頭，女子便說道：「He wants us to send out a mass email to all our potential customers advertising $100 off orders made by the end of the year.」，表示要發群組郵件寄給所有潛在客戶，提供年底前購物享 100 美元的優惠；由 advertising $100 off 可以得知群組郵件的內容為告知優惠折扣，因此答案為 (C)。

39. 特定性別的相關細節 ★★☆

這位女士說了什麼與名單有關的事？
(A) 去年夏天就毀損了。
(B) 增長了許多。
(C) 尚未完成。
(D) 與舊名單沒有什麼不同。

解析 本題詢問女子針對名單提到什麼內容，因此請仔細聆聽女子所說的話，並從中確認與名單有關的答題線索。後半段對話中，女子說道：「We've gotten a lot more leads since then, so we'll have a much bigger list.」。由 much bigger list 可以得知客戶名單增加不少，因此答案為 (B)。

40. 男子往後的行動 ★★☆

這位男士接下來可能會做什麼？
(A) 聯絡他的同事
(B) 寄電子郵件給潛在客戶
(C) 檢視更多報告
(D) 下訂單

解析 本題詢問男子往後的行動，因此請仔細聆聽最後一段男子所說的話，並注意關鍵動詞，確認男子往後的行動。對話最後，男子說道：「I'll call and have our data analyst go over a more recent report of our potential customers for the mass email, then.」，表示他會打電話給數據分析師，檢視更多近期的報告，以寄送群組電子郵件。由此可知男子將打電話聯絡同事，因此答案為 (A)。

第 41–43 題，請參考下方對話。 (英F) (澳M)

W: [41,42] **All of your cupcakes look so lovely. I need 300 by tomorrow morning for my colleague's retirement party.** Do you have more in the back?

M: This is all we have, but we could possibly have your order ready by 9 A.M. tomorrow.

W: That will be cutting it close, but I think it may be worth it. Your cupcakes are his favorite. Is there any way you could deliver them?

M: [43] **Yes, but we will have to charge you a delivery fee of $25 on top of the cost of the cupcakes.**

女：41, 42 你們的杯子蛋糕看起來都好可愛喔。我明天早上需要 300 個，用來辦我同事的退休派對。你們後面還有嗎？

男：我們就只剩這些了，不過我們能在明天早上九點前將您的訂單準備好。

女：那樣一來時間會很緊，但我覺得還是值得的。他特別愛吃你們的杯子蛋糕。你們有辦法送貨過來嗎？

男：43 可以，但除了杯子蛋糕的費用外，還得向您加收 25 美元的運費。

字彙 colleague 同事
retirement party 退休派對；榮休宴會
have something ready 把某物準備好
cut it close 時間緊湊
favorite 特別喜愛的東西
charge 收費；要價　delivery fee 運費
on top of 加在某事物上；除……之外，還有

41. 男子的真實身分 ★★☆

這位男士最有可能是誰？
(A) 接待員
(B) 烘焙師
(C) 活動策畫員
(D) 送貨員

解析 本題詢問的是男子的真實身分，因此請仔細聆聽前半段對話。當中男子可能會直接表明身分，也可能要從相關單字或說明推測出男子的身分。對話一開頭，女子說道：「All of your cupcakes look so lovely. I need 300 by tomorrow morning for my colleague's retirement party.」，打算向男子訂購杯子蛋糕，由此可以推測出男子為烘焙師傅，因此答案為 (B)。

陷阱分析：題目針對特定性別提問時，答題線索通常會出現在該性別所說的話當中。但是本題的答題線索，卻出現在另一個性別所說的話當中，請特別留意這一點。換言之，本題針對男子的身分提問，答題線索卻出現在女子所說的話中。

42. 特定性別的相關細節 ★★☆

這位女士打算要慶祝什麼？
(A) 她的生日
(B) 她同事的升職
(C) 一名員工的離開
(D) 公司成立 25 年週年慶

解析 本題詢問女子正在準備什麼慶祝活動，因此請仔細聆聽女子所說的話，並從中掌握有關慶祝活動的答題線索。前半段對話中，女子說道：「All of your cupcakes look so lovely. I need 300 by tomorrow morning for my colleague's retirement party.」，由此段內容可以得知女子準備要為退休的同事舉辦慶祝活動，因此答案為 (C)。請特別留意，選項將對話中的 my colleague's retirement party 改寫成意思相近的說法 An employee's departure。

43. 特定性別的相關細節 ★★★

如果這位女士想要對方送貨過來，她應該怎麼做？
(A) 在網路上訂購
(B) 消費超過 300 美元
(C) 聯絡店經理
(D) 支付額外費用

解析 本題詢問若女子想要對方運送她所訂購的產品，需要做些什麼事。因此請仔細聆聽後半段對話內容，並從提及運送訂購產品的片段中，掌握答題線索。對話最後，男子說道：「Yes, but we will have to charge you a delivery fee of $25 on top of the cost of the cupcakes.」，提到需額外支付運費 25 美元，由此可知答案為 (D)。請特別留意，選項將對話中的 a delivery fee of $25 改寫成意思相近的說法 additional cost。

第 44–46 題，請參考下方對話。 美F 美M

W: [44,45] **I can't believe there are not as many people as I had expected. People have been talking about the play since it came out last week.**

M: [45] **I'm surprised, too.** But did you see the reviews in *Theater World*? Most of the reviews were very critical of the play. The critics praised the acting of the veteran actors, though.

W: Oh, I didn't read them. Actually, I don't trust reviews. I have seen a lot of plays that received great reviews, but most of them were not that good. By the way, do you happen to know where I can get some cash around here?

M: [46] **There is an automated teller machine on the third floor of the shopping mall right next to the theater. Let's go there.**

女：44, 45 我真不敢相信，這裡沒有我原先預期的那麼多人。自上星期開演以來，大家都一直在討論這齣戲。

男：45 我也很驚訝。但是妳有看過《戲劇世界》的評論嗎？劇評對這齣戲大多持批評的態度。話雖如此，劇評家們還是稱讚了資深演員的演技。

女：哦，我沒看過劇評。我其實並不信任劇評。我看過許多頗受好評的戲劇，結果大多都沒那麼好。順便問一下，你知道這附近哪裡可以提款嗎？

男：46 劇院旁邊的購物中心三樓有一台自動櫃員機。我們就去那裡吧。

字彙 **come out** 出來；出現　**review** 評論
be critical of 對……不滿；對……持批評態度
critic 評論家　**praise** 稱讚
acting 演技；表演
veteran 資深的；經驗豐富的　**actor** 演員
happen to V 碰巧（做某事）
automated teller machine (ATM)
自動櫃員機；自動提款機

44. 對話主旨 ★★☆

說話者主要在討論什麼？
(A) 一齣新戲
(B) 缺乏資金
(C) 新雜誌
(D) 最近的商務旅行

解析 本題詢問對話的主旨，因此解題關鍵在於從前半段對話中，掌握對話的中心主旨。對話開頭，女子便說道：「I can't believe there are not as many people as I had expected. People have been talking about the play since it came out last week.」，表示上週戲劇開演後，觀眾人數不如預期，讓她難以置信。由此可以推測出接下來會針對戲劇進行討論，因此選擇 (A) 最為適當。

新 45. 說話者的意圖 ★★★

當這位男士說：「我也很驚訝」，是什麼意思？
(A) 他對這位女士的行為感到訝異。
(B) 他在看了恐怖的一幕後感到害怕。
(C) 他覺得觀眾人數不多。
(D) 他認為有些數據是不正確的。

解析 本題詢問男子說出「I'm surprised, too.」代表什麼意思。因此解題關鍵在於從此句話的前後文，確認男子感到驚訝的原因。此句話前方，女子說道：「I can't believe there are not as many people as I had expected. People have been talking about the play since it came out last week.」，表示上週戲劇開演後，觀眾人數不如預期，讓她難以置信。接著男子便回答：「I'm surprised, too.」。由此可以推測出男子也對於觀眾人數不如預期感到驚訝，因此答案為 (C)。

46. 說話者往後的行動 ★★☆

說話者接下來最有可能做什麼？
(A) 他們會去購物中心一趟。
(B) 他們會為商務晚餐訂位。
(C) 他們會幫一齣新戲寫些劇評。
(D) 他們會把一些現金存入銀行帳戶。

解析 本題詢問說話者兩人往後的行動，因此請仔細聆聽最後一段對話，確認當中是否提及兩人接下來的行動。對話結束之前，男子說道：「There is an automated teller machine on the third floor of the shopping mall right next to the theater. Let's go there.」，表示劇院旁的購物中心三樓有自動櫃員機，由他來為女子帶路。由此可以推測出兩人之後將前往購物中心三樓，因此答案為 (A)。

陷阱分析：Part 3 和 Part 4 中，經常會重複提及同樣的內容，來誤導考生作答。本題中，女子向男子詢問自動櫃員機（ATM）的位置，男子回答位在購物中心三樓，要帶女子一起過去。由此可以推測出兩人將前往購物中心。女子的提問和男子的回答中都提到自動櫃員機，而 (D) 表示要存錢至銀行帳戶，請特別留意不要誤選。

新 **第 47–49 題，請參考下方對話。** 澳M 美F

M: Hi. 47 **I would like to know about the museum's current hours.** Um . . . I saw in the newspaper that you might be closing late starting next month.

W: Yes, sir. 48 **During the month of May, we will close at 11 P.M. on Tuesdays and Thursdays. We will have special events at that time.**

M: Well, that sounds like fun. Will tickets be available to the public?

W: Yes, they will. Each event will cost $20 to $50 for nonmembers. We expect the tickets to sell out quickly, so 49 **I recommend that you buy them at least a week in advance.** That way, you won't have to stand in a long line to buy a ticket and will be assured of a spot.

M: Oh, that would be great. Thanks for letting me know that.

男：妳好，47 我想知道博物館目前開放的時間。嗯……我看到報紙上說，你們從下個月開始可能會延後休館。

女：是的，先生。48 在五月期間，本館每週二和每週四將在晚上 11 點休館。我們屆時將會舉辦特別活動。

男：嗯，聽起來很有趣。門票會對外公開發售嗎？

女：是，會的。非會員每場活動的費用是 20 到 50 美元。我們預計門票馬上就會售罄，所以 49 我建議您至少提前一週購票。這樣您就不用大排長龍買票，而且肯定會有位子。

男：哦，那就太棒了。謝謝妳告訴我。

字彙 current hours 目前的營運時間
close late 很晚才休息
at that time 到時；在那時
be available to the public 對大眾開放
sell out 售完；賣光 in advance 事先；提前
that way 那樣；用那種方法
be assured of 保證；確信 spot 地點；位置

47.特定性別的相關細節／男子打電話到博物館的原因 ★★☆

這位男士為什麼要跟博物館聯繫？
(A) 要購買展覽的門票
(B) 要詢問就業的機會
(C) 要詢問博物館開放的時間
(D) 要登記成為會員

解析 本題為題組中第一題，詢問男子打電話到博物館的原因。因此建議從前半段男子所說的話中，確認他打電話的原因。男子向女子説道：「I would like to know about the museum's current hours.」，表示他想知道博物館的開放時間。由此可知男子打電話是為了詢問開放時間，因此答案為 (C)。

陷阱分析：前半段對話中，男子已經明確告知他打電話的目的是詢問博物館開放時間。雖然在中後半段對話中，有提到買票的方法，但是並未提及他要購買特定展覽的門票。因此請特別留意不要誤選 (A) 作為答案。

48. 相關細節／博物館五月的活動 ★☆☆

博物館五月會有什麼活動？
(A) 兒童特展
(B) 會員費打折
(C) 一系列演講
(D) 特別活動

解析 本題詢問博物館五月會有什麼活動，因此請從對話中提到五月（May）的片段，確認答題線索。女子向男子説道：「During the month of May」，提到五月。接著又説道：「we will close at 11 P.M. on Tuesdays and Thursdays. We will have special events at that time.」，表示五月將延長開館時間，還會舉辦特別活動，因此答案為 (D)。

49. 女子的建議事項 ★★☆

這位女士建議男士做什麼？

(A) 提前買票
(B) 排隊
(C) 下午五點前抵達
(D) 捐款給博物館

解析 詢問其中一名説話者向另一名説話者請求、建議、推薦或勸説的事項，通常會出現在題組中最後一題，因此建議仔細聆聽後半段對話，從中掌握答題線索。後半段對話中，女子向男子説道：「I recommend that you buy them at least a week in advance.」，建議男子最好提前一週購票，因此答案為 (A)。

陷阱分析：後半段對話中，女子建議男子提前一週購票，到時候就不需要排隊買票了。這邊請特別小心，千萬不要因為聽到「have to stand in a long line」，就選成 (B) 作為答案。

第 50–52 題，請參考下方對話。 英F 美M

W: Hi, [50,51] **I'd like to collect my watch, but I lost the ticket.**

M: No problem, we have everything recorded here by name and by phone number. So I'll just need some ID and your phone number.

W: Sure. My name is Kelly Rogers. My number is 272-4740. I dropped the watch off on Tuesday and was told to return on Thursday.

M: Okay, [52] **here it is.** Yes, [50,52] **you brought in a Swiss watch to be serviced.**

女：你好，50, 51 我想取回我的手錶，可是我把領取單給弄丟了。

男：沒問題，我們這裡都有按照姓名和電話號碼記錄起來。所以我只需要您的身分證件和電話號碼就行了。

女：沒問題，我叫凱莉．羅傑斯。我的電話號碼是 272-4740。我的手錶是星期二拿過來送修的，聽說週四就會好了。

男：好的，52 找到了。是的，50, 52 您帶了一只瑞士手錶過來維修。

字彙 **collect** 領取　**lose** 遺失；弄丟
drop off 把……放下；將……帶到目的地
return 返回；歸還　**be told** 被告知；聽說

50. 對話地點 ★★★

這段對話可能是在哪裡發生的？

(A) 在超市
(B) 在百貨公司
(C) 在修理店
(D) 在自助洗衣店

解析 本題為題組中第一題，詢問對話的地點。一般來説，前半段對話中，通常會直接提到地點名稱，或是便於推測地點的單字或説明。但是本題中，解題的關鍵線索出現在後半段對話中，屬於難度較高的題目。前半段對話中，女子説道：「I'd like to collect my watch, but I lost the ticket.」，表示她來取回她的手錶。

後半段對話中，男子則説道：「you brought in a Swiss watch to be serviced.」，由此可知女子先前送修她的瑞士手錶，才會把手錶留在對話地點，而對話地點正是維修店，因此答案為 (C)。

51. 女子擔憂的事情 ★★☆

這位女士在擔心什麼？

(A) 錯過她的班機
(B) 開會遲到
(C) 把單據弄丟
(D) 退貨

解析 本題詢問女子為什麼事情擔心，因此請仔細聆聽女子所説的話，鎖定她擔憂的事。對話一開頭，女子便説道：「I'd like to collect my watch, but I lost the ticket.」，表示她來取回她的手錶，但是她弄丟了單據，由此可知答案為 (C)。

52. 男子往後的行動 ★★☆

這位男士接下來可能會做什麼？

(A) 打電話
(B) 給送修的物品
(C) 予以退款
(D) 維修手錶

解析 本題詢問男子往後的行動，因此建議從最後一段對話中，掌握答題線索。男子先向女子説道：「here it is.」，表示找到女子的手錶，接著又説道：「you brought in a Swiss watch to be serviced.」，提到女子先前送修的是手錶，由此可以推測出男子待會就會拿瑞士手錶給女子，因此答案為 (B)。

新 **第 53–55 題，請參考下方三人對話。**
美M 英F 澳M

M1: 53 **I didn't see you guys at the technology meeting yesterday. Did you guys miss the meeting?**

W: Yes, Mr. Preston. The department head asked me to pick up some clients from the airport.

M2: Um . . . I had a headache in addition to a cold, so I called in sick yesterday.

M1: Actually, it was a very important meeting. 54 **We discussed some new mobile communication technology which does multiparty video conferencing and data transmission.**

W: Speaking of which, Mr. Preston, 54, 55 **please fill us in. No details of the meeting have been released because the contents are very sensitive.**

M1: No problem. But I'll be out of my office for a couple of hours after lunch. 55 **How about doing that at lunchtime?**

男 1：53 昨天的技術會議上沒看到你們。你們都錯過了會議嗎？

女： 是的，普雷斯頓先生。部門經理要我去機場接幾個客戶。

男 2：嗯……我除了感冒外，還頭疼，所以昨天請病假了。

男 1：這場會議其實非常重要。54 我們討論到了幾種能進行多方視訊會議和數據傳輸的新行動通訊技術。

女： 說到這個，普雷斯頓先生，54, 55 請告訴我們詳情。由於會議內容非常敏感，所以並未公布細節內容。

男 1：沒問題。但是午飯後我要外出幾個小時，55 在午餐的時候跟你們說怎麼樣？

字彙 technology meeting 技術會議；科技會議
miss the meeting 錯過會議
pick up 用汽車搭載某人或接某人
in addition to 除……之外
call in sick 請病假
mobile communication technology 行動通訊技術
multiparty video conferencing 多方視訊會議
data transmission 數據傳輸
speaking of which 說到這個
fill sb. in 告訴（某人）；讓（某人）了解一些狀況
release 公開；發布 contents 內容；主題
sensitive 敏感的
be out of one's office 不在辦公室
a couple of hours 幾個小時
lunchtime 午餐時間；午休時間

53. 對話主旨 ★☆☆

說話者主要在討論什麼？
(A) 客戶調查
(B) 技術報告
(C) 新的研究機構
(D) 未能出席會議

解析 本題詢問的是對話的主旨，因此關鍵在於仔細聆聽前半段的對話內容，並從中掌握對話的中心主旨。對話一開頭，男子便說道：「I didn't see you guys at the technology meeting yesterday. Did you guys miss the meeting?」，詢問他們是否沒參加昨天的技術會議。由此可以推測出接下來會針對沒參加的原因進行討論，因此答案為 (D)。

新 **54. 說話者的意圖** ★★★

當這位女士說：「請告訴我們詳情」，是什麼意思？
(A) 她想要全額退款。
(B) 她需要吃飯。
(C) 她想要一些會議的相關資訊。
(D) 她想學習技術理論。

解析 本題詢問女子說出「please fill us in.」代表什麼意思，因此關鍵在於由「please fill us in.」的前後文意確認此句話的意思。男子於前方說道：「We discussed some new mobile communication technology which does multiparty video conferencing and data transmission.」，告訴他們會議的重點。接著女子才說「please fill us in. No details of the meeting have been released because the contents are very sensitive.」，表示會議內容較為敏感，無從得知細節。由此可以推測出女子提出「please fill us in.」為的是請對方告知會議上討論的內容，因此答案為 (C)。

55. 特定性別的相關細節 ★★☆

普雷斯頓先生午餐時可能會做什麼？

(A) 他會上台報告。
(B) 他會檢查一些技術數據。
(C) 他會告訴這位女士一些細節。
(D) 他會修理一些壞掉的機器。

解析 本題為題組中最後一題，詢問 Preston 先生打算在午餐時做什麼事。因此請仔細聆聽後半段對話，並從提到 lunch 的片段中，掌握答題線索。女子於前方說道：「please fill us in. No details of the meeting have been released because the contents are very sensitive.」，表示會議內容較為敏感，無從得知細節，並請對方告知會議上討論的內容。接著男子回答：「How about doing that at lunchtime?」，提議利用午餐時間為她說明，因此答案為 (C)。

新 第 56–58 題，請參考下方三人對話。

美M 美F 英F

M: Ms. Baur, [56] **didn't you say that your company invested some money in the new business district in the heart of New York?**

W1: Yes, Mr. Burton. [56] **We made an agreement with Kamon Construction regarding the city's new office building complex construction project last year.** It's going to be lucrative.

W2: According to our financial analysts, most of the buildings under construction will be ready for occupation early next year and will be leased to IT companies. That's what I heard.

M: Um . . . I just read an article about the project in *Lucky Fortune* magazine. [57] **It says that Kamon Construction decided to convert the buildings to luxury apartment complexes** [58] **because the company couldn't sell enough units in advance to complete the construction.** What's wrong with the project?

W1: [57] **I can't believe it! They can't decide to do that on their own.**

W2: Right. Excuse me, Mr. Burton. We should go back to my office immediately to find out what's going on.

男：鮑爾女士，[56] 妳不是說貴公司在紐約市中心的新商業區做了一些投資嗎？

女 1：是的，伯頓先生。[56] 我們去年和卡蒙建設公司就該市新綜合辦公大樓的建案達成了協議。這建案會很賺錢。

女 2：根據我們的財務分析師的說法，大部分正在興建中的大樓會在明年年初投入使用，出租給資訊科技公司。這是我聽到的消息。

男：嗯……我剛在《幸運財富》雜誌上看到一篇與此建案有關的報導。[57] 上面說卡蒙建設公司決定要將綜合辦公大樓改建為豪華公寓大廈，[58] 因為該公司沒辦法預先賣出足夠的戶數來完成施工。這個建案是怎麼了？

女 1：[57] 我簡直不敢相信！他們不能這樣獨斷獨行。

女 2：沒錯。伯頓先生，不好意思，我們必須馬上回公司弄清楚到底發生了什麼事。

字彙 **business district** 商業區
in the heart of 在……的中心
make an agreement with 和……達成協議
office building 辦公大樓
complex 綜合大樓；建築群
lucrative 獲利多的；賺錢的
financial analysts 財務分析師
under construction 在興建中的
occupation 居住；佔用
be leased to 出租給
convert A to B 把 A 改成 B
luxury apartment complex 豪華公寓大廈
in advance to 預先；提前

56. 女子任職的公司 ★★☆

女士們最有可能在哪種類型的公司工作？

(A) 汽車租賃公司
(B) 建設公司
(C) 資訊科技公司
(D) 投資公司

解析 本題為題組中第一題，詢問女子們任職的公司。請仔細聆聽前半段對話，確認當中是否直接提及公司名稱、相關單字或說明，便於推測出任職的公司。對話開頭，男子對女子說道：「didn't you say that your company invested some money in the new business district in the heart of New York?」，詢問對方公司是否投資了新的商業區。接著女子回答：「We made an agreement with Kamon Construction regarding the city's new office building complex construction project last year.」，表示去年和 Kamon 建設公司針對新的辦公大樓用地建設案簽訂了合約。由此可以推測出女子們任職於投資公司，因此答案為 (D)。

57.特定性別的相關細節／男子針對新建案提出的內容 ★★★

關於新建案，這位男士提出了什麼？

(A) 該市正面臨財務困境。
(B) 總造價在一年內增加了三倍。
(C) 部分大樓存在嚴重的結構問題。
(D) 有個決策僅由一方決定。

解析 本題詢問男子針對新建案提出什麼內容，因此請仔細聆聽男子所說的話，並從中掌握與新建案有關的資訊。最後一段對話中，男子說道：「It says that Kamon Construction decided to convert the buildings to luxury apartment complexes.」，表示自己在雜誌上看到報導指出 Kamon 建設公司決定把辦公大樓用地變更為豪華公寓用地。接著女子回答：「I can't believe it! They can't decide to do that on their own.」，由此可以推測出變更一事為 Kamon 建設公司一方自行做的決定，因此答案為 (D)。

58.相關細節／Kamon 建設公司改變原先計畫的原因 ★★★

卡蒙建設公司為什麼改變了原本的計畫？

(A) 該公司想要提高房價。
(B) 經濟趨緩。
(C) 房屋銷售低於預期。
(D) 因天候不佳導致施工延誤。

解析 本題詢問 Kamon 建設公司改變原先計畫的原因，因此請仔細聆聽對話中提及 Kamon Construction 的片段，並從中掌握答題線索。第二段對話中，男子說道：「It says that Kamon Construction decided to convert the buildings to luxury apartment complexes.」，表示自己在雜誌上看到報導指出 Kamon 建設公司決定把辦公大樓用地變更為豪華公寓用地；接著補充：「because the company couldn't sell enough units in advance to complete the construction.」，表示因為建設公司在完工前並未售出一定的數量，才會變更用地，由此可知答案為 (C)。

第 59–61 題，請參考下方對話。 美F 美M

W: Mr. Winnick, [59] **I am going over the anticipated costs of building the new branch office downtown.** [60] **I have estimates here for the construction and electrical wiring, but I don't have anything about the costs of furnishing the office.**

M: Yes, I know. I am still in talks with several firms to see which one will give us a better deal. I should be able to know for sure by Friday evening.

W: Well, I have to present the final costs to the budgeting department so I will need to include that as well. Can you get back to me sooner than Friday evening? I have a meeting on this Friday afternoon.

M: [61] **I'll call around and talk to those companies after lunch then.**

女：溫尼克先生，59 我正在核對在市中心蓋新分公司的預期費用。60 我這裡有建物和電線的報價，卻沒有任何關於辦公室布置的費用。

男：是，我知道。我還在跟幾家公司洽談，看哪一家能給我們更好的報價。星期五傍晚前我就能確定了。

女：好吧，我必須把最後估算的費用呈報給預算部門，所以我也要把它包括進去。你能在星期五傍晚以前給我答覆嗎？我星期五下午要開個會。

男：61 那我午餐時間後再打電話跟那幾家公司談談好了。

字彙 go over 核對；仔細檢查
anticipated cost 預期費用；預期成本
branch 分公司 estimate 估算；估價
electrical wiring 電線
furnish 為……配備家具；佈置（家具）
be in talks with 正和……交談
firm 商行；公司
for sure 確切地；無疑地
present 提交；呈報
sooner than 早於；比……更早
call around 打電話；拜訪

59. 對話主旨 ★★★

說話者在討論什麼？
(A) 蓋公司的預算
(B) 開店的提案
(C) 會議議程
(D) 電線費用

解析 本題詢問對話的主旨，因此請仔細聆聽前半段對話的內容，並從中掌握對話的中心主旨。對話開頭，女子便說道：「I am going over the anticipated costs of building the new branch office downtown.」，表示自己正在檢查新的分公司辦公室預算。接著說道：「I have estimates here for the construction and electrical wiring, but I don't have anything about the costs of furnishing the office.」，表示目前她手上只有建物和電線施工的報價，沒有辦公室內部家具佈置的成本資料。從女子提到「anticipated costs, estimates here for the construction and electrical wiring」以及「costs of furnishing the office」，可以得知對話主旨為施工費用報價與預算，因此答案為 (A)。

陷阱分析：女子在對話前半段，提到她必須審查新分公司的辦公室預算，並將預算呈報給預算部門。因此，請不要聽到 electrical wiring，就誤選 (D)。

60. 女子的問題 ★★☆

這位女士的問題是什麼？
(A) 晚到貨。
(B) 預測的日期有誤。
(C) 估價不完整。
(D) 她開會將會缺席。

解析 本題詢問女子的問題為何，因此請仔細聆聽女子所說的話，並從中確認她提出的問題。女子說道：「I have estimates here for the construction and electrical wiring, but I don't have anything about the costs of furnishing the office.」，表示目前她手上只有建築物和管線施工的報價，沒有辦公室內部家具佈置的成本資料。由此話可以得知女子的問題為尚未完成成本估算，因此答案為 (C)。

61. 男子往後的行動 ★★☆

這位男士接下來最有可能做什麼？
(A) 與一些公司聯繫
(B) 重新安排約會
(C) 訂購更換的零件
(D) 打電話給辦公家具店

解析 本題為題組中最後一題，詢問男子往後要做的事情。因此請仔細聆聽最後一段對話，鎖定關鍵動詞，掌握男子下一步的行動。對話最後，男子說道：「I'll call around and talk to those companies after lunch then.」，表示午餐時間過後，他會聯絡那些公司，由此可知答案為 (A)。在此補充，前半段對話中提到「furnishing the office」，因此可能會直接聯想到家具行，因而選成 (D) office furniture store，請特別留意千萬不要選錯。

陷阱分析：後半段對話中，男子說道：「I'll call around and talk to those companies after lunch then.」，表示他會聯絡那些公司；而選項將動詞 call 改寫成同義詞 contact，故為正確答案。因此千萬不要只聽到「I'll call . . .」，就直接選 (D) 作為答案，當中並未提到要聯絡家具店，請特別留意。

新 第 62–64 題，請參考下方對話。 澳M 美F

M: Hello, Ms. Baker. [62] **Now I'm going to the anniversary ceremony at Bella Technology to cater the event.** [63] **But I can't see any plastic plates and disposable cups. Could you tell me where I can find them?**

W: Oh, Mr. Johnson, [63] **we don't have any right now. I heard the supplies manager ordered some a couple of days ago, but they haven't been delivered yet.** You know, this isn't the first time this has happened.

M: Um . . . we are in trouble. I don't have time to stop by a store on the way to Bella Technology. The tables need to be set by 11. What should I do?

W: Don't worry about it. [64] **I'll buy some and bring them to you before 10:30.**

M: Oh, thanks a lot. I'll send you a text message regarding the event venue.

男：嗨，貝克女士。[62] 我現在要去貝拉科技公司的週年慶祝活動，為他們的活動辦外燴。[63] 可是我沒看到塑膠盤和免洗杯。妳能告訴我要去哪裡找嗎？

女：哦，強生先生，我們現在都沒有了哦。我聽說備品經理幾天前訂貨了，可是貨還沒送到。你知道的，這不是第一次發生這種事了。

男：嗯……這下可麻煩了。我沒時間半路去商店買。我 11 點前得把餐具都擺好。我該怎麼辦？

女：別擔心，[64] 我會去買一些，然後 10 點半以前送去給你。

男：喔，非常感謝。至於活動地點，我會傳簡訊給妳。

字彙 **anniversary ceremony** 週年慶
disposable 拋棄式的；用完即丟的；免洗的
supplies manager 備品經理
in trouble 有麻煩；處於困境中
stop by 順道去
on the way to 在去……的路上
text message 簡訊　**event venue** 活動地點

62. 說話者的任職的公司 ★☆☆

說話者最有可能在哪種行業工作？
(A) 製藥公司
(B) 電器行
(C) 外燴餐飲公司
(D) 電腦軟體公司

解析 本題詢問說話者任職的公司，屬於推論題。因此請仔細聆聽前半段對話，從中確認相關單字或說明，推測出他們任職的公司。第一段對話中，男子說道：「Now I'm going to the anniversary ceremony at Bella Technology to cater the event.」，表示他現在正前往週年慶祝活動，要為 Bella 科技公司準備活動的餐飲。由此可以推測出說話者任職於承辦活動餐飲的公司，因此答案為 (C)。

新 63. 說話者的意圖 ★★★

這位女士為什麼會說：「這不是第一次發生這種事了」？
(A) 她知道怎麼解決問題。
(B) 她對經理的存貨管理感到失望。
(C) 她對差勁的客服感到不滿。
(D) 她希望男士在搬運某些設備時要小心。

解析 本題詢問女子說出「this isn't the first time this has happened.」的原因為何，因此請確認此句話前後文意，掌握女子說出這句話的原因。男子於前方說道：「But I can't see any plastic plates and disposable cups. Could you tell me where I can find them?」，表示他沒看到塑膠盤子和杯子。接著女子說道：「we don't have any right now. I heard the supplies manager ordered some a couple of days ago, but they haven't been delivered yet.」，表示負責備品的經理兩天前就訂購了，但是尚未送達，並補充說道：「this isn't the first time this has happened.」。由此可以推測出她對於經理未管理好備品存貨這件事感到失望，因此答案為 (B)。

64. 女子往後的行動 ★★☆

這位女士接下來可能會做什麼？
(A) 購買一些新設備
(B) 去商店
(C) 跟店長談話
(D) 跟這位男士吃飯

解析 本題詢問女子往後的行動，因此請仔細聆聽後半段對話，掌握與女子往後行動有關的線索。最後一段對話中，女子說道：「I'll buy some and bring them to you before 10:30.」，表示自己會在 10 點 30 分以前買好塑膠盤子和杯子並送到會場。由此可以推測出女子會先去商店購買盤子和杯子，因此答案為 (B)。

陷阱分析：最後一段對話中，女子表示自己會在 10 點 30 分以前買好塑膠盤子和杯子並送到會場，具體說明她接下來的行動。請注意，千萬不要只聽到「I'll buy . . .」，就直接選 (A) 作為答案，當中並未提到要購買設備（equipment），請特別注意。

新 第 65–67 題，請參考下方對話和圖表。

美M 英F

M: Ms. Ryan, 65 **have you heard that we're considering acquiring BK Foods 74? I just read the market analysis report. Did you read it?**

W: No, not yet. Could you give me a concise explanation of the recent results?

M: No problem. 66 **It says we are already the second largest and will have the largest market share if we acquire BK Foods 74.**

W: Um . . . I don't know what to say. Do you think it would be the right move? I mean, buying BK Foods 74.

M: Well, 67 **I'm not sure. I read an article last week that said the profits at BK Foods 74 suddenly dropped last quarter.** Maybe acquiring BK Foods 74 isn't a good idea.

男：賴安女士，65 妳有聽說我們公司正在考慮收購 BK 食品 74 公司嗎？我剛看了市場分析報告。妳看過了嗎？

女：不，還沒有。你能跟我簡單說明一下最新的分析結果嗎？

男：沒問題。66 報告上說，我們已經是市場占有率第二大的公司，如果我們收購了 BK 食品 74 公司，將擁有最大的市占率。

女：嗯……我不知道說什麼好。你覺得這是明智之舉嗎？我是指收購 BK 食品 74 公司這件事。

男：這個嘛，67 我不確定。我上星期讀到一篇文章說，BK 食品 74 公司上一季的利潤突然下降。也許收購 BK 食品 74 公司不是一個好主意。

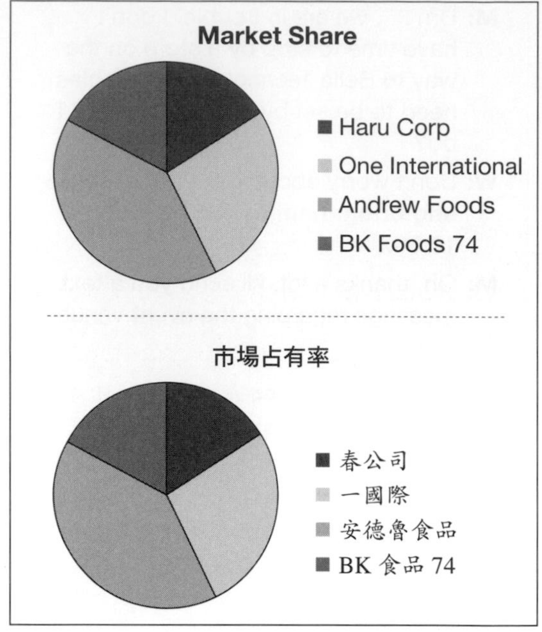

字彙 **acquire** 收購
market analysis report 市場分析報告
concise 簡要的；簡潔的
explanation 說明；解釋
right move 正確的舉動
profit 盈利；利潤 **last quarter** 上一季

65. 對話主旨 ★★☆

說話者在談論什麼？

(A) 預算方案
(B) 市場趨勢
(C) 新廣告活動
(D) 企業收購

解析 本題詢問對話的主旨，因此請仔細聆聽前半段對話內容，從中掌握對話的中心主旨。對話一開頭，男子便說道：「have you heard that we're considering acquiring BK Foods 74?」，詢問對方是否知道公司正在考慮收購 BK Foods 74 公司。接著又說道：「I just read the market analysis report. Did you read it?」，表示自己剛看完市場分析報告，詢問女子是否也看過了。由此可以得知接下來會繼續針對收購 BK Foods 74 公司一事進行討論，因此答案為 (D)。

新 **66. 圖表資訊／圓餅圖** ★★★

請看圖表，說話者可能是在哪一家公司工作？
(A) 一國際
(B) BK 食品 74
(C) 春公司
(D) 安德魯食品

解析 本題詢問說話者任職於哪一間公司，需要綜合對話內容和圖表資訊才能解題。對話中不會直接提到說話者在哪間公司工作，因此請鎖定公司的市占率、公司在業界的排名等相關資訊，推測出他們任職的公司。男子於對話中間說道：「It says we are already the second largest and will have the largest market share if we acquire BK Foods 74.」，表示根據分析報告，現在的公司為業界排名第二，如果收購 BK Foods 74 公司，就會變成市占率第一的公司。經由圓餅圖確認，排名第二的公司為 One International 公司，因此答案為 (A)。

67. 特定性別的相關細節 ★★★

這位男士為什麼說他不確定？
(A) 他不熟悉市場行銷理論。
(B) 他的公司陷入財務困境。
(C) 有些資訊不正確。
(D) 一間公司的利潤下滑了。

解析 本題為題組中最後一題，詢問男子表示自己不太確定的原因。因此請仔細聆聽後半段對話，並從中掌握男子不太確定的原因。對話最後，男子說道：「I'm not sure. I read an article last week that said the profits at BK Foods 74 suddenly dropped last quarter.」，表示他看過相關報導，上面指出 BK Foods 74 公司上一季的獲利大幅減少，由此內容可以推測出答案為 (D)。

新 **第 68–70 題，請參考下方對話和清單。**
(美M) (美F)

M: Hi. 68 I'm looking for a good venue for Joshua Accounting's annual awards ceremony next month.

W: Thank you for contacting us, sir. Could you please tell me how many people will attend your event and what kind of venue you are looking for?

M: 70 We would like an indoor dining venue that can accommodate about 150 people. I heard your hotel has a brand-new indoor dining hall that can hold nearly 200 people. I think that would be a good venue for our event.

W: Yes, 69 the Homestead Party Garden is definitely a great place for various events, and every company wants to use it. But our hotel also has other good places for your event. I think you should stick to your event budget. Would $10,000 work for you?

M: 70 Um . . . no, probably something less than $8,000.

W: Absolutely, sir. We have some good options for you. Let me double-check, and I'll get back to you with the best one as soon as possible.

男：妳好，68 我正在為約書亞會計事務所下個月舉辦的年度頒獎典禮找個不錯的場地。

女：先生，感謝您與我們聯絡。能請您告訴我有多少人要參加這個活動嗎？還有您想要找什麼樣的場地？

男：70 我們想要找個能容納 150 人左右的室內餐廳。我聽說貴飯店有個全新的室內餐廳，可以容納近 200 人。我覺得那個場地用來辦我們公司的活動不錯。

女：是的，69 農莊派對花園絕對是舉辦各種活動的好地方，每家公司都想用這個場地。但本飯店還有其他不錯的地方，適合貴公司舉辦活動。我認為貴公司應該要堅持活動的預算。您覺得一萬美元行得通嗎？

男：70 嗯……不行，大概只能低於八千美元。

女：當然可以，先生。我們有些不錯的場地供您選擇。請讓我再複核一次，我將儘快給您最好的答案。

Indoor Dining Hall List		
Venues	Capacity	Cost
Ocean Convention Hall	90 people	$5,000
Galaxy Dining Hall	130 people	$6,200
Andromeda Dining Garden	170 people	$7,600
Homestead Party Garden	200 people	$12,500

室內餐廳一覽表		
場地	容納人數	費用
海洋會議廳	90 人	5,000 美元
銀河餐廳	130 人	6,200 美元
仙女座花園餐廳	170 人	7,600 美元
農莊派對花園餐廳	200 人	12,500 美元

字彙 venue 場地；地點
annual awards ceremony 年度頒獎典禮
accommodate 容納
indoor dining venue 室內用餐地點
hold 容納　nearly 幾乎；差不多
definitely 明確地；一定；肯定
various 各式各樣的
stick to 堅持（做某事）　budget 預算
work 奏效；行得通　less than 少於……
absolutely 絕對地；毫無疑問地
double-check 將……仔細檢查；複查
get back to 答覆；（通過電話）再與……聯繫
as soon as possible 儘快

68. 相關細節／活動類型 ★★☆

下個月將要舉辦什麼樣的活動？

(A) 會計研討會
(B) 本地職業博覽會
(C) 紀念儀式
(D) 企業活動

解析 本題為題組中第一題，詢問活動類型，因此請仔細聆聽前半段對話，確認活動類型為何。對話開頭，男子便說道：「I'm looking for a good venue for Joshua Accounting's annual awards ceremony next month.」，表示自己正在物色適合舉辦會計事務所年度頒獎典禮的場地。公司年度頒獎典禮屬於公司活動的一種，選項將 awards ceremony 改寫成意思相近的說法 corporate event，因此答案為 (D)。

陷阱分析：前半段對話中，男子提到 annual awards ceremony，明確說出公司要舉辦年度頒獎典禮活動。千萬不要一聽到 ceremony，就馬上選 (C) 作為答案，(C) 指的是紀念活動，請特別留意。

69. 針對 Homestead Party Garden 的相關推測 ★★★

關於農莊派對花園餐廳，暗示了什麼事？

(A) 深受許多公司的歡迎。
(B) 有足夠容納 250 名賓客的空間。
(C) 環境優雅寧靜。
(D) 用野花來裝飾。

解析 本題詢問 Homestead Party Garden 的相關細節，因此請先看過選項的內容，再仔細聆聽對話中是否提到相對應的資訊，從中推測出答案。前半段對話中，女子說道：「the Homestead Party Garden is definitely a great place for various events, and every company wants to use it.」，表示 Homestead Party Garden 適合舉辦各類型的活動，而且許多公司都喜歡在此舉辦活動。由此可以推測出這個場地受到許多公司的青睞，因此答案為 (A)。

新 **70. 圖表資訊／推論／最佳活動場地** ★★★

請看圖表，這位女士最有可能向男士推薦哪個場地？

(A) 海洋會議廳
(B) 銀河餐廳
(C) 仙女座花園餐廳
(D) 農莊派對花園餐廳

解析 本題要透過對話中的線索和表格內的資訊，推測出最適合舉行活動的場地。前半段對話中，男子說道：「We would like an indoor dining venue that can accommodate about 150 people.」，表示偏好能容納 150 人的室內活動場地。之後男子又向女子說道：「Um . . . no, probably something less than $8,000.」，告知對方租借活動場地的預算為八千美元以內。根據室內場地清單，找出價格為八千美元以內，又能容納 150 員工的場地，當中只有 Andromeda Dining Garden 符合前述兩個條件，因此答案為 (C)。

PART 4 P. 353

第 71–73 題，請參考下方廣告。 美M

Who doesn't need to upgrade their home appliances? 71 **Best Deals is having an incredible sale! We have flat screen TVs, computers, refrigerators and much more.** We even have someone here who can help you choose the right size equipment for your home and for your personal entertainment needs. 72 **On top of that, we will deliver your new appliance to your home on the same day!** 73 **This sale is for two days only, Saturday and Sunday.** Don't miss it!

誰家的家電是不需要更新替換的？71「優特客」正在舉辦跳樓大拍賣活動！我們有平面電視、電腦、電冰箱等等。本店甚至可以協助替您的居家及個人娛樂需求挑選出適當尺寸的設備。72 更重要的是，我們會在當天將您的新家電運送到您的府上！73 本次特賣僅為期兩天——週六和週日。千萬別錯過了！

字彙 upgrade 升級；更新
home appliances 家用電器
incredible 不可思議的；令人難以置信的
flat screen （電視或電腦）平面顯示器
equipment 設備；器材
on top of that
除此之外；不僅如此；更重要的是

71. 廣告主旨 ★★☆

這是在廣告什麼？

(A) 軟體
(B) 電子產品
(C) 家庭劇院組
(D) 辦公設備

解析 一般來說，廣告的主旨會在前半段廣告文中出現。前半段獨白中說道：「Best Deals is having an incredible sale! We have flat screen TVs, computers, refrigerators and much more.」，提到各類家電產品的優惠，由此內容可以得知本篇為銷售家電產品的廣告，因此答案為 (B)。

72. 相關細節 ★☆☆

為顧客提供了什麼樣的服務？

(A) 免費維修
(B) 當日送貨
(C) 額外的折扣
(D) 免費延長保固期限

解析 本題詢問提供給顧客什麼服務，因此請特別留意獨白中提到的服務或優惠。後半段獨白中，說話者說道：「On top of that, we will deliver your new appliance to your home on the same day.」，表示購買家電產品，將於當天送貨到家，因此答案為 (B)。

73. 相關細節 ★☆☆

特賣什麼時候開始？

(A) 星期五
(B) 星期六
(C) 星期日
(D) 星期一

解析 本題為題組中最後一題，詢問優惠活動從哪一天開始。因此請仔細聆聽後半段獨白，確認優惠活動開始的時間。獨白最後，說話者說道：「This sale is for two days only, Saturday and Sunday.」，提到優惠活動只有週末兩天，因此答案為 (B)。

第 74–76 題，請參考下方電話留言。 美F

Hello, Mr. Ryder. 74 **This is Christine Davis from Great Smile Dental Clinic.** I'm calling about your regular checkup. Your records indicate that it's time for you to take care of your teeth. 75 **We opened our official Web site last week. So you are able to make a dental appointment online.** 76 **If you visit our Web site at www.greatsmile.com, there is a link at the bottom of the first page that says, "Set up an appointment." You can't miss it.** If you have any questions about the scheduling process, please do not hesitate to call us at 575-4331. I'll see you soon, Mr. Ryder.

萊德先生您好，74 我是微笑牙醫診所的克莉絲汀．戴維斯。我打這通電話是要問您定期檢查的事。您的紀錄顯示，您照護牙齒的時間到了。75 我們上個星期開通了官方網站，所以您現在可以上網預約看牙。76 如果您到我們的網站 www.greatsmile.com，就會在第一頁的底部看到一個連結，上面寫著「預約掛號」。您一定能找到的。如果您對預約流程有任何疑問，請不要猶豫來電與我們聯繫，電話是 575-4331。萊德先生，希望很快能見到您。

字彙 regular checkup 定期檢查
indicate 顯示；指出
it's time to V （做某事）的時候到了；是時候（做某事）
take care of 照料；照護
dental appointment 牙科的約診
at the bottom of 在……的底部
set up an appointment 預約時間；安排約會
miss 錯過
scheduling process 預約流程
hesitate 猶豫；躊躇

74. 說話者工作的地點 ★☆☆

說話者在哪裡工作？
(A) 在牙醫診所
(B) 在網路服務供應商
(C) 在清潔公司
(D) 在辦公用品店

解析 本題詢問說話者工作的地點，因此請仔細聆聽前半段獨白，當中可能會直接提及工作地點，或是相關單字和說明，便於推測出答案。前半段獨白中，說話者說道：「This is Christine Davis from Great Smile Dental Clinic.」，介紹自己是 Great Smile Dental Clinic 的 Christine Davis，由此話可以得知說話者在牙醫診所工作，因此答案為 (A)。

75. 相關細節／說話者的要求事項 ★★☆

說話者為什麼要萊德先生登錄網站？
(A) 給予行車路線
(B) 提供一些有用的資訊
(C) 介紹各項服務
(D) 預約掛號

解析 本題詢問說話者要求 Ryder 進入官網的原因，因此請仔細聆聽提及 Web site 的內容。獨白中間部分說道：「We opened our official Web site last week. So you are able to make a dental appointment online.」，提到上週官網正式上線，告知對方現在可以用網路預約看診，因此答案為 (D)。

新 76. 說話者的意圖 ★★★

當說話者說：「您一定能找到的」時，是什麼意思？
(A) 聽者很輕易就能找到東西。
(B) 她在批評聽者的錯誤。
(C) 牙醫師的報價非常有吸引力。
(D) 聽者今天就必須搭飛機。

解析 本題考的是說話者的意圖，詢問說話者說出「You can't miss it」代表什麼意思。因此請由此句話前後的文意，掌握說話者的意圖。此句話前方，說話者說道：「If you visit our Web site at www.greatsmile.com, there is a link at the bottom of the first page that says, "Set up an appointment."」，告知對方進入牙醫診所官網後，第一頁最下方會看到「預約看診」的欄位。接著說道：「You can't miss it」，表示對方一定找得到「預約掛號」的欄位，因此答案為 (A)。

第 77-79 題，請參考下方廣播。 英F

Good evening, ladies and gentlemen! 77 **Welcome to the first performance of the Westminster Symphony this Christmas holiday season.** To celebrate the first performance, Ms. Lisa Callas sings "Brindisi" from the opera "La Traviata" by Giuseppe Verdi, one of the famous Italian Romantic composers. 78 **Now, our light engineers are working on getting the stage lights functioning properly due to low light conditions, and it has caused a little delay in getting started.** 77 **The concert should commence in exactly 15 minutes.** 79 **Please finish your conversations and make your way to your seats.** Thank you, and enjoy the show!

各位先生、女士，大家晚安！77 歡迎蒞臨威斯敏斯特交響樂團在今年聖誕節假期的首場演出。為了慶祝這第一場的演出，莉莎·卡拉斯女士將獻唱由義大利浪漫主義知名作曲家——朱塞佩·威爾第所作的歌劇《茶花女》中的《飲酒歌》。78 現在，我們的燈光師正在努力解決光照不足的問題，讓舞台上的燈光能正常運作，故開場稍有延誤。77 音樂會應於 15 分鐘後準時開始。79 請結束您的談話，回到您的座位上。謝謝大家，希望大家喜歡今晚的演出。

字彙 performance 演出；演奏
Romantic composer 浪漫主義作曲家
work on 致力於　due to 由於；因為
light condition 光照條件
cause 導致；造成　commence 開始
make one's way to 前往某處；回某地

77. 廣播播送的地點 ★★☆

這段宣告最有可能是在哪裡發布的？

(A) 在廣播電台
(B) 在藝術畫廊的開幕式
(C) 在音樂廳
(D) 在電視錄影棚

解析 本題詢問廣播播送的地點，因此請仔細聆聽前半段獨白，當中可能會直接提到地點名稱，或是相關單字，便於推測出答案。前半段獨白中，說話者說道：「Welcome to the first performance of the Westminster Symphony this Christmas holiday season.」，當中提到 performance 和 the Westminster Symphony，由此可以推測出地點在音樂會場。而且獨白最後，說話者說道：「The concert should commence in exactly 15 minutes.」，提到音樂會將於十五分鐘後開始，由此內容可以再次確認廣播播送的地點為音樂會會場，因此答案為 (C)。

78. 相關細節 ★★★

是什麼原因導致了延誤？

(A) 技術難題
(B) 設施關閉
(C) 天候不佳
(D) 道路維修

解析 本題詢問延誤的原因，因此請仔細聆聽提及延後狀況的內容和其原因。獨白中間部分，說話者說道：「Now, our light engineers are working on getting the stage lights functioning properly due to low light conditions.」，表示現在燈光人員正在處理舞台燈光不足的問題。接著說道：「and it has caused a little delay in getting started.」，由此內容可以得知因為燈光問題才導致音樂會延後開演，因此答案為 (A)。

79. 說話者的要求事項 ★★★

聽眾被要求做什麼？

(A) 欣賞歌劇
(B) 前往指定的位置
(C) 到控制室
(D) 關掉所有的燈光

解析 本題為題組中最後一題，詢問說話者要求聽眾做什麼事情。因此請仔細聆聽後半段獨白的內容，鎖定關鍵動詞，確認說話者要求聽者做什麼事。獨白最後，說話者說道：「Please finish your conversations and make your way to your seats.」，請大家暫時停止交談，並回到自己的座位上，因此答案為 (B)。

陷阱分析：請特別留意，說話者在獨白結束前，明確提出請聽者回到自己的座位上，因此請勿選成 (A)，要求並非請大家好好享受表演。

第 80–82 題，請參考下方演說。 (澳M)

Good evening, ladies and gentlemen! Tonight, 80 **I'm very honored to present the Best Entrepreneur of the Year Award to Ms. Kate Ha.** Ms. Ha is the president of KS Engines, which is widely known for manufacturing durable, energy-efficient, and business-friendly automobile engines. 81,82 **Besides, Ms. Ha recently wrote the company's policies, such as the use of renewable energy sources when manufacturing engines. Isn't she amazing?** Ms. Ha, please come onto the stage. Ladies and gentlemen, let's give her a warm welcome! We are very happy tonight to have you, Ms. Ha.

各位先生、女士，大家晚安！今晚，80 我很榮幸能夠將年度最佳企業家獎頒發給凱特．哈女士。哈女士是 KS 引擎公司的董事長，該公司以生產既經久耐用又高效節能的商用汽車引擎而廣為人知。81, 82 此外，哈女士最近還編寫了公司政策，比如在製造引擎時使用可再生的能源。她是不是很棒？哈女士，請上台來。先生女士們，讓我們熱烈歡迎她！哈女士，我們很高興今晚您能來。

字彙 be honored to V 很榮幸(做某事)
present A to B 把 A 呈獻給 B
be widely known for 以……而聞名
manufacture 生產；製造
durable 經久耐用的
energy-efficient 節省能源的；高效能的
business-friendly 有利營商的
automobile engine 汽車發動機；汽車引擎
renewable energy source 可再生能源
amazing 非常好；令人稱奇的
come onto 到……上面
give a warm welcome 熱烈歡迎

80. 演說的目的 ★☆☆

這場演說的主要目的為何？
(A) 向員工告別
(B) 介紹某項新科技
(C) 頒發獎項
(D) 宣布新分公司開業

解析 本題詢問演說的目的，演說、說明、公告、留言等獨白，通常會在開頭 2–3 句話告知主旨或目的。獨白開頭，說話者打完招呼後說道：「I'm very honored to present the Best Entrepreneur of the Year Award to Ms. Kate Ha.」，提到非常榮幸能將今年的最佳企業家獎頒發給 Kate Ha。由此可以得知此演說的目的為頒獎，因此答案為 (C)。

81. 相關細節／Ha 女士最近做的事情 ★★☆

根據說話者所說，哈女士最近做了什麼事？
(A) 開發了一種新產品
(B) 樹立了一項新能源政策
(C) 捐款給當地的慈善機構
(D) 設計了一款時尚汽車

解析 本題詢問 Ha 女士最近做了什麼事情，因此請仔細聆聽當中提及 recently 的內容，掌握答題線索。獨白中間部分，說話者說道：「Besides, Ms. Ha recently wrote the company's policies, such as the use of renewable energy sources when manufacturing engines.」，提到 Ha 女士使用再生能源製造引擎，並將此納入公司的能源政策中，因此答案為 (B)。在此補充，此處 design 的意思為「建立、樹立」之意，請特別留意。

新 **82. 說話者的意圖** ★★★

為什麼說話者會說：「她是不是很棒」？
(A) 她盛裝打扮。
(B) 她取得了偉大的成就。
(C) 她想出了創新的設計。
(D) 她發表了感人的演說。

解析 本題考的是說話者的意圖，詢問說話者說出「Isn't she amazing?」代表什麼意思。因此請由此句話前後的文意，掌握說話者的意圖。此句話前方，說話者說道：「Besides, Ms. Ha recently wrote the company's policies, such as the use of renewable energy sources when manufacturing engines.」，提到 Ha 小姐使用再生能源製造引擎，並將此納入公司的能源政策中。接著說道：「Isn't she amazing?」，指前方納入公司政策一事令人驚豔，此句話同時帶有尋求聽者同意的概念，因此答案為 (B)。

第 83–85 題，請參考下方電話留言。 美F

Hello, Mr. Ashford. This is Megan Nelson calling from Elle Men's Apparel. 83, 84 **We have your order here for an extra-large Milan's black hooded sweat shirt and sweat pants set. We are out of stock of Milan's sports gear.** But we have your exact order by a different designer — Kamang Sports. We could send that out to you right away if you choose. We are expecting another shipment of Milan's sportswear at the beginning of next week, if you would like to wait until then. 85 **And next week we are having a "buy one get a second one at half price" event. So, if you wait until then, you can get a great discount on a second order of anything in our store.** Please let me know which you prefer. You can reach me at 692-9815. Thank you. Have a nice one.

阿修弗德先生您好。我是梅根·納爾遜，從 Elle 時裝公司的男裝部打來的。83, 84 我們這裡有一筆您的訂單，您訂購的是特大號的黑色米蘭連帽運動衫跟運動褲的套裝。米蘭運動服目前缺貨中，但我們有您要的款式，不過是出自另一家設計師品牌——卡曼運動服。如果您選擇此品牌，我們可以馬上為您出貨。我們預計下週初會有另一批米蘭運動服到貨，如果您想等到那時的話。此外，85 下星期本店將舉辦「第二件半價」的活動。所以，如果您等到那時的話，您在本店購買任何第二件商品時，即可獲得相當優惠的折扣。請告訴我您偏好哪種選擇。您可以撥打 692-9815 與我聯繫。謝謝您，祝您有個美好的一天。

字彙 hooded （衣服）帶有風帽的
be out of stock 無庫存；缺貨
send out 發貨；寄出
shipment 運送的貨物
at the beginning of 在……的開始
at half price 半價
reach （通過電話）聯繫上（某人）

83. 打電話的目的 ★★☆

這通電話的目的為何？
(A) 提供關於訂單的資訊
(B) 為年終促銷做宣傳
(C) 詢問運動衫和運動褲套裝
(D) 要求為購買的東西付款

解析 說話者通常會在說完問候語和自我介紹後，才告知打電話的目的。女子打完招呼、自我介紹後說道：「We have your order here for an extra-large Milan's black hooded sweat shirt and sweat pants set. We are out of stock of Milan's sports gear.」，提到顧客 Ashford 先生所訂購的商品目前缺貨中。由此內容可以得知，女子打電話的目的是為了告知顧客訂購商品的狀況，因此答案為 (A)。

84. 相關細節 ★★☆

阿修弗德先生想要購買什麼商品？
(A) 一件黑色 T 恤
(B) 一套運動服
(C) 運動器材
(D) 運動鞋

解析 本題詢問 Ashford 先生想買的商品為何，因此請仔細聆聽說話者提及 Ashford 先生訂購了什麼東西，從中掌握答題線索。前半段留言中，說話者向 Ashford 先生說道：「We have your order here for an extra-large Milan's black hooded sweat shirt and sweat pants set.」，當中提到 sweat shirt and sweat pants set，由此可以得知 Ashford 先生想要購買運動服和運動褲，因此答案為 (B)。

85. 相關細節 ★★★

關於店內商品，提到了什麼？
(A) 已經出貨了。
(B) 將會降價出售。
(C) 有較大的尺寸。
(D) 非常堅固耐用。

解析 本題為題組中最後一題，詢問說話者針對店內商品提到什麼事情。因此請仔細聆聽後半段獨白，也就是鎖定獨白倒數第 2–3 句話的內容，從中確認與店內商品有關的資訊。獨白最後，說話者說道：「And next week we are having a "buy one get a second one at half price" event.」，提到下週將舉辦購買兩件商品、第二件商品半價的活動，由此內容可以確認為折扣活動。接著說話者又說道：「So, if you wait until then, you can get a great discount on a second order of anything in our store.」，表示如果對方來店內購買第二件商品，便可享有優惠，因此答案為 (B)。

第 86–88 題，請參考下方會議摘錄內容。 美M

86, 87 **The first item on today's agenda is our upcoming government inspection. As you know, the government is now doubling up on inspections of chemical factories across the country.** There have been many chemical spills and lots of illegal polluting going on. But we here at Mandoo Paints Korea are known for the excellent upkeep of our facilities and our strict following of the law. We welcome the government inspectors, and we are sure that our excellent standards will be proven. We already had an inspection a year ago and everything was in order. We expect the same to happen again.

[88] **Again, I am sure we will make the top of the list as the safest factory in the country.**

[86, 87] 今天議程上第一個要討論的項目，就是後續政府部門的檢驗。大家都知道，政府現在加倍檢查全國的化工廠。最近發生數起化學品洩漏和大量非法污染的情形。但我們韓國曼都塗料公司以設備養護優良、嚴格遵守法律而聞名於世。我們歡迎政府的檢驗人員，而且相信我們的高標準將會得到證實。本公司一年前就曾受檢，一切都很正常。我們期望會再次發生相同的結果。[88] 再重申一次，我相信本廠將成為全國最安全的工廠。

字彙 **item** 項目　**agenda** 議程
upcoming 即將來臨的；即將發生的
government inspection 政府部門檢驗
double up 變成兩倍；加倍
chemical factory 化學工廠
across the country 在全國各地
chemical spill 化學品洩漏
illegal 非法的
be known for 因……而出名；以……著稱
upkeep 保養（費）；維修（費）
strict 嚴格　**following** 遵守；跟隨
be in order 合乎程序；情況良好
make the top of the list as 成為……中的首要／頂尖

86. 說話者的真實身分 ★★★

說話者最有可能是什麼人？
(A) 政府官員
(B) 安全檢查員
(C) 化學工程師
(D) 工廠廠長

解析 本題為題組中第一題，詢問說話者的身分為何。因此請仔細聆聽前半段獨白，說話者可能會直接表明自己的身分，或提及相關單字和說明，便於推測出他的身分。獨白開頭，說話者說道：「The first item on today's agenda is our upcoming government inspection.」，表示今天第一個討論的議題為如何應對即將到來的政府審查。接著說道：「As you know, the government is now doubling up on inspections of chemical factories across the country.」，提到政府對全國化學工廠的審查次數增加為兩倍。由此內容可以推測出說話者應為化學工廠的管理者，也就是廠長，因此答案為 (D)。

87. 獨白的主旨 ★★☆

這段談話與什麼有關？
(A) 防止非法汙染
(B) 訂購新的工廠設備
(C) 為檢查做準備
(D) 生產環保的產品

解析 本題詢問獨白的主旨，因此請仔細聆聽前半段獨白，從中掌握中心主旨的內容。獨白開頭，說話者便說道：「The first item on today's agenda is our upcoming government inspection.」，表示今天第一個討論的議題為如何應對即將到來的政府審查。由此話可以得知此獨白的主旨，因此答案為 (C)。

88. 相關細節 ★★★

說話者想要得到什麼？
(A) 每年業績的增加
(B) 提高生產力
(C) 行業的高級評等
(D) 個人良好的績效評估

解析 本題為題組中最後一題，詢問說話者想要獲得什麼。因此請仔細聆聽後半對獨白的內容，鎖定他所期望的事。獨白最後，說話者說道：「Again, I am sure we will make the top of the list as the safest factory in the country.」，表示他相信自家工廠將能獲得全國最安全化學工廠的殊榮。當中提到「make the top of the list as the safest factory」，由此可以得知說話者期盼工廠能成功獲得良好評等。選項將獨白中的 the top of the list 改寫成意思相近的說法 high rating，請特別留意。

陷阱分析： 獨白最後，說話者表示他希望自家工廠能取得全國最安全工廠的評價。而 (D) 當中提到 good review 和 performance，請特別留意不要選錯。

第 89–91 題，請參考下方演說。 澳M

Hello, all. Great to have you all here. We are here to honor Rebecca Martin, who has been a wonderful and important part of our company for the past 30 years. [91] **Ms. Martin is going to pursue her childhood dream of moving to Denmark and learn to be a pastry maker.** We are sure she will be as successful as she has been here performing her accounting duties. 89, 90 She uncovered accounting fraud last year from seemingly honest contractors that could have cost our government billions of dollars. We're very lucky to have her as Chief Accounting Officer in the Ministry of Finance. We know that with the same dedication and care, she will carry out her dream in Denmark and be a complete success at that too. Let's wish her all the best in her future endeavors.

大家好，很高興大家都來了。我們齊聚一堂是要表揚瑞貝卡・馬丁，她在服務的這 30 年來一直是我們很優秀重要的一員。91 馬丁女士打算要追尋童年時期的夢想，搬到丹麥學習當糕點師傅。我們相信她一定會像在這執行會計業務時那樣地成功。89, 90 去年，她揭露了一樁看似誠實的承包商的會計舞弊案，此案有可能會讓政府損失數十億美元。我們很幸運有她擔任財政部的會計室主任。我們知道她同樣會全心全意，在丹麥實現她的夢想，並且功成圓滿。讓我們一起祝福她今後一切順利。

字彙 honor 給……榮譽
pursue 努力實現；追求
childhood 童年時期
pastry maker 糕點師傅
perform 執行；履行
accounting duty 會計職責
uncover 發現；揭露
accounting fraud 會計詐欺；會計舞弊
seemingly 看似……的；表面上
contractor 承包商　billion 十億
dedication 恪盡職守；盡心地
carry out 實現
complete success 完全成功；圓滿成功
endeavor 努力；盡力

89. 聽者的真實身分 ★★★

這段談話所針對的聽眾是誰？

(A) 會計師
(B) 廚師
(C) 旅行社職員
(D) 政府官員

解析 本題詢問聽者的身分為何，因此請仔細聆聽前半段獨白的內容，當中可能會直接提到聽者的身分或是相關說明，便於推測出答案。然而本篇前半段獨白中，並未提及聽者的身分，也沒有談到與身分有關的內容，因此算是難度較高的考題。答題線索出現在獨白中間部分：「She uncovered accounting fraud last year from seemingly honest contractors that could have cost our government billions of dollars.」當中的 our government.，以及後方：「We're very lucky to have her as Chief Accounting Officer in the Ministry of Finance.」，由於當中提到 Ministry of Finance，表示該名女子為政府高階公務員，進而推測出聽者應為政府公務員，因此答案為 (D)。

90. 相關細節 ★★★

文中提到馬丁女士的什麼成就？

(A) 她開發了美味的糕點。
(B) 她幫忙提高了業績。
(C) 她逮捕了一些經濟犯。
(D) 她救下了政府資金。

解析 本題詢問 Martin 小姐的功績，因此請先仔細聆聽介紹 Martin 小姐的內容，從中確認她的功績為何。說話者介紹完 Martin 小姐後，接著說道：「She uncovered accounting fraud last year from seemingly honest contractors that could have cost our government billions of dollars.」，去年她成功揭發業者疑似挪用數十億美元的公款一事。由此內容可以得知答案為 (D)。

陷阱分析：獨白中只有提到 Martin 小姐成功揭發業者疑似挪用數十億美元的公款一事，並未說 Martin 小姐逮捕了經濟犯。因此請特別留意，千萬不要一聽到 uncovered accounting fraud，就馬上選 (C) 作為答案。

91. 相關細節 ★★★

馬丁女士打算要做什麼？

(A) 開設自己的會計事務所
(B) 設計賺錢的套裝行程
(C) 學會說丹麥話
(D) 成為糕點師傅

解析 本題詢問 Martin 小姐往後的計畫，因此請仔細聆聽介紹 Martin 小姐的內容，從中確認她往後的計畫為何。前半段獨白中，說話者說道：「Ms. Martin is going to pursue her childhood dream of moving to Denmark and learn to be a pastry maker.」，提到她將到 Denmark 學習成為一名糕點師，完成她小時候的夢想，由此內容可以得知答案為 (D)。雖然本題為題組中最後一題，答題線索卻是出現在前半段獨白中，有別於一般情況，並非按照題目順序提及線索，因此算是高難度的考題。

新 第 92–94 題，請參考下方的廣播和廣告單。英F

Attention, shoppers! 92 **Lucky Seven Supermarket is celebrating our twentieth anniversary this weekend.** Now we are having a huge sale for our customers at all of our fifteen locations in the northern part of California. 93 **Each of our fifteen locations is offering discounts on different items, and you will get 30 percent off all beverages and fruits here at our store.** If you join our Loyal Lucky Seven Shopper program, you will get even more savings. Members earn points, and they are exchangeable for products you want to buy. 94 **For further information on how to become a member, please visit our Web site at www.luckyseven.com.** Enjoy your shopping. Thank you.

所有顧客，請注意！92 幸運七超市這個週末正在慶祝成立二十週年慶。現在，我們位於加州北部的 15 個營業據點全都在為本店顧客舉行大特價活動。93 每家分店會針對不同的商品提供優惠折扣，在本店所有的飲料和水果全都打七折。如果您加入我們的「幸運七忠實顧客方案」，您將會省下更多。會員可累積點數，然後兌換成您想要購買的商品。94 有關成為會員的詳細資訊，請至我們的官網 www.luckyseven.com 查詢。盡情享受購物的樂趣吧，感謝您的惠顧。

Lucky Seven Supermarket
30% Discount This Weekend

Sale Items	Store Location
Dairy Products	Oakland
Baked Goods	Fremont
93 **Beverages & Fruits**	**Hayward**
Fresh Produce	Cupertino

幸運七超級市場
本週末有七折優惠者

特價品項	分店據點
乳製品	奧克蘭
烘焙食品	弗里蒙特
飲料及水果	海沃德
新鮮農產品	庫柏蒂諾

字彙 **shopper** 購物者
anniversary 週年紀念日
northern part 北部地區；北邊
beverage 飲料　**savings** 節約；節省
earn 得到；獲得　**exchangeable** 可兌換的
further 更進一步的；更多的

92. 相關細節／Lucky Seven Supermarket 的經營年數 ★★☆

幸運七超市營業多久了？
(A) 一年
(B) 十年
(C) 十二年
(D) 二十年

解析 本題為題組中第一題，詢問 Lucky Seven Supermarket 營業至今為期多久，因此請仔細聆聽前半段獨白的內容，掌握確切的時間。獨白開頭，說話者便說道：「Lucky Seven Supermarket is celebrating our twentieth anniversary this weekend.」，由此可以得知 Lucky Seven Supermarket 於本週末慶祝開業二十週年，因此答案為 (D)。

新 93. 圖表資訊／廣告單 ★★★

請看圖表，是在哪家分店進行這段廣播的？
(A) 奧克蘭
(B) 弗里蒙特
(C) 海沃德
(D) 庫柏蒂諾

解析 本題詢問的是本段廣播出現在廣告單上哪一家分店內，需要整合獨白內容和圖表資訊，才能順利選出答案。因此獨白中不會直接告知店家所在的城市名稱，而是要鎖定優惠的品項，才能順利解題。獨白中間部分，說話者說道：「Each of our fifteen locations is offering discounts on different items, and you will get 30 percent off all beverages and fruits here at our store.」，提到十五家分店分別提供不同的優惠，而本店是針對飲料和水果提供七折的折扣。確認廣告單上的內容後，可以發現 Hayward 店的優惠品項正是飲料和水果，因此答案為 (C)。

94. 相關細節／要求聽者上官網的原因 ★★☆

根據說話者所言，聽眾為什麼要查看網站？

(A) 寫顧客評價
(B) 進一步了解會員方案
(C) 應徵職缺
(D) 下載一些折價券

解析 本題為題組中最後一題，詢問聽者為什麼要查看官網。因此請仔細聆聽後半段獨白，鎖定提及 Web site 或網址的片段，從中掌握答題線索。獨白最後，說話者說道：「For further information on how to become a member, please visit our Web site at www.luckyseven.com.」，表示如欲取得更多有關加入會員的資訊，請上官網 www.luckyseven.com，因此答案為 (B)。

新 **第 95–97 題，請參考下方獨白和時程表。** 美F

95 **We're so happy you are willing to join us for the various employee enhancement training sessions.** I know that many of you are excited about the new opportunities for growth in our company and the entire industry. But first I'd like to point out a change in the schedule. We have a workshop next month in September. 96 **But, unfortunately, our October session has been canceled due to the staff meeting on the twenty-sixth.** 97 **Remember that all workshops include lunch, which is catered by the sandwich shop next door. We'll break for lunch after the morning session.**

95 我們非常高興各位願意加入我們，參加各種員工強化培訓課程。我知道你們當中有許多人都對能在公司和整個行業有所成長的新機會感到興奮，但首先我要指出本課程表上的異動。我們在下個月 9 月有個工作坊。96 但很可惜，10 月份的課程因 26 日要舉行員工會議的關係取消了。97 別忘了，所有的工作坊都有供應午餐，午餐是由隔壁的三明治店所提供的。我們在上午的課程結束後就會休息用餐。

TRAINING SESSIONS	DATE
Communication Skills	July 17
Time Management	August 15
How to Write A Report	September 9
E-mail Policies	October 26

培訓課程	日期
溝通技巧	7 月 17 日
時間管理	8 月 15 日
如何撰寫報告	9 月 9 日
電子郵件政策	10 月 26 日

字彙 be willing to V 願意做（某事）
various 各式各樣的；不同的
enhancement 增強；提高
training session 培訓課程
be excited about 對……感到興奮；因……而激動
entire 整個的　deal with 討論；內容涉及
regulations 規範；條例　point out 指出
unfortunately 遺憾地；可惜
staff meeting 員工會議
cater 提供飲食；承辦宴席
break for lunch 暫停去吃午飯

95. 相關細節／說話者感到開心的事情 ★★☆

說話者說她對於什麼感到很高興？

(A) 一些新產品的品質
(B) 客戶滿意度的提升
(C) 服務項目的多元化
(D) 參加者的意願

解析 本題為題組中第一題，考的是相關細節，詢問說話者因為什麼事情感到開心。因此請仔細聆聽前半段獨白，從中確認答題線索。獨白開頭，說話者說道：「We're so happy you are willing to join us for the various employee enhancement training sessions.」，提到感謝大家願意參與訓練課程，她為此感到十分開心。由此內容可以得知，說話者對於參加者樂於把握機會參與課程相當開心，因此答案為 (D)。

新 96. 圖表資訊／課程時間表 ★★★

請看圖表，哪一堂培訓課程已被取消了？

(A) 溝通技巧
(B) 時間管理
(C) 如何撰寫報告
(D) 電子郵件政策

解析 本題詢問哪一堂培訓課程被取消，必須整合獨白內容和圖表資訊，才能順利解題，因此獨白中不會直接告知被取消的課程名稱。獨白中間部分，說話者說道：「But, unfortunately, our October session has been canceled due to the staff meeting on the twenty-sixth.」，提到由於 26 日要開員工會議，將取消十月份的課程。確認時間表後，可以發現 10 月 26 日的課程為 E-mail policies，因此答案為 (D)。

97. 相關細節／上午課程結束後將發生的事情 ★★★

根據說話者所言，上午課程結束後會發生什麼事？

(A) 將供應午餐。
(B) 將有喝咖啡的休息時間。
(C) 將給予金錢上的獎勵。
(D) 將舉行員工會議。

解析 本題為題組中最後一題，詢問上午課程結束後，將發生什麼事情。因此請仔細聆聽後半段獨白，鎖定提及 after the morning session 的內容，從中掌握答題線索。獨白最後，說話者說道：「Remember that all workshops include lunch, which is catered by the sandwich shop next door.」，表示課程有提供午餐。接著又說道：「We'll break for lunch after the morning session.」，表示上午課程結束後，將提供中午用餐休息時間，因此答案為 (A)。

陷阱分析： 獨白最後，說話者提到上午課程結束後，為中午用餐休息時間。如果只聽到 break，可能會誤選 (B) 作為答案，請特別留意。

新 第 98–100 題，請參考下方電話留言和天氣預報圖。 美F

Hello. It's me, Courtney. 98 **I'm calling to let you know some updates on the company picnic we are organizing.** I've already checked this week's weather forecast on the Web site of the weather center. 99 **According to the weather forecast, there shouldn't be any storms that day, but it is expected to rain heavily two days in a row before the day of the company picnic.** I'm worried the ground will still be too wet for the day, so it would be good to reschedule the company picnic for sometime next week. I know you booked a catering service for our event. 100 **Please call the catering company to let them know about this sudden change as soon as possible.**

哈囉，是我，寇特妮。98 我打電話來是想讓你知道，我們正在規劃中的公司野餐活動的最新消息。我已經在氣象中心的網站上查過這個星期的天氣預報。99 根據天氣預報上面說的，那天應該不會有暴風雨，但預計在公司野餐那天的前兩日會連續下大雨。我擔心那天地上會太濕，不適合野餐，所以最好把公司的野餐活動改到下星期的某個時候。我知道你為野餐活動訂好了外燴服務。100 請儘快打電話給外燴公司，告知這項突如其來的異動。

Monday	Tuesday	Wednesday	Thursday

星期一	星期二	星期三	星期四

字彙 update 最新消息；更新內容
organize 組織；規劃
weather forecast 天氣預報
be expected to 預計會……
heavily 猛烈地；大量地
in a row 連續；接連
reschedule A for B 把 A 重新安排到 B
sometime next week 下個星期的某個時候
catering service 餐飲服務；外燴服務
sudden change 突然的改變

98. 推論／說話者的真實身分 ★★☆

說話者最有可能是什麼人？
(A) 氣象預報員
(B) 外燴承辦人
(C) 活動籌備人
(D) 電台節目主持人

解析 本題為題組中第一題，詢問說話者的身分為何。因此請仔細聽前半段獨白，鎖定與身分相關的內容，以便推測出說話者的身分。前半段獨白中，說話者說道：「I'm calling to let you know some updates on the company picnic we are organizing.」，提到自己來電的目的，她想告知對方有關準備公司野餐活動的最新消息。由此可以推測出說話者為準備公司野餐活動的人，因此答案為 (C)。

新 **99. 圖表資訊／天氣預報圖 ★★★**

請看圖表，原訂於哪一天舉行公司的活動？
(A) 星期一
(B) 星期二
(C) 星期三
(D) 星期四

解析 本題詢問公司活動原本預計舉行的時間，必須整合獨白內容和圖表資訊，才能順利解題。由此可以得知，獨白中並不會告知舉行活動的日子，因此請鎖定與天氣狀況有關的資訊。獨白中間部分，說話者說道：「According to the weather forecast, there shouldn't be any storms that day, but it is expected to rain heavily two days in a row before the day of the company picnic.」，提到根據天氣預報，雖然活動當天不會有暴風雨，但是活動前兩天會下大雨。確認天氣預報圖後，可以發現週一和週二連續兩天下雨，舉行活動的日子應為週三，因此答案為 (C)。

100. 相關細節／說話者的要求事項 ★★☆

聽者被要求做什麼？
(A) 聯絡提供服務的業者
(B) 為公司出遊做準備
(C) 訂購一些茶點
(D) 尋找可靠的小販

解析 本題為題組中最後一題，詢問說話者要求聽者什麼事情。因此請仔細聽後半段獨白，也就是倒數第 2 和第 3 句話的內容，從中掌握答題線索。獨白最後，說話者說道：「Please call the catering company to let them know about this sudden change as soon as possible.」，請對方儘快聯絡承辦活動餐飲的公司，通知對方臨時變更活動日期一事。當中提到 call the catering company，由此話便能確認說話者的要求事項。因此答案為 (A)，要求聽者聯絡提供餐飲的服務業者。

PART 5

P. 357

101. 詞類變化—名詞的位置 ★★☆

由於 DTS 的選情報導很有娛樂性，故比其競爭對手還要吸睛。
(A) covering 覆蓋；覆蓋物
（現在分詞、動名詞、名詞）
(B) covered 覆蓋的（過去式、過去分詞）
(C) coverage 報導（名詞）
(D) cover 覆蓋（動詞〔第一、第二人稱；複數〕）

解析 本題為詞類變化題，選項列出一個單字的各種變化。空格位在所有格和介系詞片語之間，應填入名詞，因此答案為名詞 (C)。在此補充，若將 (C) 搭配 media 一起使用，意思為「媒體報導（media coverage）」；若搭配 insurance 一起使用，意思則為「承保範圍（insurance coverage）」。

字彙 coverage （新聞）報導；保險項目（或範圍）
election 選舉
attract more viewers 吸引更多的觀眾
entertaining 有趣的；娛樂的

102. 文法—人稱代名詞所有格 ★★☆

在 20 多年來的職業生涯中，以溫和卻又充滿陽剛設計風格著稱的詹姆士・米勒先生，創立了一個頂尖的時裝設計師品牌。

(A) he 他（主格）
(B) his 他的（所有格）
(C) him 他（受格）
(D) himself 他自己（反身代名詞）

解析 本題為文法題，選項列出人稱代名詞不同的格。介系詞 over 後方出現名詞 career，而空格又位在介系詞和名詞之間，應該要填入修飾名詞 career 的單字。因此要填入所有格代名詞 his，用來修飾名詞。

字彙 **be known for** 以……著稱；因……而聞名
moderate 溫和；適度的
masculine 男性化的；雄性的
premier 最好的；首要的

103. 詞類變化—形容詞的位置 ★★☆

儘管會有很多愛爭論的顧客，最好還是不要去激怒他們。

(A) arguable 有爭議的（形容詞）
(B) argumentative 好爭辯的（形容詞）
(C) argument 爭論（名詞）
(D) argued 引起爭論的（過去式、過去分詞）

解析 本題為詞類變化題，選項列出一個單字的各類詞性。空格要填入形容詞，用來修飾人物名詞 customers，因此請優先刪去 (C) 和 (D)。雖然 (A) 為形容詞，但是僅能用來描述事物，因此選擇 (B) 較為適當，意思為「喜愛爭辯的」。

陷阱分析：選項中有兩個形容詞，且意思相近，很容易會產生混淆。若知道 (A) 只適用於事物主詞或用來修飾事物，便能輕鬆選出答案為 (B)。

字彙 **argumentative** 好爭辯的；愛爭論的
aggravate 激怒；使惱火
arguable 有爭議的；可辯論的

104. 詞彙—動詞 ★★☆

有人跟庫薩克女士說，隆多先生五個小時後就會有空，但是她多等了一個小時才見到他。

(A) confessed 承認
(B) recommended 推薦
(C) suggested 建議
(D) told 講

解析 若將選項的單字填入空格中，句子的時態為被動語態（be 動詞＋ p.p.）。將被動語態改成主動語態後，會變成「動詞＋ Ms. Cusack（人物）＋ that . . .」。而選項中，只有 (D) 適用此種用法，其他選項要使用「動詞＋to 人物＋that . . .」才行，因此都不適合填入空格中。

字彙 **be told that** 被告知
available 有空的
confess 懺悔；承認
recommend 推薦

105. 詞類變化—S + V + O 句型中動詞的被動語態 ★★☆

凡是知道如何使用最新製圖軟體的設計師，都將予以錄取參與新案。

(A) are recruiting 正在招聘中（現在進行式）
(B) have recruited 已經招聘（現在完成式）
(C) will be recruited 將被招聘（未來被動式）
(D) will recruit 將會招聘（未來式）

解析 本題為詞類變化題，選項列出一個單字的各種時態變化。主詞 Any designers 後方的 who 到空格前方為形容詞子句，用來修飾主詞，因此空格要填入動詞。選項中的動詞 recruit 為及物動詞，意思為「僱用」，但是空格後方並未連接受詞，因此要使用被動語態，答案為 (C)。

字彙 **up-to-date graphic software**
最新的製圖軟體
recruit 招聘；聘用
upcoming project 即將到來的案子

106. 詞類變化—形容詞 ★★☆

邦聲咖啡館有會員制，會員可享有 85 折的折扣。

(A) close 接近
(B) subject 依照
(C) apt 易於
(D) entitled 有資格

解析 選項中，(A) 和 (B) 連接介系詞 to 的用法分別是「be close to V-ing ／名詞（鄰近、接近……）」和「be subject to V-ing ／名詞（受到……影響、依照……）」，而 (C) 的用法為「be apt to do（容易……）」，皆不適合填入空格中。(D) 的用法為「be entitled to do ／名詞（具備……的資格）」，最符合題意。

字彙 **be entitled to 15% discount**
享有 85 折的優惠折扣

107. 文法—動詞的時態（完成式） ★★★

自從工廠開始使用綠科公司生產的新式過濾器以來，碳排放量已經減少了 25%。

(A) reduced 減少了（過去式、過去分詞）
(B) reducing 減少（現在分詞、動名詞）
(C) reduce 減少（動詞〔第一、第二人稱；複數〕）
(D) reduces 減少（動詞〔第三人稱單數〕）

解析 本題為詞類變化題，選項列出一個單字的各種時態變化。空格位在 have been 後方，要填入分詞，因此請優先刪去 (C) 和 (D)。若將 (B) 填入空格中，意思並不通順，應填入 (A)，使用被動語態，表示減少 25% 碳排放量較為適當。

陷阱分析： 如欲分辨現在分詞或過去分詞，關鍵在於判斷主詞所做的行為屬於主動或被動。本題中，若以主動語態表達碳排放量減少，中文解釋上看似沒有問題，但是實際上碳排放量屬於行為的客體，所以要使用被動語態才正確，

字彙 carbon emission 碳排放（量）
be reduced by 降低了……（接數字或百分比）

108. 文法—以動名詞作為介系詞的受詞 ★★☆

透過把青少年患者和成年患者作比較，可以做出研究來說明他們的心理健康狀況。

(A) By comparing
(B) To compare
(C) For comparison
(D) Of comparing

解析 本題為文法題，選項列出一個單字搭配介系詞使用的不同變化。空格後方連接的名詞為空格的受詞，而 (C) 以純名詞結尾，因此不適合作為答案。根據題意，(A) 最適合填入空格中。(B) 為 to V 不定詞，意思為「為了……」，不適合填入空格中。

字彙 compare 比較；對照
adolescent and adult patients
青少年患者與成年患者
the state of one's psychological health
某人的心理健康狀況

109. 文法—介系詞的位置 ★☆☆

該公司剛從巨大挫折中恢復過來，但想要提高銷售額，還有很多事要做。

(A) for
(B) except
(C) from
(D) despite

解析 本題為文法題，選項列出各種不同的介系詞。根據題意，recover 搭配介系詞 from 一起使用，表示「自……恢復」最為適當，因此答案為 (C)。

字彙 recover from 從……恢復／復原過來
huge setback 巨大的挫折或損失
improve its sales 提高銷售額

110. 文法—動詞的時態（簡單式） ★☆☆

儘管眾人期望在聖誕節前看到 Xeno 公司的新產品，但新產品要到三月份才能上市。

(A) expects 期望（動詞〔第三人稱單數〕）
(B) have been expecting 一直期望（現在完成進行式）
(C) expecting 期望（現在分詞、動名詞）
(D) to expect 期望（不定詞 to V）

解析 本題為詞類變化題，選項列出一個單字的各種時態變化。空格要填入一個完整的動詞形，因此請優先刪去 (C) 和 (D)。而主詞 the public 為單數，連接 (B) 並不符合動詞單複數的一致性，因此選擇 (A) 最為適當。

陷阱分析： 主詞 the public 的意思為「大眾、群眾」，因此很容易被誤會成複數名詞，請務必熟記 the public 為單數名詞。

字彙 expect to V 期望去做（某事）；盼望
new merchandise 新商品

111. 詞彙—名詞 ★☆☆

從伺服器故障的那天起，設計團隊總是會把工作內容備份起來。

(A) sign 標誌
(B) brand 品牌
(C) room 房間
(D) copy 副本

解析 本題的空格位在冠詞和介系詞之間，應選出最符合題意的名詞。(D) 的意思為「副本、拷貝本」，填入後最符合題意。

字彙 ever since 自從；從……起
server go down 伺服器故障
make a copy 備份；複製一份

112. 文法—不定詞 to V ★☆☆

政府願意與鄰國就木材價格進行談判。

(A) negotiate 談判（動詞）
(B) negotiation 談判；磋商（名詞）
(C) negotiating 談判（現在分詞、動名詞）
(D) negotiated 商談的；已達成協議的（過去式、過去分詞）

解析 本題為詞類變化題，選項列出一個單字的各類詞性。空格前方 be willing to 的意思為「願意……」，後方要連接原形動詞，因此答案為 (A)。

字彙 be willing to V 願意做（某事）
neighboring country 鄰近國家

113. 詞彙—名詞 ★☆☆

由於餐廳並未更新其新店址，故郵件都被送到餐廳的舊址了。

(A) situation 情況
(B) province 省
(C) vicinity 附近地區
(D) address 地址

解析 本題要選出一個最符合題意的名詞。郵件寄到餐廳舊址，表示住址未更新，因此答案為 (D)。

字彙 be delivered to 被送到（某地）
old location 舊址　province 省；州
vicinity 附近地區；近處

114. 文法—符合題意的代名詞（形容詞）★★★

外燴公司會送一些試吃的菜式，所以請務必在三點之前回來。

(A) some 一些；某個（形容詞、代名詞）
(B) every 每個；全部（形容詞）
(C) little 小的；少的（數量形容詞、副詞）
(D) few 很少；不多（數量形容詞、副詞）

解析 本題為文法題，選項列出各種不同的形容詞。空格要填入形容詞，用來修飾複數名詞 samples。every 後方只能連接單數名詞，因此 (B) 不正確；(C) little 用來修飾不可數名詞，表達「量」的概念；(D) 表達「否定」的概念，不符合題意。綜合前述內容，答案為 (A)，可以用來修飾後方複數名詞 samples。

字彙 catering company 餐飲公司；外燴公司
cuisine 菜式；菜餚
few 很少；不多 (= not many)

115. 詞類變化—副詞的位置 ★★☆

要在這份文件上創建表格，只需在看起來像圖表的圖示上點一下滑鼠即可。

(A) simple 簡單的；容易的（形容詞）
(B) simpler 較簡單的（比較級）
(C) simply 僅僅（副詞）
(D) simplicity 簡單（名詞）

解析 本題為詞類變化題，選項列出一個單字的各類詞性。空格後方為原形動詞 click，且位在句首，因此本句話為祈使句。選項中，只有副詞 simply 可以用來修飾動詞，因此答案為 (C)。

字彙 simply 只不過；僅僅；純粹
click on the icon 在圖示上按一下滑鼠
look like 看起來像
simplicity 簡單；單純；無知

116. 文法—介系詞的位置 ★★☆

自從這兩家公司合併以來，銷售額就一直在快速增長。

(A) by
(B) at
(C) for
(D) to

解析 本題為文法題，選項列出各種不同的介系詞。(B) 可以搭配「速度（rate, speed）」、「價格（price, expense, charge, rate）」或「比例（rate）」，當作受詞使用，因此最適合填入空格中。

字彙 merge 合併　sales 銷售額；銷售量
at a rapid rate 以迅速的速度

117. 詞彙—動詞 ★★☆

牡丹花花卉公司以能為客戶提供國內最多樣化的花卉品種而自豪。

(A) mention 提及
(B) combine 結合
(C) offer 提供
(D) retrieve 挽回

解析 空格後方連接兩個名詞，分別是「customers（間接受詞）」和「the most diverse selection of flowers（直接受詞）」，空格要填入 S + V + O + O 句型的動詞最為適當，因此答案為 (C)。其他選項皆屬於 S + V + O 句型的動詞。

字彙 be proud to V 因做某事而自豪；自豪做某事
the most diverse selection of 最多樣化的選擇
combine 結合；聯合
retrieve 挽回；重新得到

118. 詞類變化－副詞的位置 ★☆☆

為了瞭解客戶確切的需求，員工需要與許多客戶交談，直到他們得到答案。

(A) exact 準確的（形容詞）
(B) exactly 確切地；完全地（副詞）
(C) exactness 準確性（名詞）
(D) exacting 嚴格（現在分詞、動名詞）

解析 本題為詞類變化題，選項列出一個單字的各類詞性。空格要填入副詞，用來修飾後方的動詞 want。(B) 為副詞，故為正確答案。

字彙 what the client exactly wants 公司的客戶確切想要什麼
be asked to V 被要求做（某事）

119. 詞類變化－形容詞的位置 ★☆☆

EWS 研究小組已找到足夠的證據，證明他們可能發現了一種治療禿頭的方法。

(A) substantial 真實的；實質的（形容詞）
(B) substantially 相當多地（副詞）
(C) substantiate 證實（動詞）
(D) substantiating 證實；證明……屬實（現在分詞、動名詞）

解析 本題為詞類變化題，選項列出一個單字的各類詞性。空格位在動詞和受詞之間，應填入形容詞，用來修飾後方名詞，因此答案為 (A)。

字彙 research team 研究小組；研究團隊
substantial evidence 確實證據；大量證據
cure for baldness 治療禿頭的方法
substantially 相當多地 (= much)
substantiate 證實 (= prove)

120. 詞彙－副詞 ★★☆

這家公司通訊錄的特色是按字母順序列出每個人的姓名，以便輕鬆查找每個人的電話號碼。

(A) symmetrically 對稱地
(B) alphabetically 按字母順序排列地
(C) backwardly 向後地
(D) numerically 按數字順序地

解析 本題要選出最符合題意的副詞。為了能便於找出公司員工的電話號碼，應「按照字母順序」整理較為適當，因此 (B) 最適合填入空格中。

字彙 contact book 通訊錄；聯絡簿
feature 包括 (= include)；以……為特色 (= highlight)
alphabetically 照字母順序排列地
symmetrically 對稱地
backwardly 向後地
numerically 用數字表示地；按數字順序

121. 文法－動詞的時態（完成式） ★★★

下個星期二，托斯卡亞清潔服務公司將服務社區屆滿 10 年。

(A) will be serving 將要服務（未來進行式）
(B) had served 曾服務過（過去完成式）
(C) has served 已服務過（現在完成式）
(D) will have served 將服務滿（未來完成式）

解析 本題為詞類變化題，選項列出一個單字的各種時態變化。空格位在主詞和受詞之間，要填入動詞。(A) 為未來進行式，表示某個動作從特定的未來時間點「開始」；(D) 為未來完成式，表示某個動作於特定的未來時間點「結束」。本句話中，表示動作於特定的未來時間點「十年」後「屆滿」較為適當，因此答案為 (D)。

字彙 coming 即將到來的；下一個的
serve 工作；服務

122. 詞類變化－以形容詞作為主詞補語 ★★☆

客服代表負責在資料庫裡記錄客訴和他們的個人聯絡方式。

(A) responsibility 責任
(B) responsibilities 責任
(C) responsible 負責的
(D) responsibly 負責地

解析 本題為詞類變化題，選項列出一個單字的各類詞性。空格位在 be 動詞和介系詞片語之間，應填入名詞或形容詞，(D) 為副詞，因此請優先刪去該選項。若主詞補語為主詞，必須與主詞為同格的關係，但是 customer service representatives 和 responsibility 或 responsibilities 皆不屬於同格的關係，因此空格中填入形容詞 responsible 最為適當。

字彙 customer service representative 客戶服務代表
complaint 抱怨；投訴
personal contact information 個人聯絡方式

123. 文法－介系詞的位置 ★★☆

儘管缺乏技能，這名求職者展現出與眾不同的熱情，打動了評審。

(A) Even though 即使（表讓步的從屬連接詞）
(B) In spite of 儘管（介系詞）
(C) However 然而（連接副詞）
(D) So long as 只要（表條件的從屬連接詞）

解析 本題為文法題，選項列出介系詞、連接副詞和從屬連接詞三大類。空格後方為名詞片語 a lack of skill，當作受詞使用，因此空格要填入介系詞 (B)。(A) 和 (D) 為連接詞、(C) 為副詞，因此不適合填入空格中。

字彙 in spite of 儘管；雖然
a lack of skill 缺乏技能
applicant 求職者；應徵者
passion like no others 與眾不同的熱情
move 感動　the judges 評審；評判員
even though 即使；縱然

124. 詞彙－動詞 ★★☆

這場演唱會很棒，但我們不得不匆忙趕到火車站，因為演唱會的時間比我們預期的還要久。

(A) lasted 持續
(B) done 完成
(C) extended 延長
(D) made 做

解析 本題要選出適當的過去式動詞。空格後方為副詞片語 longer than，意思為「比……更久」，選項中 (A) 為不及物動詞，最適合一起搭配使用。其他選項皆為及物動詞，後方要連接受詞。

字彙 last longer than 比……還要久；持續時間超過……
extend 延長；延續

125. 詞彙－形容詞 ★★☆

申請處理費恕不退還，故請於提出申請前確認您有資格成為會員。

(A) elective 可選擇的
(B) eligible 有資格的
(C) effective 有效的
(D) eternal 永恆的

解析 本題要選出適當的形容詞。空格中要填入形容詞補語，搭配人物主詞。(B) 的用法為「be eligible to 動詞（具備資格做……）」，符合前述條件。其他形容詞只能用來描述事物，不能搭配人物主詞。

字彙 application processing fee
申請處理費；報名手續費
refundable 可退還的
be eligible to V 有資格做（某事）
apply 申請　elective 可選擇的
eternal 永恆的；永久的

126. 文法－分詞構句 ★★☆

郵寄款項時，請附上您的帳號。

(A) mail 郵寄（動詞〔第一、第二人稱；複數〕）
(B) mailed 郵寄（過去式、過去分詞）
(C) mails 郵件（動詞〔第三人稱單數〕）
(D) mailing 郵寄；郵遞的（現在分詞、動名詞）

解析 本題為詞類變化題，選項列出一個單字的各種時態變化。空格位在表時間的從屬連接詞和受詞之間，應填入分詞較為適當。原本的句子為「When you mail your payment . . .」，從屬連接詞 When 的後方省略了主詞（you），動詞 mail 要加上 ing 改寫成分詞構句，因此答案為 (D)。

字彙 payment 付款；支付的款項
account number 帳號

127. 文法－符合題意的代名詞（形容詞） ★★★

我們將免費贈送免沖洗乾洗手和潤手乳給所有在電子郵件名單上的人。

(A) anyone 任何一個；任何人（不定代名詞）
(B) none 沒有一個；沒有人（不定代名詞）
(C) whom 誰（關係代名詞受格）
(D) few 少數人（數量形容詞、副詞）

解析 本題為文法題，選項列出代名詞和形容詞兩大類。空格位在兩個介系詞之間，應填入名詞或代名詞。本題為一個句子，而 (C) 具有連接詞的功能，因此請優先刪去該選項。(B) 和 (D) 帶有否定的概念，皆不適合填入空格中。(A) 的意思為「任何人」，最符合題意。

字彙 give out 送出　complimentary 贈送的
hand sanitizer 免沖洗乾洗手；免洗洗手液

128. 文法－表條件的從屬連接詞 ★★☆

如果你想了解更多有關現代藝術的知識，蘇珊．哈利會告訴你你想知道的一切。

(A) For 為了（介系詞）
(B) Even as 正當（從屬連接詞）
(C) Though 雖然（從屬連接詞）
(D) If 如果（表條件的副詞子句連接詞、名詞子句連接詞）

解析 本題為文法題，選項列出介系詞和連接詞兩大類。空格應填入連接詞，引導後方主要子句。(A) 為介系詞，因此請優先刪去該選項。根據題意，空格中填入表示條件的連接詞最為適當，因此答案為 (D)。

字彙 modern art 現代藝術；近代藝術
even as 正巧在……的時候；正當

129. 文法－介系詞的位置 ★★☆

由於今年秋季格外寒冷，為即將到來的冬季而準備的毛衣現已上市。

(A) for
(B) out
(C) of
(D) in

解析 本題為文法題，選項列出各種不同的介系詞。根據題意，空格中填入表示「目的、用途或對象」的介系詞最為適當，因此答案為 (A)。

字彙 exceptionally 異常地；格外 (=very)
available now 現在可獲得；現在買得到

130. 詞彙－副詞 ★★☆

任何未經批准或可疑的活動應立即向適當的部門報告。

(A) presumably 據推測
(B) lastingly 持久地
(C) promptly 立即地
(D) spontaneously 自發地

解析 本題要選出適當的副詞。空格中填入表示「迅速地、立即地」的副詞最為適當，因此答案為 (C)。

字彙 unauthorized 未經授權的；未經許可的
suspicious 可疑的
promptly 迅速地 (= rapidly)；準時地 (precisely)
appropriate department 適當部門
presumably 據推測；大概
lastingly 持久地；耐久地
spontaneously 自發地；不由自主地

PART 6 P. 360

131–134 電子郵件

親愛的普拉姆先生：

感謝您考慮使用本公司來達成您對優質布料的需求。我曾在本地的幾家飯店看過您的設計，並且非常欣賞您的作品。然而，我們母公司在亞特蘭大有自己慣用的室內裝潢服務業者。公司的政策是不提供材料或服務給有競爭關係的企業，以支持其所有的商行。很遺憾我無法為您提供您所需的布料。我的同事羅伊・巴頓在海邊有一家布行。他那邊很可能沒有您要的現貨，但是他能夠立即訂貨。我想您會滿意他的服務的。

謝謝您。

索爾・貝特爾

字彙 fabric 織物；布料
be impressed with 對……印象深刻；留下深刻的印象
parent company 母公司；總公司
in-house custom upholstery service 機構內部慣用的室內裝潢服務業者
policy 政策；規定
provide A to B 把 B 提供給 A (= provide B with A)
competing businesses 競爭企業
regret that 因某事而遺憾
what you requested 您所要求的
stock 庫存；存貨
be pleased with 對……感到滿意

131. 詞類變化－以形容詞作為主詞補語 ★★☆

(A) impressed 使……留下了深刻的印象（過去式、過去分詞）
(B) impressive 給人深刻印象的（形容詞）
(C) impressing 印象深的；極好的（現在分詞、動名詞）
(D) impression 印象（名詞）

解析 本題為詞類變化題，選項列出一個單字的各種變化。空格位在 be 動詞和 with 之間，應填入形容詞較為適當。主詞為 I，指的是「我」。當主詞為人物時，要使用過去分詞形的形容詞「be impressed with」表示「對……感到印象深刻」，因此答案為 (A)。

陷阱分析：如果認為某個人或某項事物非常特別時，會使用 impressive。

字彙 impressive 令人印象深刻的；令人欽佩的

132. 詞彙－動詞 ★★☆

(A) choose 選擇　(B) regret 遺憾
(C) apologize 道歉　(D) exempt 免除

解析 空格後方為 that 子句，要填入適當的動詞。(A) 要連接名詞或不定詞 to V；(C) 要連接「（to＋人物）＋ for＋原因」；(D) 的用法為「exempt A from B」。(B) 可以連接 that 子句作為受詞，故為正確答案。

字彙 regret 遺憾；感到抱歉　apologize 道歉
exempt 免除；豁免

新 133. 插入符合前後文意的句子 ★★☆

(A) 我們的布料尤以商業用途著稱。
(B) 我們的布料全都與名牌服裝很匹配。
(C) 我的同事羅伊．巴頓在海邊有一家布行。
(D) 奧德伍德先生明天的會議將會缺席。

解析 空格後方出現人稱代名詞 He，代表空格中的句子有提到相對應的某個人，因此請優先刪去 (A) 和 (B)。而空格前方的內容針對無法提供布料感到抱歉，後方要連接與布料相關的內容較為適當，因此最適合填入 (C)。

134. 文法－介系詞的位置 ★★☆

(A) with　(B) at
(C) to　(D) of

解析 本題為文法題，選項列出各種不同的介系詞。空格位在 be pleased 後方，要填入適當的介系詞。be pleased with 的意思為「對……感到高興、對……滿意」，因此答案為 (A)。

陷阱分析：請特別留意，雖然也有 be pleased to 的用法，但是 to 並非介系詞，而是不定詞。

135–138 廣告

改造您的廚房，改變您的飲食！

由一名廚師、家庭主婦和生活風格教練所創建的網站 simplydelicious.com，內容包容萬象，為您的日常生活添加變化以及養分。這個充滿了點子、食譜、小訣竅和教學影片的革命性網站，保證會讓您的廚房變成富有創意和探索的地方。<u>您的健康自然會獲得改善。</u>在您舒適的家中，您就可以學習怎麼在附近店家買到好東西，找到最好的方法去重新整理您的廚房，以充分利用空間，並鼓勵您做出有益健康的決定，還能學會探索國際美食、精進技能，甚至是嘗試新的烹飪法！迫不及待想要改變您的生活嗎？Simplydelicious.com 為您準備好了！

字彙 reinvent 徹底改造；重新使用
transform 改變　add A to B 把 A 加進 B 裡
variety 變化；多樣化
nutrition 營養；養分　recipe 食譜
revolutionary 革命的；完全創新的
turn A into B 把 A 變成 B
creativity 創造性；創造力　exploration 探索
comfort of your home 舒適的家
neighborhood store 附近的商店
reorganize 重新整理；整編
maximize space 最大限度地利用空間
encourage 鼓勵
explore international cuisines 探索國際菜餚
refine 完善；精進

135. 分詞構句 ★★☆

(A) Creating 創建（現在分詞、動名詞）
(B) Created 被創建（過去式、過去分詞）
(C) Creation 創作；發明（名詞）
(D) Creates 創建（動詞〔第三人稱單數〕）

解析 本題為詞類變化題，選項列出一個單字的各種變化。空格後方連接 by，要填入過去分詞表示被動語態。若填入 (A) 或 (D)，表示主動語態的話，後方要連接受詞；(C) 為名詞，要用來當作句子中的主詞、受詞或補語。綜合前述內容，答案為過去分詞 (B)。

136. 文法－介系詞的位置 ★☆☆

(A) into　(B) with
(C) over　(D) beneath

解析 本題為文法題，選項列出各種不同的介系詞。請找出適合搭配動詞 turn 一起使用的選項。(A) 可以組合成「turn A into B」，故為正確答案。

陷阱分析：若填入 (C) over，意思為「翻頁、翻倒」，不符合題意。

新 137. 插入符合前後文意的句子 ★☆☆

(A) 潮濕會對廚房造成損壞。
(B) 您的健康自然會獲得改善。
(C) 飲食建議應具有靈活性。
(D) 下次將無法提供此一資訊。

解析 空格前後皆提及特定網站的好處，因此空格中也要填入表達好處的句子，如此一來便能選出答案為 (B)。

138. 詞彙—副詞 ★★☆

(A) very 非常 (B) however 然而
(C) even 甚至 (D) too 也；太

解析 空格後方的動詞和前方的 learn、find、explore 和 refine 為對等關係，因此空格中要填入副詞，用來修飾 try。(A) 和 (B) 皆不符合題意；(D) 不能放在動詞前方作修飾。空格中填入 (C) 最為適當，表示「甚至是……」。

139–142 電子郵件

寄件者：鮑伯・摩根
<Morgan@pecangrove.net>
收件者：珍妮・羅德里格斯
<jero1984@unitel.com>
日期：2 月 20 日
主旨：請求

羅德里格斯女士，您好：

我寫這封信是為了請您為我們的新房型提交一份燈光照明的設計案。此案應為 15 間客房提供成套的燈光照明設備。我已經為每間客房所需強調的部分列出一份清單。這份清單詳細說明了房間的尺寸、風格、自然採光，還包含了可接受燈具的範例。您若是沒有類似的燈具，請將作為替換的替代燈具納入其中。若您選擇提交設計案，請於 2 月 27 日前將設計案的紙本送至我們位於市中心的辦公室，地址是緬因街 42 號。感謝您花時間閱讀本信，我們希望不久就能看到您的設計案。

核桃林旅館
鮑伯・摩根 敬上

字彙 submit a design proposal 送交一份設計案
lighting 照明(設備)；燈光
consist of 由……組成；包括
desired accent pieces 想要強調的裝飾品
room dimensions 房間尺寸；房間面積
natural lighting 自然採光；自然光照
acceptable 可以接受的；令人滿意的
fixture (房屋的)固定裝置；配件；設備
substitute 代替物 hard copy 紙本

139. 詞類變化—不定詞 to V ★☆☆

(A) to submit 提交（不定詞 to V）
(B) submit 提交（動詞〔第一、第二人稱；複數〕）
(C) to be submitted 予以提交（不定詞 to V 的被動語態）
(D) submitting 提交（現在分詞、動名詞）

解析 本題為詞類變化題，選項列出一個單字的各種變化。空格位在「ask ＋受詞＋ to 不定詞」當中，要填入不定詞 to V，因此請優先刪去 (B) 和 (D)。空格後方連接受詞，因此要選擇主動語態 (A) 作為答案。

新 140. 插入符合前後文意的句子 ★☆☆

(A) 我已經為每間客房所需強調的部分列出一份清單。
(B) 我們的空間寬敞，非常適合舉行大型會議。
(C) 無人領取的物品 30 天後不予退款。
(D) 我將在本週四公布公司的搬遷計畫。

解析 空格後方的句子中提到 list，照理說空格中的句子也要提到 list，因此選擇 (A) 最為適當，其他選項的句子皆與前後文無關。

141. 詞彙—名詞 ★★☆

(A) replacement 替代物
(B) price 價格
(C) suggestion 建議
(D) rehearsal 排練

解析 (C) suggestion 表示替代「方案」，最適合填入空格當中。若填入 (A)，與後方 substitution 的意思重複，不適合填入空格中。

字彙 replacement 替代物 suggestion 建議
rehearsal 排練；演練

142. 詞類變化—名詞的位置 ★★☆

(A) propose 提議（動詞〔第一、第二人稱；複數〕）
(B) proposal 提案（名詞）
(C) proposed 被提議的（過去式、過去分詞）
(D) proposing 提議（現在分詞、動名詞）

解析 本題為詞類變化題，選項列出一個單字的各種變化。空格前方為所有格，要填入名詞較為適當，因此請優先刪去 (A) 和 (C)。而 propose 為及物動詞，若填入動名詞 (D) proposing，後方要連接受詞才行，因此填入 (B) 最為適當。

143–146 信件

10 月 12 日

哥薩克先生您好：

上星期的《丹佛時報》刊載了您的一篇文章，您說詹生建設公司以及桑切斯父子公司分別承攬了新丹佛山貓體育館的建造與維護合約。這不是真的。目前尚未有決斷。本市所有的合約都要經過全面審查與招標程序。上述兩家公司已經遞交了投標書，目前正在審查中，月底應該就會宣布到底花落誰家。

市長辦公室
勞爾・波音 敬上

字彙 article 文章　contract 契約
construction and maintenance 建造與維護
award 給予 (= give)
respectively 分別地；各自地
no decisions have been made
目前還沒有做出決定
undergo 經歷；接受
thorough review 徹底的審查
bidding process 招標的過程
aforementioned 上述的；前述的
currently under review 目前正在審查中

143. 文法—S + V + O 句型中動詞的被動語態 ★★☆

(A) has awarded 已給予（現在完成式）
(B) will award 將要給予（未來式）
(C) have been awarded 已被給予（現在完成式被動語態）
(D) are awarding 正在給予（現在進行式）

解析 本題為詞類變化題，選項列出一個單字的各種變化。選項的動詞 award 為及物動詞，而空格後方並未出現受詞，因此空格中填入被動語態 (C) 最為適當，

新 **144. 插入符合前後文意的句子** ★★☆

(A) 求職信都已經看過了。
(B) 去年確定了施工進度。
(C) 本市有許多低收入戶。
(D) 目前尚未有決斷。

解析 空格以外的內容否認由兩家公司拿下體育館建設和維護合約，駁斥報導上的內容，空格中填入表達尚未決定的內容較為適當，因此答案為 (D)。

145. 詞類變化—動詞的時態（完成式） ★★☆

(A) is submitted 被遞交（現在被動式）
(B) to submit 遞交（不定詞 to V）
(C) have submitted 已經遞交了（現在完成式）
(D) had been submitted 已經被遞交了（過去完成被動式）

解析 本題為詞類變化題，選項列出一個單字的各種變化。主要子句中缺少動詞，空格中要填入動詞，因此請優先刪去 (B)。而且由主詞 Both of the aforementioned companies 直接執行動詞，並不適合使用被動語態，因此答案為 (C) 現在完成式。

146. 文法—介系詞的位置 ★★☆

(A) until 直到
(B) during 在……期間
(C) beyond 晚於
(D) by 在……之前；到……時

解析 本題為文法題，選項列出各種不同的介系詞。空格後方連接時間點 the end of the month，因此請優先刪去 (B) 和 (C)。而 until 和 by 的差別在於動詞的狀態屬於持續的狀態，還是僅為單次的動作。空格前方的動詞 announce 屬於單次的動作，因此答案為 (D)。

PART 7

P. 364

147–148 單據

卡美洛乾洗店

楊柳巷 4464 號
336-677-9905

顧客收執聯
感謝您的惠顧

單號：A4599
可取衣日期：5 月 3 日

顧客姓名：羅傑斯先生
顧客電話：336-222-3336

147 件數：3
第一件：夾克／外套——羊毛
價格：20 元

第二件：裙子
價格：4 元

第三件：毛衣——羊毛
價格：7 元
總共：31 元

148 逾期 30 日未領取之衣物將予以丟棄處理。

字彙 claim ticket 取件單；提領單
appreciate 感謝 wool 羊毛 discard 丟棄

147. 掌握相關細節 ★☆☆

有幾件衣物送去乾洗？

(A) 3 (B) 4
(C) 20 (D) 31

解析 本題詢問送洗衣服的件數，從收據中間的「Item: 3」，可以得知為三件，因此答案為 (A)。

148. 是非題 ★☆☆

關於該店的政策，提到了什麼事？

(A) 取件期間 (B) 退款與換貨
(C) 運費 (D) 營業時間

解析 文章最後寫道：「Items not claimed within 30 days of ready date will be discarded.」，表示如果三十天內未前來領取衣物，便會將衣物丟棄，因此答案為 (A)。

149–150 電子郵件

寄件人：布蘭迪・卡弗
<bcarver@vacuumpros.com>
收件人：凡妮莎・霍華德
<vhoward@vacuumpros.com>
主旨：風洞 335x
日期：10 月 7 日

凡妮莎：

149 看來我們系列產品裡最新款的真空吸塵器——風洞 335x 又延後生產了。150 據說最近的市調顯示出，普通消費者不會購買重逾 12 磅的真空吸塵器。335x 有 15 磅重，所以我們的工作人員會回頭看要怎樣才能減輕其總重量。

但願這是最後一次需要重新設計款式。設計團隊估算，從想出新樣式到做出測試機，然後順利完成品質保證的檢核表，就要六個星期的時間。估計我們的生產日期會落在 11 月 18 日。我們在這個日期的前一週來開個會吧，到時不管碰到什麼問題，我們都可以討論一下。

謝啦。
布蘭迪

字彙 vacuum 真空吸塵器
line of products 系列產品
apparently 顯然地；據說
average consumer 普通消費者；一般消費者
weigh 有……重；秤……的重量
reduce 減輕
overall weight 總重量；整體重量
hopefully 但願；希望
redesign request 重新設計的需要
estimate 估計；估算
come up with 想出；提出
manufacture 製造；生產
go through 通過；順利完成
quality assurance checklist 品質保證檢核表
estimated production date 估計生產日期
prior to 在……之前
whatever issues are at hand 不管碰到任何問題

149. 掌握主旨 ★★☆

這封電子郵件的主要目的為何？

(A) 提及延後生產
(B) 要求提供數據
(C) 查詢產品詳情
(D) 提交員工績效的報告

解析 電子郵件第一句寫道：「It looks like production for the newest vacuum in our line of products, the Wind Tunnel 335x has been delayed again.」，提到新產品的生產時間又延後了，後方告知中斷生產的原因和解決方案，由此可以得知撰寫此封電子郵件的原因為 (A)。

字彙 file a report 提交報告

150. 是非題 ★★☆

關於風洞 335x，提到了什麼事？

(A) 運作不良。
(B) 沒有適當的配件。
(C) 未能滿足產業的期望。
(D) 向來深受消費者的歡迎。

解析 第一段寫道：「Apparently, the most recent market research shows that the average consumer will not buy a vacuum weighing more than 12 pounds. Currently, the 335x weighs 15 pounds, so our crew is going back to the plans to see how they can reduce the overall weight.」，提到消費者偏好 12 磅以下的產品，而該產品的重量為 15 磅，由此內容可以得知答案為 (C)。電子郵件中並未提及其他選項的內容。

字彙 function 運轉；運作
meet 滿足；符合
well-received 受歡迎的

151–152 訊息串

格雷戈里・斯奈德 下午 5:43	您好，151 您有一件從 Allstyles.com 寄來的包裹，但我發現您現在不在家。我應該下次再過來嗎？
海莉・帕克 下午 5:45	不，我就在附近，很快就會到家了。152 你可以等我五分鐘嗎？非常感謝。
格雷戈里・斯奈德 下午 5:47	152 當然。不過，管理員不讓我進去，所以我會在大樓門口等。

發送

字彙 receive a package 收到一件包裹
at the moment 現在；目前
just around the corner 就在附近
shortly 不久；很快
concierge 門房；管理員
let someone in 讓某人進來
at the entrance of 在……的入口處

151. 掌握相關細節 ★☆☆

斯奈德先生是什麼人？

(A) 郵差　(B)維修工作人員
(C) 管理員　(D) 客戶

解析 下午 5 點 43 分，由 Gregory Snyder 傳送的簡訊寫道：「You've received a package from Allstyles.com but I noticed that you aren't home at the moment. Should I come back another time?」，由此內容可以得知 Snyder 為郵差，因此答案為 (A)。

新 152. 掌握意圖 ★★☆

下午 5:47，當斯奈德先生寫道：「當然」時，最有可能是什麼意思？

(A) 他五分鐘後會回來。
(B) 他會把包裹留給管理員。
(C) 他會等帕克女士幾分鐘。
(D) 他會離開，下次再來。

解析 考題詢問指定句的意圖時，請從此句話前後的文意，掌握真正的意圖。下午 5 點 45 分的簡訊中，Hailey Park 說道：「Could you wait for me for 5 minutes?」，而 Mr. Snyder 對此表示同意，因此答案要選 (C)。

陷阱分析：小心不要混淆等待的對象，誤選成 (A) 作為答案。

153–154 公告

新地鐵服務

153 華盛頓特區的地鐵線很高興宣布，從維也納到貝塞斯達此新路線沿線各站即將正式啟用。這條新路線（紅線）將於 6 月 3 日通車，週一至週六的營運時間是從清晨 5 點至夜間 12 點 30 分，而週日則是從上午 8 點至夜間 10 點。

過去 28 個月來，紅線一直在施工中。此案獲得維吉尼亞州、華盛頓特區以及馬里蘭州交通機關三方核准建設，其經費則共同由此三方的交通預算支出。

您可至地鐵官網 http://www.dcmetro.com/redline 查詢紅線的經費、建設以及盛大開通等相關資訊。154 (C) 關於地鐵價格、時刻表以及沿途停靠站等資訊，請至官網 www.dcmetro.com/information 查詢。154 (A), (B) 票價部分，除了預售票外，還有通勤優惠票可供選擇。

所有的問題與疑慮皆應至地鐵官網上填寫線上表格提出。

字彙 be pleased to V 很高興做某事
run 行駛；運行
under construction 正在施工中
approve 批准
transit authorities 交通局；交通管理單位
fund 提供資金

a combination of 結合；組合
transportation budgets 交通預算
regarding 關於　metro rate 地鐵
fare options 車票票價選擇
prepaid ticket 預售票
A as well as B 除了 A 外還有 B；不但 A 而且 B
commuter discount 通勤折扣

153. 掌握主旨 ★★☆

公告上宣布了什麼？
(A) 時刻表的異動
(B) 大眾運輸系統的站點增加
(C) 未來的建設案
(D) 票價變動

解析 一般來說，公告前半段會提及主旨為何。第一句話寫道：「The Washington D.C. area Metro Line is pleased to announce the opening of its new line servicing areas from Vienna to Bethesda.」，告知增設新的地點路線，因此答案為 (B)。

陷阱分析：第二段提到紅線耗時 28 個月的時間施工，此項案子通過 Virginia、Washington D.C 和 Maryland 交通當局的認可，但是此段話並非介紹新的建設案，請特別留意。

154. 是非題 ★★☆

關於地鐵，沒有提到什麼事？
(A) 乘客可提前購票。
(B) 某些乘客享有折扣價。
(C) 可上網找到資訊。
(D) 尖峰時段的票價有變動。

解析 第三段：「Fare options included prepaid tickets as well as commuter discounts are available.」當中提及 (A) 和 (B) 的內容；「For information regarding metro rates, schedules, and stops, please visit the Web site: www.dcmetro.com/information.」當中提到 (C) 的內容。文中並未談到更改尖峰時段的價格，因此答案為 (D)。

155–157 文章

伊利諾州巴靈頓市 9 月 30 日——在 9 月 27 日這天，155 (A) 巴靈頓教育委員會批准了有關在該市的國、高中裡設置食品自動販賣機的新法規。156 隨著肥胖孩童人數的增加，在學校裡販售零食的做法已受到質疑。新法將限制可在校內自動販賣機販售的不健康食品（與較健康的食品相比之下）數量。

校內目前已有自動販賣機販售洋芋片、糖果和其他沒那麼健康的食品者，則必須另行設置可保存蔬果與其他健康食品的自動販賣機。此外，雖然以往自動販賣機的收益都是直接存入普通基金，由學校的領導階層自行決定用途，155 (C), 157 不過現在所有自動販賣機的收益，都將用於為弱勢孩童提供午餐、支付體育費用和購買學校用品上。所有的學校預計在 1 月 1 日前實施此項新法規。

字彙 School Board 地方教育委員會；教育董事會
approve new regulations 批准新規定
relating to 關於；與……相關
food vending machine 食品自動販賣機
obese children 肥胖兒童
in recent years 最近幾年中
practice 行為；做法
be called into question 受到質疑
limit the number of 限制……的數量
unhealthy foods 不健康的食物
in comparison to 與……相比；相較於……
install 安裝；設置　currently 目前；現在
less-healthy 不那麼健康的
proceeds 收益
used to V 過去常常做（某事）
generic fund 普通基金；不指定用途的基金
at the discretion of 任憑……處理；由…… 自行決斷
school leadership 學校領導階層
school supplies 學校用品
underprivileged children 弱勢孩童；貧困孩童
be expected to V 預計；被期待做（某事）
comply with 遵守；照做

155. 是非題 ★★☆

文中陳述了關於新法規的什麼事？
(A) 只適用於高中。
(B) 在 30 日後生效。
(C) 對貧困學生有益。
(D) 試圖鼓勵運動。

解析 第一句話寫道：「in the city's middle and high schools」，由此話可以得知 (A) 的敘述有誤；文中並未提到 (B) 和 (D) 的內容。第二段寫道：「all vending machine proceeds will now go toward providing lunches, paying for sports fees, and buying school supplies for underprivileged children.」，提到自動販賣機的收入將用於弱勢孩童的補助上，因此答案為 (C)。

字彙 apply to 適用於　take effect 生效
benefit 有益於　encourage 鼓勵

新 156. 推論空格句 ★★☆

下列句子最適合出現在 [1]、[2]、[3]、[4] 的哪個位置？
「隨著肥胖孩童人數的增加，在學校裡販售零食的做法已受到質疑。」

(A) [1]　(B) [2]
(C) [3]　(D) [4]

解析 題目列出的指定句為「As the number of obese children has increased, the practice of selling snack foods at schools has been called into question.」，此句話為訂定新法規的原因之一，因此前方應提到教育委員會針對校內自動販賣機販售的品項訂定規定；而後方應針對規定繼續說明，因此指定句最適合填入 [1] 當中，答案為 (A)。

157. 推論題 ★★☆

這篇文章暗示了什麼？
(A) 並非所有的家庭都有能力幫孩子買紙和鉛筆。
(B) 巴靈頓教育委員會一直在侵吞款項。
(C) 巴靈頓教育委員會終將禁止所有的自動販賣機。
(D) 自動販賣機提供了太多的健康食品。

解析 第二段寫道：「all vending machine proceeds will now go toward providing lunches, paying for sports fees, and buying school supplies for underprivileged children.」，提到自動販賣機的收入將用於弱勢孩童的補助上，由此內容可以推測出答案為 (A)。選項將文章的 school supplies 改寫成 paper and pencils，請特別留意。

字彙 can afford to 能負擔得起
embezzle 盜用；侵佔
ban 禁止；取締

新 158–161 線上聊天室

比利．歐爾 下午 2:09　你們有聽說過《對峙》這部電影的翻拍版嗎？下個月就要上映了，亞當．麥克布萊德這個主角是由尼可拉斯．諾蘭飾演！太令人興奮了，因為第一部簡直棒呆了！

蘇珊．李 下午 2:10　尼可拉斯．諾蘭是怎麼拿到主角的？他不是專門拍動作片嗎？159 況且，我從來都不認為他是個好演員，很懷疑他是否適合拍這部片。

黛博拉．戈梅茲 下午 2:13　雖然他主要拍動作片，但是這些年來，他的演技整體上日益精進。我弟弟是尼可拉斯．諾蘭的影迷，所以我答應過他，等電影一出來就帶他去看。

琴．威爾森 下午 2:14　158, 160 很多人說，這部電影以非常哀傷的方式刻劃男角的單戀。我相當好奇。

露絲．明頓 下午 2:16　我為尼可拉斯．諾蘭感到興奮，但是我對翻拍這部電影的想法不怎麼激動。《對峙》這部電影實在是太有名了，我懷疑他們能不能打敗原版。

比利．歐爾 下午 2:18　161 我贊同。但是有了更好的劇本和音效，還是可以提升整部電影的品質。上映那天，大家一起去看《對峙》吧！

字彙 release 發行；上映
main character 主要角色；主要人物
out of this world 出色的；極好的
get cast 被選為扮演（某角色）
lead role 主角　specialize in 專攻；擅長
regard A as B 把 A 視為 B
a good fit for 很適合……
get better at 在……方面變得更好
in the way 以……的方式
portray 描繪；刻劃
one-sided love 單戀；單相思
such a legendary film that 如此具有傳奇色彩的電影；如此赫赫有名的電影
beat 打敗；擊敗　the original 原版；原著作
screenplay （電影）劇本　elevate 提升

158. 推論題 ★☆☆

《對峙》最有可能是什麼類型的電影？
(A) 文藝愛情片
(B) 科幻片
(C) 驚悚片
(D) 恐怖片

解析 下午 2 點 14 分，Jean Wilson 傳送的訊息寫道：「Many people say that it is very sad in the way that it portrays the one-sided love of the male character.」，提到很多人覺得刻劃男主角單戀的方式過於悲傷，由此內容可以推測出答案為 (A)。

159. 是非題 ★★☆

文中提到了什麼與李女士有關的事？
(A) 她不能跟其他人一起看《對峙》。
(B) 她不是尼可拉斯．諾蘭的影迷。
(C) 她對這部新電影並不感到興奮。
(D) 她弟弟是尼可拉斯．諾蘭的影迷。

解析 下午 2 點 10 分，Susan Lee 傳送的訊息寫道：「In addition, I have never regarded him as a good actor. I wonder if he's a good fit for this movie.」，提到她從來不認為 Nicholas Noland 是一個好演員，而且他也不適合演這部電影。由此內容可以得知答案為 (B)。

160. 推論題 ★★☆

誰可能沒有看過《對峙》的原版電影？
(A) 比利．歐爾
(B) 琴．威爾森
(C) 蘇珊．李
(D) 露絲．明頓

解析 下午 2 點 14 分，Jean Wilson 傳送的訊息寫道：「Many people say that it is very sad in the way that it portrays the one-sided love of the male character. I am very curious.」，提到很多人覺得刻劃男主角單戀的方式過於悲傷，讓她非常好奇電影的內容。由此段話可以推測出 Jean Wilson 尚未看過這部電影，因此答案為 (B)。

下午 2 點 09 分的訊息寫道：「This is so exciting because the first one was out of this world!」，下午 2 點 10 分的訊息寫道：「I wonder if he's a good fit for this movie.」，以及下午 2 點 16 分的訊息寫道：「Locked is such a legendary film that I wonder if they can beat the original.」，分別能推測出 (A)、(C)、(D) 都有看過電影原作。

新 161. 掌握意圖 ★★☆

下午 2:18，當歐爾先生寫下：「我贊同」時，最有可能是什麼意思？
(A) 他認為尼可拉斯．諾蘭很棒。
(B) 他不確定這部翻拍電影是否會賣座。
(C) 他想跟明頓女士一起去看《對峙》。
(D) 他比較喜歡動作片，不喜歡驚悚片。

解析 下午 2 點 16 分，Ruth Minton 傳送的訊息寫道：「Locked is such a legendary film that I wonder if the original can be beat.」，提到原作太棒，新版的不太可能超越原作。而 Billy Ore 對此回覆「I agree.」，表示他同意 Ruth Minton 所說的話，因此答案為 (B)。

162–164 廣告

陶德醫療（股）公司

我們很高興向大家宣布，一家專為您和您家人服務的醫療機構——陶德醫療（股）公司正式開幕了。162 您將不再需要長途跋涉到當地的醫療院所進行健康檢查或緊急就醫。陶德醫療會親自到您府上或貴公司為您提供高效、優質的個人護理服務。陶德醫療擁有最新的技術，比區域醫療院所更能接觸到健康科學的最新知識。若是您或家人需要進行醫療診斷服務，您不需和一大群人人擠人、不需候診，或是待在喧囂吵鬧的候診室裡，只要舒舒服服地待在家裡就可以辦到。

164 一如既往，陶德醫療保障所有客戶的隱私權，並對所提供的一切服務行使高度的酌處權。今天就來電或至本公司網站 www.toddmed.com 預約。

字彙
be pleased to V 很高興做（某事）
grand opening 正式開業；隆重開幕
exclusive medical service 專門的醫療機構
checkup 健康檢查；體檢
emergency needs 緊急醫療需求；急救
efficient 效率高的；有效的
excellent 優秀的；卓越的
have access to 可以接近／獲得／使用
cutting edge of health sciences 健康科學的最新知識
diagnostic service 診斷服務
in the comfort of your home 在自己舒適的家裡
guarantee 保證
high level of discretion 高度的自由裁量權（或酌情決定權）

Actual Test 1 解答&中譯解析 PART 7

162. 相關細節 ★☆☆

陶德醫療公司聘請的是什麼類型的專業人士？

(A) 律師
(B) 醫生
(C) 工程師
(D) 運動員

解析 第一段第二句寫道：「No longer will you need to travel long distances to the local hospital or clinic for checkups or emergency needs.」，提到往後不再需要大老遠跑去醫院或診所。此內容代表 ToddMed 能提供替代的醫療服務，因此答案為 (B)。

163. 是非題 ★★☆

文中並未提到陶德醫療公司的什麼事？

(A) 聲譽
(B) 便利性
(C) 專業技術
(D) 可提供的服務

解析 題目中出現 Not 時，請逐一檢視選項，並和文章的內容比對是否相符。第一段中提到不用跑到醫院，可以在家或公司接受診斷或治療，符合 (B) 的內容；也有提到 (C) 擁有最新的技術；以及健康檢查、諮商等服務，符合 (D) 的內容。而文中並未提及有關 (A) 的內容，故為正確答案。

字彙 expertise 專門技術；專門知識

164. 掌握相關細節 ★☆☆

陶德醫療公司保障什麼？

(A) 努力工作
(B) 價格低廉
(C) 守時
(D) 保密性

解析 本題的答題關鍵字為 guarantee，因此請從文中找出此單字。最後一段寫道：「As always, ToddMed guarantees the privacy of all of its clients and practices a high level of discretion in all of its services.」，提到會保護病患的隱私，提供最高規格的醫療服務，與選項中 (D) 的內容相符，故為正確答案。

字彙 punctuality 準時；守時
confidentiality 秘密性；機密性

165–167 文章

待售物業

阿瓦隆華廈有數戶釋出出售。該棟大廈最近有三戶待售中，其中包括了頂樓大戶。

166 阿瓦隆華廈交通便利，地處公園大道和第 131 街的轉角處，就在市中心直升機停機坪及兩座 24 小時安全車庫的對面。167 提供各種大廈管理服務是阿瓦隆華廈的特色，包括包裹的簽收與交付、看管車輛、門禁管制服務，以及全年無休的保全與隨扈服務等等。住戶從阿瓦隆華廈沿街往下走，就會走到傳承廣場，裡面有豪華購物中心、兩間五星級餐館、一間大酒莊，以及數家其他的商行。阿瓦隆華廈也有設備齊全的健身中心，備有最新的健身機械與重訓器材。165 在休閒娛樂方面，阿瓦隆華廈設有奧運規格的屋頂游泳池和可供 12 人共浴的熱水浴池，讓您一整年都能享受。我們的交誼廳裡有三個大螢幕的高畫質電視、酒吧與設備完善的現代化廚房，讓您輕鬆宴客！阿瓦隆華廈雖建於 1950 年代，但所有的屋子都經過翻修，以裝設雙洗手台和配有中島吧台的雙水槽廚房。每戶亦有可連接完整的立體聲音響系統、高畫質電視和有線網路連線的線路。

欲了解更多有關買屋、貸款或看屋方面的資訊，請來電 1-800-363-4856 或上網至 www.fantasyreal.com 與奇幻房仲聯絡。看屋須經預約。

字彙 conveniently located 地理位置交通便利
across from 在……對面 (= opposite)
helipad 直升機停機坪；直升飛機升降場
garage 飛機庫；車庫；汽車修理廠
feature 包括 (= include)
concierge service 大廈管理服務
package acceptance 包裹簽收
escort 24/7/365 一年 365 天的隨扈服務
tenant 房客；承租人；住戶
bodega 酒窖；買酒的店舖
fully equipped 設備齊全
state-of-the-art 最先進的；最新型的
relaxation and entertainment 休閒娛樂
rooftop 屋頂
hot tub 熱水浴池；熱水按摩浴缸
year-round 整年的
wet bar 帶水槽的酒吧
hassle-free 無憂無慮的；無負擔的

renovate 整修
complete with 包括；具有配套的
hookups for a stereo system
連接立體音響系統的線路
financing 貸款；融資
appointment only 僅限預約

165. 掌握相關細節 ★☆☆

下列何者非阿瓦隆華廈提供的設施？
(A) 車庫
(B) 游泳池
(C) 戶外熱水浴池
(D) 健身中心

解析 題目中出現 Not 時，請逐一檢視選項，並和文章的內容比對是否相符。從「For your relaxation and entertainment, Avalon Condominiums contains a rooftop Olympic-size pool in the complex and a 12-person hot tub for year-round enjoyment.」中可以確認 (B) 和 (C) 的內容；從「Avalon also offers a fully equipped fitness center with state-of-the-art machines and weights.」中可以確認 (D) 的內容。但是文中並未提到與 (A) 有關的內容，故為正確答案。

166. 掌握相關細節 ★★☆

阿瓦隆華廈附近有什麼樣的服務機構？
(A) 美容院
(B) 加油站
(C) 直升機機場
(D) 豪華汽車經銷商

解析 本題詢問鄰近公寓大樓的服務機構。第二段寫道：「Avalon is conveniently located on the corner of Park Avenue and 131st Street and is across from the downtown helipad and two 24-hour secured garages.」，提到公寓大樓對面有直升機停機坪和 24 小時車庫，因此答案為 (C)。

167. 是非題 ★★☆

關於阿瓦隆華廈提供的免費服務，下列敘述何者為真？
(A) 阿瓦隆華廈通報任何訪客的造訪。
(B) 阿瓦隆華廈定期舉辦免費派對。
(C) 阿瓦隆華廈提供訂票服務。
(D) 阿瓦隆華廈提供保全人員。

解析 題目的關鍵字為 complimentary service。文章第二段開頭寫道：「Avalon features a concierge service for package acceptance and delivery, car service, door service, protection services and escorts 24/7/365, and more.」，提到一年 365 天都提供領取或交付包裹、看管車輛、門禁與警衛等服務，因此答案為 (D)。

168–171 電子郵件

寄件者：etangel@rel.com
收件者：ggerald@dcfu.com
日期：6 月 7 日
主旨：費用估價
附件：傑拉德

親愛的傑拉德女士：

昨天很高興能與您見面，並檢視貴餐廳擴大營業的計畫。170 正如我們討論過的，本公司的財務部門已經計算出估價，我已將此報價附加在這封電子郵件。

您會看到，您欲擴大東側露台周圍的面積和在廚房加裝石爐的計畫，都已經算進我們的報價裡。170 費用分為勞務和建材兩類。然而，您或許可以考慮，我們可以透過擴大北側露台的面積來大幅降低費用，這也會減少以後的勞務費用。

171 若您決定與本公司簽約，我們可以在 12 天內動工。若您有任何疑問，請隨時與我聯絡。我期待與您一起共事。

艾蜜莉．坦格爾 敬上

字彙 enlarge 擴大；擴展
as (it was) discussed 正如之前討論過的
financial team 財務團隊；財務組
calculate an estimate 計算出估價
attach A to B 把 A 附加到 B
incorporate A into B 把 A 併入 B
figure 計算 (= calculate)
categorize 將⋯⋯分類
cut costs significantly 大幅降低成本
expand 擴張；增長
should you decide 如果您決定
(= if you should decide)
look forward to V-ing 期待；盼望

168. 推論題 ★☆☆

坦格爾女士最有可能是什麼人？

(A) 餐廳老闆
(B) 財務顧問
(C) 營建承包商
(D) 飯店經理

解析 Tangel 女士為電子郵件寄件人，郵件中會以人稱代名詞 I 稱呼，並以 we 或 our 稱呼所屬公司。第一段寫道：「As discussed, our financial team has calculated an estimate, which I have attached to this e-mail.」，提到財務部門計算出擴建餐廳的報價，由此可以得知答案為 (C)。

169. 掌握相關細節 ★★☆

昨天的會議上討論了什麼？

(A) 可能的結構改變
(B) 天氣損壞的修繕
(C) 新餐館的地點
(D) 行銷活動的計畫

解析 電子郵件第二段提到會議中具體談論的內容，表示餐廳希望擴建東邊露台，但是 Tangel 女士公司考量到費用問題，建議改成擴建北邊露台。由此內容可以得知答案為 (A)。

字彙 alteration 改動；改變
weather damage 天氣造成的損壞

170. 掌握相關細節 ★☆☆

這封電子郵件附加了什麼？

(A) 詳細的平面圖
(B) 餐館的供應商
(C) 廚房用具的收據
(D) 勞務的價格

解析 電子郵件中經常會出現詢問附件內容的考題，請特別留意文中提及 attached、enclosed、included 等單字的句子。第一段寫道：「As discussed, our financial team has calculated an estimate, which I have attached to this e-mail.」，提到附件為報價；第二段又寫道：「The costs have been categorized into labor and materials.」，提到報價包含勞務費用和建材費，因此答案為 (D)。

新 **171. 推論空格句** ★★☆

下列句子最適合出現在 [1]、[2]、[3]、[4] 的哪個位置？

「若您決定與本公司簽約，我們可以在 12 天內動工。」

(A) [1] (B) [2]
(C) [3] (D) [4]

解析 題目列出的指定句與合約有關，適合放在第二段之後，表達欲取得對方的同意，因此答案為 (D)。

172–175 網頁

http://www.4raidersfan.com

我們的包廂已經改裝升級了！172 由於傳奇球場最近進行了翻修工程，我們的 173 貴賓包廂座位業已升級來滿足您的需求，並提供您所能想像得到的各種奢華服務，提升您觀賽的體驗。傳奇球場很高興為持有包廂票券的貴賓提供兩個大螢幕的高畫質電漿電視，可收看 300 多個頻道，其中有電影、遊戲、體育賽事等讓您大飽眼福。

只需按一下按鈕，即可暫停實況轉播和其他的電視節目與電影，所以您不會錯過一分一秒突擊者隊精彩刺激的球賽。174 每個包廂都有個迷你廚房，可滿足您一切娛樂需求，每場球賽開賽前都會重新補上新鮮水果、乳酪、麵包、洋芋片、蘸醬和其他零食，保證讓您所有的客人吃得又飽又滿意。與往常一樣，我們會免費供應一桶您最愛的啤酒，還可以品嚐各種葡萄酒與上等烈酒。所有的包廂都配備了最新的懶人按摩躺椅，兩側的扶手上有冷風機，而頭枕上則有環繞立體聲音響。防眩光材質的玻璃窗取代了滑動式的玻璃窗，以確保您連球場上的一草一葉都能看得很清楚。我們希望您日後繼續支持傳奇球場以及突擊者隊！突擊者隊加油！

字彙 renovation 翻修；重建 (= remodeling)
meet your needs 滿足您的需求
Every luxury (that is) imaginable
各種想像得到的奢華
enhance 提高；改善 (= improve)
game-viewing experience 觀看比賽的體驗

be delighted to V 很高興做某事
ticketholder 持票人
with access to 可以得到；能夠使用
action-packed 令人感到緊張刺激的；精彩紛呈的
be restocked 加以補充
a keg of your favorite brew 一桶您最愛的啤酒
top-shelf liquors 上等烈酒
be outfitted with 裝備；配備
massaging recliners 按摩躺椅
be replaced with 被……所取代
glare-resistant material 防眩光材質
blades of grass 草葉
for years to come 未來幾年裡；日後

172. 掌握閱讀本文的對象 ★★☆

此網頁主要的訴求對象為何？
(A) 運動迷
(B) 保險推銷員
(C) 電玩愛好者
(D) 展覽的贊助者

解析 本題詢問閱讀本文的對象。第一段開頭寫道：「Due to the recent renovations at Legend Field, our VIP box seats have been updated to meet your needs and to provide you with every luxury imaginable to enhance your game-viewing experience.」，表示球場最近進行了翻修，貴賓包廂已升級來提升觀賽體驗，由此可以推測對象訴求對象應為運動賽事愛好者，因此答案為 (A)。

陷阱分析：第一段、第二句話提到「game-viewing experience」；以及第二段、第一句話寫道：「Live TV and other television shows and movies can be paused with the touch of button, so you won't miss a second of the Raiders' action-packed games.」，這些地方提到 game 指的是「（運動）賽事」，並非遊戲，因此請勿選 (C) 作為答案。

字彙 enthusiast 對……熱衷的人；愛好者
patron 贊助者；主顧

173. 掌握主旨 ★★☆

主要是在廣告什麼？
(A) 一項用於儲存小物的物品
(B) 一件家中使用的家具
(C) 供親友與同事參加的活動
(D) 為活動而重新裝修的預訂空間

解析 文章的主旨通常會出現在第一段當中。文章開頭兩句話提到 VIP box seats 重新改裝後，提供更優質的觀賞比賽空間。接著表示提供持有 VIP 票券者使用，因此答案為 (D)。

174. 掌握相關細節 ★★☆

下列何者不是隨包廂附贈的？
(A) 食物和飲料
(B) 視聽娛樂
(C) 私人侍者
(D) 舒適座椅

解析 題目中出現 Not 時，請逐一檢視選項，並和文章的內容比對是否相符。第二段中提及免費提供的東西：「Each box contains a mini-kitchen . . . restocked before every game with fresh fruits, cheeses, breads, chips, dips and other snacks to keep all of your guests full and satisfied. As always, a keg of your favorite brew is provided free of charge, and a variety of wines and top-shelf liquors are available as well . . . massaging recliners, with arm-side coolers and surround-sound speakers in the headrest.」，當中並未提到 (C)，故為正確答案。

175. 掌握同義詞 ★★☆

第二段、第六行的「outfitted」與下列哪個字意思最接近？
(A) 穿著
(B) 裝備
(C) 擊敗
(D) 滿意

解析 指定單字出現在：「They have all been outfitted with the newest Lazymen massaging recliners with arm-side coolers and surround-sound speakers in the headrest.」，提到提供最新懶人按摩椅，還有冷風機和環繞音效音響。outfitted 表示「備有、設有」，因此答案為 (B)。

176–180 文章和電子郵件

道爾敦山（4 月 13 日）——道爾敦山的社區區域計畫（CAI）本週末將在薛林頓公園舉辦志工日。178 阿卡西公司將資助於 4 月 17 日週六上午 9 點至下午 2 點的活動，如遇下雨，則改至週日舉行。176 歡迎所有個人、家庭和服務協會和我們一起去波頓湖東岸種植樹苗與灌木叢。

「侵蝕對這一特定區域產生了重大的影響，」負責此計畫案的 CAI 景觀設計師德安妮．博恩說。「我們的目標是預防水土繼續流失，並為當地的野生動植物提供棲息地。」博恩認為，透過種植近 200 棵的原生樹種和灌木，包括楓樹、橡樹、松樹等，他們的目標就能實現。

當地企業也將贊助支持此一計畫。179 哈雷咖啡館將提供茶點，而鏟子和綠化設備則由邦寧五金提供。博恩女士和其他熟練的藝景觀設計師將在現場指導志工。雖然本活動不需有經驗，但未滿 18 歲的志工必須有一位成年人陪同參加。

因天氣預報報導該日將是涼爽的天氣，所以建議志工穿得暖和些，並且穿靴子與戴手套。

字彙 initiative 活動；計畫
host a volunteer day 主辦義工日
fund the event 為該活動提供資金
in the event of rain 萬一下雨
plant saplings and bushes 種植樹苗和灌木叢
erosion 侵蝕
have a significant impact on 對……有重大影響
particular area 特定區域
landscape planner 景觀規畫師
aim to V 旨在做（某事）；目標做（某事）
prevent 預防
provide a habitat 提供棲息地
local wildlife 當地的野生生物
native trees 原生樹種　maple 楓樹
oak 橡樹　pine 松樹
provide refreshments 提供茶點
shovels and landscaping equipment 鏟子和綠化器具　on hand 在場
supervise 指導；監督　accompany 陪同
be advised to V 被建議做某事
forecast 預報；預測

收件人：貝里．馬歇爾
寄件人：德安妮．博恩
主旨：多麼成功啊！
日期：4 月 19 日

嗨，貝里：

178 因星期日實在是太忙了，我們都沒有什麼時間說話。出席活動的人數多到讓我大吃一驚。就連道爾敦山的市長都順道過來參加活動！這倒提醒了我一件事，179 我很感激你決定去多買些食物。哈雷咖啡館不可能會預料到會有這麼多人參加。

180 不管怎樣，感謝您僱用我參與這次專案。傳授技能和知識給你們及 CAI 是個很棒的經驗。若您以後有什麼專案需要我協助的，請與我聯繫。

德安妮 敬上

字彙 great turnout 參加人數龐大
stun 使震驚；使目瞪口呆
drop by 順道拜訪
chip in with 參加談話；捐款
anyhow 總之；無論如何
expertise and knowledge 專業技能和知識

176. 掌握相關細節 ★★☆

為什麼薛林頓公園需要志工？
(A) 要引導自然之旅
(B) 要帶遊客參觀
(C) 要種植樹木
(D) 要修剪長滿草的地區

解析 第一篇文章第一段寫道：「All individuals, families, and service associations are welcome to join us as we plant saplings and bushes on the eastern side of Lake Bolton.」，表示歡迎加入在 Bolton 湖泊東岸種樹的行列，因此答案為 (C)。

177. 掌握同義詞 ★★☆

在本篇報導中，第三段、第一行的「initiative」與下列哪個字意思最接近？
(A) 重要性
(B) 多數
(C) 計畫
(D) 首字母

解析 題目列出的單字出現在：「Local businesses will also sponsor and support the initiative.」，表示當地企業會提供贊助和支持此計畫。此處的「initiative」指的是「計畫、運動」，因此答案為 (C)。

178. 掌握相關細節—整合題 ★★☆

關於宣傳的活動，提到了什麼事？

(A) 只有少數人參加。
(B) 道爾敦山市議會贊助本活動。
(C) 4 月 17 日下雨了。
(D) 志工需要報名。

解析 本題要整合第一和第二篇文章的內容，才能順利解題。第一篇文章的第一段寫道：「Acacia, Inc. will be funding the event scheduled for Saturday, April 17, from 9:00 A.M. to 2:00 P.M., or on Sunday in the event of rain.」，提到預定於 4 月 17 日週六舉行的活動，如遇雨天則改至週日舉行；而第二篇文章的第一句寫道：「Since so much was happening on Sunday, we didn't have much time to talk.」，提到週日有種樹活動，因此答案為 (C)。

179. 掌握相關細節—整合題 ★★☆

活動期間發生了什麼未預期的問題？

(A) 茶點不足。
(B) 天氣寒冷。
(C) 專家未能妥善指導。
(D) 有些綠化設備壞了。

解析 本題要整合第一和第二篇文章的內容，才能順利解題。第一篇文章的第三段寫道：「Harley's Café will be providing refreshments while shovels and landscaping equipment will be supplied by Bunning's Hardware.」，提到 Harley's 咖啡廳將提供茶點；而第二段文章的第一段寫道：「This reminds me that I'm so thankful that you decided to go and pick up some extra food. Harley's could not have predicted that so many people would attend.」，提到沒有想到參加的人那麼多，還得追加更多的食物，因此答案為 (A)。第一段文章中有提及 (B) 的內容，在預期範圍之內，因此並不適當。

字彙 **insufficient** 不足的；不夠的
fail to V 未能（做某事）

180. 推論題 ★★★

馬歇爾先生最有可能是什麼人？

(A) 道爾敦山的市長
(B) 哈雷咖啡館的老闆
(C) 阿卡西公司的經理
(D) 社區區域計畫的負責人

解析 Marshall 為第二篇文章、電子郵件的收件人。第二篇文章的第二段寫道：「Anyhow, thank you again for hiring me for this project. Lending my expertise and knowledge to you and the CAI was a wonderful experience.」，提到感謝對方僱用自己，很高興自己的技術和知識對 Marshall 和 CAI 有所幫助，因此答案為 (D)。

陷阱分析：第一段文章中提到 Harley's 咖啡廳提供茶點；第二段文章中提到感謝對方幫忙提供額外的食物，請勿因此誤會 Marshall 為咖啡廳老闆。

181–185 優惠券與信件

185 漢普頓斯歌劇院回歸第 15 年！

為了慶祝這個值得紀念的時刻，184 漢普頓斯歌劇院將推出享譽世界的女中音小野莉娜！今年莉娜除了會在精選的三齣歌劇中擔綱演出外，還會出現在海灘劇場的現代精選戲劇中。我們為歌劇院的會員提供了以下演出中任選兩場的套票。

183 • 10 月 1 日至 31 日：《茶花女》
• 1 月 1 日至 30 日：《波希米亞人》
• 3 月 1 日至 31 日：《費加洛的婚禮》

如欲購票，請至漢普頓斯梅恩街 5986 號的售票處，請撥打 526-758-9635 或 1-888-96OPERA，或至官網 www.hamptonsopera.com 購票。有關海灘劇場演出時間的詳情，請上網 www.beachtheater.com 或致電 (526) 758-9638 洽詢。

字彙 **monumental occasion** 有紀念意義的時刻或場合
feature 特別介紹；重點推出
world-renowned 世界著名的
headline 在演出中擔任主角
modern selection 現代精選
box office 售票處

親愛的會員：

181 非常感謝您決定支持藝術家團體——漢普頓斯歌劇院暨海灘劇場。183 我們隨信附上一張優惠券，您可任選兩場在漢普頓斯歌劇院演出的劇目。

為了慶祝本歌劇院的 15 週年紀念日，我們也以優惠的價格為您的歌劇之夜提供加購項目。這些優惠僅適用於本歌劇院的會員，所以在兌換時請務必出示您的會員卡。

182 (A), (B) 在演出當晚，您不但能以八五折的優惠價格入住歐姆尼飯店的豪華套房，還能以每人 15 美元的價格在蔚藍餐廳或費加洛餐廳用餐。

182 (D) 此外，作為本歌劇院的會員，未滿 15 歲的孩童可以原票價五折的優惠價格觀賞歌劇。研究顯示，接觸古典和文化作品的孩子終其一生都會將這種喜愛留在心中。現在是時候和您的孩子分享您對歌劇的熱愛了！

對於更喜愛現代戲劇的粉絲們，海灘劇場將主打導演班傑明．布里頓的三部作品：《仲夏夜之夢》、《豪門幽魂》與《魂斷威尼斯》。182 (D) 這些演出會員皆可享七折的優惠價；會員還能選擇前排座位或包廂座位。

如果您在漢普頓斯歌劇院觀賞演出時有需要我們協助之處，請隨時與我們聯絡。

狄恩．帕克森 敬上
漢普頓斯歌劇院總裁
dparkson@hamptonsopera.com
(526) 758-9630

字彙 choose to V 決定做 (= decide to V)
artistic community 藝術團體
enclose 隨信附上；把……封入
add-ons to 附加物；附加項目
at a discounted rate 以折扣價
subscriber 會員；用戶；訂閱戶
redemption 贖回；清償
luxury suite 豪華套房
in addition 此外；而且
exposed to 接觸；暴露於
retain 保持；留在心中 (= keep, maintain)
share A with B 和 B 分享 A
passion 熱情；強烈的愛好
front-row seats 前排座位

181. 推論題 ★★☆

海灘劇場和漢普頓斯歌劇院最有可能是什麼關係？

(A) 是其附屬企業。
(B) 是其競爭對手。
(C) 是其贊助者。
(D) 兩者間並無關係。

解析 從第一篇文章的內容，無法掌握兩者的關係。第二篇文章的第一句寫道：「Thank you for choosing to support the artistic community, Hamptons Opera, and the Theater on the Beach.」，當中提到 artistic community，由此可以推測出兩者的關係為 (A)。

字彙 affiliate 附屬企業；分支機構
sponsor 贊助者（商）

182. 是非題 ★★☆

沒有提到下列何者作為會員的好處？

(A) 晚餐折扣
(B) 住宿折扣
(C) 交通折扣
(D) 額外的購票折扣

解析 題目中出現 Not 時，請逐一檢視選項，並和文章的內容比對是否相符。第二篇文章針對訂購優惠詳細說明。(A) 和 (B) 出現在「On the night of the performance, you will receive 15% off your stay in a luxury suite at the Omni as well as a meal for $15 a person at the Blue or the Figaro.」當中；(D) 出現在「In addition, as a subscriber, children under 15 may view the performance for 50% off the original price of the ticket.」與「 These performances are offered to our subscribers at a 30% discount; subscribers will also receive a choice of either front-row or box seats.」當中。而文中並未提及有關 (C) 的內容，故為正確答案。

183. 掌握相關細節／整合題 ★★☆

本信收件人的優惠券不能用於下列何種組合？

(A) 《茶花女》和《波希米亞人》
(B) 《費加洛的婚禮》和《波希米亞人》
(C) 《費加洛的婚禮》和《茶花女》
(D) 《波希米亞人》和《豪門幽魂》

解析 本題要整合第一和第二篇文章的內容，才能順利解題。第一篇文章中提到三項表演：La Traviata、La Boheme 和 The Marriage of Figaro；第二篇文章的第一段寫道：「We have enclosed a coupon for the two performances of your choice at Hamptons Opera.」，提到隨信附上優惠券，可以任選其中兩項表演，因此答案為 (D)。在此補充，The Turn of the Screw 是在 Theater on the Beach（此演出出現在第二篇文章的第五段）。

184. 掌握相關細節 ★☆☆

小野莉娜的職業是什麼？
(A) 女演員
(B) 歌唱家
(C) 指揮
(D) 作曲家

解析 請留意文中提及 Lina Ono 的部分。第一篇文章的第一段寫道：「Hamptons Opera is featuring world-renowned mezzo-soprano Lina Ono! Lina will be headlining our three selections this year as well as be appearing in the Theater on the Beach's modern selections.」，提到邀請世界級女中音 Lina Ono 來表演，因此答案為 (B)。

185. 是非題 ★★☆

關於漢普頓斯歌劇院的敘述，下列何者為真？
(A) 正在慶祝十多年的演出經歷。
(B) 正在開設一家新店。
(C) 正為老年人提供免費表演。
(D) 正在歡迎新指揮。

解析 第一篇文章的標題為：「Hamptons Opera is back for its 15th year!」，下方寫道：「For this monumental occasion, Hamptons Opera is featuring world-renowned mezzo-soprano Lina Ono!」，由此段內容可以得知答案為 (A)。

新 186–190 內部通信、員工紀錄與電子郵件

8 月 25 日

親愛的團隊成員，大家好：

我們都很努力工作，因此我相當鼓勵大家抽空休假，恢復一下精神與活力。然而，接下來的三個月是新專案成功的關鍵時期，有鑑於此，為確保專案能順利進行，請注意以下對休假預告的異動：

※ 休假天數為少於兩天者，提前一個星期通知
※ 休假天數為三至五天者，提前兩個星期通知
※ 休假天數為五至十天者，提前四個星期通知
※ 189 休假天數為十天以上者，提前六個星期通知

186/187 (A) 因此，提前規劃我們的休假是很重要的，特別是對打算一次休兩個星期以上的同仁來說（包括我自己出國旅行也是）。187 (D) 休假計畫將使我們妥善做好規畫，從而避免出現不准假的問題。

我完全理解，我們每個人都有例外情況及特殊狀況，可能沒辦法按照規定請假。可是，在這些情況下，我仍期望能有及時的適當溝通。

感謝大家。

丹尼・戈托
進程及系統部 高級經理
威爾森重型設備有限公司

休假紀錄：進程及系統部

	九月				十月				十一月			
	第1週	第2週	第3週	第4週	第1週	第2週	第3週	第4週	第1週	第2週	第3週	第4週
桑妮·卡本特								1				
萊絲莉·希爾									5	5	5	3
190 吉伯特·英尼斯						4					3	
伊芳·馬克				3								
189 阿吉特·沙馬		5	5	5								

字彙 **encourage sb. to V** 鼓勵某人做某事
take time off 休假
get rejuvenated 恢復精神；恢復活力
be critical to 對……很重要
in this regard 就這一點而言；有鑑於此 (= in this way)
vacation request notice 告知請假
thus 因此 (= therefore)
ahead of time 提前；提早
at a time 一次；每次
reject 拒絕 (= refuse)
have exceptions 有例外情況
extraordinary circumstance 特殊狀況
still 仍然；儘管如此 (= nevertheless)
in a timely manner 及時

寄件人：J-Song@wilsonHE.com
收件人：gotto@wilsonHE.com
主旨：請求休假
日期：10 月 5 日

戈托先生：

我有個緊急的請求。雖然那時因為孩子的關係，我沒辦法去度假，可是現在我可以跟我先生吉伯特一起去度假了。不知我這個星期能不能跟他在同週休假。期待您迅速地回覆。

珍·宋 敬上
行銷部
威爾森重型設備有限公司

字彙 **urgent request** 緊急的請求
due to 由於；因為　**apply for** 申請；請求
look forward to 期待　**reply** 回覆；答覆

186. 掌握主旨 ★★☆

此內部通信的主要內容是什麼？
(A) 休假的重要性
(B) 提早規劃休假
(C) 工作滿意度
(D) 延長假期

解析 本文的重點放在文章下方，通常會出現在表示結論的連接副詞 thus 或 therefore 後方。第一段文章的第三段寫道：「Thus, it is critical to plan our time off ahead of time, . . . The planning of time off will enable us to plan properly and thus avoid the need to reject vacation requests.」，提到提前確認休假時間的話，能有效防止被拒絕受理。選項中符合此段主旨的敘述為 (B)。

187. 掌握相關細節 ★★★

關於丹尼·戈托的內部通信，下列何者正確？
(A) 他的規定僅適用於國內旅遊。
(B) 公司鼓勵每週至少遠程辦公一次。
(C) 應立即遞交未來三個月的休假單。
(D) 管理人員可拒絕員工請假。

解析 第一篇文章的第三段寫道：「Thus, it is critical to plan our time off ahead of time, . . . weeks off at a time (including myself for an overseas trip).」，當中提及 including myself for overseas trip.，包含國外旅遊，因此 (A) 的敘述有誤。後方寫道：「The planning of time off will enable us to plan properly and thus avoid the need to reject vacation requests.」，表示管理部門可以拒絕受理休假，因此答案為 (D)。文中並未提到 (B) 和 (C) 的內容，因此不能作為答案。

字彙 **applicable** 可應用的

188. 掌握同義詞 ★★☆

在內部通信中，第一段、第二行的「in this regard」與下列哪個詞彙意思最接近？
(A) 輪流
(B) 在中間
(C) 依照
(D) 這樣

解析 題目具列出的片語出現在：「in this regard, to ensure the smooth progress of our project, please note the following changes to vacation request notices.」中，其中 in this regard 表示「採這樣的方式；關於這點」，與 (D) 的意思最為接近，故為正確答案。

189. 推論題一整合題 ★★★

誰最有可能有緊急狀況？

(A) 萊絲莉．希爾
(B) 吉伯特．英尼斯
(C) 伊芳．馬克
(D) 阿吉特．沙馬

解析 本題要整合第一和第二篇文章的內容，才能順利解題。第一篇文章中寫道：「For vacations greater than 10 days, notice of 6 Weeks」，提到若要連休超過十天，必須在六週以前通知；第二篇文章中，Ajit Sharmar 在 8 月 25 日公告後，便從九月第二週到第四週連休 15 天，並未提前六週申請，由此可以推斷為緊急狀況，因此答案為 (D)。

190. 掌握相關細節一整合題 ★★☆

宋女士將於何時休假？

(A) 九月的第一週
(B) 九月的第四週
(C) 十月的第二週
(D) 十一月的第一週

解析 本題要整合第二和第三篇文章的內容，才能順利解題。第三篇文章中，Jane Song 詢問是否能和（同公司的）丈夫 Gilbert 一起休假。從第二篇文章中確認後，可以發現 Gilbert 申請休假的時間為十月和十一月，由此可以推測 Jane Song 會於相同時間休假，因此答案為 (C)。

新 191–195 內部公告、電子郵件及時間表

內部公告

收文者：健康第一健身中心全體會員
發文者：經理 保羅．戴維斯
關於：休息時間
日期：12 月 7 日

193 自健康第一健身中心成立以來，12 月 25 日到 1 月 2 日這段期間暫停營業向來是個慣例。相信本中心的職員、教練及會員們都知道，這項慣例在健康第一健身中心由來已久。然而，這段期間的嚴重不便是大家有目共睹的，此一事實已經引起了健康第一管理部門的注意。

為了滿足本中心會員們的需求，我們決定在這段期間繼續營業。192 (B) 不過，請記住，在此期間我們提供的服務有限，因為屆時中心將會以兼職員工的方式營運。在 1 月 3 日這天，本中心將恢復正常營運，17 名員工將全都回歸正常上班。

若您有任何關於此時程異動方面的疑問或其他任何問題，請至我的辦公室洽詢，或發送電子郵件到我的信箱 pdavis@ffirst.com。

我們再次感謝您一貫的支持。

字彙
tradition 慣例；傳統
suspend business 暫停營業
as is known to 正如……所知
long-established custom 由來已久的慣例；歷史悠久的習俗
be perceived as 被認為是
severe inconvenience 嚴重不便
be brought to the attention of 引起……的注意
meet the needs of 滿足……的需要
throughout 在……期間 (= during)；遍及 (=across)
keep in mind that 記住……
on a part-time staff basis 在兼職員工的基礎上
return to normal 恢復正常
continued support 繼續支持；一如既往的支持

寄件者：vicky@facmail.net
收件者：pdavis@ffirst.com
主旨：瑜伽課程
日期：12 月 17 日

戴維斯先生您好：

192 (A) 身為健康第一健身中心七年多的長期會員，我看到貴中心 12 月 7 日的公告時，簡直喜出望外。這個改變充分體現出健康第一健身中心對滿足會員需求的承諾，尤其是這項慣例已是悠久的傳統。

鑑於此一變化，192 (C) 我很好奇團體課程在 12 月 25 日到 1 月 2 日之間會受到什麼樣的影響。195 在那段期間裡，我週三和週五的傍晚都有空。

謝謝。

維琪・桑德斯

字彙 be surprised to V 吃驚地做……
speaks volumes 充分證明
commitment to 對……的承諾
long-standing tradition 悠久的傳統
in view of 鑑於；基於
be curious about 對……感到好奇
GX class 團體課程
affect 影響 (= influence)

健康第一健身中心所有課程時間表
（12 月 25 日到 1 月 2 日）

	12/25（日）	12/26（一）	12/27（二）	12/28（三）	12/29（四）	12/30（五）	12/31（六）	1/1（日）	1/2（一）
13:00-14:00	拳擊有氧（馬魯奇）	飛輪有氧（思美洛）		飛輪有氧（思美洛）		飛輪有氧（思美洛）			飛輪有氧（思美洛）
15:00-16:00			有氧舞蹈（潔希）		有氧舞蹈（潔希）		拳擊有氧（馬魯奇）		
19:00-20:00	拳擊有氧（馬魯奇）	瑜伽（尤達）		195 瑜伽（尤達）		195 瑜伽（尤達）	有氧舞蹈（潔希）		瑜伽（尤達）
21:00-22:00			有氧舞蹈（潔希）		拳擊有氧（馬魯奇）				

191. 掌握主旨 ★★☆

這個內部公告的目的為何？
(A) 描述新的健身計畫
(B) 幫新教練打廣告
(C) 為延誤致歉
(D) 宣布時間表異動

解析 本題詢問第一篇文章的主旨。第二段寫道：「In order to meet the needs of our members, it has been decided that operations will continue throughout the period.」，提到為了滿足會員的需求，這段期間將繼續營業，因此選擇 (D) 最為適當。

192. 是非題—整合題 ★★☆

關於健康第一健身中心，沒有提到什麼事？
(A) 已經經營了五年以上的時間。
(B) 將以有限的員工營運一週以上。
(C) 有提供會員團體課程。
(D) 已購買新設備。

解析 本題要整合第一和第二篇文章的內容，才能順利解題。(A) 出現在第二篇文章的第一句：「As a long-term member of Fitness First for over seven years」當中；(B) 出現在第一篇文章的第二段：「However, please keep in mind that our services will be limited during this period as we will be operating on a part-time staff basis.」當中；(C) 出現在第二篇文章的第二段：「I'm curious about how the GX classes will be affected between December 25 and January 2.」。而文中並未提及有關 (D) 的內容，故為正確答案。

193. 推論題 ★☆☆

關於休息期間，提到了什麼事？
(A) 並非初次的事件。
(B) 通常持續兩個星期。
(C) 允許進行設施維護。
(D) 經當地政府授權。

解析 第一篇文章的第一句寫道：「Since the founding of Fitness First, it has been tradition to suspend business from December 25 until January 2.」，表示自創立以來，每年固定會在這段時間休館，因此答案為 (A)。

字彙 customarily 通常；習慣上
last 持續；維持　authorize 批准；授權

194. 掌握同義詞 ★★☆

在電子郵件中，第一段、第三行的「especially」與下列哪個字意思最接近？

(A) 互相地
(B) 例外地
(C) 特別地
(D) 故意地

解析 題目具列出的單字出現在：「This change speaks volumes to Fitness First's commitment to meeting the needs of club members, especially since it has been a long-standing tradition.」，當中 especially 的意思為「尤其是」，因此答案為 (C)。

195. 推論題—整合題 ★★☆

桑德斯女士最有可能會參加哪種課程？

(A) 有氧舞蹈
(B) 瑜伽
(C) 拳擊有氧
(D) 飛輪有氧

解析 本題要整合第二和第三篇文章的內容，才能順利解題。Ms. Sanders 為第二篇電子郵件的寄件人，而第二篇文章最後一句寫道：「I have time early in the evening on Wednesdays and Fridays during that period.」，提到那段時間中只有週三和週五傍晚有空。確認第三篇的時間表後，可以發現週三和週五傍晚的課程為 Yoga，因此答案為 (B)。

新 196–200 資訊、電子郵件及網頁

佩爾頓地區週末天氣預報

週五

白天： 有雨。最高溫近華氏 41 度。吹西南偏南風，風速為每小時 15 至 17 英里。降雨機率 80%。

晚上： 有雨。最低溫約華氏 37 度。吹南風，風速為每小時 5 至 15 英里，之後吹西風。降雨機率 100%。

週六

白天： 有雨。198 雪線在 3,400 英尺。最高溫近華氏 35 度。吹西南偏西風，風速為每小時 9 至 16 英里。降雨機率 90%。

晚上： 降雪機率 50%。多雲時陰，最低溫約華氏 28 度。

字彙 forecast 預報；預測
high near 41°F 最高溫近華氏 41 度
chance of precipitation 降雨（量）
low around 37°F 最低溫約華氏 37 度
chance of snow 降雪機率

大家好！

200 這週末連假要去佩爾頓山，大家都準備好了嗎？你已經把滑雪板從儲藏室裡拿出來，準備要裝到車上了嗎？我希望你們跟我一樣期待本季的第一次郊遊！

我隨信附上了該地區的天氣預報，讓大家知道一下我們可能會面臨什麼樣的天氣。看來星期五會是個多雨的天氣，那天我們將要開車上山。這我們不能抱怨，因為道路鐵定會開放的。如各位所知道的，198 我們要住宿的那間山林度假小屋在海拔 5,000 英尺高的地方，所以只要我們星期五下午早點到那裡，我想路上一切都會沒有問題的。

對了，我打算帶上滑雪板和雪鞋，等滑雪練習完後玩。有人有興趣嗎？

回頭見！

安妮・迪爾

字彙 closet 壁櫥；儲藏室
looking forward to 期待；盼望
outing 郊遊；遠足；短途旅行
attach 附加；附上
weather forecast 天氣預報
definitely 肯定地；明確地 (= surely)
mountain lodge 山林度假小屋
sea level 海平面；海拔

www.PearltonTourinfo.com

您的山林度假小屋

—**奧林波斯萬歲：** 本地區最豪華的度假勝地，不管什麼季節，都會吸引尋求五星級服務與氛圍的旅客前來住宿。最著名的是專門生產單一麥芽蘇格蘭威士忌的「叟谷」威士忌酒吧。

—200 **北佩爾頓：** 位於佩爾頓滑雪場附近，設有休息區、用餐區以及配備烤箱的廚房，還為初學者及孩童提供了最先進的滾動滑雪場。

—頂尖景色：以其花園著稱。客人可以在室內／室外游泳池放鬆身心，或是享受按摩師的各種按摩服務。

—尹的度假小屋：以其主廚尹和其員工聞名。顧客可一邊吃著美味的韓國美食，一邊從露台上欣賞壯麗的景觀。有許多跟美食有關的電影都是在此拍攝的。

字彙 draw guests 吸引客人
ambience 氣氛；氛圍 (= atmosphere)
specialize in 專攻；專營
equipped with 裝備了……
state-of-the-art 使用最先進技術的
rolling ski slopes 滾動滑雪場
a range of 一系列；一套
masseur 按摩師
magnificent 壯麗的；宏偉的
views 景觀；風景
lots of filming 大量的拍攝（活動）

196. 掌握主旨 ★★☆

這封電子郵件的目的為何？
(A) 提供最新資訊
(B) 報告有設備損壞
(C) 請同事幫忙
(D) 取消計畫好的活動

解析 本題詢問第二篇電子郵件的主旨。第一段提到有關行前準備的內容；第二段提到天氣預報；最後一段提到旅行計畫的詳細內容。綜合前述內容，可以得知本封郵件的目的是告知大家最新資訊，因此答案為 (A)。

197. 推論題 ★★☆

關於安妮，提到了什麼事？
(A) 她跟天氣預報員談過了。
(B) 她住在滑雪場附近。
(C) 她會做行前的簡報。
(D) 她正在幫忙安排這次旅行。

解析 本題和第 196 題有所關聯。第二篇文章中，第二段提到天氣預報，告知大家與旅行有關的重點內容。由此可以推測出 Annie 應為負責籌劃旅行的人，因此答案為 (D)。

198. 是非題—整合題 ★★☆

關於山林小屋，提到了什麼事？
(A) 太遠了，星期五開車去到不了。
(B) 比他們要下榻的旅館還要高。
(C) 在週六雪線的上方。
(D) 位於已知有強風的地區。

解析 本題要整合第一和第二篇文章的內容，才能順利解題。第一篇文章中寫道：「Snow level at 3,400 feet」，表示降雪量預計為 3400 英尺；第二篇文章中寫道：「As you know, the mountain lodge we will stay at is 5,000 feet above sea level.」，提到山上的住處位在 5,000 英尺的高度，因此答案為 (C)。

199. 掌握相關細節 ★☆☆

何時最可能會下雨？
(A) 週五白天
(B) 週五晚上
(C) 週六白天
(D) 週六晚上

解析 本題詢問降雨機率最高的日子。第一篇文章提到週五白天 80%、晚上 100%；週六白天 90%、晚上 50%（降雪機率），因此答案為 (B)。

200. 推論題—整合題 ★★☆

他們最有可能會住在哪裡？
(A) 奧林波斯萬歲
(B) 北佩爾頓
(C) 頂尖景色
(D) 尹的度假小屋

解析 本題要整合第二和第三篇文章的內容，才能順利解題。第二篇文章的第一段寫道：「Are you ready for our long weekend at Mt. Pearlton? Are your skis out of the closet and ready to load on your car? I hope you are looking forward to this first outing of the season as much as I am!」，詢問是否已準備好拿出滑雪裝備，在 Pearlton 山度過漫長的週末；第三篇文章中提到 Pearlton Boreals 鄰近 Pearlton 滑雪度假村，因此最有可能住在 Pearlton Boreals，答案為 (B)。

TEST 2 解答

1. (D)	**2.** (C)	**3.** (B)	**4.** (C)	**5.** (D)	**6.** (D)	**7.** (B)	**8.** (A)	**9.** (C)	**10.** (A)
11. (C)	**12.** (B)	**13.** (C)	**14.** (B)	**15.** (C)	**16.** (B)	**17.** (B)	**18.** (B)	**19.** (B)	**20.** (A)
21. (A)	**22.** (C)	**23.** (B)	**24.** (B)	**25.** (A)	**26.** (C)	**27.** (A)	**28.** (C)	**29.** (C)	**30.** (B)
31. (C)	**32.** (D)	**33.** (D)	**34.** (B)	**35.** (C)	**36.** (B)	**37.** (B)	**38.** (B)	**39.** (A)	**40.** (B)
41. (D)	**42.** (A)	**43.** (D)	**44.** (C)	**45.** (A)	**46.** (D)	**47.** (D)	**48.** (B)	**49.** (A)	**50.** (A)
51. (B)	**52.** (C)	**53.** (A)	**54.** (C)	**55.** (C)	**56.** (B)	**57.** (D)	**58.** (D)	**59.** (B)	**60.** (C)
61. (C)	**62.** (C)	**63.** (C)	**64.** (C)	**65.** (A)	**66.** (C)	**67.** (B)	**68.** (D)	**69.** (B)	**70.** (D)
71. (C)	**72.** (B)	**73.** (C)	**74.** (C)	**75.** (A)	**76.** (B)	**77.** (B)	**78.** (B)	**79.** (D)	**80.** (D)
81. (A)	**82.** (A)	**83.** (C)	**84.** (A)	**85.** (C)	**86.** (A)	**87.** (C)	**88.** (B)	**89.** (D)	**90.** (B)
91. (C)	**92.** (B)	**93.** (B)	**94.** (B)	**95.** (D)	**96.** (A)	**97.** (B)	**98.** (D)	**99.** (A)	**100.** (C)
101. (C)	**102.** (D)	**103.** (B)	**104.** (A)	**105.** (D)	**106.** (D)	**107.** (B)	**108.** (B)	**109.** (A)	**110.** (D)
111. (D)	**112.** (C)	**113.** (A)	**114.** (C)	**115.** (A)	**116.** (D)	**117.** (C)	**118.** (A)	**119.** (A)	**120.** (A)
121. (D)	**122.** (A)	**123.** (C)	**124.** (B)	**125.** (C)	**126.** (D)	**127.** (D)	**128.** (A)	**129.** (B)	**130.** (A)
131. (B)	**132.** (A)	**133.** (D)	**134.** (B)	**135.** (C)	**136.** (C)	**137.** (A)	**138.** (C)	**139.** (C)	**140.** (A)
141. (C)	**142.** (B)	**143.** (B)	**144.** (B)	**145.** (B)	**146.** (D)	**147.** (D)	**148.** (A)	**149.** (A)	**150.** (C)
151. (B)	**152.** (C)	**153.** (D)	**154.** (C)	**155.** (C)	**156.** (C)	**157.** (A)	**158.** (D)	**159.** (D)	**160.** (B)
161. (C)	**162.** (A)	**163.** (D)	**164.** (C)	**165.** (A)	**166.** (C)	**167.** (C)	**168.** (A)	**169.** (D)	**170.** (B)
171. (A)	**172.** (A)	**173.** (C)	**174.** (A)	**175.** (B)	**176.** (B)	**177.** (D)	**178.** (C)	**179.** (D)	**180.** (A)
181. (D)	**182.** (B)	**183.** (D)	**184.** (C)	**185.** (A)	**186.** (B)	**187.** (D)	**188.** (B)	**189.** (C)	**190.** (B)
191. (B)	**192.** (A)	**193.** (A)	**194.** (C)	**195.** (C)	**196.** (B)	**197.** (B)	**198.** (B)	**199.** (C)	**200.** (C)

TEST 2

PART 1

P. 386

1. 戶外風景照 美F ★★★

(A) A path leads down to the water's edge.
(B) Some trees are casting shadows on the beach.
(C) Water is flowing from an outdoor faucet.
(D) Some branches are hanging over the water.

(A) 這條小路通往水邊。
(B) 幾棵樹在海灘上灑落影子。
(C) 室外的水龍頭正在流。
(D) 有些樹枝在水上方垂掛著。

解析 本題為戶外風景照，照片中並未出現任何人物，因此務必要好好觀察構成風景的所有事物，確認其位置和狀態。由照片可以找出答題相關線索，包含由岩石構成的溪谷、瀑布流動的樣貌、溪谷旁的樹木和植物，以及瀑布上方向上延伸的樹木枝幹。(D) 描寫瀑布上方的樹木枝幹，故為正確答案。

字彙 **path** 小路 **lead down to** 通往到
water's edge 水邊
cast shadow on 給……蒙上陰影
flow from faucet 從水龍頭流出
branch 樹枝 **hang over** 垂掛在……上方

2. 結合單人照片＋物件照 美M ★★★

(A) The woman is opening the lid of a large pot.
(B) The woman is wearing an apron.
(C) The woman is pouring a mixture into a pot.
(D) The woman is arranging some pots in the rack.

(A) 這位女士正要把大罐子的蓋子打開。
(B) 這位女士正穿著圍裙。
(C) 這位女士正在把拌好的東西倒進鍋裡。
(D) 這位女士正在整理架上的一些鍋子。

解析 由於人物周邊還有其他東西，因此除了觀察人物的動作和外表特徵之外，也要一併確認周邊東西的位置和狀態。由照片可以看到女子的穿著、女子正將碗內的混合物倒入鍋中，以及鍋子擺在廚房流理台上。(C) 描寫女子將混合物倒入鍋中的動作，故為正確答案。

字彙 **lid** 蓋子 **apron** 圍裙
pour A into B 把 A 倒進 B 內
pot 罐子；鍋子 **arrange** 整理 **rack** 架子

3. 戶外風景照 澳M ★★★

(A) All of the buildings are the same height.
(B) The scenery is reflected on the surface of the water.
(C) Some boats are being tossed by tough waves.
(D) There are clouds overshadowing some buildings.

(A) 所有建築都一樣高。
(B) 風景倒映在水面上。
(C) 幾艘船在大浪上搖擺。
(D) 有雲影遮到了幾棟建築。

解析 本題屬於戶外風景照，因此請仔細觀察構成風景的所有要素，包含停靠在港邊的船隻、沿岸建築的排列方式，以及水面上倒映的景象。(B) 描寫風景倒映於水面上，故為正確答案。

字彙 **be the same height** 高度一樣
scenery 風景 **be reflected on** 倒映在
toss 搖動 **wave** 波浪
overshadow 給……蒙上陰影

4. 結合物件照＋室內照片 英F ★★★

(A) A piece of art has been hung in the lobby.
(B) Some workers are taking measurements of the floor.
(C) A large flower arrangement is on the floor.
(D) Some overhead lamps are being installed.

(A) 大廳裡吊著一件藝術品。
(B) 有幾名工人正在測量地板的尺寸。
(C) 地板上有一大盆花。
(D) 正在安裝上方的照明燈具。

解析 本照片的重點為室內景，因此請先仔細觀察構成室內景的主要事物，確認其位置和狀態。請特別留意到牆上掛著數幅畫作、大型花裝飾物擺放在牆旁邊的位置、天花板上的燈具及空無一人的椅子。(C) 正確描寫大型花裝飾物擺放於地面上，故為正確答案。

字彙 **a piece of art** 一件藝術品
take measurements of 測量……的尺寸
flower arrangement 盆花；花藝
overhead lamp 上方照明；高架燈具

5. 雙人照片 (美M) ★★☆

(A) The woman is cleaning up her bedroom.
(B) She is using a scale.
(C) The doctor is talking to the woman.
(D) The patient is being examined.

(A) 這位女士正在打掃她的房間。
(B) 她正在秤東西。
(C) 醫生正在跟這位女士說話。
(D) 病患正在接受檢查。

解析 本題為雙人照片，因此請先仔細觀察兩人的動作和外表特徵。從照片中看出兩人並未做著相同的動作，因此請再確認各自的動作和外表特徵。由照片可以看到男子戴著手套、口罩和護目鏡，使用工具幫病患治療；女子則張開嘴巴，接受牙醫的治療。(D) 使用現在進行被動式，以病患為主進行描寫，表示病患接受檢查，故為正確答案。

字彙 **clean up** 打掃　**scale** 磅秤
patient 病患　**examine** 檢查

6. 室內照片 (美F) ★★★

(A) The man is putting some flour in the bowl.
(B) Beverages are being served to some customers.
(C) All of the stools have been grouped around the table.
(D) There are some glasses laid out by the floral centerpiece.

(A) 這位男士正往碗裡加一些麵粉。
(B) 正在為幾位客人上飲料。
(C) 所有椅凳已經集中放在桌子旁邊了。
(D) 有一些玻璃杯擺放在餐桌擺飾花的旁邊。

解析 本照片的重點為室內景，因此解題重點在於觀察構成室內景的主要事物，確認其位置和狀態。由照片可以看出有杯子、盤子等餐具擺放在桌上，桌子中央以花瓶裝飾，還放了一個酒瓶和其他容器、桌面上蓋著桌布、桌子旁的椅子沒有坐人，以及沙發上放著抱枕。(D) 描述玻璃杯擺放的位置，故為正確答案。(A) 的 flour 僅與花 flower 的發音相似，意思為麵粉。(C) 的 stool 指的是沒有椅背的椅子（凳子），請特別留意。

字彙 **flour** 麵粉　**beverage** 飲料
serve to 提供給；端上　**stool** 凳子
group 把……聚集　**be laid out** 被擺設
floral centerpiece 放在餐桌中央的擺飾花

PART 2

P. 390

7. Who 問句 (英F) (美M) ★☆☆

Who designed the model of the new fax machine?
(A) The price doesn't include the sales tax.
(B) One of our product designers.
(C) Yes, he resigned last month.

新的傳真機款式是誰設計的？
(A) 這個價格不包含營業稅。
(B) 我們其中一位產品設計師。
(C) 對，他上個月請辭了。

解析 本題為以 Who 開頭的問句，詢問由誰設計新的傳真機。(B) 表示由某位產品設計師負責，故為正確答案。(A) 故意使用 tax，僅與題目句中 fax 的發音相似，屬於答題陷阱，並非答案；(C) Wh- 問句不適合以 Yes 來回答，因此不能作為答案。

字彙 **sales tax** 營業稅
product designer 產品設計師
resign 辭職

8. Where 問句 (美M) (美F) ★★☆

Where should we store these photocopier ink cartridges?
(A) I'd like them over there.
(B) No, it'll be on exhibition next week.
(C) The store is located on Broad Street.

我們應該將這些影印機的墨水匣存放在哪裡呢？
(A) 我想放在那裡。
(B) 不，它下週要參展。
(C) 店家位在布羅德街上。

解析 本題為以 Where 開頭的問句，詢問能放置印表機墨水匣的地方。(A) 建議放在那裡，告知適合擺放的位置，故為正確答案。(B) Wh- 問句不適合以 No 回答，因此不能作為答案；(C) 重複使用題目句中的 store，且商店位置與題目句內容無關，因此並非答案。

字彙 **store** 存放　**photocopier** 影印機
be on exhibition 展出

9. When 問句 美M 英F ★★★

When will the company hire some new factory workers?
(A) It was sold at a much higher price.
(B) About 200 employees.
(C) Right after the new plant construction is completed.

公司什麼時候會再招募工廠工人的職缺？
(A) 它以比這個高出很多的價格售出。
(B) 大約兩百名員工。
(C) 等到新工廠一蓋好之後。

解析 本題為以 When 開頭的問句，詢問公司為新工廠招募工人的時間。(C) 表示時間點為新工廠完工之後，故為正確答案。(A) 故意使用 higher，與題目句中的 hire 發音雷同，意思完全無關，屬於陷阱選項；(B) 指出員工數有 200 名，當中使用了 employees，僅與題目句中的 workers 有所關聯，應搭配以 How many 開頭，詢問數量的問句較為適當，因此不適合作為答案。

字彙 plant construction 工廠建設

10. Who 問句 美M 美F ★☆☆

Who owns the van parked outside the office building?
(A) It might be Ms. Wilson's.
(B) Sorry. You can't park here.
(C) The vehicle is very environmentally-friendly.

停在辦公大樓外的廂型車是誰的？
(A) 應該是威爾森女士的。
(B) 抱歉，你不能把車停在這裡。
(C) 這輛車很環保。

解析 本題為以 Who 開頭的問句，詢問停在辦公大樓外面的廂型車是誰的。(A) 回答為 Wilson 女士的車，明確說出車主，故為正確答案。(B) 故意使用 park，與題目句中 parked 的發音相似，屬於答題陷阱；(C) 使用 vehicle，僅與題目句中的 van 有所關聯，並非答案。

字彙 vehicle 交通工具
environmentally-friendly 對環境友善的；有助環保的

11. 直述句 美F 澳M ★★☆

Mr. Ryan, the presentation starts in ten minutes.
(A) He is present at the meeting.
(B) In the conference room on the fourth floor.
(C) Thanks for reminding me.

萊恩先生，簡報在 10 分鐘後開始。
(A) 他在會議上了。
(B) 在四樓的會議室裡。
(C) 謝謝妳提醒我。

解析 本題為直述句，告知簡報時間預計於 10 分鐘後開始。(C) 表示感謝對方的提醒，故為正確答案。(A) 故意使用 present，僅與題目句中 presentation 的發音相似，屬於答題陷阱，並非答案；(B) 故意使用 conference room，僅與題目句中的 presentation 有所關聯，同樣是答題陷阱，而且會議室位在四樓，應搭配以 Where 開頭的問句較為適當，因此不能作為答案。

字彙 be present at 出席；在場　remind 提醒

12. 直述句 英F 美M ★★☆

I've been on hold for five minutes.
(A) Yes, I've been there five times.
(B) I'm sorry. Every line has been busy until now.
(C) It was held in the convention center.

我已經在電話上等了五分鐘。
(A) 是的，我去過那裡五次了。
(B) 我很抱歉，剛剛全都忙線中。
(C) 它在會議中心舉行。

解析 本題為直述句，對於自己在電話上等了五分鐘表達不滿。(B) 先和對方道歉，接著補充說明電話直到剛剛都處於滿線狀態，請求對方的諒解，故為正確答案。(A) 重複使用數字 five，屬於陷阱選項，並非答案；(C) 故意使用 held，僅與題目句中 hold 的發音相似，同樣屬於陷阱選項，不能作為答案。

字彙 be on hold 被擱置；被要求等待
be held in 在……舉行

13. Why 問句 美F 英F ★★★

Why hasn't the elevator been repaired yet?
(A) Yes, I'm here to help you.
(B) It has been out of order for three days.
(C) We are waiting for some replacement parts.

電梯為什麼還沒修好？
(A) 是的，我能幫助您。
(B) 它已經故障三天了。
(C) 我們正在等替換零件來。

解析 本題為以 Why 開頭的問句，詢問電梯尚未修好的原因。(C) 表示要等替換的零件送到，表明尚未修理的原因，故為正確答案。(A) Wh- 問句不適合以 Yes 回來，因此並非答案；(B) 故意使用 out of order，僅與題目句中的 repaired 有所關聯，屬於陷阱選項。

字彙 **repair** 修理
be here to V 在這裡準備做某事
be out of order 發生故障
replacement part 替換零件

14. Where 問句 英F 美M ★★☆

Where can I get information about job opportunities?
(A) We have some job openings.
(B) You should check our Web site.
(C) Please keep me informed.

我要到哪裡找有關工作職缺的資訊？
(A) 我們有幾個職缺。
(B) 您應該查看我們的網站。
(C) 請隨時告知我最新狀況。

解析 本題為以 Where 開頭的問句，詢問可以取得工作職缺資訊的地方。(B) 請對方上他們網站確認，明確說出取得方式，故為正確答案。(A) 僅重複使用題目句中的 job，屬於陷阱選項，並非答案；(C) 故意使用 informed，僅與題目句中 information 的發音相似，同樣為陷阱選項，不能作為答案。

字彙 **get information** 得到資訊
job opportunity 工作機會
job openings 職缺
keep someone informed
讓某人隨時知道最新的情況

15. 一般問句 澳M 英F ★★★

Do you have an updated map of the highways in Houston?
(A) It could improve road safety.
(B) Yes, some of the brand new cars.
(C) Why don't you buy one at the newsstand?

妳有最新版的休士頓公路地圖嗎？
(A) 它可以改善行車安全。
(B) 是的，幾部全新的車。
(C) 你何不在報攤買一份呢？

解析 本題為一般問句，詢問對方是否有 Houston 地區最新的公路地圖。(C) 反問對方何不在報攤上買一份，間接表示自己沒有，故為正確答案。(A) 和 (B) 分別使用了 road 和 cars，皆與題目句中的 highway 有所關聯，屬於陷阱選項，不能作為答案。

字彙 **updated** 已更新的 **brand new** 全新的
newsstand 報攤

16. What 問句 美M 美F ★★★

What kind of outdoor jackets would you like to buy?
(A) Their clothes are very durable.
(B) Something comfortable for hiking or climbing.
(C) The total is seventy dollars and twenty-five cents.

妳想買哪一款戶外夾克？
(A) 他們的衣服非常耐穿。
(B) 健行或登山比較舒服的那種。
(C) 總共是 70.25 美元。

解析 本題為以 What 開頭的問句，詢問對方偏好的戶外夾克款式。(B) 表示自己想買適合健行或登山穿的夾克，故為正確答案。(A) 故意使用了 clothes，僅與題目句中的 jackets 有所關聯，並非答案；(C) 提到價格為 70.25 美元，應搭配以 How much 開頭的問句較為適當，因此不能作為答案。

字彙 **outdoor jacket** 戶外夾克
durable 持久的；耐久的
comfortable 舒適的
climbing 登山 **total** 總數；總額

17. 一般問句 美F 澳M ★★☆

Why don't we look at the survey responses?
(A) He is responsible for the task.
(B) Sure, we can do that after lunch.
(C) We'll go over our business plan again.

我們何不來看看市調結果呢？
(A) 他負責這項業務。
(B) 當然，我們吃完午餐來做吧。
(C) 我們會重新看過企畫。

解析 本題為一般問句，建議對方一起看問卷調查的結果。(B) 給予正面答覆，並提到午餐過後一起來看，故為正確答案。(A) 故意使用 responsible，僅與題目句中 responses 的發音相似，屬於陷阱選項，並非答案；(C) 故意使用 go over，僅與題目句中的 look at 有所關聯，同樣是陷阱選項。

字彙 **survey response** 市調報告；問卷結果
be responsible for 對……負責
task 任務；差事
go over 察看
business plan 企畫

18. 選擇疑問句 美M 美F ★★★

Would you be able to finalize the new contract with Dane Corporation, or should I ask Ms. Campbell to do it?
(A) It is a written contract.
(B) Please let me take care of it.
(C) Yes, we're trying to reach a final agreement now.

妳有辦法和戴恩企業完成新的契約嗎？還是我應該讓坎貝爾女士來做這件事？
(A) 這是一份書面契約。
(B) 請讓我來處理這件事。
(C) 是的，我們正在努力達成最終協議。

解析 本題為選擇疑問句，詢問要由對方完成與 Dane 公司的新合約，還是要交由 Campbell 小姐負責。(B) 請對方交由自己完成，故為正確答案。(A) 重複使用題目句中的 contract，並非答案；(C) 選擇疑問句不適合以 Yes 來回答，因此不能作為答案。請特別留意，這裡的意思不是說不能用 Yes 或 No 來回答選擇疑問句，而是此種回答方式作為正確答案的可能性極低。在實際測驗中，幾乎都不是答案。

字彙 **finalize** 完成　**written contract** 書面契約
take care of 照顧；處理
reach a final agreement 達成最終協議

19. Which 間接問句 美M 英F ★★★

Can you tell me which room the workshop is in?
(A) Yes, the seminar will start at 1 o'clock.
(B) Which workshop are you going to attend?
(C) The shop is open all hours, every day of the week.

妳可以告訴我研討會是在哪間會議室嗎？
(A) 是的，研討會將於一點開始。
(B) 您準備參加的是哪個工作坊？
(C) 這間店一週七天 24 小時都不休息。

解析 本題為 Which 間接問句，詢問在哪間會議室開研討會。(B) 反問對方要參加哪一場研討會，間接暗示有很多間會議室都將舉辦研討會，故為正確答案。(A) 提到開始的時間，與地點無關，因此不是答案；(C) 重複使用題目句中 workshop 的 shop，屬於陷阱選項，並非答案。

字彙 **attend** 出席；參加
be open all hours 24 全天開放／營業
every day of the week 一週七天

20. How 問句 英F 美M ★★★

How will the shipment be transported to San Diego?
(A) I heard it will go by air tomorrow.
(B) The shipping charge differs by weight.
(C) The products will arrive safely and on time.

貨物會用什麼方式送到聖地牙哥？
(A) 我聽說明天會以空運出貨。
(B) 運費因重量而異。
(C) 產品能安全準時地到達。

解析 本題為以 How 開頭的問句，詢問運送貨物至聖地牙哥的方法。(A) 表示明天將以空運出貨，故為正確答案。(B) 和 (C) 分別使用了 shipping charge 和 products，僅與題目句中的 shipment 和 transported 有所關聯，屬於陷阱選項，並非答案。

字彙 **shipment** 運輸的貨物　**transport** 運送
go by air 空運　**shipping charge** 運費
differ 相異；有所不同　**by weight** 按重量
on time 準時

21. What 問句 美F 澳M ★★☆

What's the exact size of the new office?

(A) Let me check.

(B) The design is very impressive.

(C) We'll move into the new office tomorrow.

新辦公室的確切大小是多少？

(A) 讓我查一下。

(B) 設計得讓人非常印象深刻。

(C) 我們明天將搬進新的辦公室。

解析 本題為以 What 開頭的問句，詢問新辦公室確切的大小。(A) 回答要確認看看，間接表示自己也不太清楚，故為正確答案。而 (B) 和 (C) 分別使用了 design 和 office，前者為相關單字，後者則重複使用題目句中的單字，因此皆不能作為答案。

字彙 **impressive** 讓人印象深刻的

22. 直述句 美M 美F ★★★

One of the Japanese companies has been accused of breaking the antitrust laws.

(A) They did not properly apologize for it.

(B) Could you possibly break a 10-dollar bill for me?

(C) I heard that the government will impose a heavy fine on it.

有一家日本企業被控告違反了反壟斷法。

(A) 他們沒有為此鄭重道歉。

(B) 你可以幫我找開這張十元鈔票嗎？

(C) 我聽說政府會對此祭出重罰。

解析 本題為直述句，表示某家公司被以反壟斷法起訴。(C) 回答聽說政府要求那家公司支付高額的罰金，故為正確答案。(A) 使用了 apologize，僅與題目句中的 accused 有所關聯，並非答案；(B) 故意使用 break，僅與題目句中 breaking 的發音相似，屬於答題陷阱，並非答案。

陷阱分析： 題目句為某家日本公司以違反反壟斷法為由被起訴，(A) 表示他們並未鄭重道歉，意思上看似沒問題，因此很可能會誤選此選項；但是值得留意的是，當中 They 指的是複數主詞，因此並不適當。

字彙 **be accused of** 被指控……／被控告……
break the law 違法
antitrust laws 反壟斷法；反托拉斯法
apologize for 為……道歉 **bill** 帳單
impose A on B 針對 B 實施 A（法律、罰金等）
heavy fine 重罰

23. 一般問句 英F 澳M ★★☆

Doesn't Mr. Webber work here anymore?

(A) It doesn't work properly.

(B) No, he left the company last week.

(C) No problem. It has enough space.

韋伯先生不在這裡工作了嗎？

(A) 它運作失靈。

(B) 對，他上星期離開公司了。

(C) 沒問題，有足夠的空間。

解析 本題為一般問句，向對方確認 Webber 先生是否已經不在這裡工作。(B) 回答他上週離職了，表示同意對方所說的話，故為正確答案。(A) 重複使用題目句中的 work，屬於陷阱選項，並非答案；(C) 答非所問，當中使用了 enough space，僅與題目句中的 work 有所關聯，不能作為答案。

字彙 **properly** 正常地
leave the company 離開這間公司；辭職
enough space 足夠的空間

24. How long 問句 美M 美F ★★★

How long has Mr. Porter been with your company?

(A) In 2015.

(B) Since he graduated from college.

(C) It is a one-hour drive from Toronto.

波特先生在你們公司任職多久了？

(A) 在 2015 年。

(B) 從他大學畢業起。

(C) 從多倫多開車過來一個小時的車程。

解析 本題為以 How long 開頭的問句，詢問 Porter 先生任職於公司多久。(B) 回答從他大學畢業一路到現在，雖然沒有明確說出為期多久，但是間接表明任職的起始點，故為正確答案。(A) 回答 2015 年，應搭配以 When 開頭的問句較為適當，因此不能作為答案；(C) 提到 a one-hour drive，僅與題目句中的 how long 有所關聯，並非答案。

字彙 **graduate from** 從……畢業

25. 選擇疑問句 美F 美M ★★★

Would you like mashed potatoes or corn with your roast beef?

(A) Some of each, please.

(B) Make sure my steak is well done.

(C) Please leave your message after the beep.

你想要馬鈴薯泥還是玉米來搭配你的烤牛肉？
(A) 兩個各來一點，謝謝。
(B) 請確認我的牛排要全熟。
(C) 嗶聲後請留言。

解析 本題為選擇疑問句，詢問對方的烤牛肉要搭配馬鈴薯泥還是玉米一起吃。(A) 回答兩個各來一點，表示兩者都要，故為正確答案。(B) 提到牛排熟度，與題目句內容無關，且當中用了 steak，與題目句中的 roast beef 有所關聯，屬於陷阱選項；(C) 故意使用 beep，與題目句中 beef 的發音相似，同樣屬於陷阱選項，不能作為答案。

字彙 mashed potatoes 馬鈴薯泥
roast beef 烤牛肉　well done 全熟
beep 嗶嗶聲

26. Where 問句 (美M) (英F) ★★★

Where is the manual instruction for the new accounting software?
(A) It arrived this morning.
(B) The accounting firm is located on Main Street.
(C) Ms. Miller borrowed it yesterday.

新會計軟體的操作說明書在哪裡？
(A) 今天早上送到了。
(B) 會計公司在緬因街上。
(C) 米勒女士昨天借走了。

解析 本題為以 Where 開頭的問句，詢問新的會計軟體說明書的位置。(C) 回答 Miller 小姐昨天借走了，故為正確答案。題目句為以 Where 開頭的問句時，答案通常不會直接回答地點，而是會回答人名，因此請特別留意提及人名的選項。(A) 提到時間點，與說明書的位置無關，應搭配以 When 開頭的問句較為適當，因此不能作為答案；(B) 重複使用題目句中的 accounting，屬於陷阱選項，並非答案。

字彙 manual instruction 操作說明書
accounting software 會計軟體
accounting firm 會計公司

27. 直述句＋附加問句 (澳M) (美F) ★★★

Ms. Taylor has entered the chemical laboratory, hasn't she?
(A) No, she's present at the meeting now.
(B) Yes, the laboratory has been closed.
(C) I'm very busy finalizing my report.

泰勒女士已經進化學實驗室了，對嗎？
(A) 沒，她現在在開會。
(B) 是的，實驗室已經關了。
(C) 我忙著把報告寫完。

解析 本題為直述句＋附加問句的組合，向對方確認 Taylor 女士是否已經進到化學實驗室裡。(A) 回答不是，表示她現在正在開會，額外告知對方正確的訊息，故為正確答案。(B) 回答 Yes，表示 Taylor 女士已經進到化學實驗室裡，但後方卻說實驗室已經關閉，前後內容互相矛盾，因此不能作為答案；(C) 表示自己很忙，與 Taylor 女士沒有關係，且當中使用了 report，僅與題目句中的 chemical laboratory 有所關聯，並非答案。

字彙 chemical laboratory 化學實驗室
be present at 出席　finalize 完成

28. 一般問句 (美F) (英F) ★★★

Isn't the city auditors supposed to come to our office this afternoon?
(A) No, this afternoon.
(B) It accounts for over 80% of the total sales.
(C) Yes, they're on their way over here.

市府的稽核員今天下午不是會來我們辦公室嗎？
(A) 不，今天下午。
(B) 它佔銷售總額八成以上。
(C) 是的，他們正在過來的路上。

解析 本題為一般問句，詢問稽核人員今天下午是否會來我們辦公室。(C) 回答他們正在路上，故為正確答案。(A) 回答 No，表示不是今天下午來，但後方卻又說是 this afternoon，不知所云，因此不能作為答案；(B) 使用了 accounts，僅與題目句中的 auditors 有所關聯，屬於陷阱選項，並非答案。

字彙 auditor 稽核員
be supposed to V 應該要做……
account for （在數量上）佔
on one's way to 在往……的途中

29. 選擇疑問句 (英F) (澳M) ★★★

Have you hired the new computer graphic designer, or are you still looking for one?
(A) We posted a job opening last week.
(B) The head designer's name is Jennifer Watson.
(C) I have three final candidates to interview.

你已經聘了新的電腦繪圖設計師嗎？還是還在找人？
(A) 我們上星期公布了一個職缺。
(B) 首席設計師叫作珍妮佛・華森。
(C) 我有三位進到最後面試的應徵者。

解析 本題為選擇疑問句，詢問對方是否已經僱用新的電腦繪圖設計師，還是仍在物色當中。(C) 回答還要面試三個人，間接表示自己還在找人，故為正確答案。(A) 故意使用 job opening，僅與題目句中的 hired 有所關聯，並非答案；(B) 重複使用題目句中的 designer，且回答首席設計師的名字，應搭配以 Who 開頭的問句較為適當。

字彙 **hire** 僱用　**post** 公布　**job opening** 職缺
head designer 首席設計師
final candidate 最終候選人／應徵者

30. Why 間接問句 (美F) (美M) ★★☆

Do you know why the drug store is closed today?
(A) You need a doctor's prescription.
(B) I heard it is being renovated.
(C) To San Francisco for business.

你知道為什麼藥局今天沒開嗎？
(A) 妳需要醫師處方。
(B) 我聽說它正在整修。
(C) 到舊金山出差去了。

解析 本題為 Why 間接問句，詢問今天藥局沒開的原因。(B) 表示聽說藥局正在裝修，故為正確答案。(A) 故意使用 prescription，僅與題目句中的 drug store 有所關聯，屬於陷阱選項，並非答案；(C) 應搭配以 Where 開頭的問句較為適當。

陷阱分析：「不定詞 to V 片語」常會用來回答以 Why 開頭的問句，有時反而會故意作為答題陷阱，請特別留意。

字彙 **drug store** 藥局
doctor's prescription 醫師處方
renovate 翻修

31. 直述句 (美M) (美F) ★★★

Most of the expenses of our company come from frequent business trips abroad.
(A) Yes, I think she's a good travel agent.
(B) It is one of the most expensive cities in the world.
(C) Then we should reduce business travel budgets.

我們公司大部分的開支來自頻繁到國外出差的費用。
(A) 是的，我覺得她是個很好的旅行社業務員。
(B) 這座城市的生活消費是全世界前幾高的。
(C) 那樣的話我們應該減少商務旅行的預算。

解析 本題為直述句，表示公司大部分的支出都是花在海外出差上。(C) 表示應該要調降出差的預算，提出解決方式，故為正確答案。(A) 使用了 travel agent、(B) 則使用了 cities 和 world，僅與題目句中的 business trips 有所關聯，因此皆為陷阱選項，不能作為答案。

字彙 **expense** 支出　**frequent** 頻繁的
business trip 出差
travel agent 旅行社業務員
business travel 商務旅行　**budget** 預算

PART 3

P. 391

第 32–34 題，請參考下方對話。 (美M) (英F)

M: Hello, Jessica, [32] some of us in the sales department are planning a weekend trip to one of the company's beach houses. Do you want to join us?

W: [33] I would love to, but I can't. My brothers are visiting this weekend. So, I won't be able to go. Where is it?

M: [34] It is the one on the Tiburon shore. Everyone said that it is the nicest one, and it's right on the beach.

W: Yes, I went there a couple of summers ago. [34] I think it is really excellent.

男：哈囉，潔西卡，32 我們業務部有些人計劃來個週末旅行，要去公司旗下的一間海灘小屋。妳想一起去嗎？

女：33 我想，可是我沒辦法。我哥哥這週末要來。所以我沒辦法去。打算去哪一間？

男：34 在蒂伯龍海岸的那間。每個人都說那間最好，而且就在海灘上。

女：對，我幾年前的夏天去過。34 我覺得那邊真的棒呆了。

字彙 weekend trip 週末旅行
a couple of summers ago 幾年前的某個夏天

32. 對話主旨 ★★☆

談話者正在討論什麼？
(A) 一份旅行計畫
(B) 一項銷售目標
(C) 一場公司會議
(D) 一趟小旅行

解析 本題詢問對話的主旨，因此重點在於仔細聆聽前半段的對話，從中掌握中心主旨。對話開頭，男子說道：「some of us in the sales department are planning a weekend trip to one of the company's beach houses. Do you want to join us?」，詢問對方週末要不要一起去旅行，由此話可以得知接下來會繼續討論與旅行相關的內容。(D) 小旅行為意思相近的說法，故為正確答案。

33. 特定性別的相關細節 ★★☆

為什麼這位女士沒有辦法去？
(A) 她要去找她哥哥。
(B) 她週末要工作。
(C) 她會出城。
(D) 她預期會有客人。

解析 本題詢問女子不能去的原因，因此請仔細聆聽女子所說的話，確認她提及的原因。男子建議女子一起參加週末旅行，而女子回答：「I would love to, but I can't. My brothers are visiting this weekend.」，表示她雖然很想一起去，但是週末她哥哥要來，所以沒辦法去。由此內容可以得知答案為 (D)。請特別留意，選項將 brothers 改寫成 guests。

陷阱分析：女子說道：「My brothers are visiting.」，千萬不要因此勿選 (A) 作為答案，女子沒有要去找她哥哥，請特別留意。

34. 特定性別的相關細節 ★★☆

這位女士跟男士說了什麼？
(A) 已經沒有可用的空間。
(B) 那個海灘很棒。
(C) 她明年夏天會去那裡。
(D) 公司的銷售將有卓越的成長。

解析 本題為題組中最後一題，詢問女子跟男子說了什麼。因此請仔細聆聽後半段對話，從中掌握答題線索。男子先說道：「It is the one on the Tiburon shore.」，告知旅行地點。接著女子回覆他：「I think it is really excellent.」，表示 Tiburon 海邊非常美麗，因此答案為 (B)。本題必須聽懂 Tiburon shore 的意思，才能順利選出答案。

第 35–37 題，請參考下方對話。 (英F) (美M)

W: Good morning, Mr. Tyler. This is Celine Keller. Like you asked last week, 36 **I'm calling to remind you that I won't be able to work on Friday. I have a family obligation that I can't miss.**

M: That's right. Thanks for calling. Did you find someone to cover your shift? 35 **We have a new group of campers coming in that day**, so we need a full set of hands.

W: Yes. Mr. Winston can work for me. 37 **He goes home on the weekends, though, so he won't be able to stay late like I usually do.**

M: That's not a problem. The campers will be all settled in by the end of the shift, so we shouldn't need anyone to stay late.

女：早安，泰勒先生。我是席琳．凱勒。正如你上星期問的，36 我打電話想提醒你，我星期五沒有辦法上班。我家有不能缺席的事情。

男：好的。感謝妳打電話來。妳有找到人來代妳的班嗎？35 那天多了一群人要來露營，所以我們需要完整的人手。

女：有，溫斯頓先生可以代我的班。不過 37 他週末要回家，不能和我平常一樣待那麼晚。

男：這不是問題。下班前，露營的人就會住進來安頓好，所以我們也不需要人待到那麼晚。

字彙 remind 提醒　family obligation 家庭責任
cover one's shift 代某人的班
camper 露營者　stay late 待晚
be settled in 在……安頓好
by the end of 在……結束前

35. 說話者任職的公司 ★★★

談話者最有可能在哪種公司上班？
(A) 活動規畫公司
(B) 景觀規畫公司
(C) 露營業者
(D) 地產開發公司

解析 本題詢問說話者任職的公司，因此請仔細聆聽前半段對話，確認公司名稱或是相關單字和說明，便於推測出他們任職的公司。男子向女子說道：「We have a new group of campers coming in that day.」，表示那天有要來露營的客人，由此可知說話者們任職於露營公司，因此答案為 (C)。雖然題目和相關單字的難度不高，但是要聽到中間部分才會出現答題線索。如果過於專注在第一題上，反而會漏聽其他題的線索，因此本題仍算是難度較高的考題。

36. 特定性別的相關細節 ★★★

為什麼這位女士沒辦法在週五上班？
(A) 她要去露營。
(B) 她必須花時間陪家人。
(C) 她有新工作的面試。
(D) 她約好了要看牙醫。

解析 本題詢問女子週五無法上班的原因，因此請仔細聆聽女子所說的話和週五這個時間點，從中確認她無法上班的原因為何。女子說道：「I'm calling to remind you that I won't be able to work on Friday. I have a family obligation that I can't miss.」，由 a family obligation 和 can't miss 可以確認她因為要參加家族聚會，沒辦法上班，因此答案為 (B)。雖然本題為題組中第二題，答題線索卻出現在前半段對話中，屬於難度較高的考題，建議和第一題同時作答。

37. 特定性別的相關細節 ★★★

這位女士提到關於溫斯頓先生的什麼事？
(A) 他星期五會晚到。
(B) 他沒辦法超時工作。
(C) 他需要提早離開辦公室。
(D) 他必須排夜班。

解析 本題為題組中最後一題，詢問女子針對 Winston 先生提到什麼事情。因此請仔細聆聽後半段對話，鎖定提及 Winston 先生的片段，從中掌握答題線索。後半段對話中，女子說道：「He goes home on the weekends, though, so he won't be able to stay late like I usually do.」，表示 Winston 先生週末要回家，無法像自己平常那樣加班，因此答案為 (B)。請特別注意當中的 won't be able to stay late 的意思，如果誤解成「可以待很晚」，很可能會誤選 (D) 作為答案。

第 38–40 題，請參考下方對話。 美F 美M

W: Did you see last week's sales report? Many orders came in from Asia, such as South Korea, China and even India. [38] **It seems word about our books is spreading**, and people are willing to pay high shipping costs for them.

M: It's great news, isn't it? But I don't think it would be easy for foreign customers to place orders over the phone to England. [39] **If we want to break out of the domestic market, I think we should have an online shopping Web site.**

W: You're right. In fact, the company has the design team working on it. [40] **I scheduled a presentation for the new Web site next Tuesday.** I hope you can make it.

女：你有看上週的銷售報告嗎？好多訂單來自亞洲，像是南韓、中國甚至是印度。38 有關我們書的討論好像傳得愈來愈開，而且為了書，大家也願意負擔高額的運費。

男：這是個大好消息，不是嗎？可是，我不覺得對外國買家來說，打電話到英國下訂單會是一件容易的事。39 如果我們想要突破國內市場，我想我們應該要有可以線上購買的官方網站。

女：你說的對。其實公司已經有設計團隊在處理這件事。為了新網站，40 我已經安排好下週二做簡報。我希望你可以趕出來。

字彙 **spread** 擴散 **be willing to V** 有意願做……
shipping cost 運費
place orders over the phone 用電話下訂單
break out of 突破；逃出
domestic market 國內市場
make it 及時完成

38. 說話者的行業類別 ★★☆

談話者最有可能在哪種行業工作？
(A) 報紙新聞業
(B) 出版業
(C) 廣告業
(D) 網站架設業

解析 本題為題組中第一題，詢問說話者從事的行業類別。因此請仔細聆聽前半段對話，當中可能會直接提到行業名稱，也可能提到相關單字，便於推測出答案。前半段對話中，女子說道：「It seems word about our books is spreading.」，表示公司的書籍成功走向世界。由此可以得知說話者任職於出版業，因此答案為 (B)。

39. 男子的建議事項 ★★☆

這位男士建議他們做什麼？
(A) 開辦網路訂購
(B) 在亞洲開分公司
(C) 在網路上廣告產品
(D) 聘更多網頁設計師

解析 本題詢問男子建議什麼事情，因此請仔細聆聽男子所說的話，鎖定表示建議的動詞，掌握他的建議事項。男子向女子說道：「If we want to break out of the domestic market, I think we should have online shopping Web site.」，表示如果要跨出國內市場，應該先架設線上購物網站。由此話可以得知答案為 (A)。

40. 未來的計畫 ★★☆

下星期將會發生什麼事？
(A) 會舉辦新書展。
(B) 會舉行簡報。
(C) 會簽好這項出版品的合約。
(D) 會僱用新的海運公司。

解析 本題為題組中最後一題，詢問下週將發生什麼事。請仔細聆聽後半段對話，鎖定 next week，也就是提到下週這個時間點的片段，從中掌握答題線索。對話最後，女子說道：「I scheduled a presentation for the new Web site next Tuesday.」，表示預計在下週二發表有關新網站的架構，由此可以得知答案為 (B)。

第 41–43 題，請參考下方對話。 (英F) (澳M)

W: Well, Mr. Russell, it looks like you are very qualified for this position. 41 You have sufficient engineering experience, as well as some management experience. May I ask how you found out about the head researcher position?

M: 42 A colleague of mine knows your current head researcher. He mentioned that she will be stepping down next month, and I was sure to submit my résumé right away. I've had my eye out for an opportunity like this one, and believe I am very ready to take on the responsibilities.

W: I think you might be. I'd like to move you along in the application process. You should be aware that there will be a couple of more interviews, and you may have to travel to the headquarters in Atlanta for them. But 43 the company will provide your accommodation and transport, you don't need to worry about any cost incurred.

女：嗯，盧梭先生，看起來您非常能夠勝任這個職位。41 您有足夠的工程經歷，也有管理經驗。我方便問您，是怎麼得知研究主任一職的呢？

男：42 我有一個同事認識貴公司現在的研究主任。他提到說，她下個月就要離職了，所以我很篤定要馬上遞出履歷。我一直都想要得到像這樣的機會，也相信我已經準備好接下這個責任。

女：我想您可以的。我會讓您繼續走應徵程序。請您留意接下來還會有幾次面試，而且您可能要到亞特蘭大的總部去面試。不過 43 公司會提供您住宿和交通，不用擔心會產生任何花費。

字彙 **be very qualified for** 非常勝任；非常適合做……
sufficient 足夠的
head researcher 研究主任
step down 辭職；下台

submit 提交；呈遞　résumé 履歷
have an eye out for 留意；關注
take on the responsibilities 接下責任
move sb. along 讓……往前／繼續
application process 應徵程序
be aware that 注意……
accommodation 住宿
transport 交通　incurred 所造成的；招致的

41. 特定性別的相關細節 ★★☆

這位男士最有可能應徵哪種類型的公司？
(A) 金融機構
(B) 商業顧問公司
(C) 不動產仲介
(D) 工程公司

解析 本題詢問男子應徵的公司的類型，因此請仔細聆聽前半段對話。當中可能會直接提到男子應徵的公司，也可能會出現相關單字，便於推測出答案。前半段對話中，女子說道：「You have sufficient engineering experience, as well as some management experience.」，表示來應徵的男子具備工程和管理方面的經驗。由此內容可以推測出男子申請的公司可能和工程相關，為工程公司，因此答案為 (D)。

42. 特定性別的相關細節 ★★★

這位男士是如何得知這個職缺的？
(A) 從同事那
(B) 從新聞稿
(C) 從網路徵才廣告
(D) 從現在的研究主任

解析 本題詢問男子如何得知徵人消息，因此請仔細聆聽男子所說的話，從中掌握他如何得知職缺資訊。男子說道：「A colleague of mine knows your current head researcher.」，表示自己的同事認識現任的研究主任。接著又說道：「He mentioned that she will be stepping down next month, and I was sure to submit my resume right away.」，表示從同事那邊得知那位研究主任下個月要離職。由此可知他是透過同事得知徵人消息，因此答案為 (A)。

陷阱分析：男子表示自己的同事認識現任的研究主任，從同事那邊得知那位研究主任將要離職。千萬不要只聽到 your current head researcher，就選成 (D) 作為答案。男子並非直接透過現任研究主任得知徵人消息，請特別留意。

43. 相關細節 ★★★

這間公司將提供男士什麼？
(A) 交通資訊
(B) 個人紀錄
(C) 面試時程
(D) 伴隨的花費

解析 本題為題組中最後一題，詢問公司提供男子什麼東西。因此請仔細聆聽後半段對話，鎖定出現 the company 或是表示公司的相關單字，從中掌握公司提供給男子的東西為何。最後一段對話中，女子說道：「the company will provide your accommodation and transport, you don't need to worry about any cost incurred.」，表示公司會提供面試者前往面試時所需的住宿費和交通費。選項將住宿費和交通費改寫成意思相近的說法 incidental expenses，因此答案為 (D)。

新 第 44–46 題，請參考下方對話。 美M 美F

M: Good morning, Ms. Goodroad. [44] **The truck is loaded for the food service at Petersburg Northwest Technology. But we noticed that we seem to be missing three boxes of plastic dishes for the company event.** Perhaps you know where they are.

W: Um . . . I'm sorry I forgot to e-mail you about that. [45] **I ordered several cases of dishes three days ago. I was worried they wouldn't arrive in time.**

M: [45] **We're in a hurry now because we have to start setting up for the luncheon at 10:30. Please give us some help.**

W: [46] **I will send Christopher to the restaurant supply store with the credit card.** He can bring them to you.

M: Okay. I will call Christopher when our team begins to set up. I'm not exactly sure where we will be inside the building, but I'll let him know when we get that figured out.

男：早安，古德路女士。44 貨車上載著要給彼得堡西北科技的餐點。但我們注意到少了三盒公司活動要用的塑膠盤子。妳也許知道它們去哪了。

女：嗯……抱歉我忘記用電子郵件通知你這件事。45 我三天前就訂了好幾箱盤子，我當時就擔心它們趕不上。

男：45 我們現在很急，因為我們必須開始準備 10 點半的餐會。請幫我們一點忙。

女：46 我會把信用卡拿給克里斯多夫，送他到餐廳用品店那裡，他可以帶過去給你。

男：好。等我們開始準備，我再打給克里斯多夫。我不是很確定我們會在大樓裡的哪個位置，一搞清楚我就會讓他知道。

字彙 load 裝載　missing 不見；失蹤
in time 準時趕上　be in a hurry 匆忙
set up for 為……做準備　luncheon 餐會
supply 供應　figure out 想出；理解

44. 推論題／工作的地點 ★★☆

談話者最有可能在哪裡工作？
(A) 在醫院
(B) 在工廠
(C) 在外燴承辦公司
(D) 在百貨公司

解析 本題為題組中第一題，詢問說話者工作的地點。請仔細聆聽前半段對話，鎖定與工作地點相關的單字或說明，以便推測出答案。前半段對話中，男子說道：「The truck is loaded for the food service at Petersburg Northwest Technology.」，表示卡車上裝有要送到 Petersburg Northwest Technology 公司的食物。接著又說道：「we noticed that we seem to be missing three boxes of plastic dishes for the company event.」，表示沒有看到公司活動所需的三箱塑膠盤子。男子所說的話中提到 food service 和 three boxes of plastic dishes for the company event，由此可以推測出男子任職於承辦活動餐飲的公司。

新 45. 說話者的意圖 ★★★

當這位男士說：「請幫我們一點忙」，是什麼意思？
(A) 他沒有時間去買盤子。
(B) 他為了達成他的目標需要得到協助。
(C) 他覺得需要聘僱更多員工。
(D) 他相信車開錯方向了。

解析 本題詢問男子說出「Please give us some help.」代表什麼意思，因此請由此句話的前後文意掌握男子的意圖。第一段對話中，男子表示沒有看到活動所需的三箱塑膠盤子。接著女子說道：「I ordered several cases of dishes three days ago. I was worried they wouldn't arrive in time.」，表示自己於三天前訂購了盤子，但是她擔心無法準時送達。之後男子回覆：「We're in a hurry now because we have to start setting up for the luncheon at 10:30.」，提到時間上很緊迫，10 點 30 分就要開始準備活動的午餐餐食。並說道：「Please give us some help.」。選項中，(A) 的內容最符合當時的對話情境，故為正確答案。

46. 推論題／女子往後的行動 ★★☆

這位女士接下來最有可能會做什麼？
(A) 修理運送卡車
(B) 提供詳細資訊
(C) 用商務信用卡
(D) 派一名員工到商店

解析 本題為題組中最後一題，詢問女子下一步的行動。因此請仔細聆聽後半段對話，鎖定表示動作的動詞，推測出她下一步的行動。最後一段對話中，女子向男子說道：「I will send Christopher to the restaurant supply store with the credit card.」，表示她會給 Christopher 信用卡，讓他去餐廳用品店購買，因此答案為 (D)。

陷阱分析：女子在對話最後表示她會給 Christopher 信用卡，讓他去餐廳用品店購買。雖然當中提到 credit card，但並非表示女子待會要使用信用卡。因此請特別留意，千萬不要選成 (C) 作為答案。

新 第 47–49 題，請參考下方對話。 澳M 美F

M: Hey, Ms. Wilson.[47] Here is our agenda for tomorrow's board meeting with the vice president. You're the third presenter, and your presentation on the new line of pharmaceutical products is scheduled from 11:00 to 11:10.

W: [48] Hold on. That's only ten minutes. I told you that I would need at least twenty minutes for my presentation.

M: I'm so sorry that we had to shorten the presentation time you had requested. But I didn't do that. The vice president did that yesterday.

W: But it's too short. How can I cover all of our new medicines in only ten minutes?

M: Well, his rule is to make sure no presentation goes longer than ten minutes because there are seven presentations on the list. What else can I do?

W: I got it. [49] Then I should go to the conference room and rehearse my presentation again.

男：嘿，威爾森女士。這是明天和副董開董事會的議程。[47] 妳是第三位簡報的人，妳所負責有關新藥品生產線的簡報安排在 11 點到 11 點 10 分。

女：[48] 等等。那只有 10 分鐘。我跟你說過我的簡報至少需要 20 分鐘。

男：很抱歉我們得縮短妳所要求的簡報時間，但這不是我決定的，是副董昨天裁示的。

女：但這樣太短了。我要怎麼在 10 分鐘內談完我們所有的新藥呢？

男：嗯，他的規則就是要確保每個簡報不會超過 10 分鐘，因為照表一共有七個簡報。我還能怎麼做呢？

女：我懂了。[49] 那我得再去會議室重新排練我的簡報。

字彙 agenda 議程　board meeting 董事會
presenter 報告人
a new line of pharmaceutical products 新藥品的生產線
shorten 縮短　presentation time 簡報時間
request 要求　cover 涉及；針對
rehearse 排練

47. 相關細節／女子明天要做的事情 ★★☆

這位女士明天要做什麼？
(A) 聯絡一位客戶
(B) 安排一場董事會
(C) 做她的研究
(D) 發表簡報

解析 本題為題組中第一題，詢問女子明天要做什麼事。因此請仔細聆聽前半段對話，鎖定提到 tomorrow 的片段，確認女子明天要做什麼。第一段對話中，男子說道：「Here is our agenda for tomorrow's board meeting with the rice president. You're the third presenter, and your presentation on the new line of pharmaceutical products is scheduled from 11:00 to 11:10.」，告知明天要與副董開董事會，對方為第三位發表者，請她針對新上市的藥品進行說明。由此可知女子明天將要發表簡報，因此答案為 (D)。

陷阱分析：男子在對話中提到 board meeting 和 scheduled from 11:00 to 11:10.，請勿聽到此內容，就選擇 (B) 作為答案。女子要做的事情並非安排會議，請特別留意。

48. 特定性別的相關細節／女子碰到的問題 ★★☆

這位女士的問題是什麼？
(A) 她在上班途中遇到爆胎。
(B) 她得到的時間變少了。
(C) 她弄丟她的簡報資料。
(D) 她停藥了。

解析 本題詢問女子碰到什麼問題。前半段對話中，通常會提出問題所在，因此請仔細聆聽前半段女子所說的話，從中掌握她提出的問題。第一段對話中，女子說道：「Hold on. That's only ten minutes. I told you that I would need at least twenty minutes for my presentation.」，表示先前她要求的發表時間為 20 分鐘，現在怎麼變成只有 10 分鐘，針對時間問題表達不滿。由此內容可以得知，她認為發表的時間太短，因此答案為 (B)。

49. 女子往後的行動 ★★☆

這位女士接下來可能會做什麼？

(A) 練習演說
(B) 核准新的藥物計畫
(C) 準備一份合約
(D) 親自和副董會談

解析 本題為題組中最後一題，詢問女子下一步的行動。因此請仔細聆聽後半段女子所說的話，鎖定關鍵動詞。對話最後，女子說道：「Then I should go to the conference room and rehearse my presentation again.」，當中提到 go to the conference room 和 rehearse my presentation，由此可知女子要去會議室為發表做演練，因此答案為 (A)。

第 50–52 題，請參考下方對話。 英F 美M

W: 50 My parents are coming for a visit next week from Seattle. I am going to take them around the city to all the tourist destinations.

M: That should be fun. Where are you expecting to take them? The new city flower garden will be excellent and to the Statue of Liberty.

W: 51 I am taking them to the flower garden. I heard they have a new section just filled with butterflies from all over the world. Would you like to join us? I can get another ticket.

M: That would be great, but unfortunately, 52 I am going to Mexico for business next Monday.

女：50 我父母下個星期要從西雅圖過來找我。我打算帶他們在城裡逛逛，把所有觀光景點都看一看。

男：應該會很有趣。妳預計帶他們去哪？新的市立花園很棒，還有自由女神像。

女：51 我會帶他們去那個花園。我聽說他們有個新展區，滿滿都是來自世界各地的蝴蝶。你要一起來嗎？我可以再買一張票。

男：這樣就太好了，不過很不巧，52 我下週一要去墨西哥出差。

字彙 tourist destination 觀光景點
Statue of Liberty 自由女神像
unfortunately 不巧地

50. 對話主旨 ★★★

談話者正在談論什麼？

(A) 款待訪客
(B) 去西雅圖
(C) 出差
(D) 買幾張票

解析 本題為題組第一題，詢問對話的主旨。解題關鍵在於仔細聆聽前半段對話，從中掌握中心主旨。對話開頭，女子便說道：「My parents are coming for a visit next week from Seattle.」，提到父母來訪。接著又說道：「I am going to take them around the city to all the tourist destinations.」，表示要帶父母去觀光景點玩。當中提到 parents、visit 以及 all the tourist destinations，可以得知本對話的主旨為帶父母去觀光，因此答案為 (A)。請特別留意，選項將 parents 改寫成 visitors；take them around the city to all the tourist destinations 改寫成 entertaining。

51. 特定性別的相關細節 ★☆☆

這位女士想去哪？

(A) 去機場
(B) 去市立花園
(C) 去自由女神像
(D) 去墨西哥大使館

解析 本題詢問女子想去的地方，因此請仔細聆聽女子所說的話，從中確認目的地。最後一段對話中，女子說道：「I am taking them to the flower garden.」，表示要帶父母去花園。此話前方，男子提到：「The new city flower garden will be excellent.」，代表女子指的是市立花園。選項將 city flower garden 改寫成 municipal garden，因此答案為 (B)。

52. 特定性別的相關細節 ★★☆

這位男士下週要做什麼？

(A) 去西雅圖
(B) 取消一趟訪問
(C) 去其他國家
(D) 買套裝行程

解析 本題為題組中最後一題，詢問男子下週要做什麼事。因此請仔細聆聽後半段男子所說的話，鎖定 next week 這個時間點，從中掌握答題線索。對話最後，男子說道：「I am going to Mexico for business next Monday.」，由此話可以得知男子下週要去墨西哥出差，因此答案為 (C)。請特別留意，選項將 Mexico 改寫成 foreign country。

新 **第 53–55 題，請參考下方對話。** 美M 英F

M: Hello, Ms. Lane. [53] **It's come to my attention that you will be doing the training for our new employees.** How's that going?

W: Oh, hi, Mr. Preston. Yes, I still have a few last-minute touches to put on my training presentation. There are some new safety rules that the company wants implemented for the warehouse. I've been so busy updating the training documents.

M: I finished my work early, so if there's anything I can help you with, I'd be happy to do it.

W: Thank you so much! [54,55] **Could you check with the security office about the badges for the new employees?** I sent a request there last week, but I haven't heard back yet.

M: [54] **No problem.** [55] **I'll call the office and make sure they're ready to pass out.**

男：哈囉，藍恩女士。53 我注意到會由妳來訓練新進員工。這件事情還好嗎？

女：喔，嗨，普雷斯頓先生。對，我的訓練簡報還差最後一點點潤飾。有些新的安全規則，公司打算要在倉庫實施。我最近一直忙著在更新訓練資料。

男：我提早完成我的工作了，所以如果有什麼我幫得上忙的地方，我很樂意幫妳。

女：太感謝了！54, 55 你可以幫我確認保安部門那邊準備給新進員工的識別證嗎？我上週提出要求申請了，但我還沒有得到回覆。

男：54 沒問題，55 我會打到辦公室問問看，確保他們已經準備好發放。

字彙 it's come to my attention that 我注意到
training 訓練
have a few last-minute touches on 有一些關於……的最後潤飾
safety rule 安全規則　implement 實行
warehouse 倉庫　update 更新
security office 警衛室
hear back 得到回覆　pass out 發放

53. 相關細節／女子準備的事情 ★★☆

這位女士正在準備什麼？
(A) 一堂訓練課程
(B) 一場求職面試
(C) 一次安全檢查
(D) 一場新品展示

解析 本題為題組中第一題，詢問女子正在準備什麼。因此請仔細聆聽前半段對話，從男子或女子所說的話掌握關鍵內容。值得留意的是，雖然本題詢問的對象是女子，照理說線索會出現在女子所說的話中；但是若為難度較高的考題，關鍵內容則會由對話中的另一方提出。前半段對話中，男子說道：「It's come to my attention that you will be doing the training for our new employees.」，聽說女子將負責培訓新員工，因此答案為 (A)。

新 **54. 說話者的意圖** ★★☆

為什麼這位男士會說「沒問題」？
(A) 他想要休息一段時間。
(B) 他批准這位女士的提案。
(C) 他願意幫忙這位女士。
(D) 他和同事之間沒有發生問題。

解析 本題的解題關鍵在於掌握「No problem.」的前後文意。No problem. 經常用於回答對對方的要求或建議表示同意，因此請從前方女子所說的話中，確認她是否提到對男子要求或建議的事項。女子於前方說道：「Could you check with the security office about the badges for the new employees?」，請對方幫忙向保安部門確認新進員工工作證的狀況。由此可知男子說出這句話表示答應女子的要求，因此答案為 (C)。

55. 男子往後的行動 ★★☆

這位男士接下來最有可能做什麼？
(A) 取消一場會議
(B) 檢查一些設備
(C) 打電話到保安部門
(D) 討論新的簡報

解析 本題為題組最後一題，詢問男子下一步的行動。因此請仔細聆聽後半段男子所說的話，鎖定關鍵動詞，掌握男子下一步的行動為何。後半段對話中，女子說道：「Could you check with the security office about the badges for the new employees?」，請男子幫忙向保安部門確認新進員工識別證的狀況。接著男子回答：「I'll call the office and make sure they're ready to pass out.」，表示自己待會將聯絡保安部門，確認是否備妥識別證。由此話可以得知男子待會將聯絡保安部門，因此答案為 (C)。

新 第 56–58 題，請參考下方三人對話。

美F 美M 澳M

W: 56 **Thank you very much for coming in for the interview, Mr. Gibson. We're conducting personal interviews with the final three candidates for the general manager position.** First, please briefly tell us about your previous job experience.

M1: I've been working at the Hotel President for the past five years. Since I was promoted to hotel manager two years ago, I've been trying to offer our customers a high standard of comfort and personal service by creating a friendly atmosphere.

M2: Um . . . Mr. Gibson, your résumé says you won the World Luxury Hotel and Spa Award during your time as hotel manager.

M1: Yes, 57 **I won the World Luxury Hotel and Spa Award two years ago, and I'm very proud of it.**

W: Wow, that's really impressive and a great honor. No greater glory could be gained than by winning the World Luxury Hotel and Spa Award. Then could you explain why you want to leave the Hotel President to move to our hotel?

M1: 58 **I'm planning on going back to school to study hotel management systematically and hope to get my master's degree next year.** Unlike the Hotel President, the Hayward Hotel will offer me a chance to study during the day and to work at night.

女： 56 非常感謝您來參加面試，吉伯遜先生。我們現在正在和最後三位應徵總經理的人進行個人面試。首先請簡短告訴我們您之前的工作經驗。

男 1：我過去五年都在總統大飯店工作。從兩年前我升上飯店經理之後，我就一直試著打造友善親切的氛圍，給我們的顧客更高規格的舒適感，及更好的個人服務。

男 2：嗯……吉伯遜先生，您的履歷上寫說，兩年前，在您擔任經理期間，拿下了世界奢華飯店暨 Spa 大獎。

男 1：是的。57 我兩年前得到世界奢華飯店暨 Spa 大獎，這件事我非常引以為傲。

女： 哇，這真的是很令人印象深刻，而且真的是一大殊榮。恐怕沒有比世界奢華飯店暨 Spa 大獎更榮耀的獎項了。那麼可以請您說明，您想離開總統大飯店到我們這裡來的原因嗎？

男 1：58 我打算明年重回校園更有系統地學習飯店管理，並取得碩士學位。和總統大飯店不同的是，海沃德飯店能夠給我這個機會，讓我早上上課、晚上工作。

字彙 **conduct** 進行 **candidate** 應徵者
general manager 總經理 **position** 職位
briefly 簡短地 **job experience** 工作經驗
be promoted to 被升為
a high standard of 更高規格的
create 打造
friendly atmosphere 親切友善的氛圍
be proud of 對……感到驕傲
great honor 非常榮幸；殊榮 **gain** 獲得
plan on V-ing 對……有所計畫
hotel management 飯店管理
systematically 有系統地
master's degree 碩士學位

56. 推論題／女子的真實身分 ★★☆

這位女士最有可能是誰？
(A) 不動產經紀人
(B) 人事經理
(C) 飯店經理
(D) 大學教授

解析 本題屬於推論題，詢問女子的真實身分。因此請仔細聆聽前半段的對話，鎖定相關單字或說明，以便推測出女子的身分。第一段對話中，女子說道：「Thank you very much for coming in for the interview, Mr. Gibson. We're conducting personal interviews with the final three candidates for the general manager position.」，先感謝對方參加今天的面試，接著表示將個別面試三位應徵總經理職務的候選人。由關鍵用詞 coming in for the interview 和 conducting personal interviews，可以推測出女子應為人事部門的負責人，因此答案為 (B)。

57.特定性別的相關細節／ Gibson 兩年前做過的事情 ★★☆

吉伯遜先生說他兩年前做了什麼？
(A) 他賣了很多房子。
(B) 他升為飯店經理。
(C) 他取得碩士學位。
(D) 他獲得頗具聲望的獎項。

解析 本題詢問 Gibson 兩年前做了什麼事情，因此請仔細聆聽 Gibson 所說的話，並特別留意兩年前這個時間點所發生的事情。第二段對話中，Gibson 說道：「I won the World Luxury Hotel and Spa Award two years ago, and I'm very proud of it.」，提到自己兩年前獲頒 World Luxury Hotel and Spa Award，並為此感到自豪。由此可知兩年前 Gibson 獲頒飯店業界中的知名獎項，因此答案為 (D)。

58. 特定性別的相關細節／ Gibson 明年的計畫 ★★☆

吉伯遜先生明年想要做什麼？
(A) 應徵工作
(B) 登記一門員工課程
(C) 租幾間飯店房間
(D) 增進自我發展

解析 本題為題組中最後一題，詢問 Gibson 明年打算做什麼，等同於詢問 Gibson 明年的計畫。因此請仔細聆聽後半段 Gibson 所說的話，並鎖定明年這個時間點。對話最後，Gibson 說道：「I'm planning on going back to school to study hotel management systematically and hope to get my master's degree next year.」，表示他計劃明年回學校攻讀飯店管理，以取得碩士學位。選項將取得碩士學位改寫成增進自我發展，因此答案為 (D)。

陷阱分析：Gibson 表示他計劃明年回學校攻讀飯店管理，以取得碩士學位。請勿一聽到 study hotel management 和 get my master's degree next year 就直接選 (B) 作為答案。他並未打算登記員工課程，請特別留意。

第 59–61 題，請參考下方對話。 美F 美M

W: Mr. Hopkins, [59] **could you help me quickly with something? I need to use the new high speed printer, but for some reason I can't get it to turn on.** I think it might be broken or something.

M: Sure, Ms. Sutherland. I'm sure it's not broken. [60] **It has a power saving feature on it.** When the machine isn't being used, it looks like it's turned off, but it's not.

W: Do you know how to get it to turn back on from this power saving thing?

M: It's a piece of cake. You just have to press the energy-saver button at the top of the machine's on-screen control panel. [61] **I learned about it at a demonstration that the manufacturer had about the new machine.**

女：霍普金斯先生，[59] 你可以快速地幫忙我一件事嗎？我需要使用新的高速印表機，但不知為何沒辦法開機。我覺得它可能壞了。

男：當然，薩瑟蘭女士。我很確定它沒有壞。[60] 它有個特色是省電功能。當沒有使用機器的時候，就像關機了，但並不是這樣。

女：你知道怎麼把它從省電模式調回來嗎？

男：小事一樁。妳只需要點一下機器上方螢幕控制面板上的省電按鈕。61 我是在上次廠商來示範新機器的時候學的。

字彙 help A with B 幫 A 處理 B
for some reason 不知怎麼地　turn on 開機
power saving feature 標榜省電特色
a piece of cake 小事一樁
at the top of 在……上面
on-screen control panel 控制面板
demonstration 示範
manufacturer 製造商

59. 對話主旨 ★★☆

談話者正在談論什麼？
(A) 修理一項壞掉的設備
(B) 運作一台機器
(C) 呼叫一名技術人員
(D) 安排一場示範會

解析 本題詢問對話的主旨，因此解題關鍵在於仔細聆聽前半段對話，並從中掌握中心主旨。前半段對話中，女子說道：「could you help me quickly with something?」，請對方協助解決問題。接著說道：「I need to use the new high speed printer, but for some reason I can't get it to turn on.」，表示自己無法開啟高速印表機，明確提出問題所在。由此可知接下來會繼續針對印表機的操作進行討論，因此答案為 (B)。

60. 相關細節 ★★☆

根據這位男士的說法，這項設備的優點是什麼？
(A) 幾乎沒有噪音。
(B) 操作很簡單。
(C) 很節能。
(D) 設計符合人體工學。

解析 本題詢問男子提到機器有什麼優點，由此可知男子所說的話中，將提到特定機器的優點。男子說道：「It has a power saving feature on it.」，表示印表機具備省電功能，由此內容可以得知機器的優點為省電，因此答案為 (C)。請特別留意，選項將對話中的 power saving 改寫成意思相近的用法 energy-efficient。

61. 特定性別的相關細節 ★★☆

這位男士是如何懂得使用設備的呢？
(A) 他用過同樣類型的機器。
(B) 他從同事那邊學的。
(C) 他之前參加過產品示範會。
(D) 他看過影音操作教學。

解析 本題為題組中最後一題，詢問男子如何得知機器的使用方法。因此請仔細聆聽後半段男子所說的話，並從中掌握答題線索。對話最後，男子說道：「I learned about it at a demonstration that the manufacturer had about the new machine.」，表示自己是在製造商舉辦的示範發表會上，得知使用機器的方法，因此答案為 (C)。

新 **第 62–64 題，請參考下方對話。** 澳M 美F

M: Hey, Ms. Campbell. It's that time of the year when we should be utilizing the patio area more. 62 **Do you think we could move the Bella Computer business luncheon outside?**

W: I spoke with the personnel manager there, and there will be a video presentation along with the speeches. Because of the sunny weather, the projections won't show up very well on the screen.

M: That makes sense. But perhaps we can come up with a solution, including shielding the screen from direct sunlight. 63 **The weather's been so nice. I would hate for the people at Bella Computer to miss a nice opportunity.**

W: 64 **Let me talk to the manager about setting up some way to accommodate them outside.**

M: That's a good idea. Perhaps the solution is simply to flip the tables and chairs around in order to keep the screen out of direct sunlight.

男：嘿，坎貝爾女士。又到了每年的這個時候了，我們應該要多多利用露台區。62 妳覺得我們可以把貝菈電腦公司的餐會移到外面嗎？

女：我在那邊和人事經理談過，演講會搭配影片呈現。因為晴天的關係，螢幕上的投影會不太清楚。

男：有道理。但也許我們可以想個解決方案，像是避免陽光直接照在投影幕上。63 最近天氣這麼好，如果錯過這個機會，我會對貝菈電腦公司的同仁感到很遺憾。

女：64 讓我和經理談談看，找個方式安排大家待在外面。

男：這個想法不錯。解決方法也許很簡單，像是把桌椅轉個方向，讓投影幕不會直接被陽光曬到。

字彙 utilize 利用 patio 露台
personnel manager 人事經理
along with 和……一起
sunny weather 天氣晴朗 projection 投影
show up 顯現 come up with 想出
solution 解決辦法 shield 抵禦
set up some way 安排某種方式
accommodate 容納
flip something around 把……翻轉
keep something out of 使……免於
direct sunlight 直曬

62. 相關細節／正在討論的活動 ★☆☆

談話者在討論的是什麼活動？
(A) 一場頒獎典禮
(B) 當地的徵才博覽會
(C) 公司午餐會
(D) 盛大開幕式

解析 本題為題組中第一題，詢問說話者正在討論什麼活動。因此請仔細聆聽前半段對話，確認他們提及的活動為何。前半段對話中，男子說道：「Do you think we could move the Bella Computer business luncheon outside?」，詢問對方 Bella Computer 公司的午餐活動是否可以移至戶外。由此可知說話者正在討論公司午餐活動，因此答案為 (C)。

新 **63. 說話者的意圖** ★★★

當這位男士說：「最近天氣這麼好」，暗示了什麼？
(A) 他想要更多休假時間。
(B) 他想策劃戶外活動。
(C) 他想要善用好天氣的日子。
(D) 他預期今晚的天氣會改變。

解析 本題屬於掌握說話者意圖考題，詢問男子說出「The weather's been so nice.」暗指什麼意思。因此請由此句的前後文意掌握男子的意圖。男子說完「The weather's been so nice.」之後，接著說道：「I would hate for the people at Bella Computer to miss a nice opportunity.」，補充說明他不希望 Bella Computer 公司錯過這個好機會。由此可以得知男子指的是天氣很好，希望 Bella Computer 公司能在戶外舉辦活動，因此答案為 (C)。

64. 特定性別的相關細節／女子建議的事項 ★☆☆

這位女士提議要做什麼？
(A) 異動公司出遊的日期
(B) 安裝新的影音系統
(C) 聯絡一位同仁
(D) 購買新的辦公椅

解析 本題為題組中最後一題，詢問女子建議什麼事情。因此請仔細聆聽後半段女子所說的話，鎖定關鍵動詞，掌握建議事項的內容。後半段對話中，女子說道：「Let me talk to the manager about setting up some way to accommodate them outside.」，表示要和經理討論一下安排至戶外的事宜，等同於她將和公司同仁聯絡，因此答案為 (C)。

新 **第 65–67 題，請參考下方對話和座位配置圖。**
英F 美M

W: Hey, Mr. Johnson. Are you almost at the symphony? The show is starting very soon.

M: Hi, Ms. McDonald. I'm going up the stairs now. I was stuck in traffic. Are you in your seat?

W: 65 **Mr. Porter was seated in the general seating area far away from us.** 66 **But the section head was able to move him next to us in the VIP area.**

M: That's great news. You know, he is one of our most important clients in England.

W: I know. These seats are right in front of the orchestra, so we'll be able to see and hear them perfectly. But hurry up! They'll be out any moment.

M: Uh, oh. 67 **I just realized that I left my ticket on the dashboard of my car. I've got to go back and get it.**

W: All right, Mr. Johnson. Please get here as fast as you can.

女：嘿，強森先生。你已經快到交響樂表演現場了嗎？很快就要開始了。

男：嗨，麥當勞女士。我現在正在上樓梯。我剛剛被卡在車陣裡，妳在位置上了嗎？

女：65 波特先生被安排坐在離我們很遠的一般座位區，66 但負責人可以把他移到我們在貴賓區的位置旁邊。

男：這樣太棒了。妳也知道，他是我們在英國的一位大客戶。

女：我知道。這幾個位子就在管弦樂團的正前方，所以我們要看要聽都很完美。但快點來吧！隨時可能開始。

男：呃，喔。67 我剛剛才注意到，我把票放在我車子的儀表板上了。我得回去拿。

女：好吧，強森先生。請你儘量快點到。

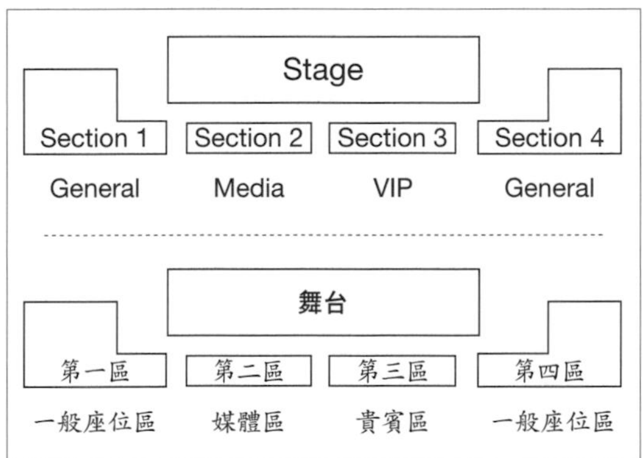

字彙 go up 向上走 stuck in traffic 困在車陣中
far away from 距離……很遠
any moment 任何時候
realize 注意到；意識到
dashboard 儀表板

新 65. 圖表資訊／座位配置圖 ★★★

請看圖表，波特先生原來的座位在哪裡？
(A) 第一區
(B) 第二區
(C) 第三區
(D) 第四區

解析 本題詢問 Porter 先生原來的座位在哪，由此可以猜想到對話中不會直接說出 Porter 先生原來的座位。因此請仔細聆聽提及 Porter 先生座位的內容，確認當中是否出現新舊座位相對位置的資訊。第二段對話中，女子說道：「Mr. Porter was seated in the general seating area far away from us.」，提到 Porter 先生本來坐在離他們很遠的一般座位區。接著說道：「But the section head was able to move him next to us in the VIP area.」，表示負責人把他的位置移到 VIP 座位，讓他坐在他們隔壁。請確認座位配置圖，可以得知距離 VIP 座位最遠的一般座位為第一區，因此答案為 (A)。

66. 特定性別的相關細節／負責人為客戶做的事情 ★★☆

根據女子的說法，負責人為這位客戶做了什麼？
(A) 提供一些辦公室傢俱。
(B) 更動表演時間。
(C) 給他更好的位置。
(D) 在當地機場為他接機。

解析 本題詢問負責人幫客戶做了什麼事情，因此請仔細聆聽女子所說的話，從中確認提及 section head 的片段。第二段對話中，女子說道：「But the section head was able to move him next to us in the VIP area.」，表示負責人把 Porter 先生的位置移到 VIP 座位，讓他坐在他們隔壁。由此內容可以得知負責人讓客戶坐在更好的 VIP 座位，因此答案為 (C)。

67. 特定性別的相關細節／男子重回車上的原因 ★★☆

為什麼男子必須回車子一趟？
(A) 要接另一位客戶
(B) 要拿活動的票
(C) 要拿重要文件
(D) 要把車移到別的車庫去停

解析 本題為題組中最後一題，詢問男子重回車上的原因。因此請仔細聆聽後半段男子所說的話，並從中掌握答題線索。後半段對話中，男子說道：「I just realized that I left my ticket on the dashboard of my car. I've got to go back and get it.」，表示他把票忘在車子上，所以要再回車上拿票。因此答案為 (B)。

新 第 68–70 題，請參考下方對話和圓餅圖。
美F 美M

W: Charles, 68 **did you read the report on the company purchase? It seems that we are going to acquire Mandoo Computer.**

M: I haven't read it yet. But I think it's about time we decided to expand our business.

W: Mandoo Computer is kind of a big company. It will help our company to increase our share in the domestic computer market.

M: 69 **The report says we're the second-largest computer manufacturer in the country.** At the very least, we must be ahead of Dell Electronics to be a world-class business leader in the computer industry.

W: We definitely will be. Do you have the report with you? I'd like to know about the full contents of it.

M: Yes, but something is troubling me. 70 **According to the report, Mandoo Computer's profits fell almost 20% over the last two quarters.** Perhaps we should bring it to the attention of our board members. I think this could be a bad idea.

女：查爾斯，68 你看過公司的採購報告了嗎？我們好像要併購曼都電腦了。

男：我還沒看耶，但我想我們也差不多要做擴展業務的決定了。

女：曼都電腦算是大公司。可以在國內的電腦市場上幫我們公司增加市佔率。

男：69 報告說我們是國內第二大的電腦製造商。最起碼，我們必須領先戴爾電子，成為全球電腦業的龍頭。

女：我們一定會做到的。你現在手上有報告可看嗎？我想知道全部的內容。

男：有，不過有些事讓我感到擔憂。70 根據報告上說的，曼都電腦在過去兩季的獲益跌了將近兩成。也許我們應該要讓董事們注意到這件事。我覺得這可能不是個好主意。

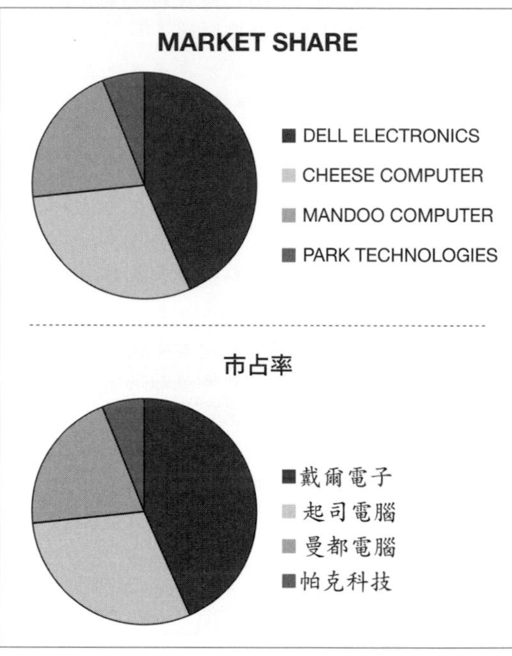

字彙 acquire 併購　It's about time 時候差不多了
expand 擴展　share 占比
domestic 國內的
computer manufacturer 電腦製造商
at the very least 最少；起碼
be ahead of 領先　world-class 世界級的
full contents 完整內容　profit 獲益
fall 下跌　quarter 一個季度
board members 董事會成員

68. 對話主旨 ★★☆

談話者正在談論什麼？

(A) 預算問題
(B) 市場變動
(C) 會計失誤
(D) 公司併購

解析 本題詢問對話的主旨，因此解題關鍵在於仔細聆聽前半段對話內容，從中掌握中心主旨。第一段對話中，女子說道：「did you read the report on the company purchase? It seems that we are going to acquire Mandoo Computer.」，詢問對方是否看過有關收購其他公司的報告，提到公司似乎決定收購 Mandoo Computer 公司。由此內容可以推測出接下來會繼續針對收購進行討論，因此答案為 (D)。

新 69. 綜合圖表資訊／說話者任職的公司 ★★★

請看圖表，說話者最有可能在哪裡工作？

(A) 戴爾電子
(B) 起司電腦
(C) 曼都電腦
(D) 帕克科技

解析 本題詢問說話者任職的公司，需要綜合圖表資訊才能解題。因此可以猜想到對話中不會直接提及公司名稱，而是要從公司在業界的排名和市佔率確認說話者任職於哪一間公司。對話中間，男子說道：「The report says we're the second-largest computer manufacturer in the country.」，表示根據報告的內容，所屬公司為國內第二大的電腦製造商。根據圓餅圖資訊，可以得知規模第二大的公司為 Cheese Computer，因此答案為 (B)。

70 特定性別的相關細節／男子擔憂的原因 ★★☆

為什麼這位男士說他並不確信？

(A) 很多員工被資遣。
(B) 某些競爭對手的銷售量銳增。
(C) 部分外資被取消了。
(D) 某間公司的獲益沒有想像中那麼好。

解析 本題為題組中最後一題，詢問男子擔憂的原因。因此請仔細聆聽後半段男子所說的話，從中掌握答題線索。後半段對話中，男子說道：「According to the report, Mandoo Computer's profits fell almost 20% over the last two quarters.」，表示 Mandoo Computer 前兩季的獲利下跌兩成。由此可以得知收購公司的獲利下跌，使得男子對於收購沒有十足的信心，因此答案為 (D)。

PART 4

P. 395

第 71–73 題，請參考下方留言。 美F

Hello, Mr. Johnson. This is Lana Morgan calling from Immigration. 71 **We received your passport application on Monday, January 10th.** 72 **We will be processing your application over the next couple of weeks.** 73 **To find out the status of your application at anytime, just log on to our Web site at www.immigration.gov.** Your application number is 365020 plus last four digits of your social security number. Or you can call us at 888-1123 extension 73.

哈囉，強森先生。我是移民署的拉娜・摩根。71 我們於 1 月 10 日星期一收到您的護照申請書。72 我們將在未來幾週處理您的申請。73 您可以在任何時間了解您的申請狀況，只要登入我們的官網 www.immigration.gov 查詢即可。您的申請單號為 365020，再加上您社會安全碼後四碼。或者您也可以打 888-1123 分機 73 和我們聯絡。

字彙 immigration 移民　passport 護照
application 申請　status 狀況
at any time 任何時候　log on to 登入

71. 相關細節 ★☆☆

強森先生申請了什麼？

(A) 工作簽證
(B) 身分證
(C) 護照
(D) 永久居留

解析 本題詢問 Johnson 先生申請了什麼東西，因此請仔細聆聽前半段獨白，確認他申請的東西為何。前半段獨白中，說話者說道：「We received your passport application on Monday, January 10th.」，提到在 1 月 10 日收到了 Johnson 先生的護照申請書，由此可以得知答案為 (C)。

72. 相關細節 ★☆☆

關於強森先生的申請，說話者說了什麼？

(A) 會被歸還。

(B) 會被處理。

(C) 延遲送達。

(D) 並不完整。

解析 本題詢問說話者針對 Johnson 先生的申請提到什麼，因此請仔細聆聽提及 application 或其他表示申請的單字，從中掌握答題線索。獨白中間部分，說話者說道：「We will be processing your application over the next couple of weeks.」，表示預計於數週內處理好申請書，因此答案為 (B)。

73. 相關細節 ★☆☆

強森先生要如何確認申請狀況？

(A) 寄電子郵件

(B) 打電話給摩根女士

(C) 連上網站

(D) 造訪移民署辦公室

解析 本題為題組中最後一題，詢問 Johnson 先生確認申請狀況的方法為何。因此請仔細聆聽後半段獨白的內容，鎖定提及 status 和 application 的片段，從中掌握答題線索。說話者說道：「To find out the status of your application at any time, just log on to our Web site at www.immigration.gov.」，告知對方可以上移民署官網確認申請狀況，由此可以得知答案為 (C)。

第 74–76 題，請參考下方會議摘錄內容。 (英F)

Hello, everyone. [74,75] **There will be an emergency evacuation drill for the entire building tomorrow.** I know you might be a little annoyed by this inspection. But we get unexpected fire inspections at least once a year. The city fire inspector will be present to determine our emergency readiness. It is therefore crucial that all employees carefully execute the procedures. [76] **This afternoon, your manager will show you the evacuation plan for your work area.** Please pay attention and ask any questions so that you will know how to move quickly and safely to the nearest exit. Thank you for your cooperation.

哈囉，大家好。[74,75] 明天這整棟建築會舉辦一場緊急逃生演習。我知道對於這場檢驗，你們可能會感到有點煩。但我們每年至少都會遇到一次突襲消防檢查。政府的消防安檢人員會到場確認我們的應急準備狀況。因此很重要的是，全體員工都要很小心地執行步驟。[76] 今天下午，你們主管會對你們展示辦公區的逃生規畫。請專心並踴躍提問，這樣才能協助你更快、更安全地找到最近的逃生出口。感謝你們的合作。

字彙 evacuation drill 逃生演習
entire building 整棟建築
be annoyed by 被……惹惱
inspection 檢查；檢驗
unexpected 意料之外的
at least 至少 fire inspector 消防檢查人員
be present 到場
determine emergency readiness 確定應急準備狀況
crucial 重要的 execute 執行
procedure 程序、步驟
the nearest exit 最近的出口
cooperation 合作

74. 相關細節／明日預定計畫 ★☆☆

說話者說明天會發生什麼事？

(A) 新進人員培訓

(B) 建築檢查

(C) 逃生演習

(D) 工廠導覽

解析 本題為題組中第一題，詢問明天預計要做什麼事。因此請仔細聆聽前半段獨白，鎖定提及 tomorrow 的片段，從中掌握答題線索。前半段獨白中，說話者說道：「There will be an emergency evacuation drill for the entire building tomorrow.」，表示明天將要舉行逃生演習，因此答案為 (C)。

新 75. 說話者的意圖 ★★★

當說話者說：「我知道你們可能會感到有點煩」，暗示了什麼？

(A) 檢查是突襲進行的。
(B) 有些演習並沒有發揮作用。
(C) 發生了令人震驚的意外。
(D) 實施了更嚴苛的員工評鑑標準。

解析 本題考的是說話者的意圖，詢問說話者說出「I know you might be a little annoyed by this inspection.」代表什麼意思，因此請從此句話前後句的文意，理解說話者的意圖。此句話前方，說話者說道：「There will be an emergency evacuation drill for the entire building tomorrow.」，表示明天將要舉行逃生演習。接著說道：「I know you might be a little annoyed by this inspection.」，由 emergency evacuation drill 可以推測出臨時通知要實施逃生演習，因此答案為 (A)。

76. 相關細節／員工下午要做的事情 ★★★

根據說話者的說法，員工今天下午將會做什麼？

(A) 進行逃生演練
(B) 認識逃生路線
(C) 參加工廠導覽
(D) 討論工作分配

解析 本題為題組中最後一題，詢問員工今天下午要做什麼事。因此請仔細聆聽後半段獨白，鎖定提及 this afternoon 的片段，從中掌握答題線索。後半段獨白中，說話者說道：「This afternoon, your manager will show you the evacuation plan for your work area.」，提到主管預計於今天下午提供各工作區域的逃生規畫。由此內容可以得知，員工今天下午將會取得有關避難路線和方法的資料，因此答案為 (B)。

77–79 題，請參考下方語音留言。 美M

[77] Thank you for calling Jack's Bar&Grill. [78] Due to the impending hurricane, we will be closed today August 24th. [79] Tomorrow, we will be open for dinner only, from 5 p.m. We will not be serving breakfast or lunch. There will be no takeout orders tomorrow either. Also, there will be no outdoor seating, only indoor. We will not be taking reservations for tomorrow.

[77] 感謝您來電傑克酒吧燒烤。[78] 因為颶風快要來了，我們今天 8 月 24 號會關店。[79] 明天只有下午五點之後的晚餐時間會開張。早餐和午餐時間將不提供服務。明天也不會接受外帶訂單。也不會有戶外座位，只會有室內的位置。我們明天不接受預約。

字彙 impending 逼近的；即將發生的
outdoor 戶外的
seating 座位　takeout order 外帶訂單
take a reservation 接受預約

77. 聽取留言的地方 ★☆☆

這則留言會在哪裡聽到？

(A) 廣播裡
(B) 電話中
(C) 會議上
(D) 餐廳裡

解析 本題詢問聽取此留言的地方，因此請仔細聆聽前半段留言，當中可能會直接提及地點或是相關說明，便於推測出答案。獨白開頭，說話者便說道：「Thank you for calling Jack's Bar&Grill.」，感謝對方打電話至 Jack's Bar&Grill。由此內容可以得知，本篇應為電話留言，因此答案為 (B)。

78. 相關細節 ★☆☆

為什麼業者今天會關門？

(A) 將進行整修。
(B) 天氣不佳。
(C) 當天是國定假日。
(D) 被預約了一場私人宴會。

解析 本題詢問今天沒開門的原因，因此請鎖定提及 today 和 closed 的片段，從中掌握答題線索。說話者說道：「Due to the impending hurricane, we will be closed today August 24th.」，表示因為颶風的關係，今天 8 月 24 日不會營業，因此答案為 (B)。

79. 明天將發生的事情 ★★☆

說話者說明天將會發生什麼事？

(A) 天氣會轉晴。
(B) 會公布新菜單。
(C) 慶祝派對將開始。
(D) 將延後開業時間。

解析 本題詢問明天將會發生什麼事情，因此請鎖定提及 tomorrow 的片段，從中掌握答題線索。說話者說道：「Tomorrow, we will be open for dinner only, from 5 p.m.」，提到明天下午 5 點才會開門，因此答案為 (D)。

第 80–82 題，請參考下方電話留言。 澳M

Hello, Ms. Fox. 80 **I'm calling to let you in on some information regarding the employee transition plan.** Unfortunately, Mr. Shaw is leaving the company next week. As you suggested, Ms. Winston will be taking over for him. 81 **I already asked Mr. Shaw to train her on our procurement and shipping procedures a couple of days ago. But he had a car accident this morning.** 82 **So I've decided to review the procurement process with her tomorrow.** If there are any problems with that, please let me know, and I can find some workable alternatives. Thanks.

哈囉，佛克斯女士。80 我打電話來通知您有關人員調動的資訊。很遺憾，蕭先生下星期要離職了。如您所建議的，溫斯頓女士會承接他的職務。81 我幾天前已經請蕭先生訓練她採購和運送的程序。不過，他今天早上發生了車禍。82 所以我決定明天和她一起複查採購流程。如果這樣安排有任何問題，請讓我知道，我可以找到其他可行的替代方案。謝謝。

字彙 let sb. in on 向某人知會⋯⋯
regarding 關於　transition 調動
leave the company 離開公司
take over 承接　procurement 採購
shipping 運送　workable 可行的
alternative 替代方案

80. 主旨／說話者打電話的原因 ★★☆

說話者為什麼打電話過來？
(A) 請病假
(B) 回報錯誤
(C) 要求一些更詳細的資訊
(D) 解釋人員調動計畫

解析 本題詢問說話者打電話的原因，一般來說，電話留言中說完問候語和自我介紹後，便會告知來電的原因。通常會使用「I'm calling about . . . ／ I'm calling to let you know that . . .」等句型。本題前半段獨白中，說話者說道：「I'm calling to let you in on some information regarding the employee transition plan.」，表示來電是要告知對方員工調動事宜，因此答案為 (D)。

新 81. 說話者的意圖 ★★★

說話者說：「不過，他今天早上發生了車禍」時，是什麼意思？
(A) 他沒辦法訓練溫斯頓女士。
(B) 他將沒辦法參加活動。
(C) 他全額負擔了他的醫療開銷。
(D) 他最近好幾天都熬夜加班。

解析 本題考的是說話者的意圖，詢問說話者說出「But he had a car accident this morning.」代表什麼意思，因此請從此句話前後的文意，掌握說話者的意圖。說話者先說道：「I already asked Mr. Shaw to train her on our procurement and shipping procedures a couple of days ago.」，提到他已經要求 Shaw 先生培訓 Winston 女士。接著說道：「But he had a car accident this morning.」，提到 Shaw 先生出了車禍，代表他無法如期培訓 Winston 女士，因此答案為 (A)。

82. 相關細節／說話者明天要做的事情 ★★☆

說話者明天會做什麼？
(A) 和一名員工會面
(B) 離開公司
(C) 做完一份報告
(D) 檢查一份提案

解析 本題為題組中最後一題，詢問說話者明天要做什麼事情。因此請仔細聆聽後半段獨白，鎖定提及 tomorrow 的片段，從中掌握答題線索。獨白最後，說話者說道：「So I've decided to review the procurement process with her tomorrow.」，提到要和 Winston 女士一起檢查採購流程。由此內容可以得知，說話者明天會和 Winston 小姐見面，因此答案為 (A)。

🔍 **陷阱分析：**獨白最後，說話者提到要和 Winston 女士一起檢查採購流程。請勿因為聽到 review the procurement process，就選成 (D) Review a proposal 作為答案。當中並未提及提案書，請特別留意。陷阱選項通常會重複使用獨白中出現的單字，誤導考生作答，請特別注意這類陷阱。

第 83–85 題，請參考下方語音留言。 美F

Mr. McDonald, if I could just speak to you privately in the office. 83 **Okay, here is what we found: the food storage area in the basement shows evidence of mice being in the vicinity.** 84 **The main refrigerator to keep the food cold is dripping water which is accumulating in a pool at the bottom.** This is unsanitary. You need to have that fixed because the fridge is not keeping the necessary foods as cold as they need to be. You cannot serve your customers food that was not adequately stored beforehand. You will need to take care of these problems within a week. 85 **My colleague, Ms. Watson, will visit again, one week from today.** She will expect to see these problems taken care of, or you will be fined.

麥當勞先生，能否在辦公室私下和您談談？83 好，這是我們發現到的：地下室的食物保鮮區域有證據顯示附近有老鼠出沒。84 主要用來冷藏食物的冰箱在滴水，底下因而積了一攤水。這不太衛生。您需要把它修好，因為冰箱沒辦法冷到冷藏必需食品的溫度。您不可以讓顧客吃事先沒有適當存放的食物。您得在一週內處理這些問題。85 我的同事華森女士會在一個星期後再來一次。預期到時候她可以看到問題都處理好了，不然您將會被罰款。

字彙 **privately** 私下地 **food storage** 食物保鮮
basement 地下室 **evidence** 證據
in the vicinity 在附近 **drip** 滴水
accumulate 累積 **pool** 水窪
unsanitary 不衛生 **fridge** 冰箱
serve 提供（餐點） **adequately** 適當地
beforehand 事先 **take care of** 照料；處理
within a week 一週內 **fine** 罰款

83. 留言的主旨 ★★★

這則留言的主題是什麼？
(A) 一家雜貨店開幕
(B) 課徵一筆罰款
(C) 一次衛生檢查
(D) 一件新上市的廚房設備

解析 本題為題組中第一題，詢問留言的主旨。因此請仔細聆聽前半段獨白，從中掌握中心主旨。前半段獨白中，說話者說道：「Okay, here is what we found; the food storage area in the basement shows evidence of mice being in the vicinity. The main refrigerator to keep the food cold is dripping water which is accumulating in a pool at the bottom.」，告知在保管食物的區域發現老鼠，並提到冰箱漏水一事。由此內容可以得知，留言的主旨與衛生檢查有關，因此答案為 (C)。

84. 相關細節 ★★★

說話者提到什麼？
(A) 冷藏設備故障。
(B) 地下室漏水。
(C) 水池需要維修。
(D) 食物太冰了。

解析 本題詢問說話者提到什麼事，因此請仔細聆聽說話者提及的內容，並對照選項，選出適當的答案。前半段獨白中，說話者說道：「The main refrigerator to keep the food cold is dripping water which is accumulating in a pool at the bottom.」，由此內容可以得知：說話者指出冰箱漏水一事，因此答案為 (A)。

🔍 **陷阱分析：**說話者指出冰箱漏水，導致地上積水。值得留意的是，當中有提到 keep the food cold，請勿因此選成 (D) 作為答案。

85. 相關細節 ★☆☆

關於華森女士，說話者提到了什麼？
(A) 她是他的主管。
(B) 她會被罰 1000 美元。
(C) 她下週會回來。
(D) 她預定會和餐廳老闆見面。

解析 本題為題組中最後一題，詢問說話者針對 Watson 女士提到什麼事。因此請仔細聆聽後半段獨白，鎖定提及 Watson 女士的片段，從中掌握答題線索。獨白最後，說話者說道：「My colleague, Ms. Watson, will visit again, one week from today.」，提到 Watson 女士一週後會再來檢查一次，因此答案為 (C)。

第 86–88 題，請參考下方廣播節目的內容。
美M

This morning we have a treat for all of our listeners. We have an exclusive interview with famous fitness expert and well-being guru, Mr. Eric White. Mr. White is the fitness trainer for many movie stars. [86] **His new book is called *Living a Longer Healthier Life*.** Mr. White has been a fitness trainer for over 20 years and has been seen on many television programs and has his own Web site on exercise. His book teaches us how to address our weight concerns. Whether you want to lose ten pounds or 100 pounds, his book guides us on what would be the best and safest way to go about shedding those unwanted pounds. [87] **He has just recently come out with a new set of exercise DVDs, exclusively offered on his Web site.** [88] **And now Mr. White will tell us how to get started on a new path to health and well-being.**

今天早上我們為所有的聽眾準備了好料。我們獨家訪問到知名健身專家，同時也是幸福導師的艾瑞克．懷特先生。懷特先生是好幾位影星的健身教練。86 他的新書叫作《活出更久更健康的人生》。懷特先生擔任健身教練有超過 20 年的經驗，在很多電視節目上都可以看到他，他也有自己的運動網站。他的書教我們如何解決我們的體重問題。不管是想要減掉 10 磅還是 100 磅，他的書教我們，怎麼樣才是最好而且最安全的做法，來擺脫不想要的體重。87 最近他才在自己的網站上獨家推出一組新的運動 DVD。88 那麼現在懷特先生就要告訴我們，該如何上軌道，邁向健康快樂的道路。

字彙 have a treat 有好料
exclusive interview 獨家訪問
guru 導師　address 解決
weight concerns 體重問題
shed 流去；擺脫　unwanted 不想要的
path 道路；軌道　well-being 幸福快樂

86. 相關細節 ★★☆

懷特先生的書主題是什麼？
(A) 活得健康
(B) 製作電影
(C) 預防疾病
(D) 如何成為知名藝人

解析 本題詢問 White 先生新書的主題為何。因此請鎖定獨白中介紹 White 先生新書的片段。前半段獨白中，說話者說道：「His new book is called *Living a Longer Healthier Life*.」，由此話可以得知，書的主題與健康生活有關，因此答案為 (A)。另外，雖然 (C) 的預防疾病也和健康生活有關，但是所指的範圍過廣，不太適合作為答案。

87. 相關細節 ★☆☆

根據說話者表示，懷特先生在他的網站上提供什麼？
(A) 電影片段
(B) 各種運動方法
(C) 販售的 DVD
(D) 近期的成功故事

解析 本題詢問 White 先生的網站上提供什麼東西，因此請鎖定提及 White 先生網站的片段，從中掌握答題線索。後半段獨白中，說話者說道：「He has just recently come out with a new set of exercise DVDs, exclusively offered on his Web site.」，提到他的網站上將獨家販售新的 DVD，因此答案為 (C)。

88. 往後發生的事情 ★☆☆

接下來可能會發生什麼事？
(A) 廣播節目會結束。
(B) 來賓會講話。
(C) 會進入一段商業廣告。
(D) 會進行訪問。

解析 本題為題組中最後一題，詢問接下來可能會發生什麼事情。因此請鎖定獨白最後提及的內容。獨白最後，說話者說道：「And now Mr.

White will tell us how to get started on a new path to health and well-being.」，表示接下來 White 先生將告訴我們邁向健康之路的方法。由此內容可以得知，接下來將請出嘉賓 White 先生，因此答案為 (B)。

陷阱分析：獨白最後提到，接下來將請嘉賓 White 先生談談邁向健康之路的方法，由此可以得知 White 先生將於廣播節目中談論與健康有關的主題。值得留意的是，當中並未提到要訪問 White 先生，因此請勿選成 (D) 作為答案。

第 89–91 題，請參考下方獨白內容。 英F

Good afternoon, I would like to welcome you all to today's ceremony. I hope you find it enlightening and useful. 89 **I have been a restaurant owner for over twenty years** and have now five successful restaurants around the world. 90 **What I have learned from all my experience, managing and owning restaurants, is that you must be able to change with the times.** Your menu must constantly be updated. You cannot serve the same things year after year. Also, you must be able to incorporate the local fruits, vegetables and meats into your menu. You have to be adaptable – that's the name of the game. You must be able to adapt to the neighborhood, the clientele, and the times. 91 **Now if you would just look to the front of the room, there will be a short video presentation.**

午安，歡迎各位蒞臨今天的典禮。我希望你們都可以受到啟發、感到受用。89 我做餐廳老闆二十幾年了，目前在全球有五間生意還不賴的餐廳。90 我從我管理與開餐廳的經驗學習到，你必須有與時俱進的能力。菜單必須不斷更新。你不能年復一年地都提供一樣的東西。而且你也必須在菜單上，融入在地的水果、蔬菜和肉品。你需要有適應能力——這是最要緊的事。你必須適應鄰近地區、客人和時局。91 如果現在你可以往前面看，這裡將會播放一部短片。

字彙 **enlightening** 使人啟發的
change with the times 與時俱進
constantly 不斷地　**update** 更新
year after year 年復一年
incorporate 包括；使併入
adaptable 適應性強的　**adapt to** 適應……
clientele 客人

89. 說話者的真實身分 ★★☆

說話者是誰？
(A) 商業顧問
(B) 主廚
(C) 農民
(D) 餐廳老闆

解析 本題詢問說話者的真實身分，因此請仔細聆聽前半段獨白，鎖定與身分有關的說明，以便推測出答案。前半段獨白中，說話者說道：「I have been a restaurant owner for over twenty years.」，提到自己有經營餐廳二十年以上的經驗，因此答案為 (D)。

90. 相關細節 ★★☆

談話的主旨為何？
(A) 金錢管理
(B) 適應力
(C) 在地食物
(D) 商業關係

解析 本題詢問此篇獨白談論的主題，因此請仔細聆聽前半段獨白，掌握中心主旨。說話者說道：「What I have learned from all my experience, managing and owning restaurants, is that you must be able to change with the times.」，提到經營餐廳過程中學到的經驗，與管理方式等勢必要跟上時代的變化。由此可以得知說話者談論的主題有關餐廳的適應性，因此答案為 (B)。請特別留意，獨白中提及 adapt（動詞）和 adaptable（形容詞），而選項的 adaptability 為名詞。

91. 聽者往後的行動 ★★★

聽眾接下來會做什麼？
(A) 練習做菜
(B) 做簡報
(C) 看影片
(D) 參訪農場

解析 本題詢問聽者下一步的動作為何，因此請仔細聆聽最後一段獨白，鎖定關鍵動詞，掌握答題線索。後半段獨白中，說話者說道：「Now if you would just look to the front of the room, there will be a short video presentation.」，由此可以得知為觀看影片，因此答案為 (C)。

陷阱分析：獨白最後，說話者表示接下來要看一段影片。值得注意的是，雖然當中提到 there will be a short video presentation，但是與做簡報無關，因此請勿選成 (B) 作為答案。Part 4 選項中經常會同時出現說話者和聽者的行動，故意混淆考生作答。

第 92–94 題，請參考下方會議摘錄的內容。
澳M

Electric vehicles are the future of transportation. [92] **Our Grand SUV is the bestselling SUV in the electric vehicle market. I'm very proud of all of you — the Product Team in particular. Few people are capable of such an innovative design.** And on that note, I'm pleased to announce that the latest vehicle in our lineup, [93] **the new BK SUV, is ready to launch! Since we are now ready to present it to the public, we'll bring it with us to the Seoul Auto Show in September.** If any of you wants to go to the auto show with us, [94] **please fill out a business travel request form and submit it to the personnel manager by the end of this month.**

電動車是未來的交通工具。[92] 我們的豪華運動休旅車是電動車市場上最暢銷的休旅車。我對大家感到相當驕傲——特別是產品團隊。很少有人有能力做出如此創新的設計。說到這點，我很高興宣布我們生產線上的最新車款，[93] 新 BK 運動休旅車已經準備要上市了！我們已經準備好公開展示它，所以會把它一起帶到九月的首爾車展上。你們當中如果有人想要一起去車展，[94] 請填好出差需求的表單，並在這個月底前提交給人事經理。

字彙 electric vehicle 電動車
transportation 交通工具
bestselling 暢銷的
in particular 尤其是
innovative 創新的
present A to B 向 B 展示 A
be ready to V 準備好要做……
auto show 車展　fill out 填好（表單）
business travel request 出差需求
personnel manager 人事經理
by the end of this month 這個月底前

新 92. 說話者的意圖 ★★★

說話者為什麼說：「很少有人有能力做出如此創新的設計」？

(A) 他想取消一項計畫。
(B) 他正在稱讚一些員工。
(C) 他對他的成就感到驕傲。
(D) 他建議聘用設計專家。

解析 本題考的是說話者的意圖，詢問說話者說出「Few people are capable of such an innovative design.」的原因為何。因此請從此句話前後的文意，掌握說話者的意圖。說話者說道：「 Our Grand SUV is the bestselling SUV in the electric vehicle market. I'm very proud of all of you — the Product Team in particular.」，提到銷量最好的 SUV 車為 Grand SUV，並表示他對產品部門感到驕傲。接著說道：「Few people are capable of such an innovative design.」，由此可知他在稱讚該部門的員工，因此答案為 (B)。

93. 相關細節／公司將於九月做的事情 ★★☆

根據說話者的說法，公司九月會做什麼？

(A) 併購其他公司
(B) 參加一場活動
(C) 更改現有的設計
(D) 宣布一位得獎者

解析 本題詢問公司將於九月做什麼事情，因此請鎖定提及 September 的片段，從中掌握答題線索。獨白中間部分，說話者說道：「the new BK SUV, is ready to launch」，提到新的 BK SUV 已準備好要開賣。接著說道：「Since we are now ready to present it to the public, we'll bring it with us to the Seoul Auto Show in September.」，表示因為已經準備好將 BK SUV 上市，所以預計參加九月舉辦的 Seoul Auto Show。由此內容可以得知九月將參加活動，因此答案為 (B)。

94. 說話者的建議事項 ★★☆

說話者建議聽者做什麼？
(A) 發想新的設計
(B) 提交需求表
(C) 試開新車
(D) 籌辦公司活動

解析 本題為題組中最後一題，詢問說話者建議什麼事情。因此請仔細聆聽後半段獨白，鎖定提及「動詞＋受詞」的片段。獨白最後，說話者說道：「please fill out a business travel request form and submit it to the personnel manager by the end of this month.」，要求於月底前填好出差需求單，並交給人事部經理。當中提到 fill out、form 和 submit to，由此可以得知答案為 (B)。

第 95–97 題，請參考下方留言和資訊。
美M

Good morning, Mr. Washington. This is Jim Preston at Aurora Auto Repair Shop. It's 11 o'clock in the morning. 95 **I just finished changing your flat tires and engine oil. I think you can pick your vehicle up any time after you leave the office.** Ah, I have one more thing to tell you. 96,97 **While changing the tires, I noticed that your right side view mirror was a little broken, so I changed and replaced it for you. I won't charge you for that.** Mr. Washington, if you have any questions, please give me a call at 692-9815. All right. I'll see you later when you come in to get your truck.

早安，華盛頓先生。這裡是曙光汽車維修店的吉姆．普雷斯頓。現在是早上 11 點。95 我剛剛已經換好您破掉的輪胎和引擎機油。我想您下班以後可以隨時過來取車。喔，順帶一提。96,97 換胎的時候，我注意到您右側的後照鏡有點破了，也為您一併做了替換。這部分我不會向您收費。華盛頓先生，如果您還有任何問題，可以打 692-9815 這支電話給我。好的，等您來取車時見。

Aurora Auto Repair Shop	
Service	**Charge**
Engine Oil Change	$40
Side-View / Rear-View Mirror Replacement	$50
Front / Rear Tire Change	$90
Front / Rear Bumper Repair	$170

曙光汽車修理店	
服務	**價格**
更換引擎機油	40 美元
兩側／車內後照鏡替換	50 美元
前／後輪胎替換	90 美元
前／後保險桿維修	170 美元

字彙 flat tire 爆胎　leave the office 下班
charge 索價

95. 打電話的目的 ★★☆

這通電話的目的為何？
(A) 下訂單
(B) 給予指示
(C) 預約事情
(D) 通報完成工作

解析 電話留言中，通常會先打完招呼、講完自我介紹，再表明自己打電話的目的。前半段獨白中，說話者自我介紹完後說道：「I just finished changing your flat tires and engine oil. I think you can pick your vehicle up any time after you leave the office.」，提到他已經換好輪胎和機油，對方下班後隨時可以來取車。由此內容可以得知，說話者打電話的目的，為的是告知對方所有的維修工作都已經處理完畢，因此答案為 (D)。

96. 相關細節／說話者工作時發現的事情 ★★☆

說話者在工作時發現了什麼？
(A) 一面鏡子破了。
(B) 一個輪胎漏氣。
(C) 一筆帳單沒有結清。
(D) 某些備用零件沒有庫存了。

解析 本題詢問說話者工作過程中，發現了什麼事情，因此請鎖定說話者提及「工作途中」的片段，掌握答題線索。獨白中間部分，說話者說道：「While changing the tires, I noticed that your right side view mirror was a little broken.」，提到換輪胎的時候，發現右方後照鏡有碎裂的痕跡，因此答案為 (A)。

新 **97. 圖表資訊／價格表** ★★☆

請看圖表，華盛頓先生省下了多少錢？

(A) 40 美元
(B) 50 美元
(C) 90 美元
(D) 170 美元

解析 本題詢問 Washington 先生省下了多少錢，必須整合獨白內容和圖表資訊，才能順利解題。由此可以得知獨白中不會直接說出確切的金額，因此請務必鎖定當中提到哪些服務項目。說話者說道：「While changing the tires, I noticed that your right side view mirror was a little broken.」，提到換輪胎的時候，發現右方後照鏡碎裂的痕跡。接著說道：「so I changed and replaced it for you. I won't charge you for that.」，提到已經順便幫他更換後照鏡，但不會收取額外費用。確認價格表後，可以發現更換後照鏡的費用為 50 美元。由此可以得知 Washington 先生省下了 50 美元，因此答案為 (B)。

第 98–100 題，請參考下方電話留言和問卷調查表。 美F

Hello, preferred customer! This is Lena Park from 12 Oaks Spa and Massage. 98 **As the owner of the company,** I want to thank you for being a vital part of our Service Excellence online poll. 99 **As a token of our appreciation, we are giving you a $30 gift card that you can use on your next visit.** You can use the gift card for any of our services and merchandise. By the way, 100 **we need some more detailed information about the category you gave five stars to. So would you mind if I asked you a few more questions?** For filling out this additional survey, you will be given a 10-percent discount coupon. We are dedicated to providing the best service to every customer based on the surveys from our loyal customers. Thank you for your patronage at 12 Oaks Spa and Massage.

哈囉，各位首選客戶。我是橡樹 12 號 SPA 按摩館的雷娜．帕克。98 作為店長的我想向您說聲感謝，您參與了我們線上服務滿意度調查相當重要的一部分。99 我們將送您 30 元的折價券作為謝禮，下次到店時就可以使用。您可以用在我們任何的服務或商品上。順道一提，100 關於您給予五星的類別，我們需要您提供更詳細的資訊。所以不知道您會不會介意，我再詢問您多一些些的問題。如果您願意填寫這份額外的問券，將獲贈九折的優待券。我們以忠實客戶的調查意見作為基礎，致力提供給每一位客戶最好的服務。感謝您蒞臨橡樹 12 號 SPA 按摩館。

Feedback Survey	
Cleanliness	★★★★ 4 stars
Location	★★★★ 4 stars
Staff friendliness	★★★★★ 5 stars
Cost	★★★ 3 stars

回饋問卷	
整潔	四顆星
地點	四顆星
員工親切度	五顆星
價格	三顆星

字彙 preferred customer 首選客戶
owner 持有人 vital 重要的
online poll 線上調查 token 象徵
appreciation 感謝之意
gift card 禮品卡 merchandise 商品
fill out 填寫 additional 額外的
be dedicated to V-ing 致力於做某事
loyal customer 忠實顧客 patronage 光顧

98.推論題／ Lena Park 小姐的真實身分 ★★☆

雷娜．帕克女士最有可能是什麼人？

(A) 飯店經理
(B) 健身指導員
(C) 行銷專家
(D) 企業家

解析 本題為推論題，詢問 Lena Park 女士的身分為何。因此請仔細聆聽前半段獨白，鎖定與身分相關的單字和說明，以便推測出她的真實身分。前半段獨白中，說話者表明自己是 Lena Park 後，接著說道：「As the owner of the company」，提到她是公司的所有人。選項將此內容改寫成同義詞 entrepreneur，意思為「企業家」，因此答案為 (D)。

99. 相關細節／說話者給聽者的東西 ★★★

說話者說她會給聽者什麼？

(A) 禮券
(B) 健身雜誌
(C) 產品保固
(D) 折價券

解析 本題考的是相關細節，詢問說話者提供給聽者什麼東西。請先看過選項後，再鎖定獨白中提到的東西為何。說話者說道：「As a token of our appreciation, we are giving you a $30 gift card that you can use on your next visit.」，表示為了向顧客表達感謝之意，會提供價值 30 美元的禮品卡，顧客可以於下次來訪時使用，因此答案為 (A)。

陷阱分析：獨白最後，說話者說道：「For filling out this additional survey, we will offer you a 10-percent discount coupon.」，提到如填寫額外的問卷，將提供九折優惠券，並非已經提供給聽者的東西，因此千萬不要選成 (D) 作為答案。

新 **100. 圖表資訊／額外的資訊** ★★★

請看圖表，說話者要求針對哪個類別提供額外的資訊？

(A) 整潔
(B) 地點
(C) 員工親切度
(D) 價格

解析 本題詢問說話者要求對方提供哪個類別的額外資訊，必須整合獨白內容和圖表資訊，才能順利解題。由此可以得知獨白中不會直接告知調查的類別項目，因此請鎖定提及評分星等的內容。後半段獨白中，說話者說道：「we need more detailed information about the category you gave five stars to. So would you mind if I asked you a few more questions?」，提到想更進一步了解獲得五顆星評價的項目。確認表格後，可以發現獲得五顆星的項目只有員工親切度一項，因此答案為 (C)。

PART 5

P. 399

101. 詞類變化一名詞的位置 ★★☆

我們公司的代表團很快就會抵達丹麥，展示我們的最新企畫。

(A) delegate 代表（動詞〔第一、第二人稱；複數〕）
(B) delegating 委派（現在分詞、動名詞）
(C) delegation 代表團（名詞）
(D) delegated 被委託的（過去式、過去分詞）

解析 本題為詞類變化題，選項列出一個單字的各種變化。空格位在所有格後方，要填入名詞，因此請優先刪去 (A) 和 (D)。若要填入 (B) 作為答案，空格後方要連接受詞，但後方為助動詞，因此答案為名詞 (C)。

字彙 delegation 代表團；代表的委派
present 展示　delegate 委派

102. 詞類變化一動詞的時態（簡單式） ★★☆

根據近期的報告，手機的銷售率在不同地區的差異很大。

(A) to vary 去呈現差異（不定詞 to V）
(B) have varied 已呈現差異（現在完成式）
(C) varying 各式各樣的（現在分詞、動名詞）
(D) varies 呈現差異（動詞〔第三人稱單數〕）

解析 本題為詞類變化題，選項列出一個單字的各種時態變化。空格要填入完整的動詞形，因此請優先刪去 (A) 和 (C)。主詞（the sales rate）為第三人稱單數，要搭配單數動詞較為適當，因此答案為 (D)。

🔍**陷阱分析：**動詞 vary 當不及物動詞使用時，意思和 differ 相同；當及物動詞使用時，意思則和 change 相同。本題中使用的是前者 differ 的意思，請特別留意。

字彙 **sales rate** 銷售率
vary widely by region
根據地區有很大的差異

103. 文法─符合題意的代名詞（形容詞） ★★☆

幸好我們所有的工廠都能夠製造工業用等級的鋼鐵。

(A) every 每一個（形容詞）
(B) all 全部 （形容詞、副詞）
(C) same 相同的（形容詞）
(D) whole 整體的（形容詞）

解析 本題為文法題，選項列出各種不同的形容詞。空格要填入主詞，(A) 表示單數的概念，後方要連接單數動詞才行；(C) 通常要加上 the、(D) 則要加上 a 或 the 一起使用。根據題意，空格中填入 (B) 最為適當。

字彙 **manufacture** 製造 **industry level** 工業級
steel 鋼鐵

104. 詞彙─動詞 ★★☆

OFN 公司的代表在會議廳裡向記者們介紹了最近發表的新品。

(A) briefed 向……簡介情況
(B) explained 解釋
(C) assured 向……保證
(D) announced 宣告

解析 空格填入動詞後，要搭配後方的「人物＋about」。選項中，(A) 的意思為「簡短說明」，最適合填入空格中。(B) 和 (D) 要加上「to ＋人物」；(C) 要加上「人物＋ of」，因此皆不適合作為答案。

字彙 **representative** 代表
brief 向……簡介情況
the newest release 最新發表
assure 向……保證

105. 文法─反身代名詞 ★★☆

如果您試著自己修車會感到不舒服，那就不用這麼做。

(A) you 你
(B) yours 你的東西
(C) your 你的
(D) yourself 你自己

解析 本題為文法題，選項列出人稱代名詞各種不同的格。即使省略空格，對逗點前方的句子沒有影響，因此空格要填入反身代名詞 (D)，加強語氣。

字彙 **attempt** 嘗試 **auto repairs** 修車

106. 詞彙─名詞 ★★☆

經過很長時間的考慮，人資部門認定大多數的應徵者都不適合這份工作。

(A) selections 可供挑選的東西
(B) tasks 任務
(C) budgets 預算
(D) candidates 應徵者

解析 本題要選出適當的名詞。由人力資源部門決定適合與否的對象應為「應徵者」，因此答案為 (D)。

字彙 **a long time of consideration** 長時間的考慮
Human Resources 人資部門
candidate 應徵者
be suited for 適合於
selections 可供挑選的東西
tasks 任務 **budget** 預算

107. 詞類變化─名詞的位置 ★☆☆

我們公司向所有客戶保證快速到貨，通常是兩個工作天內。

(A) delivering 運送（現在分詞、動名詞）
(B) delivery 交貨（名詞）
(C) delivered 被運送的（過去式、過去分詞）
(D) deliverable 可運送的（形容詞）

解析 本題為詞類變化題，選項列出一個單字的各種變化。空格受到形容詞 fast 的修飾，要填入名詞，因此答案為 (B)。

字彙 **assure A (of) B** 向 A 保證 B
fast delivery 快速到貨
usually in two working days
通常在兩個工作天內

108. 文法—表條件的從屬連接詞 ★★☆

當文章出版後，就不可能修改了，所以請在交出前確定你編輯過作品了。

(A) Under 在……之下（介系詞）
(B) When 當（連接詞）
(C) With 和……一起（介系詞）
(D) What 什麼（疑問代名詞、關係代名詞、名詞子句連接詞）

解析 本題為文法題，選項列出各種不同詞性的單字。空格要填入連接詞，連接後方主詞加動詞開頭的完整句子，因此請優先刪去 (A) 和 (C)；(D) 後方要連接結構不完整的句子，成為名詞子句。(B) 可以用來表示條件，故為正確答案。

字彙 be published 被出版　modification 修改

109. 文法—形容詞的位置 ★★☆

想得知更多有關顧客服務政策的資訊，請和我們公司的代表洽談。

(A) more 更多（形容詞、副詞）
(B) a lot 很多（副詞片語）
(C) almost 幾乎（副詞）
(D) hard 難（形容詞、副詞）

解析 空格要填入形容詞，用來修飾後方名詞 information。而 (B) 和 (C) 皆為副詞，因此請優先刪去這兩個選項。剩下 (A) 和 (D)，其中形容詞 (A) 最符合題意。

字彙 customer service policy 顧客服務政策
representative 代表

110. 文法—介系詞的位置 ★★☆

嚴重的暴風雪讓很多員工無法準時到班。

(A) with
(B) to
(C) from
(D) for

解析 本題為文法題，選項列出各種不同的介系詞。題目句中有虛受詞 it 和真受詞 to get to work on time，當中應填入「for＋人物」作為真受詞意義上的主詞，因此空格要填入 (D)。

字彙 snowstorm 暴風雪　get to work 到班
on time 準時

111. 詞彙—副詞 ★★☆

因為我們全體員工都能流利地說中文，我們去中國出差時完全不需要找口譯。

(A) doubly 成倍地
(B) undauntedly 頑強地
(C) overly 過度地
(D) fluently 流利地

解析 空格要填入副詞，用來修飾動詞 speak。根據題意，空格中填入表示「流利地」的副詞最為適當，因此答案為 (D)。

字彙 fluently speak 流利地說
Mandarin Chinese 中文；普通話
interpreter 口譯員

112. 詞類變化—動詞的時態（簡單式） ★★☆

拉昆塔度假中心在會議開始前一週已經收到貨了。

(A) accept 接收（動詞〔第一、第二人稱；複數〕）
(B) has accepted 已接收（現在完成式）
(C) will accept 將接收（未來式）
(D) accepting 接收（現在分詞、動名詞）

解析 本題為詞類變化題，選項列出一個單字的各種時態變化。before 為表時間的連接詞，引導的子句為現在式（begins），實際上表示的是未來的概念，因此主要子句的動詞要使用未來式，答案為 (C)。

字彙 accept shipments 接收貨物

113. 詞類變化—副詞的位置 ★☆☆

卡斯塔利亞公司正在為華盛頓分處找一位格外稱職的實習生。

(A) exceptionally 特別地
(B) excepting 除……之外
(C) exceptional 特別的
(D) except 除……之外

解析 本題為詞類變化題，選項列出一個單字的各種詞性。空格要填入副詞，修飾後方形容詞 qualified，而選項中只有 (A) 為副詞。

字彙 exceptionally 特別地；例外地；格外
qualified intern 稱職的實習生
excepting 除……之外
exceptional 特別的；例外的

114. 詞類變化－介系詞的位置　★★★

布魯克博士一直到五月底前將繼續忙著幾個關鍵計畫，到那時她就會退休了。

(A) until 直到
(B) with 和……一起
(C) at 在（某時或某地）
(D) beyond 超越

解析 空格後方的 which time 指的就是 the end of May，at which time 的意思和 after which time 相同。根據題意，表達計畫完成後退休較為適當，因此答案為 (C)。

字彙 several key projects 數個關鍵計畫
at which time 那時　retire 退休

115. 詞彙－動詞　★★☆

新機器已經在展覽上展示過了，不過科羅薩工業決定要留到最後一天再展出產品。

(A) displayed 展示
(B) revised 修改
(C) worked 工作
(D) constructed 建造

解析 空格填入選項單字後，句子為被動語態（be 動詞＋ p.p.）。若改成主動語態，動詞後方要連接受詞 machinery，因此填入表示「展示」的動詞 (A) 最為適當。(B) 和 (C) 當作及物動詞使用時，後方受詞分別要連接「以文字寫成的東西」和「工作時間」。

字彙 machinery 機器
save its product 保留它的產品
until the very last day 直到最後一天

116. 文法－介系詞的位置　★★☆

任何建設只要沒有建築許可證都是違法的。

(A) otherwise 否則（連接副詞）
(B) whereas 鑑於；反之（連接副詞）
(C) more than 超過；比……更多（介系詞）
(D) without 無、沒有（介系詞）

解析 本題為文法題，選項列出各種不同的詞性。空格要填入介系詞，搭配受詞 a building permit，因此請優先刪去 (A) 和 (B)。若空格中填入 (C)，表示「超過……」並不適當，因此答案為 (D)。

字彙 construction 建設
without a building permit 沒有建築許可證
illegal 違法的

117. 文法－動詞的時態（完成式）　★★☆

凡穆顏教練已被當地足球隊開除的新聞，並沒有讓大家感到驚訝。

(A) fired 開除
(B) had fired 之前已開除
(C) had been fired 之前已被開除
(D) will have been fired 將已被開除

解析 本題為詞類變化題，選項列出一個單字的各種時態變化。that 子句為從屬子句，空格為從屬子句的動詞，而動詞 fire 為及物動詞，後方要連接受詞；但是空格後方並未連接受詞，要使用被動語態（be 動詞＋ p.p.）才行，因此請從 (C) 和 (D) 中選出答案。後方以過去式表示聽到消息時並未感到驚訝，而消息所指的事情發生的時間點更早，因此要使用過去完成式，答案為 (C)。

陷阱分析：千萬不要看到後方出現過去式，便直接選擇過去式的選項作為答案，請務必查看前後句的關係。

字彙 fire 開除

118. 詞彙－形容詞　★★☆

新的通訊傳播政策讓機場和火車站能夠提供無上限的無線網路連線。

(A) unlimited 無上限的
(B) uncontrolled 不受控制的
(C) unused 沒有用過的
(D) unwarranted 沒保證的

解析 本題要選出適當的形容詞。根據題意，空格中填入表示「無限制的」形容詞最為適當，因此答案為 (A)。

字彙 communications policy 通訊傳播政策
allow A to B 允許 A 做 B 這件事
unlimited 沒有限制的
wireless Internet connection 無線網路連線
uncontrolled 不受控制的
unused 沒被使用過的
unwarranted 沒保證的

119. 詞彙－動詞　★★☆

志工表示，給予龍捲風受災戶的協助已超乎他們的預期。

(A) exceeded 超過
(B) anticipated 期望
(C) overdrawn 誇大
(D) meant 意味著

解析 空格後方連接受詞 expectations，因此填入 (A) 最為適當，表示「超出（預期）」。

陷阱分析：受詞 expectations 的動詞形為 expect，和 (B) 互為同義詞，因此不適合填入空格中。

字彙 volunteer 志工
tornado victim 龍捲風受災戶
expectation 預期

120. 詞類變化－名詞的位置 ★☆☆

我們需要您的帳號，不然我們沒辦法取得您的訂單資料。

(A) account 帳戶（名詞）
(B) accounting 會計（名詞）
(C) accounted 被視為（過去式、過去分詞）
(D) accountable 對……應負責任的（形容詞）

解析 本題為詞類變化題，選項列出一個單字的各種變化。空格位在所有格後方，要填入名詞，因此請優先刪去 (C) 和 (D)。(A) account 搭配 number 一起使用，意思為「帳號」，因此答案為 (A)。

字彙 account number 帳號　or else 要不然
access 取得（電腦資料）　accounting 會計
accountable 對……應負責任的

121. 詞類變化－副詞的位置 ★☆☆

隨著維克多・科伊臣諾夫發表了新設計，如今的時尚圈發生格外劇烈的變化。

(A) except 除了……之外（介系詞）
(B) exception 例外（名詞）
(C) excepting 除了……之外（現在分詞、動名詞）
(D) exceptionally 格外地；特別地（副詞）

解析 本題為詞類變化題，選項列出一個單字的各種詞性。空格要填入副詞，用來修飾後方形容詞 drastic，而選項中只有 (D) 為副詞。

字彙 exceptionally 格外地；特別地 (= very)
drastic change 劇烈的變化
with the release of 伴隨著……的發表
excepting 除了……之外

122. 詞彙－名詞 ★★☆

這間公司以其零售商店來負擔專注在微技術發展的費用。

(A) expense 費用
(B) fee 費用
(C) toll 通行費
(D) price 價格

解析 本題將「at one's expense（由……負擔費用）」的用法變化成「at the expense of . . .」，因此空格中要填入表示「費用」的單字，由前述用法可知 (A) 最為適當。(B) 可以當作「手續費、會費、入場費」等使用；(C) 的意思為「通行費、使用費」。

陷阱分析：請特別留意，雖然意思上為「負擔……的費用」，但不能填入 price 作為答案。

字彙 focus on 專注於　development 發展
at the expense of 由……負擔費用
retail store 零售商店

123. 文法－介系詞的位置 ★★☆

在新法規定之下，任何一家製造或販賣烈酒的企業都被禁止在電視上打廣告。

(A) for
(B) of
(C) from
(D) concerning

解析 本題要選出適合搭配「prohibit（禁止）」一起使用的介系詞。prohibit 連接受詞和介系詞 from，後方再加上名詞或 V-ing，表示禁止做 from 後方所指的事情。prevent、stop、keep、restrict、refrain、withdraw、hold 等動詞皆屬於同樣的用法。

字彙 manufacture 製造　liquor 烈酒
prohibit A from V-ing 禁止 A 做某事

124. 詞類變化－S + V + O 句型中動詞的被動語態 ★☆☆

得知實驗室不再能產出好成果，每個人都感到很震驚。

(A) shock 使……震驚（動詞〔第一、第二人稱；複數〕）
(B) shocked 感到震驚的（過去式、過去分詞）
(C) shocking 令人震驚的（現在分詞、動名詞）
(D) to shock 去使……震驚（不定詞 to V）

解析 本題為詞類變化題，選項列出一個單字的各種變化。空格要搭配前方 be 動詞，一起扮演動詞的角色，因此請先刪去原形動詞 (A)。若填入 (C) 或 (D)，為主動語態，語意上並不適當。空格和 was 組合成被動語態（be 動詞＋ p.p.），表示主詞受到打擊較為適當，因此答案為 (B)。

陷阱分析：請特別留意主動語態和被動語態的差異。若為主詞主動「使……震驚」時，要用 shocking；被動「受到震驚」時，則要使用 shocked。

字彙 be shocked to V 因做某事感到震驚
lab 實驗室　successful results 好成果

125. 詞類變化－形容詞的位置 ★☆☆

任何可以接受的構想或提案，公司都會在下次的計畫中列入考慮。

(A) acceptability 可接受程度（名詞）
(B) accept 接受（動詞〔第一、第二人稱；複數〕）
(C) acceptable 可接受的（形容詞）
(D) acceptance 接受；贊同（名詞）

解析 本題為詞類變化題，選項列出一個單字的各種詞性。空格要填入形容詞，用來修飾後方的名詞，而選項中只有 (C) 為形容詞，故為正確答案。

字彙 acceptable 可接受的；令人滿意的
acceptability 可接受程度
acceptance 接受；贊同

126. 字彙－副詞 ★★☆

因為迴響異常地大，史丹頓女士想要訂購的新手機型號暫時沒有庫存。

(A) exceptionally 例外地
(B) significantly 顯著地
(C) shortly 馬上
(D) temporarily 暫時

解析 本題要選出適當的副詞。本句話表達的是新上市的手機反應太好，導致缺貨。空格應填入描述缺貨狀態（is out of stock）的副詞，因此選擇 (D) 最為適當。

陷阱分析：請特別留意，exceptionally 的意思為「例外地」，千萬不要選錯。

字彙 be out of stock 沒有庫存
unusually 不尋常地　response 迴響

127. 詞類變化－以過去分詞修飾名詞 ★★☆

新整修的結構和擴充的空間讓朱薇劇院引以為傲。

(A) expanding 擴展中的（現在分詞、動名詞）
(B) expanse 廣袤（名詞）
(C) expansion 擴展；擴張（名詞）
(D) expanded 擴充的（過去式、過去分詞）

解析 本題為詞類變化題，選項列出一個單字的各種變化。空格前方為 and，要填入與 renovated 為對等關係的詞，因此要填入過去分詞 (D)，修飾後方名詞 space。(A) 的意思為「擴展中的」，帶有正在進行的概念，因此不適合填入空格。

字彙 boast about 以……為傲
newly renovated 最近翻新的
structure 結構
expanded space 擴充的空間
expanse 廣袤；廣闊區域
expansion 擴展；擴張

128. 詞類變化－副詞的位置 ★☆☆

研究團隊裡的工程師經常意見分歧。

(A) frequently 經常地（副詞）
(B) frequented 經常被光顧的（過去式、過去分詞）
(C) frequency 頻率（名詞）
(D) frequent 經常的（形容詞）

解析 本題為詞類變化題，選項列出一個單字的各種變化。空格位在現在完成進行式 have been 和 getting 之間，要填入副詞，而選項中只有 (A) 為副詞。

字彙 get into disagreement 陷入意見分歧
frequently 頻繁地；經常地

129. 詞彙－形容詞 ★★☆

你一旦被升上資深職位，就可以取用機密資料。

(A) familiar 熟悉的
(B) accessible 可取得的
(C) kinder 更親切的
(D) crucial 重要的

解析 空格前方的主詞為事物（data），應填入補語，而 (A) 和 (C) 要搭配人物主詞，因此請優先刪去這兩個選項。形容詞 (B) 和 (D) 皆可以描述事物，但是根據題意，空格中填入 (B) 較為適當。(B) 的用法有「事物＋ is accessible to ＋人物（可以使用的）」和「地點＋ is accessible by ＋交通方式（可到達的）」，本題適用前者的用法。

陷阱分析：若依照文法規則，填入 (D) 並沒有問題，但是填入 (B) 才符合題意。

字彙 once 一旦　be promoted to 被升上
senior position 資深職位
classified data 機密資料

130. 文法－符合題意的代名詞（形容詞）

★★☆

雖然團隊裡的每個人知道可能不會成功，還是決定要不顧一切地繼續進行計畫。

(A) everyone 每個人（代名詞）
(B) whoever 任何人；無論是誰
（複合關係代名詞〔主格〕）
(C) whomever 無論是誰
（複合關係代名詞〔受格〕）
(D) whosever 無論是誰的
（複合關係代名詞〔所有格〕）

解析 本題為文法題，選項列出代名詞和複合關係代名詞兩大類。空格位在表示讓步的副詞子句中，且位在動詞前方，因此空格要填入主詞。句中有三個動詞，代表有三個子句，因此當中需要兩個連接詞作連接。目前句中已經有 although 和 that 兩個連接詞，而 wh- 形的 (B)、(C)、(D) 皆有連接詞的作用， 若填入空格中，連接詞的數量會變成三個，並不適當，因此空格中只能填入代名詞 (A)。

字彙 proceed with 繼續做 (= continue)
regardless 不顧一切地

PART 6　P. 402

131–134 電子郵件

4 月 26 日

親愛的尹先生：

我訪問完我們東部的分公司後，週一就會回到辦公室。整體來說，分公司的運作還不錯。不過，我有一些擔憂。其中最主要的是，我們員工和新的國際社群在溝通上似乎有困難。我想提案在公司內部提供西班牙語課程，並獎勵西班牙語變得精通的員工。該地區的顧客服務做得好的話，可以讓我們維持好聲望。你可以著手寫詳細的提案了嗎？我回到鎮上之後，會再仔細看過。

蜜雪兒．哈迪
聯合貿易 經理

字彙 eastern branch 東部的分公司
generally 整體來說　function 運作
concern 關切；擔憂　prominent 主要的
have trouble V-ing
做……這件事有麻煩或難處
communicate with 和……溝通
international community 國際社群
in-house course 內部課程
become proficient 對……變得精通
allow sb. to V 讓某人可以做到
maintain our reputation 維護我們的名聲
excellent customer service
很棒的顧客服務
write up a proposal 詳細寫提案
look over 仔細審閱

131. 詞彙－動詞 ★★☆

(A) hiring 聘僱
(B) functioning 運作
(C) advertising 廣告
(D) offering 提供

解析 本題要選出適當的動詞。空格中填入動詞後，句子為現在進行式（be 動詞 + V-ing），而後方沒有連接受詞，要填入不及物動詞 V-ing 形，因此答案為 (B)。(A)、(C)、(D) 皆為及物動詞，不適合填入空格中。

132. 文法－名詞子句連接詞 ★★☆

(A) that 那件事（名詞子句連接詞、關係代名詞）
(B) though 雖然（表讓步的從屬連接詞）
(C) as to 至於（介系詞）
(D) similarly 相似地（副詞）

解析 本題為文法題，選項列出連接詞、介系詞和副詞。空格前後各連接一個子句，要填入連接詞，而 (C) 為介系詞、(D) 為副詞，因此請優先刪去這兩個選項。另外該連接詞要引導 be 動詞後方的名詞子句，而 (B) 為副詞子句的連接詞，不適合作為答案。綜合前述內容，答案為 (A)，空格到句點為名詞子句，作為 is 的補語。

133. 詞彙－形容詞 ★★☆

(A) technical 技術的
(B) available 可用的
(C) premium 優質的
(D) proficient 精通的

解析 本題為形容詞詞彙題。空格作為主詞（employees）的補語，要填入形容詞較為適當。(A) 和 (C) 不能放在補語的位置、(B) 不符合題意。根據題意，填入 (D) 最為適當，表示「熟練的；精通的」，用來修飾 employees。

新 **134. 插入符合前後文意的句子** ★★☆

(A) 我們今年會在溫莎開分公司。
(B) 該地區的顧客服務做得好的話，可以讓我們維持好聲望。
(C) 我負責高層和我們團隊成員之間的所有溝通。
(D) 我現在計畫要找能夠流利地說第二外語的應徵者來面試。

解析 空格前方提到要提供員工西班牙語教學和獎金，而學好西班牙語能為客戶提供更優質的服務，有助於維持良好的聲譽，因此答案為 (B)。

字彙 be in charge of 負責　executives 高層
be fluent in 流利於

135–138 電子郵件

寄件人：莫妮可・阿爾瓦萊茲
<malvarez@jinofoundation.com>
收件人：吉田誠
<myoshida@jinofoundation.com>
日期：12 月 8 日
主旨：一項請求

敬愛的誠先生：

等你有時間的時候，可以請你更新官網上的夥伴頁面嗎？這個週末的餐會上，我們收到多個當地團體的大筆捐款。我們應該把他們列為支持者。另外，我也注意到目前的清單上有個錯誤，想要請你更正。頂點工業被列為黃金夥伴，但它的捐款只有銀色等級。當你加入新夥伴時，可以檢查一下所有團體的捐款級別嗎？感謝你，午餐時見。

莫妮可

字彙 update 更新　receive donations 收到捐款
banquet 餐會　current listings 現在的清單
correct 更正　donor 捐贈者

135. 詞類變化－動詞的時態（簡單式） ★☆☆

(A) will receive 將收到（未來式）
(B) are received 被收到（現在式被動語態）
(C) received 已收到（過去式、過去分詞）
(D) receives 收到（動詞〔第三人稱單數〕）

解析 本題為詞類變化題，選項列出一個單字的各種變化。空格位在主詞和受詞之間，應填入動詞較為適當。空格後方連接受詞，因此請優先刪去被動語態 (B)，從其他主動語態選項中選出答案。根據空格後方內容，應為活動舉行後收到捐款，因此選擇過去式 (C) 最為適當。

新 **136. 插入符合前後文意的句子** ★★☆

(A) 以下是我們目前的國外分公司清單。
(B) 就讀取速度而言，我們官網設計得不好。
(C) 我們應該把他們列為支持者。
(D) 我們打算取消捐款級別。

解析 前方句子為「We received large donations from several local groups at the banquet this weekend.」，提到收到一些地方團體的高額捐款，因此後方連接 (C) 的內容較為適當。

字彙 poorly 不足地；拙劣地　eliminate 消除

137. 文法－連接副詞 ★★☆

(A) In addition 另外（連接副詞）
(B) Because 因為（表原因的從屬連接詞）
(C) Therefore 因為（連接副詞）
(D) As a result 結果（連接副詞）

解析 本題為文法題，選項列出連接詞和連接副詞。空格位在句首，後方加上逗點，應填入副詞較為適當，因此請優先刪去連接詞 (B)。另外，(C) 和 (D) 互為同義詞，因此不適合作為答案。根據題意，答案選擇 (A) 最為適當，意思為「另外、此外」。

字彙 in addition 另外　as a result 結果

138. 詞彙－副詞 ★★☆

(A) partially 部分地
(B) sharply 突然地
(C) only 只；僅
(D) briefly 簡短地

解析 本題要選出適當的副詞，用來修飾其後方的動詞。空格所在的句子為「Capstone Industries was listed as a Gold partner but has _______ donated at the Silver level.」，根據文意，填入

(C) 最為適當。(A) 通常會搭配 melt 或 responsible 一起使用；(B) 通常會搭配表示增加或減少的單字一起使用。

字彙 partially 部分地 sharply 突然地
briefly 簡短地

139–142 信件

3 月 21 日

敬愛的宋森女士：

感謝您選用自動繳款的方式來支付您的抵押借款。從 4 月 17 日開始，每個月 1932 美元的費用，將會從您尾數為 8714 的帳戶進行扣款。如欲取消或更改這項服務，請上網填寫表單。表單可以在您線上帳戶「表單」的頁籤上找到。任何異動需要四到六個星期才會生效。直到它們生效前，我們將會持續自動取款。如果您有任何問題，歡迎致電 1-800-347-4978 給我們，以完成您的帳號設置。

約西亞・芬代爾 敬上
客戶管理專員

字彙 automatic payment option 自動繳款的選項
mortgage 抵押借款
monthly payment 以月計費
be deducted from 從……扣除
account ending in 8714 尾數為 8714 的帳戶
modify 調整 fill out 填寫
take effect 生效 implement 履行；實施
withdraw 提取 account number 帳號

139. 文法—符合題意的介系詞 ★★☆

(A) Begin 開始（動詞〔第一、第二人稱；複數〕）
(B) Began 開始了（過去式）
(C) Beginning 開始
（現在分詞、動名詞、介系詞）
(D) To begin to 去開始做（不定詞 to V）

解析 本題為詞類變化題，選項列出一個單字的各種變化。空格位在日期 April 17 前方，應填入分詞較為適當，用於扮演介系詞的角色。(C) beginning 可以放在日期的前方，等同於 from 的概念。

新 140. 插入符合前後文意的句子 ★★☆

(A) 任何異動需要四到六個星期才會生效。
(B) 當您寄出款項後，請容許兩週的處理時間。
(C) 我們提供給使用者許多網路服務。
(D) 顧客不會對我們的價位進行個別評價。

解析 空格前方提到取消或更改抵押貸款自動扣款服務的方式；空格後方則提到生效之前的狀況，因此空格中填入 (A) 最為適當。

陷阱分析：請特別留意，雖然此段內容與自動扣款有關，但是並未提及已經寄出款項，因此請勿選成 (B) 作為答案。

字彙 numerous 許多的 evaluate 對……評價
in isolation 個別地

141. 詞彙—副詞 ★★☆

(A) immediately 馬上
(B) carefully 仔細地
(C) automatically 自動地
(D) merely 僅僅

解析 空格前方包含主詞和動詞，為結構完整的句子，因此空格中要填入適當的副詞。空格所在的句子為「Until they are implemented, we will continue to withdraw your payment _______.」，表示若未成功取消或更改自動扣款，將會維持原狀，因此答案為 (C)。

字彙 immediately 馬上 carefully 仔細地
automatically 自動地 merely 只是；僅僅

142. 文法—對等連接詞 ★★☆

(A) before 在……之前（表時間的從屬連接詞、介系詞）
(B) and 且（對等連接詞）
(C) yet 就算（對等連接詞）
(D) so 所以（對等連接詞）

解析 本題為文法題，選項列出連接詞和介系詞。空格後方並未出現主詞，因此請從對等連接詞 (B) 和 (C) 中選出答案。根據文意，應填入對等連接詞 and，表達「打電話至 1-800-347-4978，以完成您的帳號設置」較為適當，因此答案為 (B)。

陷阱分析：(A) 若後方省略主詞，動詞要加上 V-ing；(D) 後方要連接結構完整的句子。

143–146 通知

寄件人：大眾管理
收件人：全體員工
日期：10 月 16 日
主旨：國際擴展

一家成功的新行銷公司——猛擊豪斯行銷宣布，明年將擴展國際業務。根據公司一位代表今天早上表示，這間公司計畫今年底前要在歐洲、拉丁美洲和亞洲開設分公司。為了撐起新分公司，猛擊豪斯正要啟動大規模的招聘活動。公司希望每一個新辦公室的員工裡，有八成是當地的新人，另外兩成則從母公司轉任。公司將從下個月開始招聘。應徵者需要至少三年相關領域的經驗，能夠流利地說英文和當地語言，並且需提交豐富有創意的作品集。在找人的過程中，猛擊豪斯預計將會非常挑剔。

字彙 expand internationally 向國際擴展
open branches 開設分公司
representative 代表
massive hiring campaign 大規模招聘活動
local recruits 當地招聘人員
relocate 轉任　candidate 應徵者
be required to V 被要求做到……
local language 當地語言　extensive 豐富的
selective 有選擇的；嚴格篩選的
hiring process 招聘過程

143. 詞彙—副詞 ★☆☆

(A) locally 當地地
(B) internationally 國際地
(C) nationally 全國地
(D) partly 部分地

解析 本題為副詞詞彙題。空格所在句子後方為「The company plans to open branches in Europe, Latin America, and Asia by the end of the year, a representative reported this morning.」，當中提到 Europe, Latin America, and Asia，由這些單字可以推測出要在國外設立分公司，因此填入 (B) 最為適當。

144. 詞類變化—名詞的位置 ★★☆

(A) recruited 被招募的（過去式、過去分詞）
(B) recruits 新人（動詞〔第三人稱單數〕、名詞）
(C) recruiters 招募人員（名詞）
(D) to recruit 去招募（不定詞 to V）

解析 本題為詞類變化題，選項列出一個單字的各種變化。空格要填入與 20% employees 為對等關係的單字，因此答案為 (B)，意思為「雇用人員」。在此補充，recruiter 的意思為負責招募員工或新兵的人，請務必分清楚兩者的意思。

字彙 recruit 新人　recruiter 招募人員

新 **145. 插入符合前後文意的句子** ★★☆

(A) 我們的新行銷計畫將作為一個有價值的工具使用。
(B) 公司將從下個月開始招聘。
(C) 所有的現任員工都將保證升遷。
(D) 我們的公司總部將於明年遷往亞洲。

解析 前方句子提到僱用的比例，後方則提到應徵資格。因此空格應填入 (B) 提及招聘時間較為適當。

146. 副詞 ★★☆

(A) too much 太多（副詞片語）
(B) fairly 相當地（副詞）
(C) no later than 不晚於（副詞片語）
(D) at least 至少（副詞片語）

解析 本題為文法題，選項列出副詞和副詞片語。空格所在的句子為「Candidates are required to have _______ three years of experience in the field.」，提到應徵者需要有三年的相關經驗。而空格位在數字前方，填入 (D) 較為適當，表示「至少」。

字彙 fairly 相當地　no later than 不晚於

PART 7 P. 406

147–148 電子郵件

寄件人：客服
<csm@techwire.com>
收件人：史帝夫．蘭卡斯特
<slancaster@hmail.com>
主旨：回覆《供貨有誤》
日期：6 月 3 日

敬愛的貴客：

感謝您和我們聯繫有關您在我們官網上所下的訂單。我們已記錄您的問題，等到評估以後，將於下個工作天以前給您答覆。這封信為自動回覆。請不要回覆這則訊息。

如欲日後查詢，148 請保留您的參考代碼：4615 82579。

客服中心 敬上
科技線電腦

字彙 place an order 下訂單　inquiry 疑問；問題
on record 記錄下來　evaluate 評估
respond to 向⋯⋯答覆
business day 工作天
automated response 自動回覆
for future reference 日後查詢
retain 保留　reference number 參考代碼

147. 掌握主旨 ★☆☆

為什麼會寄出這封電子郵件？
(A) 解釋退款流程
(B) 通知對方到貨日期
(C) 推銷網路服務
(D) 確認收到寄出的訊息

解析 第一段文章中，通常會提及主旨的內容。第一句話表示收到對方在網站上提問的內容，因此答案為 (D)。

字彙 refund procedure 退款流程
inform A of B 通知 A 有關 B 事
acknowledge 確認收悉；告知收到

148. 要求或建議 ★☆☆

蘭卡斯特先生被要求做什麼？
(A) 記下代碼
(B) 回覆電子郵件
(C) 下訂追加的產品
(D) 聯絡客服專線

解析 文章的最後，通常會使用「Please . . . / Would you . . . ? / Could you . . . ?」表達要求或建議對方的內容。本篇文章最後寫道：「Please do not respond to this message.」與「please retain your reference number: 4615 82579」，提到要求對方做的事情，因此答案為 (A)。

字彙 supplementary 增補的；追加的

149–150 內部通知

內部通知

收件人：週末人員
寄件人：人資部門
日期：6 月 22 日
主旨：7 月 4 日的計畫

今年 7 月 4 日的獨立日落在星期六。我們所收到的休假需求，在那一天的數量創下了新高。150 一般來說，每一天計畫的人員配置中，可排休的限制為 20%，但我們在這個特定日子收到了 42% 的人員的需求，且隔天也有 35%。

149 我們了解想和朋友家人共度國定假日的想法，所以剛剛獲准做出特例：7 月 4 號星期六當天所有的部門都休息。如果您當天已安排工作，將被要求在下週補班八個小時。請照此和你們的部門經理討論排班。您可以四天各多做兩小時或是兩天各多做四小時。至於星期天，照我們平常的規定，只有前 20% 提出需求的人會准假。

感謝您的協助和對這件事的理解，祝獨立日愉快！

字彙 Independence Day 獨立日
fall on a Saturday 落在星期六
a record amount of 創紀錄的數量
time-off request 休假需求
planned staffing 計畫人員配置
particular day 特定日子

desire to V 想要做……的欲望
national holiday 國定假日
receive approval to V 獲准去做
make an exception 做出特例
be scheduled to V 被安排做
make up the 8 hours 補班八小時
accordingly 相應地
have their requests granted 請求獲得同意
per our usual policy 照我們平常的規定
assistance 協助　understanding 理解

149. 掌握主旨 ★★☆

這則內部通知中提供了什麼資訊？
(A) 辦公室規定的暫時變動
(B) 在即將到來的假日辦派對的細節
(C) 排休的程序
(D) 針對特定員工的排班做永久性的變更

解析 第二段第一句話寫道：「We understand the desire to spend this national holiday with your friends and family and have received approval to make an exception: All departments will be closed on Saturday, July 4.」，提到理解大家想和家人或朋友一起度過假期的心情，因此破例休假一天，因此答案為 (A)。

字彙 temporary 暫時的　upcoming 即將來臨的
permanent 永久性的

150. 掌握相關細節 ★☆☆

計畫的人員配置中有 35% 的人排休，是在哪一天？
(A) 7 月 22 日
(B) 7 月 4 日
(C) 7 月 5 日
(D) 7 月 6 日

解析 第一段第二句後方寫道：「Usually, the limit is 20% of . . . , and 35% of the planned staffing for the following day.」，提到申請於 7 月 4 日獨立紀念日隔天休假的人有 35%，因此答案為 (C)。

新 151-152 簡訊

克莉絲堤 · 波伊斯 下午 1:20	妳在哪裡？妳可能會趕不上電影。妳今天早上才承諾說不會遲到的。
瓊安 · 沃夫 下午 1:25	151, 152 我在附近了，但我不確定妳家在哪。我在便利商店前的橡樹道，不過，從這裡我就不知道要怎麼走了。
克莉絲堤 · 波伊斯 下午 1:27	152 我要過去了。會花我五分鐘。停在那裡等我找到妳。

字彙 be late for 去……遲到
locate 確定……的地點（或範圍）
take me 5 minutes 花我五分鐘

151. 是非題 ★★☆

關於沃夫女士，文中暗示了什麼？
(A) 她將趕不上電影。
(B) 她之前從沒去過波伊斯女士的家。
(C) 她不知道自己在哪裡。
(D) 她五分鐘後會到波伊斯女士的家。

解析 下午 1 點 25 分的訊息中，Joanne Wolf 寫道：「I can't locate your house. I am on Oak Drive in front of the convenience store, but I don't know where to go from here.」，提到現在所在位置（Oak Drive），但不知道如何到對方的家，由此段話可以得知答案為 (B)。(A) 文中並未說明；(C) 的敘述有誤，Ms. Boils 提到從家裡到 Ms. Wolf 所在位置要花五分鐘。同時由此段話可以得知 Ms. Wolf 無法於五分鐘內到達 Ms. Boils 的家，因此 (D) 的內容也不正確。

新 152. 掌握意圖 ★☆☆

下午 1:27 時，當波伊斯女士寫道「我要過去了」，最有可能是什麼意思？
(A) 她會自己去看電影。
(B) 她正要回家。
(C) 她正要去橡樹道上的便利商店。
(D) 她不會再去看電影了。

解析 Joanne Wolf 寫道：「I am on Oak Drive in front of the convenience store, but I don't know where to go from here.」，當中提到她現在在便利商店前的 Oak Drive。Ms. Boils 回覆她：「I'm coming.」，表示她要去對方那邊找她，因此答案要選 (C)。

153–155 文章

美奈坊——當地的沿海城鎮美奈坊對於「旅遊你的路」這家很受歡迎的新旅遊網站有所不滿。153 在該網站上，美奈坊沒有得到自己的區塊；反而是和沿著公路 20 公里外的藩切市併在一起。結果美奈坊的飯店和景點都被列在距離市中心至少 20 公里遠的位置。

坊議會和商業委員會寫了一份正式請願書要求網站進行變更。「第一次來的遊客要找住宿時，不會想要住在感覺上在鎮外很遠的地方。」商委會委員長施黄評論道，154(B)「回頭客做功課時，會針對美奈坊去搜尋而不是藩切市。如果他們找不到，可能就會選擇其他目的地。」

155 旅遊業佔美奈坊 60% 的經濟活動，但在藩切市只有 15%。美奈坊是很受俄羅斯遊客歡迎的地點，現在也吸引到更多的越南本地和西方遊客。154(A) 該城鎮特別擔心再兩個月旺季就要開始了，遊客很可能已經在找資訊了。請願書裡頭寫道：「至關重要的是，這個錯誤要能夠馬上改正。」

154(D) 錯過一個旺季，當地的一些小型商家可能就會被迫關門。「旅遊你的路」被要求做出回應時並沒有給予答覆。該網站三個月前初次亮相，現在已是旅遊網站的一大領導品牌。

字彙 anger 使發怒　coastal town 沿海城鎮
its own section 自己的區塊
instead 反倒是
20 kilometers down a highway
沿著公路 20 公里　attraction 景點
town council 鎮議會
business committee 商業委員會
formal petition 正式請願書
accommodation 住宿
far outside town 在鎮外很遠
repeat visitor 回頭客
do research 做功課；研究
another destination 其他的目的地
tourism 觀光業　make up 組成
start in two months 在兩個月內開始
It is vital that 至關重要的是
high season 旺季
respond to requests 回應請求
debut 初次亮相

153. 掌握相關細節 ★☆☆

什麼事情讓美奈坊的商家生氣？

(A) 飯店收到低分評價。
(B) 他們被全國商業部門排除在外。
(C) 當地觀光急遽減少。
(D) 他們的觀光地沒有在網站上得到精確的呈現。

解析 第一段第二句話寫道：「On the Web site, Mui Ne is not given its own section; instead, it is grouped with the city Phan Thiet, over 20 kilometers down a highway.」，提到旅遊網站並未將 Mui Ne 獨立出一個頁面，而是跟距離遙遠的 Phan Thiet 劃分在同一個區域，導致 Mui Ne 當地的業者相當氣憤，與 (D) 的敘述相符。

字彙 exclude 排除　dramatically 戲劇性地
accurate 準確的　coverage 報導

154. 掌握相關細節 ★★★

下列何者並非美奈坊商家所在意的事？

(A) 旺季要來了。
(B) 遊客沒辦法搜尋到美奈坊。
(C) 很多商家完全沒有被列在清單上。
(D) 有些商家沒辦法撐過一季的損失。

解析 (A) 出現在第三段：「The town is especially worried as the busiest season of the year starts in two months.」當中；(B) 出現在第二段：「When repeat visitors are doing research, they are going to search for Mui Ne, not Phan Thiet. If they don't find it, they may choose another destination.」當中；(D) 出現在最後一段：「Missing one high season may force some of the small businesses in the area to close.」當中。而文中並未提及 (C) 的內容，故為正確答案。

新 **155. 推測空格句** ★★☆

下列句子最適合出現在 [1]、[2]、[3]、[4] 的哪個位置？

「旅遊業佔美奈坊 60% 的經濟活動，但在藩切市只有 15%。」

(A) [1]　(B) [2]
(C) [3]　(D) [4]

解析 題目列出的句子提到觀光業在 Mui Ne 地區和 Phan Thiet 地區所占的比例。第三段針對 Mui Ne 地區觀光日益興盛詳細說明，因此指定句填入 (C) 當中最為適當。

156–157 優惠券

156 優惠券列印日期：8 月 1 日

路易的義大利餐廳

三菜午餐特惠 — 157(D) 7.95 美元（原價 12.95 美元）

157(A) 由您自選的沙拉或每日湯品開始。156(B), (C) 接著在雞肉奶油乳酪醬拌義式寬麵、千層麵或帕瑪森焗烤雞肉之中選出一道主食。最後由我們著名的提拉米蘇來為這次用餐體驗完美收場。

晚餐特惠－路易主廚的品味菜單 44.95 美元（原價 64.95 美元）

如果您決定不了點什麼菜，這將是一個好選擇！一次享受路易主廚菜單上的 20 樣菜。每晚菜色都會變動，因此如欲知細節，請向服務人員詢問！

156 優惠到期日：9 月 1 日

請在點餐時向侍者出示優待券正本。每桌每日限用一張優待券或折扣。

字彙 start off with 由……開始
choice of salad 自選沙拉
finish off 使完結；完成；吃完
change nightly 每晚變動
for details 欲知細節　expire 過期 (= end)
original copy 正本
per table, per day 每桌每日

156. 是非題 ★★☆

關於這張優惠券，文中提到什麼？
(A) 它只可以在西雅圖店使用。
(B) 所有的折扣都需要最低消費。
(C) 它只有一個月的效期。
(D) 它只有兩人一起來用餐才可以用。

解析 由上方的 Print Date: August 1 和下方的「Coupon expires September 1」，可以得知有效期限為一個月，因此答案為 (C)。文中並未提及 (A) 和 (B) 的內容；在「Only one coupon or discount permitted per table, per day.」中，提到一桌可以使用一張，因此 (D) 的敘述有誤。

157. 是非題 ★★☆

關於午餐特惠，以下何者為非？
(A) 不包括開胃菜。
(B) 它有三款菜色。
(C) 允許顧客選菜。
(D) 目前可以用折扣的價格點餐。

解析 由「Start off with your choice of salad or one of our daily soup options.」可以得知 (A) 為錯誤的敘述，故為正確答案。(B) 和 (C) 出現在「Then, choose between chicken fettuccini alfredo, lasagna, or chicken parmesan for your main course.」當中；從 $7.95 (regularly $12.95) 可以確認 (D) 為正確敘述。

158–160 信件

凱西的典藏傢俱

摩根・安德森
99243 維吉尼亞州 夏洛特維爾
榆樹街 3342 號

9 月 3 日

敬愛的安德森女士：

感謝您上週末蒞臨我們的展示廳參觀。158, 160(A), (C) 我很享受陪著您和您先生一起尋找適合的新家傢俱。158, 160(D) 根據我的筆記，您對以下幾件物品感興趣：

— 159(C) 克萊恩系列皮革組合沙發 - 3,200 美元（我知道您關心它的尺寸，所以我把尺寸附在這封信上供您參考。）

— 159(B) 薩伏依系列的核桃木視聽櫃 - 5,600 美元（尺寸也附件給您了。）

— 霍華德精選組核桃木咖啡桌附隱藏收納 - 550 美元

我曾向您提到，我們目前正在進行促銷，只要您買了這些商品就符合促銷資格。消費滿 9,000 美元的顧客，我們將提供九個月零利率的借貸。

如果需要我提供更詳細資訊的給您，以協助您決定是否購買，請讓我知道。159(A) 我的聯絡方式都可以在隨信附上的名片中找到。

麥克・伊凡斯 敬上
凱西的典藏傢俱 銷售專員

字彙 showroom 展示廳　enjoy V-ing 享受做某事
suitable for 適合於　according to 根據
express interest in 表示興趣
leather sectional sofa 皮革組合沙發
be concerned about 對……表示關心
dimensions 尺寸
attach A to B 把 A 附在 B 上
for your reference 供您參考
hidden storage 隱藏收納
as I mentioned 誠如我所提過的
run a promotion 進行促銷
should you purchase 如果您購買的話
qualify 符合資格
spend a minimum of 花費至少；消費滿
9 months of 0% interest financing 九個月零利率的借貸
further information 更詳細的資訊
purchase decision-making 購買的決定
business card 名片

158. 掌握主旨 ★★☆

這封信的主旨為何？
(A) 詢問聯絡方式
(B) 提供收據
(C) 給予傢俱建議
(D) 追蹤一名顧客

解析 前半段文章中寫道：「I enjoyed working with you and your husband to help you find furniture suitable for your new home. According to my notes, you expressed interest in the following items:」，提到前幾天發生的事情。接著針對現況描述，因此答案要選 (D)。

陷阱分析：請特別留意，目前處於尚未購買的狀態，因此請勿選成 (B) 作為答案。

159. 掌握相關細節 ★★☆

何者沒有被附在信中？
(A) 伊凡斯先生的電話號碼
(B) 電視櫃的尺寸
(C) 沙發的尺寸
(D) 產品手冊

解析 (A) 出現在「All of my contact information can be found on the attached business card.」當中；(B) 出現在「the Savoy Series Walnut Entertainment Cabinet - $5,600 (These dimensions are also attached.)」當中；(C) 出現在「the Kline Series Leather Sectional sofa - $3,200 (I know you were concerned about the dimensions, so I have attached them to this letter for your reference.)」當中。而文中並未提及有關 (D) 的內容，故為正確答案。

字彙 measurement 尺寸

160. 是非題 ★★☆

關於安德森女士，文中沒有提到什麼？
(A) 她目前已婚。
(B) 她是名銷售專員。
(C) 她最近剛買房。
(D) 她正在為新傢俱比價。

解析 「I enjoyed working with you and your husband to help you find furniture suitable for your new home.」當中提及 (A) 和 (C)；(D) 出現在「According to my notes, you expressed interest in the following items:」當中。(B) 指的是 Evans，因此為錯誤的敘述。

字彙 representative 代表；專員

新 161–164 線上聊天

珊卓・金妮 下午 4:03	161 好的，各位。我們得在下午六點以前上傳企畫。還有什麼沒做的嗎？
威廉・米契爾 下午 4:06	我們只需要為企畫中所用到的所有資料做個索引。
基斯・以薩克 下午 4:20	162 有誰可以彙整所有資料嗎？我已經花了將近兩個小時整理格式。
哈維・莫里德茲 下午 4:22	我來做。163 把所有的資料寄給我吧，我會照字母順序排列。
基斯・以薩克 下午 4:25	好耶。163 我剛剛寄給你了。另外，你們想要我怎麼做封面？
珊卓・金妮 下午 4:26	164 我都好。你之前全都做得很漂亮，所以我相信你。

字彙 make an index 做索引　gather 蒐集
put sth. together 將……整理在一起
format 整理格式
arrange alphabetically 照字母順序排列
awesome 好耶；讚
couldn't care less 對……沒有意見

Actual Test 2 解答&中譯解析 PART 7

161. 要求或建議 ★★☆

金妮女士要求團隊做什麼？

(A) 上傳企畫
(B) 寄給她新增的企畫內容
(C) 在上傳企畫之前將它完成
(D) 寫下一份企畫的計畫書

解析 下午 4 點 03 分的訊息中，Sandra Kinney 寫道：「Okay, guys. We need to upload the project by 6:00 P.M. What's there left to do?」，提到今晚六點以前要上傳企畫案，並詢問還剩下什麼事情要做，因此答案為 (C)。

162. 掌握相關細節 ★★☆

為什麼以薩克先生可以不用做索引？

(A) 他在企畫書上的貢獻良多。
(B) 他沒有足夠的時間來完成它。
(C) 他不知道要怎麼用字母排序去整理。
(D) 他下午 6 點有一場會議要出席。

解析 下午 4 點 20 分的訊息中，Keith Issacs 寫道：「Can somebody gather all the sources and put them together? I spent nearly two hours formatting the project.」，詢問是否有人能把資料統整，提到自己已經花了幾近兩個小時整理格式，因此答案為 (A)。從訊息中無從得知時間足夠與否，因此 (B) 不能作為答案。

163. 掌握相關細節 ★★☆

以薩克先生寄給莫里德茲先生什麼東西？

(A) 最終版企畫書
(B) 企畫書索引
(C) 企畫書封面
(D) 企畫書的資料來源

解析 下午 4 點 22 分的訊息中，Harvey Moritez 寫道：「Send me all your sources, and I will arrange them alphabetically.」，請對方將所有資料來源寄給自己，由他負責按照字母順序統整。接著 Keith Issacs 回答：「I just sent them to you.」，提到已寄出資料來源，因此答案為 (D)。其他選項提到的皆為尚未完成的部分。

新 164. 掌握意圖 ★★★

下午 4:26 分時，當金妮女士寫道「我都好」，最有可能是什麼意思？

(A) 她想要在封面頁上加入特定細節。
(B) 她不在乎這個企畫。
(C) 她想讓以薩克先生隨心所欲去做。
(D) 她認為封面頁上愈少東西愈好。

解析 請勿完全按照字面上的意思解釋題目列出的指定句。指定句後方寫道：「You've made pretty good ones in the past, so I trust you.」，提到 Mr. Isaacs 先前做得很好，暗示這次他也可以按照自己的方式好好處理，因此答案為 (C)。

165–168 文章

腳踏車道工程進行中

金斯頓 166（4 月 16 日）— 165 金斯頓區共 15 條的自行車道中，有 7 條正在進行拓寬和更新作業。這些強化工程至今已經花費 2 百萬美元的地區經費，相當於金斯頓公共工務局所管理的全部設施每年度的維護和保修費用。在下個月整修工程完成前，預計還會有 1 百萬美元的支出，把總支出提高到大約 3 百萬美元左右。

167 不過，這項投資並不會讓市政預算的負擔更加沉重，因為整修工程是由金斯頓公共工務局所資助的。自行車道在近幾年吸引了愈來愈多當地、國內和國際上的單車愛好者。因此，這帶來了收入的穩定成長，像是自行車道的贊助、相關計畫、租車費用和附近禮品店的銷售額與其他來源等。事實上，去年的收益總額高達 150 萬美元。也因此，金斯頓公共工務局成為一個可以主張財務自主的部門，這在全國算是極少數的。

168 目前的建設計畫，是金斯頓公共工務局進行過深度研究後才取得的成果。他們在去年針對市區自行車道的品質和狀況，對 1500 名當地單車愛好者進行研究調查。受測者被要求評估設施是否適用，並提供改進建議。調查結果和工程計畫一併呈交給市議會。金斯頓公共工務局所提出的整修計畫，經過市議會仔細地審議後，才獲准實施。

字彙 district 行政區 expand 拓寬
bike path 腳踏車道 enhancement 強化
be equal to 相當於；等同 maintain 維護
secure 保修 administration 行政管理
restoration work 整修工程
burden the city budget 造成市政預算的負擔
in recent years 近幾年
increasingly 愈來愈多
bike enthusiast 單車愛好者
lead to 導致；帶來
steady growth 穩定成長 income 收入
result from 由……引起；是……的結果
donation 捐款；捐贈 surrounding 鄰近的
consequently 因此
claim 主張；宣稱 financially 財政上的
autonomous 自主的
in-depth study 深度研究
aim at 針對於；以……為目標
respondent 受測者 adequacy 適用程度
careful deliberation 仔細的審議
approve the implementation 通過實施

165. 掌握相關細節 ★★☆

金斯頓公共工務局每年花多少錢來維護其所管理的設施？

(A) 2 百萬美元。
(B) 1 百萬美元
(C) 3 百萬美元
(D) 150 萬美元

解析 本題詢問 KPWD 每年要花費多少費用在維持市區的自行車道上。第一段寫道：「These enhancements have so far cost the district $2 million, which is equal to the amount that the Kingston Public Works Department (KPWD) spends yearly on maintaining and securing all the facilities under its administration.」，由此段話可以得知答案為 (A)。

166. 掌握相關細節 ★★☆

五月預計會發生什麼事？

(A) 將做問卷調查。
(B) 新的腳踏車道會啟用。
(C) 整修將會完成。
(D) 會選出新的市議員。

解析 本題詢問預計於五月發生的事情。撰寫本篇文章的日期為 4 月 16 日，而第一段寫道：「An additional $1 million is expected to be spent before the restoration work is completed next month, bringing the total cost to about $3 million.」，提到預計於下個月完成修復工程，因此五月預計會發生 (C)。另外，從最後一段第一句話的內容，可以得知 (A) 為去年發生的事情。

167. 掌握相關細節 ★★★

金斯頓公共工務局和其他類似部門有何不同之處？

(A) 它提供各式各樣的活動。
(B) 它負責全國最長的自行車道系統的運作。
(C) 它賺錢自給自足。
(D) 它主要由志工組成人員。

解析 本題詢問 KPWD 與其他機構的差異。第二段提到 KPWD 將自行車道和其他相關項目賺得的收入用於修復工程中，最後一句話更表示 KPWD 為財務上獨立，因此答案為 (C)。

陷阱分析：(A) 和其他機構的特性差不多，因此不適合作為答案。

168. 推論題 ★★☆

在現階段的工程開始前，誰最有可能提供過建議？

(A) 金斯頓的居民
(B) 市議會官員
(C) 財金專家
(D) 城市規畫師

解析 本題詢問有關現在進行中的工程，誰可能提供過建議。最後一段寫道：「The current project is the result of an in-depth study carried out early last year . . . As part of the study, a survey was conducted with 1,500 local bike enthusiasts.」，提到有 1500 名的自行車愛好者參與調查，因此答案為 (A)。

169–171 電子郵件

收件人：柏尼斯・法蘭克
寄件人：杰克・雷納
主旨：即將到來的檢查
日期：2 月 10 日

敬愛的法蘭克先生：

作為您申請營業執照的一個環節，我們的檢查員必須針對您的設施進行全面稽查，也得從您的員工中挑出幾位進行面談。171 這幾件事必須在您的申請送交審查小組審核以前落實。

170 您的稽查員將是羅伯特．馬格農。您可以透過 223-4524 這支電話或是寫電子郵件聯絡他，以便安排檢查的時間。他會和您一同確認整個稽查流程，並說明共需和幾名員工、以及哪幾名員工訪談等特殊要求。

169 等到馬格農先生帶著您走完流程，您預計將在 13 個工作天內收到審查小組的回覆。如果您對馬格農先生的任何發現有異議，可以透過 223-4545 這支電話，聯絡我辦公室的莎莉．沃特斯提出申訴需求。

祝好，

杰克．雷納
營業許可證部主席

字彙 as part of 作為……一部分
business license application 營業執照申請
inspector 稽查員
conduct a thorough inspection 執行全面檢查
facility 設施　a selection of 挑選出的一組
take place 落實；發生　application 申請
be submitted to 被提交到
review panel 審查小組　approval 許可
go over 仔細查看
specific requirements 特殊需求
regarding 關於　appeal 提出異議或申訴
findings 發現

169. 掌握主旨 ★★☆

雷納先生為什麼要寫信給法蘭克先生？
(A) 他們是合夥人。
(B) 他們正在計畫一起旅行。
(C) 法蘭克先生提出了申訴。
(D) 法蘭克先生需要知道流程細節。

解析 本題詢問的是本文的主旨。第一段有提到些許線索，但真正的重點在最後一段。當中重複提到 inspector、inspection (process) 等字詞，詳細說明審查的過程，因此答案為 (D)。

字彙 file a complaint 投訴

170. 掌握相關細節 ★★☆

法蘭克先生應該聯繫誰以便安排造訪時間？
(A) 杰克．雷納
(B) 羅伯特．馬格農
(C) 審查小組
(D) 莎莉．沃特斯

解析 第二段寫道：「Your inspector will be Robert Magnum. You can call him at 223-4524 or email him to schedule your inspection.」，提到負責審查的人為 Robert Magnum，因此答案為 (B)。

陷阱分析：請特別留意，最後一句話提到請對方聯絡 Sally Waters，請勿因此選成 (D) 作為答案。

新 171. 推測空格 ★★☆

下列句子最適合出現在 [1]、[2]、[3]、[4] 的哪個位置？
「這幾件事在您的申請送交審查小組審核以前必須落實。」

(A) [1]　(B) [2]
(C) [3]　(D) [4]

解析 指定句中的關鍵字為 these events，指的是第一句話中提及的面談和稽查，因此填入 (A) 最為適當。其他選項的前方並未提及與複數名詞（these events）相對應的單字，因此皆不適合作為答案。

172–175 通知

172 核心健康俱樂部更新會員的時間很快就要到了。請留意下列日期：

4 月 1 日－5 月 1 日 會員更新期間
5 月 15 日 本店按摩療養區盛大開幕
173 5 月 15 日－31 日 向全體核心會員提供免費按摩療養服務
6 月 1 日 核心物理治療區向大眾開放

有關按摩療養區及其所提供服務的更多資訊，可以在我們官網或者櫃檯取得。一旦您的會員資格更新以後，從 4 月 1 日開始即可預約免費服務的時間。174 您的會員資格可以隨時做更新，只要在我們的櫃檯重新簽約即可。如果您不想更新會員資格，請確保在 5 月 1 日以前清空置物櫃中所有個人物品。

175 遺留的物品將被丟棄。如果您有任何疑問或擔憂，可以透過 336-2225 和我們聯絡。

字彙 membership renewal period 會員更新期間
quickly approaching 很快就要到了
keep in mind 留意；記住
massage therapy unit 按摩療養區
complimentary 贈送的
physical therapy 物理治療
general public 大眾 regarding 有關
appointment for 為……預約
at any time 任何時候 ensure 確保
belongings 個人物品
be removed from 從……移走
those items (that are) left behind 那些被遺留的物品
dispose 丟棄

172. 掌握閱讀本文的對象 ★☆☆

這份公告最可能是寫給誰看的？
(A) 目前的會員
(B) 潛在會員
(C) 核心員工
(D) 物理治療師

解析 第一句話寫道：「CORE Health Club's membership renewal period is quickly approaching.」，表示告知需要續約的會員，因此答案為 (A)。

173. 掌握相關細節 ★☆☆

會員什麼時候可以開始接受贈送的服務？
(A) 4 月 1 日
(B) 5 月 1 日
(C) 5 月 15 日
(D) 6 月 1 日

解析 由「May 15 – 31, Complimentary massage therapy services to all CORE members.」，提到 5 月 15 日開始提供免費按摩療養服務，因此答案為 (C)。

174. 掌握相關細節 ★☆☆

會員資格要如何更新？
(A) 親自面議
(B) 打電話
(C) 透過網站
(D) 用信用卡

解析 本題詢問會員續約的方式。最後一段寫道：「Your membership may be renewed at any time by re-signing your contract at our front desk.」，提到只要到服務櫃檯重新簽約，就能更新會員資格，因此答案為 (A)。

175. 掌握相關細節 ★☆☆

沒有更新資格的會員如果留下個人物品，會發生什麼事？
(A) 它們會被寄還給所有人。
(B) 它們將被丟掉。
(C) 將徵收清潔費。
(D) 它們將被賣掉。

解析 後半段文章中寫道：「Those items left behind will be disposed.」，提到若會員未續約，要在 5 月 1 日前整理好個人物品，否則會直接清理掉，因此答案為 (B)。

字彙 throw away 丟掉 charge 罰錢；索費

176–180 內部通知及電子郵件

收件人：全體部門主管
寄件人：訓練聯絡處 諾爾瑪．羅杰斯
主旨：錯過的線上訓練

敬愛的各位部門主管：

176 您是否錯過 2 月 28 日的線上訓練了呢？不要沮喪！您可以在 3 月 17 日以前的任何時間，收看片庫區的線上訓練課程。179 在這之後的話，您就需要和我們的副理約談或以電子郵件聯繫。

您可以在我們的片庫區收看和收聽簡報、閱讀參與者的問題和討論，並取得相關的資源文件。我們的歸檔技術使您可以搜尋簡報的特定段落或隨時暫停。這樣觀賞簡報，不論是自己還是團體收看，都是很棒的方式。

片庫在線上會議後隔天即可取用。您需要在連載中的訓練網站上進行註冊，以便接獲更新通知並取得片庫使用說明。請使用代碼 VLDWB2。

期待很快就能看到您！

諾爾瑪．羅杰斯

訓練聯絡處
哈爾梅特工業
電話：(303) 424-8173
傳真：(303) 424-0466
norma@harmett.com

字彙 despair 沮喪　view 觀看
archived online 線上片庫
training sessions 訓練課程　archive 片庫
enable A to B 讓 A 有能力做 B
presentation 簡報　access 使用；取得
accompanying resource materials 相關資源文件
allow A to B 允許 A 做 B
navigate to 搜尋到
specific part 特定段落
pause 暫停　register via 透過……註冊
notification 通知　instructions 指示；說明
look forward to 期待

179 收件人：瑪麗．凡德斯 <mvan@harmett.com>
寄件人：阿曼達．克朗克 <acrank@harmett.com>
日期：3 月 18 日
主旨：錯過的機會

敬愛的瑪麗：

我之前都在放產假。我回來後看了幾百封郵件，無意間發現這封和 2 月 28 日所舉行的線上訓練有關的郵件。根據郵件所述，我剛好錯過了線上補課的機會。有沒有其他方式可以讓我取得訓練課程呢？特別是考量到我的特殊情況。

180 另外，您能否告訴我，在我缺席的時間內，我是否有錯過其他必需的訓練課程呢？

感謝您在這些事情上的協助！

阿曼達．克朗克 敬上

字彙 maternity leave 產假；育嬰假
hundreds of 數以百計的
come across 偶然碰見　regarding 關乎於
miss the opportunity 錯過了機會
make up 補足
gain access to 取得……的使用權
in consideration of 考量
unique circumstances 獨特的情況
required 需要的
during my absence 在我缺席的期間

176. 掌握主旨 ★☆☆
這份內部通知的主旨為何？
(A) 某些員工不夠稱職。
(B) 某些員工沒有得到一種教育經歷。
(C) 某些員工正在不當地處理業務。
(D) 某些員工正受到查核。

解析 本題詢問第一篇文章的主旨。前兩句寫道：「Did you miss the online training on February 28? Don't despair! You can view the archived online training sessions at any time before March 17.」，表示再次提供申請線上培訓的機會。後方內容提到 archive，進行詳細說明，因此答案為 (B)。

字彙 underqualified 不能勝任的；資格不夠的
improperly 不恰當地
be under review 被查核、複查或重新考慮中

177. 是非題 ★★☆
關於所提到的線上研討會，下列何者為真？
(A) 它可以在線上檔案夾內找到。
(B) 副本會經由公司內部信箱寄出。
(C) 將在會議室補辦一場簡報。
(D) 它可以在線上資料庫中取用。

解析 第一篇文章的第三段寫道：「Archives are available one day after the live online meeting. You must register via the Continued Training Website to receive notification about and instructions for the archive. Use code VLDWB2.」，提到線上直播會議於一天後會保存到資料庫，且務必要用特定代碼（VLDWB2）註冊，才能收到線上會議的相關通知或指示，因此答案為 (D)。

字彙 webinar 線上研討會

178. 掌握同義詞 ★★☆
在電子郵件中，第一段、第五行的「circumstances」與下列哪個字意思最接近？
(A) 期待
(B) 資格
(C) 情況
(D) 活動

解析 題目中列出的單字出現在「Is there any way I can gain access to that training, especially in consideration of my unique circumstances?」，詢問可否視她的特殊情況，告知她取得權限的方式。circumstances 為複數名詞，作為可數名詞使用時，意思為「情況」，可以替換成 (C)，故為正確答案。

179. 推論題—整合題 ★★☆

關於凡德斯女士，文中提到什麼？
(A) 她曾因為產假不在。
(B) 她聽命於克朗克女士。
(C) 她是片庫的創造者。
(D) 她是公司的副理。

解析 本題要整合第一和第二篇文章的內容，才能順利解題。Vanders 女士為第二篇文章電子郵件的收件人，而當中寄件人提到她錯過 3 月 17 日以前能使用資料庫的時間。而第一篇文章中寫道：「After the date, you need to personally meet or e-mail our assistant manager.」，由此可以得知答案為 (D)。(A) 指的是第二篇文章，電子郵件的寄件人 Amanda Crank。文中無從得知 (B) 和 (C)。

180. 要求或建議 ★☆☆

克朗克女士要求了什麼資訊？
(A) 其他的教育課程
(B) 這個情況的聯絡窗口
(C) 她二月的付款資訊
(D) 有關產假的政策

解析 本題詢問第二篇文章中提及的要求事項。電子郵件第二段寫道：「In addition, could you please let me know if there are any other required training sessions I may have missed during my absence?」，由此段話可以得知 Amanda Crank 請對方提供其他培訓課程的資訊，因此答案為 (A)。

181–185 網頁及電子郵件

http://www.flavorsoffernygrove.com/advertising

首頁	聯絡我們	下訂單	顧客評論

181《蕨森林品味》是一家獲獎肯定的線上雜誌，有數以千計的追蹤者，提供訪客有關蕨森林地區外食及晚餐、可靠且詳細的資訊。我們官網提供下述四種模式的廣告形式。

模式一	模式二
182 橫跨我們頁面上方的橫幅，馬上就可以被讀者看到。無法加入音檔或照片。	穿插在特寫文章中的小型廣告。文案可結合音檔和一張照片。

模式三	模式四
在特寫文章旁邊的直幅。無法加入音檔或照片。	183 這是最大的一種模式，半頁廣告可以結合多張照片、各類音檔和文案。

181 如欲購買廣告，請透過 wong@flavorsoffernygrove.com 聯繫劉黃。

字彙 award-winning 獲獎肯定的
thousands of followers 數以千計的追蹤者
provide A with B 提供 B 給 A
dependable 可信賴的 detailed 詳細的
horizontal banner 橫幅
pass over the top of 橫跨……上方
be inserted into 被穿插在……
featured article 特寫文章
be combined with 和……結合
vertical banner 直幅
along the edges 沿著邊緣
multiple 複合的；多樣的 (= many)

寄件人：路易斯・米格
[luis@spanolbistro.com]
收件人：劉黃
[wong@flavorsoffernygrove.com]
主旨：為斯巴諾餐酒館下廣告
日期：8 月 2 日

敬愛的劉先生：

我寫這封電子郵件，是想詢問在《蕨森林品味》的網站上再增加一個廣告。183, 184 按照先前的方式，我想要用半版模式的廣告。請使用之前所提供的音檔和文案，但這次我還會提供您三張餐酒館最近整修完的新照片。至於細節和版面，我會讓您和貴團隊來決定最好的方式，讓廣告效益最大化。185 請讓我知道提供照片時所需要的尺寸大小。

路易斯・米格 敬上
斯巴諾餐酒館店長

字彙 inquire about 詢問
as previously 一如先前
newly refurbished bistro 剛整修的餐酒館
determine 決定 maximize 使最大化
size requirements 尺寸需求

181. 掌握相關細節 ★☆☆

劉先生在哪裡工作？

(A) 餐廳食材供應商

(B) 廣告公司

(C) 餐廳

(D) 出版社

解析 本題詢問 Lau 先生工作的地點。第一篇文章第一句寫道：「An awardwinning online magazine with thousands of followers, Flavors of Ferny Grove provides visitors with dependable and detailed information about going out for food and dining in the Ferny Grove area.」，提到線上雜誌。以及最後一句話寫道：「To purchase advertising, contact Wong Lau at wong@flavorsoffernygrove.com.」，由此話可以得知 Wong Lau 在線上雜誌社工作，因此答案為 (D)。

182. 掌握相關細節 ★☆☆

關於模式一，文中提到什麼？

(A) 它的價格合理。

(B) 它非常明顯。

(C) 它可以加入最大的圖片。

(D) 它可以和音檔結合。

解析 本題詢問符合 Pattern 1 的內容。Pattern 1 中寫道：「This horizontal banner passes over the top of our pages and is immediately viewed by readers.」，強調讀者一眼就能看見，因此答案為 (B)。

字彙 noticeable 顯而易見的

183. 推論題—整合題 ★☆☆

米格先生最可能對哪個模式感興趣？

(A) 模式一

(B) 模式二

(C) 模式三

(D) 模式四

解析 本題詢問 Miguel 最感興趣的樣式，必須整合第一和第二篇文章的內容，才能順利解題。第二篇文章中寫道：「As I did previously, I would like to use a half-page pattern advertisement. Please use the same audio file and text as previously supplied, but this time I will provide you with three new photographs of my newly refurbished bistro.」，提到他想要半個版面的廣告，並使用之前提供的音檔和文案。確認第一篇文章後，可以發現符合 Pattern 4 的「Our largest pattern, this half-page advertisement can combine multiple photographs and audio files with text.」，因此答案為 (D)。

184. 推論題 ★★☆

關於斯巴諾餐酒館，文中提到什麼？

(A) 它正在由知名設計師重新設計。

(B) 它最近得獎。

(C) 它之前使用過《蕨森林品味》來打廣告。

(D) 它等到整修完成以後將提供折扣。

解析 第二篇文章中提到餐酒館店名 Spanol Bistro，曾於線上雜誌社「Flavors of Ferny Grove」刊登廣告。文中寫道：「As I did previously, I would like to use a half-page pattern advertisement.」，由「As I did previously（按照先前的方式）」，可以推測出此家餐酒館先前曾在線上雜誌刊登過廣告，因此答案為 (C)。

185. 要求或建議 ★☆☆

關於照片，問了什麼問題？

(A) 它們應該要多大

(B) 它們要寄給誰

(C) 可以用幾張

(D) 放大它們要花多少錢

解析 文章的最後，通常會使用「Please . . . / Would you . . . ? / Could you . . . ?」表達要求或建議對方的內容。第二篇文章最後寫道：「Please let me know about the size requirements for submitting images.」，請對方告知照片的大小，因此答案為 (A)。

新 186–190 文章、表單及網頁

金屬加工自動化協會（MAA）

會議安排細項

190(A) 金屬加工自動化協會（MAA）的年度會議安排在 10 月 16 日至 10 月 18 日，於溫尼伯舉行。如同去年一樣，由位於溫尼伯商圈的太陽公司會議中心主辦。MAA 的主席拉斐爾．西維恩表示，由於地點和附屬設施都很方便，這是舉辦今年會議最棒的場館。186 西維恩接著稱讚：「高科技的會議中心，再加上知識淵博且高度訓練的工作人員」。

會議重點將著重在「自動化微技術在科技原型上的應用」。今日金英企業的執行長符拉季米爾．馬柯夫，將會在 10 月 16 日發表主題演講。三天的活動期間內將會舉行 20 場簡報。

如欲登記參加會議，請上 MAA 的官網（www.maa.com/conference）。187 參加會議的費用如下：MAA 會員 200 美元、非會員 250 美元。189 欲知折扣資訊，建議學生和校方聯繫。MAA 和多間大學、藝術學校和技術學院都維繫著財務合作的協議。188 在我們的官網上也可以訂飯店。有五間鄰近飯店，不同的價格區間和星級可供選擇。MAA 將於合作飯店和會議中心之間提供免費接駁服務。

字彙 as it was last year 和去年一樣
be hosted by 由……主辦
business quarter 商圈　amenities 設施
the best venue 最好的場館
exceptionally 異常地；格外 (= very)
knowledgeable 知識淵博的
highly trained 高度訓練有術的
add to 加上　keynote address 主題演講
over the course of 在……期間
be as follows 如下
be advised to V 被建議去做
institution 校方　retain 保有；保持
financial agreements 財務合作協定
nearby hotels 鄰近飯店
various price ranges 多種價格區間
star ratings 星級

唐納科技
費用核銷表單

員工姓名：漢克．麥考伊
員工編號 #：35686
經理／主管姓名：琴．葛雷
目的：金屬加工自動化協會會議

逐項費用：
187 會議門票：250.00 美元
機票（往返德州／溫尼伯）：475.50 美元
飯店（獵戶星飯店－10 月 15、16、17 日）：356.78 美元
總計：1,082.28 美元

請附上所有開銷的收據。需要兩到三個星期處理和給付。

員工簽名：H．麥考伊
經理／主管簽名：J．葛雷
請款日期：10 月 22 日

字彙 expense 費用　reimbursement 償還；報銷
payroll 工資單；發薪名單　fee 費用
airfare 機票票價　attach 附上　receipt 收據

歡迎來到金屬加工自動化協會

190(C) 創立於 1957 年的金屬加工自動化協會（MAA）是個頂尖組織，在全國擁有超過三千名會員。190(D) MAA 負責核發專業技術人員合格證、提供教育訓練、出版書籍和技術文獻，並舉辦會議和展覽，串聯金屬加工自動化的專業人士。MAA 的 16 個分部讓會員得以和科學技術、專業諮詢和世界級的技術計畫接軌。

字彙 found 創立　leading organization 頂尖組織
nationwide 全國性的　certify 核發合格許可
technical articles 技術文獻
exhibitions 展覽　branch 分部
connect A with B 連結 A 和 B

186. 是非題 ★★☆
關於太陽公司會議中心，文中陳述了什麼？
(A) 它鄰近火車站。
(B) 它僱用稱職的員工。
(C) 它提供客製化服務。
(D) 它最近剛歷經整修。

字彙 be adjacent to 在……旁邊
qualified 稱職的
customized 客製化的　undergo 經歷

解析 本題詢問符合 Suncorp 會議中心的內容，因此請查看提及會議中心的內容。第一篇文章的第一段寫道：「Sivean continued, "The exceptionally knowledgeable and highly trained staff add to the already high-tech conference center."」，符合 (B) 的內容，故為正確答案。

187. 推論題－整合題 ★★☆
關於麥考伊先生，文中提到什麼？
(A) 他協助 MAA 會議的開幕演講。
(B) 他在 10 月 22 日拿到核銷給付。
(C) 他搭火車去參加 MAA 會議。
(D) 他不是 MAA 的會員。

解析 本題詢問符合 McCoy 的內容，需要整合第一和第二篇文章的內容，才能順利解題。第一篇文章的最後一段寫道：「Costs for the conference are as follows; $200 for MAA members and $250 for nonmembers.」，提到會員和非會員的參加費用；第二篇文章提到 McCoy 參加的費用為 250 美元，代表他不是會員，因此答案為 (D)。(B) 的日期出現在第二篇文章最後，指的是繳交請款單的日期；(C) 由 Airfare（機票票價）可以得知為錯誤的敘述。

188. 掌握相關細節 ★★☆

根據文章所述，可以在 MAA 的官網上找到什麼？
(A) 接駁巴士的路線
(B) 飯店清單
(C) 會議場館的配置圖
(D) 講者的名單

解析 第一篇文章最後一段提到有關網站的內容：「Our website also allows hotel reservations. Five nearby hotels of various price ranges and star ratings are available.」，由此可以得知答案為 (B)。

189. 掌握相關細節 ★★☆

關於學生折扣，文章提到什麼？
(A) 給予和 MAA 一起工作的學生。
(B) 給予剛畢業的學生。
(C) 給予幾家預定學校的學生。
(D) 不再提供了。

解析 本題詢問學生優惠的內容，請找出文中提及 students 的地方。第一篇文章的最後一段寫道：「For discount information, students are advised to contact their institutions. MAA retains financial accords with several universities, art schools and industrial institutions.」，由此可以得知折扣僅限於和協會有關係的特定學生，因此答案為 (C)。

字彙 grant 給予；授予

190. 是非題－整合題 ★★☆

關於 MAA，文中沒有提到什麼？
(A) 它每年舉辦會議。
(B) 它有很多國際分部。
(C) 它運作數十年了。
(D) 它核發正式文件給專業人士。

解析 本題的線索分散於兩篇文章中，需要整合第一和第三篇文章的內容，才能順利解題。(A) 出現在第一篇文章的第一句：「The Metalwork Automation Association (MAA) has scheduled its annual conference in Winnipeg from October 16 to October 18.」當中，可以由 annual 確認；由第三篇文章的第一句：Founded in 1957 可以確認 (C)；由第三篇文章第一句話中的 nationwide，可以得知 (B) 的敘述有誤，故為正確答案。

新 191–195 兩封信件及問卷調查

黃員保險

敬愛的先生／女士：

193 我作為黃員保險的客戶大概五年了。我身為自雇者每個月繳交保險費，每一筆都不曾拖欠。但是當我今天去拿我的處方箋時，我卻被告知該藥物已從政策上移除，因此我共同分擔的費用增加兩倍，每個月的用量來到 120 美元！195 為了支付每個月多出的 80 元，我必須減少和家人外食的頻率。關於這項改變，我的藥劑師要我和您聯繫。191 為什麼我沒有被告知藥物政策內容的變動？請儘快給我回覆。如果我沒有得到您的回應，我將會轉往其他保險公司。

約書亞·沃克爾 敬上

字彙 insurance customer 保險客戶
self-employed 自雇者；自由業者
payment 付款　prescription 處方箋
co-pay 保險人和保險業者共同負擔的費用
triple 成為三倍；增加兩倍　eat out 外食
pharmacist 藥劑師　notify 通知
respond to 答覆給　transfer to 轉往

敬愛的沃克爾先生：

關於您對於處方箋的問題，感謝您聯絡黃員公司。我很遺憾您對於黃員所提供的服務感到不滿。我們已將祛炎易（Voltrex）這項藥物從政策上移除。192 因為近期通過的一項法規，所有非醫療需求的用藥，也就是經常被稱為「保健藥品」的藥物，均需要額外負擔一筆附加費用。我們透過移除這項藥物的方式，把附加費用轉由我們的客戶負擔，才能努力維持整體客戶群的低利率。

193 根據您過往的就醫紀錄，自從您成為我們客戶起，您的處方箋上就有祛炎易。祛炎易並不能預防威脅生命的症狀，而且並無和任何療法或長期療程有所關聯。194 如果您和您的醫生不同意我們的估價，您可以向我們的申訴部門提出申訴。您可透過 www.yellowstaff.com/appeals 或 I-800-APPEALS 聯繫到我們的申訴部門。

麗莎．斯多力
保險索賠專員
黃員保險

字彙 regret 遺憾　surcharge 附加費
be added to 被加在
non-medically-required drugs 非醫療需求用藥
commonly called 通常被叫作
quality of life 維持生活品質；養生保健
in an effort to V 努力做到
medical record 就醫紀錄　prevent 預防
life-threatening 危及生命的
symptoms 症狀
be linked to 和……相關
permanent treatment 長期療程
concur with 對……同意
assessment 估價　file an appeal 提出申訴
appeals department 申訴部門

過去六個月，
為了支付藥費您是否做出下列行為？

◇ 減少娛樂支出 – 41%
◇ 減少雜貨支出 – 32%
◇ 更常使用信用卡 – 24%
◇ 195 減少家庭支出 – 22%
◇ 延遲其他帳單的繳款 – 15%

字彙 medication 藥物治療　bill 帳單

191. 推論題 ★★☆

關於黃員，文中提到什麼？
(A) 它破產了。
(B) 它沒有通知客戶就改變政策。
(C) 它是一家大型保險公司。
(D) 它拒絕給予沃克爾先生理賠。

解析 第一篇文章最後寫道：「Why was I not notified of the change of this drug's policy status?」，詢問為何沒收到藥品規定更動的通知，因此答案為 (B)。

字彙 go bankrupt 破產
insurance coverage 承保範圍；理賠的範圍

192. 掌握相關細節 ★★☆

黃員公司以什麼為由作出變動？
(A) 新法造成藥價提高。
(B) 其他人沒有在使用這個藥物。
(C) 藥物短缺。
(D) 保險公司的錢不夠。

解析 本題詢問 Yellow Staff 保險公司更動藥品規定的原因。第二篇文章中寫道：「Due to the recent legislature, a surcharge has been added to all non-medically required drugs, commonly called 'quality of life' drugs.」，提到由於最近通過的新法規，調漲了藥品價格，因此答案為 (A)。

193. 推論題－整合題 ★★☆

沃克爾先生可能服用祛炎易多久了？
(A) 大約五年
(B) 大約一年
(C) 大約十年
(D) 大約六個月

解析 本題要整合第一和第二篇文章的內容，才能順利解題。第一篇文章的第一句寫道：「I have been a Yellow Staff insurance customer for approximately five years.」，提到加入 Yellow Staff 的保險將近五年的時間；第二篇文章的第二段寫道：「According to your medical records, during the entire time, you have been our customer, you have had a prescription for Voltrex.」，當中提到這段期間的處方籤中都有 Voltrex，由這兩段話可以推測出答案為 (A)。

194. 掌握相關細節 ★★☆

如果沃克爾先生對於黃員公司的答覆還是不滿的話，他可以怎麼做？
(A) 要求部分退款
(B) 打電話給朋友叫他們取消保險
(C) 要求黃員公司的其他部門檢視這項決定
(D) 打電話給當地政府

解析 本題考的是第二篇文章的相關細節。第二篇文章最後寫道：「If you or your doctor does not concur with our assessment, you may file an appeal with our Appeals Department.」，提到如果對方仍不能接受此金額，請轉向其他部門申訴，因此答案為 (C)。

195. 掌握相關細節－整合題 ★★☆

根據調查顯示，沃克爾先生最可能屬於哪一個族群？

(A) 41%
(B) 24%
(C) 22%
(D) 15%

解析 本題要整合第一和第三篇文章的內容，才能順利解題。第一篇文章中寫道：「In order to make another $80 a month, I need to eat out with my family less often.」，提到因為多增加的藥品費用，他必須減少和家人外出用餐的次數；確認第三篇文章後，可以發現所屬項目為 Spent less on your family – 22%，因此答案為 (C)。

新 196–200 信件、電子郵件及傳單

12 月 3 日

泰瑞．希斯先生
新門公寓
80033 科羅拉多州吉普林大道麥嶺 338 號

敬愛的希斯先生：

196 我從上個月開始租了您的一間上等三房公寓。我選擇您的公寓大樓而非其它的，是因為您提供給住戶大量的保全措施。不過在過去一個月內，我所觀察到的保全層級讓我不甚滿意。好幾次，在我進入建築物時，管理員都不在。假使管理員不在場，您如何確保只有住戶和住戶訪客會進來呢？另外，我有兩次被業務員敲門，但您的保全措施清楚寫著，不會讓任何業務員或逐門逐戶的推銷員進到建築物內。199 我有兩個年輕的女兒，她們的安全是我最大的顧慮。198 在第一名業務員來敲我的門時，我已經提醒強森女士注意。她向我保證不會再次發生，但就像我寫的，又發生了。關於我的擔憂，如果您能給我答覆和解決方法的話，我會很感激。

您可以透過 336-5553 或是 mkelly@coldmail.com 聯絡我。

馬克．凱利 敬上
515 號公寓

字彙 rent 租賃　elite 上等的
extensive security measures 大量的保全措施
resident 居民
on several occasions 好幾次
be absent 缺席；不在場　ensure 保證
solicitor 業務員；推銷員
explicitly state that 明文寫道
door-to-door sales person 逐門逐戶的推銷員
be granted entrance into 被准許進入
utmost concern 最大的顧忌
alert 提醒……注意
assure sb. that 向某人保證；使某人確信
regarding 關於於　address 解決

收件人：馬克．凱利 <mkelly@coldmail.com>
寄件人：泰瑞．希斯 <theath@newgate.com>
日期：12 月 5 日
主旨：安全顧慮

敬愛的凱利先生：

我剛剛收到並讀完您的信。我馬上回信給您，是想讓您知道我將會花一整個早上來調查您在信中詳細的問題。您詳列的任何一個情況都是無法讓人接受的。199 我們對您和您的三個孩子保證，前門會有一天 24 小時的管理員，且這當然可以避免任何業務員或其他不必要的訪客進到建築物內。得知有這樣的安全缺失讓我很震驚，只要我一完成調查，我就會讓您知道我發現的結果，以及我將如何解決這些問題。

泰瑞．希斯 敬上
新門公寓屋主

字彙 look into 調查　circumstance 情況
acceptable 可接受的
lapse 失誤　resolve 解決

可供出租的公寓

■ 達米安－您將不只擁有最好的每日都會生活，更會有絕佳的生活體驗，因為振奮人心的外觀和設施將帶給您家的感覺。一房（1,190 美元）／兩房（2,910 美元）。可養寵物。預留／非預留車位。

- 布爾焦一享受寬敞的居家空間，還有設計師操刀的石英檯面、不鏽鋼家電、優雅的下崁式水槽、奢華木質風格地板和私人陽台。一房（1,359 美元）／兩房（1,710 美元）。可養寵物。只有預留車位。
- 200 隆巴德公園一享受獲獎的便利設施，包括全年無休全天候的管理員和維修服務、最先進的健身器材、私家公園和美食市場。一房（1,460 美元）／兩房（1,785 美元）／三房（2,341 美元）。
- 麥希穆斯・梅利迪奧斯一一回到家，就有寬敞如飯店等級的大廳，加上圖書館、商務中心以及容納許多會議和工作空間的會議室。一房（1,945 美元）／兩房（2,295 美元）／三房（3,275 美元）。

字彙 inspired features and amenities 振奮人心的外觀和設施
reserved/unreserved parking 預留／非預留車位
spacious 寬敞的 appliances 家電
award-winning 得獎的
concierge （公寓）管理員；門房
maintenance 維修
state-of-the-art 先進的 gourmet 美食

196. 掌握相關細節 ★☆☆

凱利先生住在目前的房子多久了？

(A) 一週
(B) 一個月
(C) 一年
(D) 兩年

解析 第一篇文章的第一句寫道：「I just started renting one of your elite, 3-bedroom apartments last month.」，提到上個月入住，因此答案為 (B)。

197. 掌握主旨 ★★☆

為什麼凱利先生聯絡了希斯先生？

(A) 為了終結合約
(B) 為了回報問題
(C) 為了申請一項租約
(D) 為了提出維修需求

解析 本題詢問第一篇文章的主旨，而第一篇文章提到他是基於公寓保全管理上夠嚴格，才會選擇入住，但實際上卻發生很多問題，因此答案為 (B)。

字彙 terminate 終結 apply for 申請

198. 推論題 ★★☆

強森女士最有可能是誰？

(A) 大樓裡的住戶
(B) 公寓管理員
(C) 業務員
(D) 警員

解析 第一篇文章的第一段最後寫道：「I alerted Ms. Johnson after the first solicitor knocked on my door. She assured me it would not happen again, but as I wrote, it has.」，提到自己將推銷員上門一事告訴 Johnson 女士，對方向他保證不會再發生同樣的事情，因此答案為 (B)。

199. 掌握相關細節一整合題 ★★☆

希斯先生在他的郵件中，搞錯了凱利先生的哪件事？

(A) 凱利先生遇到的業務員數量
(B) 管理員不總是在位子上的事實
(C) 凱利先生有的孩子數量
(D) 凱利先生的租期長短

解析 本題要整合第一和第二篇文章的內容，才能順利解題。第一篇文章中寫道：「I have 2 young daughters, and their safety is my utmost concern.」，Kelly 先生提到自己有兩個女兒；第二篇文章中，Health 先生的電子郵件中寫道：「You and your 3 children are guaranteed a doorman at the front door 24-hours a day, and of course that would prevent any solicitors or other unwanted visitors in our building.」，誤會 Kelly 先生有三個小孩，因此答案為 (C)。

200. 推論題一整合題 ★★☆

如果凱利先生全家要搬家，可能會選擇哪間公寓？

(A) 達米安
(B) 布爾焦
(C) 隆巴德公園
(D) 麥希穆斯・梅利迪奧斯

解析 本題要整合第一和第三篇文章的內容，才能順利解題。第一篇文章的重點為反應安全和警衛的問題；第三篇文章中，(C) 公寓包含 concierge（管理員），因此最適合選擇該公寓。

TEST 3 解答

1. (C)	**2.** (C)	**3.** (A)	**4.** (B)	**5.** (D)	**6.** (C)	**7.** (A)	**8.** (A)	**9.** (C)	**10.** (A)
11. (B)	**12.** (C)	**13.** (C)	**14.** (A)	**15.** (B)	**16.** (A)	**17.** (C)	**18.** (A)	**19.** (B)	**20.** (B)
21. (B)	**22.** (A)	**23.** (B)	**24.** (A)	**25.** (B)	**26.** (B)	**27.** (A)	**28.** (C)	**29.** (B)	**30.** (B)
31. (A)	**32.** (B)	**33.** (D)	**34.** (D)	**35.** (C)	**36.** (C)	**37.** (C)	**38.** (C)	**39.** (D)	**40.** (B)
41. (A)	**42.** (A)	**43.** (B)	**44.** (B)	**45.** (C)	**46.** (D)	**47.** (B)	**48.** (D)	**49.** (C)	**50.** (B)
51. (D)	**52.** (A)	**53.** (D)	**54.** (A)	**55.** (A)	**56.** (C)	**57.** (B)	**58.** (C)	**59.** (D)	**60.** (A)
61. (D)	**62.** (C)	**63.** (D)	**64.** (C)	**65.** (D)	**66.** (B)	**67.** (C)	**68.** (D)	**69.** (B)	**70.** (B)
71. (A)	**72.** (C)	**73.** (B)	**74.** (C)	**75.** (B)	**76.** (C)	**77.** (C)	**78.** (A)	**79.** (D)	**80.** (D)
81. (A)	**82.** (A)	**83.** (B)	**84.** (D)	**85.** (C)	**86.** (D)	**87.** (A)	**88.** (B)	**89.** (B)	**90.** (C)
91. (B)	**92.** (B)	**93.** (D)	**94.** (D)	**95.** (C)	**96.** (D)	**97.** (A)	**98.** (C)	**99.** (C)	**100.** (C)
101. (A)	**102.** (C)	**103.** (A)	**104.** (C)	**105.** (A)	**106.** (B)	**107.** (D)	**108.** (A)	**109.** (A)	**110.** (B)
111. (B)	**112.** (C)	**113.** (A)	**114.** (A)	**115.** (A)	**116.** (B)	**117.** (C)	**118.** (D)	**119.** (C)	**120.** (C)
121. (B)	**122.** (B)	**123.** (D)	**124.** (C)	**125.** (B)	**126.** (D)	**127.** (A)	**128.** (A)	**129.** (B)	**130.** (D)
131. (C)	**132.** (D)	**133.** (B)	**134.** (D)	**135.** (A)	**136.** (D)	**137.** (C)	**138.** (B)	**139.** (D)	**140.** (B)
141. (A)	**142.** (C)	**143.** (D)	**144.** (B)	**145.** (C)	**146.** (B)	**147.** (B)	**148.** (D)	**149.** (A)	**150.** (A)
151. (A)	**152.** (D)	**153.** (B)	**154.** (C)	**155.** (A)	**156.** (C)	**157.** (D)	**158.** (B)	**159.** (A)	**160.** (B)
161. (C)	**162.** (D)	**163.** (B)	**164.** (A)	**165.** (D)	**166.** (C)	**167.** (C)	**168.** (C)	**169.** (D)	**170.** (D)
171. (C)	**172.** (B)	**173.** (A)	**174.** (B)	**175.** (C)	**176.** (D)	**177.** (A)	**178.** (B)	**179.** (B)	**180.** (B)
181. (C)	**182.** (A)	**183.** (C)	**184.** (B)	**185.** (D)	**186.** (B)	**187.** (C)	**188.** (D)	**189.** (D)	**190.** (C)
191. (C)	**192.** (C)	**193.** (C)	**194.** (D)	**195.** (B)	**196.** (C)	**197.** (B)	**198.** (B)	**199.** (C)	**200.** (D)

TEST 3

PART 1

P. 428

1. 結合單人照片＋物件照 美F ★★☆

(A) A person is wearing a leather jacket.
(B) An awning has been stretched across the building entrance.
(C) A ladder is propped up against the building.
(D) A man is securing the base of a ladder.

(A) 一個人穿著一件皮外套。
(B) 遮雨棚延伸橫越了整個建築入口。
(C) 梯子靠著建築物撐著。
(D) 一位男士正在固定梯子的底部。

解析 照片中出現梯子和一個人，因此請仔細觀察照片中人物的動作和外表特徵，以及主要物件：梯子，並確認它的位置和狀態。由照片可以看出人沿著梯子往上爬、人的身上穿著裝備，以及梯子倚靠著建築物。(C) 正確描寫梯子斜靠在建築物上，故為正確答案。

字彙 leather jacket 皮外套　awning 遮雨棚
stretch 展開　across 穿越……；橫越……
entrance 入口
be propped up against 靠……撐著
secure 使牢固　base 底基；基座

2. 結合單人照片＋物件照 美M ★★★

(A) Glass doors lead out to a garden.
(B) He is using a sponge to wipe off the refrigerator.
(C) A long pole is being used to clean a window.
(D) Some men are working on the scaffolding.

(A) 玻璃門往外通往一座花園。
(B) 他正在用海綿擦拭冰箱。
(C) 一根長杆子被用來擦窗戶。
(D) 一些男士正在鷹架上工作。

解析 照片中出現一個人和住宅，因此請仔細觀察照片中人物的動作和外表特徵，以及主要物件：玻璃窗和梯子，並確認它們的狀態。由照片可以看出穿著短袖上衣和短褲的男子，拿著一根長杆子擦拭玻璃窗，以及梯子斜靠在建築物上。(C) 使用現在進行被動式描述男子利用長杆子擦拭玻璃窗的動作，故為正確答案。

字彙 glass door 玻璃門
lead out to 向外通往……　wipe off 擦去
refrigerator 冰箱　pole 竿子
scaffolding 鷹架

3. 室內照片 澳M ★★★

(A) Some blinds have been closed over the show windows.
(B) A variety of clothes are hanging on a rack.
(C) Light fixtures have been attached to the wall.
(D) A jacket has been hung over the empty chair.

(A) 有些窗簾把櫥窗給遮住了。
(B) 各式各樣的衣服掛在架上。
(C) 燈架被接到牆上。
(D) 一件外套被掛在空的椅子上。

解析 本照片的重點為室內景，因此要觀察構成室內景的主要事物，確認其位置和狀態，並從中找出答題線索。由照片可以看出室內的櫥窗、商店入口處以百葉窗遮擋、天花板上的燈具以及穿著全身衣物的假人。(A) 描寫百葉窗遮擋著櫥窗，故為正確答案。

字彙 blind 窗簾；百葉窗　close over 覆蓋
a variety of 各種各樣的
rack 架子　light fixture 燈架
be attached to 接到；附著到　empty 空的

4. 戶外風景照 英F ★★★

(A) A car is being parked by a curb.
(B) The pavement is decorated with geometric design.
(C) The carpet has a circular pattern.
(D) There is a stone archway on the paved path.

(A) 一輛車正要停在路緣邊。
(B) 人行道用幾何設計來裝飾。
(C) 地毯有環狀花紋。
(D) 通道上有一座石拱門。

解析 本題屬於戶外風景照，因此請仔細觀察構成風景的主要要素，確認其位置和狀態。由照片可以確認答題線索，包含車輛停放在道路的其中一側、人行道上有幾何圖形的裝飾圖案、電線竿上貼著交通標誌，以及路旁整排的樹木。(B) 描寫人行道使用幾何圖案裝飾，故為正確答案。

🔍 **陷阱分析：**(A) 使用現在進行被動式，表示正在停車的動作，但是照片中的車輛屬於停好靜止的狀態，因此請特別留意不要誤選成 (A)。

字彙 **curb** 路緣；邊欄 **pavement** 步道；人行道
be decorated with 裝飾有……
geometric design 幾何設計
circular pattern 環狀花紋
stone archway 石拱門
paved path 通道；鋪過的道路

5. 結合多人照片＋物件照 美M ★★★

(A) A man is bending over to pick up some glasses.
(B) The lamp shade has been set on the floor.
(C) Some potted plants have been placed on the tabletop.
(D) Some men are collaborating on a project.

(A) 一位男士正彎下腰撿玻璃。
(B) 燈罩被裝設在地板上。
(C) 有些盆栽被放在桌面上。
(D) 一些男士正在合力做一項計畫。

解析 照片中出現多個人物和事物，因此請仔細觀察人物的動作和外表特徵，並確認重點事物的位置和狀態。由照片可以看出在室內戴著太陽眼鏡的男子們，有兩名男子合力完成工作，並同時抓著一根棒子，還有架上和桌上擺放著許多瓷器。(D) 正確描寫兩名男子合力完成一項工作，故為正確答案。

字彙 **bend over** 彎下腰 **lamp shade** 燈罩
be set on 被安裝在……之上
potted plant 盆栽
be placed on 被放在……上
tabletop 桌面
collaborate on 合作完成……

6. 戶外風景照 美F ★★★

(A) Traffic signs are placed along the street.
(B) Some footbridge extend across the water.
(C) The road runs through the buildings.
(D) Building materials are being loaded onto the truck.

(A) 交通號誌沿著街道放置。
(B) 幾座陸橋橫跨在水上。
(C) 這條路穿越許多建築物。
(D) 建築材料正被裝上貨車。

解析 本題屬於戶外風景照，因此解題關鍵在於觀察構成風景的主要要素，確認其位置和狀態。由照片可以看出兩側的建築物中間延伸出車道、有兩座陸橋連接兩側的建築物、道路上方設置紅綠燈、道路兩旁停放著車輛，以及人行道上有樹木和路燈。(C) 描寫兩側建築物的中央有一條路延伸出來，故為正確答案。

字彙 **traffic sign** 交通號誌
along the street 沿著街道
footbridge 天橋；陸橋
extend across 橫跨 **run through** 穿過
building materials 建築材料 **load** 裝載

PART 2

P. 432

7. Where 問句 英F 美M ★☆☆

Where did you go on your winter vacation?
(A) Vancouver for a change.
(B) Last Thursday.
(C) We had a very severe winter.

你去哪裡過寒假？
(A) 去溫哥華換個心情。
(B) 上週四。
(C) 我們經歷了嚴酷的冬天。

解析 本題為以 Where 開頭的問句，詢問對方寒假去了哪裡。(A) 表示去了一趟溫哥華，轉換一下心情，故為正確答案。此回答雖然相當簡潔，但是仍須知道 for a change 的意思，才能順利選出答案。(B) 回答上週四，應搭配以 When 開頭的問句較為適當，因此不能作為答案；(C) 重複使用題目句中的 winter，屬於陷阱選項，並非答案。

字彙 **go on vacation** 度假
for a change 換個環境；換個心情
severe 嚴酷的

8. Who 問句 美M 美F ★★★

Who has the original copy of our new sales contract?
(A) I think it's on your desk.
(B) Mr. Simpson is one of the most qualified employees.
(C) Please e-mail me an updated copy of your résumé.

誰有新版銷售合約的正本？
(A) 我想它在你桌上。
(B) 辛普森先生是最稱職的員工之一。
(C) 請用電子郵件傳給我你最新的履歷。

解析 本題為以 Who 開頭的問句，詢問新的銷售合約正本在誰手上。(A) 回答在對方的桌子上，故為正確答案。雖然本題為以 Who 開頭的問句，但回答的重點卻是位置，屬於高難度的回答方式。(B) 雖然提到人名 Simpson，卻沒有說出合約書正本在誰手上，因此並非答案；(C) 內容與題目無關，且重複使用題目句中的 copy，屬於陷阱選項，因此不能作為答案。

字彙 **original copy** 正本　**qualified** 稱職的
updated 更新後的　**résumé** 履歷

9. What 問句 (美M)(英F) ★★☆

What is the best way to reach your plant manager?
(A) It's located near Pine Street.
(B) I think I can manage it myself.
(C) Probably by mobile phone.

聯絡到你們廠長最好的方式是什麼呢？
(A) 它位於潘恩街旁邊。
(B) 我想我自己可以處理。
(C) 或許透過手機吧。

解析 本題為以 What 開頭的問句，詢問聯絡到廠長的最佳方式。(C) 建議打手機，故為正確答案。(A) 使用了街道名稱 Pine Street，僅與題目句中的 way 有所關聯，並非答案；(B) 故意使用 manage，僅與題目句中 manager 的發音相似，屬於陷阱選項，因此也不能作為答案。

字彙 **reach** 聯絡　**plant manager** 廠長
manage 處理　**mobile phone** 手機

10. Why 問句 (美M)(美F) ★★☆

Why were you absent from the marketing meeting this morning?
(A) Sorry. I was caught in traffic.
(B) Yes, it's available year-round in markets.
(C) I sent him some documents this morning.

妳為什麼缺席今天早上的行銷會議？
(A) 抱歉，我塞在路上了。
(B) 是的，整年度都可以購買。
(C) 我今天早上寄給他一些文件。

解析 本題為以 Why 開頭的問句，詢問對方沒參加今天上午會議的原因。(A) 表示因為交通堵塞才沒辦法參加，明確說出原因，故為正確答案。(B) Wh- 問句不適合以 Yes 來回答，而且當中用到了 markets，與題目句中 marketing 的發音相似，屬於陷阱選項，並非答案；(C) 故意使用題目句中 absent 後半段 sent，還有 documents，僅與題目句中的 meeting 有所關聯，並非答案。

字彙 **be absent from** 從……缺席
be caught in traffic 被塞在路上
available 可取得的；可買到的

11. When 問句 (美F)(澳M) ★★★

When will those certified accountants we contacted arrive from Atlanta?
(A) We'll pick them up at the airport.
(B) It hasn't been decided yet.
(C) I'll contact the Accounting Department this afternoon.

我們聯絡的那些合格會計師何時會從亞特蘭大抵達這裡呢？
(A) 我們會在機場接他們。
(B) 還沒確定。
(C) 我今天下午會聯絡會計部門。

解析 本題為以 When 開頭的問句，詢問會計師何時抵達。(B) 回答尚未確定，表示還不清楚具體的時間，故為正確答案。(A) 答非所問，不能作為答案，而且提到地點在機場，應搭配以 Where 開頭的問句較為適當；(C) 故意使用 accounting，與題目句中 accountants 的發音相似，會計部門與題目內容無關，因此也不能作為答案。

字彙 **certified accountant** 合格會計師
accounting department 會計部門

12. Why 問句 (英F)(美M) ★★★

Why isn't the computer working now?
(A) I'm working at the computer now.
(B) Yes, it can give us a lot of information quickly.
(C) Did you check to see if it is plugged in?

為什麼電腦現在無法使用？
(A) 我現在正在電腦上工作。
(B) 對，它能很快給我們很多資訊。
(C) 妳有確認它有插電嗎？

解析 本題為以 Why 開頭的問句，詢問電腦無法使用的原因。(C) 反問對方是否有接上電源，屬於常見的反問式答覆，故為正確答案。(A) 重複使用題目句中的 working，屬於陷阱選項，而且回答與題目內容無關，因此不能作為答案；(B) Wh- 問句不適合以 Yes 來回答，而且當中用到了 information，僅與題目句中的 computer 有所關聯，並非答案。

字彙 **work at the computer** 在電腦上工作
check to see if 確認是否……
plug 連接電源；插電

13. Who 問句 美F 英F ★★★

Who has been hired for the new Maintenance head?
(A) His previous work experience is very great.
(B) Due to the regular maintenance work.
(C) He's the one talking to the Personnel Manager.

誰被聘來當新的維修部主管？
(A) 他先前的工作經驗很棒。
(B) 因為例行維修作業。
(C) 他就是現在在和人事經理說話的那位。

解析 本題為以 Who 開頭的問句，詢問新上任的維修部門主管是誰。(C) 指出新上任的維修部門主管就是正在跟人事部經理談話的男子，故為正確答案。(A) 使用了工作經驗 work experience，僅與題目句中的 hired 有所關聯，屬於答題陷阱，並非答案；(B) 僅重複使用了題目句中的 maintenance，而且應該搭配以 Why 開頭的問句較為適當。

字彙 **hire** 聘用 **maintenance head** 維修部主管
previous 之前的 **work experience** 工作經驗
due to 因為
maintenance work 維修作業
personnel manager 人事經理

14. Which 問句 英F 美M ★★★

Which logo did Mr. Johnson choose for the company letterhead?
(A) He hasn't decided it yet.
(B) The design proposal is very innovative.
(C) The letter has been sent by registered mail.

強森先生選了哪個標誌作為公司的信頭？
(A) 他還沒決定。
(B) 這個設計提案非常創新。
(C) 那封信已經用掛號寄出了。

解析 本題為以 Which 開頭的問句，詢問 Johnson 先生選擇哪一個標誌用在公司信頭上。(A) 回答他尚未決定，表示他自己也不清楚會用哪一個標誌，故為正確答案。(B) 故意使用 design，僅與題目句中的 logo 有所關聯，並非答案；(C) 故意使用題目句中 letterhead 前半段的 letter，作為答題陷阱，而且回答的是信件的寄送方式，應搭配以 How 開頭的問句較為適當。

字彙 **company letterhead** 公司信頭
design proposal 設計提案
innovative 創新的
registered mail 掛號信

15. 一般問句 澳M 英F ★★★

Are you attending any of the marketing workshops?
(A) The conference room on the second floor.
(B) Yes, the one Mr. Fonda is leading.
(C) We'll market a new cellular phone next week.

妳有要參加任何一個行銷研討會嗎？
(A) 二樓的會議室。
(B) 有，馮達先生主導的那場。
(C) 我們下週會開始行銷新手機。

解析 本題為一般問句，詢問對方是否會參加任何一場行銷研討會。(B) 表示自己會參加由 Fonda 先生主導的那場研討會，故為正確答案。(A) 應搭配以 Where 開頭的問句較為適當；(C) 故意使用題目句中的 market，而且當中提到新產品，與研討會無關，因此不能作為答案。

字彙 **market** 行銷 **cellular phone** 手機

16. When 問句 美M 美F ★★★

When will the new refund policy go into effect?
(A) Not until Thursday.
(B) Two months ago.
(C) You can get a full refund if you want.

新的退款政策何時生效？
(A) 星期四開始。
(B) 兩個月前。
(C) 如果你想要的話可以全額退款。

解析 本題為以 When 開頭的問句，詢問新的退款政策生效時間。(A) 回答時間從星期四開始，故為正確答案。請特別留意，此處的用法為以 Not until 搭配時間點。(B) 回答兩個月以前，同樣能用來回答以 When 開頭的問句，但是本題題目問的是新政策生效的時間，應回答未來時間，而非過去時間，因此不能作為答案；(C) 重複使用題目句中的 refund，屬於陷阱選項，並非答案。

字彙 **refund policy** 退款政策
go into effect 生效 **full refund** 全額退款

17. 一般問句 美F 澳M ★★☆

Excuse me, is this fabric waterproof?
(A) It'll rain on Tuesday.
(B) I think it's very stylish and beautiful.
(C) Sure, it never get soaked.

不好意思，這件防水嗎？
(A) 星期二會下雨。
(B) 我覺得它非常時髦漂亮。
(C) 當然，絕對不會濕掉。

解析 本題為一般問句，詢問產品材質是否防水。(C) 回答 Sure，表示為防水產品，並補充說明絕對不會濕掉，故為正確答案。(A) 使用了 rain、(B) 則使用了 stylish 和 beautiful，皆與題目句中的 waterproof 有所關聯，屬於陷阱選項，因此都不能作為答案。

字彙 **fabric** 布料；織品 **waterproof** 防水
stylish 時髦的 **get soaked** 浸濕

18. How long 問句 美M 美F ★★★

How long will you use the overhead projector?
(A) Until the seminar is over.
(B) I heard she's the new project manager.
(C) The battery can last for 11 hours.

妳會使用投影機多久？
(A) 等到研討會結束。
(B) 我聽說她是新的專案經理。
(C) 電池可以續航 11 個小時。

解析 本題為以 How long 開頭的問句，詢問投影機預計會使用多久時間。(A) 回答用到研討會結束，雖然沒有告知確切時間，卻間接表明何時才會使用完畢，故為正確答案。(B) 故意使用 project，僅與題目句中 projector 的發音相似，專案經理和投影機使用時間無關，因此並非答案；(C) 使用 11 hours 和 battery，可能會讓人覺得與題目句中的 long 和 overhead projector 有關，但內容與題目無關，不能作為答案。

字彙 **overhead projector** 投影機

19. Where 間接問句 美M 英F ★★★

Do you know where the new fax machine is?
(A) No, I'll get it for you.
(B) Actually, we haven't ordered it yet.
(C) Yes, we need to change the tax system.

妳知道新的傳真機在哪嗎？
(A) 不，我拿來給你。
(B) 事實上，我們還沒訂購。
(C) 是的，我們需要改變稅制。

解析 本題為 Where 間接問句，詢問新的傳真機的位置。(B) 回答尚未訂購傳真機，等同於現在根本沒有對方口中的那台傳真機，故為正確答案。(A) 先回答不知道傳真機在哪裡，後方卻說我拿給你，前後內容相互矛盾，因此不能作為答案；(C) 先回答知道傳真機放在哪裡，後方卻說要更改稅制，與題目內容無關，而且當中使用了 tax，與題目句中 fax 的發音相似，屬於陷阱選項，同樣不能作為答案。

陷阱分析：本題詢問新的傳真機在哪裡，而 (A) 回答 No，看似為正確答案，其實不然。因為明明不知道傳真機在哪裡，卻說要拿給對方。只要稍微思考一下就會發現，要在已經訂購或購買新傳真機的狀況下，後句話才會成立，因此該選項前後的內容相互牴觸。

字彙 **fax machine** 傳真機 **tax system** 稅制

20. Why 問句 英F 美M ★★☆

Why was the staff meeting rescheduled for next Tuesday?
(A) In the video conference room.
(B) Mr. Conway called in sick.
(C) Thank you for taking time out of your busy schedule.

為什麼員工會議改到下週二舉行？
(A) 在視訊會議室。
(B) 康威先生請了病假。
(C) 感謝您從繁忙的行程中撥冗。

解析 本題為以 Why 開頭的問句，詢問員工會議時間改至下週二的原因。(B) 提出原因為 Conway 先生請病假，故為正確答案。(A) 回答在視訊會議室，應搭配以 Where 開頭的問句較為適當；(C) 使用了 schedule，僅與題目句中 rescheduled 的發音相似，屬於陷阱選項，並非答案。

字彙 staff meeting 員工會議
be rescheduled for 改期到……
video conference room 視訊會議室
call in sick 請病假
take time out of 從……撥出時間

21. What 問句 美F 澳M ★★★

What company are you going to apply for next month?

(A) My salary is not good.
(B) Well, I haven't decided it yet.
(C) The company will go bankrupt soon.

你下個月要應徵哪間公司？
(A) 我的薪水不好。
(B) 嗯，我還沒決定。
(C) 那間公司很快就要破產了。

解析 本題為以 What 開頭的問句，詢問對方下個月要應徵哪間公司。(B) 的回答表示尚未決定要應徵哪間公司，故為正確答案。(A) 使用了 salary，僅與題目句中的 company 和 apply 有所關聯，屬於陷阱選項，並非答案；(C) 重複使用題目句中的 company，同樣為陷阱選項，而且回答公司破產與題目內容無關，因此不能作為答案。

字彙 apply for 應徵　salary 薪水
go bankrupt 破產

22. 一般問句 美M 美F ★★★

Could you give me a list of the office supplies the company needs to purchase?

(A) Ms. Kent has it.
(B) I'm sorry, it's not for sale.
(C) It'll probably cost at least 2,000 Euros.

妳可以給我公司需要採購的辦公室用品清單嗎？
(A) 在肯特女士那。
(B) 我很抱歉，這是非賣品。
(C) 這可能會花費至少 2,000 歐元。

解析 本題為一般問句，請對方提供公司需要購買的辦公室用品清單。(A) 表示清單在 Kent 女士那邊，故為正確答案；此處回答的是人名，並非回答是否可以給對方清單，請特別留意此種回答方式。(B) 和 (C) 分別使用了 sale 和 2,000 Euros，僅與題目句中的 purchase 有所關聯，屬於答題陷阱，兩者皆不是答案。

字彙 office supplies 辦公室用品
purchase 購買　not for sale 非賣品

23. Which 問句 英F 澳M ★★★

Which image file would you like to use for the upcoming presentation?

(A) You should present your identification card.
(B) Either would be fine with me.
(C) No, it's not that creative.

接下來的簡報你想用哪張圖檔？
(A) 您應該出示您的身分證件。
(B) 兩張我都可以。
(C) 不，這不太有創意。

解析 本題為以 Which 開頭的問句，詢問簡報會上要使用哪一個圖檔。(B) 回答兩個都可以，表示兩者皆是，故為正確答案。(A) 故意使用 present，僅與題目句中 presentation 的發音相似，且出示身分證和題目內容無關，因此不能作為答案；(C) Wh- 問句不適合以 No 來回答，而且當中使用了 creative，與題目句中的 image 有所關聯，屬於陷阱選項，並非答案。

字彙 upcoming presentation 接下來的簡報
present 出示　identification card 身分證件

24. How 問句 美M 美F ★★☆

How can we finish the quarterly report before the board meeting tomorrow?

(A) I think we should work late tonight.
(B) The corporate headquarters is located in Chicago.
(C) We have a meeting with clients tomorrow.

我們要如何在明天董事會前完成季報表？
(A) 我想我們今晚得要加班了。
(B) 公司總部位於芝加哥。
(C) 我們明天要和客戶開會。

解析 本題為以 How 開頭的問句，詢問能趕在明天董事會以前完成季報表的方法。(A) 回答今晚得加班，提出解決方式，故為正確答案。(B) 使用了 headquarters，與題目句中 quarterly 的發音相似，且公司總部的位置與題目內容無關，不能作為答案；(C) 回答明天要和客戶開會，答非所問，且重複出現題目的 meeting，屬於陷阱選項，故非答案。

字彙 quarterly report 季報表
board meeting 董事會
work late 加班　corporate 公司
headquarters 總部
be located in 位於……

25. What 問句 美F 美M ★★☆

What was the conference's first seminar about?

(A) Almost everyone attended the seminar.
(B) New marketing trends.
(C) It started at 1 o'clock yesterday.

會議上的第一場研討會是和什麼有關？
(A) 幾乎所有人都出席研討會了。
(B) 新的市場趨勢。
(C) 它昨天一點開始。

解析 本題為以 What 開頭的問句，詢問會議中第一場研討會討論的主題是什麼。(B) 回答主題為新的市場趨勢，故為正確答案。(A) 重複使用題目句中的 seminar，而且根據其內容，應搭配以 How many 開頭的問句較為適當；(C) 回答昨天一點，應搭配以 When 開頭的問句較為適當。

字彙 trend 趨勢

26. 一般問句 美M 英F ★★☆

Do you happen to know whether the sales director can see me tomorrow morning?

(A) Meet me at the front in an hour.
(B) Yes, he can meet you at 10 o'clock.
(C) Hopefully the weather will be fine tomorrow.

妳會碰巧知道，業務主管明天能否在會議上見我一面嗎？
(A) 一小時內在前面和我見面。
(B) 是，他可以在 10 點見你。
(C) 希望明天天氣會不錯。

解析 本題為一般問句，詢問明天上午業務主管是否有時間和自己見面。(B) 回答 Yes，給予正面答覆，且補充說明可以見面的時間為十點，故為正確答案。(A) 提到 meet me，與題目句中的 see me 有所關聯，屬於陷阱選項，並非答案；(C) 使用發音相像的 weather，僅與題目句中 whether 的發音相似，同樣為陷阱選項，因此不能作為答案。

字彙 happen to V 碰巧……
sales director 業務主管
at the front 在前面　hopefully 但願

27. 一般問句 澳M 美F ★★★

Why don't we go over the details of the contract on Wednesday?

(A) Sure, what time would be the best for you?
(B) Yes, I'll contact him Wednesday morning.
(C) No, we didn't do that.

我們何不星期三來查看一下合約的細節？
(A) 當然，哪個時間對你最方便？
(B) 是，我會在星期三早上聯絡他。
(C) 不，我們沒做這件事。

解析 本題為一般問句，建議對方週三一起檢查合約的細節。(A) 回答 Sure，表示同意對方的建議，接著反問對方幾點為佳，故為正確答案。(B) 故意使用 contact，僅與題目句中 contract 的發音相似，屬於陷阱選項，並非答案；(C) 回答 No，表示不接受對方的建議，但後方補充說明與題目內容無關，因此不能作為答案。

字彙 go over 查看；重讀　detail 細節

28. What 間接問句 美F 英F ★★☆

Do you know what the local time is now in Seoul?

(A) Yes, it's one of the biggest cities in the world.
(B) I'll be there in 30 minutes.
(C) Yes, a quarter before six.

你知道現在首爾當地時間是幾點嗎？
(A) 是，它是世界上數一數二的大城市。
(B) 我 30 分鐘內會到。
(C) 是的，5 點 45 分。

解析 本題為 What 間接問句，詢問對方是否知道現在首爾的當地時間。(C) 回答 Yes，表示肯定後，提出明確的時間為 5 點 45 分，故為正確答案。(A) 表示知道首爾現在的時間，後方卻說為世界上最大的城市之一，補充說明與題目內容無關，而且提到 the biggest cities，僅與題目句中的 Seoul 有所關聯，不能作為答案；(B) 說 30 分鐘內會到，提出與時間有關的單字作為陷阱選項，並非答案。

字彙 local time 當地時間　a quarter 一刻鐘

29. 直述句 英F 澳M ★★★

I think there were some errors in the financial statement.

(A) Several new financial products.

(B) Let me check.

(C) You should pay 300 dollars as a security deposit.

我覺得財務報表裡有一些錯誤。

(A) 好幾個新的金融商品。

(B) 讓我檢查一下。

(C) 妳需要付 300 美元的保證金。

解析 本題為直述句，提出財務報表似乎有些錯誤，(B) 回答讓我確認一下，提出解決方式，故為正確答案。(A) 重複使用題目句中的 financial，屬於陷阱選項，而且金融商品與財務報表錯誤無關，因此不能作為答案；(C) 提到金額 300 dollars，僅與 financial 有所關聯，此內容同樣與題目句無關，因此也不是答案。

字彙 **error** 錯誤 **financial statement** 財務報表
security deposit 保證金

30. 一般問句 美F 美M ★★★

Would you like to share a taxi to the convention center in Santa Fe?

(A) We went there last year.

(B) Mr. Bentley will give me a ride.

(C) Yes, the keynote speech was very interesting.

你想一起搭計程車到聖塔菲的會議中心嗎？

(A) 我們去年去過那裡。

(B) 賓利先生會載我一程。

(C) 是，主題演講很有意思。

解析 本題為一般問句，詢問對方是否願意一起共乘計程車到位於 Santa Fe 的會議中心。(B) 回答 Bentley 先生會載我去，委婉拒絕對方的提議，故為正確答案。(A) 回答去年去過那裡，答非所問，並非答案；(C) 回答 Yes，表示同意共乘計程車，後方卻說演講很有趣，兩者內容毫無關聯，因此不能作為答案。

陷阱分析：「Would you like to . . .」後方連接建議「一起共乘計程車」，組合成一個問句，詢問對方的意願。(A) 回答去年去過那裡，請勿自行解讀成所以今年不用去，而誤選此選項作為答案。

字彙 **share a taxi** 共乘計程車
give a ride 載一程
keynote speech 主題演講

31. 一般問句 美M 美F ★★☆

Should I remind Mr. Parker about his dental appointment?

(A) No, I just called and told him.

(B) At 3 o'clock tomorrow.

(C) For reservations, please call 692-6313.

我應該要提醒帕克先生他有牙醫掛號嗎？

(A) 不用，我剛打給他說了。

(B) 明天三點。

(C) 如欲預約，請撥 692-6313。

解析 本題為一般問句，詢問是否需要提醒 Parker 先生有預約牙醫。(A) 給予否定答覆，並表示自己剛剛已經打過電話告知了，故為正確答案。題目句中提到 appointment，而 (B) 和 (C) 分別使用了 3 o'clock 和 reservations，與預約時間有關，但是並非答案。

字彙 **remind** 提醒
dental appointment 牙醫掛號
reservation 預約

PART 3 P. 433

第 32–34 題，請參考下方對話。 美F 澳M

W: Mr. Anderson, [32, 33] when I was going over the financial statement you have prepared for the general meeting next month, I came across a discrepancy I was hoping you could clear up for me.

M: Actually, I have double-checked it before and I haven't seen any error in it. What did I do wrong?

W: Please take a look at this section. I think you have added these numbers together incorrectly.

M: Well, you're right. It was oversight on my part. [34] I'll correct it and reprint the financial statement as soon as possible. I really appreciate your informing me about my mistake.

女：安德森先生，[32,33] 我剛審完你為下個月股東大會所準備的財務報表，我偶然發現一個出入，希望你可以幫我釐清。

男：事實上，在交出前我已經檢查過了，沒看到任何錯誤。我做錯什麼了嗎？

女：請看一下這部分。我想你加總這些數字時加錯了。

男：嗯，妳是對的。我這部分漏看了。[34] 我會修正它，然後儘快重印財務報表。真的很感謝妳告訴我我的錯誤。

字彙 go over 審閱
financial statement 財務報表
general meeting 股東大會
come across 偶然發現
discrepancy 差異；出入
double-check 再次檢查
take a look at 看一下……
incorrectly 不正確地　oversight 漏看
reprint 重印　appreciate 感謝
inform 告知

32. 對話主旨 ★★★

談話者主要在討論什麼？
(A) 即將到來的簡報
(B) 一項文件錯誤
(C) 一場公司例會
(D) 他們上次薪資單的一項錯誤

解析 本題詢問對話的主旨，因此解題關鍵在於仔細聆聽前半段對話內容，並從中確認中心主旨。對話開頭，女子便說道：「when I was going over the financial statement you have prepared for the general meeting next month, I came across a discrepancy I was hoping you could clear up for me.」，表示檢查財務報表時，發現當中有錯誤的地方。當中提及 going over、financial statement 和 came across a discrepancy，由此可以得知對話重點為檢查財務報表和發現錯誤，因此答案為 (B)。

33.往後的計畫 ★★☆

下個月將發生什麼事？
(A) 將完成一項工程計畫。
(B) 定期稽核將開始。
(C) 新書將出版。
(D) 將召開一場股東會議。

解析 本題詢問下個月將發生什麼事，因此請仔細聆聽對話中提及 next month 的片段，並從中掌握答題線索。前半段對話中，女子說道：「when I was going over the financial statement you have prepared for the general meeting next month.」，提到下個月將召開股東大會，由此句話可以得知答案為 (D)。請特別留意，選項將對話中的 general meeting 改寫成意思相近的說法 shareholders' meeting。

34.男子往後的行動 ★★★

這位男士接下來會做什麼？
(A) 買一些股票
(B) 重寫財務報表
(C) 印出新的文件表單
(D) 修正一項錯誤

解析 本題為題組中最後一題，詢問男子下一步的行動。答題線索為對話中提及的關鍵動詞，請務必注意聆聽。對話最後，男子說道：「I'll correct it and reprint the financial statement as soon as possible.」，表示他會針對女子提到的錯誤進行修改，並將修改後的財務報表重新印出來，由此可以得知答案為 (D)。請特別注意，選項將對話中的動詞 correct 改寫成同義詞 fix。

陷阱分析：對話最後，男子表示他會針對女子提到的錯誤進行修改，並將修改後的財務報表重新印出來。當中提到 reprint the financial statement，請勿因此誤會他要印出新的文件表單，而誤選 (C)；或是以為他為了修改錯誤，打算重新寫一份，而誤選 (B)，請特別留意這兩個陷阱選項。

第 35–37 題，請參考下方對話。 英F 美M

W: Excuse me, [35] where do I go to close my checking account?

M: [35] I can close your checking account. Can you tell us why you will no longer be banking with us?

W: Well, [36] my husband and I are moving to Belgium next Wednesday and so it will be easier and more convenient for us to use the local banks there.

M: Yes, that's true. [37] Please show me your picture identification card and then just sign at the bottom of this document.

女：不好意思，35 我可以在哪裡關閉我的支票帳戶？

男：35 我可以幫您關閉支票帳戶。您可以告訴我，您為什麼不想要再和我們銀行往來了呢？

女：嗯，36 我的先生和我下個星期三要搬到比利時了，所以對我們來說，到那裡用當地的銀行會比較簡單方便。

男：對，這倒是真的。37 請給我看有您照片的身分證件，然後在這份文件下方簽名。

字彙 checking account 支票帳戶
no longer 不再　bank 與銀行往來
picture identification card
有照片的身分證件
at the bottom of 在……的底下

35. 特定性別的相關細節 ★☆☆

這位女士想要做什麼？
(A) 存款
(B) 支付費用
(C) 關閉帳戶
(D) 回報問題

解析 本題詢問女子想做的事情，因此請仔細聆聽女子所說的話，鎖定當中提及的動詞，確認答題線索。前半段對話中，女子說道：「where do I go to close my checking account?」，詢問對方如何關閉支票帳戶。接著男子回答：「I can close your checking account.」，表示自己可以為對方處理。由此可以得知女子想做的事為關閉支票帳戶，因此答案為 (C)。

36.特定性別的相關細節 ★★☆

這位女士說她下週會做什麼？
(A) 去度假
(B) 造訪歐洲
(C) 移居國外
(D) 應徵別的工作

解析 本題詢問女子下週將做什麼事情，因此請仔細聆聽女子所說的話，鎖定當中提及的動詞，確認答題線索。後半段對話中，女子說道：「my husband and I are moving to Belgium next Wednesday.」，表示下週要搬到比利時住，由此內容可以得知答案為 (C)。

陷阱分析：女子表示下週將和丈夫一起搬到比利時住。而 (B) Visit Europe 單純指前往歐洲，請特別留意不要選成該選項作為答案。

37.男子的要求事項 ★★☆

這位男士要求女士做什麼？
(A) 去鄰近的銀行
(B) 投資新的金融商品
(C) 證明她的身分
(D) 填寫表格

解析 本題為題組中最後一題，詢問男子要求什麼事項。因此請仔細聆聽後半段男子所說的話，鎖定關鍵動詞，掌握男子要求女子做什麼事。對話最後，男子說道：「Please show me your picture identification card.」，請女子出示有照片的身分證件，等同於要求女子證明自己的身分，因此答案為 (C)。請特別留意，選項將對話中的 show me your picture identification card 改寫成 prove her identity。

第 38–40 題，請參考下方對話。 美F 美M

W: Mr. Collins, 39 **did you know that we couldn't complete our orders yesterday?**

M: Yes, Ms. Lopez. 38, 39 **The main printers broke down in the middle of printing a huge order yesterday.**

W: Is it working now? Shouldn't we alert the clients right away and let them know that their posters may be arriving late tomorrow?

M: No, there's no need. Our printers are being repaired right now. 40 **We will get them done before noon and deliver them to the clients in the afternoon.**

女：柯林斯先生，39 你知道我們昨天沒有完成訂單嗎？

男：知道，羅佩茲女士。38, 39 主印表機昨天在印大量訂單的過程中故障了。

女：現在好了嗎？我們應不應該馬上提醒客戶，讓他們知道海報明天可能會晚到？

男：不，不需要。40 我們的印表機正在修理。我們會在中午前做完，下午寄給客戶。

字彙 break down 出問題；故障
in the middle of 在……過程中
huge order 大量訂單
alert 警告；提醒
get something done 做好某事；完成某事

38. 對話地點 ★★☆

這場對話是在哪裡進行的？
(A) 在一個製造廠內
(B) 在一棟飛機航廈裡
(C) 在一間印刷店
(D) 在一間貨運公司

解析 本題為題組中第一題，詢問對話發生的地點。因此請仔細聆聽前半段對話，當中可能會直接告知地點名稱，或是提及相關單字，便於推測出地點。男子說道：「The main printers broke down in the middle of printing a huge order yesterday.」，提到主要的印表機列印到一半就故障了。當中提到 main printers 和 printing a huge order，可以得知對話地點在印刷店，因此答案為 (C)。

39.疑難問題 ★★☆

發生了什麼問題？
(A) 一項計畫超出預算。
(B) 一份大量訂單被取消。
(C) 部分員工缺勤。
(D) 有些機器故障。

解析 疑難問題通常會出現在前半段對話中，因此請仔細聆聽前半段對話的內容，注意當中提及的問題為何。女子說道：「did you know that we couldn't complete our orders yesterday?」，告知對方可能無法如期完成訂單。接著男子說道：「The main printers broke down in the middle of printing a huge order yesterday.」，表示因為昨天主印表機列印到一半就故障了。由此內容可以得知印表機故障才導致問題發生，因此答案為 (D)。

40.往後計畫 ★★☆

明天下午可能會發生什麼事？
(A) 列印用墨水將送抵。
(B) 將運送訂購的商品。
(C) 機器將會正常運作。
(D) 將完成新的海報設計。

解析 本題為題組中最後一題，詢問明天下午將發生什麼事情。因此請仔細聆聽後半段對話，鎖定提及 tomorrow afternoon 或與「明天下午」有關的內容，並從中掌握答題線索。對話最後，男子說道：「We will get them done before noon and deliver them to the clients in the afternoon.」，表示預計明天上午印完海報，下午再送到客戶那邊，由此可以得知答案為 (B)。

陷阱分析： 對話中提到明天下午送海報給客戶。如果只聽懂前一句話「Our printers are being repaired right now.」，可能會誤以為隔天就能正常使用印表機，因而誤選 (C) 作為答案，請特別留意。

第 41–43 題，請參考下方對話。 英F 澳M

W: Hi, [41] **I'd like to know if you have any part-time jobs available.** Can you transfer me to the right place?

M: No problem. Let me connect you to the Personnel Department. [42] **Have you tried visiting our Web site? You can find all of our job listings there.**

W: Oh, thanks! Do you know if there is anything for the Christmas holidays?

M: Generally, we have lots of part-time positions available during the high shopping seasons like Christmas and summer, [43] **but you need to check the Web site for details.**

女：嗨，41 我想知道您們那邊有任何打工機會嗎？可以幫我轉接給負責人嗎？

男：沒問題。我幫您轉接到人事部門。42 您有上我們網站看過了嗎？那裡可以找到我們所有的職缺資訊。

女：喔，謝謝！您知道在耶誕假期有職缺嗎？

男：一般來說，在銷售旺季，像是耶誕節或暑期，我們都有很多打工機會，43 不過詳情您需要上網查看。

字彙 part-time job 零工；兼職工作
transfer A to B 把 A 轉接給 B
connect A to B 把 A 連接給 B
personnel department 人事部門
job listing 就業資訊
part-time position 打工機會
high shopping season 銷售旺季

41. 打電話的目的 ★★☆

女子打電話詢問什麼？

(A) 工作機會
(B) 夏季拍賣
(C) 耶誕派對
(D) 官網地址

解析 本題詢問女子打電話的目的為何，因此請仔細聆聽前半段女子所說的話，從中確認她打電話的目的。對話開頭，女子便說道：「I'd like to know if you have any part-time jobs available.」，詢問是否有兼職的工作。由此內容可以得知她打電話是為了找工作，因此答案為(A)。

42.男子的建議事項 ★★☆

這位男士建議什麼？

(A) 查看網路上的職缺資訊
(B) 和人事經理談談
(C) 善用所有可取得的折扣
(D) 提出申請

解析 本題詢問男子的建議事項，因此請仔細聆聽前半段男子所說的話，鎖定關鍵動詞，掌握答題線索。第一段對話中，男子向女子說道：「Have you tried visiting our Web site? You can find all of our job listings there.」，詢問對方是否上網站確認過職缺，由此內容可以得知答案為(A)。

43.男子的要求事項 ★★★

這位女士被要求做什麼？

(A) 試新產品
(B) 在別的地方取得資訊
(C) 架設新網站
(D) 安排一場面試

解析 本題為題組中最後一題，詢問男子要求女子的事情。因此請仔細聆聽後半段男子所說的話，鎖定關鍵動詞，確認女子要做的事情為何。對話最後，男子說道：「but you need to check the Web site for details.」，請女子先到網站上確認詳細資訊，因此答案為(B)。請特別留意，elsewhere表示由男子以外的地方確認，指的就的是由網站確認詳細資訊。

第 44–46 題，請參考下方對話。 美F 美M

W: What do you think, Brian? [44, 45] **The restaurant opened last week, and we already have a decent lunch crowd.**

M: Wow, Mary. [44, 45] **That's very impressive. It looks like everything is running well.** I've thought about starting a business myself. Do you have any tips?

W: Yes, actually, I got professional help from the small business assistance program provided by the local government for about a year before beginning my own business. Its workshops and seminars were very helpful. [46] **The most helpful part, though, was getting paired with a local business owner. I learned a lot from his past management experience.**

女：布萊恩，你怎麼看？44, 45 餐廳上星期才開幕，我們就已經有蠻不錯的午餐客群了。

男：哇，瑪麗。44, 45 這很讓人驚艷。看起來一切運作得蠻好的。我有想過要自己開店，妳有什麼建議嗎？

女：有，事實上，我是從當地政府所提供的小型企業扶助計畫得到專業協助的，這大概是我開店一年前的事。它的工作坊和研討會很有幫助。46 不過最有幫助的部分是他們會幫你和當地的業主配對，我從他過去的管理經驗學到很多。

字彙 decent 還不錯的；像樣的
run well 運作得不錯
small business 小型企業
assistance program 扶助計畫
local government 當地政府
get paired 被配對
business owner 業主；店長
learn from 從……學到
management experience 管理經驗

44. 對話地點 ★★☆

談話的人在哪裡？
(A) 在政府辦公室
(B) 在一家餐飲場所
(C) 在一家咖啡廳
(D) 在一間研討室

解析 本題詢問對話的地點，因此請仔細聆聽前半段對話，當中可能會直接提及地點，或是相關單字和說明，便於推測出答案。對話開頭，女子便說道：「The restaurant opened last week, and we already have a decent lunch crowd.」，接著男子回覆：「That's very impressive. It looks like everything is running well.」，由此話可以得知他們對話的地點在餐廳。請特別留意，選項將對話中的 restaurant 改寫成意思相近的說法 food establishment。

新 **45.說話者的意圖** ★☆☆

當這位男士說:「這很讓人驚艷」時，是什麼意思？
(A) 他最近才談成一筆大合約。
(B) 他覺得食物真的很美味。
(C) 他對於一項事業的成功感到驚訝。
(D) 他對於這位女士的工作經驗感到印象深刻。

解析 本題詢問男子說出「That's very impressive.」是什麼意思。因此請由此句話前後的文意確認男子的意圖。對話開頭，女子便說道：「The restaurant opened last week, and we already have a decent lunch crowd.」，表示餐廳上週開幕後，客人很多。接著男子回覆：「That's very impressive.」以及「It looks like everything is running well.」，表示餐廳似乎營運得相當順利。由此話可以得知男子說出「That's very impressive.」，代表他沒料到會如此成功，因此答案為 (C)。

46.特定性別的相關細節／計畫中印象最深刻的部分 ★★☆

根據這位女士所述，計畫的什麼讓她印象最深刻？
(A) 工作坊
(B) 研討會
(C) 數據資料
(D) 前輩指導

解析 本題為題組中最後一題，詢問女子對於計畫中印象最為深刻的部分是什麼。因此請仔細聆聽後半段對話，鎖定提及 program 的片段。對話最後，女子說道：「I got professional help from the small business assistance program.」，表示從企業扶助的計畫中獲得專業的幫助。接著說道：「The most helpful part, though, was getting paired with a local business owner. I learned a lot from his past management experience.」，最有幫助的是能從當地企業主身上學習他們過去管理的經驗。由此內容可以得知女子對於計畫中印象最為深刻的部分就是獲得專業人士的幫助，因此答案為 (D)。

新 **第 47–49 題，請參考下方對話。** 澳M 美F

M: 47 **I've been working so much this week. You know, I stayed late to talk with clients overseas almost every night.** I can't wait to relax this weekend.

W: Yes, you have been working hard. You must be very tired. 48 **Do you know what you're going to do over the weekend?**

M: Yes, 48 **I'm going to meet my running group for a run in Bayou Trails Park.** I like to do a long run at least once a month.

W: That sounds nice. Um . . . do you know that there's a barbecue party at Bayou Trails Park on Saturday evening? 49 **You could grab a bite to eat after running.**

M: Oh, I guess that's good to know. Then I'll see you there.

男：47 我這個星期工作量非常多。妳知道的，我幾乎每天晚上都待得很晚和海外客戶商談。我等不及要在週末好好放鬆。

女：對啊，你很認真工作。你一定非常累。48 你知道要在週末做什麼了嗎？

男：知道，48 我要去到河口步道公園找跑友團跑步。我喜歡每個月至少長跑一次。

女：聽起來蠻好的。嗯……你知道河口步道公園週六晚上有烤肉會嗎？49 跑完以後你可以來吃點東西。

男：喔，知道這件事真好。那就那裡見囉。

字彙 stay late 待得晚　overseas 海外的
over the weekend 在週末時
running group 跑友團
grab a bite to eat 吃點東西

47. 特定性別的相關細節／男子這週做過的事情 ★☆☆

這位男士這週做了什麼？
(A) 他加入跑步團。
(B) 他超時工作。
(C) 他出國旅遊。
(D) 他訓練新進員工。

解析 本題為題組中第一題，詢問男子這週做了什麼事。因此請仔細聆聽男子所說的話，鎖定提及 this weekend 的片段，從中掌握答題線索。對話開頭，男子便說道：「I've been working so much this week.」，表示他這週做了很多工作；接著說道：「I stayed late to talk with clients overseas almost every night.」，提到為了和海外客戶商談，幾乎每晚都待得很晚。由此內容可以得知答案為 (B)。

48. 特定性別的相關細節／男子週末要去的地方 ★☆☆

這位男士週末期間要去哪裡？
(A) 健身中心
(B) 國外
(C) 餐廳
(D) 公園

解析 本題詢問男子週末要去什麼地方，因此請仔細聆聽對話中提及週末的片段。第一段對話中，女子說道：「Do you know what you're going to do over the weekend?」，詢問男子週末有什麼計畫。男子回答：「I'm going to meet my running group for a run in Bayou Trails Park.」，表示他要和跑友團的朋友一起去公園跑步。由此可知男子週末要去公園，因此答案為 (D)。

49. 特定性別的相關細節／女子的建議事項 ★☆☆

這位女士建議什麼？
(A) 去新公園
(B) 拜訪一位客戶
(C) 參加烤肉會
(D) 一起運動

解析 本題為題組中最後一題，詢問女子建議了什麼。因此請仔細聆聽後半段女子所說的話，鎖定她向男子建議的事。對話最後，女子向男子說道：「do you know that there's a barbecue party at Bayou Trails on Saturday evening?」，詢問男子是否知道週六晚上公園將舉辦烤肉派對；接著又說：「You could grab a bite to eat after running.」，建議他跑完步後，可以參加烤肉派對。由此內容可以得知答案為 (C)。

陷阱分析：對話中提到「there's a barbecue party at Bayou Trails Park」，告知公園內將舉辦烤肉派對。請勿一聽到公園名稱，就誤會女子建議男子去新的公園，因而誤選 (A) 作為答案。另一個要留意的是，聽到「running group for a run」和「I like to do a long run」，不要誤選 (D) 作為答案，當中並沒有提到要一起運動。

第 50–52 題，請參考下方對話。 美M 英F

M: Hi, this is Steve Parker with Wonderful Gardens. We've recently expanded into your city, and [50] **are offering all residents a 30% discount on all of our services. Would you be interested in having your lawn maintained weekly or monthly?**

W: Yes, actually, I would. My nephew mows our lawn now but he's moving next week. [51] **How much would it cost just to have the grass cut every week?**

M: It would cost about $210 monthly after the discount. Should I sign you up today so that your service will start next week?

W: No, thank you. [52] **I'm having some plants delivered next Thursday and I'd like to get those in the ground first.** Could we start on the first of next month?

男：嗨，我是美好花園的史帝夫・帕克。我們的業務最近擴展到您的城市，並且 50 提供所有當地住戶 30% 的折扣，我們所有的服務都適用。想問您有沒有興趣，每個星期或每個月維護草坪呢？

女：是，事實上，我有。目前是我的侄子在幫忙除草，不過，他下星期要搬走了。51 請問如果每週修草的話，要花多少錢？

男：折扣以後每個月大約 210 元。請問我應該今天把您登記下來嗎？這樣下星期開始就能為您服務。

女：不用，謝謝。52 下星期四我會收到一些植物，我想先把它們種下去。我們可以下個月 1 號再開始嗎？

字彙 expand into 擴展到 resident 住戶
lawn 草坪 maintain 維護
mow 除草 sign up 登記下來

50. 打電話的目的 ★★☆

這位男士為什麼打這通電話？
(A) 要介紹一位新住戶
(B) 要提供特別折扣
(C) 要更改收件地址
(D) 要解釋一項新政策

解析 本題詢問男子打電話的目的，因此請仔細聆聽前半段男子所說的話，確認他打電話的目的為何。前半段對話中，男子向女子說道：「. . . are offering all residents a 30% discount on all of our services. Would you be interested in having your lawn maintained weekly or monthly?」，表示會提供除草服務的優惠，詢問對方的意願。由此內容可以得知男子打電話是為了告知特別優惠的價格，因此答案為 (B)。

51. 特定性別的相關細節 ★★☆

這位女士詢問什麼事？
(A) 除草機的價格
(B) 運送的速度
(C) 顧客服務的品質
(D) 一項服務的花費

解析 本題詢問女子提問的內容，因此請仔細聆聽女子所說的話，從中掌握答題線索。男子向女子推銷除草服務，對此女子回答：「How much would it cost just to have the grass cut every week?」，表示她想知道每週除草的費用，因此答案為 (D)。

52. 特定性別的相關細節 ★★★

為什麼這位女士不馬上開始接受新服務？
(A) 她將要在她的庭院做些改變。
(B) 她將要買一些園藝設備。
(C) 她很快就要搬到新家。
(D) 她下個月會拜訪親戚。

解析 本題為題組中最後一題，詢問女子無法直接開始使用服務的原因。因此請仔細聆聽後半段女子所說的話，從中確認原因為何。請特別注意，若為難度較高的考題，可能會由對話的另一方提及原因。後半段對話中，女子說道：「I'm having some plants delivered next Thursday and I'd like to get those in the ground first.」，提到下週四會收到新的植物，打算先將植物種到院子裡。(A) 表示院子將會產生變化，意思相近，故為正確答案。

第 53–55 題，請參考下方對話。 美F 美M

W: Thanks for coming over to my place so quickly. 53 A rock cracked the windshield a little yesterday, but it got so big this morning that I didn't feel safe driving my car anymore.

M: 54 It actually happens a lot in the winter. A small crack can rapidly grow into a big one. It's good that you decided not to drive. It could have cracked further while you were driving.

W: So do you think you can repair it, or do I have to have it replaced?

M: Well, unfortunately, the crack is now too big to be repaired. We need to replace it with a new one. 55 If you give me your spare car key, I can get started right away.

女：感謝你這麼快就趕來我這邊。53 昨天有塊石頭把擋風玻璃打破了一點點，但愈破愈大，到今天早上我覺得開車已經不再安全了。

男：54 這在冬天蠻常發生的。小裂縫很快就會變大。妳決定不再繼續開車這樣很好。妳開車時它還會再裂得更大。

女：所以你覺得可以修好嗎，還是我需要把它換掉？

男：嗯，不幸地，裂縫現在已經太大沒辦法修補了。我們需要把它換成新的。[55] 如果妳可以把備用鑰匙給我，我可以馬上開始。

字彙 crack 裂縫　windshield 擋風玻璃
get so big 變得如此大
happen a lot 經常發生
rapidly 很快地　replace 替換
get started 著手開始

53. 推論題／男子任職的公司 ★★☆

這位男士在哪一種行業工作？
(A) 房地產仲介
(B) 建設公司
(C) 玻璃製造商
(D) 汽車維修店

解析 本題為題組中第一題，詢問男子在哪一種行業工作。因此請仔細聆聽前半段對話，鎖定相關單字和説明，以便推測出男子在哪任職。前半段對話中，女子説道：「A rock cracked the windshield a little yesterday, but it got so big this morning that I didn't feel safe driving my car anymore.」，提到昨天擋風玻璃被石頭打到，產生小裂縫。今天發現裂縫變得更大，有安全上的疑慮，因此無法再開上路。由此內容可以推測出男子應該是在汽車修理店上班，因此答案為 (D)。

新 **54.說話者的意圖** ★★☆

當這位男士說：「這在冬天蠻常發生的」時，是什麼意思？
(A) 他認為小裂縫是個常見的問題。
(B) 他想接受成為汽車技師的訓練。
(C) 他想抱怨產品的品質。
(D) 他知道下雪常常會造成許多交通意外。

解析 本題為説話者意圖題，詢問男子説出「It actually happens a lot in the winter」是什麼意思。請由此句話前後的文意，掌握男子的意圖。前方女子説道：「A rock cracked the windshield a little yesterday, but it got so big this morning that I didn't feel safe driving my car anymore.」，提到昨天擋風玻璃被石頭打到，產生小裂縫。今天發現裂縫變得更大，有安全上的疑慮，因此無法再開上路；對此男子回覆：「It actually happens a lot in the winter」，表示這樣的情形在冬天非常常見，因此答案為 (A)。

55.特定性別的相關細節／男子的要求事項 ★☆☆

這位男士向這位女士要求什麼？
(A) 讓他進到她的車內
(B) 複製幾支鑰匙
(C) 聯絡保險公司
(D) 打開她車子的引擎蓋

解析 本題為題組中最後一題，詢問男子要求女子做什麼事，因此請仔細聆後半段男子所説的話。對話最後，男子説道：「If you give me your spare car key, I can get started right away.」，請對方提供備用鑰匙，方便他開始作業。男子需要鑰匙，表示男子要進入車內更換玻璃窗，因此答案為 (A)。

陷阱分析：雖然對話中提到 give me your spare key，向對方拿鑰匙，但是並非要用來複製鑰匙，因此請特別留意不要誤選 (B) 作為答案。

新 **第 56–58 題，請參考下方三人對話。**

美M 美F 英F

M: Hello. My name is Ryan Scott. I'm here to get more information about your job openings.

W1: Oh, good morning, Mr. Scott. Please feel free to ask me about anything you want to know.

M: Thanks. Um . . . [56] **I saw your advertisement for an editor**, and I'd like to know more about the position. Is it still available, and if so, how can I apply?

W1: Yes, it is still open, Mr. Scott. Do you have any editing experience?

M: Yes, I do. [57] **I worked for *The Village Gazette* for six years, and I most recently worked for the online division of *Publishers Weekly*. I left to move from Liverpool to Manchester.**

W2: Oh, both are very good publications. [58] **You can e-mail your application form, cover letter, and résumé to our Personnel Department.** We'll be calling applicants for interviews in our new London headquarters next week.

男： 哈囉，我的名字是萊恩．史考特。我來這裡是想要得到貴單位職缺的更多資訊。

女 1：喔，早安，史考特先生。歡迎問我任何你想知道的相關資訊。

男： 謝謝。嗯……[56] 我看到您們在徵一位編輯，關於這個職缺，我還想知道更多。還有在徵人嗎？如果有，我要怎麼應徵呢？

女 1：是的，還在徵人，史考特先生。請問您有任何編輯經驗嗎？

男： 是，有的。[57] 我在《鄉公報》做過六年，我最近的工作則是在《出版者週刊》的網路部門。我從利物浦搬到曼徹斯特，所以離開了。

女 2：喔，兩個都是很棒的刊物。[58] 你可以把應徵表、求職信和履歷表用電子郵件寄到我們的人事部門。我們下週會打電話通知應徵者到我們倫敦的新總部面試。

字彙 feel free to ask 歡迎詢問　editor 編輯
apply 應徵
editing experience 編輯經驗
work for 為……工作　recently 近期
publication 刊物　cover letter 求職信
applicant 應徵者　headquarters 總部

56. 相關細節／說話者談論的職缺 ★☆☆

談話者討論的是哪一類型的工作？

(A) 記者
(B) 攝影師
(C) 編輯
(D) 網頁設計師

解析 本題為題組中第一題，詢問說話者談論的是什麼工作。因此請仔細聆聽前半段對話，從中確認職務為何。男子說道：「I saw your advertisement for an editor.」，提到他看到編輯的徵人廣告。由此內容可以得知此篇對話談論的是編輯這個職缺，因此答案為 (C)。

57. 特定性別的相關細節／男子上一份工作的地點 ★☆☆

根據這位男子所述，男士最近是在哪裡受僱？

(A) 曼徹斯特
(B) 利物浦
(C) 倫敦
(D) 愛丁堡

解析 本題詢問男子上一份工作的地點在哪裡，因此請仔細聆聽男子提及工作經歷的內容。男子向女子說道：「I worked for The Village Gazette for six years, and I most recently worked for the online division of Publishers Weekly.」，告知對方自己的工作經歷；接著說道：「I left to move from Liverpool to Manchester.」，提到因為從 Liverpool 搬到 Manchester，才會辭掉工作。由此話可以得知男子最後一份工作的地點在 Liverpool，因此答案為 (B)。

58. 特定性別的相關細節／女子的要求事項 ★☆☆

這位女士要求男士做什麼？

(A) 為面試打通電話
(B) 上網站看看
(C) 繳交文件
(D) 用電子郵件繳交寫作範本

解析 本題為題組中最後一題，詢問女子要求什麼事情。因此請仔細聆聽後半段女子所說的話，鎖定她要求男子的事情。第二名女子說道：「You can e-mail your application form, cover letter, and resume to our Personnel Department.」，請男子以電子郵件的方式繳交應徵表、求職信和履歷表，因此答案為 (C)。在此補充，「You can V . . . / You may V . . .」等句型皆可以用來表達要求事項，請務必熟記。

陷阱分析： 請特別留意，對話中有提到：「We'll be calling applicants for interviews」，表示會電話通知面試，請勿因此誤選 (A)。

第 59–61 題，請參考下方對話。 美M 美F

M: [59] **This is a great photo of the sunset, Jessica. Did you buy it?**

W: [59] **I took it myself. I've been taking photographs for over 10 years. It's my favorite pastime.** I usually have my camera with me. I started taking courses when I was in university. [60] **On vacation, I take as many photos as possible.**

M: Excellent. Where was this shot taken? Was it in Utah?

W: No. It's actually from New Mexico. [61] **I also have photos of Utah if you'd like to take a look.**

男：[59] 這是一張很美的夕陽照，潔西卡。這是妳買的嗎？

女：[59] 是我自己拍的。我攝影超過十年了。這是我最喜歡的消遣。我通常都會帶著我的相機。我從大學時開始上攝影課。[60] 休假時，我就儘可能拍照。

男：太棒了。這在哪拍的？是在猶他州嗎？

女：不是。其實是在新墨西哥。[61] 我也有猶他州的照片，如果你想看看的話。

字彙 pastime 消遣　on vacation 休假時

59. 對話主旨 ★★☆

談話者主要在討論什麼？
(A) 一場即將舉辦的攝影展
(B) 最近到新墨西哥的旅行
(C) 一場相機和鏡頭的工作坊
(D) 這位女士享受的一個活動

解析 本題為題組中第一題，詢問對話的主旨。因此請仔細聆聽前半段對話，從中掌握對話的中心主旨。對話開頭，男子便說道：「This is a great photo of the sunset, Jessica. Did you buy it?」，表示日落照片很美，向對方詢問是否為買來的照片。女子回答：「I took it myself. I've been taking photographs for over 10 years. It's my favorite pastime.」，表示此為自己拍攝的照片，還提到自己的興趣是攝影，已經拍了十多年的照片。由此話可以得知女子喜愛的活動為攝影，因此答案為 (D)。

60. 特定性別的相關細節 ★★☆

關於拍照，這位女士說了什麼？
(A) 她旅遊時會做。
(B) 她不太擅長。
(C) 花了她很多時間。
(D) 花了她很多錢。

解析 本題詢問女子提及拍照的內容，因此請仔細聆聽女子所說的話，鎖定與拍照有關的資訊。第一段對話中，女子說道：「On vacation, I take as many photos as possible.」，提到會利用休假時拍很多照片，由此可以得知答案為 (A)。

61. 女子的提議事項 ★★☆

這位女士提議要做什麼？
(A) 賣給男士幾張他欣賞的照片
(B) 邀請男士逛展覽
(C) 給男士上攝影課
(D) 給男士看更多她的作品

解析 本題為題組中最後一題，詢問女子提議什麼事。因此請仔細聆聽後半段女子所說的話，鎖定關鍵動詞，掌握答題線索。對話最後，女子向男子說道：「I also have photos of Utah if you'd like to take a look.」，向男子表示自己有在 Utah 拍攝的照片，如果對方想看的話願意帶來給對方看，因此答案為 (D)。

陷阱分析：請特別留意，雖然對話中女子提到自己有在 Utah 拍攝的照片，如果對方想看願意帶來給對方看，但是並未表示出要販賣照片的意思，因此請勿誤選 (A) 作為答案。

第 62–64 題，請參考下方對話。 美F 澳M

W: Hi, Mr. McGowan. [62] **Have you finished the final design for the new outdoor sports windbreaker?**

M: Yes, I have. But the client called this morning and told me he wanted us to make a few changes to the final design.

W: What? [63] **I don't understand why Mr. Grant requested the design modifications.** Actually, we have already gone through several redesigns and selected the optimal design for the product. [63] **Does he still want the final design by the end of this month?**

M: Yes, that hasn't changed at all. [64] **Um . . . we have to work late a lot of nights and have to push hard to make the deadline.**

女：嗨，麥高文先生。[62] 你完成戶外運動防風外套的設計完稿了嗎？

男：是，我做好了。但客戶今早打電話給我，跟我說他想要我們對完稿稍作修改。

女：什麼？[63] 我不明白為什麼格蘭特先生又要求修改設計。實際上，我們已經重新設計好幾次了，而且選擇了最適合產品的設計。[63] 他還想要在這個月底前拿到最終版設計嗎？

男：是的，這並沒有改變。[64] 嗯……我們得加班好幾個晚上，加把勁才能趕上期限了。

字彙 final design 設計完稿
windbreaker 防風外套
make a few changes to 對……稍作修改
go through 經歷 optimal 最佳的
design modifications 修改設計
work late a lot of nights 加班好幾個晚上
push hard to V 加把勁做……
make the deadline 趕上期限

62. 相關細節／說話者工作的內容 ★☆☆

談話者正忙著做什麼？
(A) 企業商標
(B) 銷售簡報
(C) 設計專案
(D) 廠區配置

解析 本題為題組中第一題，詢問說話者工作的內容。因此請仔細聆聽前半段對話，確認說話者提及的工作內容為何。前半段對話中，女子說道：「Have you finished the final design for the new outdoor sports windbreaker?」，詢問對方是否已完成新的運動防風外套的設計。由此可以得知說話者們目前工作的項目為設計新產品，因此答案為 (C)。

新 63.說話者的意圖 ★★☆

這位女士為什麼說：「他還想要在這個月底前拿到最終版設計嗎」？
(A) 她需要招聘更多設計師。
(B) 她對新企畫很興奮。
(C) 她認為客戶的資訊有誤。
(D) 她對情況感到驚訝。

解析 本題考的是說話者的意圖，詢問第二段對話中，女子說出「Does he still want the final design by the end of this month?」的原因為何。因此請從此句話前後的文意，掌握女子的意圖。前方女子說道：「I don't understand why Mr. Grant requested the design modifications.」，提到她無法理解 Grant 先生為何要求修改設計；接著反問對方：「Does he still want the final design by the end of this month?」，由此內容可以得知顧客要求修改已完成的設計，卻又不願意延長截止日期，讓女子對這個狀況十分訝異，因此答案為 (D)。

64.特定性別的相關細節／男子擔憂的事情 ★☆☆

這位男士擔心的是什麼？
(A) 開會遲到
(B) 被額外收錢
(C) 準時完成工作
(D) 獲得主管批准

解析 本題為題組中最後一題，詢問男子擔憂的事情為何。因此請仔細聽後半段男子所說的話，鎖定他擔心什麼事情。對話最後，男子說道：「Um . . . we have to work late a lot of nights and have to push hard to make the deadline.」，提到如果要在期限內完成，勢必得連夜加班趕工。由此話可以得知，他對於要趕上截止日期感到擔憂，因此答案為 (C)。

新 第 65–67 題，請參考下方對話和地圖。

英F 美M

W: It won't be long before we arrive at the airport. [65] **It's best that we stop and put gas in the car. The rental company charges an average of a dollar more per gallon than at a gas station.** Rental companies want to make as much money as they can.

Actual Test 3 解答&中譯解析 PART 3

M: Good idea. [65] We shouldn't pay more than we have to.

W: [66] Is this where we should exit?

M: [66] This is the rest area. I believe there's a gas station at the next exit.

W: Excellent. Plus, [67] I think we should pick up some snacks for the flight. I'm getting hungry.

女：不久後我們就會到機場。65 我們最好停車加個油。租車公司算的油錢，平均每加崙比加油站多一美元。租車公司想儘可能地賺錢。

男：好主意。65 我們不應該付得比我們該付的多。

女：66 這是我們應該開出去的地方嗎？

男：66 這是休息區。我相信下個交流道會有加油站。

女：好極了。另外，67 我想我們應該帶點零食上飛機，我開始餓了。

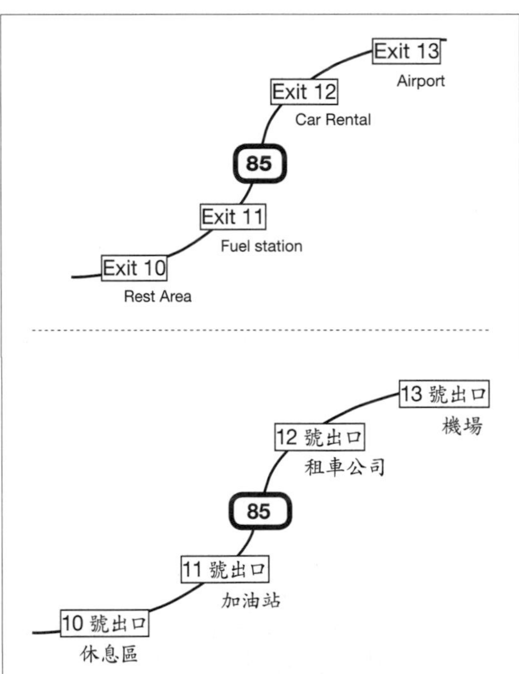

字彙 put gas in the car 幫車加油
charge 扣錢；索費　gallon 加崙
gas station 加油站
exit 出口　rest area 休息區
plus 另外　pick up 帶上
snack 零食　flight 班機

65. 說話者擔憂的事情 ★☆☆

談話者擔心的是什麼？
(A) 趕不上班機
(B) 塞在路上
(C) 錯過簡報
(D) 額外付錢

解析 本題為題組中第一題，詢問說話者擔憂的事情。無論是問題還是擔憂的事，通常會出現在前半段對話中，因此請務必從中掌握答題線索。對話開頭，女子便說道：「It's best that we stop and put gas in the car.」，建議先到加油站加油。接著說道：「The rental company charges an average of a dollar more per gallon than at a gas station.」，表示與加油站相比，租車公司通常會要求較高的加油費用。男子回覆：「We shouldn't pay more than we have to.」，提到不需要多付不必要的費用。由此內容可以得知說話者擔心得多付錢，因此答案為 (D)。

新 66.整合圖表資訊／出口 ★★☆

請看圖表，這位男士想要女士走哪一號出口？
(A) 10 號出口
(B) 11 號出口
(C) 12 號出口
(D) 13 號出口

解析 本題詢問男子要女子走幾號出口，對話中不會直接講出幾號，而是得透過提及 exit 的對話，推測出相對位置。女子說道：「Is this where we should exit?」，詢問是否是走這個出口。接著男子回答：「This is the rest area. I believe there's a gas station at the next exit.」，提到下個出口才是加油站。確認地圖後，可以得知休息站位在 10 號出口，若要到加油站，得走 11 號出口，因此答案為 (B)。

67.特定性別的相關細節／女子往後的行動

這位女士說她將要做什麼？
(A) 換一顆輪胎
(B) 買一份地圖
(C) 買一些零食
(D) 接一位客戶

解析 本題為題組中最後一題，詢問女子下一步要做什麼事。因此請仔細聆聽後半段女子所說的話，鎖定關鍵動詞。對話最後，女子說道：「I think we should pick up some snacks for the flight.」，提到要買一些零食帶到飛機上吃，因此答案為 (C)。

新 第 68–70 題，請參考下方對話和班機時刻表。美F 美M

W: Hey, Mr. Wilson. We should hurry to get to the airport to pick up the client.

M: Um . . . 68 **haven't you heard yet some flights have been delayed due to the heavy storm?**

W: What? I haven't heard that at all. Then 68 **Ms. Ferguson won't be arriving at the airport on time?**

M: Yes, I've already checked the airline's Web site. We don't have to leave now to pick her up.

W: 69 **But all of the downtown roads are usually congested on Friday, with traffic jams lasting up to four or five hours. So why don't we leave now?** Otherwise, we will end up being late.

M: Sure, we can do that. Ah, 70 **did you decide where to have dinner with Ms. Ferguson?**

女：嘿，威爾森先生。我們應該要趕快到機場接客戶。

男：嗯……68 妳沒有聽說，有幾班飛機因為大風暴延後了嗎？

女：什麼？我根本沒有聽說。這樣子 68 弗格森女士就不會準時到機場了？

男：對，我已經上航空公司官網上查過了。我們不用現在出門去接她。

女：69 不過市中心所有的路段在星期五通常都很塞，塞車可以塞到四、五個小時。我們何不現在就離開？不然最後會遲到。

男：當然，我們可以這麼做。啊，70 妳決定要在哪裡和弗格森女士吃晚餐了嗎？

Origin	Status	Expected Time of Arrival
Seoul	Landed	1:00 P.M.
Tokyo	On Time	1:45 P.M.
Toronto	Canceled	3:00 P.M.
Manchester	Delayed	5:50 P.M.

出發地	狀態	預計抵達時間
首爾	抵達	下午 1:00
東京	準點	下午 1:45
多倫多	取消	下午 3:00
曼徹斯特	延後	下午 5:50

字彙 **pick up** 接機　**on time** 準時
congest 阻塞　**traffic jam** 塞車
end up V-ing 結果變成

新 68. 整合圖表資訊／ Ferguson 女士出發的城市 ★★☆

請看圖表，弗格森女士從哪個城市出發？

(A) 首爾
(B) 東京
(C) 多倫多
(D) 曼徹斯特

解析 本題詢問 Ferguson 女士從哪個城市出發，需要整合對話內容和圖表資訊，才能選出答案，由此可知對話中不會直接告知出發的城市名稱。因此請仔細聆聽，對話中是否提到表格中列出的班機狀況或預定抵達時間。

第一段對話中，男子說道：「haven't you heard yet some flights have been delayed due to the heavy storm?」，提到因為風勢過大，部分班機將延遲抵達，詢問對方是否得知這項消息。女子回答：「Ms. Ferguson won't be arriving at the airport on time?」，反問對方那 Ferguson 女士是否無法準時抵達機場。由此話可以得知 Ferguson 女士搭乘的班機會延遲抵達。確認班機時刻表後，會發現延遲的班機只有從 Manchester 出發的班機，因此答案為 (D)。

69. 特定性別的相關細節／女子想要現在出發的原因 ★★☆

這位女士為什麼想要現在就出發？

(A) 天氣很糟。
(B) 交通很繁忙。
(C) 她對當地不熟。
(D) 客戶比原來安排的更早到。

解析 本題針對特定性別詢問相關細節，詢問女子為何想要現在出發。因此請仔細聆聽女子所説的話，確認她想要儘快出發的原因。後半段對話中，女子説道：「But all of the downtown roads are usually congested on Friday, with traffic jams lasting up to four or five hours.」，提到週五走市區通常都會塞車；接著説道：「So why don't we leave now?」，建議現在就出發，因此答案為 (B)。

70. 推論題／說話者見到 Ferguson 女士後要做的事情 ★☆☆

當談話者們見到弗格森女士時，最有可能做什麼？

(A) 搭飛機
(B) 吃飯
(C) 走導覽行程
(D) 做簡報

解析 本題為題組中最後一題，詢問説話者見到 Ferguson 女士後，最可能做什麼事。因此請仔細聆聽最後一段對話的內容，鎖定答題線索，推測出説話者稍後要和 Ferguson 女士一起做什麼事情。男子説道：「did you decide where to have dinner with Ms. Ferguson?」，詢問女子是否決定好要和 Ferguson 女士一起吃晚餐的地點。由此話可以推測出，説話者見到 Ferguson 女士後，要一起去吃晚餐，因此答案為 (B)。

PART 4

P. 437

第 71–73 題，請參考下方廣播。 美M

Attention, Manchester Supermarket shoppers. [71] **Have you heard about our new membership card? If not, now is a great time to sign up.** As a holder of our membership card, you can receive further discounts on selected items within the supermarket. [72] **If you join before September 9th, you will receive a free bottle of wine from our Beverages Department.** [73] **To sign up, just ask a member of our staff for an application form and submit the completed form to our customer service desk by the main entrance.** We hope you will take advantage of this amazing offer. Thank you and enjoy your shopping.

請注意，在曼徹斯特超市購物的民眾。[71] 您有聽說我們最新的會員卡嗎？如果沒有，現在是登記註冊的好時機。持有我們的會員卡，您可以得到更多超市精選商品的折扣。[72] 如果您在 9 月 9 日以前加入，將免費獲贈我們飲料部門的一瓶酒。[73] 想登記的話，只要跟我們的員工索取申請表，然後把填寫好的表格交給入口旁的顧客服務櫃檯。我們希望您可以享用到這項驚人的優惠。感謝您並祝您購物愉快。

字彙 sign up 註冊；報名登記　holder 持有人
selected 精選的　beverage 飲料
application form 申請表
submit 提交　entrance 入口
take advantage of 利用

71. 說話者的要求事項 ★☆☆

說話者要求聽者做什麼？

(A) 申請會員
(B) 上一個新網站
(C) 在新的店購物
(D) 試用新產品

解析 本題為題組中第一題，詢問説話者要求什麼事情。因此請仔細聆聽前半段獨白，鎖定表示要求的關鍵動詞，掌握答題線索。前半段獨白中，説話者説道：「Have you heard about our new membership card? If not, now is a great time to sign up.」，介紹新的會員卡，並建議加入會員，因此答案為 (A)。

72.相關細節 ★☆☆

如果聽者在 9 月 9 日前登記可以得到什麼？

(A) 免費運送
(B) 一些免費折價券
(C) 一瓶免費飲料
(D) 更低的價格

解析 本題詢問聽者於 9 月 9 日以前申請，能獲得什麼東西。因此請鎖定提及 9 月 9 日的片段，從中掌握答題線索。獨白中間部分，說話者說道：「If you join before September 9th, you will receive a free bottle of wine from our beverages department.」，提到若於 9 月 9 日前加入會員，將能獲贈一瓶葡萄酒，因此答案為 (C)。

73.相關細節 ★★☆

聽者為什麼需要去入口旁的服務櫃檯？
(A) 要求運送
(B) 繳交表格
(C) 登記參加課程
(D) 接收會員卡

解析 本題為題組中最後一題，詢問聽者前往入口旁服務櫃檯的原因。因此請仔細聆聽後半段獨白，鎖定提及 the service desk by the entrance 的片段，從中掌握答題線索。獨白最後，說話者說道：「To sign up, just ask a member of our staff for an application form and submit the completed form to our customer service desk by the main entrance.」，提到填寫完申請表後，請將表格交給入口旁的服務櫃檯。由此內容可以得知，聽者為了繳交資料，才會前往入口旁的服務櫃檯，因此答案為 (B)。

陷阱分析：獨白最後，說話者明確表示填寫完申請表後，再將表格交給入口旁的服務櫃檯。值得留意的是，雖然當中提到 To sign up，但是並非指報名課程，因此千萬不要選成 (C) 作為答案。

第 74-76 題，請參考下方電話留言。 英F

Hello, Mr. McDonald. this is Alley Goodroad calling from Century Properties. 74 **It was really nice meeting you on Wednesday**, and I was wondering if you had any thoughts on renting the two-bedroom apartment I showed you. 75 **Um . . . you wanted me to find out about your own parking space, right? There are a few parking spaces available, so you can pick one of them.** Anyway, 76 **this is a very popular apartment building. You know, many people want to move into this apartment. Please let me know what you decide to do as soon as possible.** Actually, I need some time to prepare all the necessary paperwork for the lease. When you check this message, please get back to me. Thank you.

哈囉，麥當勞先生。我是世紀不動產的艾莉·古德路。74 星期三和您見面很開心，而我想知道，您對於我給您看的，有兩間寢室的公寓有什麼看法，有想租的意願嗎？75 嗯……您想要我找找看您專屬的停車位，是嗎？那裡有幾個停車位可以使用，所以您可以選擇其中一個。總之，76 這是一間很受歡迎的公寓大樓。您知道的，很多人想要搬進去這間公寓。請儘快讓我知道您的決定。事實上，我需要一點時間準備所有租約所需的紙本文件。當您收到訊息時，請回電給我。感謝。

字彙 **I was wondering if** 我想知道是否……
parking space 停車位
pick 選擇
necessary paperwork 所需的紙本文件
lease 租約 **get back to** 回電；回覆

74. 相關細節／說話者上週三做過的事情 ★★☆

說話者上星期三做了什麼事？
(A) 她超時工作。
(B) 她和她的客戶簽了合約。
(C) 她和麥當勞先生見了面。
(D) 她擴展了一些停車位。

解析 本題為題組中第一題，詢問說話者上週三做了什麼事情。因此請仔細聆聽前半段獨白，鎖定提及 last Wednesday 的片段，從中掌握答題線索。前半段獨白中，說話者說道：「It was really nice meeting you on Wednesday.」，提到很高興上週三能和 McDonald 先生碰面，因此答案為 (C)。

陷阱分析：說話者上週三和 McDonald 先生碰面，為的是帶對方看房子。值得留意的是，雖然獨白中提到 renting the two-bedroom apartment，但是他們尚未簽署合約，因此請不要誤選 (B) 作為答案。

75.相關細節／說話者針對停車位提及的內容 ★☆☆

關於停車位，說話者說了什麼？

(A) 夜間通常都停滿了。
(B) 目前可以使用。
(C) 月費非常昂貴。
(D) 位於市中心。

解析 本題詢問說話者針對停車位提到什麼，因此請鎖定提及停車位的片段，例如提到 parking space、parking garage 或 parking facility 的句子。獨白中間部分，說話者說道：「Um . . . you wanted me to find out about your own parking space, right?」，提到對方想要知道是否有專用停車位。接著說道：「There are a few parking spaces available, so you can pick one of them.」，表示現在尚有一些停車位，可以讓對方自由選擇，因此答案為 (B)。

新 **76.說話者的意圖** ★★☆

說話者為什麼說：「這是一間很受歡迎的公寓大樓」？

(A) 要推銷一間新公寓
(B) 要強調高品質
(C) 要要求迅速下決定
(D) 要解釋公寓價格為什麼很高

解析 本題詢問說話者説出「this is a very popular apartment building.」的原因為何。因此請從此句話前後的文意，掌握説話者的意圖。説話者説道：「this is a very popular apartment building.」，接著又説：「You know, many people want to move into this apartment.」，提到有很多人等著入住這間公寓。後方還説道：「Please let me know what you decide to do as soon as possible.」，請對方儘快決定好並通知她。由此內容可以得知，説話者説出「this is a very popular apartment building.」為的是希望對方能儘快決定是否入住，因此答案為 (C)。

第 77–79 題，請參考下方電話留言。 美F

Good morning, Mr. Garnett. This is Linda Kim calling to tell you we're looking forward to you joining the Hayward branch when you transfer next week. 77 **We're all sure you will be an asset to our human resources department here.** 78 **As you saw in Mr. Keith Allan's email, he was planning a welcome lunch for you next Monday. But he's agreed to reschedule the lunch to Tuesday** as 79 **I plan to give you a tour of our company offices and introduce you to the department managers throughout most of Monday.** Please give me a call back if you have any questions regarding your move to Hayward.

早安，賈奈特先生。我是琳達・金，打電話來告訴您，我們很期待您下個星期轉到黑沃德分部。77 我們全體都很確定，您會是我們人資部門的重要資產。78 誠如您在基斯・亞蘭先生的電子郵件中所看到的，他計畫要在下週一舉辦歡迎您的午餐聚會。不過，他已經同意要把午餐改到星期二了，因為 79 我計畫會用掉整個星期一，為您導覽我們的辦公室，並把您介紹給部門主管。關於您要到黑沃德的相關事宜，若您還有任何問題，請回電給我。

字彙 look forward to V-ing 期待某事
branch 分部；分公司　transfer 轉調
asset 資產　reschedule 改期
throughout 從頭到尾
regarding 關於……

77.說話者工作的部門 ★☆☆

說話者可能在哪個部門工作？

(A) 會計
(B) 維修
(C) 人事
(D) 技術支援

解析 本題詢問説話者工作的部門，因此請仔細聆聽前半段獨白，當中可能會直接告知部門名稱，或是提到相關説明，便於推測出答案。前半段獨白中，説話者説道：「We're all sure you will be an asset to our human resources department here.」，提到人事部的大家都深信 Garnett 先生會成為人事部的重要資產。由此可以推測出說話者在人事部門工作，因此答案為 (C)。

78.相關細節 ★★☆

亞蘭先生同意做什麼？

(A) 把午餐約會改期
(B) 聘新員工
(C) 核准轉調
(D) 舉行告別派對

解析 本題詢問 Allan 先生同意什麼事情，因此請鎖定提及人名 Allan 的片段，從前後文掌握答題線索。獨白中間部分，說話者說道：「As you saw in Mr. Keith Allan's email, he was planning a welcome lunch for you next Monday. But he's agreed to reschedule the lunch to Tuesday.」，表示 Allan 先生同意將週一的午餐計畫改到週二，因此答案為 (A)。

79.相關細節 ★★☆

說話者可能在星期一提供給賈奈特先生什麼？

(A) 工作面試
(B) 商業午餐
(C) 和董事會開會
(D) 公司導覽

解析 本題為題組中最後一題，詢問說話者預計於週一提供 Garnett 先生什麼東西。因此請仔細聆聽後半段獨白，鎖定提及 Monday 的片段，從中掌握答題線索。後半段獨白中，說話者說道：「I plan to give you a tour of our company offices and introduce you to the department managers throughout most of Monday.」，表示計劃於週一帶 Garnett 先生參觀公司，並將他介紹給部門經理認識。當中提到 a tour of our company，可以得知週一要參觀公司，因此答案為 (D)。

第 80–82 題，請參考下方獨白內容。 (澳M)

We are pleased you made it today to see the results of the Walnut Creek City Library's recent renovation project. I'd especially like to thank all our community leaders and local businesses that made generous donations. [80] **You will think that you've walked into the wrong building. In addition to making building repairs and enlarging the reading areas,** [81] **we also built a new multimedia room and a business center.** After you have a look around, [82] **please join us in Warren Hall on the first floor for some refreshments.** And be sure to stop by our new gift shop, where you can purchase used books and other souvenirs.

我們很榮幸，你們今天抽空來看看核桃溪市立圖書館整建計畫的成果。我想特別感謝所有社區負責人和當地商家的慷慨捐贈。80 你們會想是不是走錯建築了。除了建築維修和擴大閱讀區，81 我們也打造了新的多媒體室和商務中心。等你們逛過以後，82 請到一樓的華倫廳和我們一起享用一些茶點。也一定要順路逛逛我們新的禮品店，在那裡你們可以購買二手書和其他紀念品。

字彙 be pleased to 感到榮幸……
make it 找出時間來做
renovation 整修
community leaders 社區負責人
local businesses 當地商家
make donations 捐款　in addition to 除了
enlarge 擴大　reading areas 閱讀區
look around 四處看　refreshments 茶點
stop by 順路逛逛　gift shop 禮品店
used book 二手書　souvenir 紀念品

(新) **80. 說話者的意圖** ★★☆

為什麼說話者說：「你們會想是不是走錯建築了」？

(A) 他需要提到他們訪問錯地點了。
(B) 他想要展現敬意和謝意。
(C) 他需要解釋事情的嚴重性。
(D) 他想要展現計畫有多成功。

解析 本題詢問說話者說出「You will think that you've walked into the wrong building.」是什麼意思。因此請從此句話前後的文意，掌握說話者的意圖。說話者說道：「You will think that you've walked into the wrong building.」，接著還說：「In addition to making building repairs and enlarging the reading areas, we also built a new multimedia room and a business center.」，提到建築物翻修後，擴建了閱讀區域，還增設了多媒體室和商務中心。由此可以得知說話者想要表達圖書館的修建相當成功，因此答案為 (D)。

81.相關細節／圖書館的變化 ★★☆

圖書館做了哪些改變？
(A) 增加新設備。
(B) 停車場擴建。
(C) 增聘有證照的圖書館員。
(D) 啟用線上租書系統。

解析 獨白中介紹完圖書館後，會提及圖書館的變化，因此請從選項中選出適當的答案。若當中提及數個變化，考題的難度也隨之增加。因此建議先看過選項，再聆聽獨白內容，較容易選出答案。說話者介紹完 Walnut Creek 市立圖書館的翻修計畫後說道：「we also built a new multimedia room and a business center」，由此可以得知圖書館增設了先前沒有的設施，因此答案為 (A)。

82.相關細節／將於 Warren Hall 發生的事情 ★☆☆

根據說話者所述，在華倫廳會發生什麼事？
(A) 將提供茶點。
(B) 將舉辦公聽會。
(C) 將開始整建和維修工作。
(D) 將進行頒獎。

解析 本題為題組中最後一題，詢問 Warren Hall 中將發生什麼事情。因此請仔細聆聽後半段獨白，鎖定提及地點 Warren Hall 的片段，從中掌握答題線索。獨白最後，說話者說道：「please join us in the Warren Hall on the first floor for some refreshments.」，提到逛完圖書館一圈後，可以到一樓的 Warren Hall 享用茶點，因此答案為 (A)。

第 83–85 題，請參考下方電話留言。 (美M)

Hello, Mr. Bolton. This is Daniel Winston calling from Camp Adventure Holidays in London. I'm returning your call about the health certificate procedure. 84 **You asked whether you needed to pass a health assessment in order to go on one of our backpacking vacations to Australia?** You're right, you do. The health assessment is required to make sure you are physically fit and will be able to endure two weeks in the Australian outback. Here's what will happen. 83 **First, you need to fill out the personal health evaluation form and send it back to us. This will just take about ten minutes. Then, you will need to come to our offices and a qualified doctor will assess your health and give you a health certificate if you meet the health requirements.** The whole health check only takes 30 minutes. 85 **You'll have to keep your health certificate with you during the vacation.** If you have any other questions, Mr. Bolton, please get in touch.

哈囉，波頓先生。我是丹尼爾・溫斯頓，從倫敦的露營冒險假期公司打來。我回電給您，是有關您的健康證明程序。84 您詢問是不是需要通過健康評估，才能參加我們到澳洲的野外露營度假行程。您是對的，您確實需要。健康評估之所以必要，是得確保您的身體健康，而且可以承受在澳洲內陸待上兩個星期。之後的狀況會是如下所述。83 首先，您需要填寫個人健康評估表，然後寄回來給我們。這只會花大約十分鐘左右。然後您需要到我們辦公室，由合格醫師評估您的健康狀況，如果您符合規定要求，他將會開立健康證明給您。整個健檢只需要 30 分鐘。85 您在度假期間，需要隨身帶著健康證明。如果波頓先生您有任何其他問題，請保持聯絡。

字彙 **health certificate** 健康證明
assessment 評估
backpacking vacation 野外露營
be required to 被需要用來
physically fit 身體健康
endure 忍受；承受 **outback** 澳洲內陸
fill out 填寫 **evaluation form** 評估表
qualified 合格的 **assess** 評估
meet 符合 **requirement** 要求；規定
get in touch 保持聯絡

83. 留言的主旨 ★★★

這位男士為什麼打這通電話？
(A) 要提供醫療檢驗的結果
(B) 要通知波頓先生有關程序的事
(C) 要提出請假需求
(D) 要購買度假的旅遊套裝行程

解析 一般來說，前半段獨白中，說話者打完招呼、講完自我介紹後，便會告知對方主旨為何。但是本題的前半段留言中，說話者只有提到要再次確認 Bolton 先生提出的問題，後方才提出留言的主旨：「First, you need to fill out the personal health evaluation form and send it back to us. Then, you will need to come to our offices and a qualified doctor will assess your health and give you a health certificate if you meet the health requirements.」，明確告知對方健康檢查的流程，因此答案為 (B)。

陷阱分析：留言中，說話者明確告知對方健康檢查的流程，由此可以得知，本篇留言的目的為的是告知對方流程。值得留意的是，雖然當中提到 personal health evaluation form、assess your health、health certificate、meet the health requirements 等單字，但是並非要告知對方檢查結果，因此千萬不要選成 (A) To give the results of a medical test 作為答案。

84.相關細節 ★★★

健康證明可以讓波頓先生做什麼？
(A) 接受治療
(B) 訂機位
(C) 拿到在倫敦的工作簽證
(D) 到外國旅行

解析 本題詢問 Bolton 先生可以用健康檢查證明來做什麼事情，因此請仔細聆聽留言中提及需要健康證明的事情。前半段留言中，說話者說道：「You asked whether you needed to pass a health assessment in order to go on one of our backpacking vacations to Australia?」，向 Bolton 先生確認他之前是否詢問過參加澳洲自由行，要通過健康檢查一事。由此內容可以推測出參加旅遊需要健康證明，因此答案為 (D)。另外，選項將留言中的 pass a health assessment 改寫成 health certificate，請特別留意。

85.相關細節 ★★★

有關健康證明，說話者提到什麼？
(A) 它是免費的。
(B) 需要提交申請表。
(C) 旅行中需帶上證明。
(D) 必須經過衛生部簽署。

解析 本題詢問說話者針對健康檢查證明提到什麼事情，因此請鎖定提及 health certificate 的片段，從中掌握答題線索。留言最後，說話者說道：「You'll have to keep your health certificate with you during the vacation.」，當中提到 keep your health certificate 和 during the vacation，表示旅遊期間要記得攜帶健康檢查報告，因此答案為 (C)。

第 86–88 題，請參考下方發表內容。 (英F)

The reason for today's meeting is to inform you that we have recently decided to improve our Customer Service Department in order to meet our customers' needs more effectively. In order to achieve that, we have hired a new supervisor. 86 **I'd like to introduce Mr. Brian Cox, who will be the new Department head of the Customer Service Department.** Mr. Cox will mainly be focusing on the training and orientation of new representatives in customer service. 87 **As you know, we are hoping to add 150 new employees to our workforce within the next year.** 88 **If anyone has any recommendations for new workers, please let Mr. Cox know, and we can arrange for them to attend the next series of interviews.**

今天召開會議的緣由是要通知你們，我們最近決定改善我們的客服部門，以便更有效地達成我們客戶的需求。為了達成這項目標，我們才剛聘了新的主管。86 我想介紹布萊恩．寇克斯先生，他將是新的客服部主管。寇克斯先生主要將負責訓練和引導新進的客服專員。87 誠如你們知道的，我們希望可以在明年度的人力編制上，增加 150 名新員工。88 如果大家有想推薦的新人，請讓寇克斯先生知道，我們就可以安排他們參加接下來的一系列面試。

字彙 inform sb. that . . . 通知某人……
effectively 有效地　achieve 取得
mainly 主要　representative 代表；專員
workforce 勞動力；人力　arrange 安排

86. 主旨 ★★☆

說話者正在宣布什麼？

(A) 客戶投訴增加
(B) 人事政策異動
(C) 將舉行新進員工說明會
(D) 介紹一名新進員工

解析 一般來說，前半段獨白中，通常會提到主旨。獨白開頭，說話者便說道：「The reason for today's meeting is to inform you that we have recently decided to improve our customer service department in order to meet our customers' needs more effectively.」，提到為了滿足顧客的需求，決定於近期改善客服部門。接著說道：「I'd like to introduce Mr. Brian Cox, who will be the new department head of the customer service department.」，介紹新上任的部門主管 Brian Cox 先生。由此可以得知本篇獨白的主旨為介紹新上任的員工，因此答案為 (D)。

87.相關細節 ★★☆

明年度該公司將發生什麼事？

(A) 員工數將會增加。
(B) 將開設新的分公司。
(C) 新產品將上市。
(D) 會舉行公司旅遊。

解析 本題詢問公司明年預計做什麼事情，因此請鎖定提及 the coming year 或 next year 的片段，從中掌握答題線索。後半段獨白中，說話者說道：「As you know, we are hoping to add 150 new employees to our workforce within the next year.」，表示希望明年能增加 150 名新進員工，因此答案為 (A)。

88.相關細節 ★★☆

聽者需要知會寇克斯先生什麼事情？

(A) 新產品的發想點子
(B) 有潛力成為員工者
(C) 有效的客戶管理計畫
(D) 增加客戶滿意度的方法

解析 本題為題組中最後一題，詢問聽者應該告知 Cox 先生什麼事情。因此請仔細聆聽後半段獨白，鎖定提及 Cox 先生的片段，從中掌握答題線索。獨白最後，說話者說道：「If anyone has any recommendations for new workers, please let Mr. Cox know, and we can arrange for them to attend the next series of interviews.」，提到如有合適的員工人選，請告知 Cox 先生，因此答案為 (B)。

第 89–91 題，請參考下方獨白。 (澳M)

Nice to see you all today. 90 **The first matter I'd like to discuss is our poor sales performance last quarter for our latest model refrigerator.** Many online shopping sites and electronic products magazines have all recommended our product, stating that it is versatile, easy to use, and reasonably priced. 89 **I think that your company can solve this worrying problem of low sales.** We had not allocated enough money to advertise the product. 91 **I believe that we need to put some more money into an effective advertising campaign to show people how superior our refrigerator is compared to our competitors' models.** 89 **So, let's get started on a new ad campaign so that the sales figures will improve next quarter.**

今天很高興見到大家。90 首先我想要討論的是，我們最新型號的冰箱在上一季的銷售表現很慘。很多購物網站和電子產品雜誌都很推薦我們的產品，說它有很多功能、操作簡單而且定價合理。89 我認為你們公司可以解決低銷量這個令人擔憂的問題。我們之前沒有分配足夠的錢來為這個產品打廣告。91 我相信我們需要挹注更多錢到更有效的廣告活動上，展示給大家看，和其他的競爭型號相比，我們的冰箱有多出色。89 所以，讓我們開始新的廣告活動，如此一來就能改善下一季的銷售額。

字彙 sales performance 銷售表現 quarter 一季
latest 最新的 state 陳述
versatile 多功能的 reasonably 合理地
allocate 分配 superior 更好
competitor 競爭對手
ad 廣告 (=advertisement)
sales figure 銷售額

89. 聽者的真實身分 ★★★

這段談話最可能是說給誰聽的？
(A) 銷售專員
(B) 廣告公司人員
(C) 產品開發員
(D) 家電技師

解析 本題詢問聽者的身分為何，因此請仔細聆聽前半段獨白，當中可能會直接提及聽者的身分，或是與身分相關的說明，便於推測出答案。獨白中間部分，說話者說道：「I think that your company can solve this worrying problem of low sales.」，提到對方公司可以解決銷售量不佳的問題。最後又說道：「So, let's get started on a new ad campaign so that the sales figures will improve next quarter.」，提到要開始進行新的廣告活動，以增加下一季的銷量。由此內容可以推測出聽者為廣告公司的員工，因此答案為 (B)。一般來說，此類考題的答題線索會出現在前半段獨白中，但是本題的答題線索卻出現在中間和後半段獨白中，因此算是難度較高的考題。

90.疑難問題 ★★★

根據說話者所述，問題為何？
(A) 產品品質差
(B) 製造成本高
(C) 新產品的銷售量差
(D) 顧客反應不佳

解析 一般來說，前半段獨白中會直接指出問題，接著再提出解決方式。前半段獨白中，說話者說道：「The first matter I'd like to discuss is our poor sales performance last quarter for our latest model refrigerator.」，指出問題為上一季的新產品冰箱銷售不佳，因此答案為 (C)。請特別留意，雖然本題為題組中第二題，答題線索卻出現在前半段獨白中，因此算是難度較高的考題。

91.相關細節 ★★☆

說話者計畫如何解決問題？
(A) 僱用更多行銷專家
(B) 為廣告投入更多錢
(C) 只用有品質的材料
(D) 執行消費者市場調查

解析 本題為題組中最後一題，詢問解決問題的方法。因此請仔細聆聽後半段獨白，鎖定說話者提及的解決辦法。後半段獨白中，說話者說道：「I believe that we need to put some more money into an effective advertising campaign to show people how superior our refrigerator is compared to our competitors' models.」，提到要投入更多的廣告資金，宣傳自家產品優於其他公司的產品。當中提到 more money into an effective advertising campaign，由此內容可以得知答案為 (B)。

新 第 92–94 題，請參考下方電話留言和資訊。美F

Good morning, Ms. Moore. My name is Elizabeth Shaw. [92] **I'm calling about the sales manager position you applied for last week.** After we reviewed your résumé and letters of recommendation, we concluded that you are highly suitable for the job. But before discussing any contract terms and conditions with you, [92] **the board members would like you to come in for a formal interview at 11 A.M. tomorrow.** [93] **Our company building is located at 1123 Main Street.** Ah, let me tell you one more thing. [93] **We are currently undertaking regular maintenance on all of our elevators in order to keep them in good shape and to prevent accidents.** So you need to take the stairs at the back of the building instead of using the elevators. [94] **Please come to the Human Resources Department.** I'm very sorry if you are challenged by the stairs. If you need any help, please do not hesitate to call me from the lobby. I'll see you tomorrow.

早安，摩爾女士。我的名字是伊莉莎白．蕭。92 我打電話來是要告知您，有關您上個星期所應徵的業務經理職缺。我們看過您的履歷和推薦信以後，認為您非常適合這份工作。但在和您討論合約條款以前，92 董事希望您在明天上午 11 點過來參加一場正式面試。93 我們公司大樓位於緬因街 1123 號。啊，讓我再告訴您一件事。93 目前我們所有的電梯正在進行例行性維修，以確保狀況良好及避免意外。所以代替電梯，您需要走大樓後面的樓梯。94 請您到人資部門。我很抱歉如果爬樓梯給您帶來困擾。如果您需要任何協助，請別客氣儘管從大廳打電話找我。我們明天見。

Bella Electronics Building	
Information	
1F	Lobby / Mail Room / Cafeteria
2F	Planning and Strategy Dept. / Sales Dept. / Conference Room
3F	Accounting Dept. / Product Development Dept.
4F	Human Resources Dept. / Auditorium

貝拉電子大樓	
資訊	
1 樓	大廳／收發室／餐廳
2 樓	企畫策略部／業務部／會議室
3 樓	會計部／產品開發部
4 樓	人資部／視聽室

字彙 letter of recommendation 推薦信
conclude 斷定；總結出　highly 非常地
be suitable for 適合
contract terms and conditions
合約條款；合約用字和條件
board members 董事會成員
come in for 為……而來
formal interview 正式的面試
be located on 位於；坐落於
undertake 經歷
regular maintenance 例行性維修
keep . . . in good shape 將……保持狀況良好
take the stairs 走樓梯　instead of 替代
do not hesitate to V
別遲疑做……；別客氣儘管做……

92. 打電話的目的 ★★☆

說話者打電話來談什麼事？
(A) 總體銷售額
(B) 一場面試安排
(C) 要求維修電梯
(D) 訂購辦公室家具

解析 本題詢問說話者打電話的目的，因此請仔細聆聽前半段留言，鎖定說話者打完招呼、講完自我介紹後的內容。留言開頭，說話者自我介紹後說道：「I'm calling about the sales manager position you applied for last week.」，提到聯絡對方為的是跟對方談談業務經理職缺一事。另外，留言中間部分又說道：「the board members would like you to come in for a formal interview at 11 A.M. tomorrow.」，提到希望對方明天上午 11 點能來公司，將安排他和公司董事會的人正式面談。

由此內容可以得知，本通電話的目的為的是通知對方面試時間，因此答案為 (B)。此外，本題的前半段留言中並未提及來電的目的，直到中間才明確告知，因此算是難度較高的考題。

93.相關細節／說話者針對公司大樓提及的內容 ★☆☆

關於公司大樓，說話者說了什麼？
(A) 它是棟又老舊又傳統的大樓。
(B) 它位於市中心很便利。
(C) 冷卻系統故障了。
(D) 正在進行電梯定期維護。

解析 本題詢問說話者針對公司大樓提到什麼事，因此請鎖定留言中提及 the company building 的片段。留言中間部分，說話者說道：「Our company building is located at 1123 Main Street.」，提到公司位在緬因街 1123 號。接著又說道：「We are currently undertaking regular maintenance on all of our elevators in order to keep them in good shape and to prevent accidents.」，提到電梯正在進行定期維護，因此答案為 (D)。

新 **94.圖表資訊／樓層說明** ★☆☆

請看圖表，說話者可能在哪一層樓和摩爾女士見面？

(A) 1樓
(B) 2樓
(C) 3樓
(D) 4樓

解析 本題詢問說話者和 Moore 小姐約在幾樓見面，需要整合留言內容和圖表資訊，才能順利解題。由此可以猜到留言中不會直接告知相約的樓層，因此請仔細聆聽部門名稱，以便從圖表確認所在樓層。留言最後，說話者說道：「Please come to the Human Resources Department.」，請 Moore 小姐明天到人力資源部；確認樓層資訊後，可以發現人力資源部在四樓，因此答案為 (D)。

新 **95–97 題，請參考下方廣播內容和時間表。**

(美M)

May I have your attention, please? 95 Due to a severe storm coming ashore, some of our ferry operations have been suspended. However, the storm is quickly moving off the coast, so 96 we expect to resume operations after 9 P.M. to keep you from being too inconvenienced. When we announce the boarding call, we will be opening the upper deck of the ferry to accommodate all the extra passengers. 97 Because of the strong winds from the river, you may feel very cold up there, so we highly recommend that you wear a jacket. We apologize for any inconvenience caused. Thank you for your understanding and cooperation.

可以請大家注意一下這邊嗎？95 因為強烈風暴快要登陸了，我們有幾艘渡輪停開。不過因為風暴很快就會離開岸邊，所以 96 我們預期會在晚間九點以後回復行駛，以免造成您太多不便。在我們宣布登船的時候，我們會打開上層船艙來容納增加的乘客。97 因為從河邊吹來的風很強，在上面您可能會覺得很冷，所以我們強烈建議您穿上外套。我們很抱歉造成任何的不便。感謝您的理解與配合。

Richmond Island Ferry Timetable	
Departure Time	Arrival Time
8:30 A.M.	9:00 A.M.
10:00 A.M.	10:30 A.M.
7:00 P.M.	7:30 P.M.
9:30 P.M.	10:00 P.M.

李奇蒙島渡輪時間表	
出發時間	抵達時間
上午 8:30	上午 9:00
上午 10:00	上午 10:30
下午 7:00	下午 7:30
下午 9:30	下午 10:00

字彙 severe storm 強烈風暴
come ashore 登陸　operation 運作
suspend 暫停
move off the coast 離開岸邊　resume 繼續
keep sb. from V-ing 讓某人遠離某事
upper deck 上層船艙　ferry 渡輪
accommodate 容納
extra 額外的；增加的
apologize for 為……道歉
inconvenience 不便　caused 所造成的
understanding 理解　cooperation 配合

95. 相關細節／船班停駛的原因 ★☆☆

是什麼造成了停駛？

(A) 技術問題
(B) 船員不足
(C) 惡劣天氣
(D) 登船程序的問題

解析 本題為題組中第一題，詢問船班停駛的原因。因此請仔細聆聽前半段廣播，鎖定停駛的原因。廣播開頭，說話者簡單開場白後說道：「Due to a severe storm coming ashore, some of our ferry operations have been suspended.」，提到因為風勢過大，停駛部分的船班。由此內容可以得知停駛的原因為天候不佳，因此答案為 (C)。

新 96.圖表資訊／渡輪時間表 ★★☆

請看圖表，渡輪可能在幾點出發？

(A) 上午 8:30
(B) 上午 10:00
(C) 晚上 7:00
(D) 晚上 9:30

解析 本題詢問渡輪出航時間，必須整合廣播內容和圖表資訊，才能順利解題。由此可以猜到廣播不會直接告知出航的時間，因此請鎖定抵達時間和出航順序，以便確認出航時間。

廣播中間部分說道：「we expect to resume operations after 9 P.M. to keep you from being too inconvenienced.」，提到傍晚九點後會重新開放渡輪出航，儘量降低對旅客造成的不便。確認渡輪時間表後，可以發現不受影響的船班為最後一班，9 點 30 分出航，因此答案為 (D)。

97.說話者的建議事項 ★☆☆

說話者建議聽者做什麼？

(A) 衣服穿厚一點
(B) 去度假
(C) 晚點上班
(D) 出示身分證件

解析 本題為題組中最後一題，詢問說話者建議聽者什麼事。因此請仔細聆聽後半段廣播的內容，也就是廣播倒數第二至第三句話，鎖定關鍵動詞。後半段廣播中，說話者說道：「Because of the strong winds from the river, you may feel very cold up there, so we highly recommend that you wear a jacket.」，提到由於風勢強勁，建議穿著外套保暖，因此答案為 (A)。

新 第 98–100 題，請參考下方發表內容和日程表。

美F

[98] **Hello, everyone, and welcome to the 10th Annual Video Game Convention**, the largest and most innovative gaming forum in the world. The North American Video Game Developers Association is incredibly excited to present many experts in the field who are willing to give you and your companies the insight you need to create next-generation gaming software. I have one change to announce for this afternoon. At the top of your screen, you'll see that there has been a change in the lineup of today's speakers. [99] **We are sorry to announce that Mr. Abe Jotto will not be speaking today because of an illness. So Ms. Mona Oh will be replacing him.** [100] **Please do not forget to submit your survey form after you have completed it. All those who complete the short survey will automatically be entered in a prize-winning event for new laptop computers and popular game software.**

[98] 哈囉，各位，歡迎來到第十屆的年度電玩大會，全球最大、最創新的遊戲論壇。北美電玩開發者協會非常興奮，能請來許多相關領域的專家，他們都樂於提供給您和您公司所需要的個人見解，讓您發想製作新世代的遊戲軟體。我要宣布今天下午有項異動。在您螢幕的上方，您會看到今天講者的順序有變動。[99] 我們很遺憾宣布安倍一寸先生今天因病沒有辦法進行演講。所以奧莫娜女士會代替他。[100] 在填完問卷表後，請不要忘記呈交。所有填完簡短問卷的人，將自動賦予新筆電和熱門遊戲軟體的贈獎活動資格。

July 4 Afternoon	Speaker
Session 1	Sangkyu Kim
Session 2	John Baker
Session 3	Abe Jotto
Session 4	Sally Murphy

7月4日下午	講者
第一場	金相規
第二場	約翰貝克
第三場	安倍一寸
第四場	莎麗墨菲

字彙 innovative 創新的　developer 開發者
incredibly 非常地；極為
be excited to V 對做……感到很興奮
present 呈現
be willing to V 樂於去做……
insight 洞見；個人見解
next-generation 新世代
announce 宣布　lineup 排序
illness 疾病　survey form 問卷表
those who 那些……的人
automatically 自動地
prize-winning event 贈獎活動

98. 推論題／聽者的真實身分 ★★☆

誰最有可能是這場會議的聽眾？
(A) 專業攝影師
(B) 動畫藝術家
(C) 電玩開發者
(D) 家電製造商

解析 本題為題組中第一題，詢問參加會議的聽眾是誰。因此請仔細聆聽前半段獨白，鎖定與身分相關的說明，以便推測出答案。獨白開頭，說話者便說道：「Hello, everyone, and welcome to the 10th Annual Video Game Convention.」，表示歡迎大家來參加第十屆電玩大會。由此可以推測出聽眾為電玩開發者，因此答案為 (C)。

新 **99.圖表資訊／演講日程表** ★★☆

請看圖表，哪一場演講有變動？
(A) 第一場
(B) 第二場
(C) 第三場
(D) 第四場

解析 本題詢問哪一場演講有所變動，必須整合獨白內容和圖表資訊，才能順利解題。由此可以猜到獨白中不會告知確切的場次，因此請鎖定當中提及的演講者或演講順序，以便從圖表確認答案。獨白中間部分，說話者說道：「We are sorry to announce Mr. Abe Jotto will not be speaking today because of an illness. So Ms. Mona Oh will be replacing him.」，提到 Abe Jotto 因為生病，無法出席演講，將由 Mona Oh 代替；確認演講日程表後，可以發現 Abe Jotto 的演講為第三場，因此答案為 (C)。

100. 相關細節／獲得獎品的方法 ★★☆

根據說話者所述，參加者要如何才能得獎？
(A) 拿他們的作品參賽
(B) 訂閱一份遊戲雜誌
(C) 提供一些意見
(D) 購買某些軟體或筆電

解析 本題為題組中最後一題，詢問參加者獲得獎項的方法。因此請仔細聆聽後半段獨白，鎖定當中提及的「動詞＋受詞」。獨白最後，說話者說道：「Please do not forget to submit your survey form after you have completed it.」，請大家填完問卷後，不要忘記繳交。接著說道：「All those who complete the short survey will automatically be entered in a prize-winning event for new laptop computers and popular game software.」，提到只要填寫問卷，就能參加抽獎，有機會獲得筆記型電腦和遊戲軟體。只要聽到關鍵字詞 submit your survey form 和 entered in a prize-winning event，就能掌握獲得獎品的方法，因此答案為 (C)。

陷阱分析：獨白最後，說話者提到聽眾只要填寫問卷，就能參加抽獎，有機會獲得獎品。當中提到 new laptop computers and popular game software，但並沒有要求購買這些東西，才能參加抽獎，因此請不要誤會，因而選成 (D) 作為答案。

PART 5

P. 441

101. 詞類變化－名詞的位置 ★☆☆

羅雷斯公司決定特別配合它最新的刊物推出新活動。
(A) campaign 活動（名詞）
(B) campaigns 活動（複數名詞）
(C) to campaign to 為……促銷（不定詞 to V）
(D) campaigned 被促銷的（過去式、過去分詞）

解析 本題為詞類變化題，選項列出一個單字的各種變化。空格受到形容詞 new 的修飾，因此要填入名詞；但是形容詞前方有不定冠詞 a，所以空格只能填入單數可數名詞 (A)。

字彙 launch a new campaign 推出新活動
specifically geared toward 特別配合
newest publication 最新刊物

102. 詞類變化－不定詞 to V ★★☆

這份文件需要出席者在每一頁簽上姓名首字母，否則即無效。
(A) initiate 展開（動詞〔第一、第二人稱；複數〕）
(B) initiating 正在展開（現在分詞、動名詞）
(C) initial 開始的（形容詞）；簽署姓名首字母（動詞）
(D) initials 起首字母（複數名詞）

解析 本題為詞類變化題，選項列出一個單字的各種變化。空格要填入原形動詞，因此請從 (A) 和 (C) 當中選出答案。其中 (C) 加上受詞 signature（簽名）後，表示「簽姓名的首字母」最為適當。

字彙 require sb. to V 需要某人去做……
attendee 出席者
initial the signature 簽署姓名首字母
or else 否則　valid 有效　initiate 展開
initial 開始的；簽署姓名首字母
initials 起首字母

103. 詞彙－動詞 ★★☆

一群贊助者將會造訪建設場址，來判斷這家企業是否值得投資。

(A) visit 造訪
(B) look 看
(C) gather 聚集
(D) agree 同意

解析 本題為動詞詞彙題。空格後方連接受詞 the construction site，因此要填入及物動詞。選項中，填入 (A) 最符合題意，表示「造訪；拜訪」。其他選項皆為不及物動詞，後方要先連接介系詞，才能再加上名詞受詞。

字彙 sponsor 贊助者
construction site 建設場址
determine 判斷　venture 企業；事業
be worth V-ing 值得做某事

104. 詞類變化－名詞的位置 ★☆☆

儘管雙方協會已達成所有協議，這場協定還是終止了。

(A) agrees 同意（動詞〔第三人稱單數〕）
(B) agreeing 同意（現在分詞、動名詞）
(C) agreements 協議（複數名詞）
(D) agreed 被同意的（過去式、過去分詞）

解析 本題為詞類變化題，選項列出一個單字的各種變化。空格位在定冠詞 the 的後方，應填入名詞，因此答案為 (C)。

字彙 despite 儘管
reach an agreement 達成協議
association 協會　arrangement 協議；約定
terminate 終止

105. 詞彙－形容詞 ★★☆

禮品包含縮小版的複製品，是以羅伯托・奎倫札達成第一百轟的實際體育館做出來的。

(A) actual 實際的
(B) definite 明確的
(C) needed 被需要的
(D) partial 部分的

解析 本題要選出適當的形容詞。根據題意，空格中填入 (A)，表示「實際的」最為適當。

字彙 replica 複製品
actual stadium 實際的體育館
hit his 100th home run 擊出第一百支全壘打
definite 明確的　partial 部分的

106. S + V + O 句型中動詞的被動語態 ★★☆

瓦斯漏氣後，實驗室目前正在進行整修，所以很多實驗助理都不在現場。

(A) renovated 被整修（過去式、過去分詞）
(B) being renovated 正在進行整修（進行式的被動語態）
(C) been renovating 一直在整修（過去分詞＋現在分詞）
(D) renovating 整修（現在分詞、動名詞）

解析 本題為詞類變化題，選項列出一個單字的各種變化。空格要填入動詞形，搭配 be 動詞組合在一起使用。選項中的單字 renovate（整修）為及物動詞，但後方沒有連接受詞，因此請從 (A) 和 (B) 中選出答案，組合成被動語態。但是若填入 (A)，表示已經為修理完畢的狀態，語意上並不適當。因此答案為 (B)，填入空格後為進行式的被動語態「be being p.p.」較符合題意。(C) be 動詞後方不能直接連接 been。

字彙 gas leak 瓦斯漏氣
be being renovated 正在進行整修
at the moment 目前
lab technician 實驗助理

107. 文法－表目的的從屬連接詞和表目的的副詞片語 ★☆☆

為了成功隱蔽地毯上的汙漬，打電話到「一塵不染」是最快、最可行的方式。

(A) As 因為（從屬連接詞）
(B) Even though 雖然（表讓步的從屬連接詞）
(C) In spite of 儘管（介系詞片語）
(D) In order to 為了（表目的的副詞片語）

解析 本題為文法題，選項列出各種不同詞性的單字。空格後方出現原形動詞 conceal，選項中只有 (D) 的後方可以連接原形動詞。(A) 和 (B) 為連接詞，後方要連接「主詞＋動詞」或分詞構句；(C) 後方可以連接名詞、名詞片語、動名詞或子句等。

字彙 successfully conceal 成功地隱蔽
stain 汙漬

the fastest and most affordable way
最快、最可行的方式
in spite of 儘管

108. 文法—介系詞的位置 ★☆☆

維安團隊持續監控著展示廳，如此一來就能即時因應任何的可疑行動。

(A) to 因應……
(B) in 在……裡
(C) with 和……一起
(D) until 直到

解析 本題為文法題，選項列出各種不同的介系詞。respond to 的意思為「回答、因應……」，因此答案為 (A)。

字彙 security team 維安團隊
constantly monitor 持續地監控
exhibition hall 展示廳
immediately respond to 即時因應
suspicious actions 可疑行動

109. 詞類變化—名詞的位置 ★☆☆

藉著優雅的動作和生動的技巧，藝術家的表演讓群眾感動落淚。

(A) performance 表演（名詞）
(B) performing 表現（現在分詞、動名詞）
(C) performer 表演者（名詞）
(D) perform 表現（動詞〔第一、第二人稱；複數〕）

解析 本題為詞類變化題，選項列出一個單字的各種變化。空格前方為 the，因此要填入名詞 (A) 或 (C)。但是若空格中填入 (C)，意思和後方的 artist 相同，並不符合題意。根據題意，答案應為 (A)。

字彙 performance 表演；演出
move the crowd to tears 讓群眾感動落淚
elegant move 優雅的動作
expressive technique 生動的技巧

110. 文法—關係代名詞非限定用法 ★★☆

米爾頓大街上那家還不錯的酒吧「間歇 II」，是由崔佛兄弟所有。

(A) where 那裡
(B) which 那個
(C) that 那個
(D) who 那個人

解析 本題為文法題，選項列出不同的關係代名詞。空格前方為先行詞（The bar Pause II），要填入主格關係代名詞，代替事物先行詞，因此答案為 (B)。(A) 的用法為「地點先行詞＋ where ＋完整句子」；(C) 前方不能加上逗點；(D) 的用法為「人物先行詞＋ who ＋動詞」。

字彙 be owned by 由……所有

111. 詞類變化—分詞構句 ★★☆

之前同時管理過多家分公司的新任執行長，似乎非常擅長多工處理事情。

(A) Had managed 已管理過
(B) Having managed 有管理過
(C) Managed 被管理
(D) Being managed 正在被管理

解析 本題為詞類變化題，選項列出一個單字的各種變化。空格位在副詞子句中，後方為 the new CEO 開頭的主要子句。但是副詞子句中並未出現連接詞、主詞和動詞，由此可以判斷為分詞構句。(A) 前方要加上連接詞和主詞；(C) 為過去分詞，代表被動語態，後方不能連接受詞；(D) 也是被動語態，後方不能連接受詞。空格所在的子句原本為「As she had managed many branches . . .」，省略連接詞和主詞後，將 had 改成 having，變成分詞構句。

字彙 manage many branches 管理多家分公司
simultaneously 同時地
be good at 擅長　multitasking 多工處理

112. 文法—符合題意的代名詞（形容詞） ★★☆

維洛茲汽車必須召回所有新車生產線的產品，因為在煞車器發現了重大瑕疵。

(A) all 所有（形容詞、副詞）
(B) some 一些（形容詞、代名詞）
(C) every 每一個（形容詞）
(D) most of 大多數（形容詞片語）

解析 本題為文法題，選項列出各種不同的形容詞。若填入 (A) 或 (B)，空格後方要改寫成 models；若填入 (D)，則要改寫成 most of the models 才正確。(C) 後方可以連接單數可數名詞，故為正確答案。

字彙 recall 召回　crucial defect 重大瑕疵

113. 文法－比較級 ★☆☆

學生團體能夠比專業設計師團隊更快地完成任務。

(A) than 比……（介系詞）
(B) if 如果（表條件的從屬連接詞、名詞子句連接詞）
(C) when 當（疑問副詞、表時間的從屬連接詞）
(D) by 藉由（介系詞）

解析 本題為文法題，選項列出各種不同詞性的單字。空格前方為比較級，因此答案為 (A)。(B) 和 (C) 為連接詞，本題為單一句子，因此不適合填入連接詞；(D) 則不符合題意。

字彙 professional 專業的　designer 設計師

114. 詞彙－名詞 ★★☆

在執行長開始解釋公司需求之前，請坐在您的位子上。

(A) needs 需求
(B) loopholes 漏洞
(C) sayings 格言
(D) richness 富足

解析 本題要選出適當的名詞。空格應表示「需求」較為適當，因此答案為 (A)。

字彙 executive director 執行長
needs of the organization 公司需求
loophole 漏洞
richness 富足

115. 詞彙－動詞 ★★☆

有意參與計畫的員工，都必須知道自己在這個計畫中的角色。

(A) fit 適合於
(B) tell 告訴
(C) bring 帶
(D) make 做

解析 本題為動詞詞彙題，空格中要填入可以搭配介系詞 into 一起使用的動詞。fit into 的意思為「適合……；符合……」最符合題意，因此答案為 (A)。其他選項通常都作為及物動詞使用。

字彙 part of the project 計畫的一部分
fit into 適合；符合

116. 詞類變化－動詞的時態（進行式） ★★☆

管理部門為了讓公司大樓對市民更開放，持續爭執了好幾個星期。

(A) was argued 被爭執（過去被動式）
(B) has been arguing 一直在爭執（現在完成進行式）
(C) arguing 爭執（現在分詞、動名詞）
(D) has been argued 一直被爭執（現在完成被動式）

解析 本題為詞類變化題，選項列出一個單字的各種變化。空格要填入完整的動詞形，因此請優先刪去 (C)。argue 後方可以連接直接受詞 that 子句或名詞，其他情況皆作為不及物動詞使用，因此 (A) 和 (D) 並不適當，答案應為 (B)。

字彙 management 管理部門
argue for weeks 爭執好幾週
accessible to 對……開放使用的

117. 詞彙－形容詞 ★★☆

服務人員將確認您是不是坐在指定的座位上，所以請您配合我們。

(A) assailed 被攻擊的
(B) overhauled 被全面檢修的
(C) assigned 被指定的
(D) installed 被安裝的

解析 本題要選出適當的形容詞。選項中，只有 (C) 能用來修飾座位（seats），表示「指定的」。

字彙 attendant 服務人員
check if 確認是否……
assigned seat 指定的座位
cooperate with 配合……
assail 攻擊　overhaul 全面檢修
install 安裝

118. 詞彙－動詞 ★★★

您在樂園飯店 17 號房的住宿已再展延三天。

(A) claimed 被主張
(B) priced 被定價
(C) estimated 被估計
(D) extended 被展延

解析 本題為動詞詞彙題。若將選項填入空格中，會變成被動語態（be 動詞＋ p.p.）。根據題意，填入 (D) 最為適當，表示「被延長」。

字彙 stay 短住；暫留　extend 展延
claim 主張　estimate 估計

119. 詞類變化—名詞的位置 ★★☆

很多公司因為壟斷市場受到批評，不過除非有法律禁止它們，否則什麼也不會改變。

(A) monopoly 壟斷（名詞）
(B) monopolize 壟斷（動詞〔第一、第二人稱；複數〕）
(C) monopolies 壟斷（複數名詞）
(D) monopolizing 壟斷（現在分詞、動名詞）

解析 本題為詞類變化題，選項列出一個單字的各種變化。空格位在所有格 their 後方，應填入名詞，因此請優先刪去 (B) 和 (D)。根據題意，空格指的是 Many corporations，因此要選擇複數名詞 (C) 作為答案。

字彙 corporation 公司
be criticized for 因……受到批評
monopoly 壟斷
forbid 禁止

120. 詞彙—副詞 ★★☆

《阿瑪利亞》的作者雨果．佩雷茲幾乎不公開現身，這引發了許多謠言。

(A) quite 相當地
(B) neatly 整齊地
(C) hardly 幾乎不
(D) just 剛剛

解析 本題為副詞詞彙題。(A) 的意思和 very、completely 相同，後方要連接形容詞原級或副詞原級。而根據題意，空格應填入表達否定概念的單字較為適當，因此答案為 (C)，表示「幾乎不……」，後方可以連接 ever 或 any，表示加強語氣。

字彙 author 作者　hardly ever 幾乎不
go out in public 公開現身
lead to 引發　neatly 整齊地

121. 文法—介系詞的位置 ★★☆

如果這筆交易讓兩家公司都受惠，雙方之間的忠誠度將比以往更加深厚。

(A) to 到
(B) between ……之間
(C) beyond 超過
(D) as 當

解析 本題為文法題，選項列出各種不同的介系詞。空格後方連接受詞 the two parties，因此選擇 (B) 作為答案最為適當。

陷阱分析：看到空格前方為 commitment，可能會誤選 (A) 作為答案，但是語意上並不適當。

字彙 deal 交易　benefit 使……受惠
commitment 承諾；忠誠度
stronger than ever 比以往都強烈

122. 詞類變化—名詞的位置 ★★☆

在博物館員的貼近觀察下，發現這幅畫其實是贗品。

(A) observe 觀察（動詞〔第一、第二人稱；複數〕）
(B) observation 觀察（名詞）
(C) observance 遵守；奉行（名詞）
(D) observing 觀察（現在分詞、動名詞）

解析 本題為詞類變化題，選項列出一個單字的各種變化。空格受到形容詞的修飾，應填入名詞，因此請優先刪去 (A) 和 (D)。根據題意，主要子句的內容為「觀察」後的結果，因此答案為 (B)。(C) 的意思為「遵守（法律、規定）」，並不符合題意。

字彙 under the close observation of
在……的貼近觀察下
museum staff 博物館員　painting 畫作
forgery 贗品　observe 觀察
observance 遵守；奉行

123. 詞彙—名詞 ★★☆

這部賣座電影取消上映，對其他電影來說是個成功的大好機會。

(A) sincerity 真誠
(B) regularity 規律性
(C) integrity 正直
(D) opportunity 機會

解析 本題要選出適當的名詞。空格表達「機會」較為適當，因此答案為 (D)。

字彙 cancelation 取消
big opportunity 大好機會
sincerity 真誠　regularity 規律性
integrity 正直

124. 詞類變化—副詞的位置 ★☆☆

自從安裝了監視錄影機後，街上的犯罪率顯著地減少了。

(A) more significant 更顯著的（比較級）
(B) significance 重要性（名詞）
(C) significantly 顯著地（副詞）
(D) signifying 示意（現在分詞、動名詞）

解析 本題為詞類變化題，選項列出一個單字的各種變化。空格位在現在完成式 has 和 decreased 之間，應填入副詞較為適當，因此答案為 (C)。

字彙 ever since 自從　installation 安裝
security camera 監視錄影機
crime rate 犯罪率　significantly 顯著地
significant 顯著的　significance 重要性

125. 詞彙—動詞 ★★☆

當管理部門通知員工計畫通過時，大家都對這項決定很驚訝。

(A) explained 解釋
(B) informed 通知
(C) expressed 表達
(D) suggested 建議

解析 本題為動詞詞彙題。動詞 (A)、(C)、(D) 後方要連接介系詞 to。(B) 的用法為「inform ＋受詞＋ of 事／ that 子句」，表示「向⋯⋯告知」，因此答案為 (B)。remind、notify、convince 和 assure 也適用相同的用法。

字彙 management 管理部門

126. 詞類變化—形容詞的位置 ★★☆

著名評論家說，維伊索餐廳的菜色令人滿意，但沒什麼特別的。

(A) satisfies 使滿足（動詞〔第三人稱單數〕）
(B) satisfaction 滿足感（名詞）
(C) satisfied 感到滿意的（過去式、過去分詞）
(D) satisfactory 令人滿意的（形容詞）

解析 本題為詞類變化題，選項列出一個單字的各種變化。空格位在 be 動詞後方，應填入形容詞。而 that 子句的主詞為事物（cuisine），因此空格中填入表達「令人滿意的」形容詞較為適當，因此答案為 (D)。(C) 只能用於描述人物主詞，當作補語使用。

字彙 prestigious critic 著名評論家
comment 評論　cuisine 菜色；菜餚
satisfactory 令人滿意的
nothing special 沒有什麼特別
satisfied 感到滿意的

127. 文法—表原因的從屬連接詞 ★★☆

因為這裡將有大批人潮，第五街到第十三街之間的路段，在遊行時將實施封路。

(A) Since 因為（從屬連接詞）
(B) Due to 因為（介系詞片語）
(C) Moreover 另外（連接副詞）
(D) Although 雖然（從屬連接詞）

解析 本題為文法題，選項列出各種詞性的單字。空格後方連接兩個子句，要填入連接詞，因此請優先刪去 (B) 和 (C)。根據題意，空格中填入 (A) 較為適當。

字彙 large crowd 一大群人

128. 詞類變化—名詞的位置 ★★☆

雖然活動允許一些聽眾的參與，但這主要還是讓客座講者來解釋他們論文的活動。

(A) participation 參與（名詞）
(B) participated 參與了（過去式、過去分詞）
(C) participant 參與者（名詞）
(D) participating 參與（現在分詞、動名詞）

字彙 allow some participation 允許一些參與
audience 聽眾　mainly 主要
guest speaker 客座講者
thesis 論文（複數型 theses）
participant 參與者

解析 本題為詞類變化題，選項列出一個單字的各種變化。空格前方為 some，當作形容詞使用時，後方要連接複數形或不可數名詞，因此請優先刪去 (B)。(C) 為單數可數名詞，要改寫成複數形（participants），才能放在 some 的後方；(D) 的後方通常要搭配 in 一起使用。綜合前述內容，空格中填入名詞 (A) 最為適當。

129. 詞彙—形容詞 ★★☆

因為主角抽不開身，員工持續播放電影片段等到他出現為止。

(A) premium 優質的
(B) unavailable 抽不開身的
(C) immature 不成熟的
(D) respectful 尊敬的

解析 本題為形容詞詞彙題。根據主要子句的內容，空格指的是人尚未到現場的狀況，因此答案為 (B)。(A) 通常會用來修飾後方名詞。

字彙 main actor 主角；主要演員
unavailable 抽不開身的
keep on V-ing 持續做⋯⋯
immature 不成熟的

130. 詞彙—副詞 ★★☆

金博士在物理領域的專業給予查茲克工業極大的幫助，特別是有關它們最新這個計畫的開發上。

(A) 非常地
(B) 稀少地
(C) 習慣地
(D) 特別地

解析 本題為副詞詞彙題。空格前方提到對公司有幫助，後方又縮小範圍至公司開發的最新計畫，因此空格中填入 (D) 最為適當，表示「特別是」。

字彙 expertise 專業；專門知識
in the field of physics 物理領域；物理界
exceptionally 例外地；特別地
exceedingly 非常地　sparsely 稀少地
habitually 習慣地

PART 6

P. 444

131–134 電子郵件

1 月 17 日

敬愛的邱吉爾女士：

感謝您在 1 月 15 日來信。我很高興告知您，您的相機還在保固期內，將享有免費換貨服務。我已附上換貨表格和回郵標籤。請仔細填寫表格並詳細註記您所遇上的問題。我們會試著儘快處理整個換貨流程，不過，在收到您的相機並展開處理程序之後，還恕請您等候 5 至 7 個工作天。抱歉讓您感到不便，我很重視您的意見。如果還有什麼我可以幫忙的，請讓我知道。

路易斯・魁茲
里康相機 經理

字彙 still under warranty 在保固期內
be replaced 被換掉　free of charge 免費
enclose 封入；在信內附上
exchange form 換貨表格
shipping label 回郵標籤
fill out the form 填好表格
note the problems 註記問題
in detail 詳細地　process 處理
business day 工作天
receipt of 接受到……
apologize for the inconvenience
為造成不便道歉
value your feedback 重視您的意見
be of further assistance
可以給予進一步幫助

131. 文法—介系詞的位置 ★★☆

(A) behind 在……之後
(B) for 為……
(C) under 在……期間
(D) with 和……一起

解析 本題為文法題，選項列出各種不同的介系詞。空格後方連接 warranty，因此要填入適合搭配在一起使用的介系詞。be under warranty 表示「在保固期間內」，因此答案為 (C)。

新 **132. 插入符合前後文意的句子** ★★☆

(A) 您在線上購物時必須提供電子郵件地址。
(B) 請解釋為什麼您無法自己修理。
(C) 您購買的型號不包含運費。
(D) 我已附上換貨表格和回郵標籤。

解析 空格後方連接的句子為：「Please fill out the form carefully and note the problems you experienced in detail.」，請顧客仔細填寫表格，並請顧客仔細寫下遇到的問題，前方應填入與表格有關的內容較為適當，因此答案為 (D)。

133. 詞彙—動詞 ★★☆

(A) inform 通知
(B) note 註記
(C) perceive 察覺
(D) send 寄出

解析 本題為動詞詞彙題。空格所在句子的內容為說明如何填寫表格，應表達「註記、記下」遭遇到的問題（the problems）較符合文意，因此答案為 (B)。

134. 詞類變化—名詞的位置 ★☆☆

(A) receiving 收到（現在分詞、動名詞）
(B) receives 收到（動詞〔第三人稱單數〕）
(C) receiver 收件人（名詞）
(D) receipt 收到（名詞）

解析 本題為詞類變化題，選項列出一個單字的各種變化。空格位在定冠詞 the 後方，要填入名詞較為適當，因此請優先刪去 (A) 和 (B)。空格所在句子為「please allow 5-7 business days after the _______ of your camera for processing.」，表示收到相機之後，約要花費五至七個工作天處理相機的問題，因此空格中填入 (D) 最為適當，意思為「收到」。

字彙 receiver 收件人　receipt 收到；收據

135–138 廣告

> 「全球藝術家」宣布展開在西非的第一場秀。開幕酒會將於 5 月 17 日下午 5 點，在迦納阿克拉的市政廳舉辦。許多國際知名的藝術家還有當地的高中生、大學生都會參加。活動包括一個紙上拍賣會，將在一週後結標。晚宴期間，將有當地音樂家的表演。不需要買票入場，但煩請捐款 25 美元。欲索取 VIP 入場券，請上全球藝術家官網，持有 VIP 入場券能夠和多名到場的藝術家認識問候。

字彙 opening reception 開幕酒會
internationally known 國際知名
silent auction 紙上拍賣會
provide entertainment 提供娛樂表演
requested donation 被要求的捐款
featured artists 到場的藝術家

135. 詞類變化—動詞的時態（簡單式） ★★☆

(A) will be held 將被舉行（未來被動式）
(B) holds 握住（動詞〔第三人稱單數〕）
(C) held 舉行了（過去式、過去分詞）
(D) has been held 已被舉行（現在完成被動式）

解析 本題為詞類變化題，選項列出一個單字的各種變化。動詞 hold 為及物動詞，但空格後方並未出現受詞，因此請從被動語態 (A) 和 (D) 中選出答案。根據廣告的內容，活動尚未舉行，因此答案為未來式 (A)。

136. 文法—先行詞後方的關係代名詞 ★☆☆

(A) where 那裡
(B) whose 那個的
(C) whom 被……的人
(D) that 那個

解析 本題為文法題，選項列出各種關係代名詞和關係副詞。空格要填入主格關係代名詞，代替事物先行詞（auction）。(A) 的用法為「地點＋where＋結構完整的句子」；(B) 的用法為以「先行詞＋ whose ＋名詞」開頭的完整句子；(C) 的用法為「人物＋ whom ＋主詞＋動詞＋（不加受詞）」。綜合前述內容，本題的答案為 (D)，作為主格關係代名詞使用。

(新) 137. 插入符合前後文意的句子 ★★☆

(A) 到場學生都必須參加拍賣會。
(B) 市政廳將為未來用途進行整修。
(C) 晚宴期間，將有當地音樂家的表演。
(D) 我們的官網目前因為更新而連不上。

解析 空格後方連接的句子為「There is no need to buy a ticket, but there is a requested donation of $25.」，提到有關門票費用的內容，因此前方應填入與表演有關的內容 (C) 較為適當。

138. 詞類變化—形容詞的位置 ★★☆

(A) featuring 以……作為號召（現在分詞、動名詞）
(B) featured 出席的（過去式、過去分詞）
(C) features 以……作為號召（動詞〔第三人稱單數〕）
(D) to be featured to 作為號召去……（不定詞 to V 的被動語態）

解析 本題為詞類變化題，選項列出一個單字的各種變化。空格位在定冠詞（the）和名詞（artist）之間，應填入形容詞，用來修飾名詞，因此請優先刪去 (C) 和 (D)。featured 加上 artist 表示「到場的、出席的」，以過去分詞扮演形容詞的角色，因此答案為 (B)。

139–142 信件

> 9 月 17 日
>
> 敬愛的索里斯先生：
>
> 貝爾頓聯合學區現在正在研究，如何在我們的中小學展開家庭識讀課程。我在鄰近地區的同事告訴我，您在他們學校的工作幫忙提升了家長的參與度、考試成績和社區認同感。我們希望您也可以在我們地區做一樣的事。我想請教在成人識讀和財經識讀課程、家庭閱讀工作坊以及創設行動圖書館的相關資訊。另外，我們也希望可以在每間學校設

置資源室，如此一來家長就可以持續接觸到學習資源、職缺公告和期刊。我希望能儘快得到您的答覆，也預期這次合作能成功。

感謝。

貝爾頓聯合學區校長 嘉貝麗・德芙勒

字彙 look into V-ing 針對……做研究、調查
literacy program 識讀課程
elementary and secondary schools 中小學
colleague 同事
neighboring districts 鄰近地區
help raise 有助提升
parent involvement 家長參與度
community pride 社區認同感
resource room 資源教室
have continual access to 能持續接觸到
job posting 職缺公告　periodical 期刊

139. 詞彙—動詞 ★★☆

(A) initiating 創設
(B) seeing 查看
(C) searching 尋找
(D) looking 針對……研究

解析 本題為動詞詞彙題。空格要填入不及物動詞，搭配後方介系詞 into 一起使用。而 (A) 和 (B) 皆為及物動詞；(C) 為不及物動詞，但後方要搭配介系詞 for 才行。(D) 後方可以連接 into，意思為「研究、調查」，故為正確答案。

新 140. 插入符合前後文意的句子 ★★☆

(A) 學校校長們讚賞家長對這項工作的貢獻。
(B) 我們希望您也可以在我們地區做一樣的事。
(C) 我們感謝您資助我們今年度的識讀課程。
(D) 我們過去十年的合作有成。

解析 空格前方提到 Solis 先生所提供的服務帶來正面的影響，因此空格中填入 (B) 最符合文意。(A) 所指的對象有誤，而後方連接 (C) 或 (D) 的內容，語意上皆不通順。

字彙 praise 讚賞　appreciate 感謝
funding 資助

141. 文法—連接副詞 ★★☆

(A) Moreover 此外（連接副詞）
(B) However 然而（連接副詞）
(C) Until now 直到現在（副詞片語）
(D) Because 因為（表原因的從屬連接詞）

解析 本題為文法題，選項列出連接詞和連接副詞等單字。空格後方連接逗點，要填入副詞較為適當，而 (D) 為連接詞，因此請優先刪去該選項。空格前方提到想了解識讀課程的相關資訊，後方則表示打算創建資源室以助於學習，前後內容屬於並列關係，因此答案為 (A)。

142. 詞彙—形容詞 ★★☆

(A) glad 高興的
(B) common 一般的
(C) successful 成功的
(D) eligible 有資格的

解析 本題為形容詞詞彙題。空格所在句子為「I look forward to hearing from you soon and expect this to be a very _______ partnership.」，表示希望能儘快獲得對方的答覆，並期待能促成成功的合作關係。根據文意，填入 (C) 最為適當，表示「成功的」。(A) 主詞為人物時，可以用來當作補語使用；而 (B) 和 (D) 皆不符合文意。

143–146 文章

巴爾的摩（3 月 15 日）——全國健康推廣計畫「為健康而跑」上個週末在巴爾的摩舉行募款馬拉松。這場賽事獲得市長、市議會和多位社區負責人的支持。在巴爾的摩設有分公司的國內企業也熱烈參與，贊助了 200 多支隊伍。石油巨擘佩特羅科技是最大的贊助商，贊助了 72 支小隊，自家隊伍中則是有 100 多名的跑者。該公司總共捐了約 25 萬美元。今年在巴爾的摩的賽跑是「為健康而跑」辦得最成功的一次。該組織的發言人表示，將讓巴爾的摩主辦明年度的開幕賽以示答謝。

字彙 awareness 意識　organize 組織；舉辦
fundraising marathon 募款馬拉松
corporation 企業　get involved 參與；捲入
approximately 大約
spokesperson 發言人
donate 捐款　reward 被感謝；被獎賞
inaugural 開幕的

新 **143. 插入符合前後文意的句子** ★★☆

(A) 許多健康專家建議馬拉松跑者賽後要充分休息。
(B) 在巴爾的摩有很多國際健康組織的分部。
(C) 活動當天預期交通會塞得很嚴重。
(D) 這場賽事獲得市長、市議會和多位社區負責人的支持。

解析 空格後方連接的句子為「National corporations with branches in Baltimore also got involved by sponsoring more than 200 teams.」表示設於巴爾的摩的國內企業分公司也會參加，總共贊助了 200 個隊伍。當中出現副詞 also，強調「支持」這個概念，而 (D) 當中也有提及支持者，因此最適合填入空格中。

144. 詞類變化－以現在分詞修飾名詞 ★★★

(A) sponsored 被贊助（過去式、過去分詞）
(B) sponsoring 贊助（現在分詞、動名詞）
(C) sponsors 贊助（動詞〔第三人稱單數〕）
(D) sponsor 贊助（動詞〔第一、第二人稱；複數〕）

解析 本題為詞類變化題，選項列出一個單字的各種變化。空格要填入作為受詞使用的單字，而前方已有動詞 got involved，若空格中填入完整的動詞形 (A)、(C)、(D)，會變成有兩個動詞，那麼中間會需要連接詞，連接前後兩個句子，因此答案應為現在分詞 (B)。

145. 詞彙－副詞 ★★☆

(A) equally 相當於
(B) unusually 不尋常地
(C) approximately 大約
(D) hugely 非常地

解析 空格所在的句子為「In all, the company donated _______ $250,000.」，提到公司捐出 25 萬美元，句子的結構為「主詞＋動詞＋受詞」，為結構完整的句子，因此空格中要填入副詞，用來修飾數字 $250,000。(C) approximately 和 nearly、about 的用法相同，可以放在數字前方，表示「大約、將近」，因此答案為 (C)。

字彙 equally 相當於；相同地

146. 詞彙－名詞 ★☆☆

(A) client 客戶
(B) spokesperson 發言人
(C) forecaster 預報員
(D) detective 偵探

解析 本題要選出適當的名詞。空格後方出現 organization，意思為「團體」，因此空格應填入名詞，表示處理團體相關事務的人較為適當。(B) 的意思為「發言人」，最適合填入空格中。

字彙 client 客戶　spokesperson 發言人
forecaster 預報員　detective 偵探

PART 7

P. 448

147–148 通知

都會最新消息

奧克伍德都會區即將到來的事件、節目和活動

147(C) 奧克伍德市的中央免費接駁巴士自 7 月 27 日星期二開始行駛！這輛閃亮的綠色巴士遵循皮卡迪利廣場和上城區之間的路線。

目前這座城市正在為 8 月 5 號正式營運做準備，歡迎在開幕這週搶先搭乘免費巴士。在中央大道上找到明亮繽紛的 C 字標示就上車吧。147(A) 中央巴士會沿著中央大道在皮卡迪利廣場和上城區之間行駛，並停靠華盛頓街、中國城、舊城、市政廳、馬里奧特會議中心和金融區。

147(D) 接駁時間是每週一至週五的早上七點到晚上七點（服務可能延後至晚間）。148 你是不是等了很久想試試看皮卡迪利廣場上的餐廳和店家，卻苦於沒有辦法往返呢？搭上「C 巴」吧！欲知更多接駁資訊與奧克伍德市中心的餐廳或商家資訊，請上 www.MeetDowntownOakwood.com。

字彙 sparkling 閃耀的
follow a route 遵循路線
Be among the first to ride 搶先搭乘
gear up for 為……做準備
climb aboard 搭上車
with service expanding into 服務延後到……

147. 是非題 ★★☆

關於中央接駁服務，下列何者為非？

(A) 它穿越奧克伍德市中心。
(B) 它可能會加跑週末班次。
(C) 乘客搭乘不用花一毛錢。
(D) 它一天跑 12 個小時。

解析 本題詢問不符合中央接駁巴士服務的內容。題目中出現 Not 時，請逐一檢視選項，並和文章的內容比對是否相符。(A) 出現在第二段：「The Central Shuttle will travel between Piccadilly Square and Uptown, along Central Avenue, with stops at Washington Street, Chinatown, Old Town, City Hall, Marriott Convention Center, and the Financial District.」當中；(C) 出現在第一句：「The City of Oakwood's FREE Central Shuttle launched Tuesday, July 27!」當中；(D) 出現在第三段：「The shuttle hours are Monday - Friday, 7 a.m. to 7 p.m. (with service potentially expanding into the evenings over time).」當中。而文中並未提及有關 (B) 的內容。

148. 掌握主旨／推論題 ★★☆

接駁服務的主要目標為何？

(A) 吸引其他城市的觀光客
(B) 改善市府官員的形象
(C) 提供巴士駕駛受僱的機會
(D) 鼓勵當地居民更常造訪市中心

解析 本題詢問提供接駁服務的目的，要從文中的線索推論出答案，因此請仔細閱讀最後一段的內容。第三段寫道：「Have you been wanting to try some restaurants and stores at Piccadilly Square but have no way to get there and back?」，詢問是否有意前往 Piccadilly 廣場的餐廳和店家，卻苦於沒有往返的方式。此段話與 (D) 的敘述相符。

149–150 出貨單

http://www.booksrus.com/invoice_2366

「書即我們」書店

訂單號碼：2366
訂購日期：3 月 10 日
預計出貨日期：3 月 14 日

收件人：	付款人：
149 阿梅德・胡笙先生	莎拉・西爾女士
貝爾福街 95 號	牧草路 34 號
倫敦 SE17 1PB	倫敦 SW8 1QB

標題	作者	價格
管理策略	麥克・佛布思	45.64 美元
通往執行成功之梯	延蘇	24.45 美元
		小計：70.09 美元
		稅：4.91 美元

150 運費和手續費：無

信用卡扣款總額：75.00 美元

如果訂購商品為禮物，附上卡片（無需加價）？ __X__ 是 ___ 否

卡片內容：149 恭喜你獲得新的職務任命！我們相信這些書對你成為成功的領導人會很有幫助。我們已經開始想你了。

你在艾林與布洛克會計事務所的舊團隊 敬上

字彙 congratulations on 為……恭喜
appointment 任命

149. 推論題 ★★☆

關於胡笙先生，文中提到什麼？

(A) 他最近被選上一個職位。
(B) 他報名了一門管理課程。
(C) 他是希爾女士的主管。
(D) 他寫了一本書。

解析 文章左上方 Ship to 後方寫著 Hussein 先生，表示他是書籍的收件人。文章下方寫道：「Congratulations on your recent appointment! We trust these books will be useful to you becoming a successful leader.」，恭喜他最近剛就任，希望這些書能幫助他成為一名成功的領導者。由此段話可以推測出答案為 (A)。

150. 是非題 ★★☆

關於「書即我們」書店，文中提到什麼？

(A) 它提供了免費運送。
(B) 它出版雜誌。
(C) 它提供禮品券。
(D) 它給予企業折扣。

解析 本題詢問關於 Books 'R' Us 書店的內容。本文中間部分寫道：「Shipping and Handling: Free.」，表示免運費和手續費，符合 (A) 的敘述。

151–152 資訊

鱈魚角是廣受歡迎的夏日飲料。然而，該怎麼做才能替這個飲料提升層次呢？加入下述幾個簡單的調料就能讓夏天充斥爽口的飲品：

改變鱈魚角的食譜						
鱈魚角	莓丁尼	攪拌機青蛙	灣風	馬德拉斯	海風	喔喔
1 盎司伏特加 3 盎司蔓越莓汁 半杯冰塊	151 去冰	加 1 盎司的新鮮萊姆汁 用攪拌機攪拌	加 1 盎司鳳梨汁 手搖	加 1 盎司柳橙汁 攪拌	加 1 盎司葡萄柚汁	152 加 1 盎司桃味香甜烈酒

字彙 summertime drink 夏日飲品
additions 調料；配料
make for 使成為；導致
mouth-pleasing beverage 爽口的飲料
recipe 食譜　ounce 盎司　blender 攪拌機
stir 攪拌　grapefruit 葡萄柚
schnapps 蒸餾酒　liquor 烈酒

151. 掌握相關細節 ★★☆

下列何者沒有讓鱈魚角有變化？
(A) 莓丁尼
(B) 攪拌機青蛙
(C) 灣風
(D) 馬德拉斯

解析 本題詢問 Cape Cod 配方沒有變化的部分。表格中列出使用 Cape Cod 製作的六種飲料，其中 (A) 只有去掉冰塊，飲料本質上並未產生變化，故為正確答案。

152. 掌握相關細節 ★☆☆

喔喔的食譜有什麼特別之處？
(A) 它需要攪拌。
(B) 它需要冰塊。
(C) 它加果汁。
(D) 它加酒精。

解析 本題詢問 Woo Woo 配方的特色，檢視表格後，可以發現 Woo Woo 中寫道：liquor，表示為含酒精的飲料，因此答案為 (D)。

新 153–154 線上聊天

查爾斯・史密斯 上午 10:39	嘿，妳有看過《愛在日落巴黎時》嗎？超好看！ 154 妳可以在 Vidz.com 上看。
希拉蕊・華勒斯 上午 10:42	不可能吧！我需要付費嗎？
查爾斯・史密斯 上午 10:44	153 首先妳需要上他們官網登記，然後註冊一個月的免費試用。

字彙 awesome 很棒
subscribe to 向……登記、訂閱
sign up for 註冊
one month trial 一個月試用期

153. 是非題 ★★☆

關於 Vidz.com，文中提到什麼？
(A) 它提供免費的網路檔案。
(B) 它是項付費服務。
(C) 它是社群網站。
(D) 它的服務已經運作多年。

解析 上午 10 點 44 分的訊息中，Charles Smith 寫道：「You first need to subscribe to their website and sign up for free one month trial.」，提到加入會員後，可以免費試用一個月，之後就要付費，因此答案為 (B)。

新 154. 掌握意圖 ★★☆

上午 10:42 時，華勒斯女士寫道「不可能吧！」，最可能是什麼意思？
(A) 她不相信史密斯先生看過那部電影。
(B) 她不相信電影會是免費的。
(C) 她很驚訝可以在 Vidz.com 上看到這部電影。
(D) 她已經看過那部電影了。

解析 題目列出的指定句「No way!」，表達「不會吧！」的概念，而後方接著詢問對方這是需要付費的嗎。此段話前方（上午 10 點 39 分的訊息）寫道：「You can watch it on Vidz.com.」，因此選擇 (C) 最為適當。

155–157 廣告

「炫火」現正開張中，在奢華的氛圍中提供餐點，給您完美又愉快的用餐體驗。炫火的特色是每天都有從緬因州捕撈的現流鮮魚、龍蝦和螃蟹，以及草飼安格斯牛肉和放養雞肉。155 會依照您點餐的項目，在您的桌旁現點現做，並由個人專屬的五星級主廚為每道菜增添獨特風味。

每次晚餐均由您自選的開胃菜開場，以一道配餐甜點收尾。如果您想要的話，當您在我們的 156(A) 超細纖維豪華座位上放鬆用餐時，建議選擇一杯酒精飲料，有助清除口中氣味，並為下一道菜作準備。156(B),(D) 歡迎來此舉辦私人宴會、浪漫用餐及特別聚會。我們的賓客服務部樂於為您特別的活動提供任何協助。

157 所有賓客均需要預約，而且須嚴格遵守服儀規定。預約請致電 368-985-6598 給我們，或上我們的官網 www.flare.com。

字彙 lavish atmosphere 奢華的氛圍
complete dining pleasure 完美愉快的用餐經驗
feature 以……特色
freshly caught fish 現流鮮魚
grass-fed 草飼的
free-range chicken 放養雞肉
personalized five-star chef 個人專屬的五星級主廚
complement your meal 配餐；搭配您的餐點
cleanse the palate 清除口中氣味
microfiber lush chair 超細纖維豪華座位
romantic interlude 浪漫用餐；浪漫插曲
dress code 服儀規定
be strictly enforced 嚴格實施

155. 是非題 ★★☆

關於炫火，文中提到什麼？
(A) 每桌都有個人廚師在側。
(B) 只接受電話預約。
(C) 以自助方式供餐。
(D) 每道菜都有建議的酒單。

解析 本題詢問符合 Flare 的內容，請仔細閱讀第一段文章。第一段後方寫道：「Food is prepared tableside, within minutes of your order, with a personalized five-star chef adding special touches to each meal.」，提到會依照點餐的項目，在桌邊準備餐食，因此答案為 (A)。

156. 掌握相關細節 ★★☆

炫火不提供哪一項服務？
(A) 舒適的座位
(B) 生日宴會
(C) 專業攝影
(D) 週年慶祝活動

解析 題目中出現 Not 時，請逐一檢視選項，並和文章的內容比對是否相符。(A) 出現在第二段：「microfiber lush chairs」；(B) 和 (D) 出現在後方：「Private parties, romantic interludes, and special occasions are welcome.」當中。而文中並未提及有關 (C) 的內容。

新 157. 推測空格句 ★★☆

下列句子最適合出現在 [1]、[2]、[3]、[4] 的哪個位置？
「所有賓客均需要預約，而且須嚴格遵守服儀規定。」
(A) [1] (B) [2]
(C) [3] (D) [4]

解析 題目指定句的內容為預約事宜，而最後一句同樣與預約方式有關，因此答案為 (D)。

新 158–161 線上聊天

羅琳・霍伊特 晚上 8:29	158 你們全都買好冬季舞會的禮服了嗎？剩不到一個月了，我都還沒買。
霍普・華格納 晚上 8:32	還沒！我到處找，還是找不到我愛的。
海莉・珍納 晚上 8:36	159 我買了，可是還得拿去修改。
艾許莉・弗洛勒斯 晚上 8:44	161 我的是在喬伊買的。
海莉・珍納 晚上 8:46	161 我也是！不過他們沒有我的尺寸。
羅琳・霍伊特 晚上 8:50	160 我也去了喬伊找衣服，不過設計的選擇沒有很多，所以我只能空手而歸。

字彙 less than a month away 剩不到一個月
alter 修改
a wide selection of designs 設計選擇多樣
empty handed 空手

158. 推論題 ★★☆

這個月內可能會發生什麼事？

(A) 一場頒獎典禮

(B) 一場舞會

(C) 一場會議

(D) 一場研討會

解析 晚上 8 點 29 分的訊息中，Loreen Hoyt 寫道：「Have you all bought a dress for the Winter Ball yet? It's less than a month away and I still don't have one.」，當中提到 Winter Ball，而 ball 的意思為「舞會」，因此選擇 (B) 最為適當。

159. 掌握相關細節 ★☆☆

珍納女士擔心的是什麼事？

(A) 她的禮服不合身。

(B) 她找不到她特定想要的禮服。

(C) 禮服太貴了。

(D) 禮服來不及改好。

解析 晚上 8 點 36 分的訊息中，Hailey Jenner 寫道：「I bought mine but I need to get it altered.」，提到她買了禮服，但還要拿去修改，因此答案為 (A)。

160. 掌握相關細節 ★☆☆

為什麼霍伊特女士沒有在喬伊買禮服？

(A) 她沒有要去冬季舞會。

(B) 那邊沒有太多選擇。

(C) 她找不到她的尺寸。

(D) 她已經有禮服了。

解析 晚上 8 點 50 分的訊息中，Loreen Hoyt 寫道：「I went to Joey's to look at dresses, too, but they didn't have a wide selection of designs」，提到她也去 Joey's 看禮服，但款式並不多，讓她只能空手而歸，因此選擇 (B) 較為適當。

新 **161. 掌握意圖** ★★☆

晚上 8:46 時，當珍納寫道「我也是」，最有可能是什麼意思？

(A) 她和弗洛勒斯女士在喬伊斯店裡遇到。

(B) 她買了和弗洛勒斯女士一樣的禮服。

(C) 她在喬伊買她的禮服。

(D) 她還沒開始找禮服。

解析 題目列出的指定句附和前句話的內容，而前句話為晚上 8 點 44 分的訊息，由 Ashley Flores 寫道：「I got mine at Joey's.」，提到她在 Joey's 買了禮服，因此選擇 (C) 最為適當。

162–164 電子郵件

> **寄件人**：梅蘭妮．戴維斯
> **寄件時間**：10 月 9 日星期一下午 12:48
> **收件人**：史蒂芬．阿爾瓦萊斯
> **主旨**：明天
>
> 162 我注意到我們預計在星期二開會討論公司近來的銷售表現，但我恐怕得改期了。163 那天，來自底特律分公司的雷斯利．普瑞斯考特將到訪來討論明年度的宣傳活動。另外，我週三會前往紐約參加行銷會議，然後週四會在費城開預算會議。164 我們可以改到星期五嗎？那時我就會回到芝加哥了。如果對您來說不方便，請讓我知道您下週有空的時間，我會試著配合。很抱歉這麼晚才通知您。
>
> 梅蘭妮

字彙 be supposed to V 預計做……
recent sales performance 近來的銷售表現
reschedule 改期　in addition 另外
budget meeting 預算會議
availability 有空　late notice 遲來的通知

162. 掌握主旨 ★☆☆

這封電子郵件的目的為何？

(A) 要提議調整一項預算

(B) 要詢問某一則廣告

(C) 要安排旅遊行程

(D) 要延後一場會議

解析 第一句寫道：「I realize that we are supposed to meet on Tuesday to discuss the company's recent sales performance, but I am afraid I have to reschedule.」，提到原定週二要見面討論公司近期的銷售狀況，但現在恐怕需要更改時間。(D) 的內容符合此段敘述，故為正確答案。

163. 掌握相關細節 ★☆☆

梅蘭妮．戴維斯將在何時和雷斯利．普瑞斯考特見面？

(A) 星期一

(B) 星期二

(C) 星期三

(D) 星期四

解析 請找出文中提及 Leslie Prescott 的部分，從中掌握答題線索。第二句寫道：「Leslie Prescott from the Detroit office will be visiting us that day to talk about next year's advertising campaign.」，提到 Detroit 分公司的 Leslie Prescott 要來拜訪，討論明年的廣告活動。當中的 that day 指的就是前句話中的 Tuesday，因此答案為 (B)。

164. 推論題 ★☆☆

史蒂芬・阿爾瓦萊斯最有可能在哪裡工作？

(A) 芝加哥
(B) 底特律
(C) 紐約
(D) 費城

解析 Steven Alvarez 為本封電子郵件的收件人，寄件人在最後寫道：「Can we reschedule for Friday? I will be back in Chicago then.」，建議將會議延到週五，並表示那時他會回芝加哥。由此段話可以推測出兩人皆在芝加哥上班，因此答案為 (A)。

165–167 信件

敬愛的俱樂部會員：

這個週末就是登記參加夏季網球巡迴賽的最後機會了。登記報名成人網球巡迴賽的最後期限是 5 月 10 日。巡迴賽能讓您持續運動、挑戰自我並認識新球伴。我們有各個等級的成人參加，包含從初、中階到半職業的等級都有。現在就來註冊參加單打、雙打或是混合雙打。165(B),(C) 費用是每人 10 美元，透過 www.montevistasports.com 線上註冊的話還能為您省下 2 美元。165(A) 夏日巡迴賽從 5 月 15 日進行到 8 月 15 日。如果您需要協助找到雙打夥伴，或者有任何關於參加巡迴賽的問題，請務必讓我知道。

167 我們將舉辦一場「夜間試拍大會」，您一定會想記在您的行事曆上。166(A) 將辦在 6 月 4 日星期五晚上 6 點至 8 點，包括了一場烤肉會。166(B) 這將是試用新的 Arm & Head 牌網球拍的好機會，當天晚上購買更享有八折優待。Arm & Head 的銷售員將帶著全新的科技之星系列到場給您試拍。166(D) 到時將有各種比賽等級的球拍，所以來俱樂部看看吧。我們期待您下次購買球拍時能買得更有價值。請確認您已把俱樂部下次的試打夜時間記在行事曆上囉！

祝好，
計畫主任 萊恩・P・亞當斯

字彙 last opportunity 最後機會
register (+for) 註冊 (= sign up for)
all levels of 各種等級 intermediate 中階
semi-professional 半專業的
single 單打 double 雙打
mixed double 混合雙打 online 上網
mark down 記下
sales rep 銷售員；銷售代表
(=sales representative)
get a great value 更有價值；更值得

165. 掌握相關細節 ★★☆

關於夏季巡迴賽，文中沒有提供哪種資訊？

(A) 巡迴賽的期間
(B) 登記巡迴賽的方式
(C) 註冊費
(D) 選手名單

解析 本題詢問沒有提供夏季巡迴賽的何種資訊內容。題目中出現 Not 時，請逐一檢視選項，並和文章的內容比對是否相符。(A) 出現在「The summer circuit runs from May 15 to August 15.」當中；(B) 和 (C) 出現在「The fee is $10 per player or you can save yourself $2 by registering online at www.montevistasports.com.」當中。而文中並未提及有關 (D) 的內容。

166. 掌握相關細節 ★★☆

下列何者並非前往試拍夜的目的之一？

(A) 吃一些食物和點心
(B) 取得買球拍的折扣
(C) 得到免費網球課程
(D) 尋找符合個人需求的球拍

解析 本題詢問何者不是去 Demo night 的目的。題目中出現 Not 時，請逐一檢視選項，並和文章的內容比對是否相符。第二段當中提及有關 Demo night 的內容。(A) 出現在「It will be held on Friday . . . and will include a barbeque.」當中；(B) 出現在「It is an opportunity to try out . . . and receive 20% off those purchased that evening.」當中；(D) 出現在「There will be rackets for every level of play.」當中。而文中並未提及有關 (C) 的內容。

新 **167. 推測空格句** ★★☆

下列句子最適合出現在 [1]、[2]、[3]、[4] 的哪個位置？

「我們將舉辦一場『夜間試拍大會』，您一定會想記在您的行事曆上。」

(A) [1]　　(B) [2]
(C) [3]　　(D) [4]

解析 第一段文章針對夏季網球巡迴賽簡單介紹；第二段重點放在 Demo night 活動上。而題目的指定句為「We have 'a fun racket demo night' that you want to mark down on your calendar.」，表示接下來要介紹活動，因此填入 (C) 最為適當。後方連接的句子中，代名詞 It 指的就是 Demo night。

168–171 文章

7 月 11 日 市區不再提供免費路邊停車
馬丁．席納／報導

168 當地市議會打算推行新的停車規定，以便緩和皇后鎮市中心的塞車情形。「傍晚尖峰時段是我們街道會塞車的時候，」皇后鎮市議會代表湯姆．吉利根說道，「那些從鎮外來到我們市中心地區餐廳用餐、看電影或音樂會的人。他們就和大家一樣，想避免使用付費停車場，所以會開車繞來繞去找方便的地點，結果就造成交通阻塞。」

169「制度需要改變，」吉利根先生針對目前的停車付費制度做出回應，現行制度是只有上午 7 點到晚上 7 點在街上停車需要付費，夜間則是不需要停車費。「我們想要跟進其他城市的做法，就是一天 24 小時都要付費。」

如果通過的話，這將是近幾個月來第二個通過的提案。170 五月才啟用了新的停車計費表，現在除了硬幣、信用卡外還能使用皇后鎮的停車卡付費。六月啟售的停車卡可以在當地市府辦公室購得。

字彙 local city council 當地市議會
be set to V 打算做……　introduce 推行
parking regulations 停車規定
alleviate congestion 緩和塞車
jam 塞車　representative 代表
from out of 從外面……來
avoid 避免　cause congestion 造成阻塞
in response to 針對……回應
payment 付費　parking fee 停車費
keep up with 跟進……
if (it is) approved 如果（它）通過的話
be obtained from 從……取得

168. 推論題 ★★☆

關於皇后鎮，文中提到什麼？

(A) 它需要重新鋪路。
(B) 它需要為建設道路找到新的承包商。
(C) 它有交通方面的問題。
(D) 它的市民在市區停車場可以免費停車。

解析 一般來說，需要了解整篇文的文意，才能選出答案，但本文第一句寫道：「The local city council is set to introduce new parking regulations to help alleviate congestion around downtown Queenstown.」，提到地方市議會為了改善市區交通混亂問題，欲推行新的停車規定，由此段話可以推測出答案為 (C)。

169. 掌握相關細節 ★★☆

市議會在考慮什麼事？

(A) 在停車場安裝監視攝影機
(B) 外包停車場給市民使用
(C) 減少每小時的停車收費
(D) 開始在晚間收停車費

解析 第二段中提到市議會的看法，表示現行制度為上午 7 點到晚上 7 點收取停車費，應改成 24 小時收費，因此答案為 (D)。

170. 掌握相關細節 ★★☆

皇后鎮最近發生了什麼事？

(A) 市中心有一些停車場進行整修。
(B) 市議會把閒置用地改建成停車空間。
(C) 更換停車計費表。
(D) 推行新的停車付費方式。

解析 最後一段寫道：「May saw the introduction of new parking meters, which now accept both coins and credit cards in addition to Queenstown parking cards.」，提到五月開始啟用新的收費機器，除了硬幣、信用卡外，現在還能使用停車卡付停車費，因此答案為 (D)。

陷阱分析：文中提到設置新的收費機器，並未提到 (C) 換置機器，請特別留意。

171. 掌握同義詞 ★★☆
文中第一段、第一行的「alleviate」與下列哪個字意思最接近？
(A) 加劇
(B) 刺激
(C) 減少
(D) 崩塌

解析 第一句話寫道：「The local city council is set to introduce new parking regulations to help alleviate congestion around downtown Queenstown.」，提到地方市議會為了改善市區交通混亂問題，欲推行新的停車規定。當中的「alleviate」意思為「減輕、緩和（不好的狀況）」，選項中，(C) 的意思最為接近。

172–175 評論網頁

> **商品評價**
> **天才動物家具的森林小溪狗屋**
>
> 我上個星期買了森林小溪狗屋。173 我才下訂兩天就收到了，很興奮，一般都需要五天的。174(A) 我接著花了氣惱的好幾天試著要把它組裝起來，我需要進一步的說明，嘗試聯絡天才動物家具的客服部門卻求助無門。最後只好重新包裝狗屋並寄回給天才公司。
>
> 天才公司描述森林小溪狗屋會附贈適當的組裝工具，是可以自己輕鬆組裝成功的組合包。根本不是這回事。174(C) 螺絲接頭和標記處並沒有對得很齊。所以沒有辦法讓板子完美地排列起來。這使得狗屋變形了。組合包附贈的工具很爛，其中一個在我使用時還壞掉了。174(D) 當我試著把屋頂接上的時候，四面牆角還碎掉。最後，天才公司卻拒絕讓我免費更換狗屋及工具。
>
> 不意外地，這將是我從天才公司的木質系列中購買的最後一項商品了。175 我也極度建議你們在購買天才公司的任何商品之前，得先確認天才公司肯不肯替換在組裝過程中毀壞的任何零件。
>
> 葛瑞格・馬修斯

字彙 review 評價；評論　order 下訂
rather than 比……更甚
be thrilled 感到興奮
for further instructions 需要進一步的說明
customer service department 客服部門
spend several infuriating days trying to 花了氣惱的好幾天試著做……
put together 組裝起來　repack 重新包裝
describe A as B 用 B 描述 A
DIY kit 自己動手做的組合包
appropriate tool 合適的工具
assemble 組裝　definitely 根本地
screw fitting 螺絲接頭
be properly aligned 恰好對齊
line up the boards 排列板子
warped 變形的　splinter 粉碎
connect 連接；接上　in the end 最後
supply A with B 提供 B 給 A
free replacement 免費替換
highly recommend 極度建議

172. 掌握同義詞 ★☆☆
文中第一段、第二行中的「instructions」與下列哪個字意思最接近？
(A) 制裁
(B) 指示
(C) 提交
(D) 機構

解析 題目列出的單字「instruction」的意思為「指示、說明」，因此選擇 (B) 最為適當。

173. 推論題 ★☆☆
關於產品寄送，馬修斯先生表示了什麼？
(A) 它比預期的更早送到。
(B) 運費很貴。
(C) 商品寄到錯誤的地址。
(D) 貨到時產品有損壞。

解析 本題詢問 Matthews 先生針對產品配送提及什麼內容。第一段寫道：「After receiving it only after two days rather than the standard five, I was thrilled.」，提到通常要五天才會收到東西，但居然兩天就收到了，因此答案為 (A)。

字彙 costly 昂貴的　upon delivery 到貨時

174. 是非題 ★★☆
下列何者並非馬修斯先生所遇到的問題？
(A) 他聯絡不上客服人員。
(B) 狗屋比廣告的來得小。
(C) 他無法把一些零件排得很齊。
(D) 狗屋所有的牆板都壞了。

解析 本題詢問何者不是 Matthews 先生所碰到的問題。題目中出現 Not 時，請逐一檢視選項，並和文章的內容比對是否相符。(A) 出現在第一段：「For further instructions, I tried but failed to contact Flairs Animal Furniture's Customer Service Department after spending several infuriating days trying to put it together.」當中；(C) 出現在下一段：「The screw fittings and markings were not properly aligned. Thus it was impossible to line up the boards perfectly.」當中；(D) 出現在後方：「All four wall sides splintered as I was trying to connect the roof piece.」當中。而文中並未提及有關 (B) 的內容，故為正確答案。

175. 掌握相關細節 ★★☆

關於從天才動物家具購買產品，馬修斯先生建議什麼？

(A) 確定買的是森林小溪系列的產品
(B) 到貨時聘請一名員工來安裝產品
(C) 確認該公司替換毀損零件的政策
(D) 僅購買木屑製成的產品

解析 本題詢問 Matthews 先生針對向天才動物家具購買東西提出的建議，建議事項通常會出現在最後一段當中，請特別留意提及 suggest 或 recommend 的句子。最後一段、第二句寫道：「I also highly recommend that you first check with Flairs before you buy any product to see if the company will replace any parts damaged during assembly.」，由此段話可以確認他建議的內容為 (C)，故為正確答案。

字彙 make sure 確定　assemble 組合
made of 由……製成

176–180 文章及電子郵件

〈吃得健康〉摘錄
巴布・佛爾曼 撰寫

健康均衡的飲食並不像有些人認為的那樣不切實際。為了開始更健康的飲食，以下有四個規則應該遵守：

179 1. 把每一份的食物份量限制在你的拳頭大小。
2. 每天吃的蔬果量要比穀類和蛋白質多上一倍。
3. 限制每天的鹽份攝取量在 1000 毫克以內。
4. 完全排除飲食當中的脂肪。

除了上述的基礎飲食指南，還有幾個應遵守的基礎健康指南：

176 A. 每天至少花 20 分鐘到戶外兩次。
B. 每週至少花 40 分鐘做有氧運動三次。

字彙 excerpt 節錄；摘錄
as illusive a reality as 如……般不切實際
process of ……的過程
limit A to B 把 A 限制到 B
food servings 飲食份量
twice as much/many A as B
讓 A 比 B 多上一倍
grains and protein 穀類和蛋白質
salt intake 鹽份攝取量　eradicate 完全排除
aerobic exercise 有氧運動

收件人：巴布・佛爾曼
寄件人：瑞秋・君
日期：12 月 10 日
主旨：活出健康人生

敬愛的佛爾曼先生：

我讀了您最近在《健康生活雜誌》12 月期所刊載的文章。我必須說我非常詫異，在您的小技巧裡找到很多不實或是誤導的資訊。

179 首先，您建議吃的蔬果量要多比穀類和蛋白質多出一倍。這個飲食觀念根本是錯誤的。蔬果含高澱粉和高糖分，兩者都會讓您快速提升能量，但在進食後一個小時會讓您感到疲勞和急躁。

再者，您建議每天至少花 20 分鐘到戶外兩次。180 很多研究會支持您所建議的前提——國家健康中心公布的一份報告說，可以透過曬太陽補充大量的維生素 D，因而提升能量和提振心情——但就您建議只是待在外面是毫無作用的。為什麼待在戶外時，不一起做您推薦的體能活動呢？

178 您的文章中還有無數謬論，但這是當中最有問題的兩個。我建議您對外公開發言之前應做過更全面性的研究。

瑞秋・君 敬上

字彙 be dismayed 感到錯愕　misleading 誤導
in comparison to 和……相比
grains and protein 穀類和蛋白質
starch 澱粉　energy boost 提升能量
irritable 急躁　consumption 進食
premise 前提　in large quantities 大量的
combine A with B 結合 A 和 B
physical activity 體能活動
countless other fallacies 無數其他的謬論
most problematic 最有問題的
thorough research 全面性的研究
make announcements to the public
公開發言

176. 掌握主旨 ★☆☆

文章的內容最適合用下列哪一個標題來描述？

(A) 避免油膩食物
(B) 成為一位營養師
(C) 自己種自己吃
(D) 健康的生活方式選擇

解析 本題詢問第一篇文章的重點。前兩段提到健康的飲食習慣，最後一段則列出維持基本健康的方式。綜合這兩項重點，答案為 (D)。

177. 掌握同義詞 ★☆☆

在電子郵件中，第四段、第一行中的「fallacies」與下列哪個字意思最接近？

(A) 錯誤
(B) 羽毛
(C) 信仰
(D) 事實

解析 題目列出的單字「fallacies」所在的句子為：「There are countless other fallacies in your article, but these are the two most problematic.」，提到對方的報導中有很多錯誤，尤其是這兩項的問題最大。當中的單字 fallacy 指的是多數人認為正確，實際上卻是錯誤的事情（謬誤）。選項中，(A) 的意思最為接近。

178. 掌握主旨 ★★☆

為什麼君女士要寫這封電子郵件？

(A) 要要求更多資訊
(B) 要質疑文章內容
(C) 要提出專業上的合作
(D) 要請求寫一封推薦信

解析 本題詢問 Koon 女士撰寫電子郵件的原因。第二篇文章的第一段提到她對於第一篇文章的內容相當失望，第二段中則反駁報導中介紹的飲食習慣和維持健康的方式。由前述內容可以得知她對第一篇報導的內容提出質疑，因此答案為 (B)。

179. 掌握相關細節—整合題 ★★☆

君女士在電子郵件中提到文中的哪一個項目？

(A) 1　(B) 2
(C) 3　(D) 4

解析 本題詢問 Ms. Koon 撰寫的電子郵件中，提到文章中哪一個項目。本題要整合兩篇文章的內容，才能順利解題。第一篇文章的第二段提出四項健康的飲食習慣；第二篇文章的第二段提到攝取蔬菜和水果，屬於文章中第二項，因此答案為 (B)。另外，雖然當中也有提到第一篇文章最後一段 A 的內容，但是選項中並未列出該項目。

180. 推論題 ★★★

為什麼君女士要引用國家健康中心的研究？

(A) 要向佛爾曼先生證明她的教育程度
(B) 要揭露佛爾曼先生想法的錯誤
(C) 要威脅佛爾曼先生
(D) 要質疑整份報導的正確性

解析 本題詢問 Koon 女士引用國家健康中心研究內容的原因。第二段文章中寫道：「While many studies support the premise of your advice — the National Center for Health published a report saying that vitamin D is available in large quantities from the sun and boosts energy and mood — your advice to simply to spend that time outside is useless.」，提到國家健康中心的研究中，強調的是「陽光」，但是報導卻將重點放在「戶外」，提供錯誤的資訊，因此答案為 (B)。

陷阱分析：雖然郵件提到報導中有很多錯誤，但是千萬不要過度解讀，誤選 (D) 作為答案。

字彙 pose a threat 威脅

181-185 廣告及表單

常春藤園苗圃
觀賞用植物或樹木

45400
北黑峽谷公路
85087 亞利桑那州 鳳凰城
(602) 3636 8635
www.ivypark.com

滿足您用大自然妝點住宅或辦公室的所有需求，歡迎蒞臨常春藤苗圃。我們提供來自全球種類繁多的植物和樹木。181 漫步在15,000平方公尺的展覽園區，參觀選購屬於您的植物。

展區一：開花植物和灌木
184 展區二：果樹和藤蔓
展區三：亞利桑那州的耐寒植物
展區四：池塘或噴泉的水景植物

182 為了讓您方便，我們樂於回答任何有關植物採光、水土需求的問題，苗圃的員工通曉多種語言。正在尋找新鮮、奇特或充滿異國風情的植物嗎？183 在主溫室裡，我們有很多樂於幫忙的園藝師傅，詢問他們其中一人來為您下特別訂單吧。

常春藤園苗圃可以在鳳凰城內的任何地區，為您載送您所選購的植物或樹木。

字彙 add A to B 為 B 增加 A；用 A 妝點 B
a huge range of 種類繁多的
all over the globe 來自全球的
stroll through 漫步於
square meters 平方公尺
garden exhibits 展示園區
nursery staff 苗圃員工
exotic 異國的
greenhouse 溫室

常春藤園苗圃
訂購單

種類	數量
1. 白睡蓮（歐洲白睡蓮）	2
2. 仙人掌植物（臥龍柱屬）	1
3. 果樹—桃子	1
4. 果樹—蘋果	1
5. 紅葡萄藤（森娜）	2

顧客姓名：莎拉．米爾頓
185 載送日期：6月14日
地址：85207 亞利桑那州 梅薩 羅溫北路 3761號
電話：(602) 4527 3574

當您填完訂購單後，請交給苗圃員工。他將確認您所選購的項目、回答問題，並向您核對您所選購的植物品項。

◇ 我們保證客戶下單後七天內到貨。
◇ 185 如果植物有受損或不健康的情形，請於確認收件後一天內通知常春藤園苗圃。

字彙 submit A to B 把 A 提交給 B
verify 核對　place an order 下訂單
be informed of 被知會有關……
damaged or unhealthy 毀損或不健康
confirmed delivery 確認收件

181. 推論題 ★★☆
關於常春藤園苗圃，文中提到什麼？
(A) 它在全國運送異國植物。
(B) 它主要供應農場和果園。
(C) 它允許顧客在花園內探索。
(D) 它能為不想要的花卉提供全額退費。

解析 本題詢問有關 Ivy Park Nursey 的內容。第一篇文章的第一段寫道：「Stroll through 15,000 square meters of garden exhibits, look over and select your own plants.」，由此內容可以確認答案為 (C)。最後一句寫道：「Ivy Park Nursery can deliver any of your selected plants or trees anywhere in the Phoenix area.」，由此內容可以確認 (A) 的敘述有誤。而文中並未提及有關 (B) 和 (D) 的內容。

182. 掌握相關細節 ★★☆
根據廣告，苗圃員工可以提供顧客什麼資訊？
(A) 個別植物的生長條件
(B) 任何植物在生物學上的起源
(C) 批量訂貨的折價政策
(D) 為水生植物打造池塘的作法

解析 本題詢問植物園提供給顧客的資訊，屬於廣告的內容，因此請查看第一篇文章。第一篇文章的第三段寫道：「For convenience, to happily answer questions about any plant's light, water, and soil need, our nursery staff speaks several languages.」，提到非常樂意為大家解答植物所需的光線、水土等相關問題，而且植物園的員工擅長多種語言，因此答案為 (A)。

183. 掌握相關細節 ★★☆
客人要如何下特殊植物的特別訂單？
(A) 用郵寄寄出常春藤苗圃的特別訂購單
(B) 在苗圃的官網上登記註冊
(C) 詢問園藝師傅
(D) 把訂購單交給苗圃員工

解析 本題詢問顧客訂購特殊植物的方式。第一篇文章的第三段最後寫道：「At the main greenhouse, ask one of our many helpful master gardeners about making a special order.」，表示請向主溫室中的園藝師傅告知訂購項目，因此答案為 (C)。

184. 掌握相關細節—整合題 ★★☆
苗圃員工會在哪裡找到最多米爾頓女士訂購的東西？

(A) 展區一
(B) 展區二
(C) 展區三
(D) 展區四

解析 本題為整合題，詢問植物園員工在哪個區域可以找到 Milton 小姐訂購的植物，請特別留意題目的重點為 most of，並查看兩篇文章的內容。第二篇文章中，列出 Milton 小姐訂購的植物，包含睡蓮、仙人掌、桃樹、蘋果樹和葡萄藤。確認第一篇文章的內容後，可以發現大多屬於 Section 2: Fruit trees and vines，因此答案為 (B)。

185. 掌握相關細節 ★☆☆
根據表單，米爾頓女士在 6 月 15 日之前必須做什麼事？

(A) 付出訂單的款項和運費
(B) 退回任何寄錯的植物
(C) 種植或移植她購買的植物
(D) 聯絡苗圃提出有關她植物的任何問題

解析 本題針對第二篇文章詢問有關 6 月 15 日的內容。題目中寫道「根據表單」，因此請查看第二篇文章的內容。最後一句寫道：「Ivy Park Nursery must be informed of damaged or unhealthy plants within one day of their confirmed delivery.」，提到若收到受損或不健康的植物，務必於一天之內告知。本文上方的出貨日為 6 月 14 日，因此 6 月 15 以前要做的事情為 (D)。

(新) 186–190 信件、電子郵件及網頁

2 月 18 日

木下昌男先生
聯合科技公司
5-3-1 東京都中央區 銀座
104-0061 日本

敬愛的木下先生：

在綠科技公司，我們團隊秉持負責任的態度，致力於回收貴公司的電腦、智慧型／桌上型電話及其他電子產品。我們的價格合理公道，這是拜我們靈活的回收制度所賜。187 由於我們在全球四十個城市均有設點，可以降低海陸運輸及燃料使用的成本。186 關於在哪裡做回收、又是回收什麼，您所做的選擇將有重大的影響，特別是因為貴公司在日本成長極為快速，您又擔任其環保專務一職。我希望您讀完附件中關於綠科技的小冊子後，會考慮將您廢棄或可回收的電子材料交由我們處理。189 為了讓您對我們的服務品質更有信心，我們在附件的小冊子最後一頁提供您客戶名單，鼓勵您向其中任何一家聯繫看看。188 假使貴公司想討論需求，請和我聯絡，或者是您有意願的話，也可以聯絡東京辦公室的上野高雄。

伊伯・荷姆 敬上
資深客戶經理

字彙 be committed to V-ing 致力於做……
electronics 電子產品
in a responsible way 以負責任的方式
resourceful collection network 靈活的回收制度
facilities 設施　reduce costs 降低成本
fuel usage 燃料使用
have a great impact 有重大影響
rapidly growing 快速成長的
enclosed booklet 附上的小冊子
as to 至於
disused and recyclable 廢棄和可回收
further your trust 取得進一步信任
encourage sb. to V 鼓勵某人做某事
identify 認明

寄件人：木下昌男 [kinoshita@altek.co.jp]
收件人：路克·瑞克茨 [luker@timmsglobal.com]
主旨：綠科技
日期：2 月 22 日

敬愛的瑞克茨先生：

我是東京聯合科技的環保專務。我們正在考慮和綠科技簽約，由它回收我們所淘汰的電腦設備和使用過的墨水匣。188, 189 我和綠科技的地方代表聯繫以前，想聽聽您對於他們服務的意見。

我得知貴公司選用綠科技，讓它收集貴公司在全球多家分公司的電子材料。我特別想了解貴大阪分公司的經驗。綠科技從那裡將貴公司的電子廢棄物轉移到位於龜山的處理廠，未來我們的材料也將送到那裡去。

189 就您的經驗來說，綠科技的評價如何呢？190 我特別想要知道，它能不能在指定期間和時間內前往貴公司載運電子廢棄物。鄭重感謝您所提供的任何資訊。

木下昌男 敬上

字彙 sign an agreement with 和……簽約
obsolete 淘汰的
transfer 轉移
electronic waste 電子廢棄物
processing plant 處理廠
based on your experience 就您的經驗
evaluate 評價
appointed days and times 指定期間和時間

電子廢棄物回收趨勢興起
最有展望的四家公司

朱諾解決方案（美國）
標榜能協助將收回設備的價值提升 50% 至 80%。這家公司在歐洲和南美洲都有合作夥伴，有助於多地區的業務管理。

雲五科技（加拿大）
這家公司早在被全球最大電子批發經銷商沃梅克軟體公司併購以前，打下的客戶基礎就已超過一千家。它的服務符合美國 R2 與 e-Stewards 兩家電子廢棄物回收企業的認證標準，在全球超過四十個地點都可以通用。

瓊斯回收工廠（南韓）
瓊斯日前才獲得多家媒體報導是資訊科技財產處置的「龍頭業者」。旗下多家設施符合美國 e-Stewards 的認證標準，在亞洲 22 個地點營運。190 迅速又準時的載運服務是其最大優勢。

巨嘉回收（台灣）
巨嘉回收的一大特色就是財產資料的清理軟體，可用於清除其所管理之硬體設備上的機密資料。其專業是數據中心內的高端企業科技。

字彙 recovery value 收回價值
multi-region engagements 多地區的參與
client base 客戶群
wholesale technology distributor
電子批發經銷業者
certified services 取得認證的服務
asset disposition 財產處置
multiple facilities 多家設施
be certified to 被……認證合格
punctual 準時的　differentiator 特色；關鍵
proprietary data sanitization software
財產資料的清理軟體
confidential data 機密資料
high-end enterprise technology
高端企業科技

186. 掌握主旨 ★★☆
這封信的主旨為何？
(A) 要解釋一項環保政策
(B) 要提供一項回收服務
(C) 要收到長期客戶的回饋意見
(D) 要推薦新的電腦套組

解析 題目詢問主旨時，請務必掌握各段落的重點。第一篇文章的第一段介紹 Greentech，第二段建議收件人 Kinoshita 先生將公司報廢和回收的電子產品交由 Greentech 處理，綜合兩者內容，答案為 (B)。

187. 掌握相關細節 ★★☆
根據信件所述，綠科技如何減少其能源消耗？
(A) 它利用具備節能科技的電器設備。
(B) 它用混合能源的運輸工具載運產品。
(C) 它在客戶端附近營運。
(D) 它重組電腦與電子設備。

解析 本題針對信件內容詢問減少能源消耗的方法。題目中提及「信件」，因此請從第一篇文章中找出答題線索。第一篇文章的第一段最後寫道：「Since we have facilities in 40 cities around the world, we are able to reduce costs on shipping, transportation and fuel usage.」，提到有在全世界 40 個城市設點營運，因此選擇 (C) 最為適當。

字彙 utilize 利用　operate 操作
recondition 重組

188. 推論題－整合題 ★★★
誰最有可能是綠科技的地方代表？
(A) 木下昌男
(B) 路克．瑞克茨
(C) 伊伯．荷姆
(D) 上野高雄

解析 本題要整合第一和第二篇文章的內容，才能順利解題。第一篇文章最後寫道：「Please contact me or if you prefer, speak with Takao Minatoya in our Tokyo office if you would like to discuss your company's detailed needs.」，提到對方可以聯絡自己或是東京分公司的 Takao Minatoya，由此段話尚無法確認 Takao Minatoya 的職稱。

而第二篇文章的第一段最後一句寫道：「I would like to hear your opinion on their services, before contacting the regional representative at Greentech.」，由此段話可以確認 Takao Minatoya 的職稱為地區代表（regional representative），因此答案為 (D)。(A) 為 Allied Tekno 的環保專務；(B) 為 Greentech 的客戶之一；(C) 出現在第一篇文章最下方，職稱為客戶經理。

189. 推論題－整合題 ★★☆

木下先生最有可能是在哪裡取得瑞克茨先生的聯絡資訊？

(A) 從日本企業登記處
(B) 從荷姆先生的助理
(C) 從綠科技的東京分公司
(D) 從綠科技的推薦名單

解析 本題要整合第一和第二篇文章的內容，才能順利解題。第一篇文章的第二段中間寫道：「To further your trust in our quality of service, I encourage you to contact any of our clients identified on the last page of the booklet.」，表示為了取得對方的信任，建議對方可以聯絡小冊子最後一頁中列出的客戶；而第二篇文章中，收信者為 Ricketts 先生，表示他為其中一名客戶，因此答案為 (D)。

190. 推論題－整合題 ★★☆

除了綠科技之外，木下先生可能會選擇哪家公司？

(A) 朱諾解決方案
(B) 雲五科技
(C) 瓊斯回收工廠
(D) 巨嘉回收

解析 本題要整合第二和第三篇文章的內容，才能順利解題。第二篇文章的第二段最後寫道：「I'm particularly interested in its ability to pick up your waste materials on the appointed days and times.」，Kinoshita 先生表示他最想知道的是有無按照指定時間處理公司的報廢品；而第三段文章中，Jones Recycling Factory 的下方寫道：「Fast and punctual pick-up services are their best merit.」，表示提供迅速又準時的服務為其最大的優勢，因此選擇 (C) 最為適當。

(新) 191–195 邀請函、電子郵件及書評

週三讀書會

和其他讀者一起熱烈討論書中的文字吧。本月焦點是暢銷書《親愛的》，將於 2 月 23 日下午 1:30 舉行。191 珍妮絲．華勒絲形容這本書是本「真實生活的小說」，由作者住在德州西部的祖母——麗莎．凱莉的觀點寫成。192 包括作者在內的凱莉家族已在德州居住超過兩個世紀。這本小說記錄了麗莎．凱莉的生活，她是個勇敢又精力充沛的女兒，父親是名前科犯，虔誠又敬畏神明的母親則是離鄉背景和巡迴馬戲團一起造訪美國各處。193 帶著你最好的家常菜來分享，和我們一起靜靜度過一個有書本、朋友和美食陪伴的愉快午後時光。

字彙 lively discussion 熱烈的討論
written word 書中文字
focus will be on 焦點將放在；焦點是
describe A as B 將 A 形容成 B；用 B 形容 A
true-life novel 真實生活的小說；非虛構小說
point of view of 以……的觀點
West Texan grandmother 德州西部的祖母
The Carey Clan 凱莉家族
reside in 居住在……　chronicle 記錄
spunky 無所畏懼的　energetic 精力充沛的
ex-convict 前科犯　pious 虔誠的
God-fearing 敬神的
traveling circus 巡迴馬戲團
settle in 靜靜度過

日期：2 月 1 日
收件人：jwallace@mail.com
寄件人：sgrant@mail.com
主旨：《親愛的》討論會

敬愛的華勒斯女士：

194 我們的共同朋友羅伯特．格林把您的電子信箱地址給了我。我希望您不介意。我的讀書

會將在 2 月 23 日討論您的著作《親愛的》。我希望有機會的話，您願意提供您的見解或討論題材，或甚至能到場加入我們一起熱烈討論您的書。192 因為您是本地作者，我們計畫每年都讀一本您的書。我們先前讀過您的《八月的月亮》和《伸展她的翅膀》。如果您願意做出任何貢獻，讓我們對於《親愛的》的討論可以更好，我們將非常感謝您。我聽說您的新書很快就要上市了，我想下次讀書會我們會選它來讀。

莎拉．格蘭特 敬上

字彙 friend in common 共同朋友
be willing to do 有意願做某事
either A or B 要不 A 或者 B
insight 見解　local author 本地作者
appreciate 感謝
contribute to 為……貢獻

假使……

文／貝琳達．卡萊爾

我不知道她怎麼辦到的，不過 195 作者珍妮絲．華勒斯似乎在她的第六本著作《假使》中發明了文學時光機器，將讀者帶回人生中那些感到遺憾的時刻。

《假使》會讓你去思考、發笑和流淚——以一種詼諧巧妙的方式、在正常和非常中找到平衡，使所有讀者——特別是年輕女性感同身受。

字彙 literary 文學的　regret 感到遺憾
witty 詼諧的　artful 巧妙的
balancing act 平衡的作法
the normal and extraordinary 正常和非常
identify with 和……產生共鳴

191. 是非題 ★☆☆

關於《親愛的》，文中提到什麼？
(A) 它將改編為電影。
(B) 它和德州的家常菜有關。
(C) 它根據麗莎．凱莉的人生寫成。
(D) 它在書店還買不到。

解析 本題詢問符合「The Lovely」的內容，請從第一篇文章中找出答題線索。第一篇文章中寫道：「Jeanice Wallace describes this book as a "true-life novel" written from the point of view of the author's West Texan grandmother Lisa Carey.」，提到書的內容以自己的外婆 Lisa Carey 的人生為主題，因此答案為 (C)。而文中並未提及有關 (A) 和 (B) 的內容；(D) 的敘述有誤。

字彙 be adapted for 改編為
be based on 根據

192. 推論題—整合題 ★★☆

關於這個讀書會，文中提到什麼？
(A) 它由珍妮絲．華勒絲發起。
(B) 它最近才成立。
(C) 成員住在德州。
(D) 每週四召開。

解析 本題要整合第一和第二篇文章的內容，才能順利解題。第一篇文章中寫道：「The Carey Clan, including the author herself, has resided in Texas for over 2 centuries.」，由此段話可以得知整個家族包含作者在內，居住在 Texas 長達兩個世紀的時間；而第二篇文章寫道：「Because you are a local author, we read one of your books every year.」，當中讀書俱樂部的會員稱作家為 local author，由此可以得知會員也是 Texas 的居民，因此答案為 (C)。

193. 要求或建議 ★☆☆

讀書會成員被要求做什麼？
(A) 帶一個有興趣加入這個團體的朋友來。
(B) 帶著建議的未來閱讀清單
(C) 準備一道菜來和團體分享
(D) 準備好問作者問題

解析 本題詢問讀書會成員被要求的事情，請先查看第一篇文章邀請函的內容。後半段文章中，通常會提及要求或建議事項。最後一句寫道：「Bring your best homemade dish to share as we settle in for an enjoyable evening of books, friends, and food.」，請大家將家裡做的餐食帶到聚會上，和其他人一起分享，因此答案為 (C)。

陷阱分析：第一篇文章的第一句寫道：「Join other readers in a lively discussion of the written word.」，請勿因此選成 (A) 作為答案，此處指的並非帶朋友一起來參加，請特別留意。

194. 掌握相關細節 ★☆☆

格蘭特女士如何拿到華勒斯女士的電子信箱地址？

(A) 她在作者的官網上找到的。
(B) 書封上有她的聯絡方式。
(C) 作者的出版社給她的。
(D) 她們之間共同認識的人分享的。

解析 本題詢問 Ms. Grant 取得 Ms. Wallace 電子郵件地址的方法。第二篇文章的第一句寫道：「We have a friend in common, Robert Green, who gave me your email address.」，提到她是從兩人的共同朋友 Robert Green 手上取得電子郵件地址，因此答案為 (D)。

字彙 mutual acquaintance 共同認識的人

195. 是非題 ★★☆

關於華勒斯女士，何者為真？

(A) 卡萊爾女士和她見過面。
(B) 她寫的書超過五本。
(C) 格蘭特女士從未讀過她的書。
(D) 她計畫要搬到別的州。

解析 本題要整合第二和第三篇文章的內容，才能順利解題。從文章內容無法得知 (A) 和 (D) 的敘述是否正確。第二篇文章中，談到 Wednesday Book Club 的討論主題，並提到她的三本書（August Moon、Spreading Her Wings 和 The Lovely）；而第三篇文章中寫道：「at her sixth novel *What If*」，表示為她的第六本著作，因此答案為 (B)。

新 196–200 公告、信件及電子郵件

設計與建築系教師

資訊概要：
職缺：教學
類型：建築科技講師
學校／組織：急流職業訓練中心
地點：密西根
196 **職缺人數：**1 人
公告日期：11 月 20 日
196 **撤告日期：**至職缺補齊

細項：
198 **職稱：**設計與建築系講師
196 **職務簡介：**急流職業訓練中心設計與建築系引導學生認識設計學和建築學，整合嚴謹的相關核心課程，有助他們更加熟練學術技能和學科。急流職業訓練中心能強化學生的批判性思考、資訊分析能力及表現獨特性，並讓他們習得相關知識，為他們在國際舞台上的成功做足準備。

200 ＊應徵者如有出版相關書籍或擁有海外經驗為佳。

字彙 introduce A to B 把 A 介紹給 B
integrated within 整合在……裡
rigorous 嚴謹的　relevant 相關的
core curriculum 核心課程
enhance mastery of 加強對……的熟練度
academic skills and content
學術技能和學科
think critically 批判思考
express uniqueness 表現獨特性
preference 偏好；屬意

此致相關人士：

我看到您們在急流職業訓練中心官網上所張貼的資訊，寫這封信來表達我對該講師職缺的興趣。我在密西根擁有教師執照並有七年的教學經驗。

199 我成為老師以前，曾在設計與建築產業工作三年。我讀大學時，就在密西根大急流城一家頗具聲望的建築師事務所實習，一畢業就獲予聘任。我在密西根州立大學拿到製圖和設計學位。我在建築領域工作三年後，我確定自己真正熱愛的是教學，所以我重返校園取得教育碩士學位。畢業後，我被聯合市立高中聘任為製圖設計教師，過去七年都待在那裡。儘管我很喜歡聯合市立高中的工作，但因為我丈夫的工作，我們必須搬家，正是因為這樣，我想應徵貴教育機構的教職。

198 我面對年輕學子懷抱教學熱情，相信設計和建築的世界可以為他們的世界開展更多可能。我想我的教學理念和貴單位所追求的一致：教師應該加強學生的思考和分析能力，教導他們變得與眾不同，栽培他們、使他們有成果豐碩的未來。

梅根・辛普森 敬上

字彙 express interest in 對……表示興趣
licensed teacher 合格教師
intern with 和……一起實習
prestigious architect firm
頗具聲望的建築師事務所
be granted employment
拿到工作；獲予聘任
Drafting and Design 製圖和設計
3-year stint 三年期；三年的工作期間
true passion 真正的熱忱
master's in Education 教育相關的碩士學位
relocate 搬家　educational facility 教育機構
philosophy 理念；哲學
fall in line with 和……一致　impart 傳授
distinctive 與眾不同的
fruitful future 成果豐碩的未來

收件人： 伊格爾．卡瓦雷拉
<I. Cavarela@RVTCenter.ac.uk>
寄件人： 瑪麗．霍普金
<Mary.H@RVTCenter.ac.uk>
主旨： 要聘誰
日期： 12 月 5 日

現在該決定要找誰來當講師了。最後兩位應徵者是梅根．辛普森和安東尼奧．奇士勞斯基。200 兩人都有實務和教學經驗。然而，辛普森女士並不符合我們屬意的條件。所以我想奇士勞斯基先生會是這個職務的最佳人選。你意下如何？

瑪麗．霍普金 敬上
人事部主任
急流職業訓練中心

字彙 applicant 應徵者
meet 符合
favored conditions 屬意的條件

196. 掌握相關細節 ★★☆

這間學校什麼時候開始不會再接受應徵？
(A) 30 天期滿後
(B) 等到有一定的人數來應徵
(C) 等成功聘到人時
(D) 學年開始時

解析 第一篇文章上方寫道：「Closing Date: Open Until Filled」，表示可以申請至僱用到人員為止，因此答案為 (C)。

陷阱分析： 上方還有寫道：「No. of Positions: 1」，表示需要一名，請勿因此選成 (B) 作為答案。

197. 掌握相關細節 ★★★

這間學校想要新老師具備什麼特質？
(A) 碩士以上學歷
(B) 學術重望
(C) 相關實務經驗
(D) 先前有教學經驗

解析 本題詢問的是第一篇文章中的職務簡介（Job Summary）。當中表示需要教導學術知識，並幫助學生學會批判性思考、分析資訊、表現獨特性等。由此可以得知老師需要具備的特質，因此答案為 (B)。

198. 掌握相關細節—整合題 ★★☆

梅根在最後一段所提到的，是指職缺公告的哪個部分？
(A) 資訊概要
(B) 職稱
(C) 過往薪資
(D) 工作地點

解析 本題要整合第一和第二篇文章的內容，才能順利解題。第二篇文章最後一段寫道：「I have a passion for teaching young people and feel that the world of Design and Construction opens their minds to a world of possibilities.」；而第一篇文章下方寫道：「JOB TITLE: Division of Design and Construction Instructor」，因此答案為 (B)。

199. 是非題 ★★☆

關於梅根的工作經歷，何者為真？
(A) 她最近被開除了。
(B) 她從來沒教過書。
(C) 她曾做過兩種工作。
(D) 她從兩間大學畢業。

解析 第二篇文章第二段中，梅根介紹自己的經歷，重點為從事三年設計和建設相關工作，並在聯合市立高中當了七年的老師，因此答案為 (C)。